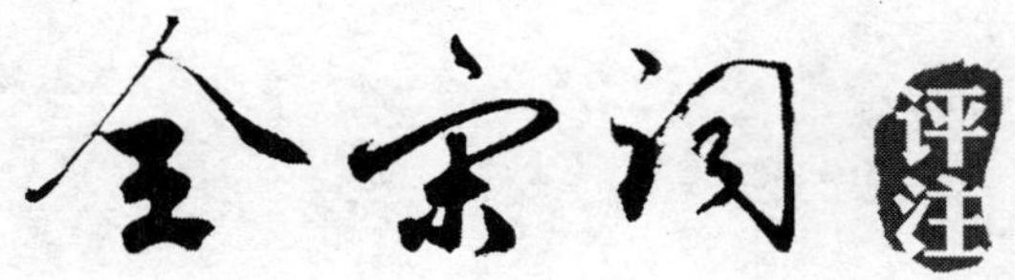

第二卷

评注者:（按编写顺序排列）

李奇林　周笃文　程郁缀　徐培均

陈明强　高利华　高建中　黄　飚

陈晓芬

目 录

黄庭坚

黄庭坚(1045—1105),字鲁直,号山谷道人,又号涪翁。洪州分宁(今江西修水)人。英宗治平四年(1067)进士。熙宁初,任国子监教授。新党掌权时屡遭贬,最后谪至宜州,卒于任所。苏门四学士之一。其书法精妙,与苏轼、米芾、蔡襄并称"宋四家"。诗与苏轼齐名,世称苏黄,为江西派宗主。颇负词名,与秦观并称,号秦七、黄九。《四库全书总目提要》以为:"顾其佳者,则妙脱蹊径,迥出慧心。"存词一百八十馀首,集名《山谷词》,又名《山谷琴趣外编》。有《山谷词》一卷本、《豫章黄先生词》一卷本、《山谷琴趣外篇》三卷传世。

念奴娇

八月十七日,同诸甥步自永安城楼,过张宽夫园待月。偶有名酒,因以金荷酌众客。客有孙彦立,善吹笛。援笔作乐府长短句,文不加点①

断虹霁雨,净秋空,山染修眉新绿②。桂影扶疏③,谁便道,今夕清辉不足。万里青天,姮娥何处④,驾此一轮玉。寒光零乱,为谁偏照醽醁⑤? 年少从我追游⑥,晚凉幽径,绕张园森木。共倒金荷家万里⑦,难得尊前相属。老子平生⑧,江南江北,最爱临风曲。孙郎微笑,坐来声喷霜竹⑨。

[注释]

①此词为贬谪戎州时所作。 永安:戎州(今四川宜宾)城楼名。②"山染"句:此处翻用卓文君"眉色如望远山"(《西京杂记》)的典故。修眉:语出曹植《洛神赋》"云髻峨峨,修眉联娟"。此以借喻山上林木微曲而修长,如美人之眉。 ③桂影:代指月色。俗传月中有仙人、桂树。事

见《太平御览》卷四引虞喜《安天论》。 ④姮娥：神话中的月宫女神，亦代指月。汉朝为避文帝刘恒之讳而改姮（héng）为嫦。 ⑤醽醁：或作"酃渌"，"酃醁"。代指美酒。据《太平御览》八百四十五卷引《湘州记》和《荆州记》载，酃湖（湖南衡阳东南）及渌水（江西万载东）之水湛绿，所酿酒味极醇美，因称醽醁酒。 ⑥年少：即少年，指跟随自己到贬所的洪朋、洪炎等几位外甥。 ⑦金荷：金荷叶杯，精美的酒器。形似荷叶。 ⑧老子：作者自称，犹说老夫。 ⑨坐来：斯须，少顷，一会儿。 霜竹：即寒笛。笛子的代称。

[集评]

胡仔云："山谷云：八月十七日，与诸甥步自永安城，入张宽夫园待月，以金荷叶酌客。客有孙叔敏，善长笛，连作数曲。诸甥曰：'今日之会乐矣，不可以无述。'因作此曲记之，文不加点，或以为可继东坡赤壁之歌云。"（《苕溪渔隐丛话》后集卷三十一）

朱孝臧云："山谷待月词云：'老子平生、江南江北，最爱临风笛。'谓蜀人读笛若牍，今本笛改曲，非是。《瓮牖闲评》、《滹南诗话》并言《西江月》：'杯行到手莫留残'莫为更误。然则《琴趣》者，祝穆所讥俗本。其误字之有待钩考者，惜无袁文、王若虚其人耳。"（《彊村丛书》）

《四库全书总目·山谷词提要》云："陆游《老学庵笔记》辨其《念奴娇》词：'老子平生，江南江北，爱听临风笛'句，系本不知其用蜀中方言，改'笛'为'曲'以叶韵。今考此本仍作'笛'字，则犹旧本之未经窜乱者矣。"（《豫章先生词》）

水调歌头

游 览

瑶草一何碧，春入武陵溪[①]。溪上桃花无数，花上有黄鹂。我欲穿花寻路，直入白云深处，浩气展虹霓[②]。只恐花深里，红露湿人衣[③]。 坐玉石，敧玉枕，拂金徽[④]。谪仙何处[⑤]，无人伴我白螺杯。我为灵芝仙草，不为朱唇丹脸，长啸亦何为[⑥]。醉舞下山去，明月逐人归[⑦]。[⑧]

[注释]

①武陵溪:指世外桃源,仙境。多用以喻避世隐遁。据晋陶渊明《桃花源记》,有武陵渔人入桃花源,居数日出。 ②“我欲”三句:有意模仿、化用苏轼的“我欲乘风归去,又恐琼楼玉宇,高处不胜寒”句式。 ③“红露”句:化用王维《山中》“山路元无雨,空翠湿人衣”诗意。 ④金徽:金饰的琴徽,简称徽,代指琴。 ⑤谪仙:李白的代称。可引申为才华出众,清高浪漫之人的代称。 ⑥“我为”三句:表明心迹。开首前一句为“春入武陵溪”之意,后一句用刘晨、阮肇入天台山遇仙女的传说典故。事见《太平广记》卷六十一引《神仙记》。 长啸:隐士孙登喜作长啸以抒胸怀。亦指代隐者的旷达生活。事见刘义庆《世说新语·栖逸》。 ⑦“醉舞”二句:化用李白《下终南山过斛斯山人宿置酒》中“暮从碧山下,山月随人归”诗意。 ⑧唐氏按:《碧鸡漫志》卷二引石耆卿云此莫将词,疑非。

[集评]

姚范云:“涪翁以惊创为奇,其神兀傲,其气倔奇,玄思瑰句,排斥冥筌,自得意表。”(《援鹑堂笔记》)

黄苏云:“一往深秀,吐属隽雅绝伦。”(《蓼园词评》)

胡仔云:“旧传水调歌一曲、其首章云:‘瑶草一何碧,春入武陵溪。溪上桃花无数,花上有黄鹂。’以为黄鲁直所作。蜀人石耆翁言,此莫少虚壮气词也。”(《词话丛编·词苑萃编·苕溪渔隐》)

夏敬观云:“曩疑山谷词太生硬,今细读,悟其不然。‘超轶绝尘,独立万物之表,驭风骑气,以与造物者游’此东坡誉山谷之语也,吾于其词亦然。”(《手批山谷词》)

薛砺若云:“一种幽旷豪逸,超脱尘寰的胸襟,直凌纸背,为确有境界之作,非泛泛写几句纪游遣兴的字句所可比拟。即以长才的东坡,亦不易有此等作品。”(《宋词通论》)

水调歌头[①]

落日塞垣路,风劲戛貂裘。翩翩数骑闲猎,深入黑山头。极目平沙千里,惟见雕弓白羽,铁面骏骅骝[②]。隐隐望青冢，特地起闲愁。　　汉天子，方鼎盛，四百州。玉颜皓齿，深锁三十六宫秋[③]。堂有经纶贤相，边有纵横谋将，不减翠蛾羞[④]。戎虏和乐也，圣主永无忧。[⑤]

［注释］

①此词作于任北京（今河北大名）国子监教授期间。　②铁面：古代作战时用以自卫的铁制面具。　③三十六宫：本指汉朝宫殿之数（见《太平御览》），后用以言帝王宫殿之多。　④翠蛾：绿色的修长弯眉。此处借指美女。　⑤唐氏按：此首别又作刘潜词，见《唐宋诸贤绝妙词选》卷五。

满庭芳

妓　女

初绾云鬟，才胜罗绮，便嫌柳陌花街。占春才子，容易托行媒。其奈风情债负，烟花部、不免差排[①]。刘郎恨[②]，桃花片片，随水染尘埃。　　风流，贤太守，能笼翠羽，宜醉金钗。且留取垂杨，掩映厅阶。直待朱幡去后，从伊便、窄袜弓鞋。知恩否，朝云暮雨，还向梦中来。

［注释］

①差排：支使、支配之意。　②刘郎：汉代刘晨入天台山采药遇见仙女。

满庭芳

茶

北苑春风[①]，方圭圆璧，万里名动京关。碎身粉骨，功合上凌烟。尊俎风流战胜，降春睡、开拓愁边。纤纤捧，研膏溅乳[②]，金缕鹧鸪斑[③]。　　相如，虽病渴[④]，一觞一咏，宾有群贤[⑤]。为扶起灯前，醉玉颓山[⑥]，搜揽胸中万卷，还倾动、三峡词源[⑦]。归来晚，文君未寝，相对小窗前。[⑧]

[注释]

①北苑:在宋时建州(今福建建瓯)。宋太宗时为贡茶“龙团、鹰爪”的产区。　②研膏:茶名。唐贞元中常衮为建州刺史,开始蒸焙而研之,谓之研膏茶。　溅乳:泡茶时所激起的乳花。　③鹧鸪斑:鹧鸪鸟斑斑的纹色,代指茶汤的斑点。　④“相如”二句:相如病渴,“常有消渴疾”,事见《史记·司马相如列传》。　⑤“一觞一咏”二句,化用王羲之《兰亭集序》“群贤毕至,少长咸集。……一觞一咏,亦足以畅叙幽情”句意。　⑥醉玉颓山:喻酒醉人倒。嵇叔夜(康)“其醉也,傀俄若玉山之将崩”。事见刘义庆《世说新语·容止》。暗指茶客畅怀酣饮。　⑦“搜揽”二句:用二典喻群贤饮茶赋诗时学力根深,才思敏捷。　胸中万卷:化用卢仝《走笔谢孟谏议寄新茶》“三碗搜枯肠,唯有文字五千卷”诗意。　三峡词源:化用杜甫《醉歌行》“词源倒流三峡水”诗意。　⑧唐氏按:此首别又见秦观《淮海居士长短句》卷中。

[集评]

吴曾云:“山谷少时,尝作茶词,寄调《满庭芳》云:‘北苑龙团……’其后增损前词,止咏建茶云:‘北苑春风……’辞意益工也。”(《能改斋漫录》卷十七)

鼓笛慢

黔守曹伯达供备生日[①]

早秋明月新圆，汉家戚里生飞将[②]。青骢宝勒，绿沉金锁，曾瞻天仗。种德江南，宣威西夏，合宫陪享。况当年定计，昭陵与子[③]，勋劳在、诸公上。　　千骑风流年少，暂淹留、莫辜清赏。平坡驻马，虚弦落雁[④]，思临虏帐。遍舞摩围[⑤]，递歌彭水，拂云惊浪。看朱颜绿鬓[⑥]，封侯万里,写凌烟像。

[注释]

①曹伯达:曹谱,字伯达。 供备:供备库使,武阶,为曹之兼职。 ②戚里:汉代长安城外戚居住的地方。 ③昭陵:唐太宗所葬之地,因以代太宗。 ④虚弦落雁:只拉弓弦并未放箭,便使飞雁落地。喻射箭本领高超。更羸与魏王游于郊外,虚发弓而下飞雁。并告魏王,此为受伤离群之鸟,故听弓响就惊落。事见《战国策·楚策四·天下合纵》。 ⑤摩围:山名。在今四川彭水西。 ⑥绿鬓:乌黑而光亮的鬓发。象征青春年少。

洞仙歌

泸守王补之生日[1]

月中丹桂,自风霜难老。阅尽人间盛衰草。望中秋、才有几日十分圆,霾风雨,云表常如永昼。 不得文章力,白首防秋,谁念云中上功守。正注意,得人雄,静扫河山,应难纵、五湖归棹[2]。问持节冯唐几时来[3],看再策勋名,印窠如斗[4]。

[注释]

①王补之:王献可,字补之,山西泽州人。元符元年(1098)山谷迁戎,过泸州,作此词。 ②五湖归棹:范蠡和西施帮助勾践灭吴之后归隐五湖。事见《吴越春秋》卷十及陆广微《吴地记》引《越绝书》佚文。 ③持节冯唐:冯唐年老出任,后世遂以喻年老居官。文帝时,冯唐已年老,为云中太守魏尚辩解。文帝乃复以魏尚为云中守,并任冯唐为车骑都尉。事见《史记·张释之冯唐列传》。 ④印窠如斗:一颗金印如斗那么大。 窠:同“颗”。

雨中花

送彭文思使君[①]

政乐中和，夷夏宴喜，官梅乍传消息。待作新年欢计，断送春色。桃李成阴，甘棠少讼[②]，又移旌戟[③]。念画楼朱阁，风流高会，顿冷谈席。　西州纵有，舞裙歌板，谁共茗邀棋敌。归来未得，先沾离袖，管弦催滴。乐事赏心易散，良辰美景难得[④]。会须醉倒，玉山扶起，更倾春碧。

[注释]

①彭文思：即彭道微，曾任文思院监官。　②甘棠少讼：召(shào)公在棠树下听讼。后用以喻政治清明。事见《史记·燕召公世家》。　③旌戟：旗帜、兵器。官员出行时的仪仗。　④"乐事"二句：出自谢灵运《拟魏太子邺中集诗序》"天下良辰、美景、赏心、乐事，四者难并"。

忆帝京

黔州张倅生日[①]

鸣鸠乳燕春闲暇，化作绿阴槐夏。寿酒舞红裳，睡鸭飘香麝[②]。醉此洛阳人，佐郡深儒雅。　况坐上、玉麟金马[③]。更莫问，莺老花谢。万里相依，千金为寿，未厌玉烛传清夜。不醉欲言归，笑杀高阳社[④]。

[注释]

①黔州：原是汉时的涪陵，属巴郡。晋属永陵郡。后周武帝以后改黔州。东是黔江，西是涪陵，南边是贵州。今为四川彭水。　张倅：黔州通判名诜，字茂宗，洛阳人。文采风流，不慕名利。与作者论文吟诗，情同骨肉。　②睡鸭：古代的一种铜制香炉，形状似睡鸭。　③玉麟金马：喻指

国家重臣和杰出的人才。　玉麟：隋文帝委樊子盖以社稷大事，别造玉麟符，据此可便宜从事。事见《隋书·樊子盖传》。　金马：汉未央宫金马门之简称。当时有东方朔、主父偃等才士在金马门待诏备问，后世遂以喻指文才杰出的人。见汉《三辅黄图》。　④高阳社：指酒会。郦食其（jī）初谒沛公时自称高阳酒徒，非儒人。后世以“高阳”作为酒徒的代称。

醉蓬莱

对朝云叆叇①，暮雨霏微，乱峰相倚。巫峡高唐，锁楚宫朱翠。画戟移春②，靓妆迎马，向一川都会。万里投荒，一身吊影，成何欢意。　尽道黔南③，去天尺五，望极神州，万里烟水。尊酒公堂，有中朝佳士。荔颊红深，麝脐香满，醉舞裀歌袂。杜宇声声，催人到晓，不如归是。

［注释］

①叆叇（ài dài）：云盛貌。　②画戟：戟柄上加以彩画或文饰。唐宋时三品以上公府门前可以列戟为仪饰。出行时以为仪仗。　③黔南：绍圣二年（1095）正月，作者贬置黔州。

南歌子

诗有渊明语，歌无子夜声①。论文思见老弥明②。坐想罗浮山下、羽衣轻③。　何处黔中郡④，遥知隔晚晴。雨馀风急断虹横。应梦池塘春草、若为情。

［注释］

①子夜：晋女子名。据《宋书·乐志一》，《子夜歌》为名子夜的女子所造。　②老弥明：即轩辕弥明，诗文奇崛。见韩愈《石鼎联句诗序》。　③罗浮山：传说赵师雄在罗浮遇见一女子，梦醒后，看到自己竟睡在梅花树下，才知所遇是梅花仙女。事见柳宗元《龙城录·赵师雄醉憩梅花下》。此山

在广东增城县东,跨博罗县界,为粤中名山。 ④黔中郡:唐置,后改黔州。宋升为绍庆府,治所在四川彭水。地近蛮夷,风土奇异。

蓦山溪

赠衡阳妓陈湘

鸳鸯翡翠①,小小思珍偶。眉黛敛秋波②,尽湖南、山明水秀。娉娉袅袅,恰近十三馀,春未透,花枝瘦,正是愁时候。 寻花载酒,肯落谁人后。只恐远归来,绿成阴、青梅如豆③。心期得处,每自不由人,长亭柳,君知否,千里犹回首。④

[注释]

①鸳鸯:著名珍禽。雌雄双飞偶居,古称“匹鸟”,后因以比喻夫妇。翡翠:鸟名,有蓝翡翠、赤翡翠等多种。以鸟喻人,自然生动。 ②眉黛:唐宋妇女喜以黛色(黑中有绿)描眉,故称眉为眉黛。 ③“只恐”二句:化用杜牧《叹花》“如今风摆花狼藉,绿叶成阴子满枝”诗意。 ④唐氏按:此首别又误作姜夔词,见洪正治本《白石诗词集》。

[集评]

叶申芗云:“鲁直南迁,过衡阳。曾敷文为守,相留数日。营妓有陈湘,善歌舞,知学书。曾亦眄之,尝乞小楷于鲁直,为赋《阮郎归》云……别时又赠以《蓦山溪》云……”《本事词》卷上)

陈师道云:“今代词手惟秦七黄九耳,馀人不逮也。词家以秦、黄并称。秦能为曼声以合律,形容处亦少刻肌入骨语。黄时出俚浅,可称伧父。然黄如‘春未透,花枝瘦,正是愁时候’,峭健亦非秦所有。”(《词林记事》)

俞陛云云:“鸳鸯翡翠,皆同命之鸟,起笔以之为喻。此词乃山谷闲情之赋也。‘春未透’三句,极为学者称赏。秦湛词云:‘春透水波明,寒峭花枝瘦’,即仿此。”(《唐五代两宋词选释》)

转调丑奴儿

得意许多时，长醉赏、月影花枝。暴风狂雨年年有，金笼锁定，莺雏燕友，不被鸡欺。　红旆转逶迤[①]。悔无计、千里追随。再来应绾泸南印[②]，而今目下，恓惶怎向[③]，日永春迟。

［注释］

①旆（pèi）：古时旗下状如燕尾的垂旒，泛指旌旗。　②绾（wǎn）：系，盘结。　泸南印：当作于黔戎时期，时为元符二年（1099）。　③怎向：犹云“怎奈”或“奈何”，是一种加强语气。

品　令

送黔守曹伯达供备

败叶霜天晓，渐鼓吹、催行棹。栽成桃李未开，便解银章归报[①]。去取麒麟图画[②]，要及年少[③]。　劝公醉倒，别语怎向醒时道。楚山千里暮云，正锁离人情抱。记取江州司马[④]，坐中最老。

［注释］

①银章：银质的印章。　②麒麟图画：图像在麒麟阁上，表示卓越的功勋和崇高的荣誉。汉宣帝时曾图霍光等十一功臣像于麒麟阁上，以表扬其功绩。见《汉书·苏武传》。　③及：趁着。　④江州司马：被贬的白居易。此作者自况。

踏莎行

画鼓催春，蛮歌走饷。雨前一焙谁争长。低株摘尽到高株,株株别是闽溪样[①]。　　碾破春风[②],香凝午帐。银瓶雪滚翻成浪[③]。今宵无睡酒醒时,摩围影在秋江上[④]。

[注释]

①闽溪:闽江的北源建溪,在今福建。　②碾破春风:即碾春,碾茶之意。宋人饮茶要以碾研碎,入水煎之。　③银瓶:银制之瓶,用以装酒。此处代指盛茶的茶具。　④"今宵"二句:化用柳永《雨霖铃》(寒蝉凄切)"今宵酒醒何处,杨柳岸、晓风残月"词句之意。　唐氏按:"围"原误作"园",据宋本《琴趣》改。

踏莎行

临水夭桃,倚墙繁李。长杨风掉青骢尾[①]。尊中有酒且酬春,更寻何处无愁地。　　明日重来,落花如绮。芭蕉渐展山公启[②]。欲笺心事寄天公,教人长对花前醉。

[注释]

①青骢:毛色黑白相间的马。　②"明日"三句:谓明日再来,蕉叶已很快展开,可以写字,变作山公启事。　渐:犹"正"。　山公启:即山涛启事。晋山涛任吏部尚书,凡用人行政,皆先密启,然后公奏举,时称山公启示。事见《晋书·山涛传》。后用"山公启、山涛识"等称扬荐贤举能,知人明鉴。

[集评]

黄苏云:"山谷云:'余亲书此词,遗祝有道云:诸乐伎虽有赏叹其词,而未深解其义味者,故并奉寄。'辞旨浓郁。结二句虽近纤新,而辞旨亦自沉郁有致。"(《蓼园词评》)

定风波

次高左藏韵[①]

自断此生休问天，白头波上泛孤船。老去文章无气味，憔悴。不堪驱使菊花前。　　闻道使君携将吏，高会。参军吹帽晚风颠[②]。千骑插花秋色暮，归去。翠娥扶入醉时肩。

[注释]

①高左藏：作者的友人。新任黔州郡守。　②"参军"句：以晋桓温九月九日率孟嘉等僚佐饮宴龙山事喻高左藏使君的高会。

定风波

次高左藏使君韵

万里黔中一漏天，屋居终日似乘船。及至重阳天也霁，催醉。鬼门关外蜀江前[①]。　　莫笑老翁犹气岸[②]，君看。几人黄菊上华颠[③]。戏马台南追两谢[④]，驰射。风流犹拍古人肩[⑤]。

[注释]

①鬼门关：即石门关，在四川奉节东，两山相夹如门，故名。陆游《入蜀记》："舟中望石门关，仅通一人行，天下至险也。"　蜀江：四川境内流经彭水的乌江。　②气岸：指气度傲岸。　③"几人"句：古代重阳节有饮菊花酒、插菊花的风俗。杜牧《九日齐山登高》诗："尘世难逢开口笑，菊花须插满头归。"　华颠：白头，年老之意。　④"戏马台"句：戏马台，在今江苏铜山县南，为项羽所筑，高八丈，广数百步。东晋安帝义熙十二年(416)刘裕北征，至彭城(今江苏徐州)，九月九日会群僚于戏马台，饮酒赋诗。当时著名诗人谢瞻、谢灵运曾各写《九日从宋公戏马台集送孔令》

诗纪盛。 两谢:指谢瞻和谢灵运。 ⑤拍古人肩:意本郭璞《游仙诗》:“左挹浮丘袖,右拍洪崖肩。”浮丘、洪崖,皆古仙人名。

[集评]

笃文云:“绍圣四年(1097),高左藏重阳会将吏赋诗为乐。庭坚即席次韵,写得气象雄阔,跳荡有力,身处逆境而不衰飒。‘驰射’与‘催醉’相挽合呼应。真有千钧笔力。‘犹拍古人肩’,一结颖妙,读来口颊留芳。”

定风波

荔 枝

晚岁监州闻荔枝[①],赤英垂坠压阑枝。万里来逢芳意歇,愁绝。满盘空忆去年时。 涧草山花光照坐,春过。等闲桃李又累累[②]。辜负寒泉浸红皱,消瘦。有人花病损香肌。

[注释]

①监州:通判的别称。作者时任涪州通判。 ②等闲:平常,随便,无端。此处为平常之意。

定风波

准拟阶前摘荔枝[①],今年歇尽去年枝。莫是春光厮料理[②],无比。譬如痎疟有休时[③]。 碧甃朱阑情不浅,何晚。来年枝上报累累。雨后园林坐清影,苏醒。红裳剥尽看香肌。

[注释]

①准拟:准备,打算。 ②厮料理:厮,犹相。料理,犹帮助。厮料理,即相帮助之意。 ③痎疟:经久不愈的疟疾。

鹊桥仙

次东坡七夕韵

八年不见[1],清都绛阙[2],望河汉、溶溶漾漾。年年牛女恨风波,拚此事、人间天上。　　野麋丰草,江鸥远水,老去惟便疏放。百钱端欲问君平[3],早晚具、归田小舫。

[注释]

①八年不见:作者谓“绍圣元年(1094),吾见东坡于彭蠡之上”(《东坡真赞》),则此词当作于建中靖国元年(1101),作者留荆南待命之时。　②清都:神话传说中的天帝居所。　③“百钱”句:严君平精于卜筮,日得百钱即闭肆下帘而读《老子》。事见《汉书·王贡两龚鲍传序》。

鹊桥仙

席上赋七夕

朱楼彩舫,浮瓜沉李[1],报答风光有处。一年尊酒暂时同,别泪作、人间晓雨。　　鸳鸯机综[2],能令侬巧,也待乘槎仙去[3]。若逢海上白头翁,共一访、痴牛骙女。

[注释]

①浮瓜沉李:本曹丕《与朝歌令吴质书》“浮甘瓜于清泉,沉朱李于寒水”。后遂以“浮瓜沉李”为消夏乐事之称。　②机综:织布机上使经纬线交错的一种装置。　③乘槎:神话谓乘木筏上天。　槎:竹木编成的筏排。张华《博物志》卷三:“天河与海通,近世有人居海上者,年年八月,有浮槎来去,不失期。”

阮郎归

黔中桃李可寻芳，摘茶人自忙。月团犀胯閂圆方①，研膏入焙香。　　青箬裹，绛纱囊。品高闻外江。酒阑传碗舞红裳，都濡春味长②。

[注释]

①"月团"句：月团、犀胯、圆方都是茶名。　②濡：沾湿、沾上。

阮郎归

效福唐独木桥体作茶词

烹茶留客驻金鞍，月斜窗外山。别郎容易见郎难，有人思远山。　　归去后，忆前欢。画屏金博山①。一杯春露莫留残②，与郎扶玉山。

[注释]

①金博山：香炉名，省称博山。《西京杂记》谓长安巧工丁缓作九层博山香炉，镂刻奇绝。用以表男女相爱、海誓山盟的痴情。　②"一杯"句：化用李商隐《谒山》"一杯春露冷如冰"诗句之意。

[集评]

沈雄云："山谷《阮郎归》，全用山字为韵。稼轩《柳梢青》全用难字为韵。注云，福唐体，即独木桥体也。竹山效醉翁也字，楚辞些字、兮字，一云骚体即福唐也，究同嚼蜡。"（《古今词话·词品》）

张德瀛云："福唐体者，即独木桥体也，创自北宋。黄鲁直《阮郎归》用山字，辛稼轩《柳梢青》用难字，赵惜香《瑞鹤仙》用也字，均然。朱锡鬯《长相思》用西字，红桥寻歌者沈西《柳梢青》用耶字，马上望瑯琊山《行香子》用娘字，伎席此阕见《曝书亭外集》。陈其年《醉太平》用钱字……此亦如今体诗之辘轳格、壶卢格，乃偶然托兴者，必踵其辙，则为恶境矣。"

（《词徵·福唐体》）

更漏子

徐甘汤

庵摩勒[1]，西土果。霜后明珠颗颗。凭玉兔，捣香尘。称为席上珍。　　号馀甘，争奈苦[2]。临上马时分付。管回味，却思量。忠言君试尝。

[注释]

①庵摩勒：一作庵罗、庵没罗，果名。旧称庵摩勒、庵摩罗等，新称阿末罗果。又作庵摩洛迦（馀甘子）。译曰无垢清净。《维摩经弟子品肇注》曰："庵摩勒果，形似槟榔，食之除风冷。"　②"号馀甘"二句：馀甘子，出广州，西方名庵摩洛迦果。初食之时，稍加苦涩，及其饮水，美味便生，号馀甘，即岭南馀甘子。

绣带子

张宽夫园赏梅

小院一枝梅，冲破晓寒开。晚到芳园游戏，满袖带香回。　　玉酒覆银杯。尽醉去、犹待重来。东邻何事[1]，惊吹怨笛，雪片成堆[2]。

[注释]

①东邻：指美丽的女子。联系下面二句，当系作者自寓。　②"惊吹"二句：惊吹《梅花落》古曲的笛音。

撼庭竹

宰太和日吉州城外作[①]

呜咽南楼吹落梅[②]，闻鸦树惊栖。梦中相见不多时，隔城今夜也应知。坐久水空碧，山月影沉西。 买个宅儿住著伊，刚不肯相随[③]。如今果被天瞋作[④]，永落鸡群被鸡欺。空恁可怜伊，风日损花枝。

（以上二十七首《山谷琴趣外篇》卷一）

[注释]

①宰太和：元丰三年，作者因苏轼案牵连谪知太和（今江西太和）。吉州：今江西吉安。太和属吉州。时作者好友任吉州司法。 ②吹落梅：吹奏《梅花落》笛曲。 ③刚：犹偏、硬。 ④天瞋：天怒发作。 瞋：发怒时睁大眼睛。

减字木兰花

春

馀寒争令[①]，雪共蜡梅相照影。昨夜东风，已出耕牛劝岁功。 阴云幂幂[②]，近觉去天无几尺。休恨春迟，桃李梢头次第知[③]。

[注释]

①令：时令。 ②幂幂：罩，覆盖。 ③次第：渐次之辞，犹云转眼，很快之意。

减字木兰花

距施州二十里[①]，张仲谋遣骑相迎[②]，因送所和乐府来，且约近郊相见，复用前韵先往

使君那里，千骑尘中依约是。拂我眉头，无处重寻庾信愁[③]。　山云弥漫，夹道旌旗联复断。万事茫茫，分付澄波与烂肠[④]。

［注释］

①施州：今湖北恩施。　②张仲谋：施州太守。作者二十多年前在叶县时结交的友人。元丰三年，又在北京相遇。知作者贬置黔州上三峡，特派人相迎。　③庾信愁：南朝梁庾信被迫仕魏，思归不得。常悲愁忧思，便写了《愁赋》发抒愁苦之情："……谁知一寸心，乃有万斛愁。"说庾信愁多之意。　④分付：交付之意。　烂肠：借指酒。本南梁元帝《金楼子·立言下》"殷洪远云：周旦腹中有三斗烂肠"。

减字木兰花

登巫山县楼作[①]

襄王梦里，草绿烟深何处是。宋玉台头，暮雨朝云几许愁。　飞花漫漫，不管羁人肠欲断[②]。春水茫茫，欲度南陵更断肠[③]。

［注释］

①巫山县：在今长江三峡中。西边是瞿唐关、滟滪堆。　②羁：作客在外。　③南陵：山名，在巫山县隔江之南。有路曲折，谓之一百八盘。　断肠：悲伤至极。有小猿被捉，猿母哀号气绝，肠皆断裂。事见刘义庆《世说新语·黜免》。

减字木兰花

巫山古县，老杜淹留情始见[①]。拨闷题诗[②]，千古神交世不知[③]。　　云阳台下[④]，更值清明风雨夜。知道愁辛，果是当时作赋人。

[注释]

①"老杜"句：在巫山县追怀杜甫。杜甫入川、居川、出川有十年时间，写了《巫山县汾山唐使君十八弟宴别兼诸公携酒乐相送率题小诗留于屋壁》等诗。　②"拨闷"句：大历初年，杜甫居夔州，傍巫山，曾作《遣闷》等诗。　③"千古"句：谓与杜甫思想、精神相通。　④云阳台：指云梦泽中高唐之台。

减字木兰花

和赵文仪

诗翁才刃，曾陷文场貔虎阵。谁敢当哉，况是焚舟决胜来。　　三巴春杪[①]，客馆梦回风雨晓。胸次峥嵘，欲共涛头赤甲平[②]。

[注释]

①三巴：东汉末益州牧刘璋分巴郡为巴、永宁、固陵三郡，后改为巴西、巴、巴东三郡，合称三巴。　②赤甲：山名。今四川奉节东。

[集评]

卓人月云："何等壮杰。"(《古今词统》卷四)

减字木兰花

苍崖万仞，下有奔雷千百阵。自古危哉，谁遣西园溜么来[①]。　　猿啼云杪，破梦一声巫峡晓。苦唤愁生，不是西园作么平[②]。

[注释]

①溜么：影子。　②作么平：作么，即作什么的省文，犹说怎么。平：平息愁怀。

减字木兰花

私　情

终宵忘寐，好事如何犹尚未。子细沉吟[①]，珠泪盈盈湿袖襟。　　与君别也，愿在郎心莫暂舍。记取盟言[②]，闻早回程却再圆[③]。

[注释]

①子细：同“仔细”。　②盟言：爱情的山盟海誓。　③闻：犹趁、乘。闻早，即趁早。

减字木兰花

丙子仲秋，奉陪黔阳曹使君伯达玩月[①]，作《减字木兰花》，兼简施州张使君仲谋

中秋多雨，常是尊罍狼藉去。今夜云开，须道姮娥得得来[②]。　　不知云外，还有清光同此会。笛在层楼，声彻摩围顶上头。

[注释]

①曹使君伯达：黔州太守曹谱，字伯达。　使君：古代对州郡长官的尊称。　②须：犹应。　得得：犹特特，云姮娥特地来。

[集评]

陈廷焯云:“愁苦之情出以风流,放诞之笔绝世文情。”(《放歌集》卷一)

减字木兰花

中秋无雨,醉送月衔西岭去。笑口须开[①],几度中秋见月来。　　前年江外,儿女传杯兄弟会[②]。此夜登楼,小谢清吟慰白头[③]。

[注释]

①须:犹终。中秋见月,终开笑口。　②“儿女”句:绍圣二年(1095)五月,作者的二弟伯达(字知命)携一妾一子,自芜湖乘船护送作者后续之妻及儿子到黔州会聚。　③小谢:谢朓。借指作者二弟伯达(知命)。白头:作者自称。时年五十一岁。

减字木兰花

浓云骤雨,巫峡有情来又去。今夜天开,不与姮娥作伴来。　　清光无外,白髮老人心自会[①]。何处歌楼,贪看冰轮不转头[②]。

[注释]

①白髮老人:作者自称。　②冰轮:指月亮。

减字木兰花

丙子仲秋黔守席上[①],客有举岑嘉州中秋诗[②]曰:“今夜鄜州月,闺中只独看。遥怜小儿女,未解忆长安。”因戏作

举头无语,家在月明生处住。拟上摩围,最上峰头试望

之。　偏怜络秀[3]，苦淡同甘谁更有。想见牵衣[4]，月到愁边总不知。

［注释］

①丙子：绍圣三年，作者贬黔南，远离家人。　②岑嘉州中秋诗：应为杜甫《月夜》诗。　③络秀：晋周𫖮母李氏字。络秀不顾父兄的反对，嫁周浚为妾。后生青及嵩、谟，终使李氏成为天下望族。苏轼《次韵黄鲁直嘲小德诗》："但使伯仁长，还兴络秀家。"周𫖮字伯仁。小德母为庭坚继室，出身微。　④牵衣：语出李白《南陵别儿童入京》诗"呼童烹鸡酌白酒，儿女嬉笑牵人衣"。

减字木兰花

戏　答

月中笑语，万里同依光景住。天水相围，相见无因梦见之[1]。　诸儿娟秀，儒学传家渠自有[2]。自作秋衣，渐老先寒人未知。

［注释］

①因：缘由。引申为机会。　②渠：他。

减字木兰花

用前韵示知命弟

当年夜雨[1]，头白相依无去住。儿女成围，欢笑尊前月照之。　阿连高秀，千万里来忠孝有。岂谓无衣[2]，岁晚先寒要弟知。

[注释]

①当年:指绍圣二年二弟知命携两家儿女来黔州陪伴作者。 ②无衣:语出《诗经·豳风·七月》“无衣无褐,何以卒岁”。

木兰花令

风开水面鱼纹皱,暖入草心犀点透[①]。乍看晴日弄柔条,忆得章台人姓柳[②]。 心情老大痴成就,不复淋漓沾翠袖。早梅献笑尚窥邻,小蜜窃香如遗寿[③]。

[注释]

①“暖入”句:化用李商隐《无题二首(其一)》“心有灵犀一点通”诗句之意。 ②章台人姓柳:原指唐代青楼女子柳氏,后泛指所恋的人。唐代名士韩翃,得李将所赠妓柳氏。后番将沙吒利劫柳氏,宠之专房。淄青节度使侯希逸属下虞候将许俊闻讯,独骑救出柳氏使归韩翃。事见唐孟棨《本事诗·情感》。 ③“早梅”二句:前句暗用“东墙窥宋”的典故;后句暗用“韩寿偷香”的典故,反喻自己不再风流多情、留恋儿女情事。

[集评]

卓人月云:“‘寿’字,绝。”(《古今词统》卷七)

木兰花令

东君未试雷霆手[①],洒雪开春春锁透。帝台应点万年枝,穷巷偏欺三径柳[②]。 峰排群玉森相就,中有摩围为领袖。凝香窗下与谁看,一曲琵琶千万寿。

[注释]

①东君:司春之神,亦称东皇、青帝。 ②三径:归隐者所住的田园。汉衮州刺史蒋诩归乡里,荆棘塞门,舍中有三径,只有求仲、羊仲同他一起

游乐。事见汉赵岐《三辅决录·逃名》。

木兰花令

新年何许春光漏，小院闭门风日透。酥花入坐颇欺梅[1]，雪絮因风全是柳[2]。　使君落笔春词就，应唤歌檀催舞袖。得开眉处且开眉，人世可能金石寿[3]。

[注释]

①酥花：酥油花。　②“雪絮”句：谢道韫在大雪骤下时，回答谢安“何所拟”的问话“未若柳絮因风起”，受到谢安的称赞。此处翻用其意。　③金石寿：千岁万岁，万寿无疆。　金：钟鼎。　石：丰碑。因称钟鼎碑刻为金石，永垂不朽。

木兰花令

黄金捍拨春风手[1]，帘幕重重音韵透。梅花破萼便回春[2]，似有黄鹂鸣翠柳[3]。　晓妆未惬梅添就，玉笋捧杯离钿袖[4]。会拚千日笑尊前[5]，他日相思空损寿。

[注释]

①捍拨：弹琵琶时拨动弦索的用具。张籍《宫词》：“黄金捍拨紫檀槽，弦索初张调更高。”　②“梅花”句：化用杜甫《江梅》“梅蕊腊前破”诗句之意。　③“似有”句：袭用杜甫《绝句四首（其三）》“两个黄鹂鸣翠柳”诗句之意。　④玉笋：用以比喻女子白嫩纤巧的手。韩偓《咏手》诗：“腕白肤红玉笋芽，调琴抽线露尖斜。”　⑤会：当、应。此处含将然语气。

木兰花令

黔中士女游晴昼，花信轻寒罗袖透[1]。争寻穿石道宜男，更买江鱼双贯柳。　竹枝歌好移船就[2]，依倚风光垂翠袖。满倾芦酒指摩围，相守与郎如许寿。

[注释]

①花信：春天，春意。又，花信风的简称。　②竹枝歌：即竹枝词，是巴渝（今四川和重庆一带）民歌中的一种。

木兰花令

可怜翡翠随鸡走[1]，学绾双鬟年纪小。见来行待恶怜伊[2]，心性娇痴空解笑。　红蕖照映霜林表，杨柳舞风腰袅袅。衾馀枕剩尽相容，只是老人难再少。

[注释]

①翡翠随鸡走：喻美好女子沦落风尘。　②恶：很，特。

清平乐

春归何处，寂寞无行路。若有人知春去处，唤取归来同住[1]。　春无踪迹谁知，除非问取黄鹂。百啭无人能解，因风飞过蔷薇。

[注释]

①唤取：唤来。　取：语气助词。

[集评]

胡仔云："山谷词云：'春归何处？寂寞无行路。若有人知春去处，唤取归来同住。'王逐客云：'若到江南赶上春，千万和春住。'体山谷语也。"（《苕溪渔隐丛话》后集卷三十九）

俞平伯云："全篇宛转一意，但何以特提出这黄鹂呢？冯贽《云仙杂记》卷二引《高隐外书》：‘戴仲若携黄柑斗酒，人问何之，曰：往听黄鹂声。此俗耳针砭，诗肠鼓吹，汝知之乎？’这是借寓自己身份怀抱，恐亦非泛泛之笔。”（《唐宋词选释》）

薛砺若云：“……但有时亦有极秀美而晶洁的篇什，如……尤以《清平乐》为最新警，通体无一句不俏丽，而结句‘百啭无人能解，因风飞过蔷薇。’不独妙语如环，而意境尤觉清逸，不着色相，为《山谷词》中最上之作，即在两宋一切作家中，亦找不着此等隽美的作品。”（《宋词通论》）

清平乐

重　九

黄花当户，已觉秋容暮。云梦南州逢笑语[1]，心在歌边舞处。　使君一笑眉开，新晴照酒尊来。且乐尊前见在，休思走马章台[2]。

［注释］

①云梦：古泽薮名。在湖北南部。　②走马章台：骑马过长安章台街。喻指追欢冶游。

清平乐

休推小户，看即风光暮。萸粉菊英浮碗醑[1]，报答风光有处。　几回笑口能开[2]，少年不肯重来[3]。借问牛山戏马[4]，今为谁姓池台。

［注释］

①“萸粉”句：九月九日重阳节，佩茱萸囊，登高，饮菊花酒，以袪邪辟恶。此古代风俗，见《续齐谐记》。　醑：美酒。　②“几回”句：袭用杜牧《九日齐山登高》“尘世难逢开口笑”诗句之意。　③不肯：言少年时光不会（不得）再来。　④牛山：齐景公游于牛山，为终有一死而流涕。晏子批

评他徒然悲伤,不是仁君。事见《晏子春秋·谏上》。

清平乐

舞鬟娟好,白髮黄花帽[①]。醉任旁观嘲潦倒,扶老偏宜年小。　舞回脸玉胸酥,缠头一斛明珠[②]。日日梁州薄媚[③],年年金菊茱萸。

[注释]

①"白髮"句:袭用欧阳修《浣溪沙》(堤上游人)"白髮戴花君莫笑"词句之意。　②缠头:古时歌舞的人把锦帛缠在头上作妆饰,叫"缠头"。后指赠送给歌舞者或妓女的锦帛财物。　③梁州:唐代舞曲名称,即《凉州》。据宋乐史《杨太真外传》,歌《凉州》之词为杨贵妃所制。　薄媚:唐宋大曲名。刘禹锡《曹刚》诗有"一听曹刚弹《薄媚》"之句。

清平乐

示知命

乍晴秋好,黄菊攲乌帽。不见清谈人绝倒[①],更忆添丁小小[②]。　蜀娘漫点花酥,酒槽空滴真珠。兄弟四人别住,他年同插茱萸[③]。

[注释]

①绝倒:大笑不能自持。　②添丁:为国增添丁口。后因称生子为添丁。　③"兄弟"二句:作者有一位哥哥大临,三位弟弟:叔献、叔达(知命)及非熊(已死)。此句希望兄弟能在重阳节时登高聚会。

清平乐

饮　宴

冰堂酒好①，只恨银杯小。新作金荷工献巧，图要连台拗倒。　　采莲一曲清歌②，急檀催卷金荷③。醉里香飘睡鸭，更惊罗袜凌波④。

[注释]

①冰堂：清净洁白的厅堂。　②“采莲”句：指南朝乐府民歌《西洲曲》，其中的诗句有：“采莲南塘秋，莲花过人头。低头弄莲子，莲子青如水。”　③急檀：快速的节奏。　檀：檀板。檀木制成的绰板，亦称“拍子”，演奏音乐时打拍子用。　④罗袜凌波：舞女的袅袅步态。曹植《洛神赋》：“……体迅飞凫，飘忽若神，凌波微步，罗袜生尘。”

忆帝京

赠弹琵琶妓

薄妆小靥闲情素，抱著琵琶凝伫①。慢捻复轻拢②，切切如私语。转拨割朱弦，一段惊沙去③。　　万里嫁、乌孙公主④。对易水、明妃不渡⑤。泪粉行行，红颜片片，指下花落狂风雨。借问本师谁，敛拨当心住⑥。

[注释]

①凝伫：感怀伤神之思。　②拢：叩弦。　捻：揉弦。加上抹（顺手下拨）和挑（反手回拨），四者都是弹琵琶的指法。白居易《琵琶行》：“轻拢慢捻抹复挑，初为霓裳后六么。”　③惊沙：乐曲名。　④“乌孙公主”句：汉武帝实行和亲政策，以江都王之女刘细君为公主远嫁乌孙。令琵琶马上奏乐，以慰其道路之苦。　⑤明妃：即王昭君，晋时避司马昭讳，改称明君，后人又改称明妃。昭君远嫁胡地为阏氏，思念故国，曾上书求归。事见《后汉书·南匈奴传》。　⑥“借问”二句：写问到所从习业之师时，弹

奏戛然而止。 拨:发声的工具。 当心住:用“拨”在琵琶中心的四弦上猛然一划,即收“拨”时的弹法。

忆帝京[①]

私 情

银烛生花如红豆[②],占好事、而今有[③]。人醉曲屏深,借宝瑟、轻招手。一阵白蘋风[④],故灭烛、教相就。 花带雨、冰肌香透。恨啼乌、辘轳声晓,岸柳微凉吹残酒。断肠时、至今依旧。镜中消瘦。那人知后,怕夯你来僝僽[⑤]。

[注释]

①唐氏按:此首又见《绿窗新话》卷上引《古今词话》作秦观《御街行》。 ②红豆:红豆树、海红豆及相思子等植物种子的统称。朱红色。 ③占:卜问,猜测。 ④白蘋:一种生长在浅水中的浮草,初夏时开白色四瓣小花。 ⑤夯:冲,撞。 僝(chán)僽:嗔怪之意。

[集评]

王国维云:“片玉词:‘良夜灯光簇如豆’,乃改山谷《忆帝京》词为之者。似屯田最下之作。”(《人间词话》附录一)

画堂春

东堂西畔有池塘,使君棐几明窗[①]。日西人吏散东廊,蒲苇送轻凉。 翠管细通岩溜[②],小峰重叠山光。近池催置琵琶床,衣带水风香。

[注释]

①棐几:香榧木制作的几。 棐:通“榧”。 ②岩溜:山泉。通岩溜

之翠管，以竹为之，即竹筧。

画堂春

摩围小隐枕蛮江[1]，蛛丝闲锁晴窗。水风山影上修廊，不到晚来凉[2]。　相伴蝶穿花径[3]，独飞鸥舞春光。不因送客下绳床[4]，添火炷炉香。

（以上二十九首《彊村丛书》本《山谷琴趣外篇》卷二）

［注释］

①蛮江：即涪陵江，亦名乌江。　②到：道。不道，不料、不觉的意思。　③"相伴"句：化用杜甫《曲江二首》"穿花蛱蝶深深见"诗意。　④绳床：一种可以折叠的轻便坐具。亦称胡床、交床、交椅。

鹧鸪天

明日独酌自嘲呈史应之[1]

万事令人心骨寒，故人坟上土新干。淫坊酒肆狂居士[2]，李下何妨也整冠[3]。　金作鼎，玉为餐。老来亦失少时欢。茱萸菊蕊年年事，十日还将九日看。

［注释］

①史应之：作者戎州所识之友人。山谷《谢应之》诗，任渊注云："应之眉山人，授馆于人，为童子师，落魄无检，善作鄙语，人以屠侩目之。客泸、戎间，固识山谷。"　②唐氏按："坊"原误作"妨"，据宋本《琴趣》改。　③"李下"句：反用汉无名氏《乐府》"瓜田不纳履，李下不整冠"诗句之意。

鹧鸪天

坐中有眉山隐客史应之和前韵,即席答之①

黄菊枝头生晓寒,人生莫放酒杯干②。风前横笛斜吹雨,醉里簪花倒著冠③。　身健在,且加餐④。舞裙歌板尽清欢。黄花白髮相牵挽,付与时人冷眼看。

[注释]

①此为作者于戎州重阳节时酬答史应之之作。　②放:教、使。　③“风前”二句:前句作者《念奴娇》词称“老子平生,江南江北,最爱临风笛”,后句暗用孟嘉落帽之典,兼用晋山简醉酒之典。山简镇荆州时喜在外游饮,常大醉而归。当地民歌传唱:“日莫(暮)倒载归,茗艼无所知。复能乘骏马,倒著白接篱(一种头巾)。”事见刘义庆《世说新语·任诞》。

[集评]

黄苏云:“菊称其耐寒则有之,曰‘破晓寒’,更写得菊精神出。曰‘斜吹雨’,‘倒著冠’则有傲兀不平气在。末二句,尤见牢骚。然自清迥独出,骨力不凡。”(《蓼园词评》)

沈谦云:“东坡‘破帽多情却恋头’,翻龙山事,特新。山谷‘风前横笛斜吹雨,醉里簪花倒著冠’,尤用得幻。”(《东江集钞》)

陈廷焯云:“山谷此词,颇似稼轩率意之作。”(《词则·放歌集》)

缪钺云:“这首词也表现了他的襟怀旷达,意气倔强,不以得丧休戚萦心。词笔也很苍老。”(《论黄庭坚词》)

鹧鸪天

紫菊黄花风露寒,平沙戏马雨新干①。且看欲尽花经眼,休说弹冠与挂冠②。　甘酒病,废朝餐。何人得似醉中欢。十年一觉扬州梦,为报时人洗眼看。

[注释]

①戏马:指驰射。 ②弹冠:入仕的意思。弹去冠上灰尘,准备做官。

[集评]

刘熙载云:"黄山谷词用意深至,自非小才所能辨。"(《艺概·词曲概》)

鹧鸪天[①]

表弟李如篪云:"玄真子渔父语,以《鹧鸪天》歌之,极入律,但少数句耳。"因以玄真子遗事足之。宪宗时,画玄真子像,访之江湖,不可得,因令集其歌诗上之。玄真之兄松龄,惧玄真放浪而不返也,和答其渔父云:"乐在风波钓是闲,草堂松桂已胜攀。太湖水,洞庭山。狂风浪起且须还。"此余续成之意也

西塞山边白鹭飞,桃花流水鳜鱼肥[②]。朝廷尚觅玄真子,何处如今更有诗。 青箬笠,绿蓑衣。斜风细雨不须归。人间底是无波处[③],一日风波十二时[④]。

[注释]

①唐氏按:此首别误入曾慥本《东坡词》卷下。 ②桃花流水:仲春雨水,桃始花。庾信《忝在司水看治渭桥》有句"流水桃花香"。 ③"人间"句:谓时时刻刻皆有风波。 底:犹何。 ④十二时:古分一日为十二时。

[集评]

黄苏云:"山谷自序云:……按山谷生遇坎坷,文字之祸,兢兢于心。将志和原词,每阕添两句,神理迥然大异,便少优游自得之致矣。然亦其遇然也。备录之,以见翻案之法。"(《蓼园词评》)

胡仔云:"《夷白堂小集》云:山谷道人向为余言:'张志和渔父词,雅有远韵。志和善丹青,必有形于图画者,而世莫之传也。'尝以其词增损为《浣溪沙》,诵之有矜色。予以告大年云:'我不可不成此一段奇事。'久之,乃以烟波图见归。其致思深处,不减昔人。"(《苕溪渔隐丛话》后集)

沈雄云:“东京士人隐括东坡《洞仙歌》为《玉楼春》,以记摩诃池上之事,见张仲素《本事记》。鲁直隐括子同《渔父词》为《鹧鸪天》,以记西塞山前之事,见《山谷词》。是真简而文矣。”(澄晖堂本《古今词话·词品》卷上《隐括词》)

醉落魄

旧有醉醒醒醉一曲云:“醉醒醒醉。凭君会取皆滋味。浓斟琥珀香浮蚁。一入愁肠,便有阳春意。须将席幕为天地。歌前起舞花前睡。从他兀兀陶陶里。犹胜醒醒、惹得闲憔悴。”此曲亦有佳句,而多斧凿痕,又语高下不甚入律。或传是东坡语,非也。与“蜗角虚名”、“解下痴绦”之曲相似,疑是王仲父作。因戏作四篇呈吴元祥、黄中行,似能厌道二公意中事①

陶陶兀兀②,尊前是我华胥国③。争名争利休休莫。雪月风花,不醉怎生得。　邯郸一枕谁忧乐④,新诗新事因闲适。东山小妓携丝竹⑤。家里乐天,村里谢安石。(石曼卿云:村里黄番绰,家中白侍郎。)

[注释]

①吴元祥、黄中行:二人是作者戎州所收的门人。《醉落魄》四首词是写给他们的。　②陶陶兀兀:形容醉后忘乎所以然,自得其乐,悠闲自在。　③华胥国:黄帝梦游华胥之国。国人一切均听任自然,和融自得,无嗜欲,无爱憎。黄帝大悟,二十八年后,天下大治,几若华胥氏之国。事据《列子·黄帝》。后遂用为安乐和平之国或梦境的代称。　④邯郸一枕:即邯郸梦、黄粱梦,喻荣华富贵皆如梦幻,何必争名夺利。事见唐人沈既济《枕中记》。　⑤“东山”句:谓士人风流倜傥的游乐生活。据《晋书·谢安传》,东晋孝武帝时宰相谢安,出仕前曾隐居会稽东山,经常挟妓游乐。

[集评]

吴曾云:“豫章云:‘醉醒醒醉’一曲,乃《醉落魄》也。其词云(略)。

其曰：'安乐、春泉、玉醴、荔枝绿'者，新贤宅四酒名。其曰：'家里乐天，村里谢安石'，此皆石曼卿自嘲语'村里黄番绰，家中白侍郎。'"（《能改斋漫录》）

醉落魄

陶陶兀兀，人生无累何由得。杯中三万六千日。闷损旁观，自我解落魄。　扶头不起还颓玉，日高春睡平生足。谁门可款新篘熟[①]。安乐、春泉，玉醴，荔枝绿[②]。

[注释]

①款：殷勤招待。新篘(chóu)：新从酒笼里榨滤出来的酒。　篘：酒笼，滤酒器。用以漉滤取酒。　②"安乐"句：安乐、春泉、玉醴、荔枝绿均为酒名。

醉落魄

老夫止酒十五年矣[①]。到戎州，恐为瘴疠所侵，故晨举一杯。不相察者乃强见酌，遂能作病。因复止酒，用前韵作二篇，呈吴元祥

陶陶兀兀，人生梦里槐安国[②]。教公休醉公但莫。盏倒垂莲[③]，一笑是赢得。　街头酒贱民声乐，寻常行处寻欢适。醉看檐雨森银竹[④]。我欲忧民，渠有二千石[⑤]。

[注释]

①止酒十五年：作者自四十岁过泗州僧伽塔作发愿文，不食酒肉，至今正好十五年。　②槐安国：蚂蚁王国，用以喻荣华富贵似梦幻。传说淳于棼在槐树下醉酒，梦至槐安国，招为驸马，任南柯太守。梦醒，见槐树下有蚁穴。事见唐李公佐《南柯记》。　③垂莲：倒垂荷叶酒杯，即干杯之意。　④森银竹：下大雨。李白《宿虾湖》："白雨映寒山，森森似银

竹。” ⑤二千石:汉代郡守的别称,有时也作地方行政长官的泛称。汉代郡守俸禄每月二千石,即一百二十斛(hú),故有此称。以后借指郡守或地方行政长官。

醉落魄

陶陶兀兀,醉乡路远归不得。心情那似当年日。割爱金荷,一碗淡莫托。 异乡薪桂炊苍玉[①],摩挲经笥须知足[②]。明年细麦能黄熟。不管轻霜,点尽鬓边绿[③]。

[注释]

①薪桂炊苍玉:穷人视薪如桂枝,视米如珠玉。据《战国策·楚策》,苏秦等了三天才见到楚王,说:“我现在要吃您用桂枝为薪烧出来的珍贵食物……要见您真难啊!” ②摩挲:抚弄、揣摩之意。 经笥:装经书的箱子。旧时常以腹笥五经喻学问渊博。 ③鬓边绿:即绿鬓。谓乌黑而光亮的鬓髮。

南乡子

今年重九,知命已向成都,感之,次韵

招唤欲千回,暂得尊前笑口开[①]。万水千山还么去,悠哉[②]。酒面黄花欲醉谁。 顾影又徘徊,立到斜风细雨吹。见我未衰容易去,还来。不道年年即渐衰[③]。

[注释]

①“暂得”句:化用杜牧《九日齐山登高》“尘世难逢开口笑”诗意,言世事多艰,暂得欢笑。 ②“万水”二句:谓万水千山还那么远地要去。 么:“那么”的省文。 悠:远。 ③“见我”三句:谓见我未衰,轻于别离,而不知我已日入衰境。 容易:轻率之意。词中“去”字,从文义宜连下“还来”,即去去来来之意。 不道:犹说不知。

南乡子

未报贾船回，三径荒锄菊卧开[①]。想得邻船霜笛罢，沾衣[②]。不为涪翁更为谁[③]。 风力袅萸枝，酒面红鳞慑细吹。莫笑插花和事老，摧颓[④]。却向人间耐盛衰。

[注释]

①三径：归隐者所住的田园。 ②“想得”二句：化用曹丕《善哉行二首》之一“霜露沾人衣”诗意。 ③涪翁：作者的号。 更为谁：即岂问谁、那问谁的意思。 ④摧颓：毁废，引申为老迈颓唐的意思。

南乡子

黄菊满东篱，与客携壶上翠微[①]。已是有花兼有酒，良期。不用登临恨落晖。 满酌不须辞，莫待无花空折枝[②]。寂寞酒醒人散后，堪悲。节去蜂愁蝶不知。

[注释]

①“黄菊”二句：化用陶渊明《饮酒并序》其五“采菊东篱下，悠然见南山”诗意。 翠微：指青山。 ②“莫待”句：袭用唐无名氏《金缕衣》“有花堪折直须折，莫待无花空折枝”诗。

南乡子

重阳日寄怀永康彭道微使君，用坡旧韵[①]

卧稻雨馀收，处处游人簇远洲。白髮又扶红袖醉，戎州。乱折黄花插满头[②]。 青眼想风流[③]，画出西楼一帧秋。还把去年欢意舞，梁州[④]。塞雁西来特地愁。

[注释]

①永康:永康军,北宋置。治所即今四川灌县。　用坡旧韵:指苏东坡《南乡子》(霜降水痕收)旧韵。　②"乱折"句:化用杜牧《九日齐山登高》"菊花须插满头归"诗句之意。　③青眼:指对人的器重,与"白眼"相对。此处指彭道微。　④梁州:唐宋大曲名,其舞蹈属软舞。

点绛唇

重九日寄怀嗣直弟,时再涪陵[1]。用东坡馀杭九日点绛唇旧韵

浊酒黄花,画檐十日无秋燕。梦中相见,起作南柯观。　镜里朱颜,又减年时半。江山远,登高人健,应问西来雁[2]。

[注释]

①唐氏按:"再"字疑是"在"字之误。　②"登高"二句:化用杜甫《九日蓝田崔氏庄》"明年此会知谁健?醉把茱萸仔细看"诗句之意。

谒金门

戏赠知命

山又水,行尽吴头楚尾[1]。兄弟灯前家万里,相看如梦寐[2]。　君似成蹊桃李[3],入我草堂松桂[4]。莫厌岁寒无气味,馀生今已矣。

[注释]

①吴头楚尾:吴、楚,东周时的吴国、楚国。其交界处在今江西北部、南昌一带,西部为楚,东部为吴,双方比邻,恰若首尾相连。祝穆《方舆胜览》:"豫章(南昌)之地,为楚尾吴头。"　②"兄弟"二句:作者贬官涪州别驾、黔州安置时,二弟叔达(字知命)特来看望、陪伴他。"相看如梦寐",袭用杜甫《羌村三首》"夜阑更秉烛,相对如梦寐"诗句之意。　③成蹊桃

李：借李广忠实真诚，称赞知命不尚虚名。《史记·李将军列传》以“桃李不言，下自成蹊”誉美李广。④草堂松桂：借指自己住处寂寞无聊。孔稚圭《北山移文》中有“钟山之英，草堂之灵”和“诱我松桂，欺我云壑”之句。

采桑子

赠黄中行

宗盟有妓能歌舞①。宜醉尊罍，待约新醅，车上危坡尽要推②。　　西邻三弄争秋月③。邀勒春回④，个里声催，铁树枝头花也开。

[注释]

①宗盟：指黄中行，同为黄姓，故云。②尽(jìn)：老是，只管。③三弄：用笛吹奏三个乐曲，泛指吹笛。据《晋书·桓伊传》，桓伊善吹笛，曾应邀下车为王徽之作三调，宾主未交一言。④邀勒：拦截、强迫之意。

采桑子

送彭道微使君移知永康军

荔枝滩上留千骑①，桃李阴繁，燕寝香残，画戟森森镇八蛮②。　　永康又得风流守，管领江山，少讼多闲，烟霭楼台舞翠鬟。

[注释]

①荔枝滩：地名。哲宗元符元年(1098)春，作者在黔南，因避外兄张向之嫌，迁戎州安置。三月离黔州，过涪陵。五月上荔枝滩。六月抵戎州。荔枝滩当在涪陵和戎州之间。②森森：森严的样子。八蛮：即八诏蛮。

采桑子

马湖来舞钗初赐[①]。笳鼓声繁，贤将开关，威竦西山八诏蛮[②]。　　南溪地逐名贤重。深锁群山，燕喜公闲，一斛明珠两小鬟。

[注释]

①马湖：今四川雷波县东北大凉山中。宋时马湖蛮屯居于此。　②西山八诏蛮：唐、宋时西南地区的少数民族。《旧唐书·韦皋传》："皋又诏抚西山羌女、诃陵、白狗、逋租、弱水、南水等八国酋长，入贡阙庭。"

西江月

茶

龙焙头纲春早[①]，谷帘第一泉香[②]。已醺浮蚁嫩鹅黄[③]，想见翻成雪浪。　　兔褐金丝宝碗，松风蟹眼新汤[④]。无因更发次公狂[⑤]，甘露来从仙掌。

[注释]

①龙焙：即龙团。又称团茶，因茶饼上面印有盘龙而得名。作贡品供宫廷享用。　②谷帘：泉名。陆羽品天下水二十，庐山谷帘水居第一。　③浮蚁：亦称浮蛆。酒面上浮起的泡沫。《文选·张衡〈南都赋〉》："醪敷径寸，浮蚁若萍。"此指茶汤。　④蟹眼：螃蟹的眼睛。形容水初沸时泛起的小气泡。苏轼《试院煎茶》诗："蟹眼已过鱼眼生，飕飕欲作松风鸣。"　⑤次公狂：指人性格狂纵，或酒醉发狂。据《汉书·盖宽饶传》，平恩侯许伯入第，百官皆贺，独宽饶未去。许伯上门迎请，宽饶去后说："我乃酒狂。"丞相魏侯笑着说："次公醒而狂，何必酒也？"

鹧鸪天

吉祥长老设长松汤，为作。有僧病痂癞，尝死金刚窟[1]。有人见者，教服长松汤，遂复为完人

汤泛冰瓷一坐春，长松林下得灵根。吉祥老子亲拈出，个个教成百岁人[2]。　灯焰焰，酒醺醺。壑源曾未醒酲魂。与君更把长生碗，聊为清歌驻白云[3]。

[注释]

①金刚窟：在五台山东台楼观谷的左崖。　②教：犹能。通作"交"。　③清歌驻白云：即响遏行云。薛谭拜秦青为师，学习歌唱，以为学成求归。秦青设酒送别，按着节拍悲壮高歌，声音震动林间树木，使天上白云也停止了飘行。薛谭听了有愧，继续跟着秦青学习。事见《列子·汤问》。

渔家傲

江宁江口阻风，戏效宝宁勇禅师作古《渔家傲》。王环中云：庐山中人颇欲得之。试思索，始记四篇

万水千山来此土，本提心印传梁武[1]。对朕者谁浑不顾。成死语[2]，江头暗折长芦渡。　面壁九年看二祖[3]，一花五叶亲分付[4]。只履提归葱岭去[5]。君知否，分明忘却来时路。

[注释]

①梁武：即梁武帝萧衍，南兰陵（今江苏武进）人。笃信佛教。　②死语：禅宗之语有死句活句。意路不通，无义味句，谓之死句；有意味通意路句，谓之活句。　③"面壁"句：印度高僧菩提达摩泛海至广州到建业（今江苏南京）。梁武帝曰对朕者谁？达摩曰不识。帝不悟。渡江到嵩山少林寺，终日对壁而坐，坚持九年，开创佛教宗派，成禅宗始祖。　二祖：禅

宗第二祖慧可禅师。 ④“一花”句:达摩对慧可说偈曰,“吾本来兹土,传法救迷情。一华开五叶,结果自然成。”禅宗以达摩为祖,谓一花;后衍成曹洞、临济、云门、沩仰、法眼五派,谓五叶。 ⑤“只履”句:后魏孝明帝太和十九年,达摩端坐而化。其徒为之葬熊耳山。后二年,魏宋云奉使西域,回归遇师于葱岭,手携只履独行,问师何往?曰西天去。宋云具奏,帝令启墓,只见空棺里存一革履。以上数注内容均见《传灯录》。

渔家傲

三十年来无孔窍[①],几回得眼还迷照[②]。一见桃花参学了[③],呈法要[④],无弦琴上单于调[⑤]。 摘叶寻枝虚半老,拈花特地重年少。今后水云人欲晓,非玄妙,灵云合被桃花笑[⑥]。

[注释]

①无孔窍:指不开窍,未得佛法。《淮南子》云:“夫孔窍者,精神之户牖也。” ②得眼:佛门悟道之意。佛家称肉眼、天眼、慧眼、法眼、佛眼为“五眼”,其中肉眼、天眼只能看见虚妄的幻象,慧眼、法眼才能看清事物的本质。当年佛祖释迦牟尼在灵山讲法,拈花示众,迦叶尊者微笑会意。佛祖曾说:“吾有正法眼藏付嘱摩诃迦叶。”此后悟道就称“得眼”。 ③参学:求禅悟道。学习禅法,参入禅道活动。 ④法要:以要言说法,说枢要的法义。《维摩经·弟子品》说:“佛为诸比丘略说法要。”此指求得了佛法。 ⑤无弦琴:未上弦的琴。陶渊明不晓音律,却备无弦琴,每有酒适,就抚弄以寄心意。 单于:曲调名。唐大角曲,有《大单于》、《小单于》、《大梅花》、《小梅花》等曲。单于调在此处指广大无限的音乐。 ⑥灵云:僧名。南岳临济宗福州灵云志勤和尚。南宋普济《五灯会元》卷四《灵云志勤禅师》条说:“初在沩山,因见桃花悟道。有偈曰:‘三十年来寻剑客,几回落叶又抽枝。自从一见桃花后,直至如今更不疑。’”灵云愚钝,三十年始才悟道。 被:《全宋词》作“破”,此据《百家词》本。

渔家傲

忆昔药山生一虎[①]，华亭船上寻人渡。散却夹山拈坐具[②]。呈见处，繁驴橛上合头语[③]。　千户垂丝君看取，离钩三寸无生路[④]。蓦口一桡亲子父[⑤]。犹回顾，瞎驴丧我儿孙去[⑥]。

[注释]

①药山：即惟俨禅师住锡澧州药山，为南岳石头希迁禅师法嗣。唐文宗谥为弘道大师。有声于中唐之时。　②夹山：即善会禅师住锡澧州夹山，为船子和尚法嗣。死于唐中和元年，谥曰傳明大师。　③繁驴橛："繁"，据影宋本《山谷琴趣外篇》当作"系"。　系驴橛：譬言心非贵重之物，非可保重。而为其所系缚。《碧岩第一则著语》曰："是甚系驴橛。"　合头：方言。里头、当中的意思。　④离钩：上钩，指被垂丝的钓钩钓着了。　离：遭遇。　⑤桡（ráo）：桨。代指船。　子父：犹师徒。佛门称谓。　⑥瞎驴：愚蠢之僧人。　丧我儿孙：指将佛门弟子引入迷途。见《传灯录·百丈禅师》。

渔家傲

百丈峰头开古镜[①]，马驹踏杀重苏醒[②]。接得古灵心眼净[③]。光炯炯，归来藏在袈裟影。　好个佛堂佛不圣，祖师沉醉犹看镜。却与斩新提祖令[④]。方猛省，无声三昧天皇饼[⑤]。

[注释]

①百丈：即怀海禅师，为马祖高足，住百丈山，故称。　②马驹：此指马祖他得法于南岳怀让。阐化江西，大畅宗风。　③古灵：指佛门的先贤大德。　④祖令：指马祖之教言。　⑤三昧：指佛家之禅定境界。《大智度论》云"善心一处不动，而名三昧"。

渔家傲

余尝戏作诗云:“大葫芦挈小葫芦。恼乱檀那得便沽[①]。每到夜深人静后,小葫芦入大葫芦。”又云:“大葫芦干枯,小葫芦行沽。一住金仙宅,一住黄公垆[②]。有此通大道。无此令人老。不问恶与好,两葫芦俱倒。”一或请以此意倚声律作词,使人歌之,为作《渔家傲》

踏破草鞋参到了,等闲拾得衣中宝。遇酒逢花须一笑,长年少,俗人不用瞋贫道。　　何处青旗夸酒好,醉乡路上多芳草。提著葫芦行未到,风落帽,葫芦却缠葫芦倒。

[注释]

①檀那:施主。　②黄公垆:晋代酒家名,嵇康等常去酣饮。后以此代酒店。

[集评]

胡仔云:“黄鲁直少时喜造纤淫之句,法秀呵曰:‘应堕犁舌地狱。’鲁直答云:‘空中语耳。’晚年戏效宝宁勇禅师咏古德灵云遗事作《渔家傲》云:‘三十年来无孔窍。……灵云合被桃花笑。’会得此意,真是临去秋波那一转,应许老僧共参也。”(《词苑萃编·苕溪渔隐》)

张德瀛云:“词上入皆可作平,而入声最夥。独、一、寂、不、碧、亦等字固为数见。它如张子野《踏莎行》‘密意欲传’,欲作平,黄鲁直《渔家傲》‘系驴橛上合头语’,合作平……”(《词徵》)

毛晋云:“鲁直少时使酒玩世,喜造纤淫之句,法秀道人诫云:‘笔墨劝淫,应堕犁舌地狱。’鲁直答曰:‘空中语耳’。晚年来亦间作小词,往往借题棒喝,拈示后人,如效宝宁勇禅师《渔家傲》几阕,岂其与《桃叶》、《团扇》鬥妖艳邪?”(《宋六十名家词·跋山谷词》)

拨棹子

退 居

归去来，归去来，携手旧山归去来。有人共月对尊罍。横一琴[①]，甚处不逍遥自在。　　闲世界，无利害。何必向、世间甘幻爱。与君钓、晚烟寒濑[②]。蒸白鱼稻饭，溪童供笋菜。

［注释］

①横一琴：陶渊明有一张没上弦的琴，常托弄寄意。后遂用"无弦琴、横琴、琴不设弦、琴中趣"等谓自寻乐趣或意趣高雅。杨亿《寄灵仙观舒积方学士》诗："华阴学雾还成市，彭泽横琴岂要弦。"　②濑：从沙石上流过的急水。

诉衷情

在戎州登临胜景[①]，未尝不歌渔父家风，以谢江山。门生请问：先生家风如何？为拟金华道人作此章[②]

一波才动万波随，蓑笠一钩丝。锦鳞正在深处[③]，千尺也须垂。　　吞又吐，信还疑，上钩迟。水寒江静，满目青山，载月明归。

［注释］

①戎州：今四川宜宾。　②金华道人：即华亭船子和尚，药山俨禅师之弟子，法号为德诚禅师。《景德传灯录》、《五灯会元》均有传，称他"节操高远，度量不群"，"率性疏野，绝好山水，乐情自遣"。　③锦鳞：水中之鱼。

［集评］

宋僧惠洪云："华亭船子和尚偈云：'千尺丝纶直下垂，一波才动万波随。夜静水寒鱼不食,满船空载月明归。'丛林盛传,想见其为人。宜州(山谷)倚曲音成长短句曰:(略)。"(《冷斋夜话》卷七)

浣溪沙[1]

新妇滩头眉黛愁,女儿浦口眼波秋。惊鱼错认月沉钩[2]。　　青箬笠前无限事,绿蓑衣底一时休。斜风吹雨转船头[3]。

[注释]

①唐氏按:此首别误作周邦彦词,见《古今诗馀醉》卷十五。　②"新妇"三句:化用顾况《渔父词》"新妇矶边月明,女儿浦口湖平,沙头鹭宿鱼惊"词意。　③"青箬笠"三句:化用张志和《渔父词》"青箬笠,绿蓑衣,斜风细雨不须归"词意。

[集评]

黄苏云:"黄鲁直作此词,清新婉丽。闻其得意,自以水光山色,替却玉肌花貌,此乃真得渔父家风也。然才出新妇矶,又入女儿浦,此渔父无乃太澜浪耶。按前一阕,写得山水有声有色,有情有态,笔笔清奇。第二阕,'无限事'、'一时休'写渔父情怀,未免语含愤激。涪翁一生坎壈,托兴于渔父,欲为恬适,终带牢骚。结句与张志和'斜风细雨不须归'句,亦自神理迥别。张句是无心任运,涪翁句是有心避患也。细味当自得之。"(《蓼园词评》)

吴聿云:"乐天云:'眉月晚生神女浦,脸波春傍窕娘堤。'涪翁用此意作渔父词云:'新妇矶边眉黛愁,女儿浦口眼波秋。'然'新妇矶、女儿浦',顾况六言已作对矣。"(守山阁丛书本《观林诗话》)

菩萨蛮

王荆公新筑草堂于半山,引八功德水作小港,其上垒石作桥。为集句云:"数间茅屋闲临水,窄衫短帽垂杨里。花是去年

红，吹开一夜风。　　梢梢新月偃，午醉醒来晚。何物最关情，黄鹂三两声。”戏效荆公作①

半烟半雨溪桥畔，渔翁醉著无人唤。疏懒意何长，春风花草香。　　江山如有待，此意陶潜解②。问我去何之，君行到自知。

[注释]

①荆公：王安石。晚年退居江宁（今江苏南京），营建半山园（由县东门到钟山，恰好为一半路程，故称半山），自号半山。封舒国公，旋改封荆，世称荆公。　②“江山”二句：翻用杜甫《后游》“江山如有待，花柳自无私”诗句之意。

[集评]

胡仔云：“鲁直书荆公集句《菩萨蛮》词本云：‘数间茅屋闲临水。窄衫短帽垂杨里。花是去年红，吹开一夜风。　　娟娟新月偃，午醉醒来晚。何许最关情，黄鹂三两声。’因阅《临川集》，乃云：‘今日是何朝，看余度石桥。’余谓不若‘花是去年红，吹开一夜风’为胜也。”（《苕溪渔隐·黄庭坚书荆公集句》）

调笑歌

诗曰：海上神仙字太真，昭阳殿里称心人。犹思一曲霓裳舞，散作中原胡马尘。方士归来说风度，梨花一枝春带雨。分钗半钿愁杀人，上皇倚阑独无语

无语，恨如许。方士归时肠断处，梨花一枝春带雨。半钿分钗亲付①，天长地久相思苦。渺渺鲸波无路②。

[注释]

①“半钿”句：喻离情。陈鸿《长恨歌传》：“定情之夕，授金钗钿合以固之。”白居易《长恨歌》：“唯将旧物表深情，钿合金钗寄将去。钗留一股

合一扇,钗擘黄金合分钿。但令心似金钿坚,天上人间会相见。” ②“天长”二句:化用白居易《长恨歌》“天长地久有时尽,此恨绵绵无绝期”诗句之意。

步蟾宫

妓 女

虫儿真个忒灵利[①],恼乱得、道人眼起[②]。醉归来、恰似出桃源,但目送、落花流水。 何妨随我归云际,共作个、住山活计。照清溪,匀粉面,插山花,也须胜、风尘气味[③]。

[注释]

①虫儿:美称心爱的人。犹如说“宝贝”。 ②恼:撩拨。 恼乱:为其所撩所乱。 ③须:与“终”同义。语气较“应”字义为强。《山谷琴趣外篇》彊村本校记云:“也须,明本作算终。”

[集评]

沈曾植云:“山谷《步蟾宫》词‘虫儿真个恶灵利,恼乱得道人眼起俊’,俗语也。《乐章集》征部乐‘但愿虫虫心下,把人看待,长似初相识’,直以虫虫作人人卿卿用,更奇。”(《菌阁琐谈》)

南柯子

东坡过楚州,见净慈法师,作《南歌子》。用其韵赠郭诗翁二首[①]

郭泰曾名我,刘翁复见谁。入鄽还作和罗槌[②]。特地干戈相待、使人疑。 秋浦横波眼,春窗远岫眉。补陀岩畔夕阳迟[③],何似金沙滩上、放憨时。

[注释]

①郭诗翁:郭祥正。据孔凡礼《郭祥正集》词崇宁元年(1102)作于太平知州任上。 ②入鄽:入市。 鄽:同“廛”。 和罗:声音回荡应和。 ③补陀岩:山名,观音的住处。《旧华岩经入法界品》曰:“于此南方有山曰光明,彼有菩萨名观世音。”

南柯子

万里沧江月,波清说向谁。顶门须更下金椎,只恐风惊草动、又生疑。 金雁斜妆颊[①],青螺浅画眉。庖丁有底下刀迟[②],直要人牛无际、是休时。

[注释]

①金雁:指琵琶上的雁柱。 ②“庖丁”句:语出《庄子·养生主》“虽然,每至于族,吾见其难为,怵然为戒,视为止,行为迟”。 有底:为甚的意思。意言庖丁下刀,为甚如此徐徐动手?

丑奴儿

夜来酒醒清无梦。愁倚阑干,露滴轻寒,雨打芙蓉泪不干。 佳人别后音尘悄。消瘦难拚,明月无端[①],已过红楼十二间。[②]

[注释]

①无端:无缘无故,没有原因。苏轼《减字木兰花》(雪容皓白):“风力无端,欲学杨花更耐寒。” ②唐氏按:宋本《琴趣》调名下原注云“此调或者为秦少游所作,而公集中亦载,以是姑两存之”。今见《淮海居士长短句》卷中。 此首别又作晏几道词,见《永乐大典》卷三千零零六“人”字韵引《小山琴趣外篇》。

西江月

老夫既戒酒不饮,遇宴集,独醒其旁。坐客欲得小词,援笔为赋①

断送一生惟有,破除万事无过②。远山横黛蘸秋波,不饮旁人笑我。　　花病等闲瘦弱③,春愁没处遮拦。杯行到手莫留残④,不道月斜人散。

（以上三十四首《山谷琴趣外篇》⑤卷三）

[注释]

①戒酒不饮:作者对佛发愿戒酒色及肉食,时年四十。禁酒以后,参加宴会不再饮酒。他在发愿文中说:“今者,对佛发大誓愿:‘愿从今日,尽未来世,不复淫欲。愿从今日,尽未来世,不复饮酒。愿从今日,尽未来世,不复食肉。’”又说:“设复饮酒,当坠地狱,饮洋铜汁,经无量劫,一切众生为酒颠倒,故应受苦报,我皆代受。”此时是元丰七年(1084)三月。　②“断送”二句:韩愈《遣兴》诗“断送一生惟有酒”;《赠郑兵曹》诗“破除万事无过酒”。作者各去其最后一字成“劝酒”名句。　③等闲:无端的意思。　④“杯行”句:化用庾信《舞媚娘歌》“少年唯有欢乐,饮酒那得留残”诗意。　⑤《全宋词》注:《山谷琴趣外篇》今有宋刊本,收入武进陶氏续景刊宋元明本词,续古逸丛书、四部丛刊续编。《彊村丛书》本经朱祖谋以祠堂本校补,间涉他校,今用之。

[集评]

沈雄云:“山谷《西江月》云:‘断送一生唯有,破除万事无过。’似‘歇后’句。‘远山横黛蘸秋波’,不甚联属。‘不饮旁人笑我’,亦未全该。南宋人谓其突兀之句,翻成语病。”(《古今词话·词品》)

俞陛云云:“起二句咏酒,而用成句作歇后语,为词中创格。《后山诗话》云:‘盖韩诗有云:“断送一生唯有酒”,“破除万事无过酒”,才去一字,遂为切对,而语益峻。又云:“杯行到手莫留残,不道月斜人散”,谓思相离之忧,则不得不尽,而俗士改为留连,遂使两句相失。’”(《唐五代两宋词选释》)

画堂春

年十六作

东风吹柳日初长，雨馀芳草斜阳。杏花零乱燕泥香[①]，睡损红妆[②]。　宝篆烟消龙凤，画屏云锁潇湘。夜寒微透薄罗裳，无限思量。[③]

[注释]

①“雨馀”二句：从温庭筠“雨后却斜阳，杏花零落香”词句脱胎。　②损：坏。　睡损：睡坏。　③唐氏按：此首别又作秦观词，见《唐宋诸贤绝妙词选》卷四。

[集评]

李调元云：“秦少游《淮海集》首首珠玑，为宋一代词人之冠。今刊本多以山谷作杂之。黄九之不逮秦七，古人已有定评，岂容混入？如《画堂春》词……气薄语弱，此山谷十六岁作也，不应杂入。”（《雨村词话》卷一）

虞美人

至当涂，呈郭功甫[①]

平生本爱江湖住[②]，鸥鹭无人处。江南江北水云连，莫笑醯鸡歌舞、瓮中天[③]。　当涂舣棹蒹葭外，赖有宾朋在。此身无路入修门[④]，惭愧诗翁清些、与招魂[⑤]。

[注释]

①郭功甫：名祥正，太平州（府治当涂）人。举进士。熙宁中，知武冈县。后以殿中丞致仕。元丰中，知端州。元祐初，阶至朝请大夫。少有诗名，见赏于梅尧臣，也受到王安石、苏轼的推重。　②平生：《全宋词》作“平王 ”，据《宋六十名家词》改。　③醯（xī）鸡：小虫名，即蠛蠓。《庄子 · 田子方》：“孔子出，以告颜回，曰：‘丘之于道也，其犹醯鸡与，微夫子

之发吾覆也，吾不知天地之大全也。'"《列子·天瑞》："醯鸡生乎酒。"张湛注："此因酸气而生。"此处指见识寡陋、微不足道。　④修门：楚国郢都城门。　⑤惭愧：多谢之意。　清些：即楚些、楚词，这里指诗词。

虞美人

宜州见梅作①

天涯也有江南信②，梅破知春近。夜阑风细得香迟，不道晓来开遍、向南枝。　玉台弄粉花应妒，飘到眉心住③。平生个里愿杯深④，去国十年、老尽少年心⑤。

[注释]

①此词作于徽宗崇宁三年(1104)冬十一月，作者被贬宜州已半年。见岭外梅花蓓蕾绽开，不由思念江南故乡。　唐氏按：此首别误作晏殊词，见抱经斋抄本《珠玉词补遗》引群贤《梅苑》，盖《梅苑》卷十佚文。　②信：花信，花信风，即花期。　③"玉台"二句：谓美人在梳妆台前弄脂抹粉，巧试梅妆。宋武帝女寿阳公主，梅花落额上成五出花，后人效之为梅花妆。事见《太平御览·时序部》引《杂五行书》。　④个里：个中，此中。　⑤去国：离开朝廷，即遭贬谪。作者晚年两次受贬，一次是宋哲宗绍圣元年(1094)，章惇、蔡卞专权，作者坐《神宗实录》失实，贬涪州别驾，黔州安置；一次即受贬宜州。两次时间相隔为十年，故云"去国十年"，即离开国都十年。

[集评]

俞陛云云："山谷受谴之日，投床酣卧，人服其德性坚定。此词殊方逐客，重见梅花，仅感叹少年，而绝无怨尤之语，诵其词可知其人矣。上阕'夜阑风细'二句，殊清婉有致。"(《唐五代两宋词选释》)

四库馆臣云："妙脱蹊径，迥出慧心。"(《四库提要》)

两同心

巧笑眉颦，行步精神。隐隐似、朝云行雨①，弓弓样、罗袜生尘[2]。樽前见，玉槛雕笼，堪爱难亲。　　自言家住天津，生小从人。恐舞罢、随风飞去。顾阿母、教窣珠裙[3]。从今去，唯愿银缸，莫照离尊。

[注释]

①朝云行雨：喻男女私情。事见宋玉《高唐赋序》。　②弓弓样：小脚的样子。古时妇女缠足，足弯曲如弓，称弓足。缠足妇女所穿的鞋子，谓弓鞋。　③窣：拂。

两同心

一笑千金，越样情深。曾共结、合欢罗带，终愿效、比翼纹禽。许多时，灵利惺惺[1]，蓦地昏沉。　　自从官不容针[2]，直至而今。你共人、女边著子[3]，争知我、门里挑心[4]。记携手，小院回廊，月影花阴。

[注释]

①灵利：聪明机灵。　惺惺：聪明人，聪慧的人。　②官不容针：官法严密，不容人有一点疏漏的地方。此指女子怨恋人，借口官法森严长期不见面，其实另有所欢。　③女边著子：暗拆“好”字。　④门里挑心：暗拆“闷”字。此为拆白道字，文字游戏的一种。

[集评]

张德瀛云：“诗衰而词兴，词衰而曲盛，必至之势也。柳耆卿词隐约曲意。至黄鲁直《两同心》词，则有‘女边著子，门里挑心’之语，彭骏孙《金粟词话》，已言其鄙俚。扬补之《玉抱肚》词云：‘这眉头强展依前锁。这泪珠强收依前堕。’此类实为曲家导源，在词则乖风雅矣。”（《词徵·词为曲家导源》）

两同心

秋水遥岑，妆淡情深。尽道教、心坚穿石[1]。更说甚、官不容针。霎时间，雨散云归[2]，无处追寻。　小楼朱阁沉沉，一笑千金。你共人、女边著子，争知我、门里挑心。最难忘，小院回廊，月影花阴。

[注释]

①尽(jǐn)：老是，只管。　②雨散云归：喻男女片刻的欢会。

满庭芳

北苑龙团，江南鹰爪[1]，万里名动京关。碾深罗细，琼蕊暖生烟。一种风流气味，如甘露、不染尘凡。纤纤捧，冰瓷莹玉[2]，金缕鹧鸪斑。　相如，方病酒，银瓶蟹眼，波怒涛翻。为扶起，樽前醉玉颓山。饮罢风生两腋，醒魂到、明月轮边。归来晚，文君未寝，相对小窗前。

[注释]

①龙团、鹰爪：宋时贡茶之名。　龙团：又称团茶，是一种茶饼，上面印有盘龙。　鹰爪：又号芽茶。顾文荐《负暄杂录》："凡茶芽数品，最上曰小芽，如雀舌、鹰爪，以其劲直纤锐，故号芽茶。"　②冰瓷：洁白的茶具。　莹玉：经过研碾的茶叶色白。宋人饮茶尚白，旋碾则色白，经宿则色昏。

满庭芳

明眼空青，忘忧萱草[1]，翠玉闲淡梳妆。小来歌舞，长是倚风光。我已逍遥物外[2]，人冤道、别有思量。难忘处，良辰美景，襟袖有馀香。　鸳鸯，头白早。多情易感，红蓼池塘。又须得，樽前席上成双。些子风流罪过，都说与、明月空床。难拘管，朝云暮雨，分付楚襄王。

[注释]

①萱草：又名忘忧草。毛传：“谖草令人忘忧。”陆德明释文：“谖，本又作萱。” ②逍遥物外：胸怀豁达，将名利、荣辱、生死置之度外。见《庄子·逍遥游》。

满庭芳

修水浓青，新条淡绿，翠光交映虚亭。锦鸳霜鹭，荷径拾幽蘋。香渡栏干屈曲，红妆映、薄绮疏棂。风清夜，横塘月满，水净见移星。　　堪听。微雨过，媻姗藻荇[①]，琐碎浮萍。便移转，胡床湘簟方屏[②]。练霭鳞云旋满，声不断、檐响风铃。重开宴，瑶池雪沁[③]，山露佛头青[④]。

[注释]

①媻姗：同“蹒跚”。左右摇晃，上下摆动。 ②胡床：一种可以折叠的轻便坐具，亦称“绳床”、“交椅”。 湘簟：湘地产的凉席。 ③瑶池：古代传说中昆仑山上的仙池名，西王母所居的地方。 ④佛头青：墨绿颜色。

[集评]

夏敬观云：“方之少游，灵动不足，严整有馀。”（《评山谷词》）

蓦山溪

山围江暮，天镜开晴絮。斜影过梨花，照文星、老人星聚[①]。清樽一笑，欢甚却成愁。别时襟，馀点点，疑是高唐雨。　　无人知处，梦里云归路。回雁晓风清，雁不来、啼鸦无数。心情老懒，尤物解宜人，春尽也，有南风，好便回帆去。

[注释]

①文星：旧传主管文运的星宿。又称“文曲星”、“文昌星君”。老人星：即南极星。旧谓此星象征高寿。

蓦山溪

至宜州作，寄赠陈湘

稠花乱叶，到处撩人醉。林下有孤芳，不匆匆、成蹊桃李。今年风雨，莫送断肠红，斜枝倚。风尘里，不带尘风气。　微嗔又喜，约略知春味。江上一帆愁，梦犹寻、歌梁舞地[①]。如今对酒，不似那回时，书谩写[②]，梦来空，只有相思是。

[注释]

①歌梁：美妙歌声的馀音所绕之屋梁。借指歌唱的处所。　②谩(mán)：欺诳。

[集评]

叶申芗云：“鲁直南迁，过衡阳。曾敷文为守，相留数日。营妓有陈湘，善歌舞，知学书。曾亦眄之，尝乞小楷于鲁直，为赋《阮郎归》云……别时又赠以《蓦山溪》云……到宜州后，又寄前调云：‘稠花乱蕊……只有相思是。’”(《本事词》卷上)

卓人月云：“‘只有相思是’，‘是’字妙。”(《古今词统》卷十一)

蓦山溪

山明水秀，尽属诗人道。应是五陵儿[①]，见衰翁、孤吟绝倒。一觞一咏，潇洒寄高闲，松月下，竹风间，试想为襟抱。

玉关遥指，万里天衢杳。笔阵扫秋风、泻珠玑、琅琅皎皎。卧龙智略，三诏佐升平②，烟塞事，玉堂心，频把菱花照③。

［注释］

①五陵：西汉高帝葬长陵，惠帝葬安陵，景帝葬阳陵，武帝葬茂陵，昭帝葬平陵，谓之五陵。后因周围为富豪聚居之所，即泛指豪门贵族之家。 ②三诏：卢鸿清高，待唐明皇三次下诏书方才出山。及谒见，不拜，只磬折而已。事见唐刘肃《大唐新语》。 ③菱花：铜镜的代称。古代六角形的铜镜和镜后雕有菱花形图案的都叫菱花镜，简称菱花。

阮郎归

曾敷文既眄陈湘①，歌舞便出其类，学书亦进。来求小楷，作《阮郎归》词付之

盈盈娇女似罗敷，湘江明月珠。起来绾髻又重梳，弄妆仍学书。 歌调态，舞工夫。湖南都不如。它年未厌白髭须，同舟归五湖②。

［注释］

①曾敷文：曾纡，字空青，又字公衮。曾布第四子。曾官敷文阁待制，知衡州。为黄山谷外舅。 ②五湖：今太湖。 “同舟”句：范蠡帮助勾践灭吴之后，辞官同西施归隐太湖。事见《史记·越王勾践世家》。后多以同舟归五湖喻指功成隐退自适。

阮郎归

茶 词

歌停檀板舞停鸾，高阳饮兴阑。兽烟喷尽玉壶干，香分小凤团①。 雪浪浅，露花圆。捧瓯春笋寒②。绛纱

笼下跃金鞍,归时人倚阑。[3]

[注释]

①小凤团:茶名,又称凤饼。宋代供宫廷饮用,饼面印有团凤纹样。据张舜民《画墁记》,凤团为宋丁晋公任福建转运使时创制。 ②春笋:细嫩纤白,喻女子手。 ③唐氏按:此首《全芳备祖》后集卷二十八"茶门"作苏轼词。别又误作张子野词,见《张子野词》卷一。

[集评]

杨湜云:"无名氏《阮郎归》:'歌停檀板舞停鸾,高阳饮兴阑。兽烟喷尽玉壶干,香分小凤团。 云浪浅,露珠圆,捧瓯春笋寒。绛纱笼下解金鞍,归时人倚栏。'观者叹服。此词八句状八景,音律一同,殊不散乱。人争宝之,刻之琬琰,挂于堂壁之间也。"(赵按:"至正本《草堂诗馀》引上阕,与黄鲁直《品令》相衔接,不注撰人。《类编》本《草堂诗馀》因以为黄作,失之。"榆生按:嘉靖本及汲古阁本《山谷词》并载此阕。果出谁手,颇难臆断,姑两存之。)(赵万里辑本宋杨湜《古今词话》)

阮郎归

茶 词

摘山初制小龙团[1],色和香味全。碾声初断夜将阑[2],烹时鹤避烟。 消滞思,解尘烦。金瓯雪浪翻。只愁啜罢水流天,馀清搅夜眠。

[注释]

①摘山:山上采摘新茶。 ②碾声:用茶碾碾茶饼成细末所发出的声响。

阮郎归

退红衫子乱蜂儿,衣宽只为伊。为伊去得忒多时,教人直是疑[①]。　长睡晚，理妆迟。愁多懒画眉。夜来算得有归期，灯花则甚知[②]。

[注释]

①直是：真是，自然是。宋人口语。　②则甚：怎。则甚的切音是“怎”字。

阮郎归

贫家春到也骚骚[①]，琼浆注小槽。老夫不出长蓬蒿，邻墙开碧桃。　木芍药，品题高。一枝烦剪刀。传杯犹似少年豪，醉红浸雪毛[②]。

[注释]

①骚骚：风声。　②雪毛：白髮。

定风波

把酒花前欲问溪，问溪何事晚声悲[①]。名利往来人尽老。谁道，溪声今古有休时。　且共玉人斟玉醑[②]。休诉[③]，笙歌一曲黛眉低。情似长溪长不断。君看，水声东去月轮西。

[注释]

①“把酒”二句：袭用欧阳修《定风波》“把酒花前欲问公，对花何事诉金钟”词句之意。　②玉醑：美酒。　③诉：辞酒的意思。

定风波

小院难图云雨期，幽欢浑待赏花时[①]。到得春来君却去。相误，不须言语泪双垂。　　密约尊前难嘱付。偷顾，手搓金橘敛双眉。庭榭清风明月媚。须记，归时莫待杏花飞。

[注释]

①浑：还。浑待，还待之意。

定风波

上客休辞酒浅深，素儿歌里细听沉[1]。粉面不须歌扇掩，闲静，一声一字总关心。　　花外黄鹂能密语。休诉，有花能得几时斟。画作远山临碧水。明媚，梦为蝴蝶去登临。

[注释]

①听沉：即“沉听”之倒文，意同“静听”。

定风波

客有两新鬟善歌者，请作送汤曲，因戏前二物

歌舞阑珊退晚妆[1]，主人情重更留汤。冠帽斜敧辞醉去，邀定，玉人纤手自磨香。　　又得尊前聊笑语，如许。短歌宜舞小红裳。宝马促归朱户闭[2]，人睡。夜来应恨月侵床。

[注释]

①阑珊：联绵词，将残之意。　②《全宋词》注：一云“醉里还家明亦未”。

浪淘沙

荔　枝

忆昔谪巴蛮，荔子亲攀。冰肌照映柘枝冠。日擘轻红三百颗[①]，一味甘寒。　重入鬼门关[②]，也似人间。一双和叶插云鬟，赖得清湘燕玉面[③]，同倚阑干。

［注释］

①擘(bò)：剖，分开。　②鬼门关：在四川奉节东北三十里。见《大清一统志》。　③燕玉面：燕赵美人。“暖老思燕玉”，杜甫《独坐》诗中句。

看花回

茶　词

夜永兰堂醺饮，半倚颓玉。烂熳坠钿堕履，是醉时风景，花暗烛残，欢意未阑，舞燕歌珠成断续。催茗饮、旋煮寒泉，露井瓶窦响飞瀑[①]。　纤指缓、连环动触。渐泛起、满瓯银粟[②]。香引春风在手，似粤岭闽溪，初采盈掬。暗想当时，探春连云寻篁竹。怎归得，鬓将老[③]，付与杯中绿。

［注释］

①“露井”句：以瓶煎茶，沸时声音如飞瀑响。苏轼《瓶笙诗引》记以瓶煎茶，将沸时声音幽细如吹笙。　②银粟：茶面上的乳白色泡沫。　③《全宋词》注：陆贻典等校汲古阁本《山谷词》校语“（鬓）下缺一字”。

惜馀欢[①]

茶 词

四时美景，正年少赏心，频启东阁。芳酒载盈车，喜朋侣簪合。杯觞交飞，劝酬互献[②]，正酣饮、醉主公陈榻[③]。坐来争奈，玉山未颓，兴寻巫峡。 歌阑旋烧绛蜡。况漏转铜壶，烟断香鸭。犹整醉中花，借纤手重插。相将扶上，金鞍騕褭[④]，碾春焙、愿少延欢洽。未须归去，重寻艳歌，更留时霎。

[注释]

①惜馀欢：此词为黄庭坚所创，无别词可校。 ②“互献”：各本无“互”字。于律不合，今依《词律》本补。 ③陈榻：陈蕃设专榻，以待徐稺。见《后汉书·徐稺传》。 ④騕褭(yǎo niǎo)：亦作“要褭”、“腰褭”。骏马名。见《文选·司马相如〈上林赋〉》。

醉落魄[①]

苍颜华髮，故山归计无因得。旧交新贵音书绝。惟有家人，犹作殷勤别。 离亭欲去歌声咽，潇潇细雨凉生颊。泪珠不用罗巾裛[②]，弹在罗衫，图得见时说。

[注释]

①唐氏按：此首别又见《东坡词》卷下。 ②裛(yì)：沾湿。

西江月

崇宁甲申，遇惠洪上人于湘中[①]。洪作长短句见赠云：“大厦吞风吐月，小舟坐水眠空。雾窗春色翠如葱，睡起云涛正拥。

往事回头笑处，此生弹指声中。玉笺佳句敏惊鸿，闻道衡阳价重。"次韵酬之。时余方谪宜阳，而洪归分宁龙安

月侧金盆堕水[2]，雁回醉墨书空。君诗秀色雨园葱，想见衲衣寒拥[3]。　　蚁穴梦魂人世，杨花踪迹风中。莫将社燕等秋鸿[4]，处处春山翠重。

[注释]

①惠洪：诗僧。俗姓彭，名德洪，字觉范，筠州人。　②金盆：形容盛明的圆月。　③衲衣：僧衣的代称。因僧徒的衣服每用碎布补缀而成。　④社燕：燕子春社时来，秋社时去，故称"社燕"。

[集评]

惠洪（觉范）云："山谷南迁，与余会于长沙，留碧湘门一月。李之光以官舟借之。为憎疾者腹诽，因携十六口买小舟。余以舟迫窄为言。山谷笑曰：'烟波万顷，水宿小舟，与大厦千楹、醉眠一榻何所异？道人缪矣。'即解绛去。闻留衡阳，作诗写字，因作长短句寄之曰：'大厦……'时余方还江南，山谷和其词曰：'月侧……'"（《苕溪渔隐丛话》前集卷四十八《冷斋夜话》）

西江月

宋玉短墙东畔[1]，桃源落日西斜。浓妆下著绣帘遮，鼓笛相催清夜。　　转眄惊翻长袖[2]，低徊细踏红靴。舞馀犹颤满头花，娇学男儿拜谢。

[注释]

①"宋玉"句：指宋玉墙东的绝色佳人。　②眄（miàn）：斜视。

木兰花令

当涂解印后一日[1],郡中置酒,呈郭功甫

凌歊台上青青麦[2],姑熟堂前馀翰墨。暂分一印管江山,稍为诸公分皂白。　　江山依旧云空碧,昨日主人今日客。谁分宾主强惺惺[3],问取矶头新妇石。

[注释]

①当涂解印:徽宗崇宁元年(1102)六月,作者知太平州(治所在今安徽当涂),九日(一说七日)而罢。管勾洪州玉隆观。　②凌歊(xiāo)台:在太平州黄山上。南朝宋武帝建。　③惺惺:颖悟、聪明。

木兰花令

窜易前词

翰林本是神仙谪[1],落帽风流倾座席[2]。坐中还有赏音人,能岸乌纱倾大白[3]。　　江山依旧云横碧,昨日主人今日客。谁分宾主强惺惺,问取矶头新妇石。

[注释]

①"翰林"句:郭祥正母梦李白而梅圣俞曰"天才如此,真太白后身"。见《苕溪渔隐丛话》。　②"落帽"句:此处用龙山落帽典。　③岸:帽不遮额曰岸,如岸帻露额也。　大白:酒杯名。大杯。　唐氏按:"纱"原作"沙",据《能改斋漫录》卷十七改。

[集评]

吴曾云:"黄豫章守当涂,既解印,后一日,郡中置酒,郭功甫在座,豫章为《木兰花令》以示之云。"(《能改斋漫录》)

木兰花令

次前韵再呈功甫

青壶乃似壶中谪[①]，万象光辉森宴席。红尘闹处便休休[②]，不是个中无皂白。　歌烦舞倦朱成碧，春草池塘凌谢客[③]。共君商略老生涯，归种玉田秧白石[④]。

［注释］

①壶中：神话传说中的壶中别有天地，即仙境。汝南人费长房见卖药老翁每晚跳入空壶之中，知非常人。后日日拜奉酒脯，终随翁俱入壶中，见到仙宫世界：楼观琼宇，旨酒甘肴。事见晋葛洪《神仙传》。　②休休：唐司空图晚年退居中条山，作“休休亭”。意谓自己量才、揣分、耄聩三者皆宜休。“休休亭”又称“三休亭”。后以“休休”或“三休”表示退休、退隐。　③“春草”句：用谢灵运春草梦典。　④“归种”句：此用种玉典，神话传说杨伯雍种石得玉。杨伯雍因笃孝行善，得神仙一斗石子，种于高平好地。数年后，见玉子生石上。事见干宝《搜神记》卷十一《杨伯雍》。

木兰花令

庾元镇四十兄[①]，庭坚四十年翰墨故人。庭坚假守当涂，元镇穷，不出入州县。席上作乐府长句劝酒

庾郎三九常安乐[②]，使有万钱无处著。徐熙小鸭水边花[③]，明月清风都占却。　朱颜老尽心如昨，万事休休休莫莫[④]。樽前见在不饶人，欧舞梅歌君更酌[⑤]。

［注释］

①庾元镇：元镇，《漫录》作元规。其相交约在嘉祐五年（1060）至七年庭坚游学淮南时。见史容注《山谷诗外集》。　②三九：庾杲之贫，食惟韮葅瀹韮、生韮。任昉戏之曰：庾郎食鲑，常有二十七种，谓三九也。见《南齐书》本传。　③徐熙：南唐著名画家，钟陵人。善画花

果虫鱼,落墨自然,栩栩如生。见宋郭若虚《图画见闻志》卷四。 ④“万事”句:从苏轼《南乡子》(重九涵辉楼呈徐君猷)“万事到头都是梦,休休”词意化出。 ⑤作者自注:“欧、梅,当时二妓也。”

[集评]

吴曾云:“豫章寓荆州,除吏部郎,再辞得请守当涂,才到官七日而罢,又数日乃去。其诗云:‘欧倩腰肢柳一窝。大梅催拍小梅歌。舞馀细点梨花雨,奈此当涂风月何。’豫章又有《木兰花令》,叙云:庭坚假守当涂,故人庾元镇穷巷读书,不出入州县 ,因作此以劝庾酒云:‘庾郎三九常安乐。……欧舞梅歌君更酌。’自注云:‘欧、梅当涂二妓也。’”(《能改斋漫录》)

李之仪云:“所谓欧与梅者,皆当涂官奴也。鲁直赋二词,且有诗云:‘欧靓腰枝柳一窝,大梅催拍小梅歌。舞馀细点梨花雨,奈此当涂风月何。’盖为是也。”(《姑溪居士文集·跋山谷二词》)

木兰花令

用前韵赠郭功甫

少年得意从军乐,晚岁天教闲处著。功名富贵久寒灰[①],翰墨文章新讳却。 是非不用分今昨,云月孤高公也莫。喜欢为地醉为乡,饮客不来但自酌。

[注释]

①寒灰:死灰。 久寒灰:反用韩安国死灰复燃之典,喻指对功名富贵冷淡弃绝,不思重新获得。

品 令

茶 词

凤舞团团饼[①],恨分破、教孤令。金渠体净[②],只轮慢碾，玉尘光莹。汤响松风③，早减了、二分酒病。　味浓香永，醉乡路、成佳境。恰如灯下，故人万里，归来对影。口不能言，心下快活自省。

[注释]

①凤舞团团饼：即凤团、凤饼。　②金渠：碾茶之槽，以铜为之，故曰金渠。　③汤响松风：煎茶时水沸声响如松下之风。

[集评]

黄苏云："《苕溪渔隐》云：鲁直诸茶词，余谓《品令》一词最佳，能道人所不能言。尤在结尾三四句。首阕'凤舞'至'玉尘'，言茶之形也。'汤响'二句，言茶之功用也。二阕'味浓'三句，言茶之味也。'恰如'以下至末，言茶之性情也。凡着物题，止言其形象则满，止言其味则粗。必言其功用及性情，方有清新刻入处。苕溪称结末三、四句，良是。以茶比故人，奇而确。细味过，大有清气往来。"（《蓼园词评》）

朱承爵云："诗词虽同一机杼，而词家意象，亦或与诗略有不同。句欲敏，字欲捷，长篇须曲折三致意而气自流贯乃得。近读宋人咏茶一词云：'凤舞团团饼……心下快活自省。'其亦可谓妙于声韵者也。"（乾隆刊《历代诗话》本《存余堂诗话》）

谢章铤云："词之原出古乐府，乐府多杂俗谚，如豨妃沦浡之类，填词者效之而每况愈下，稍近鄙亵。又以其道之通于曲也，因而则个、什么、呆坐、快活等字，无不阑入，而词品坏矣。推波助澜。山谷无乃罪过，此白石所以以雅字为宗旨。"（《赌棋山庄词话·山谷罪过》）

沈曾植云："贺裳《皱水轩词筌》：'黄九时出俚语，如"口不能言，心下快活"，可谓伧父之至。'先生批云：'黄是当行，加之刻画。'彭孙遹《金粟词话》：'词家每以秦七、黄九并称。'先生批云：'当时并未齐名。明世诸公，无聊比附耳。'"（《菌阁琐谈》）

醉蓬莱

窜易前词[①]

对朝云叆叇，暮雨霏微，翠峰相倚。巫峡高唐，锁楚宫佳丽[②]。蘸水朱门，半空霜戟，自一川都会。虏酒千杯，夷歌百转[③]，迫人垂泪。　　人道黔南，去天尺五，望极神京，万重烟水[④]。悬榻相迎[⑤]，有风流千骑。荔脸红深，麝脐香满，醉舞裀歌袂。杜宇催人，声声到晓，不如归是。

[注释]

①前词：指《醉蓬莱》（对朝云叆叇……不如归是）。此词稍加改易，二词都是"万里投荒"入蜀时所作。　②唐氏按："丽"原作"俪"，改从汲古阁本《山谷词》别首。　③虏、夷：黔州在四川东南，南接贵州，地近蛮夷等少数民族。万里投荒，心神落寞。　④唐氏按："重"原作"种"。校本《山谷词》校语云，"种"应从另一阕作"重"。　⑤"悬榻"句：谓太守张仲谋以礼相迎，如待贤者。汉陈蕃不接待宾客，只为贤士徐稚特设一床榻，去则悬之。事见《后汉书·徐稚传》。

[集评]

周必大云："杜少陵、刘梦得诗，自夔州后顿异前作，世皆言文人流落不偶，乃刻意著述，而不知巫峡峻峰激流之势有以助之也。山谷自戎徙黔，身行夔路，故词章翰墨日益超妙。"（《唐宋词集序跋汇编》）

江城子[①]

忆　别

画堂高会酒阑珊。倚栏干，霎时间。千里关山，常恨见伊难。及至而今相见了，依旧似、隔关山。　　倩人传语问平安。省愁烦[2]，泪休弹。哭损眼儿，不似旧时单。寻得石榴双叶子，凭寄与、插云鬟[3]。

[注释]

①唐氏按：此首《古今词统》卷六误作金冯延登词。　②省：少、休。　③云鬟（sān）：美髮。

江城子

新来曾被眼奚搐[1]。不甘伏，怎拘束。似梦还真，烦乱损心曲[2]。见面暂时还不见，看不足、惜不足。　不成欢笑不成哭。戏人目，远山蹙。有分看伊，无分共伊宿。一贯一文跷十贯。千不足，万不足。

[注释]

①奚搐（chù）：为何抽搐。按《江城子》本押平声，用仄韵者始于山谷本词。　②损：煞。烦乱损，犹说烦乱煞。

逍遥乐

春意渐归芳草。故国佳人，千里信沉音杳。雨润烟光[1]，晚景澄明，极目危栏斜照。梦当年少，对樽前、上客邹枚[2]，小鬟燕赵。共舞雪歌尘，醉里谈笑。　花色枝枝争好，鬓丝年年渐老。如今遇风景，空瘦损、向谁道。东君幸赐与，天幕翠遮红绕。休休，醉乡岐路，华胥蓬岛[3]。

[注释]

①唐氏按："润"原作"闰"，从汲古阁本《山谷词》。　②邹枚：指邹阳

和枚乘。此喻宾客们富有才学。谢惠连《雪赋》:“梁王不悦,游于兔园。乃置旨酒,命宾友,召邹生,延枚叟。” ③华胥:指梦境。黄帝梦游华胥之国,见《列子·黄帝》。 蓬岛:即蓬莱仙岛。见《史记·封禅书》。

[集评]

俞陛云云:“词因春日怀人而作,但于感旧之馀,具超尘之想,可见襟怀旷达。首三句叙明本意。‘雨润’三句写当春景物,笔有闲适纡回之致。以下承‘故国佳人’句,仙侣题襟,名姬劝酒,是何等兴会!不言愁而惆怅之思,溢于言外。下阕言春色重归,而旧雨飘零,年华老去,人何以堪!幸天意无私,不因人事而减其翠舞红酣之色。既悟盛筵之难再,则醉乡仙境,正可埋愁,即山谷《渔家傲》词落帽提壶,逢花一笑之意也。”(《唐五代两宋词选释》)

离亭燕

次韵答廖明略见寄[①]

十载樽前谈笑,天禄故人年少[②]。可是陆沉英俊地[③],看即锁窗批诏[④]。此处忽相逢,潦倒秃翁同调。 西顾郎官湖渺[⑤],事看庾楼人小[⑥]。短艇绝江空怅望,寄得诗来高妙。梦去倚君傍,蝴蝶归来清晓[⑦]。

[注释]

①廖明略:廖正一,字明略,安陆人。元祐年间与山谷同任馆职。 唐氏按:词题“廖明略”原作“黎功略”,据明刊《山谷先生文集》改。 ②天禄:阁名。刘向校书天禄阁,见《汉书》。此指山谷与廖正一曾同任校勘之职。 ③陆沉:陆地无水而沉。喻隐于市朝,不为人知,即埋没之意。 ④锁窗:琐窗。刻镂着连锁花纹的窗棂。 ⑤郎官湖:湖北汉阳县城内的南湖。相传李白迁夜郎,应汉阳宰请举酒为南湖标名。 ⑥庾楼:庾公楼,庾亮曾经登临的武昌(今鄂州)南楼。后用为英才集会之典。庾亮在武昌时,殷浩等僚佐秋夜登南楼。不意庾亮到来,避开不及。庾亮请众人留坐,据胡床与殷浩等谈咏不停。事见《晋书·庾亮传》。 ⑦“梦去”二

句:用庄周化蝶之梦的典故,指自己梦里与庄周一样化为蝴蝶。

归田乐引

暮雨濛阶砌。漏渐移、转添寂寞,点点心如碎。怨你又恋你,恨你惜你,毕竟教人怎生是。　前欢算未已,奈向如今愁无计。为伊聪俊,销得人憔悴[①]。这里诮睡里[②],梦里心里,一向无言但垂泪[③]。

[注释]

①"为伊"二句:言为伊聪明俊秀值得我容颜憔悴。　销:同"消"。值或值得的意思。　②诮:更。　睡里:《全宋词》注一作"梦里"。　③一向:一味。

归田乐引

对景还销瘦。被个人、把人调戏,我也心儿有。忆我又唤我,见我嗔我,天甚教人怎生受[①]。　看承幸厮勾[②],又是樽前眉峰皱。是人惊怪,冤我忒捎就[③]。拚了又舍了,定是这回休了,及至相逢又依旧。

[注释]

①天甚教我怎生受:即天呀真教我怎生受啊。　甚:真。　②"看承"句:言特别看待,幸得相亲昵。　看承:特别看待。　厮勾:相昵。　③捎(ruó)就:迁就之意。忒捎就,即太迁就。

[集评]

郑振铎云:"……尽量引用了当时方言俗言俗语;更尽量的模拟着当时流行的民歌的作风。他的大胆的解放,可说是词史上所未有的。"(《插图本中国文学史》第三册)

归田乐令

引调得、甚近日心肠不恋家。宁宁地、思量他，思量他。　　两情各自肯，甚忙咱。意思里、莫是赚人吵。噷奴真个哼、共人哼[1]。

[注释]

①噷(xìn)：吻。　哼：字书无，玩味文意似即“嗲”字之异体。嗲，撒娇貌。

望远行

勾尉有所眄[1]，为太守所猜[2]。兼此生有所爱，住马湖[3]。马湖出丁香核荔枝，常以遗生。故戏及之

自见来，虚过却、好时好日。这訑尿粘腻得处煞是律[4]。据眼前言定，也有十分七八。冤我无心除告佛。　　管人闲底，且放我快活哼。便索些别茶祇待[5]，又怎不遇偎花映月。且与一班半点，只怕你没丁香核。

[注释]

①勾尉：负责拘捕之小吏。　②所猜：猜嫉，不信任。　③马湖：在四川雷波县北。据《元史·地理志》：宋时马湖部蛮主屯湖内。山顶长二十里，广七里。中有土山如螺髻。可居四百馀人。　④訑(yí)尿：遗尿。⑤祇待：静待。

鼓笛令

戏咏打揭[1]

酒阑命友闲为戏，打揭儿、非常惬意。各自输赢只赌

是。赏罚采、分明须记[②]。　　小五出来无事。却跋翻和九底。若要十一花下死。管十三、不如十二。

［注释］

①打揭：古代的一种博戏。其法今不明。　②采：钱、赌注。采，本指骰子的点色，希望骰子能掷出得胜的点色，称“得采”或“喝采”。

鼓笛令

宝犀未解心先透，恼杀人、远山微皱。意淡言疏情最厚。枉教作、著行官柳[①]。　　小雨勒花时候[②]，抱琵琶、为谁清瘦。翡翠金笼思珍偶，忽拚与、山鸡僝僽[③]。

［注释］

①官柳：官道旁之柳树。此言被人攀折之恸。　②勒花：妨碍花的正常生长。　③拚：舍弃，甘愿。亦作“判”、“拌”。　僝僽（chán chóu）：憔悴的样子。谓因为落魄而憔悴。山鸡僝僽，此谓所偶不称。

鼓笛令

见来两个宁宁地[①]，眼厮打、过如拳踢。恰得尝些香甜底，苦杀人、遭谁调戏。　　腊月望州坡上地，冻著你、影鬾村鬼[②]。你但那些一处睡。烧沙糖、管好滋味[③]。

［注释］

①宁宁地：宁静、斯文貌。　②鬾：通“矬”，身矮。　村：犹蠢。　③管：肯定之词，保管。

鼓笛令

见来便觉情于我，厮守著、新来好过。人道他家有婆婆,与一口、管教屡磨[1]。　　副靖传语木大[2],鼓儿里、且打一和。更有些儿得处啰,烧沙糖,香药添和。

[注释]

①屡(dū)磨:坐立不安貌。　②副靖:即副净、次净。宋杂剧脚(角)色名。作调笑的滑稽表演。　木大:亦作"呆木大",戏剧脚(角)色名。木大,当即唐代的"弄痴大",演呆头呆脑的人物。

[集评]

胡薇元云:"山谷词一卷。晁补之、陈后山,皆谓今代词手惟秦七、黄九。然山谷非淮海之比,高妙处只是着腔好诗,而硬用鼪字、屡字,不典。"(《岁寒居词话·山谷词》)

好女儿

春去几时还,问桃李无言。燕子归栖风劲,梨雪乱西园。　　唯有月婵娟,似人人、难近如天[1]。愿教清影常相见,更乞取团圆。

[注释]

①人人:对所爱女子的亲昵称呼,如说"人儿"。

好女儿

粉泪一行行,啼破晓来妆。懒系酥胸罗带[1],羞见绣鸳鸯。　　拟待不思量。怎奈向、目下恓惶。假饶来后[2],教人见了,却去何妨。

[注释]

①系:《全宋词》作"击",误。　②假饶:假如。饶字是假定之词,任

义。加一假字，假定之义更明显。

采桑子

虚堂密候参同火[①]。梨枣枝繁，深锁三关[②]，不要樊姬与小蛮[③]。　遥知风雨更阑夜。犹梦巫山，浓丽清闲，晓镜新梳十二鬟。

[注释]

①同火：未详。疑为炼丹家术语。　②三关：炼丹术语。人身有前后三关，必须坚守。　③樊姬与小蛮：白居易的家伎，一善歌一善舞。后泛指侍妾或歌伎。

采桑子

投荒万里无归路。雪点鬟繁，度鬼门关，已拚儿童作楚蛮。　黄云苦竹啼归去。绕荔枝山[①]，蓬户身闲，歌板谁家教小鬟。

[注释]

①“黄云”二句：化用白居易《琵琶行》“黄芦苦竹绕宅生”诗意。

采桑子

樱桃著子如红豆。不管春归，闻道开时，蜂惹香须蝶惹衣。　楼台灯火明珠翠。酒恋歌迷，醉玉东西[①]，少个人人暖被携。

[注释]

①玉东西:玉酒杯。亦作玉西东。

采桑子

城南城北看桃李。依倚年华,杨柳藏鸦,又是无言飐落花[①]。　　春风一面长含笑。偷顾羞遮,分付谁家,把酒花前试问他。

[注释]

①飐(zhǎn):风吹物使其颤动。

丑奴儿

济楚好得些。憔悴损、都是因它[①]。那回得句闲言语,傍人尽道,你管又还鬼那人唦[②]。　　得过口儿嘛。直勾得、风了自家[③]。是即好意也毒害,你还甜杀人了,怎生申报孩儿[④]。

[注释]

①损:煞。憔悴损,即憔悴煞。　②鬼:表示爱昵。　唦:语尾助词,无义。　③风:通"疯"。疯傻。　④孩儿:对心爱人的亲昵称呼。

菩萨蛮

淹泊平山堂[①]。寒食节,固陵录事参军表弟周元固惠酒,为作此词

细腰宫外清明雨[②],云阳台上烟如缕[③]。云雨暗巫山,流人殊未还。　　阿谁知此意,解遣双壶至。不是白头新,周郎旧可人。

［注释］

①淹泊：淹留、停留。 ②细腰宫：楚王宫。《韩非子·二柄》："楚灵王好细腰，而国中多饿人。" ③云阳台：指云梦泽中高唐之台。《文选·司马相如〈子虚赋〉》："于是楚王登云阳之台。"

鹧鸪天

重九日集句

塞雁初来秋影寒，霜林风过叶声干。龙山落帽千年事，我对西风犹整冠[①]。 兰委佩[②]，菊堪餐[③]。人情时事半悲欢。但将酩酊酬佳节，更把茱萸仔细看[④]。

［注释］

①"龙山"二句：用孟嘉龙山落帽的典故。袭用杜甫《九日宴蓝田崔氏庄》"羞将短发还吹帽，笑倩傍人为整冠"诗句之意。 ②兰委佩：袭用屈原《离骚》"纫秋兰以为佩"赋句之意。 ③菊堪餐：袭用屈原《离骚》"夕餐秋菊之落英"赋句之意。 ④"更把"句：袭用杜甫《九日宴蓝田崔氏庄》"明年此会知谁健？醉把茱萸仔细看"诗句之意。

［集评］

俞陛云云："词为重九登高而作，凡二首，皆同韵。前有'冠'字韵云'我对西风犹整冠'，'看'字韵云'更把茱萸仔细看'，不及此押'冠'、'看'二字，风趣殊胜。"（《唐五代两宋词选释》）

鹧鸪天

节去蜂愁蝶不知，晓庭环绕折残枝。自然今日人心别，未必秋香一夜衰。 无闲事，即芳期。菊花须插满头归。宜将酩酊酬佳节，不用登临送落晖[①]。

[注释]

①"菊花"三句:袭用杜牧《九日齐山登高》"菊花须插满头归"、"但将酩酊酬佳节,不用登临恨落晖"诗句之意。

鹧鸪天

闻说君家有翠娥,施朱施粉总嫌多。背人语处藏珠履,觑得羞时整玉梭。　　拖远岫,压横波。何时传酒更传歌。为君写就黄庭了[①],不要山阴道士鹅[②]。

[注释]

①黄庭:道教阐述养生修炼原理的著作《上清黄庭内景经》、《上清黄庭外景经》的统称。　②山阴道士鹅:王羲之爱鹅,写《道德经》与山阴道士换鹅。见《晋书·王羲之传》。

少年心[①]

对景惹起愁闷,染相思、病成方寸。是阿谁先有意,阿谁薄幸。斗顿恁、少喜多嗔[②]。　　合下休传音问[③],你有我、我无你分。似合欢桃核,真堪人恨。心儿里、有两个人人。

[注释]

①少年心:此调山谷所创。　②斗顿:突然。　斗:与"陡"通。　恁:如此,这样。　③合下:此时,当下。

[集评]

薛砺若云:"他用土语及白说来写词,亦有一部分成功的作品,如:《忆帝京》、《望江东》、《少年心》(内容略),写得质朴而又能婉曲,且毫无堆滞因袭之病。此等作品,岂能概以'俚浅'而遽加摈弃?"(《宋词通论》)

少年心

添　字[①]

心里人人，暂不见、霎时难过。天生你要憔悴我。把心头从前鬼，著手摩挲。抖擞了、百病销磨。　　见说那厮脾鳖热[②]。大不成我便与拆破。待来时、鬲上与厮噷则个[③]。温存著、且教推磨。

[注释]

①添字：即《添字少年心》，较正体多七字。亦创自山谷。　②脾鳖：执拗，憋气。亦作“脾憋”。　③鬲：通“膈”。鬲上，犹言身上。　噷：亲热之意。

点绛唇

几日无书，举头欲问西来燕。世情梦幻，复作如斯观[①]。　　自叹人生，分合常相半。戎虽远[②]，念中相见，不托鱼和雁。

[注释]

①“复作”句：《点绛唇》（重九日寄怀嗣直弟，时在涪陵）有两阕。前一阕谓“梦中相见，起作南柯观”。故后一阕即本阕则谓“世情梦幻，复作如斯观”。　②戎：绍圣五年秋作者在戎地，即戎州（今四川宜宾）。

点绛唇

罗带双垂，妙香长恁携纤手。半妆红豆，各自相思瘦。　　闻道伊家，终日眉儿皱。不能勾，泪珠轻溜，裛损揉蓝袖[①]。

[注释]

①裛(yì)损:渗坏。 裛:通“浥”。 揉蓝:即“柔蓝”,色泽柔碧。

南乡子

重阳日宜州城楼宴集即席作[①]

诸将说封侯,短笛长歌独倚楼[②]。万事尽随风雨去,休休。戏马台南金络头[③]。 催酒莫迟留,酒味今秋似去秋。花向老人头上笑,羞羞。白髮簪花不解愁[④]。

[注释]

①崇宁四年(1105)五月七日,作者移居宜州小南门戍楼。九月九日,军中将士在城楼宴会。有的将士说:“今岁当鏖战取封侯。”作者听后遂生感慨,即席作《南乡子》一首。九月三十日,作者与世长辞。 唐氏按:“宜”原作“宣”,据《道山清话》所载本事改。 ②“短笛”句:此处化用赵嘏《长安秋望》“残星几点雁横塞,长笛一声人倚楼”诗句之意。 ③戏马台:在今江苏徐州。项羽练兵之处。刘裕曾于重九日宴文士于此。 金络头:金饰的马笼头。鲍照《代结客少年场行》:“骢马金络头,锦带佩吴钩。” ④簪:通“簪”,插。 簪花:插花。杜牧《九日齐山登高》:“尘世难逢开口笑,菊花须插满头归。”苏轼《吉祥寺赏牡丹诗》:“人老簪花不自羞,花应羞上老人头。”

[集评]

王玮云:“山谷之在宜也,其年乙酉,即崇宁四年也。重九日,登郡城之楼,听边人相语:‘今岁当鏖战取封侯。’因作小词云:‘诸将说封侯,短笛长吹独倚楼……’倚栏高歌,若不能堪者。是月三十日,果不起,范寥自言亲见之。”(《道山清话》)

南歌子

槐绿低窗暗,榴红照眼明。玉人邀我少留行[①]。无奈一帆烟雨、画船轻。　　柳叶随歌皱，梨花与泪倾。别时不似见时情。今夜月明江上、酒初醒。

[注释]

①少留：稍留。

[集评]

俞陛云云："山谷少时，喜为纤靡之词，法秀道人戒之曰：'君之笔墨，应堕犁舌地狱。'答曰：'空中语耳。'集中此类词甚多，录其《南歌子》一首，婉而有韵，丽而能雅。上半首叙欲别之情，'画船'句摇曳生姿，有'每闻清歌，辄唤奈何'之意。后半首'柳叶'喻眉，'梨花'喻面，结句扁舟独夜，酒醒梦回，不言愁而愁怀无际，与'今宵酒醒何处，杨柳岸晓风残月'句，同其怅惘也。"（《唐五代两宋词选释》）

更漏子

体妖娆，鬟婀娜，玉甲银筝照座①。危柱促，曲声残，王孙带笑看②。　　休休休，莫莫莫，愁拨个丝中索。了了了，玄玄玄③，山僧无碗禅。

[注释]

①筝：古代弦乐器。又称"秦筝"。唐宋时为十三弦，每弦一柱。　②王孙：古代贵族子弟的通称。《楚辞·招隐士》："王孙游兮不归，春草生兮萋萋。"　③玄玄玄：形容道的微妙无形。《文选·孔稚圭〈北山移文〉》："谈空空于释部，核玄玄于道流。"李周翰注："核，考也；玄玄，谓玄之又玄也；道流，谓老子也。"

好事近

汤 词

歌罢酒阑时，潇洒座中风色。主礼到君须尽，奈宾朋南北。　暂时分散总寻常，难堪久离拆。不似建溪春草[①]，解留连佳客。

[注释]

①建溪：水名。源出福建浦城，为剑津上源。　春草：本江淹《别赋》"春草碧色，春水渌波。送君南浦，伤如之何"。

好事近

太平州小妓杨姝弹琴送酒[①]

一弄醒心弦，情在两山斜叠[②]。弹到古人愁处，有真珠承睫。　使君来去本无心，休泪界红颊[③]。自恨老来憎酒，负十分金叶[④]。

[注释]

①崇宁元年六月，作者（时年五十八）领太平州事。歌伎杨姝善弹琴，弹《风入松》、《醉翁吟》二曲，有林下之意。　②两山：指两眉为远山。　③界：分界，区别之意。　④"自恨"二句：作者自四十岁起便发愿戒酒。　金叶：金蕉叶酒杯的省称，亦用以代酒。

[集评]

吴曾云："山谷在当涂，有《好事近》词赠小妓杨姝弹瑟送酒云：'一弄醒心弦，情在两山斜迭。弹到古人愁处，有真珠承睫。　使君来去本无心，休泪界红颊。自恨老来憎酒，负十分金叶。'故集中有赠琴妓杨姝绝句云：'千古人心指下传，杨姝冷处更婵娟。不知心向谁边切，弹作南风欲断弦。'"（《能改斋漫录》）

好事近

不见片时霎，魂梦镇相随著[①]。因甚近新无据，误窃香深约[②]。　思量模样忔憎儿[③]，恶又怎生恶。终待共伊相见，与佯佯奚落。

[注释]

①镇：常常之意。　②窃香：偷香窃玉，指情人幽会。　③忔憎：犹言又喜又恨。　忔：喜。

喝火令

见晚情如旧，交疏分已深。舞时歌处动人心。烟水数年魂梦，无处可追寻。　昨夜灯前见，重题汉上襟[①]。便愁云雨又难寻。晓也星稀，晓也月西沉。晓也雁行低度，不会寄芳音。

[注释]

①汉上襟：温庭筠、段成式等为诗唱和有《汉上题襟集》，后遂以题襟为唱和之称。　襟：胸也。

留春令

江南一雁横秋水，叹咫尺、断行千里。回纹机上字纵横，欲寄远、凭谁是[①]。　谢客池塘春都未[②]，微微动、短墙桃李。半阴才暖却清寒，是瘦损、人天气。

[注释]

①"回纹"二句：意谓回文织成，无由寄给远方所思之人。　回文：回

文诗。一种颠倒循环皆成文章的诗体。窦滔于苻坚时为秦州刺史,被徙流沙。妻苏蕙(字若兰)织锦为回文璇玑图诗以赠滔。词甚凄婉,计八百四十字。 ②谢客池塘:谢灵运,小字客儿。有“池塘生春草”之诗句。

宴桃源

书赵伯充家小姬领巾①

天气把人僝僽,落絮游丝时候。茶饭可曾忺②,镜中赢得销瘦。生受,生受③。更被养娘催绣④。⑤

[注释]

①赵伯充:名叔盎,作者友人。 ②原注:“一本云‘去岁迷藏花柳,恰恰如今时候。心绪几曾忺’。” 忺(xiān):适意,高兴。 ③生受:麻烦之意。 ④养娘:即侍婢。 ⑤唐氏按:汲古阁本《山谷词》注,“一刻《淮海集》,略异。而《淮海居士长短句》及汲古阁本《淮海词》俱无此首。清王敬之本《淮海词补遗》始载之”。

雪花飞①

携手青云路稳,天声迤逦传呼。袍笏恩章乍赐②,春满皇都。 何处难忘酒,琼花照玉壶。归袅丝梢竞醉,雪舞郊衢。

[注释]

①雪花飞:治平四年(1067)春,作者赴礼部试,登张唐卿榜进士第。得意之时,作《雪花飞》、《下水船》和《贺圣朝》三首词。此调为山谷新创。 ②恩章:犹恩命,指朝廷颁布的及第诏书。

下水船

总领神仙侣,齐到青云岐路。丹禁风微,咫尺谛闻天语。尽荣遇。看即如龙变化，一掷灵梭风雨[①]。　真游处，上苑寻春去，芳草芊芊迎步。几曲笙歌，樱桃艳里欢聚。瑶觞举，回祝尧龄万万，端的君恩难负。

[注释]

①灵梭风雨：喻神物迟早定会变化，贤者才士会应时而起。陶侃尝钓于钓矶山，水中得一织梭，挂壁上，顷刻雷雨，梭成龙飞去。事见南朝宋刘敬叔《异苑》卷一。

贺圣朝

脱霜披茜初登第[①]，名高得意。樱桃荣宴玉墀游[②]，领群仙行缀。　佳人何事轻相戏，道得之何济。君家声誉古无双，且均平居二。

[注释]

①脱霜披茜：脱去白色布衣，簪花披红。古时进士及第是为宦的起步，极其荣幸。　②玉墀：玉阶，指朝廷殿堂。

青玉案

至宜州次韵上酬七兄[①]

烟中一线来时路[②]，极目送、归鸿去。第四阳关云不度[③]。山胡新啭[④]，子规言语，正在人愁处。　忧能损性休朝暮，忆我当年醉时句[⑤]。渡水穿云心已许[⑥]。暮年光景，小轩南浦[⑦]，同卷西山雨[⑧]。

[注释]

①崇宁二年（1103）三月，赵挺之执政诬作者“幸灾谤国”，遂除名羁

管宜州。是年十二月十九日夜,自鄂城出发,次年五月至宜州。十一月二十七日,兄大临(作者称长兄为伯氏或七兄)自永州来宜州与作者共度新年。崇宁四年元月六日,大临北返。大临走后,于二月十四日寄作者一函,并《青玉案》(行人欲上)词一篇。作者和了一篇即本词。 七兄:称大临。 ②烟中一线:指永州至宜州的山路蜿蜒曲折,十分险峻。 ③第四阳关:据白居易《对酒》"相逢且莫推辞醉,听唱阳关第四声"。此当指当时歌法而言。加叠之后,第四声为"劝君更进一杯酒"。 ④山胡:山中的一种鸟名。苏轼《涪州得山胡》诗题注:"善鸣,出黔中。" ⑤醉时句:指旧诗,题为《夜发分宁寄杜涧叟》,"我自只如常日醉,满川风月替人愁。" ⑥渡水穿云:指归鸿。寓指北归的大临。 ⑦南浦:南岸水边,泛指送别之处。亦指送别。 ⑧西山雨:王勃《滕王阁诗》"珠帘暮卷西山雨",山谷赣人,以此寄托归思。

[集评]

吴曾云:"自贺方回为《青玉案》词,山谷尤爱之,故作小诗以纪之。及谪宜州,山谷兄元明和以送之云:(略)。山谷和云:(略)。"(《能改斋漫录》卷十六)

卓人月云:"'线'字最俊。"(《古今词统》卷十一)

沁园春

把我身心,为伊烦恼,算天便知。恨一回相见,百方做计,未能偎倚,早觅东西。镜里拈花,水中捉月,觑著无由得近伊。添憔悴,镇花销翠减,玉瘦香肌。 奴儿,又有行期。你去即无妨我共谁。向眼前常见[①],心犹未足,怎生禁得[②],真个分离。地角天涯,我随君去。掘井为盟无改移。君须是,做些儿相度[③],莫待临时。

[注释]

①向:在、面对。 ②禁:犹当,受,耐。 怎生禁得:犹云如何当得。 ③相度:思忖,考虑。

千秋岁

少游得谪，尝梦中作词云："醉卧古藤阴下，了不知南北。"竟以元符庚辰，死于藤州光华亭上。崇宁甲申，庭坚窜宜州，道过衡阳。览其遗墨，始追和其《千秋岁》词[①]

苑边花外，记得同朝退。飞骑轧，鸣珂碎[②]。齐歌云绕扇，赵舞风回带。严鼓断，杯盘狼藉犹相对。　洒泪谁能会，醉卧藤阴盖[③]。人已去，词空在[④]。兔园高宴悄[⑤]，虎观英游改[⑥]。重感慨，波涛万顷珠沉海。[⑦]

［注释］

①元符庚辰(1100)，秦观被命复宣德郎，放还。在蛮荒的雷州(今雷州半岛)已自作挽词的诗人，获得赦令大喜过望，于是七月动身，八月十二日至藤州(今广西藤县)，游光华亭，为客人讲述其梦中所作《好事近》词。遂醉卧亭中，醒后欲饮水时，一笑而卒。崇宁甲申(1104)，作者过衡阳见秦观题《千秋岁》(水边沙外)遗墨，乃追和一首悼之。　②鸣珂：谓贵人车马出入。　珂：马勒上的装饰品，代指车马。　③"醉卧"句：秦观《好事近》中有"醉卧古藤阴下，了不知南北"词句。　④"人已"二句：作者追和《千秋岁》(水边沙外》词时，秦观已去世四年。　⑤兔园高宴：兔园亦称梁园，为西汉梁孝王刘武修建的苑囿。梁孝王常与当时的名人司马相如、枚乘等人于此聚游。枚乘等人有《梁王兔园赋》。此以秦少游比为司马相如、枚乘。　⑥虎观英游：后汉肃宗孝章帝召集许多才华之士在白虎观聚会议事。据《后汉书·肃宗孝章帝纪》。此以秦少游比为才华之士。　⑦唐氏按：此首别又见晁补之《琴趣外篇》卷二。

［集评］

俞陛云云："先叙同官之乐，后言长别之悲，结句极沉痛。《晁无咎词》卷中亦载此调，题云：次韵吊秦少游。以山谷过藤州事证之，《无咎集》中，当系误入也。"(《唐五代两宋词选释》)

千秋岁

世间好事,恰恁厮当对[①]。乍夜永,凉天气。雨稀帘外滴,香篆盘中字[②]。长入梦,如今见也分明是。　欢极娇无力,玉软花攲坠。钗罥袖[③],云堆臂[④]。灯斜明媚眼[⑤],汗浃瞢腾醉。奴奴睡,奴奴睡也奴奴睡。[⑥]

[注释]

①厮:相。厮当对,即相当对。　②香篆:香炷点燃后,其烟缭绕上升,如同篆文,故称香篆。　③罥(juàn):缠绕,牵挂。　④云堆臂:髮(乌云)垂于臂弯。　⑤唐氏按:"眼"原作"瞢",据《古今词统》卷十所误引之贺铸词改。　⑥唐氏按:此首别又误作贺铸词,见《词的》卷三。

河　传

有士大夫家歌秦少游"瘦杀人,天不管"之曲。以好字易瘦字,戏为之作

心情老懒。对歌对舞,犹是当时眼。巧笑靓妆[①],近我衰容华鬓。似扶著、卖卜算。　思量好个当年见。催酒催更,只怕归期短。饮散灯稀,背锁落花深院。好杀人、天不管。

[注释]

①靓(jìng)妆:脂粉妆饰。贾至《长门怨》:"繁花对靓妆,深情托瑶瑟。"

望江东[①]

江水西头隔烟树,望不见、江东路。思量只有梦来

去，更不怕、江阑住[②]。　灯前写了书无数。算没个、人传与。直饶寻得雁分付[③]，又还是、秋将暮。

［注释］

①此词作于绍圣二年(1095)冬。作者被诬修《神宗实录》失实，奉命至开封境内的陈留，寄居在东寺的净土院听候朝廷勘问，家眷被安置在江东太平州的芜湖（今安徽芜湖）。　②阑：通“拦”，阻隔。　③直饶：即使。

［集评］

陈廷焯云：“笔力奇横，是山谷独绝处。人只见其用笔之奇崛，不知其一片深情，往复不置，缠绵之至也。”（《放歌集》卷一）

陈廷焯云：“黄鲁直词，乖僻无理，桀傲不驯，然亦间有佳者。如《望江东》云：‘江水西头隔烟树……’笔力奇横无匹，中有一片深情，往复不置，故佳。”《白雨斋词话》卷六）

桃源忆故人

碧天露洗春容净，淡月晓收残晕。花上密烟飘尽，花底莺声嫩[①]。　云归楚峡厌厌困[②]，两点遥山新恨。和泪暗弹红粉，生怕人来问。

［注释］

①“花底”句：化用白居易《琵琶行》“间关莺语花底滑”诗句之意。　②云归楚峡：楚峡，指巫山。云，指朝云。云归，指佳人归去。

卜算子

要见不得见，要近不得近。试问得君多少怜，管不解、多于恨[①]。　禁止不得泪，忍管不得闷。天上人间有底愁[2],向个里、都谙尽。

[注释]

①管:准,定。管不解,如说断不会。 ②有底:有何,有什么。

蝶恋花

海角芳菲留不住,笔下风生,吹入青云去。仙籍有名天赐与[1],致君事业安排取[2]。 要识世间平坦路,当使人人,各有安身处。黑髪便逢尧舜主,笑人白首耕南亩。

[注释]

①仙籍:此指考中进士标名金榜。 ②取:语助词,可作"著"字解。

浣溪沙

飞鹊台前晕翠蛾,千金新买帝青螺[1]。最难如意为情多。 几处泪痕留醉袖,一春愁思近横波[2]。远山低尽不成歌。[3]

[注释]

①帝青螺:宝珠名,梵语。见《玄应音义》。 ②横波:形容眼神流动。 ③唐氏按:此首别又见晏几道《小山词》。

浣溪沙

一叶扁舟卷画帘,老妻学饮伴清谈[1]。人传诗句满江南。

林下猿垂窥涤砚,岩前鹿卧看收帆。杜鹃声乱水如环。

［注释］

①老妻：宋神宗熙宁三年（1070），作者年二十六岁，妻孙氏于是年七月初二日病逝叶县。元丰二年（1079），作者三十五岁，继室谢氏病逝北京。作者有子名相，小名小德，作者有嘲小德诗云："中年举儿子，漫种老生涯。学语啭春鸟，涂窗行暮鸦。欲嗔王母惜，稍慧女兄夸。解著潜夫论，不妨无外家。"依任渊年谱，此诗作于元祐三年（1088），作者时年四十四。苏轼在次韵嘲小德诗中说："其母微，故其诗云解著潜夫论，不妨无外家。"可知小德非孙氏、谢氏所生，作者在谢氏死后又曾续娶而生小德。据此，故有"老妻"之说。

诉衷情

小桃灼灼柳鬖鬖[①]，春色满江南。雨晴风暖烟淡，天气正醺酣。　山泼黛，水挼蓝[②]，翠相搀。歌楼酒旆，故故招人[③]，权典青衫[④]。

［注释］

①灼灼：鲜明貌。《诗经·周南·桃夭》："桃之夭夭，灼灼其华。"鬖鬖：毛发下垂貌。此用以形容柳条的细柔修美。　②挼蓝：将蓝草揉碎取其汁染布帛丝线。此借用蓝草之色形容天光水色。　③故故：故意，特意。　④青衫：据《唐会要·舆服上·章服品》，唐朝八品、九品的官服青。后用以指官职卑微者的服装。

诉衷情

旋揎玉指著红靴[①]，宛宛斗弯讹[②]。天然自有殊态，供愁黛、不须多。　分远岫，压横波，妙难过。自欹枕处，独倚阑时，不奈颦何。

[注释]

①揎:卷起或捋起(袖子)。 ②宛宛:屈伸的样子。 弯讹:即弯蛾,指美女的眉毛。

诉衷情

珠帘绣幕卷轻霜,呵手试梅妆[①]。都缘自有离恨,故画作、远山长。 思往事,惜流光[②],恨难忘。未歌先敛,欲笑还颦,最断人肠。[③]

[注释]

①"呵手"句:袭用欧阳修《诉衷情》"清晨帘幕卷轻霜,呵手试梅妆"词句之意。 呵手:吹气使手暖。 ②唐氏按:"光"原作"水",从校本《山谷词》。 ③唐氏按:此首别又作欧阳修词,见《近体乐府》卷一。

昼夜乐

夜深记得临歧语,说花时、归来去。教人每日思量,到处与谁分付。其奈冤家无定据[①]。约云朝、又还雨暮。将泪入鸳衾,总不成行步。 元来也解知思虑,一封书、深相许。情知玉帐堪欢,为向金门进取[②]。进待腰金拖紫后[③],有夫人、县君相与[④]。争奈会分疏[⑤],没嫌伊门路[⑥]。

[注释]

①冤家:所爱之人的昵称。 ②金门:朝廷。 ③腰金拖紫:即腰拖金紫。金印紫绶,为贵官的佩饰。 ④夫人:命妇的封号。宋代执政以上之妻封夫人。 县君:宋制:从五品庶子、六品司业、七品县令等官之妻封县君。 ⑤争奈:岂料。 分疏:分开。 ⑥嫌:接近。

一落索

谁道秋来烟景素，任游人不顾。一番时态一番新，到得意、皆欢慕。　紫萸黄菊繁华处，对风庭月露。愁来即便去寻芳，更作甚、悲秋赋[①]。

（以上八十九首见明弘治刻嘉靖修本《豫章黄先生词》）

［注释］

①“更作”句：此谓不必悲秋。　悲秋赋：意同宋玉悲秋。见宋玉《九辩》。

满庭芳

雪中戏呈友人

风力驱寒，云容呈瑞，晓来到处花飞。遍装琼树，春意到南枝。便是渔蓑旧画，纶竿重、横玉低垂。今宵里，香闺邃馆，幽赏事偏宜。　风流，金马客[①]，歌鬟醉拥，乌帽斜攲[②]。问人间何处，鹏运天池[③]。且共周郎按曲[④]，音微误、首已先回。同心事，丹山路稳[⑤]，长伴彩鸾归。[⑥]

（汲古阁本《山谷词》）

［注释］

①金马客：指翰林学士。汉有金马门，为学士待诏之处。　②乌帽：古代贵者之服。　③鹏运天池：大鹏鸟从天池展翅冲天，喻发迹之地。见《庄子·逍遥游》。　④周郎按曲：即周郎顾曲。原指周瑜精通音乐，后泛指音乐素养很好的人。见《三国志·吴书·周瑜传》。　⑤丹山：传说凤凰产于丹山，喜栖梧桐树上。《山海经·大荒西经》：“有五彩鸟三名：一曰凰鸟，一曰鸾鸟，一曰凤鸟。”　⑥唐氏按：此首别又见赵长卿《惜香乐府》卷八，疑非黄庭坚作，而汲古阁本《山谷词》误收，姑编于此。

西江月[①]

用惠洪韵

细细风清撼竹,迟迟日暖开花。香帏深卧醉人家,媚语娇声娅姹[②]。　　姹娅声娇语媚,家人醉卧深帏。香花开暖日迟迟,竹撼清风细细。（《回文类聚》卷四）

[注释]

①西江月:此词为回文体。　②娅姹:象声词。王安石《黄鹂》诗:"娅姹不知缘底事,背人飞过北山前。"

失调名

直须把、茱萸遍插,看满座、细嗅清香。

（《岁时广记》卷三十四）

好事近

橄　榄

潇洒荐冰盘[①],满座暗惊香集。久后一般风味,问几人知得。　　画堂饮散已归来,清润转更惜。留取酒醒时候,助茗瓯春色。（《全芳备祖》后集卷四"橄榄门"）

[注释]

①荐:进献。　冰盘:放置冰块的水果盘。夏季用以消暑。韩愈《李花》诗:"冰盘夏荐碧实脆。"

瑞鹤仙

环滁皆山也。望蔚然深秀,琅琊山也。山行六七里,有翼然泉上[①]，醉翁亭也。翁之乐也。得之心、寓之酒也。更野芳佳木，风高日出，景无穷也。　游也。山肴野蔌，酒冽泉香，沸筹觥也[②]。太守醉也。喧哗众宾欢也。况宴酣之乐、非丝非竹，太守乐其乐也。问当时、太守为谁，醉翁是也。（《诗人玉屑》卷二十一）

［注释］

①翼然：像鸟张开翅膀的样子。　②“沸筹”句：酒器和酒筹交互错杂，宴饮十分热闹。　沸：沸腾，引申为热闹或纷扰等意。

［集评］

张仲素云：“东坡隐括《归去来词》，山谷隐括《醉翁亭记》，两人固是词家好手。”（《历代词话·本事记·黄庭坚隐括醉翁亭记》）

张宗橚云：“欧公知滁日，自号醉翁，因以名亭作记。山谷隐括其词，合以声律，作《瑞鹤仙》云云，一记凡数百言，此词备之矣，山谷其善隐括如此。”（《词林记事》）

蓦山溪

春　晴

朝来风日，陡觉春衫便。翠柳艳明眉，戏秋千、谁家倩盼[①]。烟匀露洗，草色媚横塘。平沙软，雕轮转[②]，行乐闻弦管。　追思年少，走马寻芳伴。一醉几缠头，过扬州、珠帘尽卷[③]。而今老矣，花似雾中看[④]。欢喜浅，天涯远，信马归来晚。（《唐宋诸贤绝妙词选》卷四）

［注释］

①倩盼：美人。“巧笑倩兮，美目盼兮。”见《诗经·卫风·硕人》。　②雕轮：华美的车子。　③“过扬”句：袭用杜牧《赠别二首》（其一）中“春风十

里扬州路,卷上珠帘总不如”诗句之意。 ④“而今”二句:袭用杜甫《小寒食舟中作》“老年花似雾中看”诗句之意。谓老眼昏花,视物不清。

捣练子[①]

梅凋粉,柳摇金,微雨轻风敛陌尘[②]。厚约深盟何处诉,除非重见那人人。 (《京本通俗小说·西山一窟鬼》)

[注释]

①唐氏按:《花草粹编》卷一载黄庭坚《捣练子》“梅凋粉,柳摇金,池塘波暖动游鳞。扇和风,初昼永。 微雨后,敛轻尘,除非重见那人人。再叙厚约深盟”。疑即此阕别传而异,附注于此,不另出。 ②敛:收,取。

失调名

屋角数声鸦噪柳。

(郑元佐新注《断肠诗集》前集卷一)

失调名

旧家杨柳依依绿,长锁春来庭院。

(郑元佐新注《断肠诗集》前集卷九)

菩萨蛮

轻风袅断沉烟炷,霏微尽日寒塘雨[①]。残绣没心情,鸟啼花外声。 离愁难自制,年少乖盟誓。寂寞掩朱门,罗衣空泪痕。 (杨金本《草堂诗馀前集》卷下)

[注释]

①霏微：迷蒙的样子。

渔家傲

题船子钓滩[①]

荡漾生涯身已老，短蓑箬笠扁舟小。深入水云人不到，吟复笑，一轮明月长相照。　谁谓阿师来问道，一桡直与传心要[②]。船子踏翻才是了，波渺渺，长鲸万古无人钓。

（《金山县志》卷十九）

[注释]

①船子钓滩：秀州华亭船子和尚，得法于药山。至华亭，泛小舟引接众人。有官人问："如何是和尚日用事？"师竖桡子曰："会么？"……师有偈曰："三十年来坐钓台，钩头往往得黄能"云云。　②桡（ráo）：桨。传心：即心传，佛教禅宗用语。犹言以心传法。

【补　辑】

玉女摇仙珮[①]

宫梅弄粉，御柳摇金，又喜皇州春早[②]。盛世生贤，真仙应运，当日来从三岛[③]。车马喧清晓。看千钟赐饮，中人传诏[④]。最好是、芝兰并砌，鸣珮腰金，彩衣相照。炉烟袅。高堂半卷珠帘，神仙缥缈。　须信槐庭荫美[⑤]，凤沼波澄[⑥]，屈指十年三到。九叙重歌，元圭再锡，已把成功来告。四海瞻仪表。庆君臣会集，诗符天保。况自有、仙风道骨，玉函金篆，阴功须报。方知道，八千岁月椿难老[⑦]。

[注释]

①孔凡礼按：此词，《全宋词》别见为晁端礼词。 又按：此词作者，《诗渊》谓为“宋山谷道人”。下首同。 ②皇州：犹帝都。 ③三岛：仙人所居的三神山。 ④中人：指宦官。 ⑤槐庭：指三公宰辅之位。《周礼·秋官·朝士》：“掌建邦外朝之法。……面三槐，三公位焉。” ⑥凤沼：即凤池、凤凰池。本皇宫中禁苑池沼，魏晋六朝以其便于接近皇帝而设中书省，掌管机要。 ⑦“八千”句：传说中的椿树长命。《庄子·逍遥游》：“上古有大椿者，以八千岁为春，八千岁为秋。”

瑶台第一层

阆苑归来[1]，因醉上、瑶台第一层。洞天深处，年年不夜，日日长春。万花妆烂锦，散异香，馥郁留人。便乘兴，命玉龙吟笛，彩凤吹笙。 身轻。先逢瑞景，众中先识董双成[2]。珮环声丽，舞腰袅袅，浓艳腾腾。翠屏金缕枕，绣被软，梦冷槐清。乐蓬瀛，愿南山同寿，北斗齐龄。

（以上二首见《诗渊》第二十五册，引自孔凡礼《全宋词补辑》）

[注释]

①阆苑：传说中的仙境。 ②董双成：西王母的侍女。传说双成炼丹宅中，丹成得道，自吹玉笙，驾鹤升仙。事见《汉武帝内传》。

存目词

调名	首句	出处	附注
虞美人	波声拍枕长淮晓	《豫章黄先生词》	苏轼作，见《东坡词》卷下

调名	首句	出处	附注
西江月	别梦已随流水	《豫章黄先生词》	苏轼作，见《东坡词》卷上
南乡子	落帽晚风回	同上	黄叔达词，见《山谷琴趣外篇》卷三
浣溪沙	西塞山边白鹭飞	同上	苏轼作。见《东坡词》卷下
长相思	蘋满溪	明刊本《山谷先生文集》卷十一	张先作，见《张子野词》卷下。或欧阳修作，见《近体乐府》卷一
浣溪沙	新妇矶头新月明	《艇斋诗话》	徐俯作，见《乐府雅词》卷一
断句	独上小楼情悄悄	《野客丛书》卷二十五	王诜蝶恋花词，见《唐宋诸贤绝妙词选》卷三
浣溪沙	脚上鞋儿四寸罗	《绿窗新话》卷上引《古今词话》	秦观作，见《苕溪渔隐丛话》后集卷三十九
菩萨蛮	牡丹含露真珠颗	杨金本《草堂诗馀前集》卷下	唐无氏名词，见《槁简赘笔》。词已见张先存目附录
如梦令	冬夜月明如水	同上	秦观作，见《淮海居士长短句》卷中
如梦令	莺嘴啄花红溜	《花草粹编》卷一	无名氏作，见《草堂诗馀前集》卷上

调名	首句	出处	附注
浣溪沙	堤上游人逐画船	《草堂诗馀隽》卷二	欧阳修作,见《近体乐府》卷三
忆秦娥	花深深	同上卷三	郑文妻作,见《古杭杂记》
促拍满路花	秋风吹渭水	《填词图谱》卷四	吕洞宾(无名氏)词,见《豫章先生遗文》卷十一
拨棹子	烟姿媚	《历代诗馀》卷四十一	无名氏作,见《花草粹编》卷七
踏莎行	堆积琼花	《古今小说·张古老种瓜娶文女》	小说依托
断句	镜里朱颜改	《明秀集注》卷一	秦观《千秋岁》词句,见《淮海居士长短句》卷中
渔父词	偶然垂饵得长鲟	《蟫精隽》卷三	唐人作,见《金奁集》
醉落魄	红牙板歇	《类编草堂诗馀》卷一	无名氏作,见《草堂诗馀后集》卷下
汉宫春	春已归来	《诗菁》卷一	辛弃疾作,见《稼轩词》丙集
凤孤飞	一曲画楼钟动	《记红集》卷一	晏几道作,见《小山词》
南乡子	夜阔梦难收	《同情集词选》卷十	明人小说《觅莲记》中词

黄叔达

黄叔达（？—1100），字知命，洪州分宁（今江西修水）人。黄庭坚之二弟。庐陵（今江西吉安）令。少负奇节，不拘时俗。工于诗文，小诗及乐府皆清丽可爱。有诗四十首附见《山谷集》中。今存词《南乡子》一首。

南乡子

落帽晚风回[①]，又报黄花一番开。扶杖老人心未老，堪咍[②]。漫有才情付与谁。　芳意正徘徊，传与西风且慢吹。明日馀尊还共倒，重来。未必秋香一夜衰。[③]

（宋本《山谷琴趣外篇》卷三）

［注释］

①落帽：用"龙山落帽"的典故，意指重九登高。　②咍（hāi）：讥笑，嗤笑。　③唐氏按：此首原见黄庭坚《山谷琴趣外篇》卷三，题作"知命弟去年重九日在涪陵，作此曲"，盖黄叔达作。此首亦见《豫章黄先生词》，题作"重九日涪陵作，示知命弟"。

存目词

调　名	首　句	出　处	附　注
七娘子	银烛华堂明如昼	《词汇》卷六	黄大临作，见《能改斋漫录》卷十七
青玉案	千峰百嶂宜州路	《历代诗馀》卷四十三	黄大临作，见《能改斋漫录》卷十六

盼　盼

盼盼，北宋泸南（今四川泸州）官妓。聪慧有才。今存词《惜花容》一首，或谓盼盼所作，或谓盼盼所唱。

惜花容[1]

少年看花双鬓绿[2]，走马章台管弦逐。而今老更惜花深，终日看花看不足。　坐中美女颜如玉，为我一歌金缕曲。归时压得帽檐攲，头上春风红簌簌[3]。

（《绿窗新话》卷上引《古今词话》）

［注释］

①唐氏按：据《古今词话》，此词乃盼盼所唱，各选本俱题盼盼作，今姑从之，俟考。　②鬓绿：指青少年黑得发亮的鬓发。亦作"绿鬓"。　③红：红色的花。欧阳修《蝶恋花》（庭院深深）："泪眼问花花不语，乱红飞过秋千去。"

［集评］

杨湜云："涪翁过泸南，泸帅留府。会有官妓盼盼，性颇黠慧。帅尝宠之。涪公赠《浣溪沙》曰：'脚上鞋儿四寸罗，唇边朱麝一樱多，见人无语但回波。　料得有心怜宋玉，只应无奈楚襄何。今生有分向伊么？'盼盼拜谢。涪翁令唱词侑觞。盼盼唱《惜花容》曰：'年少看花双鬓绿……'涪翁大喜。翌日，出城，游山寺。盼盼乞词。涪翁作《蓦山溪》以见意曰：'朝来春日，陡觉春衫暖。……'"（引自刘维崇《黄庭坚评传》，《古今词话》载称）

晁端礼

晁端礼(1046—1113)，字次膺，济州巨野(今属山东)人。晁补之叔父。熙宁六年(1073)进士。曾两为县令。罢废久之。晚岁以蔡京推荐，为大晟府协律。与周邦彦同为乐官。审音作曲，颇有建树，有《闲斋琴趣外篇》六卷传世。

绿头鸭[①]

锦堂深，兽炉轻喷沉烟[②]。紫檀槽、金泥花面[③]，美人斜抱当筵。挂罗绶、素肌莹玉，近鸾翅、云鬓梳蝉[④]。玉笋轻拢[⑤]，龙香细抹[⑥]，凤凰飞出四条弦。碎牙板、烦襟消尽，秋气满庭轩。今宵月，依稀向人，欲鬥婵娟。　变新声、能翻往事，眼前风景依然。路漫漫、汉妃出塞[⑦]，夜悄悄、商妇移船[⑧]。马上愁思，江边怨感，分明都向曲中传。困无力、劝人金盏，须要倒垂莲[⑨]。拚沉醉，身世恍然，一梦游仙。

[注释]

①唐氏按：此首别误作姚燧词，见《牧庵集》卷三十六。　②兽炉：铸有兽形图案的香炉。　沉烟：即沉香。　③紫檀槽：紫檀作槽的琵琶。　④鸾翅：排箫。项斯《赠元载歌伎》："凤箫鸾翅欲飞去。"　云鬓梳蝉：梳成蝉鬓一样的髮型。　⑤玉笋：形容手指修长白嫩。　⑥龙香：用龙香木制成的琵琶拨子。　⑦汉妃：即明妃王昭君，善弹琵琶。　⑧商妇：指白居易《琵琶行》中的商妇。　⑨倒垂莲：犹倒垂杯。　莲：莲形酒杯。

[集评]

蔡絛云："有晁次膺者，先在韩师朴(忠彦字师朴，韩琦长子)丞相中

秋坐上作听琵琶词,为世所重。"(《铁围山丛谈》卷二)

张表臣云:"公《绿头鸭》琵琶词诚妙绝。盖自'晓风残月'之后,始有'移船'、'出塞'之曲。"(《珊瑚钩诗话》卷三)

绿头鸭

咏　月

晚云收,淡天一片琉璃。烂银盘、来从海底[①],皓色千里澄辉。莹无尘、素娥淡泞[②],静可数、丹桂参差。玉露初零[③],金风未凛,一年无似此佳时。露坐久,疏萤时度,乌鹊正南飞。瑶台冷,栏干凭暖,欲下迟迟。　念佳人、音尘别后,对此应解相思。最关情、漏声正永[④],暗断肠、花影偷移。料得来宵,清光未减,阴晴天气又争知。共凝恋、如今别后,还是隔年期。人强健,清尊素影,长愿相随。

[注释]

①烂银盘:形容中秋圆月,明亮如银盘。　②淡泞:淡雅。"泞",《全宋词》误作"伫"。　③初零:初降。　④漏声:报时的滴漏之声。　正永:正长。

[集评]

胡仔云:"中秋词自东坡《水调歌头》一出,馀词尽废。然其后亦岂无佳词?如晁次膺《绿头鸭》一词,殊清婉。但樽俎间歌喉,以其篇长惮唱,故湮没无闻焉。"(《苕溪渔隐词话》卷三十九)

望海潮

高阳方面[①],河间都会[②],三关地最称雄[③]。粉堞万层[4]，金城百雉[5]，楼横一带长虹。烟素敛晴空。正望迷平野，目断飞鸿。易水风烟，范阳山色有无中[6]。　安边暂倚元戎[7]。看纶巾对酒[8]，羽扇摇风。金勒少年[9]，吴钩壮士[10]，宁论卫霍前功[11]。乃眷在清衷[12]。恐凤池虚久[13]，归去匆匆。幸有佳人锦瑟，玉笋且轻拢。

[注释]

①高阳：地名，在今保定东南。宋熙宁间为顺安军治所。此词亦赠韩师朴之作。时韩知定州。　②河间：地名，在河北中部，与高阳邻近。宋时为北边重镇。　③三关：古代重要关塞的合称。周世宗时以溢津关、瓦桥关、淤口关为三关。　④粉堞（dié）：用白垩涂饰的女墙（城墙上的垛口）。　⑤百雉：古时以长三丈高一丈为一雉。周制非国都不能过百雉。此处言其城池之雄伟。　⑥范阳：河北定兴，古称范阳。县南有范阳陂。　⑦元戎：功勋显赫的统帅。　⑧纶巾：以青丝为带的帽子。纶巾羽扇，为儒将之服饰。　⑨金勒：以黄金为饰的马勒。　⑩吴钩：吴地所产的利剑。　钩：曲形之剑。　⑪卫霍：卫青、霍去病，西汉名将。　⑫“乃眷”句：言其清贞之美德，为皇上所器重。　眷：恩宠。　⑬凤池：即凤凰池，为清贵重臣奉职之地。

[集评]

笃文云：“此为写赠戍边重臣之作，词亦壮伟可喜。”

水龙吟

夜来深雪前村路[1]，应是早梅初绽。故人赠我，江头春信，南枝向暖。疏影横斜，暗香浮动[2]，月明溪浅。向亭边驿畔，行人立马，频回首、空肠断。　别有玉溪仙馆。寿阳人、初匀妆面[3]。天教占了，百花头上，和羹未晚[4]。最是关情处，高楼上、一声羌管[5]。仗谁人向道[6]，何如留取，倚朱栏看。

[注释]

①“夜来”句:“前村深雪里,昨夜一枝开。”齐己《早梅》诗中句。　②“疏影”二句:“疏影横斜水清浅,暗香浮动月黄昏。”林逋《山园小梅》诗中句。　③寿阳人:南朝宋武帝女,人日卧含章殿檐下,梅花飘着额上,成五出花瓣状,因作梅花之妆。见《翰苑新书》。　④和羹:本《尚书·说命》“若作和羹,尔惟盐梅”。谓贤臣能辅佐君王,以成美政。　⑤羌管:羌笛。《乐府诗集》云:“梅花落,本笛中曲也。”“黄鹤楼中吹玉笛,江城五月落梅花。”李白《听黄鹤楼上吹笛》诗中句。　⑥向道:说道。

水龙吟

岭梅香雪飘零尽[①],繁杏枝头犹未。小桃一种,妖娆偏占,春工用意。微喷丹砂,半含朝露,粉墙低倚。似谁家丱女[②],娇痴怨别,空凝睇、东风里。　　好是佳人半醉。近横波、一枝争媚。玄都观里[③],武陵溪上[④],空随流水。惆怅如红雨,风不定、五更天气。念当年门里[⑤],如今陌上,洒离人泪。

[注释]

①岭梅:“大庾岭上梅花,南枝已落,北枝方开。”见《白帖》。　②丱(guàn)女:未笄之少女,发束两角,即俗称之丫头。　③玄都观:“玄都观里花千树,尽是刘郎去后栽。”为刘禹锡《元和十年自朗至京戏赠看花诸君子》诗中句。　④武陵溪:即桃花源。“晋太元中武陵人捕鱼为业,缘溪行。忘路之远近,忽逢桃花林。”见陶潜《桃花源记》。　⑤当年门里:“去年今日此门中,人面桃花相映红。”见崔护《题都城南庄》。

水龙吟

小桃零落春将半,双燕却来池馆。名园相倚,初开繁杏,一枝遥见。竹外斜穿,柳间深映,粉愁香怨。任红皱宋玉[①]，墙头千里[②]，曾牵惹、人肠断。　常记山城斜路，喷清香、日迟风暖。春阴挫后，马前惆怅，满枝红浅。深院帘垂雨，愁人处、碎红千片。料明年更发，多应更好，约邻翁看。[③]

[注释]

①宋玉：楚国辞赋家，美姿容，富文彩。后遂为美少年之通称。　攲（qī）：侧。　②墙头千里：女子于墙头窥视，行人在马上回顾。白居易《井底引银瓶》："妾弄青梅凭短墙，君骑白马傍垂杨。墙头马上遥相顾，一见知君即断肠。"　③唐氏按：此首别误作周紫芝词，见《历代诗馀》卷七十六。

水龙吟

倦游京洛风尘[①]，夜来病酒无人问[②]。九衢雪小[③]，千门月淡，元宵灯近。香散梅梢，冻消池面，一番春信。记南楼醉里，西城宴阕[④]，都不管、人春困。　屈指流年未几，早人惊、潘郎双鬓[⑤]。当时体态，如今情绪，多应瘦损。马上墙头，纵教瞥见，也难相认。凭栏干，但有盈盈泪眼，把罗襟揾。

[注释]

①京洛：汴京（今河南开封）与洛阳。　②病酒：伤于酒。　③九衢：犹九陌，指京城大道。　④宴阕：宴毕。　阕：止。　⑤潘郎：潘岳美容姿，人称潘郎。三十二岁即见白髮，故以潘鬓喻早衰。

上林春

霖雨成功[①]，堂称继美[②]，旧说安阳家世[③]。峻岳降神[④],长庚应梦[⑤],佳辰况当秋霁[⑥]。玉函金篆,帝锡与、寿眉觬齿[⑦]。向清时、便告老,尽取貂蝉轻弃[⑧]。 把朝廷旧勋屈指。有谁人似此,能全终始。谤书顿释,先芬未泯,君王自为知己。看花临水。算已号、醉吟居士[⑨]。奈苍生,尚满望、谢公重起[⑩]。

[注释]

①霖雨:"若岁大旱,用汝作霖雨。"见《尚书·说命》。以喻济世泽民之宰相事业。 ②堂称继美:韩琦起堂于安阳故居北池上,仿白乐天,因名醉白堂。故称继美。参见《诗话总龟》。 ③安阳家世:韩琦(1008—1075),安阳人,仕兼将相,封魏国公。此词乃赠琦之子师朴的。 ④峻岳降神:谓山岳灵气诞生伟人。 ⑤长庚应梦:李白之母梦长庚星而生白。见《新唐书·李白传》。 ⑥"佳辰"句:言师朴生在秋季。 ⑦寿眉:长眉。 觬(ní)齿:老人大齿落尽新生之小齿。 ⑧貂蝉:冠名,汉代侍中,常侍服貂蝉之冠。 ⑨醉吟居士:白居易退居林下号醉吟居士。 ⑩谢公:谢安。

上林春

伊洛清波,嵩山秀色,共与皇家为瑞。挺生异质,亲逢盛旦[①],簪缨旧传家世[②]。雁炉烟里,罩一段、照人清气。灿金章、映紫绶[③],自是真官标致。 把朝廷缙绅屈指。有谁人似得,多才多艺。片言悟主,封侯赐璧,君王自为知己。暂来卧治。况廊庙,正多虚位。看登庸[④],辅圣主、万年康济。

[注释]

①盛旦:犹言良辰,指生日。 ②簪缨:贵人之冠饰。 簪:固定髮髻与帽子的长针。 缨:系冠的带子。 ③金章:金质印章。 紫绶:紫色绶带。 ④登庸:重用。

满庭芳

天与疏慵[①]，人怜憔悴，分甘抛弃簪缨。有时乘兴，波上叶舟轻。十里横塘过雨，荷香细、蘋末风清。真如画，残霞淡日，偏向柳梢明。　凝情。尘网外，鲈鱼旋鲙[②]，芳酒深倾。又算来、何须身后浮名。无限沧浪好景，蓑笠下、且遣馀生。长歌去，机心尽矣，鸥鹭莫相惊。

[注释]

①疏慵：懒散。　②鲈鱼旋鲙：西晋张翰，在洛阳作官，见秋风起，想到家乡的鲈鱼片，便弃官回归。参见《晋书·张翰传》。　鲙：肉片。

满庭芳

绿绕群峰，红摇千柄，夜来暑雨初收。共君乘兴[①]，轻舸信悠悠。且尽一尊别酒，荷香里、满酌轻讴。明朝去，征帆夜落，何处好汀洲。　风流。吾小阮[②]，朝辞东观，夕向南州。况圣时、争教贾傅淹留[③]。若过浔阳亭上[④]，琵琶泪、莫洒清秋。堤边柳，从今爱惜，留待系归舟。

[注释]

①共君乘兴：君，指其侄晁补之。此为次补之词韵之作。参见补之词。　②小阮：指侄子。即晁补之。阮咸为阮籍之侄，后遂以小阮称侄。　③贾傅：贾谊。汉文帝臣，曾贬为长沙王傅。　④浔阳亭：在江西九江。白居易《琵琶行》即作于此。

满庭芳

北渚澄兰[①]，南山凝翠，望中浑似仙乡。万家烟霭，朱户锁垂杨。好是飞泉漱玉，回环遍、小曲深坊。西风里，芙蕖带雨，飘散满城香。　　微凉。湖上好，桥虹倒影，月练飞光。命玳簪促席，云鬟分行。谁似风流太守[②]，端解道、春草池塘[③]。须留恋，神京纵好[④]，此地也难忘。

[注释]

①澄兰：据《历代诗馀》当为“澄澜”之误。　②风流太守：此指谢灵运，曾任永嘉（今浙江温州）太守。　③春草池塘：“池塘生春草，园柳变鸣禽。”为谢灵运《登池上楼》诗中句。　④神京：首都，此指汴京。

满庭芳

雪满貂裘[①]，风摇金辔[②]，笑看锦带吴钩。照人青鬓，年少定封侯。此去马蹄何处，山万叠、济水南州。君知否，卢郎未老[③]，曾是恣狂游。　　风流。佳丽地，十年屈指，一梦回头。最难忘，西湖北渚澄秋。玉砌雕栏好在，桃共李、能忆人不。衰翁也，多情为我，将恨寄红楼。

[注释]

①貂裘：貂皮大衣，贵人之服。　②金辔：黄金辔勒。　③卢郎：唐时人，年老娶崔氏女。崔有诗云：“自恨妾身生较晚，不见卢郎年少时。”参见《南部新书》。卢郎，《历代诗馀》作“刘郎”。

满庭芳

浅约鸦黄[①]，轻匀螺黛[②]，故教取次梳妆。减轻琵面[③]，新样小鸾凰[④]。每为花娇玉嫩，容对客、斜倚银床。春来病，兰薰半歇，一凭舞衣裳[⑤]。　　悲凉。人事改，三春秾艳，一夜繁霜。似人归洛浦[⑥]，云散高唐[⑦]。痛念你、平生分际，辜负我、临老风光。罗裙在，凭谁为我，求取返魂香[8]。

[注释]

①鸦黄：黄色香粉，用以涂额。 ②螺黛：即青黛，用以画眉。 ③琶面：掩面的琵琶。 ④鸾凰：笙。杨师道《咏笙诗》："短长插凤翼，洪细摹鸾音。" ⑤篦：同"管"，乐器名。 ⑥洛浦：洛水之滨。曹植有《洛神赋》，写洛水女神。 ⑦高唐：台观名。宋玉有《高唐赋序》写楚王梦中与巫山神女相遇事。 ⑧返魂香：即返生香。传说西海有树煮汁为香，可令疫死者复活。见《太平御览》引《十洲记》。

雨中花

倦贰文昌[1]，乐请左符[2]，双旌去指东藩。有腰金新宠[3]，昼锦荣观[4]。独步文章，家传素业，世宝青毡[5]。动欢声和气，里巷初惊，侍从衣冠。　朱门映柳，绮窗临水，盛游应记当年。端解道、香留罗袜，墨在蛮笺[6]。惆怅江边侧帽[7]，寻思花底遗鞭。不如沉醉，莫思身外，且鬥樽前。

[注释]

①文昌：尚书省，亦称文昌省。 贰：僚佐副手。 ②左符：指出任太守。 汉制：太守出任执左符，至州郡合右符以为验。 ③腰金：腰系金鱼之袋，为贵官服饰。 ④昼锦：衣锦昼行，喻事业得意。韩琦有昼锦堂。 ⑤青毡：指累世读书之家。见《晋书·王羲之传附王献之》。 ⑥蛮笺：蜀地所产之纸笺。"十样蛮笺出蜀州"，见韩浦《寄弟诗》。 ⑦侧帽：形容风度潇洒，为人爱慕。见《北史·独孤信传》。

雨中花

荳蔻梢头[1]，鸳鸯帐里，扬州一梦初惊。忆当时相见，双眼偏明。南浦绿波，西城杨柳，痛悔多情。望征鞍不见，况是并州[2]，自古高城。　　几多映月，凭肩私语，傍花和泪深盟。争信道、三年虚负，一事无成。瑶珮空传好好[3]，秦筝闻说琼琼[4]。此心在了，半边明镜，终遇今生。

[注释]

①荳蔻梢头：形容少女之娇倩。“娉娉袅袅十三馀，荳蔻梢头二月初。”为杜牧《赠别》诗中之语。　②并州：太原。　③好好：张好好，唐代名妓，杜牧有诗记其事。　④琼琼：唐代歌女薛琼琼，善弹筝，为宫中第一。见《丽情集》。

雨中花

流水知音[1]，轻裘共敝[2]，相逢才换星霜。多少风亭棋酒，画阁丝簧。纤指声犹馀响，红粉泪已成行。怅绿波浦上，芳草堤边，又整归航。　　新移槛竹，手种庭花，未容烂熳飞觞。归去也、重趋丹禁[3]，密侍清光。醉帽斜萦御柳，朝衣浓惹天香。帝城春好，多应不念，水郭渔乡。

[注释]

①流水知音：伯牙鼓琴，志在高山、流水，钟子期悉能知之。见《列子·汤问》。　②轻裘共敝：“愿车马，衣轻裘，与朋友共，敝之而无憾。”见《论语·公冶长》。　轻裘：轻暖之皮裘。　③丹禁：丹陛，朝堂。

玉楼宴

记红颜日、向瑶阶，得俊饮、散蓬壶[1]。绣鞍纵骄马，故坠鞭柳径，缓辔花衢。斗帐兰釭曲[2]，曾是振、声名上都。醉倒旗亭[3]，更深未归，笑倩人扶。　　光阴到今二纪[4]，算难寻前好，懒访仙居。近来似闻道，向雾关云洞[5]，自乐清虚。月帔与星冠[6]，不念我、华颠皓鬓。纵教重有相逢，似得旧时无。

（以上汲古阁景宋抄本《闲斋琴趣外篇》卷一）

[注释]

①散蓬壶：指宴罢。　蓬壶：海中仙山。　②斗帐：状如覆斗的小帐。　兰釭：香灯。　③旗亭：酒店。悬旗招客，故曰旗亭。　④二纪：二十四年。十二年为一纪。　⑤雾关云洞：犹言云窗雾阁，仙家居处。见韩愈《华山女诗》。　⑥月帔（pèi）星冠：仙人衣冠。“星冠月帔横”，见寒山诗。

醉蓬莱

正中秋初过，淡碧云容，嫩凉天气。紫府真仙[1]，暂谪居尘世。慕道高情，照人清骨，是寿星标致[2]。德在民心，勋藏帝室，清芬相继。　庭有芝兰，世调鼎鼐[3]，晋美乌衣[4]，汉称韦氏[5]。未必当时，解功成身退。天下苍生，未知此意，望谢公重起。善颂阴资[6]，何须更觅，西山灵剂[7]。

[注释]

①紫府：仙人洞府。　②寿星：指韩忠彦。　③鼎鼐：调和鼎鼐，为宰相职事。大鼎曰鼐。　④乌衣：乌衣巷，在建业，为晋时王谢贵族居地。　⑤韦氏：西汉韦贤、韦平父子相继为相，世所推重。　⑥阴资：犹阴德，暗中施惠。　⑦灵剂：灵药。

醉蓬莱

看梅梢初动，池面冰澌，小春时候[1]。当日生贤，庆皇家忠厚。龙种殊常，照人眉宇，似汝阳端秀[2]。世取贤科，胪传圣语[③],增光华胄[④]。　　天汉灵源[⑤],最为亲近,茅土真封[⑥],旧相传授。开府新恩[⑦],拜除书非久[⑧]。鸣珮拖绅[⑨],曳香摇翠,向画堂称寿。物外光阴,樽前笑语,年年依旧。

[注释]

①小春:旧历十月。“十月小春梅绽蕊”,见欧阳修《渔家傲》词。　②汝阳:李琎,唐玄宗侄,封汝阳王。　③胪传:宣旨传语。　④华胄:皇家宗室。　⑤天汉灵源:谓皇家宗室。　天汉:银河。　⑥茅土:以白茅包土,贡于社坛,为授土分封之礼。　⑦开府:开建府署。三公督府等大员始得行之。　⑧除书:拜官任职之书。　⑨拖绅:绅带下垂。　绅:贵官所系之大带。

醉蓬莱

乍酒醒孤馆,梦断幽窗,嫩凉天气。潇洒情怀,想乡关迢递。一枕清风,半帘残月,是闷人滋味。南浦离多[①],东阳带缓[②],新来憔悴。　　因念当时,乱花深径,画楫环溪,屡陪欢醉。踪迹飘流,顿相望千里。水远山高,雁沉鱼阻[③],奈信音难寄。吟社阑珊[④],酒徒零落,重寻无计。

[注释]

①南浦:地在福建浦城。江淹《别赋》:“送君南浦,伤如之何。”　②东阳:地名,在浙江。沈约曾任东阳太守。其与友人信称:“百日数旬,革带常应移孔。”　带缓:形容体瘦。　③雁沉鱼阻:捎书之鸿雁与鲤鱼不来,谓音信不通。　④阑珊:衰落。

金人捧露盘

天锡禹圭尧瑞[①],君王受釐[②],未央宫殿。三五庆元宵，扫春寒、花外蕙风轻扇。龙阙前瞻，凤楼背耸，中有鳌峰见[3]。渐紫宙、星河晚。放桂华浮动[4]，金莲开遍[5]。御帘卷。须臾万乐喧天，群仙扶辇。　云间，都人望天表，正仙葩竞插，异香飘散。春宵苦长短。指花阴，愁听漏传银箭[6]。京国繁华，太平盛事，野老何因见。但时效华封祝[7]，愿岁岁闻道，金舆游宴[8]。暗魂断，天涯望极长安远。

［注释］

①锡：赐。　禹圭尧瑞：指尧禹圣王的宝器。　②受釐：赐福。　釐：通“禧”。　③鳌峰：鳌山，传为神仙所居。此指元宵时搭起的灯楼。见《乾淳岁时记》。　④桂华：月。传说月中有桂，故名。　⑤金莲：莲花灯。　⑥漏传银箭：古代计时器，铜壶滴漏，置银箭以计时刻。　⑦华封祝：“尧观乎华。华封人曰：嘻，祝圣人！使圣人寿，使圣人富，使圣人多男子。”见《庄子·天地》。　封人：地方官。　⑧金舆：乘舆，指帝王车驾。

玉女摇仙珮

宫梅弄粉，御柳摇金，又喜皇州春早。盛世生贤，真仙应运，当日来从三岛[1]。车马喧青晓。看千钟赐饮，中人传诏[2]。最好是、芝兰并砌，鸣珮腰金，彩衣相照。炉烟袅。高堂半卷珠帘，神仙缥缈。　须信槐庭荫美[3]，凤沼波澄，屈指十年三到。九叙重歌[4]，元圭再锡[5]，已把成功来告。四海瞻仪表。庆君臣会集，诗符天保。况自有、仙风道骨，玉函金篆[6]，阴功须报。方知道，八千岁月椿难老[7]。

［注释］

①三岛：蓬莱三岛，传说中的仙家洞府。　②中人：内侍，宦官。　③槐

庭:指三公。 ④九叙:泛指德政。《尚书·大禹谟》:"九功为叙,九叙惟歌。" ⑤元圭:玉制礼器,朝廷大典与祭祀时用之。 ⑥玉函:玉匣。金篆:金书。 ⑦椿难老:《庄子·逍遥游》"上古有大椿者,以八千岁为春,八千岁为秋",后遂以椿龄颂人长寿。

蓦山溪

轻衫短帽,重入长安道。屈指十年中,一回来、一回渐老。朋游在否,落托更能无[①],朱弦悄,知音少。拨断相思调。 花边柳外,潇洒愁重到。深院锁春风,悄无人、桃花自笑。金钗一股[②],拟欲问音尘。天杳杳,波渺渺,何处寻蓬岛。

[注释]

①落托:犹落拓,落魄,失意貌。 ②金钗一股:"钗分一股盒一扇",白居易《长恨歌》中诗句,指情人分别时所持之信物。

[集评]

蔡絛云:"又有晁次膺者,先在韩师朴丞相中秋坐上作听琵琶词,为世所重。又有一曲曰:'深院锁春风,悄无人,桃李自笑'亦歌之。"(《铁围山丛谈》卷二)

蓦山溪

栏干十二,倚遍还重倚。一曲一般愁,对芳草、伤春千里。绮窗深处,还解忆人无。碧云辞[①],红叶字[②],曾仗东风寄。 缭墙深院,无路通深意。纵使得新声,又争知、相如名字[③]。从来风韵,潇洒不禁愁,捻梨花,看菊蕊,应也成憔悴。

[注释]

①碧云辞：别情之词。“日暮碧云合，佳人殊未来。”为江淹《休上人怨别》诗中句。 ②红叶字：指红叶题诗，以寄思念之情。见《北窗琐言》。 ③相如名字：司马相如曾以抚琴挑动卓文君的情思。

蓦山溪

广寒宫殿[①]，千里同云晓[②]。飞雪满空来，剪云英[③]、群仙齐到。乱飘僧舍，密处洒歌楼，闲日少，风光好，且共宾朋笑。　　华堂深处，满满觥船掉[④]。梅蕊折来看，已偷得、春风些小。绮罗香暖，不怕卷珠帘。沉醉了，樽前倒，红袖休来叫。

[注释]

①广寒宫殿：月宫之别名。 ②同云：即彤云，下雪前密布之浓云。 ③云英：指雪花。 ④觥船：酒钟。 掉：挥动。

蓦山溪

春来心事，分付千钟酒。午醉梦还醒，两眉愁、才消又有。天涯远梦，归路日中迷。楚云深，孤馆静，潇洒梨花手。　　回文歌罢[①]，幽恨新兼旧。帘影卷斜阳。乱红飞、风摇暮柳。独携此意，和泪上层楼。尽平芜[②]，穷远目，认断千山首[③]。

[注释]

①回文歌罢：唱罢回文歌曲。前秦窦滔被徙流沙，其妻苏蕙织为回文旋图诗，以寄思情。见《晋书·列女列传》。 ②尽平芜：草色无垠之意。 ③认断千山首：看见了连绵远山之最近的一座。

喜迁莺

嫩柳初摇翠。怪朝来早有，飞花零坠。洞门斜开，珠帘初卷，惊起谢娘吟缀[①]。蕊珠宫殿晓[②]，谁乱把、云英揉碎。气候晚，被寒风卷渡，龙沙千里[③]。　沉醉。深院里。粉面照人，疑是瑶池会。润拂炉烟，寒欺酒力，低压管弦声沸。艳阳过半也，应是好、郊原新霁。待更与上层楼，遍倚栏干十二。

[注释]

①谢娘：即谢道蕴，有“未若柳絮因风起”之咏雪诗句。　②蕊珠宫殿：道家的仙宫。　③龙沙：即白龙堆沙漠。

喜迁莺

伫立蘅皋暮[①]，冻云乍敛，霜飙微列。怅饮杯深[②]，阳关声苦[③]，愁见画船催发。夜来红泪烛，还解惜、王孙轻别[④]。怅望处，乍金丝冷落[⑤]，兰薰销歇[⑥]。　闻说，归兴切。华鬓未生，得意浓时节。画戟门开[⑦]，斑衣追逐[⑧]，晓日凤凰双阙。帝城春信早，随处有、江梅攀折。烂熳赏，也多应忘了，东堂风月。

[注释]

①蘅皋：生长杜蘅的水边坡地。　②怅饮：当作“帐饮”。指设帐置酒以饯行。　③阳关声苦：指阳关曲调声情悲苦。　④王孙：“王孙游兮不归，春草生兮萋萋。”见小山《招隐士》，此处指行者。　⑤金丝：乐器的金属弦。　⑥兰薰：兰香。　⑦画戟：达官显贵，门列画戟。　⑧斑衣：彩色衣裳。此指老莱子七十斑衣娱亲之事。

喜迁莺

清和时序[①]。望桂影渐生，薰风微度。挺秀金芝[②]，传芳玉叶[③]，天上瑞麟重睹。竞爽谢庭兰玉[④]，信美西廱鸳鹭[⑤]。庆门里，把丹枝争折，青云平步。　声誉。喧盛世，人咏少年，古锦囊中句[⑥]。艺祖诸孙[⑦]，宗王贤子，偏爱汝阳眉宇[⑧]。画堂令辰称寿，愿与冈陵同固[⑨]。更看取，继汧公勋业[⑩]，东平茅土[⑪]。

［注释］

①清和时序：四月时节。　②金芝：金色灵芝。此指王室子孙。　③玉叶：金枝玉叶，指帝胄宗室。　④谢庭兰玉：芝兰玉树生于庭阶，为谢玄之语，指子侄辈才具不凡。见《晋书·谢安传》。　⑤西廱：即西雍，指学宫，位在西郊，故名。“振鹭于飞，于彼西雍。”见《诗经·周颂·振鹭》。　⑥古锦囊中：唐李贺骑弱马，从小奚奴，背古锦囊，得句即投其中，于灯下缀成篇诗。　⑦艺祖：太祖赵匡胤，亦称艺祖。　⑧汝阳：李琎，唐玄宗侄，封汝阳王。　⑨冈陵同固：意同寿比南山。《诗经·小雅·天保》：“如山如阜，如冈如陵。”　⑩汧公：唐李勉，讨平叛乱以功封汧国公。　⑪东平：汉刘苍以宗室封东平王。

沁园春

络纬催凉[①]，断虹收雨，庭梧报秋。绕郡城、千顷烟波绿，正鱼肥酒美，名冠东州。芰荷风细，蒹葭烟淡，宛在潇湘南岸头。凝望处，似桃源洞口，初泛兰舟。　贤侯。酝藉风流。向庭讼闲时多宴游[②]。有信陵家世[③]，梁园客右[④]，才华高掩，沈谢何刘[⑤]。政声朝奏，除书夕至，即看归趋丹凤楼[⑥]。须眷恋，况新堂莹澈，好共迟留。

[注释]

①络纬:即纺织娘,至秋则鸣。 ②庭讼:打官司。 ③信陵家世:意谓太守为贤公子出身。 信陵君:魏人,是战国四公子之一。 ④梁园:即梁孝王所筑之兔园。招揽贤才,如司马相如等,皆出入其间。 ⑤沈谢何刘:沈约、谢朓、何逊、刘孝绰,皆齐梁间著名文人。 ⑥丹凤楼:指朝廷。

水调歌头

忆昔红颜日,金玉等泥沙[①]。青楼紫陌[②],惟解惜月与贪花。谁信如今憔悴,尘暗金徽玉轸[③],藓污匣中蛇[④]。一事都无就,双鬓只堪嗟。 恨无情,乌与兔[⑤],送年华。不如归去,无限云水好生涯。未用轻蓑短棹,犹有青鞋黄帽,行处即吾家。回首人间世,幽意在青霞。

[注释]

①"金玉"句:谓挥金如土。 ②青楼:娼楼。 紫陌:京城之大道。 ③金徽:金色的琴徽。系弦之绳曰徽。 玉轸:琴上的旋轴曰轸。 ④匣中蛇:匣中宝剑。 ⑤乌与兔:日为金乌,月为玉兔。

金盏倒垂莲[①]

流水漂花,记同寻阆苑[②],曾宴桃源。痛饮狂歌,金盏倒垂莲。未省负、佳时良夜,烂游风月三年。别后空抱瑶琴,谁听朱弦。 风流少年儒将[③],有威名震虏,谈笑安边。寄我新诗,何事赋归田。想歌酒、情怀如旧,后房应也依然。此外莫问升沉,且鬥樽前。

[注释]

①金盏倒垂莲:此调创自晁端礼。乃寄赠杨仲谋观察之作。其侄晁

补之有和作。 ②阆苑：传说中的仙境，此指胜景。 ③少年儒将：指杨仲谋，曾任霸州知州，河北沿边安抚使。

百宝装

枫叶初丹，蘋花渐老，蘅皋谁系扁舟。故人思我，征棹少淹留。一尊潋滟西风里[①]，共醉倒、同销万古愁。况今宵自有，明月照人，逼近中秋。 常爱短李家声[②]，金闺彦士[③]，才高沈谢何刘。片帆初卷，歌吹是扬州。此心自难拘形役[④]，恨未能、相从烂熳游[⑤]。酒醒时，路遥人远，为我频上高楼。

[注释]

①潋滟：酒满貌。 ②短李：唐李绅短小精悍，人称短李。 ③金闺：汉有金马门，亦称金闺，东方朔等曾待诏于此。 ④形役：身形受役。陶潜《归去来词》："既自以心为形役，奚惆怅而独悲。" ⑤烂熳：犹浪漫。

玉蝴蝶

淡淡春阳天气，夜来一霎[①]，微雨初晴。向暖犹寒，时候又是清明。乱沾衣、桃花雨闹，微弄袖、杨柳风轻。晓莺声。唤回幽梦，犹困春酲[②]。 牵萦。伤春怀抱，东郊烟暖，南浦波平。况有良朋，载酒同放彩舟行。劝人归[③]、啼禽有意，催棹去、烟水无情。黯销凝。暮云回首，何处高城。 （以上汲古阁景宋抄本《闲斋琴趣外篇》卷二）

[注释]

①一霎：一阵子。 ②春酲：病酒曰"酲"。 ③劝人归：杜鹃啼声如呼"不如归去"。

木兰花

苦春宵漏短[①],梦回晚、酒醒迟。正小雨初收,馀寒未放,怯试单衣。娇痴。最尤殢处[②],被罗襟、印了宿妆眉[③]。潇洒春工斗巧,算来不在花枝。　芳菲。正好踏春,携素手、暂分飞。料恨月愁花,多应瘦损,风柳腰肢。归期。况春未老,过南园、尚及牡丹时。拚却栏边醉倒,共伊插满头归。

[注释]

①漏短:犹夜短。　漏:报时之滴漏。　②尤殢(tì):缠人。　③"被罗襟"句:犹言晚妆的眉黛染(印)了衣襟。

金盏子[①]

断魂凝睇[②]。望故国迢迢,倦摇征辔。恨满西风,有千里云山,万重烟水。遥夜枕冷衾寒,数更筹无寐[③]。想伊家、应也背著孤灯,暗弹珠泪。　屈指。重算归期,知他是何时见去里[④]。翻思绣阁旧时,无一事,只管爱争闲气。及至恁地单栖,却千般追悔。从今后,彼此记取,厌厌况味[⑤]。

[注释]

①金盏子:此调始见于此词,似即晁端礼创调。　②凝睇:凝望。斜视曰睇。　③更筹:指夜间更点的数目。　④里:借作语气词用,意同哩、呢。　⑤厌厌:抑郁貌。

洞仙歌

年时此际[①],向扁舟同载。风送征帆暮天外。对沙汀宿鹭，与波上轻鸥，双双处，相唤相呼自在。　　如今重整棹[②]，烟景依然，谁念轻分绣罗带[③]。向蓬窗独坐，不觉徊徨[④]，鸥与鹭、想一齐惊怪。怎生得[⑤]、今宵梦还家，又譬如秉烛，夜阑相对[⑥]。

[注释]

①年时：当年，追溯过去之词。　②整棹：划桨。　③轻分：轻轻地解开。轻分罗带，乃解衣就寝之意。语见秦观《满庭芳》。近人以轻分罗带作离别解，疑非少游本意。　④徊徨：同“徬徨”，心绪烦乱貌。　⑤怎生得：怎能够。　⑥夜阑：夜深。

安公子

帝里重阳好[①]，又对短髮来吹帽[②]。满目风光还似旧，奈樽前人老。暗忆当年，伴侣同倾倒。夸俊游、争买千金笑[③]。到如今憔悴，恰似华胥一觉[④]。　　此恨何时了，旧游屈指愁重到。小曲深坊闲信马[⑤]，掩朱扉悄悄。怎得个多情，为我传音耗。但向伊、耳边轻轻道。道近来应是，忘了卢郎年少。

[注释]

①帝里：帝京，首都。　②吹帽：孟嘉重阳登龙山，风吹落帽，浑然不觉。见《晋书·孟嘉传》。　③千金笑：极言美人一笑之可贵。“回顾百万，一笑千金。”见崔骃《七依》。　④华胥：梦境。《列子·黄帝》：“黄帝昼寝而梦游于华胥之国。”　⑤信马：任马行走，不加限制。

庆寿光[①]

叔祖母黄氏，年九十一岁。其长子尝齿仕籍[②]。大观赦恩，例许叙封。事在可疑，有司难之。次子论列于朝，特封寿光县太君。诰词有蕴仁积善之褒，因采纶言以名所居之堂曰“积善”③。日与亲旧歌酒为寿于其间。命族孙端礼作庆寿光曲，以纪一时之美。其词曰

丹扆疏恩④，庆闱受命⑤，圣朝广孝非常。大邑高封，名兼寿考辉光。闾巷相传盛事，焕丝五色成章⑥。崇新栋，天语荣夸，共瞻积善华堂。　　灵龟荐祉⑦，紫鸾称寿⑧，千钟泛酒，百和焚香⑨。况有新教歌舞，妙选丝篁⑩。馀庆从今沓至，看儿孙、朱紫成行⑪。闻说道，贤德阴功，姓名仍在仙乡。

[注释]

①庆寿光：此调晁端礼所创。　②齿仕籍：列名官场。　③纶言：圣旨。　④丹扆：犹丹陛，指帝座。　扆（yǐ）：户牖间的屏风。　疏恩：分恩。　⑤庆闱受命：指内室老人承恩受赐。　闱：内室，妇女所居之处。　⑥“焕丝”句：指文章华美，如五色锦绣焕然一新。　⑦灵龟：神龟。荐祉：荐福。　⑧紫鸾：紫色凤凰。　称寿：祝寿。　⑨百和焚香：用各种香料和成的名香。“燔百和香，燃九微灯，以待西王母。”见《武帝内传》。⑩丝篁：丝竹，弦乐与管乐。　⑪朱紫：朱衣紫服，指官居高位。

黄鹂绕碧树①

鸳瓦霜轻②，玳帘风细③，高门瑞气非烟。积厚源深，有长庚应梦④，乔岳生贤⑤。妙龄秀发，庆谢庭、兰玉争妍。名动缙绅，况文章政术，俱是家传。　　别有阴功厚德，向东州、治狱平反。玉函高篆，仙风道骨，锡与长年。最好素秋新霁，对画堂、高启宾筵。何妨纵乐笙歌，剩举觥船。

[注释]

①黄鹂绕碧树：此亦作者创调，早于《清真词》，且字数亦异。　②鸳

瓦：一正一反，两两相合之瓦，即鸳鸯瓦。　③玳帘：玳瑁帘。　④长庚：星名，即太白金星。　⑤乔岳：高山大岳。

[集评]

笃文云："此亦贺寿之作，套语甚多，实不足取。"

永遇乐

龙阁先芬①，凤毛荣继②，当世英妙。峻岳储灵，长庚应梦，还庆佳辰到。黄花浥露，碧瓦凝霜，香馥郡斋清晓。忆当年、青云平步，共喜骤跻华要③。　　阴功厚德，玉符金篆，锡与世间难老。注意方浓④，分符屡请⑤，雅志人应少。棠阴无讼⑥，乐府新教，正好醉山频倒。有谁莱衣游戏，萱堂寿考⑦。

[注释]

①龙阁：龙图阁，宋代馆阁名。有学士、直学士等官。　先芬：犹先德。言其先辈曾任龙图学士之职。　②凤毛：凤毛麟角，言才具出众。　③华要：荣华要职。　④注意方浓：指朝廷十分器重。　⑤分符：出守外郡。　符：符节。　⑥棠阴无讼：言郡衙不打官司。　棠阴：甘棠树阴。周召公巡行南国，有美政。常立于棠树下。既去，民思其德，爱其树作《甘棠》之诗。　⑦萱堂：母亲。见《诗经·卫风·伯兮》。

满江红

五两风轻①，移舟向、斜阳岛外。最好是、潇湘烟景，自然心会。倒影芙蓉明镜底，更折花嗅蕊西风里。待问君、明日向何州，东南指。　　人生事，谁如意。剩拚取，尊前醉。想升沉有命，去来非己。菊老松深三径在②，田园已有归来计。问甚时、重此望归舟,远相对。

[注释]

①五两:古人以鸡毛五两,置于桅竿之颠,用以观测风向。 ②菊老松深:本陶潜《归去来兮辞》“三径就荒,松菊犹存”。

春　晴[1]

燕子来时,清明过了,桃花乱飘红雨[2]。倦客凄凉,千里云山将暮。泪眸回望,人在玉楼深处。向此多应念远,凭栏无语。　　芳菲可惜轻负。空鞭弄游丝,帽冲飞絮。恨满东风,谁识此时情绪。数声啼鸟[3],劝我不如归去。纵写香笺,仗谁寄与。

[注释]

①春晴:此调为晁端礼所创,别无填者。 ②红雨:落花。“桃花乱落如红雨”,见李贺《将进酒》诗。 ③啼鸟:此指杜鹃,其鸣悲苦,如唤“不如归去”。

河满子

满浦亭前杨柳,一年三度攀条[1]。瞬息光阴都几许,离情常是迢迢。须信沈腰易瘦[2],争教潘鬓相饶。　　不忍重寻香径,还来独立溪桥。唯有无情东去水,来时曾傍兰桡。今夜欲求好梦,望中莫遣魂消。

[注释]

①攀条:即折柳。古人折柳赠别,以寄离情。 ②沈腰:沈约消瘦,革带常应移孔。

醉桃源[①]

又是青春将暮[②],望极桃溪归路[③]。洞户悄无人,空锁一庭红雨。凝伫,凝伫。人面不知何处[④]。

[注释]

①唐氏按:词律疑词名当作《宴桃源》。 ②《全宋词》注:“青”原误作“清”,依《乐府雅词》改。 ③桃溪:桃溪(源)遇仙女,事见王立程《天台山记》。文曰:“桃源洞,即汉永平中,刘晨、阮肇遇仙处。洞之东坞,有桃树数畦,春时花光射目,红雨点缀芳草,如踏锦茵。” ④人面:“人面不知何处去?桃花依旧笑春风。”见崔护《题都城南庄》。

一丛花[①]

谪仙海上驾鲸鱼[②],谈笑下蓬壶。神寒骨重真男子,是我家,千里龙驹。经纶器业[③],文章光焰,流辈更谁如。

渊明元与世情疏,松菊爱吾庐。他年定契非熊卜[④],也未应、鹤髮樵渔。手栽露桃,亲移云杏,真是种星榆[⑤]。

[注释]

①一丛花:此为作者贺其侄晁补之生日之作。补之有和词,见《琴趣外篇》。 ②谪仙:李白一称谪仙。 ③经纶:治国。 器业:指才具。 ④“他年”句:谓以后定能成就大业。 定契:定符。 非熊卜:“非熊非罴,天遣汝师以佐昌。”指文王之遇吕望。 ⑤星榆:榆荚似钱串,因以比喻繁星。“天上何所有,历历种星榆。”见《玉台新咏·古乐府·陇西行》。

感皇恩[①]

蜀锦满林花[②],三年重到。应被花枝笑人老。半开微谢,占得几多时好。便须拚痛饮、花前倒。 醉中但记，红围绿绕。人面花光斗相照。缭墙重院，爱惜遮藏须早。免如攀折柳，临官道。

[注释]

①感皇恩：此咏海棠之作。晁补之有和作。 ②蜀锦：亭名。《饶州志》："范仲淹植海棠二株，其后邹柯筑亭曰蜀锦。"

御街行

柳条弄色梅飘粉，还是元宵近。小楼深巷月胧明[①]，记得恁时风景。庭花影转，珠帘人静，依旧厌厌闷。
如今对酒翻成恨[②]，春瘦罗衣褪。王孙何处草萋萋[③]，辜负小欢幽兴。谁知此际，有人灯下，偷把归期问。

[注释]

①胧明：微明。 ②翻成恨：还成恨。 ③"王孙"句：言游子外出不归，辜负了青春芳草。"王孙游兮不归，芳草生兮萋萋。"见小山《招隐士》。

踏莎行

萱草栏干，榴花庭院。悄无人语重帘卷。屏山掩梦不多时[①]，斜风雨细江南岸。 昼漏初传，林莺百啭。日长暗记残香篆。洞房消息有谁知[②]，几回欲问梁间燕。

[注释]

①屏山：饰有山形的屏风。 ②洞房：闺房，指其妻眷居地。

[集评]

笃文云："词写夏景，颇得静趣。"

踏莎行

柳暗重门[①]，花深小院。盆池昨夜新荷卷。银床斜倚小屏风[②]，吴波澄淡春山远[③]。　纨扇风轻，薰炉烟断。日高睡起眉山浅[④]。尘侵鸾镜懒匀妆[⑤]，谁人与整钗头燕。

[注释]

①柳暗重门：柳阴笼护着重门深院。　②银床：银饰之床。“冰簟银床梦不成”，见温庭筠《瑶瑟怨》。　③“吴波”句：指屏风上的山水画。　④眉山：形容眉如远山一曲。　⑤鸾镜：明镜。罽宾王获彩鸾鸟，欲其鸣。乃悬镜以照之，鸾睹影悲鸣，一奋而绝。事见范泰《鸾鸟诗序》。

踏莎行

衰柳残荷，长山远水。扁舟荡漾烟波里。离杯莫厌百分斟[①]，船头转便三千里。　红日初斜，西风渐起。琵琶休洒青衫泪[②]。区区游宦亦何为，林泉早作归来计。

[注释]

①百分斟：即斟满之意。　②青衫泪：白居易《琵琶行》“座中泣下谁最多，江州司马青衫湿”。此反用其意。

蝶恋花

潋滟长波迎鹢首[①]。雨淡烟轻，过了清明候。岸草汀花浑似旧，行人只是添清瘦。　沉水香消罗袂透[②]。双橹声中，午梦初惊后。枕上懵腾犹病酒，卷帘数尽长堤柳。

[注释]

①鹢首：船。古俗画鹢首于船头。 鹢：鸟名。 ②沉水香：即沉香，燃之以退暑气。

蝶恋花

骨秀肌香冰雪莹[①]。潇洒风标，赋得温柔性[②]。松髻遗钿慵不整，花时长是厌厌病。 枕上晓来残酒醒。一带屏山，千里江南景。指点烟村横小艇，何时携手重寻胜。

[注释]

①冰雪莹：形容肌肤光洁如冰雪莹美。 ②赋得：犹言生就。

定风波

花倚东风柳弄春，分明浅笑与轻嚬[①]。更忆当时声细细，偎人。秦筝轻衬砑罗裙[②]。 别后此欢谁更共，春梦。只凭蝴蝶伴飞魂。独倚高楼还日暮，情绪。浮烟漠漠雨昏昏。 （以上汲古阁景宋抄本《闲斋琴趣外篇》卷三）

[注释]

①浅笑：微笑。 轻嚬：眉头轻皱。 嚬：同“颦”。 ②砑罗裙：用砑罗制成的裙子。 砑：指用石碇辗砑以增光泽的工序。

江城子

幽香闲艳露华浓[①]。晚妆慵，略匀红。春困厌厌，常爱鬓云松。早是自来莲步小[②]，新样子，为谁弓。 画堂西下小栏东。醉醒中，苦匆匆。卷上珠帘，依旧半床空。香灺满炉人未寝[3]，花弄月，竹摇风。

［注释］

①闲艳：安详美丽。　②莲步：古代女子缠足，谓之金莲。　③香灺：香灰。

江城子

石榴双叶忆同寻[1]。卜郎心，向谁深。长恁娇痴，尤殢怎生禁。内样双眉新画得[2]，还印了，在罗襟。　相思幽怨付鸣琴。望来音，久沉沉。若论当初，谁信有如今。瘦尽标容羞见也，明镜子，任尘侵。

［注释］

①双叶：犹言双蒂，并蒂。　②内样：内家样式，即宫内妆。

临江仙

今夜征帆何处落，烟村几点人家。莫惊双泪向风斜。渔人西塞曲[1]，商女后庭花[2]。　从此五湖归去好[3]，一杯酒送生涯。多情犹解惜年华。春闺重见处，霜鬓不须嗟。

［注释］

①西塞曲：张志和《渔父》词，中云“西塞山前白鹭飞，桃花流水鳜鱼肥”。　②后庭花：歌名。杜牧《泊秦淮》：“商女不知亡国恨，隔江犹唱后庭花。”《玉树后庭花》，陈后主所作。　③五湖：泛指太湖一带。

西江月

去路湘桃破萼[1],归时乳燕巢梁。不成一事又还乡,也是经春游荡。　　香烬重燃鸂鶒[2],罗衾再拂鸳鸯。今宵应解话愁肠,指点尘生绣帐。

[注释]

①湘桃:即湘核桃,其花浅红。　破萼:初开。　②鸂鶒:水鸟名。此指鸟形香炉。

西江月

洛浦神仙流品[1],姑山冰雪肌肤[2]。谁家池馆雨晴初,肠断风标白鹭[3]。　　国艳枉教无语,玉颜不待施朱。采菱人散夜蟾孤[4],冷落西溪风露。

[注释]

①洛浦神仙:即洛神。曹植有《洛神赋》极言其淑美无比。　②姑山:即姑射仙人。《庄子·逍遥游》:"藐姑射之山,有神人居焉。肌肤若冰雪,淖约若处子。"　③"肠断"句:谓美人之鹭鸟风姿,令人肠断。"何处飞来双白鹭,如有意,慕娉婷 。"见苏轼《江城子》词。　④夜蟾:夜月。

诉衷情

红窗小艇雨馀天,李郭未神仙[1]。片时篷底幽梦[2],即是五湖船。　　追往事,惜流年,恨风烟。向人依旧,两行垂杨[3],一片新蝉。

[注释]

①李郭：李膺、郭泰。泰与李膺同舟而济，望之若神仙。事见《后汉书·郭泰传》。　②篷底：船篷之下。　③两行（hàng）：两排。行，去声，否则出律。

诉衷情

吴宫绝艳楚宫腰[1]，怯挂紫檀槽[2]。纤纤玉笋轻捻[3]，莺语弄春娇。　　鬆钿带，亸金翘[4]。暗香飘。红牙拍碎[5]，绛蜡烧残，月淡天高。

[注释]

①吴宫绝艳：西施入吴宫，艳绝一时。　楚宫腰：楚灵王好细腰，故其美人以细腰称。　②紫檀槽：紫檀琵琶。　③玉笋：修长白洁的手指。　捻：一种弹琵琶的指法。　④亸金翘：头上的金翘（钗类头饰）为之下垂。　⑤红牙：红色的檀板。

诉衷情

金盆水冷又重煨，不肯傍妆台。从教髻鬟鬆慢，斜亸卷云钗。　　莲步稳，黛眉开，后园回。手挼柳带[1]，鬓插梅梢，探得春来。

[注释]

①手挼：用手搓摩。　柳带：柳条。

清平乐

朦胧月午[1]，点滴梨花雨。青翼欺人多谩语[2]，消息知他真否。　　兽炉鸳被重熏，故将灯火挑昏。最恨细风摇幕，误人几度迎门。

[注释]

①月午：夜半、子时。 ②青翼：青鸟。西王母的信使。见《汉武外传》。

清平乐[1]

深沉玉宇[2]，枕簟清无暑。睡起花阴初转午[3]，一霎飞云过雨。 雨馀隐隐残雷，夕阳却照庭槐。莫把绣帘垂下，妨它双燕归来。

[注释]

①唐氏按：此首别误作刘泾词，见《类编草堂诗馀》卷一。 ②玉宇：犹琼楼，指华美的楼馆。 ③花阴初转午：花影刚刚偏西，指时已过午。

[集评]

黄苏云："按'飞云过雨'、'残雷'、'夕阳'，总是非清平时候，借燕归巢，以寄其招隐之心耳。先从清平写入，'一霎'字斗转，引起下阕，局法一变。有见几不俟终日之意。"（《蓼园词选》）

清平乐

琐窗朱户[1]，曾是娇眠处。只有馀香留得住，满地花钿翠羽[2]。 三年宋玉东邻[3]，断肠月夕烟春。看取画屏深处，题诗欲付何人。

[注释]

①琐窗：有精致雕刻的花窗。 ②花钿：嵌有金花的首饰。 翠羽：即翠翘，一种形似翠尾的首饰。 ③"三年"句：指为邻女暗恋。宋玉《登

徒子好色赋》："臣里之美者，莫若臣东家之子……然此女登墙窥臣三年，至今未许也。"

清平乐

清樽泛菊[1]，共剪西窗烛[2]。一抹朱弦新按曲，更遣歌喉细逐。　　明朝匹马西风，黄云衰草重重。试问剑歌悲壮[3]，何如玉指轻拢[4]。

[注释]

①清樽泛菊：指饮菊花清酒。　②西窗烛："何当共剪西窗烛，却话巴山夜雨时。"语出李商隐《夜雨寄北》诗。　③剑歌：剑客之歌，如荆轲易水之歌羽声慷慨。　④轻拢：轻抹，指弹拨弦乐。

浣溪沙

误入仙家小洞来[1]，碧桃花落乱浮杯。满身罗绮裛香煤[2]。　　醉倒任眠深径里，醒时须插满头归。更收馀蕊酿新醅[3]。

[注释]

①仙家小洞：指女子居处，此亦狎妓之词。　②裛香煤：香灰（煤）芳气袭人。　③新醅：新酿之酒。

浣溪沙

紫蔓凝阴绿四垂，暗香撩乱扑罗衣。醉眠惟有落花知。　　玉笋纤纤初嗅罢，乌云娜娜乱簪时[1]。此般风韵雅相宜。

[注释]

①乌云:女子黑髪。 娜娜:犹婀娜。

浣溪沙

阆苑瑶台指旧居,当年一念别仙都。庆门曾梦得明珠[①]。 赋畀已教尘累浅[②],修持更与俗缘疏。慧心从此悟真如[③]。

[注释]

①庆门:吉庆之家。 ②赋畀(bì):舍断。指割断尘缘。 畀:予。 ③真如:即佛家所言之佛性、永恒之真理。

浣溪沙

似火山榴映翠娥,依依香汗浥轻罗[①]。恼人无奈是横波[②]。 金凿落倾欢事少[③],玉搔头袅闷时多[④]。不留人住意如何。[⑤]

[注释]

①浥轻罗:染湿了罗衣。 ②横波:女子之眼神。“水是眼波横,山是眉峰聚。”见王观《卜算子》。 ③金凿落:酒杯名。 ④玉搔头:玉簪名。 ⑤唐氏按:此首误入沈愚本《龙洲词》。

浣溪沙

一见郎来双眼明,春风楼上玉箫声。谁信同心双结子、苦难成。 瑶珮空传张好好[①],钿筝谁继薛琼琼[②]。若是今生无此分、有来生。

[注释]

①张好好：唐代名妓。杜牧有《张好好诗》。 ②薛琼琼：唐开元中人。弹筝为宫中第一。见《丽情集》。

浣溪沙

清润风光雨后天，蔷薇花谢绿窗前。碧琉璃瓦欲生烟。 十里闲情凭蝶梦[①]，一春幽怨付鲲弦[②]。小楼今夜月重圆。

[注释]

①蝶梦：即梦蝶。《庄子·齐物论》："昔者庄周梦为蝴蝶，栩栩然蝴蝶也。……俄而觉，则蘧蘧然周也。" ②鲲弦：用鲲鸡筋做的琵琶弦。

浣溪沙

昼漏迟迟出建章[①]，惊回残梦日犹长。风微歌吹度昭阳[②]。 沉水烧残金鸭冷，胭脂匀罢紫绵香。一枝花影上东廊。

[注释]

①建章：汉宫殿名，在长安（今陕西西安）城外。 ②昭阳：汉宫殿名，赵飞燕姊妹居此。歌舞承欢，宠冠一时。

浣溪沙

湘簟纱厨午睡醒[①]，起来庭院雨初晴。夕阳偏向柳梢明。 懒炷薰炉沉水冷[②]，罢摇纨扇晚凉生。莫将闲事恼卿卿[③]。[④]

[注释]

①湘簟:湘竹凉席。 ②炷:点燃。 ③卿卿:指所爱之女子。 ④唐氏按:以上三首误入沈愚本《龙洲集》。

菩萨蛮

薄衾小枕重门闭,孤灯照著人无寐。风雨夜来多,春寒可奈何。 深闺香暖处,还解怜人否[1]。只道不来归,那知心似飞。

[注释]

①“还解”句:还懂得心痛人吗。 解:懂得。 怜人:痛爱人。

菩萨蛮

午阴未转晴窗暖[1],无风著地杨花满。睡起日犹长,卷帘红杏香。 春心无处定,又作花时病。芳草伴离愁,绵绵早晚休。

[注释]

①《全宋词》注:“晴”原误作“青”,据《乐府雅词》卷中改。

菩萨蛮

百花未报芳菲信,一枝探得春风近[1]。只有雪争光,更无花似香。 孤标天赋与[2],冷艳谁能顾。庭院好深藏,莫教开路傍。

[注释]

①一枝：指梅花，先春而开。齐己《早梅》诗："前村深雪里，昨夜一枝开。" ②孤标：格调孤高。

菩萨蛮

回 纹[①]

卷帘风入双双燕，燕双双入风帘卷。明月晓啼莺，莺啼晓月明。　　断肠空望远，远望空肠断。楼上几多愁，愁多几上楼。

[注释]

①回纹：即回文，正反皆可成句。词中回文一体，自苏轼等始渐流行。然多属逞才鬥巧，无大价值。

[集评]

陈廷焯云："别调，取其稳惬，备格而已。"（《别调集》卷二）

菩萨蛮

远山眉映横波脸，脸波横映眉山远。云鬓插花新，新花插鬓云。　　断魂离思远，远思离魂断。门掩未黄昏，昏黄未掩门。

[集评]

笃文云："此亦回文体，写思妇怀人之情，上片写女子容貌之美，下片写愁怀之深。颠之倒之，复沓见意，然终是小巧而已。"

一落索

正向溪堂欢笑[①]，忽惊传新诏[②]。马蹄准拟乐郊行[③]，又却近、长安道。　　鹳鹊楼边初到[④]，未花残莺老。崔徽歌舞有馀风[⑤]，应忘了、东平好[⑥]。

[注释]

①溪堂：溪山堂馆，指主人居处之华美。　②新诏：指朝廷新颁的旨令。　③准拟：正要。　④鹳鹊楼：在蒲州（今山西永济），为黄河名楼之一。　⑤崔徽：唐人，蒲州名妓。爱裴敬中，以不得从而恨卒。元稹为作《崔徽歌》。　⑥东平：东平州，今山东县名。

虞美人

木兰舟稳桃花浪[①]，重到清溪上。刘郎惆怅武陵迷[②]，无限落英飞絮、水东西。　　玉觞潋滟谁相送，一觉扬州梦。不知何物最多情，惟有南山不改、旧时青。

[注释]

①木兰舟：木兰树造成的船，泛指华美的船。　桃花浪：三月冰化雨积而水涨，值桃花盛开，因曰桃花浪。　②武陵迷：东汉刘晨、阮肇入天台山，迷不得返，于溪边得遇仙女。王之涣《惆怅词》“晨阮重来路已迷，碧桃花谢武陵溪”，即咏此意。

虞美人

短亭过尽长亭到，未忍过征棹。天涯自是别离身，更折一枝杨柳、赠行人。　　淮阴堤上残阳里[①]，暮草连空翠。一樽别酒苦匆匆，还似陇头流水[②]、各西东。

[注释]

①淮阴：今江苏淮安。其清江浦为运河入清河处，古为南北水陆交通孔道。词当作于此地。　②陇头流水：典出《三秦记》，“上有清水四注

下，所谓陇头水也。”《陇头歌》云：“陇头流水，流离山下。念吾一身，飘然旷野。”表现了思乡之情。

一斛珠[①]

伤春怀抱，清明过后莺声老。劝君莫向愁人道。又被香轮，碾破青青草。　夜来风雨连清晓，秋千院落无人到。梦回酒醒愁多少。犹赖春寒，未放花开了。

（以上汲古阁景宋抄本《闲斋琴趣外篇》卷四）

［注释］

①一斛珠：又名《醉落魄》。《全宋词》注：此首《京本通俗小说·西山一窟鬼》误作欧阳修词。《花草粹编》卷六误作欧阳叔用词。

少年游

建溪灵草已先尝[①]，欢意尚难忘。未放笙歌，暂留簪珮，犹有紫芝汤[②]。　醉中纤手殷勤捧，欲去断人肠。绛蜡迎归，绣鞍扶下，笑语尽闻香。

［注释］

①建溪：水名，为福建闽江北源，出名茶。　灵草：指茶。　②紫芝汤：仙汤。旧传紫芝灵药，服之成仙。

鹊桥仙[①]

多情应解，留连春意，满地萦花惹絮。王孙何在不归来，又遍满、闲门要路[②]。　咸阳原上[③]，姑苏台下[④]，肠断绿波南浦。迢迢归思碧连云，解送我、春山尽处。

［注释］

①鹊桥仙:此为咏春草之作。　唐氏按:赵万里校辑《宋金元人词》,此首误补作晁补之词,本书(今按:指《全宋词》)初版卷六十亦承其误。　②闲门要路:言无处不有。　③咸阳原上:白居易有《赋得古原草送别》诗。　④姑苏台:在苏州。吴王为西施所筑。

点绛唇

洞户深沉,起来闲绕回廊转。凤箫声远[1],小院杨花满。　　旧曲重寻,移遍秦筝雁[2]。芳心乱,栏干凭暖,目向天涯断。

［注释］

①凤箫:排箫,比竹为之,参差如凤翼,故名。　②秦筝雁:秦筝上的弦柱,斜列如雁飞有序,故名。

鹧鸪天

并蒂芙蓉本自双,晓来波上鬥新妆。朱匀檀口都无语[1],酒入圆腮各是香。　　辞汉曲[2],别高唐[3]。芳心应解妒鸳鸯。不封虢国并秦国[4],应嫁刘郎与阮郎[5]。

［注释］

①檀口:指绛唇,施以朱红,故曰朱匀檀口。　②辞汉曲:乌孙公主远嫁西域,于马上作琵琶曲。见傅玄《琵琶赋序》。　③高唐:楚台观名。宋玉有《高唐赋序》言神女荐枕与楚王欢会事。　④虢国并秦国:唐明皇封杨贵妃之三、八二姐为虢国、秦国夫人,宠冠一时。　⑤刘郎与阮郎:即刘晨、阮肇,曾遇仙女于桃溪。

［集评］

笃文云:“此为咏并蒂荷花之作。出以拟人手法,颇有风致。”

鹧鸪天

红紫飘零绿满城,春风于此独留情。谁将十幅吴绫被[①],扑向熏笼一夜明。　　风不定,雨初晴。晓来苔上拾残英。连教贮向鸳鸯枕[②],犹有馀香入梦清。

［注释］

①十幅:犹言十匹。布宽二尺二寸曰一幅。　②连教:连续不断地。

［集评］

笃文云:“词咏落花。熏笼夜坐,晓拾残红,写出惜花心绪。结拍二句,尤觉清蒨可喜。”

武陵春

湖上风光寒食近[①],准拟醉花枝。不忍东风烂熳时,红泪湿胭脂。　　情知今后游从少[②],鸾镜懒重窥。金凤衔花旧绣衣,憔悴舞腰肢。

［注释］

①寒食:冬至后一百零五日为寒食。据历多在清明前一二日。　②情知:诚知。

苏幕遮

碧桃花,春婉娩[①]。未断尘缘,暂别瑶池宴。谪限迢迢应未满。乘月骖鸾[②],曾有深深愿。　　帝城赊,凤楼远。长寿杯深,此际谁人劝。闷倚屏山凝泪眼。百和烟中,细想千娇面。

[注释]

①婉娩:柔美。 ②乘月:趁月。 骖鸾:骑鸾。

朝中措

短亭杨柳接长亭,攀折赠君行。莫怪尊前无语,大都分外多情。 何须苦计[①],时间利禄[②],身后功名。且尽十分芳酒,共倾一梦浮生。

[注释]

①苦计:苦苦追求。 ②时间利禄:时下的利禄。

丑奴儿

小庭数朵寒梅放。雪缀霜棱[①],装点香英,玉软琼娇两未胜。 佳人皓腕争攀取。插向壶冰,素色相乘[②],不羡高花万万层。

[注释]

①霜棱:霜雪结成的冰柱。 ②素色相乘:意谓梅色之素净与梅花之香冽相合在一起。

丑奴儿

来朝匹马萧萧去[①]。且醉芳卮[②],明夜天涯,浅酌低吟欲殢谁[③]。 归来应过重阳也。菊有残枝,纤手重携,未必秋香一夜衰。

[注释]

①萧萧：马鸣声。 ②芳卮：芳香的酒杯。 ③欲殢谁：想念谁。殢：依恋。

惜双双

天上星杓春又到[①]。应律管[②]、微阳已报。暖信惊梅早。昨夜南枝，先得芳菲耗。 迟日曈胧光破晓[③]。馥绣幄、麝炉烟袅。为寿金壶倒[④]。四坐簪缨[⑤]，共比松筠老[⑥]。

[注释]

①星杓(biāo)：斗杓。北斗的玉衡、开阳、摇光三星。斗柄三星东指，则春季已到。 ②律管：候气之竹管。以葭灰置管中，藏于密室，候气至则灰飞，管通。见《后汉书·律历志》。 ③迟日：春日。"春日迟迟"，见《诗经·豳风·七月》。 曈胧：犹朦胧。 ④金壶倒：金壶酒尽。 ⑤簪缨：达官之冠饰。簪为髮笄。缨为冠带。 ⑥松筠：松竹。

脱银袍[①]

纤条绿沁，春色为伊难禁。传芳意、东君信任。燕愁莺懒，怕轻寒犹噤[②]。护占得、幽香转甚。 粉面初匀，冰肌未饮。何须爱、妖桃胜锦。夜阑人静，任月华来浸。待抱著、花枝醉寝。

[注释]

①脱银袍：此调前不经见，当为晁端礼所创。 ②犹噤：还闭口无声。

行香子

别恨绵绵，屈指三年。再相逢、情分依然。君初霜鬓，我已华颠。况其间有，多少恨，不堪言。　小庭幽槛，菊蕊阑斑[①]。近清宵、月已婵娟[②]。莫思身外，且鬥樽前[③]。愿花长好，人长健，月长圆。

［注释］

①阑斑：犹斑斓，色彩鲜明貌。　②婵娟：美好貌。　③且鬥樽前：指放怀饮酒。

小重山

朱户深深小洞房。曲屏龟甲样[①]，画潇湘。纱轻蓝嫩镂牙床[②]。人如玉，一见已心凉。　午枕梦悠扬。流莺声唤觉，日犹长。几回烟断玉炉香。庭花影，不肯上东廊。

［注释］

①龟甲样：玉制屏风，因其花纹似龟甲，故名。“龟甲屏开醉眼缬”，见李贺《蝴蝶舞》诗。　②蓝嫩：即嫩蓝，浅蓝色。

雨霖铃

槐阴添绿，雨馀花落，酒病相续。闲寻双杏凝伫，池塘暖、鸳鸯浴。却向窗昼卧，正春睡难足。叹好梦、一一无凭，帐掩金花坐凝目[①]。　当时共赏移红烛。向花间、小饮杯盘促。蔷薇花下曾记，双凤带、索题诗曲[②]。别后厌厌，应是香肌，瘦减罗幅。问燕子、不肯传情，甚入华堂宿。

[注释]

①帐掩金花：即“金花帐掩”之倒文。金花：帐名。②诗曲：诗词。词亦称曲子词。

玉叶重黄①

玉纤初捻梅花蕊②。早忆著、上元天气③。重寻旧曲声韵，收拾放灯欢计④。　况人生、百岁能几。任东风、笑我双鬓里。重来花下醉也，不减旧时风味。

[注释]

①玉叶重黄：此词始见于本词，当亦作者创调。②初捻：初拈。③上元：正月十五为上元节。④放灯：燃灯。

金蕉叶

楼头已报冬冬鼓。华堂渐、停杯投箸①。更闻急管频催，凤口香销炷②。花映玉山倾处③。　主人无计留宾住。溪泉泛、越瓯春乳④。醉魂一啜都醒，绛蜡迎归去。更看后房歌舞。

[注释]

①投箸：放下筷子。箸：筷子之别名。②凤口：凤形香炉之口。③玉山：人醉倒曰玉山颓。④春乳：指春茶上浮现的白色乳沫。

南歌子

月到中秋夜，还胜别夜圆。高河瑟瑟转金盘①。三十六宫深处[2]、卷帘看。　　香雾云鬟湿,清辉玉臂寒[3]。寻常岂是不婵娟。吟赏莫辞终夕、动经年。

[注释]

①高河:指银河。　瑟瑟:清冷貌。　②三十六宫:用骆宾王诗句"汉家离宫三十六"。　③"香雾"二句:化用杜甫《月夜》诗"香雾云鬟湿,清辉玉臂寒"。

鹧鸪天

晏叔原近作鹧鸪天曲,歌咏太平,辄拟之为十篇。野人久去辇毂,不得目睹盛事,姑诵所闻万一而已[1]

霜压天街不动尘,千官环珮贺成禋[2]。三竿阊阖楼边日[3],五色蓬莱顶上云。　　随步辇,卷香裀[4]。六宫红粉倍添春。乐章近与中声合[5],一片仙韶特地新[6]。

[注释]

①晏叔原:晏几道,字叔原。　辇毂:帝王车驾名,此指帝京。晏几道作《鹧鸪天》在大观年间。端礼和作言及大晟乐,当在崇宁四年(1105)之后。　②成禋:祭天的典礼。　③阊阖:传说中天帝居处的门名。　④香裀:香衫。夹衣曰裀。　⑤中声:宫廷的音乐。　⑥仙韶:帝王之乐。韶乐,大舜之乐名。

鹧鸪天

数骑飞尘入凤城,朔方诸部奏河清[1]。圜扉木索频年静[2],大晟箫韶九奏成[3]。　　流协气[4],溢欢声。更将何事卜升平。天颜不禁都人看,许近黄金辇路行。

[注释]

①朔方:北方。 ②圜扉:即圜墙,指监狱。圜扉已静,则狱空无囚。崇宁四五年频奏开封府狱空。此徽宗时之事。 木索:木枷与铁索,桎梏犯人的刑具。 ③大晟(shèng):乐名。宋徽宗熙宁中立大晟府,日制新词雅乐,曰大晟乐。 ④协气:和气。

鹧鸪天

阆苑瑶台路暗通[1],皇州佳气正葱葱。半天楼殿朦胧月,午夜笙歌淡荡风。 车流水,马游龙。万家行乐醉醒中。何须更待元宵到,夜夜莲灯十里红。

[注释]

①阆苑瑶台:皆神仙居所,此指帝王宫苑。

鹧鸪天

洛水西来泛绿波,北瞻丹阙正嵯峨。先皇秘聿无人解[1],圣子神孙果众多。 民物阜[2],岁时和。帝居不用壮山河。卜年卜世过周室[3],亿万斯年入咏歌。

[注释]

①唐氏按:"聿"原本字残,不知何字。 ②物阜:物产丰盛。 ③卜年卜世:预测朝代之年数。《左传·宣公三年》:"成王定鼎于郏鄏,卜世三十,卜年七百,天所命也。"

鹧鸪天

壁水溶溶漾碧漪[1],桥门清晓驻鸾旗[2]。三千儒服鸳兼鹭[3],十万犀兵虎与貔。 春服就,舞雩归[4]。四方争颂育莪诗[5]。熙丰教养今成效[6]，已见夔龙集凤池[7]。

[注释]

①壁水：当是“璧水”之误。辟雍（学宫）之水名。“璧水道庠序之风”，见何逊《七召》。 ②桥门：太学门名。 ③鸳、鹭：指朝臣，行止有序，如鸳鹭之班列分明。 ④舞雩（yú）：在雩坛（祭雨之坛）歌舞而归。“风乎舞雩咏而归”，见《论语·先进》。 ⑤育莪（é）诗：指《诗经·小雅·菁菁者莪》诗。其序称：“菁菁者莪，乐育材也。” ⑥熙丰：熙宁、元丰之合称。熙丰为神宗年号，力行改革。 ⑦夔龙：指贤才。

鹧鸪天

八彩眉开喜色新[1]，边陲来奏捷书频。百蛮洞穴皆王土，万里戎羌尽汉臣。 丹转毂[2]，锦拖绅。充庭列贡集珠珍。宫花御柳年年好，万岁声中过一春。

[注释]

①八彩：尧眉八彩。此为颂徽宗之词。 ②丹转毂：即转丹毂之倒文。 丹毂：犹朱轮，达官之车。

鹧鸪天

圣泽昭天下漏泉[1]，君王慈孝自天然。四民有养跻仁寿[2]，九族咸亲迈古先[3]。 歌舜日，咏尧年。竞翻玉管播朱弦。须知大观崇宁事[4]，不愧生民下武篇[5]。

[注释]

①圣泽：君王恩泽。 漏泉：言德泽下霑，如屋之漏。见《汉书·吾丘寿王传》。 ②跻仁寿：致于仁寿之域。 ③九族：上自高祖，下至玄孙为九族。 ④大观、崇宁：皆宋徽宗年号。 ⑤生民、下武：皆《诗经》篇名。

鹧鸪天

日日仙韶度曲新，万机多暇宴游频[①]。歌馀兰麝生纨扇，舞罢珠玑落绣絪[②]。　金屋暖，璧台春[③]。意中情态掌中身。近来谁解辞同辇，似说昭阳第一人。

[注释]

①万机：指朝廷政务头绪纷繁。　②绣絪：绣有花纹的地毯。　③璧台：璧玉楼台。璧，原误作“壁”。

鹧鸪天

万国梯航贺太平[①]，天人协赞甚分明。两阶羽舞三苗格[②]，九鼎神金一铸成[③]。　仙鹤唳，玉芝生。包茅三脊已充庭。翠华脉脉东封事[④]，日观云深万仞青。

[注释]

①梯航：梯山航海而来。　②羽舞：舞名。“以干羽为万舞”，见《诗经·邶风·简兮》。　三苗格：三苗来服。指远人归顺。　③九鼎：崇宁四年，铸帝鼐等九鼎成。　④翠华：指帝王车驾仪仗。　东封：封祀泰山。

鹧鸪天

金碧觚棱斗极边[①]，集英深殿听胪传[②]。齐开雉扇双分影，不动金炉一喷烟。　红锦地，碧罗天。升平楼上语喧喧。依稀曾听钧天奏[③]，耳冷人间四十年[④]。

（以上汲古阁景宋抄本《闲斋琴趣外篇》卷五）

[注释]

①觚棱:宫阙转角上之瓦脊。 斗极:北斗、北极,指皇宫。 ②集英:殿名,为文人学士集中之所。 胪传:宣旨唱名。 ③钧天奏:钧天广奏本为天乐之名,此指朝廷音乐。 ④耳冷人间四十年:晁端礼为熙宁六年(1073)进士。历四十年,为政和二年。此词当作于其被召为大晟府撰制时。入京不久,旋卒,时政和三年(1113)七月。

并蒂芙蓉[1]

太液波澄,向鉴中照影,芙蓉同蒂。千柄绿荷深,并丹脸争媚。天心眷临圣日[2],殿宇分明敞嘉瑞。弄香嗅蕊。愿君王,寿与南山齐比。 池边屡回翠辇,拥群仙醉赏,凭栏凝思。萼绿揽飞琼[3],共波上游戏。西风又看露下,更结双双新莲子。鬥妆竞美。问鸳鸯、向谁留意。

[注释]

①并蒂芙蓉:此为晁端礼创调。 ②天心:上天心意。 圣日:指徽宗治道清明。 ③萼绿:即萼绿华,古仙女名。 飞琼:即许飞琼,女仙名。

[集评]

吴曾云:"政和癸巳,大晟乐成,嘉瑞既至。蔡元长以晁端礼次膺荐于徽宗。诏乘驿赴阙。次膺至都,会禁中嘉莲生,分苞合趺,夐出天造。人意有不能形容者,次膺效乐府体属词以进,名《并蒂芙蓉》。上览之称善,除大晟府协律郎。"(《能改斋漫录》卷十六)

沈雄云:"凡九十八字,大约一时应制,以浅俗取妍如此。"(《古今词话·词辩》下卷)

寿星明[1]

露湿晴花,散红香清影,建章宫殿。玉宇风来,银河云敛，天外老人星现[②]。向晓千官入，称庆山呼鳌抃[③]。凤髓香飘，龙墀翡翠，帘栊高卷。　朝罢仪卫再整[④]，肃鸣鞘[⑤]，又向瑶池高宴。海寓承平[⑥]，君臣相悦，乐奏徵招初遍[⑦]。治极将何报，检玉泥金封禅[⑧]。见说山中居民，待看雕辇[⑨]。

［注释］

①寿星明：此与一百十四字之《寿星明》（《沁园春》之别称）大异。乃作者别创之体。　②老人星：即南极星。旧传老人星现，则国治。　③山呼：即嵩呼，武帝登嵩山，闻三呼万岁之声。见《汉书·武帝纪》。　鳌抃：欢欣鼓舞之意。　④仪：唐氏按，此字疑是"仗"字之误。　⑤鸣鞘：挥动静鞭，以警众。为皇帝仪仗之一。　⑥海寓：即海宇，天下。　⑦徵（zhǐ）招：古乐章名。"乐有五声，三曰角为民；四曰徵为事；招，舜乐也。"见《孟子·梁惠王》注。　⑧检玉泥金：给玉牒加封曰玉检，给金册加封曰金泥。皆封禅之书册。　⑨雕辇：天子车驾。

黄河清[①]

晴景初升风细细，云收天淡如洗。望外凤凰双阙[②]，葱葱佳气。朝罢香烟满袖，近臣报、天颜有喜。夜来连得封章，奏大河[③]，彻底清泚[④]。　君王寿与天齐，馨香动上穹，频降嘉瑞。大晟奏功[⑤]，六乐初调清徵[⑥]。合殿春风乍转，万花覆、千官尽醉。内家传敕[⑦]，重开宴、未央宫里。

［注释］

①黄河清：此调晁端礼新创。　②双阙：《历代诗馀》作"城阙"，《词谱》同。　③大河：黄河。　④清泚：清澄。　⑤大晟奏功：崇宁四年（1105）大晟新乐成。　奏功：成功。　⑥清徵：《历代诗馀》作"宫徵"，是。　⑦传敕：传令。圣旨曰敕。

[集评]

蔡絛云:“宣和初燕乐初成,八音告备。有曲名《黄河清》,音高极韶美。天下无问遐迩大小,皆争唱之。”(《铁围山丛谈》)

舜韶新[1]

晨光射牖,新燕子、一一穿帘飞去。露晞鸳瓦[2],萧瑟风生琼宇。香篆烟消昼永,锁深院、榴花半吐。映绛绡、冰雪肌肤,自是清凉无暑。　浮荣何用萦怀,冷笑看、车马喧喧尘土。地偏心远,终日何妨扃户[3]。一枕江南好梦,泛孤棹、轻烟细雨。被数声、幽鸟惊回,砌下槐阴亭午[4]。

[注释]

①舜韶新:据王应麟《玉海》称,“政和中曹棐制徵调《舜韶新》”。此调今存者以此词为最早。　②露晞:露干。　③扃户:关门。　④亭午:当午,中午。

上林春

相识来来,真个为伊,尽把精神役破[1]。谛殢性□,娇痴做处,双眉镇长愁锁。为伊恁地,便诸事、自来饶过。暂时间未觑得,又早孜煎无那[2]。　想从来、性气恁么。那堪更等闲,经时抛亸[3]。料得那里、千僝万僽[4],嗔我也思量我。再归见了,算应是、絮得些个[5]。但初心、尚未改,任从摧挫。

[注释]

①役破:用完。　②孜煎:愁苦。　无那(nuò):无奈。　③抛亸:抛

下。 ④千僝万僽：千愁万苦。 ⑤絮：唠叨。

雨中花

小小中庭，深深洞户，谁人笑里相迎。有三年窥宋[①]，一顾倾城。舞态方浓，箫声未阕[②]，又黯离情。怎奈向，赢得多情怀抱，薄幸声名[③]。 良宵记得，醉中携手，画楼月皎风清。难忘处、凭肩私语，和泪深盟。假使钗分金股，休论井引银瓶[④]。但知记取，此心常在，好事须成。

[注释]

①窥宋：指为女子爱慕。东邻女子偷窥宋玉见《登徒子好色赋》。 ②未阕：未止。 ③《全宋词》注：以上汲古阁景宋抄本《闲斋琴趣外篇》卷六。 ④井引银瓶：白居易有《井底引银瓶》诗。叙述一女子自由恋爱而终被遗弃之事。

醉蓬莱

向重门深闭，永夜孤眠，梦魂飞过。梦里分明，共玉人双卧。粉淡香浓，翠深红浅，是那回梳裹。楚雨难成[①]，巫云易散[②]，依前惊破。 无绪无聊，向谁分诉，独语独言，自家摧挫。梦也多磨，更那堪真个。暗数残更，半攲孤枕，对夜深灯火。怨泪频弹，愁肠屡断，伊还知么。

[注释]

①楚雨：指男女欢情。李商隐《有感》诗："一自高唐成赋后，楚天云雨尽堪疑。"即此意。 ②巫云：巫山云雨，指男女欢情。见宋玉《高唐赋序》。

吴音子

细想当初事，又非是、取次相知[①]。一年来、觑著尚迟。疑□时、敢共些儿。似恁秤停期尅了[②]，便一成望不相离。却何期、恩情陡变，中路分飞。　　都缘我自心肠软，润就得[③]、转转娇痴。如今未中再偎随。选不甚，且从待他疏狂心性，足变堆垛，更吃禁持[④]。管取你回心，却有投奔人时。

[注释]

①取次：草草。　②秤停：斟酌、品量。　期尅：即尅期，严限日期。　③润：当是“撋”字之误。揉搓曰撋。　④禁持：同“矜持”，拿架子。

洞仙歌

眼来眼去，未肯分明道。有意于人甚不早。谩教我[①]、心下终日悬悬，星□事，知他何时是了。　　几回猜伊意，也是难为，拟待偷怜又胆小[②]。奈何我已狂迷，怎肯干休，情深后，不免求告。但只教、时时得些儿，便拚了一生，为伊烦恼。

[注释]

①谩教：空教。　②偷怜：偷情。

安公子

渐渐东风暖，杏梢梅萼红深浅。正好花前携素手，却云飞雨散。是即是、从来好事多磨难。就中我与你才相见。便世间烦恼，受了千千万万。　回首空肠断，甚时与你同欢宴。但得人心长在了，管天须开眼[①]。又只恐、日疏日远衷肠变[②]。便忘了、当本深深愿。待寄封书去，更与丁宁一遍。

[注释]

①"管天"句：管教天也开眼。　②衷肠：心肠。

河满子

草草时间欢笑，厌厌别后情怀。留下一场烦恼去，今回不比前回。幸自一成休也[①]，阿谁教你重来。　眠梦何曾安稳，身心没处安排。今世因缘如未断，终期他日重谐[②]。但愿人心长在，到头天眼须开。

[注释]

①"幸自"句：幸好已经结束。　②重谐：重新和好。

踏莎行

骂女嗔男，呼奴喝爪[①]。新来司户多心躁[②]。家中幸自好熙熙[③]，眉儿皱著干烦恼。　饱喜饥嗔，多愁早老。古人言语分明道。剩须将息少孜煎，人生万事何时了。

[注释]

①喝爪：喝使爪牙仆役。　②司户：官名，主管户籍账册。　③好熙熙：犹好端端。

临江仙

火冷灯□山驿静，无人与暖香衾。阿谁教你惜人深。一成迷后[1]，不望有如今。　　枕畔耳边都悄悄，忆伊模样声音。些儿年纪正难禁[2]。盟言虽在，只恐我痴心。

［注释］

①一成迷后：一自迷恋上以后。　②些儿：一点儿。　难禁：难以拘管。

清平乐

娇羞未惯，长是低花面。笑里爱将红袖掩，遮却双双笑靥。　　早来帘下逢伊，怪生频整衫儿[1]。元是那回欢会[2]，齿痕犹在凝脂。

［注释］

①怪生：怪甚。　②元是：原是。

一落索

道著明朝分袂，早眉头攒翠[1]。不言不语只偎人，满眼里、汪汪地。　　向道不须如此[2]，转吞声饮气。一团儿肌骨不禁春，甚有得、许多泪。

［注释］

①攒翠：翠眉紧锁。　②向道：对她说道。

一斛珠

相思最苦，别来有甚好情绪。夜间无限凄惶处[①]。睡不著时，没个人言语。　　所恨不能飞上路，书书只怪迟归去。外边闲事无心觑[②]。直自我咱[③]，怕你恶肠肚[④]。

[注释]

①凄惶：同"悽惶"。　②无心觑：无心看。　③直自我咱：真教我啊。　咱：语助词。　④恶肠肚：心里难受。

少年游

眼来眼去又无言，教我怎生团[①]。又不分明，许人一句，纵未也心安。　　是即自古常言道，色须是艰难。愿早得来，虽然容易，管不等闲看。

[注释]

①怎生团：怎样揣度。　团：估量。韩愈《南山诗》："团词试提挈，挂一念万漏。"

鹊桥仙

从来因被[①]，薄情相误，误得人来已怕。那回时、有愿不昏沉，甚近日、依前又也。　　你莫撋就[②]，偎随人便，却骑墙两下。自家潍[③]、都望有前程，背地里、莫教人咒骂。

[注释]

①从来：从前。　②撋就：温存、体贴。　③自家懑：自己烦闷。

点绛唇

我也从来，唤做真个收拾定。据伊情性，怎到如今恁[①]。　　拥就百般，终是心肠狠。应难更。是我薄命，不怨奴薄幸[②]。

[注释]

①如今恁(nèn)：如今这样。　②薄幸：负心。

卜算子

恩义重如山，情意深如海。假使黄金北斗高，这一分、何由买。　　领家看取彩[①]。莫要胡厮赖。堂印傍边更碧油[②]，但管取、无人赛。

[注释]

①看取彩：彩局。一种以掷骰子以定胜负的游戏。　②堂印：官印。　碧油：即油碧小车，一种供女子使用的车子。

柳初新

些儿柄靶天来大[①]。闷损也、还知么。共伊合下、深盟厚约，比望收因结果[②]。这好事、难成易破。到如今、彼此无那。　　终日行行坐坐。未曾识、展眉则个[③]。若还不是、前生注定，甚得许多摧挫。去你行、有甚罪过。送一场、烦恼与我。

[注释]

①柄靶：同“把柄”，失误。　②比望：切盼。　③则个：语气词，即

"着"之意。

步蟾宫

昨宵争个甚闲事。又不道、被谁调戏。任孜孜、求告不回头[1]，诮满眼、汪汪地泪[2]。　奴哥一向不睹是[3]。算谁敢、共他争气。且偎随、须有喜欢时，待款款、说些道理[4]。

[注释]

①孜孜：一再。　②诮：完全。　③不睹是：不自认有理。　④款款：慢慢地。

千秋岁

飞云骤雨，草草成睽阻[1]。寸肠结尽千千缕。别离谁是没，惟我于中苦。最苦是，看奴未足抛奴去。　一句临歧语，忍泪奴听取。身可舍，情难负。纵非瓶断绠[2]，也是钗分股。再见了，知他似得如今否。

[注释]

①睽阻：阔别。　②断绠：指汲水绳断。

殢人娇

旋剔银灯，高褰斗帐[1]。孜孜地、看伊模样。端相一饷，揉搓一饷。不会得、知他甚家娘养。　不见些儿，行思坐想。分飞后、怎生□向。天天若许，长长偎傍。顶戴著、一生也即不枉。

[注释]

①高褰(qiān):高掀。

遍地花

密约幽欢试思忖,教人又、怎生安稳。算都来、些子精神,诮烦恼[1]、看看瘦损。 也拟待、罗织伊家[2],图开解、较些可闷。把从前、已往寻思,又无可、教人得恨。

[注释]

①诮烦恼:忧愁烦恼。 诮:通"悄"。 ②罗织伊家:指编排她的不是。

梁州令

各自寻思取,更莫冤他人做。如今刬地怕相逢[1],愁多正在相逢处。 人前不敢分明语,暗里频回顾。罗襟滴泪无数,匆匆又是空归去。

[注释]

①刬(chǎn)地:反而、突然。

滴滴金

庞儿周正心儿得。眼儿单,鼻儿直。口儿香,髮儿黑。脚儿一折[1]。 从来薄命多阻隔,未曾有恁相识。除非烧香做功德,且图消得。[2]

(以上二十一首半,见校辑宋金元人词引星凤阁抄本《闲斋琴趣外篇》)

[注释]

①一折：指食指与拇指间的距离。此言莲足之小。 ②《全宋词》注：晁端礼词一百三十八首，据汲古阁抄本《闲斋琴趣外篇》，卷六残缺，仅剩五首半，赵万里从赵辑宁星凤阁抄本补二十一首半。据目录，卷末尚有新填徵调各首，计圣寿齐天歌（逐唱）一首、又一首、中腔一首、又一首（与前腔不同）、踏歌一首、又一首（与前腔不同）、候新恩一首、醉桃源一首，汲古阁、星凤阁抄本俱佚。

失调名

花前月下堪垂泪，水边楼上总关心。

（《侯鲭录》卷二）

蓦山溪

风流心胆，直把春偿酒[①]。选得一枝花，绮罗中、算来未有。名园翠苑，风月最佳时，夜迢迢，车款款，是处曾携手。　重来一梦，池馆皆依旧。幽恨写新诗，托何人、章台问柳。渔舟归后，云锁武陵溪，水潺潺，花片片，舣棹空回首[②]。

（《乐府雅词》卷中）

[注释]

①春偿酒：酒名，似为赏春酒之倒文。 ②舣棹：整舟靠岸。

【补　辑】

永遇乐

雪霁千岩，春回万壑，和气如许。今古稽山[①]，风流人物，真是生申处[②]。儿童竹马，欢迎夹道，争为使君歌舞。

道当年、蓬莱朵秀[3]，又来作蓬莱主。　一编勋业，家传几世，自是赤松仙侣。青琐黄堂[4]，等闲游戏，又问乘槎路。银河耿耿，使星今夜，应与老人星聚。要知他、和羹消息[5]，早梅初吐。[6]

（见《诗渊》第二十五册，引自孔凡礼《全宋词补辑》）

[注释]

①稽山：会稽山，在浙江绍兴东南。　②生申：申伯的诞辰日，见《诗经·大雅·崧高》。后泛指生日。　③蓬莱：仙人。　④青琐：朝廷宫门。黄堂：太守官厅。　⑤和羹：作宰相。　和：补辑本作“秋”。　⑥孔凡礼按：此词作者，《诗渊》作“宋晁次膺”。

存目词

调名	首句	出处	附注
盐角儿	开时似雪	《苕溪渔隐丛话》后集卷三十九引《古今词话》	晁补之词，见《晁氏琴趣外篇》卷二
绿头鸭	新秋近	《词林纪事》卷六	晁补之词，见《晁氏琴趣外篇》卷四

曾　肇

曾肇(1047—1107),字子开,建昌南丰(今属江西)人,曾巩之弟。治平四年(1067)举进士,调黄岩簿,擢崇文校书。元祐中,为中书舍人,吏部侍郎。徽宗朝,复召为中书舍人,迁翰林学士兼侍读。以龙图阁学士提举中太乙宫。崇宁初,落职谪知和州,后徙岳州,继贬濮州团练副使,安置汀州。大观元年(1107)卒,年六十一。绍兴初,追谥文昭。肇天资仁厚,而容貌端严,自少力学,博览经传,为文温润有法。著有《曲阜集》、《西掖集》等书。

好事近

亳州秩满归江南别诸僚旧[①]

岁晚凤山阴[②],看尽楚天冰雪。不待牡丹时候,又使人轻别。　如今归去老江南,扁舟载风月。不似画梁双燕,有重来时节。　(《过庭录》)

[注释]

①亳州:今安徽亳县。　秩满:官吏任期届满。　②凤山:在亳县城北有凤头村,或即其地。

郑 仪

郑仪(1047—1113),字彦能,彭城(今江苏徐州)人。第进士,为大名府司户参军,迁冠氏令,因行仁政而盗相戒不犯境。历官集贤殿修撰、显谟阁待制。后改知庆州,徙秦州,复为都转运使,召拜户部侍郎,改吏部侍郎,知徐州。以显谟阁直学士、通议大夫卒,赠光禄大夫,谥修敏。

调笑转踏①

良辰易失,信四者之难并②;佳客相逢,实一时之盛事。用陈妙曲,上助清欢③。女伴相将④,调笑入队

一

秦楼有女字罗敷⑤,二十未满十五馀。金环约腕携笼去,攀枝摘叶城南隅。使君春思如飞絮,五马徘徊芳草路。东风吹鬓不可亲,日晚蚕饥欲归去⑥

归去,携笼女。南陌柔桑三月暮,使君春思如飞絮。五马徘徊频驻。蚕饥日晚空留顾,笑指秦楼归去。

[注释]

①调笑转踏:《调笑令》的变格。《调笑令》联章以成"转踏",藉以演唱故事。 ②四者:指四种美好之事。南朝宋谢灵运《拟魏太子邺中集诗序》:"天下良辰、美景、赏心、乐事,四者难并。" ③清欢:清雅恬适之乐。 ④相将:相与,相共。 ⑤罗敷:人名。诗歌中通常作为貌美而有节操的女子的通称。 ⑥此八句所咏乃隐括汉乐府《陌上桑》诗意。

二

石城女子名莫愁[1]，家住石城西渡头。拾翠每寻芳草路[2]，采莲时过绿蘋洲。五陵豪客青楼上，醉倒金壶待清唱[3]。风高江阔白浪飞，急催艇子操双桨[4]

双桨，小舟荡。唤取莫愁迎叠浪。五陵豪客青楼上，不道风高江广。千金难买倾城样[5]，那听绕梁清唱[6]。

[注释]

①石城：石头城的省称。故址在今南京西石头山中。后指金陵城（今江苏南京）为石城。一说石城在今湖北钟祥。 莫愁：古乐府中传说的女子。一说为洛阳人，另一说为石城人。 ②拾翠：指拾取翠鸟羽毛以为首饰，后以指妇女春日嬉游的景象。 ③清唱：清美的歌唱。 ④艇子：犹舟子，即船夫。 艇：轻便小船。 ⑤倾城样：指女子美好的模样。 倾城：形容绝色的女子。 ⑥绕梁：比喻歌声高亢回旋，经久不息。

三

绣户朱帘翠幕张[1]，主人置酒宴华堂。相如年少多才调[2]，消得文君暗断肠。断肠初认琴心挑，么弦暗写相思调[3]，从来万曲不关心，此度伤心何草草

草草，最年少。绣户银屏人窈窕[4]。瑶琴暗写相思调，一曲关心多少。临邛客舍成都道，苦恨相逢不早。

[注释]

①翠幕：绿色的帘幕。 ②才调：犹才气。多指文才。 ③么弦：琵琶的第四弦，借指琵琶。 ④窈窕：美好貌。

四

溪溪流水武陵溪[1]，洞里春长日月迟。红英满地无人

扫[②],此度刘郎去后迷。行行渐入清流浅,香风引到神仙馆。
琼浆一饮觉身轻[③],玉砌云房瑞烟暖[④][⑤]

烟暖,武陵晚。洞里春长花烂熳。红英满地溪流浅,渐听云中鸡犬。刘郎迷路香风远,误到蓬莱仙馆。

[注释]

①湲(yuán)湲:水徐流貌。 武陵溪:东汉刘晨、阮肇入天台山采药,于武陵溪得遇仙女。事载刘义庆《幽明录》。 ②红英:红花。这里指落花。 ③琼浆:喻美酒。 ④玉砌:玉石砌成或装饰的墙壁、地面、台阶等。 云房:僧道或隐者所居之室。 ⑤唐氏按:“湲湲流水武陵溪”四句,傅幹《注坡词》卷八引作张舜民《调笑令》。

五

少年锦带佩吴钩[①],铁马追风塞草秋。凭仗匣中三尺剑,
扫平骄虏取封侯[②]。红颜少妇桃花脸,笑倚银屏施宝靥[③]。明
眸妙齿起相迎,青楼独占阳春艳

春艳,桃花脸。笑倚银屏施宝靥。良人少有平戎胆,归路光生弓剑。青楼春永香帏掩,独把韶华都占[④]。

[注释]

①锦带:锦制之带。鲍照《结客少年场行》诗:“骢马金络头,锦带佩吴钩。” 吴钩:钩,兵器,形似剑而曲。春秋吴人善铸钩,故称。后也泛指利剑。 ②骄虏:骄横的敌人。 ③银屏:镶银的屏风。 宝靥:此指妆饰,花钿。杜甫《琴台》诗:“野花留宝靥。” ④韶华:常指春光。亦指美好的年华,即青年时期。

六

翠盖银鞍冯子都[①],寻芳调笑酒家胡。吴姬十五夭桃色,

巧笑春风当酒垆。玉壶丝络临朱户②，结就罗裙表情素③。红裙不惜裂香罗，区区私爱徒相慕

相慕，酒家女。巧笑明眸年十五，当垆春永寻芳去，门外落花飞絮。银鞍白马金吾子④，多谢结裙情素。

［注释］

①翠盖：饰以翠羽的车盖。亦泛指华美的车辆。　②玉壶：酒壶的美称。　丝络：丝线制成的网状装饰物。　③情素：真情，本心。　④金吾子：对金吾官员表示尊敬的泛称。　金吾：古官名，负责皇帝大臣警卫、仪仗以及巡检京师、掌管治安的武职官员。

七

楼上青帘映绿杨，江波千里对微茫。潮平越贾催船发①，酒熟吴姬唤客尝。吴姬淖约开金盏②，的的娇波流美盼③。秋风一曲采菱歌，行云不度人肠断

肠断，浙江岸。楼上青帘新酒软④。吴姬淖约开金盏，的的娇波流盼。采菱歌罢行云散，望断侬家心眼⑤。

［注释］

①越贾（gǔ）：越地（今浙江）商人。　②淖约：姿态柔美貌。　金盏：酒杯的美称。　③的的：光亮、鲜明貌。　娇波：妩媚可爱的目光。　美盼：美目流动之意。　④酒软：酒力柔和。　⑤心眼：心意，心思。

八

花阴转午漏频移，宝鸭飘帘绣幕垂①。眉山敛黛云堆髻，醉倚春风不自持。偷眼刘郎年最少，云情雨态知多少②。花前月下恼人肠，不独钱塘有苏小③

苏小，最娇妙。几度尊前曾调笑。云情雨态知多少，

悔恨相逢不早。刘郎襟韵正年少[4],风月今宵偏好[5]。

[注释]

①宝鸭:即香炉。因作鸭形,故称。 ②云情雨态:指男女欢会之情。 ③苏小:即苏小小。南朝齐时钱塘名妓。 ④襟韵:胸怀气度。 ⑤风月:指男女间情爱之事。

九

金翘斜亸淡梳妆[1],淖约天葩自在芳。几番欲奏阳关曲[2],泪湿春风眼尾长[3]。落花飞絮青门道,浓愁不散连芳草。骖鸾乘鹤上蓬莱[4],应笑行云空梦悄

梦悄,翠屏晓。帐里薰炉残蜡照。赏心乐事能多少,忍听阳关声调。明朝门外长安道,怅望王孙芳草。

[注释]

①金翘:女子的头饰。 亸(duǒ):下垂。 ②阳关曲:古曲名。即《阳关三叠》,为送别之曲。 ③眼尾:眼梢。 ④骖(cān)鸾乘鹤:驾驭鸾凤仙鹤。喻成仙。

十

淖约妍姿号太真[1],肌肤冰雪怯轻尘。霞衣乍举红摇影,按出霓裳曲最新[2]。舞钗斜亸乌云鬓,一点春心幽恨切。蓬莱虽说浪风轻,翻恨明皇此时节

时节,白银阙。洞里春晴百和爇。兰心底事多悲切,消尽一团冰雪。明皇恩爱云山绝,谁道蓬莱安悦。

[注释]

①太真:仙女名。道教传说中有女仙太真夫人,为王母的小女。这里

指唐杨贵妃。贵妃初见玄宗时,衣道士服,号太真。 ②霓裳曲:指霓裳羽衣舞曲。

十一

江上新晴暮霭飞,碧芦红蓼夕阳微。富贵不牵渔父目,尘劳难染钓人衣。白鸟孤飞烟柳杪①,采莲越女清歌妙。腕呈金钏掉鸣榔②,惊起鸳鸯归调笑

调笑,楚江渺。粉面修眉花鬥好。擎荷折柳争相调,惊起鸳鸯多少。渔歌齐唱催残照,一叶归舟轻小。

[注释]

①杪(miǎo):树木的末梢。 ②鸣榔:敲击船舷使作声。用以惊鱼,使入网中,或为歌声之节。

十二

千里潮平小渡边,帘歌白纻絮飞天①。苏苏不怕梅风软,空遣春心著意怜。燕钗玉股横青鬓,怨托琵琶恨难说。拟将幽恨诉新愁,新愁未尽弦声切

声切,恨难说。千里潮平春浪阔。梅风不解相思结②,忍送落花飞雪。多才一去芳音绝,更对珠帘新月。

[注释]

①白纻:乐府吴舞曲名。 ②梅风:指早春的风。

放 队

新词宛转递相传,振袖倾鬟风露前。月落乌啼云雨散,游童陌上拾花钿。

（以上十二首见《乐府雅词》）

[集评]

王国维云:“其歌舞相兼者,则谓之传踏,亦谓之转踏。北宋之转踏,恒以一曲速续歌之。每一首咏一事,其若干首则咏苦干事。然亦有合若干首而咏一事者……其曲调唯《调笑》一调,用之最多。今举其一例(指郑仪《调笑转踏》),此种词前有‘勾队’词,后以一诗一曲相间,终以‘放队’词,则亦用七绝,此宋初体格如此。”(《宋元戏曲史·宋之乐曲》)

蔡　京

蔡京（1047—1126），字元长，兴化军仙游（今福建仙游）人。熙宁三年（1070）进士。历任钱塘尉、舒州推官、尚书左仆射、拜中书舍人，改龙图阁待制，知开封府，累加太师，封鲁国公。徽宗朝凡四入相。贬衡州安置，徙韶、儋二州，行至潭州死。年八十。

西江月

八十一年住世，四千里外无家。如今流落向天涯，梦到瑶池阙下[①]。　玉殿五回命相[②]，彤庭几度宣麻[③]。止因贪此恋荣华。便有如今事也。[④]

（《挥麈后录》卷八）

[注释]

①瑶池：传说中的西王母所居之地，这里指宫廷。　②玉殿：宫殿的美称。借指朝廷、天子。　③彤庭：汉代宫廷。因以朱漆涂饰，故称。后泛指皇宫。　宣麻：唐宋拜相命令，用麻纸写诏公布于朝，称为“宣麻”。后遂以为诏拜将相之称。　④揣此词意，乃作者晚年遭贬后所作。

[集评]

王明清云：“蔡元长既南迁，中路有旨，取所宠姬慕容、邢、武者三人，以金人指名来索也。元长作诗以别云：‘为爱桃花三树红，年年岁岁惹春风。如今去逐他人手，谁复尊前念老翁。’行至潭州，作词云云，后数日卒。门人吕川卞老，醵钱葬之。”（《挥麈后录》卷八）

【补　佚】

佚调名

车驾祓禊西池[①],拟应制

华林芳昼,春水绿漪,金池琼苑。韶景丽、千重锦绣,万顷玻璃铺净练。长虹跨浪[②],非烟非雾,一簇楼台水面。鹢首秋千波[③],艅艎惊、鱼潜鸥远。　　君王共乐,星列羽卫,修禊豫游水殿。凝望处,珊瑚鞭袅,天骥将军遵路款[④]。云铙泛棹,风旗叠鼓,矫首龙舟出岸。对乘殿外,宝津楼下[⑤],见华芝回辇[⑥]。三斛力、引雕弓百中,穿杨神武箭。长空望羽,缥缈云中落雁。九衢十里,花光转,万岁鳌抃[⑦]。洛浦人归,瑶池饮散,有莺啼蝶恋。

[注释]

①祓禊:上巳日于水滨举行的除灾去疾的祭祀活动。　西池:即金明池,在汴京西。　②长虹:长桥。　③鹢首:饰以鹢鸟图案的船首。　④遵路款:款款(慢步)走在大路上。　⑤宝津楼:在金明池畔,石甃高台,广百丈。西有射殿。可观习武、射箭。　⑥华芝:华盖,帝王之车盖。　⑦鳌抃:欢欣舞拜。

桃源忆故人

丙申岁闰元宵应制[①]

闰馀三五轻寒峭,雪过晴云如扫。天仗下临蓬岛,正耐莺花绕。　　华芝回辇短门道,万炬烛龙衔耀。楼上风传笑语,归似钧天觉[②]。

[注释]

①丙申:宋徽宗政和六年(1116)。是年闰正月,有两元宵节。　②钧

天：钧天广乐，天帝之乐。

忆凤凰

家　山

幽窗小砌西湖住[①]，青嶂排云入户。槛外长江东注，芳草天涯路。　　别来松菊如故，花落花开几度。惆怅未能归去，入似桃源误。

[注释]

①小砌：小阶，此指小庭院。

眼儿媚

和人对月

冰轮透幕夜光寒[①]，云水浸栏干。十分正好，宝庭未溜[②]，半砌初残。　　家在武陵青嶂下[③]，今共白云闲。会须他日，手携桂影，坐对青山。

（以上四首据见《西清诗话》卷下，引自吴熊和《唐宋词汇评》两宋卷第一册）

[注释]

①冰轮：凉月。　②宝庭：华美的庭院。　未溜：水道未通。　③武陵：桃花源。

[集评]

蔡絛云："鲁公文章，世仰雄杰。至裁长短句，兼有昔人风流，清婉体趣。"（《西清诗话》卷下）　注者按：蔡絛，蔡京之子。

苏　琼

苏琼，苏州官妓，生平不详。

西江月

韩愈文章盖世[①]，谢安情性风流[②]。良辰美景在西楼，敢劝一卮芳酒[③]。　记得南宫高第[④]，弟兄争占鳌头[⑤]。金炉玉殿瑞烟浮，高占甲科第九[⑥]。[⑦]

（《能改斋漫录》卷十六）

[注释]

①韩愈：唐代文学家，古文运动的倡导者，影响很大，苏轼称他"文起八代之衰"。　②谢安：东晋政治家，字安石。少有重名，累辟皆不起。每游赏，必携妓以从，风流倜傥。　③卮（zhī）：古代一种盛酒器。　④南宫：指礼部会试，即进士考试。　高第：指科举中式，名列前茅。　⑤鳌头：比喻占首位或第一名。　⑥甲科：古代考试科目名。唐宋进士分甲乙科。　⑦唐氏按：此首别作尹词客词，见《岁时广记》卷三十五引《蕙亩拾英集》。《花草粹编》卷四又作尹温仪词。

[集评]

吴曾云："姑苏官妓姓苏名琼，行第九。蔡元长过苏州，太守召饮。元长知琼之能词，因命即席为之。乞韵，以'九'字，词云：'韩愈文章盖世……'盖元长奏名第九也。"（《能改斋漫录》卷十六）

李元膺

李元膺，生卒年不详。与蔡京同时。东平人。南京（今河南商丘，为宋之南京）教官。

茶瓶儿

去年相逢深院宇。海棠下、曾歌金缕[①]。歌罢花如雨。翠罗衫上，点点红无数。　今岁重寻携手处，空物是、人非春暮。回首青门路[②]，乱红飞絮，相逐东风去。

（《冷斋夜话》卷三）

[注释]

①金缕：曲调《金缕曲》、《金缕衣》的省称。　②青门：汉长安城东南门。因其门色青，故俗呼为"青门"。

洞仙歌

廉纤细雨[①]，殢东风如困[②]。萦断千丝为谁恨，向楚宫一梦。千古悲凉，无处问。愁到而今未尽。　分明都是泪，泣柳沾花，常与骚人伴孤闷[③]。记当年、得意处，酒力方融，怯轻寒、玉炉香润。又岂识、情怀苦难禁，对点滴檐声，夜寒灯晕[④]。

[注释]

①廉纤：细雨貌。　②殢（tì）：纠缠不清。　③骚人：泛指诗人词客。　④灯晕：灯焰外围的光圈。

[集评]

先著云："着笔惟恐伤题，总不欲涉痕迹。咏物一派，高不能及。石帚此种亦最可法。'分明都是泪'，石帚《促织》云：'西窗又吹暗雨。'玉田《春水》云：'和云流出空山。'皆是过处争奇，用笔之妙，如出一手。合此数公观之，略可以悟。"(《词洁》)

黄苏云："此作或亦为悼亡后作也。是雨是泪，写得婉转流动，比兴深切，笔笔飞舞，自是超诣也。"(《蓼园词选》)

洞仙歌

一年春物，惟梅柳间意味最深。至莺花烂熳时[①]，则春已衰迟[②]，使人无复新意。予作洞仙歌，使探春者歌之，无后时之悔

雪云散尽，放晓晴池院。杨柳于人便青眼[③]。更风流多处，一点梅心、相映远。约略颦轻笑浅[④]。　一年春好处，不在浓芳，小艳疏香最娇软[⑤]。到清明时候，百紫千红花正乱。已失春风一半。蚤占取韶光[⑥]、共追游，但莫管春寒，醉红自暖。[⑦]

[注释]

①莺花：莺啼花开，泛指春日景色。　②衰迟：本指衰年迟暮，这里指春残。　③青眼：柳眼。指初生的柳树嫩叶。　④约略：略微，轻微，不经意。　⑤娇软：柔美，轻柔。　⑥蚤：通"早"。　韶光：美好的时光，常指春光。　⑦唐氏按：此首别又误入李新《跨鳌集》卷十一。

[集评]

许昂霄云："'小艳疏香最娇软'四句，中有至理，却是未经人道。"(《词综偶评》)

况周颐云："李元膺《洞仙歌》云：'雪云散尽，放晓晴池院。杨柳于人便青眼。更风流多处，一点梅心相映远。约略颦轻笑浅。'词中此等意境，

余极喜之。”(《蕙风词话续编》)

蓦山溪

送蔡元长[1]

溪堂欢燕[2]，惯捧玻璃盏。今日祖西城[3]，更忍把、一杯重劝。别离情味，自古不堪秋，催泪雨，湿西风，肠共危弦断[4]。　夕阳去路，五马旌旗乱。便是古都春，应醉恋、曲江池馆。须知别后，叠翠倚阑情[5]。青嶂晚，碧云深，日近长安远。

[注释]

①送蔡元长：据《续资治通鉴》蔡京于元祐六年(1091)由郓州改知永兴军，元膺此词作于“汶上”正此时也。“汶上”属郓州，元膺为东平教官。　②燕：通“宴”。宴饮。　③祖：古人出行时祭祀路神，引申为送行。　④危弦：急弦。　⑤叠翠：楼名。《全宋词》注：汶上楼阁。

鹧鸪天

寂寞秋千两绣旗，日长花影转阶迟。燕惊午梦周遮语[1]，蝶困春游落拓飞[2]。　思往事，入颦眉。柳梢阴重又当时。薄情风絮难拘束，飞过东墙不肯归。

[注释]

①周遮：啰嗦多语。　②落拓：放浪不羁。

[集评]

杨慎云：“陆放翁诗云：‘秋千旗下一春忙。’欧阳公《渔家傲》云：‘隔墙遥见秋千侣，绿索红旗双彩柱。’李元膺《鹧鸪天》云：‘寂寞秋千两绣旗。’予尝命画工作《寒食士女图》，秋千架作两绣旗，人多骇之。盖未见

三公之诗词也。”(《词品》)

菩萨蛮

彩旗画柱清明后,花前姊妹争携手。先紧绣罗裙,轻衫束领巾。　　琐绳金钏响,渐出花梢上。笑里问高低,盘云亸玉螭[①]。

[注释]

①盘云:指髮髻。　玉螭(chī):龙形饰物。

一落索

天上粉云如扫,放小楼清晓。古今何处想风流,最潇洒、龙山帽[①]。　　人似年华易老,且芳樽频倒[②]。西风于我更多情,露金靥、篱边笑[③]。

[注释]

①龙山帽:用孟嘉之典。《晋书·孟嘉传》:“(嘉)后为征西桓温参军,温甚重之。九月九日,僚佐毕集。时佐吏并着戎服,有风至,吹嘉帽堕落,嘉不之觉。温使左右勿言,欲观其举止。嘉良久如厕,温令取还之。命孙盛作文嘲嘉,著嘉坐处。嘉还见,即答之,其文甚美,四座嗟叹。”　②芳樽:精致的酒器。　③金靥:比喻菊花。

浣溪沙

咏掠髮

乞与安仁掠鬓霜[①],不须红线小机窗。剪刀疏下蜀罗长。　　纤手捻残针缕细,金钗翻过齿痕香。同心小绾寄思量。

[注释]

①安仁：晋诗人潘岳，字安仁，貌美。故诗文中常用作美男子的代称。鬓霜：鬓髪斑白。　潘岳《秋兴赋序》："余春秋三十有二，始见二毛。"

浣溪沙

饮散兰堂月未中[①]，骅骝娇簇绛纱笼。玳簪促坐客从容[②]。　已醉人间千日酒，赐来天上密云龙[③]。蓬仙清兴欲乘风[④]。

（以上《乐府雅词》卷上）

（以上李元膺词九首用赵万里辑本《李元膺词》）

[注释]

①兰堂：芳洁的厅堂，厅堂的美称。　②玳簪：玳瑁制作的髪簪。促坐：靠近坐。　③密云龙：茶名，团茶之一种。见蔡絛《铁围山丛谈》卷六。　④清兴：清雅的兴致。

吕南公

吕南公(1047—1086),字次儒,建昌(今四川西昌)南城人。于书无所不读,于文不肯缀缉陈言。熙宁中,应举不第,退而筑室灌园,安贫守道,志希古人。著有《灌园集》。

调笑令

效韦苏州作[①]

行客,行客。身世东西南北。家林迢递不归[②],岁时悲盛泪垂[③]。垂泪,垂泪。两鬓与霜相似。

[注释]

①韦苏州:唐诗人韦应物曾为苏州刺史,故称韦苏州。有《调笑令》两首传世。 ②家林:自家的园林。泛指家乡。 迢递:遥远貌。 ③岁时:一年四季。

调笑令

华草[①],华草。秀发乘春更好[②]。深心密竹纷纷,妖韶随处动人[③]。人动,人动。王孙公子情重。

(以上二首见《灌园集》卷六)

[注释]

①华:同“花”。 ②秀发:指植物生长繁茂,花朵盛开。 ③妖韶:妖娆美好。

赵　顼

赵顼（1048—1085），即宋神宗，英宗长子。治平四年（1067）嗣位，小心谦抑，求直言，察民隐，励精图治。曾任王安石，推行新法，敢于有为。在位十九年。卒葬于永裕陵。

瑶台第一层

西母池边宴罢[①]，赠南枝、步玉霄[②]。绪风和扇[③]，冰华发秀[④]，雪质孤高。汉陂呈练影[⑤]，问是谁、独立江皋[⑥]。便凝望、壶中珪璧，天下琼瑶[⑦]。　清标[⑧]。曾陪胜赏[⑨]，坐忘愁、解使尘销[⑩]。况双成与乳丹点染[⑪]，都付香梢。寿妆酥冷[⑫]，郢韵佩举[⑬]，麝卷云绡。乐逍遥。凤凰台畔，取次忆吹箫[⑭]。[⑮]

［注释］

①西母：西王母。古代神话中的女仙人。《穆天子传》卷三：“乙丑，天子觞西王母于瑶池之上。”　②南枝：借指梅花。　玉霄：天界。传说中天帝、神仙的居处。　③绪风：和风。　④冰华：素白的水花。　⑤陂（bēi）：池畔。　练影：指日、月、水波等的白色光影。　⑥江皋：江岸。　⑦琼瑶：犹玉颜。　⑧清标：谓清美出众。　⑨胜赏：畅快的观赏。　⑩解使：能使。　尘销：世俗之念消解。　⑪双成：董双成。神话中西王母侍女名。　乳丹：指乳石炼成的丹药。　⑫寿妆：寿阳妆。南朝宋武帝女寿阳公主曾卧于含章殿檐下，梅花落公主额上成五出之花，拂之不去，皇后留之，自后有梅花妆。女子多效之，在额心描梅为饰。　⑬郢韵：高雅的情韵。　⑭“凤凰台”二句：用萧史弄玉之典。汉刘向《列仙传·萧史》：“萧史……善吹箫，能致孔雀白鹤于庭。（秦）穆公有女，字弄玉，好之。公遂以女妻焉……公为作凤台，夫妇止其上。……日教弄玉作凤鸣。居数年，吹似凤声。”后人取此传说作词牌名曰《凤凰台上忆吹箫》。　⑮唐氏按：此首原见《能改斋漫录》卷十七，无撰人姓名。原云：“武才人以色最

后庭,教坊词名《瑶台第一层》,托意于梅云。"《后山诗话》云:"武才人出庆寿宫,色最后庭,裕陵得之。会教坊献新声,为作词,号《瑶台第一层》。"此词或神宗作。又按:此首别见朱雍梅词,题作"上元扈跸同宗室仲御作",未知孰是。曹元忠辑宋徽宗词,误以此首为徽宗赵佶作。

[集评]

陈师道云:"武才人出庆寿宫,色最后庭,裕陵得之,会教坊献新声,为作词,号《瑶台第一层》。"(《后山诗话》)

吕希纯

吕希纯，生卒年不详，字子进，寿州（今安徽寿县）人。卒年六十。丞相公著次子。登第，为太常博士。哲宗时，拜中书舍人，同修国史。出知亳州、睦州、归州。建中靖国初，召为待制，知瀛州，改颍州。入崇宁党籍。

临江仙

□□□□□□□，□□□□□□□。莫交闲虑到心头[①]。有来忧不得，无后不须忧。 □□□□□□□，□□□□□□□万般希望不如休。无来求不得，有后不须求。[②]

（《项氏家说》卷八）

[注释]

①交：通“教”。令，让。 闲虑：无关紧要的思虑。 ②唐氏按：空格据律补。

喻 陟

喻陟,字明仲,睦州(今浙江建德)人。元祐元年(1086),官福建提点刑狱。八年(1093),为湖北转运副使。

蜡梅香

晓日初长,正锦里轻阴[①],小寒天气。未报春消息,早瘦梅先发,浅苞纤蕊[②]。揾玉匀香,天赋与、风流标致。问陇头人,音容万里。待凭谁寄[③]。　一样晓妆新,倚朱楼凝盼,素英如坠[④]。映月临风处,度几声羌管,愁生乡思。电转光阴,须信道、飘零容易。且频欢赏,柔芳正好,满簪同醉。

(《梅苑》卷四)

[注释]

①锦里:即锦官城。后即以锦里为成都之代称。　轻阴:微阴的天色。　②浅苞:微小花苞。　纤蕊:细小花蕊。　③"问陇头人"三句:化用南朝陆凯《赠范晔》诗"折梅逢驿使,寄与陇头人。江南无所有,聊赠一枝春"意。　④素英:白花。

存目词

《永乐大典》卷二千八百十一"梅"字韵引喻明仲《蜡梅香》"爰日初长"一首,乃无名氏作,见《梅苑》卷四。

朱 服

朱服(1048—?),字行中,乌程(今浙江湖州)人。熙宁六年(1073)进士第二。累官国子司业、起居舍人,以直龙图阁知润州,徙泉、婺、宁、庐、寿五州。哲宗朝,历中书舍人、礼部侍郎。徽宗朝,加集贤殿修撰、知广州,黜知袁州,再贬蕲州安置,改兴国军,卒。

渔家傲

春 词

小雨廉纤风细细[①],万家杨柳青烟里。恋树湿花飞不起,愁无比,和春付与西流水。　　九十光阴能有几,金龟解尽留无计[②]。寄语东城沽酒市[③],拚一醉[④],而今乐事他年泪[⑤]。

(《泊宅编》卷一)

[注释]

①廉纤:细微。多用以形容微雨。　②金龟:黄金铸的龟纽官印。泛指高官之印。　③沽酒:卖酒。　④拚(pàn):舍弃,不顾惜。　⑤“而今”句:方勺云,“朱行中自右史带假龙出典数郡,是时年尚少,风采才藻,皆秀整。守东阳日,尝作春词云云……予以门下士,每获从容。公往往乘醉大言,你曾见我‘而今乐事他年泪’否?盖公自以为得意句,故夸之也”,见《泊宅编》卷一。

[集评]

王奕清云:“乌程朱行中,历官礼部侍郎,坐与苏轼游,贬海州团练副使。至东郡,作《渔家傲》词以寄意云:‘(略)’读其词想见其人,不愧为苏轼党也。”(《乌程旧志》,见《历代词话》)

陈廷焯云:“宋人朱行中《渔家傲》云:‘拚一醉,而今乐事他年泪。’贺方回《惜双双》云:‘回首笙歌地,醉更衣处长相记。’同一感慨,而朱病激

烈,贺较深婉。”(《白雨斋词话》)

况周颐云:“白石词:‘少年情事老来悲。’宋朱服句:‘而今乐事他年泪。’二语合参,可悟一意化两之法。宋周端臣《木兰花慢》云‘料今朝别后,他时有梦,应梦今朝’与‘而今’句同意。”(《蕙风词话》)

丁　注

丁注，生卒年不详，字葆光，吴兴（今浙江湖州）人。熙宁六年（1073）进士。知永州。有《丁永州集》三卷，不传。

无　闷[①]

风急还收，云冻又开，海阔无人剪水。算六出工夫[②]，怎教容易。刚被郢歌楚舞[③]，镇独向、尊前夸轻细[④]。想谢庭诗咏[⑤]，梁园赋赏[⑥]，未成欢计。　天意，是则是。便下得控持[⑦]，柳梢梅蕊。又争奈、看看渐回春意[⑧]。好趁东君未觉[⑨]，预先把、园林都装缀。看是处、玉树琼枝[⑩]，胜却万红千翠。

（《阳春白雪》卷一）

[注释]

①无闷：此调始于此词，见南宋人赵闻永《阳春白雪》卷一。又误作姜夔词。　②六出：花分瓣叫出，雪花六角，因以为雪的别名。　③郢歌：郢曲。即《阳春白雪》。　④镇：长，久。　⑤谢庭诗咏："谢太傅寒雪日内集，与儿女讲论文义。俄而雪骤，公欣然曰：'白雪纷纷何所似？'兄子胡儿曰：'撒盐空中差可拟。'兄女（谢道韫）曰：'未若柳絮因风起。'"见南朝宋刘义庆《世说新语·言语》。　⑥梁园赋赏：梁园，西汉梁孝王所建的东苑。也称兔园。南朝宋谢惠连为《雪赋》，曲尽描绘梁苑大雪景色，传为妙文。　⑦控持：控制。　⑧争奈：怎奈。　⑨东君：司春之神。　⑩是处：处处。　是：普遍，一切。　玉树琼枝：形容白雪积压枝头的美景。

刘弇

刘弇(1048—1102),字伟明,吉州安福(今江西吉安)人。元丰二年(1079)进士,继中博学宏词科。绍圣中,知峨眉县。元符中,进《南郊大礼赋》,哲宗览之动容,以为相如、子云复出,除秘书省正字。徽宗朝,改著作佐郎、实录检讨官。为文辞,铲剔瑕类,卓诡不凡。著有《龙云集》三十卷。

宝鼎现

浓阴堆积,迥野空旷①,将回微煦②。还是觉、早梅依旧,清艳枝枝攒晓树③。弄霁影、尽脂凝香蒂,琼削纤葩竞吐。对几处园林,芳菲消息④,都因传去。　取次台榭⑤,等闲院落⑥,偏宜独擅芳步。长恁恐、寿阳妆面⑦,姑射冰肤成暗妒⑧。笑杏坞、共桃蹊夸丽,一霎狂风骤雨。又争似、年年此际⑨,先得东皇为主⑩。　好似雪里精神,曾解恼、游人吟顾。想当时折赠⑪,端的凭谁付与。荡醉目、恨同云阻。画角声将暮⑫。想异时成实,和羹止渴⑬,还应得路。

[注释]

①迥(jiǒng)野:远野。　②微煦:微微和暖。　③攒:聚集,集中。　④芳菲:花草美盛芬芳。　消息:消,消灭;息,增长。谓生灭、盛衰。　⑤取次:任意,随便。　⑥等闲:平常,随便。　⑦寿阳妆:即梅花妆。　⑧姑射(yè):《庄子·逍遥游》云"藐姑射之山,有神人居焉,肌肤若冰雪,淖约若处子"。后诗文中以"姑射"为美人的代称,或形容女子貌美。　⑨争似:怎似。　⑩东皇:指司春之神。　⑪折赠:本南朝陆凯《赠范晔》诗"折梅逢驿使,寄与陇头人。江南无所有,聊赠一枝春"。　⑫画角:古管乐器。传自西羌。上有彩绘,故称。　⑬止渴:这里用"望梅止渴"故事。典出南

朝宋刘义庆《世说新语·假谲》："魏武行役失汲道，军皆渴，乃令曰：'前有大梅林，饶子，甘酸可以解渴。'士卒闻之，口皆出水，乘此得及前源。"

洞仙歌

凄凉楚弄[①]，行客肠曾断。涛卷秋容暗淮甸[②]。去年时、还是今日孤舟，烟浪里，身与江云共远。　别来丹枕梦[③]，几过沧洲，皓月而今为谁满。薄幸苦无端，误却婵娟[④]，有人在、玉楼天半。最不愤、西风破帆来[⑤]，甚时节，收拾望中心眼[⑥]。

[注释]

①楚弄：即楚调。　②淮甸：淮河流域。　③丹枕：收藏奇书之枕。"鸿烈仙方，长推丹枕。"见《玉台新韵》序。　④婵娟：美好貌，指美女。　⑤破帆：破帆风，即飓风。形容西风猛烈。　⑥心眼：心意，心思。

金明春[①]

宝历延洪[②]，昌辰开泰[③]，崧岳储灵特异[④]。贤才并、□时间出，尽一一惊人绝艺。捧乡书、气格飘飘[⑤]，似阆苑神仙[⑥]，参差相继。纵子墨文章[⑦]，相如才调，骤觉雷声平地。　太守宾兴当此际[⑧]。正瑞霭寒轻，虚堂风细。舞腰旋、飞尘仿佛，歌管递、清声嘹唳。况相将、桂籍荣登，对酒面鳞红，何妨沉醉。但管取明年，宫花重戴，共赏金明春意。

[注释]

①金明春：即"金明池"，为汴京之皇家湖泊。因本词有"共赏金明春意"之句，故名。　②宝历：指国祚，皇位。　洪：大。　③昌辰：犹盛世。

开泰:亨通安泰。　④崧岳:指《诗经·大雅·崧高》。旧说为周卿士尹吉甫赞美周宣王之作。诗中有"崧高维岳,骏极于天"之句。后因以"崧岳"为赞美别人的文词。　⑤乡书:周制,乡学三年大比,乡老与乡大夫荐乡中贤能之士于王,谓之"乡书"或"乡老书"。见《周礼·地官·乡大夫》。后世科举因以"乡书"代指乡试得中。　⑥阆(làng)苑:阆风之苑,传说仙人的住处。　⑦子墨:汉扬雄作品中虚构的人名。后借指文章、文辞。⑧宾兴:地方官设宴招待应举之士,亦指乡试得中。

内家娇

淖约群芳里[①],阳和意[②],偏向一枝浓。南国骤惊,动人奇艳,未饶西洛[③],百本千丛[④]。斩新弄,晓来无比格,半坼断肠红[⑤]。三月洞天,又还疑是,赋情楚客,窥见墙东。

朱栏干、遍倚生愁,怕无计、奈雨禁风。别有瑞烟幕幕,时与遮笼。便纵使当日,文忠品第[⑥],赵昌模写[⑦],难更形容。应念故园桃李,羞怨春工。

[注释]

①淖约:柔顺美好貌。　②阳和:春天的暖气。　③未饶:未让。西洛:洛阳。　④本:草木的根或茎干,引申为计量花木的单位。　⑤半坼:半开。　坼:裂开。　⑥文忠:欧阳修,谥文忠。所著《花品叙》曰:"牡丹出丹州、延州,东出青州,南亦出越州,出洛阳者,今为天下第一。"品第:旧指品评优劣而定其等级。　⑦赵昌:宋代剑南人,工画花鸟。

安平乐慢[①]

细想劳生,等闲聚散,冉冉轻似秋烟。莲心暗苦,月意难圆。神京去路三千。当日风流,有妖饶枕上,软媚尊前。何计访蓬仙。断肠中、一叶晴川。　　到而今、追思往事,奈向梦也难到奴边。自恨不如兰灯,通宵尚照伊眠。恰道无缘，被人劝休莫瞒天。多应是、前生负你，今世使我偿填。

[注释]

①安平乐慢：此调前不经见，传世者以此词为最早，或即刘弇所创。

佳人醉

元宵上太守

月到楼台第几，十里金虫成缀①。袅琅玕、争罥绛球起②。试新妆、嬉春粉黛③，盈盈暗香，结谁家秾李。拥缇骑④，箫鼓沸三市。别指春风画隼，归度鳌山影里。闲红翠。挥觞不待、游人分袂。悄朱帘十二。

[注释]

①金虫：比喻灯花。 ②袅：草木柔弱细长貌。 琅玕：形容竹之青翠，亦指竹。 罥(juàn)：缠绕，牵挂。 ③粉黛：指美女。 ④缇(tí)骑：穿红色军服的骑士，泛指贵官的随从卫队。

惜双双令

风外橘花香暗度。飞絮绾①、残春归去。酝造黄梅雨，冷烟晓占横塘路。 翠屏人在天低处②，惊梦断③、行云无据。此恨凭谁诉，恁情却倩危弦语④。

（以上《彊村丛书》本《龙云先生乐府》七首）

[注释]

①绾(wǎn)：挽结。 ②翠屏：绿色屏风。 ③唐氏按："惊"字原无，据《词综》卷十一补。 ④恁：如此。 倩：请、央求。 危弦：急弦。

清平乐

东风依旧，著意隋堤柳。搓得鹅儿黄欲就[①]，天色清明厮句[②]。 去年紫陌朱门[③]，今朝雨魄云魂[④]。断送一生憔悴[⑤]，知他几个黄昏。[⑥]

（《苕溪渔隐丛话》后集卷四十引《复斋漫录》）

[注释]

①搓：揉弄。 鹅儿黄：这里指淡黄色的新柳。 ②厮句（gōu）：将要，就要。句，与“勾”通。 ③紫陌：指京师郊野的道路。 朱门：红漆大门，指贵族豪富之家。 ④雨魄云魂：指男女欢会。 ⑤断送：谓度过时光。 ⑥唐氏按：《乐府雅词》卷中此首又作赵令畤词。

[集评]

许昂霄云：“（下片）此必有所伤悼，故云。”载华附识：“思岩兄云：按《复斋漫录》刘伟明既丧爱妾，而不能忘，为《清平乐》词云云。”（《词综偶评》）

李佳云：“……刘弇词：‘断送一生憔悴，能消几个黄昏。’……皆佳。”（《左庵词话》）

时 彦

时彦（？—1107），字邦美，开封（今河南开封）人。元丰二年（1079）举进士第一。入为秘书省正字，历官集贤校理、吏部员外郎，以直龙图阁为河东转运使、开封尹。

青门饮

寄宠人

胡马嘶风，汉旗翻雪。彤云又吐[①]，一竿残照。古木连空，乱山无数，行尽暮沙衰草。星斗横幽馆[②]，夜无眠、灯花空老。雾浓香鸭[③]，冰凝泪烛，霜天难晓[④]。 长记小妆才了[⑤]。一杯未尽，离怀多少。醉里秋波[⑥]，梦中朝雨，都是醒时烦恼。料有牵情处，忍思量、耳边曾道。甚时跃马归来，认得迎门轻笑。 （《花草粹编》卷十一）

［注释］

①彤云：指下雪前密布的浓云。 ②幽馆：犹深馆。 ③香鸭：鸭形香炉。 ④霜天：深秋天气。 ⑤小妆：稍作妆饰，淡妆。与“盛妆”对言。 ⑥秋波：形容女子眼睛目光之清澈明亮。亦喻指蕴涵着深情。

廖正一

廖正一,生卒不详,字明略,安陆(今属湖北)人。自号竹林居士。元丰二年(1079)进士。元祐六年(1091),宣德郎充馆阁校勘,权通判杭州。后除正字。尝居言路,著直声。绍圣间,贬信州玉山监税,丧明而没。姓名曾入元祐党籍,大观二年(1108)出籍。有《竹林集》三卷(或云有《白云》、《云溪》二集),今不传。

瑶池宴令

飞花成阵。春心困,寸寸。别肠多少愁闷,无人问。偷啼自揾①,残妆粉。 抱瑶琴②、寻出新韵。玉纤趁③,南风未解幽愠④。低云鬟⑤,眉峰敛晕⑥,娇和恨。⑦

(《乐府雅词拾遗》卷上)

[注释]

①揾(wèn):擦拭。 ②瑶琴:用玉装饰的琴。 ③玉纤:纤细如玉的手指,指美人的手。 趁:追逐。 ④幽愠:深藏于心中的怨恨。 ⑤云鬟:形容女子浓黑而柔美的鬟髮。 ⑥眉峰:眉头。 ⑦唐氏按:据《侯鲭录》卷三,此首乃苏轼作,未知孰是。 注者云:然据风格论,不类东坡,当从《乐府雅词》为是。

董武子

董武子（？—1137），名耘，或名荣。郓州须城（今山东东平）人。宣和二年（1120），从童贯征方腊。建炎元年（1127）为赵构元帅府参议。官至兵部尚书，卒于明州。

失调名

畴昔寻芳秘殿西①。日压金铺②，宫柳垂垂。③

（《苕溪渔隐丛话》前集卷五十九引董武子词）

［注释］

①畴（chóu）昔：往昔。　秘殿：奥深的宫殿。　②金铺：指门环下面的铜片。　③唐氏按：此数句似是《一剪梅》词残篇。

哑 女

哑女,生平不详。与周锷(元丰二年进士)同时。

醉落魄

赠周锷应举

风波未息,虚名浮利终无益。不如早去备蓑笠①,高卧烟霞②,千古企难及。 君今既已装行色③,定应雁塔题名籍④。他年若到南雄驿⑤。玉石休分,徒累卞和泣⑥。

(《嘉靖宁波府志》卷四十一)

[注释]

①蓑笠:蓑衣与笠帽,多为隐士所服。 ②烟霞:泛指山水、山林。 ③行色:行旅出发前的迹象。 ④雁塔:塔名。在今陕西西安慈恩寺中,亦称大雁塔。唐代新进士常题名于此。后常用为应试高中之典实。名籍:指名册。 ⑤南雄驿:南雄,今广东县名,宋代谪戍官员,多于此过境。 ⑥卞和泣:卞和得玉璞以献楚王,楚王以为诈,砍其双脚。卞和抱其璞哭于楚山之下,三日三夜。后因指蒙受冤屈或不遇知己而痛苦悲伤。

[集评]

《宁波府志》云:"哑女者,莫详其氏族,亦不知何许人,熙宁中见于鄞之戒香寺。……历人家,预知吉凶,以为欣戚。里士周锷学举子业,女屡至其家。锷知其非常,至则必待以蔬饭。一日,未及食,忽起书偈于壁曰:'三界火宅,众苦俱备,汝诸人求早出离。'后又造锷,值锷趣装将应举。女笑不止,锷疑焉,再三叩之。遂索笔作长短句云……锷袭而藏之。"(《宁波府志》卷四十一)

秦　观

秦观(1049—1100)，字少游，一字太虚，别号淮海居士。高邮(今属江苏)人。元丰八年(1085)进士，授蔡州教授。元祐五年(1090)被召入京，历任太学博士、秘书省校对黄本书籍，迁正字，兼国史院编修。绍圣元年(1094)，出为杭州通判，道贬处州监酒税。后削秩徙郴州，编管横州、雷州。元符三年放还，至藤州卒。其诗前期清新妩丽，后期严重高古。尤工于词，有《淮海居士长短句》三卷，多写爱情与迁谪生活，体制淡雅，情韵兼胜，"语工而入律，知乐者谓之作家歌"。

望海潮[①]

星分牛斗[②]，疆连淮海[③]，扬州万井提封[④]。花发路香，莺啼人起，珠帘十里东风[⑤]。豪俊气如虹[⑥]。曳照春金紫[⑦]，飞盖相从[⑧]。巷入垂杨，画桥南北翠烟中。　追思故国繁雄。有迷楼挂斗[⑨]，月观横空[⑩]。纹锦制帆[⑪]，明珠溅雨[⑫]，宁论爵马鱼龙[⑬]。往事逐孤鸿。但乱云流水，萦带离宫[⑭]。最好挥毫万字，一饮拚千钟[⑮]。

[注释]

①此词作于元丰三年庚申(1080)，时词人泛舟南来，遍游扬州名胜，见《淮海集·与李乐天简》。　②星分牛斗：谓扬州以二十八宿中的牛宿、斗宿二星为分野。见《史记·天官书》。　③疆连淮海：《尚书·禹贡》"淮海维扬州"。传："北据淮，南距海。"　④万井提封：犹言人口众多。古制八家为井，引申为家宅、乡里。　提：举也，举四封之内也。见《汉书·刑法志》注引李奇语。　⑤"珠帘"句：化用杜牧《赠别》诗"春风十里扬州路，卷上珠帘总不如"句意。　⑥气如虹：形容气概豪迈。李贺《高轩过》诗："入门下马气如虹。"　⑦照春金紫：化用杜甫《奉寄章十侍御》诗

“淮海维扬一俊人，金章紫绶照青春”句意。　⑧盖：车篷。　⑨迷楼：隋炀帝所建，宋时迷楼旧址有摘星寺，故云“挂斗”。在今扬州市北平山堂之东，观音山上。　⑩月观：观阁名。《南史·徐湛之传》：“广陵旧有高楼……湛之更起风亭、月观、吹台、琴室。”旧址在今扬州市西湖西岸。　⑪纹锦制帆：以锦缎作船帆。见《大业拾遗记》。　⑫明珠溅雨：“炀帝命宫女洒明珠于龙舟上，以拟雨雹之声。”见《隋遗录》。　⑬爵马鱼龙：指珍奇玩好。见鲍照《芜城赋》。　爵：通“雀”。　⑭离宫：犹行宫，隋时自长安至江都，置离宫四十馀所，宋时已圮。　⑮“最好”二句：化用欧阳修《朝中措·送刘仲原甫出守维扬》“文章太守，挥毫万字，一饮千钟”词意。

［集评］

俞陛云云：“首言州郡之雄壮，提挈全篇。次言途中之富丽，人物之豪俊。次乃及游赏归来，垂杨门巷，画桥碧阴，言居处之妍华，层层写出，如身到绿杨城郭。下阕言追怀隋炀帝时，其繁雄尤过于今日。迷楼朱障，极侈泰之娱。而物换星移，剩有乱云流水。与唐人《过隋故宫》诗‘晚来风起花如雪，飞入宫墙不见人’，及‘闪闪残萤犹得意，夜深来往豆花丛’句，其感叹相似。”（《唐五代两宋词选释》）

望海潮[①]

秦峰苍翠[②]，耶溪潇洒[③]，千岩万壑争流[④]。鸳瓦雉城，谯门画戟[⑤]，蓬莱燕阁三休[⑥]。天际识归舟[⑦]。泛五湖烟月[⑧]，西子同游[⑨]。茂草台荒[⑩]，苎萝村冷起闲愁[⑪]。

何人览古凝眸。怅朱颜易失，翠被难留。梅市旧书[⑫]，兰亭古墨[⑬]，依稀风韵生秋。狂客鉴湖头[⑭]。有百年台沼，终日夷犹。最好金龟换酒，相与醉沧洲[⑮]。

［注释］

①元丰二年己未（1079），少游赴会稽，省大父承议公及叔父秦定，时秦定为会稽尉。此词作于当年夏秋之间。　②秦峰：即秦望山。《舆地纪胜》：“秦望山在会稽东南四十里。”　③耶溪：即若耶溪，在今绍兴市东南

若耶山下，注入鉴湖。一名浣纱溪，相传为西施浣纱处。 ④“千岩”句：句出《世说新语·言语》，“顾长康从会稽还，人问山川之美。顾云：‘千岩竞秀，万壑争流，草木蒙茸其上，若云兴霞蔚。’” ⑤鸳瓦：瓦之成偶者称鸳鸯瓦。 雉城：即雉堞，城上女墙。 谯（qiào）门：城门楼，用以瞭望敌情。 ⑥蓬莱：阁名，在今绍兴市内卧龙山（俗称府山）上，乃吴越王钱镠所建，宋人汪纲纪云：“蓬莱阁，登临之胜，甲于天下。”见《会稽续志》。三休：谓阁甚高，登临者途中须作三次休息。此处借用楚国章华台之典，见贾谊《新书·退让》。 ⑦“天际”句：用谢朓《之宣城郡出新林浦向板桥》诗“天际识归舟，云中辨江树”成句。 ⑧五湖：指太湖。见《国语·越语》下韦昭注。 ⑨西子：即西施。《越绝书》：“吴亡后，西施复归范蠡，同泛五湖而去。” ⑩台荒：指姑苏台已荒芜。台在今苏州市郊。 ⑪苎萝村：西施故里，在今浙江诸暨南门外五里苎萝山下。 ⑫梅市：相传为汉代梅福隐居之地。方勺《泊宅篇》卷上：“西海梅福，自九江尉去隐，为吴门卒。今山阴有梅市乡，山曰梅山，即其地也。” 旧书：指梅福所习之《尚书》、《谷梁春秋》等古籍。 ⑬兰亭古墨：指王羲之《兰亭集序》。晋永和九年（353）三月三日，羲之与孙绰等四十一人，修祓禊于山阴之兰亭，羲之作序记其事，书法极佳，被视为珍品。 ⑭“狂客”句：唐代贺知章自号“四明狂客”。乞归，诏赐鉴湖一曲。鉴湖，在今绍兴市郊。 ⑮“最好”二句：唐代三品以上配龟袋金饰，称金龟。相传李白至长安，贺知章读其《蜀道难》，称叹不已，号为谪仙，“解金龟换酒，与倾尽醉。”见孟棨《本事诗·高逸》。 沧洲：指隐者所居之地。

［集评］

沈际飞云：“人律。词为故实拖叠所累。”（《草堂诗馀续集》）

望海潮[1]

梅英疏淡，冰澌溶泄[2]，东风暗换年华。金谷俊游[3]，铜驼巷陌[4]，新晴细履平沙。长记误随车[5]。正絮翻蝶舞，芳思交加[6]。柳下桃蹊[7]，乱分春色到人家。 西园夜饮鸣笳[8]。有华灯碍月，飞盖妨花[9]。兰苑未空[10]，行人渐老,重来是事堪嗟。烟暝酒旗斜。但倚楼极目,时见栖鸦。无奈归心,暗随流水到天涯。

[注释]

①此词作于绍圣元年甲戌(1094)春,是时哲宗起用新党,政局将变。不久,少游坐元祐党籍,被谪。　②冰澌:流冰。　溶泄:溶解流动。唐氏按:"冰"宋本作"水",此从校本《淮海词》。　③金谷:古地名,在今河南洛阳市东北,西晋石崇筑园于此,宾客宴游,备极豪华。　④铜驼巷陌:洛阳古有铜驼街,汉时铸铜驼二枚,在宫南四会道两旁。　⑤"长记"句:韩愈《嘲少年》诗"只知闲信马,不觉误随车"。谓在不知不觉中跟错了他人女眷的车子。　⑥芳思:春思。　⑦桃蹊:典出《史记·李将军列传》,"谚曰:桃李不言,下自成蹊"。　蹊:小路。　⑧"西园"句:指元祐二年(1087)六月词人与苏轼等十有六人,集于驸马都尉王诜(字晋卿)之西园。见《苏诗总集》卷二十八。时人李伯时绘有《西园雅集图》,有赵孟頫摹本传世。　⑨飞盖:急驶的车辆。　盖:车篷。　⑩兰苑:园林的美称。

[集评]

李攀龙云:"借桃花缀梅花,风光百媚,停杯骋望,有无限归思,隐约言之。"又:"自梅英吐、年华(换)说到春色乱分处,兼以华灯、飞盖、酒旗,一寓目尽是旅客增怨,安得不归思如流耶?"(《草堂诗馀隽》卷四)

沈际飞云:"春光满楮,与梅无涉。"(《草堂诗馀正集》卷五)

周济云:"两两相形,以整见劲,以两'到'字作眼,点出'换'字精神。"(《宋四家词选》)

谭献云:"(长记误随车)顿宕。('柳下'二句)旋断仍连。(下阕)陈、隋小赋缩本,填词家不以唐人为止境也。"(《谭评词辨》)

陈廷焯云:"少游词最深厚,最沉着,如'柳下桃蹊,乱分春色到人家',思路幽绝,其妙令人不能思议。较'郴江幸自绕郴山,为谁流下潇湘去'之语,尤为入妙。世人动訾秦七,真所谓井蛙谤海也。"(《白雨斋词话》卷一)

俞陛云云:"前段纪昔日游观之事。转头处'西园'三句,极写灯火车骑之盛。惟其先用重笔。故重来感旧,倍觉凄清。后段真气流转,不下于

《广陵怀古》之作。”（《唐五代两宋词选释》）

望海潮

奴如飞絮，郎如流水，相沾便肯相随。微月户庭，残灯帘幕，匆匆共惜佳期。才话暂分携。早抱人娇咽，双泪红垂[①]。画舸难停，翠帏轻别两依依。　别来怎表相思。有分香帕子，合数松儿[②]。红粉脆痕[③]，青笺嫩约[④]，丁宁莫遣人知。成病也因谁。更自言秋杪，亲去无疑。但恐生时注著，合有分于飞[⑤]。

[注释]

①双泪红垂：即红泪双垂。王嘉《拾遗记》卷七谓魏文帝时，薛灵芸被选入宫，途中以玉唾壶承泪，壶则红色，泪凝如血。　②“别来”三句：分香帕子，指香罗帕。合数松儿，指合成整数的松子。二物皆别后寄赠，以表相思。洪瑹《永遇乐》：“合数松儿，分香帕子，总是牵情处。”即其例。　③脆痕：指泪痕。　④青笺：古代蜀笺有十色，其中深青、浅青二种称青笺。　嫩约：情人约会的艳称。　⑤于飞：比翼而飞，喻夫妇好合。《诗经·大雅·卷阿》：“凤凰于飞，翙翙其羽。”

[集评]

徐渭云：“寻常浅语，自是生情。”（明段斐君本《淮海居士长短句》卷上眉批）

沁园春[①]

宿霭迷空，腻云笼日，昼景渐长。正兰皋泥润[②]，谁家燕喜。蜜脾香少[③]，触处蜂忙[④]。尽日无人帘幕挂，更风递游丝时过墙。微雨后，有桃愁杏怨，红泪淋浪[⑤]。　风流寸心易感，但依依伫立，回尽柔肠[⑥]。念小奁瑶鉴，重匀绛蜡[7]。玉笼金斗[8],时熨沉香。柳下相将游冶处,便回首青楼成异乡。相忆事,纵蛮笺万叠,难写微茫。

[注释]

①词写乡居及冶游生活,当作于熙宁、元丰间。　②兰皋:水边高地。　③蜜脾:即蜂房,其形似脾,故称。　④触处:"犹云到处或随处也。"见张相《诗词曲语辞汇释》卷六。　⑤红泪:喻花上水珠。　⑥回尽柔肠:犹断尽柔肠,喻愁思盘旋不解。　⑦"念小奁"二句:谓对镜梳妆。绛蜡:指脂粉类化妆品,色深红,似蜡,故称。　⑧玉笼:熏笼的美称。金斗:熨斗。

[集评]

胡仔云:"予又尝读李义山效徐陵《赠更衣》云:'轻寒衣省夜,金斗熨沉香。'乃知少游词'玉笼金斗,时熨沉香',与夫'睡起熨沉香,玉腕不胜金斗',其语亦有来历处。"(《苕溪渔隐丛话》后集卷三十二引《艺苑雌黄》)

沈际飞云:"委委佗佗,条条秩秩,未免有情难读,读难厌。"(《草堂诗馀别集》卷四)

水龙吟[1]

小楼连远横空[2],下窥绣毂雕鞍骤[3]。朱帘半卷[4],单衣初试,清明时候。破暖轻风,弄晴微雨[5],欲无还有。卖花声过尽[6],斜阳院落,红成阵,飞鸳甃[7]。　玉佩丁东别后[8]。怅佳期、参差难又[9]。名缰利锁[10],天还知道,和天也瘦[11]。花下重门,柳边深巷,不堪回首。念多情但有,当时皓月,向人依旧[12]。

[注释]

①《苕溪渔隐丛话》前集卷五十引《高斋诗话》:"少游在蔡州,与营妓

娄琬字东玉者甚密，赠之词云‘小楼连苑横空’，又云‘玉佩丁东别后’者是也。” 注者按：少游元祐元年至五年任蔡州教授，词当作于此时。 ②连远：作“连苑”。见《草堂诗馀》。 ③绣毂雕鞍：指华贵的车马。此句谓贵家公子之远去。据杨万里《诚斋诗话》载，东坡见此二句，笑曰：“又连苑，又横空，又绣毂，又雕鞍，又骤，也劳攘。” ④朱帘：黄仪校本作“珠帘”。 ⑤弄晴微雨：谓微雨时有时无，似在作弄晴天。 ⑥卖花声：“季春万花烂熳……卖花者以马头竹篮铺排，歌叫三声，清奇可听。”见孟元老《东京梦华录》卷七。 ⑦鸳甃：用对称的砖瓦砌成的井壁。 甃（zhòu）：井壁。 ⑧“玉佩”句：“少游词‘小楼连苑横空’，为都下一妓姓楼名琬字东玉，词中欲藏‘楼苑’二字。”见曾季貍《艇斋诗话》。则此句亦藏“东玉”二字。 ⑨参差难又：谓耽误重逢的机会。 参差：犹蹉跎。薛能《下第后春日长安寓居》诗：“隔年空仰望，临时又参差。” ⑩名缰利锁：用柳永《夏云峰》“向此免、名缰利锁，虚费光阴”意。 ⑪“天还”二句：语本李贺《金铜仙人辞汉歌》“天若有情天亦老”。 和：连。 ⑫“念多情”三句：杨慎《词品》卷一，“以词意言，‘当时皎月’作一句，‘照人依旧’作一句。以词调拍眼，‘但有当时’作一拍，‘人依旧’作一拍是也。”

[集评]

俞文豹云：“东坡问少游别后有何作，少游举‘小楼连苑横空，下窥绣毂雕鞍骤’。坡云：‘十三个字，只说得一个人骑马楼前过。’文豹亦谓公《次沈立之韵》：‘试问别来愁几许？春江万斛若为情。’十四字只是少游‘愁如海’三字耳。”（《吹剑三录》）

张炎云：“大词之料，可以敛为小词；小词之料，不可展为大词。若为大词，必是一句之意引而为两、三句，或引他意入来，捏合成章，必无一唱三叹。如少游《水龙吟》云：‘小楼连苑横空，下窥绣毂雕鞍骤。’犹且不免为东坡见诮。”（《词源》卷下）

杨慎云：“‘天还知道，和天也瘦’二句，情极之语，纤软特甚。”（《草堂诗馀》）

王世贞云：“词内‘人瘦也，比梅花，瘦几分’；又‘天还知道，和天也瘦’；又‘莫道不销魂，人比黄花瘦’；三‘瘦’字俱妙。”（《弇州山人词评》）

李攀龙云：“轻风微雨，写出暮春景色。（结句）有见月而不见人之憾。”又：“按景缀情，最有馀味，谓笔能开花，信然！”（《草堂诗馀隽》卷二）

沈祥龙云:“词当意馀于辞,不可辞馀于意。东坡谓少游‘小楼连苑横空,下窥绣毂雕鞍骤’二句,只说得车马楼下过耳,以其辞馀于意也。”(《论词随笔》)

陈廷焯云:“前后阕起处,醒。‘楼东玉’三字,稍病纤巧。”(《词则·闲情集》卷一)

王国维云:“词中忌用替代字……其所以然者,非意不足,则语不妙也。盖语妙则不必代,意足则不暇代,此少游之‘小楼连苑,绣毂雕鞍’,所以为东坡所讥也。”(《人间词话》)

俞陛云云:“此词上阕‘破暖轻风’七句,虽纯以轻婉之笔写春景;而观其下阕,则花香帘影中,有伤春人在也。”(《唐五代两宋词选释》)

八六子①

倚危亭。恨如芳草,萋萋刬尽还生②。念柳外青骢别后,水边红袂分时,怆然暗惊。 无端天与娉婷。夜月一帘幽梦,春风十里柔情。怎奈向、欢娱渐随流水。素弦声断,翠绡香减。那堪片片飞花弄晚,濛濛残雨笼晴。正销凝,黄鹂又啼数声。

[注释]

①此词作于元丰三年庚申(1080)。是岁乡人孙莘老有诗《题召伯斗野亭》,少游与苏轼等和之。盖词人游广陵时与一女子相恋,别后北归,中途倚亭南望,感而赋此。亭址在今扬州市北之邵伯镇。 唐氏按:此首别误入侯文灿《十名家词》本贺铸《东山词》,原引《词话源流》后帙。 ②“恨如”二句:本李煜《清平乐》“离恨恰如春草,更行更远还生”。 唐氏按:宋本“萋萋”原作“凄凄”,改从校本《淮海词》。

[集评]

洪迈云:“秦少游《八六子》词云:‘片片飞花弄晚,濛濛残雨笼晴。正销凝,黄鹂又啼数声。’语句清峭,为名流推激。予家旧有《兰畹曲集》,载杜牧之一词,但记其末句云:‘正销魂,梧桐又移翠阴。’秦公盖效之,似差

不及也。"（《容斋四笔》卷十三）

张侃云："秦淮海词，古今绝唱。如《八六子》前数句云：'倚危亭，恨如芳草，萋萋刬尽还生。'读之愈有味。……此有腔调散语，非工于词者不能到。"（《拙轩词话》）

张炎云："'春草碧色，春水绿波，送君南浦，伤如之何！'矧情至于离，则哀怨必至。苟能调感怆于融会中，斯为得矣。……秦少游《八六子》云（词略），离情当如此作，全在情景交炼，得言外意，有如'劝君更尽一杯酒，西出阳关无故人'。乃为绝唱。"（《词源》卷下）

陈霆云："少游《八六子》尾阕……全用杜格。然秦首句云：'倚危亭，恨如芳草，萋萋刬尽还生。'二语妙甚，故非杜可及也。"（《渚山堂词话》卷一）

李攀龙云："别后分时，忆来情多。花弄晚，雨笼晴，又是一番景色一番愁。"又："全篇句句写个怨意，句句未曾露个怨字，正是'诗可以怨'。"（《草堂诗馀隽》卷四）

沈际飞云："恨如芳草还生，愁如春絮相接。言愁，愁不可断。言恨，恨不可已。"又："长短句偏入四六，《何满子》之外，复见此。"（《草堂诗馀正集》卷三）

周济云："（起句）神来之笔。"（《宋四家词选》）

黄苏云："寄托耶？怀人耶？词旨缠绵，音调凄惋如此。"（《蓼园词选》）

陈锐云："若淮海《八六子》词之'断'、'晚'与'减'，本不同部，必非韵协。"（《褒碧斋词话》）

陈廷焯云："寄慨无端。"（《词则·大雅集》）

俞陛云云："结句清婉，乃少游本色。起笔三句，独用重笔，便能振起全篇。"（《唐五代两宋词选释》）

唐圭璋云："此首，起处突兀，中间叙情委婉，末以景结，倍见含蓄。"（《唐宋词简释》）

风流子[1]

东风吹碧草，年华换、行客老沧洲。见梅吐旧英，柳摇新绿，恼人春色[2]，还上枝头。寸心乱，北随云黯黯，东逐水悠悠。斜日半山，暝烟两岸，数声横笛，一叶扁舟。　青门同携手[③]，前欢记，浑似梦里扬州[④]。谁念断肠南陌，回首西楼[⑤]。算天长地久，有时有尽，奈何绵绵，此恨难休。拟待倩人说与，生怕人愁。

[注释]

①黄苏《蓼园词选》云："此必少游被谪后念京中旧友而作，托于怀所欢之辞也。"绍圣元年甲戌（1094）春间，词人被放出京，词当作于此时。　②恼人春色：本罗隐《春日叶秀才曲江》诗"春色恼人遮不得"。魏承班《玉楼春》"一庭春色恼人来"。　③青门："长安城东出南头第一门曰霸城门。民见门青色，名曰青城门，或曰青门。"见《三辅黄图》卷一。此处借指汴京城门。　④"浑似"句：本杜牧《遣怀》诗"十年一觉扬州梦，赢得青楼薄幸名"。　⑤西楼：本庾肩吾《奉和春夜应令》诗"天禽下北阁，织女入西楼"。此指女子妆楼。

[集评]

李攀龙云："人倚阑干，夜不能寐。时有尽，恨无休，自尔辗转百出。又：触景伤怀，言言新巧，不涉人间蹊径。"（《草堂诗馀隽》卷一）

沈际飞云："（'寸心乱'三句）甚乱，东西南北，悉为愁场。"（《草堂诗馀正集》卷六）。

陆云龙云："（'恼人'五句）谱出如许伤心处。"（《词菁》卷一）

俞陛云云："'寸心乱'三句，极写离愁之无限。以下之'斜日'、'暝烟'四叠句，遂一气奔赴，更觉力量深厚。下阕'天长地久'四句，虽点化乐天《长恨歌》而以'倩人说与'句融纳之，便运古入化，弥见情深。"（《唐五代两宋词选释》）

梦扬州[①]

晚云收。正柳塘、烟雨初休。燕子未归，恻恻轻寒如秋[②]。小阑外、东风软，透绣帏、花蜜香稠。江南远，人何处，鹧鸪啼破春愁。　长记曾陪燕游。酬妙舞清歌，丽锦缠头[③]。殢酒为花[④]，十载因谁淹留。醉鞭拂面归来晚，望翠楼、帘卷金钩。佳会阻，离情正乱，频梦扬州。

［注释］

①《钦定词谱》云："宋秦观自制词，取词中结句为名。"　②恻恻轻寒：薄寒。　③丽锦缠头："旧俗赏歌舞人，以锦彩置之头上，谓之缠头。宴飨加惠，借以为词。"见《太平御览》卷八百一十五引《唐书》。　④殢（tì）酒：病酒，困于酒。韩偓《有忆》诗："愁肠殢酒人千里。"

［集评］

万树云："如此丰度，岂非大家杰作！乃为伧父读错注错，可叹哉！……'燕子'、'殢酒'，俱用去上，妙绝。'未'字'因'字用去声，是定格。盖上面用去上，下面用平，此字非去声不足以振起。况有此去（声）字，则落下'轻寒如秋'与'因谁淹留'四个平声字，方为抑扬有调。……从'长记'起至'金钩'，皆追想当时游宴之乐，为酒所殢，为花所困也。"（《词律》卷十四）

雨中花[①]

指点虚无征路，醉乘斑虬[②]，远访西极[③]。正天风吹落，满空寒白。玉女明星迎笑[④]，何苦自淹尘域。正火轮飞上[⑤]，雾卷烟开，洞观金碧。　重重观阁，横枕鳌峰[⑥]，水面倒衔苍石。随处有、奇香幽火，杳然难测。好是蟠桃熟后[⑦]，阿环偷报消息[⑧]。任青天碧海[⑨]，一枝难遇，占取春色。

［注释］

①惠洪《冷斋夜话》："少游元丰中作长短句曰：'指点虚无征路……'既觉，使侍儿歌之，盖《雨中花》也。"　②斑虬：无角龙。《楚辞·离骚》："驷玉虬以乘鹥兮，溘埃风余上征。"王逸注："有角曰龙，无角曰虬。"　③西

极:西方极远之地。《楚辞·离骚》:“朝发轫于天津兮,夕余至乎西极。” ④玉女、明星:仙女名。《太平广记》卷五十九引《集仙录》:“明星玉女者,居华山,服玉浆,白日升天。” ⑤火轮:指太阳。 ⑥鳌峰:相传海中有五山,飘忽不定,上帝使巨鳌顶之,五山始峙。见《列子·汤问》。 ⑦蟠桃:神话中仙桃,有传三千年一生实,见《汉武帝内传》。 ⑧阿环:神话上元夫人,小字阿环。见《汉武帝内传》。此处指西王母的信使。 ⑨唐氏按:“青”字原无,据《词谱》卷二十六增。 任:《全宋词》作“在”,万树《词律》、况周颐《蕙风词选》俱作“任”,据改。

一丛花[①]

年时今夜见师师[②],双颊酒红滋。疏帘半卷微灯外,露华上、烟袅凉飔[③]。簪髻乱抛,偎人不起,弹泪唱新词。

佳期。谁料久参差。愁绪暗萦丝。想应妙舞清歌罢,又还对、秋色嗟咨。惟有画楼,当时明月,两处照相思。

[注释]

①此词元祐间作于汴京。 ②年时:犹当时、那时。 师师:宋时名妓,然名师师者非止一人。 ③凉飔(sī):凉风。古乐府《有所思》:“秋风肃肃晨风飔。”

[集评]

丁绍仪云:“张子野《师师令》云……盖为汴京妓李师师作。秦少游亦赠以《生查子》云……后为周美成所眷……是其末路仳离,与唐时泰娘绝相类。较明之王嫩、卞玉京,所遇尤不如。惟子野系宋仁宗时人,少游于哲(应作徽)宗初贬死藤州,均去徽宗时甚远,岂宋有两师师耶?”(《听秋声馆词话》卷十七)

鼓笛慢

乱花丛里曾携手[①],穷艳景,迷欢赏。到如今谁把,雕鞍锁定，阻游人来往。好梦随春远，从前事、不堪思想。念香闺正杳，佳欢未偶，难留恋、空惆怅。 永夜婵娟未满，叹玉楼、几时重上。那堪万里，却寻归路，指阳关孤唱。苦恨东流水，桃源路、欲回双桨。仗何人，细与丁宁问呵，我如今怎向。

[注释]

①乱花：盛开的鲜花。白居易《钱塘湖春行》诗："乱花渐欲迷人眼，浅草才能没马蹄。"

促拍满路花

露颗添花色[①]，月彩投窗隙。春思如中酒[②]，恨无力。洞房咫尺，曾寄青鸾翼[③]。云散无踪迹。罗帐薰残，梦回无处寻觅。 轻红腻白[④]，步步薰兰泽[⑤]。约腕金环重[⑥]，宜装饰。未知安否，一向无消息。不似寻常忆。忆后教人，片时存济不得[⑦]。

[注释]

①露颗：露珠。 ②中酒：醉酒。 ③青鸾翼：喻书信。相传西王母有三青鸟用为信使。 ④轻红腻白：指所饰脂粉。 ⑤兰泽：犹香水、油脂。《文选·宋玉〈神女赋〉》："沐兰泽，含若芳。"李善注："以兰浸油泽以涂头。" ⑥约腕金环：即金手镯。 ⑦存济：安顿或措置之义。

长相思[①]

铁瓮城高[②]，蒜山渡阔[③]，干云十二层楼。开尊待月，掩箔披风，依然灯火扬州。绮陌南头，记歌名宛转[④]，乡号温柔[⑤]。曲槛俯清流，想花阴，谁系兰舟。 念凄绝秦弦[6]，感深荆赋[7]，相望几许凝愁。勤勤裁尺素[8]，奈双鱼、难渡瓜洲[9]。晓鉴堪羞[10]，潘鬓点、吴霜渐稠[11]。幸于飞、鸳鸯未老[12]，不应同是悲秋。

[注释]

①词作于元丰六年癸亥(1083)秋天。　唐氏按：此首别又见《贺方回词》卷一。《宋词四考》题作《望扬州》，亦谓"误作贺铸词"。　②铁瓮城：江苏镇江古子城名。《镇江府志》："子城，吴大帝所筑，内外甃以甓，号铁瓮城。"　③蒜山：地名。《一统志》："蒜山在镇江府治西三里西津渡口，北临大江，无峰岭，山多泽蒜，故名。"　④歌名宛转：指《宛转歌》，一名《神女宛转歌》，有句云："歌宛转，宛转凄以哀。"见《乐府诗集》卷六十《琴曲歌辞》四。　⑤乡号温柔：即温柔乡。《飞燕外传》："是夜，后进合德，帝大悦，以辅属体，无所不靡，谓为温柔乡。"　⑥秦弦：即秦筝，古代弦乐器，相传为秦时蒙恬所造。　⑦荆赋：指《楚辞》。楚，古称荆。联系结句"悲秋"，知此指宋玉《九辩》。　⑧尺素：指书信，古代以生绢作书，故名。古乐府《饮马长城窟行》："客从远方来，遗我双鲤鱼。呼儿烹鲤鱼，中有尺素书。"　⑨瓜洲：在镇江对岸，距扬州四十里。　⑩晓鉴：谓早起揽镜。　⑪潘鬓：指鬓发斑白。　吴霜：语出李贺《还自会稽歌》"吴霜点归鬓，身与蒲塘晚"。　⑫于飞：比翼齐飞。

[集评]

徐渭云："出调高爽，不尚纤丽，词家正声。"(明段斐君本《淮海居士长短句》眉批)

满庭芳[1]

山抹微云，天连衰草，画角声断谯门[2]。暂停征棹，聊共引离樽[3]。多少蓬莱旧事[4]，空回首、烟霭纷纷。斜阳外，寒鸦万点，流水绕孤村[5]。　销魂[6]。当此际，香囊暗解[7]，罗带轻分[8]。谩赢得、青楼薄幸名存[9]。此去何时见也，襟袖上、空惹啼痕。伤情处，高城望断[10]，灯火已黄昏。

[注释]

①此词作于元丰二年己未(1079)岁暮。《苕溪渔隐丛话》后集卷三十三引《艺苑雌黄》云:“程公辟守会稽，少游客焉，馆之蓬莱阁。一日，席上有所悦，自尔眷眷不能忘情，因赋长短句。”即指此词。　②画角:军中号角，上有彩绘，发声亢厉，以警昏晓。　③共引离樽:谓饯行举杯相属。　④蓬莱旧事:指在蓬莱阁“席上有所悦”事。　蓬莱:吴越王钱镠所建之阁，在今绍兴市内卧龙山上。　⑤“寒鸦”二句:语本隋炀帝诗“寒鸦千万点，流水绕孤村”。见叶梦得《避暑录话》卷二。　⑥销魂:极度悲伤。江淹《别赋》:“黯然销魂者，唯别而已矣。”　⑦香囊:后世俗称香荷包。　⑧罗带:即香罗带。韦庄《清平乐》:“惆怅香闺渐老，罗带悔结同心。”　⑨“谩赢得”二句:用杜牧《遣怀》诗意。　谩赢得:犹空自落得。　⑩“高城”句:用欧阳詹《初发太原途中寄太原所思》诗“高城已不见，况复城中人”。

[集评]

晁补之云:“近世以来作者，皆不及秦少游，如‘斜阳外，寒鸦数点，流水绕孤村’虽不识字人，亦知是天生好言语。”(《诗人玉屑》卷二十一引)

严有翼云:“其词极为东坡所称道，取其首句，呼之为‘山抹微云君’。”(《艺苑雌黄》)

黄昇云:“秦少游自会稽入京，见东坡，坡曰:‘久别当作文甚胜，都下盛唱公“山抹微云”之词。’秦逊谢。坡遽云:‘不意别后，公却学柳七作词。’秦答曰:‘某虽无识，亦不至是。先生之言，无乃过乎?’坡曰:‘销魂当此际，非柳七句法乎?’秦惭服，然已流传，不复可改也。”(《花庵词选》卷二)

叶梦得云:“秦少游亦善为乐府，语工而入律，知乐者谓之作家歌。元丰间，盛行于淮楚。‘寒鸦千万点，流水绕孤村。’本隋炀帝诗也，少游取以为《满庭芳》词。而首言‘山抹微云，天粘衰草’。尤为当时所传。苏子瞻于四学士中最善少游，故他文未尝不极口称赞，岂特乐府?然犹以气格为病。故尝戏云:‘山抹微云秦学士，露华倒影柳屯田。’”(《避暑录话》

卷三)

贺贻孙云:"余谓此语在隋炀帝诗中,只属平常,入少游词特为妙绝。盖少游之妙,在'斜阳外'三字见闻空幻。又'寒鸦'、'流水',炀帝以五言为两景,少游用长短句错落,与'斜阳外'三景合为一景,遂如一幅佳图。此乃点化之神,必如此,乃用古语耳。"(《诗筏》)

周济云:"将身世之感,打并入艳情,又是一法。"(《宋四家词选》)

陈廷焯云:"诗情画景,情词双绝。"(《词则·大雅集》卷二)

沈祥龙云:"诗重发端,惟词亦然。有单起之调,贵突兀笼罩,如东坡'大江东去'是。有对起之调,贵从容整炼,如少游'山抹微云,天粘衰草'是。"(《论词随笔》)

黄苏云:"沈(际飞)曰:人之情,至少游而极。结句'已'字,情波几叠。"(《蓼园词选》)

满庭芳[1]

红蓼花繁[2],黄芦叶乱,夜深玉露初零[3]。霁天空阔,云淡楚江清[4]。独棹孤篷小艇,悠悠过、烟渚沙汀[5]。金钩细,丝纶慢卷,牵动一潭星。　时时,横短笛,清风皓月,相与忘形[6]。任人笑生涯,泛梗飘萍[7]。饮罢不防醉卧,尘劳事、有耳谁听[8]。江风静,日高未起,枕上酒微醒。

[注释]

①此词《增修笺注妙选群英草堂诗馀》卷下误列张子野名下,调下题"渔舟"。　唐氏按:此首《类编草堂诗馀》卷三误作张先词。　②红蓼:草名。多生于水边。朱弁《曲洧旧闻》卷四:"红蓼,即《诗》所谓游龙也,俗呼水红。江东人别泽蓼谓之为火蓼。"　③玉露:露珠。杜牧《秋日偶题》诗:"玉露滴初泣,金风吹更愁。"　④楚江:指长江中下游,古属楚国,故称。　⑤烟渚沙汀:烟雾弥漫的水中小洲及水边沙滩。　⑥忘形:不拘形迹。《庄子·让王》:"故养志者忘形,养形者忘利,至道者忘心矣。"　⑦泛梗飘萍:喻行踪飘泊不定。　⑧尘劳事:佛家语,指扰乱身心的俗事。

［集评］

李攀龙云："'一丝牵动一潭星'，惊人语也。"又："值秋宵之景，驾一叶扁舟于凫渚鸥汀之中，潇洒脱尘，有颐然自得之意。"(《草堂诗馀隽》)

满庭芳

碧水惊秋，黄云凝暮，败叶零乱空阶。洞房人静①，斜月照徘徊。又是重阳近也，几处处、砧杵声催②。西窗下，风摇翠竹，疑是故人来③。　伤怀。增怅望，新欢易失，往事难猜。问篱边黄菊，知为谁开④。谩道愁须殢酒，酒未醒、愁已先回⑤。凭阑久，金波渐转⑥，白露点苍苔。

［注释］

①洞房：深邃的内室。　②砧杵声：捣衣声。　③"西窗下"三句：蒋防《霍小玉传》"母谓（小玉）曰：汝尝爱念'开帘风动竹，疑是故人来'即此十郎诗也"。十郎，指李益。　④"问篱边"二句：喻乡思。陶渊明《饮酒》诗之五："采菊东篱下，悠然见南山。"　⑤"谩道"二句：愁须殢酒，即以酒浇愁。　殢酒：病酒。　⑥金波：喻月光浮动，亦以指月。

［集评］

李攀龙云："待月迎风，情怀如诉。酒堪破愁，真愁非酒能破。"又："托意高远，措辞洒脱，而一种秋思，都为故人。"(《草堂诗馀隽》卷四)

沈际飞云："（上阕）经少游手随分铺写，定尔闲雅高适。"又："（'谩道'二句）此意道过矣，萦人不休。"(《草堂诗馀正集》卷三)

江城子

西城杨柳弄春柔①。动离忧，泪难收。犹记多情，曾为系归舟。碧野朱桥当日事，人不见，水空流。　韶华不为少年留，恨悠悠，几时休。飞絮落花时候、一登楼。

便做春江都是泪，流不尽，许多愁。

[注释]

①“西城”句：西城，指汴京西城一带园林。少游《淮海集》有《西城宴集》诗，自注云：“元祐七年三月上巳，诏赐馆阁花酒，以中浣日游金明池、琼林苑。”词作于此后二年即将被斥离京之际。

[集评]

杨慎云：“此结语又从坡公结语转出，更进一步。”（杨批《草堂诗馀》）徐培均按：“坡公结语指苏轼《江城子·别徐州》：‘欲寄相思千滴泪，流不到，楚江东。’”

李攀龙云：“只为人不见，转一番思。种种情，种种景，如怨如诉。”又：“碧野朱桥，正是离别之处。飞絮落花言其景，春江二句言其情也。”（《草堂诗馀隽》卷二）

张綖云：“词人佳句，多是翻案古人语。如淮海此词‘便做春江都是泪，流不尽，许多愁’。可谓警句，虽用李密《数隋檄》语，亦自李后主‘问君能有几多愁，恰似一江春水向东流’变化。名家如此类者，不可枚举。亦一法也。”（明嘉靖鄂州刻《淮海居士长短句》卷上附注）

沈际飞云：“前结似谢，后结似苏，易其名，几不能辨。李后主‘问君能有几多愁，恰似一江春水向东流’。少游翻之，文人之心，濬于不竭。”（《草堂诗馀正集》卷二）

陈廷焯云：“‘飞絮’九字凄咽。以下尽情发泄，却终未道破。”（《词则·大雅集》卷二）

俞陛云云：“结尾二句与李后主之‘恰似一江春水向东流’、徐师川之‘门外重重叠叠山，遮不住愁来路’。皆言愁之极致。”（《唐五代两宋词选释》）

江城子①

南来飞燕北归鸿②。偶相逢，惨愁容。绿鬓朱颜，重见两衰翁③。别后悠悠君莫问，无限事，不言中。　小槽春酒滴珠红④，莫匆匆。满金钟⑤。饮散落花流水、各西东[6]。后会不知何处是，烟浪远，暮云重[7]。

[注释]

①此词作于元符三年庚辰(1100)。是岁正月哲宗崩，徽宗即位，五月下赦令，迁臣多内徙。东坡自海南移廉州，六月二十五日过雷州，与少游相会。少游感而赋此。　唐氏按：此首别又误入曾慥本《东坡词拾遗》。　②"南来"句：江总《东飞伯劳歌》"南飞乌鹊北飞鸿"，古乐府《东飞伯劳歌》"东飞伯劳西飞燕"。此喻少游南来编管于雷州，东坡自海南北归。　③重见两衰翁：时东坡年六十四，少游年五十二，屡窜南荒，容颜易老，故云。　④"小槽"句："江南人家造红酒，色味两绝。李贺《将进酒》云'小槽酒滴珍珠红'，盖谓此也。"见《苕溪渔隐丛话》前集卷二十一。⑤金钟：酒杯之美称。　⑥落花流水：喻行踪飘泊。　⑦暮云：喻友情。"日暮碧云合，佳人殊未来。"见江淹《拟休上人怨别》。

江城子

枣花金钏约柔荑[1]。昔曾携，事难期。咫尺玉颜，和泪锁春闺。恰似小园桃与李，虽同处，不同枝。　玉笙初度颤鸾篦[2]。落花飞，为谁吹。月冷风高，此恨只天知。任是行人无定处，重相见，是何时。

[注释]

①枣花金钏：镂刻枣花的金手镯。　柔荑：茅草嫩芽，喻女子手指。　②玉笙：笙之美称。　度：度曲。　鸾篦：梳头用的篦栉，以鸾凤为饰。

满园花

一向沉吟久[1]，泪珠盈襟袖。我当初不合、苦撋就[2]。惯纵得软顽[3]，见底心先有[4]。行待痴心守。甚捻著脉子[5],倒把人来僝僽[6]。 近日来、非常罗皂丑[7],佛也皺眉皱。怎掩得众人口。待收了孛罗,罢了从来斗[8]。从今后,休道共我,梦见也、不能得句[9]。

(以上宋刊《淮海居士长短句》上)

[注释]

①一向:"一向,犹云一味或一意也。"见《诗词曲语辞汇释》卷三。 ②撋就:"撋就,犹云迁就或温存也。……'苦撋就',犹云太迁就也。"见《诗词曲语辞汇释》卷五。 ③软顽:指俏皮、撒娇。 ④"见底"句:底,与"得"同。谓可见得心里早就有了。 ⑤甚捻著脉子:犹言正捏着紧要处。 ⑥僝僽(chán zhòu):"僝僽,犹云呕气或骂詈也。……犹言把你来骂詈也。"见《诗词曲语辞汇释》卷五。 ⑦罗皂:同"罗唣",谓纠缠不休、搅乱。 ⑧孛罗:圆形竹篮,一作"孛篮"。石子章《八声甘州套》:"收了孛篮罢了斗,那些儿自羞。"意为从此收场。 ⑨不能得句:即不能够。句:通"够"。

[集评]

徐谓云:"('我不合'数句)浑似元人杂剧口吻。"(明段斐君本《淮海居士长短句》卷上眉批)

卓人月云:"鄙野不经之谈,偏饶雅韵。"(《古今词统》卷一)

沈际飞云:"语不经,却津津然。"又:"方言硬用之,即累正气。"(《草堂诗馀别集》卷三)

刘体仁云:"柳七最尖锐,时有俳狎,故子瞻以是呵少游。若山谷亦不免。如'我不合苦撋就'类,下此则蒜酪体也。"(《七颂堂词绎》)

沈谦云:"秦少游'一向沉吟久',大类山谷《归田乐引》,铲尽浮词,直抒本色,而浅人常以雕绘傲之。此等词极难作,然亦不可多作。"(《填词杂说》)

迎春乐

菖蒲叶叶知多少[1],惟有个、蜂儿妙。雨晴红粉齐开了[②]。露一点，娇黄小[③]。　早是被、晓风力暴[④]。更春共、斜阳俱老。怎得香香深处[⑤]，作个蜂儿抱[⑥]。

[注释]

①菖蒲：草名。　②红粉：谓红红白白各种花卉。　③娇黄：指蜜蜂，色黄而小，故称。　④晓风力暴：早上风急。《诗经·邶风·终风》："终风且暴。"　暴：疾也。　⑤香香：故宫本作"花香"。附注云："原作香香，恐是当时语。"　唐氏按：汲古阁景宋抄补本《淮海居士长短句》作花，兹从校本《淮海词》。　此从日藏宋本。　⑥蜂儿抱：本韩偓《残春旅舍》诗"树头蜂抱花须落"。

[集评]

沈际飞云："巧妙微透，不厌百回读。"（《草堂诗馀别集》卷一）

彭孙遹云："柳耆卿'欲傍金笼教鹦鹉，念粉郎言语。'《花间》之丽句也。辛稼轩'蓦然回首，那人却在灯火阑珊处'。秦周之佳境也。少游'怎得香香深处，作个蜂儿抱'。亦近似柳七语矣。"（《金粟词话》）

沈雄云："谀媚之极，变为秽亵。秦少游'怎得香香深处，作个蜂儿抱'；柳耆卿'愿得妳妳，兰心蕙性，枕前言下，表余深意'，所以'销魂当此际'，来苏长公之诮也。"（《古词话·词品》卷下）

陈廷焯云："读古人词，贵取其精华，遗其糟粕。且如少游之词，几夺温、韦之席，而亦未尝无纤俚之语，读《淮海集》，取其大者、高者可矣。若徒赏其'怎得香香深处，作个蜂儿抱'等句（此语彭羡门亦赏之，以为近似柳七语。尊柳抑秦，匪独不知秦，并不知柳，可发大噱），则与山谷之'女边著子，门里安心'，其鄙俚纤俗，相去亦不远矣。少游真面目何由见乎？"（《白雨斋词话》卷八）

鹊桥仙

纤云弄巧[①]，飞星传恨[②]，银汉迢迢暗度[③]。金风玉露一相逢[④]，便胜却、人间无数[⑤]。　柔情似水[⑥]，佳期如梦，忍顾鹊桥归路[⑦]。两情若是久长时，又岂在、朝朝暮暮。

[注释]

①弄巧:谓弄成巧妙花样。秋云多变幻,俗称巧云。 ②飞星:流星。此句谓流星飞越银河,似为牛郎织女传达离别之恨。 ③银汉:即银河。 ④金风玉露:秋风白露。 ⑤“便胜却”句:化用李郢《七夕》诗“莫嫌天上稀相见,犹胜人间去不回”。 ⑥柔情似水:化用寇准《夜度娘》“日落汀洲一望时,柔情不断如春水”。 ⑦“忍顾”句:“织女七夕当渡河,使鹊为桥。相传七日鹊首无故皆髡,因为梁以渡织女故也。”见韩鄂《岁华纪丽》卷三引《风俗通》。此云分别时不忍回头再看鹊桥。

[集评]

李攀龙云:“相逢胜人间,会心之语。两情不在朝暮,破格之谈。七夕歌以双星别多会少为恨,独少游此词谓‘两情若是久长’二句,最能醒人心目。”(《草堂诗馀隽》卷三)

卓人月云:“(结句)数见不鲜,说得极是。”(《古今词统》卷八)

沈际飞云:“七夕以双星会少别多为恨,独谓‘情长不在朝暮’,化臭腐为神奇。”(《草堂诗馀正集》卷二)

黄苏云:“凡咏古题,须独出新裁,此固一定之论。少游以坐党籍被谪,思君臣际会之难,因托双星以写意。而慕君之念,惋恻缠绵,令人意远矣。”(《蓼园词选》)

俞陛云云:“夏闰庵云:‘七夕词最难作,宋人赋此者,佳作极少,唯少游一首可观。晏小山《蝶恋花》赋七夕尤佳。’”(《唐五代两宋词选释》)

菩萨蛮

虫声泣露惊秋枕,罗帏泪湿鸳鸯锦①。独卧玉肌凉,残更与恨长。 阴风翻翠幔②,雨涩灯花暗。毕竟不成眠③,鸦啼金井寒。

[注释]

①鸳鸯锦:绣有鸳鸯的锦被。　②翠幔:即帐子。　③"毕竟"句:用柳永《忆帝京》其三"毕竟不成眠,一夜长如岁"成句。

[集评]

徐渭云:"语少情多。"(明段斐君本《淮海居士长短句》卷中眉批)

李攀龙云:"惟其恨长,是以眠为不成。"又:"点缀处最是针门一线,洵是天孙妙手!"(《草堂诗馀隽》卷二)

卓人月云:"'毕竟'二字,写尽一夜之辗转。"(《古今词统》卷五)

陆云龙云:"苦境。"(《词菁》卷二)

毛先舒云:"予读有宋诸公作,虽雅号名家,篇盈什百,若秦观《秋闺》,'幔'、'暗'累押……故知当时便已纵逸,徒以世无通韵之人,故传讹至今,莫能弹射。"(徐釚《词苑丛谈》卷二引)

俞陛云云:"清丽为邻,且馀韵不尽,颇近五代词意。"(《唐五代两宋词选释》)

减字木兰花

天涯旧恨,独自凄凉人不问。欲见回肠①,断尽金炉小篆香②。　黛蛾长敛③,任是春风吹不展④。困倚危楼,过尽飞鸿字字愁⑤。

[注释]

①回肠:形容愁绪萦回不解。　②篆香:似盘香。　③黛蛾:指女子秀眉。　④吹不展:吴湖帆本、故宫本误作"吹不转"。　⑤"过尽"句:鸿雁成队飞行,常排"人"字或"一"字,征人见而思归,故曰"字字愁"。　唐氏按:"字字"止第一叶,宋本缺,据汲古阁景宋本抄补叶。　注者按:宋乾道高邮军学本不缺。

[集评]

俞陛云云:"'回肠'二句及'黛蛾'二句,寻常之意,以曲折之笔写出,

便生新致。结句含蕴有情。”(《唐五代两宋词选释》)

汪中云:“起句即怨极,天涯独自凄凉,谁复问讯,即放逐之人之怨。旧恨则非一岁矣。恨则肠一日而九回,恰似金炉篆香之曲折,比喻亦巧。下片则尽是愁恨,任好春和煦之风,此心不展。鸿归人不归,更不可忍,怨情满纸。”(《宋词三百首注析》)

木兰花

秋容老尽芙蓉院[①],草上霜花匀似剪[②]。西楼促坐酒杯深[③],风压绣帘香不卷。　玉纤慵整银筝雁[④],红袖时笼金鸭暖。岁华一任委西风,独有春红留醉脸。

[注释]

①芙蓉:此指木芙蓉,秋季开花。　②“草上”句:自李贺《北中寒》诗“霜花草上大如钱,挥刀不入迷濛天”句化出。　③促坐:迫近而坐。　酒杯深:谓饮酒甚多。　④银筝雁:筝,古弦乐器,其上弦柱斜列如雁行,并以银为饰。

[集评]

沈际飞云:“有诗云:‘醉脸虽红不是春。’两存之。”(《草堂诗馀续集》)

卓人月云:“(结句)张迁公‘短髮愁催白,衰颜酒借红’。本此。”(《古今词统》卷七)

陈廷焯云:“顽艳中有及时行乐之感。”(《词则·闲情集》卷一)

画堂春[①]

落红铺径水平池,弄晴小雨霏霏。杏园憔悴杜鹃啼[②],无奈春归。　柳外画楼独上,凭阑手捻花枝。放花无语对斜晖,此恨谁知。

[注释]

①此词元丰五年壬戌(1082)应试不中后作于汴京。　唐氏按:《类编草堂诗馀》卷一,此首误作徐俯词。　②杏园:地名,故址在今陕西西安市大雁塔南,唐时为进士游宴之所。宋时以杏园借指琼林苑,见杨侃《皇畿赋》。

[集评]

胡仔云:"(少游)小词云:'落红铺径水平池,弄晴小雨霏霏。杏园憔悴杜鹃啼,无奈春归。'用小杜诗:'莫怪杏园憔悴去,满城多少插花人。'"(《苕溪渔隐丛话》后集卷三十三)

李攀龙云:"春归无奈,深情可掬。谁知此恨、何等幽思!"又:"写出幽闺,真情俱在。末语逼真。"(《草堂诗馀隽》卷四)

沈谦云:"填词结句,或以动荡见奇,或以迷离称隽,着一实语,败矣。康伯可:'正是销魂时候也,撩乱花飞。'晏叔原:'紫骝认得旧游踪,嘶过画桥东畔路。'秦少游:'放花无语对斜晖,此恨谁知?'深得此法。"(《填词杂说》)

黄苏云:"按一篇主意,只是时已过,而世少知己耳,说来自娟秀无匹。末二句尤为切挚。花之香,比君子德之芳也,所以'手捻'者以此,所以'无语'而'对斜晖'者以此。既无人知,惟自爱自解而已。语意含蓄,清气远出。"(《蓼园词选》)

千秋岁①

水边沙外,城郭春寒退②。花影乱,莺声碎③。飘零疏酒盏,离别宽衣带。人不见,碧云暮合空相对。　忆昔西池会,鹓鹭同飞盖。携手处,今谁在。日边清梦断,镜里朱颜改。春去也,飞红万点愁如海。

[注释]

①此词盖绍圣二年乙亥(1095)春暮作于处州(今浙江丽水)。　②"水边"二句:写处州城外实景。光绪《处州府志》卷二:"处州

府城中水,西北导丽阳后溪水,透迤至通惠门,潴为莲池。"赵汝迕《括溪亭舟》诗:"朝朝省秋水,频减一痕沙。"《府志》又云:"柳边亭在括苍门附近,隔城墙便是大溪。" ③"花影"二句:化用杜荀鹤《春宫怨》诗"风暖鸟声碎,日高花影重"句意。

[集评]

释惠洪云:"少游小词奇丽,想见其神情在绛阙道山之间,词曰:'水边沙外(略)'。"(《苕溪渔隐丛话》前集卷五十引《冷斋夜话》)

陈师道云:"王斿,平甫之子,尝云:'今语例袭陈言,但能转移耳。世称秦词"愁如海"为新奇,不知李国主已云"问君能有几多愁,恰似一江春水向东流"。但以"江"为"海"耳。'"(《苕溪渔隐丛话》前集卷五十引《后山诗话》)

曾季貍云:"秦少游词云:'春也去,落红万点愁如海。'今人多能歌此词。方少游作此词时,传至余家丞相。丞相曰:'秦七必不久于人世,岂有"愁如海"而可存乎?'已而少游果下世。少游第七,故云秦七。"(《艇斋诗话》)

罗大经云:"诗家有以山喻愁者,杜少陵云:'忧端如山来,澒洞不可掇。'赵嘏云:'夕阳楼上山重叠,未抵春愁一倍多'是也。有以水喻愁者,李颀云:'请量东海水,看取浅深愁。'李后主云:'问君能有几多愁,恰似一江春水向东流。'秦少游云:'落红万点愁如海'是也。"(《鹤林玉露》乙编卷一)

陈郁云:"太白云:'请君试问东流水,别意与之谁短长?'江南李后主云:'问君还有几多愁,恰似一江春水向东流。'略加融点,已觉精采。至寇莱公则谓:'愁情不断如春水。'少游云:'落红万点愁如海。'青出于蓝而胜于蓝矣。"(《藏一话腴》甲集卷上)

先著、程洪云:"'春去也'三字,要占胜,前面许多攒簇在此收煞。"(《词洁》卷二)

黄苏云:"按此乃少游谪虔(当为'处')州思京中友人而作也。起从虔州写起,自写情怀落寞也。'人不见',即指京中友,故下阕直接'忆昔'四句。'日边',比京师也。'梦断'、'颜改'、'愁如海',俱自叹也。"(《蓼园词选》)

踏莎行[①]

雾失楼台，月迷津渡[②]，桃源望断无寻处[③]。可堪孤馆闭春寒[④]，杜鹃声里斜阳暮。　驿寄梅花，鱼传尺素，砌成此恨无重数。郴江幸自绕郴山，为谁流下潇湘去。

[注释]

①此词绍圣四年丁丑(1097)作于郴州，时词人被谪，安置于此。汲古阁本《淮海词》调下题作“郴州旅舍”。　②月迷津渡：谓月色昏暗，看不清渡口。“迷”与上句“失”字互文。　③桃源：原属武陵郡(今湖南常德西)，宋乾德中析置桃源县，以其地有桃花源而得名，地当郴州之北。此处含有陶渊明《桃花源记》寓意，谓避世仙境不可求。　④可堪：哪堪。

[集评]

释惠洪云：“少游在郴州，作长短句云：‘雾失楼台(略)’东坡绝爱其尾两句，自书于扇，曰：‘少游已矣，虽万人何赎！’”(《冷斋夜话》，见《苕溪渔隐丛话》前集卷五十引)

范温云：“后诵淮海小词云：‘杜鹃声里斜阳暮。’公(黄庭坚)曰：‘此词高绝，但既云“斜阳”，又云“暮”，则重出也。’欲改‘斜阳’作‘帘栊’，余曰：‘既言“孤馆闭春寒”，似无帘栊。’公曰：‘亭传虽未必有帘栊，有亦无害。’余曰：‘此意本写牢落之状，若曰“帘栊”，恐伤初意。’先生曰：‘极难得好字，当徐思之。’然余因此晓句法不当重叠。”(《潜溪诗眼》，引同上)

沈际飞云：“少游坐党籍，安置郴州，谓郴江与山相守，而不能不流，自喻最凄切。”(《草堂诗馀正集》卷一)

王士禛云：“‘郴江幸自绕郴山，为谁流向潇湘去！’千古绝唱，坡公尝书此于扇，云：‘少游已矣，虽万人何赎！’高山流水之悲，千载而下，令人腹痛。”(《花草蒙拾》)

黄苏云：“按少游坐党籍，安置郴州，前一阕是写在郴，望想玉堂天上，如桃源不可寻，而自己意绪无聊也。次阕言书难达意，自己同郴水自绕郴山，不能下潇湘以向北流也。语意凄切，亦自蕴藉，玩味不尽。‘雾失’、‘月迷’，总是被谗写照。”(《蓼园词选》)

王国维云:"少游词境最为凄婉,至'可堪孤馆闭春寒,杜鹃声里斜阳暮',则变而为凄厉矣。东坡赏其后二句,犹为皮相。"又云:"'风雨如晦,鸡鸣不已';'山峻高以蔽日兮,下幽晦以多雨。霰雪纷其无垠兮,云霏霏而承宇';'树树皆秋色,山山尽落晖';'可堪孤馆闭春寒,杜鹃声里斜阳暮'。气象皆相似。"(《人间词话》)

蝶恋花

晓日窥轩双燕语①,似与佳人,共惜春将暮。屈指艳阳都几许②,可无时霎闲风雨③。　流水落花无问处,只有飞云,冉冉来还去。持酒劝云云且住,凭君碍断春归路④。

[注释]

①窥轩:向窗内偷看。　②都:算来。　③时霎:即霎时,因协律倒装。　④"持酒"二句:句意近似苏轼《虞美人》"持杯遥劝天边月,愿月圆无缺"。

[集评]

钱永治云:"闲风闲雨,固不如浮云之碍高楼也。"(《类编笺释续选草堂诗馀》卷上)

沈际飞云:"(起句)刻削。(结句)凿空奇语。"(《草堂诗馀续集》)

卓人月云:"(末二句)凿空奇语。周美成'凭断云、留取西楼残月',似之。"(《古今词统》卷九)

一落索

杨花终日空飞舞,奈久长难驻。海潮虽是暂时来,却有个、堪凭处①。　紫府碧云为路②,好相将归去。肯如薄幸五更风③,不解与、花为主。

[注释]

①“海潮”二句:谓潮来有信,人会无凭。语本李益《江南曲》“嫁得瞿塘贾,朝朝误妾期,早知潮有信,嫁与弄潮儿”。 ②紫府:指仙宫。《抱朴子·袪惑》:“项曼都学仙,十年而归,曰:‘在山精思,有仙人来迎,及到天上,先过紫府,金床玉几,晃晃昱昱,真贵处也。’” ③肯如:岂如。

丑奴儿[①]

夜来酒醒清无梦。愁倚阑干,露滴轻寒,雨打芙蓉泪不干。 佳人别后音尘悄。瘦尽难拚,明月无端,已过红楼十二间。

[注释]

①唐氏按:此首别又见《山谷琴趣外编》卷三。别又作晏几道词,见《永乐大典》卷三千零零六“人”字韵。

[集评]

钱允治云:“芙蓉经雨,清泪如滴,离恨可知。”(《类编笺释续选草堂诗馀》卷上)

阙名云:“‘瘦尽难拚’,切情。忽有此境,不是语言文字。”(《续编草堂诗馀》)

南乡子[①]

妙手写徽真[②],水剪双眸点绛唇[③]。疑是昔年窥宋玉,东邻。只露墙头一半身[④]。 往事已酸辛,谁记当年翠黛颦。尽道有些堪恨处,无情。任是无情也动人[⑤]。

[注释]

①此为题画词。据《苏诗总案》,熙宁十年(1077),章楶以崔徽真寄

苏轼。轼有诗云:"玉钗半脱云垂耳,亭亭芙蓉在秋水。"此词应作于其后。 ②写徽真:为崔徽写真(画像)。张君房《丽情集》:"元微之《崔徽传》云:(徽)蒲女也。裴敬中使蒲,徽一见动情,不能忍。敬中使回,徽以不得从为恨。久之成疾,写真以寄裴,且曰:'崔徽一旦不及卷中人矣。'元微之作《崔徽歌》。世有《伊州曲》,盖采其歌成之也。蒲,即蒲州,唐时名河中府,今山西永济县。" ③水剪双眸:形容眼光明媚。李贺《唐儿歌》:"一双瞳人剪秋水。"瞳人,即眸子。 ④"疑是"三句:典出宋玉《登徒子好色赋》,文曰:"天下之佳人,莫若楚国。楚国之丽者,莫若臣里。臣里之美者,莫若东家之子……然此女登墙窥臣三年,至今未许也。" ⑤"任是"句:用罗隐《牡丹》诗"若教解语能倾国,任是无情也动人"成句。

醉桃源

以《阮郎归》歌之亦可①

碧天如水月如眉,城头银漏迟。绿波风动画船移,娇羞初见时。 银烛暗,翠帘垂,芳心两自知。楚台魂断晓云飞,幽欢难再期。

[注释]

①醉桃源:与《阮郎归》音韵、平仄、字韵相同,实为一调,故云"歌之亦可"。词写幽会。

河 传

乱花飞絮。又望空鬥合①,离人愁苦。那更夜来,一霎薄情风雨。暗掩将、春色去。 篱枯壁尽因谁做②。若说相思,佛也眉儿聚。莫怪为伊,底死萦肠惹肚。为没教、人恨处。

[注释]

①鬥合："鬥，犹凑也；拼也；合（入声）也。合如合药、合金之合。……鬥合联用，同义之重言也。"见《诗词曲语辞汇释》卷二。　②篱枯壁尽：谓园中花木及所产之物已枯尽。

河　传

恨眉醉眼，甚轻轻觑著[①]，神魂迷乱。常记那回，小曲阑干西畔。鬓云松，罗袜刬[②]。　丁香笑吐娇无限。语软声低，道我何曾惯。云雨未谐，早被东风吹散。闷损人，天不管。

[注释]

①甚："甚，犹是也，正也，真也。词中每用以领句，与甚么之甚作怎字何字义者异。"见《诗词曲语辞汇释》卷二。　②罗袜刬：仅着袜子履地行走。李煜《菩萨蛮》："刬步下香阶，手提金缕鞋。"

[集评]

李调元云："万氏《词律》，《河传》词末句云：'闷损人，天不管。'山谷和秦尾句云：'好杀人，天不管。'自注云：'因少游词，戏以"好"字易"瘦"字。'是秦词应作'瘦杀人'。今刊本皆作'闷损人'，盖未见山谷词也。然巧拙亦在于此一字见之，黄九不敌秦七，亦是一证。"（《雨村词话》卷一）

浣溪沙[①]

漠漠轻寒上小楼[②]，晓阴无赖似穷秋[③]。淡烟流水画屏幽。　自在飞花轻似梦，无边丝雨细如愁，宝帘闲挂小银钩。

[注释]

①汲古阁本《淮海词》调下附注:“此首或刻欧阳永叔。”非是。 ②漠漠:弥漫貌。 ③无赖:憎恶之辞,犹无奈。 穷秋:晚秋。

[集评]

卓人月云:“‘自在’二语,夺南唐席。”(《古今词统》)

阙名云:“‘穷秋’句,鄙。钱功父曰‘佳’,可见功父于此道茫然。后叠精妍,夺南唐席。”(《续编草堂诗馀》)

陈廷焯云:“宛转幽怨,温韦嫡派。”(《词则·大雅集》卷二)

梁启超云:“(‘自在’一联)奇语!”(梁令娴《艺蘅馆词选》乙卷引)

王国维云:“境界有大小,不以是而分优劣。‘细雨鱼儿出,微风燕子斜’,何遽不若‘落日照大旗,马鸣风萧萧’?‘宝帘闲挂小银钩’,何遽不若‘雾失楼台,月迷津渡’也?”(《人间词话》)

俞陛云云:“清婉而有馀韵,是其擅长处。此调凡五首,此首最胜。”(《唐五代两宋词选释》)

唐圭璋云:“此首,景中见情,轻灵异常。上片起言登楼,次怨晓阴,末述幽境。下片两对句,写花轻雨细,境更微妙。‘宝帘’一句,唤醒全篇。盖有此一句,则帘外之愁境与帘内之愁人,皆分明矣。”(《唐宋词简释》)

浣溪沙[①]

香靥凝羞一笑开,柳腰如醉暖相挨。日长春困下楼台。 照水有情聊整鬓,倚阑无绪更兜鞋[②]。眼边牵系懒归来。

[注释]

①唐氏按:此首起至《如梦令》第三首止,据汲古阁景宋抄补叶,宋本原缺。 又云:以上二首别又误作欧阳修词,见《草堂诗馀续集》卷上。注者按:日本内阁文库藏宋乾道高邮军学本不缺。 ②兜鞋:提鞋使上脚。

[集评]

阙名云:"上句妙在'照水',下句妙在'兜鞋',即令闺人自模,恐未到。"(《续编草堂诗馀》)

贺贻孙云:"诗语可入填词,如诗中'枫落吴江冷'、'思发在花前'、'天若有情天亦老'等句,填词屡用之,愈觉其新。独填词无一字可入诗料,虽用意稍同,而造语迥异。如梁邵陵王伦《见姬人》诗:'却扇承枝影,舒衫受落花。'与秦观词:'照水有情聊整鬓,倚栏无绪更兜鞋。'同一意致。然邵陵语可入填词,少游语决不可入诗,赏鉴家自知之。"(《诗筏》)

浣溪沙

霜缟同心翠黛连[①],红绡四角缀金钱[②]。恼人香爇是龙涎[③]。　枕上忽收疑是梦,灯前重看不成眠[④]。又还一段恶因缘。

[注释]

①霜缟:未经染色的白绢。此处疑指纱厨(帐子)。　②"红绡"句:谓帐子四角用红绡缚着金钱下垂。古诗《孔雀东南飞》:"红罗复斗帐,四角垂香囊。"意近似,然以金钱代香囊。　③龙涎:名贵香料。张世南《游宦纪闻》卷七:"诸香中,龙涎最贵重。……出大食国。"今称冰片。　香爇:即燃香。　④"枕上"二句:化用杜甫《羌村》诗"夜阑更秉烛,相对如梦寐"及晏几道《鹧鸪天》"今宵剩把银釭照,犹恐相逢是梦中"句意。

浣溪沙[①]

脚上鞋儿四寸罗,唇边朱粉一樱多[②]。见人无语但回波[③]。　料得有心怜宋玉,只应无奈楚襄何[④]。今生有分共伊么。

[注释]

①唐氏按:此首别误作黄庭坚词,见《绿窗新话》卷上引《古今词话》。别又误作张孝祥词,见《古今词选》卷一。　②一樱多:谓唇吻略大于樱桃。　③回波:此处意即回眸。　④"料得"二句:语本李商隐《席上赠人》诗"料得也应怜宋玉,只应无奈楚襄王"。楚襄王遇神女,见《神女赋》。

[集评]

杨湜云:"涪翁(黄庭坚)过泸南,泸帅留府会,有官妓盼盼,性颇聪慧,帅尝宠之。涪翁赠《浣溪沙》曰:'脚上鞋儿四寸罗,唇边朱麝一樱多。'(下同秦词,略)盼盼拜谢,涪翁令唱词侑觞。"(赵万里校辑《宋金元人词》引杨湜《古今词话》)

浣溪沙[1]

锦帐重重卷暮霞,屏风曲曲鬥红牙[2]。恨人何事苦离家。　枕上梦魂飞不去,觉来红日又西斜。满庭芳草衬残花。

[注释]

①唐氏按:《类编草堂诗馀》卷一误作张先词。　汲古阁本《淮海词》调下附注:"或刻张子野。"　②"锦帐"二句:"鬥,犹凑也,拼也。……秦观《浣溪沙》词'锦帐重重卷暮霞,屏风曲曲鬥红牙'亦拼凑义。"见《诗词曲语辞汇释》卷二。　红牙:指檀木板。弯曲的屏风以红色檀木拼制而成,故云。

[集评]

徐渭云:"好在景中有情。"(明段斐君本《淮海居士长短句》眉批)

黄苏云:"沈际飞云:'前人诗"梦魂不知处,飞过大江西"。此云"飞不去",绝好翻用法。'按:'重重'、'曲曲',写得柔情旖旎,方唤得下句'何事'字起;即二阕'飞不去',亦从此生出。写闺情至此,意致浓深,大雅不

俗。”（《蓼园词选》）

阙名云：“前段用元微之《天台》诗意，后段婉约有味。尾句尤含蓄深思。”（故宫本《淮海居士长短句》词末附注）

如梦令

门外鸦啼杨柳[①]，春色著人如酒[②]。睡起熨沉香，玉腕不胜金斗[③]。消瘦，消瘦。还是褪花时候[④]。

[注释]

①“门外”句：本李白《杨叛儿》“何许最关人？乌啼白门柳”。 ②著人：“犹云惹人或迷人也。”见《诗词曲语辞汇释》卷三。 ③金斗：熨斗。 ④褪花：指花之萎谢褪色。

[集评]

胡仔云：“予又尝读李义山《效徐陵体赠更衣》云：‘轻寒衣省夜，金斗熨沉香。’乃知少游词‘玉笼金斗，时熨沉香’与夫‘睡起熨沉香，玉腕不胜金斗’。其语亦有来历处，乃知名人必无杜撰语。”（《苕溪渔隐丛话》后集卷三十三）

阙名云：“娇憨甚。”又：“末句止而得行，泄而得蓄。”（《续编草堂诗馀》）

陈廷焯云：“起伏照应，六章如一章，仿佛飞卿《菩萨蛮》遗意。”（《词则·大雅集》卷二）（注者按：《词则》于此五首后加“莺嘴啄花红溜”一首，故云六章。）

俞陛云云：“此五首细审之，当是一事，皆纪别之作。第一首总述春暮怀人，次首追叙欲别之时。马嘶人起，言送别也。三首绕岸夕阳，言别后也。四首楚天人远，言远去也。与集中《南歌子》词曲晓别而远去次第写出，大致相似，但此分为数首耳。五首句最工，结处‘绿杨俱瘦’，与首章春暮怀人前后相应。”（《唐五代两宋词选释》）

如梦令[①]

遥夜沉沉如水，风紧驿亭深闭[②]。梦破鼠窥灯，霜送晓寒侵被。无寐，无寐。门外马嘶人起。

[注释]

①唐氏按：此首别误作黄庭坚词，见杨金本《草堂诗馀前集》卷下。注者按：绍圣三年丙子（1096），少游自处州削秩徙郴州，冬季至郴阳道中，曾题一古寺壁，有句云"饥鼠相追坏壁中"，与此词"梦破鼠窥灯"境相似，尔后于郴州旅舍，又作《踏莎行》。此词写驿亭苦况，当作于同时。　②驿亭：古代设于官道旁供旅人住宿与换马的馆舍。

[集评]

陈廷焯云："此章离别。"（《词则·大雅集》卷二）

俞平伯云："写旅舍荒寂，行客待晓的景况。点着'油盏火'（吴语，油灯），耗子偷油吃。'梦破鼠窥灯'，'窥'字得神。"（《唐宋词选释》）

如梦令

幽梦匆匆破后，妆粉乱痕沾袖[①]。遥想酒醒来，无奈玉销花瘦[②]。回首，回首。绕岸夕阳疏柳。

[注释]

①"幽梦"二句：化用白居易《琵琶行》"夜深忽梦少年事，梦啼妆泪红阑干"句意。　②玉销花瘦：喻美人之消瘦。韩偓《思归乐》："泪滴珠难尽，容殊玉易销。"

[集评]

沈际飞云："'匆匆破'三字，真。'玉销花瘦'四字，警。末句不可倒作首句，思之思之。"（《草堂诗馀续集》）

钱永治云："'玉销花瘦'句，语新奇。"（《类编笺释续选草堂诗馀》

卷上）

陆云龙云："奇丽。"（《词菁》卷二）

如梦令[①]

楼外残阳红满，春入柳条将半。桃李不禁风[②]，回首落英无限。肠断，肠断。人共楚天俱远[③]。

[注释]

①观结句"人共楚天俱远"，知作于绍圣四年丁丑（1097）春初安置郴州之时。　唐氏按：《类编草堂诗馀》卷一此首误作晏几道词。陈钟秀本《草堂诗馀》卷上又误作晏殊词。杨金本《草堂诗馀》前集卷下又误作吕直夫词。　②禁风："禁，犹当也，受也，耐也。"见《诗词曲语辞汇释》卷二。　③楚天：指湖湘一带天空，古属楚国。

[集评]

李攀龙云："对景伤春，于此词尽见矣。"又："因阳春景色而思故人心情，人远而思更远矣。"（《草堂诗馀隽》卷四）

如梦令[①]

池上春归何处，满目落花飞絮[②]。孤馆悄无人[③]，梦断月堤归路。无绪，无绪。帘外五更风雨。

[注释]

①观"孤馆"二句，疑是绍圣四年丁丑（1097）作于郴州。　唐氏按：《类编草堂诗馀》卷一此首误作周邦彦词。　②落花飞絮：指暮春。　③孤馆：与本卷《踏莎行》"可堪孤馆闭春寒"同义，当指郴州安置时。

[集评]

杨慎云:“孤馆听雨,较洞房雨声,自是不胜情之词,一喜一悲。”(杨批《草堂诗馀》)

李攀龙云:“难为人语,自有可语之人在。”又:“深情厚意,言有尽而味自无穷。”(《草堂诗馀隽》卷二)

陈廷焯云:“上章春半,此章春暮。”(《词则·大雅集》卷二)

阮郎归

退花新绿渐团枝,扑人风絮飞[①]。秋千未拆水平堤,落红成地衣[②]。　游蝶困,乳莺啼,怨春春怎知。日长早被酒禁持[③],那堪更别离。

[注释]

①扑人风絮:化用晏殊《踏莎行》“春风不解禁杨花,濛濛乱扑行人面”词意。　②地衣:地毯。此指残花满地。　③禁持:摆布,犹云硬将酒来摆布愁怀。说见《诗词曲语辞汇释》卷二。

[集评]

陆云龙云:“出语新媚,亦复幽奇。”(《词菁》卷一)

阮郎归[①]

宫腰袅袅翠鬟松[②],夜堂深处逢[③]。无端银烛殒秋风[④],灵犀得暗通。　身有恨,恨无穷,星河沉晓空。陇头流水各西东,佳期如梦中。

[注释]

①此词写邂逅情缘,与《御街行》情境相似。“秦少游在扬州刘太尉家,出姬侑觞。中有一姝,善擘箜篌。此乐既古,近时罕有其传,以为绝

艺。姝又倾慕少游之才名，偏属意。少游借筌篌观之。既而主人入宅更衣，适值狂风灭烛，姝来且亲，有仓卒之欢，且云：‘今日为学士瘦了一半。’少游因作《御街行》以道一时之景。” 唐氏按：此首别作黄庭坚《忆帝京》词，见《山谷琴趣外篇》卷二。 ②宫腰：细腰。《韩非子·二柄》：“楚灵王好细腰，而国中多饿人。” ③夜堂：夜间堂室。薛能《赠禅师》诗：“夜堂吹竹雨，春地落花风。” ④殒秋风：被秋风吹灭。 殒：灭。

[集评]

沈际飞云：“恐未必无端。‘殒’字好。”（《草堂诗馀续集》）

阙名云：“中冓之言，不可道也；所可道也，言之丑也。”（《续编草堂诗馀》）

邹祇谟云：“《词筌》云：‘词至少游“无端银烛殒秋风”之类，而蔓草顿秋，不惟极意形容，兼亦直认无讳。’数语可谓乐而不淫。”（《远志斋词衷》）

阮郎归[1]

潇湘门外水平铺[2]，月寒征棹孤。红妆饮罢少踟蹰，有人偷向隅[3]。 挥玉箸[4]，洒真珠[5]。梨花春雨馀。人人尽道断肠初，那堪肠已无。

[注释]

①绍圣三年丙子(1096)，少游自处州贬徙郴州，途经长沙，词当作于此时，洪迈《夷坚志补》卷二载少游在长沙遇一义娼，为留数日，后别去。词情似与此有关。 ②潇湘门：盖长沙城门之一。 ③向隅：典出刘向《说苑·贵德》“今有满堂饮酒者，有一人独索然向隅而泣，则一堂之人皆不乐矣”，此指饮泣。 ④玉箸：喻泪水。《白氏六帖》：“魏甄后面白，泪双垂如玉箸。” ⑤真珠：喻泪珠。白居易《夜闻歌者时自京城谪守浔阳宿于鄂州》诗：“夜泪似真珠，双双堕明月。”

[集评]

杨慎云:"此等情绪,煞甚伤心。秦七太深刻矣!"(杨批《草堂诗馀》)

阙名云:"'玉筯'、'真珠',觉叠;得'梨花雨馀'句,叠正妙。及云'肠已无',如新笋发林,高出林上。"(《续编草堂诗馀》)

阮郎归[①]

湘天风雨破寒初,深沉庭院虚。丽谯吹罢小单于[②],迢迢清夜徂。 乡梦断,旅魂孤,峥嵘岁又除。衡阳犹有雁传书,郴阳和雁无。

[注释]

①此词绍圣四年丁丑(1097)除夕作于贬居郴州之时。 唐氏按:此首别又误入《张子野词》卷一。 ②丽谯:即谯楼,城门楼。 小单于:唐代大角曲名。

[集评]

沈际飞云:"衡、郴皆是楚湘地,故曰湘。伤心。"(《草堂诗馀正集》卷一)

唐圭璋云:"此首述旅况,亦极凄惋。上片,起言风雨生愁,次言孤馆空虚。'丽谯'两句,言角声吹彻,人亦不能寐。下片,'乡梦'三句,抒怀乡、怀人之情。'岁又除',叹旅外之久,不得便归也。'衡阳'两句,更伤无雁传书,愁愈难释。小山云:'梦魂纵有也成虚,那堪和梦无',与此各极其妙。"(《唐宋词简释》)

满庭芳[①]

北苑研膏[②],方圭圆璧[③],名动万里京关。碎身粉骨[④],功合上凌烟[⑤]。尊俎风流战胜[⑥],降春睡、开拓愁边[⑦]。纤纤捧[⑧],香泉溅乳[⑨],金镂鹧鸪斑[⑩]。 相如,方病酒⑪，一觞一咏，宾有群贤⑫。便扶起灯前，醉玉颓山⑬。搜揽胸中万卷，还倾动、三峡词源⑭。归来晚，文君未寝，相对小妆残。

[注释]

①词云“万里名动京关”，当系元祐中作于汴京。　唐氏按：《能改斋漫录》卷十七此首作黄庭坚词。　吴湖帆藏本调下题作“咏茶”。　②北苑：古著名茶区，在今福建建瓯东。《苕溪渔隐丛话》前集卷四十六：“北苑乃龙焙，每岁造贡茶之处。”　研膏：茶名。张舜民《画墁录》：“贞元中，常衮为建州刺史，始蒸焙而研之，谓之研膏茶。”　③方圭圆璧：皆喻茶饼之形状。　④碎身粉骨：谓茶叶被研成碎末。　⑤“功合”句：谓沏茶后冒出之蒸气。　凌烟：原为阁名。庾信《周柱国大将军纥干弘神道碑》：“天子画凌烟之阁，言念旧臣。”　⑥“尊俎”句：指茶能解酒。《国策·齐》五：“此臣之所谓比之堂上，禽将户内，拔城于尊俎之间，折冲席上者也。”　尊：酒器。　俎：盛肉之具，合指酒席。　⑦降春睡：谓茶能提神，降伏睡魔。　开拓愁边：谓茶能消愁。　⑧纤纤捧：孟郊《会合联句》“茗碗纤纤捧”句，谓美女纤手捧茶。　⑨香泉溅乳：《苕溪渔隐丛话》前集卷四十六谓北苑茶“用御泉水研造”，“分试其色如乳”。皮日休《煮茶》诗：“香泉一合乳，煎作连珠沸。”　⑩金镂：宋时御赐茶饼，常以金镂包装。见欧阳修《归田录》卷二。　鹧鸪斑：谓沏茶后碗面呈现之斑点。陈蹇叔《送新茶》诗：“鹧斑碗面云萦字。”　⑪“相如”二句：司马相如，字长卿，西汉辞赋家。　病酒：因饮酒致病。《西京杂记》卷二谓“长卿素有消渴疾（今称糖尿病）”，李商隐《汉宫》诗：“侍臣最有相如渴，不赐金茎露一杯。”此为少游自喻。　⑫“一觞”二句：本王羲之《兰亭集序》“群贤毕至，少长咸集……一觞一咏，亦足以畅叙幽情”。　⑬醉玉颓山：喻醉倒时姿态。　⑭三峡词源：喻饮茶后文思层出不穷。杜甫《醉歌行》：“词源倒流三峡水，笔阵横扫千人军。”

[集评]

卓人月云：“少游夫妇不减赵明诚（李清照之夫），固应深谙茶味与赌茗之乐。”（《古今词统》卷十二）

沈雄云:"《满庭芳》尽推少游之作。少游又有《咏茶》一首,传者多讹。今为正之云:'北苑龙团,江南鹰爪,万里名动京关。碾轻罗细,琼蕊暖生烟。一种风流臭味,如甘露,不染尘凡。纤纤捧,冰瓷莹玉,金缕鹧鸪斑。'旧词'北苑春风,方圭圆璧',虽用故实,而多庸腐,即苦心作'碎身粉骨,功合上凌烟。'亦是小家气象。惟'尊俎风流战胜,降春睡、开拓愁边'一语差当。而'熬波溅乳',实不及'冰瓷莹玉'更为落句地也。况后段又用'搜揽胸中万卷,还倾动、三峡词源'乎?"(《古今词话·词辨》卷下)

满庭芳

此词正少游所作,人传王观撰,非也①

晓色云开,春随人意,骤雨才过还晴。古台芳榭②,飞燕蹴红英③。舞困榆钱自落④,秋千外、绿水桥平。东风里,朱门映柳,低按小秦筝⑤。 多情。行乐处,珠钿翠盖,玉辔红缨⑥。渐酒空金榼,花困蓬瀛⑦。豆蔻梢头旧恨,十年梦、屈指堪惊⑧。凭阑久,疏烟淡日,寂寞下芜城⑨。

[注释]

①唐氏按:杨金本《草堂诗馀后集》卷下,此首作王观词。 王观:海陵人。少游之父元化公前在太学闻其名,遂以其名名少游,以其从弟王觌之名名少游之弟,见《淮海先生年谱》。后王观知江都,因枉法而被贬,世称王逐客。见《续资治通鉴长编》。词写扬州冶游生活。 ②古台芳榭:古老之台榭。 ③"飞燕"句:谓燕踏落花。杜甫《城西陂泛舟》诗:"燕蹴飞花落舞筵。" ④榆钱:榆树未生叶时,枝条间先生榆荚,形状似钱而小,俗呼榆钱。 ⑤秦筝:古代弦乐器。 ⑥"珠钿"二句:指香车宝马。车以珠钿装饰,车篷插以翠羽,故称。 玉辔:玉饰之缰绳。 红缨:套马之红色皮带。 ⑦蓬瀛:蓬莱、瀛洲,传说中的海上仙山,借指青楼。 ⑧"豆蔻"二句:本杜牧《赠别》诗"娉娉袅袅十三馀,豆蔻梢头二月初",此指少女。 ⑨芜城:指扬州。北魏南侵及南朝宋刘诞之乱时,城邑遭二次重大破坏,遂致

荒芜，鲍照作《芜城赋》以哀之，后世因称芜城。

[集评]

李攀龙云："秋千外，东风里，字字奇巧。疏烟淡日，此时之情还堪远眺否？又：就暗中描出春色，林峦欲滴。就远处描出春情，城郭隐然如无。"（《草堂诗馀隽》卷一）

王世贞云："'秋千外，绿水桥平'……淡语之有情者也。"（《艺苑卮言》）

杨慎云："景胜于情。"（杨批《草堂诗馀》）

卓人月云："敖陶孙评少游诗'如时女步春，终伤婉弱'。其在于词，正相宜耳。"（《古今词统》卷十二）

沈际飞云："（上片）悠淡语，不觉其妙而自妙。'微映百层城'，景亦不少。'寂寞'句，感慨过之。"（《草堂诗馀正集》卷三）

周济云："（上片）君子因小人而斥。'多情'二句，一笔挽转。结处应首句，不忘君子也。"（《宋四家词选》）

黄苏云："此必少游被谪后作。雨过还晴，承恩未久也。'燕蹴红英'，喻小人之谗构也。'榆钱'，自喻也。'绿水桥平'，喻随所适也。'朱门'、'秦筝'，彼得意者自得意也。前一阕叙事也，后一阕则事后追忆之辞。'行乐'三句，追从前也。'酒空'二句，言被谪也。'豆蔻'三句，言为日已久也。'凭阑'二句，结通首黯然自伤也。笔法极绵密。"（《蓼园词选》）

秦元庆云："'秋千外，绿水桥平'，景语却无限清婉。"（秦本《淮海居士长短句》卷中眉批）

俞陛云云："前写景，后写情，流利轻圆，是其制胜处。"（《唐五代两宋词选释》）

满庭芳①

茶　词

雅燕飞觞②，清谈挥麈③，使君高会群贤④。密云双凤，初破缕金团⑤。窗外炉烟似动，开瓶试、一品香泉。轻汹起，香生玉乳[⑥]，雪溅紫瓯圆[⑦]。　娇鬟。宜美盼，双擎翠袖，稳步红莲。坐中客翻愁，酒醒歌阑。点上纱笼画烛，花骢弄、月影当轩。频相顾，馀欢未尽，欲去且留连[⑧]。

[注释]

①唐氏按：此首别误入米芾《宝晋英光集》卷五。　注者按：米词调下附注云："绍圣甲戌暮春与周仁熟试赐茶，书此乐章。中岳外史米元章书。"盖米芾仅书少游词而已。据词意，当系元丰二年（1079）作于会稽郡守程公辟席上。　②雅燕飞觞：指宴会饮酒。　③清谈挥麈：宋本及《全宋词》"挥麈"皆误作"挥座"，此据彊村本改。此处语本《世说新语·容止》："王夷甫容貌整丽，妙于谈玄，恒捉白玉麈尾，与手都无分别。"　④使君：古代对州郡长官的尊称。此指会稽郡守程公辟（名师孟）。　⑤"密云"二句：谓茶饼。　双凤：指大小凤团茶饼。　⑥玉乳：形容茶汤面上的白色乳花。"乳"一本作"麈"，此据《百家词》本改。　⑦紫瓯：紫砂茶盂。蔡襄《试茶》诗："兔毫紫瓯新，蟹眼清泉煮。"　⑧留连：《全宋词》作"流连"，此据日藏宋乾道高邮军学本。

桃源忆故人[①]

玉楼深锁薄情种，清夜悠悠谁共。羞见枕衾鸳凤[②]，闷即和衣拥。　无端画角严城动[③]，惊破一番新梦。窗外月华霜重，听彻梅花弄。

（以上《淮海居士长短句》卷中）

[注释]

①唐氏按：此首《永乐大典》卷三千零零五"人"字韵误作晏几道词。《古今别肠词选》卷二又误作唐裴度词。　②羞见：怕见。　③严城：险峻雄伟之城。

[集评]

杨慎云："自是凄冷。"（杨慎批《草堂诗馀》）

李攀龙云："不解衣而睡，梦又不成，声声恼杀人。又：形容冬夜景色恼人，梦寐不成，其忆故人之情，亦辗转反侧矣。"（《草堂诗馀隽》卷四）

彭孙遹云："词人用语助入词者甚多，入艳词者绝少。惟秦少游'闷则和衣拥'，新奇之甚。用'则'字亦仅见此词。"（《金粟词话》）

陈廷焯云："彭骏孙《金粟词话》云（同上，略）按此乃少游恶劣语，何新奇之有？至用'则'字入词，宋人中屡见，有'拌则而今已拌了，忘则怎生便忘得。'又'忆则如何不忆'之类，亦岂谓之仅见？"（《白雨斋词话》）

调笑令　十首并诗[①]

王昭君

诗曰：汉宫选女适单于，明妃敛袂登毡车。玉容寂寞花无主，顾影低回泣路隅。行行渐入阴山路，目送征鸿入云去。独抱琵琶恨更深，汉宫不见空回顾

曲　子

回顾，汉宫路。杆拨檀槽鸾对舞，玉容寂寞花无主，顾影偷弹玉箸。未央宫殿知何处，目送征鸿南去。

[注释]

①调笑令：亦称《调笑转踏》。王国维《宋元戏曲史》第四章据吴自牧《梦粱录》云："北宋之《转踏》，恒以一曲连续歌之。每一首咏一事，共若干首，则咏若干事。"此十首以一诗一词相间，亦每首咏一事，共咏十事。词前之诗，亦称"致语"，似今之开场白。其体式即当时流行于汴京之《调笑转踏》，乃为适应瓦肆伎艺而作，时间当在元祐五年（1090）至八年（1093）少游供职于秘书省期间。

乐昌公主[1]

诗曰：金陵往昔帝王州，乐昌主第最风流。一朝隋兵到江上，共抱凄凄去国愁。越公万骑鸣箫鼓，剑拥玉人天上去。空携破镜望红尘，千古江枫笼辇路

曲　子

辇路，江枫古。楼上吹箫人在否，菱花半壁香尘污，往日繁华何处。旧欢新爱谁是主，啼笑两难分付。

[注释]

①乐昌公主：南朝陈后主之妹，太子舍人徐德言之妻，才色双绝。时陈政方乱，德言知不相保，乃破一镜，与公主各执其半，约以正月望日卖于长安，届时当访之。及陈亡，其妻果入隋将杨素之家，深受宠幸。德言至京访之，正月望日，见一苍头在市上以高价卖半镜，遂出半镜以合之，并题诗相赠。公主得诗，涕泣不食。杨素被感动，令其与德言团聚，终老于江南。见孟棨《本事诗·情感》。

崔徽[1]

诗曰：蒲中有女号崔徽[2]，轻似南山翡翠儿[3]。使君当日最宠爱，坐中对客常拥持。一见裴郎心似醉，夜解罗衣与门吏。西门寺里乐未央，乐府至今歌翡翠

曲　子

翡翠，好容止。谁使庸奴轻点缀，裴郎一见心如醉，笑里偷传深意。罗衣中夜与门吏，暗结城西幽会。

[注释]

①崔徽：为崔徽写真（画像）。张君房《丽情集》："元微之《崔徽传》云：（徽）蒲女也。裴敬中使蒲，徽一见动情，不能忍。敬中使回，徽以不得从为恨。久之成疾，写真以寄裴，且曰：'崔徽一旦不及卷中人矣。'元微之

作《崔徽歌》。世有《伊州曲》，盖采其歌成之也。蒲，即蒲州，唐时名河中府，今山西永济县。” ②蒲中：即蒲州，唐开元中升为河中府，治所在今山西永济县境内。 ③南山：终南山。 翡翠儿：即翡翠鸟，小不盈握，容色鲜丽。此喻崔徽之娇小。

无双[①]

诗曰：尚书有女名无双[②]，蛾眉如画学新妆。姊家仙客最明俊，舅母惟只呼王郎。尚书往日先曾许，数载睽违今复遇[③]。闻说襄王二十年，当时未必轻相慕

曲　子

相慕，无双女。当日尚书先曾许，王郎明俊神仙侣，肠断别离情苦。数年睽恨今复遇，笑指襄江归去。

[注释]

①无双：据唐薛调《无双传》，建中时朝臣刘震之女名无双。震有姊寡居，携甥王仙客前来居住，颇得震妻宠爱，呼为王郎子。仙客之母临终时乞以无双归仙客，震许之。母死，仙客扶母榇归葬于襄邓。未几，逢朱泚之乱，震以受伪命处极刑，无双没入掖庭，押赴陵园，赐药令自尽。仙客闻讯，求计于侠士古押衙，得其帮助，无双得救，相携逃归襄江，夫妇偕老。 ②尚书：指刘震。 ③睽违：离别。

灼灼[①]

诗曰：锦城春暖花欲飞，灼灼当庭舞柘枝。相君上客河东秀，自言那复旁人知。妾愿身为梁上燕，朝朝暮暮长相见。云收月堕海沉沉，泪满红绡寄肠断

曲　子

肠断，绣帘卷。妾愿身为梁上燕，朝朝暮暮长相见，莫遣恩迁情变。红绡粉泪知何限，万古空传遗怨。

［注释］

①灼灼：唐代蜀中妓。张君房《丽情集》："灼灼，锦城官妓也，善舞《柘枝》，能歌《水调》，为幽抑怨怼之音。相府筵中，与河东御史裴质座谈，神通目授，如故相识。相因夜饮，忽速召之，自此不复面矣。灼灼以软绡多聚红泪密寄河东人。"韦庄《伤灼灼》诗自注："灼灼，蜀之丽人也，近闻贫且老，殂落于城都酒市中，因以四韵吊之。"诗云："尝闻灼灼丽于花，云髻盘时未破瓜。桃脸曼长横绿水，玉肌香腻透红纱。多情不住神仙界，薄命曾嫌富贵家。流落锦江无处问，断魂飞作碧天霞。"

盼盼[①]

诗曰：百尺楼高燕子飞，楼上美人颦翠眉。将军一去音容远，只有年年旧燕归。春风昨夜来深院，春色依然人不见。只馀明月照孤眠，唯望旧恩空恋恋

曲　子

恋恋，楼中燕。燕子楼空春色晚，将军一去音容远，空锁楼中深怨。春风重到人不见，十二阑干倚遍。

［注释］

①盼盼：即关盼盼，唐代歌伎，徐州人。白居易有《燕子楼诗》纪其事。

莺莺[①]

诗曰：崔家有女名莺莺，未识春光先有情。河桥兵乱依萧寺[②]，红愁绿惨见张生。张生一见春情重，明月拂墙花树动。夜半红娘拥抱来，脉脉惊魂若春梦

曲　子

春梦，神仙洞。冉冉拂墙花树动，西厢待月知谁共，更觉玉人情重。红娘深夜行云送，困亸钗横金凤。

［注释］

①莺莺：崔莺莺与张生故事，出自唐元稹《会真记》，元王实甫《西厢记》即演其事。 ②河桥：指蒲州黄河之桥。《史记·秦本纪》昭襄王五十年："始作河桥。"

采莲[1]

诗曰：若耶溪边天气秋，采莲女儿溪岸头。笑隔荷花共人语，烟波渺渺荡轻舟。数声水调红娇晚，棹转舟回笑人远。肠断谁家游冶郎，尽日踟蹰临柳岸

曲　子

柳岸，水清浅。笑折荷花呼女伴，盈盈日照新妆面，水调空传幽怨。扁舟日暮笑声远，对此令人肠断。

［注释］

①采莲：曲名，原为乐府旧题，作辞者甚多，多写若耶溪越女采莲生活。马端临《文献通考》卷一百四十六《乐考》谓"采莲"宋时隶教坊舞队，舞女"衣红罗生色绰子，系晕裙，戴云鬟髻，乘彩船，执莲花"。

烟中怨[1]

诗曰：鉴湖楼阁与云齐，楼上女儿名阿溪[2]。十五能为绮丽句[3]，平生未解出幽闺。谢郎巧思诗裁剪，能使佳人动幽怨。琼枝璧月结芳期，斗帐双双成眷恋

曲　子

眷恋，西湖岸。湖面楼台侵云汉。阿溪本是飞琼伴，风月朱扉斜掩。谢郎巧思诗裁剪，能动芳怀幽怨。

[注释]

①烟中怨:唐人传奇名。南昭嗣作。昭嗣名卓,《烟中怨》本事见《绿窗新话》卷上引《南卓解题叙》云:"越溪有渔者杨父,一女绝色。年十四能诗,每吟不过两句。或问胡不终篇,答曰:'无奈情思缠绕,至两句即思迷,不复为继。'有谢生求娶焉,父曰:'吾女宜配公卿。'谢曰:'谚云:少女少郎,相乐不忘。少女老翁,苦乐不同。且安有少年公卿耶?'父曰:'吾女为词,多不过两句,子能续之,称吾女意,则妻矣。'乃命女奴示其篇曰:'珠帘满床月,青竹满林风。'谢续曰:'何事今宵景,无人解与同?'女曰:'天生吾夫。'遂偶之。后七年,夫妇每相乐必对泣,多欲引泛江湖。春日,女忽题曰:'春尽花随尽,其如自是花。'谢曰:'何故为此不祥之句?'女曰:'吾不久于人间矣,君且续之。'谢曰:'从来说花意,不过此容华。'女曰:'逝水难驻,千万自保。'即以首枕生膝,瞑目而逝。谢伤感不已。后一年,江上烟波溶洩,见女立于江中,曰:'吾本水仙,谪居人间,今复为仙,后倘思郎,即复谪下,不得为仙矣。'" ②阿溪:越溪渔者杨氏女名,盖少游所取。 ③"十五"句:《南卓解题叙》原作"十四",此恐有误。 绮丽句:指辞藻华美,风格绮靡的诗句。

[集评]

卓人月云:"此事甚僻。"(《古今词统》卷三)

离魂记①

诗曰:深闺女儿娇复痴,春愁春恨那复知。舅兄唯有相拘意,暗想花心临别时。离舟欲解春江暮,冉冉香魂逐君去。重来两身复一身,梦觉春风话心素

曲 子

心素,与谁语。始信别离情最苦。兰舟欲解春江暮,精爽随君归去②,异时携手重来处,梦觉春风庭户。

[注释]

①离魂记：唐人传奇名，陈玄祐撰。　略谓：天授三年，张镒官于衡州，有幼女倩娘，甥王宙。宙聪俊，镒许曰：他时当以倩娘妻之。后宙长成，窃慕于心。然镒却以倩娘他许。女闻而抑郁，宙亦恚恨，托言赴京，买舟遽行，夜半，忽闻岸上行声，问之，乃倩娘。遂相与乘船远遁。居蜀五年，生二子。倩娘思亲，俱归衡州。宙先至舅家，首谢其事。镒大惊。初，以其女固在闺中，病数年，未尝离也。及觉，始遣人至舟中探视，果见一倩娘，疾走报，室中女闻之，喜而起，两人合为一体，其衣裳皆重。　②精爽：指魂魄。

[集评]

沈雄云："高耻庵所列丽句，原系天壤间有限之语，然古今人必以此为矜新显异者。自一字至四字为字，自五字至十五字为句，凑合不同，工力各别，特拈之不嫌其复也。……'心素，与谁语。'秦观《古调笑》句。"（《古今词话·词品》下卷论"句法"）

虞美人①

高城望断尘如雾，不见联骖处②。夕阳村外小湾头③，只有柳花无数、送归舟。　琼枝玉树频相见，只恨离人远。欲将幽事寄青楼。争奈无情江水、不西流。

[注释]

①本篇盖作于元丰三年庚申（1080）暮春自扬州回里之际。　②联骖：指并辔出游。　骖：原指驾车之马。　③小湾头：地名，在今江苏扬州市东北。

虞美人①

碧桃天上栽和露②，不是凡花数。乱山深处水潆回，可惜一枝如画、为谁开。　轻寒细雨情何限，不道春难管[3]。为君沉醉又何妨,只怕酒醒时候、断人肠。

[注释]

①此词作于元祐五年至八年(1090—1093),时少游供职于秘书省。《绿窗新话》卷上引杨湜《古今词话》:"秦少游寓京师,有贵官延饮,出宠姬碧桃侑觞,劝酒惓惓。少游领其意,复举觞劝碧桃。贵官云:'碧桃不善饮。'意不欲少游强之。碧桃曰:'今日为学士拼了一醉!'引巨觞长饮。少游即席赠《虞美人》词曰(略)。阖座悉恨。贵官曰:'今后永不令此姬出来!'满座大笑。" 唐氏按:"一枝如画"起至《临江仙》调名一行止,宋本原缺,汲古阁景宋抄补二叶。 注者按:日藏宋乾道高邮军学本不缺。 ②"碧桃"句:本高蟾《下第后上永崇高侍郎》诗"天上碧桃和露种,日边红杏倚云栽"。此后树之碧桃喻人之碧桃,语带双关。 ③"不道"句:谓不料春情也难于管束。

[集评]

沈际飞云:"(上阕)崔护桃花诗旨。"又:"抑扬百感。"(《草堂诗馀续集》)

虞美人[1]

行行信马横塘畔[2],烟水秋平岸。绿荷多少夕阳中,知为阿谁凝恨、背西风[3]。 红妆艇子来何处,荡桨偷相顾。鸳鸯惊起不无愁,柳外一双飞去,却回头。

[注释]

①此词作于元丰二年己未(1079),时少游至会稽省大父承议公及叔父秦定,有《游龙门山次程公韵》云:"路转横塘入乱峰。"《游鉴湖》诗云:"天风吹到芰荷乡。"词境相似。 ②行行:不停地行走。曹操《苦寒行》:"行行日已远,人马同时饥。" 横塘:东西向河塘。《吴郡图记续记》卷下"治水":"或五里而为一纵浦,又七里或十里而为一横塘。" ③阿谁:谁人。

点绛唇[1]

桃　源

醉漾轻舟，信流引到花深处[2]。尘缘相误，无计花间住。　烟水茫茫，千里斜阳暮。山无数，乱红如雨，不记来时路。

[注释]

①此词咏刘晨、阮肇误入桃源故事。　注者按：日藏宋乾道癸巳高邮军学本作秦观词，此本早于曾慥本，当可信。　②"信流"句：本刘长卿《寻张逸人山居》诗"桃源定在深处，涧水浮来落花"。

[集评]

沈际飞云："如画。"（《草堂诗馀正集》卷一）

点绛唇

月转乌啼，画堂宫徵生离恨[1]。美人愁闷，不管罗衣褪。　清泪斑斑，挥断柔肠寸。嗔人问，背灯偷揾，拭尽残妆粉。[2]

[注释]

①宫徵：我国古代音乐有七声：宫、商、角、徵、羽、变宫、变徵。此处泛指音乐。　②唐氏按：以上二首别又见曾慥本《东坡词》卷下。

品　令

幸自得[1]，一分索强[2]，教人难喫[3]。好好地恶了十来日[4]。恰而今、较些不[5]。　须管啜持教笑[6]，又也何须胳织[⑦]。衡依赖脸儿得人惜。放软顽、道不得[⑧]。

[注释]

①幸自得:意犹本来是。　②索强:"索强,犹云赛强争胜也,亦可作恃强解。"见《诗词曲语辞汇释》卷四。　③难喫:难受。《诗词曲语辞汇释》卷五:"喫,犹被也,受也。吃亦同。"　④"好好"句:谓气恼了十来日。《世说新语·言语》:"谢太傅谓右军曰:'中年伤于哀乐,与亲友别,则作数日恶。'"　⑤较些不:好些不。　⑥须管:必定,笃定。　啜持:哄骗。　⑦胳织:即多曲折,不顺遂。　⑧"衡(zhūn)依赖"二句:"衡,犹尽也,纯也。其作尽义者,秦观《品令》词……言尽赖着脸儿得人爱也。放软顽,犹云撒娇。"见《诗词曲语辞汇释》卷二。

[集评]

杜文澜云:"按此调多作俳词,故为彼时歌伶语气,多用入声。"(《词律》卷五补注)

李调元云:"秦少游《品令》后段云:'须管啜持教笑,又也何须胳织。衡依赖脸儿得人惜,放软顽、道不得。'胳织、衡、依赖,皆俳语。《西厢》:'一团衡是娇。'"(《雨村词话》)

李佳云:"《品令》,前人多作俳词,盖为彼时歌伶语气。如……秦少游云:'幸自得(略)',此词,太嫌不雅。"(《左庵词话》卷下)

品　令

掉又惧[①],天然个品格。于中压一[②]。帘儿下时把鞋儿踢。语低低、笑咭咭[③]。　每每秦楼相见[④],见了无门怜惜[⑤]。人前强不欲相沾识[⑥]。把不定、脸儿赤。

[注释]

①掉又惧:美好貌,惧当作"嬲",体态匀称。《说文》:"嬲,直好貌,从女翟声。一曰娆也。"　②压一:"压一,压倒一切之意,犹云第一也。"见《诗词曲语辞汇释》卷三。辛弃疾《踏歌》词:"看精神压一庞儿劣,更言语

一似春莺滑。” ③咭咭：即“乞乞”，笑声。 ④秦楼：原谓秦穆公时为弄玉、萧史所筑的凤台，后世常借指妓院。 ⑤无门：《全宋词》作“无限”，误。此据日藏宋本。 ⑥沾识：犹言沾惹、接近。

[集评]

焦循云：“秦少游《品令》：‘掉又惧，天然个品格’，此正秦邮土音，用‘个’字作语助。今秦邮人皆然也。《三百篇》如‘其虚’、‘其邪’、‘狂童之狂也且’，古人自操土音。北宋如秦柳尚有此种。南宋姜白石、张玉田一派，此调不复存矣。”（《雕菰楼词话》）

南歌子[1]

玉漏迢迢尽[2]，银潢淡淡横[3]。梦回宿酒未全醒。已被邻鸡催起、怕天明。　臂上妆犹在，襟间泪尚盈[4]。水边灯火渐人行。天外一钩残月、带三星[5]。

[注释]

①唐氏按：此首别又误作僧仲殊词，见《古今词选》卷二。 据《高斋诗话》云：“少游在蔡州……又赠陶心儿词云：‘天外一钩横月带三星。’谓‘心’字也。”少游元祐元年至五年（1086—1090）任蔡州教授，词当作于此时。 ②玉漏：古代计时器。 ③银潢：银河。 ④“臂上”二句：写晨起别情。元稹《会真记》：“及明，睹妆在臂，香在衣，泪光荧荧然犹莹于茵席而已。” ⑤三星：即参星。《诗经·唐风·绸缪》：“绸缪束薪，三星在天。”郑笺：“三星，参也。在天，谓始见东方也。”

[集评]

卓人月云：“（山谷）‘你共人女边著子，争知我门里挑心’，对此则丑。”（《古今词统》卷七）

沈谦云：“秦淮海‘天外一钩残月照三星’，只作晓景，佳！若指为心儿谜语，不与‘女边著子、门里挑心’同堕恶道乎？”（《填词杂说》）

刘体仁云：“词中如‘玉佩丁东’，如‘一钩残月带三星’，子瞻所谓恐

他姬厮赖，以取娱一时可也。乃子瞻《赠崔廿四》，全首如离合诗，才人戏剧，兴复不浅。”（《七颂堂词绎》）

郭麟云：“以人名字隐寓词中，始于少游之‘一钩斜月带三星’。”（《灵芬馆词话》卷二）

陈廷焯云：“（结句）双关巧合，再过则伤雅矣。”（《词则·闲情集》卷一）

钱钟书云：“词章家隽句，每本禅人话头，如忠国师云：‘三点如流水，曲似刈禾镰。’（《五灯会元》卷三）大同禅师云：‘依稀似半月，仿佛若三星。’（《五灯会元》卷十六）皆模状心字也。秦少游赠妓陶心儿词则云：‘一钩斜月带三星。’稗海本《泊宅编》卷上，极称东坡赠陶心儿词‘缺月向人舒窈窕，三星当户照绸缪’。以为善状物，盖不知有所本也。”（《谈艺录》）

南歌子

愁鬟香云坠[①]，娇眸水玉裁[②]。月屏风幌为谁开[③]。天外不知音耗、百般猜。　　玉露沾庭砌，金风动琯灰[④]。相看有似梦初回，只恐又抛人去、几时来。

［注释］

①香云：指女子鬟髮。　②水玉：即水晶、水精。　③月屏风幌：指临风映月的窗帘与屏风。　④琯灰：据《后汉书·律历志》，古代烧葭（芦苇内膜）成灰，置于律管内，至相应节气，葭灰即从管内飞出，从而测知节令。杜甫《小至》诗：“吹葭六琯动寒灰。”

［集评］

沈际飞云：“相看又恐去，未去先问来，宛女子小声轻啭。”（《草堂诗馀续集》）

南歌子

香墨弯弯画[①]，燕脂淡淡匀。揉蓝衫子杏黄裙[②]。独倚玉阑无语、点檀唇[③]。　　人去空流水，花飞半掩门。乱山何处觅行云[④]。又是一钩新月、照黄昏。

[注释]

①“香墨”句：谓以螺黛画眉。　②揉蓝：古代从蓝草揉取汁水以染色，因称蓝色为揉蓝。　③点檀唇：用浅绛色点唇。　④行云：用宋玉《高唐赋序》“旦为朝云”典，此指男子踪影。

临江仙[①]

千里潇湘挼蓝浦[②]，兰桡昔日曾经[③]。月高风定露华清。微波澄不动[④]，冷浸一天星。　　独倚危樯情悄悄[⑤]，遥闻妃瑟泠泠[⑥]。新声含尽古今情。曲终人不见，江上数峰青。

[注释]

①绍圣三年丙子（1096），少游自处州削秩徙郴州。元符元年戊寅（1098）自郴州编管横州，重经潇湘作此词，故云“兰桡昔日曾经”。　②挼蓝：同“揉蓝”，喻水之清澈。　③兰桡：用木兰制成的船桨。　④唐氏按：“微”宋本误作“徵”，此从校本《淮海词》。　注者按：日藏宋乾道刻本作“微”，上海图书馆藏宋刻明印本作“徵”。　⑤危樯：高高矗立的船桅。　⑥妃瑟：湘妃所弹之瑟。

[集评]

吴曾云：“唐钱起《湘灵鼓瑟》：‘曲终人不见，江上数峰青。’秦少游尝用以填词云（略）。滕子京亦尝在巴陵，以前两句填词云：‘湖水连天天连水，秋来分外澄清。君山自是小蓬瀛。气蒸云梦泽，波撼岳阳城。　　帝子有灵能鼓瑟，凄然依旧伤情。微闻兰芷动芳馨。曲终人不见，江上数峰青。’”（《能改斋漫录》卷十六）

吴炯云：“潭守宴客合江亭，时张才叔在座，令官妓悉歌《临江仙》。

有一妓独唱两句云:‘微波浑不动,冷浸一天星。’才叔称叹,索其全篇。妓以实语告之:‘贱妾夜居商人船中,邻舟一男子,遇月色明朗,即倚樯而歌,声极凄怨。但以苦乏性灵,不能尽记。愿助以一二同列,共往记之。’太守许焉。至夕,乃与同列饮酒以待。果一男子,三叹而歌。有赵琼者,倾耳堕泪曰:‘此秦七声度也!’赵善讴,少游南迁,经此一见而悦之。商人乃遣人问讯,即少游灵舟也。其词曰(略)。崇宁乙酉,张才叔过荆州,以语先子,乃相与叹息曰:‘少游了了,必不致沉滞,恋此坏身,似有物为之。然词语超妙,非少游不能作,抑又可疑也。’”(《五总志》)

杜文澜云:“诗之幽瘦者,宋人均以入词,曲终人不见,江上数峰青。一联,秦少游直录其语,若是者不少,是在填词家善于引用,亦须融会其意,不宜全录其文。总之,词以纤秀为佳,凡使才、矜奇、矜僻,皆不可一犯笔端。”(《憩园词话》卷一)

临江仙[①]

髻子偎人娇不整[②],眼儿失睡微重。寻思模样早心忪[③]。断肠携手,何事太匆匆。　不忍残红犹在臂[④],翻疑梦里相逢。遥怜南埭上孤篷[⑤]。夕阳流水,红满泪痕中。

[注释]

①此词为忆内而作。盖绍圣元年甲戌(1094)出为杭州通判,途经召伯埭之作。　②髻子:女子髮髻。　③心忪:心动。王敬之刻本作“惺忪”。　④残红犹在臂:谓泪痕湿于臂间。　⑤南埭:指召伯埭(今扬州北邵伯镇)。因在高邮之南,故称。少游《次韵召伯埭见别》诗之一:“召伯埭南春欲尽。”又《与参寥大师简》:“子由春间过此,相从两日,仆送至南埭而还。”　唐氏按:“篷”宋本原作“蓬”,此从校本《淮海词》。

好事近

梦中作[①]

春路雨添花,花动一山春色。行到小溪深处,有黄鹂

千百。 飞云当面化龙蛇，夭矫转空碧[2]。醉卧古藤阴下，了不知南北[3]。[4] （以上《淮海居士长短句》下）

［注释］

①此词绍圣二年乙亥(1095)春作于监处州盐酒税时。《苕溪渔隐丛话》前集卷五十引《冷斋夜话》云："秦少游在处州，梦中作长短句曰：'山路雨添花(略)。'后南迁，久之，北归，逗留于藤州，遂终于瘴江之上光华亭。时方醉起，以玉盂汲泉欲饮，笑视之而化。" ②夭矫：飞动貌。 空碧：即碧空，因协韵倒装。 ③了不知：全然不知。 了：完全。 ④唐氏按：秦观词七十七首，据北京图书馆藏宋乾道刻绍熙修本《淮海居士长短句》，缺叶据叶恭绰影印两种宋本，三本俱缺者，据北京图书馆宋本中汲古阁景宋抄补各叶。另以黄仪、毛扆等手校汲古阁本《淮海词》(全部以宋本及《淮海琴趣》校过)校。

［集评］

苏轼云："供奉官莫君沔官湖南，喜从迁客游，尤为吕元钧所称；又能道少游事甚详，为予诵此词至流涕，乃录本使藏之。"(宋刻本《东坡跋尾》)

王铚云："叔原妙在得于妇人，方回妙在得词人遗意。非得两人而已，如少游临死作谶词云：'醉卧古藤阴下，了不知南北。'必不至于西方净土。"(《默记》卷下)

郎瑛云："秦观，字少游，号太虚，淮之高邮人，与苏、黄齐名，尝于梦中作《好事近》一词(略)。其后以事谪藤州，竟死于藤，此词其谶乎？秦少游同时有贺铸，尝作《青玉案》悼之……秦词世人少知，余尝亲见其墨迹，后有刘菊庄题云：'名并苏黄学更优，一词遗墨至今留。无人唤醒藤州梦，淮水淮山总是愁。'亦不胜其感慨。"(《七修类稿》卷三十)

卓人月云："少游此词如鬼如仙，固宜不久。"(《古今词统》卷五)

陆云龙云："奇峭。"(《词菁》卷二)

周济云："隐括一生。结语遂作藤州之谶。造语奇警，不似少游寻常手笔。"(《宋四家词选》)

陈廷焯云："笔势飞舞。"(《词则·别调集》卷一)

捣练子[①]

心耿耿[②],泪双双,皎月清风冷透窗。人去秋来宫漏永,夜深无语对银釭。　（陈耀文《花草粹编》卷一）

[注释]

①注者按:以下三十六则,除《南歌子》(夕露沾芳草)外,均见《全宋词》补录及存目中。　捣练子:《类编草堂诗馀》卷一调下题作"秋闺"。《全宋词》存目词谓"无名氏词,见《草堂诗馀》前集卷下",似不足据。②耿耿:烦躁不安貌。《楚辞·远游》:"夜耿耿而不寐兮,魂茕茕而至曙。"

[集评]

李攀龙云:"秋色寂寂,秋闺隐隐,最堪怀人。"又:"泪随心至,凄其之景已见;至夜深无语,则幽思之情更切矣。"(《草堂诗馀隽》卷二)

沈际飞云:"'斜月斜风',秋方不同。一句含无尽意,且从寻常中领取,手眼最高。"(《草堂诗馀正集》卷一)

秦元庆云:"春闺景物妍丽,秋闺思味凄凉,此词为得之。"(秦本《草堂诗馀》)

行香子[①]

树绕村庄,水满坡塘。倚东风,豪兴徜徉[②]。小园几许,收尽春光。有桃花红,李花白,菜花黄。　远远围墙,隐隐茅堂。飏青旗[③],流水桥傍。偶然乘兴,步过东冈。正莺儿啼,燕儿舞,蜂儿忙。

（康熙钦定《词谱》卷十四）

[注释]

①明汲古阁本《少游诗馀》作《行乡子》。　②徜徉:徘徊,散步。

③青旗:酒店市招。

如梦令[①]

莺嘴啄花红溜,燕尾点波绿皱。指冷玉笙寒,吹彻小梅香透[②]。依旧,依旧,人与绿杨俱瘦。

（汲古阁本《淮海词》）

［注释］

①《花草粹编》卷一误作黄庭坚词。《全宋词》谓"无名氏词,见《草堂诗馀前集》卷上",似不足据。　②小梅:即《小梅花》,笛曲。

［集评］

杨慎云:"意想妙甚,然春柳恐未必瘦。'指冷玉笙寒'二句,翻李后主'小楼吹彻玉笙寒'句。"(杨批《草堂诗馀》卷一)

李攀龙云:"用字妍巧,寓意咏叹。"又:"闻笛怀人,似梦中得句来。"(《草堂诗馀隽》卷一)

沈际飞云:"琢句奇峭。"又:"春柳未必瘦,然易此字不得。"(《草堂诗馀正集》卷一)

王世贞云:"谢勉仲'染云为幌',周美成'晕酥砌玉',秦少游'莺嘴啄花红溜',蒋竹山'灯摇缥晕茸窗冷'的是险丽矣,觉斧痕犹在。"(沈雄《古今词话·词品》卷下引)

木兰花慢

过秦淮旷望[①],迥萧洒,绝纤尘。爱清景风蛩[②],吟鞭醉帽,时度疏林。秋来政情味淡[③],更一重烟水一重云。千古行人旧恨,尽应分付今人。　　渔村,望断衡门[④]。芦荻浦、雁先闻。对触目凄凉,红凋岸蓼,翠减汀蘋。凭高正千嶂黯,便无情到此也销魂。江月知人念远,上楼来

照黄昏。　　　　　　　　　　　　（《阳春白雪》卷一）

[注释]

①秦淮：河名，在今江苏南京市。　②风蛩（qióng）：风中蟋蟀声。陆佃《埤雅·释虫》："蟋蟀随阴迎阳，一名吟蛩，秋初生，得寒乃鸣。"　③政：通"正"。　④衡门：横木为门，指陋室。

虞美人影[①]

碧纱影弄东风晓，一夜海棠开了。枝上数声啼鸟，妆点知多少。　妒云恨雨腰肢袅，眉黛不堪重扫[②]。薄幸不来春老，羞带宜男草[③]。　　（汲古阁本《淮海词》）

[注释]

①调下附注："时刻不载。"《草堂诗馀正集》卷一作《桃源忆故人》，附注云："新谱作《虞美人影》。"　②重扫：重新画眉。司空图《灯花》之二："剪得灯花自扫眉。"　③宜男草：即萱草，今俗名金针菜。《本草纲目·草部》引周处《风土记》："怀妊妇人佩其花则生男，故名宜男。"

[集评]

李攀龙云："忆故人还为误佳期也。"又："词调清新，诵之自脍炙人口，玩之又羁绊人情。"（《草堂诗馀隽》卷二）

沈际飞云："'海棠开了'下，转出'啼鸟'、'妆点'，趣溢不窘，奇笔！句末慧！"（《草堂诗馀正集》卷一）

黄苏云："第一阕言春色明艳，动闺中春思耳。次阕言抑郁无聊，青春已老，羞望恩泽耳。托兴自娟秀。"（《蓼园词选》）

浣溪沙[①]

青杏园林煮酒香，佳人初试薄罗裳。柳丝摇曳燕飞忙。　乍雨乍晴花自落，闲愁闲闷日偏长。为谁消瘦

减容光？ （《草堂诗馀正集》卷一）

[注释]

①别又误作晏殊词，见《花草粹编》卷二。又误作欧阳修、吴文英词，文字小异。

[集评]

杨慎云："'乍雨乍晴'二语，见道，不独情景之真。"（杨批《草堂诗馀》）

李攀龙云："罗裳初试有意味，容光清减真堪怜也。"又："眼前景致口头语，便是诗家绝妙词。"（《草堂诗馀隽》卷二）

徐渭云："'乍雨乍晴'、'闲愁闲闷'二句，浅淡中伤春无限。"（段斐君本《淮海居士长短句》）

醉蓬莱[①]

见扬州独有，天下无双，号为琼树[②]。占断天风，岁花开两次。九朵一苞，攒成环玉，心似珠玑缀。瓣瓣玲珑，枝枝洁净，世上无花类。　　冷露朝凝，香风远送，信是琼瑶贵[③]。料得天宫有，此地久难留住。翰苑才人，贵家公子，都要看花去。莫吝金钱，好寻诗伴，日日花前醉。

（《扬州琼华集》）

[注释]

①唐氏按：此首不知所本，疑非秦观作，下二首同。　下二首指《满江红》、《一斛珠》。　②"见扬州"三句："扬州后土祠琼花，天下无二本，绝类聚八仙，色微黄而有香。"见周密《齐东野语》。又《全芳备祖》引《刘原父诗序》云："此花天下只一株耳。永叔为扬州，作无双亭以赏之。"　③琼瑶：美玉。

满江红

姝　丽[1]

越艳风流，占天上、人间第一。须信道、绝尘标致[2]，倾城颜色[3]。翠绾垂螺双髻小[4]，柳柔花媚娇无力。笑从来、到处只闻名，今相识。　脸儿美，鞋儿窄。玉纤嫩[5]，酥胸白。自觉愁肠搅乱，坐中狂客。金缕和杯曾有分[6]，宝钗落枕知何日。谩从今、一点在心头[7]，空成忆。

（《草堂诗馀续集》卷下）

［注释］

①少游于元丰二年己未(1079)如越省亲，郡守程公辟馆之于蓬莱阁。席上有所悦，眷眷不能忘怀。词中所咏“越艳”，盖此姝也。　②须信道：“须信道，犹云须知道也。晏殊《渔家傲》词：‘莫惜醉来开口笑，须信道，人间万事何时了。’”见《诗词曲语辞汇释》卷五。　绝尘：超尘脱俗。　③倾城颜色：谓极为美丽。《汉书·外戚传》李延年歌曰：“北方有佳人，绝世而独立。一顾倾人城，再顾倾人国。”　④垂螺双髻：古代女子结髮为髻，形似螺壳而下垂。　⑤玉纤：谓女子白嫩纤细的手指。　⑥金缕：曲名。“金缕和杯”，谓歌唱《金缕曲》以侑酒。　⑦一点：指一点相思。

［集评］

沈际飞云：“（下阕）太露，太急。”（《草堂诗馀续集》）

一斛珠

秋　闺

碧云寥廓，倚阑怅望情离索[1]。悲秋自怯罗衣薄。晓镜空悬，懒把青丝掠[2]。　江山满眼今非昨，纷纷木叶风中落。别巢燕子辞帘幕，有意东君，故把红丝缚[3]。

（《草堂诗馀别集》卷二）

[注释]

①离索：离群索居。《礼记·檀弓》："吾离群而索居，亦已久矣。"索：犹散也。　②"晓镜"二句：谓晨起懒于梳妆。　③"有意"二句：东君，指东王公，神话中人物。相传唐代宰相张嘉贞有五女，令各持一红丝择婿。郭元振遂牵一丝，得第三女，大有姿色。见《开元天宝遗事》。此喻愿得佳偶。

御街行①

银烛生花如红豆②，这好事、而今有。夜阑人静曲屏深，借宝瑟、轻轻招手。可怜一阵白蘋风③，故灭烛，教相就。　　花带雨、冰肌香透。恨啼鸟，辘轳声④，晓岸柳。微风吹残酒。断肠时、至今依旧。镜中消瘦。那人知后，怕你来僝僽。

（《绿窗新话》卷上引《古今词话》）

[注释]

①本篇亦见《闲居笔记》，云："秦少游在扬州刘太尉家，出姬侑觞。中有一姝，善擘箜篌。此乐既古，近时罕有其传，以为绝艺。姝又倾慕少游之才名，偏属意。少游借箜篌观之。既而主人入宅更衣，适值狂风灭烛，姝来且亲，有仓卒之欢，且云：'今日为学士瘦了一半。'少游因作《御街行》以道一时之景。"　唐氏按：此首别作黄庭坚《忆帝京》词，见《山谷琴趣外篇》卷二。　②红豆：一名相思豆。　③白蘋风：微风。宋玉《风赋》："夫风生于地，起于青蘋之末。"柳恽《江南曲》："汀洲采白蘋，日暖江南春。"《全宋词》无"可怜"二字，据赵万里辑本《古今词话》补。　④"恨啼鸟"二句：谓鸟声如辘轳之连续不断。

阮郎归①

春风吹雨绕残枝，落花无可飞。小池寒绿欲生漪，雨晴还日西。　　帘半卷，燕双归，讳愁无奈眉②。翻身整

顿著残棋,沉吟应劫迟[③]。 (《草堂诗馀正集》卷一)

[注释]

①本篇亦见《历代诗馀》卷十六。《全宋词·淮海存目词》谓“无名氏词,见《乐府雅词拾遗》卷下”。然检享帚精舍刊本,作秦观词。 ②讳愁:谓欲隐瞒内心愁苦。 讳:隐讳。 ③应劫:犹应敌。《棋经》:“劫,夺也。先投子曰抛,后应子曰劫,乃有声东击西之功。”

[集评]

杨慎云:“眉不掩愁,棋不消愁,愁来何处著?”又:“‘讳愁无奈眉’,想深且慧。‘翻身’二句,愁人之致,极宛极真。此等情景,匪夷所思。”(杨慎批《草堂诗馀》)

李攀龙云:“以春花点春景,以春燕触春情,情景逼真。”又:“落花飞燕,俱是抚景伤情之语。”(《草堂诗馀隽》)

卓人月云:“‘讳愁’五字,不知费多少安顿。”(《古今词统》卷六)

黄苏云:“此词疑少游坐党籍被谪后作,言已被谪而众谤交搆也。‘绕’字有纠缠不已之意。风雨相逼,至无花可飞,则惨悴甚矣。池欲生漪,亦‘吹皱一池’之意也。‘日西’,言日已暮而时已晚也。整顿残棋而应劫迟,言欲求伸而无心于应敌也。辞旨清婉凄楚。结束‘沉吟’二字,妙在尚有含蓄。”(《蓼园词评》)

王士禛云:“‘东风无气力’,五字妖甚;如‘落花无可飞’,便不佳。”(《花草蒙拾》)

念奴娇

过小孤山[①]

长江滚滚,东流去,激浪飞珠溅雪。独见一峰青崒嵂[②],当住中流万折,应是天公,恐他澜倒,特向江心设。屹然今古,舟郎指点争说。 岸边无数青山,萦回紫翠,掩映云千叠。都让洪涛恣汹涌,却把此峰孤绝。薄暮

烟扉，高空日焕，谙历阴晴彻。行人过此，为君几度击楫[3]。　（光绪刻徐積馀《皖词纪胜》，又《少游诗馀》）

[注释]

①小孤山：在宿松县（今属安徽）东南一百二十里。　②崒嵂：高峻貌。一作"嵂崒"。　③"为君"句：君，指小孤山。　击楫：形容志节慷慨。《晋书·祖逖传》："（祖逖）仍将本流徒部曲百馀家渡江，中流击楫而誓曰：'祖逖不能清中原而复济者，有如大江。'"

昭君怨

春日寓意[1]

隔叶乳鸦声软，啼断日斜阴转。杨柳小腰肢，画楼西。　役损风流心眼[2]，眉上新愁无限。极目送行云，此时情。　（汲古阁本《淮海词》）

[注释]

①本篇亦见《历代诗馀》卷三。此词别又误入赵长卿《惜香乐府》。　②役损：犹言用坏。　役心，即用心。

西江月[1]

愁黛颦成月浅，啼妆印得花残[2]。只消鸳枕夜来闲[3]，晓镜心情便懒。　醉帽檐头风细，征衫袖口香寒。绿江春水寄书难，携手佳期又晚。　（《草堂诗馀续集》卷上）

[注释]

①本篇亦见《花草粹编》卷四。　②"愁黛"二句：典出《后汉书·梁冀传》李贤注引《风俗通》，"愁眉者，细而曲折；啼妆者，薄拭目下若啼

处”。 愁黛:即愁眉。 黛:画眉颜料。 ③只消:“只消,犹云只须也。”见《诗词曲语辞汇释》卷二。

[集评]

沈际飞云:“工笃铿清。”(《草堂诗馀续集》卷上)

画堂春①

东风吹柳日初长,雨馀芳草斜阳。杏花零落燕泥香,睡损红妆。 宝篆烟消龙凤②,画屏云锁潇湘③。夜寒微透薄罗裳,无限思量。④ (汲古阁本《淮海词》)

[注释]

①本篇题下附注:“或刻山谷年十六作。”汲古阁本《宋六十名家词·山谷集》于此词下注云:“时刻二调,考‘东风吹柳日初长’是淮海作,删去。”可见本篇为少游作无疑。 《全宋词》作出自《唐宋诸贤绝妙词选》卷四。又按此首别见明刻本《豫章黄先生词》。 ②“宝篆”句:形容香炉之烟如龙凤之飞腾。 宝篆:即篆香。 ③“画屏”句:谓屏风上画有云锁潇湘风景。 ④注者按:下阕与《全宋词》本有所差异。

[集评]

杨湜云:“少游《画堂春》‘雨馀芳草斜阳,杏花零落燕泥香’之句,善于状景物。至于‘香篆暗销鸾凤,画屏萦绕潇湘’二句,便含蓄‘无限思量’意思。此其有感而作也。”(《类编草堂诗馀》卷一引《古今词话》)

李攀龙云:“句句写景入画。言少而意甚多。”又:“以奇才运奇调,堪称奇章。”(《草堂诗馀隽》卷四)

许昂霄云:“高丽,直可使耆卿、美成为舆台矣。”(《词综偶评》)

王国维云:“温飞卿《菩萨蛮》:‘雨后却斜阳,杏花零落香。’少游之‘雨馀芳草斜阳,杏花零落燕泥香’,虽自此脱胎,而实有出蓝之妙。”(《人间词话》附《词辨》)

宴桃源[①]

去岁迷藏花柳[②]，恰恰如今时候。心绪几曾欢？赢得镜中消瘦。生受，生受[③]，更被养娘催绣[④]。

（王敬之刻《淮海词》补遗）

[注释]

①此调即《如梦令》。本篇原案："汲古阁《六十名家词·山谷词》末一调《宴桃源》，毛晋校云：'刻《淮海集》，略异。'检今集中，无之。晋所见《淮海集》，又不知是何本矣？兹并录之。" ②迷藏：即捉迷藏。《致虚阁杂俎》："唐明皇与玉真于月下以锦帕裹目，在方丈之间，互相捉戏，谓之捉迷藏。" ③生受："生受，有吃苦或为难义，有麻烦或烦劳义……此烦劳义。"见《诗词曲语辞汇释》卷六。 ④养娘：老年侍婢。《草堂诗馀》注："唐宋女儿多有养娘，即今之针线娘也。"

[集评]

沈际飞云："不但情怀倦绣，纵含情刺锦，岂由催促，如养娘之不解事何！"（《草堂诗馀续集》卷上）

海棠春[①]

流莺窗外啼声巧，睡未足、把人惊觉。翠被晓寒轻，宝篆沉烟袅。 宿酲未解宫娥报[②]，道别院笙歌会早。试问海棠花，昨夜开多少。（汲古阁本《淮海词》）

[注释]

①本篇原注："旧刻不载。"亦见《花草粹编》卷四。《乐府雅词拾遗》卷下不著撰人。 宿酲：谓醉后经夜未醒。《急就篇》卷三："侍酒行觞宿昔酲。"注："昔，夜也。病酒曰酲。谓经宿饮酒故致酲也。"

[集评]

李攀龙云："'宿酲'承'睡未足'来，何等脉络！"又："流莺唤睡，海棠独醒，情景在一盼中。"(《草堂诗馀隽》卷一)

沈际飞云："('睡未足，把人惊觉'眉批)再睡，不几负花耶?"又："时本以'宿酲未解'作一句，大误。(结二句)媚杀。"(《草堂诗馀正集》卷一)

陈廷焯云："'睡未足'句，终嫌俚浅。"(《词则·闲情集》卷一)

菩萨蛮

秋闺①

金风蔌蔌惊黄叶，高楼影转银蟾匝②。梦断绣帘垂，月明乌鹊飞③。　　新愁知几许？欲似柳千缕，雁已不堪闻，砧声何处村。

(汲古阁本《淮海词》)

[注释]

①本篇亦见《草堂诗馀正集》卷一及《蓼园词选》。　②银蟾匝：谓月亮已围绕高楼转了一圈。　③"月明"句：语本曹操《短歌行》"月明星稀，乌鹊南飞"。

[集评]

李攀龙云："色色入愁，声声致憾。"又："如风声、雁声、砧声，俱足动秋闺之思。"(《草堂诗馀隽》卷四)

陆云龙云："种种可怜。"(《词菁》卷二)

黄苏云："按'匝'字从'转'生来，匝月由东而西，转于高楼之上者，已匝也。通首亦清微淡远。"(《蓼园词选》)

忆秦娥①

暮云碧，佳人不见愁如织。愁如织，两行征雁，数声羌笛。　　锦书难寄西飞翼，无言只是空相忆。空相忆，

纱窗月淡，影双人只。（《词综》卷六）

[注释]

①本篇亦见《历代诗馀》卷十五。《全宋词》作出自《古今词统》卷六。又杨金本《草堂诗馀前集》卷下作无名氏词。

[集评]

卓人月云："结语简隽。"（《古今词统》卷五）

忆秦娥

灞桥雪①

驴背吟诗清到骨②，人间别是闲勋业。云台烟阁久销沉③，千载人图灞桥雪

灞桥雪，茫茫万径人踪灭。人踪灭，此时方见，乾坤空阔。　骑驴老子真奇绝，肩山吟耸清寒冽④。清寒冽，只缘不禁，梅花撩拨。

[注释]

①本篇亦见《少游诗馀》。《词谱》注云："按秦词四首，每首前各有口号四句，即以口号末句三字为起句，亦如《调笑令》例，乐府舞曲《转踏》类如此。"然仅载二首，馀二首《庾楼月》、《楚台风》据《少游诗馀》补。　②驴背吟诗："相公（郑）綮善诗……或曰：'相公近为新诗否？'对曰：'诗思在灞桥风雪中驴子背上。此何以得之？'盖言平生苦心也。"见《全唐诗话》五引《古今诗话》。　③"云台"句：谓功业不再。《后汉书·马武传论》："永平中，显宗（汉明帝）追念前世功臣，乃图二十八将于南宫云台。"又唐太宗贞观十七年，代宗广德元年，均曾绘功臣像于凌烟阁。④肩山吟耸：形容严寒中耸肩缩颈苦吟状。苏轼《写真何充秀才》诗："又不见雪中骑驴孟浩然，皱眉吟诗肩耸山。"

忆秦娥

曲江花[1]

帝城东畔富韶华，满路飘香烂彩霞。多少风流年少客，马蹄踏遍曲江花

曲江花，宜春十里锦云遮[2]。锦云遮，水边院落，山下人家。 茸茸细草承香车，金鞍玉勒争年华。争年华。酒楼青旆，歌板红牙。

[注释]

①曲江：故址在今陕西西安大雁塔附近。原为汉武帝所建，其水曲折，有“似广陵之江”，故名。 ②宜春：即宜春苑。《汉书·元帝纪》注：“宜春下苑，即今京城东南隅曲江池是。”

忆秦娥

庾楼月[1]

碧天如水纤云灭，可是高人清兴发[2]。徙倚危阑有所思，江头一片庾楼月

庾楼月，水天涵映秋澄彻。秋澄彻，凉风清露，瑶台银阙[3]。 桂花香满蟾蜍窟[4]，胡床兴发霏谈雪[5]。霏谈雪，谁家凤管[6]，夜深吹彻。

[注释]

①庾楼：一名庾公楼、玩月楼。晋代庾亮为江、荆、豫州刺史，治所在武昌，曾与僚吏殷浩等登楼赏月，谈咏竟夕。事见《世说新语·容止》。后江州州治移浔阳，好事者于此建楼曰庾楼。 ②可是：却是。 ③瑶台银阙：神仙所居。 ④“桂花”句：典出段成式《酉阳杂俎》，是书前集卷一：“旧言月中有桂，有蟾蜍。言月桂高五百丈，下有一人常砍之，树创随合。” ⑤“胡床”句：《世说新语·容止》谓庾亮登南楼，“因便据胡床，与诸人咏

谑竟坐，甚得任乐”。　胡床：坐具，一称交椅，可以折叠。　霏谈雪：喻谈吐滔滔不绝。《晋书·胡毋补之传》：“王澄尝与人书曰：‘彦国吐佳言如锯木屑，霏霏不绝。’”　⑥凤管：指笙，以其形状似凤之身。

忆秦娥

楚台风①

谁将彩笔弄雌雄②，长日君王在渚宫③。一段潇湘凉意思，至今都入楚台风

楚台风，萧萧瑟瑟穿帘栊。穿帘栊，沧江浩渺，绮阁玲珑④。　飘飘彩笔摇长虹，泠泠仙籁鸣虚空⑤。鸣虚空，一阑修竹，几壑疏松。　（以上四首见《词谱》卷五）

[注释]

①宋玉《风赋序》：“楚襄王游于兰台之宫，宋玉、景差侍，有风飒然而至。”　②彩笔：即五色笔，喻有才华。　③渚宫：春秋时楚国的别宫，故址在今湖北江陵县城内。指兰台之宫。　④绮阁：雕绘美丽的楼阁。⑤仙籁：仙乐。　籁：自然界窍穴中发出的音响。

金明池

春　游①

琼苑金池②，青门紫陌③，似雪杨花满路。云日淡、天低昼永，过三点两点细雨。好花枝、半出墙头，似怅望、芳草王孙何处。更水绕人家，桥当门巷，燕燕莺莺飞舞。　怎得东君长为主，把绿鬓朱颜，一时留住。佳人唱、金衣莫惜；才子倒、玉山休诉。况春来，倍觉伤心，念故国情多，新年愁苦。纵宝马嘶风，红尘拂面，也只寻芳归去。

（《类编草堂诗馀》卷四）

[注释]

①本篇亦见《宋四家词选》及《历代诗馀》。唐氏以为“无名氏词，见《草堂诗馀前集》卷上”，似不足为据。《词谱》云：此调始于秦观……调见《淮海词》，赋东京金明池，即以调为题也。” ②琼苑金池：即琼林苑、金明池。 ③青门：指帝京城门。 紫陌：指京郊道路。贾至《早朝大明宫》诗：“银烛朝天紫陌长。”

[集评]

李攀龙云：“（‘好花枝’二句）怅望何处，只在莺飞燕舞中。”又：“点缀春光，如雨花错落。至佳人才子，共庆同春，犹令人神游十二峰，为之玩不释手。”（《草堂诗馀隽》卷一）

沈际飞云：“（‘好花枝’二句）花神现身时分。”又：“人生有几韶光美，倒尽金尊拼醉眠。”（《草堂诗馀正集》）

朱淑真云：“‘愿教青帝长为主，莫遣纷纷点翠苔。’秦作曼声，琳琅振耳。”（《草堂诗馀正集》卷六）

周济云：“此词最明快，得结语神味便远。”（《宋四家词选》）

黄苏云：“前阕写韶光婉媚，奕奕动人。次阕起处愿朱颜留住，意已感慨，至结句尤峻切，语意含蓄得妙。”（《蓼园词选》）

夜游宫[①]

何事东君又去？满空院、落花飞絮[②]。巧燕呢喃向人语，何曾解、说伊家、些子苦[③]。　况是伤心绪，念个人[④]、又成睽阻。一觉相思梦回处，连宵雨[⑤]。更那堪，闻杜宇！

（《历代诗馀》卷三十四，亦见《花草粹编》卷六）

[注释]

①《全宋词》作出自《京本通俗小说·西山一窟鬼》。 ②满空院：《花草粹编》作“空满院”。 ③些子苦：《花草粹编》作“些子事”。 ④个人：那人。 ⑤连宵雨：《花草粹编》脱此三字。

青门饮[①]

风起云间，雁横天末。严城画角，梅花三奏[②]。塞草西风，冻云笼月，窗外晓寒轻透。人去香犹在，孤衾长闲馀绣。恨与宵长，一夜薰炉，添尽香兽。　前事空劳回首。虽梦断春归，相思依旧。湘瑟声沉，庾梅信断，谁念画眉人瘦？一句难忘处，怎忍辜、耳边轻咒！任人攀折，可怜又学，章台杨柳[③]。　（《绿窗新话》卷上）

[注释]

①本篇亦见《花草粹编》卷十二。《青泥莲花记》卷一引《古今词话》云："秦少游尝惓一妹，临别，誓阖户相待。后有毁之者，少游作词谢曰：'风起云间(略)。'妹见'任人攀折'之句，遂削发为尼。"　②梅花三奏：琴曲名，即《梅花三弄》，因协韵而用"奏"字。全曲主调出现三次，因称"三弄"。　唐氏按："奏"原作"弄"，改从《花草粹编》卷十二。　③"任人"三句："章台柳，章台柳，昔日青春今在否？纵使长条似旧垂，也应攀折他人手。"见《本事诗·情感》载韩翃与柳氏诗。章台，汉代长安街道名，后世多指妓院。

鹧鸪天[①]

枝上流莺和泪闻，新啼痕间旧啼痕。一春鱼鸟无消息[②]，千里关山劳梦魂。　无一语，对芳尊，安排肠断到黄昏。甫能炙得灯儿了[③]，雨打梨花深闭门[④]。

（汲古阁本《淮海词》）

[注释]

①本篇亦见《花草粹编》卷五。别又误作李清照词，然王鹏运以为非是，见《四印斋漱玉词补遗》案。　《全宋词》作出自《类编草堂诗馀》卷一。又《草堂诗馀前集》卷上，无名氏词。　②鱼鸟：犹鱼雁，指信使。

③甫能："甫能，犹方才也。"见《诗词曲语辞汇释》卷二。　④"雨打"句：袭唐诗成句。吴聿《观林诗话》："半山（王安石）酷爱唐乐府'雨打梨花深闭门'之句。"

[集评]

李攀龙云："新痕间旧痕，一字一血。"又："结两句有言外无限深意。"（《草堂诗馀隽》卷一）

王世贞云："秦少游'安排肠断到黄昏，甫能炙得灯儿了，雨打梨花深闭门'，则十二时无间矣。此非深于闺恨者不能也。"（《弇州山人词评》）

陆云龙云："锦心绣口，出语皆菁。"又："'安排'二字，楚绝。"（《词菁》）

张綖云："后段三句似佳，结语尤曲折婉约有味。若嫌曲细，词与诗体不同，正欲其精工。故谓秦淮海以词为诗，尝有'帘幕千家锦绣垂'之句。"（《草堂诗馀别录》）

沈祥龙云："词虽浓丽而乏趣味者，以其但知作情景两分语，不知作景中有情、情中有景语耳。'雨打梨花深闭门'、'落红万点愁如海'，皆情景双绘，故称好句而趣味无穷。"（《论词随笔》）

黄苏云："此词形容愁怨之意最工，如后叠'甫能炙得灯儿了，雨打梨花深闭门'，颇有言外之意。孤臣思妇，同难为情。'雨打梨花'句，含蓄得妙，超诣也！"（《蓼园词选》）

醉乡春[①]

唤起一声人悄，衾暖梦寒窗晓[②]。瘴雨过[③]，海棠晴，春色又添多少。　　社瓮酿成微笑[④]，半破瘿瓢共舀[⑤]。觉健倒，急投床，醉乡广大人间小。

（《苕溪渔隐丛话》前集卷五十引《冷斋夜话》）

[注释]

①《冷斋夜话》云："少游在黄州（应作横州）饮于海（棠）桥。桥南北多海棠，有老书生家于海棠丛间。少游醉卧宿于此，明日题其柱云（词

略)。东坡爱其句,恨不得其腔,当有知者。"少游于元符元年(1098)编管横州,城西有海棠桥,词当作于此时。《全宋词》调名作《添春色》。 ②衾暖:汲古阁本《淮海词》作"衾冷",义较胜。 ③瘴雨:旧时谓湖广一带湿热蒸郁易于致病的雨水。 ④社瓮:社日所醉之酒。《岁时广记》:"立春后五戊为春社,立秋后五戊为秋社。"罗隐《寄杨秘书》诗:"会待与君开社瓮,满船载酒镜中行。" ⑤瘿瓢:状似肿瘤的水瓢。汲古阁本作"半缺椰瓢",似更符合岭南特点。 舀:《雨村词话》:"舀,音咬,以瓢取水也。……或不识舀字,妄改可笑。"

[集评]

卓人月云:"(结句)学得嗣宗双白眼。"(《古今词统》卷六)

王济云:"横州海棠桥,长百馀尺……宋时所建者。其地建亭,亦名海棠亭。数年前,建业黄琮守州,改为淮海书院。余尝至访遗迹,有坏碑数通,漫灭不可读,后一小碑扑于地,拂拭观之,乃刻晁无咎像也,云晁尝不远万里来访淮海,故存其刻云。"(秦瀛《淮海先生年谱》)

南歌子①

赠东坡侍妾朝云②

霭霭迷春态③,溶溶媚晓光。不应容易下巫阳④,只恐翰林前世、是襄王。 暂为清歌驻,还因暮雨忙。瞥然归去断人肠,空使兰台公子、赋高唐。

(《花草粹编》卷五,亦见《苕溪渔丛话》后集卷二十九引《艺苑雌黄》)

[注释]

①《全宋词》作《南柯子》。 ②朝云:东坡侍妾也,尝令就少游乞词,少游作《南歌子》赠之。张邦基《侍儿小名录》:"东坡先生侍妾曰朝云,字子霞,姓王氏,钱塘人。敏而好义,事先生二十有三年,忠敬若一。生子遁,未期而夭。"东坡以元祐六年闰八月出知颍州,而少游是时供职秘书省,故词中以"使君"称东坡,而自喻"兰台公子"。 ③霭霭:云气浓密

貌。陶渊明《停云》诗:“霭霭停云,濛濛时雨。” ④巫阳:巫山之阳,以下均化用宋玉《高唐赋序》意。

南歌子[①]

夕露沾芳草,斜阳带远村。几声残角起谯门,撩乱栖鸦,飞舞闹黄昏。　天共高城远,香馀绣被温。客程常是可销魂,怎向心头[②],横著个人人。

（《花草粹编》卷五）

[注释]

①丁绍仪《听雨秋声馆词话》卷九作无名氏词。 ②怎向:怎奈。

南歌子[①]

楼迥迷云日,溪深涨晓沙。年来憔悴费铅华[②],楼上一天春思浩无涯。　罗带宽腰素[③],真珠溜脸霞。海棠开尽柳飞花,薄幸只知游荡不思家。

（《历代诗馀》卷二十四）

[注释]

①《全宋词》谓“无名氏词,见《乐府雅词拾遗》卷下”。然检丛书集成本《乐府雅词拾遗》卷下,题秦观作。王敬之本《淮海集》亦注云:“见曾慥《乐府雅词》。”当可信。 ②铅华:铅粉。《文选·曹植〈洛神赋〉》:“芳泽无加,铅华不御。”李善注:“铅华,粉也。” ③宽腰素:谓腰肢瘦损。古代女子束腰以素(白色生绢)故云。

失调名

一

天若有情，天也为人烦恼[①]。　（《瓮牖闲评》卷五）

[注释]

①“天若”二句：“程伊川一日见秦少游，问：‘天若有情，天也为人烦恼，是公词否？’少游意伊川称赏之，拱手逊谢。伊川云：‘上穹尊严，安得易而侮之！’少游惭而退。”见《瓮牖闲评》云。　唐氏按：此二句疑是秦观《水龙吟》“天还知道，和天也瘦”之讹。

二

我曾从事风流府[①]。　（《侯鲭录》卷一）

[注释]

①赵德麟《侯鲭录》卷一：（东坡）作词云“十五年前，我是风流帅……”后秦少游薄游京师，见此词遂和之，其中有“我曾从事风流府”。风流府：指冶游之地。《开元天宝遗事》谓长安平康坊，为妓女所居之地，“时人谓此坊为风流薮泽”。

三

端午词[①]

粽团桃柳，盈门共垒，把菖蒲、旋刻个人人。

（《岁时广记》卷二十一）

[注释]

①《岁时杂记》云:“端午刻蒲为小人子或葫芦形,带之辟邪。王沂公《端午帖子》云:‘明朝知是天中节,旋刻菖蒲要辟邪。’又秦少游《端午词》云(略)。”

四

神仙须是闲人做[①]。　　（《古今词话·词品》卷下）

[注释]

①沈雄云:“做,秦少游‘神仙须是闲人做’。”

五

曲游春逸句[①]

脸薄难藏泪[②]。　　哭得浑无气力,但掩面、满袖啼红。

（《吹剑三录》）

[注释]

①俞文豹云:“作文亦如此。又秦少游《曲游春》云(略),一词乃至三言哭泣。”　②徐凝《忆扬州》诗:“萧娘脸薄难藏泪,桃叶眉长易觉愁。”

存目词

调名	首句	出处	附注
断句	缺月向人舒窈窕	《泊宅编》卷上	苏轼词,见《东坡词》卷下

调名	首句	出处	附注
蝶恋花	钟送黄昏鸡报晓	《草堂诗馀后集》卷下	王诜词，见《唐宋诸贤绝妙词选》卷三
忆王孙	萋萋芳草忆王孙	《类编草堂诗馀》卷一	李重元词，见《唐宋诸贤绝妙词选》卷七
如梦令	门外绿阴千顷	同上	曹组词，见《乐府雅词》卷下
眼儿媚	楼上黄昏杏花寒	同上	阮阅词，见《苕溪渔隐丛话》前集卷十一
柳梢青	岸草平沙	同上	僧仲殊词，见《唐宋诸贤绝妙词选》卷十
怨王孙	帝里春晚	杨金本《草堂诗馀前集》卷下	李清照作，见《类编草堂诗馀》卷一
生查子	去年元夜时	同上	欧阳修词，见《近体乐府》卷一
生查子	眉黛远山长	同上	张孝祥词，见《于湖居士文集》卷三十四
南乡子	万籁寂无声	《草堂诗馀隽》卷二	黄升词，见《中兴以来绝妙词选》卷十
如梦令	传与东坡尊舅	苏长公《章台柳传》	小说依托
玉楼春	参差帘影晨光动	《少游诗馀》	张綖词，见《草堂诗馀新集》卷二
玉楼春	午窗睡起香销鸭	同上	疑亦张綖作

调　名	首　句	出　处	附　注
玉楼春	狂风落尽深红色	《少游诗馀》	疑亦张綖作
南乡子	月色满湖村	同上	同上
虞美人	陌头柳色春将半	同上	同上
踏莎行	冰解芳塘	同上	同上
踏莎行	昨日清明	同上	同上
踏莎行	晓树啼莺	同上	同上
临江仙	为爱西庄花满树	同上	同上
临江仙	十里红楼依绿水	同上	张綖词，见《草堂诗馀新集》卷三
临江仙	客路光阴浑草草	同上	疑亦张綖作
钗头凤	临丹壑	同上	张綖作，见《草堂诗馀新集》卷三
蝶恋花	紫燕双飞深院静	同上	同上
蝶恋花	并倚香肩颜鬥玉	同上	疑亦张綖作
蝶恋花	新草池塘烟漠漠	同上	张綖词，见《草堂诗馀新集》卷三
蝶恋花	金凤花开红落砌	同上	疑亦张綖作

调　名	首　句	出　处	附　注
蝶恋花	语燕飞来惊昼睡	《少游诗馀》	疑亦张綖作
蝶恋花	今岁元宵明月好	同上	同上
蝶恋花	舟泊浔阳城下住	同上	同上
渔家傲	门外平湖新雨过	同上	张綖词，见《词菁》卷二
渔家傲	七夕湖头闲眺望	同上	张綖词，见《草堂诗馀新集》卷三
渔家傲	遥忆故园春到了	同上	疑亦张綖作
渔家傲	江上凉飔情绪燠	同上	张綖词，见《草堂诗馀新集》卷三
渔家傲	刚过淮流风景变	同上	疑亦张綖作
江城子	清明天气醉游郎	同上	张綖词，见《草堂诗馀新集》卷三
何满子	天际江流东注	同上	疑亦张綖作
风入松	崇峦雨过碧瑶光	同上	同上
满江红	一派秋声	同上	同上
满江红	风雨萧萧	同上	同上

调　名	首　句	出　处	附　注
碧芙蓉	客里遇重阳	又(亦见《历代诗馀》卷七十五)	疑亦张綖作
满庭芳	庭院馀寒	同上	同上
念奴娇	千门明月天如水	同上	同上
念奴娇	中流鼓楫浪花舞	同上	同上
念奴娇	画桥东过朱门下	同上	同上
念奴娇	朝来佳气郁葱葱	同上	同上
念奴娇	纤腰袅袅东风里	同上	同上
念奴娇	满天风雪	同上	同上
念奴娇	夜凉湖上	同上	同上
解语花	窗涵月影	又(亦见《词谱》卷二十八)	张綖词,见《草堂诗馀新集》卷五
玉烛新	泰阶开景运	同上	疑亦张綖作
水龙吟	禁烟时候风和	同上	张綖词,见《草堂诗馀新集》卷五
水龙吟	琐窗睡起门重闭	同上	同上
石州慢	深院萧条	同上	疑亦张綖作

调名	首句	出处	附注
喜迁莺	西风落叶	《少游诗馀》	疑亦张綖作
喜迁莺	梅花春动	同上	同上
喜迁莺	花香馥郁	同上	同上
风流子	新阳上帘幌	同上	张綖词，见《草堂诗馀新集》卷五
沁园春	锦里繁华	同上	疑亦张綖作
沁园春	暖日高城	同上	同上
摸鱼儿	傍湖滨	同上	同上
兰陵王	雨初歇	又（亦见《词谱》卷三十七）	同上
百尺楼	春透水波明	《填词图谱》卷一	秦湛词，见《唐宋诸贤绝妙词选》卷四
踏莎行	春色将阑	《词学筌蹄》卷三	寇准词，见《乐府雅词拾遗》卷上
桃源忆故人（应是渔家傲）	十月小春梅蕊绽	同上	欧阳修作，见《近体乐府》卷二
蝶恋花	数日兰闺增懊恼	《丰韵情词》卷五	明人陈双作，见《古今青楼集选》卷三
长相思	西风飕	同上	明人依托
蝶恋花	妾本钱塘江上佳	《古今图书集成闺媛曲》卷十八	司马槱作，见《乐府雅词拾遗》卷上

米　芾

米芾(1051—1107),字元章,世居太原(今属山西),徙襄阳(今属湖北),后定居润州(今江苏镇江)。自号鹿门居士,又号海岳外史、无碍居士,以母侍宣仁后藩邸恩,补校书郎、太常博士,知无为军。逾年,召为书画博士,擢礼部员外郎,知淮阳军。能诗文,奇险而不蹈袭故常;尤妙于翰墨,书画自名一家,著称于世;亦善填词,清奇爽利。有《宝晋英光集》,朱孝臧据其辑出《宝晋长短句》一卷。

西江月

秋　兴

溪面荷香粲粲[①],林端远岫青青[②]。楚天秋色太多情,云卷烟收风定。　　夜静冰娥欲上[③],梦回醉眼初醒。玉瓶未耻有新声[④],一曲请君来听。

[注释]

①粲粲:鲜明貌。　②远岫(xiù):远处的峰峦。　③冰娥:指明亮的月亮。　④玉瓶:玉制之瓶。毛诗曰:“瓶之罄矣,惟罍之耻。”言小者(瓶)贫而大者(罍)富。讥贫富不均也。玉瓶未耻,则国泰民安矣。

菩萨蛮

拟　古

蒹葭风外烟笼柳[①],数叠遥山眉黛秀[②]。微雨过江来,烦襟为一开[③]。　　沙边临望处,紫燕双飞语。举酒送飞云,夜凉愁梦频。

[注释]

①蒹葭:初生而没有长穗的芦苇。　②眉黛:古代女子用黛画眉,因称眉为眉黛。这里形容远山青淡如眉。　③烦襟:烦闷的心情。

水调歌头

中　秋

砧声送风急[①],蟋蟀思高秋。我来对景,不学宋玉解悲愁[②]。收拾凄凉兴况[③],分付尊中醽醁[④],倍觉不胜幽。自有多情处,明月挂南楼。　怅襟怀[⑤],横玉笛,韵悠悠。清时良夜,借我此地倒金瓯[⑥]。可爱一天风物,遍倚阑干十二,宇宙若萍浮。醉困不知醒,攲枕卧江流。

[注释]

①砧(zhēn)声:捣衣声。　砧:捣衣石。　②宋玉:战国时楚国辞赋家。其《九辩》被传为悲秋名篇,充满感伤色彩。开篇曰:"悲哉秋之为气也!"　③兴况:情趣,情怀。　④醽(líng)醁:酒名。　⑤襟怀:胸怀,怀抱。　⑥金瓯:酒杯的美称。

渔家傲

金　山

昔日丹阳行乐里[①],紫金浮玉临无地[②]。宝阁化成弥勒世[③],龙宫对[④],时时更有天花坠[⑤]。　浩渺一天秋水至,鲸鲵鼓鬣连山沸。员峤岱舆更赑屃[⑥]。无根蒂,莫教龙伯邦人戏。

[注释]

①丹阳:地名。今属江苏镇江。　②紫金:紫磨金。一种精美的金

子。这里指金山。　浮玉：金山的别名。“焦山大江环绕，每风涛四起，势欲飞动，故南朝谓之浮玉山。”见惠凯《金山志》，周必大《二老堂杂志》。　③弥勒：梵语，意为“慈氏”。著名的未来佛。　④龙宫：神话中龙王的宫殿。　⑤天花坠：天花，亦作“天华”。　佛教传说：佛祖讲经，感动天神，诸天各色香花，纷纷下坠。见《法华经·序品》。　⑥员峤、岱舆：仙山名。　赑屃：(bì xì)：大神龟，好负重，今负石碑者是也。

丑奴儿

见白髪

踟蹰山下濡须水①。我更委佗②，物阜时和③，迨暇相逢笑复歌④。　江湖楼上凭阑久。极目沧波，天鉴如磨⑤，偏映华簪雪一窝⑥。

[注释]

①踟蹰：徘徊不前。　濡须：水名。今称运漕河，源出安徽巢湖，东流至今芜湖市入长江。　②委佗(tuó)：庄重而又从容自得的样子。　③物阜：物产丰盛。　时和：时世清明。　④迨(dài)暇：趁着闲暇。　⑤天鉴：犹天镜，这里指湖面。　⑥华簪：华贵的冠簪。　雪一窝：指一窝白髪。

减字木兰花

涟水登楼寄赵伯山

云间皓月，光照银淮来万折。海岱楼中①，拂袖雄披楚岸风。　醉馀清夜，羽扇纶巾人入画②。江远淮长，举首宗英醒更狂③。

[注释]

①海岱楼：此词作于知涟州军时，楼在涟水淮水岸边。　②羽扇纶(guān)巾：谓大将指挥若定潇洒从容。《太平御览》卷七百零二引晋裴启

《语林》:“诸葛武侯与宣王在渭滨将战,武侯乘素舆,葛巾,白羽扇,指挥三军。” ③宗英:皇室中才能杰出的人。这里指赵伯山。

减字木兰花

展书卷

平生真赏,纸上龙蛇三五行[①]。富贵功名,老境谁堪宠辱惊[②]。 寸心谁语,只有当年袁与许[③]。归到寥阳[④],玉简霞衣侍帝旁。

[注释]

①龙蛇:指草书飞动圆转的笔势。 ②宠辱:荣宠与耻辱。 ③袁与许:似指袁天纲、许负,皆方术之士。 ④寥阳:即寥阳宫。唐司马永祯修真之所,地在王屋山麓。

点绛唇

示儿尹仁尹智[①]

莘野寥寥[②],渭滨漠漠情何限[③]。万重堆案,懒更重经眼。 儿辈休惊,头上霜华满。功名晚,水云萧散[④]。漫就驿亭看。

[注释]

①尹仁:大儿米友仁。 尹智:小儿米友智。 ②莘(shēn)野:有莘国之原野,地在今陕西合阳。《孟子·万章》:“伊尹耕于有莘之野,而乐尧舜之道焉。” 寥寥:空阔貌。 ③渭滨:渭水之滨。相传姜太公曾隐居渭水之滨垂钓,后被周文王重用为相。 漠漠:寂寞貌。 ④萧散:消散。

阮郎归

海岱楼与客酌别作

双双鸳鹭戏蘋洲[①],几行烟柳柔。一声长笛咽清秋[②],碧云生暮愁。　　钩月挂[③],绮霞收[④]。浦南人泛舟。娟娟何处烛明眸[⑤],相望徒倚楼。

[注释]

①鸳鹭:鸳鸯和鹭鸶。　②清秋:明净爽朗的秋天。　③钩月:这里指如钩的新月。　④绮霞:美丽的彩霞。　⑤娟娟:美好貌。

蝶恋花

海岱楼玩月作

千古涟漪清绝地[①]。海岱楼高,下瞰秦淮尾[②]。水浸碧天天似水,广寒宫阙人间世[③]。　　霭霭春和生海市[④]。鳌戴三山[⑤],顷刻随轮至。宝月圆时多异气,夜光一颗千金贵。

[注释]

①涟漪:涟水的微波。　清绝:形容清美至极。　②秦淮:河名。流经今南京市。　注者按:楼在涟水,距秦淮甚远。疑是"长淮"之误。　③广寒宫阙:相传为月中仙宫名。遂代指月亮。　④霭霭:草木茂盛貌。　春和:春日和暖。　海市:即海市蜃楼。　⑤鳌戴三山:古代神话谓渤海之东,不知几亿万里,在无底深谷,中有五山,互不相连,随波上下往还。天帝命禺彊使巨鳌十五,更迭举首而戴之。

诉衷情

献汲公相国寿[①]

薰风吹动满池莲,晓云楼阁鲜。绣阁华堂嘉会,齐拜玉炉烟[②]。　　斟美酒，奉觥船[③]，祝芳筵。宜春耐夏，多福庄严，富贵长年。

[注释]

①汲公相国：吕大防元祐元年封汲郡公，元祐三年起拜尚书左仆射兼门下侍郎。　②玉炉：熏炉的美称。　③觥（gōng）船：容量大的饮酒器。

诉衷情

思　归

劳生奔走困粗官，揽镜鬓毛斑。物外平生萧散[①]，微官兴阑珊[②]。　　奇胜处，每凭阑，定忘还。好山如画，水绕云萦，无计成闲。

[注释]

①物外：世外。谓超脱于尘世之外。　萧散：犹潇洒。形容举止、神情、风格等自然，不拘束，闲散舒适。　②兴阑珊：兴致衰减，消沉。

鹧鸪天

献汲公相国寿

暖日晴烘候小春[①]，际天和气与精神[②]。灵台静养千年寿[③]，丹灶全无一点尘[④]。　　寿彭祖[⑤]，寿广成[⑥]，华阳仙裔是今身[⑦]。夜来银汉清如洗，南极星中见老人。

[注释]

①小春：本指农历十月。此指温如十月，吕大防生日在夏初，见《诉衷情》词。　②际天：语出《庄子·刻意》“上际于天，下蟠于地”。指遍及天

地间。　③灵台:指心。　④丹灶:炼丹的炉灶。　⑤彭祖:传说中的人物。因封于彭,故称。传说他善养生之术,活到八百高龄。　⑥广成:即广成子。古代传说中的仙人,居崆峒山石室之中。　⑦华阳:华阳洞。传说中神仙所居的洞府。

鹧鸪天

漫　寿[①]

云液无声白似银[②],红霞一抹百花新。觞多莫厌频频劝[③],一片花飞减却春。　蜂翅乱,蝶眉颦,花间啼鸟劝游人。人生无事须行乐,富贵何时且健身。

[注释]

①漫寿:随意过生日。　②云液:指酒。"花前白酒倾云液",苏轼诗句。　③觞(shāng):酒杯。

浪淘沙

祝　寿

祝寿庆生申[①],德日维新[②]。期颐眉寿寿长春[③]。五福三灵禄永永[④],长寿仙人。　遐算等庄椿[⑤],□德康宁。年年欢会笑欣欣。岁岁仰依□寿域,彭祖广成。[⑥]

(以上《彊村丛书》本《宝晋长短句》)

[注释]

①生申:申伯诞生之日。后为生日之祝辞。语本《诗经·大雅·崧高》"崧高维岳,骏极于天。维崧降神,生甫及申"。　②德日:福庆之日。维新:谓乃使更新。　③期颐:一百岁。语本《礼记·曲礼上》"百年曰期、颐"。　眉寿:长寿。　④五福:语本《尚书·洪范》"五福,一曰寿,二曰富,三曰康宁,四曰攸好德,五曰考终命"。攸好德,谓所好者德。考终

命，谓善终不横夭。　三灵：指天、地、人。　永永：指久长。　⑤遐算：高龄，高寿。　庄椿：比喻长寿。《庄子·逍遥游》谓，上古有大椿木，以八千岁为一春，以八千岁为一秋。　⑥唐氏按：以上米芾词十五首，据《彊村丛书》本《宝晋长短句》（原出《宝晋英光集》卷五），原十六首，一首未录。有九首题据涉闻梓旧本《宝晋英光集》补。

浣溪沙

野眺

日射平溪玉宇中，云横远渚岫重重[①]。野花犹向涧边红。　　静看沙头鱼入网，闲支藜杖醉吟风[②]。小春天气恼人浓。

（《续选草堂诗馀》卷上）

[注释]

①远渚：远处水中的陆地。　②藜杖：用藜茎所作的手杖。《晋书·山涛传》："以母老，拜赠藜杖一枝。"

醉太平

风炉煮茶[①]，霜刀剖瓜[②]，暗香微透窗纱。是池中藕花。　　高梳髻鸦[③]，浓妆脸霞[④]，玉尖弹动琵琶[⑤]。问香醪饮么[⑥]。[⑦]

（《珊瑚网名画题跋》卷六）

[注释]

①风炉：一种小型的炉子。唐宋时用来烹茶的器具。唐陆羽《茶经·器》："风炉，以铜铁铸之，如古鼎形。"　②霜刀：雪亮锋利的刀。　③髻鸦：即"髻丫"。盘于头顶左右两边的髮髻。　④脸霞：指泛在脸上的红色。　⑤玉尖：指美人尖尖的手指。　⑥香醪（láo）：美酒。　⑦唐氏按：此首原不著调名。

存目词

调　名	首　句	出　处	附　注
满庭芳	雅燕飞觞	《宝晋英光集》卷五	秦观词,见《淮海居士长短句》卷中
减字木兰花	山阴道士	《花草粹编》卷二引《志雅堂杂抄》	僧仲殊作,见《云烟过眼录》卷下,《志雅堂杂抄》卷下
念奴娇	洞天昼永	本书(按:指《全宋词》)初版卷四十九	米友仁词,见《铁网珊瑚画品》卷一

李　甲

李甲，生卒不详，字景元，华亭（今上海松江）人。善画翎毛。《宋诗纪事补遗》卷三十一云：李景元，元符中，武康（今浙江省德清县）令。

望云涯引

秋容江上，岸花老，蘋洲白。露湿蒹葭[①]，浦屿渐增寒色[②]。闲渔唱晚，鹜雁惊飞处[③]，映远碛[④]。数点轻帆，送天际归客。　　凤台人散[⑤]，漫回首，沉消息。素鲤无凭，楼上暮云凝碧。时向西风下，认远笛。宋玉悲怀，未信金樽消得。

［注释］

①蒹葭（jiān jiā）：芦苇。　②浦屿：水中小岛。　③鹜（wù）雁：野鸭和大雁。　④碛（qì）：浅水的沙石，沙石浅滩。　⑤凤台：泛指华美的楼台。

吊严陵[①]

蕙兰香泛，孤屿潮平[②]，惊鸥散雪[③]。迤逦点破[④]，澄江秋色。暝霭向敛[⑤]，疏雨乍收，染出蓝峰千尺。渔舍孤烟锁寒碛。画鹢翠帆旋解[⑥]，轻舣晴霞岸侧[⑦]。正念往悲酸[⑧]，怀乡惨切[⑨]。何处引羌笛。　　追惜。当时富春佳地[⑩]，严光钓址空遗迹[⑪]。华星沉后[⑫]，扁舟泛去，萧洒闲名图籍。离觞吊终寓目，意断魂消泪滴。渐洞天晚，回首暮云千古碧。

[注释]

①吊严陵:此调始于本词,因有“严陵钓址”,“离觞吊古”之句而得名。　②孤屿:水中小孤岛。　③惊鸥散雪:惊起的鸥鸟如漫天飘散的白雪。鸥鸟羽毛白色,故有此喻。　④迤逦(yǐ lǐ):曲折连绵。　⑤暝霭:暮色暗淡貌。　⑥画鹢(yì):头上画着鹢鸟的船。　⑦舣(yǐ):停船着岸。　⑧念往:追念往昔。　⑨乡:唐氏按,“乡”字从《词学丛书》本《乐府雅词》。《四部丛刊》本作“郎”。　惨切:悲惨凄切。　⑩富春:富春江。浙江在富阳、桐庐县境内的一段称富春江,是著名的风景区,汉严光曾垂钓于此。　⑪严光:东汉初会稽馀姚(今属浙江)人。字子陵。曾与刘秀同学。刘秀即位后,他改名隐居。后被召到京师洛阳,任谏议大夫,不肯受,归隐富春山,垂钓送日月。钓台故址在浙江桐庐城西十五公里的富春山上。　⑫华星:明星。

梦玉人引

渐东风暖,陇梅残,霁云碧[①]。嫩草柔条,又回江城春色。乍促银签[②],便篆香纹蜡有馀迹[③]。愁梦相兼,尽日高无力。　　这些离恨,依然是、酒醒又如织[④]。料伊怀情,也应向人端的[⑤]。何故近日,全然无消息。问伊看,伊教人到此,如何休得。

[注释]

①霁(jì)云:晴云。　②银签:书卷封套所用的银质帙签。　③篆香:犹盘香。　纹蜡:饰有花纹的蜡烛。　④如织:这里比喻离愁别恨纷乱纠结。　⑤端的:的确。

过秦楼[①]

卖酒炉边,寻芳原上,乱花飞絮悠悠。已蝶稀莺散,便拟把长绳、系日无由[②]。谩道草忘忧[③],也徒将、酒解闲愁[4]。正江南春尽，行人千里，蘋满汀洲。　　有翠红径里，盈盈似簇，芳茵禊饮[5]，时笑时讴[6]。当暖风迟景[7]，任相将永日[8]，烂熳狂游[9]。谁信盛狂中[10]，有离情、忽到心头。向尊前拟问[11]，双燕来时，曾过秦楼。

[注释]

①过秦楼：此调创自李甲，以句中有"曾过秦楼"而得名。　②长绳系(jì)日：谓留住时光。　③谩道：休说，别说。　草忘忧：草，指忘忧草，即萱草之别名。　④将：拿，用。　⑤芳茵：芳草地上。　禊(xì)饮：谓古时农历三月上巳日之宴聚。　⑥讴：歌唱。　⑦迟景：日色明丽。《诗经·豳风·七月》："春日迟迟。"　⑧相将(jiāng)：相偕，相共。　永日：从早到晚，整天。　⑨烂熳：谓放浪，不拘形迹，豪放，不受拘束。　⑩盛狂：极狂，甚狂。　⑪拟：打算。

帝台春

芳草碧色，萋萋遍南陌[1]。暖絮乱红[2]，也知人、春愁无力。忆得盈盈拾翠侣[3]，共携赏、凤城寒食[4]。到今来，海角逢春，天涯为客。　　愁旋释，还似织。泪暗拭，又偷滴。谩伫立、遍倚危阑[5]。尽黄昏，也只是、暮云凝碧。拚则而今已拚了[6]，忘则怎生便忘得。又还问鳞鸿[7]，试重寻消息。[8]

[注释]

①萋萋：草茂盛貌。　②乱红：纷乱的落花。　③盈盈：仪态美好貌。　拾翠：拾取翠鸟羽毛以为首饰。后多指女子游春。　④凤城：京都的美称。　⑤谩：聊且。　伫立：久立而等待。　⑥拚(pàn)：舍弃，不顾惜。　⑦鳞鸿：鱼雁。指书信。　⑧唐氏按：《高丽史·乐志》此首作无名氏词，别又误作李璟词，见《尧山堂外纪》卷四十一。

[集评]

潘游龙云:"'拚'二句,词意极浅,正未许浅人解得。"(《古今诗馀醉》)

沈雄云:"华亭李甲字景元,宋之词人也。《帝台春》一词,旧刻李璟为唐元宗所制久矣,近代朱彝尊辈始出而正之。余暇日曾读《帝台春》数过,今偶得《望云涯引》而并归之。"(《古今词话·词评》)

击梧桐

杳杳春江阔[1]。收细雨,风蹙波声无歇[2]。雁去汀洲暖,岸芜静[3],翠染遥山一抹[4]。群鸥聚散,征航来去[5],隔水相望楚越。对此,凝情久[6],念往岁上国[7],嬉游时节[8]。

鬥草园林[9],卖花巷陌,触处风光奇绝[10]。正恁浓欢里[11],悄不意、顿有天涯离别。看那梅生翠实,柳飘狂絮,没个人共折。把而今、愁烦滋味,教向谁说。

[注释]

①杳杳:深暗幽远貌。 ②蹙(cù):迫促。 ③岸芜:岸上丛生的杂草。 ④一抹:一片轻微的痕迹。 ⑤征航:远行的船。 ⑥凝情:情意专注。 ⑦上国:指京师。 ⑧嬉游:玩耍,游戏。 ⑨鬥草:亦作"鬥百草",一种古代游戏。竞采花草,比赛多寡优劣,常于端午行之。南朝梁宗懔《荆楚岁时记》:"五月五日,四民并蹋百草,又有鬥百草之戏。" ⑩触处:到处,随处。极言其多。 ⑪恁:如此,这样。

幔卷绌

绝羽沉鳞[1],埋花葬玉,杳杳悲前事。对一盏寒灯,数点流萤,悄悄画屏,巫山十二。舜脸星眸[2],蕙情兰性[3],一旦成流水。便纵有、甘泉妙手[4],洪都方士何济[5]。 香闺宝砌。临妆处,迤逦苔痕翠[6]。更不忍看伊,绣残鸳侣。

而今尚有，啼红粉渍。好梦不来，断云飞去，黯黯情无际[7]。谩饮尽香醪[8]，奈向愁肠，消遣无计。

［注释］

①绝羽沉鳞：鱼（鳞）鸟（羽）沉沦，喻音信断绝。按这是一首悼亡词。 ②蕣（shùn）脸：蕣花似的面容，常比喻美貌之短暂。 蕣：木槿花。夏季开花，早开晚落，仅荣一瞬。 ③蕙情兰性：形容女子芳洁高雅，蕙与兰皆为香草。 ④妙手：这里意谓"妙手回春"，谓医生医术高超，能把垂危的病人治愈。 ⑤方士：方术之士。古代自称能修仙炼丹以求长生不老的人。 济：有益，有利。 ⑥迤逦：曲折连绵。 ⑦黯黯：心神沮丧貌。 ⑧香醪：美酒。

望春回

霁霞散晓[1]，射水村渐明[2]，渔火方绝。滩露夜潮痕，注冻濑凄咽。征鸿来时应负书[3]，见疏柳、更忆伊同折。异乡憔悴[4]，那堪更逢，岁穷时节[5]。 东风暗回暖律[6]。算折遍江梅，消尽岩雪。唯有这愁肠，也依旧千结。私言窃语些誓约，便眠思梦想无休歇。这些离恨，除非对著、说似明月。 （以上八首《乐府雅词》卷下）

［注释］

①霁霞：雨后的彩霞。 ②射：映照。 ③征鸿：远飞的大雁。 书：书信。古有雁足传书的故事。 ④憔悴：困顿萎靡貌。 ⑤岁穷：年底。一年快完的时候。 ⑥暖律：古时以时令合乐律，温暖的节候称"暖律"。

少年游

江国陆郎封寄后[1]，独自冠群芳。折时雪里，带时灯下，香面讶争光[2]。 而今不怕吹羌管，一任更繁霜。

玳筵赏处[③],玉纤整后,犹胜岭头香。[④]

（《词谱》卷八）

[注释]

①江国:指江南。 陆郎:即南朝宋诗人陆凯。他与范晔相善,自江南寄梅花一枝,诣长安与晔,并赠诗曰:“折花逢驿使,寄与陇头人。江南无所有,聊赠一枝春。” ②讶:惊奇,诧异。 ③玳筵:玳瑁筵。谓豪华、珍贵的筵席。 ④唐氏按:此首原见《梅苑》卷十,作李景先,或即李景元之误。以上李甲词九首,用周泳先辑《李景元词》。

存目词

调名	首句	出处	附注
八宝妆	门掩黄昏	《词综》卷十	刘焘词,见《乐府雅词拾遗》卷上
忆王孙	萋萋芳草忆王孙	《历代诗馀》卷二	李重元词,见《唐宋诸贤绝妙词选》卷七
忆王孙	风蒲猎猎小池塘	同上	同上
忆王孙	飕飕风冷荻花秋	同上	同上
忆王孙	彤云风扫雪初晴	同上	同上

赵令畤

赵令畤（1061—1134），字德麟，燕懿王德昭玄孙，早以才敏闻。元祐六年（1091），签书颍州公事。时苏轼为守，爱其才，固荐于朝。后坐与苏轼交通，罚金，入党籍。绍兴初，官至右朝请大夫，后改右监门大将军，荣州防御使，迁洪州观察使，袭封安定郡王，同知行在大宗正事。卒后贫无以为殓，赠开府仪同三司。著有《侯鲭录》、《聊复集》，今不传，有赵万里辑本。

蝶恋花

商调十二首

夫传奇者，唐元微之所述也。以不载于本集而出于小说，或疑其非是。今观其词，自非大手笔孰能与于此。至今士大夫极谈幽玄，访奇述异，无不举此以为美话。至于娼优女子，皆能调说大略。惜乎不被之以音律，故不能播之声乐，形之管弦。好事君子极饮肆欢之际，愿欲一听其说，或举其末而忘其本，或纪其略而不及终其篇。此吾曹之所共恨者也。今于暇日，详观其文，略其烦亵，分之为十章。每章之下，属之以词。或全摭其文，或止取其意。又别为一曲，载之传前，先叙前篇之义。调曰商调，曲名《蝶恋花》。句句言情，篇篇见意。奉劳歌伴，先定格调，后听芜词

一

丽质仙娥生月殿[①]。谪向人间，未免凡情乱[②]。宋玉墙东流美盼[③]，乱花深处曾相见。　密意浓欢方有便。不奈浮名[④]，旋遣轻分散。最恨多才情太浅，等闲不念离

人怨。

[注释]

①丽质:指美人。 仙娥:这里以月中嫦娥喻指崔莺莺。 月殿:月宫。 ②凡情:凡人的情感欲望。 ③宋玉墙东:喻美人。战国时辞赋家宋玉所作《登徒子好色赋》曰:"玉曰:'天下之佳人,莫若楚国;楚国之丽者,莫若臣里;臣里之美者,莫若臣东家之子。东家之子,增之一分则太长,减之一分则太短;著粉则太白,施朱则太赤;眉如翠羽,肌如白雪,腰如束素,齿如含贝。嫣然一笑,惑阳城,迷下蔡,然此女登墙窥臣三年,至今未许也。'" ④浮名:虚名。

传曰:余所善张君,性温茂,美丰仪,寓于蒲之普救寺。适有崔氏孀妇,将归长安,路出于蒲,亦止兹寺。崔氏妇,郑女也。张出于郑,绪其亲,乃异派之从母。是岁,丁文雅不善于军,军人因丧而扰,大掠蒲人。崔氏之家,财产甚厚,多奴仆。旅寓惶骇,不知所措。先是张与蒲将之党有善,请吏护之,遂不及于难。郑厚张之德甚,因饰馔以命张,中堂宴之。复谓张曰:"姨之孤嫠未亡,提携幼稚。不幸属师徒大溃,实不保其身。弱子幼女,犹君之所生也,岂可比常恩哉。今俾以仁兄之礼奉见,冀所以报恩也。"乃命其子曰欢郎,可十馀岁,容甚温美。次命女曰:"莺莺,出拜尔兄。尔兄活尔。"久之,辞疾。郑怒曰:"张兄保尔之命。不然,尔且虏矣,能复远嫌乎?"又久之,乃至。常服睟容,不加新饰。垂鬟浅黛,双脸断红而已。颜色艳异,光辉动人。张惊,为之礼。因坐郑旁,凝睇怨绝,若不胜其礼。张问其年几。郑曰:"十七岁矣。"张生稍以词导之,不对,终席而罢。奉劳歌伴,再和前声

二

锦额重帘深几许[①]。绣履弯弯、未省离朱户。强出娇羞都不语,绛绡频掩酥胸素[②]。 黛浅愁红妆淡伫[③]。

怨绝情凝，不肯聊回顾。媚脸未匀新泪污，梅英犹带春朝露。

[注释]

①锦额：锦制帘子的上端。 ②绛绡：红色绡绢。绡为生丝织成的薄绢。 酥胸：指洁白润泽的胸脯。 ③淡伫：当为“淡泞”之讹。淡雅明静貌。

张生自是惑之，愿致其情，无由得也。崔之婢曰红娘，生私为之礼者数四，乘间遂道其衷。翌日，复至，曰：“郎之言，所不敢言，亦不敢泄。然而崔之族姻，君所详也，何不因其媒而求娶焉！”张曰：“予始自孩提时，性不苟合。昨日一席间，几不自持。数日来，行忘止，食忘饭，恐不能逾旦暮。若因媒氏而娶，纳采问名，则三数月间，索我于枯鱼之肆矣。”婢曰：“崔之贞顺自保，虽所尊不可以非语犯之。然而善属文，往往沉吟章句，怨慕者久之。君试为谕情诗以乱之。不然，无由得也。”张大喜，立缀春词二首以授之。奉劳歌伴，再和前声

三

懊恼娇痴情未惯[①]。不道看看，役得人肠断[②]。万语千言都不管，兰房跬步如天远[③]。 废寝忘餐思想遍。赖有青鸾[④]，不必凭鱼雁。密写香笺论缱绻，春词一纸芳心乱。

[注释]

①懊恼：悔恨，烦恼。 ②役：指被吸引而不由自主。 ③兰房：犹香闺。旧时妇女所居之室。 跬（kuǐ）步：半步。 ④青鸾：即青鸟。借指传送信息的使者。

是夕，红娘复至，持彩笺以授张曰："崔所命也。"题其篇云："明月三五夜。"其词曰："待月西厢下，迎风户半开。拂墙花影动，疑是玉人来。"奉劳歌伴，再和前声

四

庭院黄昏春雨霁。一缕深心，百种成牵系。青翼蓦然来报喜[①]，鱼笺微谕相容意[②]。　　待月西厢人不寐，帘影摇光，朱户犹慵闭。花动拂墙红萼坠，分明疑是情人至。

[注释]

①青翼：犹青鸟。即使者。　蓦(mò)然：突然的意思。　②鱼笺：代称书信。　谕：表明，显示。

张亦微谕其旨。是夕，岁二月旬又四日矣。崔之东墙有杏花一树，攀援可逾。既望之夕，张因梯树而逾焉。达于西厢，则户半开矣。无几，红娘复来。连曰："至矣，至矣。"张生且喜且骇，谓必获济。及女至，则端服俨容，大数张曰："兄之恩，活我家厚矣，由是慈母以弱子幼女见依。奈何因不令之婢，致淫泆之词。始以护人之乱为义，而终掠乱而求之。是以乱易乱，其去几何。诚欲寝其词，则保人之奸不义；明之母，则背人之惠不祥；将寄于婢妾，又恐不得发其真诚。是用托于短章，愿自陈启。犹惧兄之见难，是用鄙靡之词以求其必至。非礼之动，能不愧心。特愿以礼自持，毋及于乱。"言毕，翻然而逝。张自失者久之，复逾而出，由是绝望矣。奉劳歌伴，再和前声

五

屈指幽期惟恐误[①]。恰到春宵，明月当三五。红影压墙花密处，花阴便是桃源路[②]。　　不谓兰诚金石固[③]。

敛袂怡声[④]，恣把多才数。惆怅空回谁共语，只应化作朝云去。

［注释］

①幽期：指男女间隐秘的欢会。　②桃源路：指通往美人住处的路。　③兰诚：女子的心意。　④怡声：犹柔声。

后数夕，张君临轩独寝，忽有人惊之。惊欻而起，则红娘敛衾携枕而至，抚张曰："至矣，至矣，睡何为哉?"并枕重衾而去。张生拭目危坐久之，犹疑梦寐，俄而红娘捧崔而至，则娇羞融冶，力不能运支体。曩时之端庄，不复同矣。是夕，旬有八日，斜月晶荧，幽辉半床。张生飘飘然，且疑神仙之徒，不谓从人间至也。有顷，寺钟鸣晓，红娘促去。崔氏娇啼宛转。红娘又捧而去。终夕无一言。张生辨色而兴，自疑曰："岂其梦耶?"所可明者，妆在臂，香在衣，泪光荧荧然，犹莹于茵席而已。奉劳歌伴，再和前声

六

数夕孤眠如度岁。将谓今生，会合终无计。正是断肠凝望际，云心捧得嫦娥至[①]。　玉困花柔羞抆泪[②]。端丽妖娆[③]，不与前时比。人去月斜疑梦寐。衣香犹在妆留臂。

［注释］

①云心：云端，高空。这里用以形容如同神话中的仙境。　②玉困花柔：形容女子娇柔无力貌。　抆（wěn）泪：擦拭眼泪。　③端丽：端庄美丽。

是后又十数日，杳不复知。张生赋会真诗三十韵，未毕，红娘适至，因授之以贻崔氏，自是复容之。朝隐而出，暮隐而入，

同安于曩所谓西厢者,几一月矣。张生将之长安,先以情谕之。崔氏宛无难词,然愁怨之容动人矣。欲行之再夕,不复可见,而张生遂西。奉劳歌伴,再和前声

七

一梦行云还暂阻。尽把深诚,缀作新诗句。幸有青鸾堪密付,良宵从此无虚度[①]。　　两意相欢朝又暮。争奈郎鞭,暂指长安路。最是动人愁怨处,离情盈抱终无语[②]。

[注释]

①良宵:美好的夜晚。　②盈抱:满怀。

不数月,张生复游于蒲,舍于崔氏者又累月。张雅知崔氏善属文。求索再三,终不可见。虽待张之意甚厚,然未尝以词继之。异时,独夜操琴,愁弄凄恻。张窃听之,求之,则不复鼓矣。以是愈惑之。张生俄以文调及期,又当西去。当去之夕,崔恭貌怡声,徐谓张曰:"始乱之,今弃之,固其宜矣,愚不敢恨。必也君始之,君终之,君之惠也。则没身之誓,其有终矣,又何必深憾于此行。然而君既不怿,无以奉宁。君尝谓我善鼓琴,今且往矣。既达君此诚。"因命拂琴,鼓霓裳羽衣序,不数声,哀音怨乱,不复知其是曲也。左右皆欷歔,张亦遽止之。崔投琴拥面,泣下流涟,趣归郑所,遂不复至。奉劳歌伴,再和前声

八

碧沼鸳鸯交颈舞[①]。正恁双栖[②],又遣分飞去。洒翰赠言终不许[③],援琴请尽奴衷素[④]。　　曲未成声先怨慕。忍泪凝情,强作霓裳序。弹到离愁凄咽处,弦肠俱断梨

花雨。

[注释]

①碧沼：碧水小池。 ②恁：如此，这样。 ③洒翰：犹洒笔，挥毫。 ④援琴：持琴，弹琴。 衷素：亦作“衷愫”。内心真情。

诘旦，张生遂行。明年，文战不利，遂止于京。因贻书于崔，以广其意。崔氏缄报之词，粗载于此，曰：“捧览来问，抚爱过深。儿女之情，悲喜交集。兼惠花胜一合，口脂五寸。致耀首膏唇之饰，虽荷多惠，谁复为容。睹物增怀，但积悲叹耳。伏承便于京中就业，于进修之道，固在便安。但恨鄙陋之人，永以遐弃。命也如此，知复何言！自去秋以来，尝忽忽如有所失。于喧哗之下，或勉为笑语。闲宵自处，无不泪零。乃梦寐之间，亦多叙感咽离忧之思。绸缪缱绻，暂若寻常，幽会未终，惊魂已断。虽半衾如暖，而思之甚遥。一昨拜辞，倏逾旧岁。长安行乐之地，触绪牵情。何幸不忘幽微，眷念无斁。鄙薄之志，无以奉酬。至于终始之盟，则固不忒。鄙昔中表相因，或同宴处；婢仆见诱，遂致私诚。儿女之情，不能自固。君子有援琴之挑，鄙人无投梭之拒。及荐枕席，义盛恩深。愚幼之情，永谓终托。岂期既见君子，不能以礼定情，致有自献之羞，不复明侍巾栉。没身永恨，含叹何言。倘若仁人用心，俯遂幽劣，虽死之日，犹生之年。如或达士略情，舍小从大，以先配为丑行，谓要盟之可欺，则当骨化形销，丹忱不泯，因风委露，犹托清尘。存殁之诚，言尽于此。临纸呜咽，情不能申，千万珍重。”奉劳歌伴，再和前声

九

别后相思心目乱。不谓芳音，忽寄南来雁。却写花笺和泪卷[①]，细书方寸教伊看。 独寐良宵无计遣。梦里依稀，暂若寻常见。幽会未终魂已断，半衾如暖人

犹远。

[注释]

①花笺:精致华美的笺纸。

"玉环一枚,是儿婴年所弄,寄充君子下体之佩。玉取其坚洁不渝,环取其终始不绝。兼致彩丝一绚,文竹茶合碾子一枚。此数物不足见珍,意者欲君子如玉之洁,鄙志如环不解。泪痕在竹,愁绪萦丝。因物达诚,永以为好耳。心迩身遐,拜会无期。幽愤所钟,千里神合。千万珍重。春风多厉,强饭为佳。慎言自保,毋以鄙为深念也。"奉劳歌伴,再和前声

十

尺素重重封锦字[①]。未尽幽闺,别后心中事。佩玉彩丝文竹器,愿君一见知深意。　　环玉长圆丝万系。竹上斓斑[②],总是相思泪。物会见郎人永弃,心驰魂去神千里。

[注释]

①尺素:古代用绢帛书写,通常长一尺,故称写文章所用的短笺为"尺素"。这里用以指书信。　锦字:用锦织成的字。指《晋书》所载窦滔妻苏氏织锦为回文旋图诗以赠其夫的事。旧用以指妻寄夫的书信。

②斓斑:亦作"斑斓"。颜色错杂灿烂。

张之友闻之,莫不耸异。而张之志固绝之矣。岁馀,崔已委身于人,张亦有所娶。适经其所居,乃因其夫言于崔,以外兄见。夫已诺之,而崔终不为出。张怨念之诚,动于颜色。崔知之,潜赋一诗寄张曰:"自从消瘦减容光,万转千回懒下床。不为旁人羞不起,为郎憔悴却羞郎。"竟不之见。后数日,张君将行,崔又赋一诗以谢绝之。词曰:"弃置今何道,当时且自亲。

还将旧来意，怜取眼前人。"奉劳歌伴，再和前声

十一

梦觉高唐云雨散[1]。十二巫峰，隔断相思眼[2]。不为旁人移步懒，为郎憔悴羞郎见。　青翼不来孤凤怨。路失桃源，再会终无便。旧恨新愁无计遣，情深何似情俱浅。

［注释］

①高唐云雨：指男女欢爱。　②十二巫峰：即巫山十二峰。巫山之上，群峰叠起，其著者有十二峰，峰名说法不一。

逍遥子曰：乐天谓微之能道人意中语。仆于是益知乐天之言为当也。何者？夫崔之才华婉美，词彩艳丽，则于所载缄书诗章尽之矣。如其都愉淫冶之态，则不可得而见。及观其文，飘飘然仿佛出于人目前。虽丹青摹写其形状，未知能如是工且至否？仆尝采摭其意，撰成鼓子词十一章，示余友何东白先生。先生曰："文则美矣，意犹有不尽者，胡不复为一章于其后，具道张之于崔，既不能以理定其情，又不能合之于义。始相遇也，如是之笃；终相失也，如是之遽。必及于此，则完矣。"余应之曰："先生真为文者也。言必欲有终始箴戒而后已。大抵鄙靡之词，止歌其事之可歌，不必如是之备。若夫聚散离合，亦人之常情，古今所共惜也。又况崔之始相得而终至相失，岂得已哉。如崔已他适，而张诡计以求见；崔知张之意，而潜赋诗以谢之，其情盖有未能忘者矣。乐天曰：'天长地久有时尽，此恨绵绵无尽期。'岂独在彼者耶？"予因命此意，复成一曲，缀于传末云

十二

镜破人离何处问。路隔银河，岁会知犹近[1]。只道新

来消瘦损，玉容不见空传信。　　弃掷前欢俱未忍。岂料盟言，陡顿无凭准[2]。地久天长终有尽，绵绵不似无穷恨。

（以上十二首《侯鲭录》卷五）

[注释]

①岁会：指传说中牛郎织女被银河阻隔而一年一度相会于鹊桥。　②陡顿：突然。　无凭准：没有准确凭信。

[集评]

毛奇龄云："宋末有安定郡王赵令畤者，始作商调鼓子词，谱《西厢》传奇，则纯以事实谱词曲间，然犹无演白也。"（《西河词话》卷二）

王国维云："赵德麟令畤之《商调蝶恋花》，述《会真记》事凡十阕，并置原文于曲前，又以一阕起、一阕结之，视后世戏曲之格律，几于具体而微。毛奇龄《词话》已视赵德麟此词，为戏曲之祖。"（《戏曲考源》）

天仙子

宿雨洗空台榭莹[1]，下尽珠帘寒未定[2]。花开花落几番晴，春欲竟[3]，愁未醒，池面杏花红透影。　　一纸短书言不尽，明月清风还记省[4]。玉楼香断又添香，闲展兴，临好景，心似乱萍何处整。

[注释]

①宿雨：久雨。　台榭：台和榭。泛指楼台等建筑物。　②珠帘：珍珠缀成的帘子。　③竟：本义为奏乐完毕，引申为完、尽。　④记省：回忆，记心。

浣溪沙

刘平叔出家伎八人，绝艺，乞词赠之。脚绝、歌绝、琴绝、舞绝

稳小弓鞋三寸罗[1]，歌唇清韵一樱多[2]。灯前秀艳总

横波[3]。　指下鸣泉清杳渺[4]，掌中回旋小婆娑[5]。明朝归路奈情何。

［注释］

①弓鞋：旧时缠脚妇女所穿的鞋子。　三寸：指三寸金莲。　②清韵：这里形容清雅和谐的歌声。　一樱：形容女子的口小如樱桃。　③秀艳：艳丽。　横波：比喻女子眼神流注，如水横流。　④指下鸣泉：指如泉水叮咚似的琴声从指下流出。　杳渺：形容琴声悠远飘逸清雅高妙。　⑤掌中回旋：犹“掌上舞”。指体态轻盈的舞蹈。相传汉成帝之后赵飞燕体态轻盈，能为掌上舞。　婆娑：这里形容舞姿优美。

菩萨蛮

轻鸥欲下春塘浴，双双飞破春烟绿。两岸野蔷薇，翠笼薰绣衣[1]。　凭船闲弄水，中有相思意。忆得去年时，水边初别离。

［注释］

①翠笼：青色竹笼。　绣衣：指饰以刺绣的丝质服装。

菩萨蛮

长淮渺渺寒烟白，凭栏人是霜台客[1]。诗句妙春豪[2]，风云不啻高[3]。　樽前人已老，馀恨连芳草。一曲酒醒时，梧桐月欲低。

［注释］

①霜台：御史台的别称。御史职司弹劾，为风霜之任，故称。　②春豪：妙笔。　豪：通“毫”，笔也。　③啻（chì）：仅，止。

菩萨蛮

春风试手先梅蕊[①],頩姿冷艳明沙水[②]。不受众芳知[③],端须月与期[④]。　　清香闲自远,先向钗头见[⑤]。雪后燕瑶池[⑥],人间第一枝[⑦]。

[注释]

①试手:试试身手。　②頩(pǐng)姿:泛起红晕的脸颊姿容。　③众芳:指百花。　④端须:应须。　⑤钗头见:这里指女子插梅蕊于钗头。　⑥燕:通"宴"。宴饮。　⑦第一枝:这里指最早最好的梅花。

好事近

急雨涨溪浑[①],小树带山秋色。轻棹暮天归路,袅芙蓉烟白。　　酒醒香冷梦回时,虫声正凄绝[②]。只觉小窗风月,与昨宵都别。[③]

[注释]

①溪浑:溪水浑浊。　②凄绝:谓极度凄凉或伤心。　③唐氏按:《四部丛刊》本《乐府雅词》缺此首。

小重山

楼上风和玉漏迟[①]。秋千庭院静,百花飞。午窗才起暖金卮[②]。匀面了[③],阑畔看春池。　　何事苦颦眉[④]。碧云春信断[⑤],尽来时。鸳鸯游戏镇相随[⑥]。云雾敛,新月挂天西。[⑦]

[注释]

①玉漏:古代记时漏壶的美称。　②金卮:酒器之美称。　③匀面:

谓化妆时用手搓脸使脂粉匀净。 ④颦眉：皱眉头。 ⑤春信：春天的信息。 ⑥镇：犹“常”。 ⑦唐氏按：《草堂诗馀前集》卷下，此首作赵德仁词，盖赵德麟之误。

小重山

雨霁风高天气清。玉盘浮出海[1]，转空明。小窗帘影冷如冰。愁不寐，独自傍阶行。 情似浪头轻。一番销欲尽，一番生。无言惆怅到参横[2]。人欲起，鹎鵊几声鸣[3]。

[注释]

①玉盘：指圆月。 ②参横：参星横斜，指夜深。 ③鹎鵊（bēi jiá）：鸟名。似鸠，身黑尾长而有冠。春分始见，凌晨先鸡而鸣，其声“加格加格”，农家以为下田之候，俗称催明鸟。

蝶恋花

欲减罗衣寒未去。不卷珠帘，人在深深处。红杏枝头花几许，啼痕止恨清明雨。 尽日沉烟香一缕[1]。宿雨醒迟，恼破春情绪。飞燕又将归信误，小屏风上西江路。

[注释]

①沉烟：指点燃的沉香。

[集评]

沈际飞云：“开口澹冶鬆秀。”又云：“末路情景，若近若远，低徊不能去。”（《草堂诗馀正集》）

俞陛云云：“上段警拔不足，而静婉有馀。后段以闲淡之笔，写怀人心

事,结处风华掩映,含蓄不尽。"(《唐五代两宋词选释》)

蝶恋花

卷絮风头寒欲尽[①]。坠粉飘香,日日红成阵。新酒又添残酒困,今春不减前春恨。 蝶去莺飞无处问。隔水高楼,望断双鱼信[②]。恼乱横波秋一寸[③],斜阳只与黄昏近。[④]

[注释]

①卷絮:风卷柳花。 ②双鱼:指书信。 ③横波:比喻女子眼神流动,如水横流。 ④唐氏按:以上二首又见晏几道《小山词》。此首别又误作晏殊词,见杨金本《草堂诗馀后集》卷下。

[集评]

沈雄云:"山谷谓为词,惟取陡健圆转。屯田意过久许,笔犹未休。待制滔滔漭漭,不能尽变。如赵德麟云:'新酒又添残酒病,今春不减前春恨。'……此则陡健圆转之榜样也。"(《古今词话·词品》)

西江月

人世一场大梦,我生魔了十年[①]。明窗千古探遗编[②],不救饥寒一点。 更被维摩老子[③],不教此处容言。炉薰清炷坐安禅[④],物物头头显现[⑤]。

[注释]

①魔:入迷。 ②明窗:明亮的窗户。 遗编:指前人留下的著作。 ③维摩:维摩诘的省称。传说他和释迦牟尼同时,是毗耶离城中的一位大乘居士。为佛典中现身说法、辩才无碍的代表人物。 ④炉薰:熏香,焚香。 安禅:佛教语。指静坐入定。俗称打坐。 ⑤物物:各样事

物。　头头：犹每桩，每件。

满庭芳

玉枕生凉[1]，金缸传晓[2]，败叶飞破清秋。雨馀翻浪，渺渺阻行舟。暂系汀洲侧畔，风夜起、荻叶添愁。银屏远[3]，龙香渐尽[4]，还是梦扬州。　　更筹[5]，何太永。当年情事，今日堪酬。最苦恨红楼，笑我飘浮。为寄相思细字，教字字、愁蹙眉头。凄凉久，渔人唱晓，随月过横沟。

［注释］

①玉枕：玉制的枕头。亦用作瓷枕、石枕的美称。　②金缸：金质的灯盏、灯台。　③银屏：镶银的屏风。　④龙香：即龙涎香。此物香气持久，是极名贵的香料。　⑤更筹：古代夜间报更用的计时竹签。也借指时间。

清平乐

春风依旧，著意隋堤柳。搓得蛾儿黄欲就[1]，天气清明时候。　　去年紫陌青门[2]，今宵雨魄云魂。断送一生憔悴，只销几个黄昏。[3]

［注释］

①搓：揉擦。　蛾儿黄：指杨柳刚长芽时的嫩黄色。　②紫陌：指京师郊野的道路。　青门：汉长安城东南门因色青，故俗呼为"青门"。门外有霸桥，汉人送客至此桥，折柳赠别。　③唐氏按：《苕溪渔隐丛话》后集卷四十引《复斋漫录》，以此首为刘弇作。

［集评］

叶申芗云："刘弇伟明，丧爱妾，颇深骑省之悼。赵德麟赋《清平乐》云云。"（《本事词》）

李攀龙云:“对景伤春,至‘断送一生’语,最为悲切。”(《草堂诗馀隽》)

思远人[①]

素玉朝来有好怀,一枝梅粉照人开。晴云欲向杯中起,春色先从脸上来。　深院落,小楼台。玉盘香篆看徘徊[②]。须知月色撩人恨[③],数夜春寒不下阶。

[注释]

①思远人:《全宋词》作《思越人》。　②香篆:指焚香时飘起的烟缕。因其曲折似篆文,故称。　③撩:引逗,挑弄。

临江仙

阿方初出[①]

枝上粉香吹欲尽,依前庭院春风。更谁同绕摘芳丛。漏残金兽冷,信断锦屏空[②]。　看结灯花愁不睡,酒阑无梦相逢[③]。凄凉长判一生中[④],不如云外月,永夜在房栊[⑤]。

[注释]

①阿方:当是侍女之名。　初出:出嫁。　②锦屏:指妇女居处,闺阁。　③酒阑:谓酒筵将尽。　④判:通“拚”。舍弃。　⑤永夜:长夜。　房栊:窗棂。

虞美人

光化道中寄家[①]

画船稳泛春波渺,夕雨寒声小。紫烟深处数峰横[②],

惊起一滩鸥鹭、照川明。　　西楼今夜归期误，恨入栏干暮。可堪春事满春怀[3]，不似珠帘新燕、早归来。

[注释]

①光化：县名，在湖北襄阳附近。　②紫烟：山谷中的紫色烟雾。　③可堪：哪堪，怎堪。

浣溪沙

王晋卿筵上作[1]

风急花飞昼掩门，一帘残雨滴黄昏。便无离恨也销魂。　　翠被任熏终不暖，玉杯慵举几番温[2]。个般情事与谁论[3]。

[注释]

①王晋卿：王诜，字晋卿，尚英宗女，为驸马都尉。　②几番温：这里指杯酒难咽，凉了又温热一番。　③个般：犹这般。

浣溪沙

槐柳春馀绿涨天[1]，酒旗高插夕阳边。谁家墙里笑秋千。　　往事不堪楼上看，新愁多向曲中传。此情销得是何年[2]。

[注释]

①春馀：春天将尽未尽之时。　绿涨天：万绿弥天，夏日光景。　②销：消除，消散。

浣溪沙

一朵梦云惊晓鸦，数枝春雨带梨花。坐来残月冷窗纱。　钗凤谩曾留得半[①]，枕山犹是枕时斜[②]。对花今日奈天涯。

[注释]

①钗凤：即凤钗。　留得半：钗分为二，男女各执一半。意为离别。　②枕山：谓垫得很高的枕头。

浣溪沙

水满池塘花满枝，乱香深里语黄鹂。东风轻软弄帘帏。　日正长时春梦短，燕交飞处柳烟低[①]。玉窗红子鬥棋时。[②]

[注释]

①交飞：齐飞。　②唐氏按：《类编草堂诗馀》卷一此首误作张先词。

浣溪沙

少日怀山老住山，一官休务得身闲[①]。几年食息白云间[②]。　似我乐来真是少，见人忙处不相关。养真高静出尘寰[③]。

[注释]

①休务：罢休，停止。　②食息：吃饭休息。　③养真：休养、保持本性。

鹧鸪天

前改张文潜诗，但有此四句，正为咸平刘生作[①]。余作后改为《鹧鸪天》赠之

可是相逢意便深，为郎巧笑不须金。门前一尺春风髻，窗内三更夜雨衾。　情渺渺，信沉沉[②]。青鸾无路寄芳音[③]。山城钟鼓愁难听，不解襄王梦里寻。

[注释]

①刘生：指营妓刘淑女。张耒有诗为赠，此词前四句即是。　②沉沉：形容音信杳无。　③青鸾：即青鸟。借指传送信息的使者。　芳音：犹佳音。

鹧鸪天

蓝良辅知阁舟中晚坐会上作[①]

麝发雕炉小袖笼，天教我辈此时同。橼经雪重香方满[②]，菊到秋深色自浓。　船槛内，月明中。插花归去莫匆匆。人生更在艰难内，胜事年来不易逢[③]。

（以上见《乐府雅词》卷中）

[注释]

①知阁：即知阁门事的省称。　②橼（yuán）：亦称香橼，俗称佛手柑。　③胜事：美好的事情。

失调名

脸薄难藏泪[①]，眉长易觉愁。

（《苕溪渔隐丛话》前集卷六十）

[注释]

①脸薄:即脸皮薄。形容容易害羞。

[集评]

王直方《诗话》云:"'白藕作花风已秋,不堪残睡更回头。晚云带雨归飞急,去作西窗一夜愁。'此赵德麟细君王氏所作也。德麟鳏居,因见此诗,遂与之为姻。则此诗乃二十八字媒也。德麟赠以小词,有'脸薄难藏泪,眉长易觉愁'之句,人多称之。乃用《香奁集》中'桃花脸薄难藏泪,柳叶眉长易觉愁'之句耳。"(胡仔《苕溪渔隐丛话》)

临江仙

翠袖卷纱红映肉[①],无风玉骨生寒。可堪新晓雨初残,颦眉谁恼著,粉泪滴阑干。　　闻道谪仙歌妙语,新妆再发愁颜。雾帘云幕荐金盘[②]。笔间长借句,直莫放春还。

(《全芳备祖》前集卷七"海棠门")

[注释]

①翠袖:青绿色衣袖。这里将海棠比拟成美人,以翠袖比拟绿叶。　②雾帘云幕:指深宫之中。

乌夜啼

春　思

楼上萦帘弱絮[①],墙头碍月低花。年年春事关心事,肠断欲栖鸦。　　舞镜鸾衾翠减[②],啼珠凤蜡红斜[③]。重门不锁相思梦,随意绕天涯。[④]

(《唐宋诸贤绝妙词选》卷六)

(以上赵令畤词三十七首,断句一,用赵万里辑《聊复集》,稍有增补)

[注释]

①萦帘：萦绕竹帘。　②鸾衾：绣有鸾凤花饰的衾被。　③凤蜡：蜡烛的美称。　④唐氏按：《古今词统》卷六此首误作欧阳修词。

[集评]

胡仔云："赵德麟'重门不锁相思梦，随意绕天涯'，徐师川'柳外重重迭迭山，遮不断愁来路'，二词造语虽不同，其意绝相类。"（《苕溪渔隐丛话》前集卷六十）

王士祯云："'重门不锁相思梦，随意绕天涯'与'枕上片时春梦中，行尽江南数千里'，同一机杼。然赵词胜岑诗。"（《花草蒙拾》）

存目词

刘毓盘辑《聊复集》，有《一落索》（腊后东风微透）一首，乃无名氏词，见《梅苑》卷八。

贺 铸

贺铸(1052—1125),字方回,祖籍山阴(今浙江绍兴),生于卫州共城(今河南辉县)。娶宗室女,初授右班殿值(武官)、和州管界巡检。四十岁改授文职,为承事郎、通判泗州、太平州。才兼文武,以刚直不达、故词多芳菲悱恻之音,或谓得楚"骚"遗韵。晚年隐居苏州,号庆湖遗老。其词取材颇广,风格尚婉,间有刚健之笔,善化用他人诗句入词。精通音律,自度曲十馀阕。今传《东山词》一卷,《贺方回词》二卷与《庆湖遗老诗集》。

天宁乐[1]

铜人捧露盘引

斗储祥,虹流祉,兆黄虞。未□□、□圣真符。千龄叶应,九河清、神物出龟图。□□□□,□盛时、朝野欢娱。靡不覆,旋穹□,□□□,□坤舆。致万国,一变华胥。霞觞□□,□□□、□□□宸趋。五云长在,望子□、□□□□。

[注释]

①天宁乐:据章惇奏表"请以十月十日为天宁节",考知乃贺徽宗赵佶生日之作。故语多颂圣之意。词残,不注。

□□□

七娘子[1]

□波飞□□□向。□□□、□□□□在会稽祥。拥鼻微吟,捋须遐想。□□□□□□上。会须加数□□酿。

□□□、□□□□涨。美满孤帆,轻便双桨。中分□□□□往。□□□□寄月波□□□拥鼻微吟,捋须遐想,吾自得□□见招,因采其语赋此词。

[注释]

①七娘子:四印斋本“七娘子”下有小注“登月波楼”,当从。

鸳鸯语

七娘子

京江抵[①],海边吴楚。铁瓮城,形胜无今古。北固陵高[②],西津横渡,几人携手分襟处[③]。　凄凉渌水桥南路。奈玉壶,难叩鸳鸯语[④]。行雨行云[⑤],非花非雾[⑥],为谁来为谁还去[⑦]。

[注释]

①京江:即今镇江,古称京口。地势险固,故谓铁瓮(wèng)城。抵:抵达。　②北固陵:即北固山,位于镇江市东北。　③携手分襟:承上,谓携手游北固陵,分手于西津渡。　④“凄凉”三句:言旧地重游之凄凉心境。灯光犹明,旧事已杳。唐人元彻,柳实遇南溟夫人,赠以玉壶,并题诗云:“若到人间叩玉壶,鸳鸯自解分明语。”见《太平广记》引《续仙传》。　叩:问询。　⑤行雨行云:指男女幽会之梦。见宋玉《高唐赋序》。　⑥非花非雾:指对旧欢之忆念。见白居易《花非花》。　⑦“为谁”句:应首句,言此来京口物是人非之怅惘。

璧月堂

小重山[①]

梦草池南壁月堂,绿阴深蔽日,啭鹂黄。淡蛾轻鬓似宜妆。歌扇小,烟雨画潇湘[②]。　薄晚具兰汤[③]。雪肌英粉腻、更生香。簟纹如水竟檀床[④]。雕枕并，得意两鸳鸯。

[注释]

①“璧月堂”实为词题，《小重山》为词牌。依作者书写体例。下同。　②烟雨画潇湘：指扇面绘有潇湘烟雨图。　③薄晚：即傍晚。　薄：近也。　兰汤：浴汤美称。　④簟（diàn）：竹席。

群玉轩

小重山

群玉轩中迹已陈[①]，江南重喜见、广陵春[②]。纤秾合度好腰身。歌水调，清啭□□□。　　团扇掩樱唇。七双蝴蝶子，表□□。□□□复旧东邻[③]。风月夜，怜取眼前人。

[注释]

①群玉轩：教坊名。　②广陵：琴曲名。　③东邻：指美女。宋玉称其东邻女子“增之一分则太长，减之一分则太短，著粉则太白，施朱则太赤。眉如翠羽，肌如白雪，腰如束素，齿如含贝。嫣然一笑，惑阳城，迷下蔡”。见宋玉《登徒子好色赋》。

□□□

小重山

隔水桃花□□□。□□□□□，□□□。□妆飞鹊镜台前。□□□，□□□□□。　　□首已依然。断云疏雨后，更闻蝉。□□□叶付漪涟。驰寄与，人住玉溪边。

辨弦声

迎春乐

琼琼绝艺真无价，指尖纤，态闲暇。几多方寸关情话[①]，都付与，弦声写。　三月十三寒食夜，映花月，絮风台榭。明月待欢来[②]，久背面，秋千下[③]。

［注释］

①方寸：指心。徐庶辞先主而指其心曰："本欲与将军共图王霸之业者，以此方寸之地也。今已失老母，方寸乱矣。"见《三国志·蜀书·诸葛亮传》。　②欢：指情人。　③"久背面"二句：言其伤感。"十五泣春风，背面秋千下。"见李商隐《无题（八岁偷照镜）》。

攀鞍态

迎春乐

逢迎一笑金难买[①]，小樱唇，浅蛾黛。玉环风调依然在[②]，想花下、攀鞍态。　伫倚碧云如有待[③]，望新月、为谁双拜[④]。细语人不闻，微风动、罗裙带。

［注释］

①逢迎：此谓迎接、接待。　②玉环：指唐玄宗妃杨玉环。　③碧云：日暮意。江淹《休上人怨别》："日暮碧云合。"　④"望新月"句：见唐李端《拜新月》，"开帘见新月，便即下阶拜。细语人不闻，北风吹裙带"。

避寒金

迎春乐

六华应腊妆吴苑[①]，小山堂，晚张燕[②]。赏心不厌杯行缓[3]。待月度、银河半。　缥缈郢人歌已断[4]，归路指、玉溪南馆。谁似避寒金[5]，聊借与、空床暖[6]。

[注释]

①六华应腊：即腊月下雪。"六华"即"六花"。《太平御览》引《韩诗外传》："凡草木花多五出，雪花独六出。"此言雪花呈六角形，因称六花。妆吴苑：谓雪色令吴苑一新。　②张燕：开宴。　燕：通"宴"。　③不厌：不怕。　④郢（yǐng）人：喻善歌者。"客有歌于郢中者，其为下里巴人，和者数千……阳春白雪，咏者数十人。"见宋玉《答楚王问》。　⑤避寒金："有避寒犀，其色如金，交趾所贡，冬月暖气袭人。"见《开元天宝遗事》卷上。　⑥唐氏按："聊借"二字原空格，据《岁时广记》卷四补。

尔汝歌

清商怨

劳生羁宦未易处，赖醉□□□。白眼青天，忘形相尔汝。□□□□□□□。□□□、送君南浦。雪暗沧江，□□□□□□。

□□□

清商怨

扬州商女□□□。□□□□□□。□寄扁舟，江南湖北道。津头龙祠屡□。□信指、半春前到。笑倚危樯，朝来风色好。

半死桐[1]

思越人[2]

重过阊门万事非[3]，同来何事不同归[4]。梧桐半死清霜后，头白鸳鸯失伴飞。　原上草，露初晞[5]，旧栖新垅两依依[6]。空床卧听南窗雨，谁复挑灯夜补衣。

[注释]

①半死桐：枚乘《七发》载，龙门之桐，其根半死半生。斫斩为琴，声为天下之至悲。唐李峤有"琴哀半死桐"诗句。　②思越人：《全宋词》注"亦名《鹧鸪天》"，及以下五首同。　③阊门：苏州城西门。　④"同来"句：作者夫人赵氏卒于苏州，故云。　⑤晞：晒干。　⑥旧栖：昔日与妻共居之房屋。　新垅：指妻之新坟。

[集评]

陈廷焯云："此词最有骨，最耐人玩味。"（《云韶集》卷三）

又云："悲惋于直接处见之，当是悼亡作。"（《词则》卷一）

剪朝霞

牡　丹

思越人

云弄轻阴谷雨干，半垂油幕护残寒。化工著意呈新巧[1]，剪刻朝霞饤露盘[2]。　辉锦绣，掩芝兰。开元天宝盛长安。沉香亭子钩阑畔，偏得三郎带笑看[3]。

[注释]

①化工：天工。　著意：如意。　②饤（dìng）：盛放（细碎之物）。　③"沉香"二句："名花倾国两相欢，长得君王带笑看。解释春风无限恨，沉香亭北倚栏干。"见李白《清平调》。　钩阑：曲栏。　三郎：指唐玄宗。

避少年

思越人

谁爱松陵水似天[1]，画船听雨奈无眠。清风明月休论价,卖与愁人直几钱。　　挥醉笔,扫吟笺。一时朋辈饮中仙[②]。白头□□江湖上,袖手低回避少年。

[注释]

①松陵:江苏吴江县的古称。　②饮中仙:杜甫《饮中八仙歌》,分咏贺知章、李琎、李适之、崔宗之、苏晋、李白、张旭与焦遂八位嗜酒文人。此借指作者朋辈。

[集评]

俞陛云云:“清风明月,本藉消愁,乃买不费钱,而愁人不取,其愁宁可解耶?”(《唐五代两宋词选释》)

□□□

思越人

留落吴门□□□。□□□□□□□。扁舟更入毗陵道,却□□□□□□□。　　□□念,付清觞。樵青与我和沧浪[①]。浮云□是无根物,南北东西不碍狂。

[注释]

①樵青:唐肃宗赐张志和之女婢名。

千叶莲

思越人

闻你侬嗟我更嗟,春霜一夜扫秾华[①]。永无清啭欺头管[②],赖有浓香著臂纱。　　侵海角,抵天涯。行云谁为不知家[③]。秋风想见西湖上,化出白莲千叶花。

[注释]

①"春霜"句：似悼歌伎盛年早逝。　秾华：花木繁茂状。　②头管：即觱篥（bì lì），簧管乐器。宋代鼓吹乐及教坊乐中均以之为主奏乐器，故名。　③行云：喻己行踪漂泊无定。　谁为：为谁之倒装。

第一花

思越人

豆蔻梢头莫漫夸[①]，春风十里旧繁华。金楼玉蕊皆殊艳，别有倾城第一花。　青雀舫，紫云车。暗期归路指烟霞[②]。无端却似堂前燕，飞入寻常百姓家[③]。

[注释]

①豆蔻梢头：本杜牧夸妓诗《赠别》"娉娉袅袅十三馀，豆蔻梢头二月初。春风十里扬州路，卷上珠帘总不如"。　②"暗期"句：谓曾密约相携优游山水以为归路。　烟霞：指代山水美景。　③"无端"二句：叹时过境迁。刘禹锡《乌衣巷》："旧时王谢堂前燕，飞入寻常百姓家。"

[集评]

郭麐云："词有四派。贺铸乃'施朱傅粉，学步习容，如宫女题红，含情幽艳'一派。"（《灵芬馆词话》卷一）

花想容

武陵春

南国佳人推阿秀，歌醉几相逢。云想衣裳花想容[①]，春未抵情浓。　津亭回首青楼远[②]，帘箔更重重。今夜扁舟泪不供，犹听隔江钟。

[注释]

①"云想"句:借用李白《清平调》中成句,原诗赞杨玉环美貌。　②津亭:男主人公解舟离去之地。　青楼:歌伎阿秀居处。

□□□

古捣练子

楼上鼓,转□□。□□□□□□□。思妇想无肠可断,□□□□□□□。

夜捣衣

古捣练子

收锦字[①],下鸳机[②],净拂床砧夜捣衣[③]。马上少年今健否,过瓜时见雁南归[④]。

[注释]

①锦字:典出《晋书·列女列传·窦滔妻苏氏传》:滔徙流沙,"苏氏思之,织锦为回文旋图以赠滔。宛转循环以读之,词甚凄婉。"　②鸳机:刺绣机。　③床砧(zhēn):捣衣石板。　④瓜时:指瓜代。即役满更代之期。《左传·庄公八年》:"齐侯使连称、管至父戍葵丘",瓜熟时往。齐侯曰:"及瓜而代(来年瓜熟时换人接替)。"后食言。

杵声齐

古捣练子

砧面莹,杵声齐[①],捣就征衣泪墨题[②]。寄到玉关应万里,戍人犹在玉关西。

[注释]

①杵：捣衣木棰。 ②泪墨题：泪同墨下，形容题写书信时之苦态。

[集评]

杨万里云："（'寄到玉关'二句）《三百篇》之遗味，黯然犹存也。"（《颐庵诗稿序》）

夜如年

古捣练子

斜月下，北风前，万杵千砧捣欲穿。不为捣衣勤不睡，破除今夜夜如年[1]。

[注释]

①破除：犹言打发。

剪征袍

古捣练子

抛练杵，傍窗纱，巧剪征袍鬥出花[1]。相见陇头长戍客，授衣时节也思家。

[注释]

①鬥出花：拼接出花样。

望书归

古捣练子

边堠远[1]，置邮稀，附与征衣衬铁衣[2]。连夜不妨频梦见，过年惟望得书归。

[注释]

①边堠(hòu):边境瞭望敌情之土堡。 ②铁衣:即铁甲，指战士带铁片之战衣。

[集评]

俞陛云云:“此一组《捣练子》，皆有唐人‘塞下曲’思致。”(《唐五代两宋词选释》)

夏敬观云:“观以上凡七言二句，皆唐人绝句作法。”(手批《东山词》)

醉厌厌

南歌子

紫陌青丝鞚，红尘白纻衫[①]。谁怜绣户闭香奁[②]。分付一春心事、两眉尖。 怯冷重熏被，羞明半卷帘。欢归斜□□□□。□□□□□□、醉厌厌。

[注释]

①“紫陌”二句:言男子郊游之尽兴。 紫陌、红尘:言春郊之明丽多彩。“紫陌红尘拂面来，无人不道看花回。”见刘禹锡《戏赠看花诸君子》。青丝鞚(kòng):言马具之精美。 白纻衫:言衣着之潇洒。 ②绣户闭香奁(lián):言闺中人无心梳妆。 奁:梳妆盒。

□□□[①]

疏雨池塘见，微风襟袖知。阴阴夏木啭黄鹂。何处飞来白鹭、立移时[②]。 易醉扶头酒[③]，难逢敌手棋。日长偏与睡相宜。睡起芭蕉叶上、自题诗。

[注释]

①词同前首。 ②移时:历时,犹言好一会儿。杜甫《上牛头寺》:“何处莺啼切,移时独未休。” ③扶头酒:易醉之酒。

窗下绣[①]

一落索

初见碧纱窗下绣,寸波频溜[②]。错将黄晕压檀花,翠袖掩、纤纤手。 金缕一双红豆[③],情通色授。不应学舞爱垂杨,甚长为、春风瘦[④]。

[注释]

①按此调下半阕浙本作:“只待画堂人散后,将妆匀就。粉墙西畔玉梯斜,似前夜、来时候。” ②寸波:眼波。 ③金缕:曲名。 红豆:寄相思也。“红豆生南国,春来发几枝,愿君多采撷,此物最相思。”见王维《相思子》。 ④“不应”二句:意谓舞腰未学垂杨,何以春来长瘦也。 不应:犹云不曾或未尝也。见张相《诗词曲语辞汇释》。

[集评]

俞陛云云:“妍情丽藻,颇似南唐。结句有含毫不尽意。”(《唐五代两宋词选释》)

艳声歌

太平时

蜀锦尘香生袜罗,小婆娑。个侬无赖动人多[①],是横波。
楼角云开风卷幕,月侵河。纤纤持酒艳声歌,奈情何。

[注释]

①个侬:那人。“个侬无赖是横波。”见隋炀帝《嘲罗罗》。

唤春愁

太平时

天与多情不自由，占风流。云闲草远絮悠悠，唤春愁。　　试作小妆窥晚镜，淡蛾羞。夕阳独倚水边楼，认归舟。[1]

[注释]

①下片化用温庭筠《望江南》(梳洗罢)词意。

花幕暗

太平时

绿绮新声隔坐闻[1]，认殷勤。尊前为舞郁金裙，酒微醺。　　月转参横花幕暗[2]，夜初分。阳台拚作不归云[3]，任郎瞋。

[注释]

①绿绮：古琴名。　②参横：参星出现。"参横斗转欲三更。"见苏轼诗《六月二十日渡海》。　③阳台：喻男女幽会之地。楚襄王梦与巫山神女幽会，女有"旦为朝云，暮为行雨，朝朝暮暮，阳台之下"等语。事见宋玉《高唐赋序》。　拚(pàn)：甘愿也。"当年拚却醉颜红。"见晏几道《鹧鸪天》。

晚云高

太平时

秋尽江南叶未凋，晚云高。青山隐隐水迢迢，接亭皋。　　二十四桥明月夜，弭兰桡[1]。玉人何处教吹箫，可怜宵。

[注释]

①弭(mǐ)兰桡(náo)：停泊游船。

[集评]

刘体仁云："贺方回非不楚楚，总拾人牙慧，何足比数。"(《七颂堂词绎》)

王士祯云："词中佳句多从诗出，皆文人偶然游戏，非向《樊川集》中作贼。"(《花草蒙拾》)

沈雄云："贺方回衍'秋尽江南叶未凋'，陈子高衍'李夫人病已经秋'，全用旧诗而为添声也。"(《古今词话·词品》卷上)

钓船归

太平时

绿净春深好染衣，际柴扉[1]。溶溶漾漾白鸥飞，两忘机[2]。　　南去北来徒自老，故人稀。夕阳长送钓船归，鳜鱼肥。

[注释]

①际：接近、近处。　②两忘机：指人与鸥皆无戒心，互不侵扰。《列子·黄帝》：海上有人爱鸥鸟，鸥从之游。"鸥鸟之至者百，住而不止"。

爱孤云

太平时

闲爱孤云静爱僧，得良朋。清时有味是无能[1]，矫聋丞[2]。　　况复早年豪纵过，病婴仍[3]。如今痴钝似寒蝇，醉懵腾。

[注释]

①有味:指首句所言之闲静意趣。"清时有味是无能,闲爱孤云静爱僧。"杜牧《登乐游原》诗中句。 ②聋丞:指黄霸属下许丞。丞老且聋,霸留用不辞,曰:"尚能拜起迎送。"事见《汉书·黄霸传》。 矫聋丞:言己不学聋丞老犹在位。 ③病婴仍:犹言多病。 婴:缠绕。

替人愁

太平时

风紧云轻欲变秋,雨初收。江城水路漫悠悠,带汀洲[①]。 正是客心孤迥处,转归舟。谁家红袖倚津楼[②],替人愁。

[注释]

①带汀(tīng)洲:指水路曲环,如带绕汀洲。 ②红袖:指代少妇。

梦江南

太平时

九曲池头三月三,柳毵毵[①]。香尘扑马喷金衔,涴春衫[②]。 苦笋鲥鱼乡味美,梦江南。阊门烟水晚风恬,落归帆。

[注释]

①毵毵(sān):细长貌。孟浩然《高阳池》:"绿岸毵毵杨柳垂。" ②涴(wò):污染。

[集评]

俞陛云云:"昔人谓南方笋鲥之美,不让莼鲈。诵此词下阕,知吴阊风味之佳,宋人已称羡之。"(《唐五代两宋词选释》)

愁风月

生查子

风清月正圆，信是佳时节[1]。不会长年来，处处愁风月。　　心将熏麝焦[2]，吟伴寒虫切。欲遽就床眠，解带翻成结[3]。

[注释]

①信：确实。　②将：随同。"将"与下句"伴"互文。　③结：同心结。刘禹锡《杨柳枝》："如今绾作同心结，将赠行人知不知。"

绿罗裙

生查子

东风柳陌长，闭月花房小。应念画眉人[1]，拂镜啼新晓。　　伤心南浦波[2]，回首青门道[3]。记得绿罗裙，处处怜芳草[4]。

[注释]

①画眉人：指丈夫。京兆张敞"为妻画眉"。事见《汉书·张敞传》。　②南浦：送别地。"送君南浦，伤如之何。"见江淹《别赋》。　③青门：汉长安东城南头之霸城门。此借指京城城门。　④"记得"二句：用牛希济《生查子》成句。

陌上郎[1]

生查子

西津海鹘舟[2]，径度沧江雨。双橹本无情，鸦轧如人语[3]。　　挥金陌上郎[4]，化石山头妇[5]。何物系君心，三岁扶床女。

[注释]

①以上三首《生查子》皆写妻思夫之作。 ②海鹘(hú):快船。 ③鸦轧(yà):桨橹声。刘禹锡《堤上行》:"日暮行人争渡急,桨声鸦轧在中流。" ④"挥金"句:鲁秋胡仕陈五年乃归。于陌上以金戏采桑妇。妇,其妻也。后愤而投水死。事见刘向《列女传》。此以负心秋胡喻其夫。 ⑤"化石"句:武昌阳新县有贞妇立山头望夫,化为望夫石。见刘义庆《幽明录》。此借喻妻之笃情。

卷春空

定风波

墙上夭桃簌簌红,巧随轻絮入帘栊。自是芳心贪结子,翻使,惜花人恨五更风。 露萼鲜浓妆脸靓[①],相映。隔年情事此门中。粉面不知何处在,无奈,武陵流水卷春空[②]。

[注释]

①靓(jìng):以脂粉妆饰。 ②武陵:郡名,在今湖南常德西。陶潜《桃花源记》载,武陵人发现世外桃源:"缘溪行,忘路之远近,忽逢桃花林。夹岸数百步,中无杂树,芳草鲜美,落英缤纷。"此句言桃花凋零。

桃源行

凤栖梧[①]

流水长烟何缥缈,诘□□□,□逗渔舟小。夹岸桃花烂□□。□□□□□□□。 萧闲村落田畴好。避地移家,□□□□□。□□殷勤送归棹。闲边勿为他人道。

［注释］

①凤栖梧：即《蝶恋花》之别称。

西笑吟

凤栖梧

桃叶园林风日好，曲径珍丛，处处闻啼鸟。翠珥金丸委芳草①，袜罗尘动香裙扫。　片帆乘兴东流早，每话长安，引领犹西笑②。离索年多故人少③，江南有雁无书到。

［注释］

①翠珥：女子头饰耳环之类。　金丸：金质弹丸。花蕊夫人宫词："侍女争挥玉弹弓，金丸飞入乱花中。"　②引领：伸长脖颈，翘望状。　西笑："人闻长安乐，则出门西向而笑。"见桓谭《新论·琴道》。　③离索：离群索居。

望长安

凤栖梧

排办张灯春事早，十二都门，物色宜新晓。金犊车轻玉骢小①，拂头杨柳穿驰道②。　莼羹鲈脍非吾好，去国讴吟，半落江南调。满眼青山恨西照，长安不见令人老。

［注释］

①金犊车：内外命妇所乘之铜质牛车。　②驰道：秦代供帝王行驶车马之路。此借指京城大道。

呈纤手

木兰花

秦弦络络呈纤手，宝雁斜飞三十九[①]。徵韶新谱日边来[②]，倾耳吴娃惊未有。　　文园老令难堪酒[③]，蜜炬垂花知夜久[④]。更须妩媚做腰肢，细学永丰坊畔柳[⑤]。

[注释]

①宝雁斜飞：指筝柱斜列如雁飞。　②日边：喻皇帝身边。李白《行路难》："忽复乘舟梦日边。"　③文园老令：此以司马相如自喻。相如拜孝文园令，为人口吃而善著书，有消渴疾，既病免，家居茂陵。事见《史记·司马相如列传》。　④蜜炬：蜡烛。　垂花：烛泪如花。　⑤永丰坊：地名，在洛阳。白居易《杨柳枝》云："一树春风千万枝，嫩如金色软如丝。永丰西角荒园里，尽曰无人属阿谁。"因此得名。

[集评]

夏敬观云："'垂'字新，'知'字乃得神。"(手批《东山词》)

归风便

木兰花

津亭薄晚张离燕[①]，红粉□歌持酒劝。歌声煎泪欲沾襟，酒色□□□□□。　　□□会有归风便，休道相望秋后□。□□□抵故人心，惆怅故人心不见。

[注释]

①离燕：即离宴。

续渔歌

木兰花

中年多办收身具，投老归来无著处[1]。四肢安稳一渔舟，只许樵青相伴去[2]。　沧洲大胜黄尘路，万顷月波难滓污。阿侬原是个中人，非谓鲈鱼留不住。

[注释]

①投老：近老。　②樵青：烟波钓徒张志和之婢女名。此以张志和自比。

[集评]

夏敬观云："'滓'字新，有来历。用《世说新语》王道子戏谢景重'滓秽太清'之意。"（手批《东山词》）

惜馀春

踏莎行

急雨收春，斜风约水[1]，浮红涨绿鱼文起。年年游子惜馀春，春归不解招游子。　留恨城隅，关情纸尾，阑干长对西曛倚。鸳鸯俱是白头时[2]，江南渭北三千里。

[注释]

①约水：言（斜风）掠水也。见张相《诗词曲语辞汇释》。　②"鸳鸯"句：鸳鸯鸟头有白羽，此借指夫妇俱老。

[集评]

陈廷焯云："起八字炼。'年年'二句，低徊尽致。贺公词只就众人所有之语运用入妙。又'鸳鸯'二句，结得凄艳。"（《云韶集》卷三）

题醉袖

踏莎行

浅黛宜颦，明波欲溜。逢迎宛似平生旧。低鬟促坐认弦声，霞觞滟滟持为寿[①]。 浓染吟毫，偷题醉袖。寸心百意分携后。不胜风月两厌厌，年来一样伤春瘦。

[注释]

①霞觞：指美酒。汉王充《论衡·道虚》："口饥欲食，仙人辄饮我以流霞一杯。"

阳羡歌[①]

踏莎行

山秀芙蓉，溪明罨画[②]。真游洞穴沧波下。临风慨想斩蛟灵[③]，长桥千载犹横跨。 解组投簪，求田问舍[④]。黄鸡白酒渔樵社。元龙非复少时豪[⑤]，耳根清静功名话。

[注释]

①唐氏按：《咸淳毗陵志》卷二十三，此首作苏轼词。 阳羡：今江苏宜兴。 ②罨(yǎn)画：杂色彩画。罨有"网"意，此指色彩斑驳。 ③斩蛟灵：西晋周处阳羡(今江苏宜兴)人，曾斩蛟龙，为民除害。 ④求田问舍：即置办田产房舍。 ⑤元龙：指三国时陈登。登字元龙。因鄙视求田问舍之许汜，令卧下床。以许言："陈元龙湖海之士，豪气不除。"此处谓已已无元龙之豪气。

芳心苦

踏莎行

杨柳回塘[①]，鸳鸯别浦[②]。绿萍涨断莲舟路。断无蜂蝶慕幽香，红衣脱尽芳心苦[③]。　返照迎潮，行云带雨。依依似与骚人语。当年不肯嫁春风[④]，无端却被秋风误。

[注释]

①回塘：曲折之池沼。　②浦：小水流入大水处。此言红莲生长之地幽僻。　③“红衣”句：指花谢莲子味苦。　④嫁春风：喻在春季开花。

[集评]

陈廷焯云：“此词《骚》情《雅》意，哀怨无端，读者亦不自知何以心醉，何以泪堕。”（《白雨斋词话》卷一）

许昂霄云：（“断无蜂蝶慕幽香”二句，“当年不肯嫁春风”二句）“有美人迟暮之慨。”（《词综偶评》）

缪钺云：“这首词是咏荷花而借以自喻其孤芳自守的美人迟暮之感。深汲楚骚遗韵。”（《灵谿词说》）

平阳兴

踏莎行

凉叶辞风，流云卷雨。寥寥夜色沉钟鼓。谁调清管度新声[①]，有人高卧平阳坞[②]。　草暖沧洲，潮平别浦。双凫乘雁方容与[③]。深藏华屋锁雕笼，此生乍可输鹦鹉[④]。

[注释]

①清管：笛之美称。　②平阳坞：后汉马融仕宦平阳。一日独卧平阳坞，闻洛客吹笛，动京都之思而悲。事见马融《长笛序》。　③“双凫乘雁”句：“乔有神术，尝化履为双凫入朝。”见《后汉书·方士传·王乔》。《方言》：“四雁曰‘乘’。”　④输鹦鹉：言宁可不及鹦鹉也。　乍可：宁可。

[集评]

陈匪石云：“（东山词）神于炼”。“炼句本于炼意。意贵深，而不可转入翳障。意贵新，而不可流于怪谲。意贵多，而不可横生枝节。”“以量言，须层出不穷。以质言，须鞭辟入里。”“如何承转呼应，谋篇布局，功仍不外于炼。”(《声执》卷上)

晕眉山

踏莎行

镜晕眉山，囊熏水麝。凝然风度长闲暇。归来定解鹔鹴裘[1]，换时应倍骅骝价[2]。　殢酒伤春，添香惜夜[3]。依稀待月西厢下。梨花庭院雪玲珑，微吟独倚秋千架。

[注释]

①解鹔鹴(sù shuāng)裘：司马相如贫，以鹔鹴裘换酒与文君共饮。见刘歆《西京杂记》。　鹔鹴：飞鼠名，皮可为裘。一说鸿雁之名。　②骅骝：骏马。“五花马，千金裘，呼儿将出换美酒，与尔同消万古愁。”见李白《将进酒》。此意近之。　③殢(tì)酒：病酒。

思牛女

踏莎行

楼角参横，庭心月午[1]。侵阶夜色凉经雨。轻罗小扇扑流萤[2]，微云度汉思牛女。　拥髻柔情，扶肩昵语。可怜分破□□□。□□□□有佳期，人间底事长如许[3]。

[注释]

①月午：月到中天。　②“轻罗”句：用杜牧《秋夕》中句，以喻个人独处情状。　③底事：何事。

负心期

浣溪沙

节物侵寻迫暮迟[①]，可胜摇落长年悲[②]。回首五湖乘兴地[③]，负心期。　惊雁失行风剪剪，冷云成阵雪垂垂。不拚尊前泥样醉，个能痴。

[注释]

①节物：指物候。　迫暮迟：犹言催人老。　②摇落："悲哉秋之为气也，草木摇落而变衰。"见宋玉《九辩》。　③五湖：即今太湖一带。传说范蠡与西施归隐于此。"西施亡吴国后，复归范蠡。同泛五湖而去。"见唐陆广微《吴地记》引《越绝书》佚文。此句言曾在五湖游览，然未能实现归隐心愿。

醉中真

减字浣溪沙[①]

不信芳春厌老人，老人几度送馀春。惜春行乐莫辞频[②]。　巧笑艳歌皆我意，恼花颠酒拚君瞋[③]。物情惟有醉中真。

[注释]

①此即正体《浣溪沙》。与上下片各增三字之《摊破浣溪沙》有别。　②莫辞频：莫嫌多之意。　③恼花颠酒：状爱之极致。"江上被花恼不彻，无处告诉只颠狂。"见杜甫《江畔独步寻花》。

频载酒

减字浣溪沙

金斗城南载酒频[1]，东西飞观跨通津[2]。漾舟聊送雨馀春。　桃李趣行无算酌[3]，桑榆收得自由身[4]。酣歌一曲太平人。

[注释]

①金斗城：指长安。　②东西飞观（guàn）：指宫门前双阙。　③桃李：喻年轻之贤才。　趣（cù）行：促其成行。　无算酌：无数宴饮。　④桑榆：日落处，喻老年。

掩萧斋

减字浣溪沙

落日逢迎朱雀街[1]，共乘青舫度秦淮[2]。笑拈飞絮罥金钗[3]。　洞户华灯归别馆[4]，碧梧红药掩萧斋。愿随明月入君怀[5]。

[注释]

①朱雀街：秦淮河边街名。　②青舫：游船。　③罥（juàn）：挂。　④洞户：互相通达之户。　⑤"愿随"句：言对同游女子的思慕。"愿为西南风，长逝入君怀。"见曹植《七哀》。

杨柳陌

减字浣溪沙

兴庆宫池整月开[1]，□□□□缕金鞋。后庭芳草绿缘阶。　祓禊归□杨柳陌[2]，□□□落凤凰钗。细风抛絮入人怀。

[注释]

①兴庆宫：唐宫名，在长安东南。 ②祓禊（fú xì）：古代在水边举行祛灾除病之祭祀。

换追风

减字浣溪沙

掌上香罗六寸弓[①]，雍容胡旋一盘中[②]。目成心许两匆匆[③]。　　别夜可怜长共月，当时曾约换追风[④]。草生金埒画堂空[⑤]。

[注释]

①"掌上"句：喻舞女身轻足美。"汉赵飞燕体轻，能为掌上舞。"见《飞燕外传》。 香罗六寸弓：指一双舞鞋。 ②胡旋：由西域传入之一种舞蹈，其主要动作为急速旋转，故名。 ③目成心许：眉目传情，两心相许。 ④追风：骏马名。言以骏马换取彼姬。 ⑤埒（liè）：射场围墙。此言旧约成空。

最多宜

减字浣溪沙

半解香绡扑粉肌，避风长下绛纱帷。碧琉璃水浸琼枝。　　不学寿阳窥晓镜[①]，何烦京兆画新眉[②]。可人风调最多宜。

[注释]

①寿阳窥镜：宋武帝女寿阳公主，人日卧于含章殿檐下，梅花落额上，成五出花，拂之不去。宫女奇其异。竞效之作梅花妆。见《太平御览·时序部》引《杂五行书》。 ②"何烦"句：谓眉美天然，不须张敞代画。张敞为妻画眉，事见《汉书·张敞传》。

锦缠头

减字浣溪沙

旧说山阴禊事修[①],漫书茧纸叙清游[②]。吴门千载更风流。 绕郭烟花连茂苑[③],满船丝竹载凉州[④]。一标争胜锦缠头[⑤]。

[注释]

①山阴禊事修:指晋王羲之等名士聚会山阴(今绍兴)之兰亭,修祓禊之礼。 ②茧纸:用茧蚕制成之纸。王羲之用春茧纸鼠鬚笔写《兰亭序》,见张彦远《法书要录》卷三引何延之《兰亭记》。 ③烟花:此指春景。 ④凉州:歌曲名。 ⑤锦缠头:"旧俗赏歌舞人,以锦彩置之头上谓之缠头。"见《唐书》。

将进酒[①]

小梅花[②]

城下路,凄风露。今人犁田古人墓。岸头沙,带蒹葭。漫漫昔时,流水今人家。黄埃赤日长安道,倦客无浆马无草[③]。开函关,掩函关[④]。千古如何,不见一人闲[⑤]。 六国扰[⑥],三秦扫[⑦]。初谓商山遗四老。驰单车,致缄书。裂荷焚芰,接武曳长裾[⑧]。高流端得酒中趣,深入醉乡安稳处[⑨]。生忘形[⑩],死忘名[⑪]。谁论二豪[⑫],初不数刘伶。

[注释]

①唐氏按:此首别误作高宪词,见《中州乐府》。 ②小梅花:为贺铸创调。凡八换韵,长调罕见。 ③前九句化用顾况诗。"边城路,今人犁田古人墓。岸上沙,昔时流水今人家。"见《悲歌》。"长安道,人无衣,马

无草。”见《长安道》。 ④函关：即函谷关，西入长安必经之路。函关开掩，喻改朝换代。 ⑤“千古”二句：喻求仙乃执迷不悟。 ⑥六国扰：指战国七雄纷争。 ⑦三秦扫：指秦亡，项羽三分关中封降将为雍王、塞王、翟王。 ⑧“初谓”五句：谓商山四皓东园公、甪（lù）里先生、绮里季与夏黄公，初避秦难隐商山，后亦应诏出仕汉朝。 裂荷焚芰（jì）：源出屈原《离骚》“进不入以离忧兮，退将复修吾初服。制芰荷以为衣兮，集芙蓉以为裳”。孔稚珪《北山移文》讽隐者周彦伦出仕：“焚芰制而裂荷衣，抗尘容而走俗状。” 接武：谓足迹相接。 曳长裾：谓拖曳长襟官服于权门。见邹阳《上吴王书》：“何王之门不可曳长裾乎？”此四句借喻北宋末党争中，原标榜清高之士后亦卷入。 ⑨“高流”二句：指清高之士借酒以洁身自好。实亦自喻。铸不阿权贵，五十八岁致仕，隐居庆湖。 ⑩生忘形：“忘形到尔汝，痛饮真吾师。”见杜甫《醉时歌》。 ⑪死忘名：张翰云“使我有身后名，不如即时一杯酒”。见《世说新语·任诞》。 ⑫二豪：刘伶《酒德颂》中人物。初不饮酒不信刘伶，后受感化亦豪饮。

［集评］

陈廷焯云：“章法、句法，不古不今，亦不类乐府。词中别调也。”（《白雨斋词话》卷六）

蔡嵩云云：“《小梅花》系东山创调，一名《梅花引》。体近古乐府。宜径用古乐府作法。软句弱韵，最是所忌。”（《柯亭词论》）

行路难

小梅花

缚虎手，悬河口。车如鸡栖马如狗。白纶巾，扑黄尘。不知我辈，可是蓬蒿人[1]。衰兰送客咸阳道，天若有情天亦老[2]。作雷颠，不论钱。谁问旗亭，美酒斗十千[3]。 酌大斗，更为寿。青鬓常青古无有。笑嫣然，舞翩然。当垆秦女，十五语如弦。遗音能记秋风曲，事去千年犹恨促。揽流光，系扶桑[4]。争奈愁来，一日却为长。

[注释]

①"可是"句:化用李白《南陵别儿童入京》"仰天大笑出门去,我辈岂是蓬蒿人"。　蓬蒿人:指草野小民。　②"衰兰"二句:用李贺《金铜仙人辞汉歌》成句。　③"美酒"句:化用李白《将进酒》"陈王昔时宴平乐,斗酒十千恣欢谑。主人何为言少钱,径须沽取对君酌"诗意。　④扶桑:神话中大树,为日栖息处。此指代太阳。

[集评]

王士禛云:"'车如鸡栖马如狗',用古谚语,绝似稼轩手笔。"(《花草蒙拾》)

陈廷焯云:"梅花引不易工。转韵太多。转韵处必另换一意,方能步步引人入胜。"(《白雨斋词话》卷七)

夏敬观云:"慢词命辞遣意,多自唐贤诗篇得来,不施破碎藻彩,可谓无假脂粉,自然秾丽。"又云:"稼轩豪迈之处,从此脱胎。豪而不放,稼轩所不能学也。"(龙榆生《唐宋名家词选》)

东邻妙

木兰花

张灯结绮笼驰道,六六洞天连夜到。昭华吹断紫云回[1],怊怅人间新梦觉。　倾城犹记东邻妙[2],尊酒相逢留一笑。卢郎任老也多才[3],不数五陵狂侠少[4]。

[注释]

①昭华:笛之代称。"秦咸阳宫有玉管,长二尺三寸,二十六孔。铭之曰昭华之琯。"见葛洪《西京杂记》。　②东邻:借指吹笛美人。典出宋玉《登徒子好色赋》。　③卢郎:北魏卢元明,少年时风神绝佳。见《北史·卢元聿传》。此以自喻。　④五陵:西汉帝王陵墓,因迁富户护陵,成为繁华区。　五陵狂侠:五陵子弟多狂纵豪侈。

问歌颦

雨中花令

清滑京江人物秀，富美髮、丰肌素手。宝子馀妍，阿娇馀韵，独步秋娘后①。　奈倦客襟怀先怯酒。问何意、歌颦易皱。弱柳飞绵，繁花结子②，做弄伤春瘦。

［注释］

①"宝子"三句：皆形容歌者美貌。　宝子：即隋之宝儿。炀帝谓可比飞燕，"然多憨态"。　阿娇：汉武帝陈皇后小名。　秋娘：唐美人杜秋。　②"歌颦"三句：皆形容歌女皱眉状。

画楼空

诉衷情

吴门春水雪初融，触处小桡通①。满城弄黄杨柳，著意恼春风。　弦管闹，绮罗丛，月明中。不堪回首，双板桥东，罨画楼空②。

［注释］

①桡（ráo）：船桨。此代船。　②罨画楼：彩绘楼台，此指恋人居所。

偶相逢

诉衷情

彩山涌起翠楼空①，箫鼓沸春风。桂娥唤回清昼②，夹路宝芙蓉。　长步障③，小纱笼，偶相逢。艳妆宜笑，隐语传情，半醉醒中。

[注释]

①彩山:以彩缯结扎山棚(灯楼)为唐宋时元宵之习俗。　②桂娥:嫦娥,指月亮。　③步障:用以遮蔽风尘和隔断外人的屏幕。

步花间

诉衷情

凭陵残醉步花间,风绰佩珊珊[1]。踏青解红人散[2],不耐日长闲。　纤手指,小金环,拥云鬟。一声水调,两点春愁,先占眉山。

[注释]

①珊珊:形容衣裾玉珮的声音。　②解红:小儿队舞名。

醉梦迷

丑奴儿

深坊别馆兰闺小。障掩金泥[1],灯映玻璃,一枕浓香醉梦迷。　醒来拟作清晨散。草草分携[2],柳巷鸦啼,又是明朝日向西。

[注释]

①障:屏风。　金泥:金粉,用以修饰画屏。　②草草分携:谓匆促分别。

忍泪吟

丑奴儿

十年一觉扬州梦[1]。雨散云沉,隔水登临,扬子湾西夕照深。　　当时玉管朱弦句。忍泪重吟，办取沾襟，饾饤西风□□□[2]。

[注释]

①“十年”句：用杜牧《遣怀》诗句，谓旧时冶游生活已如梦消逝。　②饾饤：零落。

凌　歊[1]

铜人捧露盘引

控沧江[2]，排青嶂，燕台凉[3]。驻彩仗、乐未渠央。岩花磴蔓，妒千门、珠翠倚新妆[4]。舞闲歌悄，恨风流、不管馀香。　　繁华梦，惊俄顷。佳丽地，指苍茫[5]。寄一笑、何与兴亡。量船载酒，赖使君、相对两胡床[6]。缓调清管，更为侬、三弄斜阳[7]。

[注释]

①凌歊（xiāo）：台名。南朝宋刘裕南行，尝登此台，因筑离宫。遗址在安徽当涂县。凌歊，消暑意。许浑《凌歊台》：“宋祖凌歊乐未回，三千歌舞宿层台。”　②沧江：泛指江。　沧：通“苍”，以江水青苍色也。　③燕台：昔燕昭王为郭隗新筑之招贤台。此泛指燕地。　④“妒千门”句：谓令千门美人生妒，因其不及岩花磴蔓长久也。　⑤指苍茫：归于苍茫。　⑥使君：地方官之称谓。　⑦三弄：“伊善音乐，为江左第一。有蔡邕柯亭笛，常自吹之。素慕王徽之，偶然相遇于清溪，伊下车登徽之舟踞胡床，为作三调。弄毕便去，主客不交一言。”见《晋书·桓伊传》。此借喻使君吹笛之妙。

[集评]

李之仪云：“凌歊台表见江左，异时文人多以诗形容藻绘，未闻有词。贺此词一出，‘于是昔之藻绘者，奄奄如九泉下人矣。’”（《姑溪居士文集·

跋凌歊引后》)

夏敬观云:"'寄一笑'句,为全词之眼。"(手批《东山词》)

秋风叹

燕瑶池

琼钩褰幔[①],秋风观。漫漫,白云联度河汉。长宵半,参旗烂烂,何时旦。　　命闺人、金徽重按[②]。商歌弹,依稀广陵清散[③]。低眉叹,危弦未断,肠先断。

[注释]

①褰幔:掀帘。　②金徽:金饰的琴徽。　③广陵清散:广陵散,琴曲名。清,言其音调清和。据《嵇康传》载,康尝暮宿洛西华阳亭,忽有客来,不言名字,称是古人。索琴"为广陵散,声调绝伦,遂以授康,仍誓不传人"。后,康将刑于市,索琴弹之曰:"广陵散于今绝矣。"

断湘弦

万年欢

淑质柔情,靓妆艳笑,未容桃李争妍。红粉墙东,曾记窥宋三年[①]。不间云朝雨暮,向西楼、南馆留连。何尝信,美景良辰,赏心乐事难全。　　青门解袂[②],画桥回首,初沉汉佩[③],永断湘弦[④]。漫写浓愁幽恨,封寄鱼笺。拟话当时旧好,问同谁、与醉尊前。除非是,明月清风,向人今夜依然。

[注释]

①"红粉"二句:用东邻美女登墙窥宋玉事,见宋玉《登徒子好色赋》,喻曾有两情相好之事。　②解袂:指分手。　③汉佩:郑交甫于汉皋遇二

女以佩珠相赠。见《文选·张衡〈南都赋〉》。　④湘弦：即湘灵鼓瑟之弦。舜二妃溺死湘水，成为水神，曰湘灵。“使湘灵鼓瑟兮，命海若舞冯夷。”见《楚辞·远游》。此二句言旧情已断，旧欢难续。

子夜歌

忆秦娥

三更月，中庭恰照梨花雪。梨花雪，不胜凄断，杜鹃啼血。　王孙何许音尘绝，柔桑陌上吞声别。吞声别，陇头流水[①]，替人呜咽。

[注释]

①陇头流水：“陇山顶有泉，清水四注。”见《辛氏三秦记》。因其“四注”，用喻家人分离之苦。民歌：“陇头流水，鸣声呜咽，遥望秦川，肝肠断绝。”

独倚楼

更漏子

上东门，门外柳。赠别每烦纤手。一叶落，几番秋。江南独倚楼。　曲阑干，凝伫久。薄暮更堪搔首。无际恨，见闲愁。侵寻天尽头[①]。

[注释]

①侵寻：犹侵淫，积渐扩展。

翻翠袖

更漏子

绣罗垂，花蜡换。问夜何其将半[①]。侵舄履[②]，促杯盘。留欢不作难。　令随阄[③]，歌应弹。舞按霓裳前段[④]。翻翠袖，怯春寒。玉阑风牡丹[⑤]。

[注释]

①问夜何其：即试问夜何如之意。　将半：夜已近半。　②舄（xì）：鞋。　③阄（jiū）：此句言拈阄行令。　④霓裳：霓裳羽衣曲，唐大曲，共十二遍。前六遍为散板，无拍，本不舞；后六遍有拍而舞。　⑤玉阑风牡丹：喻舞人也。

[集评]

张文潜云："妖冶如揽嫱、施之祛。"（《词学集成》卷五《宋人词评》）

李清照云："苦少典重。"（《金石录后序》）

付金钗

更漏子

付金钗[①]，平斗酒[②]。未许解携纤手。吟警句，写清愁。浮骖为少留[③]。　旧游赊[④]，新梦后。月映隔窗疏柳。闲砚席，剩衾裯[⑤]。今秋似去秋。

[注释]

①付金钗：指以金钗换酒。　②平：价值相当。　③骖（cān）：驾车之马，代指马车。　浮骖：出游之车。　④赊（shā）：稀少。　⑤衾裯（qīn chóu）：衾，被。裯，单被。泛指被褥等卧具。

伴登临

中吕宫　丑奴儿

中吴茂苑繁华地。冠盖如林[①]，桃李成阴。若个芳心、真个会琴心[②]。　高秋霁色清于水。月榭风襟[③]，且伴登临。留与他年、尊酒话而今。

[注释]

①冠盖：指权贵之高冠华盖。　②若：与“偌”同。　琴心：以弹琴通情意。《史记·司马相如列传》载，卓文君新寡，好音。相如“以琴心挑之”。　③风襟：指乘风凉。宋玉《风赋》：“有风飒然而至，王乃披襟而当之，曰‘快哉此风’。”

苗而秀[①]

吴都佳丽苗而秀[②]。燕样腰身，按舞华茵。促遍凉州[③]、罗袜未生尘。　□□□□□□透。歌怨眉颦，张燕宜频。□□□□、□□□□□。

[注释]

①《全宋词》无调名，似与前首同。　②苗而秀：成熟而秀美。子曰：“苗而不秀者有矣夫。”见《论语·子罕》。喻美秀而早夭。此反用其义。　③促遍凉州：旋律急促之凉州曲。　遍：大曲名目。

东吴乐

尉迟杯

胜游地，信东吴绝景饶佳丽。平湖底，见层岚，凉月下，闻清吹。人如秾李，泛襟袂、香润蘋风起。喜凌波、素袜逢迎,领略当歌深意。 鄂君被[①],双鸳绮。垂杨荫,夷犹画舲相舣[②]。宝瑟弦调,明珠佩委。回首碧云千里。归鸿后,芳音谁寄。念怀县、青鬓今无几[③]。枉分将、镜里华年,付与楼前流水。

[注释]

①鄂君被:鄂君子皙泛舟,舟子越人拥楫而歌曰:"今夕何夕兮搴舟中流,今日何日兮得与王子同舟。蒙羞被好兮不訾诟耻,心几烦而不绝兮得知王子。山有木兮木有枝,心悦君兮君不知。"于是鄂君子皙乃揄修袂,行而拥之,举绣被覆之。事见刘向《说苑·善说》。 ②"夷犹"句:迟疑不进。"君不行兮夷犹。"见《楚辞·九歌·湘君》。 舲(líng):有窗之船。 舣(yǐ):船靠边。 ③怀县(xuán):心悬着。 县:通"悬"。

台城游

水调歌头

南国本潇洒,六代浸豪奢。台城游冶[①],襞笺能赋属宫娃[②]。云观登临清夏[③],璧月留连长夜[④]。吟醉送年华。回首飞鸳瓦[⑤],却羡井中蛙[⑥]。 访乌衣[⑦],成白社[⑧]。不容车。旧时王谢[⑨],堂前双燕过谁家。楼外河横斗挂,淮上潮平霜下。樯影落寒沙。商女篷窗罅,犹唱后庭花。

[注释]

①台城:今南京之古称,六朝宫苑所在地。 ②"襞(bì)笺"句:陈后主宫宴,命八宠姬襞(折叠)彩笺作诗,十佞臣赓和。事见《南史·陈本纪》。 ③云观(guàn):齐云观,陈后主新建高楼。 ④璧月:陈后主宫中艳诗名句:"璧月夜夜满,琼树朝朝新。" ⑤"回首"句:喻陈宫门被隋军烧毁。 ⑥却羡井中蛙:隋军入建业,百官皆遁。"唯尚书仆射袁宪、后阁舍人夏侯公韵侍侧。宪劝端坐殿上,正色以待之。后主……乃逃于井。二人苦谏不从,双身蔽井,后主与争久之方得入。"见《南史·陈本纪》。 ⑦乌

衣：乌衣巷。东吴乌衣营驻地。晋南渡后，王谢等望族居地。 ⑧白社：洛阳地名。晋高士董京沦为乞丐，宿于白社。此借指贫民区。 ⑨旧时王谢：化用刘禹锡《乌衣巷》句“旧时王谢堂前燕，飞入寻常百姓家”。

[集评]

龙榆生云：（《水调歌头》……）“皆叶平韵。……而方回此调，不独平仄两叶，而又句句皆用同部之韵，声情越发妙不可阶。……全首皆用第十部韵，而又以‘麻’、‘马’、‘祃’三声通叶。麻韵本为发扬豪壮之音，宜写悲歌慷慨，激昂蹈厉，吊古伤今之情。更以‘马’、‘祃’之上去声韵，相间互叶，轻重相权，何等嘹亮亢爽！声调组织之美，吾于贺氏此作……真有观止之叹。”（《论贺方回词质胡适之先生》）

钟振振云：“用典贴切，融化前人诗句有天衣无缝之妙。最显著的特色是音乐感极强。”（《唐宋词鉴赏辞典》）

潇湘雨

满庭芳

一阕离歌，满尊红泪，解携十里长亭。木兰归棹，犹倚采蘋汀。鸦噪黄陵庙掩[1]，因想象、鼓瑟湘灵。渔村远，烟昏雨淡，灯火两三星。 愁听。樯影外，繁声骤点，□□□□。□□□□□□，浓睡香屏。入梦难留□□，□□□、□□□□。□窗晓，云容四敛，江上数峰青。

[注释]

①黄陵庙：即舜二妃庙，在湖南湘阴县北。

念离群

沁园春

宫烛分烟[1]，禁池开钥，凤城暮春。向落花香里，澄波影外，笙歌迟日[2]，罗绮芳尘。载酒追游，联镳归晚[3]，灯火平康寻梦云[4]。逢迎处，最多才自负，巧笑相亲。　离群，客宦漳滨。但惊见、来鸿归雁频。念日边消耗[5]，天涯怅望，楼台清晓，帘幕黄昏。无限悲凉，不胜憔悴，断尽危肠销尽魂。方年少，恨浮名误我，乐事输人。

[注释]

①宫烛分烟：寒食禁火，第三日宫中钻木取火，宣赐臣僚巨烛，以示恩宠。事见吴自牧《梦粱录》。韩翃《寒食》诗："日暮汉宫传蜡烛，轻烟散入五侯家。"　②迟日：丽日。"春日迟迟"见《诗经·豳风·七月》。　③联镳(biāo)：即联辔。　④平康：长安有平康坊，妓女所居之地。京都侠少萃集于此，兼每年新进士以红笺名纸游谒其中，时人谓此坊为风流薮泽。见王仁裕《开元天宝遗事》。此句借指在汴京情事。　⑤日边：皇帝身边。作者曾为禁军武官。

宛溪柳

六么令

梦云萧散，帘卷画堂晓。残薰尽烛隐映[1]，绮席金壶倒。尘送行鞭袅袅，醉指长安道[2]。波平天渺。兰舟欲上，回首离愁满芳草。　已恨归期不早，枉负狂年少。无奈风月多情，此去应相笑。心记新声缥渺，翻是相思调。明年春杪。宛溪杨柳[3]，依旧青青为谁好。

[注释]

①尽烛：一本作"烬烛"，燃尽之烛。　②长安道：赴京之道，指仕途奔竞。　③宛溪：在安徽宣城西，合青弋江水入大江。

[集评]

朱祖谋云："下片'笔如辘轳'。"（《彊村老人评词》）

缪钺云："写柔情之词，用这种刚劲峭拔之笔，一气旋折而下，在贺铸以前的词中还是少见的。"（《灵谿词说》）

伤春曲

满江红

火禁初开[①]，深深院、尽重帘箔。人自起，翠衾寒梦，夜来风恶。肠断残红和泪落，半随红雨飘池角。记采兰、携手曲江游[②]，年时约。　芳物大，都如昨。自怨别，疏行乐。被无情双燕，短封难托。谁念东阳销瘦骨[③]，更堪白纻衣衫薄。向小窗、题满杏花笺，伤春作。

[注释]

①火禁初开：寒食禁火，清明开禁。　②曲江游：曲江在长安，为唐代都人中和、上巳等盛节游赏胜地。后亦泛指游春胜地。此句言往年与新欢相约春游情事。　③东阳：东阳太守沈约与徐勉书言己消瘦，"百日数旬，革带常应移孔"。见《南史·沈约传》。此以自况。

[集评]

俞陛云云："咏风雨摧花，而词心宛转随之，情与景皆臻妙境。下阕'骨瘦更堪衣薄'，乃加倍写愁法。结句亦简洁。"（《唐五代两宋词选释》）

夏敬观云："'人自起'句，挺接，妙极。此篇所用虚字，前后贯穿。此类处所又与清真所同。"（手批《东山词》）

横塘路

青玉案

凌波不过横塘路[①]。但目送、芳尘去。锦瑟华年谁与度。月桥花院,琐窗朱户,只有春知处。　　飞云冉冉蘅皋暮②,彩笔新题断肠句。若问闲情都几许。一川烟草,满城风絮,梅子黄时雨。

[注释]

①凌波:指女子步态轻盈。语出曹植《洛神赋》“凌波微步”。　横塘:地名,在苏州盘门外。　②蘅皋:长有香草的水边。　蘅:杜蘅。

[集评]

陈匪石云:“全篇皆情,只此(结拍)三句是景,而用景仍以写情,方回融景入情之妙用,尤耐人寻味。”(《宋词举》)

黄苏云:“方回以孝惠皇后族孙,元祐中,通判泗州,又倅(cuì)太平州,退居吴下,是此词作于退休之后也。自有一番不得意,难以显言处。言所居横塘,断无宓妃到。然波光清幽,亦常目送芳尘。第孤寂自守,无与为欢,惟有春风相慰藉而已。次阕言幽居肠断,不尽穷愁。惟见烟草风絮,梅雨如雾,共此旦晚耳。山谷尝称云:‘解道江南断肠句,世间(一作只今)惟有贺方回。’是也。”(《蓼园词话》)

人南渡

感皇恩

兰芷满芳洲①,游丝横路,罗袜尘生步②。迎顾。整鬟颦黛,脉脉两情难语。细风吹柳絮③,人南渡。　　回首旧游,山无重数。花底深朱户④,何处。半黄梅子,向晚一帘疏雨。断魂分付与,春将去。

[注释]

①兰芷:香草名。此句谓女子经过处之美。　②“罗袜”句:以洛神喻女之美。“罗袜生尘”,见曹植《洛神赋》。　③“细风”句:与上游丝句暗示可望而难即也。“絮乱丝繁天亦迷。”见李商隐《燕台四

首·春》。④“花底”句:谓女子居处之幽隐华美。

[集评]

陈廷焯云:“(‘细风’二句)笔致宕往。”(《云韶集》)

又云:“骨韵俱胜,用笔亦精警。”(《词则·别调集》卷一)

薄　幸[1]

艳真多态。更的的、频回眄睐。便认得、琴心相许,与写宜男双带[2]。记画堂、斜月朦胧,轻颦微笑娇无奈。便翡翠屏开,芙蓉帐掩,与把香罗偷解。　自过了收灯后[3],都不见、踏青挑菜[4]。几回凭双燕,丁宁深意,往来翻恨重帘碍。约何时再。正春浓酒暖,人闲昼永无聊赖。厌厌睡起[5],犹有花梢日在。

[注释]

①薄幸:词调名。《词综》录此词文字有异:“淡妆多态,更滴滴频回盼睐。便认得琴心先许,欲绾合欢双带。记画堂风月逢迎,轻颦浅笑娇无奈。待翡翠屏开,芙蓉帐掩,羞把香罗暗解。　自过了烧灯后,都不见踏青挑菜。几回凭双燕,丁宁深意,往来却恨重帘碍。约何时再?正春浓酒困,人闲昼永无聊赖。厌厌睡起,犹有花梢日在。”　②宜男:旧时祝颂妇人多子为宜男。此指婚配。　③收灯:唐俗元宵节放灯(亦曰烧灯)三天,而后收灯。　④踏青挑菜:古以二月二日为挑菜节,女子可外出郊游,亦曰踏青。　⑤厌厌(读阴平):同“恹恹”,烦恼愁苦貌。

[集评]

陈廷焯云:“意味极缠绵,而笔势极飞舞,宜其独步千古也。”(《云韶集》卷三)

丁绍仪云:“‘翡翠’二语,字虽艳丽,未免近俚。”(《听秋声馆词话》卷十三)

伴云来

天　香

烟络横林，山沉远照，逦迤黄昏钟鼓。烛映帘栊，蛩催机杼[1]，共苦清秋风露。不眠思妇，齐应和、几声砧杵。惊动天涯倦宦，骎骎岁华行暮[2]。　当年酒狂自负。谓东君[3]、以春相付。流浪征骖北道，客樯南浦。幽恨无人晤语。赖明月、曾知旧游处[4]。好伴云来，还将梦去。

[注释]

①蛩催机杼：蟋蟀声"织，织"，似催人织布，故曰催机杼。　②骎骎（qīn）：马奔驰状，此状岁月匆匆。　③东君：司春之神。　④"赖明月"句：言思乡之情。　赖：亏得。

[集评]

朱孝臧云："横空盘硬语。"（手批《东山乐府》）

念良游

满江红

山缭平湖，寒飙飐、六英纷泊。清镜晓、倚岩琪树，挠云珠阁。窈窕缯窗褰翠幕，尊前皓齿歌梅落[1]。信醉乡、绝境待名流，供行乐。　时易失，今犹昨。欢莫再，情何薄。扁舟幸不系，会寻佳约。想见徘徊华表下，个身似是辽东鹤[2]。访旧游、人与物俱非，空城郭。

[注释]

①梅落：曲名，亦作落梅，梅花落。　②辽东鹤：丁令威学道于灵虚山，后化鹤归辽东，止于城门华表上。有少年举弓欲射，遂在空中盘旋而

歌，歌毕飞入高空。事见《搜神后记》。

寒松叹

胜胜慢

鹊惊桥断，凤怨箫闲，彩云薄晚苍凉。难致祖洲灵草[①]，方士神香[②]。寒松半皴涧底，恨女萝、先委冰霜。宝琴尘网，□□□□，□□□□。　依□履綦行处，酸心□，□□□□□□□。□□帘垂窣地，簟竟空床。伤心燕归洞户，更悲秋、月皎回廊。同谁消遣，一年年夜夜长。

[注释]

①祖洲灵草："东海祖洲上有不死之草，生琼田中，或名为养神芝。"服食可长生。事见东方朔《十洲记》。　②神香：征和三年月氏国王遣使献香四两，大如雀卵，黑如桑椹。使者曰："知中国有好道之君，故搜奇蕴而贡神香。"见《十洲记》。

凤求凰

胜胜慢

园林幂翠[①]，燕寝凝香[②]。华池缭绕飞廊。坐按吴娃清丽，楚调圆长。歌阑横流美盼，乍疑生、绮席辉光。文园属意[③]，玉觞交劝，宝瑟高张。　南薰难销幽恨[④]，金徽上，殷勤彩凤求凰。便许卷收行雨，不恋高唐。东山胜游在眼，待纫兰、撷菊相将[⑤]。双栖安稳，五云溪是故乡。

[注释]

①幂（mì）：覆盖。　②燕寝：古代贵人休息安寝之所。　③文园属

意:指司马相如有意于卓文君。事见《史记·司马相如列传》。　④南薰:指南风。“昔者舜作五弦之琴以歌南风。其辞曰:南风之薰兮,可以解吾民之愠兮;南风之时兮,可以阜吾民之财兮。”见《礼记·乐记》。　⑤纫兰、撷菊:此喻洁身归隐之志。屈原《离骚》:“扈江离与辟芷兮,纫秋兰以为佩。”陶潜《饮酒》:“采菊东篱下,悠然见南山。”

国门东

好女儿

车马匆匆,会国门东[①]。信人间、自古销魂处[②]。指红尘北道,碧波南浦,黄叶西风。　堠馆娟娟新月[③],从今夜、与谁同。想深闺、独守空床思。但频占镜鹊[④],悔分钗燕[⑤],长望书鸿。

[注释]

①国门:即都门。　②销魂处:即离别处。“黯然销魂者,惟别而已矣。”见江淹《别赋》。　③堠馆:驿馆。　④占镜鹊:古代女子以镜占卜行人归期。铜镜背面多铸飞鹊,故称鹊镜。　⑤分燕钗:情侣分别,女子将燕形钗分一股与对方以为念物。“钗擘黄金合分钿。”见白居易《长恨歌》。

[集评]

陈廷焯云:“本篇上片设色精工,措语亦别致。上片末三句就眼前写,下片末三句从对方写,俱有三层意义。不似后人叠床架屋,其病百出也。”(《词则·别调集》)

九回肠

好女儿

削玉销香,不喜浓妆。倚高楼、望断章台路[①]。但垂杨永巷,落花微雨,芳草斜阳。　赖有雕梁新燕,试寻访、五陵狂[②]。小华笺，付与西飞去。印一双愁黛，再三归字，□九回肠。

［注释］

①章台路：汉代长安街名。后用作冶游之地代称。 ②五陵：指汉代帝王陵墓区。因叠迁富豪供奉园陵，风俗奢纵。“五陵衣马自轻肥。”见杜甫《秋兴》。“五陵年少争缠头。”见白居易《琵琶行》。

月先圆

好女儿

才色相怜，难偶当年。屡逢迎、几许缠绵意。记秋千架底、樗蒲局上[①]，祓禊池边[②]。 收贮一春幽恨，细书遍、研绫笺[③]。算蓬山、未抵屏山远。奈碧云易合，彩霞深闭，明月先圆。

［注释］

①樗（chū）蒲：一种赌博游戏。 ②祓禊（fú xì）：一种消除不祥的祭祀。多于春日在水边举行。 ③研（yà）绫笺：磨压光洁之书笺。

绮筵张

好女儿

绮绣张筵，粉黛争妍[①]。记六朝、旧数闺房秀。有长圆璧月，永新琼树[②]，随步金莲[③]。 不减丽华标韵[④]，更能唱、想夫怜。认情通、色受缠绵处[⑤]。似灵犀一点[⑥]，吴蚕八茧[⑦]，汉柳三眠[⑧]。

[注释]

①粉黛:借指美女。　②璧月琼树:用陈后主宫中艳诗"璧月夜夜满,琼树朝朝新"。　③金莲:齐东昏侯命潘妃行于贴金莲花之地,谓"步步生莲花"。事见《南史·齐东昏侯纪》。　④丽华:指陈后主宠妃张丽华。　⑤情通、色受:指感情神色的交流。　⑥灵犀一点:"身无彩凤双飞翼,心有灵犀一点通。"见李商隐《无题》。犀牛角中央色白,通两头。以喻两人心心相印。　⑦吴蚕八茧:"乡贡八蚕之丝。"见左思《吴都赋》。吴蚕年结八次茧,以"丝长"与"思长"谐音,喻相思绵长。　⑧汉柳三眠:"汉苑中有柳状如人形,号曰人柳,一日三眠三起。"见张澍辑《三辅旧事》。此以"眠""绵"谐音,喻缠绵。

舞迎春

迎春乐

云鲜日嫩东风软。雪初融、水清浅。粉□舞按迎春遍。似飞动、钗头燕。　深折梅花曾寄远[1]。问谁为、倚楼凄怨[2]。身伴未归鸿,犹顾恋、江南暖[3]。

[注释]

①折梅寄远:用陆凯赠范晔梅并诗之典,"折梅逢驿使,寄与陇头人。江南无所有,聊赠一枝春。"贺铸北人,滞留江南,故有一枝寄北之思。　②谁为:为谁。　③"犹顾恋"句:寓异乡行乐中之无奈情思。

城里钟

菩萨蛮

厌厌别酒商歌送,萧萧凉叶秋声动。小泊画桥东[1],孤舟月满篷。　高城遮短梦[2],衾藉馀香拥。多谢五更风,犹闻城里钟。

[注释]

①小泊：指启程前之短暂停泊。 ②"高城"句：城高梦短，难以逾越。极言对居者之留恋。

望西飞

清商怨

十分持酒每□□。□□□□□。□计留春，春随人去远。 东流□□□□。□□□、好凭双燕。望断西风，高楼帘暮卷。

东阳叹

清商怨

流连狂乐恨景短，奈夕阳送晚。醉未成欢，醒来愁满眼。 东阳销瘦带展[①]。望日下[②]、旧游天远。泪洒春风，春风谁复管。

[注释]

①"东阳"句：谓如东阳太守沈约因消瘦而革带移孔。见《南史·沈约传》。 ②日下：指首都汴京。

要销凝

清商怨

雕梁寻巢旧燕侣，似向人欲语。试问来时，逢郎郎健否。 春风深闭绣户，尽便旋[①]、一庭花絮。要自销凝[②]，吟郎长短句[③]。

[注释]

①便(pián)旋:徘徊。《广雅 · 释训》:"徘徊,便旋也。"苏轼《责授检校水部员外郎黄州团练副使》诗:"出门便旋风吹面,走马联翩雀啅人。" ②销凝:销魂凝神,因伤心而出神。 ③长短句:指词。

想车音

兀 令[1]

盘马楼前风日好,雪销尘扫。楼上宫妆早。认帘箔微开,一面嫣妍笑。携手别院重廊,窈窕花房小。任碧罗窗晓。 间阔时多书问少,镜鸾空老[2]。身寄吴云杳。想轫辘车音[3],几度青门道。占得春色年年,随处随人到。恨不如芳草。

[注释]

①兀令:词牌名。此为贺铸创调。 ②镜鸾:昔罽宾王获一鸾鸟,甚爱之,欲其鸣,饰以金樊,餮以珍羞,三年不鸣。其夫人曰:"尝闻鸟见其类而后鸣,何不悬镜以映之。"王从其言。鸾睹形感契,慨然悲鸣,哀响中宵,一奋而绝。见范泰《鸾鸟诗序》。此喻己为照影孤鸾。 ③轫辘:车轮转动声。

荆溪咏

渔家傲

南岳去天才尺五,荆溪笠泽相吞吐。十日一风仍再雨。宜禾黍,秋成处处宜禾黍。 坊市万家连岛屿。长杨□□□□□□。□□□□□□□□。能歌舞,刘郎不□□□□。

吹柳絮

鹧鸪词

月痕依约到西厢，曾羡花枝拂短墙。初未识愁那得泪[1]，每浑疑梦奈馀香。 歌逢袅处眉先妩，酒半酣时眼更狂。闲倚绣帘吹柳絮，问何人似冶游郎[2]。

［注释］

①那(nuó)："奈何"合音，表反诘语气。李白《长干行》："那作商人妇，愁雨复愁风。" 得：《白雨斋词话》引文作"是"。 ②冶游郎：浪游之人。

［集评］

陈廷焯云："闲情之作，亦不易工。""（初未识愁二句）婉转缠绵，情深一往，丽而有则，耐人玩味。"（《白雨斋词话》卷五）"此种句法，直是贺老从心化出。"（《白雨斋词话》卷六）

江如练

蝶恋花

睡鸭炉寒熏麝煎。寂寂歌梁[1]，无计留归燕[2]。十二曲阑闲倚遍，一杯长待何人劝。 不识当年桃叶面[3]。吟咏佳词[4]，想像犹曾见。两桨往来风与便[5]，潮平月上江如练。

［注释］

①歌梁：韩娥善歌，"馀音绕梁，三日不绝"。见《列子·汤问》。 ②燕：应上"梁"字，指代歌者。 ③桃叶：王献之之爱妾名。 ④佳词：指王献之《桃叶歌》。 ⑤"两桨"句：谓歌人之去。

宴齐云

南歌子

境跨三千里,楼侵尺五天[①]。碧鸳鸯瓦昼生烟。未信西山台观、压当年。　　野色分禾黍,秋声入管弦。闲挥谈麈襞吟笺[②]。三十万家风月、共流连。

[注释]

①"楼侵"句:齐云楼入天尺五,极言其高。楼在苏州。　②谈麈:即拂尘。魏晋文士每执以清谈,故名。

醉琼枝

定风波[①]

槛外雨波新涨,门前烟柳浑青。寂寞文园淹卧久[②],推枕援琴涕自零。无人著意听。　　绪绪风披芸幌[③],骎骎月到萱庭[④]。长记合欢东馆夜,与解香罗掩绣屏。琼枝半醉醒。

[注释]

①此词寻其声律,乃与《破阵子》正同。按四印斋所刻东山寓声乐府,此阕调名正作《破阵子》,不作《定风波》,亦不云异名醉琼枝。见况周颐《蕙风词话续编》卷二。　②"寂寞"句:以孝文园令司马相如自况,相如曾琴挑卓文君以定情,作者失偶,故有下文之感喟。　③芸幌:书斋之帘幕。　④萱庭:此处指主妇居处。

□□□

更漏子

酒三行，琴再弄，宛是和鸣双凤。罗斗帐[1]，绣屏风，浓香夜夜同。　　去年欢，今夕梦，怊怅晓钟初动[2]。休道梦，觉来空，当时亦梦中。

[注释]

①罗斗帐：斗形罗帐。以方形，上小下大，形如覆斗，故名。　②怊怅：犹惆怅。

弄珠英[1]

蓦山溪

楚乡新岁，不放残寒退。月晓桂娥闲，弄珠英、因风委坠。清淮铺练，十二玉峰前，上帘栊，招佳丽，置酒成高会。　　江南芳信，目断何人寄。应占镜边春，想晨妆、膏浓压翠。此时乘兴，半道忍回桡。五云溪，门深闭，壁月长相对。

[注释]

①珠英：美如珠玉之花，喻梅花。此咏梅词也。岁初犹寒，晨见梅开，词人想象此乃嫦娥弄妆不慎，簪花珠英"因风委堕"所化成。以下皆本此展开描述。

梦相亲

木兰花

清琴再鼓求凰弄[1]，紫陌屡盘骄马鞚[2]。远山眉样认心期[③],流水车音牵目送。　　归来翠被和衣拥,醉解寒生钟鼓动。此欢只许梦相亲,每向梦中还说梦。

（以上《彊村丛书》本《东山词》卷上,另据景宋本补调名下小注）

[注释]

①求凰弄:指凤求凰曲词。　②盘骄马鞚:盘马溜马之意。　鞚(kòng):马络头。　③认:察觉之意。

罗敷歌

采桑子

高楼帘卷秋风里[①]。目送斜阳,衾枕遗香,今夜还如昨夜长。　　玉人望月销凝处[②]。应在西厢,半掩兰堂,惟有纱灯伴绣床。

[注释]

①高楼:指男主人公居处。　②玉人:指其恋人。一"应"字点明玉人相思状,皆出于男子长夜无寝时之推想。　销凝:伤心凝望。

采桑子

河阳官罢文园病[①]。触绪萧然,犀麈留连,喜见清蟾似旧圆[②]。　　人生聚散浮云似。回首明年[③],何处尊前,怅望星河共一天。

[注释]

①"河阳"句:潘岳因才名冠世,为众所嫉,遂罢官十年,后出为河阳令,郁郁不得志。见《晋书·潘岳传》。司马相如拜孝文园令,有消渴病,以病免。见《史记·司马相如列传》。此以潘岳、相如自喻。　②清蟾:即明月。传说月中有蟾蜍,故名。　③回首明年:即"明年回首"之倒装。

采桑子

东南自古繁华地。歌吹扬州，十二青楼，最数秦娘第一流[①]。　　季鹰久负鲈鱼兴[②]。不住今秋，已办归舟，伴我江湖作胜游。

［注释］

①秦娘：借指所恋青楼女子。　②“季鹰”句：晋张翰（字季鹰）因思食吴中鲈鱼而辞官还乡。见刘义庆《世说新语·识鉴》。此喻己思乡。

采桑子

自怜楚客悲秋思[①]。难写丝桐[②]，目断书鸿，平淡江山落照中。　　谁家水调声声怨。黄叶西风，罨画桥东，十二玉楼空更空[③]。

［注释］

①楚客悲秋：此以自况。楚宋玉《九辩》：“悲哉秋之为气也，萧瑟兮草木摇落而变衰。”　②丝桐：指琴。古以桐木制琴，故名。　③十二玉楼：指仙境中楼台。桓驎《西王母传》：“新居宫阙……有城千里，玉楼十二，琼华之阙，光碧之堂，九层玄室，紫翠丹房，左带瑶池，右环翠水。”

［集评］

俞陛云云：“‘平淡江山’句，宛有画意。‘黄叶’三句，空中传恨。正为转头句所谓‘水调声声怨’也。”（《唐五代两宋词选释》）

夏敬观云：“用‘平淡’二字，乃有味。”（手批《东山词》）

采桑子

东亭南馆逢迎地。几醉红裙，凄怨临分[①]，四叠阳关忍泪闻[②]。　　谁怜今夜篷窗雨[③]。何处渔村，酒冷灯昏，不许愁人不断魂。[④]

[注释]

①临分:分别之际。　②四叠阳关:阳关曲,即以王维《送元二使安西》谱成之歌曲。亦称阳关三叠。此四叠,当是唱法上的变异。　③篷窗:船篷之窗,借指行人所乘之船。此句以“谁怜”二字转入对旅程的设想。　④注者按:一组《罗敷歌》依次写出作者北归前与江南青楼情人分别情景:乍别思恋、聚散感慨、已办归舟、秋思离绪、泣别登舟,颇为凄婉。

小重山

玉指金徽一再弹。新声传访戴[①],雪溪寒。两行墨妙破冰纨[②]。牵情处,幽恨寄毫端。　昵语强羞难。相逢真许似,镜中鸾[③]。小梅疏影近杯盘。东风里,谁共倚阑干。

[注释]

①访戴:“王子猷居山阴,夜大雪。眠觉,开室,命酌酒,四望皎然。因起彷徨,咏左思《招隐诗》。忽忆戴安道,时戴在剡(shàn),即便夜乘小船就之,经宿方至。”见刘义庆《世说新语·任诞》。此指琴曲意蕴。　②墨妙破冰纨:指在莹白的绢上书写。　③镜中鸾:以“照影孤鸾”事喻无缘。事见范泰《鸾鸟诗序》。

小重山

帘影新妆一破颜。玳筵回雪舞[①],小云鬟。琼枝擢秀望难攀。凝情处,千里望蓬山[②]。　歌断酒阑珊。画船箫鼓转[③],绿杨湾。坠钿残燎水堂关[④]。斜阳里,双燕伴人闲。

[注释]

①回雪:喻舞姿轻盈。“飘飖兮若流风之回雪。”见曹植《洛神

赋》。　②蓬山:神山,喻遥远。“刘郎已恨蓬山远,更隔蓬山一万重。”见李商隐《无题》。　③“画船”句:指作乐之人乘画船回转。　④坠钿:美人遗落之头饰。　残燎:谓灯火阑珊。　水堂:水上厅堂,指歌舞地。

小重山

枕上阊门五报更。蜡灯香灺冷[①],恨天明。青蘋风转彩帆轻[②]。樯头燕,多谢伴人行。　　临镜想倾城。两尖愁黛浅,泪波横。艳歌重记遣离情。缠绵处,翻是断肠声。

[注释]

①灺(xiè):灯烛灰。　②青蘋风:初起之风。“风生于地,起于青蘋之末”见宋玉《风赋》。　彩帆:指华丽之船。

[集评]

夏敬观云:“意新。”(手批《东山词》)

小重山

月月相逢只旧圆[①]。迢迢三十夜,夜如年。伤心不照绮罗筵[②]。孤舟里,单枕若为眠[③]。　　茂苑想依然[④]。花楼连苑起,压漪涟。玉人千里共婵娟。清琴怨,肠断亦如弦。[⑤]

[注释]

①旧圆:寓月圆人圆之往昔情事。《罗敷歌》中“喜见清蟾似旧圆”可证。　②绮罗筵:指与伊人共在时之欢筵。　绮罗:美人衣着。　③若为眠:怎能眠。　④茂苑:伊人所在处。　⑤注者按:一组《小重山》再抒对青楼女之思念。首二阕忆琴书趣、水堂舞,后二阕写舟中相思。虚实交

错,极尽缠绵。

[集评]

李之仪云:“宛转络绎能到人所不到处。”(《姑溪居士文集·跋小重山词》)

河 传

华堂张燕[①]。向尊前妙选,舞裙歌扇。彼美个人,的的风流心眼[②]。恨寻芳来晚。　　曲街灯火香尘散。犹约晨妆,一觇春风面[③]。惆怅善和坊里[④],平桥南畔。小青楼、帘不卷。

[注释]

①张燕:即张宴。　②的的:确是。　③觇(chān):窥看。　④善和坊:指士人冶游之地。崔涯诗:“觅得黄骝披绣鞍,善和坊里取端端。”见《云溪友议》。

河 传

华堂重厦,向尊前更听,碧云新怨[①]。玉指钿徽[②],总是挑人心眼、恨随红蜡短。　　彩旗影动船头转。双桨凌波,惟念人留恋。江上暮潮,隐隐山横南岸。奈离愁、分不断。

[注释]

①碧云新怨:指怨别之曲。江淹《休上人怨别》:“日暮碧云合,佳人殊未来。”　②钿徽:螺蚌镶嵌的琴徽。

侍香金童

楚梦方回[①],翠被寒如水。尚想见、扬州桃李[②]。姿秀韵闲何物比。玉管秋风，漫声流美。　　燕堂开[3]，双按秦弦呈素指。宝雁参差飞不起[4]。三五彩蟾明夜是[5]。屈曲阑干，断肠千里。

[注释]

①楚梦：美梦。语出宋玉《高唐赋序》所载楚襄王梦会巫山神女事。　②扬州桃李：指歌舞繁华地培育之名妓。　③燕堂：音乐堂会。　燕：通"宴"。　④宝雁：指瑟上安弦之柱斜如雁飞。"雁柱十三弦，一一黄莺语。"见张先《生查子》。　⑤三五彩蟾：阴历十五夜之明月。

凤栖梧

独立江东人婉娈[1]。粉本花真[2]，千里依稀见。闲弄彩毫濡玉砚，缠绵春思□歌扇。　　爱我竹窗新句炼。小研绫笺、偷寄西飞燕。乍可问名赊识面[3]，十年多病风情浅。

[注释]

①婉娈：年少而美好。《诗经·齐风·甫田》："婉兮娈兮，总角丱(guàn)兮。"　②粉本花真：如画上花卉般真切。　粉本：施粉上样之图画稿本。　③乍可：只可。"乍可巢蛟睫，胡为附蟒鳞。"见元稹《浮尘子》。　赊：稀少。

更漏子

芳草斜曛。映画桥□□，翠阁临津[1]。数阕清歌，两行红粉[2]，厌厌别酒初醺。芳意赠我殷勤，罗巾双黛痕。便兰舟独上，洞府人闲[3]，素手轻分。　　十里绮陌香尘。望紫云车远，已掩青门。迤逦黄昏，景阳钟动[4]，临风隐隐犹闻。明朝水馆渔村，凭谁招断魂。恨不如今夜，明月多情,应待归云[⑤]。

[注释]

①翠阁临津:指水边送别地。 ②红粉:指歌女。 ③洞府人:仙人,此借指美人。 ④景阳钟:景阳宫中有钟楼。“宫人闻钟声,早起妆饰。”见《南史·齐武穆裴皇后传》。此借指城中钟声。 ⑤归云:指所爱女子的身影。“只愁歌舞散,化作彩云归。”见李白《宫中行乐词》。

玉京秋

陇首霜晴,泗滨云晚[①],乍摇落。废榭苍苔,破台荒草,西楚霸图冥漠[②]。记登临事,九日胜游[③],千载如昨。更想像,晋客□归,谢生能赋继高作[④]。 飘泊。尘埃倦客,风月羁心[⑤],潘鬓晓来清镜觉。蜡屐纶巾[⑥],羽觞象管[⑦],且追随,隼旟行乐[⑧]。东山□,应笑个侬风味薄。念故园黄花,自有年年约。[⑨]

[注释]

①泗滨:泗水之滨。古泗水发源山东,经运河流经江苏,此指徐州。 ②西楚霸图:指西楚霸王项羽起事之遗迹。徐州有项羽戏马台遗迹。 冥漠:模糊沉寂。 ③九日胜游:指宋公刘裕于晋义熙十二年(416)北征至彭城(今江苏徐州)九日会僚佐于戏马台赋诗纪盛。 ④谢生:谢瞻、谢灵运。为刘裕僚佐,有诗纪戏马台登高事。见《文选》卷二十。⑤羁(jī)心:犹云客心。 ⑥蜡屐:以蜡涂屐。阮孚好屐,恒自吹火蜡屐。时人以之与好财者相比,认为其情趣高尚。事见刘义庆《世说新语·雅量》。 纶(guān)巾:系有青丝带之头巾,形容儒雅风度。 ⑦羽觞:鸟形酒盏。“飞羽觞而醉月。”见李白《春夜宴桃李园序》。此言饮酒。 象管:象牙杆毛笔。此言属文。 ⑧隼旟(yú):绘有隼鸟图形的旗,进兵时所用。 ⑨贺铸自元丰五年(1082)赴任宝丰为监钱官,至元祐元年(1086)离任。此词当作于此时。其《送时适归彭城》云:“壮年客宦乐徐

州，五见黄花戏马周。”即指此段宦历。

蓦清风

何许最悲秋，凄风残照。临水复登山，莞然西笑[①]。车马几番尘[②]，自古长安道。问谁是、后来年少。　飞集两悠悠，江滨海岛。乘雁与双凫[③]，强分多少。传语酒家胡[④]，岁晚从吾好。待做个、醉乡遗老。

[注释]

①莞（wǎn）然：犹莞尔，微笑貌。　西笑：作者时在河南一带，西笑，谓向故都长安而笑。　②“车马”一句：谓为功名奔走也。　③乘雁与双凫：《方言》，飞凫曰双，四雁曰乘。《文选·扬雄〈解嘲〉》：“当涂者升青云，失路者委沟渠。旦握权则为卿相，夕失势则为匹夫。譬若江湖之崖，渤澥之岛。乘雁集不为之多，双凫飞不为之少。”下阕四句皆用杨氏意，看破名利场也。　④酒家胡：指沽酒女。李延年《羽林郎》：“昔有霍家奴，姓冯名子都。依倚将军势，调笑酒家胡。胡姬年十五，春日独当垆。”

虞美人

粉娥齐敛千金笑[①]，愁结眉峰小。渭城才唱浥轻尘，无奈两行红泪、湿香巾。　伤心风月南城道[②]，几纵朱轓到[③]。明年载酒洛阳春，还念淮山楼上、倚阑人。

[注释]

①“粉娥”句：粉娥，犹言红粉佳人。　千金笑：“回首百万、一笑千金。”见崔骃《七依》。　②南城道：即“粉娥”所在地。　③朱轓：指官车。轓（fān）：车两旁之遮蔽物。　朱：红色。“令长吏二千石车朱两轓，千石至六百石朱左轓。”见《汉书·景帝纪》。

下水船

芳草青门路[①],还拂京尘东去。回想当年离绪[②],送君南浦,愁几许。尊酒流连薄暮,帘卷津楼风雨。　　凭阑语,草草蘅皋赋[③]。分首惊鸿不驻[④]。灯火虹桥,难寻弄波微步[⑤]。漫凝伫[⑥]。莫怨无情流水,明月扁舟何处。

[注释]

①青门:故都长安之霸城门。此借指宋都汴京。时作者在此作短暂逗留。　②当年离绪:似仍指与淮扬妓之别,非汴京情事。　③蘅皋赋:即洛神赋。以其中"尔(洛神)乃税驾乎蘅皋"句,借指别妓时所作诸词。　草草:仓促意。　④惊鸿:指所恋美人。"翩若惊鸿。"见曹植《洛神赋》。　⑤弄波微步:即"凌波微步"。　⑥漫凝伫:徒然伫立凝望。

[集评]

陈廷焯云:"'帘卷'六字,警快。"又评结句云:"去路悠然神远。"(《云韶集》卷三)

点绛唇

见面无多,坐来百媚生馀态。后庭春在,折取残红戴[①]。　　小小兰舟,荡桨东风快。和愁载,缠绵难解,不似罗裙带。

[注释]

①残红:将凋之花。春在,而偏簪"残红",寓意"花开堪折直须折,莫待无花空折枝"。

渔家傲[①]

莫厌香醪斟绣履[②],吐茵也是风流事[③]。今夜夜寒愁不睡。披衣起，挑灯开卷花生纸[④]。　倩问尊前桃与李[⑤]，重来若个犹相记[⑥]。前度刘郎应老矣[⑦]。行乐地，兔葵燕麦春风里[⑧]。

[注释]

①作者自注："临淮席上，有客自请履饮之，已辄呕。有所欢，促召之，既见，如昧平生者。是夜以病目，命幕僚主席。因赋此以调二客。"　②香醪(láo)：美酒。　斟绣履：以绣鞋为酒杯。　③吐茵：呕吐在地毯上。　④花生纸：以病目视觉昏花。　⑤桃与李：指妓女，即客之所欢。　⑥若个：哪个。　⑦前度刘郎：借指"客"。"种桃道士归何处，前度刘郎今又来。"见刘禹锡《再游玄都观》。　⑧"兔葵"句：刘禹锡十四年后重到观中，桃树荡然无存，"唯兔葵燕麦动摇于春风耳"。见《再游玄都观》诗序。

感皇恩

歌笑见馀妍，情生眄睐[①]。拥髻扬蛾黛，多态。小花深院，漏促离襟将解。恼人红蜡泪，啼相对。　芳草唤愁[②]，愁来难奈。兰叶犹堪向谁采[③]。小楼妆晚，应念斑骓何在[④]。碧云长有待，斜阳外。

[注释]

①眄睐(miǎn lài)：顾盼。　②芳草唤愁：见芳草而生愁。语自李煜《清平乐》："离恨恰如春草，更行更远还生。"　③"兰叶"句：谓悦兰叶之人已去，为谁采撷。"兰叶春葳蕤(wēi ruí)，桂华秋皎洁。……谁知林栖者，闻风坐相悦。"见张九龄《感遇》诗。　④斑骓(zhuī)：带花纹之马，指情人坐骑。"斑骓只系垂杨岸，何处西南待好风。"见李商隐《无题》。

菩萨蛮

彩舟载得离愁动[①]，无端更借樵风送。波渺夕阳迟，销魂不自持。　　良宵谁与共，赖有窗间梦[2]。可奈梦回时，一番新别离。

[注释]

①彩舟：指游船。　②赖有窗间梦：范仲淹《苏幕遮》“夜夜除非、好梦留人睡”与此义同。而下言“梦回时，一番新别离”，又一跌宕。

[集评]

张炎云：“词之难于令曲，如诗之难于绝句，不过数十字，一句一字闲不得。末句最当留意，有有馀不尽之意始佳。”（《词源》卷下）

周稚圭云：“宋词闲雅有馀，跌宕不足。”“小令少抑扬亢坠之致。”唯晏殊“最擅胜场”，贺铸“差堪接武”。（杜文澜《憩园词话》转录）

菩萨蛮

章台游冶金龟婿[1]，归来犹带醺醺醉。花漏怯春宵[2]，云屏无限娇。　　绛纱灯影背[3]，玉枕钗声碎[4]。不待宿酲销，马嘶催早朝[5]。

[注释]

①金龟婿：佩有金龟袋之夫婿。“天授二年，改佩鱼皆为龟。其后三品以上龟袋饰以金。”见《新唐书·车服志》。　②花漏：花外更漏之声。“柳丝长，春雨细，花外漏声迢递。”见温庭筠《更漏子》。　③灯影背：谓背灯而眠也。“红烛背，绣帘垂，梦长君不知。”见温庭筠《更漏子》。　④钗声碎：形容辗转反侧。　⑤“马嘶”句：化用李商隐《为有》“无端嫁得金龟婿，辜负香衾事早朝”诗意。

[集评]

张德瀛云：“熔铸他文以成篇，谓隐括体。方回善于隐括出新。常言‘吾笔端驱使李商隐、温庭筠，常奔命不暇。’”（《词徵》卷一）

菩萨蛮

曲门南与鸣珂接[①]，小园绿径飞蝴蝶。下马访婵娟，笑迎妆阁前。　　鷓鸪声几叠，滟滟金蕉叶[②]。未许被香鞯[③]，月生楼外天。

[注释]

①鸣珂：喻高官贵人车马出入。　珂：马头的佩玉。　②金焦叶：酒杯。　③被香鞯(jiān)：指备马。　被：通“披”。　鞯：马鞍垫。

菩萨蛮

绿窗残梦闻鶗鴂[①]，曲屏映枕春山叠[②]。梳□发如蝉，镜生波上莲[③]。　　绛裙金缕摺，学舞腰肢怯。帘下小凭肩，与人双翠钿。

[注释]

①鶗鴂(tí jué)：即杜鹃。　②春山叠：指曲屏重叠若山形。“小山重叠金明灭。”见温庭筠《菩萨蛮》。　③波上莲：喻美人面。

菩萨蛮

绿杨眠后拖烟穗，日长扫尽青苔地。香断入帘风，炉心檀烬红。　　兰溪修祓禊，上巳明朝是[①]。不许放春慵，景阳临晓钟。

[注释]

①上巳：节日名。古以阴历三月上旬巳日为“上巳”。是日“官民皆絜于东流水上，曰洗濯祓除，去宿垢疢(chèn)，为大絜(洁)”。见《后汉

书·礼仪志上》。　疢:病。

菩萨蛮

粉香映叶花羞日,窗间宛转蜂寻蜜。欢罢卷帘时,玉纤匀面脂。　舞裙金斗熨,绛襭鸳鸯密[①]。翠带一双垂,索人题艳诗。

[注释]

①襭(xié):衣襟掖于腰带以盛物。此指衣襟。

菩萨蛮

子规啼梦罗窗晓,开奁拂镜严妆早[①]。彩碧画丁香,背垂裙带长。　钿筝寻旧曲[②],愁结眉心绿。犹恨夜来时,酒狂归太迟。

[注释]

①严妆:端正妆束。"鸡鸣外欲曙,新妇起严妆。"见《孔雀东南飞》。　②寻:通"燖",重温之义。

菩萨蛮

虚堂向壁青灯灭,觉来惊见横窗月。起看月平西,城头乌夜啼。　兰衾羞更入,攲枕偷声泣[①]。肠断数残更,望明天未明。

[注释]

①攲(qī):斜倚。

菩萨蛮

芭蕉衬雨秋声动[①]，罗窗恼破鸳鸯梦。愁倚□帘栊，灯花落地红。　　枕横衾浪拥，好夜无人共。莫道粉墙东，蓬山千万重[②]。

[注释]

①衬：衬托。“大堤时节近清明，霞衬烟笼绕郡城。”见司空图《杨柳枝寿杯词》。　②“莫道”二句：谓虽近在咫尺，却有仙山远隔天涯之感。

菩萨蛮

朱甍碧树莺声晓[①]，残醺残梦犹相恼。薄雨隔轻帘，寒侵白纻衫。　　锦屏人起早，惟见馀妆好。眉样学新蟾，春愁入翠尖。

[注释]

①朱甍(méng)：红色屋脊。

菩萨蛮

炉烟微度流苏帐[①]，孤衾冷叠芙蓉浪[②]。蟋蟀不离床，伴人愁夜长。　　玉人飞阁上，见月还相望。相望莫相忘，应无未断肠。

[注释]

①流苏帐：饰有排穗之床帷。　②芙蓉浪：绣芙蓉之锦被乱叠如浪。

于飞乐

日薄云融，满城罗绮芳丛[①]。一枝粉淡香浓[②]。几销魂，偏健美、紫蝶黄蜂。繁华梦断，酒醒来、扫地春空。　武陵原[③]，回头何处，情随流水无穷。寄两行清泪，想几许残红。惜花人老，年年奈、依旧东风。

[注释]

①罗绮芳丛：犹言繁花似锦。　②"一枝"句：特指桃花。　③武陵原：典出陶潜《桃花源记》。贺铸词《定风波》："粉面不知何处在，无奈，武陵流水卷春空。"

浣溪沙

双鹤横桥阿那边[①]，静坊深院闭婵娟。五度花开三处见，两依然。　水眄难禁频领□[②]，歌云犹许小流连。破得尊前何限恨，不论钱。

[注释]

①"双鹤"句：代用丁令威故事。干宝《搜神记》以仙鹤成双喻旧日寻欢处。　阿：语助。　②水眄：指眼波。

品　令

怀彼美[①]，愁与泪。分占眉丛眼尾。求好梦、闲拥鸳鸯绮[②]。恨啼乌、唤人起。　目断清淮楼上[③]，心寄长洲坊里。迢迢地，七百三十里。几重山，几重水。

[注释]

①彼美：那位美人。 ②鸳鸯绮：有鸳鸯图案之锦被。 ③清淮楼：在泗州（今江苏盱眙）。作者时任泗州通判。

海月谣

楼平叠巘[1]，瞰瀛海、波三面。碧云扫尽，桂轮滉玉[2]，鲸波张练[3]。化出无边宝界，是名壮观。 追游汗漫。愿少借、长风便。麻姑相顾[4]，□然笑指，寒潮清浅。顿觉蓬莱方丈，去人不远。

[注释]

①叠巘（yǎn）：叠起之山峰。 ②桂轮滉（huàng）玉：形容深水中映月如玉。 ③鲸波张练：形容鲸鱼喷浪如悬空的白绢。 ④麻姑："麻姑自云：接侍以来，已见东海三为桑田，向到蓬莱，水又浅于往者会时略半也，岂将复还为陵陆乎。"见葛洪《神仙传》。

风流子

何处最难忘。方豪健，放乐五云乡[1]。彩笔赋诗，禁池芳草，香鞯调马，辇路垂杨。绮筵上，扇偎歌黛浅，汗浥舞罗香。兰烛伴归，绣轮同载，闭花别馆，隔水深坊。 零落少年场。琴心漫流怨，带眼偷长。无奈占床燕月，侵鬓吴霜。念北里音尘[2]，鱼封永断[3]。便桥烟雨[4]，鹤表相望。好在后庭桃李，应记刘郎。

[注释]

①五云乡：指帝乡。古以为天子头上云气"皆为龙虎，成五彩"。见司马迁《史记·项羽本纪》。 ②北里：唐长安平康里位城北亦称北里，娼妓

所居。　③鱼封：即鱼笺，指书信。　④便桥：村名，在长安北，与北里相近。

鹧鸪天

轰醉王孙玳瑁筵[①]，渴虹垂地吸长川[②]。侧商调里清歌送[③]，破尽穷愁直几钱。　孤棹舣[④]，小江边。爱而不见酒中仙。伤心两岸官杨柳，已带斜阳又带蝉。

[注释]

①轰醉：狂饮大醉。　②"渴虹"句：谓大量饮酒。"饮如长鲸吸百川。"见杜甫《饮中八仙歌》。　③侧商调：指侧调、商调的歌曲。　④舣：停船。

忆仙姿

白纻春衫新制[①]，准拟采兰修禊[②]。遮日走京尘，何啻分阴如岁[③]。留滞，留滞。不似行云难系。[④]

注释

①白纻春衫：游春服装，言郑重其事也。　②准拟：拟准打算。　③何啻：何止。　④注者按：一组《忆仙姿》实《忆江南》之作。首尾言修禊，是在东下途中。中七首对淮扬妓之思念，为主干。

忆仙姿

日日春风楼上[①]，不见石城双桨[②]。鸳枕梦回时，烛泪屏山相向。流荡，流荡。门外白蘋溪涨。

[注释]

①春风楼：女子居处。 ②石城双桨：石城在湖北钟祥县。《莫愁曲》："莫愁在何处，莫愁石城西。艇子打两桨，催送莫愁来。"

忆仙姿

相见时难别易，何限玉琴心意。眉黛只供愁，羞见双鸳鸯字[①]。憔悴[②]，憔悴。蜡烛销成红泪。

[注释]

①"何限"三句：忆女子之多情恨别。 ②憔悴：设想彼女相思之苦。

忆仙姿

罗绮丛中初见，理鬓横波流转[①]。半醉不胜情，帘影犹招歌扇。留恋，留恋。秋夜辞巢双燕。

[注释]

①"理鬓"句：忆初见眼波传情状。

忆仙姿

雨后一分春减，深院落红如糁[①]。柳外出秋千，度日彩旗风飐[②]。销黯[③]，销黯。门共宝奁长掩[④]。

[注释]

①糁（sǎn）：散粒。 ②飐（zhǎn）：因风而抖动。 ③销黯：黯然销魂之略语，指离愁。 ④"门共"句：谓无心梳妆与外出。

忆仙姿

柳下玉骢双鞚[①],蝉鬓宝钿浮动[②]。半醉倚迷楼[③],聊送斜阳三弄[④]。豪纵,豪纵。一觉扬州春梦。

[注释]

①玉骢双鞚:指与女子并辔春郊。　②“蝉鬓”句:忆中女子骑马形象。　③迷楼:隋炀帝所建之楼名,此指女子所居之华美楼阁。　④斜阳三弄:指女子为之吹笛送别。

忆仙姿

何处偷谐心赏,促坐绮罗筵上[①]。不记下楼时,醉□月侵书幌。怀想,怀想。清丽歌声妆样。

[注释]

①“何处”二句:忆往日宴上促坐心许之情事。

忆仙姿

江上潮回风细,红袖倚楼凝睇[①]。天际认归舟,但见平林如荠。迢递,迢递。人更远于天际。

[注释]

①“红袖”句:想象女子正倚楼凝望。

忆仙姿

梦想山阴游冶[①],深径碧桃花谢[②]。曲水稳流觞[③],暖絜芳兰堪藉。萧洒，萧洒。月棹烟蓑东下[④]。

[注释]

①“梦想”句：回应第一首，即“准拟采兰修禊”。　山阴：今浙江绍兴。借用王羲之兰亭会地，此泛指胜地之游。　②碧桃花谢：暮春时也。③流觞：古人三月三日集会于环曲之水旁。于上流置酒杯，任其漂流，停处取以为饮。王羲之《兰亭集序》：“又有清流激湍，映带左右，引以为流觞曲水。”　④月棹：言其将夜以继日风雨兼程迅速东下。第一首有“行云难系”，可知欲赴修禊雅会，亦有云梦之事在也。

凤栖梧

挑菜踏青都过却，杨柳风轻，摆动秋千索。啼鸟自惊花自落，有人同在真珠箔[①]。　淡净衣裳妆□薄。闲凭银筝[②]，睡鬓慵梳掠。试问为谁添瘦弱，娇羞只把眉颦著。

[注释]

①“有人”句：人指女子。此言帘内（庭院内）人与秋千、花、鸟同在，但人无心玩赏。　②凭：靠着。

琴调相思引[①]

送范殿监赴黄冈

终日怀归翻送客，春风祖席南城陌[②]。便莫惜，离觞频卷白[③]。动管色，催行色。动管色，催行色。　何处投鞍风雨夕。临水驿，空山驿。临水驿，空山驿。纵明月相思千里隔。梦咫尺，勤书尺[④]。梦咫尺，勤书尺。

[注释]

①琴调相思引：按此调与赵彦端、周紫芝诸体大异，应是同名而异格

者。　②祖席:饯别酒宴。古人远行时祭路神曰祖。　③卷白:即满饮、干杯。　白:罚酒之杯,引申为满杯。　④书尺:即书信。　尺:尺素。

芳草渡

留征辔,送离杯。羞泪下,捻青梅[①]。低声问道几时回。秦筝雁促,此夜为谁排。　　君去也,远蓬莱。千里地,信音乖。相思成病底情怀[②]。和烦恼,寻个便,送将来。

[注释]

①捻青梅:羞于洒泪,故捻青梅以掩饰之。　②底:犹言"何"。"自问东京作底来。"见白居易《早出晚归》。

雨中花

回首扬州,猖狂十载,依然一梦归来。但觉安仁愁鬓[①],几点尘埃。醉墨碧纱犹锁,春衫白纻新裁。认鸣珂曲里[②],旧日朱扉,闲闭青苔。　　人非物是,半晌鸾肠易断,宝勒空回。徒怅望,碧云销散,明月徘徊。忍过阳台折柳[③],难凭陇驿传梅。一番桃李,迎风无语,谁是怜才。

[注释]

①安仁愁鬓:喻鬓发斑白。　安仁:潘岳字。其《秋兴赋》云:"余春秋三十有二,始见二毛。"　②鸣珂曲里:乘马听曲处。指旧地重游。　③阳台:指男女欢会之处。语出宋玉《高唐赋序》。

花心动

西郭园林,远尘烦,门临绿杨堤路。画□簟长,水馆帘空,竟日素襟销暑。小湾红芰清香里,深隐映,风标鸳鹭。指□□，相将故故[①]，背人飞去。　　翻念多情自苦。当置酒征歌，梦云难驻。醉眼渐迷，花拂墙低，误认宋邻偷顾[②]。彩阑倚遍平桥晚，空相望、凌波仙步。断魂处，黄昏翠荷□雨。

[注释]

①故故：特意，故意。　②宋邻偷顾：喻美人相窥。宋，指宋玉，事见宋玉《登徒子好色赋》。

浪淘沙

把酒欲歌骊[①]，浓醉何辞。玉京烟柳欲黄时。明日景阳门外路，相背春归[②]。　　敛泪复牵衣，私语迟迟。可怜谁会两心期。惟有画帘斜月见，应共人知。

[注释]

①歌骊：唱辞行歌。骊，《骊驹》，逸《诗》篇名。辞曰："骊驹在门，仆夫具存；骊驹在路，仆夫整驾。"　②相背春归："烟柳欲黄"，初春时也。春来人去，故曰相背。

浪淘沙

一十二都门，梦想能频。无言桃李几经春。艳粉鲜香开自落，还为何人。　　白纻别时新，苒苒征尘。镜中消瘦老于真[①]。赖有天涯风月在，依旧相亲。

[注释]

①"镜中"句：言镜中形象比实际年龄更老。

浪淘沙

潮涨湛芳桥，难渡兰桡。卷帘红袖莫相招[①]。十二阑干今夜月，谁伴吹箫。　烟草接亭皋[②]，归思迢迢。兰成老去转无憀[③]。偏恨秋风添鬓雪，不共魂销。

[注释]

①红袖莫相招：意谓为水所阻而难通，故不应相招也。　②亭皋：水边平地。　③兰成：庾信小字。庾信著《愁赋》、《哀江南赋》。此以喻己多愁与思归。

浪淘沙

雨过碧云秋，烟草汀洲。远山相对一眉愁[①]。可惜芳年桥畔柳，不系兰舟。　为问木兰舟，何处淹留。相思今夜忍登楼。楼下谁家歌水调，明月扬州。

[注释]

①"远山"句：谓远山如眉。愁人眼中之山似亦含愁。

夜游宫

江面波纹皱縠[①]。江南岸、草和烟绿。初过寒食一百六[②]。采苹游，□香裙，鸣佩玉。　心事偷相属[③]。赋春恨、彩笺双幅。今夜小楼吹凤竹[④]。谢东风，寄情人，肠断曲。

[注释]

①縠（hú）：绉纱。　②一百六：冬至后一百六日为寒食节。故亦称

寒食节为一百六。　③相属：相好。　④风竹：指箫。

忆仙姿

莲叶初生南浦，两岸绿杨飞絮。向晚鲤鱼风[1]，断送彩帆何处。凝伫，凝伫。楼外一江烟雨。

[注释]

①鲤鱼风：九月风。“楼前流水江陵道，鲤鱼风起芙蓉老。”见李贺《江楼曲》。

[集评]

陈廷焯云：“景中带情，一结自足。”（《词则·别调集》卷一）

俞陛云云：“表情处在叠用‘凝伫’二字。传神处在‘烟雨’句。离心无际，远在空濛江雨中。小令固以融浑为佳。”（《唐五代两宋词选释》）

忆仙姿

彩舫解维官柳[1]，楼上谁家红袖。团扇弄微风，如为行人招手。回首，回首。云断武陵溪口。

[注释]

①解维：犹云解系，即解开系在柳上之缆绳。

菱花怨

叠鼓嘲喧，彩旗挥霍，蘋汀薄晚，兰舟催解。别浦潮平，小山云断，十幅饱帆风快。回想牵衣，愁掩啼妆，一襟香在。纨扇惊秋[1]，菱花怨晚[2]，谁共蛾黛。　　何处玉尊空，对松陵正美，鲈鱼莼菜[3]。露洗凉蟾，潦吞平野，三万顷非尘界。览胜情无奈。恨难招、越人同载[4]。会凭紫燕西飞[5],更约黄鹂相待。

[注释]

①纨扇惊秋:指送行之女有秋扇见捐怕被遗弃之虑。事见班婕妤《怨诗》。 ②菱花:指镜。 ③菰菜:即茭白。 ④越人:喻指悦己之女。鄂君子皙泛舟,越人拥楫而歌:"山有木兮木有枝,心悦君兮君不知。"鄂君乃揄长袖拥之,举绣被覆之。事见刘向《说苑·善说》。 ⑤紫燕:传书意。顾况《短歌行》:"紫燕西飞欲寄书。"

望扬州[1]

铁瓮城高,蒜山渡阔[2],干云十二层楼。开尊待月,卷箔披风,依然灯火扬州,绣陌南头。记歌名宛转,乡号温柔。曲槛俯清流。想花阴、谁系兰舟。　念凄绝秦弦,感深荆赋[3],相望几许凝愁。殷勤裁尺素,奈双鱼,难渡瓜洲[4]。晓鉴堪羞。潘鬓点、吴霜渐稠。幸于飞、鸳鸯未老[5],不应同是悲秋。

[注释]

①唐氏按:此首别见秦观《淮海居士长短句》卷上。 ②蒜山:在镇江市西,临江绝壁,以山多泽蒜而名。 ③荆赋:即王粲《登楼赋》,粲时依荆州刘表,故曰荆赋。赋中抒怀归之忧。 ④瓜洲:镇名,在江苏邗江县南,大运河入长江处。为长江南北水运交通要津。 ⑤于飞:喻夫妻和谐亲爱。"凤凰于飞,翙翙其羽,亦集爰止。"见《诗经·大雅·卷阿》。

定情曲

春 愁

沉水浓熏[1],梅粉淡妆[2],露华鲜映春晓。浅颦轻笑。

真物外，一种闲花风调。可待合欢翠被[③]，不见忘忧芳草[④]。拥膝浑忘羞，回身就郎抱。两点灵犀心颠倒。念乐事稀逢，归期须早。五云闻道，星桥畔、油壁车迎苏小[⑤]。引领西陵自远，携手东山偕老[⑥]。殷勤制、双凤新声，定情永为好。

[注释]

①沉水：沉水香。　②"梅粉"句：指梅花妆。见《太平御览·时序部》引《杂五行书》。　③合欢：即夜合花。　④忘忧草：即萱草。　⑤"油壁车"句：名妓苏小，曾乘油壁车与人相会西陵下。此借指与情人结同心，共隐居。　⑥东山：喻隐居地。谢安曾隐东山，见《晋书·谢安传》。

拥鼻吟

吴音子

别酒初销，怃然弭棹蒹葭浦[①]。回首不见高城，青楼更何许。大艑轲峨[②]，越商巴贾。万恨龙钟[③]，篷下对语。　指征路，山缺处。孤烟起，历历闻津鼓。江豚吹浪[④]，晚来风转夜深雨。拥鼻微吟[⑤]，断肠新句。粉碧罗笺，封泪寄与。

[注释]

①弭（mǐ）棹：停船。　②艑（biàn）：船。　轲峨：高貌。　③龙钟：此言潦倒失意。　④江豚：江中动物，似猪，鲸类。　⑤拥鼻吟：谢安有鼻疾，咏哦音浊，人效之，谓之拥鼻吟。

思越人

京口瓜州记梦间，朱扉犹想映花关。东风太是无情思，不许扁舟兴尽还。　春水漫，夕阳闲。乌樯几转绿杨湾[①]。红尘十里扬州过[②]，更上迷楼一借山。

[注释]

①乌樯：指帆船。船桅上端耸立乌形风标，故名。　②红尘：指繁华热闹之地。

清平乐

吴波不动，四际晴山拥。载酒一尊谁与共，回首江湖旧梦。　长艚珠箔青篷[①]，橹声鸦轧征鸿。泪□镂檀香枕，醉眠摇□春风。

[注释]

①艚（cáo）：船。

清平乐

宋邻东畔[①]，明月关深院。玉指金徽调旧怨，楚客归心欲断。　城隅芳草初春[②]，佳期重约临分。丽句漫题双带，也愁系住行云。

[注释]

①宋邻东畔：指美人居处。见宋玉《登徒子好色赋》。　②城隅：城角。代指约会地。《诗经·邶风·静女》："静女其姝，俟我于城隅。"

清平乐

厌厌别酒，更执纤纤手。指似归期庭下柳，一叶西风

前后。　无端不系孤舟[1]，载将多少离愁。又是十分明月，照人两处登楼。（以上《彊村丛书》本《贺方回词》卷一）

[注释]

①不系孤舟：漂泊不定之舟。

木兰花

嫣然何啻千金价，意远态闲难入画[1]。更无方便只尊前，说尽牵情多少话。　别来乐事经春罢，枉度佳春抛好夜。如今触绪易销魂，最是不堪风月下。

[注释]

①意远态闲：闲，通“娴”，文静貌。

木兰花

朝来著眼沙头认，五两竿摇风色顺[1]。佳期学取弄潮儿，人纵无情潮有信[2]。　纷纷花雨红成阵[3]，冷酒青梅寒食近。漫将江水比闲愁，水尽江头愁不尽。

[注释]

①五两竿：古代测风仪。以鸡毛五两（或八两）结于高竿顶测风向。　②潮有信：指潮水定时涨落。　③“纷纷”句：指落花。“桃花乱落如红雨。”见李贺《将进酒》诗。

减字木兰花

春容秀润，二十四番花有信[1]。鸾镜佳人，得得浓妆样样新[2]。　情无远近，水阔山长分不尽。一断音尘，泪眼花前只见春。

[注释]

①二十四番花有信：应花期而来的风称花信风。自小寒至谷雨，共八气，一百二十日，每五日为一候，计二十四候，每候应一种花信。如小寒一候梅花，二候山茶，三候水仙……　②得得：犹“特特”也。谓特地浓妆。见张相《诗词曲语辞汇释》。

减字木兰花

闲情减旧，无奈伤春能作瘦。桂楫兰舟，几送人归我滞留。　西门官柳，满把青青临别手[1]。谁共登楼，分取烟波一段愁[2]。

[注释]

①满把青青：指折柳赠别。　把：执、持。　②烟波一段愁：寓怀归意。

减字木兰花

南园清夜，临水朱阑垂柳下。从坐莲花[1]，潋滟觥船泛露华[2]。　酒阑歌罢，双□前愁东去也。回想人家，芳草平桥一径斜。

[注释]

①从坐：任坐，指随意地坐在莲花下观赏。　②觥（gōng）船：大酒杯。

减字木兰花

多情多病，万斛闲愁量有剩。一顾倾城，惟觉尊前笑不成[①]。　探香幽径，好住东风谁主领。多谢流莺，欲别频啼四五声。

[注释]

①“惟觉”句：用杜牧《赠别》“多情却似总无情，惟觉尊前笑不成”成句。

摊破木兰花

南浦东风落暮潮。祓禊人归，相并兰桡[①]。回身昵语不胜娇。犹碍华灯，扇影频摇。　重泛青翰顿寂寥[②]，魂断高城手漫招。佳期应待鹊成桥。为问行云，谁伴朝朝。

[注释]

①相并兰桡（ráo）：并肩泛舟。　桡：船桨。　②青翰：绘有青鸟（翰）的船。

摊破木兰花

芳草裙腰一尺围[①]。粉郎香润[②]，轻洒蔷薇。为嫌风日下楼稀。杨柳青阴，深闭朱扉。　枉是尊前调玉徽，彩鸾何事逐鸡飞。楚台赋客莫相违[③]。留住行云，好待郎归。

[注释]

①芳草裙腰：草绿色的裙腰。“记得绿罗裙，处处怜芳草。”见牛希济《生查子》（春山烟欲收）词。　②粉郎：何晏美容仪，面如傅粉，人称粉

郎。见《三国志·魏书·何晏传》。 ③楚台赋客:指宋玉,以其楚人而善辞赋。此指代意中人。

南乡子

秋半雨凉天,望后清蟾未破圆[1]。二十四桥游冶处,留连。携手娇娆步步莲[2]。 眉宇有馀妍,初破瓜时正妙年[3]。玉局弹棋无限意[4],缠绵。肠断吴蚕两处眠。

[注释]

①望:阴历十五日,以日下月上同时,能相望也。秋半望后,即八月十六日。 ②娆:《全宋词》作"饶"。 ③破瓜:十六岁。 ④玉局弹棋:即弹棋局。 弹棋:一种棋戏。其局以石为之,曹丕《弹棋赋》:"丰腹高隆,庳根四颓。"中心高起,四围低平。庳(bì):低。此用李商隐《无题》"莫近弹棋局,中心最不平"句意。

南乡子

柳岸舣兰舟,更结东山谢氏游[1]。红泪清歌催落景,回头。□出尊前一段愁。 东水漫西流,谁道行云肯驻留。无限鲜飙吹芷若[2],汀洲。生羡鸳鸯得自由。

[注释]

①东山谢氏:指东晋谢安。安出仕前曾隐居会稽东山。此借指名士。 ②鲜飙:清风。

临江仙

暂假临淮东道主,每逃歌舞华筵。经年未办买山钱[1]。筋骸难强,久坐沐猴禅[2]。 行拥一舟称浪士[3],五湖春水如天。越人相顾足嫣然[④]。何须绣被，来伴拥蓑眠。

［注释］

①买山：指归隐。《世说新语·排调》："支道林（遁）因人就深公买印山。深公答曰：未闻巢、由买山而隐。" ②坐沐猴禅：指猴戏般例行公事。沐猴：猕猴。 坐禅：僧人打坐。 ③浪士：唐元结，家于瀼滨，自称浪士，见《新唐书·元结传》。 ④"越人"句：指鄂君子皙以绣被拥越人事。见刘向《说苑·善说》。

罗敷歌

丑奴儿

东山未办终焉计[①]。聊尔西来[②]，花苑平台，倦客登临第几回。 连延复道通驰道[③]。十二门开[④]，车马尘埃，怅望江南雪后梅。

［注释］

①"东山"句：谓尚未归隐。 终焉：终老于此（东山）。 ②西来：指由江南去往京都。 ③复道：楼间架起之通道。 驰道：帝王车马行经之道。 ④十二门：长安城一面三门，四面十二门。此指汴京。

点绛唇

一幅霜绡[①]，麝煤熏腻纹丝缕[②]。掩妆无语[③]，的是销凝处。 薄暮兰桡，漾下蘋花渚。风留住，绿杨归路，燕子西飞去。

［注释］

①霜绡：白手帕。 ②"麝煤"句：谓于熏香炉上烤手帕。 腻：因有眼泪与脂粉也。 ③掩妆：掩面。以红泪阑干故须掩也。

南歌子

绣幕深朱户，熏炉小象床。扶肩醉被冒明珰[①]，绣履可怜分破、两鸳鸯。　梦枕初回雨[②]，啼钿半□妆。一钩新月渡横塘[③]，谁认凌波微步、袜尘香。

［注释］

①"扶肩"句：谓酒醉以被掩面而卧。冒：覆盖。明珰：耳环。②"梦枕"句：谓好梦初醒。用"巫山云雨"事。见宋玉《高唐赋序》。③横塘：指恋人所在处。

南歌子

心蹙黄金缕[①]，梢垂白玉团[②]。孤芳不怕雪霜寒，先向百花头上、探春□。　傍水添清韵，横墙露粉颜[③]。夜来和月起凭阑，认得暗香微度、有无间。

［注释］

①黄金缕：喻梅蕊。此咏梅词也。②白玉团：喻梅花。③傍水、横墙：化用林逋《山园小梅》"疏影横斜水清浅"诗意。

小重山

一叶西风生嫩凉。彩舟旗影动，背斜阳。溪流几曲似回肠。高城远，今夜为谁长。　正节号清狂[①]。苎萝标韵美，倚新妆。月华歌调转清商[②]。尊酒畔，好住伴刘郎[③]。

[注释]

①正节:指人品耿介。　清狂:高迈不羁。　②清商:古五音之一。南北朝时,中原旧曲及江南吴歌、荆楚四声统称清商。见《魏书·乐志》。　③刘郎:用刘晨天台遇仙女事。见《太平广记·神仙记》。此自谓。

清平乐

林皋叶脱,楼下清江阔。船里琵琶金杆拨[①],弹断么弦再抹[②]。　夜潮洲渚生寒,城头星斗阑干[③]。忍话旧游新梦,三千里外长安。

[注释]

①杆:《全宋词》作“捍”。　②“弹断”句:谓昔时弹奏者之尽情竭力。么弦:琵琶第四弦,以其最细故名。　抹:弹弦乐的一种指法。白居易《琵琶行》:“轻拢慢捻抹复挑。”　③阑干:纵横貌。

清平乐

沈侯消瘦[①],八咏新题就[②]。惆怅酒醒兼梦后,带眼如何复旧。　几时一叶兰舟,画桡鸦轧东流。新市小桥西畔,有人长倚妆楼。

[注释]

①沈侯:指沈约,事见《梁书·沈约传》。此自喻。　消:《全宋词》作“销”。　②八咏:沈约为东阳太守,建元畅楼,赋诗八首,因称八咏楼。

木兰花

罗襟粉汗和香浥,纤指留痕红一捻。离亭再卜合欢期，寻见石榴双翠叶。　　危楼欲上危肠怯，纵得鸾胶难寸接[1]。西风燕子会来时，好付小笺封泪帖。

[注释]

①鸾胶：西海所献能粘接弓弦之胶。见《汉武外传》。刘兼《秋夕书怀呈戎州郎中》："鸾胶处处难寻觅，断尽相思寸寸肠。"皆有悼亡意，与此义近。

玉连环

一落索

别酒更添红粉泪，促成愁醉。相逢浅笑合微吟，撩惹到，缠绵地。　　花下解携重附耳，佳期深记。青翰舟稳绣衾香，谁禁断、东流水[1]。

[注释]

①东流水：此喻离恨。"请君试问东流水，别意与之谁短长。"见李白《金陵酒肆留别》。

惜奴娇

玉立佳人，韵不减，吴苏小。赋深情、华年韶妙。叠鼓新歌[1]，最能作、江南调。缥渺。似阳台、娇云弄晓。　　有客临风[2]，梦后拟、池塘草。竟装怀、□愁多少[3]。绿绮芳尊[4]，映花月、东山道。正要。个卿卿、嫣然一笑[5]。

[注释]

①叠鼓：轻轻击鼓。"凝笳翼高盖，叠鼓送华辀。"见《文选·谢朓〈鼓

吹曲〉》。 ②有客：此以谢灵运自喻。谢灵运因梦见谢惠连而写出《登池上楼》中佳句"池塘生春草"。 ③"竟装怀"句：犹言怀里到底装"愁"多少。 ④绿绮：指琴。傅玄《琴赋》序载："司马相如有绿绮……名器也。" ⑤个卿卿：犹云那人。

蓦山溪

画桥流水，宛是南州路。转柁绿杨湾，恍然间、青楼旧处。回肠断尽，犹剩尔多愁[1]。记新声，怀昵语，依约对眉宇。 袜罗香在，只欠莲随步[2]。无物比朝云[3]，恨难续、高唐后赋[4]。迢遥此夜，泪枕不成眠。月侵窗，灯映户，应见可怜许[5]。

[注释]

①尔：如此。"未能免俗，聊复尔耳。"见《晋书·阮咸传》。 ②只欠莲随步：谓不见意中人。用潘妃"步步生莲华"事。见《南史·齐纪·东昏侯》。 ③朝云：用巫山神女"旦为朝云"事喻所恋女子。事见宋玉《高唐赋序》。 ④"恨难续"句：谓与伊女难再相会。 ⑤许：处。

西江月

携手看花深径，扶肩待月斜廊。临分小伫已伥伥[1]，此段不堪回想。 欲寄书如天远，难销夜似年长。小窗风雨碎人肠，更在孤舟枕上。

[注释]

①伥伥(chāng)：迷茫不知所措貌。

[集评]

俞陛云云："'小窗'二句，论句法固属凄婉；析言之，曰'风雨'，曰'孤

舟',曰'枕上'。三折写来,更见客愁之重叠也。"(《唐五代两宋词选释》)

摊破木兰花

桂叶眉丛恨自成。锦瑟弦调,双凤和鸣[①]。钗梁玉胜挂兰缨[②]。帘影沉沉,月堕参横。　屏护文茵翠织成[③]。摘佩牵裾,燕样腰轻。清溪百曲可怜生。大抵新欢,此夜□情。

[注释]

①双凤:双凤管,乐器名。合两管以定十二律之音。管端刻凤。见《文献通考·乐考双凤管》。　②"钗梁"句:指女子头饰。钗梁上插玉胜,垂下纷披如兰叶之丝带。　③文茵:指华丽的毯褥。

点绛唇

十二层楼,梦回缥渺非烟里。此情何寄,赖尔荆江水。　莫谓东君[①],触处逢桃李。留深意,温柔乡里[②],自有终焉计。

[注释]

①东君:司春之神。此句喻己不滥用情。　②温柔乡:喻美色迷人之境。汉成帝迷恋赵合德,"谓为温柔乡"。见汉伶玄《赵飞燕外传》。此忆妻或旧情人之作也。

诉衷情

不堪回首卧云乡[①],羁宦负清狂[②]。年来镜湖风月,鱼鸟两相忘。　秦塞险,楚山苍,更斜阳。画桥流水,曾见扁舟，几度刘郎[3]。

[注释]

①云乡：即五云乡，帝乡。 ②羁宦：滞留外地为官。 ③“刘郎”句：用刘禹锡《再游玄都观》诗意，此谓曾数度扁舟来游。

诉衷情

半销檀粉睡痕新，背镜照樱唇。临风再歌团扇[1]，深意属何人。 轻调笑，浅凝颦[2]，认情亲。最难堪酒，似不胜情，依样伤春。

[注释]

①歌团扇：晋中书令王珉喜持白团扇，与嫂婢谢芳姿有情。后嫂挞芳姿，谓歌一曲当赦之。应声歌曰：“白团扇，辛苦五流连，是郎眼所见。”及珉闻而问之，又歌曰：“白团扇，憔悴非昔容，羞与郎相见。”后人因而歌之。见《古今乐录》。 ②浅凝颦：微微皱眉。

[集评]

俞陛云云：“以上二首，其经意处，皆在下阕。前首‘秦塞’、‘楚山’，旧游前梦，都付‘斜阳’；即眼前之‘流水’、‘扁舟’，已换却‘刘郎’、‘几度’。人事悠悠，共尺波电谢矣。次首‘最难堪酒’二句，写愁罗恨绮之怀，若柔丝之漾于空际也。”（《唐五代两宋词选释》）

怨三三

玉津春水如蓝，宫柳毵毵。桥上东风侧帽檐。记佳节、约是重三[1]。 飞楼十二珠帘。恨不贮、当年彩蟾。对梦雨廉纤[2]。愁随芳草，绿遍江南。

[注释]

①重三:阴历三月初三日。　②梦雨廉纤:“雨之至细若有若无者谓之梦。”见冯金伯辑《词苑萃编》卷二十一《辨证》。贺铸词有“长廊碧瓦,梦雨时飘洒”。　廉纤:纤细貌。

醉春风

楼外屏山秀,凭阑新梦后。归云何许误心期[1],候候候。到陇梅花[2],渡江桃叶[3],断魂招手。　　楚制汗衫旧,啼妆曾枕袖。东阳咏罢不胜情,瘦瘦瘦。隋岸伤离,渭城怀远,一枝烟柳。

[注释]

①归云:喻所怀念之人。李白《宫中行乐词》:“只愁歌舞散,化作彩云归。”皆取云缥缈易逝之意。　②到陇梅花:南朝宋陆凯《赠范晔》,诗曰“折梅逢驿使,寄与陇头人。江南无所有,聊赠一枝春”。　③渡江桃叶:晋王献之送爱妾桃叶歌,歌云“桃叶复桃叶,渡江不用楫。但渡无所苦,我自迎接汝”。见《隋书·五行志》。

[集评]

俞平伯云:“梅花赠远,桃叶迎春,本是情之所寄,而久候无踪,剩有‘断魂招手’,情辞凄绝。下阕用三‘瘦’字,而托诸灞岸、渭城之柳,词境诚高,词心良苦矣。”(《全宋词选释》)

忆秦娥

晓朦胧,前溪百鸟啼匆匆。啼匆匆,凌波人去,拜月楼空。　　去年今日东门东,鲜妆辉映桃花红[1]。桃花红。吹开吹落,一任东风。

[注释]

①“去年”二句：用崔护城南庄事。崔护诗：“去年今日此门中，人面桃花相映红。人面不知何处去，桃花依旧笑春风。”见孟棨《本事诗·情感》。

[集评]

俞平伯云：上片“以远韵胜”，下片“有崔护桃花已隔年”之感。又云：“开落听诸东风，妙在不说尽，味在酸咸之外矣。”（《全宋词选释》）

忆秦娥

风惊幕，灯前细雨檐花落[①]。檐花落，玉台清镜[②]，泪淹妆薄。　良时不再须行乐，王孙莫负东城约。东城约，一分春色，为君留著。

[注释]

①“灯前”句：用杜甫《醉时歌》中成句，谓檐前雨丝映灯光而色彩明丽也。　②玉台：此指镜台。王昌龄《朝来曲》：“盘龙玉台镜，唯待画眉人。”此句以下为行人想象中闺人情状。

忆秦娥

著春衫，玉鞭鞭马南城南。南城南，柔条芳草，留驻金衔[①]。　粉娥采叶供新蚕[②]，蚕饥略许携纤纤。携纤纤，湔裙淇上[③]，更待初三。

[注释]

①留驻金衔：谓不得归也。　金衔：指代马。　②粉娥：指代闺人。　③“湔裙”句：谓伊人于淇水翘盼，水溅其裙。　湔（jiān）：溅也。

[集评]

陈廷焯云:“(《忆秦娥》二章)别饶姿态,骨气高古,他手未易到此。何等凄怨,却以浅淡语出之,躁心人不许读也。”又云:“看似信笔写去,其中自有波折。幽索如屈宋,岂凡艳所能仿佛。”(《词则·别调集》卷一)

河满子

每恨相逢薄处,可怜欲去迟回。犹记新声团扇□,殷勤再引馀杯。为问依依杨柳[①],秋风好住章台[②]。 疏雨忽随云断,斜阳却送潮回。桃叶青山长在眼,几时双楫迎来[③]。如待碧阑红药,一年两度花开。

[注释]

①依依杨柳:“昔我往矣,杨柳依依。”见《诗经·小雅·采薇》。此借喻所恋女子。 ②“秋风”句:唐孟棨《本事诗·情感》载,韩翃以《章台柳》诗寄爱妓柳氏。柳答诗有“一叶随风忽报秋,纵使君来岂堪折”句。此处化用以表对伊人之关切。 好住:安慰之辞。 章台:长安地名。 ③“桃叶”二句:化用王献之《桃叶辞》,表示对重聚之切盼。

御街行

别东山

松门石路秋风扫。似不许、飞尘到。双携纤手别烟萝[①],红粉清泉相照。几声歌管,正须陶写,翻作伤心调。 岩阴暝色归云悄。恨易失、千金笑。更逢何物可忘忧,为谢江南芳草。断桥孤驿,冷云黄叶,相见长安道。

[注释]

①烟萝：烟雾藤萝。

连理枝

绣幌闲眠晓，处处闻啼鸟。枕上无情，斜风横雨，落花多少[①]。想灞桥、春色老于人[②]，恁江南梦杳。　往事今何道，聊咏池塘草[③]。镜里年来[④]，萧萧壮髮[⑤]，可堪频照。赖醉乡、佳境许徜徉，惜归欤不早。

[注释]

①“绣幌”五句：用孟浩然《春晓》诗意。　②“想灞桥”句：谓别时伊人比春色更美。　③池塘草：“池塘生春草”，为谢灵运梦中所得句，此借指咏梦以解忧。　④镜里：《全宋词》作“怀县”，此据《四印斋本》改。　⑤萧萧壮髮：谓壮年髮已斑白稀疏。

金凤钩

江南又叹流寓[①]。指芳物、伴人迟暮。揽晴风絮，弄寒烟雨，春去更无寻处。　石城楼观青霞举[②]。想艇子、寄谁容与。断云荆渚[③]，限潮湓浦[④]，不见莫愁归路[⑤]。

[注释]

①流寓：寄居他乡。　②青霞：春日霞光。《尔雅·释天》：“春为青阳。”　石城：在湖北钟祥县。　③荆：荆江，长江自湖北枝江至湖南城陵矶段之别称。　④湓浦：亦名湓水，源出江西清湓山，经九江市西，北注长江。　⑤莫愁：女子名。古歌有莫愁，辞曰：“莫愁在何处，莫愁石城西，艇子打双桨，催送莫愁来。”见《乐府解题》。

芳洲泊

踏莎行

露叶栖萤，风枝袅鹊。水堂离燕褰珠箔[①]。一声横玉吹流云[②]，厌厌凉月西南落。　江际吴边，山侵楚角。兰桡明夜芳洲泊。殷勤留语采香人[③]，清尊不负黄花约。

[注释]

①褰(qiān)：揭起。　②横玉：笛。　③采香人：指美人。江苏吴县西南有香山，相传春秋吴王遣美人采香于此。参见《嘉庆一统志·苏州府·香山》。

[集评]

俞陛云云：“夜凉月落，横笛吹云，极写幽悄之境。下阕言吴头楚角，兰楫采香，与其《望湘人》词之湘天风月，青翰移舟，寄怀相似，皆有湘灵楚艳之思。”(《唐五代两宋词选释》)

水调歌头

彼美吴姝唱，繁会阖闾邦[①]。千坊万井、斜桥曲水小轩窗。缥缈关山台观[②]，罗绮云烟相半。金石压振撞[③]。痴信东归虏[④]，黑自死心降[⑤]。　范夫子[⑥]，高标韵，秀眉庞。功成长往、有人同载世无双[⑦]。物外聊从吾好[⑧]，赖尔工颦妍笑。伴醉玉连缸。尽任扁舟路，风雨卷秋江。

[注释]

①“繁会”句：谓古吴国的繁华都会，即今苏州。　阖闾：吴王名。　②台观：指古吴国建筑。　③“金石”句：谓金石文物之多。金指钟鼎之属，石

指碑碣之属。古人常于日用器物上镌刻文字，又颂功纪事寓戒，多铭于金石。　振(chéng)：撞，碰撞。　④东归虏：指越王勾践。勾践战败东归吴为臣虏。　⑤黑自：未详。或云为“闻道”之讹。“奚胡闻道死心降”，杜牧《寄唐州李玭尚书》诗句。　⑥范夫子：指越大夫范蠡。　⑦功成长往：范蠡辅越王勾践刻苦图强，卒灭吴。以勾践为人可共患难，不可共安乐，遂更姓隐名，离越而去。见《史记·越王勾践世家》。　“有人”句：指范蠡载西施泛舟而去。　⑧物外：超脱于世事之外。

摊破浣溪沙

曲磴斜阑出翠微[①]，西州回首思依依[②]。风物宛然长在眼，只人非。　　绿树隔巢黄鸟并，沧洲带雨白鸥飞。多谢子规啼劝我，不如归。

[注释]

①“曲磴”句：指逝者居处之路。　曲磴：曲折的石梯路。　翠微：青葱之山色。　②西州：指西州路。谢安扶病还都时经此，安死后，其甥羊昙以伤悼故，“行不由西州路”。尝酒醉误至，左右告知，昙“恸哭而去”。见《晋书·谢安传》。此处借喻登曲磴心情。

江南曲

踏莎行

蝉韵清弦，溪横翠縠[①]。翩翩彩鹢帆开幅[②]。黄帘绛幕掩香风，当筵粲粲人如玉[③]。　　浅黛凝愁，明波转瞩。兰情似怨临行促。不辞寸断九回肠，殷勤更唱江南曲。

[注释]

①翠縠(hú)：形容溪水如绿色皱纱。　②彩鹢(yì)：彩船。古画鹢鸟于船头，故名。　③粲粲：鲜丽貌。

江南曲

潇潇雨

鸦轧齐桡，□咚叠鼓，浮驂晚下金牛渚[①]。莫愁应自有愁时，篷窗今夜潇潇雨[②]。　杜若芳洲，芙蓉别浦，依依艳笑逢迎处。随潮风自石城来，潮回好寄人传语。

[注释]

①金牛渚：指解缆启行之处。地在当涂。　②篷窗：指行人所在之船窗。

江南曲

度新声

小苑浴兰[①]，微波寄叶。石城回首山重沓。绮窗烟雨梦佳期，飞霞艇子雕檀楫。　楼迥披襟[②]，廊长响屧[③]，供愁麝月眉心帖[④]。紫箫闲捻度新声，有人偷倚阑干掐[⑤]。

[注释]

①浴兰：浴于兰汤之省称。唐宋称端午为浴兰节。　②披襟：楚襄王游兰台宫，"有风飒然而至，王乃披襟而当之曰：快哉此风"。见宋玉《风赋》。此谓（楼高）宜乘风凉。　③廊长响屧（xiè）：吴宫有响屧廊。遗址在今苏州市灵岩山。"相传吴王令西施步屧（木底鞋），廊虚作响，故名。"见范成大《吴郡志》八。此谓长廊有美人往来。　④麝：香。　月：圆。麝月：此指女子贴于眉间之妆饰。　⑤掐：用指掐算，此指记曲谱。

楼下柳

天　香

满马京□，装怀春思，翩然笑度江南。白鹭芳洲，青蟾雕舰，胜游三月初三。舞裙溅水、浴兰佩、绿染纤纤。归路要同步障，迎风会卷珠帘。　离觞未容半酣。恨乌樯、已张轻帆。秋鬓重来淮上，几换新蟾。楼下会看细柳，正摇落清霜拂画檐。树犹如此，人何以堪①。

[注释]

①树犹如此：感叹流光易逝，岁月消磨。“桓公北征，经金城，见前为琅玡时种柳已皆十围。慨然曰：‘木犹如此，人何以堪！’攀枝执条，泫然流泪。”见刘义庆《世说新语·言语》。

吴门柳

渔家傲

窈窕盘门西转路，残阳映带青山暮。最是长杨攀折苦。堪怜许，清霜剪断和烟缕。　春水归期端不负，依依照影临南浦①。留取木兰舟少住②。无风雨，黄昏月上潮平去。

[注释]

①“春水”二句：言春水真不相负，按期回涨，又映照南浦杨柳。　端：直也。　②木兰舟：船的美称。浔阳江中有木兰洲，传说吴王阖闾植木兰于此，用构宫殿。“有鲁班刻木兰为舟，舟至今在洲中。诗家木兰舟，出于此。”见任昉《述异记》。

吴门柳

游仙咏

啸度万松千步岭①，钱湖门外非尘境②。见底碧漪如眼净。岚光映，镜屏百曲新磨莹③。　好月为人重破暝，云头艳艳开金饼④。传语桂娥应耐静。堪乘兴，尊前听我游仙咏。

[注释]

①万松岭：地名，杭州凤凰山麓有万松岭。　②钱湖：西湖，又称钱湖。　③"镜屏"句：形容水曲如屏，且水面莹澈如新磨之镜，故以镶镜之屏喻之。　④金饼：指月。

雁后归

临江仙　人日席上作

巧剪合欢罗胜子①，钗头春意翩翩。艳歌浅拜笑嫣然。愿郎宜此酒，行乐驻华年。　未是文园多病客，幽襟凄断堪怜。旧游梦挂碧云边。人归落雁后，思发在花前②。

[注释]

①胜子：即人胜。正月初七为人日，旧俗妇女于是日剪彩绸或镂刻金纸为人形，簪鬓以为头饰。见宗懔《荆楚岁时记》。　②"人归落雁"二句：为薛道衡《人日》诗句。黄庭坚守当涂，贺铸往访，人日席上，取薛句作词。腔本《临江仙》，黄庭坚为易名为《雁后归》。见沈雄《古今词话·词辨》上卷与黄苏《蓼园词评》。

[集评]

沈际飞云:“娇媚逼来,读者神醉。”(《草堂诗馀正集》卷二)

沈祥龙云:“贺方回用薛道衡句,‘脱化如出诸己’。”又云:“词‘贵浑成’,此其例也。”(《论词随笔》)

雁后归

想娉婷

鸦背夕阳山映断,绿杨风扫津亭。月生河影带疏星。青松巢白鸟,深竹逗流萤。　隔水彩舟然绛蜡[1],碧窗想见娉婷。浴兰熏麝助芳馨。湘弦弹未半[2],凄怨不堪听。

[注释]

①然:通“燃”。　②湘弦:典出《楚辞》。《楚辞·远游》:“使湘灵鼓瑟兮,命海若舞冯夷。”钱起《湘灵鼓瑟》:“善鼓云和瑟,常闻帝子灵。”传说娥皇女英为尧之女(故称帝子)舜之妃。闻舜南巡死于九疑山,往寻不知其所,沿湘水啼泣,终溺死,成为湘水神湘灵。故其瑟音凄怨。此借喻所闻瑟音。

雁后归

采莲回

翡翠楼高帘幕薄[1],温家小玉妆台[2]。画眉难称怯人催[3]。羞从面色起,娇逐语声来。　门外木兰花艇子,垂杨风扫纤埃。平湖一镜绿萍开。缓歌轻调笑,薄暮采莲回。

[注释]

①翡翠楼:饰有翠石之楼。　②温家:晋温峤丧妇,属意刘氏姑之女。而诡称觅婿以玉镜台为聘而自娶之。见《世说新语·假谲》。　小玉:在

诗中多用作侍女名,此作采莲女名。　③“画眉”句:形容其既爱美又羞怯之状。　难称:总难称心。

[集评]

陈明强按:“画眉三句,惟妙惟肖,其人呼之欲出。其馀皆衬托。”

鸳鸯梦

临江仙

午醉厌厌醒自晚,鸳鸯春梦初惊。闲花深院听啼莺。斜阳如有意,偏傍小窗明。　莫倚雕阑怀往事,吴山楚水纵横①。多情人奈物无情。闲愁朝复暮,相应两潮生。

[注释]

①吴山:在杭州。　楚水:泛指湖北一带。贺铸曾到过钟祥石城等地。

念彩云

夜游宫

流水苍山带郭。寻尘迹①、宛然如昨。犹记黄花携手约。误重来,小庭花、空自落。　不怨兰情薄,可怜许、彩云漂泊②。紫燕西飞书漫托。碧城中③,几青楼,垂画幕。

[注释]

①尘迹:谓遗留尘世之旧迹。　②“可怜”句:喻伊人难觅。　许:语助,无义。　③碧城:仙人所居之城。

烛影摇红

波影翻帘，泪痕凝蜡青山馆。故人千里念佳期，襟佩如相款[①]。 惆怅更长梦短。但衾枕、馀芬剩暖。半窗斜月，照人肠断，啼乌不管。

［注释］

①"襟佩"句：谓如闻其衣襟佩玉声响。 款：扣，击。此言会见。

小重山

花院深疑无路通。碧纱窗影上，玉芙蓉。当时偏恨五更钟。分携处，斜月小帘栊。 楚梦冷沉踪[①]。一双金缕枕，半床空。画桥临水凤城东。楼前柳，憔悴几秋风。

［注释］

①"楚梦"句：此言与己幽会之女不再来。

绿头鸭

玉人家，画楼珠箔临津。托微风、彩箫流怨，断肠马上曾闻。燕堂开[①]，艳妆丛里，调琴思、认歌颦[②]。麝蜡烟浓，玉莲漏短[③]，更衣不待酒初醺。绣屏掩、枕鸳相就，香气渐暾暾[④]。回廊影，疏钟淡月，几许销魂。 翠钗分[⑤]，银笺封泪，舞鞋从此生尘。住兰舟、载将离恨。转南浦、背西曛。记取明年，蔷薇谢后，佳期应未误行云。凤城远，楚梅香嫩，先寄一枝春。青门外，只凭芳草，寻访郎君。

[注释]

①燕堂:宴会之堂。 ②认歌颦:谓从众美人之琴歌中认出昔时“彩箫流怨”之人。 ③玉莲漏短:此言夜短。 玉莲漏:莲形玉漏,古代计时器。 ④暾暾(tūn):香气浓郁。 ⑤翠钗分:喻情侣离别。见白居易《长恨歌》:“钗留一股合一扇,钗擘黄金合分钿。”

减字浣溪沙

秋水斜阳演漾金[①],远山隐隐隔平林。几家村落几声砧。 记得西楼凝醉眼,昔年风物似如今。只无人与共登临。

[注释]

①演漾金:金色荡漾。 演漾:流动起伏貌。

[集评]

陈廷焯云:(“记得西楼凝望眼”三句)“只用数虚字盘旋唱叹,而情事毕现,神乎技矣。”(《白雨斋词话》卷一)

俞平伯云:“陈说是。诗词于空里传神处,吟诵有时比解释更为切用。”(《唐宋词选释》)

减字浣溪沙

三扇屏山匝象床[①],背灯偷解素罗裳。粉肌和汗自生香。 易失旧欢劳蝶梦[②],难禁新恨费鸾肠。今宵风月两相忘。

[注释]

①匝(zā):环绕。 ②蝶梦:“昔者庄周为蝴蝶,栩栩然蝴蝶也……俄然觉,则蘧蘧然周也。不知周之梦为蝴蝶与,蝴蝶之梦为周与?”见《庄

子·齐物论》。后因称梦为蝶梦。

减字浣溪沙

鼓动城头啼暮鸦，过云时送雨些些[①]。嫩凉如水透窗纱。　弄影西厢侵户月，分香东畔拂墙花。此时相望抵天涯。

[注释]

①些些：少许。

[集评]

陈明强云："望西厢，唯侵户月弄影；望东畔，唯拂墙花分香。翘望之殷于景语中溢出，而失意之馀遂生天涯之慨。"王灼云：'语意精新，用心甚苦。'良是。"

减字浣溪沙

烟柳春梢蘸晕黄，井阑风绰小桃香[①]。觉时帘幕又斜阳。　望处定无千里眼，断来能有几回肠。少年禁取恁凄凉[②]。

[注释]

①绰：吹拂。　②取：得也。"小于潘岳头先白，学取庄周泪莫多。"见元稹《六年春遣怀》。

减字浣溪沙

梦想西池辇路边[①]，玉鞍骄马小辎軿[②]。春风十里鬥婵娟[③]。　临水登山漂泊地，落花中酒寂寥天[④]。个般情味已三年[5]。

[注释]

①西池：神话传说中西王母居瑶池。此处借指女子居处。　②辎軿(zī píng)：妇女所乘有帷盖的车。　③鬥婵娟：比美也。　④中酒：即病酒。"残花中酒，又是去年病。"见张先《青门引》。　⑤个般：这般。"城郭山川都一样，那得个般清气。"见郭应祥《念奴娇》。

[集评]

陈廷焯云："贺老小词工于结句。往往有通首渲染，至结处一笔叫醒，遂使全篇实处皆虚，最属胜境。如《浣溪沙》云：'梦想西池辇路边……'又前调云：'闲把琵琶旧谱寻'，妙处全在结句，开后人无数章法。"(《白雨斋词话》卷八)

减字浣溪沙

莲烛啼痕怨漏长，吟蛩随月到回廊[1]。一屏烟景画潇湘。　连夜断无行雨梦，隔年犹有著人香[2]。此情须信是难忘。

[注释]

①蛩(qióng)：蟋蟀。　②著人：迷人。

减字浣溪沙

闲把琵琶旧谱寻[1]，四弦声怨却沉吟。燕飞人静画堂深。　攲枕有时成雨梦，隔帘无处说春心。一从灯夜到如今[2]。

[注释]

①“闲把”句：用韦庄“闲抱琵琶寻旧谱”，稍有翻换。　②灯夜：元宵节。本事盖与灯节有关。结尾一语将全篇叫醒。

减字浣溪沙

鹦䳇无言理翠襟①，杏花零落昼阴阴。画桥流水半篙深。　芳径与谁寻鬥草②，绣床终日罢拈针。小笺香管写春心。

[注释]

①翠襟：指鹦䳇之翠羽。　②鬥草：旧俗五月初五日有鬥草之戏。见宗懔《荆楚岁时记》。司空图《灯花》：“明朝鬥草多应喜，剪得灯花自扫眉。”

[集评]

陈廷焯云：（“画桥”句）“画境。”又云：“（下片）方回词一语抵人千百，初望之亦平常，细按之情味愈嚼出。”（《云韶集》卷三）

减字浣溪沙

鹦䳇惊人促下帘①，碧纱如雾隔香奁。雪儿窥镜晚蛾纤②。　乌鹊桥边河络角③，鸳鸯楼外月西南。门前嘶马弄金衔④。

[注释]

①促：速也。　②雪儿：隋末李密之爱姬。能歌舞。密每以宾僚丽文付雪儿。叶音律以歌之，称雪儿歌。见《唐诗纪事》。后泛称歌女。　③河络角：谓银河一角已（为鹊桥）笼罩。　④弄金衔：驻马之声。　金衔：马辔头。

减字浣溪沙

宫锦袍熏水麝香，越纱裙染郁金黄。薄罗依约见明妆[1]。　绣陌不逢携手伴，绿窗谁是画眉郎[2]。春风十里断人肠。

[注释]

①明妆：此谓肌肤莹白。"晚妆初了明肌雪。"见李煜《玉楼春》。　②画眉郎：指夫婿。张敞"为妇画眉"，见《汉书·张敞传》。

减字浣溪沙

青翰舟中祓禊筵[1]，粉娥窥影两神仙[2]。酒阑飞去作非烟[3]。　重访旧游人不见，雨荷风蓼夕阳天。折花临水思茫然。

[注释]

①青翰：刻有鸟形的青舟。此指三月三日乘舟行修禊宴游事。　②粉娥：美人。　③非烟：祥云。

减字浣溪沙

浮动花钗影鬓烟，浅妆浓笑有馀妍。酒醺檀点语凭肩[1]。　留不住时分钿镜[2]，旧曾行处失金莲。碧云芳草恨年年。

[注释]

①檀点：即檀口，红唇。　②分钿镜：情侣分别时，剖分钿盒或镜各执其半以为信物。

减字浣溪沙

两点春山一寸波[①]，当筵娇甚不成歌。动人情态可须多[②]。　　金井露寒风下叶[③]，画桥云断月侵河。厌厌此夜奈愁何。

[注释]

①“两点”句：形容女子眉目姣好。“卓文君姣好，眉色如望远山。”见《西京杂记》。　②可须：岂。可，岂也。　③金井：有雕栏之井。

减字浣溪沙

清浅陂塘藕叶干，细风疏雨鹭鸶寒。半垂帘幕倚阑干。　　惆怅窃香人不见[①]，几回憔悴后庭兰。行云可是渡江难。

[注释]

①窃香人：指情人。晋贾充女慕韩寿貌美，与私通，以帝赐充之西域香赠寿。充发觉，遂以女妻寿。见《晋书·贾充传》。

减字浣溪沙[①]

楼角初销一缕霞[②]，淡黄杨柳暗栖鸦。玉人和月摘梅花。　　笑捻粉香归洞户，更垂帘幕护窗纱。东风寒似夜来些[③]。

[注释]

①唐氏按：杨慎评点本《草堂诗馀》卷一此首误作周邦彦词。　②《词话丛编》三处引文，此词首二字皆为“鹭外”。杨慎云：“《玉林词选》首二

字作'楼角',非。"见《词品》卷四。　③"东风"句:言东风较昨日寒也。　夜来:犹云昨日。见张相《诗词曲语辞汇释》。

[集评]

贺裳云:("鹭外红绡一缕霞"句,实从王勃"落霞与孤鹜齐飞"脱胎。)"俊句也……固是慧贼。"(《皱水轩词筌》)

杨慎云:"句句绮丽,字字清新。《花间》、《兰畹》不及。"(《词品》卷四)

胡仔云:("淡黄杨柳带栖鸦"一句)"造微入妙,若其全篇,则不逮矣。"(《苕溪渔隐丛话》前集卷五十九)

唐圭璋云:"此首全篇写景,无句不美。……与少游'漠漠轻寒'一首,同为美妙小品。惟少游写人情沉郁悲凉,而此则潇洒出尘之致耳。"(唐宋词简释)

缪钺云:"融景入情,着笔淡远。"(《灵谿词说》)

琴调相思引

团扇单衣杨柳陌,花似春风□无迹。赖白玉香奁供粉泽[①]。借秀色,添春色。借秀色,添春色。　云幕华灯张绮席,半醉客,留醒客。半醉客,留醒客。渐促膝倾鬟琴差拍[②]。问此夕,知何夕。问此夕,知何夕。

(以上《彊村丛书》本《贺方回词》卷二)

[注释]

①"赖白玉"句:白玉,指美人之光洁。　香奁:妆台。　供粉泽:供修饰。　②琴差拍:弹琴出错(差),由于倾情转移了注意力。

天门谣

牛渚天门险[①],限南北、七雄豪占[②]。清雾敛,与闲人

登览。　　待月上潮平波滟滟，塞管轻吹新阿滥[3]。风满槛，历历数、西州更点。　　（见李之仪《姑溪词》附录）

［注释］

①牛渚天门：指安徽当涂境内之牛渚矶、天门山。　②七雄：指建都金陵（今江苏南京）之六朝与南唐。天门为其西方门户。　③阿滥：笛曲名。骊山有鸟名鹅滥堆。唐玄宗以其声翻为笛曲，因以名之。后讹传为阿滥堆。事见《中朝故事》。

献金杯

风软香迟，花深漏短。可怜宵、画堂春半。碧纱窗影，卷帐蜡灯红，鸳枕畔。密写乌丝一段[1]。　　采蘋溪晚，拾翠沙空[2]，尽愁倚、梦云飞观。木兰艇子，几日渡江来，心目断。桃叶青山隔岸。

［注释］

①乌丝：有墨线格子之卷册，称为乌丝栏，简称乌丝。　②拾翠：拾取翠鸟羽毛以为首饰，后以指妇女春日嬉游景象。"或采明珠，或拾翠羽。"见曹植《洛神赋》。

清平乐[1]

阴晴未定，薄日烘云影。临水朱门花一径，尽日鸟啼人静。　　厌厌几许春情，可怜老去兰成[2]。看取镊残双鬓[3]，不随芳草重生。

［注释］

①唐氏按：《京本通俗小说 · 西山一窟鬼》此首误作柳永词。　②兰成："庾信幼而俊迈，聪敏绝伦，有天竺僧呼信为兰成，因以为小字。"见

《小名录》。 ③镊:夹除。“星星白髮,生于鬓垂……将拔将镊,好爵是縻。”见左思《白髮赋》。

[集评]

陈廷焯云:“‘薄日’五字妙,却是‘阴晴未定’天气。”又云:(“看取”二句)“悲郁仿佛少陵。”(《云韶集》卷三)

清平乐

小桃初谢,双燕还来也。记得年时寒食下①,紫陌青门游冶。 楚城满目春华,可堪游子思家。惟有夜来归梦②,不知身在天涯。

[注释]

①年时:去年。 ②“惟有”句:从李煜“梦里不知身是客”脱化出。

[集评]

陈廷焯云:(“小桃”二句)“起笔清丽。”又云:(“惟有”二句)“呜咽极矣,而句却洒脱。”(《云韶集》卷三)

摊破浣溪沙

湖上秋深藕叶黄,清霜销瘦损垂杨。洲嘴嫩沙斜照暖,睡鸳鸯。 红粉莲娃何处在,西风不为管馀香。今夜月明闻水调,断人肠。

[集评]

陈明强云:“词情深婉。结句一出,前文实处尽虚,句句寓怀旧之情。”

摊破浣溪沙

双凤箫声隔彩霞[①]，朱门深闭七香车[②]。何处探春寻旧约，谢娘家[③]。　　旖旎细风飘水麝，玲珑残雪浸山茶。饮罢西厢帘影外，玉蟾斜。

[注释]

①双凤箫：用萧史夫妇吹箫引凤事。见《太平广记》引《神仙传拾遗》。　②七香车：多种香料涂饰之车。　③谢娘：借指所恋妓。

惜双双

皎镜平湖三十里，碧玉山围四际。莲荡香风里，彩鸳鸯觉双飞起。　　明月多情随柁尾，偏照空床翠被。回首笙歌地，醉更衣处长相记。

[集评]

陈廷焯云："'回首'二句，深婉。"（《词则·别调集》卷一）

思越人

紫府东风放夜时[①]，步莲秾李伴人归[②]。五更钟动笙歌散，十里月明灯火稀。　　香苒苒，梦依依。天涯寒尽减春衣。凤凰城阙知何处，寥落星河一雁飞。

[注释]

①紫府：道家称仙人居所。"及到天上，先过紫府。金床玉几，晃晃昱昱，真贵处也。"见《抱朴子·袪惑》。此借指京都。　放夜：不施行夜禁之夜。唐时元宵节前后三日，京都允许整夜通行。　②秾李：喻美人。

思越人

怊怅离亭断彩襟，碧云明月两关心[①]。几行书尾情何限，一尺裙腰瘦不禁。　　遥夜半，曲房深。有时昵语话如今。侵窗冷雨灯生晕，泪湿罗笺楚调吟[②]。

[注释]

①“碧云”句：谓云夕月夜两地相思。　碧云：日暮。　②楚调：凄楚伤心之调。

鹤冲天

冬冬鼓动，花外沉残漏。华月万枝灯，还清昼。广陌衣香度，飞盖影、相先后。个处频回首。锦坊西去[①]，期约武陵溪口[②]。　　当时早恨欢难偶。可堪流浪远，分携久。小畹兰英在，轻付与、何人手。不似长亭柳。舞风眠雨，伴我一春消瘦[③]。

[注释]

①锦坊：指女子所在之教坊。　②“期约”句：谓相约偕隐。　武陵溪：仙溪。见陶潜《桃花源记》。　③消：《全宋词》作“销”。

[集评]

俞陛云云：“此纪元夕灯火之盛……下阕言‘兰英’歌舞，今属谁边？转不如垂柳舞腰，尚肯伴沈郎瘦损。知‘灯火阑珊处，有愁人在也。’”（《唐五代两宋词选释》）

小重山

飘径梅英雪未融。芳菲消息到，杏梢红。隔年欢事水西东。凝思久,不语坐书空[①]。　回想夹城中[②]。彩山箫鼓沸[③],绮罗丛。钿轮珠网玉花骢。香陌上,谁与鬥春风[④]。

[注释]

①书空:晋殷浩被桓温黜免后,终日以手于空中书"咄咄怪事"。此指有无限感慨。　②夹城:沿城墙修建之隐蔽通道。帝王贵戚常由夹城出游。　③彩山:饰彩缯为山棚,言当年春游盛况。　④"香陌"二句:言今日自己之孤单。　鬥:趁也。见张相《诗词曲语辞汇释》。

六州歌头

少年侠气,交结五都雄[①]。肝胆洞[②],毛髮耸。立谈中,死生同。一诺千金重[③]。推翘勇,矜豪纵。轻盖拥,联飞鞚[④],斗城东[⑤]。轰饮酒垆,春色浮寒瓮[⑥]。吸海垂虹[⑦]。闲呼鹰嗾犬,白羽摘雕弓。狡穴俄空[⑧],乐匆匆。　似黄粱梦,辞丹凤[⑨]。明月共,漾孤篷。官冗从[⑩],怀倥偬[⑪]。落尘笼,簿书丛。鹖弁如云众[⑫]。供粗用,忽奇功。笳鼓动,渔阳弄[⑬]。思悲翁[⑭],不请长缨,系取天骄种[⑮],剑吼西风。恨登山临水,手寄七弦桐,目送归鸿[⑯]。

[注释]

①五都:汉、唐五都皆有确指,此处泛指宋代大都市。　②肝胆洞:谓肝胆相照。　③一诺千金:谓重然诺,言出必行。楚谚:"得黄金百斤,不如得季布一诺。"见《史记·季布乐布列传》。　④"轻盖拥"二句:谓车马随从之盛。　盖:指车。　飞鞚:快马。　⑤斗城:汉长安城边之小城,此指汴京。　⑥"春色"句:谓酒瓮中浮现诱人春色。　⑦吸海垂虹:指豪饮。"饮如长鲸吸百川。"见杜甫《饮中八仙歌》。"有垂虹饮其釜澳,须臾噏响便竭。"见刘敬叔《异苑》。　⑧狡穴:狡兔洞穴。"狡兔有三窟。"见《战国策·齐策》。　⑨丹凤:指京城。唐代长安有丹凤门。　⑩冗从:侍

从官员。 ⑪倥偬(kǒng zǒng):迫促,匆忙,焦躁。 ⑫鹖弁(hé biàn):插鹖羽之武官帽。此处代指武官。 ⑬“笳鼓动”二句:用白居易《长恨歌》“渔阳鼙鼓动地来”诗意,指外族入侵。 渔阳弄:古曲名。 ⑭思悲翁:自伤年老体衰。思悲翁亦曲名。 ⑮天骄种:外族。“胡者,天之骄子也。”见《汉书·匈奴传》。 ⑯“手寄”二句:用嵇康《赠秀才入军诗》“目送征鸿,手挥五弦”。

[集评]

俞陛云云:“此词与小梅花调,皆雄健激昂,为集中希有之作。”(《唐五代两宋词选释》)

夏敬观云:“雄姿壮采,不可一世。”(手批《东山词》)

龙榆生云:“不为声律所缚,反能利用声律之精密组织,以显示其抑塞磊落,纵恣不可一世之气概。”“(贺铸)在东坡、美成间,特能自开户牖,有两派之长而无其短。”(《论贺方回词质胡适之先生》)

钟振振云:“本调长达三十九句,一百四十三字,同时代人刘潜、李冠所作,只叶二十九韵,且其中还间入三部不同的仄韵;而贺词却平上去三声通协,连珠炮似地一气用韵三十四句。句短韵密,急管繁弦,读起来恰如天风海雨 ,飘然而至,惊涛骇浪,彼伏此起。激越的声情在跳荡的旋律中得到了体现。”(《唐宋词鉴赏辞典》)

浣溪沙

翠縠参差拂水风,暖云如絮扑低空。丽人波脸觉春融。 缨挂宝钗初促席[①],檀膏微注玉杯红[②]。芳醪何似此情浓。

[注释]

①促席:座位靠近。 ②檀膏:口红。

浣溪沙

云母窗前歇绣针[①],低鬟凝思坐调琴。玉纤纤按十三金②。　归卧文园犹带酒，柳花飞度画堂阴。只凭双燕话春心。

［注释］

①云母窗：以云母为饰之窗。　②十三金：即十三徽，琴弦上指示音节的十三个标志。“琴经……述制琴之始及七弦之音，十三徽所象之意。”见《玉海》引《中兴馆阁·书目·乐类》。

［集评］

况周颐云：“‘柳花’句，融景入情，丰神独绝。近来纤佻一派，误认轻灵，此等处何曾梦见。”（《蕙风词话》卷二）

浣溪沙

叠鼓新歌百样娇，铜丸玉腕促云谣①。揭帘飞瓦雹声焦②。　九曲池边杨柳陌，香轮轧轧马萧萧。细风妆面酒痕消。

［注释］

①铜丸：铜制小球。汉元帝好音乐，置鼓殿下，帝自轩槛上以铜丸掷鼓，“声中严鼓之节”。见《汉书·史丹传》。此处代指女子击鼓技艺之精。　②“揭帘”句：喻击鼓之音乐境界。

江城子

麝熏微度绣芙蓉①，翠衾重，画堂空。前夜偷期，相见却匆匆。心事两知何处问，依约是，梦中逢。　坐疑行听竹窗风。出帘栊，杳无踪。已过黄昏，才动寺楼钟。暮雨不来春又去②，花满地，月朦胧。

[注释]

①“麝熏”句:用李商隐《无题》(来是空言去绝踪)成句。　绣芙蓉:指绣芙蓉花之被。　②“暮雨”句:谓伊人未来幽会。巫山神女曾谓楚襄王“旦为朝云,暮为行雨”。事见宋玉《高唐赋序》。

浪淘沙

一叶忽惊秋,分付东流。殷勤为过白蘋洲。洲上小楼帘半卷,应认归舟[①]。　回首恋朋游,迹去心留。歌尘萧散梦云收[②]。惟有尊前曾见月,相伴人愁。

[注释]

①“殷勤”三句:写行者对居者之关切。温庭筠《梦江南》:“梳洗罢,独倚望江楼。过尽千帆皆不是,斜晖脉脉水悠悠,肠断白蘋洲。”　②梦云收:喻情人分离。

[集评]

张炎云:“(贺方回)善于炼字面,多于温庭筠、李长吉诗中来。字面亦词中之起眼处,不可不留意也。”(《词源》下)

木兰花

佩环声认腰肢软,风里麝熏知近远。此身常羡玉妆台,得见晓来梳画面。　回廊几步通深院,一桁绣衣帘不卷[①]。酒阑歌罢欲黄昏,肠断归巢双燕燕。

[注释]

①桁(hàng):衣架。“盎中无斗米储,还视桁上无完衣。”见《宋书·乐志三·古词·东门行》。

木兰花

银簧雁柱香檀拨，镂板三声催细抹。舞腰轻怯绛裙长，羞按筑球花十八[①]。　东城柳岸匆匆发，画舫一篙烟水阔。可怜单枕欲眠时，还见尊前前夜月。

[注释]

①筑球花十八：模拟踢球的舞蹈。　花十八：舞曲名。欧阳修云：此曲内一叠名花十八，前后十拍……曲节抑扬可喜，舞亦随之，"而舞筑球六幺至花十八益奇"。见王灼《碧鸡漫志·六幺》。

蝶恋花

小院朱扉开一扇。内样新妆[①]，镜里分明见。眉晕半深唇注浅[②]，朵云冠子偏宜面。　被掩芙蓉熏麝煎。帘影沉沉，只有双飞燕。心事向人犹勔覥[③]，强来窗下寻针线。

（以上见《乐府雅词》卷中）

[注释]

①内样新妆：宫中时新的妆束。　内：大内，即宫内。　②"眉晕"句：眉际描痕稍深而口红稍浅。　③勔覥（miǎn tiǎn）：通"腼腆"，羞愧貌。

石州引[①]

薄雨初寒，斜照弄晴，春意空阔。长亭柳色才黄，远客一枝先折。烟横水际，映带几点归鸦，东风销尽龙沙雪[②]。还记出关来[③]，恰而今时节。　将发。画楼芳酒，红泪清歌[④]，顿成轻别。已是经年，杳杳音尘多绝。欲知方寸，共有几许清愁。芭蕉不展丁香结[⑤]。枉望断天涯，

两厌厌风月。 (《能改斋漫录》卷十六)

[注释]

①吴曾《能改斋词话》载:贺方回眷一姝,别久,姝寄诗云:“独倚危栏泪满襟,小园春色懒追寻。深恩纵似丁香结,难展芭蕉一寸心。”贺得诗乃成此词。《石州引》一名《柳色黄》,以“柳色才黄”句得名。陈匪石《宋词举》认为宋人言词之本事,每多附会,今姑置之。 ②龙沙:白龙堆沙漠。此借指关外河套地区沙地。 ③关:当指娘子关。盖“石州引”为贺铸创调,所云当为本事。 石州:即今山西离石县,属太原郡。贺曾于太原任职(叶梦得《贺铸传》载),词可能作于此时。 ④红泪:即妆泪,胭脂面上之泪。 ⑤“芭蕉”句:源于李商隐句“芭蕉不展丁香结,同向春风各自愁”。芭蕉不展,喻愁眉不展。丁香花蕾丛生,喻愁结不解。

[集评]

陈匪石云:“首八句写当前景物。微雨初晴,引起空阔之春意。然此时并非送别,用折柳之事为后之‘还记’与‘顿成轻别’凌空作势。‘烟横’三句,用意渐渐逼近。‘归鸦’,仰观所得,喻鸦归而人不归。‘龙沙雪’消,又见淹留之久。‘还记’一转,是顿悟之境,急转之笔。有此十字,上文云云皆非虚藻矣。过变四句,与‘还记’粘合,全是追溯神情。‘画楼’二句是出关前‘将发’时事。‘顿成轻别’一顿,似追悔,似意想不到。而‘已是’二句,时序迁流,人事变换,一若始不之知而今始知之者,开潜气内转之法。‘欲知方寸’五句,一气赶下,取飘风骤雨之势。‘共有几许’一问,‘芭蕉不展丁香结’一答,比喻微妙无伦,着色上与‘柳色才黄’有深浅之别,而皆初春景物,不假别求,有融化无迹之妙。宜乎古今推为绝唱也。结拍两句实做,‘厌厌’二字从‘风月’上写久别之情,隔天一涯,两地相望。至此遂不能再着一语矣。”(《宋词举》)

胡云翼云:“贺铸写词态度认真。此稿修改不止一次。王灼曾索见旧稿,首二句原为‘风色收寒,云影弄晴’,第六、七、八句原为‘冰垂玉筯,向午滴沥檐楹,泥融消尽墙阴雪’,改作‘烟横水际,映带几点归鸿,东风消尽龙沙雪’。(《碧鸡漫志》)按:后又将“归鸿”改为“归鸦”。见《宋词选》。

缪钺云:“原稿‘冰垂玉筯’数句,浅近沾滞,改作则气象阔远,用笔浑融。”(《灵谿词说》)

失调名

罗帏映月，玉研生冰。（《观林诗话》）

失调名

风头梦、吹无迹。（《溽南诗话》卷三）

减字木兰花

簪花照镜，客鬓萧萧都不整。拟倩东君[①]，化作尊前入梦云。　风香月影，信是瑶台清夜永。深闭重门，牵绊刘郎别后魂[②]。（《全芳备祖》前集卷一"梅花门"）

[注释]

①东君："君"字原缺。此据《广群芳谱》卷二十四补。　②刘郎：指刘晨。刘晨、阮肇入天台山遇仙女。后思家，归还乡邑。见《太平广记·神仙记》。

凤栖梧

为问宛溪桥畔柳[①]。拂水倡条[②]，几赠行人手。一样叶眉偏解皱，白绵飞尽因谁瘦。　今日离亭还对酒。唱断青青[③]，好去休回首[④]。美荫向人疏似旧，何须更待秋风后。（《全芳备祖》后集卷十七"杨柳门"）

[注释]

①宛溪：水名，在安徽宣城县境内。　②倡条：柔嫩纷披之柳条。　③唱断青青：谓离歌应在柳茂盛时唱尽。　断：尽也。　④好去：居者对行者

安慰之辞。“好去不须频下泪,老僧相伴有烟霞。”见金地藏《送童子下山》。

南柯子

别　恨

斗酒才供泪,扁舟只载愁。画桥青柳小朱楼。犹记出城车马、为迟留。　　有恨花空委,无情水自流。河阳新鬓尽禁秋[①]。萧散楚云巫雨[②],此生休。

[注释]

①“河阳”句:谓听任衰老。河阳新鬓,指头髮斑白。语出“潘鬓”。尽:放任,听任。　禁:承受。　秋:衰飒之气。　②“萧散”句:谓欢会无期。　萧散:离散。

[集评]

陈廷焯云:“起十字凄警。”(《词则·放歌集》卷一)

望湘人

春　思[①]

厌莺声到枕,花气动帘,醉魂愁梦相半。被惜馀薰,带惊剩眼。几许伤春春晚。泪竹痕鲜[②],佩兰香老[③],湘天浓暖。记小江、风月佳时,屡约非烟游伴[④]。　　须信鸾弦易断。奈云和再鼓,曲终人远[⑤]。认罗袜无踪,旧处弄波清浅。青翰棹舣,白蘋洲畔。尽目临皋飞观。不解寄、一字相思,幸有归来双燕[⑥]。

(以上二首见《唐宋诸贤绝妙词选》卷四)

[注释]

①《草堂》题作《春思》，他本无之。寻味词意，当是伤离之作。 ②泪竹：湘妃“泪染于竹，故斑斑如泪痕”。见张华《博物志》。 ③佩兰：佩戴兰花，谓品格高洁，语出《离骚》。 ④非烟：唐人武公业之妾名步非烟，善秦声，好文章。此借指所思之人。 ⑤“须信”三句：言虽知鸾弦易断，奈并鼓曲之人而亦杳然乎。 须：虽也。见张相《诗词曲语辞汇释》。“云和”二句，化用钱起《省试湘灵鼓瑟》诗句“善鼓云和瑟，常闻帝子灵。……曲终人不见，江上数峰青”。 ⑥“幸有”句：至旧处，睹景伤情，幸有似曾相识之燕归来，稍自慰藉，故曰“幸”也。

[集评]

黄苏云：“意致浓腴，得《骚》、《怨》之遗韵……张文潜称其乐府，妙绝一世。幽索如屈宋，悲壮如苏李，断推此种。”（《蓼园词评》）

沈际飞云：“莺自声而到枕，花何气而动帘，可谓葩藻。‘厌’字嶙峋。”又云：“曲意不断，折中有折。”又云：“厌莺而幸燕，文人无赖。”（《草堂诗馀正集》）

李攀龙云：“词虽婉丽，意实展转不尽，诵之隐隐如奏清庙朱弦，一唱三叹。”（《草堂诗馀隽》）

陈匪石云：“开口一‘厌’字，不知从何飞来。而所厌者，乃到枕之莺声，动帘之花气，极细腻，极柔媚，偏与心境不合。此种心境，半属‘醉魂’，半属‘愁梦’。第三句写‘厌’字神理，亦极惝恍迷离之致。盖综挈全篇，先为传神之笔也。……至全篇言情，而以景入之，则东山家法也。”（《宋词举》）

谒金门[①]

李黄门梦得一曲[②]，前遍二十言，后遍二十二言，而无其声。余采其前遍，润一横字，已续二十五字写之云

杨花落，燕子横穿朱阁。常恨春醪如水薄。闲愁无处著。 绿野带江山络角[③]。桃叶参差前约。历历短樯沙外泊，东风晚来恶。

（《阳春白雪》卷一）

［注释］

①唐氏按:此首别又误作李清臣词,见《词品》卷三。　②李黄门:似即李清臣,时任黄门侍郎。贺乃据其梦中得句改之。　③络角:拐角。

［集评］

俞陛云云:"此调上半为李作,下半为贺作。'春醪'二句,与'短檣'二句,工力悉敌。"(《唐五代两宋词选释》)

蝶恋花

改徐冠卿词

几许伤春春复暮,杨柳清阴,偏碍游丝度。天际小山桃叶步[1],白蘋花满湔裙处。　　竟日微吟长短句。帘影灯昏,心寄胡琴语。数点雨声风约住[2],朦胧淡月云来去。

(《阳春白雪》卷二)

［注释］

①桃叶步:即桃叶渡。　步:通"埠"。步头,即渡口。　②雨声风约住:言风拦住雨声也。

小梅花

思前别,记时节。美人颜色如花发。美人归,天一涯。娟娟姮娥,三五满还亏[1]。翠眉蝉鬓生离诀,遥望青楼心欲绝。梦中寻,卧巫云。觉来珠泪,滴向湘水深。　　愁无已,奏绿绮[2]。历历高山与流水[3]。妙通神,绝知音。不知暮雨朝云、何山岑[4]。相思无计堪相比,珠箔雕阑几千里。漏将分[5],月窗明。一夜梅花忽开、疑是君[6]。

(《阳春白雪外集》)

[注释]

①“娟娟”二句:谓月圆又缺。 三五:阴历十五日。 ②绿绮:琴名。“司马相如有琴曰绿绮。”见傅玄《琴赋序》。 ③高山流水:伯牙鼓琴,志在高山。钟子期听之曰:“巍巍乎若泰山!”少间,琴志在流水,子期曰:“汤汤乎若流水。”见《吕氏春秋·本味》。 ④暮雨朝云:此借指所恋知音女子。 ⑤漏将分:分,半也。此云近午夜。 ⑥“一夜”句:此词隐括卢仝《有所思》“相思一夜梅花发,忽到窗前疑是君”诗句。

乌啼月

牛女相望处,星桥不碍东西[①]。重墙未抵蓬山远,却恨画楼低[②]。 细字频传幽怨,凝釭长照单栖[③]。城乌可是知人意,偏向月明啼。

(《永乐大典》卷二千三百四十六“乌”字韵引贺方回词)

[注释]

①“牛女”二句:谓牛女隔星桥,犹不碍东西相望。 ②“重墙”二句:谓重墙画楼,既近且低,却不得相望也。 蓬山:指蓬莱仙山。“刘郎已恨蓬山远,更隔蓬山一万重。”见李商隐《无题》。 ③凝釭:久燃之灯。

簇水近

一笛清风弄袖,新月梳云缕。澄凉夜色,才过几点黄昏雨。佚少朋游,正喜九陌消尘土。鞭穗袅、紫骝花步[①]。 过朱户,认得宫妆[②],为谁重扫新眉妩。徘徊片晌难问[③],桃李都无语。十二青楼下,指灯火章台路,不念人、肠断归去。

(《永乐大典》卷六千五百二十三“装”字韵引贺方回《东山词》)

[注释]

①紫骝:良马名。 ②认得:知道。 ③片晌:似与“片刻”意近。

画眉郎

好女儿

雪絮雕章,梅粉华妆[①]。小芸台、榧几罗缃素。古铜蟾砚滴[②],金鹏琴荐[③],玉燕钗梁[④]。 五马徘徊长路,漫非意、凤求凰[⑤]。认兰情、自有怜才处。似题桥贵客[⑥],栽花潘令[⑦],真画眉郎[⑧]。

[注释]

①“雪絮”二句:首言有咏絮之文彩;次言有梅华之体态。极言女郎才貌出众。 ②芸台:疑是“芸台”之讹,书桌也。 “榧(feǐ)几”二句:言榧木几案上罗列文具。 几:一本作“机”。 缃素:供书写用之黄色缣素。 蟾砚:雕饰蟾蜍之砚台。 ③金鹏琴荐:饰有金鹏之琴台。 ④玉燕钗:燕形玉钗。郭宪《洞冥记》:神女赠汉武帝玉钗,至昭帝时犹在。后启匣钗化白燕飞升。宫中乃学制玉燕钗。 ⑤“五马”二句:谓偶然机遇产生爱慕意。 五马:指太守。“使君从南来,五马立踟蹰。”见汉乐府《陌上桑》。此以自比,贺曾为巡检。 漫:漫不经意。 非意:非本意,犹言出乎意料。 ⑥题桥客:谓有司马相如之才。相如初赴长安,过升仙桥,题柱曰:“不乘高车驷马,不过此桥。”见《太平御览》。 ⑦栽花令:谓有潘岳之闲情逸趣。“潘岳为河阳令,多种桃李,号曰花县。”见《白帖》。 ⑧真画眉郎:谓可作张敞般称心夫婿。“敞为京兆……为妇画眉,长安中传张京兆眉妩。”见《汉书·张敞传》。

试周郎

诉衷情

乔家深闭郁金堂[①],朝镜事梅妆。云鬟翠钿浮动,微步拥钗梁。　　情尚秘，色犹庄。递瞻相。弄丝调管，时误新声，翻试周郎[②]。

（以上二首见《永乐大典》卷七千三百二十九“郎”字韵引贺方回词）

[注释]

①乔家：小乔，周郎之妻。　②翻试周郎：周瑜精于音乐，乐有误，“瑜必知之，知之必顾”。时谚曰：“曲有误，周郎顾。”见《三国志·吴书·周瑜传》。此谓乐伎有意误曲以测试对方情意。　翻：反而。

新念别

湖上兰舟暮发，扬州梦断灯明灭。想见琼花开似雪[①]。帽檐香，玉纤纤，曾为折。　　渔管吹还咽。问何意、煎人愁绝。江北江南新念别。掩芳尊[②]，与谁同，今夜月。

（曹璿《琼花集》卷三）

[注释]

①琼花：喻所眷女子。“西门秦氏女，秀色如琼花。”见李白《秦女休行》。　②掩芳尊：止酒不饮。有月有酒，无人，故无酒兴也。

谒金门[①]

溪声急，无数落花漂出。燕子分泥蜂酿蜜，迟迟艳风日。　　须信芳菲随失，况复佳期难必。拟把此情书万一，愁多翻阁笔[②]。

（杨金本《草堂诗馀前集》卷上）

[注释]

①唐氏按：《花草粹编》卷三注云，天作叔原。　按：天，指《天机云锦》。　②阁：通“搁”。

减字木兰花

冷香浮动[①],望处欲生蝴蝶梦。晓日曈昽[②],愁见凝酥暖渐融[③]。　　鼓催歌送[④],芳酒一尊谁与共。寂寞墙东[⑤],门掩黄昏满院风。　　(《花草粹编》卷二)

[注释]

①冷香:此指梅花。　②曈昽(tóng lóng):暗而渐明貌。　③凝酥:指雪。　④鼓催歌送:指迎春作乐。　⑤寂寞墙东:谓美人无迹。用东邻女登墙窥宋事。见宋玉《登徒子好色赋》。

摊破浣溪沙

锦鞯朱弦瑟瑟徽[①],玉纤新拟凤双飞。缥缈烛烟花暮暗,就更衣。　　约略整环钗影动[②],迟回顾步佩声微。宛是春风蝴蝶舞,带香归。　　(《花草粹编》卷四)

[注释]

①"锦鞯"句:鞯(jiān),此指琴垫。"蜀中雷氏斫琴,常自品第,第一以玉徽,次瑟瑟徽,次金徽,又次螺蚌徽。"见《国史补》。　②环:"鬟"字之误。见《皱水轩词筌》引文。

[集评]

贺裳云:("约略"二句)"俨然在目,化工之笔。"(《皱水轩词筌》)

存目词

调名	首句	出处	附注
八六子	倚危亭	侯文灿《东山词》引《词话源流后帙》	秦观作，见《淮海居士长短句》卷上
断句	当年曾到王陵铺	《独醒杂志》卷三	李清臣词，见《麈史》卷中
眼儿媚	萧萧江上荻花秋	《阳春白雪》卷三	张孝祥词，见《于湖居士长短句》卷一
点绛唇	红杏飘香	《类编草堂诗馀》卷一	苏轼作，见《东坡词拾遗》
柳梢青	子规啼血	同上	蔡伸作，见《友古居士词》
谒金门	花满院	《续选草堂诗馀》卷上	陈克词，见《乐府雅词》卷中
忆秦娥	暮云碧	《词的》卷二	无名氏词，见杨金本《草堂诗馀前集》卷下
千秋岁	世间好事	《词的》卷三	黄庭坚作，见《豫章黄先生词》
南乡子	风雨过芳辰	《汲古阁》本《平斋词注》	洪咨夔作，见《平斋词》
梅香慢	高阁寒轻	《历代诗馀》卷七十三	无名氏词，见《梅苑》卷三
马家春慢	珠箔风轻	同上	无名氏词，见《梅苑》卷四
风流子	新绿小池塘	《历代诗馀》卷八十六	周邦彦词，见《片玉集》卷一

调名	首句	出处	附注
锦缠道	雨过园林	《古今图书集成·草木典》卷二百四十七桑部	马子严词,见《古今合璧事类备要别集》卷五十一
浣溪沙	一色烟云澹不销	吴昌绶补《东山词》	高观国作,见《竹屋痴语》
虞美人	波声拍枕长淮晓	《苕溪渔隐丛话》前集卷五十引《冷斋夜话》	苏轼作,见《东坡词》卷下

赵仲御

赵仲御（1052—1122），商王元份曾孙。自幼不凡，通经史，多识朝廷典故。哲宗初，历任镇宁、保宁、昭信、武安节度使，封汝南、华原郡王。政和中，以检校少傅、泰宁军节度使、开府仪同三司（文散官第一阶，无职有俸），嗣封濮王。卒赠太傅。追封郇王，谥康孝。

瑶台第一层[①]

上元扈跸[②]

嶰管声催[③]。人报道、嫦娥步月来。凤灯鸾炬，寒轻帘箔，光泛楼台。万年春未老，更帝乡日月蓬莱。从仙仗，看星河银界，锦绣天街[④]。　欢陪。千官万骑，九霄人在五云堆[⑤]。紫袍光里[⑥]，星球宛转，花影徘徊。未央宫漏永，散异香、龙阙崔嵬。翠舆回。奏仙歌韶吹[⑦]，宝殿尊罍[⑧]。

（《墨庄漫录》卷十）

[注释]

①唐氏按：此首别又误作赵与𨱇词，见《词谱》卷二十五。　②上元扈跸：上元节侍驾出游。　扈：随从。　跸（bì）：皇帝车驾。　③嶰（xiè）管：笛箫等竹制乐器。相传黄帝令泠纶取嶰谷之竹制乐器，故名。　④"从仙仗"三句：谓随护驾仪仗观灯。　天街：京都街道。　⑤"九霄"句：谓人如在云霄，笼罩于天子的彩色云气中。　五云：指天子气。"其气，皆为龙虎，成五彩，此天子气也。"见《史记·项羽本纪》。　⑥紫袍：贵官之服。见《新唐书·舆服志》。　⑦韶吹：谓吹奏韶乐。　⑧罍："酒尊之大者也。"见《尔雅·释器》。

[集评]

张邦基云:“如嗣封濮王仲御,喜作长短句……上元扈跸作《瑶台第一层》……每使人歌此曲,则太平熙熙之象,恍然在梦寐间也。”(《墨庄漫录》卷十)

仲　殊

仲殊，生卒年不详，俗姓张，名挥，字师利，安州（今湖北安陆）人。本进士，其妻为护私情以药毒之，故为僧。居杭州宝月寺，法号仲殊。以其时食蜜以解毒，呼之曰“蜜殊”。苏轼喜其“胸中无一毫髮事”，与之游。徽宗初年，自缢死。殊善歌词，操笔立就，风格清逸和婉。有《宝月集》，不传，今有赵万里辑本。孔凡礼《全宋词补辑》又续补二十馀首，并加注录。

蓦山溪

清江平淡，疏雨和烟染。春在广寒宫，付江梅、先开素艳。年年第一，相见越溪东，云体态，雪精神，不把年华占①。　山亭水榭，别恨多销黯。又是主人来，更不辜、香心一点。题诗才思，清似玉壶冰，轻回顾，落尊前，桃杏声华减②。

（景宋本《梅苑》卷二）

[注释]

①不把年华占：以梅开早于春，故云。　年华：犹言韶光。　②“桃杏”句：谓桃杏比梅花逊色。　声华：声誉光辉。“昔为京洛声华客，今作江湖潦倒翁。”见白居易《宴坐闲吟》。

鹊踏枝

斜日平山寒已薄。雪过松梢，犹有残英落①。晚色际天天似幕，一尊先与东风约。　邀得红梅同宴乐。酒面融春，春满纤纤萼。客意为伊浑忘却②，归船且傍花阴泊。

（景宋本《梅苑》卷九）

[注释]

①残英:指落梅。 ②伊:代梅。

点绛唇

题雪中梅

春遇瑶池,长空飞下残英片。素光围练[1],寒透笙歌院。 莫把寿阳[2],妆信传书箭。掩香面,汉宫寻遍,月里还相见。

(《梅苑》卷十)

[注释]

①素光:指雪色。 ②寿阳:用寿阳公主创梅花妆事。见《太平御览》引《宋书》。

南歌子

十里青山远,潮平路带沙。数声啼鸟怨年华。又是凄凉时候[1]、在天涯。 白露收残暑,清风衬晚霞。绿杨堤畔闹荷花[2]。记得年时沽酒、那人家。

[注释]

①凄凉时候:指秋季。 ②闹荷花:取意于宋祁《玉楼春》"红杏枝头春意闹"。以荷花之闹衬行者之凄苦。

[集评]

陈霆云:("白露"二句)"富冶。"(《渚山堂词话》卷二)

沈家庄云:"这首词从时、空两方面构思,意象清幽淡远。下片白露、清风、绿杨、荷花,设色明艳,对比和谐,很富美感。叹羁旅,怨年华,哀而不伤,情辞和婉,表现出清逸的风格。"(《唐宋词鉴赏辞典》)

减字木兰花[①]

谁将妙笔，写就素缣三百匹。天下应无，此是钱塘江上图。　　一般奇绝，云淡天低秋夜月。费尽丹青，只这些儿画不成。　　　（以上二首《乐府雅词拾遗》卷上）

[注释]

①唐氏按：《乐府雅词》此首无撰人姓名，注“或云仲殊作”。据《苕溪渔隐丛话》后集卷三十七引《复斋漫录》，上叠刘泾作，下叠仲殊作。同书同卷引《古今词话》亦云后叠仲殊作，惟以上叠为苏轼作。

减字木兰花[①]

江南三月，犹有枝头千点雪[②]。邀上芳尊，却占东君一半春。　　尊前眼底，南国风光都在此。移过江来，从此江南不复开。

[注释]

①唐氏按：《苕溪渔隐丛话》后集卷三十七引《复斋漫录》，上叠仲殊作，下叠陈袭善续。《词品》卷四以上叠为刘泾作，下叠仲殊作，非。　②千点雪：指梅花。“元丰末，张诜枢言之守杭也，一日宴客湖上，刘泾巨济、僧仲殊在焉。……枢言又出梅花邀二人同赋，仲殊即作前章。巨济不能继，后陈袭善为续后章。”见《苕溪渔隐丛话》后集卷三十七。

南歌子[①]

解舞清平乐，如今说向谁[②]。红炉片雪上钳锤。打就金毛狮子、也堪疑[③]。　　木女明开眼，泥人暗皱眉。蟠桃已是著花迟[④]。不向春风一笑、待何时。

（《苕溪渔隐丛话》前集卷五十七引《冷斋夜话》）

[注释]

①《冷斋夜话》:东坡守钱塘,常携伎谒大通禅师。师愠形于色。东坡作长短句令伎歌之曰:"师唱谁家曲(指仲殊之艳曲),宗风嗣阿谁。借君拍板与门槌。我也逢场作戏、不须疑。　溪女方偷眼,山僧莫皱眉。却嫌弥勒下生迟。不见阿婆三五、少年时。"时仲殊在苏州,闻而和此词。　②说:指苏词"逢场作戏"语。　③"红炉"二句:谓即使铁铸,也未必无情。戏谑语。　④蟠桃:神话中仙桃,三千年一开花,三千年一生实。此谓修行人见稀有之物何必拘泥。

踏莎行[①]

浓润侵衣,暗香飘砌,雨中花色添憔悴。凤鞋湿透立多时,不言不语厌厌地。　眉上新愁,手中文字,因何不倩鳞鸿寄。想伊只诉薄情人,官中谁管闲公事。

(《中吴纪闻》卷四)

[注释]

①唐氏按:《事林广记》前集卷十引作张魁判词,文字稍有改易。　注者按:据《词苑萃编》云,仲殊一日造郡,方接坐间,见庭下有妇人投牒立雨中,郡守命咏之。仲殊遂口就《踏莎行》(《词苑萃编》卷二十四引《苕溪渔隐》)。后殊自缢于枇杷树下,轻薄子更其句以吊之云:"枇杷树下立多时,不言不语厌厌地。"

[集评]

陈霆云:"淫言媟语,非衲子(僧人)所宜也。"(《渚山堂词话》卷二)

金蕉叶

丛霄逸韵祥烟渺[①]。摇金翠、玲珑三岛[②]。地控全吴,山横旧楚春来早。千里断云芳草。　六朝遗恨连江表[③]。都分付、倚楼吟啸。铁瓮城头，一声画角吹残照。带夜潮来到。

[注释]

①丛霄：犹言重霄或层云。 ②三岛：指仙人所居之三神山蓬莱、方丈、瀛洲。此喻登镇江城楼所见景色。 ③江表：长江以南一带地区。此句言遥望建业（今江苏南京）兴起六朝兴亡之感慨。

定风波

独登多景楼[①]

花戟云幡拥上方[②]，画帘风细度春香。银色界前多远景，人静。铁城西面又斜阳。 山色入江流不尽，古今一梦莫思量。故里无家归去懒，伤远。年华满眼多凄凉。

[注释]

①多景楼：古迹名，在镇江市北固山甘露寺内。 ②上方：道家谓天上仙界为上方，此指地势最高处。杜甫《山寺》："上方重阁晚，百里见纤毫。"

[集评]

赵齐平云：（《金蕉叶》"六朝"二句、《定风波》"山色"二句）"于壮丽空阔的景物描绘中寄寓历史的感慨，表现出超旷的胸襟。"又云："（仲殊）登临怀古之作，有苏轼超迈横绝之风。"（《中国大百科全书·中国文学·仲殊》）

蝶恋花[①]

北固山前波浪远。铁瓮城头[②]，画角残声短。促酒溅金催小宴[③]，灯摇蜡焰香风软。 落日烟霞晴满眼。欲仗丹青、巧笔彤牙管。解写伊川山色浅，谁能画得江天晚。

[注释]

①唐氏按：以上三首，原书不著调名。　②铁瓮城：镇江子城，孙权所筑，以其坚固，称铁瓮城。　③“促酒”句：谓急速宴饮。因天晚急欲赏景也。　溅金：金波（酒）溅出也。

南徐好

瓮　城

南徐好[1]，鼓角乱云中。金地浮山星两点[2]，铁城横锁瓮三重。开国旧夸雄。　　春过后，佳气荡晴空。渌水画桥沽酒市，清江晚渡落花风。千古夕阳红。

[注释]

①南徐：州名，即镇江。东晋南渡，侨置徐州于京口。　②星两点：指金山、焦山，如浮江上。

南徐好

花山李卫公园亭[1]

南徐好，城里小花山。淡薄融香松滴露，萧疏笼翠竹生烟。风月共闲闲。　　金晕暗，灯火小红莲。太尉昔年行乐地，都人今日散花天。桃李但无言。

[注释]

①李卫公：李德裕（787—840），唐武宗时宰相，太和中任润州（镇江）刺史。

南徐好

渌水桥

南徐好，桥下渌波平。画柱千年尝有鹤，垂杨三月未闻莺。行乐过清明。　　南北岸，花市管弦声。邀客上楼双榼酒[①]，舣舟清夜两街灯。直上月亭亭[②]。

[注释]

①榼（kē 此读入声）：酒器。　②亭亭：高远貌，此句谓直到月上高空。

南徐好

沈内翰宅百花堆[①]

南徐好，溪上百花堆。宴罢歌声随水去，梦回春色入门来。芳草遍池台。　　文彩动，奎壁烂昭回[②]。玉殿仪刑推旧德[③]，金銮词赋少高才。丹诏起风雷[④]。

[注释]

①沈内翰：指沈括。熙宁年间括曾任翰林学士，权三司使。晚年居润州（即镇江）筑梦溪园于镇江东。　百花堆：地名。　②奎壁烂昭回：二十八宿中，奎、壁二宿主文运，此为赞美沈括文彩。　壁：《全宋词》误作“璧”。　昭回：光明貌。　③“玉殿仪型”句：沈括曾“为太常丞，同修起居注”。此言其建树执掌朝廷典礼仪式之旧德。　仪型：犹言法式，作为模范。　④丹诏起风雷：沈括五十二岁时，“因徐禧失永乐城，连累遭贬”后罢黜官爵，“闲废在润”。见魏泰《东轩笔录》。　起风雷：隐喻再度起用之意。雷动风行则龙蛇起蛰。

南徐好

刁学士宅藏春坞①

南徐好，春坞锁池亭。山送云来长入梦，水浮花去不知名。烟草上东城。　　歌榭外，杨柳晚青青。收拾年华藏不住，暗传消息漏新声，无计奈流莺。

[注释]

①刁学士：刁约，天圣进士。曾任扬州刺史。退归，作藏春坞。

[集评]

陈明强云："人事沧桑、自然永恒之思，在'云来''花去'与'杨柳''流莺'等清辞丽句中传出。'锁'、'藏'是词眼。"

南徐好

多景楼①

南徐好，多景在楼前。京口万家寒食日，淮南千里夕阳天。天际几重山。　　莺啼处，人倚画阑干。西塞烟深晴后色②，东风春减夜来寒。花满过江船。

[注释]

①多景楼：在甘露寺内，宋郡守陈天麟建。　②塞：《全宋词》作"寨"。

[集评]

陈明强云："'深'、'减'二字用作使动，韵味大增。晴后山色浅，而烟使深，顿见晴岚飘渺；春来夜犹寒，而东风使减，便觉生气荡漾。"

南徐好

金山寺化城阁

南徐好，浮玉旧花宫。琢破琉璃闲世界，化城楼阁在虚空[①]。香雾锁重重。　天共水，高下混相通。云外月轮波底见，倚阑人在一光中。此景与谁同。

［注释］

①化城：佛教语，一时幻化之城郭，比喻小乘所能达之境界。后借称佛寺。王维《登辨觉寺》："竹径从初地，莲峰出化城。"

南徐好

陈丞相宅西楼[①]

南徐好，樽酒上西楼。调鼎勋庸还世事[②]，镇江旌节从仙游。楼下水空流。　桃李在，花月更悠悠。侍燕歌终无旧梦，画眉灯暗至今愁。香冷舞衣秋。

［注释］

①陈丞相：指陈升之，神宗时宰相，治第润州，极宏壮。宅成，公已疾甚，唯肩舆一登西楼而已。见《梦溪笔谈》。　②调鼎："若作和羹，尔唯盐梅。"见《尚书·说命下》。意谓为相治国如调鼎中味，盐梅等调味品要用之使协调。后因以调鼎喻为相。　勋庸：功劳。

南徐好

苏学士宅绿杨村[①]

南徐好，桥下绿杨村。两谢风流称郡守[②]，二苏家世作州民[③]。文彩动星辰。　书万卷，今日富儿孙。三径客来消永昼，百壶酒尽过芳春。江月伴开尊。

[注释]

①苏学士：指苏舜钦，因其曾为集贤殿校理，故称学士。　②"两谢"句：谓其有谢朓、谢灵运之才气。苏晚年被起用为湖州长史（即郡守）。　③"二苏家世"句：指苏舜钦祖父苏易简曾任参知政事（宰相），父苏耆，官至工部郎中，而苏舜钦为政敌诬陷，一度削籍为民。

南徐好

京　口

南徐好，直下控淮津。山放凝云低凤翅，潮生轻浪卷龙鳞。清洗古今愁[1]。　天尽处，风水接西滨。锦里不传溪上信，杨花犹见渡头春。愁杀渡江人[2]。

（以上十三首见《嘉定镇江志》卷二十一）

[注释]

①唐氏按："愁"字未叶韵，误。　②渡江人：当是自指。仲殊即东渡之人。"故里无家"（《定风波》），锦书不传，渡头春色，杨花飘泊，故尔生愁。

失调名

潇潇暮雨，梨花寒食。　（《明秀集》卷三《念奴娇》词注）

念奴娇

水枫叶下，乍湖光清浅[1]，凉生商素[2]。西帝宸游罗翠盖[3]，拥出三千宫女。绛彩娇春，铅华掩昼，占断鸳鸯浦。歌声摇曳，浣纱人在何处。　别岸孤袅一枝[4]，广寒宫殿，冷落栖愁苦。雪艳冰肌羞淡泊，偷把胭脂匀注。媚脸笼霞，芳心泣露，不肯为云雨。金波影里[5]，为谁长恁凝伫。

（《全芳备祖》前集卷十一“荷花门”）

[注释]

①乍：犹恰也，正也。张仲素《宫中乐》：“笙歌临水槛，红烛乍迎秋。”见张相《诗词曲语辞汇释》。　②商素：秋气。古以宫、商、角、徵、羽五音配合五行、四时，商声与秋均属金，故以商代秋。　③西帝宸游：司秋之天帝巡游。欧阳修《秋声赋》：“商声主西方之音。”西方属秋。　④孤臬一枝：喻月中仙子嫦娥。　⑤金波：此指月光。《汉书·礼乐志·郊祀歌》：“月穆穆以金波。”

蓦山溪

年芳已远，凉夏疏疏雨。菊占此时开，背佳期、清秋何处。滴成金豆[1]，弹破栗文圆[2]，临水槛，倚风亭，全胜东篱暮[3]。　　茱萸未结，谁是多情侣。菖叶与葵花，也相饶、也□羞妒。主人著意，何必念登高。浮酒面[4]，解烦襟，消尽当筵暑。

（《全芳备祖》前集卷十二“菊门”）

[注释]

①金豆：喻菊蕾。　②“弹破”句：喻菊苞初绽。　③“全胜”句：谓此处之菊胜过隐士居处之菊。陶潜《饮酒》：“采菊东篱下，悠然见南山。”　④浮酒面：指菊瓣浮酒面。

减字木兰花[1]

青条绿叶，结起蓬瀛连万叠。风引飘飘，下有红波引六鳌[2]。　　五城烟敛，剪碎彩云红点点。帖在山腰，旁有斑斑雪未消。

（《全芳备祖》前集卷十七“金沙门”）

[注释]

①唐氏按:《全芳备祖》调名原误作《采桑子》。 ②红波:指桃花水。

浣溪沙

楚客才华为发扬[1],深林著意不相忘。梦成燕国正芬芳。 莫把品名闲议拟,且看青凤羽毛长[2]。十分领取面前香。

(《全芳备祖》前集卷二十三“兰蕙门”)

[注释]

①“楚客”句:此咏兰词,谓兰蕙因楚人屈原用以喻高洁品行,其名声得以发扬。 ②青凤羽毛:喻兰叶之纷披姿态。

醉花阴

轻红蔓引丝多少,剪青兰叶巧。人向月中归,留下星钿,弹破真珠小[1]。 等闲不管春知道,多著绣帘围绕。只恐被东风,偷得馀香,分付闲花草。

(《全芳备祖》前集卷二十三“兰蕙门”)

[注释]

①“弹破”句:指兰蕾开绽,似月中仙人以星钿(头饰)弹破真(珍)珠。

西江月

味过华林芳蒂,色兼阳井沉朱[1]。轻匀绛蜡裹团酥[2],不比人间甘露。 神鼎十分火枣,龙盘三寸红珠。清含冰蜜洗云腴,只恐身轻飞去。

(《全芳备祖》后集卷七“柿门”)

[注释]

①沉朱：沉朱李于井中。“朱李沉不冷”，杜甫《热诗》中语。　阳井：似即景阳宫之井。　②“轻匀”句：喻柿。以下火枣、红珠亦然。

玉楼春

飞香漠漠帘帷暖，一线水沉烟未断①。红楼西畔小阑干，尽日倚阑人已远。　黄梅雨入芭蕉晚，凤尾翠摇双叶短。旧年颜色旧年心，留到如今春不管。

（《全芳备祖》后集卷十三“芭蕉门”）

[注释]

①水沉：香料，即沉香。

虞美人

一番雨过年芳浅①，袅袅心情懒。章台人过马嘶声。小眉不展恨盈盈②，怨清明。　烟柔露软湖东岸，恼乱春风惯③。一声莺是故园莺，及至如今□闻处、又多情。

[注释]

①年芳浅：谓春花凋落甚快。　②小眉：喻柳叶。　③恼乱春风惯：谓恨春风放肆使枝条纷乱也。　惯：纵容之义。见张相《诗词曲语辞汇释》。引申为放肆。

蓦山溪

黄金线软①，玉露生轻润，青头破初芽，拂烟痕、一枝犹嫩。东风著意，不放舞间□，春渐暖，柔无力，依依怨和

□。　旗亭带晚[②]，又是清明近。惹尽别离愁，约啼莺、深深与问。灞陵伤感，那更入阳关，扳折处，我无心，行人自多恨。　（以上二首见《全芳备祖》后集卷十七“杨柳门”）

［注释］

①黄金线：喻早春柳丝。　②旗亭：酒楼。

［集评］

赵齐平云：“（仲殊）一些吟花草的词……既无寄托，又乏风韵。”（《中国大百科全书·中国文学》）

诉衷情

春　情

楚江南岸小青楼[①]，楼前人舣舟[②]。别来后庭花晚[③]，花上梦悠悠。　山不断，水空流，谩凝眸。建康宫殿，燕子来时，多少闲愁[④]。

［注释］

①小青楼：词人昔日游乐处。　②舣：船靠岸。　③后庭花：陈后主宫中艳曲名，此喻往日乐事。句中“晚”字，有终、尽之义。　④“建康宫殿”三句：言事过境迁也。用刘禹锡《乌衣巷》诗意。

诉衷情

建　康

钟山影里看楼台[①]，江烟晚翠开。六朝旧时明月，清夜满秦淮。　寂寞处，两潮回。黯愁怀。汀花雨细，水树风闲，又是秋来。

[注释]

①钟山：即紫金山，在南京市东。

[集评]

陈明强云："'汀花'二句绝妙。汀花水榭，明丽之景；雨细风闲，迷濛之致。既状秋节冉冉而至，又寓情思悠悠而往。清雅淡远，耐人品味。"

诉衷情

宝月山作

清波门外拥轻衣，杨花相送飞。西湖又还春晚，水树乱莺啼。　　闲院宇，小帘帏，晚初归。钟声已过，篆香才点，月到门时。

[集评]

陈明强云："全篇写景，而性情自见。清波杨花之间轻衣飞举，起笔有飘然欲仙之势。'水树乱莺啼'亦大有别于'柳堤闻莺'俗趣，盖非耳闻，是以神会也。下片禅院氛围以'闲'、'小'二字御之，真是'别有洞天'也。"

诉衷情

春　词

长桥春水拍堤沙，疏雨带残霞。几声脆管何处，桥下有人家。　　宫树绿，晚烟斜。噪闲鸦。山光无尽，水风长在，满面杨花。

[集评]

沈雄云："方外语，芜累与空疏同病。要寓意言外，一如寻常，不别立门户，斯为入情，仲殊……尚矣。"（《古今词话·词话》上卷）

诉衷情

寒　食

涌金门外小瀛洲[①]，寒食更风流。红船满湖歌吹[②]，花外有高楼。　晴日暖，淡烟浮。恣嬉游。三千粉黛[③]，十二阑干[④]，一片云头。

［注释］

①小瀛洲：西湖中小岛名。　②红船：彩饰游船，即画舸。　③粉黛：应上“红船”与“歌吹”，指美女。　④十二阑干：应上“高楼”，指游冶行乐处。

［集评］

胡云翼云：（“三千粉黛”三句）“简直太浓艳了。”（《宋词选》）

沈家庄云：“李白《宫中行乐词》：‘只愁歌舞散，化作彩云飞。’此词结拍三句可能由李诗化出。通篇热烈语，融入‘一片云头’的冷峻语中，表达了出家人一种富贵荣华如过眼云烟的人生感想。”

黄苏云：“宋之南渡，西湖号为销金窝。一时繁华游冶之盛，有心者能不忧之？不谓物外缁流（出家人），已于冷眼中觑之。‘一片云头’四字，真力弥满，杰句也。”（《蓼园词评》）（注者按：仲殊生于北宋）

花庵词客云：“仲殊词多矣，小令为最。小令中之《诉衷情》又为最。盖篇篇奇丽，字字清婉，高处不减唐人风味。”（沈雄《古今词话·词评》上卷）

蝶恋花

开到杏花寒食近。人在花前，宿酒和春困。酒有尽时情不尽，日长只恁厌厌闷。　经岁别离闲与问[①]。花上啼莺，解道深深恨。可惜断云无定准，不能为寄蓝桥信[②]。

[注释]

①闲与问：谓空悬念而不通音讯也。 闲：空也。 ②蓝桥：传说裴航遇仙女云英处。见《太平广记》卷五十引唐裴铏《传奇 · 裴航》。

柳梢青[①]

吴 中

岸草平沙。吴王故苑，柳袅烟斜。雨后寒轻，风前香软，春在梨花。 行人一棹天涯。酒醒处、残阳乱鸦。门外秋千，墙头红粉，深院谁家。

[注释]

①唐氏按：《类编草堂诗馀》卷一此首误作秦观词。

[集评]

杨慎云："仲殊之作似花间。"（《词品》卷二）

赵齐平云："清新洒脱。"（《中国大百科全书 · 中国文学》）

夏云峰

伤 春

天阔云高，溪横水远，晚日寒生轻晕。闲阶静、杨花渐少，朱门掩、莺声犹嫩。悔匆匆、过却清明，旋占得馀芳，已成幽恨。都几日阴沉，连宵慵困。起来韶华都尽。 怨入双眉闲鬥损[①]。乍品得情怀，看承全近[②]。深深态、无非自许。厌厌意，终羞人问。争知道、梦里蓬莱，待忘了馀香，时传音信。纵留得莺花，东风不住，也则眼前愁闷。 （以上八首见《唐宋诸贤绝妙词选》卷九）

[注释]

①闲鬥损:空这般蹙损。　鬥:紧蹙。　②看承全近:谓对花与对人之护持全都迫近。　看承:护持也。

望江南

成都好,蚕市趁遨游[①]。夜放笙歌喧紫陌,春邀灯火上红楼。车马溢瀛洲。　人散后,茧馆喜绸缪[②]。柳叶已饶烟黛细,桑条何似玉纤柔。立马看风流。

(《岁时广记》卷一)

[注释]

①蚕市:蜀有蚕市,每年正月至三月,于州县十五处循环举行,销售养蚕器物。见《茅店客话》。　②茧馆:养蚕与缫丝之综合作坊。　绸缪:防患于未然,如"未雨绸缪"。此指作蚕事之准备工作。

失调名

元　日

椒觞献寿瑶觞满。彩幡儿、轻轻剪。

失调名

柏觞潋滟银幡小。　(以上《岁时广记》卷五)

失调名

遥想天孙离别后,一宵欢会,暂停机杼。

失调名

疏雨洗云轺，望极银河影里。

失调名

玉线金针，千般声笑，月下人家。

（以上《岁时广记》卷二十六）

失调名

戏马风流，佩茱萸时节。（《岁时广记》卷三十四）

望江南

成都好，药市晏游闲。步出五门鸣剑佩[①]，别登三岛看神仙。缥缈结灵烟。　云影里，歌吹暖霜天。何用菊花浮玉醴[②]，愿求朱草化金丹。一粒定长年。

（《岁时广记》卷三十六）

注释

①五门：古传天子有五门。从京城来到成都，故曰步出。　②菊花浮玉醴：指菊花酒，古人有九月九日饮菊花酒之习俗。见刘歆《西京杂记》。

南柯子

六和塔

金甃蟠龙尾，莲开舞凤头[①]。凉生宫殿不因秋。门外莫寻尘世，卷地江流[②]。　霁色澄千里，潮声带两洲。

月华清泛浪花浮。今夜蓬莱归梦，十二琼楼。

（《咸淳临安志》卷八十二）

[注释]

①“金甃”二句：形容六和塔建筑之壮美。　甃（zhòu）：砖砌。　②江流：指钱塘江。

[集评]

赵齐平云：“清新洒脱。”（《中国大百科全书·中国文学》）

苏轼云：“胸中无一毫髮事。”（《志林》卷十一）“通脱无所著。”（《东坡后集》卷一）

减字木兰花

李公麟山阴图①

山阴道士，鹤目龟趺多秀气②。右领将军③，萧散精神一片云。　东山太傅④，落落龙骧兼虎步⑤。潦倒支公⑥，穷骨零丁少道风。

（《云烟过眼录》卷下）

[注释]

①李公麟（1049—1106），书画家。擅长以白描手法画山水佛像，称宋画第一。见《宣和画谱》七《人物》三。　②趺（fū）：足背。　③右领将军：指王羲之，王曾作右军将军。　④东山太傅：指谢安。谢尝游东山，后拜晋征讨大都督，卒谥太傅。　⑤龙骧虎步：昂首阔步。　骧（xiāng）：昂首。　⑥支公：指晋僧支遁。遁善清言，有盛名。后以支公泛指高僧。

念奴娇

夏日避暑

故园避暑，爱繁阴翳日，流霞供酌。竹影筛金泉漱玉，红映薇花帘箔。素质生风，香肌无汗，绣扇长闲却。双鸾栖处，绿筠时下风箨[①]。　吹断舞影歌声，阳台人去，有当年池阁。佩结兰英凝念久，言语精神依约。燕别雕梁，鸿归紫塞[②]，音信凭谁托。争知好景，为君长是萧索。

（《草堂诗馀前集》卷下）

[注释]

①“绿筠”句：谓竹叶飘落。　筠（yún）：竹。　箨（tuò）：笋壳，此指竹叶。　②紫塞：北方边塞。“秦筑长城，土色皆紫，汉塞亦然，故称紫塞焉。”见崔豹《古今注》上《都邑》。

惜双双[①]

墨　梅

庾岭香前亲写得[②]。子细看，粉匀无迹。月殿休寻觅。姑射人来[③]，知是曾相识。　不要青春闲用力。也会寄、江南信息。著意应难摘。留与梨花，比并真颜色。

（《永乐大典》卷二千八百十三“梅”字韵）

[注释]

①唐氏按：《花草粹编》卷六此首无撰人姓名。　②庾岭：即大庾岭，一名梅岭。“庾岭梅先觉，隋堤柳暗惊。”见郑谷《咸通十年府试木向荣》诗。　③姑射人：指仙人。《庄子·逍遥游》：“藐姑射之山，有神人居焉，肌肤若冰雪，淖约若处子。”藐姑射，即姑射山。

洞仙歌[①]

广寒晓驾[②]，姑射寻仙侣，偷被霜华送将去。过越岭[③]、栖息南枝，匀妆面、凝酥轻聚。爱横管[④]、孤度陇头声。尽折得幽香，为君分付。　水亭山驿，衰草斜阳，无限行人断肠处。尽为我、留得多情。何须待、春风相顾。任倒断、深思向梨花，也无奈寒食，几番春雨。

（《花草粹编》卷八）

[注释]

①唐氏按：《梅苑》卷四此首无撰人姓氏，《花草粹编》署“宝月”作。赵万里云：所见本（《梅苑》）殆较今本为善。　②广寒：月宫。　③越岭：即梅岭。　④爱横管：言梅爱笛，以“梅花落”为笛曲也。

楚宫春慢[1]

轻盈绛雪，乍团聚同心，千点珠结。画馆绣幄低飞，融融香彻。笑里精神放纵，断未许、年华偷歇。信任芳春都不管，淅淅南薰[2]，别是一家风月。　扁舟去后，回望处，娃宫凄凉凝咽[3]。身似断云零落，深心难说。不与雕栏寸地，忍觑著、漂流离缺。尽日厌厌总无语，不及高唐梦里，相逢时节。

（《花草粹编》卷十二）

[注释]

①唐氏按：以上僧仲殊词四十六首，断句七，用赵万里辑《宝月集》，有增补。　②南薰：南风亦名薰风。　③娃宫：馆娃宫。西施吴宫旧居。

【补　辑】

满庭芳[1]

晓日迎凉，烟华生翠，玉麟香转风轻[2]。细丝钧管，罗绮拥芝庭。竞折蟠桃献寿，雨露罩，春下仙瀛。碧池上，龟游鹤舞，一曲奏长生。　当年。嘉庆会，兰江秀气，星昴光灵[③]。奄奕世馀徽，同降元精[④]。此日中吴太守，看看秉、廊庙钧衡[⑤]。麒麟阁，功名第一，从此入丹青[⑥]。

[注释]

①自此以下二十四首，见《诗渊》第二十五册，引自孔凡礼《全宋词补辑》。 ②玉麟：玉麒麟，祥瑞之意。张九龄《鹤》诗："天上瑶池覆五云，玉麟金凤如为群。" ③"嘉庆"三句：颂其家世显赫，钟天地之灵气。昴：二十八宿之一，"白虎之中星"。见《史记·天官书》。传说萧何是昴星之精降生，后喻指辅弼朝廷大臣。 ④"奄奕"二句：颂太守承祖德，禀赋优越。 奄奕：明光覆盖。 馀徽：馀善也。 元精：天地之精气。 ⑤"看看秉"句：称其治迹将受朝廷重视。 看看：即将之意。 秉：权柄。"治国不失秉。"见《管子·小匡》。 廊庙：指朝廷。 钧衡：评量人才之意。 ⑥"麒麟阁"三句：此言太守功迹，亦将跻身麒麟阁也。 麒麟阁：汉宣帝为功臣画像处。

踏莎行[①]

德感元精，岳方孕秀[②]。才明渊智神兼授。飞鸣早应舜韶来，五符千骑难淹久[③]。 熊梦开祥[④]，龟文献寿[⑤]。龙香卷雾摇东斗[⑥]。南天为现老人暑[⑦]，一时顶礼抬双神[⑧]。

[注释]

①孔凡礼按：此词作者，《诗渊》作"宋张仲殊"。 ②"德感"二句：谓感星精之德，受五岳之秀而生此奇才。 ③"五符"句：谓不久当回朝任事。 五符：朝廷传令之信物。 千骑：语出《陌上桑》"东方千馀骑，夫婿居上头"。指高官显爵。 ④"熊梦"句：颂其生男。古以梦熊为生男之兆。 ⑤"龟文"句：颂其高寿。以龟寿久。 ⑥龙香：香名。 ⑦孔凡礼按："暑"疑应为"星"。 ⑧双神："神"字失韵，疑为"袖"字之误。

满庭芳

三月迟迟，牡丹时节，算来淑景方融。板舆闲暇[①]，香雾锁花宫。曾侍瑶池宴席，三千女，深浅匀红。轻含笑，尊前认得，阿母旧慈容[②]。　倾心。齐献寿，一时倾倒，春在杯中。戏彩衣间作[③]，喜气重重。更有天仙寄语，教皓鹤、双舞云空。人长命，花枝长在，岁又东风。

［注释］

①板舆：小车。古时老人之代步工具。《文选·潘岳〈闲居赋〉》："微雨初晴，六合清朗，太夫人乃御版（板）舆，升轻轩，远览王畿，近周家园。"此借指地方官所奉养之母。　②阿母：瑶池西王母，此借指老夫人。　③"戏彩衣"句：喻该官之孝行。《太平御览·孝子传》：老莱子，年七十，尝著彩衣，学婴儿啼，以娱其亲。

醉蓬莱[①]

报一阳初动[②]，二五蓂疏[③]，履长时候[④]。大昴星精，宛分灵储秀。早运钧衡，亟还貂衮[⑤]，向载歌成后。书展仪形，承华羽翼[⑥]，恩深惟旧。　天眷难留，片帆归去，縠水柯山，故人携手。枕月眠云，老华胥闲昼[⑦]。夕宴朝欢，况当加庆，献我公眉寿。五福千祥，山长水远，一樽芳酒。

［注释］

①孔凡礼按：此词《诗渊》谓"宋张仲殊"作。　②一阳初动：即冬至。"冬至一阳生。"见《易复》。　③二五蓂疏：蓂荚减至十，即十一月二十日。古以蓂草之荚计日。蓂，初一生一荚，月半生十五荚。至十六日后，日落一荚，至三十日尽。若月小则馀一夹，卷而不落。　④履长：古代冬

至日有为尊长献履贡袜以迎福之俗，称履长之贺。见曹植《冬至献袜颂表》。　⑤亟还貂衮：即辞官。　貂衮（gǔn）：高官礼服。　亟（qì）：屡也。　⑥承华：太子宫门名，此用为太子之代称。　⑦华胥：指梦境。“（黄帝）昼寝，而梦游于华胥氏之国。”见《列子·黄帝》。

减字木兰花[1]

英花万蕊，醒□丹房玄石髓。烟驾来时，一勺仙翁手自随。　旋煎松火，始觉醍醐直可可[2]。扶起精神，洞里天闲日月新。

[注释]

①孔凡礼按：此词《诗渊》谓“宋张仲殊”作，下八词同。　②醍醐：精制奶酪。为世间上味。佛家谓以智慧授人曰醍醐灌顶。

减字木兰花[1]

一丘一壑，野□孤云随处乐[2]。篆带纱巾，且与筠庄作主人。　高山流水，指下风生千古意。沧海扬尘，小住人间五百春。

[注释]

①孔凡礼按：此词《全宋词》自《翰墨大全》乙集卷三录入，为无名氏作。　②□：孔凡礼按，《翰墨大全》乙集为“鹤”字。

踏莎行

峻岳储灵，仙才命世，一枝便折东堂桂[1]。丹霄歧路出蓬瀛，蔔池便是翱翔地[2]。　香吐金猊。樽浮绿蚁[3]，笙歌燕喜簪缨贵。松椿愿副况廷心[4]，盐梅更待和羹味。

［注释］

①"一枝"句：郤诜（xì shēn）自云对策东堂，"为天下第一，犹桂林之一枝"。见《晋书·郤诜传》。后因以折桂喻科考中式。　②荀池：即凤凰池。荀勖自中书监除尚书令。不乐，曰夺我凤凰池。见《晋书·荀勖传》。　③绿蚁：酒上浮起之绿色泡沫。白居易《问刘十九》："绿蚁新醅酒。"　④松椿：祝寿之辞，因松、椿皆长命树。《庄子·逍遥游》："上古有大椿者，以八千岁为春，八千岁为秋。"　况廷心：未详。　廷心：似言朝廷寄有厚望。

鬥百花近拍

九凤啸歌宛转，鹤舞长生排遍。彩衣朱绂[1]，醉挹绮园彭羡[2]。香在云头，星宫寿纪重新，东斗瑞光昏见。　嘉庆留西宴。酒乍醒时，便拥一封归传[3]。雨露旧恩，长沙再膺天眷[4]。还了宫符，前席受取丁宁[5]，功业算来何晚。

［注释］

①朱绂：红色绶带，贵官之服。　②绮园彭羡：绮里季、东园公、彭铿、羡门子皆古之老寿者或仙人。　③归传：归去的传车。驿使公车曰传车。　④"长沙"句：谓又被朝廷召回。汉贾谊曾被贬为长沙王太傅，后被召回。见《汉书·贾谊传》。　⑤"前席"句：谓重受皇帝恩宠。贾谊受文帝重视，召入宣室，谈至夜半，"文帝前席（移座席向前）"。见《史记·屈原贾生列传》。

鹊踏枝

几日中元初过复[1]。七叶蓂疏[2]，佳气生晴昼。称庆源深流福厚，天精储粹干星斗。　喜入高堂罗燕豆[3]。风弄微凉，帘幕披香绣。暂倩灵龟言永寿，蟠桃花送长生酒。

[注释]

①中元:阴历七月十五日。　过复:复返,刚过去。　②七叶蓂疏:即二十二日。　③罗燕豆:指罗列肉食与果品之隆重宴会。燕,亦称“宴”。言宴有折俎(牲体解节折盛于食器)、笾豆(果脯之类盛于竹器,器形如豆)之陈。王珪《挽邵安简》:“春风泽国吟笺落,夜雨溪堂燕豆疏。”

鹊踏枝

一霎雕栏疏雨罢。三月十三,曾是寒食夜。尽日暖香熏柏麝,西施醉起留归驾[①]。　酒满玻璃花艳冶。莫负春心,快饮千钟罢。春在燕堂帘幕下,年芳不问东君借。

[注释]

①“西施”句:指美女留人。

醉花阴

一双鹤绕蟠桃戏,说人间千岁。昨夜降元精,蓬矢桑弧[①],又报千家喜。　绮罗庭院笙歌沸,拥玳簪珠履。五福一[②]

[注释]

①蓬矢桑弧:古礼,国君世子生,以桑弧蓬矢射天地四方。蓬是御乱之草,桑是众木之本。此贺人生男也。　②孔凡礼按:以下缺。

永同欢

绣帘卷,沉烟细。燕堂深,玳筵初启。庭下芝兰,劝金卮,有多少雍容和气。[1]

[注释]

①孔凡礼按:以下缺。

柳垂金

中春天气禁烟暖。馀七叶,丹蓂未卷。海岳灵辉储庆远。降非熊[1],运符亨旦[2]。 宝雾香凝,非锦筵红荐。永算金尊屡满,酒里千年春烂熳。共朱颜,镇长相见[3]。

[注释]

①降非熊:谓天降治国贤才。周文王将出猎,卜之,曰:“将大获,非熊非罴,天遣汝师以佐昌。”果得吕尚于渭水之滨。见《宋书·符瑞志》上。 ②运符亨旦:谓国运将昌隆。 符:祥瑞征兆。 ③镇:长也,与“长”连用为重言。韩愈:《杏花》:“浮花浪蕊镇长有,才开还落瘴雾中。”见张相《诗词曲语辞汇释》。

西江月

耐老花间的子[1],长生海里明珠。南天星象降真符,五福同行同住[2]。 秀骨养成犀顶,被人唤作龙驹。传家事业有诗书,富贵功名看取。

[注释]

①“耐老”句:贺人老年生子。 的:鲜明义。宋玉《神女赋》:“眉联娟以蛾扬兮,朱唇的其若丹。” ②五福:“一曰寿,二曰富,三曰康宁,四曰攸好德,五曰考终命。”见《尚书·洪范》。 考终:善终。

西江月

乙未河清九曲[①]，神霄瑞降群仙。唯公殊宠最华年，高侍玉皇香案[②]。　富贵鹏程九万，康宁鹤算三千。功成拔宅上青天[③]，愿厕庭中鸡犬。

[注释]

①乙未：指宋徽宗政和五年（1115）。　河清：黄河清，喻太平盛世。　②玉皇香案：玉帝的侍臣，此喻朝廷大员。　③拔宅：举室、全家。传说淮南王刘安丹成飞升，鸡犬与之同上。见《神仙传》。

念奴娇[①]

寿吴书监

延陵福绪[②]，蔼遗芳馀庆，直至如今。帝锡朋龟曾献策[③]，早揖丹桂华簪[④]。一代荣名，三州遗爱，留入歌吟。归来湖山付得，依旧闲心。　延赏报德推封。名迁书监，喜天恩垂临。拜舞龙香还注想，丹阙拖紫垂金[⑤]。酒满霞觞，期君眉寿，千岁与披衿[⑥]。年年风月，两行门外桐阴。

[注释]

①孔凡礼按：此词，《诗渊》谓"宋宝月"作，仲殊有"宝月集"，故录于此。　②延陵福绪：言吴书监家世。延陵（今江苏武进），为春秋吴季札封邑。　③朋龟：双龟。佩龟袋为贵官之服饰。　④"早揖"句：谓早已拜官。　⑤拖紫垂金：紫金，贵官服饰。　⑥与披衿：解开衣襟，指同游。宋玉伴楚襄王游兰台之宫，风飒然而至，王披襟（开衿）称快。见宋玉《风赋》。

步蟾宫

仙郎心似长江阔。妾意如、波间明月。相随定、一带向东流,共宴乐、无时暂歇。　长生只在长欢悦。除此外、总应虚设。笙歌里、身住几何年,十字儿、头边下撇[①]。

[注释]

①十字头边下撇:“千”字也。永相好之意。

步蟾宫[①]

笙歌喜庆争催晓。篆烟舞、龙鸾缥缈。香罗上、不尽寿仙人[②],献一段、长生寿草。　一心一意同欢笑。两心事、卒难得了。教传语、天上太白星,剩借取、几千年好[③]。

[注释]

①孔凡礼按:《截江网》卷六录此词,谓乃“妻寿夫”者。《全宋词》三千五百四十九页录此词,遂谓此词作者张仲殊,非僧人仲殊,乃妇女。就此词论此词,其说颇近理。然置之于另一情况中,则有可议处。《诗渊》此处录“宋张仲殊”《步蟾宫》调三词,三词紧次,首乃上词,次即此词,再次即下词。上词抒写夫妇间情意,就词论词,亦可谓为妇女作。下词则属另一种情调。不可谓上词及此词之作者张仲殊为妇女,而下词之作者张仲殊为另一人。《诗渊》第二十五册录“宋张仲殊”词颇多,不可谓此一词或二词为妇女之张仲殊作,而其他词则为另一张仲殊作。查宋龚明之《中吴纪闻》卷四,知仲殊“初为士人”,有妻,后“弃家为僧”;尝就“妇人投牒立雨下”,为词“浓润侵衣”云云。其词调《踏莎行》,见《全宋词》,与此词及上词之格调,有极相似处。此词亦为僧人仲殊作。仲殊为诗僧,非常僧可比,其视世间事如游戏,固情理之常。此词及上词,盖拟妇女之心情而作,与《踏莎行》同属游戏笔墨。《截江网》编者录此,不过备一格,其“妻寿

夫”云者，乃编者据词意所加。②仙人：即前词之“仙郎”。③剩：尽，此句谓尽管借取几千年以相好。

步蟾宫

凤帘舞带花铺绣。水沉暖、祥烟迷昼。凤衔灯照蕊珠筵[①]，韵双琯、钧声已奏[②]。绮罗人劝千秋寿。吉祥满、十分芳酒。愿人间、嘉庆一千年，共南极、东华长久[③]。

[注释]

①蕊珠：仙宫。②钧声：钧天广乐之声。（赵）简子梦游钧天（天帝居处），“闻广乐九奏万舞……其声动心。”见《史记·扁鹊仓公列传》。③南极：南极星，主管长寿。东华：即东华帝君，神话中之仙人。

醉蓬莱

过灵香一炷，燕馆清虚[①]，晚窗风细。雨入园林，荡凝烟摇曳。天上春融，暖移残腊，早信音来至。宫粉龙香，一时捻入，江梅轻蕊。人在瑶山，九仙书府[②]，静与羲皇[③]，澹然相对。锦琴无声，鼓一轩和气。丹枝高枝[④]，旧香芬馥，惹赐袍春翠。再揖文章，声名定与，渊云相继[⑤]。

[注释]

①燕馆：燕居之馆，退朝闲居处。②九仙：道家九仙名为：上、高、大、玄、天、真、神、灵、至。见《云笈七签》三《道教三洞宗元》。此泛言诸仙人。③羲皇：伏羲氏。此借指隐士。陶潜《与子俨等书》：“五、六月中，北窗下卧，遇凉风暂至，自谓是羲皇上人。”④孔凡礼按：此句文字疑有误，“丹枝”似应作“丹桂”。⑤渊云：汉王褒字子渊，扬雄字子云，皆以赋著名。江淹《别赋》：“虽渊云之墨妙，严乐之笔精……”

步蟾宫

长庚星驭重来日[①]，结灵秀、东阳清骨[②]。过中秋，两夜月犹圆，五福降、先宫第一。　　鹤书新自金门出[③]。乍受得、王宫缨绂。更登仙、箓上与长年[④]，倩东斗、真人按笔。

[注释]

①长庚星：即金星。黄昏出现称长庚，晓现称启明。此句谓黄昏之时。　驭：车马。　②"结灵秀"句：东阳指东阳太守沈约，此以喻对方如沈约之灵秀多才。　③"鹤书"句：谓其受朝廷重用。　鹤书：征用贤才之诏书。　金门：汉金马门之简称，贤才待诏之处。　④"更登仙"句：颂对方名登仙籍。　箓：道教秘文，记天曹官吏之簿册。见《隋书·经籍志》四。

醉蓬莱

骤西风凄惨，秋昊平分[①]，晚收清昼。素月潜生，倚危墙时候。渐照芳樽，酒中孤影，喜暂时为友。醉学吴儿，狂歌乱拍，蹁跹双袖。　　堪叹从来，误了词赋，进取才能，桂枝难勾[②]。纵得虚名，与平生相负。缰锁尘埃，愿怀圭组，强剑眉低首[③]。平地神仙，清凉世界，君曾知否。

[注释]

①秋昊平分：即中秋。　昊：天也。　②"误了"三句：谓虽有功名（桂枝），终不能进取，白耽误了文才。（按：仲殊本进士。）　勾：通"够"。　③"缰锁"三句：谓志在为高官，而人事牵累，屈成下僚。　缰锁：喻人事相牵。　圭：通"珪"，王侯会议所用之玉制礼器。　组：系印之带，代指官印。

瑞鹧鸪[①]

融融十月小春天，翼翼清都降圣贤。大抵龙飞云必动，请观二十七年前。　　方今龙又当天德，即日云将拥地仙。富[②]

[注释]

①按此为徽宗寿词。赵佶生于十月，故有“降圣贤”、“龙又当天德”之语。据二十七年，可知作于大观四年(1110)。　②孔凡礼按：以下缺。

醉蓬莱

望金华真界[①]，宝婺星垣[②]，瑞符玄动[③]。羽葆莱游[④]，有八鸾环拥[⑤]。日在龙房，下弦平月，见崧岳生申[⑥]。天上三奇[⑦]，人间五福，一齐景宠[⑧]。　　骞树七台[⑨]，紫微金简，授箓延年，大椿腾颂。玉液称觞，引长生歌送。彩雾笼云，舞香花萼，降蕊珠仙众。太史多才，功成异日，鸣箫双凤。　　（以上二十四首俱见《诗渊》第二十五册）

[注释]

①金华真界：仙界。　②宝婺星垣：指婺州（今浙江金华），古天文说为婺女星之分野。　③瑞符玄动：瑞气动于天。　符：祥瑞之兆。　玄：天也。　④羽葆：仪仗名。　孔凡礼按：“莱”疑应为“来”。　⑤八鸾：鸾，通“銮”，系于马衔之铃，一马二铃。八鸾即四马。《诗经·大雅·烝民》：“四牡彭彭，八銮锵锵。”　⑥崧岳生申：崧通“嵩”。谓嵩岳降神，使申伯出生，辅佐周室。祝颂之词也。见《诗经·大雅·崧高》。　⑦三奇：术数家以乙、丙、丁为天上三奇，是为吉兆。　⑧一齐景宠：同为博大之荣幸。　景：大。　宠：荣。　⑨骞树：月中仙树。一名药王，食叶得仙。见《云笈七签》。

存目词

调名	首句	出处	附注
燕山亭	裁剪冰绡	《阳春白雪》卷二	宋徽宗赵佶词,见《朝野遗记》
新荷叶	雨过回塘	《类编草堂诗馀》卷二	赵抃词,见《乐府雅词拾遗》卷下
金菊对芙蓉	花则一名	《类编草堂诗馀》卷三	无名氏词,见《草堂诗馀后集》卷下
卜算子	有意送春归	《历代诗馀》卷十	如晦词,见《唐宋诸贤绝妙词选》卷九
南歌子	玉漏迢迢尽	《古今词选》卷二	秦观作,见《淮海居士长短句》卷三
南歌子	凤髻金泥带	刘毓盘辑《宝月词》	欧阳修词,见《近体乐府》卷三
点绛唇	雪里芳丛	同上	无名氏词,见《梅苑》卷十
点绛唇	万木凋残	同上	同上
点绛唇	昨夜寒梅	同上	同上
点绛唇	春日芳心	同上	同上
点绛唇	赋雪归来	同上	同上

晁补之

晁补之(1053—1110)，字无咎，晚号归来子，北宋济州巨野(今属山东)人。少年时尝随宦游的父亲晁端友至浙东。神宗熙宁六年(1073)，晁端友为新城(属杭州)令时，杭州通判苏轼巡行属县，补之携文往谒，遂受知于苏轼，为“苏门四学士”之一。元丰二年(1079)举进士，先后任校书郎、吏部员外郎、礼部郎中等职。在北宋中期的新旧党争中，苏轼被作为“元祐奸党”领袖备受打击，“四学士”也无一幸免地受到株连。晁补之曾先后被贬往处州、信州等地，五十岁时即回到离巨野不远的金乡赋闲。因仰慕陶潜，将其居室园圃，悉取陶氏《归去来兮辞》命名，此系晚号归来子的来历。有《鸡肋集》传世，其词集名为《晁氏琴趣外篇》，收词百六十馀首，并撰有我国最早的词学专文《评本朝乐府》。

水龙吟

别吴兴至松江作①

水晶宫绕千家，卞山倒影双溪里②。白蘋洲渚③，诗成春晚④，当年此地。行遍瑶台⑤，弄英携手，月婵娟际。算多情小杜，风流未睹，空肠断，枝间子⑥。　一似君恩赐与，贺家湖、千峰凝翠⑦。黄粱未熟⑧，红旌已远⑨，南柯旧事⑩。常恐重来，夜阑相对，也疑非是⑪。向松陵回首，平芜尽处，在青山外⑫。

[注释]

①吴兴：吴兴郡，即今之浙江湖州，此地有“水晶宫”之名。徽宗崇宁元年(1102)，晁补之由河中府移任湖州吴兴郡知州，不久即免官回乡，本篇当为此时告别吴兴游松江而作。　②卞山：在浙江吴兴西北十

八里。　双溪:在浙江馀杭北三十五里。　③白蘋洲:此指湖州城东南之水中陆地,因生长白蘋得名。　④诗成春晚:"汀洲采白蘋,日暖江南春。……故人何不返,春花复将晚。"见柳恽《江南曲》诗。　⑤瑶台:古人想象中的神仙居处,此泛指雕饰华丽、结构精巧的吴兴之亭台楼榭。⑥"算多情小杜"四句:小杜,对杜牧的习称,以别于杜甫。杜牧游湖州,目成一十馀岁之少女,约以十年后纳之。后经十四年,杜牧出任湖州刺史。但当年之少女已出嫁三载,且育有两个孩子。杜牧痛心惆怅之馀写了一首题作《叹花》诗"自恨寻芳去较迟,不须惆怅怨芳时。如今风摆花狼藉,绿叶成阴子满枝"。　⑦"一似君恩"二句:贺知章为唐时越州会稽人,天宝初归隐镜湖,诏赐镜湖以供渔樵之资。　贺家湖:即指镜湖,北宋初改称鉴湖,在今绍兴西南。此处借指吴兴江、湖。　⑧黄粱未熟:意谓梦想落空。卢生于邯郸客店中,昼寝入梦,历尽荣华富贵。梦醒,店主炊黄粱未熟。事见沈既济《枕中记》。　⑨红旌:唐制。节度使、观察使赐予双旌、双节。"及郊挥白羽,入里卷红旌",见李绅《渡西陵》诗。　⑩南柯旧事:意谓昔日梦境。淳于棼宅南有一大古槐,某日饮于槐下,酒醉卧于东庑。梦至槐安国,国王以女妻之,遂偕金枝公主出任南柯太守,富贵荣华,显赫一时。后因战败、公主病故,被遣归故里。醒后仍卧东庑,并见槐下有大蚁穴,直上南枝,即梦中所历守南柯郡也。见李公佐《南柯太守传》。　⑪"夜阑相对"二句:系隐括杜甫《羌村三首》其一的"夜阑更秉烛,相对如梦寐"二句诗意。　⑫"平芜尽处"二句:隐括欧阳修《踏莎行》"平芜尽处是春山,行人更在春山外"词意。　唐氏按:"在"原作"人",据《乐府雅词》卷上改。

八声甘州

扬州次韵和东坡钱塘作①

谓东坡,未老赋归来,天未遣公归②。向西湖两处③,秋波一种,飞霭澄辉。又拥竹西歌吹④,僧老木兰非⑤。一笑千秋事,浮世危机⑥。　应倚平山栏槛⑦,是醉翁饮处,江雨霏霏。送孤鸿相接,今古眼中稀⑧。念平生、相从江海。任飘蓬、不遣此心违⑨。登临事、更何须惜,吹帽淋衣⑩。

[注释]

①本篇为元祐七年(1092)作者任扬州通判时作。见刘乃昌、杨庆存注《晁氏琴趣外篇》。 ②"未老"二句:指元丰年间苏轼所作《哨遍》等词,均隐括陶潜"归去来兮"之意。 ③西湖两处:指苏轼先后任知府的杭州和颍州的两处西湖。 ④竹西歌吹:扬州有竹西亭,因"谁知竹西路,歌吹是扬州"而得名。见杜牧《题扬州禅智寺》诗。 ⑤"僧老"句:王播微时,寄食僧寺,僧厌之,饭后敲钟,播至,已无可食。后播贵,再至,则昔日题壁诗句,已笼以碧纱。昔僧已老。复题诗记之。见《唐摭言》卷七载王播事。 ⑥浮世:"逍遥浮世,与道俱成",见阮籍《大人先生传》。 危机:"富贵必履危机。"见《晋书·葛长民传》。 ⑦平山栏槛:欧阳修曾在扬州建平山堂,居高临下,可倚栏观景。"有平山栏槛倚晴空,山色有无中"之句,见欧阳修《朝中措·平山堂》词。 ⑧"送孤鸿"二句:化用苏轼《水调歌头·黄州快哉亭赠张偓佺》词。 ⑨"念平生"二句:作者概述与苏轼平生交谊。 ⑩吹帽:犹落帽。用孟嘉重九登高,风至帽落事。见《晋书·孟嘉传》。

八声甘州

历下立春[①]

谓东风,定是海东来,海上最春先。乍微阳破腊[②],梅心已省,柳意都还。雪后南山耸翠[③],平野欲生烟。记得相逢日,如上林边。　　莫叹春光易老,算今年春老,还有明年。叹人生难得,常好是朱颜。有随轩、金钗十二[④],为醉娇、一曲踏珠筵。功名事、算何如此,花下尊前。

[注释]

①历下:属今山东济南,因在历山下故名。 ②微阳:"十有一月,微阳动于黄泉。"见《逸周书》。 ③南山:指历山,又名千佛山。因地处城南故称南山。 ④金钗十二:泛指众歌伎。

满庭芳

赴信日舟中别次膺十二叔[①]

鸥起蘋中，鱼惊荷底，画船天上来时。翠湾红渚，宛似武陵迷[②]。更晚青山更好，孤云带、远雨丝垂。清歌里，金尊未掩，谁使动分携[③]。　竹林、高晋阮，阿咸潇散，犹愧风期[④]。便弃官终隐，钓叟苔矶。纵是冥鸿云外[⑤]，应念我、垂翼低飞[⑥]。新词好、他年认取，天际片帆归。

[注释]

①信：信州，今江西上饶。　次膺：作者叔父晁端礼字次膺。本篇当为元符二年（1099）四十七岁时贬监信州酒税，赴任拜别叔父晁端礼所作。　②武陵：今湖南常德。武陵事见陶潜《桃花源诗序》。　③分携：分离。　④"竹林"三句：晋"竹林七贤"中，阮籍、阮咸为叔侄。作者以阮咸自指，以阮籍喻次膺。事见《晋书·阮籍传》及附传。　⑤冥鸿云外：指弃官远遁。　⑥垂翼：喻仕途失意。时作者被新党指控，一再被贬。

凤凰台上忆吹箫

自金乡之济至羊山迎次膺[①]

千里相思，况无百里，何妨暮往朝还。又正是、梅初淡泞[②]，禽未绵蛮[③]。陌上相逢缓辔，风细细、云日斑斑。新晴好，得意未妨，行尽青山。　应携后房小妓[④]，来为我，盈盈对舞花间。便拚了[⑤]、松醪翠满，蜜炬红残。谁信轻鞍射虎[⑥]，清世里、曾有人闲。都休说，帘外夜久春寒。

[注释]

①金乡：今山东县名。　济：济州，又称任城，即今山东济宁。　羊山：金乡西山山名。　②泞：《全宋词》作"伫"。　淡泞：清丽。　③绵蛮：鸟鸣

声。“绵蛮黄鸟”,见《诗经·小雅·绵蛮》。　④后房:姬妾居处。　⑤拚(pàn):甘愿。　⑥射虎:用李广射虎事喻骁勇善骑射。见《史记·李将军列传》。

凤凰台上忆吹箫

才短官慵,命奇人弃[①],年年故里来还。记往岁、莲塘送我,远赴荆蛮[②]。莫道风情似旧,青镜里、绿鬓新斑[③]。佳人怪,把盏为我,微敛眉山[④]。　从来嗣宗高韵[⑤],独见赏,青云夐绝尘间。谩回首、平生醉语,一梦惊残。莫笑移花种柳,应备办、投老同闲[⑥]。从枯槁[⑦],松桧耐得霜寒[⑧]。

[注释]

①命奇:命薄。　②荆蛮:泛指江南楚地。　③绿鬓:指乌黑光亮的鬓发。　斑:花白。　④眉山:形容女子眉如远山。“文君姣好,眉色如望远山。”见《西京杂记》卷二。　⑤嗣宗:阮籍字嗣宗。此处以阮籍喻作者叔父晁次膺。　⑥投老:到老、垂老。此处意谓与叔父相约垂老共同退隐。　⑦枯槁:贫困憔悴。　⑧“松桧”句:隐括《论语·子罕》“岁寒然后知松柏之后凋”句意。

摸鱼儿

东皋寓居[①]

买陂塘、旋栽杨柳,依稀淮岸江浦。东皋嘉雨新痕涨,沙觜鹭来鸥聚[②]。堪爱处。最好是、一川夜月光流渚。无人独舞[③]。任翠幄张天[④],柔茵藉地,酒尽未能去。　青绫被[⑤],莫忆金闺故步[⑥]。儒冠曾把身误[⑦]。弓刀千骑成何事,荒了邵平瓜圃[⑧]。君试觑。满青镜、星星鬓影今如许。

功名浪语。便似得班超，封侯万里，归计恐迟暮[⑨]。

[注释]

①东皋：作者在济州金乡的寓所。见《西塘集·耆旧续闻》卷三。　②沙觜：沙洲。　③“最好是”二句：化用“我歌月徘徊，我舞影零乱”之意。见李白《月下独酌》四首其一。　④翠幄：形容树木枝繁叶密如青绿色的帐幕。　⑤青绫被：汉代制度规定尚书郎值夜，官供新青缣白绫被等物什。这里指做官的物质享受。见卫宏《汉书仪》卷上。　⑥金闺：金马门的别称，代指朝廷。　⑦“儒冠”句：取用杜甫《奉赠韦左丞丈二十二韵》“儒冠多误身”句意。　⑧邵平瓜圃：典同“东陵瓜”或“青门瓜”。　邵平：本为秦东陵侯，秦亡，在长安城东种瓜，味甜美。见《史记·萧相国世家》。　⑨“便似得”三句：用班超年老思乡，上书请归事。见《后汉书·班超传》。

[集评]

胡仔云：“《摸鱼儿》一词，晁无咎所作也；《满江红》一词，吕居仁所作也。余性乐闲退，一丘一壑，盖将老焉。二词能具道阿堵中事，每一歌之，未尝不击节也。”（《苕溪渔隐丛话》前集卷五十一）

花庵词客云：“晁无咎《摸鱼儿》，真能道急流勇退之意。真西山极爱赏之。观‘休忆金闺故步’句，是由翰林迁谪后作也。语意峻切，而风调自清迥拔俗。”（黄苏《蓼园词评》）

刘熙载云：“无咎词堂庑颇大。人知辛稼轩《摸鱼儿》‘更能消、几番风雨’一阕，为后来名家所竞效，其实辛词所本，即无咎《摸鱼儿》‘买陂塘、旋栽杨柳’之波澜也。”（《艺概·词曲概》）

陈廷焯云：“溜滴顿挫。”（《词则·放歌集》卷一）

张德瀛云：“词有与《风》诗意相近者，自唐迄宋，前人巨制，多寓微旨……晁无咎‘陂塘杨柳’，《伐檀》力稼穑也；……其它触物牵绪，抽思入冥，汉魏齐梁，托体而成，揆诸乐章，喁于勰声，信凄心而咽魄，固难得而遍名矣。”（《词徵》卷一）

永遇乐

同　前[①]

松菊堂深[②]，芰荷池小，长夏清暑。燕引雏还[③]，鸠呼妇往[④]，人静郊原趣。麦天已过[⑤]，薄衣轻扇，试起绕园徐步。听衡宇、欣欣童稚[⑥]，共说夜来初雨。　苍菅径里，紫葳枝上，数点幽花垂露。东里催锄，西邻助饷，相戒清晨去。斜川归兴[⑦]，翛然满目，回首帝乡何处。只愁恐、轻鞭犯夜，灞陵旧路[⑧]。

[注释]

①同前：即同上首，乃咏"东皋寓居"之作。下同。　②松菊堂：作者归隐故里时的庐舍，取意于"三径就荒，松菊犹存"。见陶潜《归去来兮辞》。又作者有《松菊堂记史》诗五首。　③燕引雏还：意谓庭院清雅，引莺燕飞舞。"庭下阴多燕引雏"。见苏舜钦《夏中》诗。　④鸠呼妇往：鸠鸣唤雨。阴则屏逐其匹，晴则呼之。语曰："天将雨，鸠逐妇。"见欧阳修《鸣鸠》陆佃《释鸟》。　⑤麦天：犹麦秋。谷物以初生为春，熟为秋，故麦以孟夏为秋。见蔡邕《月令章句》。　⑥"听衡宇"句：隐括《归去来兮辞》"乃瞻衡宇，载欣载奔。僮仆欢迎，稚子候门"句意。　⑦斜川归兴：隐括"天气澄和，风物闲美，与二三邻曲，同游斜川"之意。见陶潜《游斜川》诗序。　⑧"只愁恐"二句：用李广犯夜，为吏所拘事。见《史记·李将军列传》。

过涧歇

同　前

归去。奈故人、尚作青眼相期[①]，未许明时归去[②]。放怀处，买得东皋数亩，静爱园林趣。任过客、剥啄相呼昼扃户[③]。　堪笑儿童事业，华颠向谁语[④]。草堂人悄，圆荷过微雨。都付邯郸[5]，一枕清风，好梦初觉，砌下槐影方停午[6]。

[注释]

①青眼：正视时眼珠居中，为喜悦人之象。阮籍能为青白眼以明好恶。见《晋书·阮籍传》。　②明时：指政治清明之时。语出曹植《求自试表》。　③剥啄：指敲门声。"岂有白衣来剥啄。"见高适《重阳》诗。　扃户：闭门。　④华颠：犹白头，谓衰老。"唐且华颠以悟秦。"见《后汉书·崔骃传》。　⑤邯郸：用黄粱梦典。　⑥停午：犹亭午，正午。

黄莺儿

同　前

南园佳致偏宜暑。两两三三修竹[1]，新篁新出初齐，猗猗过檐侵户[2]。听乱飐芰荷风[3]，细洒梧桐雨。午馀帘影参差，远林蝉声，幽梦残处。　凝伫。既往尽成空，暂遇何曾住。算人间事、岂足追思，依依梦中情绪。观数点茗浮花，一缕香萦炷。怪来人道陶潜，做得羲皇侣[4]。

[注释]

①修竹：《全宋词》作"修篁"，《四库全书》本、丁丙八千卷楼藏本作"修竹"，《词律》卷十四："晁词'修篁'，'篁'字乃是'竹'字之讹。"　②猗猗（yī）：美盛貌。语出《诗经·卫风·淇奥》。　③飐（zhǎn）：风吹物颤。　④羲皇：指伏羲氏。此代指羲皇上人，意谓无忧无虑、生活闲适的太古人。见陶潜《与子俨等疏》。

[集评]

《词林正韵》云："入声作三声，词家多承用。……晁补之《黄莺儿》'两两三三修竹'，'竹'字作张汝切，亦叶鱼虞韵。……此皆以入声作三声而押韵也。"（李佳《左庵词话》卷上）

张德瀛云："词亦有用入而叶平上去三声者。……晁无咎《黄莺儿》'两两三三修竹'。'竹'字作上叶；韩东浦《贺新郎》'淖约人如玉'，'玉'字作去叶，此类在宋人中正复不少。"（《词徵》卷三）

消 息

同前　自过腔，即越调《永遇乐》　端午

红日葵开，映墙遮牖，小斋端午。杯展荷金，簪抽笋玉，幽事还数。绿窗纤手，朱奁轻缕。争鬥彩丝艾虎[①]。想沉江怨魄归来，空惆怅、对菰黍[②]。　朱颜老去，清风好在[③]，未减佳辰欢聚。趣蜡酒深斟，菖菹细糁[④]，围坐从儿女。还同子美，江村长夏，闲对燕飞鸥舞[⑤]。算何须、楚王雄风，方消畏暑[⑥]。

[注释]

①彩丝：民俗，端午节用五彩丝系臂以避鬼及兵，令人不病瘟；一说贴以艾叶，妇女竞相戴佩。见高承《事物纪原》卷八、宗懔《荆楚岁时记》。　唐氏按："丝艾"原作"文"，从汲古阁本《琴趣外篇》。　②"想沉江"二句：意谓端午节以粽子投江祭奠屈原。　菰黍：粽子以菰叶裹黍米煮成，因角尖又称角黍。　③好在：无恙。　④菖菹：端午节物。　菖：菖蒲，以一寸九节者泛酒避瘟气。　菹：腌菜。　糁（sǎn）：以米和羹。　⑤"还同子美"三句：隐括杜甫《江村》诗意，诗云："清江一曲抱村流，长夏江村事事幽。自去自来堂上燕，相亲相近水中鸥。"　⑥楚王雄风：语出宋玉《风赋》"……清清泠泠，愈病析酲，发明耳目，宁体便人，此所谓大王之雄风也"。

梁州令叠韵[①]

田野闲来惯，睡起初惊晓燕。樵青走挂小帘钩[②]，南园昨夜，细雨红芳遍。　平芜一带烟光浅。过尽南归雁，江云渭树、俱远[③]。凭栏送目空肠断。好景难常占，过眼韶华如箭。莫教鶗鴂送韶华[4],多情杨柳,为把长条绊。清樽满酌谁为伴,花下提壶劝[5]。何妨醉卧花底,愁容不上春风面。

[注释]

①唐氏按:此处疑脱“同前”二字。 ②樵青:女婢。见颜真卿《浪迹先生玄真子张志和碑铭》。 ③江云渭树:《全宋词》脱此四字,此据《晁氏琴趣外篇》补。杜甫《春日忆李白》诗:“渭北春天树,江东日暮云”,此用其语。 ④鶗鴂:杜鹃、子规。此鸟至三月鸣,昼夜不停,夏末乃止。 ⑤提壶:鸟名。

酒泉子

同　前

萱草戎葵,松菊堂深犹畏暑。晚云催雨霭帘栊,满楼风[1]。 池莲翻倒小莲红。看扫鉴、天清似水[2]。一轮明月却当空,画栏中。

[注释]

①“晚云”二句:取意于许浑《咸阳城东楼》诗“溪云初起日沉阁,山雨欲来风满楼”。 ②扫鉴:风吹云散。“风扫天如鉴,云开日似萍。”见梅尧臣《晴》诗。

归田乐

同　前

春又去,似别佳人幽恨积。闲庭院,翠阴满、添昼寂。一枝梅最好[1],至今忆。 正梦断,炉烟袅,参差疏帘隔。为何事、年年春恨,问花应会得[2]。

[注释]

①一枝梅：犹一枝春。此处含惜春和相思之意。见陆凯《赠范晔》诗。　②“问花”句：反用欧阳修《蝶恋花》“泪眼问花花不语”句意。

诉衷情

同前　送春

东城南陌路歧斜，芳草遍藏遮。黄鹂自是来晚，莫恨海棠花。　　惊雪絮[①]，满天涯，送春赊[②]。问春莫是，忆著东君[③]，自去还家。

[注释]

①雪絮：形容柳絮。“雪絮狂飞自俗家。”见司空图《对柳》诗。　②赊：远。　③东君：指春神。

金凤钩

同前　送春

春辞我向何处。怪草草、夜来风雨。一簪华髮[①]，少欢饶恨[②]，无计殢春且住[③]。　　春回常恨寻无路，试向我，小园徐步。一阑红药，倚风含露，春自未曾归去。

[注释]

①一簪华髮：一头白髮。　②饶：多。　③“无计”句：略同“无计留春住”。见欧阳修《蝶恋花》。

金凤钩

同　前

雪消闲步花畔，试屈指、早春将半。樱桃枝上最先到，却恨小梅芳浅。　忽惊拂水双来燕。暗自忆、故人犹远。一分风雨占春愁，一来又对花肠断。

生查子

同前　夏日即事

永日向人妍，百合忘忧草[①]。午枕梦初回，远柳蝉声杳。　甃井出冰泉，洗瀹烦襟了[②]。却挂小帘钩，一缕炉烟袅。

[注释]

①忘忧草：即萱草。　②洗瀹(yuè)：此为洗涤之意。

行香子

同　前

前岁栽桃，今岁成蹊[①]，更黄鹂、久住相知。微行清露，细履斜晖[②]。对林中侣，闲中我，醉中谁。　何妨到老，常闲常醉，任功名、生事俱非。衰颜难强，拙语多迟。但酒同行，月同坐，影同嬉[③]。

[注释]

①今岁成蹊：即“桃李不言，下自成蹊”。意谓实至名归，尚事实不尚虚声。见《史记·李将军列传》。此处只用字面意。　②细履斜晖：言在夕阳下漫步。　③“但酒同行”三句：化用李白《月下独酌》四首其一诗意。

诉衷情

同　前

小园过午，便觉凉生翠柏。戎葵闲出墙红，萱草静依径绿。还是去年，浮瓜沉李[1]，追凉故绕池边竹，小筵促。　　忽忆杨梅正熟。下山南畔，画舸笙歌逐。愁凝目。使君彩笔[2]，佳人锦字[3]，断弦怎续[4]。尽日栏干曲。

[注释]

①浮瓜沉李：消夏乐事之称。曹丕《与朝歌令吴质书》："浮甘瓜于清泉，沉朱李于寒水。"亦见于《东京梦华录》。　②彩笔：犹五彩笔。相传江淹善诗，夜梦郭璞谓其云："吾有笔在卿处多年，可以见还。"江淹以五彩笔授之，此后诗无佳句，人谓才尽。见《南史·江淹传》。　③锦字：以锦织就的字。此当指《晋书》所载窦滔妻苏蕙织锦为回文旋图诗。此事又见《侍儿小名录》。　④断弦怎续：古人以琴瑟喻夫妇，故称妻亡为断弦，以丧妻再娶为续弦。见《通俗编·妇女·续弦》。

木兰花

遐观楼[1]

小楼新创堪临远，一带寒山都入眼。人间应未觉春归，楼上已先变柳眼[2]。　　风威自与微阳战，雪意不遮残腊换。少须文栋燕双回，来看东城花一片。

[注释]

①遐观楼：作者居金乡时的楼名，取意于陶潜"时矫首而遐观"句意。　②柳眼：早春初生之柳叶，如睡眼初展。元稹《生春》诗："何处生春早，春生柳眼中。"

行香子

同　前

归鸟翩翩，楼上黄昏。黯天气、残照馀痕。曲栏干里，有个愁人。向不言中，千载事，一年春。　　春来似客，春归如云，付楼前、行路双轮。倾江变酒[①]，举斛为尊。断浮生外[②]，愁千丈[③]，不关身。

[注释]

①倾江变酒：化用李白《襄阳歌》“此江若变作春酒”句意。 ②浮生：此系对人生的一种看法，以为世事无定，生命短促，因称人生为浮生。语出《庄子·刻意》。 ③愁千丈：隐括李白《秋浦歌》“白髮三千丈，缘愁似个长”诗意。

阮郎归

同 前

小楼独上暮钟时，红霞楼外飞。烟中远鸟一双归，城门灯火微[①]。 横短吹，傍危梯，冰轮涌海迟[②]。天涯幽恨有谁知，凉风时动衣。

[注释]

①“城门”句：隐括“高城望断，灯火已黄昏”句意。见秦观《满庭芳》词。 ②冰轮：指明月。

引驾行

梅梢琼绽，东君次第开桃李。痛年年、好风景，无情对花垂泪[①]。园里。旧赏处、幽葩柔条，一一动芳意。恨心事，春来间阻。忆年时、把罗袂。 雅戏。樱桃红颗，为插鬓边明丽[②]。又渐是，樱桃尝新，忍把旧游重记。何意。便云收雨歇，瓶沉簪折两无计[③]。谩追悔、凭谁向说，只厌厌地。

[注释]

①无情:《全宋词》作“无事”,此据刘乃昌、杨庆存注《晁氏琴趣外篇》。 ②为插鬓边:《全宋词》脱“鬓”字,此据龙榆生点校本补。 ③瓶沉簪折:比兴喻事,用白居易《井底引银瓶》诗之成句。

碧牡丹

焦成马上口占[①]

渐老闲情减,春山事、撩心眼。似血桃花、似雪梨花相间。望极雅川,阳焰迷归雁[②]。征鞍方长坂,正魂乱。 旧事如云散,良游盛年俱换。罢说功名,但觉青山归晚。记插宫花[③],扶醉蓬莱殿[④]。如今霜尘满。

[注释]

①焦成:在今山东嘉祥南十五里。 ②阳焰:在日光中浮动的尘埃。“阳焰波春空”,见元稹《遣春》诗。 ③宫花:古时进士及第,天子赐宴时所簪的金花。 ④蓬莱殿:犹蓬莱宫,唐高宗时宫名。本名大明宫,故址在今陕西西安市北。此代指宋朝宫禁。元丰二年,晁补之举进士,名列榜首,又为神宗称赏,可谓“春风得意马蹄疾”,且与词题“马上口占”相合。

江神子

集句惜春[①]

双鸳池沼水融融[②]。桂堂东,又春风[③]。今日看花,花胜去年红[④]。把酒问花花不语,携手处,遍芳丛。 留春且住莫匆匆。秉金笼,夜寒浓。沉醉插花,走马月明中。待得醒时君不见,不随水,即随风。

[注释]

①集句:截取前人一家或数家成句拼集而成的诗词。现存最早的集句,为西晋傅咸的《七经诗》。词中集句始于王安石。 ②“双鸳”句:张先《一丛花令》下片之首句,惟“融融”,张句作“溶溶”。 ③“桂堂东”二句:此并非他人成句,而是隐括李商隐《无题》诗“昨夜星辰”二句。 ④“今日”句以下:多隐括欧阳修词。“花胜去年红”,隐括“今年花胜去年红”(《浪淘沙》)。 “把酒”句,隐括“泪眼问花花不语”(《蝶恋花》)。 “携手处’两句,隐括“总是当时携手处,游遍芳丛”(《浪淘沙》)。 “待得醒时”三句,隐括“须知花面不长红。待得酒醒君不见,千片。不随流水即随风”(《定风波》)。

好事近

中秋不见月,重阳不见菊

风雨过中秋,愁对画帘银烛。那更气迟节晚,负重阳金菊。 月期花信尚参差,功名更难卜。何事四时俱好,□一杯一曲[①]。 (以上双照楼本《晁氏琴趣外篇》卷一)

[注释]

①唐氏按:□此处原脱一字。

洞仙歌

留 春

花恨月恼。更夏有凉风,冬轩雪皎[①]。闲事不关心,算四时皆好。从来又说,春台登览[②],人意多同,常是惜、春过了。须痛饮,莫放欢情草草。年少。 尚忆瑶阶,得隽寻芳。骖驔东城[③],适见垂鞭。酕醄南陌[④],又逢低帽。莺花荡眼,功名满意。无限嬉游,荣华事、如梦杳。

伤富贵浮云[5]，曾萦怀抱。为春醉倒，愿花更好。春休老，开口笑。占醉乡、莫教人到。

[注释]

①冬轩雪皎：隐括"王子遒居山阴，夜大雪，眠觉开室，命酌酒，四望皎然"。见《世说新语·任诞》。 ②春台：指美好的观游之处。"众人熙熙，如享太牢，如登春台。"见《老子》。 ③骖驔（cān diàn）：马奔跑貌。取意于"骖驔始散东城曲，倏忽还来南陌头"，见崔液《上元夜》诗。 ④酕醄（máo táo）：大醉貌。 ⑤富贵浮云：取意于"不义而富且贵，于我如浮云"。见《论语·述而》。

洞仙歌

填卢仝诗[1]

当时我醉，美人颜色，如花堪悦。今日美人去，恨天涯离别。青楼朱箔，婵娟蟾桂，三五初圆，伤二八、还又缺。空伫立，一望不见心绝[2]。心绝。 顿成凄凉，千里音尘。一梦欢娱，推枕惊巫山远，洒泪对湘江阔。美人不见，愁人看花，心乱含愁。奏绿绮、弦清切。何处有知音，此恨难说。怨歌未阕。恐暮雨收、行云歇。窗梅发，乍似睹、芳容冰洁。

[注释]

①此首隐括唐代诗人卢仝《有所思》诗而成。卢诗见《全唐诗》卷三百八十八。 ②一望不见：《全宋词》作"一望一见"，此据毛晋汲古阁《六十名家词》本校改。

[集评]

张德瀛云："词有隐括体，贺方回长于度曲，掇拾人所弃遗，少加隐括，皆为新奇。常言：'吾笔端驱使李商隐、温庭筠，常奔命不暇。'后遂承用

焉。米友仁《念奴娇》裁成渊明《归去来辞》,晁无咎有《填卢仝诗》,盖即此体。"(《词徵》卷一)

水龙吟

次韵林圣予惜春[①]

问春何苦匆匆,带风伴雨如驰骤。幽葩细萼,小园低槛,壅培未就[②]。吹尽繁红,占春长久,不如垂柳。算春常不老,人愁春老,愁只是、人间有。 春恨十常八九,忍轻辜、芳醪经口。那知自是,桃花结子,不因春瘦。世上功名,老来风味,春归时候。纵樽前痛饮,狂歌似旧,情难依旧[③]。

[注释]

①林圣予:作者诗友,其人未详。 ②壅培:用土或肥培育花木根部。 ③"纵樽前"三句:前两句隐括杜甫《赠李白》"痛饮狂歌空度日"句意。此三句《乐府雅词》作:"最多情,犹有樽前青眼,相逢依旧。"

洞仙歌

温园赏海棠[①]

群芳老尽,海棠花时候。雨过寒轻好清昼。最妖娆、一段全是初开[②],云鬟小,涂粉施朱未就[③]。 全开还自好,骀荡春馀[④],百样宫罗鬥繁绣。纵无语也应、心恨我来迟[⑤],恰柳絮、将春归后。醉犹倚柔柯,怯黄昏,这一点愁,须共花同瘦。

[注释]

①温园:未详。 ②"最妖娆"句:取意于"娇娆全在欲开时",见郑

谷《海棠》诗。又《全宋词》于“段”字下断句，此据刘乃昌、杨庆存注《晁氏琴趣外篇》。 娆：《全宋词》作“饶”。 ③涂粉施朱：意谓涂脂抹粉修饰打扮，犹著粉施朱、傅粉施朱。见《登徒子好色赋》和《颜氏家训·勉学》。 ④骀（dài）荡：形容春日景色。“春物方骀荡”，见谢朓《直中书省》诗。 ⑤“纵无语”二句：欧阳修闲居汝阴时，与一颖妓戏约云：“他年当来作守。”及欧至，妓已不见。欧有诗留题撷芳亭云：“柳絮已将春色去，海棠应恨我来迟。”事见《侯鲭录》。又《全宋词》于“也”字下断句，“应心恨”作“心应恨”，此据刘乃昌、杨庆存注《晁氏琴趣外篇》。

洞仙歌

梅

年年青眼，为江梅肠断。一句新诗思无限。向碧琼枝上，白玉葩中、春犹浅。一点龙香清远[①]。　　谁抛倾国艳。昨夜前村[②]，都恐东皇未曾见。正倚墙红杏，芳意浓时，惊千片。何许飘零仙馆。待冰雪丛中看奇姿，乍一笑能回、上林冬暖。

［注释］

①龙香：龙涎香，一种名贵香料，此处以喻梅之清香。 ②昨夜前村：语出齐己《早梅》诗“前村深雪里，昨夜一枝开”。

行香子

梅

雪里清香，月下疏枝。更无花、比并琼姿。一年一见，千绕千回，向未开时。愁花放，恐花飞。　　芳樽移就，幽葩折取。似玉人、携手同归。扬州应记[①]，东阁逢时[②]。恨刘郎误，题诗句，怨桃溪[③]。

[注释]

①扬州应记:指何逊所作《扬州法曹梅花盛开》诗,以咏早梅事。②东阁逢时:指裴迪东阁咏梅事。“东阁官梅动诗兴”,见杜甫《和裴迪登蜀州东亭》诗。③“恨刘郎误”三句:刘禹锡作《元和十年,自朗州承召至京,戏赠看花诸君子》诗,因其“讥讽朝政”,被再贬远郡。见《本事诗》。怨桃溪:用刘晨、阮肇事。

盐角儿

亳社观梅①

开时似雪,谢时似雪,花中奇绝。香非在蕊,香非在萼,骨中香彻。占溪风,留溪月。堪羞损、山桃如血。直饶更、疏疏淡淡,终有一般情别。②

[注释]

①亳社:犹殷社。殷都于亳,因名。故址今河南商丘,与词人被贬应天府事相合。②唐氏按:此首另作晁端礼词,见《苕溪渔隐丛话》后集卷三十九引《古今词话》。

[集评]

胡仔云:“《古今词话》以古人好词,世所共知者,易甲为乙,称其所作,仍随其词牵合,殊无根蒂,皆不足信也。……晁无咎《盐角儿》‘开时似雪,谢时似雪,花中奇绝’者,为晁次膺作;汪彦章《点绛唇》‘新月娟娟,夜寒江静山衔斗’者,为苏叔党作,皆非也。”(《苕溪渔隐丛话》后集卷三十九)

陈廷焯云:“词贵浑涵。刻挚不浑涵,终属下乘。晁无咎《咏梅》云:‘开时似雪,谢时似雪,花中奇绝。香非在蕊,香非在萼,骨中香彻。’费尽气力,终是不好看。宋末萧泰来《霜天晓角》一阕,亦犯此病。”(《白雨斋词话》卷六)

李调元云:“各家梅花词不下千阕,然皆互用梅花故事缀成,独晁无咎补之不持寸铁,别开生面,当为梅花第一词。《盐角儿》:‘开时似雪(下略)。’”(《雨村词话》卷二)

清平乐

对晚菊作

黄花过也，月酒何曾把。寒蝶多情爱潇洒，晴日双双飞下。　　沉吟独倚朱栏，采芳贻向谁边[①]。枕上醉排金靥[②]，幽香一段堪怜[③]。

［注释］

①采芳贻向谁边：《全宋词》原无“谁”字，此据刘乃昌、杨庆存注《晁氏琴趣外篇》。　②金靥（yè）：女子以金黄饰物贴搽于面部形如黄菊，“对镜贴花黄”、“宫人正靥黄”，分别见《木兰辞》和李贺《同沈驸马赋得御沟水》诗。　③幽香一段堪怜：《全宋词》作“幽香付与谁怜”。此据刘乃昌、杨庆存注《晁氏琴趣外篇》。

江神子

亳社观梅呈范守、秦令[①]

去年初见早梅芳。一春忙，短红墙。马上不禁，花恼只颠狂[②]。苏晋长斋犹好事[③]，时唤我，举离觞。　　今年春事更茫茫。浅宫妆，断人肠。一点多情、天赐骨中香。赖有飞凫贤令尹[④]，同我过，小横塘。

［注释］

①范守、秦令：当为与作者相识的地方官。　②“花恼”句：隐括“江上被花恼不彻，无人告诉只颠狂”句意，见杜甫《江畔独步寻花七绝句》之一。　③苏晋长斋：苏晋，唐玄宗时人，历任吏部、户部侍郎，终太子左庶子，信佛，常戒斋。杜甫《饮中八仙歌》云：“苏晋长斋绣佛前，醉中往往爱逃禅。”　④飞凫贤令尹：此用凫舄（fú xì）之典。相传东汉时邺令王乔尝化两舄（鞋）为双凫，乘之至京师。后因用为地方官的故实。见《艺文类聚》卷九十一引《风俗通》。

望海潮

扬州芍药会作①

人间花老，天涯春去，扬州别是风光。红药万株，佳名千种，天然浩态狂香②。尊贵御衣黄③。未便教西洛，独占花王④。困倚东风，汉宫谁敢鬥新妆⑤。　年年高会维阳⑥。看家夸绝艳，人诧奇芳。结蕊当屏，联葩就幄，红遮绿绕华堂。花面映交相⑦。更秉菅观洧⑧，幽意难忘。罢酒风亭⑨，梦魂惊恐在仙乡。

[注释]

①扬州芍药会：犹万花会。北宋时，洛阳牡丹盛开期间，太守作万花会，宴集之所花为屏障，举目皆花。扬州盛产芍药，蔡京知维扬，亦效之作万花会，大为民病，元祐七年苏轼知扬州始罢。见《墨庄漫录》卷九。　②浩态狂香：语出韩愈《芍药》诗“浩态狂香昔未逢”。　③御衣黄：芍药绝品。见《芍药谱》。　④“未便”二句：意谓洛阳牡丹和扬州芍药均可为花王。　⑤“汉宫”句：化用李白《清平调》二首其二“借问汉宫谁得似？可怜飞燕倚新妆”诗意。　⑥维阳：即今江苏江都。又唐氏按：“维”原作“江”，据《乐府雅词》卷上改。此据他本似较善。　⑦“花面”句：用温庭筠《菩萨蛮》“照花前后镜，花面交相映”句意。　⑧秉菅观洧：郑国风俗，每年三月初三，在溱、洧二水边“招魂续魄，祓除不祥”，青年男女借以聚会，互赠香草（菅）。见《诗经·郑风·溱洧》。　⑨风亭：维扬亭台名，为徐湛之所建。其地果竹繁茂，花药成行，招集文士，尽游玩之适，遂成一时之盛。见《宋书·徐湛之传》。

夜合花

和李浩季良牡丹①

百紫千红，占春多少，共推绝世花王②。西都万家俱好[3]，不为姚黄。谩肠断巫阳[4]。对沉香、亭北新妆，记清平调，词成进了，一梦仙乡[5]。　天葩秀出无双。倚朝晖、半如酣酒成狂。无言自有，檀心一点偷芳[6]。念往事情伤。又新艳、曾说温汤[7]。纵归来晚，君王醒后[8]，别是风光。

[注释]

①李浩：词人之友，字季良。　②花王："洛中花甚多，而独名牡丹曰花王。"见《洛阳名园记》。　③西都：指洛阳。北宋都城汴京，以洛阳为西都。　④巫阳：用楚王梦神女事。女尝云"妾在巫山之阳"云云。见宋玉《高唐赋序》。　⑤"对沉香"四句：李白供奉翰林，时宫中有四色牡丹盛开。玄宗于月夜赏花，召杨贵妃侍酒。以金花笺赐李白，命进新辞《清平调》。时李白尚在醉中，乃成三章，由李龟年手捧檀板歌之。李白词中有"沉香亭北"、"新妆"等字句。　⑥檀心：此指浅红色的牡丹花心。⑦"又新艳"句：用唐明皇宠幸杨贵妃事，比喻牡丹之名贵。　温汤：指华清池温泉。见《长恨歌传》。又"温汤"《全宋词》作"滁阳"。　⑧"醒后"：《全宋词》作"殿后"。"温汤"、"醒后"据《全芳备祖》改。

下水船

和季良琼花[1]

百紫千红翠，唯有琼花特异。便是当年，唐昌观中玉蕊[2]。尚记得、月里仙人来赏，明日喧传都市[3]。　甚时又、分与扬州本，一朵冰姿难比。曾向无双亭边[4]，半酣独倚。似梦觉，晓出瑶台十里[5]。犹忆飞琼标致[6]。

[注释]

①琼花：花木名。花色微黄而芬芳。旧扬州后土祠有琼花一株，相传为唐人所植。古以扬州所产琼花最佳。　②唐昌观中玉蕊：意谓琼花如玉蕊。　唐昌观：唐代观名，故址在今陕西西安。　玉蕊：花名。唐昌观中玉蕊系玄宗女唐昌公主所植，尤著名。　③"尚记得"二句：意谓唐人极

重玉蕊,歌咏者甚多。“玉女来看玉蕊花,异香先引七香车。”见刘禹锡《和严给事闻唐昌观玉蕊花下游仙二绝》之一。 ④无双亭:亭名,在今江苏江都,以其下有自后土祠移植之琼花。后土祠琼花古称天下无双,亭名取此。 ⑤瑶台:古人想象中神仙居处。 ⑥飞琼:即许飞琼,仙女名。见《汉武帝内传》。此处借指琼花。

浣溪沙

樱 桃

雨过园亭绿暗时,樱桃红颗压枝低①。绿兼红好眼中迷。 荔子天教生处远②,风流一种阿谁知。最红深处有黄鹂。

[注释]

①压枝低:语出“千朵万朵压枝低”。见杜甫《江畔独步寻花七绝句》之六。 ②“荔子”句:隐括“五岭麦秋残,荔子初丹。绛纱囊里水晶丸。可惜天教生处远,不近长安”诸句意。见欧阳修《浪淘沙》词。

万年欢

梅

心忆春归,似佳人未来,香径无迹。雪里江梅,因甚早知消息。百卉芳心正寂。夜不寐、幽姿脉脉。图清晓、先作宫妆①,似防人见偷得。 真香媚情动魄。算当时寿阳②,无此标格。应寄扬州,何郎旧曾相识③。花似何郎鬓白,恐花笑、逢花羞摘。那堪羌管惊心,也随繁杏抛掷。

[注释]

①宫妆:宫中的妆束,此指梅花妆。 ②寿阳:指宋武帝女寿阳公主。其于人日卧于含章殿下,梅花落于额上成五出花,拂之不去,号“梅花妆”,

宫人皆效之。见《岁华纪丽·人日梅花妆》。 ③“应寄扬州”二句：此当指何逊为扬州法曹，廨舍有梅花盛开，逊吟咏其下。……其后居洛，思梅花，再求其任。及抵扬州，花方盛开。逊对花彷徨终日。见《诗律武库》前集。按何逊仕于南朝，未尝北行，居洛事当系好事者杜撰。

感皇恩

海　棠[①]

常岁海棠时，偷闲须到。多病寻芳懒春老。偶来恰值[②]，半谢娇娆犹好[③]。便呼诗酒伴，同倾倒。　繁枝高荫，疏枝低绕。花底杯盘花影照。多情一片，恨我归来不早。断肠铺碎锦，门前道。[④]

[注释]

①海棠：此为和晁端礼之作。见《闲斋琴趣外篇》。 ②恰值：他本于“半谢”二字处断句。 ③娆：《全宋词》作“饶”。 ④唐氏按：此首别误作张孝祥词，见《广群芳谱》卷三十六。

洞仙歌

菊

今春闰好[①]，怪重阳菊早。满槛煌煌看霜晓[②]。唤金钱翠羽[③]，不称标容，潇洒意、陶潜诗中能道[④]。　不应夸绝艳，曾妒春华，因甚东君意不到。又似锁、三千汉女[⑤]，偏教明妃、怨西风边草[⑥]。也何必、牛山苦沾衣[⑦]，算只好龙山，醉狂吹帽[⑧]。[⑨]

[注释]

①闰好：意谓虽逢闰年，节令仍很正常。苏轼《退圃》诗：“园中草木

春无数，只有黄杨厄闰年。”自注：“俗说，黄杨一岁长一寸，遇闰退三寸。”杨万里《九日菊未花》诗：“旧说黄杨厄闰年，今年并厄菊花天。”可见闰年菊花不开视为厄闰，菊花按节令开放，谓之“闰好”。 ②煌煌：形容菊之光彩鲜明。 ③金钱翠羽：两种菊名。分别见《菊谱》和苏舜钦《和圣俞庭菊》。又翠羽，《全宋词》作“翠雨”，此据《历代诗馀》和龙榆生点校本。 ④“潇洒”句：指“采菊东篱下，悠然见南山”之句，见陶潜《饮酒》诗。 ⑤三千汉女：指皇帝妃子、宫女之众，犹“后宫佳丽三千人”，见白居易《长恨歌》。 ⑥“偏教明妃”句：明妃即王昭君，字嫱，南郡秭归人。晋文帝时避司马昭讳，改称明君。匈奴盛时请婚，汉元帝以后宫良家子昭君配之。昔公主嫁乌孙，令马上作乐，以慰其道路之思。送明君亦当如是。其造新曲多哀声，词中有“朝华不足欢，甘与秋草并”之句。见石崇《王明君词·序》。 ⑦牛山苦沾衣：犹牛山叹。指齐景公登牛山（在今山东淄博东）感叹人生短促。见《晏子春秋·谏上》和陆机《齐讴行》。 ⑧“算只好”二句：此用落帽之典。陶潜外祖父晋江夏人孟嘉，性嗜酒，多饮而举止不乱。其任桓温参军时，温于重九游龙山，宾僚咸集，皆戎服。风吹嘉帽落。温令孙盛作文嘲嘉，嘉即时以答，其文甚美，四座叹服。后因以落帽为重九登高赋文之典。见《晋书·孟嘉传》等。 ⑨唐氏按：此首别作晁说之词，见《全芳备祖》前集卷十二“菊花门”。

喜朝天

秦宅作，海棠

众芳残。海棠正轻盈，绿鬓朱颜。碎锦繁绣，更柔柯映碧，纤搊匀殷[①]。谁与将红间白，采薰笼、仙衣覆斑斓。如有意、浓妆淡抹[②]，斜倚栏干。 夭娆向晚春后，惯困敧晴景，愁怕朝寒。纵有狂雨，便离披瘦损[③]，不奈幽闲。素李来禽总俗[④]，谩遮映、终羞格疏顽。谁采顾，斜风教舞，月下庭间。

[注释]

①纤搊（chōu）：细绉，指花瓣细褶。 殷：红。 ②浓妆淡抹：意近“淡妆浓抹总相宜”。见苏轼《饮湖上初晴后雨》诗。 ③离披：分散

貌。　瘦损:《全宋词》原脱“瘦”字,此据《词谱》卷二十九增补。　④素李来禽:均为花名。素李即青李,来禽即林禽。见《书法要略》十载《来禽帖》。　唐氏按:原无“李”字,据《词谱》卷二十九增。

[集评]

万树云:“此词咏海棠,故以‘素李’、‘来禽’两种花为比,云此两花相较,但见其俗。即共相遮映,而此两花之体格,终觉疏顽可羞耳。”(《词律》卷十八)

生查子

梅

青帝晓来风[①],偏傍梅梢紧。未放玉肌开,已觉龙香喷。　此意比佳人,争奈非朱粉。惟有许飞琼[②],风味依稀近。

[注释]

①青帝:春神。“春为东帝,又为青帝。”见《尚书纬》。　②许飞琼:仙女名。见《汉武帝内传》。

少年游

次季良韵[①]

庐山瑶草四时春[②],烟锁上宫门[③]。记得南游,偶寻飞涧,一洗庾公尘[④]。　香炉高咏君家事[⑤],文彩近前人。它日骑鲸[⑥],尚怜迷路,与问众仙真。

[注释]

①季良:李浩字季良,词人之友。此篇与下篇均为和韵之作。　②庐山:为江西境内名山,位九江之南,耸立于鄱阳湖、长江之滨。　③上宫:

庐山三宫之一。危在岩表,人不能及,故云烟锁。见《寰宇记》。 ④庾公尘:庾公,即庾亮,字元规,以外戚与王导执朝政,权倾一时,王导恶其权势气焰逼人,以扇拂尘曰:“元规尘污人”,此指官场气焰。见《世说新语·轻诋》。 ⑤香炉高咏:指李白咏香炉峰诗,见《望庐山瀑布》。此处喻指李浩(字季良)词章高妙。 ⑥骑鲸:“若逢李白骖鲸鱼”,见杜甫《送孔巢父谢病归游江东兼呈李白》诗。

少年游

如今田野谩抛春,红雨掩衡门①。懒读诗书,欠伸扶杖,几案任生尘。　　从教便向东山老②,谁知是个中人③。莫怪年来,倦寻城市,嫌我性情真。

[注释]

①红雨:落英。 衡门:指简陋的房屋。《诗经·陈风·衡门》:“衡门之下,可以栖迟。” ②东山:晋谢安辞官归隐之处,此泛指山林。 ③个中人:犹言山中人,指隐士。“平生自是个中人,欲向渔舟便写真。”见苏轼《李颀画山见寄》诗。

满江红

次韵吊汶阳李诚之待制①

华鬓春风,长歌罢、伤今感昨。春正好、瑶墀已叹,侍臣冥寞②。牙帐尘昏馀剑戟③,翠帷月冷虚弦索④。记往岁、龙坂误曾登⑤,今飘泊。　　贤人命,从来薄。流水意,知谁托⑥。绕南枝身似,未眠飞鹊⑦。射虎山边寻旧迹,骑鲸海上追前约⑧。便江湖、与世永相忘,还堪乐。

[注释]

①汶阳：在今山东泰安西南。　李诚之：即李师中，字诚之，山东汶阳人，有才名，曾任天章阁待制，为作者之友。《宋史》卷三百二十有传。　②“瑶墀（chí）”二句：瑶墀侍臣原指杜甫宦友高适，“锦里春花空烂漫，瑶墀侍臣已冥寞。”见杜甫《酬故高蜀州人日见寄》诗。此借指作者之友李师中。　③牙帐：指武将的军帐。　④“翠帷”句：意谓李诚之去后，军中一时气氛沉寂。　弦索：各种丝弦乐器的总称。　⑤龙坂：指边地。“赤坂途三折，龙堆路九盘。”见沈约《白马篇》。又“白日曈曨望龙坂，坐上一言寒可暖”。见曾巩《上人》诗。　⑥“流水意”二句：用伯牙、钟子期高山流水之意。典见《列子·汤问》。　⑦“绕南枝身似”二句：意谓自身如鹊择枝而飞。曹操有“月明星稀，乌鹊南飞，绕树三匝，何枝可依”之句，见《短歌行》诗。　⑧射虎、骑鲸：分别用李广射虎、李白骑鲸之典。

[集评]

许彦周云：“晁无咎在崇宁间次李承之（疑李诚之之误，当以作者所言为准）长短句韵，以吊承之，曰：‘射虎山边寻旧迹，骑鲸海上追前约，便与江湖永相忘，还堪乐。’不独用事的确，其措意高古，深悲而善怨，似《离骚》，故特录之。”（《彦周诗话》）

离亭宴

次韵吊豫章黄鲁直①

丹府黄香堪笑②，章台坠鞭年少③。细雨春风花落处，醉里中人传诏④。却上五湖船⑤，悲歌楚狂同调⑥。
青草荆江波渺⑦，香炉紫霄簪小⑧。人去江山长依旧，幼妇空传辞妙⑨。洒泪作招魂⑩，枫林子规啼晓。

[注释]

①黄鲁直：黄庭坚，字鲁直，洪州分宁（今江西修水）人，江西古称豫章。黄庭坚与作者同为“苏门四学士”，受党争之累，远徙岭南，于崇宁四年（1105）病死。有《豫章集》、《山谷词》。晁氏《离亭宴》是次鲁直《离亭

燕》(十载樽前谈笑)韵。 ②丹府:赤心。 黄香:字文强,家贫,内无仆妾,尽心奉养,遂博学经典,究精道术,能文章,号称天下无双。见《后汉书·黄香传》。此指庭坚。 ③“章台”句:指黄鲁直少年风流。 章台:长安游冶之处。 坠鞭:用唐传奇郑生见李娃“不觉停骖久之,徘徊不能去。乃诈坠鞭于地,候其从者”。见白行简《李娃传》。 ④中人传诏:借李白应诏事,指黄庭坚元丰八年四月入朝一事。 ⑤五湖船:用范蠡功成身退泛舟五湖事,指鲁直辞朝远出。 ⑥楚狂:接舆,楚人,昭王时披髪佯狂不仕,时人谓之楚狂。见《论语·微子》疏。 ⑦青草:指青草湖,在洞庭之南,二湖相通,均在湖南境内。 荆江:长江在荆州段的别称。 ⑧香炉紫霄:庐山二峰名。 ⑨“幼妇”句:称誉鲁直文彩流芳。 幼妇:“黄娟幼妇”之略语。曹娥碑有“黄娟幼妇、外孙齑臼”八字,意谓“绝妙好辞”。见《世说新语·捷悟》。 ⑩招魂:《楚辞》篇目。宋玉怜哀屈原忠而斥弃,愁懑山泽,魂魄放佚,故作《招魂》。见王逸《楚辞章句》。

千秋岁

次韵吊高邮秦少游[①]

江头苑外,常记同朝退[②]。飞骑轧,鸣珂碎[③]。齐讴云绕扇,赵舞风回带[④]。严鼓断,杯盘狼藉犹相对[⑤]。 洒涕谁能会,醉卧藤阴盖[⑥]。人已去,词空在。兔园高宴悄[⑦],虎观英游改[⑧]。重感慨,惊涛自卷珠沉海[⑨]。[⑩]

[注释]

①秦少游:秦观,字少游,扬州高邮(今江苏高邮)人,亦为“苏门四学士”之一。 ②“江头”二句:追忆元祐年间并列史馆、同朝宦游事。 ③鸣珂:贵者之马饰以玉,行时作响,谓之鸣珂。 ④“齐讴”二句:意谓歌舞悦目。 齐讴:梁元帝《纂要》曰“齐歌曰讴,吴歌曰歈”。见《初学记》。 ⑤杯盘狼藉:《全宋词》作“杯盘藉草”,此据《能改斋漫录》《花草粹编》校改。 ⑥“醉卧”句:秦观临终作《好事近》词,有“醉卧古藤阴下,了不知南北”之句。见《能改斋漫录》卷十六。 ⑦兔园:梁园也,汉文帝子梁孝王延宾之园囿。在今河南开封东。此处指宴游

之所。 ⑧虎观：白虎观的略称。东汉章帝时于此观会集群儒，讨论五经异同。此处借指国史馆。 ⑨珠沉海：喻才人仙去。 ⑩唐氏按：此首又见《黄庭坚豫章先生词》，题云：少游得谪，尝梦中作词云“醉卧古藤阴下，了不知南北”。竟于元符庚辰死于藤州光华亭上。崇宁甲申，庭坚窜宜州，道过衡阳，览其遗墨，始追和其《千秋岁》词。《能改斋漫录》卷十七云：“晁无咎集中尝载此词，而实非也。”惟《乐府雅词》卷上亦作晁词，兹两收之。

［集评］

吴曾云：“秦少游《千秋岁》，世尤推称。秦既没藤州，晁无咎尝和其韵以吊之云……（略）中云‘醉卧藤阴盖’者，少游临终作词，所谓‘醉卧古藤阴下，了不知南北’，故无咎用之。”（《能改斋漫录》卷十六） 又云：“秦少游所作《千秋岁》词，予尝见诸公唱和亲笔，乃知在衡阳时作也。……豫章题云：‘少游得谪，尝梦中作词云：“醉卧古藤阴下，了不知南北。”竟以元符庚辰，死于藤州光华亭上。崇宁甲申，庭坚窜宜州，道过衡阳，览其遗墨，始追和其《千秋岁》。”词云……（略）晁无咎集中尝载此词，而非是也。少游词云：‘忆昔西池会，鹓鹭同飞盖。’亦为在京师与毅甫同在于朝，叙其为金明池之游耳。今越州、处州皆指西池在彼，盖未知其本源而云也。”（《能改斋漫录》卷十七）

胡仔云：“《古今词话》以古人好词，世所共知者，易甲为乙，称其所作，仍随其词牵合为说，殊无根蒂，皆不可信也。如秦少游《千秋岁》‘水边沙外，城郭春寒退。’末云：‘春去也，飞红万点愁如海’者，山谷尝叹其句意之善，欲和之，而以海字难押。……晁无咎亦和此词吊少游云‘重感慨，惊涛自卷珠沉海。’观诸公所云，则此词少游作明甚，乃以为任世德所作。”（《苕溪渔隐丛话》后集卷三十九）

迷神引

贬玉溪对江山作①

黯黯青山红日暮，浩浩大江东注。馀霞散绮②，回向烟波路③。使人愁，长安远，在何处④。几点渔灯小，迷近坞。一片客帆低,傍前浦。　　暗想平生,自悔儒冠误[⑤]。觉阮途穷[⑥],归心阻。断魂素月,一千里、伤平楚[⑦]。怪竹枝歌,声声怨,为谁苦。猿鸟一时啼[⑧],惊岛屿。烛暗不成眠,听津鼓[⑨]。

[注释]

①玉溪:即江西信江,源出江西玉山县怀玉山。作者曾于元符二年(1099)贬信州监酒税,盖彼时所作。　②馀霞散绮:隐括谢朓《晚登三山还望京邑》诗"馀霞散成绮"句。　③回向烟波路:《全宋词》原无"回"字,此据《四库全书》本增补。　烟波路:指雾霭苍茫的水路。④"使人愁"三句:用明帝司马绍"日近长安远"事,典见《晋书·明帝纪》。又李白有"长安不见使人愁"诗,见《登金陵凤凰台》。　⑤儒冠误:谓书生无用。　⑥阮途穷:阮籍性落拓不群,常率意独驾,不由径路,每至途穷,辄恸哭而返。见《晋书·阮籍传》。此以阮籍自比,暗指仕途挫折。⑦平楚:树梢齐平貌。谢朓《郡内登望》诗有"寒城一以眺,平楚正苍然"句。　⑧"怪《竹枝歌》"四句:刘禹锡贬朗州(今湖南常德市)间,见诸夷风俗喜巫鬼,每闻歌《竹枝》其声伧狞,乃倚声作《竹枝词》十馀篇。见《唐书·刘禹锡传》。可见《竹枝词》声调怨苦,故刘禹锡《踏歌词》曰:"日暮江南闻《竹枝》,南人行乐北人悲。"白居易《竹枝》云:"唱到《竹枝》声咽处,寒猿闲鸟一时啼。"　⑨津鼓:津上鼓声。李端《古别离》:"天晴见海樯,月落闻津鼓。"

[集评]

万树云:"此调多三字句,最为凄咽。……至于'几点'八字,即后'猿鸟'八字;'一片'八字,即后'烛暗'八字,极为整齐。且上句'近'字、'岛'字用仄声,下句'前'字、'津'字用平声,正抑扬可爱处。如此对仗,极易考证。"(《词律》卷十六)

丁绍仪云:"《词综》所采各词,中有未经订正,《词律》复沿其误者。……晁无咎《迷神引》云:'馀霞散绮,向烟波路。怪《竹枝》、歌声怨,为谁苦。'向字上多回字,歌声下多声字。"(《听秋声馆词话》卷十三)

满江红

赴玉山之谪，与诸父泛舟大泽，分题为别①

莫话南征，船头转，三千馀里。未叹此、浮生飘荡，但伤佳会。满眼青山芳草外，半篙碧水斜阳里。问此中、何处芰荷深，渔人指。　清时事，羁游意。尽付与、狂歌醉。有多才南阮②，自为知己。不似朱公江海去③，未成陶令田园计④。便楚乡⑤，风景胜吾乡，何人对。

（以上双照楼本《晁氏琴趣外篇》卷二）

[注释]

①玉山：因县有怀玉山而名，宋时属信州。　②南阮：阮籍及侄阮咸因居道南，称南阮。有别于居道北之北阮。相传北阮富而南阮贫。见《世说新语·任诞》。此处作者以多才南阮喻其叔父。　③朱公：指范蠡。世称陶朱公。范蠡功成身退，乘舟浮海以行，治产数十万，齐人欲以为相，范尽散其财，怀其重宝，止于陶，交易致富，自称陶朱公。见《史记·越王勾践世家》。　④陶令田园计：陶令，彭泽令陶潜，因不为五斗米折腰，去职归田园。见《宋书·陶潜传》。　⑤楚乡：当指南方谪所。

[集评]

陈廷焯云："风雅疏狂，音流弦外。"（《词则·别调集》卷一）

古阳关

寄无斁八弟宰宝应①

暮草蛩吟噎，暗柳萤飞灭②。空庭雨过，西风紧，飘黄叶。卷书帷寂静，对此伤离别。重感叹，中秋数日又圆月。　沙觜樯竿上，淮水阔③。有飞凫客④。词珠玉⑤，气冰雪⑥。且莫教皓月，照影惊华髪。问几时、清尊夜景共佳节。

[注释]

①无斁(yì):晁补之从弟。 宝应:今江苏宝应。此篇系补之送无斁赴宝应任所作。 ②"暮草"二句:渲染秋日别景。 蛩:蟋蟀,得寒则鸣。吟噎:犹凝噎,声音哽咽貌。 ③"沙觜"二句:化用"沙头樯竿上,始见春江阔"诗。见刘禹锡《荆州歌》。 ④飞凫客:指地方官。用东汉邺令王乔化鞋为凫之典。 ⑤词珠玉:喻诗文优美。杜甫《奉和贾至舍人早朝大明宫》:"朝罢香烟携满袖,诗成珠玉在挥毫。" ⑥气冰雪:喻品行高洁。江总《再游栖霞寺言志》:"静心抱冰雪,暮齿通桑榆。"

玉蝴蝶

暗忆少年豪气,烂游南国[①],蓬岛风光[②]。醉倚吴王宫殿[③],不解悲凉。舞犹慵、小腰似柳[④]。歌尚怯、娇语如簧[⑤]。好林塘。玳筵留住[⑥],彩舫携将。 清狂。扬州一梦[⑦],中山千日[⑧],名利都忘。细数从前,眼中欢事尽成伤。去船迷、乱花流水。遗佩悄、寒草空江[⑨]。黯愁肠。暮云吟断,青鬓成霜。

[注释]

①烂游南国:当指二十馀岁时随父宦游江南情事。 烂游:意谓烂漫之游。又《全宋词》原脱"游"字,此据《四库全书》本增补。 ②蓬岛:本指蓬莱仙境,此借指江南美景。 ③吴王宫殿:春秋时吴国宫殿,在今苏州市,一名姑苏台。 ④小腰似柳:形容女子腰肢纤细柔软。白居易有诗云:"樱桃樊素口,杨柳小蛮腰。"见《本事诗》。 ⑤娇语如簧:意谓歌喉美妙动听。"巧言如簧"见《诗经·小雅·巧言》。 ⑥玳筵:指精美的筵席。刘桢《瓜赋序》云:"布象牙之席,薰玳瑁之筵。"见《初学记》卷十引。 ⑦扬州一梦:系隐括杜牧《遣怀》诗"十年一觉扬州梦"句意。 ⑧中山千日:意谓醉酒千日之意。相传刘玄石于中山酒家酤酒,一醉千日始醒。见《博物

志》。　⑨“遗佩”句:用郑交甫事,见《列仙传》。　遗:失。　悄:意谓不留踪迹。

安公子

送进道四弟赴官无为[1]

柳老荷花尽,夜来霜落平湖净。征雁横天鸥舞乱,鱼游清镜[2]。又还是、当年我向江南兴[3]。移画船、深渚蒹葭映。对半篙碧水,满眼青山魂凝。　一番伤华鬓,放歌狂饮犹堪逞。水驿孤帆,明夜事、此欢重省[4]。梦回处、诗塘春草愁难整[5]。宦情与归思、终朝竞[6]。记它年相访,认取斜川三径[7]。

[注释]

①进道:作者从弟。　无为:县名,今属安徽。　②“征雁”二句:《全宋词》原于“乱”字后断句,此改“天”字后断句,似较好。据刘乃昌、杨庆存注本。　③“又还是”句:意谓进道宦游之兴致与作者当年相似。补之曾于十五六岁时,随父宦游江南。见《鸡肋集》卷六十《祭外舅兵部杜侍郎文》。　④“水驿”二句:《全宋词》原作“水驿孤帆明夜事、此欢重省”,此从刘乃昌、杨庆存注《晁氏琴趣外篇》。　⑤“诗塘”句:隐括“池塘生春草”句意,见谢灵运《登池上楼》诗。此以谢灵运与族弟谢惠连事自我比况。　⑥归思:《全宋词》原作“归期”,此据《四库全书》、《词律》本校改。　⑦斜川:“天气澄和,风物闲美,与二三邻曲,同游斜川。”见陶潜《游斜川》诗序。　三径:指家园。“三径就荒,松菊犹存。”见陶潜《归去来兮辞》。

惜分飞

别吴作[1]

山水光中清无暑,是我消魂别处[2]。只有多情雨,会人深意留人住。　　不见梅花来已暮,未见荷花又去。图画他年觑,断肠千古苕溪路[3]。

[注释]

①吴:指浙江吴兴,属湖州。从词中“未见荷花又去”云云,别吴当是初夏时分。　②是我:唐氏按,“我”字,据《乐府雅词》补。　消魂别处:隐括江淹《别赋》“黯然消魂者,惟别而已矣”之意。　③苕溪:太湖支流,有二源,一出天目山之阳,一出天目山之阴,两溪流经吴兴,汇入太湖。见《读史方舆纪要·浙江一》。

惜分飞

代　别[1]

消暑楼前双溪市[2],尽住水晶宫里[3]。人共荷花丽,更无一点尘埃气。　　不会使君匆匆至[4],又作匆匆去计。谁解连红袂[5],大家都把兰舟系。

[注释]

①代别:代人留别,此为托词。　②双溪:在浙江馀杭北三十五里。　③水晶宫:浙江湖州,有“水晶宫”之名。　使君:《全宋词》原作“史君”,此据《乐府雅词》改。　唐氏按:“尽住”原作“昼住”,从《乐府雅词》改。　④使君:对州郡长官之雅称。古乐府《陌上桑》:“使君从南来。”　⑤连红袂:携佳人同行。“携手连袂,以邀以集”,见《抱朴子·疾谬》。

离亭宴

忆吴兴,寄金陵怀古声中[1]

忆向吴兴假守[2],双溪四垂高柳。仪凤桥边兰舟过[3],映水雕甍华牖[4]。烛下小红妆,争看使君归后[5]。　　携手松亭难又，题诗水轩依旧。多少绿荷相倚恨，背立西风回首[⑥]。怅望采莲人，烟波万里吴岫。

［注释］

①声中：犹言调中。即用“金陵怀古”词之曲调填写。 ②假守：指暂代理事之守令。 ③仪凤桥：双溪上的桥名。 ④雕甍华牖（yǒu）：指雕饰华美的建筑物。 甍：屋脊。 牖：窗子。 ⑤使君：《全宋词》原作“史君”，此从《乐府雅词》。 ⑥“多少绿荷”二句：化用杜牧《齐安郡中》诗“多少绿荷相倚恨，一时回首背西风”句意。

满庭芳

忆庐山

欲买庐山，山前三亩，小桥横过松间。变名吴市[①]，谁认旧容颜。最好栖贤峡外[②]，应自此、都隔尘寰[③]。人稀到，壶中化国，光景更堪闲[④]。 无心，求至道[⑤]，柴门闭了，饱睡甘餐。幸儿成孙长，为扫家山[⑥]。若问它年归去，蓦地也、双桨来还。愁难舍，清风万壑，高处正跻攀。

［注释］

①变名吴市：用汉梅福事。梅福本以读书养性为事，自王莽篡政，福弃家去九江，传以为仙。其后，人有见福在会稽，更名变姓为吴市门卒。见《汉书·梅福传》。 ②栖贤峡：在庐山五老峰下，有瀑布水涧之胜。见《读史方舆纪要·江西一》。 ③“应自此”句：隐括李群玉《送隐者归罗浮》诗“自此尘寰音信断，山川风月永相思”句意。 ④“壶中化国”二句：意谓庐山似仙境般清雅闲适。 壶中：道家所指壶中天地，即仙境。 化国：指清平世界，“化国之日舒以长，故其民闲暇而有馀力。”见《后汉书·王符传》。 ⑤至道：道的最高境界。“虽有至道，弗学，不知其善见。”见《礼记·学记》。 ⑥家山：指家乡。

满庭芳

次韵答季良[1]

闲说秋来，乘槎心懒[2]，梦回三岛波间[3]。便思黄帽[4]，同我老山颜。上界仙人官府[5]，何似我、萧散尘寰。云无止，流泉自急，此意本来闲。　寂寥，松桂圃，陪君好语，亦可忘餐。况琼枝玉蕊，秀满春山。若问幽栖何意，莫道是、飞鸟知还[6]。无言处，孙登半岭，高韵更难攀[7]。

[注释]

①季良：李浩，字季良，词人之友。　②乘槎心懒：意谓无意游仙。旧说天河与海通，曾有人浮槎去来不失期，上天河见牛郎织女云云。见张华《博物志》。　③三岛波间：指海中蓬莱、方丈、瀛州三座仙山。见《史记·秦始皇本纪》。　④黄帽：船夫。见《史记·佞幸列传》，此指舟行。　⑤上界仙人官府：指代天上百官处所。韩愈有"上界真人足官府"之句，见《奉酬卢给事云夫四兄曲江荷花行见寄并呈上钱七兄阁老张十八助教》诗。　⑥飞鸟知还：用陶潜《归去来兮辞》"鸟倦飞而知还"之意。　⑦"无言处"三句：用阮籍、孙登之事。阮籍尝于苏门山遇孙登，与共商略栖神导气之术，孙登皆不应，至半岭作鸾凤长啸之声。意谓高情难会。见《晋书·阮籍传》。

满庭芳

用东坡韵，题自画《莲社图》[1]

归去来兮，名山何处，梦中庐阜嵯峨[2]。二林深处[3]，幽士往来多[4]。自画远公莲社[5]，教儿诵、李白长歌[6]。如重到，丹崖翠户，琼草秀金坡。　生绡[7]，双幅上，诸贤巾屦[8]，文彩天梭。社中客，禅心古井无波[9]。我似渊明逃社[10]，怡颜盼、百尺庭柯[11]。牛闲放，溪童任懒，吾已废鞭蓑。

[注释]

①苏轼集中有两首《满庭芳》(归去来兮)词，作者即和此韵。《莲社图》乃作者据李公麟原画，附益加饰而成的作品，见《鸡肋集》卷三十《白莲社图记》。 ②庐阜：庐山之别称。 ③二林：指庐山的东林寺与西林寺，为文人雅游处所。 ④幽士往来多：相传谢灵运、陶渊明常往来于山中。见章渊《槁简赘笔》。 ⑤远公：指晋时居庐山东林寺的慧远法师。庐山白莲社的十八贤者，始于雁门正觉法师慧远，见作者《白莲社图记》。 ⑥李白长歌：李白曾游庐山，并有《卢山谣寄卢侍御虚舟》长诗。 ⑦生绡：未经漂煮的丝织品，古人用以作画。 ⑧巾屦：《全宋词》原作"中屦"，此据《历代诗馀》本校改。 ⑨"禅心"句：意谓内心寂然不动。"妾心古井水，波澜誓不起。"见孟郊《列女操》诗。 ⑩渊明逃社：相传慧远法师与诸贤结莲社，最善陶潜，以书相招，然渊明高蹈，不肯入社。见《白莲社图记》。 ⑪"怡颜"句：隐括陶潜《归去来兮辞》"引壶觞以自酌，眄庭柯以怡颜"句意。

[集评]

张德瀛云："晁无咎慕陶靖节为人，致仕后，葺归来园，号归来子。观《琴趣外篇》'题自画莲社图'词，及'呈祖禹十六叔'词，淡然无营，俯仰自足，可以挹其高致。"(《词徵》卷五)

尾　犯

庐山　一名碧芙蓉[1]

庐山小隐[2]。渐年来疏懒，浸浓归兴。彩桥飞过，深溪池底[3]，奔雷馀韵。香炉照日[4]，望处与、青霄近。想群仙、呼我应还，怪晓来鬓丝垂镜[5]。　海上云车回轫[6]。少姑传，金母信。森翠裾琼佩，落日初霞，纷纭相映[7]。谁见壶中景[⑧]。花洞里、杳然渔艇[⑨]。别是个、潇洒乾坤，世情尘土休问。

[注释]

①尾犯：一名《碧芙蓉》，为柳永所创新声。 ②庐山小隐："余幼慕无生法，堕世网不得出。贬玉溪时，道庐山，爱而欲居。"见《白莲社图记》。作品中屡次流露对隐居庐山的愿望。小隐，其意与大隐相对，"大隐住朝市，小隐入丘樊。"见白居易《中隐》诗。 ③池底：《全宋词》原作"地底"，此从《历代诗馀》、《词律》本校改。 ④香炉照日：隐括李白《望庐山瀑布》"日照香炉生紫烟"诗意。 ⑤"怪晓来"句：《全宋词》原脱"晓"字，"鬓丝"作"鬒丝"，此从《四库全书》本、《历代诗馀》本增改。 ⑥"海上"句：用汉武西王母事。汉武帝好道，供帐九华殿迎西王母乘紫云辇而至。见《博物志》。下文"金母"即指西王母。 ⑦"森翠裾琼佩"三句：描摹西王母偕群仙纷至的场面。 ⑧壶中景：即壶中天，指道家仙境，相传费长房曾目睹市中卖药仙翁入壶情形，并与仙翁俱入壶中饮宴，见壶中玉堂华丽、旨酒甘肴，别有天地。见《汉书·方术传下·费长房》。 ⑨"花洞里"句：隐括陶潜《桃花源记》意境。

尉迟杯

亳社作惜花[①]

去年时。正愁绝，过却红杏飞。沉吟杏子青时[②]，追悔负好花枝。今年又春到，傍小阑、日日数花期。花有信[③]，人却无凭，故教芳意迟迟。 及至待得融怡[④]。未攀条拈蕊，已叹春归。怎得春如天不老，更教花与月相随。都将命、拚与酬花，似岘山、落日客犹迷[⑤]。尽归路，拍手拦街，笑人沉醉如泥[⑥]。

[注释]

①亳社：指殷社。殷都于亳，故名。 ②杏子青时：指花谢暮春时分，

苏轼《蝶恋花》有“花褪残红青杏小”之句。　③花有信：指花开有期。古人把小寒至谷雨的二十四候称“二十四番花信风”，见《演繁露·花信风》。　④融怡：指春风和悦貌。　⑤岘山：山名，湖北襄阳、浙江湖州两处均有岘山。因作者词中隐括李白《襄阳歌》“落日欲没岘山西，倒著接䍦花下迷”句意，当以襄阳岘山山简事理解为妥。　⑥“尽归路”三句：隐括李白《襄阳歌》“襄阳小儿齐拍手，拦街争唱《白铜鞮》，傍人借问笑何事？笑杀山翁醉似泥”诗意。

八六子

重九即事，呈徐倅祖禹十六叔[1]

喜秋晴。淡云萦缕，天高群雁南征。正露冷初减兰红，风紧潜凋柳翠，愁人漏长梦惊。　重阳景物凄清。渐老何时无事，当歌好在多情。暗自想、朱颜并游同醉。官名缰锁[2]，世路蓬萍。难相见，赖有黄花满把，从教渌酒深倾[3]。醉休醒，醒来旧愁旋生。

[注释]

①祖禹：即作者族叔晁祖禹，名端智，曾任朝散郎通判徐州，补之呼为十六叔。　徐倅：在徐州任副职，故称。　②缰锁：以缰锁为喻，指深受牵制束缚。　③渌酒：清酒。

[集评]

万树云：“此学杜（牧）体者。但‘重阳’句叶韵，杜则仄声。‘渐老’二句各六字，应是正格，余故谓杜刻讹分。……余自幼读《草堂》秦词，即深讶之，‘怎奈何’以下三十一字方以‘晴’字叶韵，疑有脱误。继读杜词，其三十一字方叶处，亦与秦同。至于‘闲扃’处分段，乃必无之理。故余确谓杜词传讹，而秦亦未必确然。盖前结与后尾，杜俱用平平去平去平，秦则少‘龙烟’二字，是亦或不全也。继又读晁词，疑团方释。一者，于‘萍’字用平叶，可见非三十一字方叶者，较秦之‘香减’，杜之‘羞整’仄声者，明白易晓。二者,用‘难相见’三字为短句启下六字,相对两句,较秦之‘那堪’、杜之‘愁重’止用两字者,尤明。盖六字句上以三字领之,则易读易填;以二字领之,则难读难填,自然之理也。”(《词律》卷十三)

临江仙

呈祖禹十六叔

尽说彭门新半刺[①],昆吾钊玉如泥[②]。功名馀事不须为。才情诗里见,风味酒边知。　好在阿咸同老也[③],青云往岁心期[④]。千钟百首兴来时[⑤]。伯伦从妇劝[⑥],元亮信儿痴[⑦]。

[注释]

①彭门新半刺:指祖禹新任徐州通判之职。　彭门:徐州旧名彭城,宋人多称徐州为彭门。　半刺:指州郡佐吏,与祖禹通判之职及上篇“徐倅”吻合。　②“昆吾钊(tuán)玉”句:昆吾,指利刃。《山海经》:“昆吾之山,其上多赤铜。”郭璞传:“此山出名铜,色如火,以之作刃,切玉如割泥也。”　钊:割也。此称誉祖禹从政能力。　③阿咸:以阮咸为侄自况。　④青云:指隐逸之志。“形入紫闼,而意在青云。”见《南史·衡阳元王道度传》。　⑤“千钟”句:隐括杜甫《饮中八仙歌》诗“李白斗酒诗百篇”之意。　⑥“伯伦”句:伯伦,晋刘伶之字。刘伶嗜酒如命,渴甚求酒于妻,妻泣涕劝谏,刘伶请具酒肉祭鬼神以自誓禁酒,曰:“天生刘伶,以酒为名。一饮一斛,五斗解酲。妇人之言,慎不可听。”于是引酒衔肉,酣然大醉。见《晋书·刘伶传》。　⑦“元亮”句:元亮,陶潜字。陶有《责子》诗自嘲儿痴,诗云:“白髮被两鬓,肌肤不复实。虽有五男儿,总不好纸笔。阿舒已二八,懒惰故无匹。阿宣行志学,而不好文术。雍端年十三,不识六与七。通子垂九龄,但觅梨与栗。天运苟如此,且进杯中物。”

临江仙[①]

十岁儿曹同砚席[②],华裾织翠如葱[③]。一生心事醉吟中。相逢俱白首，无语对西风。　莫道樽前情调减，衰颜得酒能红④。可怜此会意无穷。夜阑人总睡，独绕菊花丛。

［注释］

①此首《临江仙》与上篇词意相近，疑亦为祖禹所作。　②“十岁儿曹”句：追忆儿时共学情形。从上篇“阿咸同老”云云，可见作者与祖禹年龄仿佛。　③“华裾”句：化用李贺《高轩过》诗成句“华裾织翠青如葱”。刻画少年形象。　④“衰颜”句：东坡有诗云，“儿童误喜朱颜在，一笑那知是酒红。”见《王直方诗话》引。此化用其意自我调侃。

蓦山溪

谯园饮酒为守令作①

谯园幽古，烟锁前朝桧。摇落枣红时，满园空、几株苍翠。使君才誉，金殿握兰人②，将风调，改荒凉，便是嬉游地。　刘郎莫问，去后桃花事③。司马更堪怜，掩金觞、琵琶催泪④。愁来不醉。不醉奈愁何，汝南周，东阳沈⑤，劝我如何醉。

［注释］

①谯园：在安徽亳州治所内。绍圣二年（1095），作者曾任亳州通判，从“为守令作”云云看，当是任内作品。　②“使君”二句：称誉守令之辞。金殿：指朝廷。　握兰：指郎官。“尚书郎怀香握兰，趋走丹墀。”见《汉官仪》。　使：《全宋词》作“史”。　③“刘郎”二句：隐括刘禹锡《元和十年自朗州召至京戏赠看花诸君子》诗“玄都观里桃千树，尽是刘郎去后栽”句意，暗刺朝中人事。　④“司马”二句：用白居易贬江州司马事。白居易《琵琶行》诗云：“我闻琵琶已叹息，又闻此语重唧唧。同是天涯沦落人，相逢何必曾相识。”“座中泣下谁最多，江州司马青衫湿。”　⑤汝南周，东阳沈：汝南周颙、东阳守令沈约素有声望，此处疑为借指席间周姓、沈姓同人。

蓦山溪

金樽玉酒[①],佳味名仙桧[②]。恐是九龙泉[③],堪一饮、霜毛却翠[④]。何须说此,只但饮陶陶[⑤],灯光底,百花春,自是仙家地。 星郎早贵[⑥],惯见风流事。留我不须归,倒尊空、烛堆红泪。飞凫令尹[⑦],才调更翩翩[⑧]。休吊古,枉伤神,有兴来同醉。

[注释]

①金尊玉酒:指金尊清酒。 ②"佳味"句:意谓此等佳味名闻亳州。 仙桧:亳州太清宫有八桧。欧阳修曾率僚属谒太清宫,周视八桧、九井,并酌水烹茶。事见《青琐高议》欧阳修题跋。 ③九龙泉:当指亳州太清宫中的九井。 ④霜毛却翠:指返老还童。 霜毛:华鬓。 却翠:返变乌黑。 ⑤陶陶:和悦貌。 ⑥星郎:郎官的别称。 ⑦飞凫令尹:用东汉邺令王乔化鞋为凫、乘之至京师之典。 ⑧"才调"句:指才情出众。 翩翩:指风采文辞美好。本篇有"星郎"、"飞凫令尹"等语,味其辞意,当与上篇为一时之作。

蓦山溪

亳社寄文潜舍人[①]

兰台仙史[②],好在多情否。不寄一行书,过西风、飞鸿去后。功名心事,千载与君同。只狂饮,只狂吟,绿鬓殊非旧。 山歌村馆,愁醉浔阳叟[③]。且借两州春[④],看一曲、樽前舞袖。古来毕竟,何处是功名。不同饮,不同吟,也劝时开口。

[注释]

①文潜:张耒,字文潜,元祐初范纯仁荐张耒试馆职,与作者同时入

馆，元祐末，迁起居舍人，故称“文潜舍人”，与作者同出苏门，为“苏门四学士”之一。　②兰台仙史：指张耒，张曾任秘书省正字、著作郎，唐宋时称秘书省为兰台，故云。　③“山歌村馆”二句：隐括白居易《琵琶行》诗意。作者以浔阳叟自喻。意谓身处穷乡僻壤，山歌村笛难以为听，唯取酒独倾自遣。　④两州春：作者于绍圣二年（1095）二月贬应天府，后改亳州通判，四年后落职还里，在应天和亳州两地都经历过春天，故云。

蓦山溪

和王定国朝散忆广陵[①]

扬州全盛，往事今何处。帆锦两明珠[②]，罥蔷薇、月中嬉语。朱衣白面，公子似神仙。登云屿，临烟渚，狂醉成怀古。　兰舟归后，谁与春为主。吟笑我重来，倚琼花、东风日暮[③]。吴霜点鬓[④]，流落共天涯。竹西路[⑤]，高阳侣[⑥]，魂梦应相遇。

［注释］

①王定国：作者之文友王巩，定国乃其字。巩曾任扬州佐。《鸡肋集》中与王巩唱和之作甚多，此篇系和韵词作，王巩原唱已不可见。朝散：朝散大夫，宋时文职散官之称。　广陵：扬州的别称。　②“帆锦”句：当追忆扬州锦帆携姝的风流情事。　帆锦：锦帆，指精美的船帆。以下写才子佳人的遇合，用以刻画巩少年风姿。　③琼花：扬州琼花名动天下。　④吴霜点鬓：用李贺《还自会稽歌》“吴霜点归鬓”句意，指鬓髪花白。　⑤竹西路：“谁知竹西路，歌吹是扬州。”见杜牧《题扬州禅智寺》。　⑥高阳侣：高阳，城邑名，在今河南杞县南，郦食其自称高阳酒徒，事见《史记·郦生陆贾列传》。此当指酒友。

忆秦娥

和留守赵无愧送别[①]

牵人意，高堂照碧临烟水[②]。清秋至，东山时伴，谢公携妓[③]。　黄菊虽残堪泛蚁[④]，乍寒犹有重阳味。应相记，坐中少个，孟嘉狂醉[⑤]。

［注释］

①赵无愧：作者之长官，为应天府留守。　②高堂照碧：应天府留守廨有照碧堂，赵无愧曾在照碧堂聚会僚友，堂临城南之湖，颇具观览之胜，见作者《照碧堂记》。　③"东山"二句：以谢安喻留守赵无愧。"谢安每游东山，常以妓女自随。"见《通鉴》。　④"黄菊"句：意谓菊花虽残，然登高饮酒之兴未减。　黄菊：古有重九泛菊会。　泛蚁：指饮酒。　⑤孟嘉狂醉：孟嘉重九登高在龙山宴饮，风至帽落，嘉浑然不觉。见《晋书·孟嘉传》。

好事近

南都寄历下人[①]

丝管闹南湖[②]，湖上醉游时晚。独看小桥官柳，泪无言偷满。　坐中谁唱解愁辞，红妆劝金盏。物是奈人非是，负东风心眼。

［注释］

①南都：指应天府，在今河南商丘。　历下：属今山东济南，因在历山下故名。　②南湖：指济南大明湖。

阮郎归

同十二叔泛济州环溪[①]

西城北渚旧追随[②]，荒台今是非。白蘋无主绿蒲迷，停舟忆旧时。　　双鸭戏，乱鸥飞。人家烟雨西。不成携手折芳菲[3]，兰桡惆怅归。

[注释]

①十二叔：即晁端礼，端礼字次膺，曾两为县令，忤上官，坐废。见《宋诗纪事》。　济州：古称巨野，即今山东济宁。　环溪：指巨野泽。　②北渚：巨野泽处城北，故称。　③折芳菲：点化柳氏《杨柳枝》"杨柳枝，芳菲节。……纵使君来岂堪折"词意。

阮郎归

一濠秋水净涟漪[1]，红妆照水嬉。攀条寻藕怯船移，浮萍湿绣衣。　　临好景，惜轻归。夕阳洲渚迷。城门灯火簇轮蹄[2]，沙鸥飞去时。

[注释]

①一濠秋水：当指济州环溪。　濠：原指护城河，此泛指水泽。　②轮蹄：车轮马蹄，代指车马。

阮郎归

儿童嬉戏杏花堤，春归不解悲。重来草露湿人衣，无花空绕枝[1]。　　曾学道，久忘机[2]。一尊甘若饴。平生鱼鸟与同归[3]，临风心自知。

[注释]

①无花空绕枝：化用杜秋娘《金缕衣》诗"有花堪折直须折，莫待无花空折枝"诗意。　②忘机：指恬淡与世无争。　③"平生鱼鸟"句：意谓平生向往放达自由的江湖生活。

宴桃源

往岁真源谪去[①],红泪扬州留住[②]。饮罢一帆东,去入楚江寒雨。无绪,无绪。今夜秦淮泊处[③]。

[注释]

①真源:地名,属亳州,此处指作者绍圣二年贬官亳州事。 ②红泪:古称女子眼泪为红泪,事见《拾遗记》薛灵芸啼泪云云。 ③秦淮:秦淮河,在金陵(今江苏南京)城南,为六朝金粉之地。

一丛花

谢济倅宗室令郯送酒[①]

王孙眉宇凤凰雏[②],天与世情疏。扬州坐上琼花底[③],佩锦囊,曾忆奚奴[④]。金盏醉挥,满身花影,红袖竞来扶[⑤]。　十年一梦访林居[⑥],离袂重踟蹰[⑦]。应怜肺病临邛客[⑧],寄洞庭春色双壶[⑨]。天气未佳,梅花正好,曾醉燕堂无。

[注释]

①济倅:指济州通判,此通判似赵令畤。《花草粹编》引《古今词话》题作"赵德麟送洞庭春色",德麟乃赵令畤字。亦为宗室,著有《侯鲭录》,与苏轼过往甚密。 ②"王孙"句:赞美对方才貌出众。 凤凰雏:即凤雏,喻俊杰之人。 ③"扬州"句:宋时扬州琼花有盛名。开时名士纷集。 ④"佩锦囊"二句:用李贺驴背吟诗事,李从小奚奴背古锦囊,遇所得书投囊中。见《新唐书·李贺传》。 奚奴:对奴仆的称呼。 ⑤红袖:代指歌伎。 ⑥十年一梦:用杜牧《遣怀》"十年一觉扬州梦"诗意。 ⑦离袂:《全宋词》本作"离缺",此从《历代诗馀》校改。 ⑧临邛客:指司马相如,相如家贫多病,无以自立,然与临邛令王吉相善,王以上宾之礼待之。事见《史记·司马相如列传》。此处作者以多病且贫的临邛客自喻。《鸡肋集》卷十二

《赠杨景平》诗:“我今正是鸟折翼,肺病三年广文直。”故云。 ⑨寄洞庭春色双壶:《全宋词》于“洞庭”处逗,此从刘乃昌、杨庆存注本。 洞庭春色:美酒名。见苏轼《洞庭春色》引。

[集评]

杨湜云:“《一丛花》‘赵德麟送洞庭春色’。本集题作‘谢济倅宗室令郯送酒’(王孙眉宇凤凰雏……)”(《花草粹编》八引《古今词话》)

一丛花

十二叔节推以无咎生日于此声中为辞,依韵和答①

碧山无意解银鱼②,花底且携壶。华颠又喜熊罴旦③,笑骐骥、老反为驹④。文史渐抛,功名更懒,随处见真如⑤。 高情敢并汉庭疏,长揖去田庐。囊无上赐金堪散⑥,也未妨、山猎溪渔。廉颇纵强⑦,莫随年少,白马向黄榆⑧。

[注释]

①补之称晁端礼为次膺十二叔。 节推:端礼官职,此处当为州府属官的泛称。 此声:指晁端礼贺补之寿寄声《一丛花》词,见端礼《闲斋琴趣外篇》卷三。此为和韵之作。 ②“碧山”句:意谓已离开官场归里闲居。碧山无意,隐括李白《山中问答》“问余何意栖碧山,笑而不答心自闲”诗意。 解银鱼:指解脱官服。 银鱼:指代官员服饰。 ③熊罴旦:传说梦见熊罴乃生男吉兆。见《诗经·小雅·斯干》,此指生日。又《全宋词》原作“熊罴且”,唐氏按“且”疑“旦”字之误。此从《四库全书》本改。 ④骐骥:良马,驹,少壮之马。 “笑骐骥”句:谓自己垂老反被叔父称为龙驹。端礼贺词中有“是我家、千里龙驹”云云。故云。 ⑤真如:佛教指永恒常在之实体、实在。 ⑥“高情”三句:用疏广、疏受叔侄事。疏广疏受曾为太子太傅、少傅。宦成名立后,俱移病告归,与乡党宗族故旧相与欢娱,共享天子赐金。事见《汉书·疏广传》。此意谓自己没有二疏之恩遇与身价。 ⑦廉颇:赵之良将,虽年老,仍逞强,以示尚可带兵。事见《史记·廉颇蔺相如列传》。 ⑧“白马”句:隐括曹植《白马篇》诗意,

指少年豪侠之气。　黄榆：山名，在河北邢台西北，此代称幽并边地。

一丛花

再呈十二叔

飞凫仙令气如虹[①]，脱屐向尘笼。凌烟画像云台议，似眼前、百草春风[②]。盏里圣贤[③]，壶中天地[④]，高兴更谁同。　应怀得隽大明宫[⑤]，无事老冯公。玉山且向花间倒，任从笑、老入花丛。三径步馀[⑥]，一枝眠稳[⑦]，心事付千钟。

（以上双照楼本《晁氏琴趣外篇》卷三）

[注释]

①飞凫仙令：用东汉郧令王乔化鞋为凫，乘之至京师之典。　②"凌烟画像"二句：意谓端礼于现世功名富贵均淡然视之。凌烟阁、云台为古代画像表彰功臣之处。见《唐书》、《后汉书》。　③盏里圣贤：指杯中之酒。曹操禁酒，时人不敢直言酒字。便把清酒、浊酒分称圣人、贤人。见《三国志·魏书·徐邈传》。　④壶中天地：指醉乡。　⑤大明宫：此指朝廷，端礼熙宁六年进士，故云。　⑥三径：指家园。　⑦一枝眠稳：意谓所求不奢。"鹪鹩巢于深林，不过一枝。"见《庄子·逍遥游》。

临江仙

用韵和韩求仁南都留别[①]

曾唱牡丹留客饮，明年何处相逢。忽惊鹊起落梧桐。绿荷多少恨，回首背西风[②]。　莫叹今宵身是客，一尊未晓犹同。此身应似去来鸿[③]。江湖春水阔，归梦故园中。

[注释]

①韩求仁：即作者诗友韩宗恕。晁集中有诗题为《次韵和求仁不赴照

壁堂会呈无愧之作》诗，可见韩与作者曾同在南都。　南都：指应天府，在今河南商丘。　②"绿荷"二句："多少绿荷相倚恨，一时回首背西风。"见杜牧《齐安郡中》诗。　③"此身"句：化用苏轼《和子由渑池怀旧诗》。

临江仙

同　前

常记河阳花县里[①]，恰如饭颗山逢[②]。春城何处满丝桐[③]。纶巾并羽扇，君有古人风[④]。　重向梁王台畔见[⑤]，黄花绿酒谁同。新诗别后寄南鸿。回头思照碧，人在白云中。

［注释］

①河阳花县：河阳（今河南孟州）令潘岳爱花，县治遍种桃李，故称。　②"恰如"句：意谓作者与求仁之逢恰如李杜之会。李白《戏赠杜甫》诗："饭颗山头逢杜甫，头戴笠子日卓午。"　③丝桐：指弦歌之声。　④"纶（guān）巾"二句：纶巾羽扇，魏晋时名士的装束。此处写求仁之风雅闲散，有古人风姿。　⑤梁王台：开封古迹，相传为春秋时师旷吹乐之台，后因梁孝王增筑，故又称梁王台。

浣溪沙

广陵被召留别[①]

帐饮都门春浪惊[②]，东飞身与白鸥轻。淮山一点眼初明[③]。　谁使梦回兰芷国[④]，却将春去凤凰城[⑤]。樯乌风转不胜情[⑥]。

［注释］

①广陵：即扬州。作者于元祐六年（1091）赴扬州通判任，经二年，以著作佐郎被诏回京。此为留别时作。　②帐饮都门：此指在扬州郊外张

设帐幕宴饮。 ③淮山:指淮北一带的山丘。 ④兰芷国:泛指长满香草的江南地区。 ⑤凤凰城:指帝京。 ⑥樯乌:桅杆上的乌鸦状风向标。指示风向之物。“好日起樯竿,乌飞惊五两。”见刘禹锡《淮阴行》。

忆少年

别历下[①]

无穷官柳,无情画舸,无根行客。南山尚相送[②],只高城人隔。 罨画园林溪绀碧[③],算重来、尽成陈迹。刘郎鬓如此,况桃花颜色。

[注释]

①历下:即历城。 ②南山:即历山。 ③罨(yǎn)画:杂色的彩画。

[集评]

先著、程洪云:“‘花无人戴,酒无人劝,醉也无人管’,与此词(按:即晁补之《少年游》)起处同一警绝。唐以后,特地有词,正以有如许妙语,诗家收拾不尽耳。”(《词洁》卷一)

沈雄云:“结句如《水龙吟》之‘作霜天晓’、‘系斜阳缆’亦是一法,如《忆少年》之‘况桃花颜色’,《好事近》之‘放珍珠帘隔’紧要处,前结如奔马收缰,须勒得住,又似住而未住;后结如众流归海,要收得尽,又似尽而不尽者。”(《古今词话》)

卓人月云:“谢逸《柳梢青》‘无限离情,无穷江水’类此(按:晁补之《忆少年》起句)。”(《古今词统》卷六)

江神子

广陵送王左丞赴阙[①]

旧山铅椠倦栖迟[②]。叩宸闱[③],向淮圻[④]。五马行春[⑤],初喜后车随。太守风流容客醉,花压帽,酒淋衣。　　隋宫烟外草萋萋[6]。菊花时，动旌旗。起舞留公，且住慰相思。王粲诗成何处寄[7]，人北去，雁南飞。

[注释]

①王左丞：指王存，元祐六年由扬州太守召还汴京，王存于元祐二年拜中大夫、尚书右丞，三年，迁左丞，故称。见《宋史》本传。　②铅椠(qiàn)：指从事读书及著述。“久不事铅椠”，见韩愈《送无本师归范阳》诗。　③宸闱：帝王所居的宫门。代指朝廷。　④淮圻：犹淮甸，指淮南一带。　⑤五马：代指太守。“使君从南来，五马立踟蹰”，见《日出东南行》诗。　⑥隋宫：指隋炀帝在扬州的行宫。　⑦“王粲”句：以王粲自喻。王粲善诗，为“建安七子”之一。西京乱，乃依荆州刘表。见《三国志·魏书·王粲传》。

虞美人

广陵留别

江南载酒平生事[1]，游宦如萍寄。蓬山归路傍银台[2]，还是扬州一梦、却惊回[3]。　　年年后土春来早[4]，不负金尊倒。明年珠履赏春时[5]，应寄琼花一朵、慰相思[6]。

[注释]

①江南载酒：语出杜牧《遣怀》诗“落魄江南载酒行”，自喻游宦不得志。　②“蓬山归路”句：指作者回秘书省在朝供职。　蓬山：指秘书省。　银台：唐时翰林院所在。借指宋朝廷。　③扬州一梦：用杜牧“十年一觉扬州梦”诗意。　④后土：即扬州后土祠。　⑤珠履：对鞋子的雅称。　⑥琼花：后土祠琼花，天下无双。见《齐东野语》卷十七。

金盏倒垂莲

依韵和次膺寄杨仲谋观察[1]

诸阮英游[2]，尽千钟饮量，百丈词源[3]。对舞春风，螺髻小双莲[④]。念两处、登高临远,又伤芳物新年。此泪不待,桓伊危柱哀弦[⑤]。 身闲未应无事,趁栽梅径里,插柳池边。野鹤飘飖,幽兴在青田[⑥]。也莫话、书生豪气,更铭功业燕然[⑦]。毕竟得意,何如月下花前[⑧]。

[注释]

①依韵:即次韵。晁端礼原唱《金盏倒垂莲》见《闲斋琴趣外篇》卷二。 杨仲谋观察:即杨应询,字仲谋。《宋史》卷三百五十有传。 ②诸阮英游:追忆昔日与端礼共游豪兴。 诸阮:以阮籍阮咸叔侄自比。 ③百丈词源:语出杜甫《醉歌行》诗"词源倒流三峡水"。 ④螺髻小双莲:指代舞女。 ⑤"此泪"二句:桓伊音乐江左第一,尝为孝武帝及谢安召饮,席上抚筝歌怨诗,声节慷慨,使谢安泣下沾襟,帝甚有愧色。事见《晋书·桓伊传》。 ⑥"野鹤"二句:意谓身如野鹤向往林泉。 青田:山名,在浙江青田县西北,为道书称三十六洞天之一,名青田大鹤天。见《云笈七签》二十七《洞天福地》。 ⑦更铭功:用窦宪勒铭燕然山典,见《后汉书·窦宪传》。 ⑧月下花前:化用白居易《老病》诗"昼听笙歌夜醉眠,若非月下即花前"句意。

金盏倒垂莲

次韵同寄霸师杨仲谋安抚[①]

休说将军,解弯弓掠地,崑岭河源[②]。彩笔题诗,绿水映红莲[③]。算总是、风流馀事,会须行乐华年[④]。况有一部,随轩脆管繁弦。 多情旧游尚忆,寄秋风万里,鸿雁天边。未学元龙,豪气笑求田[⑤]。也莫为、庭槐兴叹[⑥],便伤摇落凄然。后会一笑,犹堪醉倒花前。[⑦]

[注释]

①次韵:即次前篇韵。原唱仍为晁端礼《金盏倒垂莲》词。 霸师:疑为"霸帅"之误。 杨仲谋曾任霸州知州,徽宗时为河北沿边安抚使,故称

“安抚”，一作“观察”。　②“休说将军”三句：称誉杨仲谋之武略。　弯弓掠地：指镇边有功。　崑岭河源：代指边地。　③绿水映红莲：用庾杲之事，意谓相得益彰。事见《南史·庾杲之传》。　④会须行乐华年：《全宋词》本作“会须行乐□年”，此据《四库全书》本改。　⑤“未学元龙”二句：元龙，陈登字元龙，在广陵有威名。昔许汜投奔元龙，言无可采，遭冷遇，许耿耿于怀，与刘备言及元龙时，因称元龙为湖海之士，豪气不除。许汜求田问舍计较个人得失之意，亦为刘备所不齿。事见《三国志·魏书·陈登传》。　⑥“也莫为”句：白居易有《庭槐》诗，借寓思乡怀旧之情，此处亦有其意。　⑦唐氏按：此首别误作晁说之词，见《永乐大典》卷一万五千一百三十九“帅”字韵。

西平乐

广陵送王资政正仲赴阙①

凤诏传来绛阙②，当宁思贤辅③。淮海甘棠惠化④，霖雨商岩吉梦⑤，熊虎周郊旧卜⑥。千秋盛际，催促朝天归去，动离绪。　空眷恋，难暂驻。新植双亭临水，风月佳名未睹。准拟金尊时举。况乐府、风流一部⑦。妍歌妙舞，萦云回雪，亲教与⑧，恨难诉。争欲攀辕借住⑨。功成绣衮⑩，重与江山作主。

[注释]

①王资政：名王存，字正仲，元祐中以资政殿学士知扬州，《宋史》卷三百四十一有传。此当为送王存赴京所作。　②“凤诏”句：意谓朝廷下诏见召。　凤诏：天子诏书。　绛阙：代指朝廷。　③当宁：皇帝代称。语出《礼记·曲礼》“天子当宁而立”。　④“淮海”句：赞誉王正仲之仁政。　⑤“霖雨”句：以殷高宗因梦得贤臣傅说于傅岩事为喻，暗指王正仲入朝之殊荣。殷高宗得说曾云“若岁大旱，用汝作霖雨”。事见《尚书·说命》。　⑥“熊虎”句：用周西伯得太公吕尚事。　熊虎：西伯问卜所得谶语“非虎非罴，所获霸王之辅”。事见《史记·齐太公世家》。　⑦“况

乐府”句:称誉对方知音识曲。 ⑧“妍歌妙舞”三句:亦形容王正仲顾曲之才。萦云回雪,形容歌声美听舞姿流美。语出《列子·汤问》、《洛神赋》。 ⑨攀辕借住:意谓王正仲深受百姓拥戴,百姓以攀辕借住挽留。语出《白孔六帖》、《后汉书·寇恂传》。 ⑩绣衮:朝廷重臣之服饰,此预祝对方他日升迁。

御街行

待命护国院,不得入国门。寄内①

年年不放春闲了,今岁衔杯少。来时柳上浅金黄,归路玉绵吹帽。惜春长似,五陵狂俊②,不道朱颜老。③ 斜烟薄雨青林杳,犹有莺声到。西园红艳绿盘龙④,辜负一年春好。锦城乐事,不关愁眼,何似还家早⑤。

[注释]

①护国院:汴京城郊官员的旅邸。 寄内:是写与夫人杜氏之词。晁氏世居都下昭德坊,补之以元祐党人不许入国门。见陆游《老学庵笔记》卷九。 ②五陵狂俊:即五陵年少,指豪门子弟。 五陵:在长安,为豪门聚居之地。 ③不道:犹言不料。 ④“西园”句:意谓西园春色正浓。 西园:指汴京,城西顺天门外金明池、上林苑为京都游览胜地,文人雅集之所。 ⑤“锦城乐事”三句:化用李白《蜀道难》诗“锦城虽云乐,不如早还家”句意。此处以锦城指代汴京。

生查子

同前 感旧①

宫里妒娥眉,十载辞君去②。翠袖怯天寒,修竹无人处③。 今日近君家,望极香车驽④。一水是红墙⑤,有恨无由语。

[注释]

①本篇同前，当为应召赴京待命护国院，感旧之作。 ②“宫里”二句：作者元祐末坐党籍外贬，至建中靖国元年应诏还朝，将近十年，故云。妒娥眉：语出屈原《离骚》“众女嫉余之蛾眉兮”。 ③“翠袖”二句：化用杜甫《佳人》诗“天寒翠袖薄，日暮倚修竹”句意。 ④香车鹜（wǔ）：形容香车一闪而过，不可企及。 ⑤红墙：化用李商隐《代应》诗“本来银汉是红墙”句意。

青玉案

同　前[①]

十年不向都门道[②]。信匹马、羞重到。玉府骖鸾犹年少[③]。宫花头上，御炉烟底，常日朝回早[④]。　霞觞翻手群仙笑，恨尘土人间易春老。白髪愁占彤庭杳[⑤]。红墙天阻，碧濠烟锁，细雨迷芳草。

[注释]

①本篇与前二篇当为一时所作。 ②“十年”句：见前篇注释②。 ③“玉府”句：回忆中第时初登朝堂之事。 玉府：官府。 ④“宫花头上”三句：追叙元丰二年及第时春风得意的情形。 宫花头上：古代进士及第，往往插戴宫花。 ⑤彤庭：指朝廷。

水龙吟

始去齐，路逢次膺叔感别　叙旧[①]

去年暑雨钩盘[②]，夜阑睡起同征辔。今年芳草，齐河古岸[③]，扁舟同舣。萍梗孤踪，梦魂浮世。别离常是。念当时绿鬓，狂歌痛饮，今憔悴、东风里。　此去济南为说。道愁肠、不醒犹醉。多情北渚[④]，两行烟柳，一湖春水[5]。还唱新声,后人重到,应悲桃李[6]。待归时,揽取庭前皓月,也应堪寄[7]。

[注释]

①齐:齐州(今山东济南)。 次膺:晁端礼字次膺。 ②钩盘:即钩盘河,在山东北部。 ③齐河古岸:指历城北济水之岸。 齐河:地名,在历城西北。 ④北渚:指北渚亭,为齐州名胜。 ⑤一湖春水:指济南大明湖。 ⑥"还唱新声"三句:用刘禹锡《再游玄都观绝句》诗意,感叹人事沧桑。 ⑦"待归时"三句:化用李白《闻王昌龄左迁龙标遥有此寄》诗"我寄愁心与明月"句意。

[集评]

李佳云:"晁无咎《水龙吟》云:'去年暑雨钩盘,夜阑睡起同征辔。……'周美成《花犯》咏梅云:'粉墙底,梅花照眼……'二词层次曲折,一气舒卷,机轴相同。"(《左庵词话》卷上)

南歌子

谯园作[1]

霜细犹欺柳,风柔已弄梅。东园捶鼓赏新醅[2]。唤取舞裙歌扇、探春回[3]。 妙舞堪千盏,长歌可百杯,笑人将恨上春台[4]。劝我十分一举[5]、两眉开。

[注释]

①谯园:在亳州。作者于绍圣三年(1096)任亳州通判。 ②捶(chuí)鼓:击鼓游戏。 ③舞裙歌扇:代指众歌伎。又《全宋词》原作"舞周歌沈",此据《四库全书》、《历代诗馀》本改。 ④春台:游观登眺之胜处。"众人熙熙,如享太牢,如登春台。"见《老子》。 ⑤十分一举:举起斟满十分的酒杯。

醉落魄

用韵和李季良泊山口①

高鸿远鹜，溪山一带人烟簇。知君船近渔矶宿。轻素横溪，天淡挂寒玉②。　谁家红袖阑干曲③，南陵风软波平绿④。幽吟无伴芳尊独。清瘦休文⑤，一夜伤单縠⑥。

[注释]

①李季良：作者之友李浩，字季良。　山口：地名，在湖北通山西北。②“轻素”二句：指轮月高悬，云雾弥漫的景色。　轻素：指云雾。　寒玉：月之代称。　③红袖：代指女子。　④南陵：地名，在今安徽繁昌西南。⑤清瘦休文：指诗人沈约。沈约，字休文，自言多病瘦损，见《梁书·沈约传》。此自喻。　⑥单縠（hú）：单薄的“罗縠单衣”，见《燕丹子》卷下。

万年欢

次韵和季良

忆昔论心，尽青云少年，燕赵豪俊①。二十南游，曾上会稽千仞②。捐袂江中往岁，有骚人、兰荪遗韵③。嗟管鲍、当日贫交，半成翻手难信④。　君如未遇元礼⑤，肯抽身盛时，寻我幽隐。此事谈何容易⑥，骥才方骋。彩舫红妆围定，笑西风、黄花斑鬓。君欲问、投老生涯，醉乡歧路偏近⑦。

[注释]

①燕赵豪俊：指燕赵一带的豪杰之士。“太史公行天下，周览名山大川，与燕赵间豪俊交游，故其文疏荡。”见苏辙《上枢密韩太尉书》。　②“二十南游”二句：作者年轻时曾随父宦游江浙胜地。　会稽千仞：指会稽山，在今浙江绍兴市南。　③“捐袂”二句：语出屈原《九歌·湘君》。　袂：衣袖。　④“嗟管鲍”二句：化用杜甫《贫交行》“翻手作云覆手雨，纷纷轻薄何须数。君不见管鲍贫时交，此道今人弃如土”诗意。　管鲍：指管仲、鲍

叔牙交谊。事见《史记·管晏列传》。 ⑤未遇元礼:指未登龙门。 元礼:李膺之字,膺声名极高,士有被其容接者,名为登龙门。事见《后汉书·李膺传》。 ⑥谈何容易:语出《汉书·东方朔传》。 ⑦“君欲问”二句:意谓将老之际,偏又逢别离。 醉乡:此指以酒自遣。

临江仙

信州作①

谪宦江城无屋买,残僧野寺相依。松间药臼竹间衣。水穷行到处,云起坐看时②。 一个幽禽缘底事③,苦来醉耳边啼。月斜西院愈声悲。青山无限好,犹道不如归。

[注释]

①本篇元符二年(1099)谪官监信州(今上饶)酒税时作。见刘乃昌、杨庆存注《晁氏琴趣外篇》卷四。 ②“水穷”二句:化用王维《终南别业》“行到水穷处,坐看云起时”诗意。 ③一个幽禽:似指杜宇鸟。故词结处有“青山无限好,犹道不如归”云云。

虞美人

羊山饯杜侍郎郡君十二姑及外弟天逵①

原桑飞尽霜空杳,霜夜愁难晓。油灯野店怯黄昏,穷途不减酒杯深,故人心。 羊山古道行人少,也送行人老。一般别语重千金,明年过我小园林,话如今。

[注释]

①羊山:金乡西北山名。 杜侍郎:指杜纯,官至权兵部侍郎,为作者岳父。 郡君十二姑:即晁氏,杜纯之继室。她既是作者姑母,又为岳母。

四品以上官员的夫人称郡君。　天逵：作者表弟。

安公子

和次膺叔①

少日狂游好，阆苑花间同低帽②。不恨千金轻散尽③，恨花残莺老。命小辔、翩翩随处金尊倒。从市人、拍手拦街笑④。镇琼楼归卧⑤，丽日三竿未觉。　迷路桃源了⑥，乱山沉水何由到。拨断朱弦成底事，痛知音人悄⑦。似近日、曾教青鸟传佳耗⑧。学凤箫、拟入烟萝道⑨。问刘郎何计，解使红颜却少⑩。

［注释］

①晁端礼原唱《安公子》见《闲斋琴趣外篇》卷三。　②阆苑：传说中的仙境，此指胜景。　③“不恨”句：隐括李白《将进酒》诗“千金散尽还复来”句意。　④“从市人”句：用山简事，隐括李白《襄阳歌》诗“襄阳小儿齐拍手，拦街争唱《白铜鞮》”句意。　⑤镇：常常。　⑥“迷路”句：用陶潜《桃花源记》事。　⑦“拨断朱弦”二句：用伯牙钟子期知音相悦事，此指无知音，纵拨断朱弦也是枉然。　⑧青鸟传佳耗：指青鸟传佳音。青鸟为信使，见《汉武故事》。　耗：消息。　⑨“学凤箫”句：萧史及妻弄玉善吹箫，后夫妻乘龙凤升天而去。事见刘向《列仙传》。　烟萝道：指仙境。⑩“问刘郎”二句：用刘晨、阮肇入天台遇仙事，刘阮二人与仙女结缡半年，世间子孙已历七代。事见吴均《续齐谐记》。

绿头鸭

韩师朴相公会上观佳妓轻盈弹琵琶①

新秋近，晋公别馆开筵②。喜清时、衔杯乐圣③，未饶绿野堂边④。绣屏深、丽人乍出，坐中雷雨起鹍弦⑤。花暖间关，冰凝幽咽[⑥]，宝钗摇动坠金钿。未弹了、昭君遗怨[⑦]，四坐已凄然。西风里、香街驻马，嬉笑微传。　算从来、司空见惯，断肠初对云鬟[⑧]。夜将阑、井梧下叶，砌蛩收响悄林蝉。赖得多愁，浔阳司马[⑨]，当时不在绮筵前。竞叹赏、檀槽倚困，沉醉到觥船[⑩]。芳春调、红英翠萼，重变新妍。[⑪]

[注释]

①韩师朴相公：指韩忠彦，字师朴，徽宗时，以吏部尚书召拜门下侍郎，又拜尚书右仆射兼中书侍郎。《宋史》有传。　②晋公：唐韩滉以平乱、理财功入相，封晋国公。此代指韩忠彦。　③衔杯乐圣：语出杜甫《饮中八仙歌》"饮如长鲸吸百川，衔杯乐圣称避贤"。指饮酒嗜酒。　④绿野堂：唐裴度旧馆，堂内花木扶苏，故称。　⑤鹍弦：以鹍鸡筋作的弦，须用铁拨弹之。其声甚洪。　鹍鸡：鸟名，似鹤。　⑥"花暖间关"二句：形容琵琶之声，语出白居易《琵琶行》"间关莺语花底滑，幽咽泉流冰下滩"。　⑦昭君遗怨：王嫱，字昭君，汉元帝时出塞和亲，作怨诗，《乐府诗集》有《昭君怨》诗。　⑧"算从来"二句：用刘禹锡在李司空席上见妙妓为赋诗事。诗云："司空见惯浑闲事，断尽江南刺史肠。"见《本事诗》。按：见惯，《全宋词》脱"见"字，据《四库》本补。　⑨浔阳司马：指白居易，此作者自比。　⑩"竞叹赏"二句：叹赏琵琶醉人之声。　檀槽：以名贵檀木为琵琶槽。　觥船：指大酒杯。　⑪唐氏按：《词林纪事》卷六此首误作晁端礼词。

水龙吟

寄留守无愧丈[①]

满湖高柳摇风，坐看骤雨来湖面。跳珠溅玉[②]，圆荷翻倒，轻鸥惊散。堂上凉生，槛前暑退，罗裾凌乱。想东山谢守[③]，纶巾羽扇[④]，高歌下、青天半。　应记狂吟司马，去年时、黄花高宴[⑤]。竹枝苦怨，琵琶多泪，新年鬓换。

常恐归时，眼中物是，日边人远[⑥]。望隋河一带[⑦]，伤心雾霭，遣离魂断。

[注释]

①留守无愧丈：赵无愧，作者之长官，为应天府留守。 ②跳珠溅玉：形容雨势。语出白居易《三游洞序》。 ③东山谢守：以谢安代指赵无愧。 ④纶巾羽扇：儒将之服。 ⑤“应记狂吟司马”二句：指去年秋天在应天府任通判事，见《忆秦娥·和留守赵无愧送别》词。 狂吟司马：作者自喻。 ⑥日边：“西入长安到日边。”见李白《永王东巡歌十一首》。此借指汴京。 ⑦隋河：此指汴河故道。

惜奴娇

歌阕琼筵，暗失金貂侣[①]。说衷肠、丁宁嘱付。棹举帆开，黯行色，秋将暮。欲去。待却回、高城已暮。 渔火烟村，但触目伤离绪。此情向、阿谁分诉。那里思量，争知我，思量苦[②]。最苦。睡不著、西风夜雨。

[注释]

①金貂侣：指佳侣。 金貂：贵官服饰。 ②“争知我”二句：隐括柳永《八声甘州》词意。

临江仙

身外闲愁空满眼，就中欢事常稀。明年应赋送君诗。试从今夜数，相会几多时。 浅酒欲邀谁共劝[①]，深情惟有君知。东溪春近好同归[②]。柳垂江上影，梅谢雪中枝。[③]

[注释]

①浅酒：指淡酒、薄酒。 ②东溪：一名宛溪，绕宣城东故称。元符二

年(1099),补之贬信州,路经此地。 ③唐氏按:此首别作晏几道词,见《小山词》。

[集评]

许昂霄云:"结句绝妙,惜起笔稍率。"(《词综偶评》)

临江仙

自古齐山重九胜[①],登临梦想依依。偶来恰值菊花时。难逢开口笑,须插满头归[②]。 昨夜一江风色好,平明秋浦帆飞[③]。可怜如赴史君期[④]。且当酬令节,不用叹斜晖[⑤]。

[注释]

①齐山:在安徽贵池南。 ②"难逢"二句:隐括杜牧《九日齐山登高》"尘世难逢开口笑,菊花须插满头归"句意。 ③秋浦:水名,在今安徽贵池境内。 ④史君:当是"使君"之讹。 ⑤"且当"二句:化自杜牧《九日齐山登高》诗"但将酩酊酬佳节,不用登临叹落晖"句。

满庭芳

乡物牵情,家山回首,浩然归兴难收[①]。报恩心事,投老拚悠悠。却笑当年牛下,轻自许、激烈寒讴[②]。成何事,夷犹桂楫[③],兰芷咏芳洲。 人生,萍梗迹,谁非乐土,何处吾州。算不须,临歧惆怅迟留[④]。要看香炉瀑布[⑤],丹枫乱、江色凝秋。真堪与,潇湘暮雨[⑥],图上画扁舟。

[注释]

①浩然归兴:语出《孟子·公孙丑》"予然后浩然有归志"。 ②"却笑当年"二句:用宁戚干谒齐桓公事。宁戚因困穷饮牛车下,见桓公,击牛

角高歌，桓公奇之载而归。事见《淮南子·道应训》。此作者以宁戚自许。　③夷犹：迟疑不前貌。"君不行兮夷犹，蹇谁留兮中洲。"见《九歌·湘君》。　④惝（chǎng）恍：失意貌。　惝：《全宋词》作"悦"。　⑤香炉瀑布：指庐山香炉峰瀑布。　⑥潇湘暮雨：即宋迪名画八景之一。

定风波

跨鹤扬州一梦回，东风拂面上平台①。阆苑花前狂覆酒。拍手。东风骑凤却教来。　谪好伯阳丹井畔②，官满。平台还见片帆开。上界虽然官府好，总道。散仙无事好追陪③。

[注释]

①"跨鹤"二句：作者曾任扬州通判，后贬官应天府。　跨鹤扬州：用"腰缠十万贯，骑鹤上扬州"之意，见殷芸《殷芸小说》卷六。　平台：为梁孝王所筑，在梁园（今河南开封东）内。　②伯阳丹井：即老子炼丹处，老子姓李名耳字伯阳。　丹井：道家炼丹处。　③"上界"三句：化用韩愈《酬卢给事曲江荷花行》诗"上界真人足官府，岂如散仙鞭笞鸾凤终日相追陪"句意。

千秋岁

玉京仙侣①，同受琅函结②。风雨隔，尘埃绝。霞觞翻手破，阆苑花前别③。鹏翼敛④，人间泛梗无由歇⑤。　岂忆山中酒，还共溪边月。愁闷火，时间灭。何妨心似水⑥，莫遣头如雪。春近也，江南雁识归时节。

[注释]

①玉京仙侣：指朝中僚友。　②同受琅函结：指同时从事编撰任务。作者曾在京参与编修国史，抑或指此。　琅函：指著作书函。　③"霞觞"

二句:意谓往日情形不复存在。 ④鹏翼敛:鹏翼展飞如垂天之云。 翼敛:意谓羽翼受挫收束,退缩貌。 ⑤泛梗:浮在水面上的树梗,比喻飘荡生活。典见《战国策·齐策》。 ⑥心似水:指心情淡泊和平。郑崇曰:"臣门如市,臣心如水。"见《汉书·郑崇传》。

千秋岁

叶舟容易[①],行尽江南地。南雁断,无书至。怜君羁旅处,见我飘蓬际。如梦寐,当年阆苑曾相对[②]。 休说深心事,但付狂歌醉。那更话,孤帆起。水精溪绕户[③],云母山相砌[④]。君莫去,只堪伴我溪山里。

[注释]

①叶舟:指一叶小舟。 ②"如梦寐"二句:追忆当年共事京华生活。阆苑:原指仙境,此代京城。 ③水精溪:即湖州的水晶溪。 ④云母山:形容山脉玲珑光洁。

鹧鸪天

欲上南湖彩舫嬉[①],还思北渚与岚漪[②]。圆荷盖水垂杨暗,鸂鶒鸳鸯总下时[③]。 持此意,遣谁知。清波还照鬓间丝。西楼重唱池塘好[④],应有红妆敛翠眉。

[注释]

①南湖:指应天府照碧堂南之湖。 ②北渚:指齐州北渚亭。 ③鸂鶒(xī chì):水鸟名,因此鸟形大于鸳鸯而色多紫,又称"紫鸳鸯"。 ④"西楼"句:用谢灵运在西堂梦见惠连得"池塘生春草"佳句事。

清平乐

炎天畏景[①],午漏那堪永。何苦相仍愁簿领[②],短壑清

溪牵兴。　　瑶台月下曾逢[③]，何由却睹冰容。一笑为驱烦暑，故人元是清风。（以上双照楼本《晁氏琴趣外篇》卷四）

[注释]

①畏景：此指炎日。　②"何苦"句：化用杜甫《早秋苦热堆案相仍》诗"簿书何急来相仍"之意。。　③瑶台月下曾逢：用李白《清平调》诗意。

虞美人

用韵答秦令[①]

荒城又见重阳到，狂醉还吹帽[②]。人生开口笑难逢[③]，何况良辰一半、别离中。　　平台珠履登高处，犹自怀人否。且簪黄菊满头归，惟有此花风韵、似年时。

[注释]

①秦令：当为与作者相识的地方官。　②"狂醉"句：用孟嘉落帽事。　③"人生"句及下片"且簪"句：点化杜牧《九日登高》诗意。

浣溪沙

江上秋高风怒号[①]，江声不断雁嗷嗷[②]。别魂迢递为君销。　　一夜不眠孤客耳，耳边愁听雨萧萧。碧纱窗外有芭蕉。

[注释]

①"江上"句：语出杜甫《茅屋为秋风所破歌》"八月秋高风怒号"。　②嗷嗷：雁哀鸣声。"鸿雁于飞，哀鸣嗷嗷。"见《诗经·小雅·鸿雁》。

万年欢

寄韵次膺叔

十里环溪，记当年并游，依旧风景[①]。彩舫红妆，重泛九秋清镜。莫叹歌台蔓草[②]，喜相逢、欢情犹胜。蘋洲畔、横玉惊鸾[③]，半天云正愁凝。　　中秋醉魂未醒。又佳辰授衣[④]，良会堪更。早岁功名，豪气尚凌汝颍[⑤]。能致黄金一井，也莫负、鸱夷高兴[⑥]。别有个、潇洒田园，醉乡天地同永。

[注释]

①"十里"三句：追忆与晁端礼共游环溪之乐。　环溪：即巨野泽。　②歌台蔓草：《阮郎归》词有"荒台今是非"，可见环溪有台榭古迹。故云。　③横玉：吹笛。　玉：指玉笛。　④佳辰授衣："七月流火，九月授衣"，见《诗经·豳风·七月》。　⑤汝颍：水名，指汝水、颍水，在河南、安徽一带，为作者早岁宦游处。　⑥"能致黄金"二句；用范蠡功成身退经商乐道之事。见《史记·越王勾践世家》。　鸱夷：范蠡自谓鸱夷子皮。

一丛花

东君密意在花心[①]，飞雪戏妆林[②]。多情定怪春来晚，故穿花、千点深深[③]。烟柳上轻，风丝漫袅，楼阁晚还阴。雕梁双燕悄来音，帘幕镇沉沉[④]。西城未有花堪采，醉狂兴、冷落难禁。应约万红，商量细细，留向未开寻。

[注释]

①密意：深情。　②飞雪：此指飘落的花瓣。　③穿花：此指蝴蝶。杜甫《曲江》："穿花蛱蝶深深见。"　④镇：常常。

减字木兰花

和求仁南郡都别[①]

萍蓬行路[②]，来不多时还遣去。会有重来，还把清尊此地开。　隋河杨柳，见我五年三执手[③]。红泪多情[④]，待得重来走马迎。

[注释]

①求仁：即韩求仁。　南郡都别：疑为"南郡留别"之误，指贬应天府旋改亳州通判事。　②萍蓬行路：喻仕途如萍飘蓬转流徙无定。　③"隋河"二句：暗点此间仕途迁徙之频繁，五年三执手，频频与亲友话别。　④红泪：女子之泪。化用柳永《雨霖铃》词"执手相看泪眼，竟无语凝噎"之意。

菩萨蛮

玉京不许尘容到[①]，疏慵只合疏慵老[②]。鸥鸟共烟波，田夫与醉歌。　忘怀无物我[③]，莫似陈惊坐[④]。勋业付长闲，西山爽气间[⑤]。

[注释]

①玉京：指汴京。　尘容：尘俗的面容，此处自指。　②疏慵：指疏散怠慢。"世名检束为朝士，志性疏慵是野夫。"见白居易《闲夜咏怀因招周协律刘薛二秀才》诗。　③"忘怀"句：忘怀物我与自然无间之闲适生活。"一物我俱忘，可以狎鸥鸟。"见江淹《孙廷尉绰杂述》诗。　④陈惊坐：即汉代豪士陈遵。陈遵豪放好客，所到之处，人争迎之，故称。见《汉书·陈遵传》。　⑤"西山"句：意谓兴在林泉。王子猷曾云："西山朝来，致有爽气。"见《世说新语·简傲》。

鹧鸪天

杜四侍郎郡君十二姑生日[①]

吉梦灵蛇朱夏宜[②],佳辰阿母会瑶池[③]。竹风荷雨来消暑,玉李冰瓜可疗饥[④]。　心悟了,道成时,不劳龙女骋威仪[⑤]。僧祇世界供游戏[⑥],贤懿光阴比寿期[⑦]。

[注释]

①杜四侍郎郡君十二姑:作者岳父杜纯,官至权兵部侍郎。杜纯继室晁氏,既是作者姑母,又为岳母。郡君是四品以上官员的夫人之称。　②吉梦:此指女子生日。　朱夏:指夏季。"夏如朱明"故称。见《尔雅·释天》。　③阿母:指西王母。　④玉李冰瓜:指珍稀的水果。　⑤"不劳"句:意谓不必用隆重的仪式恭庆。　⑥"僧祇"句:意谓大众世界合乎性情。　僧祇:梵语大众。　⑦贤懿:指品性贤美。

凤箫吟

永嘉郡君生日[①]

晓曈昽[②]。风和雨细,南园次第春融。岭梅犹妒雪,露桃云杏,已绽碧呈红。一年春正好,助人狂、飞燕游蜂。更吉梦良辰,对花忍负金钟。　香浓。博山沉水[③],小楼清旦,佳气葱葱。旧游应未改,武陵花似锦[④],笑语相逢。蕊宫传妙诀,小金丹、同换冰容,况共有、芝田旧约[⑤],归去双峰。

[注释]

①永嘉郡君:晁补之妻杜氏,以夫荫,封永嘉县君。补之与妻感情甚笃,以下五首均为贺杜氏生日作。　②曈昽:太阳初出由暗转明貌。　③博山沉水:喻两情浓深,暗用古乐府《读曲歌》"欢作沉水香,依

作博山炉”句意。　博山：即博山炉。　沉水：沉香。　④“武陵”句：以陶潜《桃花源记》描述之武陵美景，自比所居园林景色。　⑤芝田：指仙家种芝草处，代指隐逸之处。

梁州令

同　前

二月春犹浅，去年樱桃开遍。今年春色怪迟迟，红梅常早，未露胭脂脸。　　东君故遣春来缓，似会人深愿。蟠桃新镂[①]，双盏相期，似此春长远。

[注释]

①蟠桃：传说中西王母所植仙桃。见《汉武帝内传》。

[集评]

焦循云：“毛大可称‘词本无韵’，是也。偶检唐宋人词，如杜安世《贺圣朝》用‘计霁、媚寘、待贿、爱队’；……晁补之《梁州令》用‘浅铣、遍霰、脸俭、缓旱、愿愿、盏潸、远阮’……凡此皆用当时乡谈里语，又何韵之有？”（《雕菰楼词话》）

引驾行

同前　亦名长春

春云轻锁，春风乍扇园林晓。扫华堂，正桃李芳时，诞辰还到。年少。记绛蜡光摇[①]，金猊香郁宝妆了[②]。骤骏马、天街向晚，喜同车、咏窈窕[③]。　　多少，卢家壶范[④]，杜曲家声荣耀[⑤]。庆孟光齐眉[⑥]，冯唐白首[⑦]，镇同欢笑。缥缈。待琅函深讨[⑧]，芝田高隐去偕老。自别有、壶中永日[⑨]，比人间好。

[注释]

①绛蜡光摇:指新婚花烛夜。 绛蜡:红烛。 ②金猊:香炉名。 ③咏窈窕:指琴瑟和鸣。“窈窕淑女,君子好逑”,见《诗经 · 周南 · 关雎》。 ④卢家壸(kǔn)范:指大家闺秀之风范。见沈佺期《古意》诗。 ⑤杜曲家声:杜曲为长安杜氏大姓聚居之处。作者夫人姓杜,故云。 ⑥孟光齐眉:指夫妇相敬如宾。见《后汉书 · 梁鸿传》。 ⑦冯唐白首:冯唐白头始用,不能复为官。见《史记 · 张释之冯唐列传》。此以冯唐自喻年老归隐。 ⑧琅函:指书匣,此处代指道书。 ⑨壶中永日:指隐逸生活。

菩萨蛮

同 前

百花含蓓东风里[①]。南园小雨朱扉启。春色一年年,年年花共妍。 清谈招隐去[②],莫认如宾处[③]。华鬓好风光,林间此味长。

[注释]

①蓓:通“蓓”。 ②清谈:原指魏晋玄谈,此指雅淡隐逸之意。 ③如宾:相敬如宾之略语。见《后汉书 · 庞公传》载庞公夫妻事。

点绛唇

同 前

回雁风微[①],养花浓淡天容好。似春知道,吉梦佳辰到。 共乐春台,携手蓬莱小。同倾祷,愿春不老,岁岁寻芳草。

[注释]

①回雁:指春天。“回雁五湖春”,见杜甫《奉赠萧二十使君》诗。

上林春

韩相生日[①]

天惜中秋，三夜淡云，占得今宵明月。孟陬岁好[②]，金风气爽，清时挺生贤哲[③]。相门出相[④]，算钟庆、自应累叶[⑤]。乍归来，暂燕处，共仰赤松高辙[⑥]。　想人生、会须自悦。浮云事[⑦]，笑里尊前休说。旧有衮衣[⑧]，公归未晚，千岁盛明时节。命圭相印[⑨]，看重赏、晋公勋业[⑩]。济生灵，共富寿，海深天阔。

[注释]

①韩相：即韩忠彦。　②孟陬（zōu）：本谓正月，此处借指佳时，用屈原《离骚》“摄提贞于孟陬兮，惟庚寅吾以降。皇览揆余初度兮，肇锡余以嘉名”之意。　③挺生贤哲：隐括《后汉书·西域传》“灵圣之所降集，贤懿之所挺生”之意。　④相门出相：韩忠彦父韩琦曾任同中书门下平章事、右仆射等职，封魏公，号称贤相，故云。　⑤累叶：犹累世。　⑥赤松：指赤松子，传说中的仙人。“愿弃人间事，欲从赤松子游耳。”见《史记·留侯世家》。　⑦浮云事：指不义而富贵事，语出《论语·述而》。　⑧衮衣：上公绣龙的礼服，又称衮服。　⑨命圭相印：指赐封为相。　命圭：帝王授给大臣的玉圭。　⑩晋公：韩忠彦先祖韩滉。唐时为宰相。

杨柳枝

素色清薰出俗华，腊前花。轩前爱日扫云遮，几枝斜[①]。　月淡纱窗香暗透[②]，白于纱。幽人独酌对芳葩[③]，兴无涯。

[注释]

①几枝斜：梅以枝斜为美，“疏影横斜水清浅”，见林逋《山园小梅》

诗。 ②“月淡”句：隐括“暗香浮动月黄昏”之意。亦见林逋诗。 ③幽人：隐士，此作者自指。

蓦山溪

凤凰山下[①]，东畔青苔院。记得当初个，与玉人、幽欢小宴。黄昏风雨，人散不归家，帘旌卷[②]，灯火颤，惊拥娇羞面。 别来憔悴，偏我愁无限。歌酒情都减，也不独、朱颜改变。如今桃李，湖上泛舟时。青天晚，青山远，愿见无由见。

[注释]

①凤凰山：在浙江杭州南郊。作者早年曾随父宦游江南，本篇似追叙少年艳遇，词风近柳永。 ②帘旌：犹帘帷帘幌。

蓦山溪

自来相识，比你情都可[①]。咫尺千里算[②]，惟孤枕、单衾知我。终朝尽日，无绪亦无言，我心里，忡忡也[③]，一点全无那[④]。 香笺小字，写了千千个。我恨无羽翼[⑤]，空寂寞、青苔院锁。昨朝冤我，却道不如休。天天天，不曾么[⑥]，因甚须冤我[⑦]。

[注释]

①情都可：犹两情相悦称意。 可：犹称也，合也。见《诗词曲语辞汇释》卷一。 ②咫尺千里算：隐括柳永《婆罗门令》“寸心万绪，咫尺千里”之意。 ③忡忡：忧心貌。“未见君子，忧心忡忡。”见《诗经·召南·草虫》。 ④无那：犹无奈。 ⑤“我恨”句：隐括李商隐《无题》诗“身无彩凤双飞翼”之意。 ⑥不曾么：俚语，犹不曾怎么。 ⑦须：却也。表示转折。

生查子

夜饮别佳人，梅小犹飘雪[①]。忍泪一春愁，过却花时节。　相见话相思，重与临风月。休似那回时，无事还轻别。

[注释]

①飘雪：喻梅花似雪。苏轼《次韵周开祖长官见寄》诗，王文诰辑注云：苏子卿《梅花落词》"只言花是雪"。

少年游[①]

当年携手，是处成双，无人不羡[②]。自间阻、五年也，一梦拥、娇娇粉面。　柳眉轻扫，杏腮微拂，依前双靥[③]。盛睡里、起来寻觅[④]，却眼前不见。

[注释]

①唐氏按：词律调名当是《忆少年》之又一体也。　②"当年"三句：追叙当初形影相随之乐。　是处：处处也。　③双靥：指左右脸颊上的笑涡。女子面颊上以有微涡为美。　④盛睡：犹浓睡。

青玉案

三年宋玉墙东畔[①]，怪相见、常低面。一曲文君芳心乱[②]。匆匆依旧[③]，匆匆吹散[④]，月淡梨花馆。　秋娘苦妒浮金盏[⑤]，漏些子堪猜是娇盼。归去相思肠应断。五更无寐，一怀好事，依旧蓝桥远[⑥]。

[注释]

①“三年宋玉”句:宋玉自称东家之女美艳绝伦,登墙窥己三年,至今未许。见宋玉《登徒子好色赋》。　②一曲文君:指司马相如以琴挑文君,文君遂夜奔相如事。见《史记·司马相如列传》。　③唐氏按:此下缺二字。　④匆匆吹散:《全宋词》原无“匆匆”,此据《四库全书》本增补。　⑤秋娘:泛指美人,也称年老色衰者为秋娘。　浮金盏:指罚酒。　⑥蓝桥:裴航遇仙之处。裴航在蓝桥驿侧近遇云英成婚相偕成仙而去,事见裴铏《传奇》。　蓝桥:在陕西蓝田东南蓝水上。

江城子

赠次膺叔家娉娉①

娉娉闻道似轻盈②。好佳名,也堪称。楚观云归③,重见小樊惊④。豆蔻梢头春尚浅⑤,娇未顾,已倾城。　章台休咏旧青青⑥。惹离情,恨难平。无事飞花,撩乱扑旗亭⑦。不似刘郎春草小,能步步,伴人行⑧。

[注释]

①娉娉:晁端礼家伎,有姿色,早夭。本篇及下篇均为之而作。　②轻盈:韩忠彦家伎。　③楚观云归:用宋玉《高唐赋序》事。　④小樊:指白居易家伎樊素。“樱桃樊素口,杨柳小蛮腰。”见《本事诗·事感》。　⑤“豆蔻”句:意谓娉娉稚嫩优美,语出杜牧《赠别》诗“娉娉袅袅十三馀,豆蔻梢头二月初”句。　⑥“章台”句:隐括韩翃寄柳氏诗“章台柳,章台柳,昔日青青今在否”之意。见《本事诗》。　⑦旗亭:酒楼。　⑧“不似刘郎”三句:化用刘禹锡《寄赠小樊》“花面丫头十三四,春来淖约向人时。终须买取名春草,处处将行步步随”诗。　春草:歌姬名。

青玉案

伤娉娉

彩云易散琉璃脆①。念往事、心将碎。只合人间十三岁。百花开尽，丁香独自，结恨春风里[②]。　小园幽槛经行地，恨春草佳名谩抛弃[③]。簇蝶罗裙休将施[④]。香残烛烬，微风触幔，仿佛娇嚬是。

[注释]

①“彩云”句：截白居易《简简吟》成句。喻好物易碎，以悼其美而早亡。　②“丁香”二句：隐括李商隐《代赠二首》之一“芭蕉不展丁香结，同向春风各自愁”句意。　③春草：丫鬟名。此代指娉娉。　④簇蝶罗裙：簇蝶花饰绣之罗裙。　簇蝶：花名。　休将施：元稹《遣悲怀》诗三首其二“衣裳已施行看尽”，此反用意。

胜胜慢

家妓荣奴既出有感[①]

朱门深掩，摆荡春风，无情镇欲轻飞。断肠如雪，撩乱去点人衣[②]。朝来半和细雨，向谁家、东馆西池。算未肯、似桃含红蕊，留待郎归。　还记章台往事，别后纵青青，似旧时垂[③]。灞岸行人多少[④]，竞折柔枝。而今恨啼露叶，镇香街、抛掷因谁[⑤]。又争可、妒郎夸春草，步步相随。

[注释]

①《历代诗馀》题作“杨花”，本篇借咏物而写人。　②“断肠”二句：写杨花扑人，“怪春衣、雪沾琼缀”，见章质夫《水龙吟·柳花》词。　如雪：指杨花。　③“还记章台”三句：用韩翃与名妓柳氏情事借喻。　④灞岸：即灞桥两岸，汉人送客至此，常折柳为别。　⑤“而今”二句：以柳枝被弃暗指荣奴之出。“如今抛掷长街里，露叶如啼欲恨谁。”见刘禹锡《杨柳枝》诗。

点绛唇

同 前

檀口星眸[1]，艳如桃李情柔惠。据我心里，不肯相抛弃。　哭怕人猜，笑又无滋味。忡忡地。系人心里，一句临歧誓[2]。　(以上双照楼本《晁氏琴趣外篇》卷五)

[注释]

①檀口星眸：形容女子容貌姣好。　檀口：犹樱桃红艳之唇。　星眸：目如明星亮丽。　②临歧：分手之处。

永遇乐

赠雍宅璨奴[1]

银烛将残，玳筵初散[2]，依旧愁绪。醉里凝眸，娇来纵体，此意难分付[3]。怜伊只似，风前轻燕，好语暂来还去。重楼静，珠帘休下，待扫画梁留住[4]。　青娥皓齿，云鬟花面，见了绮罗无数[5]。只你厌厌[6]，教人竟日，一点无由诉。如今拚了[7]，萦眠惹梦，没个顿身心处[8]。深诚事，骖鸾解佩[9]，是许未许。

[注释]

①雍宅：未详。　璨奴：似指雍姓朋友之家伎。　②玳筵：豪贵之筵。　③分付：犹发落、打发。“满怀风月无分付，却惜渔翁短笛吹。”见许棐《夜泊长河》诗。　④“重楼静”三句：反用“燕子飞窥画栋，玉钩垂下帘旌”句意。见欧阳修《临江仙》词。　⑤“见了”句：化用白居易《琵琶行》“五陵年少争缠头，一曲红绡不知数”句意。　⑥厌厌：恬静柔弱貌，此形容璨奴娇柔可人。　⑦拚(pàn)了：不顾惜之意，亦为甘愿之辞。　⑧顿：犹安顿之意。　⑨骖鸾：本指一同登仙，“绛节几时还入梦，碧桃何处更骖鸾。”见薛逢《汉武宫词》诗。此指缔结欢爱。　解佩：解下佩玉相赠，指

男女相悦。见刘向《列仙传》上《江妃二女》。

虞美人

代　内[①]

梅花时候君轻去，曾寄红笺句[②]。胡麻好种少人知，正是归时何处、误芳期[③]。　　谁教又作狂游远，归路杨花满。当年不负琐窗春，老向长楸走马、更愁人[④]。

[注释]

①代内：作者代夫人杜氏拟作。　②红笺：书信。　③"胡麻"二句：朱滔领兵不择士族，有士子在滔前作寄内诗，援笔立成，又令其代妻作答诗，诗有"胡麻好种无人种，合是归时底不归"之句，滔遂放归。见《本事诗·情感》。　④"当年"二句：语出李商隐《访人不遇留别馆》诗"卿卿不惜琐窗春，去作长楸走马身"。

朝天子[①]

酒醒情怀恶，金缕褪、玉肌如削。寒食过却，海棠花零落。　　渐日照、阑干烟淡薄。绣额珠帘笼画阁。春睡着，觉来失、秋千期约[②]。

[注释]

①唐氏于前篇《虞美人·代内》下云："此下原有《朝天子》（酒醒情怀恶）一首，乃冯延巳作，见《阳春集》，今不录。"《全宋词》附收于后。此据刘乃昌、杨庆存注《晁氏琴趣外篇》。　②秋千期约：指踏青游戏之约。

行香子

赠轻盈[①]

柳态纤柔，雪艳疏明。问人来、人道轻盈。张琵莲脸[2]，一寸波横[3]。比潇洒处，犹难称，此嘉名。　花前烛下，微嚬浅笑，要题诗、盏畔低声。司空自惯，狂眼须惊。也不辞写，双罗带，恐牵情。

[注释]

①轻盈：韩忠彦家伎，善琵琶。　②张琵莲脸：《四库》本作“芙蓉脸际”。　③波横：犹横波，眼波流动，形容美目。傅毅《舞赋》：“目流睇而横波。”

感皇恩

终岁忆春回，西园行尽。欢喜梅梢上春信[1]。去年携手，暗约芳时还近[2]。燕来莺又到，人无准。　凭谁向道，流光一瞬。佳景闲、无事衣褪。春归何处，又对飞花难问。旧欢都未遇，成新恨。

[注释]

①春信：指梅花已绽。“江国正寒春信稳，岭头枝上雪飘飘。”见郑谷《梅》诗。　②“去年”二句：隐括欧阳修《浪淘沙》“把酒祝东风”词意。

临江仙

代　内

马上匆匆听鹊喜，朦胧月淡黄昏。碧罗双扇拥朝云[1]。粉光先辨脸，朱色怎分唇。　暂别宝奁蛛网遍[2]，春风泪污榴裙[3]。香笺小字寄行云[4]。纤腰非学楚[5]，宽带为思君[6]。

[注释]

①朝云：佳丽之代称。语出宋玉《高唐赋序》。 ②“暂别”句：化用徐幹《室思》“自君之出矣，明镜暗不治”之意。 ③“春风”句：化用武则天《如意娘》诗“不信比来常下泪，开箱验取石榴裙”句意。 ④行云：犹行人。“流波恋旧浦，行云思故乡。”见张协《杂诗》。 ⑤“纤腰”句：楚灵王好细腰，故云。事见《韩非子·二柄》。 ⑥“宽带”句：隐括柳永《凤栖梧》“衣带渐宽终不悔，为伊消得人憔悴”之意。

碧牡丹

王晋卿都尉宅观舞[①]

院宇帘垂地，银筝雁、低春水[②]。送出灯前，婀娜腰肢柳细[③]。步蹙香裀[④]，红浪随鸳履[⑤]。梁州紧[⑥]，凤翘坠，悚轻体[⑦]。　绣带因风起，霓裳恐非人世[⑧]。调促香檀[⑨]，困入流波生媚[⑩]。上客休辞，眼乱尊中翠。玉阶霜、透罗袂[⑪]。

[注释]

①王晋卿：即王诜，宋初功臣王全斌之后。 都尉：即驸马都尉之略称。 ②“银筝雁”句：化用张先《菩萨蛮》“当筵秋水慢，玉柱斜飞雁”句。 雁：指筝柱。 春水：犹秋水，指美目。 ③婀娜(ē nuǒ)：柔美貌。 ④步蹙香裀(yīn)：意谓地毯随舞步而皱。 蹙：起皱。 香裀：犹香茵，指地毯。 ⑤红浪随鸳履：红浪形容红色的地毯。鸳履指舞鞋。 ⑥梁州：曲名。一名凉州曲，来自西凉。 ⑦悚(sǒng)：原意恐惧，此指颤动貌。 ⑧霓裳：曲名，指《霓裳羽衣曲》。此借指美妙乐曲。 ⑨香檀：指檀槽，代指乐器。 ⑩流波：目视貌。 ⑪“玉阶霜”句：隐括李白《玉阶怨》“玉阶生白露，夜久侵罗袜”句意。

少年游

前时相见，楼头窗畔，尊酒望银蟾[①]。如今间阻，银蟾又满，小阁下珠帘。 愿得吴山山前雨[②]，长恁晚廉纤[③]。不见楼头婵娟月[④]，且寂寞、闭窗眠。

[注释]

①银蟾：指月亮。 ②吴山：在今杭州市内。一名胥山。 ③廉纤：细雨貌。韩愈有“廉纤晚雨不能晴”之句，见《晚雨》诗。 ④婵娟月：语出孟郊《婵娟篇》“月婵娟，真可怜”。 婵娟：形态美好，此指月。

西江月

似有如无好事，多离少会幽怀。流莺过了又蝉催。肠断碧云天外。 不寄书还可恨，全无梦也堪猜。秋风吹泪上楼台，只恐朱颜便改[①]。

[注释]

①朱颜便改：作者自伤形容憔悴。“雕栏玉砌依然在，只是朱颜改。”见李煜《虞美人》词。

鹧鸪天

绣幕低低拂地垂，春风何事入罗帏[①]。胡麻好种无人种，正是归时君未归。 临晚景，忆当时，愁心一动乱如丝。夕阳芳草本无恨，才子佳人空自悲。

[注释]

①“春风”句：化用李白《春思》诗“春风不相识，何事入罗帏”句意。

满江红

寄 内

月上西窗，书帏静、灯明又灭。水漏涩、铜壶香烬[①]，夜霜如雪。睡眼不曾通夕闭，梦魂争得连宵接。念碧云、川路古来长，无由越[②]。　鸾钗重，青丝滑。罗带缓[③]，小腰怯。伊多感那更，恨离伤别。正是少年佳意气，渐当故里春时节。归去来、莫教子规啼，芳菲歇[④]。

[注释]

①水漏：古计时器。　②"念碧云"二句：隐括江淹《杂体休上人怨别》"日暮碧云合，佳人殊未来"、谢庄《月赋》"川路长兮不可越"诗意。③罗带缓：意谓人渐消瘦。"相去日已远，衣带日已缓。"见《古诗十九首》。　④"归去来"二句：意谓须及时归来。　归去来：用陶潜"归去来兮，田园将芜，胡不归"意。　子规：一名鹈鴂。

菩萨蛮

代歌者怨

丝篁鬥好莺羞巧[①]，红檀微映燕脂小。当座敛双蛾[②]，曲中幽恨多。　知君怜舞袖，舞要歌成就。独舞不成妍，因歌舞可怜。

[注释]

①丝篁：泛指拨弦乐器，"嗟余有两耳，未省听丝篁。"见韩愈《听颖师弹琴》诗。　②"当座"句：《全宋词》原脱"座"字，此据《四库全书》本增补。

临江仙

离别寻常今白首，更须竹雨萧萧。不应都占世间豪，清风居士手，杨柳洛城腰[①]。　文字功名真自误[②]，从今好月良宵。只消怜取董娇饶[③]。修门君自到[④]，不用我词招。[⑤]

[注释]

①“杨柳”句:“杨柳小蛮腰”,为白居易赋其家伎小蛮诗句。 ②“文字”句:化用杜甫《奉赠韦左丞丈二十二韵》诗“纨袴不饿死,儒冠多误身”句意。 ③董娇饶:古代美女名。见宋子侯《董娇饶》诗。代指佳人。 ④“修门”句:用《楚辞·招魂》“魂兮归来,入修门些”意。 修门:此借指国门都门。 ⑤唐氏按:此首别作陈师道词,见《后山词》。

临江仙

晁达州见和[①]

君似苍崖千仞竹,一枝孤映萧萧。箪瓢不减万钟豪[②]。闲情搔短鬓,佳句咏纤腰。 罢酒兰舟回楚柂[③],相思何处今宵。淮南幽桂水云饶[④]。他年春草恨[⑤],应有小山招[⑥]。

[注释]

①晁达州:补之曾起知达州,未行,擢知泗州。 达州:在今四川达县。此词似他人赠晁之作而羼入者,俟考。 ②箪瓢:指贫寒生活。语出《论语·雍也》。 ③柂(duò):舵也。 ④“淮南”句:化用《招隐士》“桂树丛生兮山之幽,偃蹇连蜷兮枝相缭”之意。 ⑤春草恨:隐括《招隐士》“王孙游兮不归,春草生兮萋萋”之意。 ⑥小山招:《招隐士》,淮南小山之作也。

紫玉箫

过尧民金部四叔位,见韩相家姬轻盈所留题[①]

罗绮丛中[②],笙歌队里[③],眼狂初认轻盈。无花解比,似一钩新月,云际初生。算不虚得,都占与、第一佳名。

轻归去，那知有人，别有牵情。　　襄王自是春梦[④]，休谩说东墙，事更难凭。谁教慕宋[⑤]，要题诗曾倚，宝柱低声[⑥]。似瑶台晓，空暗想、众里飞琼[⑦]。馀香冷、犹在小窗，一到魂惊。

[注释]

①尧民：晁端仁名位，字尧民。　金部：主管财货之郎中。　韩相家姬：指韩师朴家姬轻盈，善琵琶。本篇题为见留题后有感而作，当作于初见词《鸭头绿》之后。　②罗绮丛中：用苏轼《答陈述古》诗“罗绮丛中第一人”之意。　③笙歌队里：指众歌伎中。又《全宋词》原作“笙歌丛里”，今据《四库全书》、《历代诗馀》本校改。　④“襄王”句：用宋玉《神女赋》楚襄王梦遇神女事。　⑤“休谩说”三句：以宋玉自比。　⑥“要题诗”二句：追忆轻盈向作者索诗情形。此留题与题中所云相合。　⑦飞琼：西王母侍女许飞琼，此借指轻盈。

鬥百草

别日常多，会时常少天难晓。正喜花开，又愁花谢，春也似人易老。惨无言、念旧日朱颜，清欢莫笑。便苒苒如云，霏霏似雨，去无音耗。　　追想墙头梅下[①]，门里桃边[②]，名利为伊都忘了。血写香笺，泪封罗帕，记三日、离肠恨搅。如今事，十二楼空凭谁到[③]。此情悄。拟回船、武陵路杳[④]。

[注释]

①墙头梅下：追忆相遇情状，隐括白居易《井底引银瓶》诗意。　②门里桃边：隐括崔护《游都城南庄》“去年今日此门中，人面桃花相映红。人面不知何处去，桃花依旧笑春风”诗意。　③十二楼：传说中神仙居处，此指佳人所居。　④“拟回船”句：用陶潜《桃花源记》事。

鬥百草

往事临邛[①]，旧游雅态羞重忆。解赋才高，好音情慧，琴里句中暗识[②]。正当年、似阆苑琼枝，朝朝相倚。便涤器何妨，当炉正好，镇同比翼[③]。　谁使褰裳佩失[④]，推枕云归[⑤]，惆怅至今遗恨积。双鲤书来[⑥]，大刀诗意[⑦]，纵章台、青青似昔。重寻事，前度刘郎转愁寂。谩赢得，对东风、对花叹息。

[**注释**]

①"往事"句：此以司马相如自比。　临邛：地名，在今四川邛崃。司马相如落魄临邛，却为县令王吉器重。招饮，相如风采令一座尽倾。见《史记·司马相如列传》。　②"琴里"句：用司马相如以琴中音挑动文君，文君解曲识音事，喻两情相悦。　③"便涤器"三句：亦用司马相如事。文君夜奔相如，相如家徒四壁，令文君当炉，自著犊鼻裈，涤器于市中。夫妻情深，如比翼双飞。　④褰裳：指提起裤管渡水与情人相会。用《诗经·郑风·褰裳》"子惠思我，褰裳涉溱"诗意。　佩失：郑交甫见二仙女，得佩，十步循探之，即无。回顾二仙女，亦无。事见《列仙传》上《江上二妃》。此指好景易逝。　⑤推枕云归：用宋玉《高唐赋序》事。　⑥双鲤：指书信。见《饮马长城窟行》。　⑦大刀诗意：指归意。《玉台新咏·古绝句四首》有"何当大刀头"之句。《乐府解题》云："大刀头者，刀头有环也，'何当大刀头'者，何日当还也。"

鬥百花

汶妓阎丽[①]

小小盈盈珠翠[②]，忆得眉长眼细。曾共映花低语，已解伤春情意。重向溪堂，临风看舞梁州[③]，依旧照人秋水[④]。转更添姿媚。　与问阶上，簸钱时节[⑤]，记微笑，但把纤腰，向人娇倚。不见还休，谁教见了厌厌[⑥]，还是向来情味。

[注释]

①汶：指汶上，今属山东。本篇为赠妓之作。　②“小小”句：形容女子姣好。“小小生金屋，盈盈在紫微。”见李白《宫中行乐词》。　③梁州：曲名。　④照人秋水：指光彩照人之眼波。　⑤“与问阶上”二句：追怀共嬉之乐。欧阳修《望江南》“十四五，闲抱琵琶寻。阶上簸钱阶下走，恁时相见早留心，何况到如今”为此词所本。　簸钱：古人掷钱以判输赢之游戏。　⑥厌厌：娇柔可人貌。

[集评]

丁绍仪云：“冯柳东大令谓柳永《鬥百花》‘终日扃朱户’应作换头起句，《词综》误属上阕，《词律》收晁补之词亦同此误，致疑参差无味，宜矣。按《鬥百花》调，柳词三阕，一云‘鸾辂音尘远’，属上属下均可；一云‘举措多娇媚’，若作换头起句，则上文‘如描似削身材，怯雨羞云情意’词气似尚未足。晁词亦三阕：一即《词律》所收‘百态生珠翠’截上归下已觉牵强；一云‘重向溪堂，临风看舞梁州，依旧照人秋水’，紧接‘转更添姿媚’，以足上文语气，若截归下阕，似与下文‘与问阶上，簸钱时节应记’转不相接；一云‘微笑遮纨扇’，细玩词意，亦宜属上，不宜属下。乃未经互校，率臆言之，昔贤有知，得毋齿冷。”（《听秋声馆词话》卷十）

鬥百花

汶妓褚延娘[①]

脸色朝霞红腻，眼色秋波明媚。云度小钗浓鬓[②]，雪透轻绮香臂。不语凝情，教人唤得回头，斜盼未知何意。百态生珠翠。　低问石上，凿井何由及底。微向耳边，同心有缘千里。饮散西池，凉蟾正满纱窗[③]，一语系人心里。

[注释]

①本篇及下篇均为赠妓之作。 ②“云度”句:形容褚延娘鬟饰华艳。 云:指鬓云。“鬓云欲度香腮雪”,见温庭筠《菩萨蛮》词。 ③凉蟾:指月亮。

[集评]

李调元云:“晁补之有《鬥百花》词,杨诚斋云:‘词须择腔,如《鬥百花》之无味,因此后作此腔者寥寥。’今按词后段云:‘低问石上,凿井何由及底?微向耳边,同心有缘千里。’句法本古乐府,更工于言情,乃知诚斋非深于此道者。”(《雨村词话》卷二)(按:此乃杨守斋言辞,非杨诚斋,李说误。)

鬥百花

斜日东风深院,绣幕低迷归燕。潇洒小屏娇面,仿佛灯前初见[①]。与选筵中,银盆半折姚黄[②],插向凤凰钗畔[③]。微笑遮纨扇。 教展香裀,看舞霓裳促遍[④]。红飐翠翻[⑤],惊鸿乍拂秋岸[⑥]。柳困花慵,盈盈自整罗巾,须劝倒金盏。

[注释]

①“潇洒”二句:点化“记得小蘋初见”句意,见晏几道《临江仙》词。 小屏:当指舞伎名。 ②姚黄:牡丹花精品。 ③凤凰钗:犹凤钗。 ④“教展”二句:写舞姿。 ⑤红飐(zhǎn)翠翻:形容舞姿动态。 飐:吹动。 ⑥惊鸿:指美人。“翩若惊鸿,婉若游龙”,见曹植《洛神赋》。此指舞伎。

御街行

天街月照珠帘粉,鞲辔曾相近[①]。繁华乐事老来慵,对酒尚怜佳景。王孙年少，风流应更，无奈春愁闷。　　幽期莫误香闺恨，罗带今朝褪。月圆花好一般春[2]，触处总堪乘兴。有人惆怅，何如归好，相见凭君问。

[注释]

①亸（duǒ）辔：指驻马垂鞭貌。　亸：垂下貌。　②“月圆花好”句：意近晁次膺“愿花长好，人长健，月常圆”。见《行香子·别恨》。

南歌子

睡起临窗坐，妆成傍砌闲[1]。春来莫卷绣帘看。嫌怕东风吹恨、在眉间。　　鹦鹉花前弄，琵琶月下弹。蓦然收袖倚栏干。一向思量何事[2]、点云鬟。

[注释]

①砌：指台阶。　②一向：犹一晌。

清平乐

寒风雁度，声向千门去[1]。也到文闱校文处[2]，也到文君绣户[3]。　　背灯解带惊魂，长安此夜秋声[4]。早是夜寒不寐，五更风雨无情。

[注释]

①千门：指代宫殿。　②“文闱”句：指秘书省一类官署，有校文字之所，晁补之于元祐初召试馆阁，除秘书省正字，迁校书郎，故云。　③文君绣户：泛指美人处所。　④长安：此处借指汴京。

好事近

归路苦无多,正值早秋时节。应是画帘灵鹊[1],把归期先说。　就中风送马蹄轻,人意渐欢悦[2]。此夜醉眠无梦,任西楼斜月。　(以上双照楼本《晁氏琴趣外篇》卷六)

[注释]

①灵鹊:鹊有灵性能报喜,故称。　②"就中"二句:隐括孟郊《及第诗》"春风得意马蹄疾,一日看遍长安花"句意。

调　笑[1]　七　首

盖闻民俗殊方,声音异好。洞庭九奏[2],谓踊跃于鱼龙;子夜四时[3],亦欣愉于儿女。欲识风谣之变,请观调笑之传。上佐清欢,深惭薄伎

西　子[4]

西子江头自浣纱,见人不语入荷花[5]。天然玉貌非朱粉,消得人看隘若耶[6]。游冶谁家少年伴,三三五五垂杨岸。紫骝飞入乱红深,见此踟蹰但肠断[7]

肠断,越江岸。越女江头纱自浣[8]。天然玉貌铅红浅,自弄芙蓉日晚。紫骝嘶去犹回盼,笑入荷花不见。

[注释]

①调笑:宋时俗曲,即调笑转踏。转踏皆诗词相间,先诗后词,此处共七首,每首分咏一事。　②洞庭九奏:指仙乐。《庄子·天运》:"帝张《咸池》之乐于洞庭之野……"　洞庭:指广庭。　九奏:奏乐九曲。　③子夜四时:指乐府诗《子夜四时歌》。　④西子:古代美女西施。见《吴越春秋》。　⑤"见人"句:语出李白《越女词》"笑入荷花去,佯羞不出来"。　⑥"消得"句:语出李白《子夜吴歌》"五月西施来,人看隘若

耶”。 若耶：即若耶溪，今浙江绍兴南，一名平水江。 ⑦“游冶”四句：化用李白《采莲曲》“岸上谁家游冶郎，三三五五映垂杨。紫骝嘶入落花去，见此踟蹰空断肠”诗意。 ⑧“越女”句：相传西施曾在江畔浣沙。“谁怜越女颜如玉，贫贱江头自浣沙。”见王维《洛阳女儿行》。

宋 玉[1]

楚人宋玉多微词[2]，出游白马黄金羁。殷勤扣户主人女，上客日高无乃饥[3]。琴弹秋思明心素，女为客歌客无语。冠缨定挂翡翠钗，心乱谁知岁将暮

将暮，乱心素[4]。上客风流名重楚，临街下马当窗户。饭煮雕胡留住[5]。瑶琴促轸传深语，万曲梁尘不顾[6]。

[注释]

①宋玉：辞赋家，战国时楚人，曾事楚襄王。 ②多微词：多有所贬。唐勒向楚襄王进谗曰宋玉身体容冶，口多微词。 ③上客：贵客。句乃主人女扣户问候宋玉之言。 ④心素：内心的情愫。 ⑤雕胡：指菰米。“菰之有米者，长安人谓之雕胡。”见刘歆《西京杂记》。 ⑥“万曲”句：意谓瑶琴之声绕梁动听。 梁尘：清音绕梁，动飞尘也。见《文选·陆机〈拟古〉》注。

大 堤[1]

妾家朱户在横塘，青云作髻月为珰[2]。常伴大堤诸女士，谁令花艳独惊郎[3]。踏堤共唱《襄阳乐》，轲峨大艑帆初落[4]。宜城酒熟持劝郎[5]，郎今欲渡风波恶[6]

波恶，倚江阁。大艑轲峨帆夜落，横塘朱户多行乐，大堤花容淖约。宜城春酒郎同酌，醉倒银缸罗幕。

[注释]

①大堤：乐府曲调名。出于《襄阳歌》。 ②“妾家”二句：隐括李贺《大堤曲》“妾家住横塘，红纱满桂香。青云教绾头上髻，明月与作耳边

珰”之意。 横塘：地名，在今江苏南京西南。 ③“常伴”二句：化用“朝发襄阳城，暮至大堤宿。大堤诸女儿，花艳惊郎目”句意。见《乐府诗集》卷四十八《襄阳歌》。 ④“轲峨”句：点化刘禹锡《堤上行》句“轲峨大艑落帆来”。 轲峨：高貌。 ⑤宜城：地名，在今湖北宜城南，盛产酒。⑥“郎今”句：隐括李白《横江词》“郎今欲渡缘何事，如此风波不可行”之意。

解 珮[①]

当年二女出江滨，容止光辉非世人。明珰戏解赠行客，意比骖鸾天汉津。恍如梦觉空江暮，云雨无踪珮何处。君非玉斧望归来[②]，流水桃花定相误[③]

相误，空凝伫。郑子江头逢二女。霞衣曳玉非尘土，笑解明珰轻付。月从云堕劳相慕，自有骖鸾仙侣[④]。

[注释]

①解珮：隐括郑交甫遇二女事。详见《列仙传·江上二妃》。 ②玉斧：仙人许翙之字。三十岁得道成仙。 ③“流水”句：用刘晨、阮肇事。④骖鸾：本指一同登仙，此指缔结欢爱。

回 纹[①]

窦家少妇美朱颜[②]，藁砧何在山复山[③]。多才况是天机巧，象床玉手乱红间[④]。织成锦字纵横说，万语千言皆怨别[⑤]。一丝一缕几萦回，似妾思君肠寸结

寸结，肝肠切。织锦机边音韵咽。玉琴尘暗薰炉歇，望尽床头秋月。刀裁锦断诗可灭，恨似连环难绝。

[注释]

①回纹：犹“回文”，指回文诗。反覆读之皆成文，或曰始起于窦滔妻苏氏。 ②窦家少妇：指窦滔妻苏氏，名蕙，字若兰，善属文，智识精明，仪容妙丽。见《晋书·列女列传》。 ③“藁砧”句：隐括“藁砧今何在？山

上复有山。何当大刀头，破镜飞上天”之意。见《玉台新咏·古绝句》之一。 藁砧：为丈夫的代称。 ④“象床”句：语出杜诗《白纻行》“象床玉手乱殷红”。 ⑤“织成”二句：用窦滔妻苏蕙织锦回文之事。见《晋书·列女列传》。滔徙流沙，惠因织绵为回文，以寄离思。其诗回环诵读，皆能成文。

唐 儿①

头玉硗硗翠刷眉②，杜郎生得好男儿。惟有东家娇女识，骨重神寒天妙姿③。银鸾照衫马丝尾，折花正值门前戏④。侬笑书空意为谁，分明唐字深心记

心记，好心事。玉刻容颜眉刷翠。杜郎生得真男子，况是东家妖丽。眉尖春恨难凭寄，笑作空中唐字。

[注释]

①唐儿：指杜黄裳之子。黄裳尚唐朝公主，故小儿小名唐儿。本篇诗词隐括唐李贺《唐儿歌》诗而成。 ②头玉硗硗（qiāo）：谓头骨隆起貌。③“骨重神寒”句：指其气度稳静优雅。《全宋词》“天”字下附“庙”“妙”二字，今取其“妙”。 ④“折花”句：隐括李白《长干行》诗“妾髮初覆额，折花门前剧。郎骑竹马来，绕床弄青梅”句意。

春 草①

刘郎初见小樊时，花面丫头年未笄。千金欲置名春草，图得身行步步随②。郎去苏台云水国③，青青满地成轻掷。闻君车马向江南，为传春草遥相忆

相忆，顿轻掷。春草佳名惭赠壁。长洲茂苑吴王国④，自有芊绵碧色。根生土长铜驼陌⑤，纵欲随君争得。

（以上七首见《乐府雅词》卷上）

[注释]

①春草:白居易姬名。刘禹锡有《忆春草》诗。 ②“刘郎”四句:隐括刘禹锡《寄赠小樊》诗。 ③“郎去”句:指白居易外任苏杭之事。 苏台:即姑苏台,在今江苏吴县境内。 ④“长洲”句:指春秋时吴国宫苑所在之处。 长洲:地名。 茂苑:即长洲苑。 吴王国:长洲苑为吴王游猎处。 ⑤铜驼陌:指洛阳铜驼街,此代指京洛。

洞仙歌

泗州中秋作,此绝笔之词也[1]

青烟幂处,碧海飞金镜[2]。永夜闲阶卧桂影,露凉时、零乱多少寒螀[3],神京远,惟有蓝桥路近[4]。 水晶帘不下[5],云母屏开,冷浸佳人淡脂粉。待都将许多明,付与金尊,投晓共、流霞倾尽[6]。更携取、胡床上南楼[7],看玉做人间,素秋千顷。[8]

(《乐府雅词》卷上)

[注释]

①泗州:地名,属淮南路,治所在今安徽泗县东南。大观四年(1110),作者由近制诰部授知达州,未行,擢知泗州,到官不久,以疾卒。故称绝笔之词。见张耒《晁无咎墓志铭》。 ②“青烟幂(mì)处”二句:描写明月初升时景色。 幂:覆盖。 碧海:指蓝天。 金镜:喻朗月。 ③寒螀:指寒蝉。 ④“神京远”二句:用唐传奇《裴航》事。秀才裴航遇同船樊夫人,慕而赠诗有“傥若玉京朝会去,愿随鸾鹤入青云”之句。夫人答曰:“蓝桥便是神仙窟,何必崎岖上玉京。” 蓝桥:为裴航遇仙处,此借指月宫仙境。 ⑤水晶帘:犹水精帘,形容质地精细色泽莹澈的帘,李白有《玉阶怨》诗:“却下水精帘,玲珑望秋月。”此用其意。 ⑥流霞:神话中的仙酒,此处泛指美酒。 ⑦“更携取”句:用庾太尉与诸僚属登南楼据胡床咏谑任乐之事。见《世说新语·容止》。 ⑧唐氏按:此首别又误入毛滂《东堂词》。

[集评]

胡仔云："凡作诗词，要当如常山之蛇，救首救尾不可偏也。如晁无咎作中秋《洞仙歌》词，固已佳矣，其首云'青烟幂处，碧海飞金镜，永夜闲阶卧桂影'，其后云：'待都将许多明，付与金尊，投晓共、流霞倾尽。更携取胡床上南楼，看玉做人间，素秋千顷。'若此，可谓善救首救尾者也。至朱希真作中秋《念奴娇》，则不知出此。其首云：'插天翠柳，被何人、推上一轮明月。照我藤床凉似水，飞入瑶台银阙。'亦已佳矣。其后云：'洗尽凡心，满身清露，冷浸萧萧发。明朝尘世，记取休向人说。'此两句无意味，收拾得不佳，遂并全篇气索然矣。"（《苕溪渔隐丛话》后集卷三十九）

毛晋云："无咎……大观四年卒于泗州官舍，自画《山水留春堂》大屏，上题云：'胸中正可吞云梦，盏底何妨对圣贤。有意清秋入衡霍，为君无尽写江天。'又咏《洞仙歌》一阕，遂绝笔。"（《晁氏琴趣外篇跋》）

李攀龙云："此词前后照应，如织锦然，真天孙手也。"（《草堂诗馀隽》）

黄苏云："前评（胡仔评）固甚得谋篇构局之法。至其前阕从无月到有月，次阕从有月看到月满人间，层次井井，而词致奇杰，各段俱有新警语，自觉冰魂玉魄，气象万千，兴乃不浅。"（《蓼园词选》）

下水船[1]

上客骊驹至[2]，惊唤银屏睡起。困倚妆台，盈盈正解螺髻。凤钗垂，缭绕金盘玉指。巫山一段云委[3]。　半窥镜、向我横秋水[4]。斜颔花枝交镜里[5]。淡拂铅华[6]，匆匆自整罗绮。敛眉翠，虽有愔愔密意[7]。空作江边解佩[8]，情何寄[9]。

（《能改斋漫录》卷十六）

[注释]

①本篇为女伎田氏而作。　②"上客"句：骊驹，指纯黑色的马。"何用识夫婿，白马从骊驹。"见《陌上桑》。又《全宋词》"至"原作"系"，此据《苕溪渔隐丛话》。　③"巫山"句：化用李群玉《同郑相并歌妓小饮戏赠》诗"鬌耸巫山一段云"句意。　④秋水：指眼波。　⑤斜颔：照镜貌。对着镜子左照右照。化用温庭筠《菩萨蛮》"照花前后镜，花面交相映"句意。

⑥铅华:指饰脸之脂粉。 ⑦愔愔(yīn):安静和悦貌。 ⑧江边解佩:用《列仙传》郑交甫遇江妃二女事。 ⑨情何寄:《全宋词》本无此三字,此据《苕溪渔隐丛话》补。

[集评]

吴曾云:"元丰己未,廖明略、晁无咎同登科。明略所游田氏者,丽姝也。一日,明略邀无咎晨过田氏。田氏遽起对鉴理发,且盼且语,草草妆掠以与客对。无咎以明略故,有意而莫传也。因为《下水船》一阕……(略)"(《能改斋漫录》卷十六)

周辉云:"元丰己未,明略、无咎同登科。明略所游者田氏,姝丽也。……因为《下水船》一阕……(略)顷在上饶,得此说于晁族。……风流蕴藉寓诸乐府。虽曰纤丽,不妨游戏于杯酒闲馀。"(《清波杂志》卷九)

失调名

残腊初雪霁,梅白飘香蕊。依前又还是,迎春时候,大家都备。灶马门神[①],酒酌酴酥[②],桃符尽书吉利[③]。 五更催驱傩[④],爆竹起。虚耗都教退[⑤]。交年换新岁,长保身荣贵。愿与儿孙、尽老今生,祝寿遐昌[⑥],年年共同守岁[⑦]。 (《岁时广记》卷三十九)

[注释]

①灶马门神:旧时辞岁习俗。 灶马:祭灶神时以纸印灶神像,供于灶门之下,名为灶马。 门神:护门之神,近岁节,市井有买门神张贴之风俗。均见《东京梦华录》卷十《十二月》。 ②酴(tú)酥:酒名,即屠苏酒。此酒系药酒,阖家饮之,不病瘟疫。 ③桃符:原指桃木板上画神驱邪。此指门上所写的春联。 ④驱傩:旧时年节驱邪之仪式。见高承《事物纪原》卷八《驱傩》。 ⑤"虚耗"句:指宋时京师的风俗照虚耗,用意是祛除鬼怪。 虚耗:鬼名,所至之处,损财竭藏,很不吉利。见《东京梦华录》。 ⑥遐昌:吉利语,意谓永久昌盛。 ⑦守岁:除夕之夜,围炉团坐,达旦不寐谓之守岁。

洞仙歌

江陵种橘，尚比封侯贵[①]。何况江涛转千里。带天香，含洞乳，宜入春盘，红荔子，驰驿风流仅比[②]。　齿疏潘令老[③]，怯咀冰霜，十颗金苞谩分遗[④]。记觞前、须细认，别有馀甘，从此去，枉却栽桃种李。想相如酒渴对文君，迥不是人间，等闲风味[⑤]。

[注释]

①"江陵"二句：意谓江陵人以种橘富贵。"蜀汉江陵千树橘……此其人皆与千户侯等。"见《史记·货殖列传》。　②"红荔"二句：意谓橘可与荔枝媲美。驰驿风流，隐括杜牧《过华清宫》诗意。　③潘令：晋河阳令潘岳负才不遇，曾作《闲居赋》有"筑室种树，逍遥自得"云云，此作者自喻。　④金苞：此处借代色泽金黄之橘。　⑤"想相如"三句：用司马相如与文君饶于财不慕官爵事，见《史记·司马相如列传》。

洞仙歌

柑　子[①]

温江异果，惟有泥山贵[②]。驿送江南数千里。半含霜，轻噀雾[③]，曾怯吴姬，亲赠我，绿橘黄柑怎比[④]。　双亲云水外[⑤]，陆子空怀[⑥]，惆怅无人可归遗。报周郎、须念我，物少情多[⑦]，春酒醒[⑧]，独胜甜桃醋李。况灯火楼台近元宵[⑨]，似不减年时，袖中香味。

（以上二首见《全芳备祖》后集卷"三柑门"）

[注释]

①柑子：《全宋词》脱题，此据《全芳备祖》增补。　②"温江"二句：意谓柑以温州泥山出产为名贵。　温江：瓯江之别名，指温州一带。见《全

芳备祖》后集卷三《杂著》引《韩彦直录》。 ③轻噀(xùn)雾:喻瓯柑香气袭人。 噀:喷也。 ④“绿橘黄柑”句:隐括苏轼《赠刘景文》诗“一年好景君须记,最是橙黄橘绿时”句意。 ⑤“双亲”句:用狄仁杰辞亲赴边之事。狄仁杰登太行山,南望见白云孤飞,谓左右云:“吾亲所居,在此云下。”见《唐书·狄仁杰传》。 ⑥陆子:《全宋词》原作“游子”,此据刘乃昌、杨庆存注《晁氏琴趣外篇》补遗,当指幼时以橘袖怀欲归遗母之陆绩。见《三国志·吴书·陆绩传》。 ⑦“报周郎”二句:意谓以橘赠友礼轻意重。周郎当指作者之周姓友人。 ⑧春酒醒:《全宋词》作“春酒醉”,此据刘乃昌、杨庆存注《晁氏琴趣外篇》补遗。 ⑨“况灯火”句:唐以后元宵均有观灯风俗。此时帝王常以黄柑赐近臣,谓之“传柑宴”,故云。见《全芳备祖》卷三。

新荷叶[1]

雨过回塘,圆荷嫩绿新抽。越女轻盈,画桡轻送兰舟。波光艳、粉红相间,脉脉娇羞。菱歌隐隐渐遥,依约凝眸。 堤上郎心,波间妆影迟留。不觉归时,暮天碧衬蟾钩。风蝉噪晚,馀霞影、几点沙鸥。渔笛不道、有人独倚南楼。 (录自《全芳备祖》前集卷十一“荷花门”)

[注释]

①《全宋词》列入晁补之存目词,唐氏附注:“赵抃词,见《乐府雅词拾遗》卷上。”然《乐府雅词拾遗》调作《折新荷引》。《类编草堂》卷二作僧仲殊词,题作《采莲》。赵万里《校辑宋金元人词》已收录。刘乃昌、杨庆存注《晁氏琴趣外篇》列入存疑词。

清商怨

春 词[1]

风摇动,雨濛松,翠条柔弱花头重。春衫窄,娇无力。

记得当初，共伊把青梅来摘。　　都如梦，何时共，可怜敧损钗头凤。关山隔，暮云碧。燕子来也，全然又无些子消息。

（录自《京本通俗小说·西山一窟鬼》）

［注释］

①《全宋词》列入晁补之存目词。唐氏附注："无名氏词，见《花草粹编》卷六引《古今词话》。"然此词又见冯梦龙《警世通言》卷十四《一窟鬼癞道人除怪》，原注云："宋小说旧名《西山一窟鬼》。"《花草粹编》卷六调作《撷芳词》，无题目，文字亦有不同。刘乃昌、杨庆存注《晁氏琴趣外篇》列入存疑词。

临江仙

春　暮①

绿暗汀洲三月暮，落花风静帆收。垂杨低映木兰舟。半篙春水滑，一段夕阳愁。　　灞水桥东回首处，美人亲上帘钩。青鸾无计入红楼。行云归楚峡，飞梦到扬州。

（录自《花草粹编》卷七）

［注释］

①《全宋词》列入晁补之存目词。又见《类编草堂诗馀》卷二、《古今词选》卷三、《词综》卷六。唐氏附注："无名氏词，见《草堂诗馀前集》卷上。"龙榆生《晁氏琴趣外篇》点校本已收录。刘乃昌、杨庆存注《晁氏琴趣外篇》列入存疑词。

满江红

暮　春①

东武南城，新堤固、涟漪初溢。隐隐遍、长林高阜，卧红堆碧。枝上残花吹尽也，与君试向江边觅。问向前、犹有几多春，三之一。　　官里事，何时毕？风雨外，无多日。相将泛曲水，满城争出。君不见、兰亭修禊事，当时座上皆豪逸。到如今、修竹满山阴，空陈迹。

（录自《草堂诗馀前集》卷上）

[注释]

①《全宋词》列入晁补之存目词。唐氏附注："苏轼词，见《东坡词》卷上。"此篇又见《类编草堂诗馀》卷三、《词综》卷六。然元延祐刊本《东坡乐府》存此词，题为《东武会流杯亭上巳日作城南有坡土色如丹其下有堤壅郏淇水入城》。刘乃昌、杨庆存注《晁氏琴趣外篇》列入存疑词。

水龙吟[①]

智琼娇额涂黄，为谁种作秋风蕊。寒香半露，绿帏深护，犹闻十里。山麝生脐，水沉削蜡，一时羞避。向钱塘江上，中秋月下，有人暗、寻遗子。　　不奈书生习气，对群花、领略风味。骚人已去，欲纫幽佩，重为湘酎。天赋风流，友梅兄蕙。舆桃奴李。向明窗棐几，纤枝未老，眼明如水。

（录自《广群芳谱》卷四十"岩桂门"）

[注释]

①《全宋词》列入晁补之存目词，唐氏附注："杨无咎词，见《逃禅词》。"毛晋刊本杨无咎《逃禅词》存此词，又有"木犀"二字作题目。刘乃昌、杨庆存注《晁氏琴趣外篇》列入存疑词。

【补　佚】

临江仙[①]

杳霭青枫江上路，沙边新雁初飞。水云生处澹斜晖。沧浪闻一曲，渔父棹船归。　　却悔风尘羁薄宦，何年脱却征衣。便应直下故时溪。短丛金蕊破，团蟹绣匡肥。

（《御选历代诗馀》卷三十八）

［注释］

①《全宋词》未收。刘乃昌、杨庆存注《晁氏琴趣外篇》列入存疑词。《御选历代诗馀》卷三十八为晁补之作。

碧牡丹[①]

睡起情无着。晓雨尽，春寒弱。酒盏飘零，几日顿疏行乐。试数花枝，问此情何若。为谁开，为谁落。　　正愁却。不是花情薄，花元笑人萧索。旧观千红，至今冷梦难托。燕麦春风，更几人惊觉。对花羞，为花恶。

（《御选历代诗馀》卷四十八）

［注释］

①《全宋词》未收。刘乃昌、杨庆存注《晁氏琴趣外篇》列入存疑词。《御选历代诗馀》卷四十八为晁补之作。

调　笑

罗　敷

归去，携笼女。南陌柔桑三月暮，使君春思如飞絮。五马徘徊频驻[①]，蚕饥日晚空留顾。笑指秦楼归去。

［注释］

①五马：太守之车，以五马为御。

调 笑

武 陵

烟暖，武陵晚[1]。洞里春长花烂漫，红英满地溪流浅。渐听云中鸡犬，刘郎迷路香风远，误到蓬莱仙馆。

[注释]

①武陵：此指桃源仙境，相传在湖南常德。

调 笑

苏 小

苏小[1]，最娇妙。几度花间曾调笑，云情雨态知多少。风月今宵偏好。

[注释]

①苏小：即苏小小，为南齐钱塘名妓。

调 笑

苏 苏[1]

声切，恨难说。千里潮平春浪阔，梅风不解相思结。忍送落花飞雪，多才一去芳音绝，更对珠帘新月。

[注释]

①苏苏：当为歌伎之名，其他不详。

存目词

调名	首句	出处	附注
朝天子	酒醒情怀恶	《晁氏琴趣外篇》卷六	冯延巳作，见《阳春集》
减字木兰花	娉娉袅袅	同上	陈师道词，见《墨庄漫录》卷三
鹊桥仙	多情应解	本书（按：指《全宋词》）初版卷六十	晁端礼词，见《闲斋琴趣外篇》卷五

陈师道

陈师道(1052—1102),字履常,一字无己,号后山居士,北宋彭城(今属江苏徐州)人。少而好学苦修,以文受业于曾巩之门。元祐初,因苏轼、傅尧、孙觉荐,授徐州教授。未几,除太学博士。因谒告私赴南都见苏轼,遂罢移颍州教授。绍圣初又罢授江州彭泽令。未行,丁母忧,家贫无以自给。建中靖国元年(1101),始召为秘书省正字。将用之际,以寒疾死。陈诗学黄庭坚,有《后山诗》十二卷,《诗话》一卷,为"江西诗派"三宗之一。亦工于词,自谓其词"不减秦七黄九"。有《后山词》二卷传世,收词近五十首。

菩萨蛮

七　夕①

行云过尽星河烂,炉烟未断蛛丝满②。想得两眉颦③,停针忆远人。　　河桥知有路,不解留郎住。天上隔年期,人间长别离。

[注释]

①七夕:农历七月初七夜,传说牛郎织女此夜在天河一年一度相会。民间妇女有穿针乞巧风俗。见《四民月令》、《风土记》。　②蛛丝:古俗,七夕置蛛盒内,令结网。以蛛丝多少,定得巧之程度。　③颦(pín):皱眉。

菩萨蛮

东飞乌鹊西飞燕,盈盈一水经年见①。急雨洗香车,天回河汉斜②。　　离愁千载上,相远长相望。终不似人间,回头万里山。

[注释]

①“盈盈”句:化用《古诗十九首》之十“盈盈一水间,脉脉不得语”句意。 经年:隔年。 ②河汉:指银河。

菩萨蛮

绮楼小小穿针女,秋光点点蛛丝雨。今夕是何宵,龙车乌鹊桥[1]。 经年谋一笑,岂解令人巧。不用问如何,人间巧更多。

[注释]

①“今夕”二句:化用《诗经·唐风·绸缪》“今夕何夕?见此良人”句意。 乌鹊桥:犹鹊桥。传说牛女七夕相会,群鹊衔接为桥以渡银河。事见《风俗通》。

菩萨蛮

银潢清浅填乌鹊[1],画檐急雨长河落。初月未成圆[2],明星惜此筵。 愁来无断绝,岁岁年年别[3]。不用泪红滋[4],年年岁岁期。

[注释]

①银潢:犹银河。 ②“初月”句:意谓七月初七,月尚残缺未圆。 ③“岁岁年年”句:语出刘希夷《代悲白头翁》诗“年年岁岁花相似,岁岁年年人不同”。 ④泪红滋:犹红泪滋。 红泪:指女子之泪。

木兰花[1]

阴阴云日江城晚,小院回廊春已满。谁教言语似黄鹂[2],深闭玉笼千万怨。 蓬莱易到人难见[3],香火无凭空有愿。不辞歌里断人肠,只怕有肠无处断。

[注释]

①本首一本作《玉楼春》,见《御选历代诗馀》卷三十一。　②黄鹂:《全宋词》原作“鹂黄”,此据《四库全书》本、《御选历代诗馀》校改。　③蓬莱:传说中的三座仙山之一。

[集评]

杨慎云:“陈后山为人极清苦,诗文皆高古,而词特纤艳。如《一落索》换头云:‘一顾教人微俏,那堪亲见。不辞紫袖拂清尘,也要识春风面。’又席上赠妓词云:‘不愁歌里断人肠,只怕有肠无处断。’所谓彼亦直寄焉,以为不知己者诟厉也。”(《词品》卷之三)

南柯子

贺彭舍人黄堂成[①]

故国山河在,新堂冰雪生。万家和气贺初成。人在笙歌声里、暗生春。　　今代无双士,当年第一人[②]。杯行到手莫辞频。明日凤池归路、隔清尘[③]。

[注释]

①彭舍人:指起居舍人彭汝砺。汝砺,字器资,治平二年举进士第一,官至大理寺丞、太子中允,甚为神宗倚重,元祐初落职知徐州。与作者有唱和之作。本篇当为贺彭守堂成而作。　黄堂:指太守办事厅堂。　②“今代”二句:指汝砺治平二年举进士第一事。见《宋史》卷三百四十六本传。　③凤池:即凤凰池,此泛指朝廷。

西江月

席上劝彭舍人饮

楼上风生白羽[①],尊前笑出青春。破红展翠恰如今,把酒如何不饮。　　绣幕灯深绿暗,画帘人语黄昏。晚云将雨不成阴，竹月风窗弄影[②]。

［注释］

①白羽：指白羽扇。 ②"晚云"二句：化自张先《天仙子》词"云破月来花弄影"句。

菩萨蛮

和彭舍人留别[①]

喧喧车马西郊道，临别更觉人情好。住有一年情，去留千载名。 离歌声欲尽，只作常时听。天上玉堂东[②]，阳春是梦中。

［注释］

①作者赴徐州不久，又召荐为太学博士。本篇当为留别徐州时作。彭汝砺有词送别，此为和作。 ②玉堂：宋称翰林院为玉堂。作者此行赴召荐为太学博士，故称。

虞美人

席上赠王提刑[①]

城南观阁连云起，形像丹青里[②]。使君笳鼓渡江来，尽带江南春色、放春回。 青春欲住风催去[③]，流水花无数。尊前触目一番新，只有玉楼明月、记游人。

［注释］

①王提刑：其人未详。 提刑：即提点刑狱官，掌管所辖狱讼及举刺官吏。 ②丹青里：犹图画里，指景色如画。 ③青春：春季。杜甫《闻官军收河南河北》："青春作伴好还乡。"

木兰花

汝阴湖上同东坡用六一韵①

湖平木落摇空阔，叶底流泉鸣复咽。酒边清漏往时同，花里朱弦纤手抹②。　风光过手春冰滑，十事违人常七八③。不将白髪并黄花④，拟下清流揽明月⑤。

[注释]

①汝阴：地名，属今安徽阜阳。本篇为次韵之作。原唱为欧阳修（晚号六一居士）《木兰花令》（西湖南北烟波阔），见《六一词》，苏轼亦有《木兰花令·秋晚次欧公韵》（霜馀已失长淮阔），见《东坡词》。　②抹：弹奏。　③"十事"句：化用羊祜语"天下不如意，恒十居七八"。见《晋书·羊祜传》。　④不将句：不让白髪老陪着黄花。　并：陪伴。　⑤"拟下"句：翻用李白《谢朓楼送别校书叔云》诗"欲上青天揽明月"句意。

南乡子

九日用东坡韵①

晴野下田收，照影寒江落雁洲。禅榻茶炉深闭阁②，飕飕。横雨旁风不到头③。　登览却轻酬，剩作新诗报答秋④。人意自阑花自好⑤，休休。今日看时蝶也愁。

[注释]

①九日：即重九，农历九月初九。　东坡韵：苏轼《南乡子·重九涵辉楼呈徐君猷》（霜降水痕收）词。见《东坡词》。　②禅榻：犹禅床，坐禅之榻。　③旁风：狂风。　④剩：犹胜，更也。　⑤人意自阑：指兴意索然。阑：犹阑珊。

南乡子

潮落去帆收，沙涨江回旋作洲。侧帽独行斜照里[①]，飕飕。卷地风前更掉头。　语妙后难酬，回雁峰南未得秋[②]。唤取佳人听旧曲，休休。瘴雨无花孰与愁[③]。

[注释]

①侧帽：歪戴帽子。独孤信因侧帽而被吏民慕效。见《周书·独孤信传》。　②回雁峰：在衡阳城南，峰势如雁之回，故名。见《舆地纪胜》。　③瘴雨：指南方有瘴气的烟雨。

西江月

咏酴醾菊[①]

点点轻黄减白，垂垂重露生鲜。肌香骨秀月中仙，雪满瑶台曳练[②]。　淖约却宜长见，清真不假馀妍[③]。殷勤与插小婵娟，要试尊前玉面[④]。

[注释]

①酴醾(tú mí)菊：菊之一种，色淡微黄，秋季开花。　②瑶台曳练：以仙境白练喻花。　曳练：成匹之白绢。　③清真：纯洁清雅。　④"殷勤"二句：以人喻花。　婵娟、玉面：喻花容姣好。

西江月

咏榴花[①]

叶叶枝枝绿暗，重重密密红滋。芳心应恨赏春迟，不会春工著意[②]。　晚照酒生娇面，新妆睡污胭脂。凭将双叶寄相思，与看钗头何似。

[注释]

①榴花：石榴花。 ②“芳心”二句：榴花初夏盛开，韩愈诗“五月榴花照眼明”，故云“赏春迟”。 不会春工著意：指不曾刻意争春生发。春工：以春拟人。

菩萨蛮[①]

髻钗初上朝云卷[②]，眼波翻动眉山远[③]。一曲杜韦娘[④]，当年枉断肠。 佳期如好月，拟满还须缺。别易见应难[⑤]，长须仔细看。

[注释]

①唐氏按：此首原为前第五首，题云又一首，今从吴讷《唐宋名贤百家词》本《后山居士词》编次移此。毛扆校汲古阁本《后山词》所据底本亦与吴讷本编次同。 ②朝云：用宋玉《高唐赋序》事。 ③眉山远：眉如远山。“文君姣好，眉色如望远山。”见《西京杂记》二。 ④杜韦娘：原为唐歌女名，后为教坊曲名。“春风一曲杜韦娘”，见刘禹锡《赠李绅歌伎诗》。 ⑤“别易”句：化用李煜《浪淘沙》词“别时容易见时难”句意。

减字木兰花

九 日[①]

清尊白髮，曾是登临年少客。不似当年，人与黄花两并妍[②]。 来愁去恨，十载相看情不尽。莫更思量[③]，梦破春回枉断肠。

[注释]

①九日：犹重九。 ②黄花：菊花。 ③思量：思念、想念。

满庭芳

咏　茶[①]

闽岭先春[②]，琅函联璧[③]，帝所分落人间。绮窗纤手，一缕破双团[④]。云里游龙舞凤[⑤]，香雾起、飞月轮边。华堂静，松风竹雪，金鼎沸湲潺[⑥]。　门阑。车马动，扶黄籍白[⑦]，小袖高鬟。渐胸里轮囷[⑧]，肺腑生寒。唤起谪仙醉倒[⑨]，翻湖海、倾泻涛澜。笙歌散，风帘月幕，禅榻鬓丝斑。

[注释]

①本篇为和韵之作，原唱是黄庭坚《满庭芳》（北苑龙团）、《满庭芳·茶》（北苑研膏）。见《能改斋漫录》卷十七。　②闽岭：指宋代贡茶产地福建。　③琅函：画匣。此处疑为"琅玕"之误，琅玕，美玉也。一本作"琅函宝蕴"，见《能改斋词话》卷二。　④双团：茶团，即指龙团凤饼。　⑤游龙舞凤：犹龙凤茶。产于闽，为宋代贡品。见宋徽宗《大观茶论序》。　⑥湲潺：犹"潺湲"，指水沸滚貌。　⑦扶黄籍白：《能改斋漫录》作"浮黄嫩白"，盖指茶色茶形也。　⑧轮囷（qūn）：高大开阔貌。　⑨谪仙：指诗人李白。

[集评]

吴曾云："豫章先生少时尝为茶词，寄《满庭芳》云：北苑龙团，江南鹰爪，万里名动京关（下略）。其后增损其辞、止咏建茶云：北苑研膏，方圭圆璧，万里名动天关（下略）。词意益工也。后山陈无己同韵和之云：北苑先春，琅函宝韫，帝所分落人间。……笙歌散，风帘月幕，禅榻鬓丝斑。"（《能改斋漫录》卷十六）

南乡子

急雨打寒窗，雨气侵灯暗壁缸[①]。窗下有人挑锦字[②]，行行。泪湿红绡减旧香。　往事最难忘，更著秋声说断肠[③]。曲渚圆沙风叶低，藏藏。谁使鸳鸯故作双[④]。

[注释]

①壁缸:犹壁灯。 ②“窗下”句:用杜甫《江月》诗“谁家挑锦字,烛灭翠眉颦”句意。 锦字:指苏氏寄夫之回文锦书。见《晋书·列女列传·窦滔妻苏氏》。 ③秋声:指风雨之声。 ④鸳鸯:鸟名,雌雄偶居不离,故作双。

清平乐

休休莫莫[①],更莫思量著。记著不如浑忘著[②],百种寻思枉却[③]。 绣囊锦帐吹香[④],雄蜂雌蝶难双[⑤]。眉上放开春色,眼前怜取新郎。

[注释]

①休休莫莫:“万事休休还莫莫”,见黄庭坚《木兰花令》词。 ②浑:还也。见《诗词曲语辞汇释》卷二。 ③枉却:犹枉然白费。 ④绣囊锦帐:绣囊,喻文才富丽;锦帐,指锦绣之帐,前者指代郎才,后者借指女姣。⑤“雄蜂雌蝶”句:意谓非类难以匹配。

[集评]

张德瀛云:“晁无咎词(按当为陈师道之误)‘莫莫休休,白髪簪花我自羞’。陈后山词‘休休莫莫,更莫思量着’。黄叔旸词‘风流莫莫复休休’。考司空表圣在正贻溪之上结茅屋,命曰‘休休亭’,尝自为记。其题‘休休亭’之楹曰:‘咄喏(一作“诺”)。休休休,莫莫莫。伎俩虽多,性灵恶。’见尤延之《全唐诗话》。”(《词徵》卷五)

清平乐

藏藏摸摸[①],好事争如莫。背后寻思浑是错[②],猛与将来放著[③]。 吹花卷絮无踪,晚妆知为谁红[④]。梦断阳台云雨[⑤],世间不要春风。

[注释]

①藏藏摸摸：犹偷偷摸摸，遮遮掩掩。 ②寻思：思索、考虑。 ③猛：犹突然。 将来：拿来。 ④红：女子盛装以色尚红，此引申为打扮。⑤阳台云雨：用宋玉《高唐赋序》男女欢爱事。

南乡子

阴重雨垂垂[①]，并马西郊试薄衣。红蕊未开花已过[②]，迟迟，不见东风著意时[③]。 酒到更须辞，报答春光旧有期。勤苦著书妨作乐，痴痴。莫学衰翁万事非。[④]

[注释]

①垂垂：此指雨下降貌。 ②花已过：犹花期已过。 ③著意：犹用心。"惟著意而得之。"见《楚辞·九辩》。 ④作者自注："洛人谓牡丹为花而不名也。向秀注《庄子》，示嵇康曰：'妨人作乐尔。'"

罗敷媚

和何大夫酴醾菊[①]

春风吹尽秋光照，瘦减初黄，改样新妆。特地相逢只认香。 南台九日登临处，不共飞觞，镜里伊傍[②]。独秀钗头殿众芳。

[注释]

①何大夫：即何琬，字子温，龙泉人。元符二年(1099)，何赴任亳州，经徐州遇师道。 ②伊傍：同"依傍"。

罗敷媚

芙蓉不借韶华助，故著缃黄[①]，宿面留妆。不出寒花只暂香。　　伤春不尽悲秋苦，落蕊浮觞，知在谁傍。一笑盈盈百种芳。

[注释]

①缃黄：浅黄色。

木兰花

和何大夫[①]

荣光休气天为瑞[②]，道祖当天传宝裔[③]。千年昌运此时逢，四海欢声今日沸。　　濛濛香雾沾衣腻，漠漠轻寒梅柳细。封人长有祝尧心[④]，从此年年并岁岁。

[注释]

①一作《玉楼春》，无题，见《御选历代诗馀》卷三十一。　②荣光休气：指吉兆。"荣光出河，休气四塞。"见《初学记》卷六。　荣光：彩色云气。　休气：喜庆吉祥之气。　③传宝裔：犹传代。此为庆哲宗生日之作。　④封人：古代掌守帝王社坛及疆界之官。　祝尧心：犹祈告太平盛世之愿。

木兰花减字

赠晁无咎舞鬟[①]

娉婷婀袅，红落东风青子小[②]。妙舞逶迤，拍误周郎却未知[③]。　　花前月底，谁唤分司狂御史[④]。欲语还休，唤不回头莫著羞[⑤]。

[注释]

①晁无咎：即晁补之。晁无咎过徐州，时陈师道废居里中，无咎置酒招

饮，出舞姬娉娉，舞《梁州》，事见《墨庄漫录》。此为赠妓之作。　②“红落”句：语近苏轼《蝶恋花》词“花褪残红青杏小”。　③周郎：周瑜精音律，当时有“曲有误，周郎顾”之语，见《三国志·吴书·周瑜传》。　④分司狂御史：杜牧，大和九年(835)以监察御史分司东都，颇事游冶。　⑤著羞：犹发出羞态。

木兰花减字

娉娉袅袅，芍药枝头红玉小[①]。舞袖迟迟，心到郎边客已知。　当筵举酒，劝我尊前松柏寿。莫莫休休，白髮簪花我自羞[②]。[③]

[注释]

①“娉娉”二句：化用杜牧《赠别二首》其一“娉娉袅袅十三馀，豆蔻梢头二月初”句意。　②“白髮”句：翻用苏轼《吉祥寺赏牡丹》诗“人老簪花不自羞”句。　③唐氏按：此首原附上首末，作“一本云”，以为附注。今从吴讷本、毛扆校本作另一首。此首别又误入晁补之《琴趣外篇》卷六。

[集评]

张邦基载：“晁无咎谪玉山，过徐州。时陈无已废居里中。无咎置酒，出小姬娉娉，舞《梁州》。无已作《减字木兰花》长短句云：‘娉娉袅袅……’无咎叹曰：‘人疑宋开府铁石心肠，及为《梅花赋》，清艳殆不类其为人，无已清通，虽铁石心肠不至于开府，而此词已过于《梅花赋》矣。’”(《墨庄漫录》卷二)

临江仙[①]

离别寻常今白首，更须竹雨萧萧。不应都占世间豪。清风居士手，杨柳洛城腰。　文字功名真自误，从今好月良宵。只消怜取董娇娆[②]。修门君自到，不用我词招。

[注释]

①唐氏按：此首别见《晁氏琴趣外篇》卷六，未知孰是。 ②娆：《全宋词》作"饶"。

南柯子

问王立之督茶[1]

天上云为瑞，人间睡作魔。疏帘清簟汗成河[2]。酒醒梦回眵眼、费摩挲[3]。 但有寒暄问，初无风鸟过。尘生铜碾网生罗[4]。一诺十年犹未、意如何。

[注释]

①王立之：王直方，字立之，号归叟。有《归叟集》等。其姓名颇见于后山、鲁直集中。《后山诗》中有《谢王立之送花》等诗。 ②清簟：清凉之竹席。 ③眵(chī)眼：犹眵积于眼。 眵：眼屎。 ④铜碾(niǎn)：铜制茶碾。宋人采茶先制为饼。饮用前，以碾碎，入水煎之。

木兰花减字

匀红点翠，取次梳妆谁得似[1]。风柳腰肢，尽日纤柔属阿谁[2]。 娇娇小小，却是寻春人较老。著便休痴[3]，付与风流幕下儿[4]。

[注释]

①取次梳妆：随意梳妆。 ②"风柳"二句：化用白居易《杨柳枝》词"一树春风万万枝，嫩于金色软于丝。……尽日无人属阿谁"句意，此处以人喻柳。 ③著：命令辞。无实义。见《诗词曲语辞汇释》卷三。 ④作者自注："古词云'十五年来，从事风流府'。"

清平乐

秋声隐地[①]，叶叶无留意。冰簟流光团扇坠[②]，惊起双栖燕子。　　夜堂帘合回廊，风帷吹乱凝香。卧看一庭明月，晓衾不耐初凉。

[注释]

①隐地：一作"殷地"，见《御选历代诗馀》卷十三。殷，犹震也。　②"冰簟"句：意谓秋凉已至，簟、扇见弃。　冰簟：指凉席。

清平乐

秋光烛地[①]，帘幕生秋意。露叶翻风惊鹊坠，暗落青林红子[②]。　　微行声断长廊[③]，熏炉衾换生香。灭烛却延明月，揽衣先怯微凉[④]。

[注释]

①烛：照。　②"露叶翻风"二句：描写秋风萧杀之景象。　青林红子：犹青林红草，喻花木繁荣。"红草青林日半斜，闲乘小凤出彤霞。"见曹唐《小游仙》。　③微行：墙下小径。　④"灭烛"二句：化用张九龄《望月怀远》"灭烛怜光满，披衣觉露滋"诗意。　延：请。

卜算子

纤软小腰身，明秀天真面。淡画修眉小作春，中有相思怨。　　背立向人羞，颜破因谁倩[①]。不比阳台梦里逢，亲向尊前见。

[注释]

①颜破:犹破颜,开颜而笑。

洛阳春

酒到横波娇满[①],和香喷面。攀花落雨祝东风,诮不借、周郎便[②]。 背立腰肢挪捻[③],更须回盼。多生不作好因缘,甚只向、尊前见。

[注释]

①横波:指眼波。 ②“诮不借”句:化用杜牧《赤壁》诗“东风不与周郎便”句意。 ③挪捻(niǎn):指揉捏纤手娇羞之态。

浣溪沙

暮叶朝花种种陈,三秋作意向诗人[①]。安排云雨要新清[②]。 随意且须追去马,青衫从使著行尘[③]。晚窗谁念一愁新[④]。

[注释]

①作意:决意,刻意。 ②唐氏按:“清”原作“情”,从吴讷本。 ③青衫:官职卑微之服饰。唐制,文官品级最低者着青衫。 青:《全宋词》作“轻”。 ④“晚窗”句:化用孟浩然《宿建德江》诗“日暮客愁新”句。

[集评]

王灼云:“陈无已作《浣溪沙》曲云:‘暮叶朝花种种陈,三秋作意向诗人。安排云雨要新清。 随意且须追去马,轻衫从使著行尘。晚窗谁念一愁新。’本是‘安排云雨要清新’,以末后句‘新’字韵,遂倒作‘新清’。世言无已喜作庄语,其弊生硬是也。词中暗带陈三、念一两名,亦有时不庄乎。”(《碧鸡漫志》卷二)

叶申芗云："世言陈无己每好作庄语，然尝有《浣溪沙》云：（略）。此词赠妓作，陈三无己自谓，念一，妓名。想偶亦不作庄语耳。"（《本事词》卷上）

临江仙

送叠罗菊与赵使君[①]

宫样初黄过闰九[②]，鲜妍时更宜寒。挽回人意不成阑[③]。香罗堆叶密，芳意著心单。　过与后房歌舞手，轻盈春色生颜[④]。堕钗拥髻与垂鬟[⑤]。欲知谁称面，遍插一枝看。

［注释］

①叠罗菊：菊之异种，色黄，姿韵俱佳，故作者又称之为"宫样黄"。赵使君：其人未详，当为作者宦友。　②"宫样"句：宫样初黄，即宫样黄，宫中妇女流行花黄面饰，此以人喻花。　闰九：是岁闰九月，两作重阳。见下首《清平乐·咏柑子菊》作者自注。又，《全宋词》"宫样"作"官样"，此从《四库全书》本《后山词》校改。　③不成阑：不使花期净尽。　阑：残，尽。　④春色：《全宋词》原作"喜色"，并于"喜"字下按"一作'春'"。此据之径改。　⑤"堕钗"句：泛指各种不同的髮式。　堕钗、拥髻、垂鬟：皆髮式名。

清平乐　并　引

咏柑子菊[①]

柑子菊姿韵俱胜，如王谢家十五女儿[②]，而名不雅驯[③]。为改之曰"宫样黄"，作《清平乐》词。且令方内知有此名也[④]

重重叠叠，娜袅裙千褶[⑤]。时样宫黄香百叶[⑥]，一岁相逢两节[⑦]。　曲阑绕遍芳丛，一枝作意妍秾[⑧]。折得有谁相忆，却须还与秋风。

[注释]

①柑子菊:菊之一种,其色类柑,故名。 ②"王谢"句:意指名门闺秀。 王谢:东晋时望族。 ③雅驯:指温文尔雅。 ④方内:犹世俗。 ⑤裙千褶(zhě):即裥褶细密之裙服。 ⑥时样宫黄:意谓时髦之宫样黄式样。 宫:《全宋词》作"官",此从前改。 ⑦作者原注:"是岁闰九月,两作重阳。" ⑧妍秾:色泽鲜艳浓丽。

南乡子 并引

晁大夫增饰披云[①],务欲压黄楼[②]。而张、马二子,皆当年尊下世。所谓英英、盼盼者[③]。盼卒,英嫁,而盼之子莹,颇有家风。而曹妓未有显者,黄楼不可胜也。作《南乡子》以歌之

风絮落东邻[④],点缀繁枝旋化尘。关锁玉楼巢燕子,冥冥[⑤]。桃李摧残不见春。 流转到如今。翡翠生儿翠作衿。花样腰身宫样立,婷婷。困倚阑干一欠伸。[⑥]

[注释]

①晁大夫:指晁端仁,字尧民,晁曾任职曹州(今属山东),增饰披云楼。 披云:即披云楼。为曹州官署,作者妇翁郭概为郡时所作,作者为记,有《披云楼上梁文》,见《后山居士文集》。任渊《后山诗注》卷九注。 ②黄楼:即徐城(今江苏徐州)东门大楼。苏轼为郡时为防水患而增筑。粉以黄土,故名。作者曾撰《黄楼铭》、《黄楼诗》,见《后山居士文集》。 ③英英、盼盼:皆妓名。 ④东邻:即东家之子。用宋玉《登徒子好色赋》事,此指代美人。 ⑤"关锁玉楼"二句:用关盼盼事。关乃唐时徐州名妓。贞元中,有张尚书纳为妾,为筑燕子楼。尚书卒,盼盼楼居十馀年不嫁,后得白居易《燕子楼诗》不食而卒。事见白居易《燕子楼诗序》。 ⑥作者自注:"周昉画美人,有背立欠伸者,最为妍绝,东坡为赋《续丽人行》。"

[集评]

《词徵》云:"《旧唐书·柳公权传》,刘禹锡称为'柳家新样'。陈后山

词‘花样腰身宫样立’。”

《菊坡丛话》云：“陈后山寄晁大夫诗云：‘堕絮随风化作尘，黄楼桃李不成春。只今容有名驹子，困倚阑干一欠伸。’自注云：‘周昉画美人，有背立欠伸者，最为妍绝。东坡为赋《续丽人行》也。’后山尝有《南乡子》词，并自序云云。盖风絮以属英，尘化以属昐，名驹子以属莹，莹母马氏也。”（《词林纪事》引）

南乡子

咏棣棠菊[1]

乱蕊压枝繁，堆积金钱闹作团[2]。晚起涂黄仍带酒，看看。衣剩腰肢故著单[3]。　薄瘦却禁寒，牵引人心不放阑[4]。拟折一枝遮老眼，难难。蝶横蜂争只倚阑[5]。[6]

[注释]

①棣棠菊：菊之一种。菊色微赤而叶单。　②金钱：此喻棣棠菊。　③“衣剩”句：言棣棠菊条枝纤细。　衣：此指花叶。　④不放阑：犹不放开。　⑤蝶横蜂争：指蜂蝶争飞花丛之中。“游蜂与蝴蝶，来往自多情。”见裴说《牡丹》诗。　⑥作者原注：“菊色微赤而叶单。”

临江仙

曲巷斜街信马[1]，小桥流水谁家。浅衫深袖倚门斜[2]。只缘些子意[3]，消得百般夸。　粉面初生明月，酒容欲退朝霞。春风还解染霜华。肯持鸳绮被，来伴杜家花[4]。

[注释]

①信马：任马随意而行。　②唐氏按：“衫”原作“妆”，从毛校本。　③些子：一点儿。“谁家玉匣开新镜，露出清光些子儿。”见《后山诗话》引卢多逊《新月》。　④杜家花：指杜秋娘，以花喻人。“杜秋在时花解言，杜秋

死后花更繁。”见罗隐《金陵思古》诗。

蝶恋花

送彭舍人罢徐[①]

九里山前千里路[②]。流水无情，只送行人去。路转河回寒日暮，连峰不许重回顾。　水解随人花却住。衾冷香销，但有残妆污。泪入长江空几许，双鸿一抹无寻处[③]。[④]

[注释]

①彭舍人：即彭汝砺，曾知徐州。　②九里山：山名，在徐州北。见《太平寰宇记》十五《徐州》。　③双鸿：《全宋词》原作“双洪”，此据《四库全书》本、《御选历代诗馀》校改。　④《全宋词》注：一本云，“戏马台前京洛路。车马喧喧，蹙踏尘如雾。借问使君天不语。朝云旋作留人雨。　尘断山青人已去。老幼扶携，泪眼仍回顾。”下两句同。

西江月

咏丁香菊[①]

浅色千重柔叶，深心一点娇黄[②]。只消可意更须香[③]，好个风流模样。　玉蕊今谁攀折，诗人此日凄凉。正须蛮素作伊凉[④]，与插钗傍鬓上。

[注释]

①丁香菊：菊之一种，因花色类似丁香，故名。该花为菊中珍品。　②“深心”句：写花蕊。　娇黄：即深黄色。　③只消可意：犹需要称意。　④“正须”句：意谓名花当与美人妙曲相伴。　蛮素：白居易家伎小蛮与樊素之略称。樊素善歌，小蛮善舞。　伊凉：唐代名曲《伊州歌》和《凉州词》之略称。

［集评］

李调元云:“后山《西江月》云:‘正需蛮素作伊凉’,笔力虽好,终嫌杂凑。”(《雨村词话》卷二)

洛阳春

素手拈花纤软,生香相乱。却须诗力与丹青,恐俗手、难成染。　一顾教人微倩[1],那堪亲见。不辞紫袖拂清尘[2],也要识、春风面[3]。

［注释］

①“一顾”句:意谓美妙无伦。用“一顾倾人城”之意。见《汉书》引李延年歌。　②紫袖:贵官服饰,代显赫身份。　③“也要识”句:换用“画图省识春风面”之意。见杜甫《咏怀古迹》诗。

菩萨蛮

寄赵使君[1]

清词丽句前朝曲[2],使君借与灯前读。读罢已三更,寒窗雨打声。　应怜诗客老,要使情怀好。犹有解歌人,尊前未得听[3]。

［注释］

①赵使君:作者友人。　②清词丽句:语出杜甫《戏为六绝句》其五。　③唐氏按:“前”原作“旁”,从毛校本。

木兰花减字

和人对雪[1]

清愁叠积,更莫迟留春酒逼。吹面和风,梅信新来一线通[②]。　危楼晓望[③],雪满群山开画障。目断瑶川[④],同凭阑干意几般。

[注释]

①本篇和韵咏雪,原唱不详。　②梅信:梅花消息。　③危楼:高楼。　④瑶川:喻雪后山川。

卜算子

送梅花与赵使君

梅岭数枝春,疏影斜临水[①]。不借芳华只自香,娇面长如洗。　还把最繁枝,过与偏怜底[②]。试傍鸾台仔细看[③],何似丹青里。

[注释]

①"疏影"句:脱意于林逋《山园小梅》诗"疏影横斜水清浅"句意。②"过与"句:意谓送与偏爱之人。　底:的,结构助词。　③鸾台:唐代门下省之别名。此借指赵使君之官邸。

渔家傲

从叔父乞苏州湿红笺[①]

一舸姑苏风雨疾[②],吴笺满载红犹湿。色润朝花光触日[③]。人未识,街南小阮应先得[④]。　青入柳条初著色,溪梅已露春消息。拟作新词酬帝力[⑤]。轻落笔,黄秦去后无强敌[⑥]。

[注释]

①苏州湿红笺:即吴笺。　湿红:盖取意于锦城宫妓灼灼以软绡

聚红泪密寄河东人之轶事。 叔父：此指陈珣，时任昆山丞。清李调元称“湿红笺”疑即今“硃砂笺”也，见《雨村词话》。 ②姑苏：苏州之别称。 ③唐氏按：“润”原作“門”，从毛校本。 ④街南小阮：作者自称。 小阮：即阮咸，与阮籍为叔侄，此借用暗指侄儿身份。 ⑤帝力：帝王之作用。此指天力。 ⑥黄秦：一作“秦黄”，指秦七、黄九。作者自称“独于词不减秦七、黄九”，见《后山集》卷十七《书旧词后》。

[集评]

李调元云：“后山有《渔家傲》词，咏苏州湿红笺，有‘色門朝花光触目’句，疑即今朱砂笺也。”（《雨村词话》卷二）

少年游

御园果子压枝繁，看看分摘无缘。团沙弄雪，劳心费手，不肯暂时圆。 赛神旧愿心儿有[1]，终了待、几时还。芍药梢头，红红白白，一种几千般[2]。

[注释]

①赛神旧愿：犹酬神还愿之意。 ②“芍药”三句：意谓芍药花色繁多，风姿千般。红红白白，状赤芍白芍貌。

南乡子

袅娜破瓜馀，豆蔻梢头二月初[1]。众里腰肢遥可识，应殊。暗里犹能摸得渠[2]。 醉侧不须扶，唤作周家行画图[3]。背立欠伸花絮底，知无。未信丹青画得如。

[注释]

①“袅娜”二句：化用杜牧《赠别二首》其一“娉娉袅袅十三馀，豆蔻梢头二月初”诗意。 破瓜：习称十六为破瓜之年。此指妙龄少女。 ②渠：

犹他。 ③“唤作”句:意谓宛如周昉画中之丽人。周昉画以背立欠伸者最为妍绝,故下句有“背立”云云。

木兰花减字

今年百五[1],风日清明尘不举。紫秀红陈,三节烟花次第春[2]。 来舆去马,千念一空春事谢。白下门东[3],谁见初杨弄晚风[4]。

[注释]

①百五:指寒食节,距冬至一百零五天,故称。 ②三节:犹三春。 次第:依次也。 ③白下:地名,故址在今江苏南京市北。 ④初杨:即新柳。

[集评]

李调元云:“后山《减兰》有‘白下门东,谁见初杨弄晚风。’以新柳为初杨,甚新异。”(《雨村词话》卷二)

踏莎行

红上花梢,风传梅信。青春欲动群芳竞[1]。林声鸟语带馀寒,江光野色开游径。 乍雨还晴,暄寒不定[2]。重门深院帘帷静。又还日日唤愁生,到谁准拟风流病。

(以上何义门校明弘治本《后山集》卷三十)

[注释]

①青春:春天。 ②“乍雨”二句:指早春天气时雨时晴,冷暖变化不定。

菩萨蛮

佳 人

晓来误入桃源洞[①]，恰见佳人春睡重。玉腕枕香腮，荷花藕上开[②]。　一扇俄惊起[③]，敛黛凝秋水[④]。笑倩整金衣，问郎来几时。[⑤]　（杨金本《草堂诗馀前集》卷下）

[注释]

①“晓来”句：化用刘晨、阮肇入天台遇仙事，见《幽明录》。　②“荷花”句：犹脸枕玉臂之意。　荷花：喻佳人之面容。　藕：喻玉臂。　③俄：旋即。　④秋水：指秀目。　⑤唐氏按：此首又作无名氏词，见《词林万选》卷四，疑非陈师道作。

卜算子

摇风影似凝，带雪香如抱。开尽南枝到北枝，不道春将老。　飘飖姑射仙，谁识冰肌好[①]。会有青绫梦觉人，可爱池塘草[②]。

[注释]

①“飘飖”二句：用仙人喻花。藐姑射之山有仙人居焉，肌肤若冰雪。见《庄子·逍遥游》。　②“会有”二句：用谢灵运梦从弟惠连，得“池塘生春草”名句事。　青绫梦：尚书郎值夜，官供青绫被。见《汉官仪》卷上，此指仕途幻想。

卜算子

绣幕罩梅花，莫放清香透。鉴里朱颜岁岁移[①]，只道花依旧。　把酒问梅花，知我离情否。若使梅花知我时，料得花须瘦。

[注释]

①鉴：镜也。 移：改变。

卜算子

雪暗岭头云，竹冷溪边树。还似潇湘缥缈人[①]，玉骨笼香雾。 月下幽香度[②]，梦里香魂驻。回首南枝酒半醺[③]，寂寞无寻处。 （以上三首见《花草粹编》卷二引《梅苑》）

[注释]

①潇湘缥缈人：指仙人。 ②"月下"句：即"暗香浮动月黄昏"之意。 ③南枝：指代家乡。"胡马依北风，越鸟巢南枝。"见《古诗十九首》之一。 醺（xūn）：酒醉貌。

存目词

调名	首句	出处	附注
西江月	断送一生惟有	《草堂诗馀后集》别录	黄庭坚作，见《山谷琴趣外篇》卷三
如梦令	吟罢池边杨柳	《同情集词选》卷三	明人陈淳作，见《草堂诗馀新集》卷一
菩萨蛮	哀筝一弄湘江曲	《词综》卷六	晏几道作，见《小山词》

青幕子妇

青幕子妇,原为妓,能诗词。

减字木兰花[①]

清词丽句,永叔子瞻曾独步[②]。似恁文章,写得出来当甚强。

（《后山诗话》）

[注释]

①此乃半阕减兰,非全篇。 ②永叔:欧阳修之字。 子瞻:东坡之字。 独步:再无对手之意。

张　耒

张耒(1054—1114),字文潜,号柯山,祖籍亳州谯县(今安徽亳州),生长于楚州淮阴(今属江苏淮安)。二十岁中进士,历任临淮主簿、寿安县尉等。元祐元年,以范纯仁荐,召试,迁秘书省正字,历著作佐郎、秘书丞、史馆检讨、起居舍人。绍圣初,以直龙图阁知润州。新党执政,坐元祐党籍,徙宣州,谪监黄州酒税。再贬复州监竟陵郡酒税。徽宗初召为太常少卿,出知颍、汝等州。又以为苏轼"举哀行服"再贬房州别驾,黄州安置。寻得自便,归居淮阴,又移居陈州,主管崇福宫。政和四年卒。以文章受知于苏轼,为"苏门四学士"之一,散文似苏辙。诗学"长庆体",亦工词。有《柯山集》。

减子木兰花

个人风味,只有江梅些子似①。每到开时,满眼清愁只自知。　　霞裾仙珮②,姑射神人风露态③。蜂蝶休忙,不与春风一点香。　　(《梅苑》卷九)

[注释]

①些子:一点儿。　②霞裾仙珮:仙人服饰。见《太平广记》引《列仙传》郑交甫事。　③"姑射"句:姑射,即藐姑射之山,据说上有神人居焉,不食五谷,吸风饮露。见《庄子·逍遥游》。

鹧鸪天

倾盖相逢汝水滨①,须知见面过闻名。马头虽去无千里,酒盏才倾且百分。　　嗟得失,一微尘②。莫教冰炭损精神③。北扉西禁须公等④,金榜当年第一人⑤。

[注释]

①汝水:水名,在河南汝州境内。作者曾出知汝州,本篇当为赠友所作。 ②微尘:佛教指极细小的物质。 ③冰炭:冰冷炭热。指互不相容。 ④北扉西禁:借指朝中。 北扉:学士院之代称,见《梦溪笔谈》《故事》一。 ⑤"金榜"句:似指与张耒同榜之状元余中。

满庭芳

裂楮裁筠[①],虚明潇洒[②],制成方丈屠苏[③]。草团蒲坐,中置一山炉。拙似春林鸠宿[④],易于□、秋野鹑居[⑤]。谁相对,时烦孟妇[⑥],石鼎煮寒蔬。 嗟吁。人生随分足,风云际会,漫付伸舒。且偷取闲时,向此踌躇。谩取黄金建厦,繁华梦、毕竟空虚。争如且、寒村厨火,汤饼一斋盂[⑦]。[⑧]

（以上二首《乐府雅词拾遗》卷上）

[注释]

①裂楮(chǔ)裁筠(yún):谓裁纸,此处似指写作诗文。 楮:木名,皮可制纸,故代指纸。 筠:竹皮,代指纸。 ②虚明:指心怀。 ③方丈屠苏:指一丈见方的草屋。 ④鸠宿:犹鸠居。鸠性拙,不善营巢,而居鹊所成之巢。见《诗经·召南·鹊巢》。 ⑤鹑居:谓居无定所。"夫圣人鹑居而鷇食",见《庄子·天地》。 ⑥"谁相对"二句:用孟光举案齐眉事。见《后汉书·梁鸿传》。 ⑦汤饼:汤煮面食。 ⑧唐氏按:"际会"、"漫付"、"取黄"、"村"字原空格,据文津阁《四库全书》本《乐府雅词》补,不甚可信,或有馆臣臆补之字。

风流子

木叶亭皋下[①],重阳近,又是捣衣秋[②]。奈愁入庾肠[③],老侵潘鬓[④],谩簪黄菊,花也应羞。楚天晚,白蘋烟尽处,红蓼水边头。芳草有情,夕阳无语,雁横南浦[⑤],人倚西楼。　玉容，知安否。香笺共锦字[6]，两处悠悠。空恨碧云离合[7]，青鸟沉浮[8]。向风前懊恼，芳心一点[9]，寸眉两叶，禁甚闲愁。情到不堪言处，分付东流[10]。

（《乐府雅词拾遗》卷下）

[注释]

①"木叶"句：化自柳恽诗"亭皋木叶下"。　木叶：树叶。　亭皋：建于水边之亭。　②捣衣秋：意谓秋天之捣衣声。点重阳时序。　③愁入庾肠：北周庾信善言愁，有《愁赋》（今仅存断句），故云。此用以自况。　④老侵潘鬓：赋家潘岳春秋三十有二，始见二毛，见《秋兴赋》，此借指未老先衰。　⑤南浦：泛指送别之水边。"送美人兮南浦"，见屈原《九歌·河伯》。"送君南浦，伤如之何？"见江淹《别赋》。　⑥锦字：苏氏寄夫窦滔之回文锦书，此泛指书信。　⑦碧云离合：用江淹《别休上人》诗句"日暮碧云合，佳人殊未来"之意。　⑧青鸟：指信使。此用李璟《摊破浣溪沙》词"青鸟不传云外信，丁香空结雨中愁"之意。　⑨芳心一点：即"心有灵犀一点通"之意。见李商隐《无题》诗。　⑩分付东流：化用李煜《乌夜啼》"自是人生长恨水常东"之意。

[集评]

黄苏云："文潜坐党籍，谪官，晚监南岳庙，主管崇福宫。建炎初，赠集英殿修撰。曰'楚天晚'，必其临监南岳时作也。所云'玉容，知安否'，忧主之心也。曰'分付东流'，愁岂随流而去乎，亦与流俱长而已。"（《蓼园词选》）

况周颐云："'芳草有情……人倚西楼'景语亦复寻常，惟用在过拍，即此顿住，便觉老当浑成。换头'玉容，知安否'融景入情，力量甚大。此等句有力量，非深于词，不能知也。"（《餐樱庑词话》）

秋蕊香

帘幕疏疏风透，一线香飘金兽[1]。朱阑倚遍黄昏后，廊上月华如昼。　别离滋味浓于酒，著人瘦[2]。此情不及墙东柳，春色年年如旧。

［注释］

①金兽：兽形之铜香炉。　②著人瘦：犹云教人瘦也。见《诗词曲语辞汇释》卷三。

少年游

含羞倚醉不成歌，纤手掩香罗[①]。偎花映烛，偷传深意，酒思入横波[②]。　看朱成碧心迷乱[③]，翻脉脉、敛双蛾[④]。相见时稀隔别多。又春尽、奈愁何。

（以上二首见《能改斋漫录》卷十七）

［注释］

①香罗：纱罗之雅称，此指罗衣。　②横波：犹秋波，美目也。　③“看朱”句：此用武则天《如意娘》“看朱成碧思纷纷”之意。　④双蛾：指蛾眉。

［集评］

吴曾云：“右史张文潜初官许州，喜官妓刘淑奴。张作《少年游令》云‘含羞倚醉不成歌。……’其后去任，又为《秋蕊香》寓意云：‘帘幕疏疏风透……’元祐诸公皆有乐府，唯张仅见此二词，味其句意，不在诸公下矣。”（《能改斋漫录》卷十七）

鸡叫子[①]

荷　花

平池碧玉秋波莹[②]，绿云拥扇青摇柄[③]。水宫仙子斗红妆，轻步凌波踏明镜[④]。

（《词品》卷一）

[注释]

①此首原为"存目词"。亦附注:"乃张耒'对莲花戏寄晁应之'古诗中四句,见《张右史文集》卷十二。"　②秋波莹:喻池水明澈妩媚,如美女秀目。　③"绿云"句:状荷叶、莲茎摇曳之态。　④凌波:状步履轻盈貌。"凌波微步,罗袜生尘。"见曹植《洛神赋》。

断　句

端　五

水团冰浸砂糖裹。有透明角黍松儿和。

断　句

菖蒲酒满劝人人,愿年年欢醉。偎倚,把合欢彩索,殷勤寄与。

断　句

手指合欢彩索①,殷勤微笑殢檀郎②。低低告,不图系腕,图系人肠。

(以上张耒词六首,断句三,用赵万里辑本《柯山诗馀》)

[注释]

①合欢彩索:即系合欢结之绣带。五月五日端午,以五彩丝为索缠臂,谓之合欢结。　②殢(tì):缠磨。

存目词

调名	首句	出处	附注
风流子	皇州淑气满	刘毓盘辑《柯山词》	无名氏词，见《乐府雅词拾遗》卷下
减字木兰花	香肌清瘦	同上	无名氏作，见《梅苑》卷九
减字木兰花	东君有待	同上	同上

侯 蒙

侯蒙(1054—1121),字元功,高密(今属山东)人。元丰八年(1085)进士及第。历知州县,以仁、直见称。累官户部尚书知枢密院事,进尚书左丞,加资政殿学士。以与蔡京不协,罢知亳州。宣和三年,诏知东平府,未赴而卒,谥文穆。

临江仙

未遇行藏谁肯信[①],如今方表名踪[②]。无端良匠画形容[③]。当风轻借力,一举入高空。　　才得吹嘘身渐稳,只疑远赴蟾宫。雨馀时候夕阳红。几人平地上,看我碧霄中。

(《夷坚甲志》卷四)

[注释]

①行藏:指仕途上的进退。　②名踪:名声作为。　③形容:相貌。

[集评]

洪迈云:"侯中书元功蒙,密州人。自少游场屋,人以其年长貌寝,不加敬。有轻薄子画其形于纸鸢上,引线放之。蒙见而大笑。作《临江仙》词题其上'未遇行藏谁肯信……'蒙一举登第。年五十馀,遂为执政。"(《夷坚甲志》卷四)

周邦彦

周邦彦（1056—1121），字美成，自号清真居士，钱塘（今浙江杭州）人。早年疏隽少检，不为州里推重，而博涉百家。神宗元丰中，献《汴都赋》，自太学生一命为正。哲宗朝，教授庐州，知溧水县，还京为国子主簿，秘书省正字。徽宗朝，历考功员外郎、卫尉宗正少卿，以直龙图阁出知隆德府，徙知明州。入为秘书监，进徽猷阁待制，提举大晟府。出知真定府、顺昌府、处州。旋以提举南京鸿庆宫卒于斋厅，赠宣奉大夫。邦彦妙解声律，能自度曲，下字用韵，皆有法度。其词善于铺叙勾勒，融化诗句，深厚和雅，富艳精工。所著《清真先生文集》、《清真杂著》、《操缦集》，今并佚。词别行，有《清真集》，一名《片玉词》传世。常见有毛晋汲古阁《宋六十名家词》本，王鹏运《四印斋所刻词》本，郑文焯校刊本，朱孝臧《彊村丛书》，吴则虞点校本《清真词》等。

春　景

瑞龙吟　大　石

章台路[①]。还见褪粉梅梢，试花桃树[②]。愔愔坊陌人家[③]，定巢燕子，归来旧处。　黯凝伫。因念个人痴小[④]，乍窥门户[⑤]。侵晨浅约宫黄[⑥]，障风映袖，盈盈笑语。

前度刘郎重到[⑦]，访邻寻里，同时歌舞。唯有旧家秋娘[⑧]，声价如故。吟笺赋笔，犹记燕台句[⑨]。知谁伴、名园露饮[⑩]，东城闲步。事与孤鸿去。探春尽是，伤离意绪。官柳低金缕。归骑晚、纤纤池塘飞雨。断肠院落，一帘风絮。

[注释]

①章台:章台街为汉长安城中繁华之地,因位于章台之下而得名。汉京兆尹张敞罢朝会,走马过此。后用以指游冶之地。见《汉书·张敞传》。②试花桃树:桃花初开。唐张籍《新桃行》:“植之三年馀,今年初试花。”③愔愔(yīn):幽静貌。④个人:那人。⑤乍窥门户:此谓初涉红尘,倚门卖笑。宋人称倡家为门户,或门户人家。⑥浅约宫黄:淡施脂粉。宫黄:宫人所用涂额作妆饰的黄色脂粉。南朝梁萧纲《美女篇》:“约黄能效月,裁金巧作星。”⑦前度刘郎:相传东汉刘晨、阮肇入天台山采药遇仙女,留居半年,归来世上已过七世。后重入天台访女,踪迹杳然。见《太平御览》卷四十一引南朝刘义庆《幽明录》。词用此,兼用唐刘禹锡自朗州召回长安,《再游玄都观》诗“种桃道士归何处,前度刘郎今又来”字面。⑧秋娘:杜秋,唐金陵女,年十五为李锜妾,后锜叛灭,籍之入宫。唐杜牧有《杜秋娘诗》。此用作歌伎之代称。⑨燕台句:指深情绵邈之诗句。唐李商隐《梓州罢吟寄同舍》:“长吟远下燕台去,惟有衣香染未销。”⑩露饮:露顶而饮。极言其欢纵。

[集评]

沈义父云:“结句须要放开,含有馀不尽之意,以景结情最好。如清真之‘断肠院落,一帘风絮’,又‘掩重关遍城钟鼓’之类是也。”(《乐府指迷》)

周济云:“‘事与孤鸿去’,只一句,化去町畦。”又云:“不过桃花人面,旧曲翻新耳。看其由无情入,结归无情,层层脱换,笔笔往复处。”(《宋四家词选》)

陈洵云:“第一段地,‘还见’逆入,‘旧处’平出。第二段人,‘因记’逆入,‘重到’平出,作第三段换头。以下抚今追昔,‘访邻寻里’,今;‘同时歌舞’,昔;‘惟有旧家秋娘,声价如故’,今犹昔。而秋娘已去,却不说出,乃吾所谓留字诀者。于是‘吟笺赋笔’、‘露饮’、‘闲步’,与‘窥户’、‘约黄’、‘障袖’、‘笑语’,皆如在目前矣。又吾所谓能留,则离合顺逆,皆可随意指挥也。‘事与孤鸿去’,咽住;‘探春尽是,伤离意绪’,转出‘官柳’以下,风景依稀,与‘梅梢’、‘桃树’映照,词境浑融,大而化矣。”(《海绡说词》)

吴梅云:“其宗旨所在,在‘伤离意绪’一语耳。而入手先指明地点曰‘章台路’,却不从目前景物写出,而云‘还见’,此即沉郁处也。须知梅梢桃树,原来旧物。唯用‘还见’云云,则令人感慨无端,低徊欲绝矣。首叠末句云：'定巢燕子，归来旧处。'言燕子可归旧处，所谓前度刘郎者，即欲归旧处而不得，徒行于愔愔坊陌、章台故路而已，是又沉郁处也。第二叠'黯凝伫'一语为正文，而下文又曲折，不言其人不在，反追想当日相见时状态。用'因记'二字，则通体空灵矣，此顿挫处也。'燕台'句，用义山柳枝故事，情景恰合。'名园露饮，东城闲步'，当日己亦为之，今则不知伴着谁人，赓续雅举？此'知谁伴'三字，又沉郁之至矣。'事与孤鸿去'三语，方说正文。以下说到归院，层次井然，而字字凄切。末以'飞雨'、'风絮'作结，寓情于景，倍觉黯然。通体仅'黯凝伫'、'前度刘郎重到'、'伤离意绪'三语，为作词主意，此处则顿挫而复缠绵，空灵而又沉郁。骤视之，几莫测其用笔之意，此所谓神化也。"（《词学通论·概论》）

锁窗寒[1] 越调

暗柳啼鸦，单衣伫立，小帘朱户。桐花半亩，静锁一庭愁雨。洒空阶，夜阑未休，故人剪烛西窗语[2]。似楚江暝宿，风灯零乱，少年羁旅。　迟暮。嬉游处。正店舍无烟，禁城百五[3]。旗亭唤酒[4]，付与高阳俦侣[5]。想东园、桃李自春，小唇秀靥今在否。到归时、定有残英，待客携尊俎[6]。

[注释]

①《锁窗寒》：毛本题作"寒食"。　②剪烛西窗：语出唐李商隐《夜雨寄北》"何当共剪西窗烛，却话巴山夜雨时"。　③百五：冬至后一百五日，即寒食节。见南朝梁宗懔《荆楚岁时记》。唐元稹《连昌宫词》："初过寒食一百六，店舍无烟宫树绿。"　④旗亭：酒楼。　⑤高阳俦侣：指酒友。西汉郦食其，陈留高阳人，谒刘邦，自称高阳酒徒。见《史记·郦生陆贾列传》。　⑥尊俎（zǔ）：盛酒肉的器皿。此指代宴席。

[集评]

黄苏云："前阕写宦况凄清。次阕起处点寒食。以下引到思家情怀，

风情旖旎可想。”(《蓼园词评》)

陈廷焯云:“起三语精工,若他人写来,秀丽或过之,骨韵终逊。‘少年羁旅’四字凄惨。一味直来直往,自非他手所能到。”(《云韶集·宋词选·周词评》)

陈洵云:“此篇机杼,当认定‘故人剪烛西窗语’一句。自起句至‘愁雨’,是从‘夜阑’追溯。由户而庭,乃有此‘西窗’。由昏而夜,乃为此‘剪烛’。用层层赶下。‘嬉游’五句,又从‘暗柳’、‘单衣’前追溯。旗亭无分,乃来此户庭;俦侣俱谢,乃见此故人。用层层缴足作意,已极圆满。‘东园’以下,复从后一步绕出,笔力直破馀地。‘少年’、‘迟暮’,大开大合,是上下片紧凑处。”(《抄本海绡说词》)

风流子① 大 石

新绿小池塘②。风帘动、碎影舞斜阳。羡金屋去来③,旧时巢燕,土花缭绕④,前度莓墙⑤。绣阁里,凤帏深几许,听得理丝簧⑥。欲说又休,虑乖芳信⑦,未歌先咽,愁近清觞。 遥知新妆了,开朱户、应自待月西厢⑧。最苦梦魂,今宵不到伊行⑨。问甚时说与,佳音密耗⑩,寄将秦镜⑪,偷换韩香⑫。天便教人,霎时厮见何妨。

[注释]

①唐氏按:《历代诗馀》卷八十六误作贺铸词。 ②新绿:或为池名,在溧水(今属江苏)县衙后圃。南宋强焕《片玉词序》:“又睹新绿之池。” ③金屋:华屋。《汉武故事》载西汉武帝刘彻幼时曾云:“若得阿娇作妇,当作金屋贮之也。” ④土花:苔藓。唐李贺《金铜仙人辞汉歌》:“三十六宫土花碧。” ⑤莓墙:长满莓苔的墙。 ⑥“绣阁”三句:《全宋词》作“绣阁凤帏深几许,曾听得理丝簧”。 注者按:“绣阁”句,方千里、杨泽民和词皆作八字句,当依元本、毛本增“里”字。“听得”句,劳钞本“听”上有“曾”字。此依毛本。 丝簧:指管弦乐器。 ⑦乖:误,违。 ⑧待月西厢:用唐元稹《莺莺传》记崔莺莺赠张生诗“待月西厢下,迎风户半开。拂墙花影动,疑是玉人来”句意。 ⑨伊行:她的身边。 ⑩耗:消息。

⑪秦镜：此谓男子赠与女方之信物。东汉陇西人秦嘉，为上郡掾，寄赠妻徐淑明镜，书曰："意甚爱之，故以相与。"徐淑答书曰："明镜之鉴，当待君还。"见《艺文类聚》卷三十二。 ⑫韩香：此谓女子赠与男方之信物。晋贾充之女私慕韩寿，窃御赠西域奇香赠之，充知其事，即以女妻寿。见《晋书·贾充传》。

［集评］

况周颐云："元人沈伯时作《乐府指迷》，于清真词推许甚至。惟以'天便教人，霎时厮见何妨'、'梦魂凝想鸳侣'等句为不可学，则非真能知词者也。清真又有句云：'多少暗愁密意，惟有天知'、'最苦梦魂，今宵不到伊行'、'拚今生、对花对酒，为伊泪落'，此等语愈朴愈厚，愈厚愈雅，至真之情，由性灵肺腑中流出，不妨说尽而愈无尽。"（《蕙风词话》卷二）

陈洵云："'池塘'在'莓墙'外，'莓墙'在'绣阁'外，'绣阁'又在'凤帏'外，层层布景，总为'深几许'三字出力。既非'巢燕'可以任意去来，则相见亦良难矣。'听得'、'遥知'，只是不梦亦不到，'见'字绝望，'甚时'转出'见'字。后路千回百折，逼出结句。画龙点睛，破壁飞去矣。"（《抄本海绡说词》）

唐圭璋云："通篇皆是欲见不得见之词。至末句乃点破'见'字。叹天何妨教人厮见霎时，亦是思极恨极，故不禁呼天而问之。"（《唐宋词简释》）

渡江云　小　石

晴岚低楚甸①，暖回雁翼，阵势起平沙。骤惊春在眼，借问何时，委曲到山家。涂香晕色，盛粉饰、争作妍华②。千万丝、陌头杨柳③，渐渐可藏鸦④。　堪嗟。清江东注，画舸西流，指长安日下⑤。愁宴阑、风翻旗尾，潮溅乌纱⑥。今宵正对初弦月，傍水驿、深舣蒹葭⑦。沉恨处⑧，时时自剔灯花。

[注释]

①晴岚:山中雾气。唐郑谷《华山》诗:“峭仞耸巍巍,晴岚染近畿。”楚甸:指楚地。《周礼》贾公彦疏:“郊外曰甸,百里之外,二百里之内。”南朝谢朓《和伏武昌登孙权故城》诗:“鹊起登吴山,凤翔陵楚甸。” ②妍华:艳丽花朵。 ③陌头:路旁。唐王昌龄《闺怨》诗:“忽见陌头杨柳色,悔教夫婿觅封侯。” ④藏鸦:谓枝叶荫蔽。南朝梁萧纲《金乐歌》诗:“槐花欲覆井,杨柳正藏鸦。” ⑤日下:皇帝所在之地,指京都。南朝宋刘义庆《世说新语·排调》:“陆(云)举手曰:‘云间陆士龙’,荀(隐)答曰:‘日下荀鸣鹤。’” ⑥乌纱:乌纱帽。起自东晋,隋唐贵者多服,其后上下通用,为闲居之常服。宋范仲淹《依韵酬章推官见赠》诗:“山人惊戴乌纱出,溪女笑隈红杏遮。” ⑦水驿:水路驿站。《新唐书·百官志》:“阻险无水草镇戍者,视路要隙置官马,水驿有舟。” 舣(yǐ):船拢岸。 蒹葭:芦荻。《诗经·秦风·蒹葭》:“蒹葭苍苍,白露为霜。” ⑧沉恨处:愁思无可排解之时。

[集评]

陈霆云:“周清真《渡江云》首云:‘晴岚低楚甸,暖回雁翅(按应作翼),阵势起平沙’。继云:‘千万丝、陌头杨柳,渐渐可藏鸦。’今以景物而观,暖初回雁,柳渐藏鸦,则仲春候也。后乃云:‘今朝(按应作宵)正对初弦月,傍水驿、深舣蒹葭。’又似夏秋之际,容非语病乎?谓若稍更句中云:‘今宵正对江心月,忆年时、水宿蒹葭。’庶几映带过无碍也。”(《渚山堂词话》卷三)

陈廷焯云:“写秋去春来,意亦犹人,而笔法自别。雅韵欲流,视《花间》,秦、柳如皂隶矣。笔力劲绝,是美成独步处,所谓‘清真’。结句情真语切。”(《云韶集·宋词选·周词评》)

陈洵云:“‘暖回’二句,人归落雁后也。‘骤惊春在眼’,偏惊物候新也。皆从前人诗句化出,又皆宦途之感,于是不禁有羡于‘山家’矣。‘何时’妙,‘委曲’又妙。下四句极写春色,乃极写‘山家’。换头‘堪嗟’二字,突出甚奇。‘东’、‘西’又奇,‘指长安’又奇。如此则还山无日矣。春到而人不到,谓之何哉。此行当是由荆南入都,‘风翻’、‘潮溅’,视‘山家’安稳何如。‘水驿’、‘蒹葭’,视‘山家’偃息何如。‘处’字如‘此心安处’之‘处’,是全篇结穴。”(《抄本海绡说词》)

应天长 商 调

条风布暖[①]，霏雾弄晴，池塘遍满春色。正是夜堂无月，沉沉暗寒食[②]。梁间燕，前社客[③]。似笑我、闭门愁寂。乱花过，隔院芸香[④]，满地狼藉。　长记那回时，邂逅相逢，郊外驻油壁[⑤]。又见汉宫传烛，飞烟五侯宅[⑥]。青青草，迷路陌。强带酒、细寻前迹。市桥远，柳下人家，犹自相识。

[注释]

①条风：条达万物之风，指春风。《初学记》卷三《易通卦验》："立春，条风至。"　②寒食：节令名。在农历清明前一或二日，禁火，只吃冷食。见南朝梁宗懔《荆楚岁时纪》。　③前社客：指梁间燕。春社为立春后第五个戊日，在寒食前，燕子已经归来，故称。　④芸香：草名。"此草香闻数百步外。"见明王象晋《群芳谱》。此借指乱花之香气。　⑤油壁：油壁车。其车壁用油漆涂饰，故名。《乐府诗集》卷八十五《苏小小歌》："妾乘油壁车，郎骑青骢马。何处结同心，西陵松柏下。"　⑥"又见"二句：旧俗寒食节禁止举火，至清明日暮，帝宣旨取榆柳之火赏赐近臣。唐韩翃《寒食》诗："春城无处不飞花，寒食东风御柳斜。日暮汉宫传蜡烛，轻烟散入五侯家。"　五侯：西汉成帝同日封诸舅王谭、王商、王立、王根、王逢时为侯，世谓五侯。见《汉书·元后传》。又，东汉桓帝时，宦官单超、徐璜、具瑗、左悺、唐衡五人同日封侯，亦世称五侯。见《后汉书·宦者传·单超》。后因以五侯泛指权贵。

[集评]

毛先舒云："前半泛写，后半专叙，盖宋词人多此法。如子瞻《贺新凉》后段只说榴花，《卜算子》后段只说鸣雁。周清真寒食词，后段只说邂逅，乃更觉意长。"（王又华《古今词论》引）

先著、程洪云："空淡深远，较之石帚作宁复有异？石帚专得此种笔意，遂于词家另开宗派。"（《词洁》）

陈洵云："前阕如许风景，皆从'闭门'中过。后阕如许情事，偏从'闭门'中记。'青青草'以下，真似一梦，是日间事，逆出。"（《抄本海绡说词》）

荔枝香近 歇 指

照水残红零乱，风唤去。尽日测测轻寒[①]，帘底吹香雾。黄昏客枕无憀[②]，细响当窗雨。看两两相依燕新乳[③]。

楼下水，渐绿遍、行舟浦。暮往朝来，心逐片帆轻举。何日迎门，小槛朱笼报鹦鹉。共剪西窗蜜炬[④]。

[注释]

①测测轻寒：犹言寒意刺人。 测测：锋利貌。唐韩偓《寒食夜》："恻恻轻寒剪剪风，杏花飘雪小桃红。"恻，通"测"。 ②无憀：无聊。憀，通"聊"。 ③乳：人及鸟生子曰乳，见《说文》。唐温庭筠《醉歌》："檐柳初黄燕新乳。" ④"共剪"句：用唐李商隐《夜雨寄北》"何当共剪西窗烛，却话巴山夜雨时"句意。 蜜炬：蜡烛。

荔枝香近 歇 指

夜来寒浸酒席，露微泫[①]。舄履初会，香泽方薰[②]，无端暗雨催人，但怪灯偏帘卷。回顾，始觉惊鸿去云远[③]。

大都世间，最苦唯聚散。到得春残，看即是、开离宴。细思别后，柳眼花须更谁剪[④]。此怀何处消遣[⑤]。

[注释]

①泫(xuàn)：水滴下垂貌。晋谢灵运《从斤竹涧越岭溪行》："花上露犹泫。" ②舄(xì)：鞋。《史记·孟子荀卿列传》："日暮酒阑，合尊促坐，履舄交错，杯盘狼藉……罗襦襟解，微闻香泽。" "初会"、"方薰"：意谓方得亲近。 ③惊鸿：指美人。三国魏曹植《洛神赋》："翩若惊鸿，婉若游龙。" ④柳眼花须：语出唐李商隐《二月二日》"花须柳眼各无赖，紫蝶黄蜂俱有情"。 柳眼：初生柳叶。 ⑤消遣：排遣。

[集评]

陈锐云:"柳词云:'算人生、悲莫悲于轻别',又云:'置之怀袖时时看',此从古乐府出。美成词云:'大都世间,最苦惟聚散'乃得此意。"(《褒碧斋词话》)

还京乐　大石

禁烟近[①],触处浮香秀色相料理[②]。正泥花时候[③],奈何客里,光阴虚费。望箭波无际[④],迎风漾日黄云委[⑤]。任去远,中有万点,相思清泪。　到长淮底[⑥]。过当时楼下,殷勤为说,春来羁旅况味。堪嗟误约乖期[⑦],向天涯、自看桃李。想而今、应恨墨盈笺,愁妆照水。怎得青鸾翼[⑧],飞归教见憔悴。

[注释]

①禁烟:谓寒食节。习俗是日不举烟火,故称。　②触处:到处。料理:逗引。　③泥(nì):依恋,沉迷。　④箭波:指流水。《慎子》:"河水初下龙门,其流如竹箭。"　⑤黄云:"襄阳石梁山出云应验符合,白云起定雨,黄云起则风。"见《骈字类编》卷一百三十五引《物类相感志》。委:堆积。　⑥长淮:淮水。　底:里。　⑦乖期:违期。　⑧青鸾:相传凤有五色,青色者为鸾。

扫地花　双调

晓阴翳日[①],正雾霭烟横,远迷平楚[②]。暗黄万缕。听鸣禽按曲[③],小腰欲舞[④]。细绕回堤,驻马河桥避雨。信流去[⑤]。想一叶怨题[⑥],今在何处。　春事能几许。任占地持杯,扫花寻路。泪珠溅俎[⑦]。叹将愁度日[⑧],病伤幽素[⑨]。恨入金徽[⑩],见说文君更苦[⑪]。黯凝伫。掩重关、遍

城钟鼓[12]。 （以上《片玉集》卷一）

[注释]

①翳（yì）：遮蔽。 ②平楚：平野之上的树林。 楚：丛木。南朝谢朓《宣城郡内登望》："寒城一以眺，平楚正苍然。" ③按曲：依曲拍歌唱。此谓鸟鸣。 ④小腰：此指柳枝。唐白居易有家伎樊素善歌，小蛮善舞，尝为诗曰："樱桃樊素口，杨柳小蛮腰。" ⑤信：任，随。 ⑥一叶怨题：唐卢渥应举，偶临御沟，见红叶上有诗云："流水何太急，深宫尽日闲。殷勤谢红叶，好去到人间。"见范摅《云溪友议》。 ⑦俎（zǔ）：此指尊俎，盛酒肉之器皿，代称宴席。 ⑧将：共，相随。 ⑨幽素：幽怀素心。指内心、心灵。 ⑩金徽：琴上抚抑之处的标识或系弦之绳称为"徽"。此指代琴。金，言其名贵也。唐元稹《小胡笳引》："雷氏金徽琴，王君宝重轻千金。" ⑪文君：卓文君，西汉临邛富商卓王孙之女，好音律。 ⑫重关：重门。

[集评]

沈义父云："结句须要放开，含有馀不尽之意。以景结情最好，如清真之'断肠院落，一帘风絮'；又'掩重关遍城钟鼓'之类是也。"（《乐府指迷》）

陈洵云："微雨春阴，绕堤驻马，闲闲写景。'信流去'陡接，'怨题'逆出。'任占地持杯，扫花寻路'，言任是如此，春亦无多耳。缩入上句。'看将愁度日'，再推进一层。如此则日日好春，亦只是愁，而春事之多少，更不足问矣。'文君更苦'，复从对面反逼。'遍城钟鼓'，游思缥缈，弥见沉郁。"（《抄本海绡说词》）

春　景

解连环[1]　商　调

怨怀无托。嗟情人断绝，信音辽邈[2]。信妙手、能解连环[3]，似风散雨收，雾轻云薄。燕子楼空[4]，暗尘锁、一床弦索[5]。想移根换叶，尽是旧时，手种红药。　汀洲渐生杜若[⑥]。料舟依岸曲，人在天角。谩记得、当日音书，把闲语闲言，待总烧却。水驿春回，望寄我、江南梅萼[⑦]。拚今生[⑧]，对花对酒，为伊泪落。

［注释］

①《解连环》：毛本题作"怨别"。 ②辽邈：遥远渺茫。 ③"妙手"句：秦昭王遣使遗玉连环于齐君王后，曰："齐多智，而解此环否？"齐君王后引锥破之，答使者曰："谨以解矣。"见《战国策·齐策六》。 ④燕子楼：彭城（今江苏徐州）燕子楼，唐张愔（相传多谓愔父张建封，非是）为爱妾关盼盼所建。张死，盼盼不嫁，居是楼十馀年。见唐白居易《燕子楼三首并序》。 ⑤弦索：指乐器。 ⑥杜若：香草名。战国楚屈原《九歌·湘夫人》："搴汀洲兮杜若，将以遗兮远者。" ⑦"望寄我"句：典出南朝陆凯《赠范晔》诗"折花逢驿使，寄与陇头人。江南无所有，聊赠一枝春"。 ⑧拚：甘愿之辞。

［集评］

张炎云："词欲雅而正，志之所之，一为情所役，则失其雅正之音。耆卿、伯可不必论，虽美成亦有所不免。如'为伊泪落'；如'最苦梦魂，今宵不到伊行'；如'天便教人，霎时厮见何妨'；如'又恐伊寻消问息，瘦损容光'；如'许多烦恼，只为当时，一饷留情'，所谓淳厚日变成浇风也。"（《词源》卷下）

况周颐云："清真又有句云：'多少暗愁密意，惟有天知'；'最苦梦魂，今宵不到伊行'；'拚今生、对花对酒，为伊泪落'。此等语愈朴愈厚，愈厚愈雅，至真之情，由性灵肺腑中流出，不妨说尽，而愈无尽。"（《蕙风词话》卷二）

陈洵云："全是空际盘旋。'无托'起，'泪落'结。中间'红药'一情，'杜若'一情，'梅萼'一情。随手拈来，都成妙谛。"又云："篇中设景设情，纯是空中结想。此周词之极幻者。"（《抄本海绡说词》）

玲珑四犯　大　石

秾李夭桃[①]，是旧日潘郎[②]，亲试春艳。自别河阳[③]，长负露房烟脸。憔悴鬓点吴霜[4],细念想、梦魂飞乱[5]。叹画阑玉砌都换,才始有缘重见。 夜深偷展香罗荐。暗窗前、醉眠葱茜[6]。浮花浪蕊都相识[7],谁更曾抬眼。休问旧色旧香,但认取、芳心一点。又片时一阵,风雨恶,吹分散。

[注释]

①秾、夭:繁盛貌。《诗经·周南·桃夭》:"桃之夭夭,灼灼其华。" ②潘郎:指晋潘岳。岳字安仁,美姿仪,少时常挟弹出长安道,妇人遇之都皆连手萦绕,投之以果,遂满车而归。事见《晋书·潘岳传》。 ③河阳:今河南孟州。唐白居易《白氏六帖》卷二十一:"潘岳为河阳令,树桃李花,人号曰'河阳一县花'。"南朝江淹《别赋》:"君居淄右,妾家河阳。" ④鬓点吴霜:两鬓斑白。唐李贺《还自会稽歌》:"吴霜点归鬓。" ⑤"细念想"句:《全宋词》所据陈本无"细"字。兼从毛本。方千里、杨泽民和此并作七字句。 ⑥葱茜:草木青翠茂盛。 ⑦浮花浪蕊:指寻常花草。唐韩愈《杏花》:"浮花浪蕊镇长有,才开还落瘴雾中。"

丹凤吟 越 调

迤逦春光无赖[1],翠藻翻池,黄蜂游阁。朝来风暴,飞絮乱投帘幕。生憎暮景[2],倚墙临岸,杏靥夭斜[3],榆钱轻薄[4]。昼永惟思傍枕,睡起无憀[5],残照犹在亭角。 况是别离气味[6],坐来但觉心绪恶。痛引浇愁酒,奈愁浓如酒,无计消铄[7]。好堪昏暝,簌簌半檐花落[8]。弄粉调朱柔素手,问何时重握。此时此意,长怕人道著。

[注释]

①迤逦(yǐ lǐ):连绵。 无赖:无意无心。 ②生:偏,最。 ③夭斜:多姿貌。 ④榆钱:榆树未生叶前先长荚,形似钱而小,色白成串,俗称榆钱。 ⑤无憀(liáo):无聊。憀,通"聊"。 ⑥气味:情调,情怀。 ⑦消铄(shuò):消解,消除。 ⑧簌簌(sù):象声。

[集评]

陈洵云："本是'睡起无憀'，却说'春光无赖'；已'暮景'矣，始念'朝来'；已'残照'矣，因思'昼永'。笔笔逆，笔笔断，为'迤逦'二字曲曲传神。以垫起换头，'况是'二字，不为'别离'，已是'无憀'。缩入上阕，加倍出力。然后转出下句。'心绪恶'则此'无憀'难遣，故曰'无计'。到此一步，已是尽头，复作何语。却以'那堪'二句勾转。'弄粉'二句放开。至'怕人道著'，则'无憀'、'无计'，一齐收起，惟有'无赖'之春光耳。三'无'字极幻化。"（《抄本海绡说词》）

满江红[①] 仙 吕

昼日移阴，揽衣起、春帷睡足[②]。临宝鉴、绿云撩乱[③]，未忺妆束[④]。蝶粉蜂黄都褪了[⑤]，枕痕一线红生肉。背画栏、脉脉悄无言[⑥]，寻棋局。　重会面，犹未卜。无限事，萦心曲[⑦]。想秦筝依旧[⑧]，尚鸣金屋[⑨]。芳草连天迷远望，宝香薰被成孤宿。最苦是、蝴蝶满园飞，无人扑。

[注释]

①唐氏按："宝香薰被成孤宿"句，《草堂诗馀后集》卷上李知几《临江仙》词注误引作苏轼词。"蝶粉蜂黄都褪了"句，《野客丛书》卷二十四误引作张元幹词。　②"揽衣"句：本唐白居易《长恨歌》"揽衣推枕起徘徊"及《自问行何迟》"酒醒夜深后，睡足日高时"。　③宝鉴：镜。　绿云：指女子秀髮。　④未忺（xiān）：不喜，不想。　⑤蝶粉蜂黄：指宫妆，此谓女子脸部所施脂粉。唐李商隐《酬崔八早梅有赠兼示之作》："何处拂胸资蝶粉，几时涂额藉蜂黄。"　⑥"背画栏"句：言孤寂相思，未有尽期。唐杜牧《题桃花夫人庙》："脉脉无言几度春。"《子夜歌》："明灯照空局，悠然未有期（棋）。"　⑦心曲：内心深处。　⑧秦筝：筝，乐器名。或曰秦蒙恬所造，故称秦筝。　⑨金屋：极言屋之华丽。见旧题东汉班固《汉武故事》。此指闺房。

[集评]

王世贞云:“美成能作景语,不能作情语;能入丽字,不能入雅字,以故价微劣于柳。然至‘枕痕一线红生肉’,又‘唤起两眸清炯炯,泪花落枕红绵冷。’其形容睡起之妙,真能动人。”(《弇州山人词评》)

瑞鹤仙 高平

悄郊原带郭。行路永,客去车尘漠漠。斜阳映山落。敛馀红、犹恋孤城栏角。凌波步弱[①]。过短亭、何用素约[②]。有流莺劝我,重解绣鞍,缓引春酌。 不记归时早暮,上马谁扶[③],醒眠朱阁。惊飙动幕。扶残醉,绕红药。叹西园、已是花深无地,东风何事又恶。任流光过却,犹喜洞天自乐[④]。

[注释]

①凌波:状女子步态之轻盈。三国魏曹植《洛神赋》:“凌波微步,罗袜生尘。” ②短亭:古时于城外五里处设短亭,十里处设长亭,为行人休憩及饯别之所。北朝周庾信《哀江南赋》:“十里五里,长亭短亭。” 素约:预约。 ③上马谁扶:本宋晏几道《玉楼春》词“来时醉倒旗亭下,不省阿谁扶上马”。 ④洞天:道家称神仙所居之处。《云笈七签》卷二十七:“十大洞天者,处大地名山之间,是上天遣群仙统治之所。”

[集评]

周济云:“只闲闲说起。又:不‘扶残醉’,不见‘红药’之系情,‘东风’之作恶,因而追溯昨日送客后,薄暮入城,因所携之妓倦游,访伴小憩,复成酣饮。又:换头三句,反透出一‘醒’字。‘惊飙’句倒插‘东风’,然后以‘扶残醉’三字点睛,结构精奇,金针度尽。”(《宋四家词选》)

许昂霄云:“‘任流光过却’,紧接上文;‘犹喜洞天自乐’,收拾中间。”(《词综偶评》)

唐圭璋云:“此首追述昨日送客之作。起句,点送客之地。‘客去’句言'客去'之状。'斜阳'三句，是送客后返城之所见。'凌波'三句，写过短亭时又有所遇，因解鞍重酌。换头，从酒醒说起，略去昨日薄暮醉时之事。'惊飙'三句，因风起而念落花，故扶醉往视。'叹西园'三句，极写东风之恶与花落之多。末两句，聊以自娱之意也。"(《唐宋词简释》)

西平乐　小石

元丰初，予以布衣西上，过天长道中。后四十馀年，辛丑正月[①]，避贼复游故地。感叹岁月，偶成此词

稚柳苏晴，故溪歇雨，川迥未觉春赊[②]。驼褐寒侵[③]，正怜初日，轻阴抵死须遮[④]。叹事逐孤鸿尽去[⑤]，身与塘蒲共晚[⑥]，争知向此，征途迢递，伫立尘沙。追念朱颜翠发，曾到处，故地使人嗟。　道连三楚[⑦]，天低四野，乔木依前，临路敧斜。重慕想，东陵晦迹[⑧]，彭泽归来[⑨]，左右琴书自乐，松菊相依[⑩]，何况风流鬓未华。多谢故人，亲驰郑驿[⑪]，时倒融尊[⑫]，劝此淹留，共过芳时，翻令倦客思家。

[注释]

①毛本"辛丑正月"下有"二十六日"四字。辛丑乃宋徽宗宣和三年，清真六十六岁。　②赊：迟。唐杜甫《喜晴》诗："甘泽不犹愈，且耕今未赊。"　③驼褐：驼毛衣。《新唐书·地理志一》："会州会宁郡……土贡驼毛褐……"　④抵死：竭力，总是。　须：却。　⑤事：指平生事业。唐杜牧《题安州浮云寺楼寄湖州张郎中》："恨如春草多，事与孤鸿去。"　⑥塘蒲：蒲，又名香蒲，水生植物，早凋。唐李贺《还自会稽歌》："吴霜点归鬓，身与塘蒲晚。"　⑦三楚：战国楚地，有西楚、东楚、南楚之分。　⑧东陵晦迹：东陵侯召平，秦亡，隐居种瓜于长安青门。见《史记·萧相国世家》。　⑨彭泽归来：晋陶潜，曾任彭泽县令，居官八十馀日，以不愿为五斗米折腰而自解印绶去职，赋《归去来》。见《宋书·隐逸传·陶潜》。　⑩"左右"二句：本晋陶潜《归去来辞》"乐琴书以消忧"、"三径就荒，松菊犹存"。　⑪郑驿：西汉郑当时，景帝时为太子舍人。喜结交，于长安四郊置驿马，存问故

交,接待宾客。见《史记·汲郑列传》。 ⑫融尊:东汉孔融好客,常叹曰:“坐上客常满,尊中酒不空,吾无忧矣。”见《后汉书·孔融传》。

[集评]

沈义父云:“词中用事,使人姓名,须委曲,得不用出最好。清真词多要两人名对使,亦不可学也。如《宴清都》云‘庾信愁多,江淹恨极’;《西平乐》云‘东陵晦迹,彭泽归来’;《大酺》云‘兰成憔悴,卫玠清羸’;《过秦楼》云‘才减江淹,情伤荀倩’之类是也。”(《乐府指迷》)

浪淘沙[①] 商调

昼阴重,霜凋岸草,雾隐城堞[②]。南陌脂车待发[③],东门帐饮乍阕[④]。正拂面垂杨堪缆结,掩红泪、玉手亲折[⑤]。念汉浦离鸿去何许[⑥],经时信音绝。 情切。望中地远天阔。向露冷风清,无人处、耿耿寒漏咽[⑦]。嗟万事难忘,唯是轻别。翠尊未竭。凭断云留取,西楼残月。罗带光销纹衾叠,连环解、旧香顿歇[⑧]。怨歌永、琼壶敲尽缺[⑨]。恨春去、不与人期,弄夜色,空馀满地梨花雪。

[注释]

①《浪淘沙》:元本调名《浪涛沙》,《全宋词》亦作《浪涛沙》。 ②堞(dié):城上矮墙,亦称女墙。 ③脂车:以油脂涂车之轮轴,利行驶也。 ④东门帐饮:西汉太傅疏广辞官归里,公卿大夫设帐饯行于长安东门外。见《汉书·疏广传》。 阕:终了。 ⑤红泪:指女子眼泪。传说常山女子薛灵芸被选入宫,悲泣累日,泪红如血。见晋王嘉《拾遗记》卷七。 ⑥何许:何处。 ⑦耿耿:心中不安。《诗经·邶风·柏舟》:“耿耿不寐,如有隐忧。” ⑧连环解:此谓两情分拆。典出《战国策·齐策六》。 旧香:晋韩寿为贾充掾吏,充女贾午悦之,密窃西域所贡奇香遗以定情。见《晋书·贾充传》。 ⑨琼壶敲尽缺:晋王敦酒后辄咏魏武帝(曹操)乐府“老骥伏枥,志在千里,烈士暮年,壮心不已”,以如意击唾壶

为节，壶口尽缺。见《晋书·王敦传》。

[集评]

陈廷焯云："美成词，操纵处有出人意表者。如《浪淘沙慢》一阕，上二叠写别离之苦。如'掩红泪、玉手亲折'等句，故作琐碎之笔。至末段云：'罗带光销纹衾叠，连环解、旧香顿歇。怨歌永、琼壶敲尽缺。恨春去、不与人期，弄夜色，空馀满地梨花雪。'蓄势在后，骤雨飘风，不可遏抑。歌至曲终，觉万汇哀鸣，天地变色。老杜所谓'意惬关飞动，篇终接混茫'也。"（《白雨斋词话》卷一）

谭献云："'正拂面'二句，难忘在此。'翠尊'三句，所谓以无厚入有间，'断'字、'残'字，皆不轻下。末三句，本是人去不与春期，翻说是无聊之思。"（《谭评词辨》）

陈洵云："'经时信音绝'是全篇点睛。自起句至'亲折'，皆是追叙别时。下二段全写忆别。上下神理，结成一片，是何等力量。"（《抄本海绡说词》）

忆旧游 越调

记愁横浅黛，泪洗红铅①，门掩秋宵。坠叶惊离思，听寒螀夜泣②，乱雨潇潇。凤钗半脱云鬓，窗影烛光摇。渐暗竹敲凉③，疏萤照晚，两地魂销④。　迢迢。问音信，道径底花阴⑤，时认鸣镳⑥。也拟临朱户，叹因郎憔悴，羞见郎招⑦。旧巢更有新燕，杨柳拂河桥。但满目京尘⑧，东风竟日吹露桃⑨。　　　（以上《片玉集》卷二）

[注释]

①红铅：脂粉。　②寒螀（jiāng）：寒蝉，蝉之一种。东汉王充《论衡》："寒螀啼，感阴气也。"　③渐：正，正是。　暗竹敲凉：言夜色深沉，凉风吹竹，飒飒有声。　④魂销：本南朝江淹《别赋》"黯然销魂者，惟别而已矣"。　⑤径底：小径里。　底：里。　⑥鸣镳（biāo）：马嘶。　镳：

马勒。在马口中者为衔,在口旁者为镳。此指代乘骑。 ⑦"叹因郎憔悴"二句:语出唐元稹《会真记》中崔莺莺诗"自从消瘦减容光,万转千回懒下床。不为旁人羞不起,为郎憔悴却羞郎"。 ⑧京尘:语出晋陆机《为顾彦先赠妇》诗"京洛多风尘,素衣化为缁"。 ⑨吹露桃:典出唐顾况《瑶草春歌》"露桃秾李自成蹊",唐李商隐《春游》诗"烟轻惟润柳,风滥欲吹桃"。

[集评]

陈廷焯云:"无限凄凉,炼字炼句,精劲绝伦。"(《云韶集·周词评》)

春 景

蓦山溪 大 石

湖平春水,菱荇萦船尾①。空翠入衣襟②,拊轻桹、游鱼惊避③。晚来潮上,迤逦没沙痕,山四倚。云渐起。鸟度屏风里④。 周郎逸兴⑤,黄帽侵云水⑥。落日媚沧洲⑦,泛一棹、夷犹未已⑧。玉箫金管,不共美人游,因个甚,烟雾底,独爱莼羹美⑨。

[注释]

①菱荇(xìng):荇,荇菜,又名接馀,水生植物。《诗经·周南·关雎》:"参差荇菜,左右流之。"唐储光羲《贻余处士》诗:"迟迟菱荇上,泛泛菰蒲里。" ②空翠:林间的云雾。唐王维《山中》诗:"山路元无雨,空翠湿人衣。" ③拊(fǔ)轻桹:叩舷为节拍。 拊:击、拍。 桹:"榔"本字,长木。唐李白《送殷淑》诗:"惜别耐取醉,鸣榔且长谣。" ④"鸟度"句:本自唐李白《清溪行》诗"人行明镜中,鸟度屏风里"。 ⑤周郎:清真自称。⑥黄帽:汉时船夫习戴黄帽,有黄头郎之称,后因以"黄帽"代称船夫。见《汉书·佞幸传·邓通》及唐颜师古注。此借指隐者之服。 ⑦沧洲:滨水之地,隐士居处。 ⑧夷犹:从容貌。宋张耒《泊长平晚望》诗:"川稳夷犹棹,春归杳霭天。" ⑨"独爱"句:谓薄宦思乡之意。《晋书·

文苑传·张翰》："翰因见秋风起，乃思吴中菰菜、莼羹、鲈鱼脍，曰：'人生贵得适志，何能羁宦数千里以要名爵乎！'遂命驾而归。"

少年游[①] 黄 钟

南都石黛扫晴山[②]，衣薄耐朝寒。一夕东风，海棠花谢，楼上卷帘看[③]。　而今丽日明如洗，南陌暖雕鞍[④]。旧赏园林，喜无风雨，春鸟报平安。

[注释]

①《少年游》：毛本题"荆州作"。　②"南都"句：谓晴朗山色如黛扫蛾眉。　南都：南阳郡（治所在今河南南阳），兼指江陵。《新唐书·吕諲传》："諲始建请荆州置南都，诏可。于是更号江陵府，以諲为尹。"徐陵《玉台新咏序》："南都石黛，最发双蛾。"　③"海棠"二句：本唐韩偓《懒起》"昨夜三更雨，今朝一阵寒。海棠花在否，侧卧卷帘看"。　④"而今"二句：本宋王安石《送丁廓秀才三首》"殷勤陌上日，为客暖征鞍"。

少年游[①] 黄 钟

朝云漠漠散轻丝[②]，楼阁淡春姿。柳泣花啼，九街泥重[③]，门外燕飞迟。　而今丽日明金屋[④]，春色在桃枝。不似当时，小桥冲雨[⑤]，幽恨两人知。

[注释]

①《少年游》：毛本题作"雨后"。　②漠漠：迷濛广远貌。南朝谢朓《游东田》诗："远树暧阡阡，生烟纷漠漠。"唐李白《菩萨蛮》："平林漠漠烟如织。"　轻丝：细雨。　③九街：犹言九陌、九衢，指京师之街巷。　④金屋：女性所居之华屋，藏娇之所。见《汉武故事》。　⑤冲雨：冒雨。

秋蕊香 双调

乳鸭池塘水暖，风紧柳花迎面[①]。午妆粉指印窗眼[②]，曲里长眉翠浅[③]。　问知社日停针线[④]，探新燕[⑤]。宝钗落枕春梦远，帘影参差满院。

[注释]

①迎面：扑面。　②粉指：留有午妆残粉的手指。　③"曲里"句：曲，倡女所居之地。《北里志》："平康里，入北门，东回三曲，即诸妓所居之聚也。"唐李贺《许公子郑姬歌》："自从小靥来东道，曲里长眉少见人。"④社日：古时春秋两次祭祀土神的日子。此指春社，约在春分前后。⑤新燕：燕子春社时飞来，秋社时离去，故称。宋晏殊《破阵子》词："燕子来时春社，梨花落后清明。"

[集评]

陈洵云："春闺无事，妆罢惟有睡耳。作想象之词看最佳，不必有本事也。'梦春远'，妙。此时风景，皆消归梦中，正不止一帘内外。"（《抄本海绡说词》）

渔家傲 般涉

灰暖香融销永昼[①]，蒲萄架上春藤秀。曲角栏干群雀斗。清明后，风梳万缕亭前柳。　日照钗梁光欲溜[②]，循阶竹粉沾衣袖[③]。拂拂面红如著酒[④]。沉吟久，昨宵正是来时候。

[注释]

①灰暖香融：香料在炉中消融为暖灰，臬为香气。　②钗梁：一种首饰。唐李百药《笙赋》："风摇裙佩，日照钗梁。"　③竹粉：竹子表层的白霜。　④拂拂：散布貌。　著酒：中酒。多喝了酒。

渔家傲　般涉

几日轻阴寒测测[①]，东风急处花成积。醉踏阳春怀故国[②]。归未得，黄鹂久住如相识。　　赖有蛾眉能暖客[③]，长歌屡劝金杯侧。歌罢月痕来照席。贪欢适，帘前重露成涓滴[④]。

[注释]

①寒测测：寒意刺人。　测测：锋利貌。　②故国：故乡。　③蛾眉：指女子。　暖客：留客。　④涓滴：小水点。唐杜甫《倦夜》云“重露成涓滴，稀星乍有无”。

[集评]

刘体仁云：“美成‘春恨’《渔家傲》，以‘黄鹂久住如相识’、‘重露成涓滴’作结，有离钩三寸之妙。”（《七颂堂词绎》）

南乡子　商调

晨色动妆楼[①]，短烛荧荧悄未收[②]。自在开帘风不定，飕飕。池面冰澌趁水流[③]。　　早起怯梳头，欲绾云鬟又却休。不会沉吟思底事[④]，凝眸。两点春山满镜愁[⑤]。

[注释]

①晨色：曙色。　②荧荧：微光闪烁貌。　③澌：解冻时流动的冰。　④不会：不知。　底事：何事。　⑤春山：喻女子眉。蹙则眉峰聚起，故云。

望江南　大石

游妓散，独自绕回堤[①]。芳草怀烟迷水曲[②]，密云衔雨暗城西。九陌未沾泥[3]。 桃李下,春晚未成蹊[4]。墙外见花寻路转,柳阴行马过莺啼。无处不凄凄。

[注释]

①回堤:曲折的堤岸。 ②怀:含。 烟:指水气。 迷:弥漫。 水曲:水滨。 ③九陌:泛指帝京街道。唐骆宾王《帝京篇》:“三条九陌丽城隈,万户千门平旦开。” ④“桃李”二句:本司马迁《史记·李将军列传》“桃李不言,下自成蹊”。 蹊:路。

浣溪沙[1] 黄 钟

争挽桐花两鬓垂[2],小妆弄影照清池[3]。出帘踏袜趁蜂儿[4]。 跳脱添金双腕重[5],琵琶拨尽四弦悲[6]。夜寒谁肯剪春衣[7]。

[注释]

①《全宋词》作《浣沙溪》,下二首同。 ②挽:通“绾”。此谓挽髻。桐花:或为髻名。 ③小妆:便妆。 ④趁:追逐。 ⑤跳脱(tiáo duó):手镯。 ⑥琵琶四弦:琵琶,乐器名,有四弦、六弦之别。唐白居易《琵琶行》:“曲终收拨当心画,四弦一声如裂帛。” ⑦剪:裁剪。

浣溪沙[1] 黄 钟

雨过残红湿未飞[2],珠帘一行透斜晖。游蜂酿蜜窃香归[3]。 金屋无人风竹乱[4],衣篝尽日水沉微[5]。一春须有忆人时。

[注释]

①唐氏按:此首别误作欧阳修词,见钱允治本《草堂诗馀》卷一。 ②飞:飘落。 ③窃香:采花蜜。唐温庭筠《牡丹》:“蜂重抱香

归。”　④金屋：此指女子住室。汉武帝刘彻幼时尝谓倘得阿娇为妻，当以金屋贮之。见旧题班固《汉武故事》。　⑤衣篝（gōu）：熏衣竹笼。　篝：熏笼。　水沉：指沉水香，一种名贵香料。

浣溪沙[1]　黄　钟

楼上晴天碧四垂[2]，楼前芳草接天涯。劝君莫上最高梯[3]。　新笋已成堂下竹，落花都上燕巢泥。忍听林表杜鹃啼[4]。

[注释]

①唐氏按：此首别误作李清照词，见《古今词统》卷四。　②四垂：自四方下垂。　③高梯：语出三国魏应瑒《侍五官中郎将建章台集诗》“欲因云雨会，濯羽陵高梯”。　④林表：林梢。　杜鹃啼：杜鹃啼声哀苦，如唤“不如归去”，故亦称催归鸟。

迎春乐　双　调

清池小圃开云屋。结春伴、往来熟。忆年时、纵酒杯行速。看月上，归禽宿。　墙里修篁森似束[1]。记名字、曾刊新绿[2]。见说别来长，沿翠藓、封寒玉[3]。

[注释]

①森似束：枝叶丛密，纠结在一起。　森：繁密貌。唐元稹《连昌宫词》：“连昌宫中满宫竹，岁久无人森似束。”　②“记名”句：指刊竹题名。　刊：刻。　③寒玉：喻竹。唐雍陶《韦处士郊居》诗云“门外晚晴秋色老，万条寒玉一溪烟”。

迎春乐　双　调

桃蹊柳曲闲踪迹，俱曾是、大堤客[1]。解春衣、贳酒城南陌[②]。频醉卧、胡姬侧[③]。　　鬓点吴霜嗟早白。更谁念、玉溪消息[④]。他日水云身[⑤]，相望处、无南北。

[注释]

①大堤客：犹言冶游客。《一统志》："大堤在襄阳府城外。"南朝宋刘诞《襄阳乐》："朝发襄阳城，暮至大堤宿。大堤诸女儿，花艳惊郎目。"唐李白《忆襄阳旧游赠马少府巨》："昔为大堤客，曾上山公楼。"　②"解春衣"句：本唐杜甫《曲江二首》其二"朝回日日典春衣，每向江头尽醉归"。贳（shì）：赊欠。　③"频醉卧"句：典出《晋书·阮籍传》，"邻家少妇有美色，当垆沽酒，籍尝诣饮，醉，便卧其侧。"《玉台新咏》辛延年《羽林郎》："胡姬年十五，春日独当垆。"　胡姬：胡女。　④玉溪消息：唐李商隐，号玉溪生。其《九日》诗云："十年泉下无消息，九日樽前有所思。"乃疏于见用之叹。　⑤水云：指归隐。

点绛唇　仙　吕

台上披襟，快风一瞬收残雨[①]。柳丝轻举。蛛网粘飞絮。　　极目平芜，应是春归处。愁凝伫，楚歌声苦[②]。村落黄昏鼓。

[注释]

①"台上"二句：典出战国楚宋玉《风赋》，"楚襄王游于兰台之宫，宋玉、景差侍。有风飒然而至，王乃披襟而当之曰：'快哉此风！寡人与庶人共者耶？'"　披襟：敞开衣襟。　快：爽。　②楚歌：此指楚地之歌。北朝庾信《哀江南赋》："楚歌非取乐之方。"

一落索　双　调

眉共春山争秀，可怜长皱。莫将清泪湿花枝，恐花也、如人瘦。　　清润玉箫闲久，知音稀有。欲知日日倚阑愁，但问取、亭前柳[①]。

［注释］

①"欲知"二句：亭，指长亭。行人休憩及饯别之处。唐王昌龄《闺怨》："忽见陌头杨柳色，悔教夫婿觅封侯。"

［集评］

陈廷焯云："情词双绝，奴婢秦、柳。"（《云韶集》）

一落索　双　调

杜宇思归声苦[①]，和春催去[②]。倚栏一霎酒旗风[③]，任扑面、桃花雨[④]。　目断陇云江树[⑤]，难逢尺素[⑥]。落霞隐隐日平西，料想是、分携处。

［注释］

①杜宇：杜鹃，即子规鸟。传说杜鹃为古蜀帝杜宇魂魄所化，故别称杜宇。　②和：连同。　③酒旗：旧时酒店立青帜作标识，亦称酒帘。唐杜牧《江南春绝句》："千里莺啼绿映红，水村山郭酒旗风。"　④桃花雨：语出唐李贺《将进酒》"桃花乱落如红雨"。　⑤"目断"句：此有朝树暮云，寄托相思之意。　目断：望尽。　陇云：亦称陇头云。五代南唐冯延巳《酒泉子》："陇头云，桃源路，两魂消。"南朝齐谢朓《之宣城郡出新林浦向板桥》："天际识归舟，云中辨江树。"　⑥尺素：书信。

垂丝钓　商　调

缕金翠羽[①]，妆成才见眉妩[②]。倦倚绣帘，看舞风絮。愁几许，寄风丝雁柱[③]。　春将暮，向层城苑路。钿车似水[④]，时时花径相遇。旧游伴侣，还到曾来处。门掩风和雨。梁间燕语，问那人在否。　（以上《片玉集》卷三）

[注释]

①缕金:缕金衣,缀以金饰之衣,亦名金缕衣。《玉台新咏》卷九南朝梁刘孝威《拟古应教》:"晴铺绿㯶琉璃扉,琼筵玉笥金缕衣。" 翠羽:钗饰,亦喻美人之眉。晋傅玄《艳歌行》:"蛾眉分翠羽,明眸髮清扬。" ②眉妩:指眉式样美好。 ③风丝:指琴弦。唐温庭筠《和沈参军招友生观芙蓉池》:"瑶琴商风丝。" 雁柱:筝柱斜列如雁行,故名。唐路德延《小儿》诗:"筝推雁柱偏。" ④钿车:饰以金花之车。唐白居易《春来》诗:"曲江碾草钿车行。" 似水:形容车行接连不断。《后汉书·后纪第十上·明德马皇后》:"车如流水,马如游龙。"

[集评]

陈廷焯云:"重寻旧迹,却写得如许凄凉,唐人'桃花依旧笑东风'不及此也。"《云韶集·宋词选·周词评》)

夏 景

满庭芳[①] 中 吕

风老莺雏[②],雨肥梅子[③],午阴嘉树清圆。地卑山近,衣润费垆烟[④]。人静乌鸢自乐[⑤],小桥外、新绿溅溅[⑥]。凭栏久,黄芦苦竹[⑦],拟泛九江船[⑧]。 年年。如社燕[⑨],飘流瀚海[⑩],来寄修椽[⑪]。且莫思身外,长近尊前[⑫]。憔悴江南倦客[⑬],不堪听、急管繁弦[⑭]。歌筵畔,先安簟枕,容我醉时眠。

[注释]

①毛本题"夏日溧水无想山作"。《景定建康志》卷二十七溧水县厅壁县令题名:"周邦彦元祐八年二月到任,何愈绍圣三年三月到任。"溧水,今属江苏。宋属江宁府。江宁为古金陵,又称建康。无想山,元张铉《至大金陵志》卷五:"无想山在州南十八里,有禅寂院,院有韩熙载读书堂。"
②风老莺雏:本唐司空图《偶书五首》"色变莺雏长",唐杜牧《赴京初入汴

口》"风蒲燕雏老"。　③"雨肥"句：本唐杜甫《陪郑广文游何将军山林》十首其五"红绽雨肥梅"。　④地卑、衣润：谓地势卑湿，衣物潮润，寓境遇不达、身世坎坷之意。唐白居易《琵琶行》："住近湓江地低湿。"唐贯休《寄王涤》："衣裳润欲滴。"　⑤乌鸢：鸦。　⑥溅溅：水声。　新绿：元本、毛本作"新渌"。渌，水清。　⑦黄芦苦竹：本唐白居易《琵琶行》"黄芦苦竹绕宅生"。　⑧拟泛九江船：语出唐白居易《琵琶行序》，"元和十年，余左迁九江郡司马。明年秋，送客湓浦口，闻舟中夜弹琵琶者，听其音，铮铮然有京都声。"此以白氏贬谪江州时景况自比，寓天涯沦落之意。拟：似。　⑨社燕：燕子春社时来，秋社时去，故称社燕。　社：祭祀社神之日。立春后第五戊日为春社，立秋后第五戊日为秋社。　⑩瀚海：北海名，又指戈壁沙漠。　⑪修椽(chuán)：长椽子。作者以社燕自喻，宦海飘零至此，暂得一椽寄身。　⑫"且莫思"二句：本唐杜甫《绝句漫兴九首》其四"莫思身外无穷事，且尽生前有限杯"。唐杜牧《张好好》："身外任尘土，尊前极欢娱。"　⑬江南倦客：词人自谓。清真钱塘（今浙江杭州）人，寓思归之意。唐郑谷《席上贻歌者》："座中亦有江南客，莫向春风唱鹧鸪。"　⑭"不堪听"句：本唐杜甫《陪王使君晦日泛江就黄家亭子》"不须吹急管，衰老易悲伤"。

[集评]

许昂霄云："通首疏快，实开南宋诸公之先声。"（《词综偶评》）

陈廷焯云："美成词有前后若不相蒙者，正是顿挫之妙。如《满庭芳》上半阕云：'人静乌鸢自乐。小桥外、新绿溅溅。凭栏久，黄芦苦竹，拟泛九江船。'正拟纵乐矣，下忽接云：'年年。如社燕，飘流瀚海，来寄修椽。且莫思身外，长近尊前。憔悴江南倦客，不堪听、急管繁弦。歌筵畔，先安枕簟，容我醉时眠。'是乌鸢虽乐，社燕自苦。九江之船，卒未尝泛。此中有多少说不出处，或是依人之苦，或有患失之心。但说得虽哀怨，却不激烈。沉郁顿挫中，别绕蕴藉。后人为词，好作尽头语，令人一览无馀，有何趣味。"（《白雨斋词话》卷一）

陈洵云："层层脱卸，笔笔钩勒，面面圆成。"（《抄本海绡说词》）

隔浦莲[①]　大　石

新篁摇动翠葆[②]，曲径通深窈[③]。夏果收新脆，金丸落、惊飞鸟[4]。浓霭迷岸草。蛙声闹,骤雨鸣池沼。水亭小。浮萍破处,帘花檐影颠倒。纶巾羽扇[5],困卧北窗清晓[6]。屏里吴山梦自到[7]。惊觉,依然身在江表[8]。

[注释]

①毛本题“中山县圃姑射亭避暑作”。据《景定建康志》及《图经》,中山又名浊山,在溧水县(今属江苏)东,周围五里。中山县圃即溧水县圃,亦南宋强焕《片玉词序》之“所治后圃”。 ②篁(huáng):竹。 葆:亦称羽葆,仪仗名。以鸟羽注于柄头,如盖。此借以形容竹树。 ③曲径:语出唐常建《题破山寺后禅院》“曲径通幽处,禅房花木深”。 ④金丸:此喻指黄梅。旧题晋葛洪《西京杂记》卷四:“韩嫣好弹,常以金为丸,所失者日有十馀。”唐李白《少年子》:“金丸落飞鸟。” ⑤纶(guān)巾羽扇:儒将打扮。《太平御览》卷七百零二引裴启《语林》:“诸葛武侯与宣王(司马懿)在渭滨将战,武侯乘素舆,葛巾,白羽扇,指挥三军。” 纶巾:用丝带做的头巾。 ⑥“困卧”句:典出《晋书·隐逸传·陶潜》“尝言夏月虚闲,高卧北窗之下,清风飒至,自谓羲皇上人”。 ⑦吴山:又名胥山,在今浙江杭州西湖东南。清真钱塘人,此当借指其故乡。 ⑧江表:江南。此指溧水县。

[集评]

陈洵云:“自起句至换头第三句,皆‘惊觉’后所见。‘纶巾’、‘困卧’,却用逆叙。‘身在江表’,梦到吴山,船且到,风辄引去,仙乎仙乎。周词固善取逆势,此则尤幻者。”(《抄本海绡说词》)

法曲献仙音 大石

蝉咽凉柯[1],燕飞尘幕,漏阁签声时度[2]。倦脱纶巾[3],困便湘竹[4],桐阴半侵朱户。向抱影凝情处,时闻打窗雨。 耿无语。叹文园、近来多病[5]。情绪懒,尊酒易成间阻。缥缈玉京人[6],想依然、京兆眉妩[7]。翠幕深中，对徽容、空在纨素[⑧]。待花前月下，见了不教归去。

［注释］

①柯：树枝。 ②漏阁签声时度：古时以铜壶滴漏计时。 漏阁：载漏之器。 签：漏箭，用以指示时辰。 ③纶（guān）巾：用丝带做的头巾，是一种便服装束。 ④困便湘竹：困则眠于竹簟。 便：安。 湘竹：指竹席。 ⑤文园：指西汉司马相如，亦清真自况。《史记·司马相如列传》："相如拜为孝文园令。"唐杜甫《赠李八秘书别三十韵》诗："文园多病后，中散旧交疏。" ⑥玉京：帝都，亦道家所谓仙阙。见《魏书·释老志》。玉京人：指仙子，喻所欢。 ⑦京兆眉妩：西汉京兆尹张敞，"为妇画眉，长安中传张京兆眉妩。"见《汉书·张敞传》。 眉妩：谓眉样美好。 ⑧徽容：美好的容颜。

［集评］

周济云："结是本色俊语。"（《宋四家词选》）

陈洵云："著眼两'时'字，曰倦、曰困，皆由此生。又著眼'向'字、'处'字，窗内窗外，一齐收拾。以换头三字结足上阕。'文园'以下，全写'抱影凝情'。虚提实证，是清真度人处。"（《抄本海绡说词》）

过秦楼 大 石

水浴清蟾[①]，叶喧凉吹，巷陌马声初断。闲依露井，笑扑流萤，惹破画罗轻扇[②]。人静夜久凭阑，愁不归眠，立残更箭[③]。叹年华一瞬，人今千里，梦沉书远。 空见说、鬓怯琼梳，容销金镜，渐懒趁时匀染[④]。梅风地溽[⑤]，虹雨苔滋[⑥]，一架舞红都变。谁信无憀，为伊才减江淹[⑦]，情伤荀倩[⑧]。但明河影下，还看稀星数点。

［注释］

①清蟾：明月。此指月影。 ②"笑扑"二句：本唐杜牧《秋夕》诗"银

烛秋光冷画屏,轻罗小扇扑流萤”。 ③更箭:亦称漏箭。漏壶中指示时间的浮标。 ④趁时匀染:按照时尚妆饰打扮。 ⑤梅风:梅熟时节的风。 溽:潮湿。 ⑥虹雨:初夏的雨。 ⑦才减江淹:南朝江淹,字文通,有梦郭璞索还五色笔的传说,时人谓之才尽。见《南史·江淹传》。⑧情伤荀倩:三国魏荀粲,字奉倩,妻曹洪女有艳色,至笃。妻亡,叹曰“佳人难再得”,不哭而神伤,未几亦卒。见《三国志·魏书·荀彧传》裴松之注、刘义庆《世说新语·惑溺》。

[集评]

陈廷焯云:“婉约芊绵。凄艳绝世,满纸是泪,而笔墨极尽飞舞之致。”(《云韶集》)

陈洵云:“通篇只做前结三句。自起句至‘更箭’,是去秋情事。‘梅风’三句,又历春夏,所谓‘年华一瞬’。‘见说’三句,‘人今千里’。‘谁信’三句,‘梦沉书远’也。‘明河’、‘疏星’,又到秋景。前起逆入,后结仍用逆挽。构局精奇,金针度尽。”(《抄本海绡说词》)

侧犯 大石

暮霞霁雨,小莲出水红妆靓[①]。风定,看步袜江妃照明镜[②]。飞萤度暗草,秉烛游花径[③]。人静,携艳质、追凉就槐影。 金环皓腕,雪藕清泉莹[④]。谁念省,满身香、犹是旧荀令[⑤]。见说胡姬,酒垆寂静。烟锁漠漠,藻池苔井。

[注释]

①靓(jìng):以脂粉妆饰。 ②步袜江妃:江妃,传说中的仙女。旧题汉刘向《列仙传》载,江妃二女,游于江汉之滨,遇郑交甫,遂解佩相赠,交甫行数十步,佩与女皆不见。三国魏曹植《洛神赋》:“凌波微步,罗袜生尘。” ③秉烛游:本《古诗十九首》“昼短苦夜长,何不秉烛游”。 ④雪:洗涤。唐杜甫《丈八沟纳凉二首》:“公子调冰水,佳人雪藕丝。” ⑤荀令:荀彧,字文若,为汉侍中,守尚书令。彧衣有浓香,所到之处,经日不

散。见《三国志·魏书·荀彧传》。唐李商隐《韩翃舍人即事》诗："桥南荀令过，十里送衣香。"

塞翁吟　大　石

暗叶啼风雨，窗外晓色珑璁[①]。散水麝[②]，小池东。乱一岸芙蓉。蕲州簟展双纹浪[③]，轻帐翠缕如空。梦念远别，泪痕重。淡铅脸斜红。　忡忡[④]。嗟憔悴、新宽带结[⑤]，羞艳冶、都销镜中。有蜀纸、堪凭寄恨[⑥]，等今夜、洒血书词，剪烛亲封。菖蒲渐老[⑦]，早晚成花，教见薰风。

[注释]

①珑璁：未明将明貌。　②水麝：麝之一种，脐中皆水，沥一滴于水中，用洒衣物，其香不歇。说见唐段成式《酉阳杂俎》。又指香名。此谓随风四散之荷香，香若水麝。　③蕲(qí)州簟：蕲州，今湖北蕲春，宋属淮南西路，所产簟为宋时贡品。见《宋史》卷八十八《地理四》。　簟：竹席。　④忡忡：忧心貌。　⑤新宽带结：衣带渐宽之意。　⑥蜀纸：蜀地所造笺纸，唐时即著盛名。　⑦菖蒲：植物名，多年生草本，生于水边，有香气。

苏幕遮　般　涉

燎沉香[①]，消溽暑[②]。鸟雀呼晴，侵晓窥檐语[③]。叶上初阳干宿雨[④]，水面清圆[⑤]，一一风荷举[⑥]。　故乡遥，何日去。家住吴门[⑦]，久作长安旅[⑧]。五月渔郎相忆否[⑨]，小楫轻舟[⑩]，梦入芙蓉浦[⑪]。

[注释]

①燎：细燃。　沉香：一种名贵香料。能沉于水，故名。　②溽(rù)暑：潮闷湿热的暑气。　③侵晓：拂晓。　侵：接近。　窥檐：语出隋杨广《晚春》"窥檐燕争入，穿林鸟乱飞"。　④宿雨：隔宿之雨。　⑤清圆：指

荷叶。 ⑥“一一”句：言荷叶在晨风中舒展亭立之态。唐司空图《王官二首》：“风荷似醉和花舞。” ⑦吴门：清真乃钱塘人。钱塘古属吴郡，故称之。 ⑧长安：借指都城汴京（今河南开封）。 ⑨渔郎：指故乡的钓游旧伴。 ⑩楫（jí）：短桨。 ⑪芙蓉：即荷花。

［集评］

陈廷焯云：“不必以词胜，而词自胜。风致绝佳，亦见先生胸襟恬淡。”（《云韶集》）

王国维云：“美成《青玉案》（按，当作《苏幕遮》）词‘叶上初阳干宿雨。水面清圆，一一风荷举。’此真能得荷之神理者，觉白石《念奴娇》、《惜红衣》二词，犹有隔雾看花之恨。”（《人间词话》）

浣溪沙[1]

日射敧红蜡蒂香[2]，风干微汗粉襟凉。碧纱对掩簟纹光[3]。 自剪柳枝明画阁[4]，戏抛莲菂种横塘[5]。长亭无事好思量[6]。

［注释］

①《全宋词》作《浣沙溪》，下三首同。 ②敧（qī）红：红烛倾斜。③碧纱：此谓帐幔。五代阎选《虞美人》：“水纹簟映青纱帐，雾罩秋波上。” 簟（diàn）：竹席。 ④“自剪”句：谓柳枝遮阴，居室为之所暗，遂剪之使明。 ⑤菂（dì）：莲子。 横塘：原系地名，此仅借用字面，即池塘。 ⑥长亭：古时设在路边的亭舍，常用作饯别处。 无事：空教，徒然。

浣溪沙

翠葆参差竹径成[1]，新荷跳雨泪珠倾[2]。曲阑斜转小池亭。 风约帘衣归燕急[3]，水摇扇影戏鱼惊。柳梢残日弄微晴[④]。

[注释]

①翠葆：谓竹叶葱绿茂盛。 ②泪珠：指荷珠。唐吴融《微雨》："惆怅池塘上，荷珠点点倾。" ③约：掠，掀动。 ④弄：自在轻拂之状。

浣溪沙

薄薄纱厨望似空[①]，簟纹如水浸芙蓉[②]。起来娇眼未惺忪[③]。 强整罗衣抬皓腕，更将纨扇掩酥胸[④]。羞郎何事面微红。

[注释]

①纱厨：碧纱厨，顶及四周蒙以绿纱的床帏之属。 ②簟(diàn)：竹席。 芙蓉：喻女子。唐李贺《美人梳头歌》："惊起芙蓉睡新足。" ③惺忪：清醒貌。 ④纨(wán)扇：细绢制成的团扇。

浣溪沙

宝扇轻圆浅画缯[①]，象床平稳细穿藤[②]。飞蝇不到避壶冰[③]。 翠枕面凉频忆睡，玉箫手汗错成声[④]。日长无力要人凭。

[注释]

①缯(zēng)：丝织物的总称。 ②象床：牙床。以象牙为饰的床。③"飞蝇"句：以器物贮冰，为夏日消暑之举，冰寒，故蝇避之。宋梅尧臣《韩子华遗冰》："六月侍臣方赐冰，我赋得之从友朋。开盘一见水玉璞，置坐百步无青蝇。" ④"玉箫"句：谓吹箫时因手指汗滑而按孔不免参差，故音有误。

点绛唇 仙 吕

征骑初停，酒行莫放离歌举[①]。柳汀莲浦。看尽江南路。　　苦恨斜阳，冉冉催人去。空回顾。淡烟横素[②]。不见扬鞭处。

[注释]

①酒行：即行酒，斟酒劝饮。唐岑参《西亭子送李司马》诗："酒行未醉闻暮鸡。"　②素：白色生绢。

[集评]

陈廷焯云："情景兼胜，笔力高绝，较柳耆卿'今宵酒醒何处'，更高一着。"(《云韶集·宋词选·周词评》)

诉衷情 商 调

出林杏子落金盘，齿软怕尝酸。可惜半残青紫，犹有小唇丹[①]。　　南陌上，落花闲[②]，雨斑斑。不言不语，一段伤春，都在眉间。　　(以上《片玉集》卷四)

[注释]

①"犹有"句：还留有红红的唇印。　②落花闲：花朵从枝头悠悠飘落。

秋 景

风流子[①] 大 石

秋 怨

枫林凋晚叶，关河迥，楚客惨将归[②]。望一川暝霭，雁声哀怨，半规凉月[③]，人影参差。酒醒后，泪花销凤蜡[④]，风幕卷金泥[⑤]。砧杵韵高[⑥]，唤回残梦，绮罗香减，牵起馀悲。

亭皋分襟地[⑦]，难拚处[⑧]，偏是掩面牵衣。何况怨怀长结，重见无期。想寄恨书中，银钩空满[⑨]，断肠声里，玉箸还垂[⑩]。多少暗愁密意，唯有天知。

[注释]

①毛本无题。 ②楚客：清真自称。王国维《清真先生遗事》："先生少年曾客荆州……《风流子》词云：'楚客惨将归。'均此时作也。" ③半规：半圆。 ④凤蜡：烛蜡。南朝齐王僧虔少时与兄弟聚会，采蜡烛泪为凤凰。事见《南齐书·王僧虔传》。《南史》作王僧绰。 ⑤金泥：以金粉饰物谓之金泥，亦称泥金。此句言饰以金粉的帘幕随风卷起。 ⑥"砧杵"句：指捣衣声。 ⑦亭皋：水边平地。 分襟：分别。 ⑧拚（pàn）：割舍。 ⑨银钩：字迹。唐白居易《写新诗寄微之偶题卷后》："写了吟看满卷愁，浅红笺纸小银钩。" ⑩玉箸：筷子曰"箸"，此指眼泪。唐白居易《白氏六帖》："魏甄后面白，泪双垂如玉箸。"

[集评]

沈义父云："炼字下语，最是紧要。如说桃，不可直说破桃，须用'红雨'、'刘郎'等字；如咏柳，不可直说破柳，须用'章台'、'灞岸'等字。又用书，如曰'银钩空满'，便是书字了，不必更说书字；'玉箸双垂'，便是泪了，不必更说泪。"（《乐府指迷》）

况周颐云："清真又有句云：'多少暗愁密意，惟有天知'、'最苦梦魂，今宵不到伊行'、'拚今生、对花对酒，为伊泪落'，此等语愈朴愈厚，愈厚愈雅，至真之情，由性灵肺腑中流出，不妨说尽而愈无尽。"（《蕙风词话》卷二）

华胥引[①] 黄钟

秋思

川原澄映，烟月冥濛，去舟如叶。岸足沙平，蒲根水冷留雁唼[②]。别有孤角吟秋,对晓风鸣轧[③]。红日三竿,醉头扶起还怯[④]。　　离思相萦,渐看看、鬓丝堪镊。舞衫歌扇,何人轻怜细阅。点检从前恩爱,但凤笺盈箧。愁剪灯花,夜来和泪双叠。

[注释]

①毛本无题。②唼(shà):水鸟或鱼类吞食,象声。唐李商隐《子初全溪作》诗:"战蒲知雁唼,皱月觉鱼来。" ③鸣轧:角声。唐杜牧《题齐安城楼》诗:"鸣轧江楼角一声,微阳潋潋落寒汀。" ④醉头扶起:谓酒醉晕眩,以手扶头。唐杜牧《醉题五绝》:"醉头扶不起,三丈日还高。"

[集评]

毛先舒云:"词家刻意、俊语、浓色,此三者皆作者神明,然须有浅深处。平处忽着一二乃佳。如美成秋思,平叙景物已足,乃出'醉头扶起还怯',便动人工妙。"(王又华《古今词论》引)

陈洵云:"日高醉起,始念夜来离思,即景叙情,顺逆伸缩,自然深妙。"(《抄本海绡说词》)

宴清都　中　吕

地僻无钟鼓[①]。残灯灭,夜长人倦难度。寒吹断梗,风翻暗雪,洒窗填户。宾鸿谩说传书[②],算过尽、千俦万侣[③]。始信得、庾信愁多[④],江淹恨极须赋[⑤]。　　凄凉病损文园[⑥],徽弦乍拂[⑦],音韵先苦。淮山夜月[⑧],金城暮草[⑨],梦魂飞去。秋霜半入清镜,叹带眼、都移旧处[⑩]。更久长、不见文君[⑪],归时认否。

[注释]

①钟鼓:乐器。　无钟鼓:极言地僻。唐王建《原上新居》:"住处无

钟鼓”。　②宾鸿：飞来的鸿雁。《礼记·月令》：“季秋之月……鸿雁来宾。”　③算：估算，料想。　④庾信愁多：北周庾信，字子山，有《愁赋》，但不见于今本《庾子山集》。宋叶廷珪《海录碎事》卷九存有残文，有云：“谁知一寸心，乃有万斛愁。”　⑤“江淹”句：南朝梁江淹有《恨赋》。文曰：“仆本恨人，心惊不已。直念古者，伏恨而死。”又：“自古皆有死，莫不饮恨而吞声。”　⑥文园：指司马相如。西汉武帝时，相如拜孝文园令，有消渴疾，既病免，家居茂陵。见《史记·司马相如列传》。　⑦徽弦：琴弦。徽：原指琴面指示抚抑之处的标识或系弦的绳。　⑧淮山：清真时任庐州（治所在今安徽合肥）教授。庐州北宋属淮南西路，故称山曰淮山。　⑨金城：河名，在合肥西。见清《续修庐州府志》卷七。　⑩带眼：系腰革带的孔眼。宋杨亿《此夕》：“程乡酒薄难成醉，带眼频移奈瘦何。”　⑪文君：卓文君，汉蜀郡临邛（今四川邛崃）人，司马相如妻。事见《史记·司马相如列传》。

[集评]

沈义父云：“词中用事，使人姓名，须委曲，得不用出最好。清真词多要两人名对使，亦不可学也。如《宴清都》云‘庾信愁多，江淹恨极’……之类是也。”（《乐府指迷》）

黄苏云：“曰‘文园’，曰‘文君’，似为旅宦思家之作。或别有所托，亦未可知，而词旨自尔凄然欲绝。”（《蓼园词选》）

四园竹[①]　小　石

浮云护月，未放满朱扉。鼠摇暗壁[②]，萤度破窗，偷入书帏[③]。秋意浓，闲伫立、庭柯影里，好风襟袖先知[④]。

夜何其[⑤]。江南路绕重山，心知谩与前期。奈向灯前堕泪，肠断萧娘[⑥]，旧日书辞。犹在纸，雁信绝[⑦]，清宵梦又稀。

[注释]

①《全宋词》据元本注云：“官本作《西园竹》。”　②鼠摇：语出宋王安石《登宝公塔》诗“鼠摇岑寂声随起，鸦矫荒寒影对翻”。　③“萤度”二

句:语出唐释齐己《萤》诗“夜深飞过读书帷”。 ④“好风”句:语出唐杜牧《秋思》诗“好风襟袖知”。 ⑤夜何其:问早晚之辞。 其(jī):疑问语气词。《诗经·小雅·庭燎》:“夜如何其？夜未央。” ⑥萧娘:南朝梁临川靖惠王萧宏,柔懦不武,北军称之为“萧娘”。见《南史·梁宗室传上·临川靖惠王宏》。后引为典实,泛指女子。唐杨巨源《崔娘诗》:“风流才子多春思,肠断萧娘一纸书。” ⑦雁信:书信。《汉书·苏建传附苏武》:“言天子射上林中,得雁,足有系帛书。”

[集评]

陈洵云:“‘鼠摇’、‘萤度’,于静夜怀人中见,有《东山》诗人之意。‘犹在纸’一语惊人,是明明有‘前期’矣,读结语则仍是‘漫与’。此等处皆千回百折而出之,尤佳在朴拙。”(《抄本海绡说词》)

齐天乐 正宫

秋思

绿芜凋尽台城路[1],殊乡又逢秋晚[2]。暮雨生寒,鸣蛩劝织[3],深阁时闻裁剪。云窗静掩。叹重拂罗茵,顿疏花簟[4]。尚有练囊[5],露萤清夜照书卷。 荆江留滞最久[6],故人相望处,离思何限。渭水西风[7],长安乱叶,空忆诗情宛转。凭高眺远。正玉液新篘[8],蟹螯初荐[9]。醉倒山翁[10],但愁斜照敛。

[注释]

①台城:东晋、南朝禁省所在地,故址在江宁(今江苏南京)。此指江宁。 ②殊乡:异乡。 ③蛩(qióng):蟋蟀,又名促织,谓其声如急织也。见晋崔豹《古今注·鱼虫》。 ④“叹重拂”二句:谓铺上罗茵,撤去花簟。茵(yīn):褥子。 簟:竹席。 ⑤练(shù)囊:晋车胤,字武子,恭勤好学,家贫不常得油,夏月则聚萤囊中,照明读书。事见《晋书·车胤传》。⑥荆江:指荆州(今湖北江陵)。 ⑦渭水西风:本唐贾岛《忆江上吴处

士》诗“秋风吹渭水，落叶满长安”。 ⑧玉液新篘（chōu）：美酒新漉。篘：漉酒竹器，此用作动词。 ⑨“蟹螯”句：晋毕卓，字茂世，尝云：“右手持酒杯，左手持蟹螯，拍浮酒船中，便足了一生矣。”事见南朝宋刘义庆《世说新语·任诞》。 ⑩醉倒山翁：山简，字季伦，置酒辄醉，时人为之歌曰：“山公时一醉。径造高阳池。日暮倒载归，酩酊无所知。”事见南朝宋刘义庆《世说新语·任诞》。

[集评]

周济云：“此清真荆南作也，胸中犹有块垒，南宋诸公多模仿之。”又云：“身在荆南，所思在关中，故有‘渭水’、‘长安’之句，碧山用作故实。”（《宋四家词选》）

谭献云：“‘绿芜’句亦是以扫为生法。‘荆江留滞最久’，应‘殊乡’。‘渭水西风，长安乱叶’，点化成句，开后来多少章法。”又云：“结束出奇，正是哀乐无端。”（《谭评词辨》）

王国维云：“‘西风吹渭水，落叶满长安’，美成以之入词，白仁甫以之入曲，此借古人之境界为我之境界者也。然非自有境界，古人亦不为我用。”（《人间词话删稿》）

陈洵云：“此美成晚年重游荆南之作。观起句，当是由金陵入荆南。又先有次句，然后有起句。因殊乡秋晚，始念‘绿芜凋尽’也。‘留滞最久’，盖合前游言之。‘渭水’、‘长安’指汴京，此行又将由荆南入开封矣。”（《抄本海绡说词》）

木兰花　高　平

暮秋饯别

郊原雨过金英秀[①]，风扫霜威寒入袖。感君一曲断肠歌[②]，劝我十分和泪酒。　　古道尘清榆柳瘦，系马邮亭人散后[③]。今宵灯尽酒醒时，可惜朱颜成皓首。

[注释]

①金英：黄菊。南朝齐王筠《摘园菊赠谢仆射举》诗：“菊花偏可憙，

碧叶媚金英。” ②断肠歌:语出唐白居易《晓别》诗“请君断肠歌,送我和泪酒”。 ③邮亭:指驿站。

霜叶飞 大石

露迷衰草。疏星挂,凉蟾低下林表[①]。素娥青女斗婵娟[②],正倍添凄悄。渐飒飒、丹枫撼晓。横天云浪鱼鳞小[③]。似故人相看,又透入,清辉半饷,特地留照。 迢递望极关山,波穿千里,度日如岁难到。凤楼今夜听秋风[④],奈五更愁抱。想玉匣、哀弦闭了[⑤]。无心重理相思调。见皓月、牵离恨,屏掩孤颦,泪流多少。

[注释]

①凉蟾:月亮。 ②素娥:嫦娥。 青女:霜雪之神。唐李商隐《霜月》诗:“青女素娥俱耐冷,月中霜里斗婵娟。” ③鱼鳞:鱼鳞状云彩。④凤楼:女子居处。南朝陈江总《萧史曲》:“来时兔月照,去后凤楼空。”⑤玉匣:指琴匣。唐崔珪《孤寝怨》诗:“自君辽海去,玉匣闭春弦。”

[集评]

陈廷焯云:“写秋夜景色,字字凄断。‘撼’字下得精神。晓何可撼?‘撼晓’何可解?惟其不可撼,所以为奇妙;惟其不可解,所以为神化也。”(《云韶集·宋词选·周词评》)

陈洵云:“只是‘美人迈兮音尘绝,隔千里兮共明月’二句耳,以换头三句结上阕。‘凤楼’以下,则为其人设想。一边写景,即景见情;一边写情,即情见景。双烟一气,善学者自能于意境中求之。”(《抄本海绡说词》)

蕙兰芳引[①] 仙吕

寒莹晚空,点清镜、断霞孤鹜。对客馆深扃[②],霜草未衰更绿[3]。倦游厌旅，但梦绕、阿娇金屋[4]。想故人别后，尽日空疑风竹[5]。　塞北氍毹[6]，江南图障[7]，是处温燠[8]。更花管云笺，犹写寄情旧曲。音尘迢递，但劳远目。今夜长，争奈枕单人独。

[注释]

①毛本题作“秋怀”。　②扃（jiōng）：门窗。　③“霜草”句：意谓久游不归。南朝谢朓《酬王晋安》诗：“春草秋更绿，公子未西归。”　④阿娇金屋：汉景帝姊长公主之女名阿娇，姓陈。武帝刘彻幼时曾云：“若将阿娇作妇，当作金屋贮之。”见《汉武故事》。　⑤“尽日”句：本唐李益《竹窗闻风寄苗发司空曙》诗“开门复动竹，疑是故人来”。　⑥氍毹（qú shū）：毛织地毯。古乐府《陇西行》：“请客北堂上，坐客毡氍毹。”　⑦图障：绘图的屏风。　⑧燠（yù）：暖。

塞垣春　大石

暮色分平野。傍苇岸、征帆卸。烟村极浦[1]，树藏孤馆，秋景如画。渐别离气味难禁也[2]。更物象、供潇洒。念多才浑衰减[3]，一怀幽恨难写。　追念绮窗人，天然自、风韵娴雅。竟夕起相思，谩嗟怨遥夜。又还将、两袖珠泪，沉吟向寂寥寒灯下。玉骨为多感，瘦来无一把。

[注释]

①极浦：遥远的水边。战国楚屈原《九歌·湘君》：“望涔阳兮极浦。”　②气味：滋味。　禁：当、耐。　③才：《全宋词》作“材”。

[集评]

陈洵云：“‘渐别离气味难禁也’，脱。‘更物象、供潇洒’，复上五句。然后以‘念多才’十二字，归到‘别离气味’上。后阕全从对面写，层联而下，总收入‘追念’二字中，正是‘难禁’、‘难写’处。比‘金花落烬灯’一

首,又加变化。学者悟此,固当飞升。”(《抄本海绡说词》)

丁香结 商调

苍藓沿阶,冷萤粘屋,庭树望秋先陨[1]。渐雨凄风迅。澹暮色,倍觉园林清润。汉姬纨扇在,重吟玩、弃掷未忍[2]。登山临水[3],此恨自古,销磨不尽。　牵引[4]。记试酒归时[5],映月同看雁阵。宝幄香缨[6],熏炉象尺[7],夜寒灯晕。谁念留滞故国,旧事劳方寸[8]。唯丹青相伴,那更尘昏蠹损。

(以上《片玉集》卷五)

[注释]

①望秋先陨:晋顾悦之与简文帝同年而鬓早白。帝问其故,对曰:“蒲柳之姿,望秋而落;松柏之质,经霜弥茂。”见南朝宋刘义庆《世说新语·言语》。　陨:落。　②“汉姬”二句:西汉成帝时班婕妤失宠,供养于长信宫,乃作赋自伤,并为《怨诗》一首。其诗云:“新裂齐纨素,鲜洁如霜雪。裁为合欢扇,团团似明月。出入君怀袖,动摇微风发。常恐秋节至,凉风夺炎热。弃捐箧笥中,恩情中道绝。”　③登山临水:语出战国楚宋玉《九辩》“憭慄兮若在远行,登山临水兮送将归”。　④牵引:相携,携手而引。⑤试酒:宋俗,阴历三、四月间初尝新酒,谓之试酒。见《武林旧事》卷三、卷十等。　⑥宝幄(wò):指女子所居之帐帷。　香缨:即香囊。　⑦熏炉象尺:语出唐温庭筠《织锦词》“象尺熏炉未觉秋,碧池已有新莲子”。⑧方寸:指心。

[集评]

陈洵云:“起五句全写秋气,极力逼出‘汉姬’五字,愈觉下句笔力千钧。‘登山临水’,却又推开,从宽处展步,然后跌落换头‘牵引’二字。一步一转,一步一留,极顿挫之能事。”(《抄本海绡说词》)

秋景

氐州第一　商　调

波落寒汀，村渡向晚，遥看数点帆小。乱叶翻鸦，惊风破雁[1]，天角孤云缥缈。官柳萧疏[2]，甚尚挂、微微残照。景物关情，川途换目，顿来催老。　渐解狂朋欢意少。奈犹被、思牵情绕。座上琴心[3]，机中锦字[4]，觉最萦怀抱。也知人、悬望久，蔷薇谢、归来一笑。欲梦高唐[5]，未成眠、霜空又晓。

[注释]

①破雁：吹散了飞雁的队形。　②官柳：官府所植之柳。亦指大道旁的柳树。　③琴心：谓寄托情思之琴声，亦指以琴传情。《史记·司马相如列传》载，卓王孙有女文君新寡，好音，相如于席上"以琴心挑之"，后文君遂私奔相如。　④锦字：晋窦滔妻苏蕙，字若兰，善属文。苻坚时滔为秦州刺史，被徙流沙。苏氏思之，织锦为回文旋图诗以赠滔，辞甚凄惋。见《晋书·列女列传》。　⑤欲梦高唐：谓希冀与所欢于梦中相会。战国楚宋玉《高唐赋序》："昔者先王尝游高唐，怠而昼寝，梦见一妇人曰：'妾巫山之女也，为高唐之客。闻君游高唐，愿荐枕席。'"

[集评]

周济云："竭力追逼，得换头一句出，钩转，思牵情绕，力挽千钧。此与《瑞鹤仙》一阕，皆绝新机杼，而结体各别，此轻利，彼沉郁。"（《宋四家词选》）

解蹀躞[1]　商　调

候馆丹枫吹尽[2]，面旋随风舞[3]。夜寒霜月，飞来伴孤旅。还是独拥秋衾，梦馀酒困都醒，满怀离苦。　甚情绪。深念凌波微步[4]，幽房暗相遇。泪珠都作，秋宵枕前雨。此恨音驿难通[5]，待凭征雁归时，带将愁去。

[注释]

①毛本题作“秋思”。 ②候馆：指旅舍。唐常建《泊舟盱眙》诗：“平沙依雁宿，候馆听鸡鸣。” ③面旋：为宋时所习见之舞名。此谓桐叶随风翻飞，犹若面旋舞姿。宋苏轼《南乡子·用前韵赠田叔通舞鬟》：“花遍六么球，面旋回风带雪流。” ④凌波微步：形容女子轻盈步态，亦用指女子。三国魏曹植《洛神赋》：“凌波微步，罗袜生尘。” ⑤音驿：书信传递。

少年游 商调

并刀如水[1]，吴盐胜雪[2]，纤手破新橙。锦幄初温[3]，兽烟不断[4]，相对坐调笙[5]。 低声问，向谁行宿[6]，城上已三更。马滑霜浓，不如休去，直是少人行[7]。

[注释]

①并刀：并州（治所在今山西太原）产刀，以锋利称。唐杜甫《戏题王宰画山水图歌》：“焉得并州快剪刀，剪取吴淞半江水。” ②吴盐：唐盐铁铸钱使第五琦于两淮所煮盐，以洁白著名，后称两淮所产盐为吴盐。③幄：帐幔。 ④兽：指兽形香炉。 ⑤调笙：吹笙。 调：调试，吹奏。⑥谁行：何处，哪边。 行：犹言边。宋柳永《木兰花令》：“若言无意向咱行，为甚梦中频相见。” ⑦直：只。

[集评]

毛先舒云：“周美成词家神品，如《少年游》‘马滑霜浓，不如休去，直是少人行。’何等境味。若柳七郎，此处如何煞得住。”（王又华《古今词论》引）

沈谦云：“‘马滑霜浓，不如休去，直是少人行。’言马，言他人，而缠绵偎倚之情自见，若稍涉牵裾，鄙矣。”（《填词杂说》）

周济云：“此亦本色佳制也。本色至此便足，再过一分，便入山谷恶道矣。”（《宋四家词选》）

陈廷焯云："秀艳。情急而语甚婉约，妙绝古今。"（《云韶集》）

庆春宫[①] 越调

云接平冈，山围寒野，路回渐转孤城。衰柳啼鸦，惊风驱雁，动人一片秋声。倦途休驾[②]，澹烟里、微茫见星。尘埃憔悴，生怕黄昏，离思牵萦。　华堂旧日逢迎。花艳参差，香雾飘零。弦管当头，偏怜娇凤[③]，夜深簧暖笙清[④]。眼波传意，恨密约、匆匆未成。许多烦恼，只为当时，一饷留情[⑤]。

[注释]

①唐氏按：《草堂诗馀前集》卷下误作柳永词。又误入吴文英《梦窗词集》。　毛本题作"悲秋"。　②休驾：停车。　③娇凤：即指下句之吹笙女子。　④簧暖笙清：笙中簧片最忌潮湿，水气凝结则声涩而不扬，故须以微火烘焙，簧暖则应律而声清越。见南宋周密《齐东野语·笙炭》。⑤一饷：犹言片刻。

[集评]

张炎云："词欲雅而正，志之所之，一为情所役，则失其雅正之音。耆卿、伯可不必论，虽美成亦有所不免。如'为伊泪落'；如'最苦梦魂，今宵不到伊行'；如'天便教人，霎时得见何妨'；如'又恐伊寻消问息，瘦损容光'；如'许多烦恼，只为当时，一饷留情'。所谓淳厚日变成浇风也。"（《词源》卷下）

王国维云："词家多以景寓情。其专作情语而绝妙者，如牛峤之'须作一生拚，尽君今日欢'；顾夐之'换我心为你心，始知相忆深'；欧阳修之'衣带渐宽终不悔，为伊消得人憔悴'；美成之'许多烦恼，只为当时，一晌留情'。此等词，求之古今人词中，曾不多见。"（《人间词话删稿》）

陈洵云："前阕离思，满纸秋气。后阕留情，一片春声，而以'许多烦恼'一句，作两边绾合，词境极浑化。"（《抄本海绡说词》）

醉桃源　大　石

冬衣初染远山青，双丝云雁绫[①]。夜寒袖湿欲成冰，都缘珠泪零。　　情黯黯，闷腾腾[②]，身如秋后蝇[③]。若教随马逐郎行，不辞多少程。

[注释]

①“双丝”句：织有云雁图案的双丝花绫。　绫：似缎而薄的丝织品。唐白居易《缭绫》：“织为云外秋雁行，染作江南春水色。”　②闷腾腾：慵懒貌。　③秋后蝇：寒蝇。唐韩愈《送侯参谋赴何中幕》：“痴如遇寒蝇。”宋欧阳修《病告中怀子华原父》：“而今痴钝若寒蝇。”又，秋蝇每附物不去，故有“若教”云云，以言难舍之意。

醉桃源　大　石

菖蒲叶老水平沙[①]，临流苏小家[②]。画阑曲径宛秋蛇，金英垂露华[③]。　　烧蜜炬[④]，引莲娃[⑤]，酒香薰脸霞。再来重约日西斜，倚门听暮鸦。

[注释]

①菖蒲：多年生草本植物，生于水边，有香气，初夏开花。　②苏小：即苏小小，南朝齐钱塘名妓。唐温庭筠《苏小小歌》：“家在钱塘小江曲。”　③金英：黄菊。　④蜜炬：蜡烛。　⑤莲娃：采莲女。

点绛唇　仙　吕

孤馆迢迢，暮天草露沾衣润[①]。夜来秋近，月晕通风信[②]。　　今日原头，黄叶飞成阵。知人闷，故来相趁[③]。共结临岐恨[④]。

[注释]

①沾：浸湿。 ②月晕：环绕于月亮四周之白色光带。宋苏洵《辨奸论》："月晕而风，础润而雨，人人知之。" ③趁：追逐。 ④临歧：到歧路之处。指分道惜别。

夜游宫[①] 般涉

叶下斜阳照水。卷轻浪、沉沉千里。桥上酸风射眸子[②]。立多时，看黄昏，灯火市。　古屋寒窗底。听几片、井桐飞坠[③]。不恋单衾再三起。有谁知，为萧娘[④]，书一纸。

[注释]

①毛本题作"秋暮晚景"。下一首同。 ②酸风：语出唐李贺《金铜仙人辞汉歌》"魏官牵车指千里，东吴酸风射眸子"。 ③井桐：井边种植的梧桐树。古时多在庭院中凿井，井边植梧桐。南朝梁萧纲《艳歌》："雾暗霜前柳，寒疏井上桐。" ④萧娘：女子之泛称。

[集评]

周济云："此亦是层叠加倍写法，本只'不恋单衾'一句耳。加上前阕，方觉精力弥满。"（《宋四家词选》）

夜游宫 般涉

客去车尘未敛。古帘暗、雨苔千点。月皎风清在处见[①]。奈今宵，照初弦[②]，吹一箭[③]。　池曲河声转。念归计，眼迷魂乱。明日前村更荒远。且开尊，任红鳞，生酒面。

[注释]

①在处:到处,随处。唐崔涂《蜀城春望》诗:"在处有芳草,满城无故人。" ②初弦:谓半圆之月。每月初八九,月上缺其半,称上弦,也称初弦。 ③一箭:指风。

诉衷情 商调

堤前亭午未融霜[1],风紧雁无行。重寻旧日歧路,茸帽北游装。　　期信杳[2],别离长。远情伤。风翻酒幔[3],寒凝茶烟,又是何乡。

[注释]

①亭午:正午。北魏郦道元《水经注·江水·三峡》:"自非亭午夜分,不见曦月。" ②期信杳:约会之日,遥不可期。 ③酒幔:酒旗。唐许浑《送人归吴兴》诗:"春桥悬酒幔,夜栅集茶樯。"

伤情怨 林钟

枝头风势渐小,看暮鸦飞了。又是黄昏,闭门收返照[1]。　　江南人去路缈。信未通、愁已先到。怕见孤灯,霜寒催睡早。

[注释]

①返照:夕阳馀晖。

[集评]

陈廷焯云:"'又'字妙。'收'字妙。"(《云韶集·宋词选·周词评》)

冬　景

红林檎近[①]　双　调

高柳春才软，冻梅寒更香。暮雪助清峭，玉尘散林塘[②]。那堪飘风递冷[③]，故遣度幕穿窗。似欲料理新妆，呵手弄丝簧。　冷落词赋客[④]，萧索水云乡[⑤]。援毫授简，风流犹忆东梁[⑥]。望虚檐徐转[⑦]，回廊未扫，夜长莫惜空酒觞。

［注释］

①毛本题作“咏雪”。　②玉尘：指雪。唐白居易《酬皇甫十早春对雪》：“漠漠复雰雰，东风散玉尘。”　③飘风：旋风、暴风。　④词赋客：指西汉司马相如，此亦清真自况。“元丰初，（清真）游京师，献《汴都赋》万馀言，神宗异之，命侍臣读于迩英阁，自太学诸生一命为正。居五岁不迁……出教授庐州，知溧水县”。见《宋史·文苑传六·周邦彦》。　⑤水云乡：溧水多江河湖泊，故云。　⑥“风流”句：汉梁孝王刘武筑梁苑（一名梁园）于今河南开封东南，司马相如等名士皆为座上客。　东梁：此亦指宋都汴梁，自言当年献赋受知神宗的一段经历。　⑦虚檐徐转：谓雪花于檐间飘飞。

红林檎近[①]　双　调

风雪惊初霁，水乡增暮寒[②]。树杪堕飞羽[③]，檐牙挂琅玕[④]。才喜门堆巷积，可惜迤逦销残。渐看低竹翩翻。清池涨微澜。　步屐晴正好[⑤]，宴席晚方欢。梅花耐冷，亭亭来入冰盘。对前山横素[⑥]，愁云变色，放杯同觅高处看。

［注释］

①毛本题作“雪晴”。唐氏按：此首别误作万俟咏词，见《花草粹编》

卷八。 ②"水乡"句:水乡,当指溧水。唐祖咏《终南望馀雪》:"林表明霁色,城中增暮寒。" ③飞羽:指雪。 ④琅玕(láng gān):质次于玉的美石,此指檐间冰柱。 ⑤步屧:脚穿木屐而行,谓踏雪。 屧:木屐,底有齿,宜于湿地行走。 ⑥前山横素:谓山体被雪,如银妆素裹,横亘于视野中。此或指横山。《嘉庆江宁府志》:"横山在江宁东南一百二十里,古曰衡山,又曰横望山,其半入溧水。"

满路花 仙 吕

金花落烬灯[①],银砾鸣窗雪[②]。夜深微漏断,行人绝。风扉不定[③],竹圃琅玕折[④]。玉人新间阔[⑤]。著甚情悰[⑥],更当恁地时节[⑦]。 无言攲枕[⑧],帐底流清血[⑨]。愁如春后絮,来相接。知他那里,争信人心切[⑩]。除共天公说。不成也还,似伊无个分别。 (以上《片玉集》卷六)

[注释]

①金花:灯焰。 ②银砾(lì):雪珠。南朝梁萧纲《同刘谘议咏春雪》:"晓霰飞银砾,浮云暗未开。" ③扉:门扇。 ④琅玕(láng gān):竹。唐杜甫《郑驸马宅洞中宴》:"留客夏簟青琅玕"。 ⑤间阔:久别。⑥著:有。 情悰(cóng):犹言情绪。 悰:心情。 ⑦恁地:如此,这样。 ⑧攲(qī):倾斜、歪。 ⑨清血:泪。唐杜牧《杜秋娘诗》:"清血洒不尽。" ⑩争:怎。

[集评]

贺裳云:"词家用意极浅,然愈翻则愈妙,如周清真《满路花》后半云:'愁如春后絮,来相接。知他那里,争信人心切。除共天公说。不成也还,似伊无个分别。'酷尽无聊赖之致。"(《皱水轩词筌》)

陈洵云:"'玉人新间阔',脱。'更当恁地时节',复上六句。后阕全写著这情怀。前用虚提,后用实证。"(《抄本海绡说词》)

单　题

解语花[1]　高　平

元　宵

风销焰蜡，露浥烘炉[2]，花市光相射。桂华流瓦[3]。纤云散，耿耿素娥欲下[4]。衣裳淡雅。看楚女、纤腰一把[5]。箫鼓喧，人影参差，满路飘香麝。　因念都城放夜[6]。望千门如昼，嬉笑游冶。钿车罗帕。相逢处，自有暗尘随马[7]。年光是也。唯只见、旧情衰谢。清漏移，飞盖归来[8]，从舞休歌罢。

[注释]

①毛本题作"上元"。　②烘炉：指灯彩。　③桂华：指月光。　④素娥：嫦娥，亦指仙女。南朝宋谢庄《月赋》："引玄兔于帝台，集素娥于后庭。"　⑤楚女纤腰：典出《韩非子·二柄》"楚灵王好细腰，而国中多饿人"。唐杜牧《遣怀》诗："楚腰纤细掌中轻。"　⑥放夜：夜间弛禁。正月十五夜前后几日内，京师例行放夜。见《太平御览》卷三十唐韦述《西京新记》、宋赵令畤《侯鲭录》。　⑦暗尘随马：本唐苏味道《正月十五夜》诗"暗尘随马去，明月逐人来"。　⑧盖：车盖，此指车。三国魏曹植《公宴》诗："清夜游西园，飞盖相追随。"

[集评]

张炎云："昔人咏节序，不惟不多，付之歌喉者，类是率俗，不过为应时纳祜之声耳。所谓清明'拆桐花烂漫'、端午'梅霖初歇'、七夕'炎光谢'，若律以词家调度，则皆未然。岂如美成《解语花》赋元夕云……（引词从略）。如此等妙词颇多，不独措辞精粹，又且见时序风物之胜，人家宴乐之同。"（《词源》卷下）

陈廷焯云："因元宵而念禁城放夜时，屈指年光，已成往事。此种着笔，何等姿态，何等情味。若泛写元宵衣香灯影如何艳冶，便写得工丽百二十分，终觉看来不俊。"（《云韶集·宋词选·周词评》）

王国维云:“词忌用替代字。美成《解语花》之‘桂华流瓦’,境界极妙,惜以‘桂华’二字代月耳。梦窗以下,则用代字更多。其所以然者,非意不足,则语不妙也。盖意足则不暇代,语妙则不必代。此少游之‘小楼连苑’、‘绣毂雕鞍’,所以为东坡所讥也。”(《人间词话》)

六么令 仙吕

重九

快风收雨①,亭馆清残燠②。池光静横秋影,岸柳如新沐。闻道宜城酒美③,昨日新醅熟④。轻镳相逐⑤。冲泥策马,来折东篱半开菊⑥。 华堂花艳对列,一一惊郎目⑦。歌韵巧共泉声,间杂琮琤玉⑧。惆怅周郎已老⑨,莫唱当时曲。幽欢难卜。明年谁健,更把茱萸再三嘱⑩。

[注释]

①快风:典出战国楚宋玉《风赋》,“有风飒然而至,王乃披襟而当之曰:‘快哉此风,寡人所与庶人共者邪!’” ②燠(yù):热。 ③宜城:汉南郡宜城产美酒。三国魏曹植《酒赋》:“其味有宜成醪醴,苍梧缥清。”宜成,即宜城。故城在今湖北宜城南。 ④醅(pēi):未滤之酒。唐白居易《问刘十九》诗:“绿蚁新醅酒,红泥小火炉。” ⑤轻镳(biāo):犹言轻骑。《说文》:“镳,马衔也。” ⑥东篱:本晋陶渊明《饮酒》二十首其五“采菊东篱下,悠然见南山”。 ⑦“华堂”二句:本南朝宋刘诞《襄阳乐》“朝发襄阳城,暮至大堤宿。大堤诸女儿,花艳惊郎目”。 ⑧琮琤(cóng chēng):玉相击声。 ⑨周郎:周瑜。《三国志·吴书·周瑜传》:“瑜时年二十四,吴中皆呼为周郎。……瑜少精意于音乐……时人谣曰‘曲有误,周郎顾’。”清真氏周,亦精音律,尝以“顾曲”名堂。此“周郎”乃词人自况。 ⑩“明年”二句:本唐杜甫《九日蓝田崔氏庄》诗“明年此会知谁健,醉把茱萸子细看”。 茱萸(zhū yú):植物名,其味香烈。古俗,阴历九月九日重阳节,插佩茱萸以祛邪辟灾。

倒　犯[①] 仙吕调

新　月

霁景。对霜蟾乍升[②]，素烟如扫。千林夜缟[③]。徘徊处、渐移深窈。何人正弄、孤影蹁跹西窗悄[④]。冒霜冷貂裘，玉斝邀云表[⑤]。共寒光、饮清醥[⑥]。　淮左旧游[⑦]，记送行人，归来山路窎[⑧]。驻马望素魄[⑨]，印遥碧、金枢小。爱秀色、初娟好。念漂浮、绵绵思远道[⑩]。料异日宵征，必定还相照。奈何人自衰老。

[注释]

①毛本题作“咏月”。　②霜蟾：月亮。《后汉书·天文志》刘昭注引张衡《灵宪》：“后羿请不死之药于西王母，姮娥窃之以奔月。……姮娥遂托身于月。是为蟾蜍。”其后因称月为蟾蜍。　③缟（gǎo）：白色。　④蹁跹（pián xiān）：舞貌。　⑤玉斝（jiǎ）：玉杯。　斝：酒器。　⑥清醥（piǎo）：酒之清者。　醥：清酒。晋左思《蜀都赋》：“觞以清醥，鲜以紫鳞。”　⑦淮左旧游：谓清真任庐州教授期间旧事。庐州（治所在今安徽合肥），宋属淮南西路。地处淮水以南，故曰“淮左”。　⑧窎（diào）：深邃貌。　⑨素魄：月。南朝梁简文帝《京洛篇》：“夜轮悬素魄。”　⑩绵绵思远道：本乐府古辞（一题汉蔡邕作）《饮马长城窟行》“青青河畔草，绵绵思远道”。

大　酺 越　调

春　雨

对宿烟收[①]，春禽静，飞雨时鸣高屋。墙头青玉旆[②]，洗铅霜都尽[③]，嫩梢相触。润逼琴丝，寒侵枕障，虫网吹粘帘竹。邮亭无人处[④]，听檐声不断，困眠初熟。奈愁极顿惊，梦轻难记，自怜幽独。　行人归意速。最先念、流潦妨车毂[5]。怎奈向、兰成憔悴[6],卫玠清羸[7],等闲时、易伤心目。未怪平阳客[8],双泪落、笛中哀曲。况萧索、青芜国[9]。红糁铺地[10],门外荆桃如菽[11],夜游共谁秉烛[12]。

[注释]

①烟:雾气。 ②青玉旆:喻指竹叶。 旆(pèi):旗末燕尾状垂旒。 ③铅霜:指竹枝外皮的粉霜。 ④邮亭:驿馆。 ⑤流潦(lǎo):道路积水。 毂(gǔ):车轮中心的圆木,指代车轮。 ⑥怎奈:无奈。 向:语助词。 兰成:北朝庾信,字子山,小字兰成,善诗文。初仕南朝梁,后留滞北方。有《哀江南赋》、《愁赋》。 ⑦卫玠:晋人,字叔宝,俊美有羸疾,乘车入市,观者如堵。玠体不堪劳,成病而死。时人谓"看杀卫玠"。见《世说新语·容止》、《晋书·卫瓘传附卫玠》。 ⑧平阳客:指东汉马融。融字季长,才高博洽,性好音乐。为督邮,独卧郿平阳坞中,闻洛阳客吹笛,因念去京逾年,悲从中来,遂作《长笛赋》,有云:"于是放臣逐子,弃妻离友……泣血泫流,交横而下。"见《文选》。 ⑨青芜国:杂草丛生之地。唐温庭筠《春江花月夜词》:"花庭忽作青芜国。" ⑩红糁(sǎn):指落花。 ⑪荆桃:樱桃。 菽:豆之总称。 ⑫"夜游"句:本汉《古诗十九首·生年不满百》"昼短苦夜长,何不秉烛游"。

[集评]

王灼云:"前辈云'《离骚》寂寞千年后,《戚氏》凄凉一曲终'。《戚氏》,柳(永)所作也。柳何敢知世间有《离骚》,惟贺方回、周美成时时得之。贺《六州歌头》、《望湘人》、《吴音子》诸曲,周《大酺》、《兰陵王》诸曲,最奇崛。或谓深劲乏韵,此遭柳氏野狐涎吐不出者也。"(《碧鸡漫志》卷二)

沈义父云:"词中用事,使人姓名,须委曲,得不用出最好。清真词多要两人名对使,亦不可学也。如《宴清都》云:'庾信愁多,江淹恨极';《西平乐》云:'东陵晦迹,彭泽归来';《大酺》云:'兰成憔悴,卫玠清羸';《过秦楼》云:'才减江淹,情伤荀倩'之类是也。"(《乐府指迷》)

谭献云:"'墙头'三句,辟灌皆有赋心,前周后吴,所以为大家也。'行人'二句,此亦新亭之泪。'况萧索'下,一句一折,一步一态,然周昉美人,非时世妆也。"(《谭评词辨》)

陈洵云："玩一'对'字，已是惊觉后神理。'困眠初熟'，却又拗转。而以'邮亭'五字，作中间停顿，前后周旋。换头五字陡接。'流潦'八字，复绕后一步出力。然后以'怎奈向'三字钩转，将前阕所有情景，尽收入'伤心目'中。'平阳'二句，脱开作垫，跌落下六字。'红糁'二句，复加一层渲染，托出结句。与'自怜幽独'，顾盼含情。神光离合，乍阴乍阳，美成信天人也。"（《抄本海绡说词》）

玉烛新[①] 双 调

梅 花

溪源新腊后[②]。见数朵江梅，剪裁初就。晕酥砌玉芳英嫩，故把春心轻漏[③]。前村昨夜[④]，想弄月、黄昏时候。孤岸峭，疏影横斜[⑤]，浓香暗沾襟袖。 尊前赋与多材，问岭外风光[⑥]，故人知否。寿阳谩鬥[⑦]。终不似，照水一枝清瘦。风娇雨秀。好乱插、繁花盈首。须信道，羌管无情[⑧]，看看又奏。

[注释]

①毛本题作"早梅"。 唐氏按：此首别误作李清照词，见《梅苑》卷三。 ②溪源：《太平寰宇记》云，"溧水县庐山，在县东二十里，有水源三派，流入秦淮合大江"。溪源或即指出庐山三派入秦淮之水。 ③春心轻漏：本唐杜甫《腊日》诗"侵陵雪色还萱草，漏泄春光有柳条"。 ④前村昨夜：本唐释齐己《早梅》诗"前村深雪里，昨夜一枝开"。 ⑤疏影横斜：本宋林逋《山园小梅》诗"疏影横斜水清浅，暗香浮动月黄昏"。 ⑥岭外风光：指庾岭梅花。大庾岭，五岭之一，在今江西大庾县南，广东南雄县北，多梅，又称梅岭。据载，岭上梅花南枝已落而北枝犹开。见《白氏六帖·梅部》。 ⑦寿阳谩鬥：相传南朝宋武帝女寿阳公主，因梅花覆额成五瓣花印，遂据以作梅花妆。见《太平御览》卷九十七。 鬥：接合，拼合。 ⑧羌管：羌笛。唐段安节《乐府杂录》："笛者，羌乐也，古有《落梅花》曲。"唐李白《与史郎中钦听黄鹤楼上吹笛》诗："黄鹤楼中吹玉笛，江

城五月落梅花。”

花 犯[1] 小 石

梅 花

粉墙低，梅花照眼，依然旧风味。露痕轻缀。疑净洗铅华[2]，无限佳丽。去年胜赏曾孤倚[3]，冰盘同宴喜[4]。更可惜[5]，雪中高树，香篝熏素被[6]。 今年对花最匆匆，相逢似有恨，依依愁悴。吟望久，青苔上、旋看飞坠。相将见、脆丸荐酒[7]，人正在、空江烟浪里。但梦想、一枝潇洒，黄昏斜照水[8]。

[注释]

①毛本题作“咏梅”。 ②铅华：脂粉。 ③胜赏：快意之游赏。《陈书·孙瑒传》：“每良辰美景，宾僚并集，泛长江而置酒，亦一时之胜赏焉。” ④宴喜：同“燕喜”，宴饮喜乐。《诗经·小雅·六月》：“吉甫燕喜。” ⑤惜：怜爱。 ⑥香篝：熏笼。内燃香料，用以熏蒸衣物。此谓梅树覆盖白雪，犹如香篝上熏着素被。 ⑦相将：行将，将要。 脆丸：指梅子。 ⑧“黄昏”句：本宋林逋《山园小梅》诗“疏影横斜水清浅，暗香浮动月黄昏”。

[集评]

黄昇云：“此只咏梅花，而纡馀反覆，道尽三年间事。昔人谓好诗圆美流转如弹丸，余于此词亦云。”(《唐宋诸贤绝妙词选》)

周济云：“清真词其清婉者至此，故知建章千门，非一匠所营。”(《宋四家词选》)

黄苏云：“总是见宦迹无常，情怀落漠耳。忽借梅花以写，意超而思永。言梅犹是旧风情，而人则离合无常。去年与梅共安冷淡。今年梅正开，而人欲远别，见梅似含愁悴之意而飞坠。梅子将圆，而人在空江中，时梦见梅影而已。”(《蓼园词选》)

陈洵云："起七字极沉著，已将三年情事，一齐摄起。'旧风味'从'去年'虚提。'露痕'三句，复为'照眼'作周旋。然后'去年'逆入，'今年'平出。'相将'倒提，'梦想'逆挽。圆美不难，难在浑劲。"（《抄本海绡说词》）

丑奴儿[①] 大石

梅花

肌肤淖约真仙子[②]。来伴冰霜，洗尽铅黄。素面初无一点妆[③]。　寻花不用持银烛。暗里闻香，零落池塘。分付馀妍与寿阳[④]。

［注释］

①毛本题作"咏梅"。　②肌肤淖约：本《庄子·逍遥游》"藐姑射之山，有神人居焉。肌肤若冰雪，淖约若处子"。此形容梅花。　③素面：不施脂粉的本色容颜。乐史《杨太真外传》："然虢国不施妆粉，自炫美艳，常素面朝天。"　④寿阳：寿阳公主，南朝宋武帝女。《太平御览》卷九十七引《宋书》，谓寿阳公主尝卧含章殿檐下，梅花落额上，成五出之花，拂之不去。

水龙吟 越调

梨花

素肌应怯馀寒，艳阳占立青芜地。樊川照日[①]，灵关遮路[②]，残红敛避。传火楼台[③]，妒花风雨[④]，长门深闭[⑤]。亚帘栊半湿[⑥]，一枝在手[⑦]，偏勾引、黄昏泪。　别有风前月底。布繁英、满园歌吹[⑧]。朱铅退尽，潘妃却酒[⑨]，昭君乍起[⑩]。雪浪翻空，粉裳缟夜，不成春意。恨玉容不见，琼英谩好，与何人比。

[注释]

①樊川:汉武帝园,一名御宿,有大梨如五升瓶,落地则破,以布囊盛之,名"含消梨"。见《艺文类聚》卷八十六引《三秦记》。 ②灵关:南朝谢朓《谢隋王赐紫梨启》"味出灵关之阴,旨珍玉律之茎"。 ③传火楼台:寒食既过,禁中命小内侍于阁门用榆木钻火,宣赐臣僚巨烛。见《梦粱录》。 楼台:指贵豪之家。 ④妒花风雨:本唐温庭筠《鄠杜郊居》诗"寂寞游人寒食后,夜来风雨送梨花"。 ⑤长门深闭:用陈皇后(阿娇)典。《文选·司马相如〈长门赋序〉》:"孝武皇帝陈皇后,时得幸,颇妒。别在长门宫,愁闷悲思。"唐刘长卿《长门怨》诗:"何事长门闭,珠帘只自垂。……蕙草生闲地,梨花发旧枝。" ⑥亚:通"掩"。 ⑦"一枝"句:本唐白居易《长恨歌》"玉容寂寞泪阑干,梨花一枝春带雨"。 ⑧满园歌吹:此借用梨园事。唐玄宗李隆基曾选乐工三百、宫女数百,教授乐曲于梨园,亲为订正声误,号皇帝梨园弟子。见《新唐书·礼乐十二》。 ⑨潘妃却酒:喻梨花。南朝齐废帝东昏侯妃潘玉儿,洁美有国色。 却酒:拒酒,不饮酒。按,饮则脸红,不饮则白,故云。 ⑩昭君:王嫱,字昭君,西汉元帝时宫女,远嫁南匈奴呼韩邪单于。临行,"昭君丰容靓饰,光明汉宫,顾景裴回,竦动左右"。见《后汉书·南匈奴传》。

[集评]

沈义父云:"如咏物,须时时提调。觉不分晓,须用一两件事印证方可。如清真咏梨花《水龙吟》,第三第四句,须用'樊川'、'灵关'事,又'深闭门'及'一枝带雨'事。觉后段太宽,又用'玉容'事,方表得梨花。若全篇只说花之白,则是凡白花皆可用,如何见得是梨花?"(《乐府指迷》)

黄苏云:"写梨花冷淡性情,曰'占尽青芜',曰'长门闭',曰'引黄昏泪',曰'不成春意',为梨花写神矣。却移不到桃、李、梅、杏上。"(《蓼园词选》)

六　丑[①] 中　吕

落　花

正单衣试酒[②],恨客里、光阴虚掷。愿春暂留,春归如过翼[③]，一去无迹。为问花何在，夜来风雨，葬楚宫倾国[④]。钗钿堕处遗香泽[⑤]。乱点桃蹊，轻翻柳陌。多情为谁追惜。但蜂媒蝶使，时叩窗隔[⑥]。　　东园岑寂，渐蒙笼暗碧[⑦]。静绕珍丛底[⑧]，成叹息。长条故惹行客。似牵衣待话，别情无极[⑨]。残英小、强簪巾帻[⑩]。终不似一朵，钗头颤袅，向人欹侧。漂流处、莫趁潮汐。恐断红、尚有相思字[⑪]，何由见得。

[注释]

①毛本题作"蔷薇谢后作"。　②试酒：宋俗，阴历三、四月间初尝新酒。见《武林旧事》卷三、卷十等。　③过翼：飞鸟。　④楚宫倾国：此以美人喻花，指蔷薇。汉李延年作歌云："北方有佳人，绝世而独立。一顾倾人城，再顾倾人国。"见《汉书·外戚传上·孝武李夫人》。　⑤钗钿：女子首饰名，喻落花。　⑥窗隔：窗格子。"隔"当作"槅"，通"格"。　⑦蒙笼：草木繁盛貌。　⑧珍丛：花丛。　⑨"长条"三句：蔷薇枝条多刺，易钩牵衣裾，故云。唐储光羲《蔷薇》诗："高处红须欲就手，低边绿刺已牵衣。"　⑩巾帻（zé）：头巾。　⑪断红、相思字：唐卢渥赴长安应试，偶临御沟，拾得红叶，上有宫女题诗云："流水何太急，深宫尽日闲。殷勤谢红叶，好去到人间。"后遣放宫女，许从百官司吏，渥得一人，即题诗红叶者。见唐范摅《云溪友议》卷十。　唐氏按："红"原作"鸿"，从《阳春白雪》卷一。

[集评]

周济云："'愿春暂留，春归如过翼，一去无迹'十三字，千回百折，千锤百炼，以下如鹏羽自逝。不说人惜花，却说花恋人；不从无花惜春，却从有花惜春；不惜已簪之残英，偏惜欲去之断红。"（《宋四家词选》）

陈廷焯云："美成词极其感慨，而无处不郁，令人不能遽窥其旨。……《六丑·蔷薇谢后作》云'为问家何在'，上文有'怅客里光阴虚掷'之句，此处点醒题旨，既突兀，又绵密，妙只五字束住。下文反覆缠绵，更不纠缠一笔，却满纸是羁愁抑郁，且有许多不敢说处，言中有物，吞吐尽致。大抵美成词一篇皆有一篇之旨，寻得其旨，不难迎刃而解，否则病其繁碎重复，

何足以知清真也。”(《白雨斋词话》卷一)

黄苏云:“自叹年老远宦,意境落寞。借花起兴,以下是花、是自己,比兴无端,指与物化,奇情四溢,不可方物,人巧极而天工生矣。结处意致尤缠绵无已,耐人寻味。”(《蓼园词选》)

蒋敦复云:“清真《六丑》一词,精深华妙,后来作者,罕能继踪。”(《芬陀利室词话》)

虞美人 正 宫

金闺平帖春云暖[①],昼漏花前短[②]。玉颜酒解艳红消,一面捧心啼困、不成娇[③]。 别来新翠迷行径,窗锁玲珑影。研绫小字夜来封[④],斜倚曲阑凝睇、数归鸿[⑤]。

[注释]

①帖:床前帷。 春云:喻帖。 ②昼漏:白天的时间。 漏:漏壶,古时滴水计时器具。 ③一面:一边。 捧心:春秋越国西施病心,捧心蹙眉。见《庄子·天运》。此形容美人病酒后姿态。 ④研(yà)绫:用石碾磨过的绫,盖使之平滑而便于书写。 研:碾。 绫:似缎而较薄的织物。 ⑤凝睇(dì):注视。

虞美人 正 宫

廉纤小雨池塘遍[①],细点看萍面。一双燕子守朱门,比似寻常时候、易黄昏。 宜城酒泛浮香絮[②],细作更阑语。相将羁思乱如云[③],又是一窗灯影、两愁人。

(以上《片玉集》卷七)

[注释]

①廉纤:细雨貌。唐韩愈《晚雨》:“廉纤晚雨不能晴。” ②宜城酒:汉南郡宜城(故城在今湖北宜城县南),其地产美酒,名宜城醪。三国魏曹

植《酒赋》："宜成醴醪，苍梧缥清。"宜成，即宜城。 ③相将：相与，相共。

兰陵王 越 调

柳

柳阴直，烟里丝丝弄碧。隋堤上[①]，曾见几番，拂水飘绵送行色[②]。登临望故国[③]。谁识，京华倦客[④]。长亭路、年去岁来[⑤]，应折柔条过千尺[⑥]。 闲寻旧踪迹。又酒趁哀弦[⑦]，灯照离席。梨花榆火催寒食[⑧]。愁一箭风快，半篙波暖，回头迢递便数驿，望人在天北。 凄恻，恨堆积。渐别浦萦回[⑨]，津堠岑寂[⑩]。斜阳冉冉春无极。念月榭携手，露桥闻笛。沉思前事，似梦里，泪暗滴。

[注释]

①隋堤：隋炀帝大业元年，开通济渠，旁筑御道，并植杨柳，后人谓之隋堤。其在汴河故道者，亦称汴堤。宋代汴京隋堤，在开封城外三里。唐白居易《隋堤柳》诗："大业年中炀天子，种柳成行夹流水，西自黄河东至淮，绿影一千三百里。" ②行色：行旅出发的情景。 ③故国：故乡。 ④京华倦客：清真自谓。 京华：京师，指汴京。唐杜甫《奉赠韦左丞丈》："骑驴十三载，旅食京华春。" ⑤长亭：秦汉十里置亭，谓之长亭，其后五里有短亭，为行人休憩及饯别之处。北朝周庾信《哀江南赋》："水毒秦泾，山高赵陉。十里五里，长亭短亭。" ⑥折柔条：谓折柳送别。《三辅黄图·桥》："灞桥在长安东，跨水作桥，汉人送客至此，折柳赠别。"后遂成习俗。 ⑦趁：伴随。 ⑧榆火：寒食节例禁火，古时朝廷有节后新取榆柳之火以赐百官之制。见《春明退朝录》卷中。 ⑨别浦：《艺文类聚》卷九引《风土记》。"大水小口别通为浦。" ⑩津堠（hòu）：指渡口码头。

[集评]

沈际飞云："'闲寻旧踪迹'以下，不沾题而宣写别怀，无抑塞。'斜阳'句淡宕有情。"（《草堂诗馀正集》）

周济云："客中送客。一'愁'字代行者设想，以下不辨是情是景，但觉烟霭苍茫。'望'字、'念'字尤幻。"（《宋四家词选》）

陈廷焯云："美成词极其感慨，而无处不郁，令人不能遽窥其旨。如《兰陵王·柳》云：'登临望故国，谁识京华倦客'二语，是一篇之主。上有'隋堤上，曾见几番，拂水飘绵送行色'之句，暗伏'倦客'之根，是其法密处。故下接云：'长亭路，年去岁来，应折柔条过千尺。'久客淹留之感，和盘托出。他手至此，以下便直抒愤懑矣，美成则不然。'闲寻旧踪迹'二叠，无一语不吞吐。只就眼前景物，约略点缀，更不写淹留之故，却无处非淹留之苦。直至收笔云：'沉思前事，似梦里、泪暗滴。'遥遥挽合，妙在才欲说破，便自咽住，其味正自无穷。"（《白雨斋词话》卷一）

谭献云："起句已是磨杵成针手段，用笔欲落不落。'愁一箭风快'等句，此类喷醒，非玉田所知。'斜阳冉冉春无极'七字，微吟千百遍，当入三昧，出三昧。"（《谭评词辨》）

陈洵云："托柳起兴，非咏柳也。'弄碧'一留，却出'隋堤'；'行色'一留，却出'故国'；'长亭路'复'隋堤上'，'年去岁来'复'曾见几番'，'柔条千尺'复'拂水飘绵'；全为'京华倦客'四字出力。第二段'旧踪'往事，一留；'离席'今情，又一留。于是以'梨花榆火'一句脱开，'愁一箭'至'数驿'三句逆提，然后以'望人在天北'一句，复上'离席'作歇拍。第三段'渐别浦'至'岑寂'，证上'愁一箭'至'波暖'二句。盖有此'渐'，乃有此'愁'也。'愁'是倒提，'渐'是逆挽。'春无极'遥接'催寒食'。'催寒食'是脱，'春无极'是复。结则所谓'闲寻旧踪迹'也。'踪迹'虚提，'月榭'、'露桥'实证。"（《抄本海绡说词》）

梁启超云："'斜阳'七字，绮丽中带悲壮，全首精神振起。"（《艺蘅馆词选》）

蝶恋花[①] 商调

柳

爱日轻明新雪后[②]。柳眼星星，渐欲穿窗牖。不待长亭倾别酒，一枝已入骚人手[③]。　浅浅挼蓝轻蜡透[④]。过尽冰霜，便与春争秀。强对青铜簪白首[⑤]，老来风味难依旧。

[注释]

①共四首。毛本题作“咏柳”。 ②爱日：冬天的太阳。《左传·文公七年》：“赵衰，冬日之日也；赵盾，夏日之日也。”杜预注：“冬日可爱，夏日可畏。” ③“一枝”句：本唐韩翃《章台柳》诗“纵使长条似旧垂，也应攀折他人手”。 ④挼（ruó）：揉搓。 蓝：植物名，其叶可制蓝色染料，即靛青。《诗经·小雅·采绿》：“终朝采蓝，不盈一襜。”唐白居易《池上》诗：“直似挼蓝新汁色，与君南宅染罗裙。” ⑤青铜：镜。

蝶恋花

桃萼新香梅落后。暗叶藏鸦，苒苒垂亭牖[①]。舞困低迷如著酒[②]，乱丝偏近游人手。 雨过朦胧斜日透。客舍青青[③]，特地添明秀。莫话扬鞭回别首，渭城荒远无交旧。

[注释]

①牖（yǒu）：窗。 ②著酒：犹言中酒，醉酒。 ③客舍青青：语出唐王维《送元二使安西》诗“渭城朝雨浥轻尘，客舍青青柳色新。劝君更尽一杯酒，西出阳关无故人”。

蝶恋花

蠢蠢黄金初脱后[①]。暖日飞绵，取次粘窗牖[②]。不见长条低拂酒，赠行应已输先手[③]。 莺掷金梭飞不透[④]。小榭危楼，处处添奇秀。何日隋堤萦马首[⑤]，路长人倦空思旧。

[注释]

①蠢蠢：蠕动貌。此谓柳枝脱黄变青。 ②取次：随意。 ③赠行：奉赠行客。 输先手：已被他人抢先之意。 ④莺掷金梭：黄莺如金梭投

入柳中。 ⑤隋堤:隋炀帝开通济渠,沿渠植柳筑堤,世称隋堤。

蝶恋花

小阁阴阴人寂后。翠幕褰风[①],烛影摇疏牖。夜半霜寒初索酒,金刀正在柔荑手[②]。 彩薄粉轻光欲透。小叶尖新,未放双眉秀。记得长条垂鹢首[③],别离情味还依旧。

[注释]

①褰(qiān):掀,揭起。 ②荑:初生茅草。 柔荑:喻女子手之纤细白嫩。《诗经·卫风·硕人》:"手如柔荑。" ③鹢(yì)首:指船。 鹢:鸟名。古时常画其像着船头。《淮南子·本经训》:"龙舟鹢首,浮吹以娱。"

西 河[①] 大 石

金 陵

佳丽地[②],南朝盛事谁记[③]。山围故国绕清江[④],髻鬟对起[⑤]。怒涛寂寞打孤城,风樯遥度天际。 断崖树,犹倒倚。莫愁艇子曾系[⑥]。空馀旧迹郁苍苍,雾沉半垒。夜深月过女墙来[⑦],赏心东望淮水[⑧]。 酒旗戏鼓甚处市。想依稀、王谢邻里[⑨]。燕子不知何世。入寻常、巷陌人家,相对如说兴亡、斜阳里。

[注释]

①毛本题作"金陵怀古"。 ②佳丽地:指金陵,今江苏南京。南朝谢朓《入朝曲》:"江南佳丽地,金陵帝王州。" ③南朝:此指建都于金陵的吴、东晋、宋、齐、梁、陈诸朝代。 ④故国:故都,指金陵。山围故国,语出唐刘禹锡《石头城》诗"山围故国周遭在,潮打空城寂寞回。淮水东边旧时月,夜深还过女墙来"。 ⑤髻鬟:状山之形。 ⑥莫愁:南朝女子名。

《旧唐书·乐志二》："《莫愁乐》出于《石城乐》。石城有女子名莫愁，善歌谣。……故歌云：'莫愁在何处，莫愁石城西。艇子打两桨，催送莫愁来。'"石城在今湖北钟祥县境。此词咏金陵而用莫愁事，今南京水西门外亦有莫愁湖，均误以石城为金陵石头城所致。又，《乐府诗集》卷八十五南朝梁武帝《河中之水歌》："河中之水向东流，洛阳女儿名莫愁。"是则洛阳亦有莫愁。 ⑦女墙：城上小墙。 ⑧赏心：指赏心亭。《景定建康志》："赏心亭在下水门城上，下临秦淮，尽观览之胜。" 淮水：指秦淮河，横贯金陵城中，为南朝都人士女游宴之地。 注者按："赏心"，《花庵》、《词统》等作"伤心"。 ⑨王谢邻里：王、谢两家为东晋大族，其府第均在"县（江宁）东四里"（《六朝事迹类编》）之乌衣巷。唐刘禹锡《乌衣巷》诗："朱雀桥边野草花，乌衣巷口夕阳斜。旧时王谢堂前燕，飞入寻常百姓家。"

[集评]

许昂霄云："隐括唐句，浑然天成。'山围故国绕清江'四句，形胜；'莫愁艇子曾系'三句，古迹；'酒旗戏鼓甚处市'至末，目前景物。"（《词综偶评》）

陈廷焯云："此词纯用唐人成句，融化入律，气韵沉雄，苍凉悲壮，直是压遍古今。"（《云韶集·宋词选·周词评》）

梁启超云："张玉田谓清真最长处，在善融化古人诗句，如自己出。读此词，可见词中三昧。"（《艺蘅馆词选》）

唐圭璋云："此首金陵怀古，隐括刘禹锡诗意，但从景上虚说，不似王半山之'门外楼头'、陈西麓之'后庭玉树'，搬弄六朝史实也。起言'南朝盛事谁记'，即撇去史实不说。'山围'四句，写山川形胜，气象巍峨。第二片，仍写莫愁与淮水之景象，一片空旷，令人生哀。第三片，藉斜阳、燕子，写出古今兴亡之感。全篇疏荡而悲壮，足以方驾东坡。"（《唐宋词简释》）

归去难 仙吕

期约

佳约人未知，背地伊先变①。恶会称停事②，看深浅。如今信我③，委的论长远④。好来无可怨。洎合教伊⑤，因些事后分散。　　密意都休，待说先肠断。此恨除非是，天相念。坚心更守，未死终相见。多少闲磨难[⑥]。到得其时，知他做甚头眼[⑦]。

[注释]

①背地：转眼间。　②恶：最。　称停：忖度，评论。　③信：知。宋张先《汉宫春》："须信道，承恩不在貌，如何教妾为容。"　④委的：真的，确实。　⑤洎（jì）合：自该。　⑥闲磨难：谓由无关紧要之事引发的矛盾挫折。　⑦头眼：面目，样子。

三部乐　商　调

梅　雪

浮玉飞琼[①]，向邃馆静轩，倍增清绝。夜窗垂练，何用交光明月[②]。近闻道、官阁多梅[③]，趁暗香未远[④]，冻蕊初发。倩谁摘取，寄赠情人桃叶[⑤]。　　回文近传锦字[⑥]，道为君瘦损，是人都说。袄知染红著手[⑦]，胶梳粘鬓。转思量、镇长堕睫[⑧]。都只为、情深意切。欲报消息，无一句、堪愈愁结。

[注释]

①浮玉飞琼：指雪。　②何用：不须。　③官阁多梅：语出唐杜甫《和裴迪登蜀州东亭送客逢早梅见寄》诗"东阁官梅动诗兴"。　④暗香：指花香。唐元稹《春日》诗："露梅飘暗香。"宋王安石《梅花》诗："遥知不是雪，为有暗香来。"　⑤桃叶：晋王献之妾。献之曾作《桃叶歌》，"缘于笃爱，所以歌之"。见《乐府诗集》卷四十五《桃叶歌》引《古今乐录》。后作为情人代称。　⑥"回文"句：前秦秦州刺史窦滔妻苏氏，名蕙，字若兰，曾织锦为回文旋图诗，以赠被徙流沙的丈夫，倾诉思念之情。见《晋书·列女列传》。　⑦袄：《词谱》作"衹"，是。"衹"，通"只"。"著手"及下句"粘鬓"，均为相思不舍之象征。　⑧镇长：长，久。镇亦长义。宋柳永

《定风波》词："镇相随，莫抛躲。" 堕睫：落泪。

菩萨蛮[1] 正平

梅雪

银河宛转三千曲[2]，浴凫飞鹭澄波绿。何处是归舟，夕阳江上楼。 天憎梅浪发，故下封枝雪。深院卷帘看，应怜江上寒。

［注释］

①毛本无题。 ②"银河"句：秦淮西源及胭脂河水环经溧水县城，宛转于河梁城濠间，故云。

［集评］

周济云："造语奇险。"（评"天憎"二句）（《宋四家词选》）

陈廷焯云："美成《菩萨蛮》上半阕云：'何处望归舟，夕阳江上楼。'思慕之极，故哀怨之深。下半阕云：'深院卷帘看。应怜江上寒。'哀怨之深，亦忠爱之至。似此不必学温、韦，已与温、韦一鼻孔出气。"（《白雨斋词话》卷一）

品令 商调

梅花

夜阑人静。月痕寄、梅梢疏影。帘外曲角栏干近。旧携手处，花雾寒成阵[1]。 应是不禁愁与恨，纵相逢难问。黛眉曾把春衫印。后期无定，断肠香销尽。

［注释］

①花雾：语出唐储光羲《至嵩阳观》诗"花雾生玉井，霓裳画列仙"。按，《全宋词》所据陈本此句作"花发雾寒成阵"。朱本据毛本删。

[集评]

陈洵云:“如此美景,只于帘内依稀。‘曲角栏干’,却不敢凭,以其为‘旧携手处’也。如此则‘应是不禁愁与恨’矣。以换头结上阕。‘纵相逢难问’,加一倍写。‘黛眉’七字,即恨即愁。‘后期无定’,未有相逢,‘肠断香消’,收足起句。”(《抄本海绡说词》)

玉楼春 仙 吕

惆 怅

玉琴虚下伤心泪,只有文君知曲意[①]。帘烘楼迥月宜人[②],酒暖香融春有味。　　萋萋芳草迷千里,惆怅王孙行未已[③]。天涯回首一销魂,二十四桥歌舞地[④]。

[注释]

①文君知曲意:西汉临邛卓王孙有女文君,新寡,司马相如以琴心挑之,文君夜亡奔相如,驰归成都结为夫妇。见《史记·司马相如列传》。②帘烘:帘暖。　③王孙:贵族子弟之通称,亦用作未归游子之泛指。“萋萋”二句:本汉淮南小山《招隐士》“王孙游兮不归,春草生兮萋萋”。④二十四桥歌舞地:指扬州(今属江苏)。宋沈括《补笔谈》卷三《杂志》谓唐时扬州最为繁盛,可记者有二十四桥,并列载桥名。唐杜牧《寄扬州韩绰判官》诗:“二十四桥明月夜,玉人何处教吹箫。”

黄鹂绕碧树[①] 双 调

春 情

双阙笼嘉气[②],寒威日晚,岁华将暮。小院闲庭,对寒梅照雪,淡烟凝素。忍当迅景[③],动无限、伤春情绪。犹赖是、上苑风光渐好[④],芳容将煦。　　草荚兰芽渐吐。且寻芳、更休思虑。这浮世、甚驱驰利禄[⑤],奔竞尘土。纵有魏珠照乘[⑥],未买得流年住。争如盛饮流霞[⑦],醉偎琼树[⑧]。

[注释]

①毛本无题。②双阙：宫门，指皇城。③迅景：迅逝之光阴。④上苑：供帝王游乐的园林。⑤甚：是。⑥魏珠照乘：战国魏惠王有径寸宝珠十枚，珠光能“照车前后各十二乘”。见《史记·田敬仲完世家》。⑦流霞：项曼都好道学仙，弃家三年而返，自谓遇仙上天，“口饥欲食，仙人辄饮我以流霞一杯”。事见东汉王充《论衡·道虚》。后因以借指美酒。南北朝庾信《卫王赠桑落酒奉答》诗：“愁人坐狭邪，喜得送流霞。”⑧琼树：此喻指美人。《南史·张贵妃传》：“其曲有《玉树后庭花》、《临春乐》等。其略云：‘璧月夜夜满，琼树朝朝新。’大抵所归，皆美张贵妃、孔贵嫔之容色。”

满路花[①] 仙吕

思情

帘烘泪雨干[②]，酒压愁城破[③]。冰壶防饮渴[④]，培残火[⑤]。朱消粉退，绝胜新梳裹[⑥]。不是寒宵短，日上三竿，殢人犹要同卧[⑦]。　如今多病，寂寞章台左[⑧]。黄昏风弄雪，门深锁。兰房密爱[⑨]，万种思量过。也须知有我。著甚情悰[⑩]，你但忘了人呵。（以上《片玉集》卷八）

[注释]

①毛本作“冬景”，元本无题。唐氏按：《类编草堂诗馀》误作朱敦儒词，《彤管遗编》误作朱秋娘词。②帘烘：烘帘，暖帘，用以遮风。宋陈克《菩萨蛮》：“蝴蝶上阶飞，烘帘自在垂。”③愁城：喻为忧愁所包围。北朝庾信《愁赋》：“攻许愁城终不破。”④冰壶：盛冰的壶。冰水可解酒后干渴。⑤培残火：谓用微火炙，使冰解水，冷也。⑥梳裹：梳妆。⑦殢（tì）：泥（nì），软缠。宋柳永《玉蝴蝶》：“要索新词，殢人含笑立花前。”⑧章台：本秦昭王筑，汉之章台街在其地。街多妓馆，后以泛指冶游之处。⑨兰房：香闺。⑩著：有。情悰（cóng）：犹言情绪。

杂　赋

绮寮怨[①] 中　吕

思　情

上马人扶残醉[②]，晓风吹未醒。映水曲、翠瓦朱檐[③]，垂杨里、乍见津亭[④]。当时曾题败壁，蛛丝罩、淡墨苔晕青。念去来、岁月如流，徘徊久、叹息愁思盈。　去去倦寻路程。江陵旧事，何曾再问杨琼[⑤]。旧曲凄清。敛愁黛、与谁听。尊前故人如在，想念我、最关情。何须渭城[⑥]。歌声未尽处，先泪零。

[注释]

①毛本无题。　②上马人扶：本唐李白《鲁中都东楼醉起作》诗“昨日东楼醉，还应倒接䍦。阿谁扶上马，不省下楼时”。　③水曲：岸随水势曲折，故称水畔为水曲。　④津亭：渡口的亭子。唐张九龄《春江晚景》诗：“薄暮津亭下，馀花满客船。”　⑤“江陵旧事”二句：杨琼，本名播，少为江陵酒妓。唐元稹《和乐天示杨琼》诗：“我在江陵少年日，知有杨琼初唤出。腰身瘦小歌圆紧，依约年应十六七。去年十月过苏州，琼来拜问郎不识。青衫玉貌何处去，安得红旗遮头白。我语杨琼琼莫语，汝虽笑我我笑汝，汝今无复小腰身，不似江陵时好女。杨琼为我歌送酒，尔忆江陵县中否。……”又，唐白居易《问杨琼》诗：“古人唱歌兼唱情，今人唱歌惟唱声。欲说向君君不会，试将此语问杨琼。”词用其事。　⑥渭城：指送行的离歌。唐王维《送元二使安西》诗：“渭城朝雨浥轻尘，客舍青青柳色新。劝君更尽一杯酒，西出阳关无故人。”

[集评]

陈洵云：“此重过荆南途中作。杨琼，苏州歌者，见白香山诗。‘徘徊’、‘叹息’，盖有在矣。‘敛愁黛，与谁听’，知音之感。‘何曾再问’，正急于欲问也。‘旧曲’、‘谁听’，‘念我’、‘关情’问之不已，特不知故人在否耳。拙重之至，弥见沉浑。‘江陵’以下，言知音难遇也。‘故人’二字

倒钩。未歌先泪，又不止敛愁黛矣。顾曲周郎，其亦有身世之感乎。”（《抄本海绡说词》）

拜星月[①] 高 平

秋 思

夜色催更，清尘收露，小曲幽坊月暗[②]。竹槛灯窗，识秋娘庭院[③]。笑相遇，似觉琼枝玉树[④]，暖日明霞光烂。水眄兰情[⑤]，总平生稀见。 画图中、旧识春风面[⑥]。谁知道、自到瑶台畔[⑦]。眷恋雨润云温，苦惊风吹散。念荒寒、寄宿无人馆。重门闭、败壁秋虫叹。怎奈向、一缕相思[⑧]，隔溪山不断。

[注释]

①毛本无题。 ②小曲幽坊：唐制，妓女所居曰坊曲。 ③秋娘：杜秋，唐金陵女，年十五为李锜妾，后锜叛灭，籍之入宫。唐杜牧有《杜秋娘诗》。此用作歌伎之代称。 ④琼枝玉树：南朝梁江淹《古别离》：“愿一见颜色，不异琼树枝。”为称美所思女子之姿容。《晋书·谢安传》：“玄答曰：‘譬如芝兰玉树，欲使其生于庭阶耳。”是指称佳子弟。 ⑤水眄（miǎn）：谓顾盼之眼波。 ⑥“画图”句：本唐杜甫《咏怀古迹五首》其三咏昭君村“画图省识春风面，环珮空归月夜魂”。 春风面：喻指女子芳容。 ⑦瑶台：神话地名。战国楚屈原《离骚》：“望瑶台之偃蹇兮，见有娀之佚女。”晋王嘉《拾遗记》：“昆仑山……第九层山形渐小狭，下有芝田蕙圃，皆数百顷，群仙种耨焉。傍有瑶台十二，各广千步，皆五色玉为台基。” ⑧怎奈向：无奈。 向：语助词。

[集评]

卓人月云：“虫曰叹，奇。实甫草桥店许多铺写，当为此一字屈首。”（《词统》）

周济云：“全是追思，却纯用实写。但读前阕，几疑是赋也。换头再为

加倍跌宕之,他人万无此力量。”(《宋四家词选》)

陈廷焯云:“迤逦写来,入微尽致。当年画中曾见,今日重逢,其情愈深。旅馆凄凉,相思情况,一一如见。”(《云韶集·补词》)

尉迟杯[1] 大石

离恨

隋堤路[2]。渐日晚,密霭生深树。阴阴淡月笼沙[3],还宿河桥深处。无情画舸[4],都不管、烟波隔南浦[5]。等行人、醉拥重衾,载将离恨归去。　因念旧客京华,长偎傍、疏林小槛欢聚。冶叶倡条俱相识[6],仍惯见、珠歌翠舞。如今向、渔村水驿,夜如岁、焚香独自语。有何人、念我无憀[7],梦魂凝想鸳侣[8]。

[注释]

①毛本题作“离别”。　②隋堤:隋炀帝开通济渠,沿河筑堤植柳,世称隋堤。　③“阴阴”句:本唐杜牧《泊秦淮》诗“烟笼寒水月笼沙,夜泊秦淮近酒家”。　④无情画舸:本宋郑文宝《柳枝词》“亭亭画舸系春潭,直到行人酒半酣。不管烟波与风雨,载将离恨过江南”。　舸(gě):船。　⑤南浦:指送别处。战国楚屈原《九歌·河伯》:“送美人兮南浦。”南朝梁江淹《别赋》:“春草碧色,春水绿波,送君南浦,伤如之何。”　⑥冶叶倡条:指歌伎。唐李商隐《燕台诗》:“蜜房羽客类芳心,冶叶倡条遍相识。”　⑦无憀(liáo):无聊。　⑧唐氏按:“凝”原作“疑”,从四印斋本。

[集评]

沈义父云:“结句须要放开,含有馀不尽之意,以景结情最好。……或以情结尾亦好。往往轻而露,如清真之‘天便教人,霎时厮见何妨’。又云‘梦魂凝想鸳侣’之类,便无意思。亦是词家病,却不可学也。”(《乐府指迷》)

沈际飞云:“等到醉时,画舸煞有情,而犹谓无情,情真哉。苏词‘只载

一船离恨向西州’，秦词‘载取暮愁归去’，又是一触发。”（《草堂诗馀正集》）

谭献云：“‘无情’二句，沉着。‘因思’（按‘因念’毛本作‘因思’）句，章法。‘渔村水驿’是挽。收处颇率意。”（《谭评词辨》）

陈洵云：“‘隋堤’一境，‘京华’一境，‘渔村水驿’一境，总收入‘焚香独自语’一句中，鸳侣则不独自矣。只用实说，朴拙浑厚，尤清真不可及处。”（《抄本海绡说词》）

绕佛阁[①] 大石

旅情

暗尘四敛[②]，楼观迥出，高映孤馆。清漏将短，厌闻夜久，签声动书幔[③]。桂华又满[④]，闲步露草，偏爱幽远。花气清婉。望中迤逦，城阴度河岸[⑤]。　倦客最萧索，醉倚斜桥穿柳线。还似汴堤，虹梁横水面[⑥]。看浪飐春灯[⑦]，舟下如箭。此行重见。叹故友难逢，羁思空乱。两眉愁、向谁舒展。

[注释]

①唐氏按：此首别误入《梦窗词集》。　②暗尘：本唐苏味道《正月十五日夜》诗“暗尘随马去，明月逐人来”。　③签：漏壶中的木签，上有刻度，又称漏箭。　④桂华：指代月亮。　⑤城阴：城墙的阴影。唐杜甫《东楼》诗：“楼角凌风迥，城阴带水昏。”　⑥虹梁：即虹桥，在汴京东水门外七里。“其桥无柱，皆以巨木虚架，饰以丹艧，宛如飞虹。”见《东京梦华录·河道》。　⑦飐（zhǎn）：风吹物动。

一寸金[①] 小石

江路

州夹苍崖[②]，下枕江山是城郭。望海霞接日，红翻水面。晴风吹草，青摇山脚。波暖凫鹥作[③]。沙痕退、夜潮正落。疏林外、一点炊烟，渡口参差正寥廓。　自叹劳生，经年何事，京华信漂泊。念渚蒲汀柳，空归闲梦。风轮雨楫[④]，终辜前约。情景牵心眼，流连处、利名易薄。回头谢、冶叶倡条[⑤]，便入渔钓乐。

[注释]

①毛本题作“新定词”。《花庵》题作“新定作”。　新定：州治在建德县（今属浙江）。　②州夹苍崖：“浙西之壤，与江而接者，穷于新定。大江渺绵，陆地险阻，其势若与下流诸郡鬥绝。重山复岭，环抱万室，朝霏夕岚，与人俯仰。”见《永乐大典》卷七千二百四十一“堂”字韵清真《睦州建德县清理堂记》。　③凫鹥（fú yī）：水鸟。　凫：野鸭。　鹥：鸥鸟。　④风轮雨楫（jí）：风中车驾，雨中舟船。羁旅劳顿之意。　楫：船桨。　⑤冶叶倡条：形容婀娜多姿之杨柳枝叶，也借指歌伎。此或亦暗指因风动止、不持操守之辈。唐李商隐《燕台春》诗：“蜜房羽客类芳心，冶叶倡条遍相识。”

蝶恋花[①]　商　调

秋　思

月皎惊乌栖不定。更漏将残[②]，轳辘牵金井[③]。唤起两眸清炯炯，泪花落枕红棉冷[④]。　执手霜风吹鬓影。去意徊徨[⑤]，别语愁难听[⑥]。楼上阑干横斗柄[⑦]，露寒人远鸡相应。

[注释]

①毛本题作“早行”。　②更漏：古时视刻漏以报更，故称。　③轳辘：辘轳，井上汲水用的滑车。　唐氏按：“轳辘”原作“辘轳”，从吴讷本《片玉集》。　④红绵冷：谓胭脂妆泪沾湿枕绵。　绵：即丝绵，用以装枕。　⑤徊徨：彷徨。南朝梁萧衍《孝思赋》：“晨孤立而萦洁，夕独处而

徊徨。” ⑥难：不堪、不忍。 ⑦阑干：横斜貌。 斗柄：北斗七星，四星似斗，三星似柄，故云。

[集评]

沈际飞云：“‘唤起’句，形容睡起之妙。”（《草堂诗馀正集》）

王世贞云：“美成能作景语，不能作情语；能入丽字，不能入雅字，以故价微劣于柳。然至‘枕痕一线红生玉’，又‘唤起两眸清炯炯，泪花落枕红绵冷’，其形容睡起之妙，真能动人。”（《艺苑卮言》）

黄苏云：“首一阕，言未行前闻乌惊、漏残、辘轳响、而惊醒落泪。次阕，言别时情况凄楚，玉人远而惟鸡相应，更觉凄婉矣。”（《蓼园词选》）

如梦令[①] 中 吕

思 情

尘满一缾文绣[②]，泪湿领巾红皱[③]。初暖绮罗轻，腰胜武昌官柳[④]。长昼，长昼。困卧午窗中酒[⑤]。

[注释]

①毛本无题，调作《宴桃源》。 ②缾(bēng)：素底无花纹之丝织物。 文绣：刺绣。言无心女红，任其尘封。 ③领巾：女子披巾。 ④武昌官柳：晋陶侃镇守武昌，尝命属下植柳，称为官柳。见《晋书·陶侃传》。 ⑤中酒：醉酒。

如梦令 中 吕

思 情

门外迢迢行路[①]，谁送郎边尺素[②]。巷陌雨馀风，当面湿花飞去。无绪，无绪。闲处偷垂玉箸[③]。

[注释]

①行路:道路。 ②尺素:书信。古人书札每以一尺左右绢帛写之,故名。旧题汉蔡邕《饮马长城窟行》:“客从远方来,遗我双鲤鱼,呼儿烹鲤鱼,中有尺素书。” 素:生绢。 ③闲处:僻静处,无人时。 玉箸(zhù):比况之辞,泪也。 箸:筷子。南朝梁刘孝威《独不见》:“谁怜双玉箸,流面复沾襟。”

月中行[①]

怨 恨

蜀丝趁日染干红[②],微暖面脂融[③]。博山细篆霭房栊[④],静看打窗虫。 愁多胆怯疑虚幕[⑤],声不断、暮景疏钟[⑥]。团团四壁小屏风,啼尽梦魂中。

[注释]

①毛本无题。 ②蜀丝:蜀地产之丝罗。见《新唐书·地理志六》。干红:罗衣为晴和日光所染,然其红色并无其实,故称。 ③面脂;脸上的胭脂。 ④博山:博山炉。镂刻重叠山形装饰之香炉。 细篆:烟缕。状其细曲袅然若篆书。 房栊:窗户,引申指居室。 ⑤幕:帐帷。 ⑥暮景:黄昏。 疏钟:清远之钟声。

浣溪沙[①] 黄 钟

日薄尘飞官路平[②],眼前喜见汴河倾[③]。地遥人倦莫兼程。 下马先寻题壁字,出门闲记榜村名[④]。早收灯火梦倾城。

[注释]

①《全宋词》作《浣沙溪》,下二首同。 ②日薄:日暮。 ③汴河:“汴河,自隋大业初疏通济渠,引黄河通淮,至唐,改名广济。宋都大梁,以

孟州河阴县南为汴首受黄河之口,属于淮、泗。”见《宋史·河渠志》。④榜(bǎng):牌额。

浣溪沙　黄　钟

贪向津亭拥去车[①],不辞泥雨溅罗襦[②]。泪多脂粉了无馀。　酒酽未须令客醉[③],路长终是少人扶。早教幽梦到华胥[④]。

[注释]

①津亭:渡口的亭子。指起程别离处。　②襦:短袄。唐温庭筠《菩萨蛮》词:“新贴绣罗襦,双双金鹧鸪。”　③酽:味醇厚。　④华胥:传说中的国名,用作梦境之代称。《列子·黄帝》:“(黄帝)昼寝而梦,游于华胥氏之国。华胥氏之国在弇州之西,台州之北,不知斯齐国几千万里,盖非舟车足力之所及,神游而已。”

浣溪沙　黄　钟

不为萧娘旧约寒[①],何因容易别长安[②]。预愁衣上粉痕干。　幽阁深沉灯焰喜[③],小炉邻近酒杯宽[④]。为君门外脱归鞍。

[注释]

①约寒:毁约、失言。　②长安:借指京师汴梁。　③灯焰喜:古人以灯花为吉兆。唐杜甫《独酌成诗》:“灯花何太喜,酒绿正相亲。”　④酒杯宽:本唐杜甫《遣闷戏呈路十九曹长》“谁家数去酒杯宽”。

点绛唇[①] 仙吕

伤感

辽鹤归来[②],故乡多少伤心地。寸书不寄,鱼浪空千里[③]。 凭仗桃根[④],说与凄凉意。愁无际,旧时衣袂,犹有东门泪[⑤]。

[注释]

①毛本无题。 ②辽鹤:指重游旧地者,清真自况。相传辽东人丁令威,学道于灵虚山。后化鹤归辽,徘徊空中而言曰:“有鸟有鸟丁令威,去家千岁今来归。城郭如故人民非,何不学仙冢累累。”见旧题晋陶潜《搜神后记》卷一。 ③“鱼浪”句:谓无音书。唐韦皋《赠玉箫》诗:“长江不见鱼书至,为遣相思梦入秦。” ④桃根:晋王献之妾桃叶之妹。南朝梁吴均《行路难》诗:“君不见长安客舍门,倡家少女名桃根。” ⑤东门泪:犹言别泪。唐刘长卿《送马秀才》诗:“南客怀归乡梦频,东门怅别柳条新”。

[集评]

许昂霄云:“淡淡写来,深情无限,宜楚云为之感泣也。”(《词综偶评》)

陈廷焯云:“美成艳词,如《少年游》、《点绛唇》、《意难忘》、《望江南》等篇,别有一种姿态。句句洒脱,香奁泛语,吐弃殆尽。”(《白雨斋词话》卷六)

少年游[①] 黄钟

楼月

檐牙缥缈小倡楼[②],凉月挂银钩[③]。聒席笙歌[④],透帘灯火,风景似扬州[⑤]。 当时面色欺春雪[⑥],曾伴美人游。今日重来,更无人问,独自倚阑愁。

[注释]

①毛本无题。 ②檐牙:楼檐参差。 ③银钩:弯月。 ④聒

(guō):喧扰。 ⑤"风景"句:本唐杜牧《赠别二首》其一"娉娉袅袅十三馀,豆蔻梢头二月初。春风十里扬州路,卷上珠帘总不如"。《题扬州禅智寺》:"谁知竹西路,歌吹是扬州。" ⑥欺春雪:谓脸白胜雪。

望江南 大石

咏 妓

歌席上,无赖是横波①。宝髻玲珑攲玉燕②,绣巾柔腻掩香罗。人好自宜多。 无个事,因甚敛双蛾。浅淡梳妆疑见画,惺松言语胜闻歌③。何况会婆娑④。

（以上《片玉集》卷九）

[注释]

①无赖:可爱,可喜。 横波:指眼神。隋炀帝《嘲罗罗》诗:"个侬无赖是横波。"唐杜甫《奉陪郑驸马韦曲》诗:"韦曲花无赖,家家恼杀人。" ②攲(qī)玉燕:斜插玉钗。 玉燕:钗名。此处泛指钗。事见汉郭宪《洞冥记》。 ③惺松:轻灵。 ④婆娑:舞蹈。

[集评]

陈廷焯云:"此词最芊绵而有则,他手自不及。"(《云韶集·补词》)

况周颐云:"清真《望江南》云:'惺松言语胜闻歌'……皆熨帖入微之笔。"(《蕙风词话》卷二)

杂 赋

意难忘① 中吕

美 咏

衣染莺黄。爱停歌驻拍②,劝酒持觞③。低鬟蝉影动④,私语口脂香⑤。檐露滴,竹风凉。拚剧饮淋浪⑥。夜渐深,笼灯就月,子细端相。 知音见说无双⑦。解移宫换羽，未怕周郎[⑧]。长颦知有恨，贪耍不成妆[⑨]。些个事[⑩]，恼人肠。试说与何妨。又恐伊、寻消问息[⑪]，瘦减容光。

[注释]

①毛本无题。《草堂》、《古今诗馀醉》作"美人"，《粹编》作"佳人'，《词的》作"歌伎"。唐氏云：此阕毛本《东坡词》有之，四印斋本《东坡词》则无。 ②驻拍：停止按拍。 ③持觞：举杯。 ④蝉影：蝉翼薄而轻，望之如影。喻女子髮鬟。唐元稹《续张生会真诗三十韵》："低鬟蝉影动，回步玉尘蒙。" ⑤私语：悄声细语。 ⑥淋浪：淋漓，尽兴。 ⑦见说：听说。⑧未怕周郎：犹谓不输周郎也。 周郎：三国吴周瑜。《三国志·吴书·周瑜传》："瑜少精意于音乐，虽三爵之后，其有阙误，瑜必知之，知之必顾。故时人谣曰：'曲有误，周郎顾。'" ⑨耍：嬉戏。 ⑩些个事：那些事，指离别之事。 ⑪寻消问息：打探消息。

[集评]

毛稚黄云："清真'衣染莺黄'词，忽而欢笑，忽而悲泣，如同枕席，又在天畔，真所谓不可解不必解者。此等最是难作，作亦最难得佳。"（王又华《古今词论》引）

陈廷焯云："此词香艳极矣。但香艳不难，难在吐弃一切泛语。谁不能作香奁词，谁能如此摆脱有致。"（《云韶集》）

迎春乐 双调

携妓

人人花艳明春柳[①]。忆筵上，偷携手。趁歌停舞罢来相就。醒醒个[②]，无些酒。 比目香囊新刺绣[③]。连隔座、一时薰透。为甚月中归[④]，长是他，随车后。

[注释]

①人人：对所昵者之爱称。宋欧阳修《蝶恋花》："翠被双盘金缕凤，

忆得前春,有个人人共。” 花艳、春柳:喻指容貌体态。南朝宋刘诞《襄阳乐》:“大堤诸女儿,花艳惊郎目。”唐刘禹锡《有所嗟二首》:“庾亮楼中初见时,武昌春柳信腰肢。” ②醒醒个:醒。 个:语助词,表示估量之意。 ③比目:比目鱼,即鲽。旧谓此鱼一目,须两两相并始能游弋。 ④月中归:醉归。唐李白《醉题王汉阳厅》云“时寻汉阳令,取醉月中归”。

定风波[①] 商调

美情

莫倚能歌敛黛眉,此歌能有几人知。他日相逢花月底,重理。好声须记得来时。 苦恨城头更漏永[②],无情岂解惜分飞。休诉金尊推玉臂[③],从醉。明朝有酒遣谁持。

[注释]

①毛本无题。 ②更漏永:毛本作“传漏永”,郑校本改“永”为“水”字,作“传漏水”。传漏水,报时声也。古以铜壶滴漏计时,故云。 ③诉:推辞。五代韦庄《菩萨蛮》:“须愁春漏断,莫诉金杯满。”

红罗袄[①] 大石

秋悲

画烛寻欢去,羸马载愁归。念取酒东垆[②],尊罍虽近[③],采花南浦,蜂蝶须知。 自分袂、天阔鸿稀。空怀梦约心期。楚客忆江蓠[④]。算宋玉、未必为秋悲[⑤]。

[注释]

①毛本无题。 ②垆(lú):酒店内安置酒瓮的土墩,此为酒店之代称。 ③尊罍(léi):泛指酒器。 ④“楚客”句:清真尝客荆州,楚客当自指。 江蓠(lí):香草名,又名蘼芜。唐李商隐《九日》:“空教楚客咏江

蒿。” ⑤“算宋玉”句:战国楚宋玉《九辩》以悲秋为发端,自伤生不逢时,怀才不遇。“悲哉秋之为气也,萧瑟兮草木摇落而变衰。”又云,“坎廪兮,贫士失职而志不平。”此言“未必为秋悲”,则谓别有伤怀也。 算:料想。

玉楼春 大 石

当时携手城东道,月堕檐牙人睡了。酒边难使客愁惊[①],帐底不教春梦到。 别来人事如秋草,应有吴霜侵翠葆[②]。夕阳深锁绿苔门,一任卢郎愁里老[③]。

[注释]

①“酒边”句:《全宋词》据陈本小注:“难”一作“谁”。元本、毛本作“谁使”。《全宋词》据陈本小注:“‘惊’一作‘轻’”。毛本作“愁轻”。 ②“应有”句:谓鬓髮斑白。唐李贺《还自会稽歌》:“吴霜点归鬓。” 翠葆:喻黑髮。 ③卢郎:北朝卢玄之孙伯源,年十四,尝诣长安。将还,饯送者五十馀人。别于渭北,有相者扶风人王逵谓其将来声名甚盛,望逾公辅。事见《北史·卢玄传》。卢郎或即指此,清真自况亦复自伤,虽“少涉猎书史,游太学,有隽声”(《咸淳临安志·人物传》),然卒无所成。

玉楼春 大 石

大堤花艳惊郎目[①],秀色秾华看不足。休将宝瑟写幽怀[②],座上有人能顾曲[③]。 平波落照涵赪玉[④],画舸亭亭浮滟渌。临分何以祝深情,只有别愁三万斛[⑤]。

[注释]

①大堤:襄阳地名,在府城外,东临汉江。 ②瑟:乐器名。 写:抒发。 ③“座上”句:此作者自谓。三国吴周瑜精意于乐。虽三爵之后,其有阙误,瑜必知之,知之必顾。故时人谣曰:“曲有误,周郎顾。”见《三国志·吴书·周瑜传》。后称妙解音律,精于品鉴者为“顾曲周郎”。清真

氏周，亦以音律自负，尝名其堂曰“顾曲”。见《咸淳临安志·人物传》。④赪（chēng）：赤色。 ⑤“只有”句：极言愁多。 斛（hú）：量器名，亦容量单位，十斗为一斛，南宋末改为五斗。 别愁：《全宋词》作“别离”，据毛本改。

玉楼春 大石

玉奁收起新妆了[①]，鬓畔斜枝红袅袅。浅颦轻笑百般宜，试著春衫犹更好。 裁金簇翠天机巧[②]，不称野人簪破帽[③]。满头聊插片时狂，顿减十年尘土貌[④]。

[注释]

①奁（lián）：梳妆匣。 ②裁金簇翠：剪金箔为花，聚翠羽为叶。 唐氏按：“簇”原作“镞”，从四印斋本。 ③破帽：晋王濛，字仲祖，美姿容。居贫，帽败，自入市买之。妪悦其貌，遗以新帽。见《晋书·王濛传》。④十年尘土：元祐二年（1087）清真自太学正任出都，教授庐州，绍圣三年（1096）还京，为国子主簿，其间漂零不偶，凡十载。

玉楼春 大石

桃溪不作从容住[①]，秋藕绝来无续处。当时相候赤栏桥，今日独寻黄叶路。 烟中列岫青无数[②]，雁背夕阳红欲暮[③]。人如风后入江云，情似雨馀粘地絮。

[注释]

①桃溪：河名，在庐州舒城县北，源出六安州界，入巢湖。见明《一统志》。又，东汉刘晨、阮肇入天台采药，于桃花溪边遇仙女，留居半年而返。见南朝宋刘义庆《幽明录》。 ②岫（xiù）：峰峦。 ③雁背夕阳：本唐温庭筠《春日野行》“蝶翎胡粉尽，鸦背夕阳多”。

[集评]

陈廷焯云:“美成词有似拙实工者,如《玉楼春》结句云:‘人如风后入江云,情似雨馀粘地絮’。上言人不能留,下言情不能已,呆作两譬,别饶姿态,却不病其板,不病其纤,此中消息难言。”(《白雨斋词话》卷一)

陈洵云:“上阕大意已足,下阕加以渲染,愈见精彩。”(《抄本海绡说词》)

夜飞鹊[①] 道宫

别情

河桥送人处,凉夜何其[②]。斜月远堕馀辉。铜盘烛泪已流尽,霏霏凉露沾衣。相将散离会[③],探风前津鼓[④],树杪参旗[⑤]。华骢会意,纵扬鞭、亦自行迟。 迢递路回清野,人语渐无闻,空带愁归。何意重红满地[⑥],遗钿不见[⑦],斜径都迷。兔葵燕麦[⑧],向残阳、欲与人齐。但徘徊班草[⑨],欷歔酹酒[⑩],极望天西。

[注释]

①毛本题作“离别”。 ②夜何其:夜何如。 其:语助词。《诗经·小雅·庭燎》:“夜如何其?夜向晨,庭燎有辉。” ③相将:相随。 离会:离别的宴席。 ④津鼓:渡口更鼓。唐李端《古别离》诗:“天晴见海樯,月落闻津鼓。” ⑤参(shēn)旗:星座名,属毕宿,共九星。唐李商隐《明日》诗:“天上参旗过,人间烛焰消。” ⑥重红满地:毛本作“重经前地”。 ⑦遗钿:指落花。唐徐夤《蔷薇》诗:“晚风飘处似遗钿。” ⑧兔葵:草名。燕麦:野麦。 ⑨班草:布草坐地。 ⑩欷歔:同“唏嘘”。扬雄《方言》:“哀而不泣曰唏嘘。”

[集评]

周济云:“‘班草’是散会处,‘酹酒’是送人处,二处皆前地也。双起故须双结。”(《宋四家词选》)

黄苏云:“一首送别词耳。自将行至远送,又自去后,写怀望之情。层

次井井，而意致绵密，词彩秾深，时出雄厚之句，耐人咀嚼。”（《蓼园词选》）

陈廷焯云：“美成《夜飞鹊》云：‘何意重经前地，遗钿不见，斜径都迷。兔葵燕麦，向斜阳、影与人齐。但徘徊班草，欷歔酹酒，极望天西。’哀怨而浑雅。白石《扬州慢》一阕，从此脱胎。超处或过之，而厚意微逊。”（《白雨斋词话》卷一）

梁启超云：“‘兔葵燕麦’二语，与柳屯田之‘晓风残月’，可称送别词中双绝，皆熔情入景也。”（《艺蘅馆词选》引）

早梅芳[①]

别　恨

花竹深，房栊好[②]，夜阒无人到[③]。隔窗寒雨，向壁孤灯弄馀照。泪多罗袖重，意密莺声小。正魂惊梦怯，门外已知晓。　　去难留，话未了。早促登长道。风披宿雾，露洗初阳射林表[④]。乱愁迷远览，苦语萦怀抱。谩回头，更堪归路杳。

［注释］

①一调两首。陈本注“正宫”，此阕题作“别恨”。元本，《百家词》不注宫调，题同。毛本无题。　②房栊：疏槛，窗户。《汉书·外戚传下》：“房栊虚兮风泠泠”。　③阒（qù）：寂静。《易经·丰》：“阒其无人。”　④林表：林端。

早梅芳[①]

牵　情

缭墙深[②]，丛竹绕。宴席临清沼[③]。微呈纤履，故隐烘帘自嬉笑[④]。粉香妆晕薄，带紧腰围小。看鸿惊凤翥[⑤]，满座叹轻妙。　　酒醒时，会散了。回首城南道。河阴高转[⑥]，露脚斜飞夜将晓[⑦]。异乡淹岁月[⑧]，醉眼迷登眺。路迢迢，恨满千里草。

[注释]

①毛本无题。 ②缭：围绕。汉班固《两都赋》："缭以周墙。" ③沼：小池。 ④烘帘：暖帘。 ⑤鸿惊凤翥：形容舞姿轻盈精妙。翥（zhù）：飞举。 ⑥河：谓银河。 ⑦露脚斜飞：古人以为露与雨同，均由天而降落，故有此想象。唐李贺《李凭箜篌引》诗："吴质不眠倚桂树，露脚斜飞湿寒兔。" ⑧淹：停留，久留。

凤来朝 越调

佳 人

逗晓看娇面[1]。小窗深、弄明未遍。爱残朱宿粉云鬟乱。最好是、帐中见。 说梦双蛾微敛[2]。锦衾温、酒香未断。待起难舍拚[3]。任日炙、画栏暖。

[注释]

①逗晓：临晓。 ②双蛾：双眉。 ③舍拚：割舍。

芳草渡[1]

别 恨

昨夜里，又再宿桃源[2]，醉邀仙侣[3]。听碧窗风快，珠帘半卷疏雨。多少离恨苦，方留连啼诉。凤帐晓，又是匆匆，独自归去。 愁睹，满怀泪粉，瘦马冲泥寻去路。谩回首、烟迷望眼，依稀见朱户。似痴似醉，暗恼损、凭阑情绪。澹暮色，看尽栖鸦乱舞。

[注释]

①陈本注“双调”。　②桃源：此指狭邪。汉刘晨、阮肇入天台山采药迷路，于桃花溪遇仙女，应邀留居。见《太平广记》卷四十一引《幽明录》。　③仙侣：指青楼女子。

感皇恩[①] 大　石

标　韵

露柳好风标[②]，娇莺能语。独占春光最多处。浅颦轻笑，未肯等闲分付[③]。为谁心子里，长长苦。　洞房见说，云深无路。凭仗青鸾道情素[④]。酒空歌断，又被涛江催去。怎奈向、言不尽[⑤]，愁无数。

[注释]

①毛本无题。　②风标：风采，仪态。唐白居易《题王处士郊居》诗：“寒松纵老风标在。”　③等闲：随便，无端。　④青鸾：青鸟，传信使者。《艺文类聚》卷九十一引《汉武故事》：“七月七日……忽有一青鸟从西方来，集殿前。上问东方朔，朔曰：‘此西王母欲来也’。有顷，王母至。”情素：本心，真情。“素”，亦作“愫”。　⑤怎奈向：犹言奈何。宋秦观《八六子》：“怎奈向，欢娱渐随流水，素弦声断，翠绡香减。”　向：语助词。

虞美人 正　宫

灯前欲去仍留恋，肠断朱扉远。未须红雨洗香腮，待得蔷薇花谢、便归来[①]。　舞腰歌板闲时按[②]，一任旁人看[③]。金炉应见旧残煤，莫使恩情容易、似寒灰。

[注释]

①“未须”二句：本唐杜牧《留赠》诗“不用镜前空有泪，蔷薇花谢即归来”。　红雨：泪。女子胭脂粉妆，故云。　②歌板：即拍板，用以定歌曲

节拍,通常用檀木制作,又称檀板。 ③旁:《全宋词》作“傍”。

虞美人 正宫

疏篱曲径田家小,云树开清晓。天寒山色有无中①,野外一声钟起、送孤篷②。 添衣策马寻亭堠,愁抱惟宜酒③。菰蒲睡鸭占陂塘④,纵被行人惊散、又成双。

[注释]

①“天寒”句:本唐王维《汉江临泛》诗“江流天地外,山色有无中”。 ②篷:指船。 ③“添衣”二句:指于古代废置的亭堠上置酒。亭堠:本作“亭候”,伺候望敌之所。《后汉书·光武帝纪下》:“筑亭候,修烽燧。” ④菰(gū)蒲:浅水植物名。 菰:俗称茭白。 蒲:可制席,嫩蒲可食。 陂(bēi)塘:池塘。

虞美人 正宫

玉觞才掩朱弦悄①,弹指壶天晓②。回头犹认倚墙花,只向小桥南畔、便天涯。 银蟾依旧当窗满③,顾影魂先断。凄风休飐半残灯④,拟倩今宵归梦、到云屏⑤。

(以上《片玉集》卷十)

[注释]

①掩:停止。汉班昭《女诫》:“室人和则谤掩。” ②弹指:佛家谓二十念为一瞬,二十瞬为一弹指。言极短的时间。 壶天:道家所称仙境,亦引指醉乡、笙歌之地。《云笈七签》卷二十八:“(施存)学大丹之道……后遇张申为云台治官,常悬一壶如五升器大。变化为天地,中有日月,如世间。夜宿其内,自号‘壶天’,人谓曰‘壶公’。”宋苏轼《水龙吟》:“青鸾歌舞,铢衣摇曳,壶中天地。” ③银蟾:月亮。 ④飐(zhǎn):吹动。⑤云屏:云母屏风,或画云之屏,此指女子闺中。唐李商隐《为有》诗:“为

有云屏无限娇，风城寒尽怕清宵。”

玉团儿[1] 双调

铅华淡伫新妆束[2]。好风韵、天然异俗。彼此知名，虽然初见，情分先熟。　垆烟淡淡云屏曲。睡半醒、生香透肉。赖得相逢，若还虚过，生世不足。

[注释]

①唐氏按：此首误入赵长卿《惜香乐府》卷八。　②铅华：妆粉。三国魏曹植《洛神赋》：“芳泽无加，铅华不御。”

玉团儿[1] 双调

妍姿艳态腰如束。笑无限、桃粗杏俗。玉体横陈，云鬟斜坠，春睡还熟。　夕阳斗转阑干曲[2]。乍醉起、馀霞衬肉。搦粉搓酥，剪云裁雾，比并不足。

[注释]

①此首仅见吴讷《唐宋名贤百家词》本《片玉集抄补》。　②斗：北斗星。

粉蝶儿慢

宿雾藏春，馀寒带雨，占得群芳开晚。艳□初弄秀[1]，倚东风娇懒。隔叶黄鹂传好音[2]，唤入深丛中探。数枝新，比昨朝、又早红稀香浅。　眷恋，重来倚槛[3]。当韶华、未可轻辜双眼[4]。赏心随分乐[5]，有清尊檀板[6]。每岁嬉游能几日，莫使一声歌欠。忍因循、片花飞、又成春减[⑦]。

[注释]

①艳□:毛本如是,戈校作“艳姿”,疑为“艳阳”。《全宋词》注:汲古阁本《片玉词》毛扆校语:秀字上下脱一字。②“隔叶”句:本唐杜甫《蜀相》诗“映阶碧草自春色,隔叶黄鹂空好音”。③槛:栏干。④韶华:美好时光,指春光。⑤赏心:心情欢畅。随分:随缘,得乐且乐也。宋柳永《凤归云》:“霜月夜凉,雪霰朝飞,一岁风光。尽堪随分,俊游清宴。”⑥檀板:檀木拍板。⑦忍:怎忍。因循:照旧、依旧。唐氏按:“春”字原无,据毛扆校汲古阁本《片玉词》补。

红窗迥 仙吕

几日来,真个醉。不知道、窗外乱红[①],已深半指。花影被风摇碎,拥春酲乍起[②]。有个人人[③],生得济楚[④]。来向耳畔,问道今朝醒未。情性儿、慢腾腾地,恼得人又醉。

[注释]

①乱红:落花。②“拥春”句:酒醉初醒。酲(chéng):病酒。毛本“拥春”句属下半阕。③人人:称所昵者。宋欧阳修《蝶恋花》:“翠被双盘金缕凤,忆得前春,有个人人共。”④济楚:漂亮,整齐。宋柳永《木兰花》:“心娘自小能歌舞,举意动容皆济楚。”

念奴娇 大石

醉魂乍醒,听一声啼鸟,幽斋岑寂[①]。淡日朦胧初破晓[②],满眼娇晴天色。最惜香梅,凌寒偷绽,漏泄春消息。池塘芳草[③],又还淑景催逼[④]。因念旧日芳菲,桃花永巷,恰似初相识。荏苒时光[⑤],因惯却、觅雨寻云踪迹[⑥]。

奈有离拆[7]，瑶台月下，回首频思忆。重愁叠恨，万般都在胸臆。

[注释]

①岑（cén）寂：寂静，寂寞。 ②唐氏按："朦胧"原作"朦朦"，从毛校本《片玉词》。 ③池塘芳草：本南朝宋谢灵运《登池上楼》诗"池塘生春草，园柳变鸣禽"。 ④淑景：谓日影。唐杜甫《紫宸殿退朝口号》诗："香飘合殿春风转，花覆千官淑景移。" ⑤荏苒（rěn rǎn）：渐进，推移。晋张华《励志》诗："日与月与，荏苒代谢。" ⑥觅雨寻云：云雨，指男女欢会。 ⑦离拆：分离。

燕归梁[1] 高平

晓

帘底新霜一夜浓，短烛散飞虫。曾经洛浦见惊鸿[2]，关山隔、梦魂通。 明星晃晃，回津路转，榆影步花骢。欲攀云驾倩西风。吹清血、寄玲珑[3]。

[注释]

①毛本注云："咏晓，《清真集》不载。"吴讷《唐宋名贤百家词》本《片玉集抄补》注"高平"。 ②洛浦惊鸿：洛水女神，喻指美貌女子。汉张衡《思玄赋》："载太华之玉女兮，召洛浦之宓妃。"三国魏曹植《洛神赋》："黄初三年，余朝京师，还济洛川。古人有言，斯水之神名曰宓妃"，"其形也，翩若惊鸿，婉若游龙"。 ③清血：指泪。 玲珑：空明貌。唐李白《玉阶怨》诗："却下水晶帘，玲珑望秋月。"

南　浦[1] 中吕

浅带一帆风，向晚来、扁舟稳下南浦[2]。迢递阻潇湘，衡皋迥，斜舣蕙兰汀渚[3]。危樯影里[4]，断云点点遥天暮。

菡萏里风[⑤],偷送清香,时时微度。　　吾家旧有簪缨[⑥],甚顿作天涯,经岁羁旅[⑦]。羌管怎知情[⑧],烟波上,黄昏万斛愁绪。无言对月,皓彩千里人何处。恨无凤翼身[⑨],只待而今,飞将归去。

[注释]

①毛本注云:“《清真集》不载。”吴讷《唐宋名贤百家词》本《片玉集抄补》注“中吕”。　②南浦:地名。战国楚屈原《九歌·河伯》:“子交手兮东行,送美人兮南浦。”　③舣(yǐ):附船着岸。　④危:高。　樯:桅杆。　⑤“菡萏”句:毛扆校,“里”字上下有脱字。吴则虞校点《清真集》作:“菡萏里,风偷送清香,时时微度。”　菡萏(hàn dàn):荷花。《尔雅·释草》:“荷,芙渠……其华菡萏。”　⑥簪缨:古时官吏的冠饰,喻显贵。　⑦经岁:连年。　⑧羌管:羌笛。其制长二尺四寸。《说文》以为三孔。马融《长笛赋》以为四孔。　⑨恨无凤翼身:本唐李商隐《无题》诗“身无彩凤双飞翼,心有灵犀一点通”。

醉落魄[①]　中　吕

葺金细弱[②]。秋风嫩、桂花初著。蕊珠宫里人难学[③]。花染娇荑[④],羞映翠云幄。　　清香不与兰荪弱[⑤],一枝云鬓巧梳掠。夜凉轻撼蔷薇萼。香满衣襟,月在凤凰阁[⑥]。

[注释]

①毛本注云:“《清真集》不载。”唐氏按:宫调据毛扆校汲古阁本《片玉词》补。　②葺(qì)金:指桂花。　③蕊珠:道教仙宫名。后指代天上仙女。《黄庭内景经》:“上清紫霞虚皇前太上大道玉晨君,闲居蕊珠,作七言。”　④荑(tí):始生的白茅嫩芽。《诗经·卫风·硕人》:“手如柔荑,肤如凝脂。”　⑤兰荪:香草,即菖蒲。　⑥凤凰阁:凤阁,宫内楼阁。

留客住[①]

嗟乌兔[②]。正茫茫、相催无定，只恁东生西没，半均寒暑。昨见花红柳绿，处处林茂。又睹霜前篱畔，菊散馀香，看看又还秋暮。　忍思虑[③]。念古往贤愚，终归何处。争似高堂[④]，日夜笙歌齐举。选甚连宵彻昼[⑤]，再三留住。待拟沉醉扶上马[⑥]，怎生向、主人未肯交去[⑦]。

[注释]

①毛本注云："《清真集》不载。"　②乌兔：日月。古代神话谓日中有乌，月中有兔，故称。　③唐氏按：原在此下分段，改从毛扆校《片玉词》。　④争似：怎如。　⑤选甚：论什么，管什么。　⑥醉扶上马：本唐李白《鲁中都东楼醉起作》诗"昨日东楼醉，还应倒接䍦。阿谁扶上马，不省下楼时"。　⑦怎生向：怎奈。　向：语助词。　交去：让离开。　交：犹言教、使。

长相思[①]　高　调

夜色澄明，天街如水[②]。风力微冷帘旌[③]。幽期再偶，坐久相看才喜，欲叹还惊。醉眼重醒。映雕阑修竹，共数流萤。细语轻盈。尽银台、挂蜡潜听[④]。　自初识伊来，便惜妖娆艳质，美眄柔情[⑤]。桃溪换世[⑥]，鸾驭凌空[⑦]，有愿须成。游丝荡絮，任轻狂、相逐牵萦。但连环不解[⑧]，流水长东，难负深盟。

[注释]

①毛本注云："《清真集》不载。"吴讷《唐宋名贤百家词》本《片玉集抄补》注"高调"。　②天街：京城中的街道。唐杜牧《秋夕》诗："天街夜色凉如水，卧看牵牛织女星。"　③帘旌：指帘子帷幔。　④尽(jǐn)：

听任。 ⑤眄(miǎn):斜视。 ⑥桃溪:东汉刘晨、阮肇入天台山采药,迷路,于溪边遇仙女,应邀还家。时有群女各持桃三五,笑而言曰:"贺汝婿来。"遂留半年,归而世上已过七世。见南朝宋刘义庆《幽明录》。 ⑦鸾驭凌空:本南朝梁江淹《别赋》"驾鹤上汉,骖鸾腾天。暂游万里,少别千年"。 ⑧连环:"秦昭王尝遣使者遗君王后玉连环,曰:'齐多知,而解此环不?'君王后以示群臣,群臣不知解。君王后引椎椎破之,谢秦使曰:'谨以解矣。'"见《战国策·齐策六》。

看花回[①] 越调

秀色芳容,明眸就中奇绝。细看艳波欲溜,最可惜、微重重红绡轻帖[②]。匀朱傅粉,几为严妆时涴睫[③]。因个甚,抵死嗔人[④],半饷斜眄费贴燮[⑤]。 斗帐里、浓欢意惬。带困眼、似开微合。曾倚高楼望远,似指笑频瞤[⑥],知他谁说。那日分飞,泪雨纵横光映颊。揾香罗[⑦],恐揉损,与他衫袖裛。

[注释]

①二首。此首毛本题作"咏眼"。吴讷《唐宋名贤百家词》本《片玉集抄补》注"越调",无题。 ②可惜:犹可怜,可爱。 ③涴:污、染。 ④抵死:不住,总是。 ⑤贴燮:怜惜,眷恋。 ⑥瞤(shùn):目动,俗谓眼跳。唐张文成《游仙窟》:"昨夜眼皮瞤,今朝见好人。" ⑦揾(wèn):拭。

看花回[①] 越调

蕙风初散轻暖[②],霁景微澄洁。秀蕊乍开乍敛,带雨态烟痕,春思纡结[③]。危弦弄响,来去惊人莺语滑[④]。无赖处,丽日楼台[⑤],乱纷歧路思奇绝。 何计解、粘花系月。叹冷落、顿辜佳节。犹有当时气味,挂一缕相思,不断如发。云飞帝国[⑥],人在天边心暗折。语东风,共流转,谩作匆匆别。

[注释]

①毛注云："或在'粘花系月'下分段，非。" ②蕙风：夹带花草芳香之风。 ③纡结：盘结。 ④莺语：犹莺鸣，莺声。唐白居易《琵琶行》："间关莺语花底滑，呜咽流泉水下滩。" ⑤"无赖"二句：犹言可喜、可爱。唐杜甫《送路六侍御入相》诗："剑南春色还无赖，触忤愁人到酒边。" ⑥帝国：犹言帝都。

月下笛[①] 越调

小雨收尘，凉蟾莹彻[②]，水光浮壁。谁知怨抑。静倚官桥吹笛。映宫墙、风叶乱飞。品高调侧人未识[③]。想开元旧谱[④]，柯亭遗韵[⑤]，尽传胸臆。 阑干四绕，听折柳徘徊，数声终拍。寒灯陋馆，最感平阳孤客[⑥]。夜沉沉、雁啼甚哀，片云尽卷清漏滴。黯凝魂，但觉龙吟万壑天籁息[⑦]。

[注释]

①毛本注云："《清真集》不载。"吴讷《唐宋名贤百家词》本《片玉集抄补》注"越调"。 ②凉蟾：月亮。 ③调侧：谓曲调独特，不谐于俗。④开元旧谱：指唐代梨园的美妙乐曲。 开元：唐玄宗年号。玄宗曾选乐工三百人、宫女数百人教授乐曲于梨园，亲自订正声误。见《新唐书·礼乐志十二》。 ⑤柯亭遗韵：谓笛声有古曲遗风。晋干宝《搜神记》卷十三："蔡邕尝至柯亭，以竹为椽，邕仰眄之曰：'良竹也'，取以为笛，发声嘹亮。" ⑥平阳客：指东汉马融，亦自喻。马融《长笛赋序》："融既博览典雅，精核数术又性好音，能鼓琴吹笛。而为督邮无留事，独卧郿平阳坞中，有洛客舍逆旅，吹笛……融去京以逾年，暂闻甚悲。" ⑦龙吟：龙鸣，指笛声。南朝梁刘孝先《咏竹诗》："谁能制长笛，当为作龙吟。"

无 闷[①]

冬

云作轻阴，风逗细寒，小溪冰冻初结。更听得、悲鸣雁度空阔。暮雀喧喧聚竹，听竹上清响风敲雪。洞户悄，时见香消翠楼，兽煤红爇[②]。　　凄切。念旧欢，聚旧约，至此方惜轻别。又还是离亭，楚梅堪折[③]。暗想莺时似梦，梦里又却是、似莺时节。要无闷，除是拥炉对酒，共谭风月[④]。

[注释]

①此首毛本无。　②兽：指兽形暖炉。　爇(ruò)：烧。　③楚梅：本唐张籍《送李司空赴镇襄阳》诗"商路雪开旗旌展，楚堤梅发驿亭春"。④谭：同"谈"，说。　风月：喻男女情事。

琴调相思引[①]

生碧香罗粉兰香[②]，冷绡缄泪倩谁将。故人何在，烟水隔潇湘[③]。　　花落燕□春欲老，絮吹思浪日偏长[④]。一些儿事，何处不思量。

[注释]

①此首毛本无。　②"生碧"句：按，"兰"字平声，与律谱未合。参之陈允平《西麓继周集》、仇远《无弦琴谱》中此调和作，"粉兰"当是"兰粉"之误。　③故人、潇湘：本南朝柳恽《江南曲》"洞庭有归客，潇湘逢故人。故人何不返，春华复应晚"。　④唐氏按："思"疑"鱼"误。

青房并蒂莲[①]

维扬怀古

醉凝眸[②]，正楚天秋晚，远岸云收。草绿莲红，□映小汀洲。芰荷香里鸳鸯浦[③]，恨菱歌、惊起眠鸥。望去帆、一派湖光，棹声咿哑橹声柔。　愁窥汴堤细柳，曾舞送莺时，锦缆龙舟[④]。拥倾国纤腰皓齿，笑倚迷楼。空令五湖夜月，也羞照三十六宫秋[⑤]。正浪吟、不觉回桡，水花风叶两悠悠。

[注释]

①此首毛本无。唐氏按：此首又见《阳春白雪》卷四，题王圣与作，注云：'明本误附美成集后。'所云明本，殆指明州所刊《清真集》二十四卷。此书刊于嘉泰中，王沂孙时代较晚。此词是否周邦彦作，尚未可知，但亦非王沂孙作。　②凝眸：注目。凝：出神。　③芰(jì)荷：出水之荷。芰，亦指荷之小者。　④锦缆龙舟："炀帝幸江都，所乘龙舟，锦帆锦缆。"见隋杜宝《大业杂记》。　⑤三十六宫：言宫殿之多。唐骆宾王《帝京篇》诗："秦塞重关一百二，汉家离宫三十六。"

锁阳台[①]

忆钱塘

山崦笼春[②]，江城吹雨，暮天烟淡云昏。酒旗渔市，冷落杏花村[③]。苏小当年秀骨[④]，萦蔓草、空想罗裙。潮声起，高楼喷笛，五两了无闻[⑤]。　凄凉，怀故国，朝钟暮鼓，十载红尘。似梦魂迢递，长到吴门。闻道花开陌上，歌旧曲、愁杀王孙[⑥]。何时见、名娃唤酒[⑦]，同倒瓮头春[⑧]。

[注释]

①三首,《全宋词》作《满庭芳》。 ②崦(yān):山。 ③杏花村:指卖酒处。唐杜牧《清明》诗:"借问酒家何处有,牧童遥指杏花村。" ④苏小:苏小小,南朝齐钱塘名妓,见《乐府诗集》卷八十五《苏小小歌》解题引《乐府广题》。 ⑤五两:古代测风器,用鸡毛五两(或八两)结高竿顶上,测风之方向。唐王维《送宇文太守赴宣城》诗:"何处寄相思,南风吹五两。" ⑥王孙:此指远游未归者。汉淮南小山《招隐士》:"王孙游兮不归,春草生兮萋萋。" ⑦名娃:美女。"名娃",《全宋词》无,此据吴则虞《清真集》补。 ⑧瓮(wèng)头春:初熟酒。唐岑参《喜韩樽相过》诗:"瓮头春酒黄花脂,禄米只充沽酒资。"

锁阳台

花扑鞭梢,风吹衫袖,马蹄初趁轻装。都城渐远,芳树隐斜阳。未惯羁游况味[①],征鞍上、满目凄凉。今宵里,三更皓月,愁断九回肠。 佳人,何处去,别时无计,同引离觞。但唯有相思,两处难忘。去即十分去也,如何向、千种思量[②]。凝眸处,黄昏画角,天远路歧长。

[注释]

①羁游:做客他乡,漂泊。 ②如何向:犹言如之何,无可奈何也。

锁阳台

白玉楼高[①],广寒宫阙[②],暮云如幛褰开[③]。银河一派,流出碧天来。无数星躔玉李[④],冰轮动、光满楼台[⑤]。登临处,全胜瀛海[⑥],弱水浸蓬莱[⑦]。 云鬟,香雾湿[⑧],月娥韵压,云冻江梅。况餐花饮露[⑨],莫惜徘徊[⑩]。坐看人间如掌,山河影、倒入琼杯。归来晚,笛声吹彻,九万里尘埃。[⑪]

[注释]

①白玉楼：指天上之楼阙。唐李商隐《李长吉小传》谓有绯衣人驾赤虬、持版书，来召长吉，称"帝成白玉楼，立召君为记"云。 ②广寒：月中仙宫名。见旧题唐柳宗元《龙城录·明皇梦游广寒宫》。 ③褰（qiān）：撩起。 ④星躔（chán）：星辰运行。 躔：日月星辰运行的度次，指其行经轨迹。 玉李：如玉之李，此指群星。 ⑤冰轮：明月。唐朱庆馀《十六夜月》诗："昨夜忽已过，冰轮始觉亏。" ⑥瀛海：浩瀚的海洋。《史记·孟子荀卿列传》："赤县神州内自有九州……如此者九，乃有大瀛海环其外，天地之际焉。" ⑦弱水：古籍所载弱水甚多，此谓神话传说中水名。水无浮力，有不胜鸿毛之说。指代仙境。见旧题汉东方朔《十洲记》。 蓬莱：传说中神山名。《史记·封禅书》："自威宣燕昭使人入海求蓬莱、方丈、瀛洲。此三神山者，其传在渤海中。 ⑧云鬟香雾湿：本唐杜甫《月夜》诗"香雾云鬟湿，清辉玉臂寒"。 ⑨餐花饮露："朝饮木兰之坠露兮，夕餐秋菊之落英。"见屈原《离骚》。 ⑩徘徊：《全宋词》作"裴徊"，同。 ⑪唐氏按：以上三首，王鹏运四印斋所刻词本《清真集》不录，盖以为非周邦彦作。

青玉案[①]

良夜灯光簇如豆。占好事[②]，今宵有。酒罢歌阑人散后。琵琶轻放，语声低颤，灭烛来相就。 玉体偎人情何厚，轻惜轻怜转唧嘈[③]。雨散云收眉儿皱[④]。只愁彰露，那人知后。把我来僝僽[⑤]。

[注释]

①毛本注云："《清真集》不载。"王国维《清真先生遗事·尚论三》："惟伪词最多，强焕本所增，强半皆是。如《片玉词》上《青玉案》'良夜灯光簇如豆'一阕，乃改山谷《忆帝京》词为之者，决非先生作。" ②占（zhān）：卜问，预测。 ③唧嘈：美丽，俊俏。 ④云雨：指男女欢会。 ⑤僝僽（chán zhòu）：埋怨、嗔怪。

一剪梅[①]

一剪梅花万样娇。斜插梅枝,略点眉梢。轻盈微笑舞低回,何事尊前拍误招。　　夜渐寒深酒渐消,袖里时闻玉钏敲。城头谁恁促残更[②],银漏何如[③],且慢明朝。

[注释]

①毛本注云:"《清真集》不载。"　②恁:如此,这样。　③银漏:漏壶,计时器。

鹊桥仙令[①]　歇拍(指)

浮花浪蕊[②],人间无数,开遍朱朱白白。瑶池一朵玉芙蓉[③],秋露洗、丹砂真色。　　晚凉拜月,六铢衣动[④],应被姮娥认得。翩然欲上广寒宫[⑤],横玉度、一声天碧[⑥]。

[注释]

①毛本注云:"《清真集》不载。"吴讷《唐宋名贤百家词》本《片玉集抄补》注"歇拍"宫调,当是"歇指"之讹。　②浮花浪蕊:指寻常花草。唐韩愈《杏花》诗:"浮花浪蕊镇长有,才开还落瘴雾中。"　③瑶池:神仙所居。《穆天子传》卷三:"乙丑天子觞西王母于瑶池之上。"　④六铢衣:指至轻至薄的衣服。佛经中称忉利天衣重六铢,言其轻而薄。《汉书·历律志》:"二十四铢为两,十六两为斤。"　⑤广寒宫:月宫。唐玄宗李隆基于八月望日梦游月中,见一大宫府,榜曰:"广寒清虚之府。"见旧题柳宗元《龙城录·明皇梦游广寒宫》。　⑥横玉:指玉笛。

花心动[①]　双　调

帘卷青楼[②],东风暖,杨花乱飘晴昼。兰袂褪香,罗帐褰红[③],绣枕旋移相就[④]。海棠花谢春融暖,偎人恁、娇波频溜。象床稳，鸳衾谩展，浪翻红绉。　　一夜情浓似酒。香汗渍鲛绡[⑤]，几番微透。鸾困凤慵，娅姹双眉[⑥]，画也画应难就。问伊可煞于人厚[⑦]。梅萼露、胭脂檀口。从此后、纤腰为郎管瘦[⑧]。

[注释]

①毛本注云："《清真集》不载。"吴讷《唐宋名贤百家词》本《片玉集抄补》注"双调"。　②青楼：指娼家。南朝梁刘邈《万山见采桑人》诗："倡妾不胜愁，结束下青楼。"　③"罗帐"句：谓撩起红罗帐。　褰（qiān）：揭起。　④旋：随后。　⑤鲛绡：手帕。　⑥娅姹：娇媚貌。"眉"，《抄补》作"眼"。　⑦可煞：犹言可是、岂是。　⑧唐氏按：原无"后"字，据毛扆校《片玉词》补。　管：准，定。

双头莲[①]　双　调

一抹残霞，几行新雁，天染云断。红迷阵影[②]，隐约望中，点破晚空澄碧。助秋色。门掩西风，桥横斜照，青翼未来[③]，浓尘自起。咫尺凤帏，合有人相识。　　叹乖隔[④]。知甚时恣与，同携欢适。度曲传觞，并鞯飞辔[⑤]，绮陌画堂连夕。楼头千里，帐底三更，尽堪泪滴。怎生向、无聊但只听消息[⑥]。

[注释]

①毛本注云："《清真集》不载。"吴讷《唐宋名贤百家词》本《片玉集抄补》注"双调"。　②"天染"二句：毛本作"天染断红，云迷阵影"。　③青翼：青鸟，西王母所使也。旧题汉班固《汉武故事》："……有顷，王母至，乘紫车，玉女夹驭，载七胜，青气如云。有二青鸟如鸾，夹侍王母旁。"后多借指使者。　④乖隔：别离。　⑤鞯（jiān）：衬托马鞍的坐垫。　辔（pèi）：缰绳。　⑥怎生向：犹云怎奈、奈何。　向：语助词。

大　有[①]　小　石

仙骨清羸，沈腰憔悴[②]，见傍人、惊怪消瘦。柳无言，双眉尽日齐鬥[③]。都缘薄幸赋情浅，许多时、不成欢偶。幸自也，总由他，何须负这心口[④]。　令人恨，行坐儿断了更思量，没心求守。前日相逢，又早见伊仍旧。却更被温存后[⑤]。都忘了、当时僝僽[⑥]。便掐撮、九百身心[⑦]，依前待有。　（以上吴讷《唐宋名贤百家词》本《片玉集抄补》）

[注释]

①毛本注云："《清真集》不载。"吴讷《唐宋名贤百家词》本《片玉集抄补》注"小石调"。　②沈腰：南朝宋沈约，字休文，与友徐勉书，谓以多病而腰围减损，云："百日数旬，革带常应移孔，以手握臂，率计月小半分。以此推算，岂能支久？"见《梁书·沈约传》。　③"双眉"句：谓整天愁眉不展。鬥：聚，蹙。　④负心口：犹言牵挂于心。　⑤更：岂。《抄补》"温存后"下注"一作厚"。　⑥僝僽（chán zhòu）：烦恼。　⑦掐撮（chōu cuō）：聚合。　九百：宋人谓痴傻之人为"九百"。见陈师道《后山诗话》。

丑奴儿[①]

南枝度腊开全少[②]。疏影当轩，一种宜寒，自共清蟾别有缘[③]。　江南风味依然在。玉貌韶颜[④]，今夜凭阑，不似钗头子细看。

[注释]

①毛本注云："下二阕《清真集》不载。"　②南枝：指梅。　③清蟾：月亮。　④韶颜：青春容颜。

丑奴儿

香梅开后风传信。绣户先知，雾湿罗衣，冷艳须攀最远枝。　高歌羌管吹遥夜[①]。看即分披，已恨来迟，不见娉婷带雪时。

[注释]

①"高歌"句：汉横吹曲名有《梅花落》，本笛中曲。唐李白《与史郎中钦听黄鹤楼上吹笛》："黄鹤楼中吹玉笛，江城五月落梅花。"　羌管：笛。

蝶恋花[①]

鱼尾霞生明远树[②]。翠壁粘天，玉叶迎风举[③]。一笑相逢蓬海路[④]，人间风月如尘土[⑤]。　剪水双眸云鬓吐。醉倒天瓢[⑥]，笑语生青雾。此会未阑须记取，桃花几度吹红雨。

[注释]

①毛本注云："下五阕《清真集》不载。"此首《永乐大典》卷二万零三百五十三"席"字韵引周美成《清真集》，题为"席上赋"。　唐氏按：毛晋校语云《清真集》不载，而《永乐大典》所引则正为《清真集》，未知孰是。又按：《阳春白雪》卷二录此首作何揩之。　②鱼尾：状霞。宋惠洪《效李白湘中作》诗："夕光江摇鱼尾红，何处扁舟开晚篷。"　③玉叶：玉叶冠，系女道士所戴。唐李群玉《玉真观》诗："高情帝女慕乘鸾，绀髮初簪玉叶冠。"　④蓬海：指仙境。《史记·封禅书》："自威宣、燕昭使人海求蓬莱、方丈、瀛洲。此三神山者，其传在渤海中。"　⑤风月：指男女情事。⑥天瓢：指北斗七星，其排列之状若瓢，故称。　唐氏按："瓢"原作"飘"，据《永乐大典》卷二万零三百五十三"席"字韵引《清真集》改。

蝶恋花

美盼低迷情宛转。爱雨怜云[①]，渐觉宽金钏。桃李香苞秋不展，深心黯黯谁能见。　宋玉墙高才一觇[②]。絮乱丝繁，苦隔春风面。歌板未终风色便[③]，梦为蝴蝶留芳甸[④]。

[注释]

①爱雨怜云：云雨，指男女欢会。战国楚宋玉《高唐赋序》述楚王梦遇神女事，巫山神女自谓“旦为朝云，暮为行雨”。 ②“宋玉”句：战国楚宋玉《登徒子好色赋》称其东邻女子“眉如翠羽，肌如白雪，腰如束素，齿如含贝。嫣然一笑，惑阳城，迷下蔡。然此女登墙窥臣三年，至今未许也”。 觇(chān)：窥看。 ③风色便：神情安适。 ④“梦为”句：本《庄子·齐物论》“昔者庄周梦为蝴蝶，栩栩然蝴蝶也”。 芳甸：花草丛生的原野。古时郭外称郊，郊外称甸。

蝶恋花

晚步芳塘新霁后。春意潜来，迤逦通窗牖。午睡渐多浓似酒，韶华已入东君手[①]。 嫩绿轻黄成染透。烛下工夫，泄漏章台秀[②]。拟插芳条须满首，管交风味还胜旧[③]。

[注释]

①韶华：韶光，美好的时光。 东君：司春之神。唐李峤《洛》诗：“九洛韶光美，三川物候新。”唐成彦雄《柳枝词》之三：“东君爱惜与先春。” ②章台秀：章台，指柳。唐韩翃《寄柳氏》：“章台柳，章台柳，颜色青青今在否？纵使长条似旧垂，也应攀折他人手。” ③管交：即管教、保证让。宋时俗语。

蝶恋花

叶底寻花春欲暮。折遍柔枝，满手真珠露[①]。不见旧人空旧处，对花惹起愁无数。 却倚阑干吹柳絮。粉蝶多情，飞上钗头住。若遣郎身如蝶羽，芳时争肯抛人去[②]。

［注释］

①真珠：珍珠。　②芳时：花开时节，春天。　争：怎。

蝶恋花

酒熟微红生眼尾[①]。半额龙香[②]，冉冉飘衣袂。云压宝钗撩不起[③]，黄金心字双垂耳。　愁入眉痕添秀美。无限柔情，分付西流水[④]。忽被惊风吹别泪[⑤]，只应天也知人意。

［注释］

①酒熟：指酒酣。　②龙香：龙涎香。抹香鲸肠胃的分泌物，类似结石。从鲸体内排出飘浮于海面或冲上海岸而取得，是极名贵的香料。　③云：指鬓髻。　④分付：托付。　⑤惊风：突如其来的风。

减字木兰花[①]

风鬟雾鬓，便觉蓬莱三岛近[②]。水秀山明，缥缈仙姿画不成。　广寒丹桂[③]，岂是夭桃尘俗世。只恐乘风，飞上琼楼玉宇中[④]。

［注释］

①毛本注云："《清真集》不载。"　②蓬莱三岛：蓬莱、方丈、瀛洲三神山，相传在渤海中，为仙人所居。见《史记·封禅书》。　③广寒：月中仙宫。旧题唐柳宗元《龙城录·明皇梦游广寒宫》："顷见一大宫府，榜曰：广寒宫清虚之府。"　④"只恐"二句：本宋苏轼《水调歌头》"我欲乘风归去，又恐琼楼玉宇，高处不胜寒"。　琼楼玉宇：指月宫。唐段成式《酉阳杂俎》前集卷二："翟天师名乾祐……曾于江岸与弟子数十玩月。或曰：

'此中竟何有?'翟笑曰:'可随吾指观。'弟子两人见月规半天,琼楼金阙满焉。"

木兰花令[①]

歌时宛转饶风措[②],莺语清圆啼玉树。断肠归去月三更,薄酒醒来愁万绪。　孤灯翳翳昏如雾[③],枕上依稀闻笑语。恶嫌春梦不分明[④],忘了与伊相见处。

[注释]

①毛本注云:"《清真集》不载。原本二首,考'残春一阵狂风雨'是六一词,删去。" ②风措:仪态举止。 ③翳翳:不明貌。 ④恶:极,最。

蓦山溪[①]

楼前疏柳,柳外无穷路。翠色四天垂,数峰青、高城阔处。江湖病眼,偏向此山明,愁无语。空凝伫,两两昏鸦去。　平康巷陌[②],往事如花雨。十载却归来,倦追寻、酒旗戏鼓。今宵幸有,人似月婵娟,霞袖举。杯深注,一曲黄金缕[③]。

[注释]

①共两首。毛本注云:"此(下)二阕《清真集》不载。" ②平康:地名。后周王仁裕《开元天宝遗事》:"长安有平康坊,妓女所居之地。" ③黄金缕:曲调名,指金缕衣,亦作金缕曲。

[集评]

陈洵云:"'无穷路',从'归来'后追忆此柳,真是黯然销魂。'偏向此山明',有多少往事在。'倦追寻、酒旗戏鼓',所以见此山而无语凝伫也,前虚后实,钩勒无迹。'今宵'以下,聊复尔尔,正见往事都非,'幸有'云

者，聊胜于无耳。”（《抄本海绡说词》）

蓦山溪

江天雪意，夜色寒成阵。翠袖捧金蕉[①]，酒红潮、香凝沁粉。帘波不动，新月淡笼明。香破豆，烛频花，减字歌声稳[②]。　恨眉羞敛，往事休重问。人去小庭空，有梅梢、一枝春信。檀心未展[③]，谁为探芳丛。消瘦尽，洗妆匀，应更添风韵。

[注释]

①金蕉：酒杯。　②“减字”句：此谓词乐歌唱中的一种情况。词调有定格，但歌唱时还可对音节韵度，略有增减，使其美听。增则谓“添声”、“摊破”，减则谓“偷声”、“减字”。宋晏几道《南乡子》：“月夜落花朝，减字偷声按玉箫。”　③檀心：花心。宋苏轼《腊梅一首赠赵景贶》：“君不见万松岭上黄千叶，玉蕊檀心两奇绝。”

[集评]

陈洵云：“‘恨眉羞敛’，结上阕所谓往事。‘人去’五字，转出今情，却从梅写，气味醖厚。”（《抄本海绡说词》）

南柯子[①]

宝合分时果[②]，金盘弄赐冰。晓来阶下按新声，恰有一方明月、可中庭[③]。　露下天如水，风来夜气清。娇羞不肯傍人行，扬下扇儿拍手、引流萤[④]。

[注释]

①共两首。毛本注云：“《清真集》俱不载。”　唐氏按：此首见《乐府雅词拾遗》卷下，不著撰人，而《乐府雅词》卷上另有周邦彦词，此首疑非

周邦彦作。 ②合:盒。 时果:时鲜果品。 ③可:恰。 中庭:犹言庭中,庭院中。 ④扬:抛,丢。

南柯子

腻颈凝酥白,轻衫淡粉红。碧油凉气透帘栊[1],指点庭花低映、云母屏风。 恨逐瑶琴写[2],书劳玉指封。等闲赢得瘦仪容,何事不教云雨、略下巫峰[3]。

[注释]

①碧油:指绿色帏帐。 ②写:抒发。 ③云雨略下巫峰:意指暂得欢会。战国楚宋玉《高唐赋序》谓楚王尝游高唐而昼寝,梦巫山神女入侍枕席。女称:"妾在巫山之阳,高丘之阻,旦为朝云,暮为行雨。朝朝暮暮,阳台之下。"

关河令[1]

秋阴时晴向暝[2],变一庭凄冷。伫听寒声,云深无雁影。 更深人去寂静,但照壁、孤灯相映。酒已都醒,如何消夜永[3]。

[注释]

①《全宋词》据毛注云:《清真集》不载,时刻作《清商怨》。 ②唐氏按:"晴"下原有"渐"字,毛扆以底本《美成长短句》校,删去。 ③夜永:犹言永夜。 永:长。

[集评]

陈廷焯云:"'云深无雁影',五字千古。不必说借酒销愁,偏说'酒已都醒',笔力劲直,情味愈见。"(《云韶集·宋词选·周词评》)

陈洵云:"由'更深'而追想过去之暝色,预计未尽之长夜。神味拙

厚，总是笔力有馀。”（《抄本海绡说词》）

唐圭璋云：“此首写旅况凄清。上片是日间凄清，下片是夜间凄清。日间由阴而暝而冷，夜间由入夜而更深而夜永。写景抒情，层层深刻，句句精绝。小词能拙重如此，诚不多见。上片末两句，先写寒声入耳，后写仰视雁影。因闻声，故欲视影，但云深无雁影，是雁在云外也。天气之阴沉、寒云之浓重，并可知已。下片‘人去’补述，但有孤灯相映，其境可知。末两句，一收一放，哀不可抑。搏兔用全力，观此愈信。”（《唐宋词简释》）

长相思[①]

晓　行

举离觞，掩洞房。箭水泠泠刻漏长[②]，愁中看晓光。
整罗裳，脂粉香。见扫门前车上霜，相持泣路傍。

[注释]

①共四首。毛本注云：“《清真集》俱不载。”　②“箭水”句：刻漏为古计时器，即漏壶。内竖一支有刻度之箭形浮标，以指示时间。

长相思

闺　怨

马如飞，归未归。谁在河桥见别离，修杨委地垂[①]。
掩面啼，人怎知。桃李成阴莺哺儿，闲行春尽时。

[注释]

①修：长，高。

长相思

舟中作

好风浮，晚雨收。林叶阴阴映鹢舟[①]，斜阳明倚楼。
黯凝眸，忆旧游。艇子扁舟来莫愁，石城风浪秋[②]。

[注释]

①鹢(yì)舟:船。鹢，水鸟名，形似鹭而大。古时多画鹢首于船头，故名。 ②"艇子"二句:"石城有女子名莫愁，善歌谣……故歌云:'莫愁在何处？莫愁石城西。艇子打两桨，催送莫愁来。'"见《旧唐书·乐志二》。石城:今湖北钟祥县。今南京水西门外亦有莫愁湖，误石城为金陵石头城所致。

长相思

沙棠舟[①]，小棹游。池水澄澄人影浮，锦鳞迟上钩[②]。
烟云愁，箫鼓休。再得来时已变秋，欲归须少留。

[注释]

①沙棠:木名，干与叶类棠梨，木材宜造舟。 ②锦鳞:红鲤鱼。

万里春[①]

千红万翠，簇定清明天气[②]。为怜他、种种清香，好难为不醉[③]。 我爱深如你，我心在、个人心里[④]。便相看、老却春风，莫无些欢意[⑤]。

[注释]

①《全宋词》据毛本注云:《清真集》不载。 ②簇定:紧随。 ③好:很，甚。 ④个人:这人。 ⑤莫无些:全无。

鹤冲天[1]

溧水长寿乡作[2]

梅雨霁[3]，暑风和。高柳乱蝉多。小园台榭远池波，鱼戏动新荷[4]。　薄纱厨[5]，轻羽扇。枕冷簟凉深院。此时情绪此时天，无事小神仙。

[注释]

①两首。《全宋词》题下注：《清真集》俱不载。　②长寿乡：在溧水县北。见《景定建康志》卷十六。　③梅雨：江南梅子黄熟时，常霖雨连绵，谓之黄梅雨，或梅雨。　④"鱼戏"句：本南朝宋谢朓《游东田》"鱼戏新荷动，鸟散馀花落"。　⑤纱厨：纱帐。唐司空图《王官》之二："尽日无人只高卧，一双白鸟隔纱厨。"

鹤冲天

白角簟[1]，碧纱厨。梅雨乍晴初。谢家池畔正清虚[2]，香散嫩芙蕖。　日流金[3]，风解愠[4]。一弄素琴歌舞。慢摇纨扇诉花笺，吟待晚凉天。

[注释]

①白角簟：白色竹席。　②谢家：谢娘家，犹言倡家。南唐张泌《寄人》："别梦依依到谢家，小廊回合曲阑斜。多情只有春庭月，犹为离人照落花。"　③日流金：形容天气酷热。《楚辞·招魂》："十日代出，流金铄石些。"　④风解愠（yùn）："昔者舜弹五弦之琴，造《南风》之诗，其诗曰：'南风之薰兮，可以解吾民之愠兮。南风之时兮，可以阜吾民之财兮。'"见《孔子家语》。

西　河[1]

长安道，潇洒西风时起。尘埃车马晚游行，霸陵烟水[②]。乱鸦栖鸟夕阳中,参差霜树相倚。 到此际,愁如苇。冷落关河千里[③]。追思唐汉昔繁华,断碑残记。未央宫阙已成灰[④],终南依旧浓翠[⑤]。 对此景、无限愁思。绕天涯、秋蟾如水[⑥]。转使客情如醉。想当时、万古雄名,尽作往来人、凄凉事。

[注释]

①毛本注云:"《清真集》不载。" 王国维《清真先生遗事·尚论三》:"先生游踪或至关中,故有《西河》'长安道'一阕,惟此词真伪尚不可定,又无他词足证。" ②霸陵:汉文帝陵,在今陕西西安东。《三辅黄图》卷六:"文帝霸陵,在长安城东七十里,因山为藏,不复起坟,就其水名,因以为陵号。"霸水出蓝田谷,西北入渭。 ③关河:指函谷关与黄河。《史记·苏秦列传》:"秦四塞之国,被山带渭,东有关河,西有汉中,南有巴蜀,北有代马,此天府也。"《正义》云:"东有黄河,有函谷、蒲津、龙门、合河等关。"宋柳永《曲玉管》:"立望关河,萧索千里清秋。"《八声甘州》:"渐霜风凄紧,关河冷落,残照当楼。" ④未央:西汉宫殿名。高祖七年,萧何主持营建。东汉、隋唐曾屡加修葺,唐末毁。故址在今陕西西安市西北长安故城内。 ⑤终南:又称南山,秦岭山峰之一,在今陕西西安市南。 ⑥秋蟾:秋月。此指月光。

瑞鹤仙[①]

暖烟笼细柳。弄万缕千丝,年年春色。晴风荡无际,浓于酒、偏醉情人词客[②]。阑干倚处,度花香、微散酒力。对重门半掩,黄昏淡月,院宇深寂。 愁极。因思前事,洞房佳宴,正值寒食[③]。寻芳遍赏,金谷里,铜驼陌[④]。到而今、鱼雁沉沉无信[⑤],天涯常是泪滴。早归来,云馆深处,那人正忆。

[注释]

①毛本注云："《清真集》不载。" ②词客：毛本作"调客"，兹从四印斋本《清真集外词》。 ③寒食：节令名。在清明前一或二日。南朝梁宗懔《荆楚岁时记》："去冬节一百五日，即有疾风甚雨，谓之寒食，禁火三日。" ④金谷、铜驼：指都城繁华胜处。 金谷，河南洛阳西北有金谷涧，晋太康中石崇筑园于此，即世传之金谷园。 铜驼，晋陆机《洛阳记》："汉铸铜驼二枚，在宫之南四会道，夹路相对。俗语曰：'金马门外聚群贤，铜驼陌上集少年。'言人物之盛也。" ⑤鱼雁：指书信。古乐府《饮马长城窟行》："呼儿烹鲤鱼，中有尺素书。"《汉书·李广苏建传》："教使者谓单于，言天子射上林中，得雁，足有系帛书。" 唐氏按："信"下原衍"息"字，据毛校本删。

浪淘沙①

万叶战②，秋声露结，雁度砂碛③。细草和烟尚绿，遥山向晚更碧。见隐隐、云边新月白。映落照、帘幕千家，听数声何处倚楼笛④。装点尽秋色。 脉脉，旅情暗自消释。念珠玉、临水犹悲感⑤，何况天涯客。忆少年歌酒，当时踪迹。岁华易老，衣带宽，懊恼心肠终窄。飞散后、风流人阻，蓝桥约、怅恨路隔⑥。马蹄过、犹嘶旧巷陌。叹往事、一一堪伤，旷望极。凝思又把阑干拍。

[注释]

①毛本注云："《清真集》不载。" ②战：通"颤"。 ③砂碛（qì）：沙滩地，亦指沙漠。唐杜甫《送人从军》诗云"今军度沙碛，累月断人烟"。④倚楼笛：本唐赵嘏《长安秋望》诗"残星几点雁横塞，长笛一声人倚楼"。⑤珠玉：男子美称。晋人王武子（济）曾以"珠玉在侧"称美其甥卫玠"俊爽有风姿"。见《世说新语·容止》。 ⑥蓝桥约：指婚约。 蓝桥：在陕西蓝田县东蓝溪上。唐裴铏《传奇》载，裴航遇美女云英处，后得成婚配，相偕成仙而去。

南乡子[①]

秋气绕城闉[②],暮角寒鸦未掩门。记得佳人冲雨别[③],吟分[④]。别绪多于雨后云。 小棹碧溪津[⑤],恰似江南第一春。应是采莲闲伴侣,相寻。收取莲心与旧人[⑥]。

[注释]

①共四首。毛本注云:“下四阕《清真集》不载。” ②城闉(yīn):城门。 闉:城门外层的曲城。 ③冲雨:冒雨。 ④吟:叹息。 ⑤小棹(zhào):小船。 津:渡口。 ⑥莲心:此系双关隐语,谐音“怜心”。

南乡子

寒夜梦初醒,行尽江南万里程。早是愁来无会处[①],时听。败叶相传细雨声。 书信也无凭,万事由他别后情。谁信归来须及早,长亭。短帽轻衫走马迎。

[注释]

①无会处:无可排解,无所惬心之时。

南乡子

咏秋夜

户外井桐飘[①],淡月疏星共寂寥。恐怕霜寒初索被[②],中宵。已觉秋声引雁高。 罗带束纤腰,自剪灯花试彩毫。收起一封江北信,明朝。为问江头早晚潮。

[注释]

①井桐:古时多在庭院中凿井,井边植梧桐。诗文中习惯联称“井桐”,

或"井梧"。唐宋之问《秋莲赋》："宫槐疏兮井梧变，摇寒波兮风飒然。"五代孙光宪《临江仙》："霜拍井梧干叶堕，翠帏雕槛初寒。" ②索：须，该。

南乡子

拨燕巢

轻软舞时腰，初学吹笙苦未调[①]。谁遣有情知事早，相撩[②]。暗举罗巾远见招。　痴騃一团娇[③]，自折长条拨燕巢[④]。不道有人潜看著，从教[⑤]。掉下鬟心与凤翘。

[注释]

①未调：不谐于调。　②相撩：撩拨，挑逗。　③"痴騃"句：谓一派娇憨之态。　④长条：柳枝。　⑤从教：听凭，任随。唐施肩吾《春日宴徐君池亭》诗："池上有门君莫掩，从教野客见青山。"

[集评]

李调元云："词景俱新丽动人，此春闺词也。刻本题下注'拨燕巢'三字，蛇足。"(《雨村词话》卷二)

浣溪沙慢[①]

水竹旧院落，樱笋新蔬果。嫩英翠幄，红杏交榴火[②]。心事暗卜，叶底寻双朵。深夜归青琐[③]。灯尽酒醒时，晓窗明、钗横鬓亸[④]。　怎生那，被间阻时多。奈愁肠数叠，幽恨万端，好梦还惊破。可怪近来，传语也无个。莫是嗔人呵[⑤]。真个若嗔人，却因何、逢人问我。

[注释]

①毛本注云："《清真集》不载。"胡仔《苕溪渔隐丛话》前集卷五十九引"水竹旧院落，樱笋新蔬果"二句，云是"古词"，不著撰人。　②榴火：

形容石榴花色红似火。 ③青琐:刻镂成格的窗户。此指闺房。 唐氏按:"琐"原作"锁",从四印斋所刻词本《清真集补遗》。 ④亸(duǒ):下垂。⑤嗔(chēn):责怪。《全宋词》作"瞋",此据汲古阁本。

夜游宫[①]

一阵斜风横雨。薄衣润、新添金缕[②]。不谢铅华更清素[③]。倚筠窗,弄么弦[④],娇欲语。 小阁横香雾。正年少、小娥愁绪。莫是栽花被花妒。甚春来,病恹恹,无会处[⑤]。

[注释]

①毛本注云:"《清真集》不载。" ②金缕:用金线盘押纹饰或缀以金饰之衣,即金缕衣。南朝梁刘孝威《拟古应教》:"晴铺绿隟琉璃扉,琼筵玉笥金缕衣。" ③不谢:不用。 ④么弦:琵琶之第四弦,因其最细,故称。 ⑤无会:无可惬心。

诉衷情[①]

当时选舞万人长,玉带小排方[②]。喧传京国声价[③],年少最无量。 花阁迥,酒筵香。想难忘。而今何事,佯向人前,不认周郎[④]。

[注释]

①毛本注云:"《清真集》不载。"又云:"'喧传京国声价',时刻'让与都城声价'。"王国维《片玉词题跋》云:"颇疑此词或为师师作矣。" ②排方:腰带的一种装饰。见《宋史·舆服志五》。 ③京国:京都,指汴梁。④周郎:此词人自指。

虞美人[①]

淡云笼月松溪路[②],长记分携处。梦魂连夜绕松溪,此夜相逢恰似、梦中时。　　海山陡觉风光好[③]，莫惜金尊倒。柳花吹雪燕飞忙，生怕扁舟归去、断人肠。

（以上三十二首见汲古阁本《片玉词》）

[注释]

①毛本注云："一本无此首。"　②笼：遮。　③海山：指海约山盟。北周庾信《功臣不死王事请袭封表》："汉以山河为誓，义在长久。"

烛影摇红[①]

芳脸匀红，黛眉巧画宫妆浅。风流天付与精神，全在娇波眼。早是萦心可惯[②]。向尊前、频频顾眄[③]。几回相见，见了还休，争如不见。　　烛影摇红，夜阑饮散春宵短。当时谁会唱阳关[④]，离恨天涯远。争奈云收雨散。凭阑干、东风泪满。海棠开后，燕子来时，黄昏深院。

（《能改斋漫录》卷十六）

[注释]

①唐氏按：此首别作王诜词，见《唐宋诸贤绝妙词选》卷三。别又误作柳永词，见《菊坡丛话》卷二十六。　②萦心：萦系于心。　可惯：可意爱怜。　③顾：回首看。　眄（miǎn）：斜视。　④阳关：阳关曲。唐王维《送元二使安西》诗："渭城朝雨浥轻尘，客舍青青柳色新。劝君更尽一杯酒，西出阳关无故人。"宋郭茂倩《乐府诗集·近代曲辞·渭城曲》："《渭城》一曰《阳关》，王维之所作也。本送人使安西诗，后遂被于歌。"

[集评]

吴曾云："王都尉（诜）有《忆故人》词云'烛影摇红、向夜阑……'徽宗喜其词意，犹以不丰容宛转为恨。遂令大晟府别撰腔。周美成增损其词，而以首句为名。谓之《烛影摇红》云。"（《能改斋漫录》卷十七）

失调名

露叶烟梢寒色重，攒星低映小珠帘。(《橘录》卷中)

失调名

雪里翻空，粉堂缟夜。(《渊鉴类函·梨部》)

存目词

调名	首句	出处	附注
水调歌头	今夕月华满	《片玉集》抄补	何大圭作，见《岁时广记》卷三十四引《本事词》
鬓云松	鬓云松，眉叶聚	同上	无名氏作，说见清真先生遗事
南柯子	桂魄分馀晕	同上	张元幹词，见《芦川词》卷上
感皇恩	小阁倚晴空	汲古阁本《片玉词》	晁冲之词，见《乐府雅词》卷中
木兰花令	残春一阵狂风雨	汲古阁本《片玉词·木兰花令》注	欧阳修词，见《近体乐府》卷二
断句	窗外月照、一方天井	郑元佐新注《断肠诗集》前集卷八	杨泽民作，见和清真词

调名	首句	出处	附注
浣溪沙	小院闲窗春色深	钱允治《类选笺释·草堂诗馀》卷一	李清照词，见《乐府雅词》卷下
忆王孙	风蒲猎猎小池塘	《类编草堂诗馀》卷一	李重元词，见《唐宋诸贤绝妙词选》卷七
如梦令	池上春归何处	同上	秦观作，见《淮海居士长短句》卷中
如梦令	花落莺啼春暮	同上	谢逸词，见《溪堂词》
浣溪沙	水涨鱼天拍柳桥	同上	无名氏词，见《草堂诗馀前集》卷上
忆秦娥	香馥馥	同上	无名氏词，见《草堂诗馀后集》卷下
柳梢青	有个人人	同上	同上
虞美人	落花已作风前舞	同上	叶梦得词，见《石林词》
苏幕遮	陇云沉	《类编草堂诗馀》卷二	无名氏词，见《草堂诗馀后集》卷下
昼锦堂	雨洗桃花	《类编草堂诗馀》卷四	同上
女冠子	同云密布	同上	同上
滴滴金	梅花漏泄春消息	《京本通俗小说·西山一窟鬼》	晏殊词，见《珠玉词》
十六字令	明月影，穿窗白玉钱	《词品》卷二	元人周玉晨词，见《花草粹编》卷一

调名	首句	出处	附注
齐天乐	疏疏几点黄梅雨	《诗馀图谱》卷三	杨无咎词,见《逃禅词》
忆秦娥	双溪月	《花草粹编》卷四	苏轼词,见曾慥本《东坡词》卷下
点绛唇	蹴罢秋千	《词的》卷一	无名氏词,见《花草粹编》卷一
浣溪沙	鸳外红绡一缕霞	杨慎评点本《草堂诗馀》卷一	贺铸词,见《贺方回词》卷二
水龙吟	似花还似非花	《词学筌蹄》卷一	苏轼作,见《东坡词》
十二时	晚晴初	沈际飞本《草堂诗馀正集》卷六《柳永词注》	柳永词,见《类编草堂诗馀》卷四
石州慢	寒水依痕	《草堂诗馀隽》卷二	张元幹词,见《芦川词》卷上
南乡子	生怕倚阑干	《草堂诗馀隽》卷四	潘牥词,见《中兴以来绝妙词选》卷九
浣溪沙	新妇矶边眉黛愁	《古今诗馀醉》卷十五	黄庭坚词,见《山谷琴趣外篇》卷三
踏青游	金勒狨鞍	《词律》卷十二	王诜作,见《乐府雅词拾遗》卷上
解语花	行歌趁月	《历代诗馀》卷七十一	张炎作,见《山中白云》卷五
南乡子	夜阔梦难收	《草堂诗馀别集》卷二	明人传奇《觅莲记》中词,非周邦彦作

调名	首句	出处	附注
江城子	西城杨柳弄春柔	《翰墨大全》后戊集卷一	秦观作，见《淮海居士长短句》卷上
绛都春	寒阴渐晓	《词学筌蹄》卷一	无名氏作，见《草堂诗馀后集》卷下
玉女摇仙佩	飞琼伴侣	《词学筌蹄》卷八	柳永作，见《乐章集》卷上
满江红	碧落横秋	《汇选历代名贤词府全集》卷五	无名氏作，见杨金本《草堂诗馀后集》卷下
满江红	红蓼花繁	《汇选历代名贤词府全集》卷五	秦观作，见《淮海居士长短句》卷上
孤鸾	天然标格	《汇选历代名贤词府全集》卷六	无名氏作，见《草堂诗馀后集》卷下
桃源忆故人	玉楼深锁薄情种	《便读草堂诗馀》卷六	秦观作，见《淮海居士长短句》卷中
帝台春	芳草碧色	《丰韵情词》卷五	李甲作，见《乐府雅词拾遗》卷下
卜算子	砌下乱蛩吟	同上	明人依托
青玉案	孤灯夜雨	同上	同上
孤鸾	沙堤香软	《自怡轩词选》卷五	马子严作，见《中兴以来绝妙词选》卷六
拜星月慢	腻叶阴清	同上	周密作，见《蘋洲渔笛谱》卷一

陈　瓘

陈瓘(1057—1124),字莹中,号了翁、了斋,南剑州沙县(治在今福建沙县)人。元丰进士。任湖南掌书记、签书越州判官等职。曾拒越守蔡卞罗致。绍圣初任太学博士、后迁秘书省校书郎。因阻蔡卞党毁《通鉴》版,自请外任沧州等地。徽宗即位召为右正言,迁左司谏、著作郎、右司马郎兼权给事中等职。极力弹劾蔡京、蔡卞、章惇、邢恕等,故屡黜,率用例放归。崇宁间以党籍除名,窜袁、廉、郴诸州。因子正汇告发蔡京动摇东宫,父子系狱,安置通州;又以不为张商英用而谪台州;自后便居江州、南康、楚州等地,卒于楚。靖康初追赠谏议大夫,绍兴中谥忠肃。有《尊尧集》、《了斋易说》,为当时名作。其词质直,时有俚俗、近谑之作。其《了斋集》今不传,著录云附词十八首。赵万里辑有《了斋词》。

减字木兰花

题韦深道独乐堂①

世间拘碍,人不堪时渠不改。古有斯人,千载谁能继后尘。　春风入手,乐事自应随处有。与众熙怡②,何似幽居独乐时。③

[注释]

①韦深道:韦许,字深道,芜湖人。志尚高洁,不事科举。为黄山谷、陈了翁所重。　②熙怡:游玩取乐。熙,同“嬉”。　③词作脱意《论语·述而》,“子曰:‘饭疏食,饮水,曲肱而枕之,乐亦在其中矣。不义而富且贵,于我如浮云。’”及《论语·雍也》“子曰:‘贤哉,回也!一箪食,一瓢饮,在陋巷,人不堪其忧,回也不改其乐。贤哉,回也’”等处所表达出的一种儒家所谓“乐天知命”的生活态度。《三朝名臣言行录》卷十三:陈瓘性

谦和，与物无竞。贬谪以来，三十年杜门，而人情向慕，通《易》数，推大事屡验。

减字木兰花

题深道寄傲轩

结庐人境，万事醉来都不醒[①]。鸟倦云飞，两得无心总是归。　古人逝矣，旧日南窗何处是。莫负青春，即是升平寄傲人。[②]（以上二首见《姑溪居士文集》前集卷四十七）

[注释]

①"结庐"二句：用陶潜《饮酒》"结庐在人境，而无车马喧。问君何能尔，心远地自偏"诗意。　②全词脱意陶潜《归去来辞》"倚南窗以寄傲，审容膝之易安"、"云无心以出岫，鸟倦飞而知还"句意，以表达傲世之意，忘世之情。

满庭芳[①]

槁木形骸，浮云身世[②]，一年两到京华。又还乘兴，闲看洛阳花[③]。闻道鞓红最好[④]，春归后、终委泥沙[⑤]。忘言处[⑥]，花开花谢[⑦]，不似我生涯。　年华，留不住。饥餐困寝，触处为家。这一轮明月，本自无瑕[⑧]。随分冬裘夏葛[⑨]，都不会、赤水黄芽[⑩]。谁知我，春风一拐，谈笑有丹砂[⑪]。

（《冷斋夜话》卷八）

[注释]

①《冷斋夜话》卷八："青州人刘跛子，拄一拐，每岁必至洛阳看牡丹花，春尽还京。陈瓘作此词赠之。"据《宋史》，陈瓘在京为建中靖国和崇宁元年，任职馆阁与谏官时。洛阳水土宜牡丹，时为全国栽培牡丹的中心。每年清明、谷雨之间，牡丹盛开，倾动全城，外地也多有前来观赏者。　②身

世:《乐府雅词》作"踪迹"。 ③闲:《乐府雅词》作"往"。 ④道:《词林纪事》、《古今词话》、《词苑萃编》作"到"。 鞓(tīng)红:一种红色的牡丹花,因其色似鞓带(一种皮革腰带)得名。见欧阳修《洛阳牡丹记》。 ⑤泥:《乐府雅词》作"尘"。 ⑥忘言:谓默喻其意,不待言语说明。《庄子·外物》:"言者所以在意,得意而忘言。" ⑦谢:《词林纪事》、《古今词话》、《词苑萃编》作"落"。 ⑧"这一"二句:以月喻真如佛性及清净道心。如唐译《华严经·兜率宫中偈赞品》:"譬如净满月,普现一切水。影像虽无量,本月未曾二。"宋代天师道天师张继先《沁园春》词:"奇哉,妙道难猜。……以与君说破,分明状似,蚌含渊月,秋兔怀胎。"兔,月亮,以中秋最明。陈瓘词多用此喻。 自:《古今词话》作"是"。 ⑨裘:以鸟兽毛羽所制之衣,毳毛在外,宜冬。 葛:以葛织成之薄布,宜夏。 随分:随便,随遇而安。 ⑩赤水:道家内丹术语。指心火中的真阴。 黄芽:道教炼丹名词。指丹头。 ⑪丹砂:又名辰砂、朱砂、丹沙。多种丹书载为道教炼制长生不死药时最常用矿物质之一,后亦代不死药、良药或道术。参见《周易参同契》。

卜算子

身如一叶舟,万事潮头起。水长船高一任伊,来往洪涛里。 潮落又潮生,今古长如此。后夜开尊独酌时[①],月满人千里[②]。

[注释]

①开尊:设酒。 开:举行,设置。 ②月满人千里:离别,与亲友各自东西。《文选·谢庄〈月赋〉》:"美人迈兮音尘绝,隔千里兮共明月。"范仲淹《御街行》词:"年年今夜,月华如练,长是人千里。"

一落索[①]

体上衣裳云作缕[②],不论寒暑。世间多少老婆禅[③],犹苦问、台山路[④]。 堪笑庞翁无趣,临行却住[⑤]。古人公案不须论[6]，还了得、如今否。

[注释]

①据《宋史》、《三朝名臣言行录》、《桯史》等，可推此词约作于政和五年，作者自台州谪所归时。 ②缕：线，古代主要是丝线、麻线。《孟子·滕文公上》："麻缕丝絮轻重同，则贾相若。" ③老婆禅：老婆为宋元人称妻子或年老妇女。说禅反复多言、毫不直截者称为老婆禅。《景德传灯录》卷十《镇州普化和尚》："木塔老婆禅。"后亦用指亲切的絮叨。 ④台山：天台山，在台州。作者曾贬官台州。《太平御览》卷四十一引《幽明录》谓，刘晨、阮肇曾入此山采药遇仙。 ⑤"堪笑"句：庞翁，或称庞公，为东汉著名隐士。他躬自农耕，数谢延请。人问：如此，你遗子孙何物？答：遗之以安。后夫妇入山采药不返。事见《后汉书·逸民传》。《宋史》谓：陈瓘年少时，不思科举。父母勉以门户事，乃就选，中甲科。自此踏入仕途，备经挫折。然而诤诤直谏，不避权幸，未尝少改。此引刘阮游仙、庞公遁世事以自嘲。 ⑥公案：原指官府所判决的案例。佛教禅宗借指祖师的言行范例，见《碧岩集序》。一般泛指先例、故事。

减字木兰花[1]

大江北去，未到沧溟终不住[2]。淮水东流，日夜朝宗亦未休[3]。　香炉烟袅，浓淡卷舒终不老。寸碧千钟，人醉华胥月色中[4]。

[注释]

①"大江北去"、"淮水东流"，是宋整个淮南西路的形势。陈瓘曾于大中靖国与崇宁年间知该路的无为军，又于政和间居该路的南康。见《宋史》、《桯史》。 ②沧溟：海水弥漫貌，常用来指大海。梁简文帝《昭明太子集序》："沧溟之深，不能比其大。" ③朝宗：本指诸侯朝见天子。《周礼·春官·大宗伯》："春见曰朝，夏见曰宗。"亦喻百川归海。《尚书·禹贡》："江汉朝宗于海。" ④华胥：典出《列子·黄帝》。黄帝梦中历华胥氏之国，其地广大。 月色：佛教经典中常用喻真如本性所造之世界。

《宝王论》:"法身如月体,报身如月光,应身如月影。"《五灯会元》卷三十一:"山河与大地,都是一轮月。"

减字木兰花

华胥月色,万水千山同一白[①]。南北相望,独醉香山旧草堂[②]。　淮岑妙境,十载醺酣犹未醒[③]。一腹便便,也读春秋也爱眠[④]。

[注释]

①"华胥"二句:或指修道、参禅所达到的万物为一、物我不分的境地。《续传灯录》卷三十五:"芦花影里弄明月。"《五灯会元》卷十:"鹭倚雪巢犹可辨,光吞万象事难明。"陈瓘好佛,见《三朝名臣言行录》卷十三。②香山:在河南洛阳龙门山之东。此亦指白居易。唐白居易会昌中致仕,与香山僧如满结香火社,自号香山居士。事见《旧唐书·白居易传》。③淮岑:淮山,可能指作者不止一次居留过的淮南西路。　"淮岑"二句:言人生如梦。杜牧《遣怀》诗:"落魄江湖载酒行。……十年一觉扬州梦。"　④腹便便,也读春秋也爱眠:汉人边韶(字孝先)偶然白天小睡,为弟子私嘲曰:"边孝先,腹便便。懒读书,但欲眠。"他听到后即亦编歌作答"腹便便,五经笥"云云。事见《后汉书·边韶传》。此用以谑指腹大,既是生活闲散,也是腹有才学。

卜算子

只解劝人归,都不留人住。南北东西总是家,劝我归何处[①]。　去住总由天,天意人难阻。若得归时我自归,何必闲言语。

[注释]

①"南北"二句:既有儒家的奋发进取的态度,也有道家的自然、齐物;

禅家的平等、发悟意味。曹植《赠白马王彪》："丈夫志四海，万里犹比邻。"《五灯会元》卷十三："切忌从他觅，迢迢与我殊。我今独自往，处处得逢渠。"

卜算子

黄了旧皮肤，最是风流处。多少纷纷陌上人[①]，不听春鹃语[②]。　触目是家山，到了须拈取。云散长空月满天，好个还乡路[③]。

[注释]

①陌上人：犹言行人、路人、客子，出门行路之人。　②春鹃语：杜鹃一名子规，春天啼鸣，古人视为思归之音。《蜀王本纪》载，古蜀帝杜宇，避位让贤，离去时子规啼鸣，使蜀人闻之而思故帝。又《十三州志》载，杜宇逊位后，身化子规。杜鹃声哀，啼声似"不如归去"，故又名催归鸟，即上词所言"只解劝人归"。禅宗认为向内寻求才能得悟，常以归、还等字句出之。如《鹤林玉露》卷六载某尼悟道诗："尽日寻春不见春，芒鞋踏遍陇头云。归来笑捻梅花嗅，春在枝头已十分。"道家亦然。　③好：《乐府雅词》作"你"。

卜算子

梦里不知眠，觉后眠何在。试问眠身与梦身，那个能祇对。[①]　醉后有人醒，醒了无人醉。要识三千与大千[②]，不在微尘外[③]。

[注释]

①上片脱意《庄子·齐物论》"昔者庄周梦为蝴蝶，栩栩然蝴蝶也。自喻适志与！俄然觉，则蘧蘧然周也。不知周之梦为蝴蝶，蝴蝶之梦为周与？周与蝴蝶，则必有分矣。此之谓物化"。禅宗认为万物平等无差，心

生种种分别,所谓"心生万法生,心空万法空",参《六祖坛经》。　祇(qí)对:正好相合。　②三千与大千:佛教以无尽头的三千世界为释氏教化的范围。《释氏要览》:"此山(须弥山,印度神话中山名,为佛教用)有八山绕外,有六铁围山周回围绕,并一日月昼夜四转,照四天下,名一国土。积一千国名小千世界,积千个小千世界名中千世界,积一千中千世界名大千世界。以三积千,故名三千大千世界。"　③不在微尘外:谓佛法高妙,无所不周。《维摩诘所说经·不思议品》:"以须弥之高广,内芥子中,无所增减。"

青玉案

碧空黯淡同云绕[①]。渐枕上、风声峭。明透纱窗天欲晓。珠帘才卷,美人惊报,一夜青山老。　使君留客金尊倒[②]。正千里琼瑶未经扫[③]。欺压梅花春信早[④]。十分农事,满城和气,管取明年好[⑤]。

[注释]

①同云:一色之云,将雪之候。《诗经·小雅·信南山》:"上天同云,雨雪纷纷。"　②留:《历代诗馀》、《词学全书》作"命"。　③正:《历代诗馀》无此字。　琼瑶:美玉。又常以喻雪。　④欺压梅花:范仲淹《梅花》诗:"雪压霜欺未放妍。"　⑤管取:保证,包管,准定。宋元人用语。　取:语助。　明:《唐宋诸贤绝妙词选》、《历代诗馀》、《词学全书》作"来"。

[集评]

王世贞云:"'隙目窥人小',又'天涯一点青山小',又'一夜青山老',俱妙在押字。"(《弇州山人词评》)

蓦山溪

扁州东去,极目沧波渺。千古送残红,到如今、东流未了。午潮方去，江月照还生，千帆起，玉绳低[①]，枕上莺声晓[②]。　锦囊佳句[③]，韵压池塘草[④]。声遏去年云[⑤]，恼离怀、馀音缭绕[⑥]。倚楼看镜[⑦]，此意与谁论，一重水，一重山，目断令人老[⑧]。

[注释]

①玉绳：天乙、大乙二星的共名。二星位在北斗第五星玉衡的北面。见《太平御览》引《春秋纬·元命苞》。秋季夜半后，玉绳自西北转，逐渐下沉，所以诗词常用玉绳低垂来形容深夜或拂晓。　②"枕上"句：清晨鸟鸣。孟浩然《春晓》诗："春眠不觉晓，处处闻啼鸟。"　③锦囊：李贺出游，必使一小奚奴（即奴仆）背负一锦制诗囊跟从，每得诗句，即写下投入囊中。事见李商隐《李贺小传》及《新唐书·李贺传》。后以锦囊或奚奴指代诗囊。　④压：胜过。　池塘草：谢灵运《登池上楼》诗中的名句"池塘生春草，园柳变鸣禽"。　⑤声遏去年云：典出《列子·汤问》秦青悲歌，声遏行云。　⑥馀音缭绕：韩娥过齐乏粮，于雍门卖歌求食，离去后其歌声缭梁三日不绝。事见《列子·汤问》。　⑦倚楼看镜：本杜甫《江上》诗"勋业频看镜，行藏独倚楼"。　⑧目断：极目远眺。

减字木兰花

世间药院，只爱大黄甘草贱[①]。急急加工，更靠硫黄与鹿茸。　鹿茸吃了，却恨世间凉药少。冷热平均，须是松根白茯苓。

[注释]

①贱：价格低。

[集评]

张德瀛云："药名诗创于梁简文帝。唐张籍答鄱阳客诗云：'江皋岁暮相逢地，黄叶霜前半夏枝。'可谓入妙。然本朝曹顾庵《南溪词》，有'远山平仲绿，幽径寄奴青’之句。至万红友制药名藏头词，赋《续断令》，精巧绝伦。然陈莹中词有‘世间药院’一阕，陈亚有《生查子》三阕，则宋人已导其源矣。”（《词徵》卷六）

满庭芳

扰扰匆匆[1]，红尘满袖，自然心在溪山。寻思百计，真个不如闲[2]。浮世纷华梦影[3]，嚣尘路、来往循环[4]。江湖手，长安障日[5]，何似把鱼竿[6]。　盘旋，那忍去，他邦纵好，终异乡关。向七峰回首，清泪班班[7]。西望烟波万里，扁舟去、何日东还[8]。分携处[9]，相期痛饮，莫放酒杯悭。

［注释］

①扰扰：纷乱貌。　②寻思百计，真个不如闲：本韩愈《遣怀》诗“断送一生惟有酒，寻思百计不如闲”。　③纷华：一作“芬华”。指繁华富丽，亦指荣耀。　梦影：“一切有为法，如梦、幻、泡、影，如露，亦如电，应作如是观”。见《金刚般若波罗蜜经·应化非真分》。后常以“梦幻泡影”形容世事无常，一切皆空，亦简为“梦影”或“幻泡”。　④嚣：喧闹。尘：泥土。谓嘈杂而肮脏。《左传·昭公三年》：“子之宅近市，湫隘嚣尘，不可以居。”亦用以指人世或官场。　来往循环：反复行经。　⑤长安障日：《世说新语·夙慧》载，晋明帝数岁时，就能回答晋元帝有关太阳与长安何者远的问题。他以两个相反的答案，且能给出理由。后多以长安喻帝都、圣君，以“日近长安远”喻功业难遂，以“日远长安近”喻怀抱得展。此处与通常用法不同。“日”指君上，“长安”喻京都。　障：碍，累。　⑥把鱼竿：严光与汉光武帝刘秀是同学。光武登基后，严光变姓名，披羊裘，执钓竿隐居而去。事见《后汉书·严光传》。后常以“羊裘”或“垂钓”表示隐逸生活。　⑦班：同“斑”。　⑧“盘旋”以下七句：怀乡盼归。陈瓘故里在东部沿海，故云“东还”。崔颢《黄鹤楼》：“日暮乡关何处是，烟波江上使人愁。”　⑨分携：分别、离别。

满庭芳[①]

淮叶缤纷，江烟浓淡[②]，别尊同倒寒晖。未逢春信[③]，霜露惹征衣。往事元无是处，无须待、回首知非[④]。春鹃语，从来劝我，常道不如归[⑤]。　家山，何处近，江楼帘栋，夕卷朝飞[⑥]。问西江笋蕨，何似鲈肥[⑦]。且置华胥旧梦[⑧]，忘言处、千古同时[⑨]。君知我，平生心事，相契古来稀。

[注释]

①《唐宋诸贤绝妙词选》题作"离情"。　②"淮叶"二句：诗似作于淮南西路。　淮：淮河。　江：长江。　③春信：春天的消息。　④"往事"二句："无"《乐府雅词》、《唐宋诸贤绝妙好词》、《历代诗馀》作"何"。"回"《词综》作"白"。蘧伯玉（瑗）五十或六十岁就经过了四十九次或五十九次变化，感到在此之前的四十九年或五十九年所作所为皆是错误。见《论语·宪问》、《庄子·则阳》。　⑤常：《历代诗馀》作"长"。　⑥"家山"四句：化用王勃《滕王阁》诗"画栋朝飞南浦云，珠帘暮卷西山雨"。"家山……夕卷朝飞"：《唐宋诸贤绝妙词选》作"家山何处，近江楼帘栋，夕卷朝飞"。政和间，作者曾居停淮西路的南康。南康南邻洪州，南昌属洪州。故云"近"。　⑦鲈肥：用张翰事：张翰因思念故乡鲈鱼等美味而弃官归。见《世说新语·识鉴》。　⑧置：《词综》作"署"。　⑨忘言：本《庄子》"言者所以在意，得意而忘言"。　千古同时：谓深相契合。杜甫《咏怀古迹》诗："摇落深知宋玉悲，风流儒雅亦吾师。怅望千秋一洒泪，萧条异代不同时。"此反用其意。

醉蓬莱

问东州何处，境胜人幽，两俱难得。狼山相望[①]，有高堂千尺。妙曲轰空，彩云翻袖，乐奏壶天长日[②]。笑我飘然[③]，蓬窗竹户，只延山色。　拟棹觥船[④]，径冲花浪，直造雕筵[⑤]，共醺仙液。仍乞蟠桃,向庐山亲植。未举江帆,早逢淮雁,问故人踪迹[6]。远老池边,陶翁琴里,此情何极。[7]

[注释]

①狼山:在今江苏南通西低丘(宋属通州),则此词作于作者因子正汇状告蔡京动摇东宫而获罪安置通州时。时不甚详,在崇宁、大观间。　②乐:《历代诗馀》无此字。　壶天:道教仙境之一。《云笈七签·二十八治》:"(施)学大丹……后遇张申为云台治官,常悬一壶如五升器大,变化为天地,中有日月如世间,夜宿其内。自号'壶天',人谓之'壶公'。"　③笑:《乐府雅词》作"叹"。　④觥船:大酒杯。　觥(gōng),《毛诗正义》引《礼图》:"觥大七升,以兕角为之。"　船,《海录碎事·饮器门》:"金船,酒器中之大者。"　⑤雕:精美。　⑥"未举江帆"三句:此前作者曾知淮南西路的无为军。见《宋史》。　⑦下片用白莲社事。晋代高僧慧远太和间入庐山建白莲社,曾凿池种白莲。陶渊明亦与游。白莲社为表示对贤者的尊敬,特许渊明饮酒。参见《莲社高贤传》。陶渊明蓄有无弦素琴一张,参见《宋书·陶潜传》。

临江仙[1]

闻道洛阳花正好,家家庭户春风。道人饮去百壶空[2]。年年花下醉,看谢几番红[3]。　此别又从何处去,风萍一任西东。语声虽异笑声同[4]。一轮深夜月,何处不相逢。[5]

[注释]

①《唐宋诸贤绝妙词选》题作"赠别"。　②道人:有道术者。　③看:《花庵词选》作"开"。　④语声虽异笑声同:陈瓘南剑州人,刘山老青州人,方音大异。　⑤唐氏按:此首别见王以宁《王周士词》。

蝶恋花

海角芳菲留不住，笔下风生、飞入青云去[1]。仙箓有名天赐与[2]，致君事业安排取[3]。　　要识世间平坦路，当使人人、各有安心处。黑鬓便逢尧舜主，笑人白首归南亩[4]。

[注释]

①"海角"二句：陈瓘少年不思科举，父母勉之，乃应试，中甲科。为官后亦未尝汲汲于仕进。市朝交荐，以退避为主。见《宋史》、《三朝名臣言行录》。　海角：偏僻之地，谦称故乡。　飞入青云去：言科举中试，进入仕途。　②仙箓：神仙的名册。《濑乡记》载老子终碑云：老子把持仙箓，玉简金字，编以白银，记善缀恶。　箓：《乐府雅词》作"录"。　③致君事业：本杜甫《奉赠韦左丞丈二十二韵》"致君尧舜上，再使风俗淳"。意为上辅天子，下教庶民，美教化，移风俗，使国家达到唐尧、虞舜一般的治世之事业。　④归南亩：归农。南亩向阳，有利农作物生长，古人田土多向南开辟。《诗经》中多次提到南亩一词，如《豳风·七月》、《小雅·大田》、《小雅·信南山》等。后泛称农田为南亩，南字失去方位意义。如《南齐书·高帝纪》："公崇修南亩，所宝惟谷。"

卜算子

咄咄汝何人[1]，眼在眉毛下。明月相随万里来[2]，何处分真假。　　问著总无言，有口番成哑。荆棘林中自在身，即是知音者[3]。　　（以上见《乐府雅词》卷中）

[注释]

①咄咄：殷浩被桓温流放，言行如常，唯终日以手于空中书"咄咄怪事"四字而已。事见《晋书·殷浩传》。故下文有"问著总无言，有口番成哑"。词约写于作者遭贬时。　②"明月"句：本谢庄《月赋》"美人迈兮音

尘绝,隔千里兮共明月”。李白《闻王昌龄左迁龙标遥有此寄》“我寄愁心与明月,随君直到夜郎西”。　③知音:典出《列子·汤问》,俞伯牙鼓琴,欲描写高山,听琴的钟子期说:“善哉,峨峨兮若泰山。”欲表现流水,钟子期则说:“善哉,洋洋兮若江河。”故以钟为俞的知音。

蝶恋花[①]

有个胡儿模样别[②]。满颔髭鬚,生得浑如漆。见说近来头也白[③],髭鬚那得长长黑。　□□□□□□□,箓子镊来[④],鬚有千堆雪[⑤]。莫向细君容易说[⑥],恐他嫌你将伊摘。

[注释]

①《苕溪渔隐丛话》后集卷三十九引《复斋漫录》云:邹浩、陈瓘分贬昭州、廉州,时以词相谑乐。陈瓘以此词嘲邹浩之多鬚。　②胡儿:古代中国对边地或国外男子的蔑称。　别:与众不同,特殊。　③见说:听说。　④镊:《词品》作“摘”。　⑤堆:《词品》作“茎”。　⑥细君:妻。　容易:轻易。

减字木兰花

赠广陵马推官[①]

一尊薄酒,满酌劝君君举手。不是亲朋,谁肯相从寂寞滨。　人生如梦,梦里惺惺何处用[②]。盏到休辞,醉后全胜未醉时。

(以上二首见《苕溪渔隐丛话》后集卷三十九引《复斋漫录》)

[注释]

①《苕溪渔隐丛话》后集卷三十九引《复斋漫录》云:邹浩、陈瓘贬昭州、廉州,有广陵马推官往来二人间,二人曾以诗词赠之。《三朝名臣言行录》卷十三载陈瓘贬廉州于崇宁元年(1102),邹浩贬昭州于同年。　②惺惺:

此指清醒。

阮郎归

从来多唱杜鹃辞，如今真个归。健帆笑里落湖西，回看江浪飞。　　说情话、复何疑。临流应赋诗。引觞自酌更何之[①]。心闲光景迟[②]。　（《乾道四明图经》卷八）

[注释]

①何之：去哪儿。　之：前往。此宾语前置结构。　②光景：时光，光阴。　迟：舒缓安适貌。

失调名

吴樯越橹[①]。都是利名人。[②]　（《舆地纪胜》卷十一）

[注释]

①吴樯越橹：可能指春秋时争霸的吴越二国，处于今江浙水乡。也可能指长江下游往来的船只。　②唐氏按：此二句见《乾道四明图经》卷八载周铢《蓦山溪》词中。

失调名

彩衣长久[①]。五世祥烟薰舞袖[②]。

（《默堂先生文集》卷六《廖成伯奉议生辰》诗注）

[注释]

①彩衣：老莱子年七十而着彩衣娱乐双亲，后即用为孝顺长辈的典故。事见《太平御览》卷四百十三引《孝子传》。　②五世：古人认为祖宗给子孙的影响有一定的时间限制。春秋时，陈国公子完奔齐，齐大夫懿

氏嫁女于他，妻得吉卜，言"五世其昌"云云。

存目词

调名	首句	出处	附注
鹧鸪天	宜笑宜颦掌上身	《花草粹编》卷五	徐俯词，见《乐府雅词》卷中
青玉案	人生南北如歧路	《草堂诗馀隽》卷三	无名氏词，见《草堂诗馀后集》卷下
满庭芳	跛子年来	刘毓盘辑本《了斋词》	刘山老词，见《冷斋夜话》卷八
谒金门	春雨足	《词学筌蹄》卷五	无名氏作，见《草堂诗馀前集》卷下
忆秦娥	云垂幕	同上	朱熹作，见《晦庵词》
满江红	斗帐高眠	《词学筌蹄》卷七	无名氏作，见《草堂诗馀后集》卷上

刘山老

刘山老，生卒不详，字野夫，青州（今山东益都）人。人称刘跛子。政和中，人传其寿一百四十五岁，云有道术。陈瓘爱山老诗，有词赠之。

满庭芳[①]

跛子年来，形容何似，俨然一部髭鬚。世间许大[②]，拐上做功夫。选甚南州北县，逢著处、酒满葫芦。醺醺醉，不知明日，何处度朝晡[③]。　洛阳，花看了，归来帝里[④]，一事全无。又还与瓠羹[⑤]，再作门徒。蓦地思量下水[⑥]，浪网上、芦席横铺。呵呵笑，睢阳门外，有个大南湖。[⑦]

（《冷斋夜话》卷八）

（传本《冷斋夜话》文字多讹，此从《花草粹编》卷九）

［注释］

①《冷斋夜话》卷八："青州人刘跛子，拄一拐，每岁必至洛阳看牡丹花，春尽还京。陈瓘作此词赠之。"据《宋史》，陈瓘在京为建中靖国和崇宁元年，任职馆阁与谏官时。洛阳水土宜牡丹，时为全国栽培牡丹的中心。每年清明、谷雨之间，牡丹盛开，倾动全城，外地也多有前来观赏者。②许：如此。宋元人用语。　③朝：唐氏按，"朝"原误作"明"，此从《冷斋夜话》。　晡（bū）：申时，黄昏。　④"洛阳"三句：《词话丛编》本《古今词话》卷十二引《冷斋夜话》云，刘跛子（山老），每岁必至洛中看花，春尽还京。　帝里：京城。洛阳为宋朝陪都。　⑤瓠羹："菰菜莼羹"的省文。瓠：同"菰"。瓠羹在此指代张翰。《晋书·张翰传》载，张翰在洛为官时因思念家乡吴中之菰菜、莼羹、鲈鱼脍等美味而弃官归去。　⑥蓦地：突然，一下子。　⑦唐氏按：刘毓盘所辑《了斋词》误以此词为陈瓘词。

邵伯温

邵伯温(1057—1134),字子文,河南(今河南洛阳)人。邵雍子。理学家,且悉当世之务。以荐入仕,授大名府助教、调潞州长子县尉,又为西京教授,以授司马光孙植。绍圣初,章惇入相,欲用伯温,伯温规避,并亲元祐党人。崇宁、大观间以上书入党籍,人谓其"以言废"。出监华州西岳庙,久之,知陕州灵宝县,徙芮城县。丁忧服阕,主管永兴军耀州三百渠公事。避童贯走他乡,除知果州。擢提点成都路刑狱。绍兴四年卒。有《河南集》等。

望江南

金泉山

百尺长藤垂到地,千株乔木密参天。只在郡城边[①]。

(《舆地纪胜》卷一百五十六)

[注释]

①唐氏按:《舆地纪胜》同卷尚有邵伯温《充城好词》,"巴山旧封,充地乐土,江山秀润,民物阜繁,胜概居多,灵踪相属。"盖其序文。此首疑即《充城好词》之一。此从《宋诗纪事补遗》卷三十八题作《望江南》。　注者按:如此则此词最可能作于作者知果州时。时童贯任陕西宣抚制置史。亦有可能作于宣和末年作者举家迁蜀之后。

调　笑[①]

翻翻绣袖上红茵[②],舞姬犹是旧精神[③]。坐中莫怪无欢意,我与将军是故人[④]。

(《过庭录》)

[注释]

①《过庭录》载,邵伯温任陕西宣抚司马,与路钤李某甚熟。李死后,伯温以故重访其府,席上见李旧婢出舞,感而赋此词,词名“李氏席上有感”。　②茵:垫、褥、毯等的通称。　③精神:神态,姿态。　④唐氏按:宋人《调笑》词前,例有口号八句。此四句盖口号,非词文。

净　端

净端(1030—1103),字明表,自号安闲和尚,丛林中称其端师(狮)子。归安(今浙江吴兴)人。肄业吴山解空讲院,参龙华齐岳禅师得悟。崇宁二年于某日辞众,歌《渔父》数阕,一笑趺坐而化。有《吴山集》。

渔家傲

斗转星移天渐晓,蓦然听得鹈鹕叫[①]。山寺钟声人浩浩[②]。木鱼噪,渡船过岸行官道。　轻舟再奈长江讨[③],重添香饵为钩钓[④]。钓得锦鳞船里跳。呵呵笑,思量天下渔家好。

[注释]

①鹈鹕(tí hú):水鸟名,亦称"伽蓝鸟"、"淘河鸟"、"塘鹅"等,多见于长江以南地区。体长近两米,体羽近乎纯白,喙长且下喙有大喉囊,脚有全蹼善游泳。一般群居于大河湖汊,于浅滩中捕食鱼与贝类。《庄子·外物》:"鱼不畏网,而畏鹈鹕。"　②浩浩:水盛大貌。《尚书·尧典》:"汤汤洪水方割,荡荡怀山襄陵,浩浩滔天。"此用引申义:广大、众多貌。　③奈:通"耐",禁得起,受得住。　长江讨:即"讨长江"。　讨:索求,寻觅,乞取。讨长江谓从长江索取生活。　④重添香饵为钩钓:《镇州临济慧照禅师语录》记凤林禅师语云"海月澄无影,游鱼独自迷"。禅宗常以游鱼比喻游心,鱼迷比喻心迷,而以钓鱼比喻修禅。此处钓鱼写实亦写虚,双关。下数首同。

渔家傲

浪静西溪澄似练,片帆高挂乘风便。始向波心通一线。群鱼见,当头谁敢先吞咽。　闪烁锦鳞如闪电,灵光今古应无变[①]。爱是憎非都已遣[②]。回头转，一轮明月升苍弁[③]。

[注释]

①灵光：神异的光辉。以光明的形象喻真如佛性。唐译《华严经·兜率宫中偈赞品》："譬如净满月，普现一切水。" ②爱是憎非都已遣：佛教认为一切现象在共性或空性、惟记性、心真如性上无差别，即所谓"平等"。参见《往生论》、《金刚经》。 ③苍弁：又名委貌、缁布冠，黑布制成之常礼帽。苍弁泛指平民所戴黑布帽。

渔家傲[①]

七宝池中堪下钓[②]，八功德水烟波渺[③]。池底金沙齐布了。美鱼鸟，周回旋绕为阶道。　　白鹤孔雀鹦鹉噪，弥陀接引毫光照[④]。不是修行何得到。一般好，西方净土无烦恼[⑤]。

[注释]

①唐氏按：此首又作法端词，见《乐邦文类》卷五。《罗湖野录》卷一云西馀净端，《乐邦文类》云西馀法端，疑即一人，兹不另出。 ②七宝：佛教名词，佛经中说法不一。有珍宝、王宝两种。珍宝，《法华经》言为金、银、琉璃、砗磲、码碯（玛瑙）、真珠、玫瑰。《无量寿经》言为金、银、琉璃、玻璃、珊瑚、玛瑙、砗磲。《阿弥陀经》、《大智度论》言为赤金、银、琉璃、玻璃、砗磲、珠、码碯。《般若经》言为金、银、琉璃、砗磲、玛璃、虎（琥）珀、珊瑚。王宝，又称轮王七宝，传轮王出世或成道时，出象轮宝、象宝、马宝、珠宝（牟尼珠）、女宝、主藏臣宝（居士宝）、主兵臣宝。 ③八功德水：佛教名词。佛经说极乐之池及须陀山与七金山之内海，皆盈满八功德水。《称赞净土经》："何等名为八功德水？一者澄净，二者清冷，三者甘美，四者轻软，五者润泽，六者安和，七者饮时除饥渴等无量过患，八者饮已定能长养诸根四大增益。"《俱舍论》十一："妙高为初，轮围最后，中间八海，前七名内七中皆具八功德水。一甘，二冷，三软，四轻，五清静，六不臭，七饮时不

伤喉,八饮已不伤肠。” ④弥陀接引:弥陀指阿弥陀佛。是阿弥陀婆佛陀、阿弥陀庚斯佛陀的略称,此皆音译。意译则为无量光佛、无量寿佛。大乘佛教菩萨名,为净土宗的主要信仰对象。《阿弥陀经》说,念此佛名号,对其深信无疑,即能往生他的佛国。 毫光照:白毫相是佛三十二相之一。指两眉间有白色毫毛,宛转右旋,初生时长五尺,少年时长一丈四尺五寸,成道时长一丈五尺。舒展时则表里清澈,白净光明,收置则卷缩在两眉之间。参见《法华义疏》、《探玄记》三。 ⑤西方净土:净土是大乘佛教所说的佛居住的地方,亦称净刹、净界、净国、佛国,与世俗众生所居的所谓秽土、秽国相对。据说佛有无数,净土也有无数。影响较大的是《无量寿经》、《阿弥陀经》等所传的西方净土。乃阿弥陀佛所居,为净土宗信仰者希望往生的地方,又叫极乐世界,妙乐、安乐、安养世界,乐邦等。 烦恼:佛教所说的扰乱众生身心,使发生迷惑、苦恼等精神作用的总称。《大智度论》卷七:“能令人心烦,能作恼,故名为烦恼。”指与佛教宣扬的宁静、涅槃境界相对立的一切思想观点与精神情绪,被认为是“苦”的根源,“轮回”的总因。

渔家傲

一只孤舟巡海岸,盘陀石上垂钩线①。钓得锦鳞鲜又健。堪爱羡,龙王见了将珠换②。 钓罢归来莲苑看③,满堂尽是真罗汉④。便爇名香三五片。梵□献⑤,原来佛不夺众生愿⑥。 (以上四首见《吴山净端禅师语录》)

[注释]

①盘陀:石不平貌。 ②龙王见了将珠换:《庄子·列御寇》载,骊龙之珠,价值千金,在龙颔下,采者须下潜九重深渊,趁骊龙睡着时摘取。佛教中的龙为兴云布雨的神物,与我国传说略似。 ③莲苑:东晋高僧慧远于太和间入庐山,居东林寺,结白莲社。净土宗推其为初祖。参见《莲社高贤传》。 ④罗汉:阿罗汉的略称。上座部佛教(小乘)的最高果位。有三义:一是杀贼(破除烦恼),二是应供(受天人供应),三是无生(不受生死轮回)。参见《大毗婆沙论》卷九十四。 ⑤此处缺字疑为“王”。梵

王，指佛祖。　⑥众生：佛教名词。音译“萨埵”，意指天、人、阿修罗、地狱、饿鬼、畜生六道，一译有情。此句于律当七字。“佛”字疑衍。

苏幕遮

遇荒年，每常见。就中今年，洪水皆淹遍。父母分离无可恋。幸望豪民，救取庄家汉。　最堪伤，何忍见。古寺禅林，翻作悲田院[①]。日夜烧香频□□，祷告皇天，救护开方便[②]。

（见日本《续大藏经》中所收《吴山净端禅师语录》）

[注释]

①悲田院：佛家赈济贫民之处，即救养院。　②方便：佛家称以灵活方式开悟众生为方便，亦泛指帮助他人。

李　廌

李廌(1059—1109),初名豸,字方叔,号济南、太华逸民。华州(今陕西华县)人。少以学问称乡里。与苏轼交厚,自少以文学受知于轼,为"苏门六君子"之一。屡试不第,轼欲荐之亦未果。中年绝意进取,定居颍之长社。能诗词,尤善属文。喜论当世治乱,词语奇壮。其词俊逸,时有佳句,晚作往往出滑稽语。有《李廌集》。词有《月岩集》,亦名《济南集》。今之《济南集》乃辑本。

菩萨蛮

双松庵月下赏梅

城阴犹有松间雪,松间暗淡城头月。月下几枝梅,为谁今夜开。　　尊前簪素髮,自拥繁枝折[①]。疑是在瑶台[②],宝灯携手来[③]。

(《梅苑》卷七)

[注释]

①拥:持着,手里拿着。　②瑶台:用美玉砌成的台。《离骚》:"望瑶台之偃蹇兮,见有娀之佚女。"后世作品中多指神仙所居之处。　③宝灯:华贵美丽的灯。

虞美人令[①]

玉阑干外清江浦[②],渺渺天涯雨。好风如扇雨如帘,时见岸花汀草、涨痕添。　　青林枕上关山路,卧想乘鸾处[③]。碧芜千里信悠悠[④],惟有霎时凉梦、到南州[⑤]。

(《乐府雅词拾遗》卷上)

[注释]

①亦作《虞美人》。 ②浦:小河入江处。 清江:清澈的江水。一说指长江中流的支流夷江,亦名清江,如此则词作于李廌在襄阳郡(宋名襄州)时,见《墨庄漫录》。 ③乘鸾:《集仙录》谓,天使下降时,高者乘鸾,次者乘麒麟,次乘龙。 ④信:《唐宋诸贤绝妙词选》、《词综》、《历代诗馀》作"思"。 ⑤南州:泛指南方,所思者居处之地。

[集评]

况周颐云:"春夏之交,近水楼台,确有此景。'好风'句绝新,似乎未经人道。歇拍云'碧芜千里思悠悠,惟有霎时凉梦,到南州。'尤极淡远清疏之致。"(《蕙风词话》卷二)

品 令[①]

唱歌须是,玉人檀口[②],皓齿冰肤[③]。意传心事,语娇声颤,字如贯珠[④]。 老翁虽是解歌,无奈雪鬓霜鬚。大家且道[⑤],是伊模样,怎如念奴[⑥]。 (《碧鸡漫志》卷一)

[注释]

①据《碧鸡漫志》载,此词作于作者政和在阳翟时。阳翟,治在今河南禹县。 ②玉人:此特指女性美人。 檀口:以檀涂饰的口唇。 檀:赭红色。 ③唱歌须是……皓齿冰肤:一作"唱歌须是玉人,檀口皓齿冰肤"。见《词话丛编》本《碧鸡漫志》卷一。 ④贯珠:珠串,常以形容圆润的歌喉。《礼记·乐记》:"教歌者上如抗,下如队(坠)……累累乎端如贯珠。" ⑤大家:宫廷内臣、后妃对皇帝的称呼。见汉蔡邕《独断》上。 且道:将说。 ⑥念奴:《开元天宝遗事》载,念奴有色、善歌,宫伎中第一,唐明皇曾亲赞之。

[集评]

王灼云:"古人善歌得名,不择男女。……今人独重女音,不复问能否。而士大夫所作歌词,亦尚婉媚,古意尽矣。政和间,李方叔在阳翟,有携善讴老翁过之者。方叔戏作《品令》云:(词略)。方叔固是沉于习俗,而'语娇声颤',那得'字如贯珠',不思甚矣。"(《碧鸡漫志》卷一)

傅庚生云:"据王灼《碧鸡漫志》卷一记载,某次有一老翁善讴,李为此戏作以谑之。不过,词虽是戏词,而其中却提供了耐人寻味的东西。原来,在词的发展过程中,它曾与女性化的音乐环境结下了'不解之缘'。"(《百家唐宋词新话》)

清平乐

落梅呜咽[①],暗淡城头月[②]。吹满江天惊梦蝶[③],唤起画楼伤别。 帘风轻触银钩,梧桐玉露新秋。底事琐窗深夜,素娥常伴人愁[④]。 (《唐宋诸贤绝妙词选》卷四)

[注释]

①落梅:《梅花落》省文、倒文。唐代笛曲、角曲均有《梅花落》曲调,亦名《梅花》。见《乐府诗集·横吹曲辞》。 ②暗:《词综》、《历代诗馀》作"黯"。 ③梦蝶:庄周梦中身化蝴蝶,事见《庄子·齐物论》。后亦多用指做梦。 ④"底事"二句:本《古诗十九首·孟冬寒气至》"愁多知夜长"。 底事:何事,为什么。 素娥:嫦娥,亦代月亮。 琐窗:雕刻精美的窗。 常:《词综》作"长"。

存目词

调名	首句	出处	附注
好事近	落日水镕金	《历代诗馀》卷十二	廖世美词,见《乐府雅词拾遗》卷上
南乡子	十月小春天	《广群芳谱》卷三十六	李石词,见《方舟集》卷六

调名	首句	出处	附注
菩萨蛮	江南未雪梅先白	刘毓盘辑《济南集》	晏几道词，见《小山词》
菩萨蛮	霜天不管青山瘦	同上	无名氏词，见《梅苑》卷七

孔　夷

孔夷,生卒不详,字方平,又自号滍皋渔父,隐名鲁逸仲。汝州龙兴(今河南宝丰)人。孔旼之子,孔子四十七世孙,元祐隐士。与李廌为诗酒侣。其词婉丽,有似万俟咏。刘毓盘辑有《孔夷词》。

水龙吟[①]

岁穷风雪飘零,望迷万里云垂冻。红绡碎剪,凝酥繁缀,烟深霜重。疏影沉波,暗香和月,横斜浮动[②]。怅别来、欲把芳菲寄远[③],还羌管、吹三弄[④]。　寂寞玉人睡起,污残妆、不胜姣凤[⑤]。盈盈山馆[⑥],纷纷客路,相思谁共。才与风流,赋称清艳,多情惟宋[⑦]。算襄王、枉被梨花瘦损[⑧],又成春梦[⑨]。　(《梅苑》卷一)

[注释]

①《唐宋诸贤绝妙词选》题作“梅花”。唐氏按:此首别误作孔平仲词,见《历代诗馀》卷七十四。　②“疏影”三句:用林逋《山园小梅》诗“疏影横斜水清浅,暗香浮动月黄昏”。　③芳菲:芳香的花草,此指梅。　芳菲寄远:“采芳洲之杜若,将以遗兮下女。”见《楚辞·九歌·湖君》。　④还羌管、吹三弄:羌管即笛子,三弄即古代笛曲《梅花》,又称《梅花三弄》。⑤污:《唐宋诸贤绝妙词选》作“涴”。　姣凤:指髮髻。唐宋女子的一种髮式,髮髻梳得高翘如凤舞,故名。冯延巳《菩萨蛮》:“凤髻鸾钗脱。”或指髮钗,古代女子束髮用的钗有的钗头作凤状,号为凤钗。　⑥山馆:修建在山上路旁供传递公文的人或来往官员歇宿、换马之处。　⑦多情:有情人,情人。　宋:宋玉,《史记·屈原贾生列传》载为战国楚顷襄王时人,为屈原弟子,善辞赋。《汉书·艺文志》著录其所作辞赋凡十六篇。　⑧襄王:战国楚顷襄王。宋玉《神女赋》:“楚襄王与宋玉游于云梦之浦,使玉赋高唐之事。其夜王寝,果梦与神女遇,其妆甚丽,王异之。……”　梨花:雪花。

唐岑参《白雪歌》诗："忽如一夜春风来，千树万树梨花开。" ⑨春梦：本唐白居易《花非花》诗"花非花，雾非雾。……来如春梦不多时，去似秋云无觅处"。

南浦

旅怀

风悲画角[1]，听单于、三弄落谯门[2]。投宿骎骎征骑[3]，飞雪满孤村。酒市渐闲灯火[4]，正敲窗、乱叶舞纷纷[5]。送数声惊雁，下离烟水[6]，嘹唳度寒云[7]。 好在半胧溪月[8]，到如今、无处不销魂[9]。故国梅花归梦[10]，愁损绿罗裙[11]。为问暗香闲艳，也相思、万点付啼痕。算翠屏应是，两眉馀恨倚黄昏。

[注释]

①画角：表面涂饰以彩色的号角。中古以来，角为军中乐器，也用来报时。《渊鉴类函》引《卫公兵法》云：军中日出日没时，各交替挝鼓三通、吹角三叠。 ②单于：为角曲名，有《大单于》、《小单于》两种曲调。见《乐府诗集·横吹曲辞》"梅花落"条注。 谯门：城门上的望楼。 ③骎骎（qīn qīn）：马行快速貌。 ④闲：空之意。《词谱》、《历代诗馀》作"阑"。 ⑤乱：《词则》作"落"。 ⑥下：《词综》、《词则》、《词律》、《历代诗馀》、《词学全书》作"乍"。 ⑦嘹唳：高空里的鸟鸣声。 ⑧好：《词学全书》作"妙"。 ⑨销魂：悲苦异常，有如灵魂离体。江淹《别赋》："黯然销魂者，惟别而已矣。" ⑩故国梅花归梦：此写梅花触动乡思。或梅花指《梅花落》曲，一支容易惹起乡愁的曲子。 ⑪绿罗裙：本牛希济《生查子》词"记得绿罗裙，处处怜芳草"。

[集评]

陈廷焯云："此词遣词琢句，工绝警绝，最令人爱。""'好在'二语真好笔仗。'为问'二语淋漓痛快，笔仗亦佳。十分沉至。"（《白雨斋词话》）

惜馀春慢

情　景

弄月馀花，团风轻絮[①]，露湿池塘春草。莺莺恋友，燕燕将雏，惆怅睡残清晓[②]。还似初相见时，携手旗亭[③]，酒香梅小。向登临长是，伤春滋味，泪弹多少。　因甚却、轻许风流，终非长久，又说分飞烦恼[④]。罗衣瘦损，绣被香消，那更乱红如扫。门外无穷路岐[⑤]，天若有情，和天须老[⑥]。念高唐归梦，凄凉何处，水流云绕[⑦]。

（以上见《唐宋诸贤绝妙词选》卷八）

［注释］

①“弄月”二句：本晏殊《情景》诗“梨花院落溶溶月，柳絮池塘淡淡风”。　②“露湿”四句：本谢灵运《登池上楼》诗“池塘生春草，园柳变鸣禽”。其中莺莺燕燕语意或双关，指春天的鸟类及意中女子。唐杜牧《为人题赠》：“绿树莺莺语，平江燕燕飞。”　莺莺：张珙的情人崔莺莺，参见唐元稹《莺莺传》。　燕燕：张建封之妾关盼盼，参见白居易《燕子楼诗序》。　③旗亭：此指酒楼。　④分飞：本《乐府诗集·东飞伯劳歌古辞》“东飞伯劳西飞燕，黄姑织女时相见”。　⑤门外无穷路岐：岐，通“歧”，典出《列子·说符》之“歧路亡羊”，此指一条条的道路。《淮南子·说林训》载杨朱见路歧而哭泣。杜牧《赠别》诗：“门外若无南北路，人间应免别离愁。”　⑥天若有情，和天须老：化用李贺《金铜仙人辞汉歌》诗“衰兰送客咸阳道，天若有情天亦老”句，状哀痛之情。　⑦“念高唐”三句：“昔者先王曾游高唐，怠而昼寝，梦见一妇人，曰：‘妾巫山之女也。为高唐之客。闻君游高唐，愿荐枕席。’王因幸之。去而辞曰：‘妾在巫山之阳，高丘之阻。旦为朝云，暮为行雨。朝朝暮暮，阳台之下。’旦朝视之如言。”见战国宋玉《高唐赋序》。此用为悲旧欢之不再。《词学全书》作“念高唐归梦凄凉，何处水流云绕”。

存目词

调名	首句	出处	附注
凤来朝	逗晓看娇面	刘毓盘辑《二孔集》	周邦彦作，见《片玉集》卷十
花心动	碧瓦朱甍	同上	无名氏作，见《阳春白雪》卷二
水龙吟	去年今日关山路	《历代诗馀》卷七十六	无名氏作，见《梅苑》卷一

孔 榘

孔榘,生卒不详,字处度,汝州龙兴(今河南宝丰)人。孔夷侄。与夷齐名。刘毓盘辑有《孔榘词》。

鼓笛慢

数枝凌雪乘冰,嫩英半吐琼酥点。南州故苑,何郎遗咏,风台月观[①]。疏影横斜,暗香浮动,水寒云晚[②]。笑浮花浪蕊,娇春万里,空零落、愁莺燕[③]。 游子寂寥暮景,向天边、几回相见。玉人纤手,殷勤攀赠,欲行微盼。越使归来[④],汉宫妆罢[⑤],昭华流怨[⑥]。念湘江梦杳[⑦],窗前疑是[⑧],此情何限。[⑨]

(《梅苑》卷一)

[注释]

①"南州"三句:本南朝梁何逊《扬州早梅》"枝横却月观,花绕凌风台"。 ②"疏影"三句:"众芳摇落独暄妍,占尽风情向小园。疏影横斜水清浅,暗香浮动月黄昏。"见林逋《山园小梅》。 ③"笑浮花"三句:谓春天易逝。 浮花浪蕊:轻浮放浪的花,或平常的、普通的花,应时开落,媚俗,难以长久。苏轼《贺新郎》:"石榴半吐红巾蹙,待浮花浪蕊都尽,伴君幽独。" 莺燕:春天的鸟。 ④越使归来:刘向《说苑》载,越国使者曾执一枝梅花赠与梁王。后多用越使指代梅。 ⑤汉宫妆罢:《后汉书》载,匈奴呼韩邪单于入汉廷请和亲,因不愿贿赂画工而数年不得幸的王嫱自请行。临去,盛装靓饰,耸动左右。杜甫《咏怀古迹》诗:"画图省识春风面,环佩空归月夜魂。" ⑥昭华流怨:"秦咸阳宫有玉管,长二尺三寸,二十六孔。铭之曰昭华之琯。"见晋葛洪《西京杂记》。古笛曲有《梅花》,曲调幽怨。参见《乐府诗集·横吹曲辞》。 昭华:笛子。 ⑦湘江梦杳:"我所思兮在桂林,欲往从之湘水深。"见张衡《四愁诗》。 ⑧窗前疑是:用唐卢仝《有所思》"相思一夜梅花发,忽到窗前疑是君"诗意。 ⑨唐氏按:此首别误作孔武仲作,见《历代诗馀》卷七十四。

鹧鸪天

却月凌风度雪清，何郎高咏照花明。一枝弄碧传幽信①，半额涂黄拾晚荣②。　春思淡，暗香轻，江南雨冷若为情③。犹胜远隔潇湘水，忽到窗前梦不成。

（《梅苑》卷六）

[注释]

①一枝弄碧传幽信：陆凯在江南折一枝梅花，通过驿使寄给在长安的好友范晔，并赠诗曰“折梅逢驿使，寄与陇头人。江南无所有，聊赠一枝春”。事见《荆州记》。以梅开早，似报告春天到来的信息，古诗词中常称梅为“春信”或“春”。　②半额涂黄拾晚荣：化用寿阳公主梅花妆额之事。　半额：指画眉之广。　晚荣：指梅花晚开。　③若为情：何以为情，不胜其情。

存目词

调名	首句	出处	附注
鹧鸪天	别得东皇造化恩	《永乐大典》卷二千八百十一“梅”字韵	无名氏作，见《梅苑》卷六
水龙吟	淡烟池馆凄清	刘毓盘辑《二孔集》	无名氏作，见《梅苑》卷一

邹　浩

邹浩(1060—1111),字志完,号道乡居士,常州晋陵(今江苏常州)人。元丰五年(1082)进士。授扬州、颍昌府教授,宣德郎等职。哲宗亲擢为右正言,以直谏称。每触时相章惇忌,终坐谏立刘后事,谪新州。徽宗复召为右正言,迁左正言、左司谏、起居舍人、中书舍人、吏部侍郎,继以宝文阁待制知江宁府,改杭、越。蔡京作伪疏陷之,入元祐党籍。谪衡州别驾,勒停永、昭。大观元年(1107)复直龙图阁。高宗朝,追复其待制,又赠宝文阁学士,谥忠。著有《道乡集》等。

渔家傲①

慧眼舒光无不见,尘中一一藏经卷,闻说大千摊已遍②,门方便③,法轮尽向毫端转④。　　月挂烛笼知再见⑤,西方可履休回盼⑥,要与老岑同掣电⑦,酬所愿,欣逢十二观音面⑧。

(一百卷本《诗话总龟》卷二十八引《冷斋夜话》)

[注释]

①邹浩喜与僧交。参见《老学庵笔记》、《道乡集》等。《冷斋夜话》:“邹志完南迁,自号道乡居士。在韶州江上为居士,近崇宣寺。……过永州澹山岩……有狐则鸣,寺僧出迎。”　②大千:佛教以大千世界为释氏教化的范围。《释氏要览》:“此山(须弥山,印度神话中的山,为佛教借用)有八山绕外,有大铁围山周回围绕,并一日月昼夜回转,照四天下,各一国土。积一千国名‘小千世界’,积一千小千世界,名‘中千世界’,积一千中千世界,名‘大千世界’。以三积千,故名三千大千世界。”　③门方便:方便胜巧,方便胜智,佛教名词,构成般若的主要内容之一。此指为度脱众生而采用的种种灵活方法。参见《法华文句》卷三《四十二章经》。　④法轮:对佛法的喻称。其源有两说,一说佛法能摧破众生烦恼,如法轮王挥

动轮宝（战车的神化）摧破山岳石一样。一说佛之说法，如车轮辗转不停，故名。俱见《止观辅行传弘决》。 ⑤月挂烛笼知再见：烛笼，当作“烛龙”。烛龙为古代神话中的神兽，人面龙身，在西北无日之处衔烛照明于幽阴。事见《山海经·大荒西经》。后多用为灯烛代称。以月象征真如佛性，是佛教经典及文人笔下常用的手法。唐译《华严经·兜率宫中偈赞品》：“譬如净满月，普现一切水。影象虽无量，本月未曾二。”李白《宣州灵源寺仲濬公》：“观心同水月，解领得明珠。” ⑥西方：西方净土。净土为大乘佛教所传的佛所居住的世界，亦称净刹、净界、净国、佛国。据说佛有无数，净土也有无数。 ⑦掣电：形容异常迅速。 ⑧欣逢十二观音面：观音即观世音，佛教菩萨名，唐避太宗讳，但称观音，亦称观自在。与大势至菩萨同侍阿弥陀佛，为“西方三圣”之一。佛教传观音大慈大悲，遇难众生只要诵念其名号，菩萨即“观其音声”前往拯救，故名。见《法华经·观音菩萨普门品》。据说观音可以应机以种种化身救众苦难，故有各种不同名称和形象的观音。

临江仙[①]

有个头陀修苦行[②]，头上头髮毵毵[③]。身披一副醦裙衫[④]。紧缠双脚，苦苦要游南。 闻说度牒朝夕到[⑤]，并除颔下髭髯。钵中无粥住无庵。摩登伽处[⑥]，只恐却重参。

（《苕溪渔隐丛话》后集卷三十九引《复斋漫录》）

[注释]

①《苕溪渔隐丛话》引《复斋漫录》：邹浩、陈瓘各贬昭州、廉州，不时以词相谑取乐。此词乃邹浩嘲陈瓘之多欲。据《三朝名臣言行录》卷十三，二人分贬昭、廉在崇宁元年（1102）。 ②头陀：梵语僧人的音译，亦作“头佗”、“杜多”。《文选·王简栖〈头陀寺碑文〉》，题注：“天竺言头陀，此言抖薮（同‘抖擞’），抖薮烦恼，故曰头陀。” 苦行：宗教信徒的一种修行方法，为表虔诚、求得解脱而忍受身体的折磨。佛教苦行又叫头陀行。《水经注·河水》引《释氏西域记》：“尼连河水南注恒水，水西有佛树，佛于此苦行，日食糜六年。” ③毵毵（sān）：《词品》引《复斋漫录》作“掺

掺”。杂乱貌。　④黪:《宋人佚事汇编》引《独醒杂志》、《词品》引《复斋漫录》作“黪”。　⑤度牒:中国封建时代度(准许出家)人由政府掌握。政府发给被批准出家者的证明文件叫度牒。《三朝名臣言行录》载,陈瓘谪扬州际,得赐度牒十道,令勿急行,不久改无为军。度牒当时亦为一种财物。　朝夕:《词品》引《复斋漫录》作“一朝”。　⑥摩登伽:谓女色。释迦牟尼在世时,有妇摩登伽,使其女钵吉帝以幻术蛊惑阿难,佛念神咒,使阿难得脱。见《楞严经》一。

曾　诞

曾诞，生卒不详，字敷文，泉州晋江（今福建泉州）人。曾公亮之从孙。与邹浩世交。哲宗孟后废，诞三与浩书，劝力请复后，浩不报。及浩以谏阻立刘后事南迁，诞著《玉山主人对客问》，略谓浩不得为知几之士，而尚不失圣人之情，人或比其书为韩愈《谏臣论》。诞仕不显，崇宁间，守衡阳。

失调名[①]

草草山林职事[②]，厌厌罢相情怀[③]。

（《挥麈后录》卷二）

[注释]

①《挥麈后录》卷二："元符末，章子厚为永泰山陵使。子厚专权久之，人情郁陶。有曾诞敷文者，作词谓云：（词如上略）。谓故事也。"郁陶（yáo），忧思貌。《楚辞·九辩》："岂不郁陶而思君兮，君之门以九重。"王逸注："愤念蓄积盈胸臆也。"　②草草：忧虑、劳苦，或任意、草率。　山林："积石曰山，竹木曰林。"见《周礼·地官·大司徒》。常指隐士所居或隐士生涯。《后汉书·逸民传赞》："江海冥灭，山林长往。"江海，指所谓入世的大事业。　③厌厌（yān yān）：同"恹恹"，悒郁懒怠貌。

李坦然

李坦然,生卒不详,字平仲,福州长乐(今福建长乐)人。淳化三年(992)进士。历朝奉郎、大理寺评事、兼水部员外郎。

风流子

东君虽不语[①],年华事、今岁恰如期。向寒雨望中[②],晓霜清处,领些春意,开两三枝。又不是、山桃红锦烂,溪柳绿摇丝[③]。别是一般,孤高风韵,绛裁纤萼,冰剪芳蕤。

清香还有意,轻飘度、勾引几句新诗。须是放怀追赏,莫恁轻离。更嫦娥为爱[④],寒光满地,故移疏影[⑤],来伴南枝[⑥]。谁道寿阳妆浅[⑦],偏入时宜。　(《梅苑》卷二)

[注释]

①东君:司春之神。《尚书纬》:"春为东皇,又为青帝。"　②望中:眼前。　③溪柳绿摇丝:本贺知章《咏柳》"碧玉妆成一树高,万条垂下绿丝绦"。　④嫦娥:月中仙子,常指代月。　⑤疏影:本林逋《山园小梅》"疏影横斜水清浅,暗香浮动月黄昏"。　⑥南枝:梅开早,南枝向暖,开尤早。此指开了的梅花。　⑦寿阳妆:传为南朝宋寿阳公主始作的一种额妆。因梅花落于公主额成五出花,三日乃去,宫人爱羡,效之。亦名"梅花妆"。常用以拟梅。

阮 阅

阮阅，生卒不详，字闳休，自号散翁，又号松菊道人，舒城（今安徽舒城）人。元丰进士，榜名美成。自户部郎官责知巢县。宣和中，知郴州。建炎初，知袁州。致仕，寓居宜春。为诗词论家，有《松菊集》、《诗话总龟》、《郴江百咏》等。善诗，号为阮绝句。词亦著称于世，人称词多赠妓之作。词集见诸著录者有《巢令君阮户部词》。今《阮户部词》为辑佚本。

感皇恩

闰上元

芝检下中天①，春寒犹浅。馀闰银蟾许重看②。满城灯火，又遍高楼深院。宝鞍催绣毂，香风软。③ 憔悴慢翁，萧条古县④。随分良辰试开宴。且倾芳酒，共听新声弦管⑤。夜阑人未散，更筹转。

［注释］

①芝检：皇帝诏令。在绳结处封紫芝泥，在泥上盖印，谓之芝检。 ②馀闰银蟾："闰"义为馀数，因历法纪年与地球绕太阳运行一周的时间有一定差额，故须隔一段时间置一次闰加以调整。阳历加闰日，我国古代之阴历为加闰月，逢闰年加一月。此当为闰正月，又为十五日，故曰闰上元。蟾：此以蟾蜍指代月亮。《淮南子·精神训》："日中有踆乌，而月中有蟾蜍。" ③上片用唐郭利贞《上元》诗"九陌连灯影，千门度月华。倾城出宝骑，匝路转香车"。 ④古县：似指作者曾知的巢县。来自秦朝之居巢县，故曰古。 ⑤新声：新谱写的歌曲。

踏莎行

和田守

驿使初回[1]，新阳才报[2]，时和倍觉青春早。华灯和月拥朱轓[3]，花间万点寒星小。　团扇歌清，重茵舞妙[4]，游人只恐归来悄。明年亲侍辇舆行，未应肯记濡须好[5]。

[注释]

①驿使：南朝盛弘之《荆州记》载，陆凯曾寄梅花一枝给好友范晔，并赠诗曰："折梅逢驿使，寄与陇头人。江南无所有，聊赠一枝春。"后因以传递梅的驿使指代梅花。　②新阳才报：冬尽春来之义。冬为老阴，春为少阳，老阴生少阳。　③朱轓：轓为车两旁反出如耳的部分，用以遮蔽尘泥，涂朱示贵显。《汉书·景帝纪》：长吏二千石朱二轓，六百至千石朱一轓。　④重茵（chóng yīn）：多层褥垫。　⑤未应：未必。　濡（rú）须：水名，今称连漕河或裕溪河。源出安徽巢湖，东经含山县至芜湖市裕溪口入长江，水旁亦有濡须山。此词似与前词为一组。巢县在巢湖东岸。故二词均为作者知巢县时所作。

减字木兰花

冬　至

晓云舒瑞，寒影初回长日至。罗袜新成，更有何人继后尘[1]。　绮窗寒浅，尽道朝来添一线[2]。秉烛须游，已减铜壶昨夜筹。

[注释]

①"罗袜"二句：化用曹植《洛神赋》"凌波微步，罗袜生尘"句。指无人追随美人行路。　②尽道朝来添一线：本杜甫《至日遣怀，奉赠两院故人》诗"何人错忆穷愁日，愁日愁随一线长"。本注引《岁时记》"魏晋间宫中以红线量日影，冬至后，日影添长一线"。

锦堂春

留合肥林倅[①]

江入重关，山围翠巘，湖边自古巢阳。正梅残林坞[②]，冰泮池塘[③]。闻道当年父老，记梅福、曾隐南昌[④]。有长堤万柳，映□参差，尽是甘棠[⑤]。　共夸金斗[⑥]（下缺）

（以上《彊村丛书》本《阮户部词》）

［注释］

①合肥：在巢湖北面。山南水北谓之阳，故下文谓“巢阳”。　倅：州县副职。　②林坞：林子深处。　坞：四面包围的形势。　③泮：融化。　④记梅福、曾隐南昌：梅福，九江寿春人。通《尚书》、《谷梁》。为郡文学，补南昌郡，去官归里。王莽专政，乃弃妻子去九江，后有人在会稽见之，为吴门卒。传成仙。见《汉书·梅福传》。　⑤甘棠：召公曾在甘棠树下听讼理事，公正无私，使官民各得其所，天下大治。事见《史记·燕召公世家》。后以甘棠称美官吏惠政。　⑥金斗：饮器。《吕氏春秋·长攻》：“先具大金斗，代君至，酒酣，反斗而击之。”高诱注：“金斗，酒斗也。金重，大，作之可以杀人。”

洞仙歌[①]

赵家姊妹，合在昭阳殿。因甚人间有飞燕[②]，见伊底、尽道独步江南[③]，便江北、也何曾惯见。　惜伊情性好[④]，不解嗔人[⑤]，长带桃花笑时脸。向尊前酒底，得见些时[⑥]，似恁地、能得几回细看[⑦]。待不眨眼儿、觑著伊[⑧]，将眨眼底工夫[⑨]，剩看几遍[⑩]。　（《能改斋漫录》卷十七）

［注释］

①《能改斋漫录》卷十七载，阮阅政和间官于宜春，有官妓赵佛奴乃籍中翘楚，阮阅因作此词以赠。《词综》题作“赠宜春官妓赵佛奴”。　②“赵

家姊妹”三句:指赵飞燕及其妹合德,分别为汉成帝后、妃,二人专宠十馀年。事见《汉书·外戚传》。 昭阳殿:《三辅黄图》卷三载“成帝赵皇后居昭阳殿”。又《西京杂记》载赵合德居此,陈设极奢华。这里以本家故,取赵飞燕譬赵佛奴。 ③独步:独一无二,超群出众。曹植《与杨德祖书》:“昔仲宣独步于汉南,孔璋鹰扬于河朔。” ④唐氏按:原脱“好”字,据《词综》卷十二增。 注者按:又《历代诗馀》亦存“好”字。 ⑤嗔人:责怪人,恼怒。 ⑥得见些时:《词综》、《历代诗馀》作“见了须归”。 ⑦唐氏按:“地”字下原衍“好”字,据《词综》删。 注者按:《本事词》、《历代诗馀》亦无“好”字。 ⑧觑:细看。 ⑨底:《词林纪事》无此字。 ⑩剩看:《词综》、《历代诗馀》作“看伊”。

[集评]

王弈清云:“阮闳休赠宜春官妓赵佛奴,寄调《洞仙歌》云:(词略)按闳休……而词复排奡协律如此,然已为元曲开山矣。”(《历代词话》卷七引《宜春遗事》)

眼儿媚①

楼上黄昏杏花寒,斜月小栏干。一双燕子②,两行征雁③,画角声残④。 绮窗人在东风里,洒泪对春闲。也应似旧,盈盈秋水⑤,淡淡春山⑥。

(《苕溪渔隐丛话》前集卷十一)

[注释]

①《唐宋诸贤绝妙词选》题作“离情”。《苕溪渔隐丛话》前集卷十一:“闳休尝为钱塘幕官,眷一营妓,罢官去后,作此词赠之。” 唐氏按:此首误入赵长卿《惜香乐府》卷三。又误作秦观词,见《类编草堂诗馀》卷一。别又误作左誉词,见《花草粹编》卷四。 ②一双燕子:“双燕戏云崖,羽翮始参差。出入南闺里,经过北堂陲。意欲巢君幕,层楹不可窥。沉吟芳岁晚,徘徊韶景移。悲歌辞旧爱,衔泪觅新知。”见鲍照《咏燕》。 ③征雁:迁徙的雁。此时春,当南飞。 ④画角:表面以彩色涂饰的号角。古

时号角为军中乐器，用以报时，《渊鉴类函》引《卫公兵法》云：军中昏晓，各要挝鼓三通及吹角三叠，三鼓三角而昏晓毕。　⑤秋水：指明澈的眼睛。李贺《唐儿歌》诗云“一双瞳人剪秋水”。　⑥春山：卓文君美貌，眉色如望远山。事见《西京杂记》卷二。此指秀丽的眉毛。

[集评]

黄昇云：“闳休小词，惟有此篇见于世，英妙杰特，所谓百不为多，一不为少。”（《唐宋诸贤绝妙词选》卷六）

吴世昌云：“阮闳休《眼儿媚》结句：‘盈盈秋水，淡淡春山’，此两句《西厢记》引用。又吴子和《雨中花》（眷浓恩重）亦有‘眉扫春山淡淡，眼载秋水盈盈’，盖亦本此。”（《词林新话》）

赵　企

赵企(？—1118),字循道,南陵(今安徽南陵)人。神宗朝,举进士。大观间,宰绩溪。重和间,台州倅。以长短句得名,诗亦工,惟不多见。

失调名

闻道南丹风土美[1],流出溅溅五溪水[2]。威仪尽识汉君臣,衣冠已变□番子。　凯歌还、欢声载路,一曲春风里。不日万年觞[3],猺人北面朝天子。

(《铁围山丛谈》卷二)

[注释]

①南丹:宋有南丹州。在今广西。　②溅溅(jiān jiān):水疾流貌。沈约《早发定山》诗:"归海流漫漫,出浦水溅溅。"　③万年觞:谓敬酒。《诗经·豳风·七月》:"朋酒斯飨,曰宰羔羊。跻彼公堂,称彼兕觥,万寿无疆。"

感皇恩[1]

骑马踏红尘,长安重到[2]。人面依前似花好[3]。旧欢才展,又被新愁分了。未成云雨梦、巫山晓[4]。　千里断肠[5],关山古道。回首高城似天杳。满怀离恨,付与落花啼鸟[6]。故人何处也、青春老[7]。

(《乐府雅词拾遗》卷上)

[注释]

①《铁围山丛谈》卷二谓大观中,赵企以此词显。唐氏按:此首别又误

作王观词，见《花草粹编》卷七。　②“骑马”二句：苏轼《次韵蒋颖叔钱穆父从驾景灵宫诗》自注，“前辈戏语，有西湖风月不如东华软红香土”。东华，指京城长安。软红香土，红尘，形容京城的热闹繁华。　③依前：《历代诗馀》、《词林纪事》作“依然”。　“人面”句：本唐崔护《题都城南庄》诗“去年今日此门中，人面桃花相映红。人面不知何处去，桃花依旧笑春风”。　④云雨梦、巫山晓：楚襄王游高唐，梦巫山神女荐枕，神女临去自谓：旦为朝云，暮为行雨，朝朝暮暮，阳台之下。事见宋玉《高唐赋序》。用指男女欢情。　⑤断肠：形容极度悲伤。晋干宝《搜神记》卷二十载，有人捕去猿子，猿母追逐哀号而死。剖猿母腹，见肠皆寸断。　⑥“满怀”二句：杜鹃鸟晚春落花时节啼鸣，声哀。《离骚》：“恐鹈鴂之先鸣兮，使夫百草为之不芳。”　⑦青春：兼指春天与年轻时。

[集评]

蔡絛云：“大观中，有赵企循道者，以长短句显。如曰：‘满怀离恨，付与落花啼鸟。’人多称道之。遂用为显官，俾以应朝会。”（《铁围山丛谈》卷二）

汪　存

汪存,生卒不详,字公泽,婺源(今江西婺源)人。元丰七年(1084)领乡荐。元祐中,授西京文学。上封事,不报,弃官归养。政和中,复故官,力辞乞归。学者称四友先生。

步蟾宫

玉京此去春犹浅[①],正雪絮、马头零乱[②]。姮娥剪就绿云裳,待来步蟾宫与换[③]。　明年二月桃花岸,棹双桨、浪平烟暖[④]。扬州十里小红楼,尽卷上珠帘一半[⑤]。[⑥]

(《花草粹编》卷六)

[注释]

①玉京:道教仙宫。亦指帝都。　②雪絮:雪花。此指柳絮。谢道蕴曾将下雪比成"柳絮因风起"。见《世说新语·言语》。　③"姮娥"二句:姮娥即嫦娥,传为后羿妻,窃食后羿不死药而奔月。见《文选·谢庄〈月赋〉》李善注。姮娥为原名,汉时为避文帝讳改嫦娥。　蟾宫:本指月。《淮南子·精神训》谓月中有蟾蜍。故名。又以传月中有桂,旧时考试中式称折桂,故又用"步蟾宫"代称中举。　④"明年"二句:农历二、三月桃花盛开时节,江河水涨,此谓桃花水或桃花汛。参见《汉书·沟洫志》。唐氏按:"棹"字原脱,据《方舆胜览》卷四十四无名氏词补。　⑤"扬州"二句:化用杜牧《赠别》诗句"春风十里扬州路,卷上珠帘总不如"。又殷芸《小说》论人生乐事,有人说发财,有人说成仙,有人说游历繁华的扬州。末一人欲兼之,谓:"腰缠十万贯,骑鹤上扬州。"　⑥唐氏按:《草堂诗馀后集》卷上李邴《小冲山》词注误引"玉京此去春犹浅"一句作欧阳修词,元刘壎《隐居通议》卷十又引"扬州十里小红楼"二句作唐人词。

谢　逸

谢逸（1068—1112），字无逸，抚州临川（今江西临川）人。屡试不第，诗酒自娱，以布衣终，卒年不满五十，士议惜之。或说曾第进士。工诗能文，文词煅炼，为江西诗派重要作家。曾作蝴蝶诗百首，人称谢蝴蝶。有《溪堂诗》，词善写景，精工清丽，温雅有致，为时人赏重，或谓伤于轻巧。又有《溪堂词》。尚有《溪堂诗友尺牍》、《谢逸集》等。

蝶恋花①

豆蔻梢头春色浅②，新试纱衣、拂袖东风软。红日三竿帘幕卷，画楼影里双飞燕③。　拢鬓步摇青玉碾④，缺样花枝、叶叶蜂儿颤⑤。独倚阑干凝望远，一川烟草平如剪。

[注释]

①《唐宋诸贤绝妙词选》、《宋六十名家词》题作"春景"。《草堂诗馀》作《凤栖梧》。　②"豆蔻"句：用杜牧《赠别》诗"娉娉袅袅十三馀，豆蔻梢头二月初"句意。　③"画楼"句：写景，喻人。鲍照《咏燕》："双燕戏云崖，羽翮始参差。出入南闺里，经过北堂陲。"李白《双燕离》："玉楼珠阁不独栖，金窗绣户长相见。"　④步摇：古代妇女首饰。附于簪、钗上的一种垂饰物，如串珠，以其行步则摇，故名。参见《释名·释首饰》、《汉书·舆服志》下。　⑤蜂：《唐宋诸贤绝妙词选》作"风"。

踏莎行①

柳絮风轻，梨花雨细②，春阴院落帘垂地。碧溪影里小桥横，青帘市上孤烟起③。　镜约关情④，琴心破睡[5],轻寒漠漠侵鸳被。酒醒霞散脸边红[6],梦回山蹙眉间翠[7]。

[注释]

①《宋六十名家词》题作“春思”。 ②柳絮风轻,梨花雨细:化用晏殊《无题》诗句“梨花院落溶溶月,柳絮池塘淡淡风”。 ③青帘:古代酒家等作店招用的长布幔子,一般用青色布,故名。又作青旗,言其招展如旗。《广韵》:“帘,青帘,酒家望子。” ④镜约:陈时徐德言预知国家将破,乃破一镜与妻乐昌公主各执其半,约以此谋再会。国破,果夫妻离散,亦果赖此镜辗转重得完聚。事见《本事诗·情感》。用指爱情的盟誓。 ⑤琴心:汉人司马相如以琴声表达心意,追求卓文君。事见《史记·司马相如列传》。此指代爱情。 ⑥霞散脸边红:指醉酒,也指面施胭脂。《娜嬛记》:魏文帝时宫人薛夜来伤面,伤处若晓霞将散。自此宫人俱用胭脂,作晓霞妆。 ⑦梦回:梦醒。 山蹙眉间翠:卓文君美貌,眉色如望远山,事见《西京杂记》卷二。又古代妇女以青黑色颜料名黛者涂眉,《隋遗录》:“(隋炀帝)殿脚女争效为长蛾眉,司宫吏日给螺子黛五斛,号蛾绿。……后征赋不足,杂以铅黛给之,独绛仙得赐螺黛不绝。”

[集评]

陈廷焯云:“工致。”(《词则·别调集》卷一)

菩萨蛮

暄风迟日春光闹[1],蒲萄水绿摇轻棹[2]。两岸草烟低,青山啼子规[3]。 归来愁未寝,黛浅眉痕沁。花影转廊腰[4],红添酒面潮。

[注释]

①暄风:暖风。 迟日:融和的日光。迟,和舒的样子。《诗经·豳风·七月》:“春日迟迟,采蘩祁祁。” 春光闹:化用宋祁《玉楼春》句“红杏枝头春意闹”。 ②蒲萄:同“葡萄”,酒名。李白《襄阳歌》:“遥看汉水

鸭头绿，恰似葡萄初泼醅。” 绿：《乐府雅词》作“碧”。 ③子规：即杜鹃，春天啼鸣，古人视其啼为思归之音。 ④花影转廊腰：时间推移。王安石《夜直》：“月移花影上栏干。”

[集评]

毛晋云：“谢无逸……尤工于诗词。黄山谷尝读其诗云：‘晁张流也，恨未识其面耳。’……其词曰：‘黛浅眉痕沁’、‘红添酒面潮’……皆百炼乃出冶者。晁张又将避一舍矣。”（《宋六十名家词》）

菩萨蛮

縠纹波面浮鸂鶒[①]，蒲芽出水参差碧[②]。满院落梅香[③]，柳梢初弄黄。 衣轻红袖皱，春困花枝瘦[④]。睡起玉钗横[⑤]，隔帘闻晓莺。

[注释]

①縠(hú)：绉纱一类的丝织品。 鸂鶒(xī chì)：水鸟名，又名紫鸳鸯。 ②出：《乐府雅词》作“耸出”。 ③落梅：《历代诗馀》作“梅花”。 ④花枝：唐诗宋词中常喻女子，尤指妓人。白居易《感故张仆射诸妓》：“黄金不惜买蛾眉，拣得如花四五枝。” ⑤“睡起”句：本欧阳修《临江仙》“水精双枕，傍有堕钗横”。

采桑子

楚山削玉云中碧[①]，影落沙汀，秋水澄凝，一抹江天雁字横[②]。 金钱满地西风急[③]，红蓼烟轻[④]，帘外砧声[⑤]，惊起青楼梦不成[⑥]。

[注释]

①楚山：长江中下游的山。古时这一带属楚。 削玉：如玉而瘦削。

秋天草木凋落,常言山瘦。 ②"秋水"二句:雁行齐整如字。唐上官仪《奉和秋日即目应制》诗:"平流写雁行。" ③金钱:菊花。《菊谱》:"金钱出西京,开以九月末,深黄、双纹、重叶。" ④红蓼:水生植物,夏秋季开淡红色花。 ⑤砧声:捣衣声。古时洗衣及制衣前后修治衣料(如缩水、去光)常以砧杵,秋天夜长,妇女每于秋夜操作,后遂以"捣衣时节"指代秋。古乐府《捣衣曲》:"月明中夜捣衣石,掩帷下堂来捣衣。……秋天丁丁复冻冻,玉钗低昂衣带动。" ⑥青楼:以青漆油饰的楼宇。原指精美楼宇。曹植《美女篇》:"青楼临大路,高门结重关。"唐宋以后亦泛指楼台,或专指娼妓所居。

采桑子

冰霜林里争先发,独压群花①,风送清笳,更引轻烟淡淡遮。 抱墙溪水弯环碧,月色清华②,疏影横斜,恰似林逋处士家③。

[注释]

①"冰霜"二句:梅于花中开早,故云。 ②清华:景物清幽美丽。《南史·隐逸传论》:"岩壑闲远,水石清华。" ③林逋:北宋隐士,结庐西湖孤山。不娶无子惟植梅养鹤,因谓梅妻鹤子云。

采桑子

冷猿寒雁淮山远①,风裊青帘,飞雪廉纤②,莫道空中是撒盐③。 到时乳鹊喧梧影,晓卷疏帘,彩服巡檐,索共梅花笑语添④。

[注释]

①淮:水名,也称淮河。源出今河南省,流经今安徽、江苏两省。 淮山:淮南一带的山,为作者家山。 冷猿:猿声凄厉。 ②廉纤:小雨。见

《骈雅 · 释天》。此处用以形容小雪飞舞。 ③莫道空中是撒盐:谢朗以"空中撒盐"比喻下雪,不见才情。事见《世说新语 · 言语》。 ④"到时"四句:巡檐、梅花,杜甫《舍弟观赴蓝田取妻子到江陵喜寄三首》诗:"巡檐索共梅花笑。" 彩服:老莱子七旬,身着彩服娱乐双亲。事见《孝子传》、《新喻县志》等。 鹊、梅:应了民间喜鹊登梅、喜上眉梢的口采。《开元天宝遗事》:"时人之家,闻鹊声皆以为喜兆,故谓灵鹊报喜。"

西江月

落寞寒香满院,扶疏清影侵门[①]。雪消平野晚烟昏,睡起懒匀檀粉[②]。 皎皎风前玉树[③],盈盈月下冰魂。南枝春信夜来温[④],便觉肌肤瘦损[⑤]。

［注释］

①扶疏:亦作"扶苏",大木枝条四布貌。 ②檀:赭红色。 粉:铅粉,饰面增白。 懒匀:梅花素淡,如人不妆。周邦彦咏梅之《花犯》词:"疑净洗铅华,无限佳丽。" ③玉树:珍宝制成的树。见《汉武故事》。又喻人之品貌俊美者。毛曾与夏玄共坐,时人称为"蒹葭倚玉树"。 ④南枝春信:梅于花中开早,如报春来之信,故曰春信。南枝向暖开尤早。 ⑤肌肤瘦损:梅花纤小,故云。

西江月

花额上堆翠葆[①],远山横处星眸。绛宫深锁暮云浮[②],月破黄昏时候。 谁谓霞衣玉简[③],便孤彩凤秦楼[④]。桃源不禁昔人游,曾是刘郎邂逅[⑤]。

［注释］

①花额:传南朝宋武帝女寿阳公主人日卧含章檐下,梅花落其额上,拂之不去,自是有梅花妆。见唐韩鄂《岁华纪丽》一。 翠葆:饰以翠羽的

车盖。　②绛宫:朱漆宫殿。《抱朴子·地真》:“前有明堂,后有绛宫。”则指道教宫观。唐宋诗词多有以道教仙境表现男女艳情者。　③霞衣玉简:仙人装束。亦代道士装束。　玉简:玉制书简。《云笈七签》卷七《琼札》:“玄玉既刻于玉简,绛名始刊于灵阙。”　④彩凤秦楼:萧史善吹箫,秦穆公以女弄玉妻之。萧史教弄玉作凤鸣招致凤。穆公为作凤台,萧史夫妇居其上数年,一旦皆随凤凰飞去。事见汉刘向《列仙传》。此指男女欢爱。　⑤“桃源”二句:刘义庆《幽明录》载,刘晨、阮肇入天台山采药,在桃溪边遇二仙女,结合,后返家。重访天台,不见二女。此反用其义。

西江月

陈倅席上

窄袖浅笼温玉[①],修眉淡扫遥岑[②]。行时云雾绕衣襟,步步莲生宫锦[③]。　　菊与秋烟共晚,酒随人意俱深。尊前有客动琴心,醉后清狂不禁[④]。

[注释]

①玉:谓人肌肤甚美。　②修:长。　③步步莲生宫锦:“凿金为莲花以贴地,令潘妃行其上,曰:‘此步步生莲华也。’”见《南史·齐纪·东昏侯》。　④清狂:“直道相思了无益,未妨惆怅是清狂。”见李商隐《无题》。

西江月[①]

宝柱横云雁影[②],朱弦隔叶莺声[③]。风生玉指晚寒清[④],宫样轻黄袖冷。　　饮罢尚留馀意,曲终自有深情。归来江上数峰青[⑤],梅水横斜夜永。

[注释]

①《历代诗馀》题作“筝”。　②“宝柱”句:琴、筝等的柱由珍宝所制,整齐如雁行。　③朱弦:指乐器上染成红色的弦。古代祭礼中的乐器用

朱弦。《礼记·乐记》："清庙之瑟，朱弦而疏越，一唱而三叹，有遗音者矣。"唐宋时代则普通筝、瑟、琵琶之类，都使用朱弦了。　④晚：《宋六十名家词》作"晓"，误。　⑤曲终自有深情，归来江上数峰青：化用钱起《湘灵鼓瑟》诗句"曲终人不见，江上数峰青"。

西江月

代人上许守生日

滴滴金盘露冷①，萧萧玉宇风清②。长庚入梦晓窗明③，淡月微云耿耿④。　　松竹五峰秋色⑤，笙歌三市欢声⑥。华堂开宴拥娉婷，天上人间共庆。

［注释］

①滴滴金盘露冷："神明台，在建章宫中，祀仙人处，上有金仙舒掌捧铜盘、玉盘，以承云表之露。以露和玉屑服之，以求仙道。"见《三辅黄图》。金盘露冷，既指秋天亦寓长生之意。　②玉宇：此指明净的天空，或如同仙人居所的华丽宫殿。李华《含光殿赋》："玉宇璇阶，云门露砌。"③长庚入梦：李白之母梦长庚星而生李白。典出唐李阳冰《唐翰林李太白诗序》。后以喻非凡人物的降生。　④耿耿：光明的样子。　⑤五峰：在今湖北省西南部，宋属荆湖路。或指五个山峰，写实景。　⑥三市：指大市、集市、朝市，见《周礼·地官·司市》。或泛指集市。

西江月

送朱泮英

青锦缠条佩剑①，紫丝络辔飞骢。入关意气喜生风，年少胸吞云梦②。　　金阙日高露泣③，东华尘软香红④。争看荀氏第三龙⑤，春暖桃花浪涌⑥。

[注释]

①条:《宋六十名家词》、《历代诗馀》作“枝”。　②胸吞云梦:子虚使于齐,盛夸楚国云梦泽之大,齐乌有则言,若论齐国版图,“吞若云梦八九于其胸中,曾不芥蒂”。见汉司马相如《子虚赋》。后以喻胸襟阔大。③金阙:传天上有黄金阙、白玉京。如《神异经·西北荒经》:“西北荒有两金阙,高百丈……中有多阶西北入两阙中,名曰天门。”后亦用指人间宫殿。泣:原校,泣疑“泫”。　注者按:《历代诗馀》作“泫”。　④东华:《云笈七签》载东华为仙真所治之州。亦用指帝京。　尘软香红:苏轼《次韵蒋颖叔钱穆父从驾景灵宫》诗自注“前辈戏语,有西湖风月不如东华软红香土”。指京师的热闹繁华。　⑤荀氏第三龙:本指荀靖。《后汉书·荀淑传》载,淑有八子,并有嘉名,时人谓之八龙。靖行三,有至行俊才,故名。此以形容人的卓特不凡。　⑥春暖桃花浪涌:春日水涨,适逢桃花盛开,故名桃花水、桃花汛、桃花浪。参见《汉书·沟洫志》。

西江月

木芙蓉①

晓艳最便清露②,晚红偏怯斜阳。移根栽近菊花傍,蜀锦翻成新样③。　坐客联挥玉麈④,歌词细琢琼章。从今故事记溪堂⑤,岁岁携壶共赏。

[注释]

①《历代诗馀》题作“木芙蓉二首”。　②晓艳最便清露:花于雨中最美。郑谷《海棠》:“艳丽最宜新著雨。”　③蜀锦翻成新样:蜀多锦。成都旧有大城,少城。少城为掌织锦的官员所居,因称锦官城。唐宋成都皆为繁华都市。又蜀锦中有“铺地锦”构图。此形容花美如同蜀产丝质锦锻。　④联挥玉麈:晋人清谈时,每执麈尾挥动,以为谈助。后人因称谈论为“挥麈”。　⑤故事:旧事,旧例。　溪堂:谢逸与康与之伯可有溪堂之约。

西江月

木末谁攀新萼[①]，雪消自种前庭。莫嫌开过尚盈盈，似待诗人醉咏。　　霜后最添妍丽，风中更觉娉婷。影摇溪水一湾清，妆罢晓临鸾镜[②]。

[注释]

①木末谁攀新萼："搴芙蓉于木末。"见屈原《离骚》。"木末芙蓉花，山中发红萼。涧户寂无人，纷纷开且落。"见王维《辛夷坞》。　②鸾镜：孤鸾照镜见影，一奋而绝。事见南朝宋范泰《鸾鸟诗序》。后指饰有鸾鸟图案的妆镜。

西江月[①]

密雪未知肤白，夜寒已觉香清。振芳堂下月盈庭[②]，踏碎横斜疏影[③]。　　且醉杯中绿蚁[④]，休辞笛里清声[⑤]。东君催促子青青[⑥]，滋味要调金鼎[⑦]。

[注释]

①《历代诗馀》题作"梅"。　②盈庭：《历代诗馀》作"盈盈"。　③横斜疏影：本林逋《山园小梅》"疏影横斜水清浅"。　④绿蚁：酿酒时酒面上浮起的绿色泡沫，诗词中形象地用为酒的同义语。又作"碧蚁"、"浮蚁"等。　⑤笛里清声：古代笛曲有《梅花落》，见《乐府诗集·横吹曲辞》。　⑥东君：指司春之神。《尚书纬》："春为东皇，又为青帝。"　⑦下片：酸梅是古代烹调用五味之一，鼎为食器，故云。又常用"调和鼎鼐"喻大臣辅国。见《礼记》。

南歌子[①]

雨洗溪光净，风掀柳带斜。画楼朱户玉人家[②]，帘外一眉新月、浸梨花[③]。 金鸭香凝袖[④],铜荷烛映纱[⑤]。凤盘宫锦小屏遮[⑥],夜静寒生春笋、理琵琶[⑦]。

[注释]

①《唐宋诸贤绝妙词选》、《宋六十名家词》、《历代诗馀》题作“春夜”。 ②玉人:光洁美丽的人,原兼指男女,唐宋诗词中多指女性。 ③帘外一眉新月、浸梨花:本欧阳修《蝶恋花》词“月明正在梨花上”。又,李清照词《怨王孙》(暮春)之“人静皎月初斜,浸梨花”句盖本此。 ④金鸭:铸成鸭形的铜炉,用来熏香、暖手。 ⑤铜荷:承烛之盘。以形似荷叶,故称。 ⑥凤盘宫锦:以凤形团花为主纹,为宫廷特制的锦。 ⑦春笋:春天的笋。以形状纤细,常以比喻女子之手。李煜《捣练子》:“斜托杏腮春笋嫩,为谁和泪倚阑干。”

虞美人

碧梧翠竹交加影,角簟纱厨冷[①]。疏云淡月媚横塘[②],一阵荷花风起、隔帘香[③]。 雁横天末无消息[④],水阔吴山碧[⑤]。刺桐花上蝶翩翩[⑥],唯有夜深清梦、到郎边[⑦]。

[注释]

①簟(diàn):竹制凉席,亦泛指凉席。 纱厨:纱帐,夏季为避蚊蝇,寝息其中。 ②横塘:堤塘名,在今南京。或泛指池塘。 ③隔:《乐府雅词》作“人”。 ④雁横天末无消息:《汉书·苏武传》载,苏武被匈奴扣押,汉匈和亲之后,单于不肯交出苏武,诡称其死。汉朝使者则诡称天子射猎得雁,雁足上缚武书信,单于惭而释放苏武。后常以雁喻信使。 ⑤吴山:俗名城隍山、鸡骨山,今浙江杭州市西南。左带钱塘江,右瞰西湖,为杭州名胜。 ⑥刺桐花上蝶翩翩:夏日实景,亦可能喻情爱。南朝梁刘孝绰《咏素蝶》:“出没花中见,参差叶际飞。芳华幸勿谢,嘉树欲相依。”又,《庄子·齐物论》谓庄子梦中化身蝴蝶。 ⑦清:《乐府雅词》作“凉”。

虞美人

角声吹散梅梢雪，疏影黄昏月[1]。落英点点拂阑干，风送清香满院、作轻寒。　花瓷羯鼓催行酒[2]，红袖掺掺手[3]。曲声未彻宝杯空，饮罢香薰翠被、锦屏中。

[注释]

①角声吹散梅梢雪，疏影黄昏月：唐时角曲有《梅花落》，见《乐府诗集》卷二十四《横吹曲辞》。古军中以角鼓报时，三角三鼓，昏晓乃毕，见《渊鉴类函》引《卫公兵法》。又后句化用林逋《山园小梅》诗句"疏影横斜水清浅，暗香浮动月黄昏"。　②羯鼓：古打击乐器。南北朝时经西域入内地，盛行于开元、天宝年间。　③掺掺（xiān xiān）手：形容女子手的纤细。《诗经·魏风·葛屦》："掺掺女手。"毛传："掺掺，犹纤纤也。"掺掺，《乐府雅词》作"纤纤"。

虞美人

风前玉树玱金韵[1]，碧落佳期近[2]，疏云影里鹊桥低[3]，檐外一弯新月、印修眉。　星河渐晓铜壶噎[4]，又是经年别[5]。此情莫与玉人知，引起旧家离恨、泪珠垂[6]。

[注释]

①玱（qiāng）：玉相击声。《历代诗馀》作"锵"。　②碧落：天空。白居易《长恨歌》："上穷碧落下黄泉，两处茫茫皆不见。"　③鹊桥：明冯应京《月令》引梁殷芸《小说》，谓牛郎、织女分居天河两岸，一年一度相会。汉应劭《风俗通》佚文："织女七夕当渡河，使鹊为桥。"　④铜壶：古计时器。　⑤经年：经过一年。传牛郎织女一年会面一次。　⑥旧家：过去、从前。亦作"旧家时"。宋元人用语。李清照《南歌子》："旧时天气旧时衣，只有情怀不似旧家时。"

谒金门

帘外雨、洗尽楚乡残暑。白露影边霞一缕，绀碧江天暮[①]。　沉水烟横香雾[②]，茗椀浅浮琼乳[③]。卧听鹧鸪啼竹坞[④]，竹风清院宇[⑤]。

[注释]

①“帘外雨”三句：据《乐府雅词》，露，当作“鹭”。　缕：线。　绀(gàn)碧：一种深青带红的颜色。王勃《滕王阁序》：“落霞与孤鹜齐飞，秋水共长天一色。”　楚乡：临川在今江西，古属楚，故云楚乡。又，楚乡可泛指南方。　②沉水：香料名，置水则沉。　③椀：同“碗”。　琼乳：白色的茶沫。　④鹧鸪：鸟名。啼声似“行不得也哥哥”。　竹坞：竹林深处。　⑤宇：泛指房宅。

如梦令[①]

花落莺啼春暮，陌上绿杨飞絮。金鸭晚香寒，人在洞房深处[②]。无语，无语，叶上数声疏雨[③]。

[注释]

①唐氏按：此首别误作周邦彦词，见《类编草堂诗馀》卷一（注者按：又见汲古阁本《溪堂词》）。别又误作赵简夫词，见杨金本《草堂诗馀前集》卷下。　②洞房：此指深邃的内室。　③叶上数声疏雨：疏雨，《词综》作“秋雨”。孟浩然诗：“微云淡河汉，疏雨滴梧桐。”

如梦令

门外落花流水，日暖杜鹃声碎[①]。蕃马小屏风[②]，一枕画堂春睡[③]。如醉，如醉，正是困人天气。

[注释]

①"门外"二句:"流水落花春去也。"见李煜《浪淘沙》。杜鹃春末落花时节啼鸣。　落花流水:《乐府雅词》作"桃花流水"。农历二、三月桃花盛开时节,江河水涨,此谓桃花水或桃花汛。参见《汉书·沟洫志》。　②蕃(fān):通"番",古时对外族的通称。《周礼·秋官·大行人》:"九州之外,谓之蕃国。"　③画堂:华堂,指装饰华丽的厅堂。画,《乐府雅词》作"华"。

青玉案

芦花飘雪迷洲渚,送秋水、连天去。一叶小舟横别浦[①]。数声鸿雁,两行鸥鹭,天淡潇湘暮[②]。　　篷窗醉梦惊箫鼓[③],回首青楼在何处。柳岸风轻吹残暑。菊开青蕊,叶飞红树,江上潇潇雨[④]。

[注释]

①"芦花"三句:"蒹葭苍苍,白露为霜。所谓伊人,在水一方。"见《诗经·秦风·蒹葭》。　②潇湘:湘水,以清深故称潇湘。源出今广西,流入今湖南。　③篷窗:船篷上的窗。　④江上潇潇雨:"对潇潇暮雨洒江天,一番洗清秋。"见柳永《八声甘州》。　潇潇:雨声。

好事近

疏雨洗烟波,雨过满江秋色。风起白鸥零乱,破岚光深碧。　　荻花枫叶只供愁[①],清吟写岑寂。吟罢倚阑无语,听一声羌笛[②]。

[注释]

①荻花枫叶只供愁:本白居易《琵琶行》"枫叶荻花秋瑟瑟"。　②"吟罢"二句:本赵嘏《长安秋望》"长笛一声人倚楼"。

临江仙

重 九①

木落江寒秋色晚②，飕飕吹帽风清③。丹枫楼外捣衣声。登高怀远，山影雁边横。 露染宫黄庭菊浅④，茱萸烟拂红轻。尊前谁整醉冠倾。酒香薰脸，落日断霞明。

[注释]

①重九：古代风俗，阴历九月九日，佩茱萸囊、登高、赏菊、饮菊花酒等，以辟邪祛恶。《续齐谐记》："费长房谓桓景曰：'九月九日，汝家有灾，急令家人各作绛囊盛茱萸系臂，登高，饮菊花酒。'"传为其俗起因。 ②木落江寒秋色晚："袅袅兮秋风，洞庭波兮木叶下。"见《九歌·湘夫人》。"无边落木萧萧下，不尽长江滚滚来。"见杜甫《登高》。 ③飕飕吹帽风清：《晋书·孟嘉传》载，孟嘉在一次重阳大会中，不慎被风吹帽落，人戏之，他依旧风度翩翩，一座叹服。 ④宫黄：正黄色。

临江仙

玉树临风宾欲散①，黄昏约马嘶庭②。幽欢未尽有馀清。琼糜方一啜③，银烛已双擎。 坐久香津生齿颊，何须五斗消酲④。艳歌声里醉魂醒⑤。明年思此会，旌旆想登瀛⑥。

[注释]

①玉树临风：美称人之醉态。杜甫《饮中八仙歌》："宗之潇洒美少年，举觞白眼望青天，皎如玉树临风前。" 玉树：言人之品貌俊美者。《世说新语·容止》："魏明帝使后弟毛曾与夏侯玄共坐，时人谓'蒹葭倚玉树'。" ②约：《历代诗馀》作"铁"。 ③琼糜：玉屑。《离骚》："折琼枝以为羞兮，精琼糜以为粮。"注："糜，屑也。"玉屑为道家服食之物，用以求仙。 ④五斗消酲：《世说新语·任诞》载，刘伶饮酒成疾，妻力劝戒酒。

伶假意应允，并说要誓之鬼神，索来酒肉为祭。乃跪告曰："天生刘伶，以酒为名。一饮一斛，五斗解酲。妇人之言，慎不可听。"复饮而大醉。酲：酒病。　⑤艳歌：曲辞艳丽或是描写男女风情的歌曲。梁武帝萧衍《子夜歌》："朱口发艳歌，玉指弄娇弦。"　魂：神志。　⑥登瀛："登瀛洲"的省文，登上仙山，常喻极为难得、异常荣宠之境遇。《旧唐书·褚亮传》载，唐武德时秦王李世民于宫城西作文学馆，招聘贤良。房玄龄、杜如晦等十八人入选，时人倾羡，谓之为登瀛洲。

减字木兰花

七　夕[①]

荷花风细，乞巧楼中凉似水[②]。天幕低垂，新月弯环浅晕眉。　　桥横乌鹊，不负年年云外约。残漏疏钟，肠断朝霞一缕红。

[注释]

①七夕：农历七月初七夜，传此夜被隔在银河两岸的牛郎、织女夫妇过鹊桥相会。　②乞巧楼："七夕妇女结彩楼，穿七孔针，或以金银鍮石为针，陈瓜果于庭中以乞巧。"见《荆楚岁时记》。

减字木兰花

疏疏密密，薝蔔林中飞玉出[①]。妒舞欺梅[②]，悠飏随风去却回。　　遥岑玉刻，不见云中浮寸碧。夜色清妍，庭下交光月午天。

[注释]

①玉出：误，据《汲古阁本溪堂词》当作"六出"。六出，雪花。雪为六角晶体，如六个花瓣。《太平御览》卷十二引《韩诗外传》："凡草木花多五出，雪花独六出。"　②妒舞欺梅：喻雪。张衡《舞赋》："裾若飞燕，袖如回

雪。”范仲淹《梅花》:“萧条雁后复春前,雪压霜欺未放妍。”

渔家傲[1]

秋水无痕清见底,蓼花汀上西风起。一叶小舟烟雾里,兰棹舣[2],柳条带雨穿双鲤。 自叹直钩无处使[3],笛声吹彻云山翠。鲙落霜刀红缕细,新酒美,醉来独枕莎衣睡[4]。

[注释]

①《唐宋诸贤绝妙词选》、《宋六十名家词》、《历代诗馀》题作“渔父”。 ②舣(yǐ):附船着岸。 ③直钩:指贤才隐居待时。传说吕尚未遇时在渭水磻溪以直钩钓鱼。后遇周文王拜为师,助周武王灭殷,建立周朝。事见《史记·齐太公世家》。 ④莎(suō):《唐宋诸贤绝妙词选》、《乐府雅词》、《历代诗馀》作“蓑”。

[集评]

沈际飞云:“两条穿鲤,霜刀落鲙,冷中取热,渔父不落寞也。……古之渔隐,大抵感时愤事,胸中有大不得已者也,岂在渔哉。‘自叹直钩’,老渔知心。”(《草堂诗馀正集》)

黄苏云:“此词借渔父以写其牢落,自慰自解,亦不得已有托而逃者乎? 可思其志。”(《蓼园词选》)

胡元瑞云:“诸词所咏,固即词名,然词家亦间如此,不尽泥也。《菩萨蛮》称唐世诸调之祖,昔人著作最众,乃无一曲与词名相合。馀可类推。犹乐府然,题即词曲之名也,声调即词曲音节也。宋人填词绝唱,如‘流水孤村’、‘晓风残月’等篇,皆与调名了不关涉。而王晋卿《人月圆》、谢无逸《渔家傲》,殊碌碌无闻。则乐府所重在调,不在题明矣。”(《词苑丛谈》卷一引《远志斋词衷》)

清平乐

晓风残角,月里梅花落[1]。宿雨醒时滋味恶[2],翠被轻寒漠漠。　梦回一点相思，远山暗蹙双眉[③]。不觉肌肤瘦玉，但知带减腰围[④]。

[注释]

①“晓风”二句：唐代角曲有《梅花落》，见《乐府诗集》卷二十四《横吹曲辞》“梅花落”条。　②雨：《乐府雅词》作“酒”。　③远山：卓文君美貌，眉色如望远山。事见《西京杂记》卷二。后多喻妇女秀眉。　④带减腰围：指身体日渐消瘦。典出《梁书·沈约传》，沈约多病消瘦，自言腰间革带常须移孔。

清平乐[①]

花边柳际，已渐知春意。归信不知何日是，旧恨欲拚无计[②]。　故人零落西东，题诗待倩归鸿[③]。惟有多情芳草，年年处处相逢[④]。

[注释]

①《唐宋诸贤绝妙词选》、《宋六十名家词》题作“春情”。　②拚：舍弃。汲古阁本《溪堂词》、《历代诗馀》作“儆”。　③倩：借。　④“惟有”二句：怀念故人之意。《楚辞·招隐士》：“王孙游兮不归，芳草生兮萋萋。”

蓦山溪

月　夜

霜清木落，深院帘栊静。池面卷烟波[①]，莹香水、一奁明镜[②]。修筠拂槛[③]，疏翠挽婵娟[④]，山雾敛、水云收，野阔江天迥。　红消醉玉[⑤]，酒面风前醒。罗幕护轻寒，锦屏空、金炉烬冷。星横参昴[⑥]，梅径月黄昏，清梦觉、浅眉颦，窗外横斜影。

[注释]

①烟:《唐宋诸贤绝妙词选》作“清”。 ②香水:《乐府雅词》作“寒冰”,《历代诗馀》作“香冰”。 ③�:竹外青皮。 ④翠:《历代诗馀》作“节”。 挽:《乐府雅词》作“晚”。 婵娟:形容竹色的妍雅。左思《吴都赋》:“檀栾婵娟,玉润碧鲜。”亦作“娟娟”。杜甫《严郑公宅同咏竹》:“雨洗娟娟竹,风吹细细香。” ⑤消:《乐府雅词》作“绡”。 醉玉:酒醉者的代称。典出南朝刘义庆《世说新语·容止》“嵇叔夜为人也,岩岩若孤松之独立;其醉也,傀俄若玉山之将崩”。 ⑥星横参昴:参昴星横斜,将要破晓。

玉楼春[①]

弄晴数点梨梢雨[②],门外画桥寒食路[③]。杜鹃飞破草间烟,蛱蝶惹残花底露[④]。 东君著意怜樊素[⑤],一段韶华都付与[⑥]。妆成不管露桃嗔,舞罢从教风柳妒。

[注释]

①《唐宋诸贤绝妙词选》、《宋六十名家词》、《历代诗馀》题作“寒食”。 ②弄晴:弄于晴,在晴朗的天气里显弄自己。柳永《望海潮》:“羌管弄晴,菱歌泛夜,嬉嬉钓叟莲娃。” ③寒食:又叫一百五、一百六。在清明节前一天或两天,禁火,冷食,其间并有扫墓、踏青等活动。参见《东京梦华录》。 ④露:《唐宋诸贤绝妙词选》、《历代诗馀》作“雾”。 ⑤樊素:白居易家伎。事见孟棨《本事诗·事感》。后泛指歌姬侍妾。 ⑥韶华:美好的时光。唐宋诗词中多指春天或青年时代。韩维《太后阁帖子》:“迎得韶华入中禁,和风次第遍神州。”白居易《写真诗》:“勿叹韶华子,俄成皤叟仙。”

玉楼春

王守生日

横塘晕浅琉璃莹[①],绿叶阴浓庭院静。樱桃熟后麦秋

凉，芍药开时槐夏永。　蓬莱阁下红尘境[2]，青羽扇低摇风影。庭前玉树一枝春[3]，香雾和烟新月冷。

[注释]

①横塘：三国吴筑于建业（今江苏南京）城南淮水（今秦淮河）南岸的堤塘，一称南塘。或指一般池塘。　②红尘：本指闹市中的飞尘，后亦借指人世。　蓬莱：传说中东海三神山之一，此为阁名。蓬莱阁多有，此指未详。　③玉树：人之品貌俊美者，参见《晋书·谢安传》、《世说新语·容止》。　一枝春：又一春、又一年之意。

玉楼春

个中怀抱谁排遣，恻恻轻寒风剪剪[1]。细思梅蕊晚香浓[2]，争似柳梢春色浅。　娇吒道字歌声软[3]，醉后微涡回笑靥。更无卓氏白头吟[4]，只有卢郎年少恨[5]。

[注释]

①“恻恻”句：恻恻，《历代诗馀》作“侧侧”。　剪剪：风轻微而带有寒意。用韩偓《夜深》诗“恻恻轻寒剪剪风，小梅飘雪杏花红”句。　②思：《历代诗馀》作“看”。　③娇吒：娇态。　④更：《历代诗馀》作“都”。　卓氏白头吟：司马相如将娶妾，其妻卓文君作《白头吟》与他决裂，司马相如乃放弃娶妾事。见《西京杂记》。此指妇女被遗弃。　⑤卢郎年少恨：宋钱易《南部新书》载，卢家子年暮为校书郎，晚娶崔氏女。婚后崔有所不满，卢请诗为戏，崔诗曰：“不怨檀郎年几大，不怨檀郎官职卑。自恨妾身生较晚，不见卢郎年少时。”　恨：《历代诗馀》作“感”。

玉楼春

王守生日

青钱点水圆荷绿[1]，解箨新篁森嫩玉[2]。轻风冉冉楝花香，小雨丝丝梅子熟。　　华堂烛烬零金粟[3]，人在洞天三十六[4]。昭华吹彻管声寒[5]，声入寿觞红浪蹙[6]。

[注释]

①青钱：新生荷叶圆、小而绿，似古铜钱。　②箨：笋壳。　篁：竹。　③金粟：此指灯、烛芯燃烧时结成的颗粒。韩愈《咏灯花》："黄里排金粟，钗头缀玉虫。"　④洞天三十六：洞天，洞府，意指洞中别有天地。道教谓地上有洞天三十六所，为仙真所居。参见《茅君内传》。　⑤昭华：笛子。《西京杂记》："秦咸阳宫有玉管，长二尺三寸，二十六孔。铭之曰昭华之琯。"　⑥寿觞：祝寿之酒。《诗经·豳风·七月》："朋酒斯飨，曰宰羔羊。跻彼公堂，称彼兕觥，万寿无疆。"

武陵春

茶

画烛笼纱红影乱[1]，门外紫骝嘶。分破云团月影亏[2]，雪浪皱清漪。　　捧碗纤纤春笋瘦，乳雾泛冰瓷。两袖清风拂袖飞[3]，归去酒醒时。

[注释]

①笼：《广群芳谱》作"龙"。　②分破云团月影亏：云团月影，喻茶。北宋时茶叶制成饼形，饮时须破开。参见欧阳修《归田录》。　③两袖清风拂袖飞：两袖，《广群芳谱》、《历代诗馀》作"两腋"。唐卢仝《走笔谢孟谏议寄新茶》诗："七碗吃不得也，惟觉两腋习习清风生。"

武陵春

送任民望归丰城[1]

拍岸蒲萄江水碧[2]，柳带挽归艎[3]。破闷琴风绕袖凉，菽菽楝花香。　　淡烟疏雨随宜好[4]，何处不潇湘。愿作双飞老凤皇，莫学野鸳鸯。

[注释]

①丰城：县名，在江西省中部，东汉置富城县，晋改丰城县。　②蒲萄：酒名，同“葡萄”。此指绿水。李白《襄阳歌》：“遥看汉水鸭头绿，恰似葡萄新酦醅。”　③柳带挽归艎：“柳”与“留”音谐，古有折柳惜别之俗。《三辅黄图》卷六：“霸桥在长安东，跨水作桥。汉人送客至此桥，折柳赠别。”　④随宜：因事之所宜灵活处置。

浪淘沙

上　元

料峭小桃风，凝淡春容[①]。宝灯山列半天中。丽服靓妆携手处，笑语匆匆[②]。　　酒滴小槽红[③]，一饮千钟。铜荷擎烛绛纱笼[④]。归去笙歌喧院落，月照帘栊。

[注释]

①凝淡：冷淡。　②笑语：《乐府雅词》作“语笑”。　③小槽红：一种用小槽榨制的红酒，又名真珠红，酒品很名贵。《苕溪渔隐丛话》前集卷二十一：“江南人家造红酒，色味两绝。李贺《将进酒》云：‘小槽酒滴真珠红’，盖谓此也。”　④荷：《历代诗馀》作“壶”，误。

鹧鸪天

桐叶成阴拂画檐，清风凉处卷疏帘。红绡舞袖萦腰柳[①]，碧玉眉心媚脸莲[②]。　　愁满眼，水连天，香笺小字倩谁传。梅黄楚岸垂垂雨，草碧吴江淡淡烟[③]。

[注释]

①腰柳：“柳腰”倒文。写女子细腰。白居易家伎小蛮善舞，白为咏诗

曰"杨柳小蛮腰"。　②碧:《乐府雅词》作"绿"。古代女子以青黑色颜料画眉。　心:《历代诗馀》作"峰"。　脸莲:"莲脸"倒文。形容艳丽如莲花的脸庞,与红粉妆的传统有关。薛道衡《昭君辞》:"自知莲脸歇,羞看菱镜明。"　③"梅黄"二句:吴、楚,在长江中下游流域。所谓吴头楚尾。此地梅子黄时多雨,号为梅雨。寇准诗:"梅子黄时雨如雾。"

鹧鸪天

金节平分院落凉[①],黄昏帘幕卷西厢。冰轮碾碎粼粼碧[②],玉斧修成练练光[③]。　低照户,巧侵床,锦袍起舞谪仙狂[④]。鹊飞影里觥筹乱[⑤],桂子风前笑语香[⑥]。

[注释]

①金节平分:谓中秋。秋于五行属金。　②冰轮:指月。　碎:汲古阁本《溪堂词》作"破"。　③玉斧:《酉阳杂俎》前集卷一载,"君知月乃七宝合成乎?月势如丸,其影,日烁其凸处也。常有八万二千户修之"云云,言修月用"斤凿"等工具。斤,斧之属。　④锦袍起舞谪仙狂:谪仙,指李白。贺知章叹赏其文,称其人为"谪仙人"。事见《新唐书·李白传》。李白有《月下独酌》诗,中有"我歌月徘徊,我舞影零乱"等句,写其月下独自饮酒歌舞。　⑤鹊飞:本三国魏曹操《短歌行》"月明星稀,乌鹊南飞。绕树三匝,何枝可依"。　⑥桂子:传说月中有桂树,中秋月夜有桂子由月中落到人间。见钱易《南部新书》、段成式《酉阳杂俎》。

鹧鸪天

红晕香腮粉未匀,梳妆闲淡稳精神。谁知碧嶂清溪畔,也有姚家一朵春[①]。　眉黛浅,为谁颦,莫将心事付朝云[②]。坐中有客肠应断[③],忘了酴醾架下人[④]。

[注释]

①姚家一朵春：姚家千叶黄牡丹为牡丹名贵品种。见欧阳修《洛阳牡丹记》。此形容绝艳女子。 ②朝云：楚襄王游高唐，梦有神女来荐枕，其临去自谓：“妾在巫山之阳，高丘之阻。旦为朝云，暮为行雨。朝朝暮暮，阳台之下。”见宋玉《高唐赋序》。指男女情事。 ③肠应断：喻极度悲伤。晋干宝《搜神记》卷二十载，有人捕去猿子，猿母哀号而死，肠皆寸断。 ④酴醾（tú mí）：又名荼蘼、独步春、佛见笑，蔷薇科植物，晚春初夏开花。《群芳谱》：“酴醾……本名荼蘼，一种色黄似酒，故加西字。”苏轼《杜沂游武昌以酴醾花菩萨泉见赏》：“酴醾不争春，寂寞开最晚。”

鹧鸪天

水阔天低雁字横，小春时节晚寒清[①]。梅梢月上纷纷白，竹坞风来冉冉轻。 人似玉，酒如渑[②]，入关意气喜风生。坐中有客联镳去[③]，谁唱阳关第四声[④]。

[注释]

①小春时节：也叫小阳春。农历十月，温暖如春，故名。陈元靓《岁时广记》卷三十七引《初学记》：“冬月之阳，万物归之。以其温暖如春，故谓之小春，亦云小阳春。” ②渑：水名。 酒如渑：此言人饮酒甚多，已醉还能保持温和克制的态度。典出《诗经·小雅·小宛》。 ③联镳：乘骑相连属而行。 ④谁唱阳关第四声：唐人以王维《渭城曲》（送元二使安西）翻入乐曲而成《阳关曲》，又名《阳关三叠》。诗曰：“渭城朝雨浥轻尘，客舍青青柳色新。劝君更尽一杯酒，西出阳关无故人。”为有名的送别歌曲，第四声最苦。白居易《对酒》五首之一：“相逢且莫推辞醉，听唱阳关第四声。”诗中的阳关为古关名，处在汉与西域交通的要道上。见《元和志》，征战行役之人常于此通过。此句备写入关之乐。

浣溪沙

楼阁帘垂乳燕飞，圆荷细细点清溪[①]，薰风破闷晚凉时[②]。 玉轸琴边兰思远[③],霜纨扇里翠眉低[④],揉蓝衫子闹蜂儿[⑤]。

[注释]

①溪:《乐府雅词》作"漪"。 ②闷:《乐府雅词》作"梦"。 凉:《乐府雅词》作"说"。 ③轸(zhěn):通"紾",弦乐器上转动弦线的轴。《魏书·乐志》:"以紾调琴。" ④霜纨:纨,丝织物,绢之一种,细白有光泽,色如冰霜。 ⑤揉蓝:原为古代一种染色的方法,亦称"挼蓝"。此指深蓝色。王安石《渔家傲》:"平岸小桥千嶂抱,揉蓝一水萦花草。" 蜂儿:妇女头饰。见《东京梦华录》卷六。

燕归梁

六曲阑干翠幕垂,香烬冷金猊[①]。日高花外啭黄鹂,春睡觉、酒醒时[②]。 草青南浦[③],云横西塞[④],锦字杳无期[⑤]。东风只送柳绵飞,全不管、寄相思。

[注释]

①金猊:一种狻猊形铜香炉。 ②"日高"二句:本孟浩然《春晓》"春眠不觉晓,处处闻啼鸟"。 ③草青南浦:送别。《九歌·河伯》:"子交手兮东行,送美人兮南浦。"江淹《别赋》:"春草碧色,春水渌波。送君南浦,伤如之何。"南浦本指南边的水面,后泛指送别之地,南失去方位意义,《别赋》中已是如此。 ④云横西塞:本杜甫《秋兴》"塞上风云接地阴"。西塞,泛指边远之地,西字是方位意义。 ⑤锦字:《晋书·列女列传》载,窦滔流徙远方,其妻苏氏思之,织锦作回文旋图诗以赠。反复可读,词意凄婉。

千秋岁[①]

楝花飘砌,蔌蔌清香细。梅雨过,蘋风起[②]。情随湘水远，梦绕吴峰翠。琴书倦，鹧鸪唤起南窗睡。　密意无人寄[3]，幽恨凭谁洗。修竹畔[4]，疏帘里。歌馀尘拂扇[5]，舞罢风掀袂。人散后，一钩淡月天如水。

[注释]

①《唐宋诸贤绝妙词选》、《宋六十名家词》题作“夏景”。　②蘋风：水面上吹来的微风。宋玉《风赋》：“夫风生于地，起于青蘋之末。”　蘋：郭璞注为“水萍也”。或称“白蘋风”。　③密意：同幽恨。指男女内心深处的爱慕之情。徐陵《洛阳道》：“相看不得语，密意眼中来。”　④修竹畔：“天寒翠袖薄，日暮倚修竹。”见杜甫《佳人》。倚竹人，可能自指，可能指爱人。　⑤歌馀尘拂扇：歌声已毕，尚使梁尘纷纷堕落于扇上。形容歌声高亢动人。暗用秦青、韩娥事。见《列子·汤问》。

[集评]

黄苏云：“无逸，临川人。第进士，意其筮仕在湖湘间耶。词意不过写其宦情淡泊耳。笔墨潇洒，自饶一种幽俊之致。”（《蓼园词选》）

南乡子[1]

浅色染春衣，衣上双双小雁飞[2]。袖卷藕丝寒玉瘦[3]，弹棋[4]。赢得尊前酒一卮[5]。　冰雪拂胭脂，绛蜡香融落日西[6]。唱彻阳关人欲去，依依。醉眼横波翠黛低[7]。

[注释]

①《唐宋诸贤绝妙词选》、《宋六十名家词》题作“美人”。美人，唐宋诗词中多指娼妓。　②衣上双双小雁飞：双双，所谓合欢花样。古代常用。《词林新话》谓，此句效温庭筠《菩萨蛮》之“新贴绣罗襦，双双金鹧鸪”句。　③藕丝：彩色名。李贺《天上谣》：“粉霞红绶藕丝裙。”王琦注解：“粉霞、藕丝，皆当时彩色名。”　寒玉：常喻美丽而性质寒凉的东西。此指手。　④弹棋：古代的一种博戏，约起于汉代。见《后汉书·梁冀传》

注引《艺经》。　⑤尊:《乐府雅词》作“花”。　⑥绛蜡:红色蜡烛。　⑦横波:形容眼光明澈。李白《长相思》:“昔日横波目,今作流泪泉。”

醉落魄[①]

霜砧声急[②],潇潇疏雨梧桐湿[③]。无言独倚阑干立。帘卷黄昏,一阵西风入。　　年时画阁佳宾集[④],玉人檀板当筵执[⑤]。银瓶已断丝绳汲[⑥]。莫话前欢,忍对屏山泣[⑦]。

[注释]

①《历代诗馀》调名《一斛珠》。　②霜砧声:秋天妇女以砧杵捣衣的声响。砧,汲古阁本《溪堂词》作“砌”,误。　③潇潇疏雨梧桐湿:化用孟浩然诗“疏雨滴梧桐”,白居易诗“秋雨梧桐叶落时”。　④年时:去年,或往年。　⑤檀板:以檀木制成的拍板。古代歌舞用它来节乐,点明拍节。见《文献通考》卷一百三十九。　⑥银瓶已断丝绳汲:喻情侣分开。白居易《井底引银瓶》诗:“井底引银瓶,银瓶欲上丝绳绝。石上磨玉簪,玉簪欲成中央折。瓶坠簪折可奈何,似妾今朝与君别。”　⑦屏山:曲折如山的折叠式屏风。

鹊桥仙

蝶飞烟草、莺啼云树,满院垂杨阴绿。轻风飘散杏梢红[①],更吹皱、池波如縠[②]。　　珠帘日晚、银屏人散,楼上醉横霜竹[③]。一春若道不相思,缘底事、红绡褪玉[④]。

[注释]

①梢:《乐府雅词》作“花”。　②縠(hú):绉纱一类的丝织品。《燕丹子》:“罗縠单衣,可掣而绝。”　③霜竹:笛子。　④褪:宽松、松脱。玉:喻指清俊的容貌。贯休《题淮南惠照寺律师院》:“仪冠凝寒玉。”

江神子[1]

一江秋水碧湾湾[2]。绕青山，玉连环。帘幕低垂[3]，人在画图间[4]。闲抱琵琶寻旧曲，弹未了，意阑珊[5]。　飞鸿数点拂云端。倚阑看，楚天寒。拟倩东风，吹梦到长安[6]。恰似梨花春带雨[7]，愁满眼，泪阑干。

[注释]

①《唐宋诸贤绝妙词选》、《宋六十名家词》题作“别情”。　②秋：《词林纪事》作“春”，误。　③帘幕：《词则》作“画幕”。　④图：《乐府雅词》作“屏”。　⑤阑珊：低落的样子。白居易《咏怀》云“白髮满头归得也，诗情酒兴渐阑珊”。　⑥拟倩东风，吹梦到长安：本南朝乐府《西洲曲》“南风知我意，吹梦到西洲”。　东：《乐府雅词》作“西”，误。　⑦梨花春带雨：喻美丽女子的泪容。白居易《长恨歌》：“玉容寂寞泪阑干，梨花一枝春带雨。”

[集评]

陈廷焯云：“词意幽怨，几可接武少游。”（《词则·别调集》卷一）

江神子[1]

杏花村馆酒旗风[2]，水溶溶，飏残红[3]。野渡舟横[4]，杨柳绿阴浓。望断江南山色远[5]，人不见，草连空。　夕阳楼外晚烟笼[6]，粉香融，淡眉峰。记得年时，相见画屏中。只有关山今夜月，千里外，素光同[7]。

[注释]

①调名亦作《江城子》。《唐宋诸贤绝妙词选》、《宋六十名家词》题作“春思”。《苕溪渔隐丛话》后集卷三十三引《复斋漫录》谓，谢逸题此词于黄州杏花村馆驿，后来经过此驿者，都向驿卒借笔砚抄写，驿卒颇以为苦，

终于用泥把词涂掉,可见谢词之受时人推爱。　②馆:《词苑萃编》引《复斋漫录》作"驿"。　杏花村:一说即黄州杏花村,一说泛指杏花开的村子。　③水溶溶,飏残红:《词律》按《渔隐丛话》作"烟重重,水溶溶"。溶溶:水流动貌。杜牧《阿房宫赋》:"二川溶溶,流入宫墙。"　④野渡舟横:本韦应物《滁州西涧》"野渡无人舟自横"。　⑤山:《唐宋诸贤绝妙词选》作"春"。　⑥外:《词苑萃编》引《复斋漫录》作"下"。　⑦"只有"三句:本谢庄《月赋》"美人迈兮音尘绝,隔千里兮共明月"。

[集评]

沈谦云:"黄州驿卒苦于索笔,泥涂无逸词,此正奴隶事。知音遇之,如获珍奇,无足怪也。然'望断江南山色远,人不见,草连空',故是销魂之语。"(《填词杂说》)

先著、程洪云:"调亦易工,但欲动荡合拍。"(《词洁》)

陈廷焯云:"情深文明。"(《词则·别调集》卷一)

点绛唇①

九日登高②,倚楼人在秋空半。汝江如练③,碧影涵云巘④。　　醉看茱萸,定是明年健。清尊满。菊花黄浅,偏入陶潜眼⑤。

[注释]

①《宋六十名家词》及陆贻典校汲古阁本《溪堂词》注:"或刻张子野。"　②九日:即九月九日重阳节。古有登高、佩茱萸、赏菊、饮菊花酒等俗。参见《后齐谐记》、《荆楚岁时记》。　③汝江:古水名,上游即今河南北汝河,自郾城以下,故道流经今洪河、沙河,此下即南汝河及新蔡以下的洪河。　④"碧影"句:《宋六十名家词》及陆贻典校汲古阁本《溪堂词》作"玉立峨峰远"。　巘:山峰。　⑤菊花黄浅,偏入陶潜眼:陶潜好酒亦好菊。有组诗《饮酒》,佳句如:"采菊东篱下,悠然见南山"、"秋菊有佳色,浥露掇其英"。

点绛唇

金气秋分，风清露冷秋期半。凉蟾光满[①]，桂子飘香远。　素练宽衣，仙杖明飞观。霓裳乱。银桥人散，吹彻昭华管。[②]

[注释]

①凉蟾：清冷的月亮。　②下片：《神仙感遇传》载，罗公远有秘术，掷杖化为银色大桥，与唐明皇由此至月宫。《乐府诗集》载两说，一说罗公远偕唐明皇至月宫，见仙女数百舞于广庭，问其曲，为《霓裳羽衣》，明皇默记而还。另一说唐明皇、叶法善游月宫，听诸仙奏乐，帝以玉笛接之，曲名《霓裳羽衣》，后传于乐部。此以唐明皇游月宫事写人家中秋玩月盛况。　飞观：高耸的楼台。传月中有琼楼玉宇，参见旧题前秦王嘉《拾遗记》。　霓裳：一种羽制服装，仙人所服，此又与法曲歌舞的表演有关。昭华管：笛子。管，《历代诗馀》作“琯”。

七娘子

风剪冰花飞零乱，映梅梢、素影摇清浅。绣幄寒轻，兰薰烟暖，艳歌催得金荷卷[①]。　游梁已觉相如倦[②]，忆去年、舟渡淮南岸。别后销魂[③]，冷猿寒雁[④]，角声只送黄昏怨。

[注释]

①金荷：金制荷叶杯，唐宋贵族饮酒习用。又泛指一般酒杯。黄庭坚《念奴娇》：“共倒金荷，家万里、难得尊前相属。”　②游梁已觉相如倦：一般指对求宦远游的厌倦。《史记·司马相如列传》：“长卿故倦游，虽贫，其人材足依也。”　梁：梁园，汉文帝子梁孝王之园，司马相如曾为其门客。　③别后销魂：本江淹《别赋》“黯然销魂者，惟别而已矣”。　销魂：魂魄离散，指内心伤痛。　④冷猿寒雁：冬日令人悲哀的实景，也指告别了旧日生活。南朝孔稚圭《北山移文》：“蕙帐空兮夜鹤怨，山人去兮晓猿惊。”

卜算子

烟雨幂横塘[①]，绀色涵清浅。谁把并州快剪刀，剪取吴江半[②]。　　隐几岸乌巾[③]，细葛含风软[④]。不见柴桑避俗翁[⑤]，心共孤云远[⑥]。

[注释]

①幂(mì)：覆盖、笼罩。《周礼·天官·幂人》："祭祀，以疏布幂八尊，以画布巾幂六彝。"《宋六十名家词》、《历代诗馀》作"幕"。　②"谁把"二句：并州，在今山西太原一带，以制造锋利刀剪著名。杜甫《戏题王宰画山水图歌》："焉得并州快剪刀，剪取吴淞半江水。"《分门集注杜工部诗》："索靖(魏晋间人)见顾恺之画，欣然曰：'恨不带并州快剪刀来，欲剪松江半幅纹练归去。'"　③隐几：凭着几案。古代席地而坐，依凭矮几。《孟子·公孙丑下》："隐几而卧。"《庄子·齐物论》："南郭子綦，隐几而坐。"　乌巾：黑色头巾，为古代普通人的装束。唐张彦远《书法要录》："吴时张弘，好学不仕，常著乌巾，时号张乌巾。"　岸：把头巾掀起露出前额，表示态度洒脱，不拘束。　④细葛：细致的葛布，宜制夏服。　⑤柴桑避俗翁：指陶渊明。南朝梁萧统《陶渊明传》："陶渊明，字元亮。或云潜，字渊明。浔阳柴桑人也。"陶渊明《归园田居》："少无适俗韵，性本爱丘山。"　⑥"心共"句：本陶潜《归去来兮辞》"云无心以出岫"，柳宗元《渔父》诗"岩上无心云相逐"。

[集评]

徐釚云："标致隽永，全无芗泽，可称逸调。"(《词苑丛谈》卷三)

醉桃源[①]

花枝破蕾柳梢青，春寒拂面轻。一眉新月影三星[②]，铜荷烛烬零。　　低凤扇，袅霓旌[③]，珊珊环珮声[④]。坐间谁识许飞琼[⑤]，对郎仙骨清。

[注释]

①《历代诗馀》调名作《阮郎归》。　②“一眉”句：三星在户，天将破晓。《高斋词话》谓秦观赠妓陶心儿《南歌子》词：“水边灯火渐人行，天外一钩残月带三星。”苏轼笑秦恐为他姬所赖，于词中藏一“心”字。钱钟书《谈艺录·六十九》谓秦词所本为禅家话头，“如《五灯会元》卷三忠国师云：‘三点如流水，曲似刹禾镰’；卷五大同禅师云：‘依稀似半月，仿佛苦三星’，皆模状‘心’字也”。　③低凤扇，袅霓旌：凤扇、霓旌，皆仪仗名。鸟羽所制，所谓羽仪。　④珊珊：衣裙、玉佩之声。宋玉《神女赋》：“动雾縠以徐步兮，拂墀声之珊珊。”　⑤“坐间”句：“诗人许浑，尝梦登山，有宫室凝云，人云：‘此昆仑也。’既入，见数人方饮酒，招之，至暮而罢。赋诗云：‘晓入瑶台露气清，坐中惟有许飞琼。尘心未断尘缘在，十里下山空月明。’他日复至其梦处。飞琼曰：‘子何故显余姓名于人间？’座上即改为‘天风吹下步虚声’。曰：‘善’。”见孟棨《本事诗·事感》。　许飞琼：道教女仙，西王母侍女。此处可能喻指所眷女子。

醉桃源

风飘万点落花飞，残红枝上稀[①]。平芜叶上淡烟迷，那堪春鸟啼[②]。　风细细，日迟迟[③]，轻纱叠雪衣。多情多病懒追随，玉人应恨伊。

[注释]

①“风飘”二句：本杜甫诗“一片花飞减却春，风飘万点正愁人”。　②春鸟啼：春鸟，指杜鹃。晚春落花时候日夜啼鸣，声哀苦，啼至血渍草木。事见《十三州志》、《师旷禽经》。　③日迟迟：日光融和的样子。迟迟：和舒貌。《诗经·豳风·七月》：“春日迟迟，采蘩祁祁。”

醉桃源

雪

晨光晓色扫檐晶，寒斋蝶梦惊[①]。乱飘鸳瓦细无声[②]，游飏柳丝轻[3]。　　书幌冷[4]，竹窗明，柴门只独扃[5]。一尊浊酒为谁倾？梅花相对清。

[注释]

①斋：《宋六十名家词》缺，《历代诗馀》作“多”。　蝶梦：庄子梦中身化蝴蝶，醒来猜疑是否蝴蝶梦中化身庄子。事见《庄子·齐物论》。后多用为做梦代称。　②鸳瓦：成双成对的瓦。　③游飏柳丝：唐氏按，“丝”疑“絮”字之误。谢道韫曾把下雪比做“柳絮因风起”，事见《世说新语·言语》。《历代诗馀》作“悠扬柳絮”。　④书幌：书室的帘子。　⑤柴门：用树条编扎的简陋的门。如杜甫《南陵》诗：“白沙翠竹江村暮，相送柴门月色新。”

望江南

临川好[1]，柳岸转平沙。门外澄江丞相宅[2]，坛前乔木列仙家[3]。春到满城花。　　行乐处，舞袖卷轻纱。谩摘青梅尝煮酒[4]，旋煎白雪试新茶。明月上檐牙[5]。

[注释]

①临川：作者家乡。即今江西临川。　②“门外”句：临川为王安石故里。澄江、临川在抚河中游。　③坛：土筑的高台，古时用于祭祀等事。乔木：大树。或有故乡之意。《孟子·梁惠王下》：“所谓故国者，非谓有乔木之谓也，有世臣之谓也。”又古代传说，大树可以为天上、水中的神仙与人类交往的通道。　列：名列仙家，谓临川风景好，如同仙境。　④谩：《历代诗馀》作“漫”。谩，通“漫”，随意之义。　⑤檐牙：檐头瓦当与滴水，上下相对，突出如牙，故称。杜牧《阿房宫赋》：“廊腰缦回，檐牙高啄。”

望江南[1]

临川好，山影碧波摇。鱼跃冰池飞玉尺，云横石廪拂鲛绡[2]。高树竹萧萧。　　寒食近，湖水绿平桥。繁杏梢头张锦旆，垂杨阴里系兰桡。游客解金貂[3]。

（以上陆贻典、毛扆等校汲古阁本《溪堂词》）

[注释]

①《全宋词》注：汲古阁本《溪堂词》原载词六十三首，一首乃吕本中作，未录。另一首乃毛晋所补，非原本所有，另载于后。全部并依校本所标次序及紫芝漫抄本《溪堂词》重编。　②廪（lǐn）：米仓。　石廪："衡山有石廪峰，临川县亦有石廪。可容千斛。"见《寰宇记》。廪，《历代诗馀》、《宋六十名家词》作"岭"。　鲛绡：传说中鲛人所织的绡。见南朝梁任昉《述异记》。亦指薄纱。　③游：《历代诗馀》作"遨"。　解金貂：金貂，古代侍从贵臣的冠饰。《晋书·阮孚传》载阮孚以金貂换酒。后多以比喻文人的狂放不羁。

[集评]

毛晋云："谢无逸……尤工于诗词。黄山谷尝读其诗云：'晁张流也。恨未识其面耳。'其诗曰：……又曰：'鱼跃冰池飞玉尺，云横石岭拂鲛绡'，皆百炼乃出冶者，晁张又将避一舍矣。"（《宋六十名家词》）

柳梢青

离　别[1]

香肩轻拍，尊前忍听，一声将息[2]。昨夜浓欢，今朝别酒，明日行客。　　后回来则须来[3]，便去也、如何去得。无限离情，无穷江水，无边山色。　（汲古阁本《溪堂词》）

[注释]

①《宋六十名家词》题注："离别，时刻不载。"　②将息：调养，保重。　③后回：下回，下次。

[集评]

陈廷焯云:"起四字俚。"又:"转头处跌宕生姿。"(《词则·别调集》卷一)

存目词

调名	首句	出处	附注
浣溪沙	暖日温风破浅寒	《溪堂词》	吕本中词,见《乐府雅词》卷下
谒金门	花满院	《词的》卷二	陈克词,见《乐府雅词》卷下
花心动	风里杨花	《草堂诗馀别集》卷四	明人传奇《觅莲记》中词,非谢逸作。附录于后
临江仙	池外轻雷池上雨	《丰韵情词》卷五	欧阳修作,见《近体乐府》卷二
步蟾宫	远迢迢泛水无槎	同上	明人依托

花心动

闺　情

风里杨花,轻薄性[①],银烛高烧心热。香饵悬钩,鱼不轻吞,辜负钓儿虚设。桑蚕到老丝长绊[②],针刺眼、泪流成血。思量起,拈枝花朵[③],果儿难结。　　海样情深忍撇。似梦里相逢,不胜欢悦[④]。出水双莲,摘取一枝,可惜并头分折[⑤]。猛期月满会姮娥[⑥],谁知是、初生新月。折翼鸟,甚是于飞时节[⑦]。　　(《草堂诗馀别集》卷四)

[注释]

①风里杨花,轻薄性:本杜甫《绝句漫兴》九首之五“颠狂柳絮随风舞,轻薄桃花逐水流”。韩愈《晚春》“杨花榆荚无才思,只解漫天作雪飞”。传北魏孝明帝母太后胡充华曾思念男宠,作《杨白花歌》:“阳春二三月,杨柳齐作花。春风一夜入闺闼,杨花飘荡落南家。含情出户脚无力,拾得杨花泪沾臆。秋去春来双燕子,愿衔杨花入窠里。”参见《梁书·杨华传》。一说此诗为民间情歌。 ②绊:缠住。 ③拈:折。 拈枝花朵:折枝花,传统图案之一,指截取花朵的一枝或一部分作为装饰纹样。它是单独纹样的一种基本单位,也可以连续使用,或配合鸟虫等应用。民间蓝印花布、刺绣等工艺品常用。 ④“似梦里”二句:“夜阑更秉烛,相对如梦寐。”见杜甫诗。 ⑤折:《词综》、《词则》、《词苑萃编》及汲古阁本《溪堂词跋》作“拆”,更确。 ⑥猛:极力、尽情地。宋元人用语。 姮娥:月中仙子,即嫦娥。 ⑦是:《词综》、《词则》、《词谱》、《历代诗馀》作“日”,更确。 于飞:源自《诗经·大雅·卷阿》“凤皇于飞,翙翙其羽,亦集爰止”。毛传:“雄曰凤,雌曰凰。”喻夫妇和美。

[集评]

“疑是赝笔。”(《宋六十名家词》)

陈廷焯云:“沈天羽云:‘此词句句比方,用《小雅·鹤鸣》篇体也。’纯用比体,自是词中变格。亦未尝不古,但有色无韵。偶一为之则可,不必效尤也。”(《词则·别调集》卷一)

许昂霄云:“与牛希济《生查子》体同。沈天羽谓此词用《小雅·鹤鸣》篇体,非也。《鹤鸣》一诗,大旨全在言外,使人引申触类而自得之。此词不过借字寓意耳,既述其语,即释其文,安得比而同之。况古乐府及唐、宋诗中,如此类者甚众,何必远引《小雅》哉。”(《词综偶评》)

黄苏云:“无逸第进士后,郁郁不得志,尝作《花心动》词。中有句曰:‘香饵悬钩,鱼不轻吞,辜负钩儿虚设。’即‘直钩无处使’之意乎?”(《蓼园词选》)

夏 倪

夏倪(？—1127),字均父,蕲州(今湖北蕲春)人。夏竦孙。以宗女夫入仕。宣和中,自府曹左迁祁阳监酒。终知江州。诗入江西派,文词富赡,五言言近旨远,似陶、韦。有《远游堂集》,今不传。

减字木兰花

宣和庚子登浯台作[①]

山水奇秀,殆非中州所有(原无序,据《舆地纪胜》卷五十六补)

江涵晓日,荡漾波光摇桨入。笑指浯溪,漫叟雄文锁翠微[②]。 休嗟不偶[③],归到中州何处有[④]。独立风烟,湘水浯台总接天。 (《能改斋漫录》卷十七)

[注释]

①《能改斋漫录》卷十七:夏倪宣和庚子(1120)过浯台,爱其山水奇秀,谓非中州所有,自比不减陶渊明斜川之游,因作此词。唐代文学家元结(即漫叟,唐人呼元结为漫郎)爱浯溪胜景,居于溪畔,并名之浯溪。见元结《浯溪铭序》。唐人又磨石刻元结《大唐中兴颂》于此。浯溪在今湖南省祁阳县西南五里,位于湘水之南,汇于湘。 ②翠微:山色,青翠似在有无之间。邢疏:“山气青缥色,故曰翠微也。”此代指青翠缥缈的山。 ③不偶:即数奇,命运不佳。 ④中州:古地区名。指今河南省一带,或指黄河流域。

晁冲之

晁冲之,生卒不详,字叔用,初字用道,济州巨野(今属山东)人。补之从弟,公武父。生书香甲族,少有才名,又豪华自放,游于京都。仕履多异说。绍圣初,群从多入党籍,乃栖具茨山下,因号具茨先生。徽宗时再入京,久居此。临终,尽焚平昔所作。诗有名,师事陈师道,名列江西派,有《具茨先生诗集》,诗风雄阔洒脱。词亦颇见功力,令词婉娈深情似小晏,慢词纡舒排调近柳永。有赵万里辑本《晁叔用词》。

汉宫春

黯黯离怀[①],向东门系马,南浦移舟[②]。薰风乱飞燕子,时下轻鸥。无情渭水,问谁教、日日东流[③]。常是送、行人去后,烟波一向离愁[④]。　回首旧游如梦,记踏青殢饮[⑤],拾翠狂游[⑥]。无端彩云易散[⑦],覆水难收[⑧]。风流未老,拚千金、重入扬州[⑨]。应又是、当年载酒,依前名占青楼[⑩]。

［注释］

①黯黯离怀:本江淹《别赋》"黯然销魂者,惟别而已矣"。　②"向东门"二句:本江淹《别赋》"至若龙马银鞍,朱轩绣轴,帐饮东都……送君南浦,伤如之何"。　东门:即东都门。《汉书·疏广传》载,疏广为太傅,辞官归隐时,"公卿大夫故人邑子,为设祖道,供帐东都门外,送者车数百辆"。此处东门,一说泛指送别之地,一说实指告别长安。作者据说少年时于长安度过一段豪华自放的生活,见《墨庄漫录》卷八。　南浦:"子交手兮东行,送美人兮南浦。"见《九歌·河伯》。本指南方水面,但后泛指离别之地。　③"无情渭水"二句:用杜甫《秦州杂诗二十首》其二"清渭无情极,愁时独向东"。《水经注·渭水》:"渭水出首阳县首阳山渭首亭

南谷,山在鸟鼠山西北,此县有高城岭,岭上有城,号渭源城,渭水出焉,二川合注,东北流,与别源合。” ④向:《历代诗馀》作“晌”。 ⑤踏青:古风俗,每年春草初生,人们结伴到野外郊游,叫踏青。见《辇下岁时记》。殢饮:沉溺在饮酒中。 ⑥拾翠:古人常以彩色羽毛为装饰品,故女子常到水边拾取翠色鸟羽,拾翠这一场景常被用以描绘春游。曹植《洛神赋》:“或戏清流,或翔神渚,或采明珠,或拾翠羽。” ⑦彩云易散:喻流逝。李白《宫中行乐词》:“只愁歌舞散,化作彩云归。”白居易《简简吟》:“大都好物不坚牢 ,彩云易散琉璃脆。” ⑧覆水难收:形容事已定局,无可挽回。或典用姜太公事:姜贫贱时,妻不能守离去。姜富贵后,又来求合。姜以水泼地,表示拒绝。见王楙《野客丛书》卷二十八。或用李白《妾薄命》“雨落不上天,水覆再难收。君情与妾意,各自东西流”诗意。 ⑨“风流未老”二句:殷芸《小说》谓人生乐事“腰缠十万贯,骑鹤上扬州”。 ⑩“应又是”二句:用杜牧《遣怀》“落魄江湖载酒行,楚腰纤细掌中轻。十年一觉扬州梦,赢得青楼薄幸名”诗意。 是:《花草粹编》、《历代诗馀》、《词谱》作“似”。

玉蝴蝶①

目断江南千里,灞桥一望②,烟水微茫。尽锁重门③,人去暗度流光④。雨轻轻、梨花院落,风淡淡、杨柳池塘⑤。恨偏长,佩沉湘浦,云散高唐⑥。 清狂⑦,重来一梦,手搓梅子,煮酒初尝。寂寞经春,小桥依旧燕飞忙。玉钩栏、凭多渐暖⑧,金缕枕、别久犹香⑨。最难忘,看花南陌⑩,待月西厢⑪。

[注释]

①《唐宋诸贤绝妙词选》、《词苑英华》、《草堂诗馀》、《花草粹编》、《古今词选》均题作“春思”。 ②灞桥:《三辅黄图》卷六,灞桥在长安东,为古长安人迎来送往之地。送客至此,折柳赠别。一说泛指离别之地,一说实指长安的离别。 ③尽锁重门:本鹿虔扆《临江仙》“金锁重门荒苑静”。 尽:《唐宋诸贤绝妙词选》、《草堂诗馀》、《花草粹编》、《古今词

选》作“昼”。《历代诗馀》作“帘”。 ④度:《唐宋诸贤绝妙词选》、《草堂诗馀》、《花草粹编》、《古今词选》、《历代诗馀》作“惜”。 ⑤“雨轻轻”二句:化用晏殊《无题》诗“梨花院落溶溶月,杨柳池塘淡淡风”。 ⑥“佩沉湘浦”二句:指情侣分开。 佩沉湘浦:“捐余袂兮江中,遗余佩兮澧浦。”见《九歌·湘君》。 云散高唐:楚襄王游高唐,梦中巫山神女来相会。临去神女自谓:“旦为朝云,暮为行雨。朝朝暮暮,阳台之下。”见宋玉《高唐赋序》。 ⑦清狂:“直道相思了无益,未妨惆怅是清狂。”见李商隐《无题》诗。 ⑧玉钩栏:精美的石栏干。“钩”,同“勾”。 ⑨金缕:唐宋妇女衣饰用物,多以金线盘成各种花鸟纹,以增美观,叫金缕。李煜《菩萨蛮》:“划袜步香阶,手提金缕鞋。” ⑩看花南陌:本陆游《花时遍游诸家园》诗“看花南陌复东轩”。 南陌:南面的道路。梁武帝《河中之水歌》:“莫愁十三能织绮,十四采桑南陌头。” ⑪待月西厢:唐元稹小说《莺莺传》谓,张珙以春词二首挑崔莺莺,崔答以《明月三五夜》诗:“待月西厢下,迎风户半开。拂墙花影动,疑是玉人来。”意指待对方月夜来会。

感皇恩

小阁倚晴空,数声钟定[①],斗柄寒垂暮天净[②]。向来残酒,尽被晓风吹醒[③]。眼前还认得[④],当时景。 旧恨与新愁,不堪重省,自叹多情更多病[⑤]。绮窗犹在[⑥],敲遍阑干谁应。断肠明月下[⑦],梅摇影[⑧]。[⑨]

[注释]

①定:住,了。 ②寒垂:毛本《片玉词》作“垂寒”。 ③尽:毛本《片玉词》作“又”。 晓:毛本《片玉词》作“春”。 ④还:毛本《片玉词》作“犹”。 ⑤“旧恨与新愁”三句:本柳永《倾杯乐》“早是多愁多病。那堪细把,旧约前欢重省”。 旧恨与新愁:毛本《片玉词》作“往事旧欢”。情:毛本《片玉词》作“愁”。 ⑥绮窗犹在:《乐府雅词》作“绮筵犹在”;毛本《片玉词》作“绮窗依旧”。 ⑦断肠:人捕猿子,猿母哀号而死,腹中肠皆寸断。见干宝《搜神记》卷二十。指极度悲伤。 ⑧梅摇影:用林逋《山园小梅》“疏影横斜水清浅,暗香浮动月黄昏”诗意。 ⑨唐氏按:此

首又见汲古阁本《片玉词》,宋本《片玉集》无此首。乃误入,非周邦彦作。

感皇恩[①]

蝴蝶满西园[②],啼莺无数,水阁桥南路[③]。凝伫。两行烟柳,吹落一池飞絮[④]。秋千斜挂起,人何处。 把酒劝君,闲愁莫诉,留取笙歌住。休去,几多春色,禁得许多风雨[⑤]。海棠花谢也,君知否。

[注释]

①《唐宋诸贤绝妙词选》题作"春情"。 ②西园:原指汉武帝的御园,这里用为园囿的泛称。汉武帝曾把故秦的御园加以增修,称上林苑,由于地在京城之西,又称西苑或西园。李白《长干行》:"八月蝴蝶黄,双飞西园草。" ③阁:《词谱》作"阔"。 ④飞:《唐宋诸贤绝妙词选》、《花草粹编》、《词综》、《词律》、《历代诗馀》、《词谱》作"风"。 ⑤"几多春色"二句:辛弃疾《摸鱼儿》之"更能消几番风雨,匆匆春又归去"句盖本此。 禁得:《唐宋诸贤绝妙词选》、《花草粹编》、《词综》、《词律》、《历代诗馀》、《词谱》作"怎禁"。

感皇恩[①]

寒食不多时[②],牡丹初卖[③],小院重帘燕飞碍[④]。昨宵风雨,只有一分春在[⑤]。今朝犹自得、阴晴快。 熟睡起来,宿醒微带,不惜罗襟揾眉黛[⑥]。日高梳洗[⑦],看著花阴移改[⑧]。笑摘双杏子[⑨],连枝戴。[⑩]

[注释]

①《唐宋诸贤绝妙词选》、《历代诗馀》题作"寒食"。 ②寒食:又称一百五或一百六,时间在清明节前一天或二天,是农历三月节,古人在此时禁火寒食。参见《东京梦华录》。一说此节源于纪念介子推。一说源自

“周之旧制”，谓为春末干燥防火之意，见《周礼·秋官》。　③牡丹初卖："是月季春，万花烂熳，牡丹、芍药、棣棠、木香，种种上市，卖花者以马头竹篮铺排，歌叫之声，清奇可听。"见《东京梦华录》卷七。　④重帘燕飞碍：本晏殊《踏莎行》"翠叶藏莺，朱帘隔燕"。　⑤只：《唐宋诸贤绝妙词选》、《词品》、《词综》、《历代诗馀》作"尚"。　⑥眉黛：黛，古代妇女用以画眉的一种青黑色颜料。《隋遗录》："（隋炀帝）殿脚女争效为长蛾眉，司宫吏日给螺子黛五斛，号蛾绿。螺子黛出波斯国，每颗值十金。后征赋不足，杂以铅黛给之。独绛仙得赐螺黛不绝。"　⑦高：《唐宋诸贤绝妙词选》、《词品》、《词综》、《历代诗馀》作"长"。　⑧著：《词品》、《词综》作"看"。阴：《词品》、《词综》作"影"。　⑨摘：《唐宋诸贤绝妙词选》、《词品》、《词综》、《历代诗馀》作"拈"。　⑩此词一说为吕圣求作。见《词品》卷一。

［**集评**］

杨慎云："沈约之韵，未必自合声律，而今诗人守之，如金科玉条。此无他，今之诗学李杜，李杜学六朝，往往用沈韵，故相袭不能革也。若作填词，自可变通。……元人周德清著《中原音韵》，一以中原之音为正，伟矣。然予观宋人填词，亦已有开先者。盖真见自在人心，不约而同耳。试举数例于左。……晁叔用《感皇恩》云：（词略）。此词连用数韵，酌古斟今，尤妙。……诸公数词可为用韵之式，非独绮语之工而已。"（《词苑丛谈》卷二引《词品》）

沈雄云："花庵词客曰：'冲之，巨野人。其《感皇恩》二曲最工。'"（《古今词话·词评》卷上）

临江仙

双舸亭亭横晚渚，城中飞观嵯峨①。画桥灯火照清波。玉钩平浸水②，金锁半沉河③。　试问无情堤上柳，也应厌听离歌。人生无奈别离何。夜长嫌梦短④，泪少怕愁多⑤。

[注释]

①飞观:高耸的楼台。 ②玉钩:指月,弯弯如钩。南朝宋鲍照《月诗》:"始出西南楼,纤纤如玉钩。" ③金锁:金质系船之锁链。 半沉河:谓金锁缆半在水中也。 ④"夜长"句:本欧阳修《千秋岁》"夜长春梦短,人远天涯近"。 ⑤怕:《历代诗馀》作"恨"。

临江仙

忆昔西池池上饮[①],年年多少欢娱[②]。别来不寄一行书[③]。寻常相见了,犹道不如初。 安稳锦屏今夜梦,月明好渡江湖[④]。相思休问定何如。情知春去后[⑤],管得落花无[⑥]。

[注释]

①西池:一说为金明池。在汴京西,为京师胜地。元祐间,晁冲之与苏轼、苏辙、黄庭坚、秦观、张耒、晁补之等游,极一时之盛。从秦观《千秋岁》词"忆昔西池会,鹓鹭同飞盖"句看,他们是有可能曾在西池聚会的。或,西池泛指西面池塘,诗词中习用。 ②"忆昔"二句:陈与义《临江仙》(忆洛中旧游)有"忆昔午桥桥上饮,坐中多是豪英"句,盖本此。 ③"别来"句:音讯稀。 书:信件。杜甫《寄高三十五詹事适》诗:"相看过半百,不寄一行书。" ④"安稳锦屏"二句:写梦魂的活动,效李白《梦游天姥吟留别》:"我欲因之梦吴越,一夜飞渡镜湖月。" ⑤情知:明明知道。 ⑥无:不。

[集评]

许昂霄云:("情知春去后,管得落花无"二句)"淡语有深致,咀之无穷。"(《词综偶评》)

临江仙

谩道追欢惟九日[①],年年此恨偏浓。今朝吹帽与谁同[2]。黄花都未拆[3]，和泪泣西风。　应恐登临肠更断，故交烟雨迷空。为君一曲送飞鸿[4]。谁能推毂我[5]，深入醉乡中[6]。

［注释］

①谩(màn)：莫。　九日：指农历九月九日。古有佩茱萸、登高、饮菊花酒等俗，言能辟邪祛恶。参见《续齐谐记》、《荆楚岁时记》。　②吹帽：指重阳节游乐事。孟嘉九月九日龙山大会，风吹帽落，风度不失，为人叹赏。见《晋书·孟嘉传》。　③拆：同"坼"，裂开，绽开。唐人习用语。李商隐《行次西郊作一百韵》："草木半舒坼，不类冰雪晨。"　④一曲送飞鸿：本三国魏嵇康《兄秀才公穆入军赠诗十九首》"目送飞鸿，手挥五弦。俯仰自得，游心太玄"。谓手眼并用，意趣自得的弹奏。　⑤毂(gǔ)：车轮中心的圆木，周围与车幅的一端相接，中有圆孔，用以插轴。也用为车轮的代称。　推毂：指帮助。《史记·荆燕世家》："今吕氏雅故本推毂高帝就天下，功至大。"　⑥醉乡：王绩好酒，作《醉乡记》，状酒醉为醉乡，渲染其乐。见《新唐书·王绩传》。

渔家傲

浦口潮来沙尾涨[1]，危樯半落帆游漾，水调不知何处唱[2]。风淡荡，鳜鱼吹起桃花浪[3]。　雪尽小桥梅总放[4]，层楼一任愁人上，万里长安回首望。山四向，澄江日色如春酿[5]。

［注释］

①浦口：小河入口处。　沙尾：水边的沙滩。　②水调：曲调名。杜牧《扬州》诗之一："谁家唱《水调》，明月满扬州。"注："炀帝闻汴渠成，自作《水调》。"　③鳜鱼吹起桃花浪：本张志和《渔歌子》"桃花流水鳜鱼肥"。　桃花浪：指春水。以雪融水涨时桃花盛开，故名。《汉书·沟洫志》："来春桃花水盛，必羡溢，有填淤反壤之害。"杜甫《春水》诗："三月桃

花浪,江流复旧痕。” ④“雪尽”句:反用杜甫“茅舍竹篱短,梅花吐未齐。晚来溪径侧,雪压小桥低”诗意。 ⑤“万里长安”三句:“长安不见”之义,典出《世说新语·夙慧》。有怀念意,作者曾久居汴京。又指不遇。四向:四出。

传言玉女[1]

一夜东风,吹散柳梢残雪[2]。御楼烟暖[3],正鳌山对结[4]。箫鼓向晚,凤辇初归宫阙[5]。千门灯火,九街风月[6]。 绣阁人人,乍嬉游、困又歇。笑匀妆面[7],把朱帘半揭。娇波向人[8],手捻玉梅低说[9]。相逢常是,上元时节[10]。

[注释]

①《唐宋诸贤绝妙词选》、《花草粹编》题作“上元”。《草堂诗馀》未署撰者姓名。本篇写汴京上元情景。作者曾长期居留于此。 唐氏按:此首别误作胡浩然词,见《类编草堂诗馀》卷二。别又误作孙洙词,见《花镜隽声》卷七。 ②吹散:《草堂诗馀》、《花草粹编》、《词律》、《词谱》作“不见”。 ③御楼烟暖:本刘昌诗《芦蒲笔记》卷十《鹧鸪天》(上元)词之七“玉座临轩宴近臣,御楼灯火发春温”。 ④鳌山:传渤海东面有五座仙山,由十五巨鳌顶着浮于海。见《列子·汤问》。此指大型彩灯。《东京梦华录》卷六《元宵》:“正月十五元宵。大内前自岁前冬至后,开封府绞缚山棚,立木正对宣德楼……至正月七日,人使朝辞出门,灯山上彩,金碧相射,锦绣交辉。面北悉以彩结山沓,上皆画神仙故事或坊间卖药卖卦之人……” 正鳌山对结:《唐宋诸贤绝妙词选》、《草堂诗馀》、《花草粹编》、《词综》、《词律》、《词谱》作“对鳌山彩结”。 ⑤“凤辇”句:凤辇,皇帝的车驾。《东京梦华录》卷六:“正月十四日,车驾幸五岳观迎祥池。有对御。至晚还内。” 归:《唐宋诸贤绝妙词选》、《草堂诗馀》、《花草粹编》、《词综》、《词律》、《词谱》作“回”。 ⑥千门灯火,九街风月:汴京元宵放灯盛景。《东京梦华录》卷六:“(正月)十六日……须臾下帘则乐作,纵万姓游赏……于是华灯宝炬,月色花光,霏霏融融,动烛远近……” 千

门：千门万户。 九街：汉长安城中有八街九陌，后泛指京城大路。街，《草堂诗馀》、《词律》作"逵"。《词综》、《词谱》作"衢"。二句化用唐郭利贞《上元》诗："九陌连灯影，千门度月华。" ⑦笑匀妆面：《唐宋诸贤绝妙词选》、《草堂诗馀》、《花草粹编》、《词综》、《词律》、《词谱》作"艳妆初试"。 ⑧波：明净如水的眼光。李白《长相思》："昔日横波目，今作流泪泉。"此字《草堂诗馀》、《花草粹编》、《词律》、《词谱》作"羞"。 向：《唐宋诸贤绝妙词选》、《词综》作"溜"。 ⑨玉梅：白绢制成的梅花。妇女元宵头饰之一。《东京梦华录》卷六："市人卖玉梅、夜蛾、蜂儿、雪柳、菩提叶、科头圆子、拍头焦䭔。" ⑩上元："道书以正月十五为上元，七月十五为中元，十月十五为下元。"见《资治通鉴·唐僖宗纪》胡三省注。

[集评]

王闿运云："此逢旧时娼女也。然词语绮丽，自有情韵。"（《湘绮楼评词》）

如梦令

帘外新来双燕，珠阁琼楼穿遍①。香径得泥归，飞蹙池塘波面②。谁见，谁见，春晚昭阳宫殿。③

[注释]

①"帘外"二句：本李白《双燕离》诗"玉楼珠阁不独栖，金窗绣户长相见"。 琼楼：本指月中宫殿，见旧题前秦王嘉《拾遗记》，后泛指豪丽楼宇。 ②蹙：《粤雅堂丛书》本《乐府雅词》作"戏"。 ③全词有脱意王昌龄《长信秋词》"玉颜不及寒鸦色，犹带昭阳日影来"之迹。 昭阳：汉宫殿名。《三辅黄图》卷三谓汉成帝皇后赵飞燕居此。《西京杂记》、《汉书·孝成赵皇后传》谓赵飞燕妹、汉成帝昭仪赵合德居此，甚富丽。

如梦令①

墙外辘轳金井②，惊梦瞢腾初省③。深院闭斜阳，燕入阴阴帘影。人静，人静，花落鸟啼风定。

[注释]

①《唐宋诸贤绝妙词选》题作“春情”。 ②金井：井栏上有雕饰的井。古典诗词中常指宫廷园林中的井。 ③瞢腾：糊涂、痴呆。

如梦令

门在垂杨阴里[①]，楼枕曲江春水[②]。一阵牡丹风，香压满园花气[③]。沉醉，沉醉，不记绿窗先睡[④]。

（以上《乐府雅词》卷中）

[注释]

①阴：《历代诗馀》作“影”。 ②曲江：在唐长安，本为秦汉宫苑中水，唐时为京城游览胜地。 ③“一阵牡丹风”二句：用唐诗故事。《唐诗纪事·李正封》卷四十：“唐文宗好诗。大和中赏牡丹，上谓程修己曰：‘今京邑人传牡丹诗，谁为首出？’对曰：‘中书舍人李正封诗：天香夜染衣，国色朝酣酒。’”李白《清平调》：“名花倾国两相欢，长得君王带笑看。”罗隐《牡丹》：“若教解语应倾国，任是无情也动人。” ④绿窗：绿色的纱窗。唐宋贵族妇女喜在春夏贴绿色的窗纱。李绅《莺莺歌》：“绿窗娇女字莺莺，金雀娅鬟年十七。”

上林春慢[①]

帽落宫花，衣惹御香[②]，凤辇晚来初过。鹤降诏飞[③]，龙擎烛戏[④]，端门万枝灯火[⑤]。满城车马，对明月、有谁闲坐[⑥]。任狂游，更许傍禁街，不扃金锁[⑦]。 玉楼人、暗中掷果[⑧]，珍帘下、笑著春衫袅娜[⑨]。素蛾绕钗，轻蝉扑鬓，垂垂柳丝梅朵[⑩]。夜阑饮散，但赢得、翠翘双亸[⑪]。醉归来，又重向、晓窗梳裹。

（《说郛》本《续骫骳说》）

[注释]

①《花草粹编》题作“元宵”。《词综》、《历代诗馀》作“上元”。词写汴京元宵游观之盛。　②“帽落宫花”二句:《东京梦华录》卷六载,元宵时节,皇帝“赐群臣宴”,二句即写其情景。　宫花:百官头上所戴之花,皇帝所赐。　③鹤降诏飞:本《宋史·礼志》“御楼肆赦,楼上以朱丝贯鹤,仙人乘之,奉制书循绳而下”。　④龙擎烛戏:古代神话中有神兽烛龙,人面龙身,在西北无日之处衔烛照明于幽阴。事见《山海经·大荒西经》。后以烛龙为灯烛代称。《东京梦华录》卷六:“正月十五日元宵……又于左右门上,各以草把缚成戏龙之状,用青幕遮笼,草上密置灯烛数万盏,望之蜿蜒如双龙飞走。”　擎:《词综》、《词律》、《词谱》、《历代诗馀》作“衔”。　⑤端门:宫殿南面的正门。　⑥满城车马,对明月、有谁闲坐:本唐郭利贞《上元》诗“倾城出宝骑,匝路转香车”。　⑦“任狂游”三句:典出宋敏求《春明退朝录》卷中“太宗时三元不禁夜”。《东京梦华录》卷六“正月十五日元宵……至十九日收灯,五夜城闉不禁”。　⑧掷果:潘岳貌美,妇女艳羡,路上常投之以果,以至满车。见《晋书·潘岳传》。此用指调情。　⑨珍:《花草萃编》、《词综》、《词律》、《词谱》、《历代诗馀》作“珠”。　⑩“素蛾绕钗”三句:写妇女元宵头饰。周密《武林旧事》卷二:“元夕节物,妇人皆戴珠翠、闹蛾、玉梅、雪柳、菩提叶、灯球、销金合蝉。貂袖,项帕,而衣多尚白,盖月下所宜也。游手浮浪辈,则以白纸为大蝉,谓之夜蛾。”　唐氏按:“蛾”原作“娥”,据《词综》卷七改。　⑪翠翘:古代妇女首饰,形状如鸟尾的长羽。《楚辞·招魂》:“砥室翠翘,挂曲琼些。”　亸(duǒ):下垂的样子。

[集评]

朱弁云:“都下元宵观游之盛,前人或于歌词中道之。而故族大家,宗藩戚里,宴赏往来,车马骈阗,五昼夜不止。每出,必穷日尽夜漏,乃始还家,往往不及小憩,虽含酲溢疲恧,亦不暇寐,皆相呼理残妆,而速客者已在门矣。又妇女首饰至此一新,髻鬟参插,如蛾、蝉、蜂、蝶、雪柳、玉梅、灯球,袅袅满头。其名件甚多,不知起何时。而词客未有及之者。晁叔用作《上林春慢》云:(词略)。此词虽非绝唱,然句句皆是实事,亦前人所未尝道者,良可喜也。”(《续骫骳说》)

汉宫春

梅[1]

潇洒江梅[2],向竹梢稀处,横两三枝[3]。东君也不爱惜,雪压风欺[4]。无情燕子,怕春寒、轻失佳期[5]。惟是有、南来归雁[6],年年长见开时。　清浅小溪如练[7],问玉堂何似[8],茅舍疏篱[9]。伤心故人去后,冷落新诗[10]。微云淡月,对孤芳、分付他谁[11]。空自倚、清香未减[12],风流不在人知[13]。

(《苕溪渔隐丛话》前集卷五十九)

[注释]

①唐氏按:此首别又误作为李邴词,见《梅苑》卷一。《中兴以来绝妙词选》题作"梅花"。《词苑英华》本《草堂诗馀》作"咏梅"。此篇作者、作意及作年,宋人说法不一。胡仔《苕溪渔隐丛话》、曾敏引《独醒杂志》认为:政和间,晁冲之作此词,献给蔡攸,攸荐之蔡京。晁因受赏识,除授大晟府丞。陈鹄《耆旧续闻》引陆游语,认为是晁冲之赠别王仲甫之作。王(字明之,外号逐客)为翰林应制,赋词,宣仁太后认为语涉狎媟,因而被贬逐。同僚约为饯行,至期只冲之至,遂咏梅托意。英宗宣仁皇后为太后时神宗在位,则此词作于神宗前期。神宗朝冲之为仲甫"馆中同僚",史无旁证。当时冲之年资尚浅,似不得至此。又一说此词为李邴(字汉老,谥文敏)作,见王明清《玉照新志》。言为李邴少作,政和间,首相王黼席上闻之,李邴因致馆阁之命。则此词可能作于绍圣至政和间,显名于政和。　②江梅:野梅。参见范成大《梅谱》。　③"向竹梢"二句:本苏轼《惠崇春江晚景》"竹外桃花三两枝"。　稀:《中兴以来绝妙词选》、《乐府雅词拾遗》、《全芳备祖》、《历代诗馀》作"疏",《草堂诗馀》作"深"。　④"东君"二句:本范仲淹《梅花》"萧条雁后复春前,雪压霜欺未放妍"。　东君:司春之神。《尚书纬》:"春为东皇,又为青帝。"　君:《词综》、《历代诗馀》作"风"。　欺:《乐府雅词拾遗》作"攲"。　⑤春:《乐府雅词拾遗》作"轻"。　佳:《中兴以来绝妙词选》、《乐府雅词拾遗》、《全芳备祖》作"花"。　⑥惟:《乐府雅词拾遗》、《全芳备祖》作"却"。　归:《乐府雅词

拾遗》、《全芳备祖》作“塞”。 ⑦“清浅”句：用林逋《山园小梅》“疏影横斜水清浅”诗意。 ⑧玉堂：宫殿名。唐宋以后，玉堂亦指翰林院。 ⑨茅舍疏篱：本杜甫诗“茅舍竹篱短，梅花吐未齐”。 ⑩“伤心”句：伤，《全芳备祖》作“关”。陈鹄《耆旧续闻》卷九谓，冷当作“泠”，同“零”。句用杜甫酬高适诗“自从蜀中人日作，不意新诗久零落”之意。 ⑪孤芳：《乐府雅词拾遗》作“江山”。 他：《粤雅堂丛书》本《乐府雅词拾遗》作“伊”。 ⑫清香：《乐府雅词拾遗》作“风流”。 未减：《全芳备祖》作“自灭”。 ⑬风流：《乐府雅词拾遗》作“清香”。 不：《全芳备祖》作“岂”。

［集评］

曾敏行云：“时以燕雁与梅不相关而挽入，故见笔力。”（《独醒杂志》卷四）

许昂霄云：“圆转流美，何减美成。”又（“东风也不爱惜……年年长见开时”六句）“三层俱用旁写”。（《词综偶评》）

黄苏云：“借梅写照，丰神蕴藉……按其风骨应为李汉老作，恐非叔用所为。”（《蓼园词选》）

陈廷焯云：“宋李汉老有‘问玉堂何似，茅舍疏篱’之句，一时脍炙人口。然此语似雅而俗。”（《白雨斋词话》卷六）

《云韶集》：“起数语不减东坡、和靖梅花诗，而骨韵更胜，宜其传播一时也。‘问玉堂’二语，真洒脱，真名士。耆卿词云：‘忍把浮名，换了浅斟低唱’，不过风流语耳，此却有韵有骨，想见文敏生平。结句愈见气骨，举国无与谈，而卒见重于首相，其有由乎？”

小重山

碧水浮瓜纹簟前[①]，只知闲枕手，不成眠。晚云如火雨晴天，轻云远、亭外一声蝉。　　池馆几年年，倚阑催小艇，采新莲[②]。多情还到芰荷边，应相忆、折藕看丝牵。

（《全芳备祖》后集卷八“瓜门”）

（以上晁冲之词十六首，用赵万里辑本《晁叔用词》）

[注释]

①碧水浮瓜:指夏季享乐。《文选·曹丕〈与吴质书〉》:"浮甘瓜于清泉,沉朱李于寒冰。"《东京梦华录》卷八:"都人最重二伏,盖六月中别无时节。往往风亭水榭,峻宇高楼,雪槛冰盘,浮瓜沉李,流杯曲沼,苞鲊新荷,远迩笙歌,通夕而罢。" 纹簟(diàn):编织细致精美的竹席。 ②"倚阑"二句:典出南朝乐府《西洲曲》,"开门郎不至,出门采红莲。采莲南塘秋,莲花过人头。低头弄莲子,莲子清如水。置莲怀袖中,莲心彻底红。"莲、怜谐音,表爱慕意。

存目词

调名	首句	出处	附注
生查子	金鞍美少年	《古今诗馀醉》卷四	晏几道作,见《小山词》
临江仙	万里彤云密布	《古今小说·张古老种瓜娶文女》	小说依托

毛滂

毛滂(1060—1124 后),字泽民,号东堂,衢州江山(今属浙江)人。元祐间为杭州法曹。受苏轼赏识,荐之于朝。绍圣年间为衢州推官。后任武康县令、祠部郎中,出知秀州。晚年结交蔡京,献词以得进用。有《东堂集》。

水调歌头

元会曲①

九金增宋重,八玉变秦馀②。千年清浸,洗净河洛出图书③。一段升平光景,不但五星循轨④,万点共连珠⑤。垂衣本神圣,补衮妙工夫⑥。　朝元去,锵环佩,冷云衢⑦。芝房雅奏⑧,仪凤矫首听笙竽。天近黄麾仗晓⑨,春早红鸾扇暖,迟日上金铺⑩。万岁南山色,不老对唐虞。

[注释]

①元会:元日朝会。《宋史》卷一百一十六:"宋承前代之制,以元日、五月朔、冬至行大朝会之礼。"此词约作于大观二年(1108)元日。　②九金:即九宝。据秦制,皇帝有六玺。唐改称宝,增至八。宋因之。后宋徽宗得于阗玉,复铸一宝,合称九宝。　"九金"二句下作者自注:"上手诏在廷云:六玺之用,尚循秦旧。"　③河洛出图书:旧传伏羲时,黄河、洛水分别出现龙马与神龟,背负河图、洛书,后人以为帝王圣者受命之瑞。《易经·系辞上》:"河出图,洛出书,圣人则之。"　④五星循轨:金、木、水、火、土五行星各居一宫,相连不断,古视之为祥瑞。　⑤句下作者自注:"崇宁、大观之间,太史数奏五星循轨,众星顺乡,靡有错乱。"　错乱:唐氏按:"错"原作"碎",改从吴讷《唐宋名贤百家词》本《东堂词》。　⑥补衮:为皇帝补救过失。　⑦云衢:云路,谓朝会之地。　⑧芝房:汉郊祀歌名。　⑨黄麾仗:皇帝仪仗,其旌旗皆为黄色。　⑩金铺:宫门上衔环之钮,多为兽头形,以金饰之。

绛都春

太师生辰[1]

馀寒尚峭。早凤沼冻开，芝田春到[2]。茂对诞期，天与公春向廊庙。元功开物争春妙[3]。付与秾华多少。召还和气，拂开霁色，未妨谈笑。　缥缈。五云乱处[4]，种雕菰向熟[5]，碧桃犹小。雨露在门，光彩充闾乌亦好。宝熏郁雾城南道。天自锡公难老[6]。看公身任安危，二十四考[7]。

[注释]

①太师：蔡京。此词作于崇宁以后，蔡京独相之时。　②芝田：仙人种芝草之地，用为贺颂之词。　③元功：大功。　开物：通晓万物之理。　④五云：五色瑞云。　⑤雕菰：菰米，水生植物，古为六谷之一。　⑥锡公难老：锡，通"赐"。难老，即长寿。《诗经·鲁颂·泮水》："既饮旨酒，永锡难老。"　⑦二十四考：《旧唐书·郭子仪传》载郭子仪在中书令任上曾二十四次主持官吏考绩，后用以称颂位高任久。

清平乐

千叶芝

九重寒少[1]，烟暖丰瑶草。金井碧梧雏凤矫，南极人来最老[2]。　衣冠远换裘毡[3]，德随和气蝉连。万里同开寿域[4]，一年三秀芝田。

[注释]

①九重：指宫禁。　②南极：星名，全称南极老人。此用以贺寿。　③"衣冠"句：意谓对外族采取怀柔政策。　裘毡：指北方少数民族。　④寿域：谓人人得尽天年的太平盛世。

清平乐

重芳叠秀，风约仙云皱。椿不争年松与寿[①]，共出皇家忠孝。　仁深枯冷皆蒙，托根不倚东风。日照恩光万里，暖生塞草丛中。

[注释]

①椿：传说中的长生植物，如《庄子·逍遥游》"上古有大椿者，以八千岁为春，八千岁为秋"。此用为祝寿词。

清平乐

镂烟剪雾，鞢䩞无层数[①]。苜蓿青深烦雪兔[②]，引到祥华开处。　仙人手翳朝阳[③]，清都绛阙相将[④]。来覆东封翠辇[⑤]，好遮化日舒长[⑥]。

[注释]

①鞢䩞（xiá xiè）：花并列聚合貌。　②苜蓿：植物名，马饲料，日照其花，有光彩。常植离宫别观旁。　雪兔：谓月亮。　③"仙人"句：汉武帝时，曾于建章宫作仙人掌以承甘露，此写宫殿壮美。　④清都：传说天帝居所，此指皇宫。　绛阙：皇宫门阙。　⑤来覆：此指仙人以手遮护东封车驾。　东封：谓帝王行封禅事，以求天下太平。　⑥化日：谓太平盛世之日。《后汉书·王符传》："化国之日舒以长，故其民闲暇而有馀力。"

清平乐

九茎为寿[①]，千叶前无有。叶叶年年看不朽，天与君王意厚。　君恩雨露无边，玉筵暖接非烟[②]。马向华山烽冷[③]，人安草亦千年。

[注释]

①九茎:九茎芝草。汉武帝时,甘泉宫内产芝,九茎连叶,以之为祥瑞。　②非烟:祥瑞彩云。　③“马向”句:谓烽火不起,边地无战事。《尚书·武成》:“归马于华山之阳。”《尚书正义》云,华山之南乏水草,非养马之地,放战马于此令自灭,示不须乘用。

清平乐

绛河清[①]

绛河千岁,一照升平事。万里青铜开碧霁[②],俯见南山晚翠。　绀寒不翅湘酃[③],清于练静江澄[④]。流向万年觞里,玉波可但如渑[⑤]。

[注释]

①绛河:此指黄河。大观元年十二月(1107)守臣奏黄河清。词当作于此时。　②青铜:青铜镜,喻月。　③不翅:不啻,不止。　湘酃(líng):湘水与酃湖,均在湖南省。　④练静江澄:本谢朓《晚登三山还望京邑》诗“澄江静如练”。　⑤可但:岂只。　渑:水名,在山东省,已湮。

清平乐

银河秋浪,遥出昆仑上。忽变澄澜添碧涨,可道升平无象[①]。　黄云浊雾初开,荣光休气徘徊[②]。试觅当时五老[③],金泥玉检将来[④]。

[注释]

①可道:岂道。　象:象征。　②休气:吉庆之气。　③五老:传说尧率舜升首山,遵河渚,见五老游焉,是为五星之精。后以之为太平至治之祥瑞。事见《竹书纪年》。　④金泥玉检:封禅所用书函,以金泥封印,玉为函盖。《文选·任昉〈宣德皇后令〉》李善注云,五老见舜,有“金泥玉检

封书成"语。

清平乐

天连翠潋[①]，九折玻璃软[②]。回抱金堤清宛转，疑共蓬莱清浅。　吾君欲济如何，唐虞风顺无多[③]。自有松舟桧楫，一帆三代同波[④]。

［注释］

①潋：水际。　②玻璃：喻清澄的水面。　③唐虞：唐尧、虞舜。　无多：不多。　④三代：尧、舜、禹三代，指盛世。

清平乐

太师相公生辰

娟娟月满，冉冉梅花暖。春意初长寒力浅，渐拟芳菲满眼。　当时吉梦重重，间生天子三公[①]。付与人间桃李，年年管领春风[②]。

［注释］

①三公：周以太师、太傅、太保为三公，太师最尊。　②"付与"二句：喻施恩泽与民。　管领：领受。

清平乐

瀛洲春酒[①]，满酌公眉寿[②]。日照沙堤春傍柳，恩暖朝天衮绣[③]。　东君著意丁宁[④]，芳酸先许梅英。要就升平滋味，待公来进君羹[⑤]。

[注释]

①瀛洲:神山名,传说山上有泉水如酒。　②眉寿:长寿。《诗经·豳风·七月》:“为此春酒,以介眉寿。”　③衮绣:帝王及公侯之礼服。　④东君:指春神。　⑤“待公”句:本《尚书·说命下》“君作和羹,尔惟盐梅”。此用其意喻治国有方。

清平乐

雪馀寒退,惟有青松在。春不加荣寒不悴,用舍如公都耐[①]。　流肪磊硌龟蛇[②],会留红日西斜。欲助我公寿骨,蟠桃等见开花。

[注释]

①用舍:指被任用或不被任用。《论语·述而》:“用之则行,舍之则藏。”　②流肪:即松脂,古云松脂入地,千年变为茯苓,服之可延寿。　磊硌:壮大貌。　龟蛇:道教所信奉的神物,此用为祝寿。

清平乐

己卯长至作[①]

流光电急,又过书云日[②]。旧是天津花下客[③],老对山青水碧。　而今转惜年华,迟阳为缓西斜。试问东君音信,晓寒犹压梅花。

[注释]

①己卯:哲宗元符二年(1099),时任武康知县作。　长至:称冬至。　②书云日:指冬至。　古俗:凡分、至、启、闭,必书云物,以备查考。　③天津:桥名,在洛阳西南。欧阳修《戏答元珍》诗:“曾是洛阳花下客,野芳虽晚不须嗟。”

清平乐

东堂月夕小酌，时寒秀亭下娑罗花盛开[①]

云峰秀叠，露冷琉璃叶[②]。北畔娑罗花弄雪，香度小桥淡月。　与君踏月寻花，玉人双捧流霞[③]。吸尽杯中花月，仙风相送还家。

[注释]

①东堂：在武康县衙。毛滂重修。　②琉璃：喻花叶晶莹碧净。　③流霞：酒名。

清平乐

元　夕

东风桂影，低拂姮娥镜。镜里妆寒酥粉莹，越恁十分端正[①]。　素光行处随人，柳边照见青春。一片笙箫何处[②]，花阴定有遗簪[③]。

[注释]

①越恁：更加。　②"一片"句：化用杜牧《寄扬州韩绰判官》"二十四桥明月夜，玉人何处教吹箫"诗意。　③遗簪：失落的玉簪。

清平乐

春兰用殊老韵[①]

曲房青琐，浅笑樱桃破。睡起三竿红日过，冷了沉香残火。　东风偏管伊家，剩教那与秾华[②]。谁送一怀春思，玉台燕拂菱花。

[注释]

①殊老:似指诗僧仲殊。　②剩:尽。

清平乐

送贾耘老、盛德常还郡[1]。时饮官酒于东堂,二君许复过此

杏花时候,庭下双梅瘦。天上流霞凝碧袖,起舞与君为寿。　　两桥风月同来,东堂且没尘埃。烟艇何时重理[2],更凭风月相催。

[注释]

①贾耘老:名收。能诗,与东坡交好,隐居南苕溪上。　②烟艇:游船。

清平乐

春夜曲

兰堂灯灺[1],春入流苏夜[2]。衣褪轻红闻水麝[3],云重宝钗未卸。　　知君不奈情何,时时慢转横波。一饷花柔柳困,枕前特地春多。

[注释]

①灯灺(xiè):灯烛将灭。　②流苏:指帷帐。　③水麝:麝之一种,体有奇香。此指香气。

清平乐

与诸君小酌,烛下见花,戏作一首

风摇灺烬,吹下桃花影。醉倒碧铺眠碎锦[1],谁伴香

迷酒凝。　　少年不解孤春，年来减尽春心。犹下绣帘遮定，不教风雨侵凌。

[注释]

①碧铺、碎锦：喻绿草红花。

清平乐

桃夭杏好[1]，似个人人好[2]。淡抹胭脂眉不扫[3]，笑里知春占了。　　此情没个人知，灯前子细看伊。恰似云屏半醉，不言不语多时。

[注释]

①桃夭：夭，茂盛貌。《诗经·周南·桃夭》："桃之夭夭，灼灼其华。"　②人人：对亲昵者之称。　③扫：画。

清平乐

春晚与诸君饮

杯深莫厌，强看桃花面。记约阳和初一线[1]，便恁芳菲满眼。　　明年春色重来，东堂花为谁开。我在芦花深处，钓矶雨绿莓苔[2]。

[注释]

①阳和：春日暖和。　②钓矶：钓鱼时所坐之石。

清平乐

锦屏夜夜，绣被熏兰麝。帐卷芙蓉长不下，垂尽银台蜡炧。　　脸痕微著流霞[1]，瞢腾越恁秾华[2]。破睡半残妆粉，月随雪到梅花。

[注释]

①流霞：仙酒，此指酒色。　②瞢腾：神志朦胧迷糊。

浣溪沙

宴太守张公内翰作[1]

碧雾朦胧郁宝熏，和风容曳舞帘旌。花间千骑两朱轮[2]。　　金马天材文作锦，玉堂仙骨气如冰[3]。湖山何似使君清。

[注释]

①张公：张阁，以翰林学士出知杭州太守。时在政和元年(1111)。　②朱轮：高官乘坐之车。　③金马、玉堂：均谓翰林院。

浣溪沙

尉圃观梅

曾向瑶台月下逢[1]，为谁回首矮墙东[2]。春风吹酒退腮红。　　庾岭殷勤通远信[3]，梅家潇洒有仙风。晚香都在玉杯中。

[注释]

①瑶台：玉砌之台，古以为神仙居处。李白《清平调》："会向瑶台月下逢。"　②"为谁"句：宋玉《登徒子好色赋》云，玉之东邻有美女，此女登墙窥玉三年。此用其事，以东墙美女喻梅。　③庾岭：即大庾岭，岭上多梅，又称梅岭。在江西、广东交界处。

浣溪沙

新春四夜松斋小饮[①]，微雪复止

谢女清吟压郢楼[②]，楼前风转柳花球。学成舞态却多羞。　　半落琼瑶天又惜，稍侵桃李蝶应愁。酒家先当翠云裘[③]。

[注释]

①新春四夜：正月初四夜。　松斋：即武康之寒秀亭。　②“谢女”句：谢女即谢道韫，以“未若柳絮因风起”咏飞雪而著称于世。　压郢楼：代指高雅之诗作。宋玉《对楚王问》云，楚都郢中有客歌《阳春》《白雪》，其曲高雅，故和者甚寡。此谓道韫吟雪高妙绝伦。　③翠云裘：以翠羽所织的云纹之裘。李白《江夏送友人》：“雪点翠云裘。”

浣溪沙

仲冬朔日，独步花坞中，晚酌萧然，见樱桃有花

小圃韶光不待邀，早通消耗与含桃[①]。晚来芳意半寒梢。　　含笑不言春淡淡，试妆未遍雨萧萧。东家小女可怜娇。

[注释]

①消耗：消息。　含桃：即樱桃。

[集评]

卓人月云：“秀色疗人饥。”（《古今词统》卷四）

浣溪沙

家人生日

日照遮檐绣凤凰[①],博山金暖一帘香[②]。尊前光景为君长。　　不信腊寒雕鬓影,渐匀春意上妆光。梅花长共占年芳。

[注释]

①遮檐:指檐前之门帘。　②博山:香炉名,炉盖形状似传说中之海上博山,故名。

浣溪沙[①]

上元游静林寺

花市东风卷笑声,柳溪人影乱于云。梅花何处暗香闻。　　露湿翠云裘上月,烛摇红锦帐前春。瑶台有路渐无尘[②]。

[注释]

①唐氏按:此首别误作陆游词,见《草堂诗馀续集》卷上。　②无尘:超脱尘俗,此指佛寺。

[集评]

卓人月云:"'卷'字奇。"(《古今词统》卷四)

浣溪沙

咏　梅

月样婵娟雪样清,索强先占百花春[①]。于中烛底好精神。　　多恨肌肤元自瘦，半残妆粉不忺匀[2]。十分全似那人人。

[注释]

①索强：要强，争胜。　②不忺（xiān）：不乐意。

浣溪沙

初春泛舟，时北山积雪盈尺，而水南梅林盛开

水北烟寒雪似梅，水南梅闹雪千堆。月明南北两瑶台。　　云近恰如天上坐，魂清疑向斗边来[1]。梅花多处载春回。[2]

[注释]

①魂清：谓心神清朗。　斗：星宿名。　②唐氏按：以上二首误入赵长卿《惜香乐府》卷八。

浣溪沙

寒食初晴东堂对酒

小雨初收蝶做团，和风轻拂燕泥干。秋千院落落花寒。　　莫对清尊追往事，更催新火续馀欢[1]。一春心绪倚阑干。

[注释]

①新火：唐宋习俗，寒食节禁火，至清明复起新火。

浣溪沙

寒食初晴，桃杏皆已零落，独牡丹欲开

魏紫姚黄欲占春[1]，不教桃杏见清明。残红吹尽恰才晴。　芳草池塘新涨绿，官桥杨柳半拖青。秋千院落管弦声。

[注释]

①魏紫姚黄：牡丹花的两个名贵品种。见欧阳修《洛阳名花记》。

浣溪沙

八月十八夜东堂作

晚色寒清入四檐，梧桐冷碧到疏帘。小花未了烛花偏。　瑶瓮孛堆春这里[1]，锦屏屈曲梦谁边。熏笼香暖索衣添。

[注释]

①瑶瓮：似玉的酒器。　孛(bèi)堆：众多状。

浣溪沙

九月十二夜务亭作

碧浸澄沙上下天，曲堤疏柳短长烟。月明不待十分圆。　凿落未空牙板闹[1]，阑干久凭夹衣寒。婵娟薄幸冷相看[2]。

[注释]

①凿落：以金银雕镂为饰的酒盏。　②婵娟：指代月。

浣溪沙

武康社日

碧户朱窗小洞房，玉醅新压嫩鹅黄[①]。半青橙子可怜香。　风露满帘清似水，笙箫一片醉为乡。芙蓉绣冷夜初长。

[注释]

①玉醅：美酒。　压：指压取米酒。　鹅黄：指酒。

浣溪沙

松菊秋来好在无[①]，寄声猿鹤莫情疏。渊明不老久踟蹰。　打鼓枫林谁作社[②]，枕溪茅屋忆吾庐[③]。去年醉倒倩人扶。

[注释]

①好在：依旧。　无：问辞，意同“么”。陶渊明《归去来兮辞》：“三径就荒，松菊犹存。”此用其意。　②作社：社祭。　③枕溪：临近溪边。

浣溪沙

本是青门学灌园[①]，生涯浑在乱山前。一犁春雨种瓜田。　别后倩云遮鹤帐[②]，来时和月寄渔船。旁人莫做长官看。

[注释]

①“本是”句：青门即长安城东南门。《史记·萧相国世家》载，秦亡后，东陵侯召平为布衣，种瓜于长安城东。此谓归居过平民生活。　②倩：

请。　鹤帐:指隐逸者之床帐。

浣溪沙

泊望仙桥月夜舟中留客[1]

晚色轻凉入画船,云峰飞尽玉为天。疏飙自为月褰帘。　细酌流霞君且住,更深风月更清妍。为谁凄断小桥边[2]。

[注释]

①望仙桥:在乌程之西,传为马自然升仙处。　②凄断:凄凉之极。

浣溪沙

访吴中朋友

锦里无端无素书[1],长安秋晚忆家无。故人来此尚踟蹰。　旧事殷勤休忘了,老来凄断恶消除。小楼雪夜记当初。

[注释]

①锦里:即锦官城,成都之别称。

浣溪沙

松斋夜雨留客,戏追往事

记得山翁往少年,青楼一笑万金钱。宝鞍逐月玉鞭寒。　老对冻醪留客话[1],醉爬短髮枕书眠。伴人松雨隔疏帘。

[注释]

①冻醪：冬日酿造，春日饮用之酒。

浣溪沙

泛舟还馀英馆[①]

烟柳风蒲冉冉斜，小窗不用著帘遮。载将山影转湾沙。　略彴断时分岸色[②]，蜻蜓立处过汀花。此情此水共天涯。

[注释]

①馀英馆：在武康县馀英溪畔。　②略彴(zhuó)：小木桥。

浣溪沙

送汤词

蕙炷犹熏百和秾[①]，兰膏正烂五枝红[②]。风流云散太匆匆。　仙草已添君胜爽[③]，醉乡肯为我从容。剩风残月小庭空。

[注释]

①蕙炷：蕙草所制的香炷。　百和：由多种香料合成之香。　②兰膏：以泽兰炼就的灯油。　③胜爽：神情爽朗。

浣溪沙

泛　舟

银字笙箫小小童[①]，梁州吹过柳桥风[②]。阿谁劝我玉杯空[③]。　小醉径须眠锦瑟[④]，夜归不用照纱笼。画船帘卷月明中。

[注释]

①银字笙箫:管笛类乐器名,上以银字标明音阶高低。　②梁州:即《凉州》,曲调名。　③阿谁:谁。阿为语气词。　④锦瑟:绘饰华美之瑟。

[集评]

先著云:"赵令畤、贺方回之亚,毛泽民亦'三影郎中'之次也。清超绝俗,词中故自难。"(《词洁》)

浣溪沙

滟滟金波暖做春,疏疏烟柳瘦于人。柳边半醉不胜情。　未解画船留待月,缓歌金缕细留云[①]。将云带月入东门。

[注释]

①金缕:即《金缕衣》,曲调名。

浣溪沙

月夜对梅小酌

蜡烛花中月满窗,楚梅初试寿阳妆[①]。麒麟为脯玉为浆。　花影烛光相动荡,抱持春色入金觞。鸭炉从冷醉魂香[②]。

[注释]

①楚梅:楚地之梅。　寿阳妆:南朝宋武帝女寿阳公主卧于含章殿檐下,有梅花落额上,成五出之花,后称之为寿阳妆。事见《太平御览》卷三十引《杂五行书》。　②鸭炉:鸭形香炉。　从冷:纵使已冷。

[集评]

卓人月云："春色抱觞，可入仙词也。"(《古今词统》卷四)

天　香

宴钱塘太守内翰张公作①

进止详华②，文章尔雅③，金銮恩异群彦。尘断银台④，天低鳌禁⑤，最是玉皇香案⑥。燕公视草⑦，星斗动、昭回云汉⑧。对罢宵分⑨，又是金莲，烛引归院⑩。　年来偃藩江畔。赖湖山、慰公心眼。碧瓦千家，少借袴襦馀暖⑪。黄气珠庭渐满⑫。望红日、长安殊不远⑬。缓辔端门⑭，青春未晚。

[注释]

①张公：张阁。政和元年任杭州太守。　②详华：安详而有风采。　③尔雅：雅正。《史记·儒林列传》："文章尔雅，训辞深厚。"　④银台：宫门名，唐时翰林院在右银台门内，故以之指翰林院。　⑤鳌禁：指翰林院，以设于禁中，故称。　⑥玉皇香案：天帝置香炉之几案。元稹《以州宅夸于乐天》诗："我是玉皇香案吏。"此谓内翰之职与皇帝最亲近。　⑦燕公：唐张说，封燕国公，以文章显。此喻指张阁。　视草：起草诏谕。　⑧昭回云汉：星河光耀流转。《诗经·大雅·云汉》："倬彼云汉，昭回于天。"　⑨对：召对。宵分：半夜。　⑩"又是"二句：唐令狐绹为翰林承旨，宣宗夜召入对，良久许归，赐金莲花烛送之。见《新唐书·令狐绹传》。此用以颂张公。　⑪袴襦：喻指生活富裕。《后汉书·廉范传》载廉范为蜀郡太守，施德政利民，民乃歌曰"平生无襦今五袴"。语出此。　⑫黄气：古以为吉祥之兆。　⑬"望红日"句：《世说新语·夙惠》载晋明帝幼年时，其父问日与长安孰远，对曰："日近。"又曰："举目见日，不见长安。"后多以日近长安远喻不得至京城之意。此反用其事，谓张公进京任官。　⑭端门：宫殿正门。

小重山

宴太守张公内翰作

碧瓦朱甍紫翠深,玻璃屏障里,锦为城。子胥英爽海涛横[①],玉堂人,于此劝春耕。　　五月政当成[②]。岩廊将去路[③],肯留行。江山雄胜为公倾,公惜醉,风月若为情。

[注释]

①子胥:传说伍子胥含冤死后成为涛神,每于钱塘兴涛作浪。见《太平广记》卷二百九十一《伍子胥》。　②政当成:指政绩卓著,将入朝任官。　③岩廊:指朝廷。

小重山

立春日欲雪[①]

谁劝东风腊里来,不知天待雪,恼江梅。东郊寒色尚徘徊,双彩燕[②],飞傍鬓云堆。　　玉冷晓妆台,宜春金缕字,拂香腮。红罗先绣踏青鞋,春犹浅,花信更须催。

[注释]

①唐氏按:此首别作李邴词,见《中兴以来绝妙词选》卷一。　②双彩燕:据《荆楚岁时记》,立春日,妇女剪彩燕戴髻上,并于其上贴"宜春"二字。

小重山

春雪小醉

门外东风糁玉尘[①],曲房花气蔼[②],博山春。小槽珠滴桂椒芬,梅蕊绽,谁共醉中闻。　　睡起静无人,曲屏横远翠，锦为邻。十年旧事梦如新，红蕤枕，犹暖楚峰云[③]。

[注释]

①糁(sǎn)：撒落。　玉尘：喻雪。唐秦韬玉《春雪》诗："玉尘如糁满春朝。"　②曲房：深幽之室。　③楚峰云：谓男女情事。宋玉《高唐赋序》云楚襄王梦见一妇人，与之欢会，妇人曰："妾在巫山之阳，高丘之阻，旦为朝云，暮为行雨。"

小重山

家人生日

鹤舞青青雪里松，冰开龟在藻，绿蒙茸。一成不记蕊珠宫[①]，蟠桃熟，应待几东风。　　玉酒紫金钟。非烟罗幕暖，宝熏秾。赠君春色腊寒中，君留取，长伴脸边红。

[注释]

①一成：渐渐。　蕊珠宫：仙界宫阙名。

满庭芳

夏　曲

烁石炎曦，过云急雨，院落槐午阴清。藕花开遍，绿细一池萍。槽下真珠溜溜，龙团破、河朔馀酲[①]。阑干外，梧桐叶底，金井辘轳声。　　盈盈。开雾帐，珊瑚连枕，云母围屏。对肌肤冰雪，自有凉生。翠袖风回画扇，拂香篆、虬尾斜横[②]。北窗晚，娟娟静色，竹影上帘旌。

[注释]

①龙团：宋代贡茶名，制成圆饼形，上印龙纹。　河朔：夏日醉饮以避

一时之暑,称河朔饮。见曹丕《典论》。 ②香篆、虬尾:均指香炷缭绕上升的烟气,其盘曲如篆文、虬龙,故称。

满庭芳

西园月夜赏花

马络青丝,障开红锦,小晴初断香尘。芳醪满载,持烛有佳人。飞盖西园午夜[①],花梢冷、云月胧明。折还惜,留花伴月,占定可怜春。 佳人,争插帽。已残芳树,犹缀馀英。任红辞香散,蝶恨蜂瞋。醉也和春戴去,深院落、初馥炉熏。玉台畔,未教卸了,留映晚妆新。

[注释]

①"飞盖"句:本曹植《公宴》诗"清夜游西园,飞盖相追随"。 飞盖:指园中飞驰之车。

摊声浣溪沙

天雨新晴,孙使君宴客双石堂[①],遣官奴试小龙茶

日照门前千万峰,晴飙先扫冻云空。谁作素涛翻玉手,小团龙。 定国精明过少壮[②],次公烦碎本雍容[③]。听讼阴中苔自绿,舞衣红。

[注释]

①孙使君:孙贲,字公素,时为衢州刺史。 ②定国:于定国,少学法令,曾任廷尉,决案审慎,民无冤情,汉宣帝时官至丞相。见《汉书·于定国传》。此喻指孙使君。 ③次公:名黄霸,字次公,少学律令,以礼义治民著称,汉宣帝时官至丞相。见《史记·张丞相列传》。

摊声浣溪沙

冬至日，天气晏温[①]，从孙使君步至双石堂，北望山中微雪，因开窗倚目。适二柳当前，使君命伐之，霍然遂得众山之妙[②]

日转堂阴一线添[③]，使君和气作春妍。只有北山轻带雪，见丰年。　残月夜来收不尽，行云早起更留连。急剪垂杨迎秀色，到窗前。

［注释］

①晏温：温和。　②霍然：同“豁然”，眼界开阔貌。　③一线添：冬至后，日渐长。民俗以线量之，日增一线。

摊声浣溪沙

吴兴僧舍竹下与王明之饮[①]

雨色流香绕坐中，映阶疏竹一丛丛。不奈晚来萧瑟意，子猷风[②]。　潋滟满倾金凿落，淋漓从湿绣芙蓉。吸尽百川天上去，看长虹[③]。

［注释］

①王明之：未详。疑即王仲甫，字明之。元祐间为翰林学士，后居苏州。　②子猷风：谓竹风。子猷为王徽之字，其性爱竹，暂居人宅，便令种竹，曰：“何可一日无此君！”故称。见《世说新语·任诞》。　③“吸尽”二句：谓酒量过人，纵情豪饮。传说虹善饮，曾饮晋陵薛愿釜中酒，须臾便竭，愿辇酒灌之，随投随涸。见刘敬叔《异苑》卷一。

踏莎行

陈兴宗夜集,俾爱姬出幕

天质婵娟,妆光荡漾。御酥做出花模样。夭桃繁杏本妖妍,文鸳彩凤能偎傍。 艾绿浓香,鹅黄新酿[①]。绿云清切歌声上[②]。夜寒不近绣芙蓉,醉中只觉春相向。

[注释]

①鹅黄:酒名。 ②绿云:缭绕仙人之瑞云。 绿:另作“缘”。 清切:形容歌声高亢清亮。

踏莎行

会宗园初见梅花[①]

映竹幽妍,临池娟靓[②]。芳苞先暖香初娠。南枝微弄雪精神,东君早寄春音信。 奔月仙标[③],乘烟远韵。玉台粉点和酥凝。从来清瘦可禁寒,为谁早把霞衣褪。

[注释]

①会宗:沈蔚,字会宗,吴兴人。 ②娟靓:艳美。 ③仙标:超俗的风姿。

踏莎行

蜡 梅

粟玉玲珑,雍酥浮动。芳跗染得胭脂重[①]。风前兰麝作香寒,枝头烟雪和春冻。 蜂翅初开,蜜房香弄。佳人寒睡愁和梦。鹅黄衫子茜罗裙,风流不与江梅共[②]。

[注释]

①芳跗：花萼的基部。　②江梅：梅之一种。范成大《梅谱》："江梅，遗核野生，不经栽接者，又名直脚梅，或谓之野梅。"

踏莎行

正月五日定空寺观梅[1]

景泮冰檐[2]，情回瑶草。副能守得春来到[3]。管曾独自索春怜[4]，而今觑著东风笑。　粉凝酥寒，云房睡觉[5]。胭脂也不添些小[6]。天真要与此花争，是伊占得春多少。

[注释]

①定空寺：寺在武康县东南，以梅花知名。　②景：日光。　泮：溶解。　③副能：甫能，才能。　④管曾：即曾经。管为肯定辞。　索：须。　⑤云房：僧人居室。　⑥些小：些微。

踏莎行

元　夕

拨雪寻春，烧灯续昼。暗香院落梅开后。无端夜色欲遮春，天教月上官桥柳。　花市无尘，朱门如绣。娇云瑞雾笼星斗。沉香火冷小妆残，半衾轻梦浓如酒。

踏莎行

早春即事

阶影红迟，柳苞黄遍。纤云弄日阴晴半。重帘不卷篆香横，小花初破春丛浅。　风绣犹重[1]，鸭炉长暖。屏山翠入江南远。醉轻梦短枕闲敧[2]，绿窗窈窕风光转。

[注释]

①风绣:谓绣衣。 ②攲(qī):不正、斜置。

踏莎行

追往事

芳气霏微[①],薄衣料峭。何人正倚桃花笑。流红不出武陵溪[②],这回空与春风到。 尊俎全稀,风情终较[③]。安仁老也谁知道[④]。碧云无信失秦楼[⑤],旧时明月犹相照[⑥]。

[注释]

①霏微:蒸腾。 ②武陵溪:即陶渊明《桃花源记》之桃花源,此并用刘晨、阮肇桃源遇仙女事。 ③较:差。 ④安仁:晋潘岳字,其《秋兴赋序》云:"余春秋三十有二,始见二毛。"二毛即头鬓斑白,衰老貌。 ⑤碧云无信:用江淹《休上人怨别》诗"日暮碧云合,佳人殊未来"意。 秦楼:即凤台。秦穆公以女弄玉妻萧史,为作凤台。见刘向《列仙传》。 ⑥"旧时"句:用晏几道《临江仙》"当时明月在,曾照彩云归"意。

踏莎行

中秋玩月

碧树阴圆,绿阶露满。金波潋滟堆瑶盏。行云会事不飞来[①],长空一片琉璃浅。 玉燕钗寒[②],藕丝袖冷。只应未倚阑干遍。随人全不似婵娟,桂花影里年年见。

[注释]

①会事:懂事,识趣。 ②玉燕钗:传说神女赠玉钗于汉武帝,帝赐赵婕妤,后此钗化作白燕飞去。后人多仿制此钗,并名为玉燕。

玉楼春

戊寅重阳[1]，病中不饮，惟煎小云团一杯，荐以菊花

西风吹冷沉香篆，门掩小晴红叶院。卧看黄菊送重阳，露重烟寒花未遍。　　衰翁病怯琉璃盏，日日愁侵霜鬓短。一杯菊叶小云团，满眼萧萧松竹晚。

[注释]

①戊寅：宋哲宗元符元年(1098)，时任武康知县作。

玉楼春

仆前年当重九，微疾不饮，但掇菊叶煎小云团，用酬节物[1]，戏作短句以侑茗饮。逮去年，曾登山高会。今年客东都，依逆旅主人舍[2]，无游从，不复出门，不知时节之变。或云今日重九，起坐空庭月下，复取云团酌一杯。盖用仆故事，以送佳节。又作侑茶一首以和韵

泥银四壁盘蜗篆，明月一庭秋满院。不知陶菊总开无[3]，但见杜苔新雨遍[4]。　　去年醉倒云为盏。未尽百壶惊日短。小云今夜伴牢愁，好在凤凰春未晚[5]。

[注释]

①节物：应节之物品。　②逆旅：客舍。　③陶菊：即菊花。萧统《陶渊明传》载渊明九月九日于菊丛中把菊饮酒，故称。　④杜苔：谓杜梨树上之青苔。杜梨又名甘棠。或曰：似用杜甫诗《重过何氏诗》“雨抛金锁甲，苔卧绿沉枪”写雨中景色。　⑤凤凰：指凤团，上印凤纹之茶饼。

玉楼春

赠孙守公素

三衢太守文章伯[1]，七月政成如戏剧[2]。坐中欬唾落珠玑[3]，笔下神明飞霹雳。　才高莫恨溪山窄，且与燕公添秀发[4]。风流前辈渐无多，好在魏公门下客[5]。

[注释]

①三衢：地名，即衢州，在今浙江衢州市。　②"七月"句：谓孙守政绩显著。　③欬（kài）唾落珠玑：喻谈吐高雅，出口即为佳句。《晋书·夏侯谌传》："欬唾成珠玉，挥袂出风云。"　④燕公：唐张说，封燕国公，以文章著称。此指孙公素。　秀发：谓诗文俊逸之气。　⑤魏公门下：魏公为韩琦封号，《宋史·韩琦传》载琦折节下士，无有贵贱，得人甚多。此喻孙公素有韩琦之风，作者似曾为其门下客。

玉楼春

己卯岁元日[1]

一年滴尽莲花漏[2]，碧井酴酥沉冻酒[3]。晓寒料峭尚欺人，春态苗条先到柳。　佳人重劝千长寿，柏叶椒花芬翠袖。醉乡深处少相知，只与东君偏故旧。[4]

[注释]

①己卯：元符二年（1099），武康任上作。　②莲花漏：莲花状的漏壶，古计时器。　③酴酥：亦作"屠苏"，药酒名，古风俗于正月初一饮。见《荆楚岁时记》。　④唐氏按：此首别误作晏几道词，见《草堂诗馀续集》卷上。

玉楼春

定空寺赏梅

蕊珠宫里三千女，滴粉为春尘不住。月华冷处欲迎人，七里香风生满路[①]。　　一枝谁寄长安去[②]，想得韶光能几许。醉翁满眼玉玲珑，直到烟空云尽处。

［注释］

①七里香：言定空寺距武康县七里。　②“一枝”句：用陆凯《赠范晔》“折梅逢驿使，寄与陇头人。江南无所有，聊赠一枝春”诗意。

玉楼春

立春日

小园半夜东风转，吹皱冰池云母面[①]。晓披阊阖见朝阳[②]，知向碧阶添几线。　　小烟弄柳晴先暖，残雪禁梅香尚浅。殷勤洗拂旧东君，多少韶华聊借看。

［注释］

①“吹皱”句：本冯延巳《谒金门》“风乍起，吹皱一池春水”。　云母面：谓冰面似云母。　②阊阖：指城门。

［集评］

潘游龙云：“‘禁梅’句妙。”（《古今诗馀醉》卷一）

玉楼春

至盱眙作[①]

长安回首空云雾，春梦觉来无觅处。冷烟寒雨又黄昏，数尽一堤杨柳树。　　楚山照眼青无数，淮口潮生催晓渡。西风吹面立苍茫，欲寄此情无雁去。

[注释]

①盱眙(xū yí)：今江苏县名，在洪泽湖畔。

玉楼春

三月三日雨夜觞客

一春花事今宵了，点检落红都已少。阿谁追路问东君，只有青青河畔草[①]。　　尊前不信韶华老，酒意妆光相借好[②]。檐前暮雨亦多情，未做朝云容易晓。

[注释]

①“只有”句：本《古诗十九首·青青河畔草》“青青河畔草，郁郁园中柳”。　②妆光：歌女妆成后光彩照人。

南歌子

正月二十八日定空寺赏梅

暮霰寒依树[①]，娇云冷傍人。江南谁寄一枝春，何似珑璁十里、更无尘[②]。　　雨萼胭脂淡，香鬚蝶子轻。碧山归路小桥横，谁见暗香今夜、月胧明。

[注释]

①霰：雪珠。　②珑璁：明洁貌。

南歌子

东堂小酌赋秋月

庭下新生月，凭君把酒看。不须直待素团团，恰似那人眉样、秀弯环。　冷射鸳鸯瓦，清欺翡翠帘。数枝烟竹小桥寒，渐见风吹疏影、过阑干。

南歌子

席上和衢守李师文

绿暗藏城市，清香扑酒尊。淡烟疏雨冷黄昏，零落酴醾花片、损春痕[①]。　润入笙箫腻，春馀笑语温。更深不锁醉乡门，先遣歌声留住、欲归云[②]。

［注释］

①酴醾（mí）：花名。　②"先遣"句：化用《列子·汤问》"薛谭学讴于秦青……（秦青）抚节悲歌，声振林木，响遏行云"意。

八节长欢

送孙守公素

名满人间。记黄金殿，旧赐清闲。才高鹦鹉赋[①]，风懔惠文冠[②]。涛波何处试蛟鳄，到白头、犹守溪山。且做龚黄样度[③]，留与人看。　桃溪柳曲阴圆。离唱断、旌旗却卷春还。襦袴寄馀温，双石畔、唯闻吏胆长寒[④]。诗翁去，谁细绕、屈曲阑干。从今后、南来幽梦，应随月度云端[⑤]。

[注释]

①鹦鹉赋:汉祢衡作。《后汉书·祢衡传》载,江夏太守黄祖子黄射大会宾客,有人献鹦鹉,祢衡即席写就此文,辞采甚丽。 ②惠文冠:相传由战国赵惠文王所制,故名。《汉书·张敞传》载敞弟武拜为梁相,曰:"当以柱后惠文弹治之耳。"柱后亦冠名,秦时狱法吏冠柱后惠文,意即欲以刑法治国。 ③龚黄:汉龚遂与黄霸,皆为良吏,刑务简阔,治绩显著。见《汉书·循吏传》。 样度:风范。 ④吏胆长寒:谓下属官吏紧张忧惧。 ⑤唐氏按:"端"原作"湍",改从吴讷本及毛扆校本《东堂词》。

八节长欢

登高词

泽国秋深。绣楹天近,坐久魂清。溪山绕尊酒,云雾浥衣襟。馀霞孤雁送愁眼[①],寄寒闺、一点离心。杜老两峰秀处,短髮疏巾[②]。 佳人为折寒英。罗袖湿、真珠露冷钿金。幽艳为谁妍,东篱下、却教醉倒渊明[③]。君但饮,莫觑他、落日芜城[④]。从教夜、龙山清月[⑤],端的便解留人。

[注释]

①唐氏按:"愁眼"原作"乡愁",改从吴讷本、毛校本。 ②"杜老"二句:用杜甫《九日蓝田崔氏庄》诗"羞将短髮还吹帽,笑倩旁人为正冠。蓝水远从千涧落,玉山高并两峰寒"。 ③"东篱"句:本陶渊明《饮酒》诗"采菊东篱下,悠然见南山"。 ④芜城:即广陵城,今江苏扬州。鲍照有《芜城赋》。 ⑤龙山:《晋书·孟嘉传》载桓温于重九日设宴龙山,僚佐毕集。故以之指所登高山。

蓦山溪

杨 花

雪空毡径，扑扑怜飞絮。柔弱不胜春，任东风、吹来吹去。墙阴苑外，一片落谁家，叶依依，烟郁郁，依旧如张绪①。　　那人拈得，吹向钗头住。不定却飞扬，满眼前、搅人情愫。蜂儿蝶子，教得越轻狂，隔斜阳，点芳草，断送青春暮。

［注释］

①张绪：南朝齐人，风姿秀美。《南史·张绪传》载齐武帝赏玩苑中蜀柳，曰："此杨柳风流可爱，似张绪当年时。"后遂以张绪比柳之柔美。

蓦山溪

东堂，武康县令舍尽心堂也，仆改名东堂。治平中，越人王震所作。自吴兴刺史府与五县令舍，无得与东堂争广丽者。去年仆来，见其突兀出翳荟间，而菌生梁上，鼠走户内，东西两便室，蛛网粘尘，蒙络窗户。守舍者云：前大夫忧民劳苦，眠饭于簿书狱讼间。是堂也，盖无有大夫履声，姑以为田廪耳。又县圃有屋二十馀间，倾挠于蒿艾中，鸱啸其上，狐吟其下，磨镰淬斧，以十夫日往夷之，才可入。欲以居人，则有覆压之患。取以为薪，则又可怜。试择其蝼蚁之馀，加以斧斤，乃能为亭二，为庵、为斋、为楼各一，虽卑隘仅可容膝，然清泉修竹，便有远韵。又伐恶木十许根，而好山不约自至矣。乃以生远名楼、画舫名斋、潜玉名庵、寒秀、阳春名亭、花名坞、蝶名径。而叠石为渔矶，编竹为鹤巢，皆在北池上。独阳春西窗得山最多，又有酴醿一架。仆顷少时喜笔砚浅事，徒能诵古人纸上语，未尝与天下史师游。以故邑人甚愚其令，不以寄枉直。虽有疾苦，曾不以告也。庭院萧然，鸟雀相呼，仆乃得饱食晏眠，无所用心于东堂之

上。戏作长短句一首，托其声于《蓦山溪》云[1]

东堂先晓，帘挂扶桑暖[2]。画舫寄江湖，倚小楼、心随望远。水边竹畔，石瘦藓花寒，秀阴遮，潜玉梦，鹤下渔矶晚。　藏花小坞，蝶径深深见。彩笔赋阳春，看藻思[3]、飘飘云半。烟拖山翠，和月冷西窗，玻璃盏，蒲萄酒，旋落酴醾片。

[注释]

①唐氏按：文字据吴讷本《东堂词》校正。　②扶桑：神话中树木名，传说日出其下，此代指日。　③藻思：华美的才思。

蓦山溪

上元词

婵娟不老，依旧东风面。花烛下珠軿[1]，盛寒里、春光一片。不教暮景，也似每常来[2]，水精宫，银色界，今夜分明见。　碧街如水，人影花凌乱。谁在柳阴中，小妆寒、落梅数点。诗翁独倚，十二玉阑干[3]，露濛濛，云冉冉，千嶂琉璃浅。

[注释]

①珠軿：有帷盖之宝车，妇女所乘。　②每常：平时。　③十二玉阑干：传说仙界神人所居有十二玉楼，此言楼阁华美。

蓦山溪

元夕词

梅花初谢，雪后寒微峭。谁送一城春，绮罗香、风光窈窕。插花走马，天近宝鞭寒[1]，金波上，玉轮边，不是红尘道。　玻璃山畔，夜色无由到。深下水晶帘，拥严妆、铅华相照。珠楼缈缈，人月两婵娟，尊前月，月中人，相见年年好。

[注释]

①天近：指接近天颜。　宝鞭：玉鞭。

临江仙

宿僧舍

古寺长廊清夜美，风松烟桧萧然。石阑干外上疏帘。过云闲窈窕，斜月静婵娟。　独自徘徊无个事，瑶琴试奏流泉。曲终谁见枕琴眠。香残虬尾细，灯暗玉虫偏[1]。

[注释]

①玉虫：玉首饰，此喻灯花。

临江仙

客有逢故人者，代书其情

莫恨那回容易别，不妨久远情肠。为人留下旧风光。花枝长好在，馥馥十年香。　便是旧时帘外月，却来小槛低窗。朦胧影里淡梳妆。相看如梦寐[1]，回首乍思量[2]。

[注释]

①"相看"句：本杜甫《羌村三首》其一"夜阑更秉烛，相对如梦寐"。　②乍思量：忽然想到。

剔银灯

同公素赋，侑歌者以七急拍七拜劝酒

帘下风光自足，春到席间屏曲。瑶瓮酥融[①]，羽觞蚁闹[②]，花映酃湖寒绿[③]。汨罗愁独[④]。又何似、红围翠簇。

聚散悲欢箭速，不易一杯相属。频剔银灯，别听牙板，尚有龙膏堪续[⑤]。罗熏绣馥。锦瑟畔、低迷醉玉。

[注释]

①酥：酒。 ②蚁：酒面浮沫。 ③酃湖：湖名，在湖南衡阳，其水酿酒，味尤醇美。此代指美酒。 ④汨罗：水名，在今湖南汨罗，屈原自沉处。此指代屈原。《史记·屈原贾生列传》载屈原放逐，至于江滨，曰："举世混浊而我独清，众人皆醉而我独醒。" ⑤龙膏：灯油。

水调歌头

拟饶州法曹掾作

金马空故事[①]，方朔漫多端[②]。三千牍在[③]，玉殿何日赐清闲。难恋长安钟漏[④]，谁借青云欬唾[⑤]，拂袖且东还[⑥]。笑杀长缨使[⑦]，复转出秦关[⑧]。 吾道在，虽不遇，面何惭。雒阳年少[⑨]，高论难与绛侯谈。富贵暂饶先手，晞尽草头秋露，掩鼻出东山[⑩]。且饱鲸鱼脍，风月过江南。

[注释]

①金马：汉金马门，在未央宫，东方朔等才士曾待诏于此。 ②多端：指诙谐善辩。《汉书·东方朔传》："然朔名过实者，以其诙达多端。" ③三千牍：《史记·滑稽列传》载，东方朔初入长安，上三千奏牍，武帝读之，二月乃尽。 ④钟漏：钟与漏壶，报时计时之器。 ⑤青云欬

(kài)唾:指位贵者之荐辞。 ⑥“拂袖”句:谓离京归隐。五代李中《送图上人归庐山》:“莲宫归隐尘埃外,策杖临风拂袖还。” ⑦长缨使:指汉终军。《汉书·终军传》载终军曾自请出使南越,曰:“愿受长缨,必羁南越王而致之阙下。”军死时年仅二十。 ⑧复转:当为“复传”之讹。汉制入关者予繻符,出则合符放行,曰“复传”。终军入关,弃繻。曰:“大丈夫西游(当立功名)终不复传还。” ⑨雒阳年少:指贾谊。《史记·屈原贾生列传》载贾谊数上书陈政事,为周勃(封绛侯)等老臣所忌,曰:“雒阳之人,年少初学,专欲擅权,纷乱诸事。” ⑩“掩鼻”句:《晋书·谢安传》载谢安家门富贵,独他静退,其妻不解,安掩鼻曰:“恐不免耳。”至年四十馀始有仕进志。东山为谢安隐居处。此谓时机成熟自当显达。

水调歌头

登衢州双石堂呈孙八太守公素

谢安涵雅量[1],叔夜赋刚肠[2]。清宵假寐,应笑长孺卧淮阳[3]。尽彻东平屏障[4],不废南楼谈咏[5],宴寝自凝香[6]。庭下一抔土[7],须避赤帷裳[8]。 双石健,含古色,照新堂。百年乔木阴下,偃立两蛟苍。目送千山爽气,帘卷一城风月,杖屦合彷徉[9]。他日峨眉秀,相望隔明光。[10]

[注释]

①“谢安”句:《晋书·谢安传》载安与众人泛海,风急浪涌,诸人并惧,独安从容自若,众咸服其雅量。 ②“叔夜”句:嵇康字叔夜,性刚烈,其《与山巨源绝交书》曰:“刚肠疾恶,轻肆直言,遇事便发。” ③长孺卧淮阳:汉汲黯字长孺。《史记·汲黯列传》载武帝召拜黯为淮阳太守,黯以多病推托。帝曰:“顾淮阳吏民不相得,吾徒得君之重,卧而治之。”此谓孙公素无为而治。 ④“尽彻”句:《晋书·阮籍传》载阮籍为东平相,至郡即撤毁府舍屏障,使内外相望,法令清简。此喻孙公素政简。 ⑤南楼:楼名,在湖北鄂城县南。《世说新语·容止》载庾亮于秋夜同殷浩等人登南楼,吟咏甚欢。此泛指好友聚会处。 ⑥“宴寝”句:本韦应物《郡斋雨中与诸文士燕集》诗“宴寝凝清香”。 宴寝:休息起居室。 ⑦一抔土:

指坟墓。　⑧赤帷裳:赤色车幔,古为贵官所用。　⑨杖屦:扶杖漫步。彷徉:游荡貌。　⑩《全宋词》注:孙发厅事前古冢,得双石,因以为堂名。石上有昔人题识云:叠峨眉山于文会堂前。

浣溪沙

竹送秋声入小窗,香迷夜色暗牙床。小屏风掩烛花长。　　雁过故人无信息,酒醒残梦寄凄凉。画桥露月冷鸳鸯。

武陵春

维岳分公英特气[①],万丈拂长虹。丙魏萧曹总下风[②],千载友夔龙[③]。　　宝熏袅翠昏帘绣,嘉颂佩绅同。不用黄精扫鬓中[④],元是黑头翁[⑤]。

[注释]

①维岳:本《诗经·大雅·崧高》"崧高维岳,骏极于天"。崧即指嵩山,古以泰山、华山、衡山、嵩山为四岳。　②丙魏萧曹:指丙吉、魏相、萧何、曹参,皆西汉贤相。　③夔龙:舜二臣名。　④黄精:草名,道家以为服之可驻颜延寿。杜甫《丈人山》诗:"扫除白髮黄精在。"　⑤黑头翁:《晋书·诸葛恢传》载恢年少知名,王导谓之当为黑头公,即髮未白而位至三公。此用其意。

武陵春

迎得春来闻好语,贺燕立帘钩[①]。转蕙风光柳弄柔。喜气与春游。　　万钱珍鼎期公饭[②],天自寿留侯[③]。文物升平速置邮[④],江左属风流[⑤]。

[注释]

①贺燕:新厦成,燕立帘钩相贺。见李贺《贾公闾贵婿曲》。 ②万钱珍鼎:极言富贵。《晋书·何曾传》载曾性奢豪,日食万钱,犹曰无下箸处。此转用其意。 ③"天自"句:《史记·留侯世家》载张良习道家养身之术,道引不食谷。此反其意。 ④"文物"句:文物指礼乐典章制度等。置邮即驿站。《孟子·公孙丑上》:"德之流行,速于置邮而传命。"此用其意。 ⑤《全宋词》注:王俭云"江左风流宰相,唯有谢安"。

武陵春

银浦流云初度月,空碧挂团团。照夜珠胎贝阙寒[①],光彩满长安。 春风为拂新沙路[②],珂马款天关[③]。篆印金窠红屈盘[④],嵬崔押千官[⑤]。

[注释]

①珠胎:蚌内未剖出的珠,喻月。 贝阙:以贝装饰的宫阙,指月。 ②新沙路:指拜相事。据《唐国史补》卷下,天宝以来,凡拜相,府县载沙填路,自私第至城东街,名曰沙堤。 ③珂马:羁络上饰有玉珂之马。 ④"篆印"句:指官印,上刻篆文。 金窠:指金印空白处。李贺《沙路曲》:"独垂重印押千官,金窠篆字红屈盘。" ⑤嵬崔:高伟貌。押:统率。

玉楼春

今朝何以为公寿,极贵长年公素有。庭阶不乏长芝兰[①],少翁又是廷臣右[②]。 三能粲粲依魁秀[③],八柱巍巍蟠地厚[④]。皇家卜册万斯年,年光长转洪钧手[⑤]。

[注释]

①"庭阶"句:谓府中多优秀子弟。《世说新语·言语》载谢玄论佳子

弟曰:“譬如芝兰玉树,欲使其生于阶庭耳。” ②少翁:谓子弟。此乃寿蔡京之作。少翁指京弟蔡卞。时亦显贵。 廷臣右:官居高位。古以右为尊,故云。 ③“三能”句:喻君臣和谐。三能即三台星,魁即北斗星中第一至第四颗星名。《史记·天官书》:“魁下六星,两两相比者,名曰三能。三能色齐,君臣和。” ④八柱:神话中撑天的八根支柱。 ⑤洪钧:谓天。

玉楼春

我公两器兼文武,谈笑岩廊无治古[①]。红颜绿鬓已官高,赤舄绣裳今仲父[②]。 我欲形容无妙语,颂穆清风须吉甫[③]。望公聊比泰山云,岁岁年年天下雨。

[注释]

①岩廊:指朝廷。 无治古:谓治化有方,天下安定,不用刑罚。《荀子·正论》:“世俗之为说者曰:‘治古无肉刑而有象刑。’” ②赤舄绣裳:指贵官之服饰。 仲父:指管仲。据《荀子·仲尼》,齐桓公以管仲之能足以托国,尊之为仲父。 ③吉甫:尹吉甫,周宣王贤臣。《诗序》谓《诗经·大雅·烝民》为其所作,诗颂扬宣王贤明,中有语云:“吉甫作颂,穆如清风。”按此为谀颂蔡京之作。

玉楼春

压玉为浆麟作炙[①],珠树琼葩长不谢。翠帘绣暖燕归来,宝鸭花香蜂上下。 沙堤佩马催公驾。月白风清天不夜[②]。重来赫赫照岩廊,不动堂堂凝太华[③]。

[注释]

①“压玉”句:谓胜过玉浆麟炙之人间美味。 炙(zhè):烧肉。 ②月白风清:本苏轼《后赤壁赋》“月白风清,如此良夜何”。 ③太华:即华山。

秦楼月

月下观花

蔷薇折，一怀秀影花和月。花和月，著人浓似，粉香酥色。　　绿阴垂幕帘波叠，微风过竹凉吹髮。凉吹髮，无人分付[1]，这些时节。

［注释］

①分付：发落，排遣。

遍地花

孙守席上咏牡丹

白玉阑边自凝伫，满枝头、彩云雕雾[1]。甚芳菲、绣得成团，砌合出、韶华好处。　　暖风前、一笑盈盈，吐檀心、向谁分付[2]。莫与他、西子精神，不枉了、东君雨露。

［注释］

①唐氏按："彩云"上原衍"新"字，据吴讷本、毛校本删。　②檀心：浅红色的花心。

夜游宫

仆养一鹤，去田间以属郑德俊家。今县斋新作阳春亭，旁见近山数峰，因德俊归，以此语鹤，便知仆居此不落寞也[1]

长记劳君送远，柳烟重、桃花波暖。花外溪城望不见。古槐边，故人稀，秋鬓晚。　　我有凌霄伴[2]，在何处、山寒云乱。何不随君弄清浅。见伊时，话阳春，山数点。

[注释]

①唐氏按:文字据吴讷本《东堂词》校正。　②凌霄:指鹤。《世说新语·言语》载支遁好鹤,曰:"既有凌霄之姿,何肯为人作耳目近玩。"故称。

诉衷情

三月八日仲存席上见吴家歌舞

花阴柳影映帘栊,罗幕绣重重。行云自随语燕,回雪趁惊鸿[①]。　银字歇[②],玉杯空,蕙烟中。桃花髻暖,杏叶眉弯,一片春风。

[注释]

①"行云"二句:喻舞姿轻盈优美。　②银字:以银字标明音阶的笙乐器。

诉衷情

七　夕

短疏萦绿象床低,玉鸭度香迟。微云淡著河汉,凉过碧梧枝。　秋韵起,月阴移,下帘时。人间天上,一样风光,我与君知。

醉花阴[①]

孙守席上次会宗韵

檀板一声莺起速,山影穿疏木。人在翠阴中,欲觅残春,春在屏风曲。　劝君对客杯须覆[②],灯照瀛洲绿[③]。西去玉堂深[④],魄冷魂清,独引金莲烛[⑤]。

[注释]

①唐氏按:此首原无题,据《永乐大典》卷二万零三百五十三“席”字韵补。 ②杯须覆:谓戒酒。《世说新语·规箴》刘孝标注引《晋纪》云,晋元帝好酒,听王导谏,覆杯以示戒酒。 ③瀛洲:传说瀛洲有泉如酒,故代指美酒。 ④玉堂:指翰林院。 ⑤金莲烛:《新唐书·令狐绹传》载绹为翰林承旨,曾夜召入对,良久许归,宣宗赐莲花烛送之。

醉花阴

金叶犹温香未歇[①],尘定歌初彻。暖透薄罗衣,一霎清风,人映团团月。　持杯试听留春阕,此个情肠别。分付与莺莺,劝取东君,停待芳菲节。

[注释]

①金叶:酒名。

减字木兰花

正月十七日,孙守约观残灯。是夕灯火甚盛,而雪消雨作

暖风吹雪,洗尽碧阶今夜月。试觅云英[①],更就蓝桥借月明[②]。　从教不借[③],自有使君家不夜。谁道由天,光景随人特地妍。

[注释]

①云英:仙女名,传说唐裴航在蓝桥遇之。蓝桥在陕西蓝田县东南蓝溪上,传说其地有神仙窟。见唐裴铏《传奇·裴航》。 ②唐氏按:“借”原作“惜”,从毛校本。 ③从:任凭。

减字木兰花

留贾耘老

曾教风月，催促花边烟棹发。不管花开，月白风清始肯来。　既来且住，风月闲寻秋好处。收取凄清，暖日阑干助梦吟。[①]

[注释]

①《全宋词》注：耘老梦中尝作诗。

减字木兰花

李家出歌人

小桥秀绝[①]，露湿芙蕖花上月[②]。月下人人，花样精神月样清。　谁言见惯，到了司空情不慢[③]。丞相瞋无[④]，若不瞋时醉倩扶。

[注释]

①小桥：即小乔，三国时桥公女，有美色，嫁周瑜。此指歌人。　②芙蕖：荷花。　③"谁言"二句：刘禹锡于司空李绅席上赋诗赞歌伎，有句云："司空见惯浑闲事，断尽江南刺史肠。"此反用其意。见《本事诗·情感》。　④丞相瞋无：本杜甫《丽人行》"慎莫近前丞相瞋"。李绅曾拜相，此接上句意戏指李氏。

上林春令

十一月三十日见雪

蝴蝶初翻帘绣，万玉女、齐回舞袖。落花飞絮濛濛，长忆著、灞桥别后[①]。　浓香斗帐自永漏[②]，任满地、月深云厚。夜寒不近流苏[3]，只怜他、后庭梅瘦。

［注释］

①灞桥：在长安东，士人多于此送别。 ②斗帐：小帐，形如覆斗。永漏：谓漏滴长流。 ③流苏：丝或羽毛织成的穗状装饰物，此指帷帐。

殢人娇[1]

雪做屏风，花为行帐。屏帐里、见春模样。小晴未了，轻阴一饷。酒到处、恰如把春拈上。 官柳黄轻，河堤绿涨。花多处、少停兰桨。雪边花际，平芜叠嶂。这一段、凄凉为谁怅望。

［注释］

①唐氏按：本书（今按：指《全宋词》）旧版卷八十七此首误作张扩词。

殢人娇

约归期偶参差戏作寄内[1]

短棹犹停，寸心先往，说归期、唤做的当[2]。夕阳下地，重城远样，风露冷、高楼误伊等望。 今夜孤村，月明怎向，依还是、梦回绣幌。远山想象，秋波荡漾，明夜里、与伊画著眉上。

［注释］

①偶参差：谓途遇曲折。 ②唤做：以为。 的当：确实。

惜分飞

富阳水寺秋夕望月

山转沙回江声小，望尽冷烟衰草。梦断瑶台晓，楚云何处英英好[①]。　古寺黄昏人悄悄，帘卷寒堂月到。不会思量了，素光看尽桐阴少。

[注释]

①楚云：楚襄王梦见朝云。此以神女比喻英英。　英英：歌伎之泛称。

惜分飞

富阳僧舍代作别语

泪湿阑干花著露[①]，愁到眉峰碧聚。此恨平分取，更无言语，空相觑。　短雨残云无意绪，寂寞朝朝暮暮。今夜山深处，断魂分付[②]，潮回去。

[注释]

①阑干：泪纵横貌。　②分付：交付。

[集评]

周煇云："语尽而意不尽，意尽而情不尽，何酷似乎少游也！"（《清波杂志》）

沈际飞云："第一个相别情态，一笔描来，不可思议。"（《草堂诗馀正集》）

惜分飞

酒家楼望其南有佳客，招之不至[①]

花影低徊帘幕卷，惯了双来燕燕[②]。惊散雕阑晚，雨昏烟重垂杨院[③]。　　云断月斜红烛短，望断真个望断。情寄梅花点[④]，趁风吹过楼南畔。

[注释]

①佳客：此指歌伎。　②唐氏按："来"原作"人"，他本俱作"来"，据改。　③唐氏按："烟"原作"灯"，据他本改。　④梅花点：此化用梅花飞落寿阳公主额上事。

惜分飞

恰则心头托托地[①]，放下了日多萦系[②]。别恨还容易，袖痕犹有年时泪。　　满满频斟乞求醉，且要时间忘记[③]。明日刘郎起[④]，马蹄去便三千里。

[注释]

①恰则：刚刚。　托托：心跳貌。　②萦系：牵挂。　③时间：即一时之间。　间：《全宋词》作"閒"，"间"通"閒"。　④刘郎：刘晨。刘入天台山遇仙女，后归思甚苦，女遂相送。此喻指将行之人。事见《幽明录》。

蝶恋花

听周生鼓琵琶

闻说君家传窈窕。秀色天真，更夺丹青妙。细意端相都总好，春愁春媚生颦笑。　　琼玉胸前金凤小[①]。那得殷勤，细托琵琶道[②]。十二峰云遮醉倒[③]，华灯翠帐花相照。

[注释]

①金风:此指琵琶。　②唐氏按:“那得”原作“那事”、“细托”原作“总托”,据吴讷本、毛校本改。　③十二峰:指巫山,其上有十二峰最著。此暗用巫山云雨事。

蝶恋花

秋晚东归,留吴会甚久[①],无一人往还者

江接寒溪家已近。想见秋来,松菊荒三径[②]。目送吴山秋色尽,星星却入双蓬鬓[③]。　凫短鹤长真个定[④]。勋业来迟,不用频看镜[⑤]。懒出问人人不问,绿尊倒尽横书枕。

[注释]

①吴会:苏州。　②“松菊”句:本陶渊明《归去来兮辞》“三径就荒,松菊犹存”。　③星星:形容鬓髮花白。左思《白髮赋》:“星星白髮,生于鬓垂。”　④凫短鹤长:意谓凫腿短,鹤腿长,皆自然所定。《庄子·骈拇》:“长者不为有馀,短者不为不足。是故凫胫虽短,续之则忧;鹤胫虽长,断之则悲。”　⑤“勋业”二句:反用杜甫《江上》诗“勋业频看镜,行藏独倚楼”句意。

蝶恋花

戊寅秋寒秀亭观梅[①]

相见江南情不少。尔许多时,怪得无消耗[②]。淡日暖云句引到[③],阑干寂寞怜春小。　宫面可怜匀画了[④]。粉瘦酥寒,一段天真好。唤起玉儿娇睡觉,半山残月南枝晓。

[注释]

①寒秀亭:在武康县衙。 ②消耗:消息。 ③句:同“勾”。 ④宫面:用寿阳公主梅花点额作宫面妆事。 忺:满意。

蝶恋花

寒 食

红杏梢头寒食雨。燕子泥新,不住飞来去。行傍柳阴闻好语,莺儿穿过黄金缕。　　桑落酒寒杯懒举[①]。总被多情,做得无情绪。春过二分能几许,银台新火重帘暮[②]。

[注释]

①桑落:酒名。 ②银台:唐宋宫门名。 新火:唐宋习俗于寒食禁火,其后朝中赐百官新火。

蝶恋花

东堂下牡丹,仆所栽者,清明后见花

三叠阑干铺碧甃[①]。小雨新晴,才过清明后。初见花王披衮绣,娇云瑞日明春昼。　　彩女朝真天质秀[②]。宝髻微偏,风卷霞衣皱。莫道东君情最厚,韶光半在东堂手。

[注释]

①甃(zhòu):砌砖。 ②彩女:宫女。 朝真:道教谓朝拜真人。此以宫女朝真之姿拟牡丹。

蝶恋花

春夜不寐

红影斑斑吹锦片。露叶烟梢，寒月娟娟满。更起绕庭行百遍，无人只有栖莺见。　觅个薄情心对换。愁绪偏长，不信春宵短。正是碧云音信断[1]，半衾犹赖香熏暖。

[注释]

①碧云音信断：本江淹《休上人怨别》诗"日暮碧云合，佳人殊未来"。此谓别后无音信。

蝶恋花

席上和孙使君。孙暮春当受代[1]

城上春云低阁雨。渐觉春随，一片花飞去[2]。素颈圆吭莺燕语[3]，不妨缓缓歌金缕。　堕纪颓纲公已举。但见清风，萧瑟随谈绪。借寇假饶天不许[4]，未须忙遣韶华暮。

[注释]

①受代：去官职。　②"渐觉"二句：用杜甫《曲江二首》"一片花飞减却春"诗意。　③素颈：谓歌女。　④借寇：《后汉书·寇恂传》载恂曾为颍川守，离任入朝后，颍川百姓求光武帝曰："愿从陛下复借寇君一年。"此为挽留孙守意。　假饶：纵使。

蝶恋花

送 茶

花里传觞飞羽过[①]。渐觉金槽[②]，月缺圆龙破[③]。素手转罗酥作颗，鹅溪雪绢云腴堕[④]。　七盏能醒千日卧[⑤]。扶起瑶山[⑥]，嫌怕香尘涴[⑦]。醉色轻松留不可，清风停待些时过。

[注释]

①“花里传觞”句：本李白《春夜宴从弟桃李园序》“开琼筵以坐花，飞羽觞而醉月”。　②金槽：捣茶之器具。　③“月缺”句：月与圆龙皆指团茶，此谓茶捣碎貌。　④鹅溪雪绢：指茶罗。鹅溪为地名，在四川盐亭县西北，其地产绢著名。蔡襄《茶录》：“茶罗以绝细为佳，罗底用蜀东川鹅溪画绢之密者，投汤中揉洗以幂之。”　云腴：指茶。山顶多云雾处之茶为佳品，故称。　⑤七盏：本卢仝《走笔谢孟谏议新茶》诗“七碗吃不得也，惟觉两腋习习清风生”。　千日卧：传说中山人狄希能造千日酒，饮后醉卧千日。见张华《博物志·杂说》。　⑥瑶山：《世说新语·容止》谓嵇康之醉，若玉山之将崩。此喻酒醉之人。　⑦涴（wò）：污染。

蝶恋花

攲 枕

不雨不晴秋气味。酒病秋怀，不做醒松地。初换夹衣围翠被，蔷薇水润衙香腻[①]。　旋折秋英餐露蕊。金缕虬团[②]，更试康王水[③]。幽梦不来寻小睡，无言划尽屏山翠。

[注释]

①蔷薇水：香水名。　衙香：即牙香，香名。　②金缕虬团：指茶团，上有龙凤花纹。　③康王水：庐山康王谷瀑布水，陆羽《茶经》以为第一水。

更漏子

熏香曲

玉狻猊[1],金叶暖,馥馥香云不断。长下著,绣帘重,怕随花信风[2]。　　傍蔷薇,摇露点,衣润得香长远。双枕凤,一衾鸾,柳烟花雾间。

[注释]

①狻猊(suān ní):狮子,此指狮形香炉。　②花信风:应花期而来的风。于小寒至谷雨,每五日为一候,计二十四候,每候应一种花信。见程大昌《演繁露》。

更漏子

初秋雨后闻鹤唳

绿窗寒,清漏短,帐底沉香火暖。残烛暗,小屏弯,云峰遮梦还。　　那些愁,推不去,分付一檐寒雨。檐外竹,试秋声,空庭鹤唤人。

[集评]

卓人月云:"读末句,觉九皋之音在耳。"(《古今词统》卷六)

更漏子

和孙公素泛舟观竞渡

柳藏烟,云漏日,寒满雕盘玉食[1]。风卷旆,水摇天,鱼龙挟彩船。　　水边人,波面乐,太守与民同乐。春好处,总随轩,花中谁状元。[2]

[注释]

①玉食:精美食品。 ②《全宋词》注:京妓以色胜者为状元红。

西江月

次韵孙使君赏花见寄,时仆武康待次[1]

花下春藏五马[2],松间风落双凫[3]。兵厨玉帐卷酃湖[4],人醉碧云欲暮。 归去聊登文石[5],翱翔便是天衢[6]。雅歌谁解继投壶[7],桃李无言满路[8]。

[注释]

①待次:秩满后等待补缺。 ②五马:汉时太守出御五马,故作太守代称。此指孙贲。 ③双凫:《后汉书·王乔传》载乔有神术,为叶县令时,变履为双凫,每初一、十五即自县飞诣朝中。后多用为县令之典。 ④兵厨:即步兵厨。《世说新语·任诞》载阮籍喜酒,闻步兵校尉厨中有酒数百斛,乃求为步兵校尉。此指储酒处。 酃湖:湖名,在湖南衡阳县,以产美酒著名。 ⑤"归去"句:文石即有纹理之石,指宫殿台阶。《汉书·梅福传》:"故愿一登文石之陛,涉赤墀之涂。"此谓孙使君将升为皇帝近臣。 ⑥天衢:天路,指京师。 ⑦投壶:宴会中的游戏,以矢投壶,中者为胜。 ⑧"桃李"句:"桃李不言,下自成蹊。"此用以称美孙使君。见《史记·李将军列传》。

西江月

县圃小酌

烟雨半藏杨柳,风光初到桃花。玉人细细酌流霞,醉里将春留下。 柳畔鸳鸯作伴,花边蝴蝶为家。醉翁醉里也随他,月在柳桥花榭。

西江月

长安秋夜与诸君饮,分题作

雨后夹衣初冷,霜前细菊浑斑。觚棱清月绣团环[①]。万里长安秋晚。　槽下内家玉滴[②],盘中江国金丸[③]。春容著面作微殷[④],烛影红摇醉眼。

[注释]

①觚棱:宫殿屋角处瓦脊。　②内家玉滴:谓宫酒。　③江国金丸:产自江南的金黄色果实。此指金橘。　④微殷:微泛红色(殷)。

西江月

侑茶词

席上芙蓉待暖,花间骡袅还嘶[①]。劝君不醉且无归,归去因谁惜醉[②]。　汤点瓶心未老[③],乳堆盏面初肥[④]。留连能得几多时,两腋清风唤起。

[注释]

①骡袅(yǎo niǎo):良马名。　②唐氏按:"因谁"原作"谁人",从吴讷本、毛校本。　③"汤点"句:谓点茶注汤于瓶中,汤水正到火候。"凡候汤有三沸","三沸以上,水老,不可食。"见陆羽《茶经》。　④"乳堆"句:谓浮于茶盏上的茶沫颇厚。

青玉案

新　凉

芙蕖花上濛濛雨,又冷落、池塘暮。何处风来摇碧户。卷帘凝望,淡烟疏柳,翡翠穿花去[①]。　玉京人去无由驻[2]，恁独坐、凭阑处。试问绿窗秋到否。可人今夜，新凉一枕，无计相分付。

［注释］

①翡翠：鸟名。　②玉京：指京都。

青玉案

竹间戏作

玉婴初有排云分[1]，向晚色、娟娟静。秋入风枝清不尽。月和粉露，徘徊孤映，独夜扶疏影。　　子猷风调全相称[2]，是彼此、无凡韵。玉勒前头花柳近。水边石上，冷依烟雨，时有幽人问[3]。

［注释］

①玉婴：指新笋。　排云分：谓挺拔高耸之姿质。　②子猷：王徽之，字子猷，王羲之子。性爱竹，暂居空宅中，便令种竹，曰："何可一日无此君！"见《世说新语·任诞》。　③幽人：幽隐之人。

青玉案

戏赠醉妓

玉人为我殷勤醉，向醉里、添姿媚。偏著冠儿钗欲坠。桃花气暖，露浓烟重，不自禁春意。　　绿榆阴下东行水，渐渐近、凄凉地。明月侵床愁不睡。眉儿吃皱，为谁无语，阁住阳关泪[1]。

[注释]

①阳关泪:即离别之泪。王维《渭城曲》:"劝君更尽一杯酒,西出阳关无故人。"

青玉案

今宵月好来同看,月未落、人还散。把手留连帘儿畔,含羞和恨转娇盼[①]。恁花映春风面。　相思不用宽金钏[②],也不用、多情似玉燕[③]。问取婵娟学长远,不必清光夜夜见。但莫负、团圆愿。

[注释]

①唐氏按:"娇"原作"添",从吴讷本。　②宽金钏:谓消瘦故觉金钏松宽。金钏即手镯。　③玉燕:钗名,指定情信物。传说神女赠玉钗于汉武帝,帝赐赵婕妤。此钗至昭帝尚存,后化为白燕升天。见《洞冥记》。

河满子

夏　曲

急雨初收珠点,云峰巉绝天半。辘轳金井卷甘冽,帘外翠阴遮遍。波翻水精重帘,秋在琉璃双簟。　漏永流花缓缓,未放崦嵫畹晚[①]。红荷绿芰暮天好,小宴水亭风馆。云乱香喷宝鸭,月冷钗横玉燕。

[注释]

①崦嵫(yān zī):山名,神话中日落处。　畹晚:日将西下。

谒金门

昔　游

灯雾里，老去昔游不记。月似旧时人不似，小楼何处是。　　归卧晚香翠被，玉酒著人小醉。欲睡先来都不睡，此情那恁地[1]。

［注释］

①恁地：如此。

七娘子

舟中早秋

山屏雾帐玲珑碧[1]，更绮窗、临水新凉入。雨短烟长，柳桥萧瑟。这番一日凉一日。　　离多绿鬓多时白，这离情、不似而今惜。云外长安，斜晖脉脉。西风吹梦来无迹。

［注释］

①玲珑碧：形容水色剔透空明，碧绿可爱。

［集评］

陈廷焯云："亦整亦散，笔意雅近贺梅子。但不及彼之沉郁顿挫。"（《词则·别调集》卷一）

七娘子

和贺方回登月波楼[1]

月光波影寒相向，借团团、与做长壕样。此老南楼，风流可想。殷勤冰彩随人上。　欲同次道倾家酿[②],有兵厨、玉盏金波涨。云外归鸿,烟中飞桨。五湖秋兴心先往[③]。

[注释]

①贺方回:名铸,有《七娘子》词,已残。　月波楼:在今浙江嘉兴,元祐中知州令狐挺建,政和中毛滂重修。　②次道:晋何充,字次道,饮酒以蕴藉自持称。《世说新语·赏誉》:"见何次道饮酒,使人欲倾家酿。"　③五湖:今太湖一带,传说范蠡归隐处。

雨中花

下汴月夜

寒浸东倾不定[①],更奈橹声催紧。堤树胧明孤月上[②],暗淡移船影。　旧事十年愁未醒,渐老可禁离恨。今夜谁知风露里,目断云空尽。

[注释]

①寒浸:指汴水。　东倾:东流。　②胧明:微明。

雨中花

武康秋雨池上

池上山寒欲雾,竹暗小窗低户。数点秋声侵短梦,檐下芭蕉雨。　白酒浮蛆鸡啄黍[①],问陶令、几时归去[②]。溪月岭云红蓼岸,总是思量处。

[注释]

①蛆:酒面浮滓。　②陶令:陶渊明,此自指。

夜行船

雨夜泊吴江，明日过垂虹亭①

寒满一衾谁共，夜沉沉、醉魂朦松。雨呼烟唤付凄凉，又不成、那些好梦。　明日烟江□暝曚，扁舟系、一行蝃蝀②。季鹰生事水弥漫③，过鲈船、再三目送。

[注释]

①垂虹亭：在江苏吴江市长桥上，宋游览胜地。　②蝃蝀(dì dōng)：虹的别称。　③季鹰生事：谓季鹰归居事。晋张翰字季鹰，吴人，在洛见秋风起，思吴中菰菜莼羹、鲈鱼脍，命驾便归。见《世说新语·识鉴》。生事：即生计，生涯。

夜行船

馀英溪泛舟①

弄水馀英溪畔，绮罗香、日迟风慢。桃花春浸一篙深，画桥东、柳低烟远。　涨绿流红空满眼，倚兰桡、旧愁无限。莫把鸳鸯惊飞去，要歌时、少低檀板②。

[注释]

①馀英溪：在武康，又名前溪。　②少低：稍低。

鹊桥仙

春　院

红摧绿剉①，莺愁蝶怨，满院落花风紧。醉乡好梦恰瞢腾，又冷落、一成吹醒②。　柔红不耐，暗香犹好，觑著翻成不忍。春心减尽眼长闲，更肯被、游丝牵引。

[注释]

①剉(cuò):折伤。　②一成:渐渐。

鹊桥仙

烛下看花

水精帘外,沉香阑畔,新下红油画幕[①]。百花何处避芳尘,便独自、将春占却。　月华淡淡,夜寒森森,犹把红灯照著。醉时从醉不归家,贤守定[②],不教冷落。

[注释]

①红油画幕:红色油彩绘饰的帐幔。　②贤:君。　守定:守着。

烛影摇红

松窗午梦初觉

一亩清阴,半天潇洒松窗午。床头秋色小屏山,碧帐垂烟缕[①]。　枕畔风摇绿户。唤人醒、不教梦去。可怜恰到,瘦石寒泉,冷云幽处[②]。

[注释]

①唐氏按:"帐"原作"长",从吴讷本、毛校本。　②唐氏按:"幽"原作"出",从毛校本。

[集评]

许昂霄云:"水穷云起,写入梦境,已极变化。说到梦觉,则更匪夷所思矣,此清空之妙也。"(《词综偶评》)

烛影摇红

送会宗

老景萧条，送君归去添凄断。赠君明月满前溪，直到西湖畔。　门掩绿苔应遍，为黄花、频开醉眼。橘奴无恙[①]，蝶子相迎，寒窗日短。[②]

[注释]

①橘奴：橘之别称。汉丹阳太守李衡种橘千枝，称之千头木奴。见《三国志·吴书·孙休传》注引《襄阳记》。　②作者自注："会宗小斋名梦蝶，前植橘，东偏甚广。"

烛影摇红

归去曲

鬓绿飘萧[①]，漫郎已是青云晚[②]。古槐阴外小阑干，不负看山眼。　此意悠悠无限。有云山、知人醉懒。他年寻我，水边月底，一蓑烟短。

[注释]

①鬓绿：谓鬓髮乌亮。　飘萧：飘动貌。　②漫郎：唐元结之别号。《新唐书·元结传》载结曾自称浪士，及为郎官，人以为浪者疏漫为官，遂呼为漫郎。　青云：喻隐逸。

忆秦娥

冬夜宴东堂

醉醉，醉击珊瑚碎[①]。花花，先借春光与酒家。　夜寒我醉谁扶我，应抱瑶琴卧。清清，揽月吟风不用人。

[注释]

①“醉击”句:王恺与石崇斗富。恺有一珊瑚二尺许。石崇以铁如意击之,应手而碎。见《世说新语·汰侈》。

忆秦娥

二月二十三日夜松轩作

夜夜,夜了花朝也。连忙,指点银瓶索酒尝①。 明朝花落知多少②,莫把残红扫。愁人,一片花飞减却春③。

[注释]

①“指点”句:本杜甫《少年行》诗“不通姓氏粗豪甚,指点银瓶索酒尝”。 ②花落知多少:语出孟浩然《春晓》。 ③“一片”句:本杜甫《曲江二首》“一片花飞减却春,风飘万点正愁人”。

[集评]

许昂霄云:“两用成语,可备一格。”(《词综偶评》)

陈廷焯云:“此《忆秦娥》别调。末句皆用诗语入妙。”(《词则·别调集》卷一)

张德瀛云:“毛泽民《忆秦娥》词,效五代冯延巳体也。冯词用入韵,故毛词可易为平,犹孙夫人之变李太白词为平韵也。孙词无换韵,毛词兼之。盖古词用入者,宋人多改为平,固不第此调然矣。”(《词徵》卷三)

武陵春

正月二日,天寒欲雪,孙使君置酒作乐,宾客插花剧饮,明日当立春

城上落梅风料峭,寒馥逼清尊。爽兴天教属使君①,雪意压歌云②。 插帽殷罗金缕细③,燕燕早随人。留取笙歌直到明,莲漏已催春。

[注释]

①爽兴:清兴。 ②歌云:指动听的歌声。 ③殷罗:红色罗绡。

武陵春

正月十四日夜孙使君席上观雪,继而月复明

风过冰檐环佩响,宿雾在华茵①。剩落瑶花衬月明②,嫌怕有纤尘。 凤口衔灯金炫转③,人醉觉寒轻。但得清光解照人,不负五更春。

[注释]

①宿雾:夜雾。 ②剩落瑶花:更下了雪花。瑶花指雪。 ③凤口:凤形的灯笼。

武陵春

正月七日,武都雪霁立春①

春在前村梅雪里②,一夜到千门。玉佩琼琚下冷云,银界见东君。 桃花髻暖双飞燕,金字巧宜春③。寂寞溪桥柳弄晴,老也探花人。

[注释]

①武都:即武康。此词作于元符二年(1099)。 ②"春在"句:化用齐己《早梅》诗"前村深雪里,昨夜一枝开"意。 ③宜春:旧俗立春日,妇女剪彩燕及宜春字样饰于髻上。见《荆楚岁时记》。

点绛唇

月波楼中秋作

高柳横斜，冷光凌乱摇疏翠。露荷珠缀，照见鸳鸯睡。　□□□□，□□□□□。□□□，□□□□。□□□□□。

点绛唇

家人生日

柏叶春醅[1]，为君亲酌玻璃盏[2]。玉箫牙管，人意如春暖。　鬓绿长留，不使韶华晚。春无限，碧桃花畔。笑看蓬莱浅。

[注释]

①柏叶春醅：即柏酒。柏叶后凋，故取之浸酒，以祝长寿。　②唐氏按："亲"原作"竞"，从吴讷本、毛校本。

点绛唇

月波楼重九作

手抚归鸿[1]，坐临烟雨帘旌润。气清天近，云日温阑楯[2]。　压玉浮金[3]，一醉留青鬓。风光胜。淡妆人靓。眉黛生秋晕。

[注释]

①手抚归鸿：化用嵇康《赠秀才入军》诗"目送归鸿，手挥五弦"，谓手抚琴弦。　②阑楯(shǔn)：阑干。纵向曰阑，横向曰楯。　③压玉浮金：指压榨米酒。

点绛唇

家人生日

何处君家,蟠桃花下瑶池畔。日迟烟暖,占得春长远。　　几见花开,一任年光换。今年见,明年重见。春色如人面。

点绛唇

武都静林寺妙峰亭席上作。假山前引水,激起数尺

秀岭寒青,冷泉凌乱催秋意。佩环声里,无限真珠碎①。　　叹我平生,识尽闲滋味。来闲地,为君一醉。万事浮云外。

[注释]

①真珠碎:同"珍珠碎",此指水珠。

点绛唇

醉中记游一处,复寻不果①

小院重帘,那回来处花相向。迟迟一饷,记得春模样。　　昨夜月明,应照芙蓉帐。空凝望,蜂劳蝶攘。谁在花枝上。

[注释]

①不果:未成。

点绛唇

惠山夜月赠鼓琴者,时作流水弄[1]

绣岭横秋,玉螭吹暑迎凉气[2]。碧崖流水,流入春葱指。　半倚朱弦,微亸连环珥[3]。通深意,月明风细。分付知音耳。

[注释]

①流水弄:琴曲名。 ②玉螭:指琴。玉制琴徽,状如螭首。 ③亸(duǒ):低垂。

如梦令

深苑重调弦管,不觉银台烛短。相对有金波[1],天畔杯中都满[2]。人远,人远。醉倚阑干玉冷。

[注释]

①金波:月光,亦指酒。 ②唐氏按:"杯"原作"楼",从吴讷本、毛校本。

玉楼春

红 梅

当日岭头相见处,玉骨冰肌元淡伫[1]。近来因甚要浓妆,不管满城桃杏妒。　酒晕脸霞春暗度,认是东皇偏管顾。生罗衣褪为谁羞[2],香冷熏炉都不觑。

[注释]

①淡伫:清雅。 ②生罗衣:白色罗衣。

生查子

登高词

鲈蟹正肥时，烟雨新凉日。露蕊郁金黄，云液蒲萄碧[①]。　　此日古为佳，此醉君宁惜。高挂水精帘，尽放秋光入。

[注释]

①云液：谓酒。　蒲萄：即葡萄。

生查子

春　日

日照小窗纱，风动重帘绣。宝炷暮云迷，曲沼晴漪皱。　　烟暖柳醒松[①]，雪尽梅清瘦。恰是可怜时，好似花秾后。

[注释]

①烟柳：柳枝青青如笼烟。　醒松：形容烟柳如人之睡眠迷朦。

生查子

钗上燕犹寒[①]，胜里红偏小[②]。恰有尔多春，不许群花笑。　　酒面粉酥融，香袖金泥罩。芳意已潜通，残雪犹相照。

[注释]

①钗上燕：指玉燕钗。　②胜：首饰，一名花胜。

生查子

富阳道中

春晚出山城，落日行江岸。人不共潮来，香亦临风散。　　花谢小妆残，莺困清歌断。行雨梦魂消，飞絮心情乱。

生查子

花地锦斑残，月箔波凌乱①。鬥鸭玉阑旁，扑兽金炉畔。　　小醉奈春何，轻梦催云散。却步蕙兰中，应被鸳鸯见。

[注释]

①月箔：月照帘箔。　波：月光。

浪淘沙

生　日

深院绣帘垂，前日春归。画桥杨柳弄烟霏。池面东风先解冻，龟上涟漪。　　酒潋玉东西①，香暖狻猊②。远山郁秀入双眉。待看碧桃花烂漫，春日迟迟。

[注释]

①玉东西：玉酒杯。　②狻猊：即狮子，此指狮形香炉。

菩萨蛮

次韵秀倅送别[①]

玉卮细酌流霞湿，金钗翠袖勤留客。行色小梅残，官桥杨柳寒。　　赐环宣室夜[②]，看落金莲灺[③]。人记海听康[④]。流风秀水旁。

[注释]

①秀倅：秀州之通判。　②赐环：古以环为还之象征物，故称放逐之臣被赦罪召还为赐环。　宣室夜：宣室为汉宫殿名。《史记·屈原贾生列传》载贾谊自长沙入京，文帝曾于宣室问谊鬼神事，直至夜半。此指被皇帝召入宫内。　③金莲：金莲花烛，为宫廷所用。《新唐书·令狐绹传》载宣宗夜召绹入对，赐金莲花烛送之。此喻得皇帝恩遇。　灺（xiè）：烛灰。　④海听康：一作“海南康”。宋代为贬谪官吏之地。

菩萨蛮

代　赠

端端正正人如月，孜孜媚媚花如颊[①]。花月不如人，眉眉眼眼春[②]。　　沉香添小炷，共挹熏炉语。香解著人衣，君心蝴蝶飞。

[注释]

①孜孜媚媚：温柔妩媚。　②唐氏按：“春”原作“青”，从吴讷本、毛校本。

[集评]

卓人月云：“第三句急转，如翾凤舞。”（《古今词统》卷四）

菩萨蛮

定空赏梅[①]

含章檐下眉如月，融酥和粉描疏雪。桃杏莫争春，凌风台畔人[②]。　　如今千万树，零乱孤村雨。和雨滴瑶觞，归来肌骨香。

[注释]

①定空：即定空寺，在武康，以梅花著称。　②凌风台畔人：赵飞燕身轻，风至欲飞去。成帝乃以翠缨系飞燕之裙。事见《拾遗记》卷六。　凌风台：汉宫台观名。

菩萨蛮

重　阳

淡烟疏雨东篱晓，菊团凄露真珠小。青蕊抱寒枝，因谁特故迟。　　曾是骚人盼，羞做茱萸伴[①]。揉破郁金黄，与君些子香。

[注释]

①茱萸：植物名，味香烈，重阳时人喜佩戴袪邪。

菩萨蛮

溪山不尽知多少，遥峰秀叠寒波渺。携酒上高台，与君开壮怀。　　枉做悲秋赋[①]，醉后悲何处。白髪几黄花，官裘付酒家[②]。

［注释］

①悲秋赋：指宋玉《九辩》，文曰："悲哉秋之为气也。"　②"官裘"句：以官裘当作酒资。

菩萨蛮

富阳道中

春潮曾送离魂去，春山曾见伤离处。老去不堪愁，凭阑看水流。　　东风留不住，一夜檐前雨。明日觅春痕，红疏桃杏村。

菩萨蛮

新城山中雨[1]

云山沁绿残眉浅，垂杨睡起腰肢软。不见玉妆台，飞花将梦来。　　行云何事恶，雨透罗衣薄。不忍湿残春，黄莺啼向人。

［注释］

①新城：县名，在富阳西南。今并入富阳。

［集评］

卓人月云："'将'字妙。"（《古今词统》卷四）

菩萨蛮

赠舞姬[1]

当时学舞钧天部[2]，惊鸿吹下江湖去[3]。家住百花桥[4]，何郎偏与娇[5]。　　杏梁尘拂面[6]，牙板闻莺燕。劝客玉梨花[7],月侵钗燕斜。

[注释]

①唐氏按:"姬"原作"倡",改从吴讷本、毛校本。 ②钧天:神话中天上之音乐。 ③惊鸿:喻体态轻盈。 ④百花桥:神话中桥名。 ⑤何郎:魏何晏。《世说新语·容止》谓其面白如傅粉,美姿仪。后人用以指美男子。 ⑥"杏梁"句:用《太平御览》卷五十二引刘向《别录》"善歌者鲁人虞公发声清哀,歌动梁尘"之意,谓歌声震落梁上尘土。 ⑦玉梨花:酒名,即梨花春。

渔家傲

戊寅冬,以病告卧潜玉[1],时时策杖寒秀亭下,作《渔家傲》三首

年少莫寻潜玉老,无才无艺烦君笑。暖过茅檐霜日晓。休起早,竹间尽日无人到。 别径小峰孤碧峭,曲沟浅浸寒清绕。此老相看情不少。浑忘了,浑教忘了长安道[2]。

[注释]

①潜玉:作者任武康令时所建之宅名。 ②唐氏按:"教"原作"然",改从吴讷本、毛校本。 长安道:谓进京任官之途。

渔家傲

恰则小庵贪睡著[1],不知风撼梅花落。一点儿春吹去却。香约略,黄蜂犹抱红酥萼。 绕遍寒枝添索寞,却穿竹径随孤鹤。守定微官真个错。从今莫,从今莫负云山约。

[注释]

①恰则:正好。

[集评]

卓人月云："一点青山，一点明月，犹可点也。春无踪迹，谁为点之。"（《古今词统》卷九）

渔家傲

鬓底青春留不住，功名薄似风前絮。何似瓮头春没数[①]。都占取，只消一纸长门赋[②]。　寒日半窗桑柘暮，倚阑目送繁云去。却欲载书寻旧路。烟深处，杏花菖叶耕春雨[③]。

[注释]

①瓮头春：初熟之酒。　②长门赋：据司马相如《长门赋序》，孝武皇帝陈皇后失宠，以黄金百斤予司马相如取酒，司马相如作《长门赋》以悟主上，陈皇后复得亲幸。此谓只需一篇《长门赋》即可有酒。　③杏花菖叶：本南齐王融《策秀才文》"杏花菖叶，耕获不愆"。谓归田务农。

于飞乐

和太守曹子方[①]

水边山，云畔水，新出烟林。送秋来、双桧寒阴。桧堂寒，香雾碧，帘箔清深。放衙隐几[②]，谁知共、云水无心。

望西园，飞盖夜[③]，月到清尊。为诗翁、露冷风清。退红裙，云碧袖，花草争春。劝翁强饮，莫孤负、风月留人。

[注释]

①曹子方：名辅。嘉祐进士，绍圣二年知衢州。　②放衙：免去属吏早晚参见。　隐几：倚靠几案。此皆谓政事疏简。　③西园、飞盖：指宴游高乐。见曹植《公宴》诗。

于飞乐

代人作别后曲

记瞢腾,浓睡里,一片行云。未多时,梦破云惊。听辘轳,声断也,井底银瓶[①]。不如罗带,等闲便,结得同心[②]。 系画船,杨柳岸,晓月亭亭。记阳关、断韵残声。被西风,吹玉枕,酒魄还清。有些言语,独自个、说与谁麿[③]。

[注释]

①银瓶:指汲水器具。《井底引银瓶》白居易诗,喻情侣分别。 ②结得同心:将罗带系成菱形连环回文状,谓同心结,以示情深。 ③麿:同"应"。

[集评]

潘游龙云:"'记'字犯重。"(《古今诗馀醉》卷十二)

于飞乐

别筵赠歌伎姊妹

并梅兄[①],双蝶子,烟缕衫轻。凤凰钗、缭绕香云。淡梳妆,□得恁,雪腻酥匀。揉春捻就,更是他、花与精神。

黛尖低,桃萼破,微笑轻颦。早做成、役梦劳魂。好风前,佳月下,莫忘行人。扁舟去也,没个事、多样离情。

[注释]

①梅兄:梅之雅称。"山礬是弟梅是兄",黄庭坚诗语。此化用其意,指歌伎姐妹。

阮郎归

惜 春

映阶芳草净无尘，新晴隔柳阴。绿丝步障碧茸茵[①]，遮藏欲尽春。　　寒未了，酒须深。残花无处寻。年来陪尽惜春心，闲愁渐不禁。

[注释]

①步障：屏幕。此言两边柳条垂丝如步障。

阮郎归

雨馀烟草弄春柔，芳郊翠欲流。暖风时转柳花球，晴光烂不收。　　红尽处，绿新稠，秾华只暂留。却应留下等闲愁，令人双鬓秋。

虞美人

东园赏春，见斜日照杏花，甚可爱[①]

游人莫笑东园小，莫问花多少。一枝半朵恼人肠，无限姿姿媚媚、倚斜阳。　　二分春去知何处，赖是无风雨[②]。更将绣幕密遮花，任是东风急性、不由他。

[注释]

①东园：在武康县东。　②赖是：幸好。

虞美人

百花赶定东君去[①]，知与花何处。阳春但更买花栽，留住蜂儿蝶子、等君来。　　翠轻绿嫩庭阴好，醉便眠芳草。春波如酒不曾空[②]，谁见东堂日日、自春风。

[注释]

①赶定：赶着，追随着。　②春波：春光。

虞美人

官妓有名小者，坐中乞词[①]

柳枝却学腰肢袅，好似江东小。春风吹绿上眉峰，秀色欲流不断、眼波融。　　檐前月上灯花堕，风递馀香过。小欢云散已难收[②]，到处冷烟寒雨、为君愁。

[注释]

①名小者：此词作于武康。有官妓"小小"甚得宠爱。　②小欢：指男女短暂的幽会。

一落索

东归代同舟寄远

月下风前花畔，此情不浅。欲留风月守花枝，却不道、而今远。　　樯外鹭飞沙晚，烟斜雨短。青山只管一重重，向东下、遮人眼。

散馀霞

墙头花□寒犹噤[①]，放绣帘昼静。帘外时有蜂儿，趁杨花不定[②]。　　阑干又还独凭，念翠低眉晕。春梦枉恼人肠，更厌厌酒病。[③]

[注释]

①噤：闭。 ②趁：追逐。 ③唐氏按：以上二首《永乐大典》卷一万四千三百八十一“寄”字韵误引作马琮词。

最高楼

散 后

微雨过，深院芰荷中。香冉冉，绣重重。玉人共倚阑干角，月华犹在小池东。入人怀，吹鬓影，可怜风。

分散去、轻如云与梦，剩下了、许多风与月。侵枕簟，冷帘栊。副能小睡还惊觉[①]，略成轻醉早醒松[②]。仗行云，将此恨，到眉峰。

[注释]

①副能：刚能，始能。 ②醒松：同“惺松”，睡眼矇眬貌。

最高楼

春 恨

新睡起，熏过绣罗衣。梳洗了，百般宜。东风淡荡垂杨院，一春心事有谁知。苦留人，娇不尽，曲眉低。

漫良夜、月圆空好意。恐落花、流水终寄恨。悲欢往往相随。凤台痴望双双羽[①]，高唐愁著梦回时[②]。又争如，遵大路[③]，合逢伊。

[注释]

①凤台：相传秦穆公时有萧史善吹箫，秦穆公以女弄玉妻之，并为筑

凤台,萧史夫妇居其上,后随凤凰飞去。见刘向《列仙传》。 ②高唐:宋玉《高唐赋序》云楚襄王梦中与神女欢会。此谓男女情事。 ③遵大路:“遵大路兮,掺执子之袪兮。”“遵大路兮,掺执子之手兮。”见《诗经·郑风·遵大路》。 遵:沿着。

少年游

长至日席上作①

遥山雪气入疏帘,罗幕晓寒添。爱日腾波②,朝霞入户,一线过冰檐。 绿尊香嫩蒲萄暖,满酌破冬严③。庭下早梅,已含芳意,春近瘦枝南。

[注释]

①长至:冬至。 ②爱日:即暖阳。 ③冬严:冬寒。

粉蝶儿

雪遍梅花,素光都共奇绝。到窗前、认君时节。下重帏,香篆冷①,兰膏明灭②。梦悠扬,空绕断云残月。 沈郎带宽③,同心放开重结。褪罗衣、楚腰一捻④。正春风,新著摸⑤,花花叶叶。粉蝶儿,这回共花同活。

[注释]

①香篆:香炷,点燃时烟气缭绕如篆文,故称。 ②兰膏:灯油,由泽兰炼就。 ③沈郎:即沈约。《梁书·沈约传》载沈约作书于徐勉,自诉多病身瘦曰:“百日数旬,革带常应移孔。” ④楚腰:指细腰。楚灵王好细腰,国人多节食令腰细。见《墨子·兼爱》。 一捻:一把。 ⑤著摸:沾惹。

调笑

掾　白语　窃以绿云之音，不羞春燕；结风之袖，若翩秋鸿。勿谓花月之无情，长寄绮罗之遗恨。试为调笑，戏追风流。少延重客之馀欢，聊发清尊之雅兴。

诗　词

一

崔　徽

珠树阴中翡翠儿[①]，莫论生小被鸡欺。鹳鹊楼高荡春思[②]，秋瓶盼碧双琉璃。御酥作肌花作骨，燕钗横玉云堆发。使梁年少断肠人[③]，凌波袜冷重城月[④]。

城月，冷罗袜。郎睡不知鸾帐揭。香凄翠被灯明灭，花困钗横时节。河桥杨柳催行色，愁黛有人描得。

［注释］

①翡翠：鸟名。此诗咏崔徽。崔徽为唐代歌伎，裴敬中使蒲州，与崔相恋。裴还，崔以不得相从为恨，托人画肖像寄裴，不久病卒。见元稹《崔徽歌序》。　②鹳鹊楼：在山西蒲州府，即今永济。　③梁：指蒲州，战国时蒲州属梁，故称。　④凌波袜冷：本曹植《洛神赋》“凌波微步，罗袜生尘”。

二

泰　娘

隼旟佩马昌门西[①]，泰娘绀幰为追随[②]。河桥春风弄鬓影，桃花髻暖黄蜂飞。绣茵锦荐承回雪[③]，水犀梳斜抱明月。铜驼梦断江水长[④]，云中月堕韩香歇[⑤]。

香歇，袂红黦[⑥]。记立河桥花自折。隼旟绀幰城西阙，教妾惊鸿回雪。铜驼春梦空愁绝，云破碧江流月。

[注释]

①"隼旟(yú)"句:隼旟,绘有隼鸟之旌旗。刘禹锡《泰娘歌》:"泰娘家本阊门西,门前绿水环金堤。风流太守韦尚书,路旁忽见停隼旟。" 昌门:即阊门,苏州城西门。此诗咏泰娘。泰娘为唐民间歌伎,归吴郡太守韦执宜,随之至京师。韦执宜死于洛阳,泰娘又为蕲州刺史张愻所得。愻因罪被贬死,泰娘复流落民间,日抱乐器哭泣。见刘禹锡《泰娘歌引》。 ②绀幰:青色车幔。《泰娘歌》"绀幰迎入专城居"。 ③"绣茵"句:《泰娘歌》"锦茵罗荐承轻步"。 回雪:以雪之飞旋形容舞姿。 ④铜驼:洛阳街名,因汉铸铜驼二枚,在洛阳宫之南四会道,夹路相对,故称。时风流少年喜集于此。《泰娘歌》:"蕲州刺史张公子,白马新到铜驼里。" ⑤韩香:《晋书·贾充传》载韩寿与贾充女私通,充女盗西域奇香赠寿,人与寿相处,即闻其芬馥。后充以女妻寿。此喻指张愻与泰娘情事。 ⑥黦(yuè):污迹。

三

盼　盼

武宁节度客最贤[①],后车摛藻争春妍[②]。曲眉丰颊亦能赋[③],惠中秀外谁争怜。花娇叶困春相逼,燕子楼头作寒食。月明空照合欢床,霓裳舞罢犹无力[④]。

无力,倚瑶瑟。罢舞霓裳今几日。楼空雨小春寒逼,钿晕罗衫烟色[⑤]。帘前归燕看人立,却趁落花飞入。

[注释]

①"武宁"句:此诗咏关盼盼。盼盼为武宁军节度使、检校工部尚书张愔之爱妓,善歌舞。白居易游徐州,于张尚书之宴席上亲见盼盼舞姿,并作诗相赠。后尚书死,盼盼念旧爱而不嫁,独居燕子楼十馀年。愔弟张仲素作《燕子楼》三首咏其事。白居易读之有感,和作三首。见白居易《燕子楼诗三首序》。 ②后车:侍从之车。 摛藻:铺张辞藻,指白居易诗。 ③曲眉丰颊:形容盼盼貌美。盼盼曾作诗和白居易。 ④霓裳:即《霓裳羽衣曲》,唐乐曲名。 ⑤钿晕:指金钿光泽暗淡。白居易《燕子楼》二:"钿晕

罗衫色似烟。”

四

美人赋

临邛重客蜀相如①，被服容冶人闲都②。上宫烟娥笑迎客③，绣屏六曲红氍毹④。霰珠穿帘洞房晚，歌倚瑶琴半羞懒。天寒日暮可奈何，挂客冠缨玉钗冷⑤。

钗冷，鬓云晚。罗袖拂人花气暖。风流公子来应远，半倚瑶琴羞懒。云寒日暮天微霰，无处不堪肠断。

［注释］

①“临邛”句：司马相如，蜀郡成都人，曾往临邛，临邛令视若贵客。见《史记·司马相如列传》。此诗据司马相如《美人赋》而作。　②“被服”句：“司马相如美丽闲都”，“服色容冶妖丽。”见《美人赋》。　容冶：服饰华美。　闲都：闲雅貌。　③上宫：宫室名。　④氍毹：毛地毯。　⑤“挂客”句：本司马相如《美人赋》“玉钗挂臣冠”。

五

灼　灼

寒云夜卷霜倒飞，一声水调凝秋悲①。锦靴玉带舞回雪，丞相筵前看柘枝②。河东词客今何地，密寄软绡三尺泪。锦城春色隔瞿唐，故华灼灼今憔悴。

憔悴，何郎地。密寄软绡三尺泪。传心语眼郎应记，翠袖犹芬仙桂。愿郎学做蝴蝶子，去去来来花里。

［注释］

①水调：曲调名。此诗咏灼灼。韦庄《伤灼灼诗序》：“灼灼，蜀之丽人也。近闻贫且老，殂落于成都酒市中。”张君房《丽情集》：“灼灼，锦城

官妓也,善舞柘枝,能歌水调。御史裴质与之善。裴召还,灼灼以软绡聚红泪为寄。” ②丞相:指韦庄,曾任蜀相。 柘枝:舞曲名。

[集评]

卓人月云:“似胡后杨白花词。”(《古今词统》卷三)

六

莺 莺

春风户外花萧萧,绿窗绣屏阿母娇①。白玉郎君恃恩力,尊前心醉双翠翘②。西厢月冷濛花雾,落霞零乱墙东树③。此夜灵犀已暗通,玉环寄恨人何处④。

何处,长安路⑤。不记墙东花拂树。瑶琴理罢霓裳谱⑥,依旧月窗风户。薄情年少如飞絮,梦逐玉环西去。⑦

[注释]

①“绿窗”句:本李绅《莺莺歌》“绿窗娇女字莺莺”,“黄姑上天阿母在”。此首咏崔莺莺,其事见元稹《莺莺传》。 ②“白玉”二句:据《莺莺传》,张生助崔氏脱难,莺莺母感张生之恩,设宴命莺莺与张生相见。 ③“西厢”二句:据《莺莺传》,张生得莺莺之赠诗,于月夜攀树逾墙,至西厢与莺莺相会。 ④“玉环”句:据《莺莺传》,张生在京,莺莺寄赠玉环以表情志。 ⑤长安路:指《莺莺传》中张生别莺莺进长安事。 ⑥“瑶琴”句:《莺莺传》叙莺莺于张生离别之夕,拂琴鼓《霓裳羽衣曲》。 ⑦唐氏按:此首别误作李邴词,见《花草粹编》卷一。

七

苕 子①

白蘋溪边张水嬉②,红莲上客心在谁。丹山鸾雏杂鸥鹭③,暮云晚浪相逶迤。十年东风未应老,斗量明珠结里媪④。花房著子青春深,朱轮来时但芳草⑤。

芳草，恨春老。自是寻春来不早。落花风起红多少，记得一枝春小。绿阴青子空相恼，此恨平生怀抱。

[注释]

①苕子：即苕溪女子。苕溪在湖州境内。子为古时女子的称呼。 ②“白蘋”句：此诗咏杜牧一段情事。据《丽情集》，杜牧曾游湖州，然郡中名妓皆不惬所望，遂请刺史曰：“愿得张水戏，使州人毕观之。”欲从中寻得称意女子。是日暮，牧为一位十馀岁少女所吸引，乃与其母相约十年复来此成亲，若逾期，任女别嫁。杜牧十四年后以湖州刺史至郡，女嫁他人已三年，并生二子。牧因作《怅别》诗：“自恨寻芳到已迟，往年曾见未开时。如今风摆花狼藉，绿叶成阴子满枝。” 水嬉：水上游乐。 ③丹山：即丹穴山，神话中山名，山上有凤凰。 ④里媪：乡里老妇，指少女母，《丽情集》云杜牧与里媪约定十年纳女，因以重币结之。 ⑤朱轮：高官所乘之车。

八

张好好

半天高阁倚晴江①，使君宴客罗纨香。一声离凤破凝碧②，洞房十三春未央。沙暖鸳鸯堤下上，烟轻杨柳丝飘荡③。佩瑶弃置洛城东，风流云散空相望。

相望，楚江上④。萦水缭云闻妙唱。龙沙醉眼看花浪⑤，正要风将月傍。云车瑶佩成惆怅⑥，衰柳白鬚相向⑦。⑧

[注释]

①“半天”句：本杜牧《张好好诗》“高阁倚天半，章江联碧虚”。此诗咏张好好。杜牧《张好好诗序》：“牧太和三年，佐故吏部沈公江西幕。好好年十三，始以善歌来乐籍中。后一岁，公移镇宣城，复置好好于宣城籍中。后二岁，为沈著作述师以双鬟纳之。后二岁，于洛阳东城重睹好好，感旧伤怀，故题诗赠之。” ②“一声”句：本《张好好诗》“一声雏凤呼”。③“沙暖”二句：唐氏按，此二句各本俱空格，据《词谱》卷四十补。 ④楚

江:代指章江,流经江西,与贡水合一,谓赣水。 ⑤龙沙:沙洲名,在今江西新建县北。《张好好诗》:“龙沙看秋浪。” ⑥云车:绘饰云彩图案之车。《张好好诗》:“聘之碧瑶珮,载以紫云车。” ⑦“衰柳”句:“洛城重相见,婥婥为当垆。怪我苦何事,少年垂白鬟。……斜日挂衰柳,凉风生座隅。”见《张好好诗》。 ⑧唐氏按:此首别误作李邴词,见《古今词统》卷三。

破 子

酒美,从酒贵。濯锦江边花满地[①]。鹔鹴换得文君醉[②],暖和一团春意。怕将醒眼看浮世,不换云芽雪水[③]。

[注释]

①濯锦江:江名,即岷江。 ②鹔鹴:指鹔鹴裘。司马相如初与卓文君还成都,居贫愁懑,以所着鹔鹴裘换酒与文君共饮。见《西京杂记》二。 ③云芽:云雾芽茶,泛指上品茶。

破 子

花好,怕花老。暖日和风将养到[①]。东君须愿长年少,图不看花草草[②]。西园一点红犹小,早被蜂儿知道。

遣 队[③]

歌长渐落杏梁尘,舞罢香风卷绣茵。更拟缘云弄清切[④],
尊前恐有断肠人[⑤]。

[注释]

①将养:调养。 ②草草:匆促。 ③遣队:宋人于歌舞将散时所作之词。遣,犹散。队,即舞队。 ④清切:清彻之音。 ⑤“尊前”句:刘禹锡曾于李绅酒宴上作诗咏歌女,有句云“断尽江南刺史肠”。此用其意。

感皇恩

解秀州郡印[①]，次王倅韵

两岁抚邦人，曾无恩意。别后何人更相记。题舆玉树[②]，愧与蒹葭相倚[③]。殷勤犹念我，同吟醉。　画舸相追，孤城已闭。不道扁舟□云外。夜分月冷，一段波平风细。忆君清兴满，无由寄。

[注释]

①秀州：州名，治所在嘉兴。毛滂于政和年间曾代知秀州两年。　解印：即罢任。　②题舆：东汉周景为豫州刺史，召陈蕃为别驾，蕃不就。景题别驾舆曰："陈仲举（蕃字）坐也。"不复征召他人。后常以题舆指地方长吏副佐。见《北堂书钞》卷七十三引谢承《后汉书》。　③蒹葭：芦苇，常见贱草，此自谦语。《世说新语·容止》："魏明帝使后弟毛曾与夏侯玄共坐，时人谓蒹葭倚玉树。"意两人相去甚远。

感皇恩

镇江待闸

绿水小河亭，朱阑碧甃。江月娟娟上高柳。画楼缥缈，尽挂窗纱帘绣。月明知我意，来相就。　银字吹笙，金貂取酒[①]。小小微风弄襟袖。宝熏浓炷，人共博山烟瘦。露凉钗燕冷，更深后。

[注释]

①金貂取酒：晋阮孚为散骑常侍，日酣饮，曾以金貂换酒，为有司弹劾。见《晋书·阮孚传》。金貂为侍从贵官之冠饰。

[集评]

潘游龙云:"'烟瘦'句秀。"(《古今诗馀醉》卷十一)

感皇恩

晚 酌

多病酒尊疏,饮少辄醉。年少衔杯可追记。无多酌我,醉倒阿谁扶起。满怀明月冷,炉烟细。　　云汉虽高,风波无际。何似归来醉乡里。玻璃江上,满载春光花气。蒲萄仙浪软,迷红翠。

临江仙

都城元夕

闻道长安灯夜好,雕轮宝马如云。蓬莱清浅对觚棱[①]。玉皇开碧落[②],银界失黄昏。　　谁见江南憔悴客,端忧懒步芳尘[③]。小屏风畔冷香凝。酒浓春入梦,窗破月寻人。

(以上《彊村丛书》本《东堂词》)

[注释]

①觚棱:宫阙转角处瓦脊。 ②碧落:道家称天空。 ③端忧:深愁。

[集评]

贺裳云:"毛泽民'酒浓春入梦,窗破月寻人',此晚唐五律佳境也。"(《皱水轩词筌》)

相见欢

秋　思

十年湖海扁舟，几多愁。白髮青灯今夜，不宜秋。中庭树，空阶雨。思悠悠。寂寞一生心事、五更头。

（《唐宋诸贤绝妙词选》卷六）

【补　辑】

沁园春

左元仙伯，旧从当日，太一下生[①]。念道尊德贵，体隆貌重，盖天勋业，出世才名。父子一时，君臣千载，侍宴通宵留太清[②]。衣冠盛事，满床象简[③]，隔坐云屏。　年年此夜寒轻。正在东风下，不夜城。看御杯重劝，宸章屡赐[④]。盛传歌舞，高会簪缨[⑤]。桃李玉姬[⑥]，芝兰子舍[⑦]，尽向三台瞻寿星[⑧]。从今去，愿千春献祝，午夜观灯。

[注释]

①“左元”三句：左元仙伯，道教中仙职。林灵素曾谀称蔡京为左元仙伯。此词为蔡京生日作。　太一：天神之最尊者。此谓蔡为天神下凡。　②太清：道家所谓“三清”之一，即仙境。　③满床象简：谓家中贵官甚多。《旧唐书·崔义玄传》载玄岁时家宴，以一榻置笏，重叠于其上。象简：象牙笏，大臣上朝所执。　④宸章：帝王所作的文章书翰。　⑤簪缨：官吏之冠饰，喻显贵。　⑥桃李：喻众多门生。　⑦芝兰：喻优秀子弟。《世说新语·言语》载谢玄论佳子弟曰：“譬如芝兰玉树，欲使其生于阶庭耳。”　子舍：子侄居室。　⑧三台：星名，古以星象喻人事，故以称三公。

沁园春

秀禀元精[①]，灵钟崧岳，命世大贤。自飞英任路，承流百里。郎官星彩[②]，辉映经躔[③]。劲柏凌霜，香梅娇雪，珪月弯弯新上弦。垂弧节庆[④]，麒麟古梦[⑤]，此夜初圆。

罗川[⑥]，父老欣然。算善政、古来谁与肩。念桃阴浓密，瓜期咫尺[⑦]。双凫难驻[⑧]，便欲朝天。争把丹青，绘成芝宇[⑨]，立作生祠千载传。仍知道，看它时画像，别有凌烟[⑩]。

（以上二首俱见《诗渊》第二十五册，引自孔凡礼《全宋词补辑》）

[注释]

①元精：天地之精气。　②郎官星彩：《后汉书·明帝纪》载馆陶公主云"郎官上应列宿，出宰百里"。后称郎官为星郎，故云。　③经躔：星辰运行之轨迹。　④垂弧：指男子生日。古礼生子悬弧于门左。　弧：木弓。　⑤麒麟：即麒麟儿，颂幼子聪颖之美称。《陈书·徐陵传》载陵早慧，宝志上人称之"天上石麒麟"。　⑥罗川：地名，在今湖北宜城县西南。　⑦瓜期："齐侯使连称、管至父戍葵丘，瓜时而往。曰：'及瓜而代。'"见《左传·庄公八年》。后喻任满更代之期。　⑧双凫：《后汉书·王乔传》载乔为叶令时，以神术变舄为凫，乘之自县诣京。后用为地方官之典。　⑨芝宇：《新唐书·真德秀传》载房琯每见德秀，叹息曰："见紫芝（德秀字）眉宇，使人名利之心都尽。"后用为对人容貌之美称。　⑩凌烟：阁名。唐太宗贞观十七年，于凌烟阁画二十四功臣像。此谓将建不朽功业。

存目词

调名	首句	出处	附注
洞仙歌	绿烟深处	《东堂词》	晁补之词，见《乐府雅词》卷上

调名	首句	出处	附注
千秋岁	记当初归家	《花草粹编》卷十一	无名氏词，见《截江网》卷六
洞仙歌	痴儿骙女	《草堂诗馀续集》卷上	扬无咎词，见《逃禅词》
木兰花	掩朱扉	《记红集》卷一	五代毛熙震作，见《花间集》卷十
诉衷情	桃花流水漾纵横	《同情集词选》卷三	五代毛文锡作，见《花间集》卷五
纱窗恨	新春燕子还来至	同上	同上
赞浦子	锦帐添香睡	《同情集词选》卷四	同上

李 彭

李彭,生卒不详,字商老,建昌(今江西修水)人。自号日涉园夫。生平与韩驹、洪刍、徐俯等交善,名列江西宗派图中。有《日涉园集》,不传。四库馆臣从《永乐大典》辑为十卷,凡七百二十馀首。词存《渔歌》十首。

渔歌十首 颂尊宿付杲山人[①]

汾 阳[②]

南院嫡孙唯此个,西河狮子当门坐[③]。绢扇清凉随手簸。君知么,无端吃棒休寻过。

[注释]

①杲山人:宋代僧人号杲禅师者不止一人,此未详确指。 ②汾阳:宋僧名,首山省念弟子。居汾州太子院。 ③西河狮子:此指其门人楚圆,善于布道,极有威势。

慈 明[①]

掌握千差都照破,石霜这汉难关锁[②]。水出高源酬佛陀。哩棱逻[③],须弥作舞虚空和。

[注释]

①慈明:即宋僧楚圆(987—1040)之别号。从汾阳善昭禅师得法。久之辞还河东,道风大振,号河西狮子。 ②石霜:唐代僧人性空之法号。有僧问"祖师西来意",曰:"如人在千尺井中,不假寸绳,出得此人,即答。"号称难关。 ③哩棱逻:词曲衬字,有声无义。

云　峰[①]

孤硬云峰无计较，大愚滩上曾垂钓。佛法何曾愁烂了。桶箍爆[②]，通身汗出呵呵笑。

［注释］

①云峰：宋代名僧文悦禅师法号。大愚禅师法嗣。有《翠岩语录》。　②桶箍爆：坐桶之箍散脱。此指文悦禅师因桶散坏堕地而忽然开悟。见《五灯会元》卷十二。

老　南[①]

万古黄龙真夭矫，斩新勘破台山媪。佛手驴蹄人不晓[②]。无关窍，胡家一曲非凡调[③]。

［注释］

①老南：即黄龙慧南禅师。宋饶州（今江西上饶）人，亦称老南。因居南昌之黄龙山，故名。　②佛手驴蹄：黄龙上堂曰"我手何似佛手……我脚何似驴脚"。三十馀年，示此三问，人称"黄龙三关"。　③非凡调：黄龙示寂前说偈，曰："得不得，传不传，归根得旨复何言？忆得首山曾漏泄，新妇骑驴阿家牵。"

晦　堂[①]

宝觉禅河波浩浩，五湖衲子来求宝。忽竖拳头宜速道。茫然讨，难逃背触君须到[②]。

［注释］

①晦堂：即宋僧宝觉禅师。　②背触：指"触背关"。宝觉禅师见学者必举手示之曰：唤作拳是触，不唤拳是背，莫有契之者。丛林谓之触背关。

真　净[①]

贬剥诸方真净老，顶门眼正形枯槁。一点深藏人莫造。由来妙，光明烜赫机锋峭[2]。

[注释]

①真净：宋尼僧，杨亿五世孙女，依达庵有悟，后说法于苏州。 ②烜赫：明亮貌。

潜 庵[1]

积翠十年丹凤穴，当时亲得黄龙钵。掣电之机难把撮。真奇绝，分明水底天边月。

[注释]

①潜庵：宋僧清源，号潜庵。亲侍黄龙慧南，七年得悟大法。

死 心[1]

骂佛骂人新孟八，是非窟里和身拶。不惜眉毛言便发。门庭滑，红炉大鞴能生杀[2]。

[注释]

①死心：宋僧，名悟新，韶州人。依德修祝发，至黄龙，谒晦堂悟旨。有《语录》一卷。 ②大鞴：鼓风大箱。

灵 源[1]

绝唱灵源求和寡，先牛寻得西家马。顾陆笔端难拟画。千林谢，吟风摆雪真萧洒。

[注释]

①灵源：宋僧。早从师黄龙晦堂，人称清侍者。元祐间居兴化。张无尽力邀其出主豫章观音院，其命甚严。灵源上书辞免。诗云："无地无针彻骨贫，利生深愧乏馀珍。廛中大施门难启，乞与青山养病身。"一时传遍。绝唱灵源似指此。

湛 堂[①]

选佛堂中川蘿苴[②]，衲僧卑孔头垂下[③]。独秀握来无一把。杖头挂，从教四海禅徒讶。[④]

（以上十首见日本五山版释《晓莹感山云卧纪谈》卷下）

［注释］

①湛堂：宋僧文准之号。少年出家。后谒真净、克文，专修禅观。有《语录》一卷。 ②川蘿苴（lǎ zhǎ）：犹邋遢，不洁。黄庭坚云："蜀人放诞，不遵轨辙，曰川蘿苴。" ③孔：疑为"礼"字，抄写致误。 ④唐氏按：（《渔歌》）十首皆摘取《渔家傲》半片。

【补　辑】

吴淑虎

吴淑虎,宣和间知清江。其他未详。见清同治《清江县志》卷五。

西江月[1]

门被五王德泽[2],家承七帝恩光[3]。古今富贵迥无双,多少公卿将相。　　久蕴腾空气宇[4],行看平步岩廊[5]。更祈王母寿而康,真个人间天上。

(见《诗渊》第二十五册,引自孔凡礼《全宋词补辑》)

[注释]

①孔凡礼按:此词作者吴淑虎。与下词作者吴叔虎,不知是否为一人。今以二词所表现之时间不同,未敢遽定为一人作,仍分系。　②五王:尧、舜、禹、汤、文王。　③七帝:自宋太祖,历太宗、真宗、仁宗、英宗、神宗至哲宗,共七君。　④腾空气宇:具有平步青云的腾达气象。　⑤岩廊:高峻的廊宇,此指朝廷。

【补　辑】

吴叔虎

据词中“乙未政和年”云云，叔虎，盖北宋徽宗时人。

水调歌头

寿钱太尉

清澈黄河底，乙未政和年[①]。坤珍阐瑞[②]，运符五百间生贤[③]。日暖曲江花柳，鼎沸韶春弦管，尺五是青天。殊宠逢熙载[④]，吉梦送真仙。　承盛德，公故国[⑤]，庆双全。行看旌钺紫泥，丹诏下苕川[⑥]。多祝多男多寿，长愿长安长乐，剑履玉宸前[⑦]。蕙炷紫琳馆[⑧]，丹笔蕊珠篇[⑨]。

（见《诗渊》第二十五册，引自孔凡礼《全宋词补辑》）

［注释］

①乙未政和：政和五年岁次乙未，公历为1115年。　②坤珍：地宝。阐瑞：献瑞，指黄河变清。　③“运符”句：“五百年必有王者兴，其间必有名世者。”见《孟子·公孙丑》，此用其意。　④熙载：太平时代。　⑤公故国：为官于故乡。“公”，用如动词。　⑥苕川：苕溪，在浙江湖州一带。　⑦剑履：佩剑着履上殿，为优待大臣的礼仪。　玉宸：皇宫。　⑧紫琳馆：宋徽宗藏道家经书之所。　⑨蕊珠：《蕊珠经》，道经名。

【补　辑】

张伯寿

张伯寿,绍兴五年为建昌军判官。见清道光《南城县志》卷十九。

水调歌头

天地有英气,盘结在名山。储精孕秀,诞生豪杰向人间。早拾巍科甲第[①],归作日边仙客,眷注不容间[②]。讲道桥门暇[③],戏作彩衣欢。　振斯文,回巨浸,遏狂澜。玉阶三尺,好摅经济侍天颜[④]。把取升平事业,趁取河清桃熟,十载付金銮。草却登封检[⑤],双鬓未曾斑。

[注释]

①巍科:考进士名列前班。　甲第:考进士经、策全优者为甲第　②眷注:得到帝王的关爱。　间:空隙。　③桥门:学宫四门环水,以桥相通,称桥门,此指讲堂。　④摅:通"抒",抒发。　摅:《全宋词》作"攄"。　⑤登封检:登泰山举行封禅大典之简书文字。　检:封书题签。皆一代盛典,由大手笔为之。

临江仙

天上姮娥元不老[①],人间紫府长春。朱颜鹤髮更清新。观音常自在,水月净无尘。　有子飘飘麟阁像,有孙庭下诜诜[②]。他年看取递成名。进封加上国,荣拜太夫人。

[注释]

①姮娥:嫦娥。引为颂老夫人生辰之作。　②诜诜(shēn shēn):众

多貌。

临江仙

吴越家声传铁券[①]，当年功指山河。公侯衮衮后来多。休符钟俊杰[②]，气宇禀冲和。　　磊落胸襟清庙器，鹏程背可天摩。他时帝里笑鸣珂[③]。双椿犹鹤算[④]，二女已鸾坡[⑤]。

[注释]

①"吴越"句：吴越王钱镠后归顺宋朝，获赐铁券。此指钱氏后人。铁券：以铁铸成之封赐功臣之契书，其状如瓦。　②休符：美善之吉兆。　③鸣珂：玉饰马勒，走时发声。此指家世显贵。　④鹤算：长寿。　⑤鸾坡：翰林院之别称。此指女得佳婿。

临江仙

家住清湘云外窟[①]，肯随玉笋同班[②]。竹林风味正相关。独高霜外节，微露管中斑。　　吏隐丛祠聊寄傲，胸襟半是湖山。此君端可助跻攀。支颐供鹤立[③]，拱膝看鳌翻[④]。

[注释]

①清湘：清彻的湘江。　②玉笋同班：才士相聚于朝班，曰玉笋班。　③支颐：手拄下颔悠闲观望。　④鳌翻：鳌鱼腾跃，喻鱼龙变化，事业辉煌。

临江仙

龙首凤池家鼎贵[①]，庆传仙李芬芳。凛然冰雪照闺房。

诞弥当此日[②],佳气满华堂。　　锦袖新封开大国,诏书急欲征黄[③]。莫辞沉醉九霞觞。蟠桃看子实,地久与天长。

[注释]

①龙首:状元。　凤池:凤凰池。指中书省,喻宰相之位。　②诞弥:生日为诞,满月为诞弥。　③征黄:西汉黄霸有治绩。被征召为京兆尹。

临江仙

瑞气薰城春色早,光生帘幕飞浮。五陵应是产风流。冰清兼玉润,轩冕一时游[①]。　　已得长生元妙术,庄椿不数春秋[②]。徐卿一醉百无忧[③]。但知从此去,衮衮出公侯。

[注释]

①轩冕:华车和冠冕,高官的代称。　②庄椿:典出《庄子·逍遥游》"上古有大椿者,以八千岁为春,八千岁为秋"。后为长寿的代称。　③徐卿:"丈夫生儿有如此二雏者,名位岂肯卑微休。"见杜甫《徐卿二子歌》。

临江仙

爆竹声残天未晓,金炉细爇沉烟[①]。儿孙戏彩映芳鲜。共倾元日酒,同祝大椿年。　　我愿儿孙如我寿,高低富贵随缘。不须厚禄与多田。诗书为世业,清白是家传。

(以上七首见《诗渊》第二十五册,引自孔凡礼《全宋词补辑》)

[注释]

①爇(ruò):烧。

【补　辑】

曹　𢙐

据词中“江南佳信”、“神京作镇”云云，作者或为北宋人。

喜迁莺

冬寿太守

岁华将近。得昨夜一枝，江南佳信。建水城中[①]，武夷峰上，恰属老人星分。间世挺生贤哲，贾马文章清俊。推太守，想区区百里，难淹良骏。　舆论怀报也，暂把玉山[②]，寄与丹青晕。寿旦方临，祠堂其立[③]，底事古今谁胜。自有养生妙诀，赢得朱颜芳鬓。犹更好，佩金鱼宝带[④]，凌烟优选[⑤]。

［注释］

①建水：广东罗定县之旧称。　②玉山：形容品德仪态俱美之人物。　③孔凡礼按：“其”或为“共”之误。　④金鱼宝带：贵官服饰。　⑤优选：“选”字出韵，疑为“送”字之讹。

喜迁莺

皇都春早，正媚景霁色，融和时候。宿霭初收，祥烟新布，桃李满林惟绣。挺生垩朝哲辅[①]，风彩独居人右。世希有，看陈思名族[②]，平阳革裔[③]。　眷厚知已久，近辅名藩，符竹频分剖。一节趋朝，神京作镇，高掩昔年贤守。芝检异恩才下[④]，玉笋清班须簉[⑤]。寿龄远，与湖山同永，松椿同寿。

[注释]

①孔凡礼按:“垩朝”当为“圣朝”之误。 ②陈思:曹植封陈思王。 ③革裔:未详。疑是“华胄”之讹。 ④芝检:以芝泥印章加于拜官诰诏之上。此指升官。 ⑤簉(zào):副职官员。

喜迁莺

梅含春信,冒北律严寒[①],南枝先暖。月上初弦,萱开九叶[②],嵩岳诞生英俊。冰玉丰姿莹彻,锦绣文章焕烂。人歌赞,是今朝卓鲁[③],他年伊旦 犹羡瓜期近,课春九重,优陟公卿选。列鼎鸣钟,乘轩衮冕,直把功名占断,好是宾僚会宴,争捧觥觞频劝。重重愿,与青青松柏,岁寒难变。

(以上三首见《诗渊》第二十五册,引自孔凡礼《全宋词补辑》)

[注释]

①北律:北方。 ②萱开九叶:当为“蓂开九叶”之讹。 蓂:历草。日生一叶,九叶即初九日。 ③卓鲁:东汉的卓茂和鲁恭,为著名循吏。

【补 辑】

王子容

据词中"洛阳花信"云云,子容或为北宋人。

满庭芳

寿京尹

台衮筹边[①],京师蒙福,两淮谈笑尘清[②]。正䜣筒无讼[③],桴鼓亦稀鸣。阅武分弓角射,催春事、亲劝农耕。何须待,寻花问柳,小队出郊坰[④] 功名。今已就,九重近天[⑤],好去辞荣。算人间极贵,何似长生。刺占梅山日月[⑥],观二妙[⑦],玉纹抨[⑧]。休辞醉,洛阳花信,香到露华亭。

[注释]

①台衮:即台辅,执政大官。 ②尘清:战争的烽烟已经平息。 ③䜣(xiāng)筒:投递诉状、告密文书的器具。 ④郊坰:郊外田野。 ⑤九重近天:于律当作"九重天近"。 ⑥"刺占"句:意谓出刺(任职)于梅山(安徽舒城为梅福隐居之地)。 ⑦二妙:才艺俱妙之人。此处不详所指。 ⑧孔凡礼按:"抨"当为"枰"。 玉纹抨:于律当作"玉□纹枰"。

满庭芳

瑞霭腾空,长庚入梦[①],挺生名世真贤。荐膺宸眷[②],移镇日华边。千里民谣载路,薰和气、俱作春妍。须知道,西湖草木,亦自肃成权[③]。 黄堂[④]。开雅宴,酒浮云液,歌倚湘弦。□赐金增秩[⑤],入侍甘泉[⑥]。且向露桃花底，拚沉醉，频举觥舡。祈难老，鬓随柳绿，官共早莺迁。

[注释]

①长庚：星名，主文章。 ②荐膺宸眷：获得皇上（宸）的关爱。 ③肃成：太子居处。此谓出任太子讲官。 权：临时任职曰权。 ④黄堂：官署名。本指太守正衙。 ⑤孔凡礼按："□"原缺，据律补。 ⑥甘泉：秦、汉皇宫名。

满庭芳

蓬海移春，卿云约月[①]，庆传王母骖鸾。九仙福地，不减玉龟山[②]。况是莱儿绣斧[③]，都衬得、彩舞斓斑。瑶觞举，平反一笑[④]，功行足三十[⑤]。 木天[⑥]。来瑞节，行封两国，宫锦蝉联。更孙枝满座，兰畹芝田。中诏肩舆上殿[⑦]，称万寿，椒掖欢颜[⑧]。黄钟数[⑨]，从新九九，巧历演长年。（以上三首见《诗渊》第二十五册，引自孔凡礼《全宋词补辑》）

[注释]

①卿云：祥云。 约月：缭绕月亮。 ②玉龟山：仙山。 ③莱儿：老莱子退休后身穿绣斧官服，作小儿啼以乐双亲。 ④平反：改正冤案。汉隽不疑外出复查囚狱。有所平反，其母则笑。 ⑤孔凡礼按："十"当为"千"之误。 ⑥木天：翰林院之别称。 ⑦肩舆：小轿。 ⑧椒掖：内宫。 ⑨黄钟：十二律之一。

【补　辑】

叶景山

叶景山，生平不详。其《感皇恩》后，为《水调歌头》“昭代数人物”一词[①]。后者乃北宋时作品，有可能为景山作，姑系景山于此。

感皇恩

寿赵总管[①]

十月小春时，蓂舒六翠。天佑皇家诞贤裔。熊罴协梦[②]，疑是麒麟分瑞。世间无限事，都如意。　粉阵香围，香娇玉媚。春酒争持泛琼蚁，笙歌缭绕，同祝我公千岁。他年陪绿野[③]，拚酣醉。

［注释］

①见其后无名氏词。　②熊罴协梦：犹熊罴入梦，为生男之祥。　③绿野：堂名。唐名相裴度退休后于洛阳筑绿野堂。

临江仙

清晓于门开寿宴[①]，绮罗香袅芳丛。红娇绿软媚光风。绣屏金翡翠，锦帐玉芙蓉。　珠履争驰千岁酒[②]，葡萄满泛金钟。人生福寿古难逢。好将家庆事，写入画图中。

［注释］

①于门：西汉于定国父于公为狱吏，治狱公平。谓其子孙将有兴者。因筑室时，令高大其门，以容高车驷马。　②珠履：指足着珠履的上客。

见《史记·春申君列传》。

临江仙

杨柳池塘桃李径，华堂寿宴初开。香团翠幕舞风回。东山携妓女[1]，北海罄樽罍[2]。　　玉笋轻敲红象板，金荷潋潋传杯。笙歌缭绕宴春台。华阳闲日月[3]，绿野醉蓬莱。

[注释]

①东山：谢安高卧东山，出游必带妓人。　②北海：孔融为北海相，以好饮著称。　③华阳：陶弘景隐居勾容句曲山之华阳洞。　日月：原作“日日月”，当衍一“日”字。

感皇恩

春水满池塘，春风吹柳。春草茸茸媚晴昼。春烟骀荡[1]，春色着人如旧。春光无限好，花时候。　　春院宴开，春屏环绣。春酒争持介眉寿[2]。春衫春暖，春回遏云声透。春年常不老，松筠茂。

（以上四首见《诗渊》第二十五册，引自孔凡礼《全宋词补辑》）

[注释]

①骀荡：舒缓荡漾。　②介：祝。

【补 辑】

无名氏

词中“陕西义社”云云，此人当为北宋人。

水调歌头

昭代数人物[①]，谁似我公贤。平生礌礌磊磊[②]，常以义为先。广立湖中义学[③]，盛集陕西义社[④]，良法自家传。阴德有如此，眉寿不须言。　圣天子，方右武[⑤]，复宗文[⑥]。诗书马上，看君父子共争先。伫听天山三箭[⑦]，还共秋闱一举[⑧]，相继凯歌旋。金印大如斗，富贵出长年。

［注释］

①昭代：明代，太平时代。　数：计算。　②礌礌磊磊：磊磊落落。　③义学：免费学校。为贫寒学生而设。　④义社：民间自卫自助团体。　⑤右武：重视武功。　⑥宗文：推崇文学。按“文”字出韵，或为“贤”字之讹。　⑦天山三箭：唐薛仁贵征铁勒，仁贵发三矢，辄杀三人。铁勒遂降。见《新唐书·薛仁贵传》。　⑧秋闱：指参加秋天的科举考试。亦称乡贡。

水调歌头[①]

云海漾空阔，风露凛高寒。仙翁鹤驾羽节[②]，缥缈下天端。指点虚无征路，时见双凫飞舞，挥斥隘尘寰[③]。吹笛向何处，海上有三山。　彩衣新，鱼服丽[④]，映朱颜。蟠桃未熟，千岁容与旦人间。早晚金泥封诏[⑤]，归侍紫皇香案[⑥]，踵武列山班。玉骨自不老，未用九还丹。

（以上二首见《诗渊》第二十五册，引自孔凡礼《全宋词补辑》）

[注释]

①孔凡礼按:此二词在叶景山《感皇恩》后,脱去作者名氏,未敢遽定为叶景山作,姑系以无名氏。 ②鹤驾:骑鹤。 羽节:以羽毛为饰的旌节。 ③挥斥:放纵。 ④鱼服:古代贵妇人装束。车曰鱼轩,有箭袋的叫鱼服。 ⑤金泥封诏:皇帝的诰书。 ⑥紫皇:玉皇。

【补　辑】

李商英

李商英，生卒不详。据词中“夷夏均欢”云云，商英或为北宋人。

醉蓬莱

庆朋良相遇[①]。夷夏均欢，福沾绵宇。扶日勋高，更补天力巨。学造渊微，文赓三圣[②]，被褒语[③]。来自丹台，生逢华旦，身登仙路。　衮绣归来，水晶宫里，燕处超然，去天尺五。绿鬓朱颜，照青春如故。一粒刀圭[④]，五更丹灶，与赤松游处。只恐看着蒲轮，趣上沙堤归去[⑤]。

［注释］

①朋良：贤俊人材。　②文赓三圣：谓文章能继承三圣（文武、周公、孔子）之道。　③孔凡礼按：“被”上脱二字。　④刀圭：量药之具，此指药物。　⑤趣：催促。　沙堤：相府。旧制相府门前以沙堤铺路。此指出任宰相。

醉蓬莱

庆长庚协梦[①]，仙李蟠根，挺生名世。粉省收声[②]，早云霄自致。凤掖鸾坡[②]，荷囊簪笔，久要津历试。红旆班春[④]，碧油开府[⑤]，出分忧寄。　均逸真祠[⑥]，右弧开宴[⑦]，宵月光澄，玉炉烟细。漆髮冰眸，揽浮丘仙袂。伫见九重，迂驰三节[⑧]，诏促还丹陛。槐府凉生，榴樽香泛，年年欢醉。[⑨]

[注释]

①协梦:入梦。 ②粉省:尚书省之别称。 ③凤掖坡:即鸾坡,翰林院之异称。 ④班春:班(颁)布春令,视察农耕之意。 ⑤碧油:车名,即碧油幢。本公主之车,后亦指贵官之车。 开府:开设幕府官衙。 ⑥均逸真祠:出任闲散安逸的提举祠观之官职。 ⑦右弧开宴:在驰射场上摆宴欢聚。 ⑧三节:端午、中秋、春节。 ⑨孔凡礼按:此词《全宋词》引《截江网》卷六别见,为无名氏作。

洞仙歌

腊残寒峭,渐近新正际[1]。喜溢门阑蔼佳气。遇昌辰[2],符吉梦,岳渎祥瑞[3]。知是天诞人间奇瑞。 文章推晁董[4],学擅卿云[5],高揭声猷缙绅里。上瀛洲册府,师表宗藩,华要地,俱是宸衷注意[6]。 又何止看看便持荷[7],更寿为崆峒,广成同岁[8]。

[注释]

①新正:元旦,大年初一。 ②昌辰:良辰。 ③岳渎:名山、大川。 ④晁董:晁错、董仲舒。西汉著名政治家、文学家。 ⑤卿云:汉代词赋家司马相如(长卿)与扬雄(子云)的并称。 ⑥宸衷:皇帝的心意。 ⑦持荷:持荷而为帝柱,见叶青臣《松江秋泛赋》,言其人有文武大才。 ⑧崆峒、广成:古之得道仙人。

洞仙歌

霓旌降节[1],缥缈蓬瀛里。前是骖鸾在人世[2]。下云衢,沾圣泽,两地疏封[3],须信道,不减瑶台富贵。 兰帏称寿日,朱紫盈门,碧藕蟠桃奉甘旨[4]。更何须,求大药饵服还丹,长不老,鹤骨仙标无比。 况壶天日月自延长[5],看几度人间,百年千岁。

[注释]

①霓旌：霓虹色的旗帜。　降节：当为绛节之讹，使者所持红色旌节。　②骖鸾：乘鸾，仙人所乘的鸾凤。　③疏封：受到帝王的封赐。　④甘旨：美食。　⑤壶天：仙境。

胜胜慢

笙簧缭绕，书鼓声喧，佳人对舞绣帘前。高卷铺衬，广列华筵。人人献香祝寿，捧流霞，永庆高年。名香爇，睹重重华盖，金兽喷烟。　　一愿皇恩频降，松柏对龟鹤，彭祖齐肩[①]。二愿子子孙孙，尽贡三元[②]，石崇富贵也休夸，陆地神仙。更三愿，愿年年佳庆，永保团圆。

[注释]

①彭祖齐肩：谓寿与彭祖齐等。　②三元：乡试、会试及殿试都得头名。

木兰花慢

喜琼筵乍启，似王母、宴瑶池。正珠履骈肩[①]，群仙间坐，冰玉交辉。新词更兼旧曲，听歌声、宛转绕屏帏。一缕龙香水麝，满堂如彩云飞。　　金卮主献宾酬[②]。无算数，醉如泥。诮不管山翁[③]，霜髯皓鬓，为插花枝。更阑带花归去，有馀香、冉冉惹人衣。一枕华胥梦觉，恍然身在桃溪。

[注释]

①骈肩：并肩。　②金卮：金质大酒杯。　③诮：嘲笑。

胜胜慢

香浮椒柏[①],暖入酴酥[②],非烟晓生帘幕。绛阙真仙,来自五云楼阁。青霁路岐游遍,排冠归、水晶城郭。萧散处,有壶中日月,故园猿鹤。　　好是朱颜难老,嬉游处,不减少年行乐。正好寻春,莫负燕期莺约。沉沉洞天向晚,按官商、重调音乐[③]。愿岁岁,听新声,笙歌院落。

(以上七首见《诗渊》第二十五册,引自孔凡礼《全宋词补辑》)

[注释]

①椒柏:酒名。用花椒与柏子酿制的酒。　②酴酥:酒名,即屠苏。　③孔凡礼按:"官"当为"宫"之误。

【补　辑】

马伯升

马伯升，生平不详。《水调歌头》“和气应鼙鼓”一词，乃作者为寿武将而作。词中但云“颇牧”、“长城”、“凯歌”、“家声”，而不及中原恢复。词或作于北宋时，作者或系北宋人。

水调歌头

瑞应杉溪县[①]，光动极星宫[②]。人间盛事此日，岳降自高嵩。庆兆三阳开泰，散作一团和气，无地不春风。眉寿八千岁，今代黑头公[③]。　听剑履，上星辰，此行中。况金瓯姓字[④]，当路那已达宸聪。[⑤]管取凤池新命，来自虎关上阙[⑥]，明月到花封。王室要师保[⑦]，叔父勿居东[⑧]。

[注释]

①瑞应杉溪：言生于杉溪（今江西广丰县东有沙溪市）是上天降瑞。　②极星：北极星。　③黑头公：言壮年出任公卿。　④金瓯姓字：唐玄宗凡命将相，皆先书其名，覆于金瓯中，令太子猜之。见李德裕《次柳氏旧闻》。　⑤达宸聪：获知于帝王视听之内。　⑥虎关上阙：指朝廷。“虎豹九关”，见宋玉《招魂》。　⑦师保：太师太保，国之柱石重臣。　⑧叔父勿居东：周公为成王叔父，曾居东（洛阳）三年，后由成王迎归。

满江红

人品如君，人尽道，士林横绝[①]。那更是、关西流庆[②]，三山英杰[③]。欣遇当年神降日，又逢初度阳生月[④]。把八千馀岁祝君龄，为君说。　君自有，封侯骨。君不是，栖鸾客[⑤]。况如今东阁，正收人物。坦腹素知王逸少[⑥]，求贤不必商岩说[⑦]。便明朝、有诏自天来,君王礼[⑧]。

[注释]

①横绝:高出一代曰横绝。 ②关西:函谷关以西,指陕西一带。 ③三山:指江东一带。“三山半落青天外”,见李白《登凤凰台》诗。 ④阳生月:一阳生之月,谓冬至日。 ⑤栖鸾客:栖于凤凰池上,指出任中书省文职官员。 ⑥坦腹:郗太傅遣人至王丞相求女婿,羲之在东床上坦腹卧,不为所动。郗公爱之,因嫁其女。事见《世说新语·雅量》。 ⑦商岩:傅说隐于商岩,高宗访得,拜以为相。 ⑧君王礼:“礼”字失韵,疑为“札”字之讹。

水调歌头

和气应鼙鼓,喜色上辕门。貔貅万骑[①],争相庆主将佳晨[②],遥望九霄上阙,霭霭庆云澄处,一点将星明。天瑞不虚应,人杰岂虚生。 况君家,名将旧,有元勋。上方拊髀[③],要资颇牧作长城[④]。管取斋坛入拜[⑤],会见凯歌归奏,振起旧家声。与国同休语[⑥],王府又重盟。

(以上三首见《诗渊》第二十五册,引自孔凡礼《全宋词补辑》)

[注释]

①貔貅:猛兽,此指猛士。 ②将佳晨:谓于佳日拜将。 ③拊髀:以手拍股,表示欢庆。 ④颇牧:廉颇、李牧,战国时名将。 长城:为国之保障,如长城之御敌。 ⑤斋坛:古时命将,帝王必斋戒,择日登台拜将。 ⑥同休:同美。 休,美也,福也。

苏　庠

苏庠（1065—1147），字养直，澧州（今湖南澧县）人，后徙居丹阳（今属江苏）。苏坚子。以病目号眚翁，又以居丹阳之后湖号后湖病民。幼尝就举见黜，乃自放江湖不复进取。父有任子恩，不受。与游皆一时名士，与苏轼世交，与徐俯最善。绍兴间，隐庐山，屡召不起。晚年颇事养生，人传其不死仙去。少年即有诗名，才思颖发，诗词多写风月、闲适，少及现实，张元幹谓其诗得禅家三昧。有《后湖集》，不传。刘毓盘辑有《后湖词》。

临江仙

席上赠张建康[①]

本是白蘋洲畔客[②]，虎符卧镇江城。归来犹得趁鸥盟[③]。柳丝摇晓市，杜若遍芳汀。　莫惜飞觞仍堕帻[④]，柳边依约莺声。水秋鲈熟正关情[⑤]。只恐宣室召[⑥]，未许钓船轻[⑦]。

［注释］

①建康：今江苏南京。在长江之滨，故下文称“江城”。　张建康：张浚曾判建康府兼行宫留守事。　②白蘋洲：吴兴雪溪有洲名白蘋洲。诗词作品中的白蘋洲多泛指开着白色蘋花的水中之洲，并非特指。常喻隐者所居。　③趁：赶上。　鸥盟：与鸥鸟结盟，义为退隐。《列子·黄帝》：“海上之人有好鸥鸟者，每旦之海上，从鸥鸟游，鸥鸟之至者百数不止。其父曰：‘吾闻鸥鸟皆从汝游，汝取来，吾玩之。’明日之海上，鸥鸟舞而不下也。”意谓人若不存机心，则与鸥鸟异类亦可以相处。　④飞觞：杯行如飞。　仍：更，且。　堕帻：落帽。孟嘉九月九日龙山大会上，不慎为风吹帽落，依然风度翩翩，令人叹服。见《晋书·孟嘉传》。　帻：古代男子首服。　⑤水秋鲈熟正关情：刘义庆《世说新语·识鉴》载，张翰远宦于洛，

见秋风起,思念家乡吴中之菰菜、莼羹、鲈鱼脍,遂弃官归去。　关情:动心。　⑥宣室:《史记·屈原贾生列传》载,贾谊曾于宣室受到汉文帝的召见。又,裴骃《集解》引苏林曰:"未央前正室。"司马贞《索隐》引《三辅故事》云:"宣室在未央殿北。"此用以指代朝廷。　⑦钓船:严光与汉光武帝刘秀是同学。刘秀即位后,严光即披羊裘,执钓竿隐居去了。见《后汉书·严光传》。此泛指隐逸生涯。

临江仙①

猎猎风蒲初暑过②,萧然庭户秋清③。野航渡口带烟横④。晚山千万叠,别鹤两三声⑤。　秋水芙蓉聊荡桨⑥,一樽同破愁城⑦。蓼花滩上白鸥明⑧。暮云连极浦⑨,急雨暗长汀。⑩

[注释]

①《词综》题作"荷花"。　②猎猎:象声词,风声。　③萧:《词综》、《全芳备祖》作"潇"。　④野航渡口带烟横:本韦应物《滁州西涧》"野渡无人舟自横"。　航:船。　⑤别鹤:离群之鹤,离巢之鹤。　⑥蓉:《词综》作"蕖"。　⑦一樽同破愁城:"江咨议有言:'酒犹兵也,兵可千日而不用,不可一日而不备。酒可千日而不饮,不可一饮而不醉。'"见《南史·陈暄传》。谓酒能消愁,如同兵能克城一般。　⑧唐氏按:"蓼"原作"藜",据《惜香乐府》改。　⑨极:远。　⑩唐氏按:此首别误入赵长卿《惜香乐府》卷五。

如梦令

雪中作

叠嶂晓埋烟雨,忽作飞花无数①。整整复斜斜,来伴南枝清苦②。日暮,日暮,何许云林烟树③。

[注释]

①飞花：雪花。南朝梁裴子野《咏雪》："拂草如连蝶，落树似飞花。" ②南枝：梅于花中开早，南枝向暖，开尤早，残亦早。《白孔六帖》卷九十九《梅南枝》："大庾岭上梅，南枝落，北枝开。" ③何许：多少，含"多"意。 云林烟树：暮色中的林木如有烟霭笼罩着。

虞美人

次虞仲登韵

军书未息梅仍破①，穿市溪流过。病来无处不关情，一夜鸣榔急雨、杂滩声②。 飘零无复还山梦③，云屋春寒重。山连积水水连空，溪上青蒲短短、柳重重。

[注释]

①军书：战争的消息。 ②鸣榔：敲起榔板。 榔：榔板，本字当作"桹"。潘岳《西征赋》："鸣桹厉响。"李善注引《说文》："桹，高木也，以长木叩舷为声。""所以惊鱼令入网也。"故又常作"渔桹（榔）"。 ③还山：还乡。

浣溪沙

书虞元翁书

水榭风微玉枕凉①，牙床角簟藕花香②。野塘烟雨罩鸳鸯。 红蓼渡头青嶂远③，绿蘋波上白鸥双。淋浪淡墨水云乡④。

[注释]

①玉枕：光洁如玉的瓷枕。古人为祛暑，夏多用之。 ②牙床：原指装饰牙制品的床，后世则泛指精美的床。 簟（diàn）：竹制的凉席，或泛指凉席。 ③红蓼：一种夏秋间开淡红色花的水生植物。 ④淋浪：水连

续下滴貌。同"淋漓"。

谒金门

怀故居作

何处所①,门外冷云堆浦。竹里江梅寒未吐,茅屋疏疏雨②。 谁遣愁来如许,小立野塘官渡。手种凌霄今在否③,柳浪迷烟渚④。

[注释]

①处所:地方。 ②竹里江梅寒未吐,茅屋疏疏雨:本杜甫诗"茅舍竹篱短,梅花吐未齐"。 ③凌霄:花名。 ④烟渚:水气笼罩的水边洲渚。

谒金门

大叶庄怀张元孺作

杨柳渡、醉著青鞋归去①。点点沙鸥何处所,十里菰蒲雨②。 抖擞向来尘土,卧看碧山云度③。寄语故时猿鹤侣④,未见心先许。

[注释]

①青鞋:草鞋。 ②菰蒲:两种浅水生植物。 菰:俗名茭白,夏秋所抽花基可做蔬菜。果实如米,称菰米,或名雕胡米,可炊熟作饭,为古代"六谷"之一。如《东京梦华录》卷六多处提及菰羹。 蒲:即香蒲,老蒲可织席,嫩蒲可作蔬菜。 ③云度:云飞。 ④猿鹤侣:以猿鹤为侣,指隐居生活。南朝齐孔稚圭《北山移文》:"蕙帐空而夜鹤怨,山人去兮晓猿惊。"

鹧鸪天

枫落河梁野水秋①,澹烟衰草接郊丘②。醉眠小坞黄茅店，梦倚高城赤叶楼[3]。　天杳杳，路悠悠，钿筝歌扇等闲休[4]。灞桥杨柳年年恨[5]，鸳浦芙蓉叶叶愁[6]。

[注释]

①河梁：即河桥，亦用指离别之地。李陵《与苏武诗》："携手上河梁，游子暮何之？"《汉书·苏武传》载有苏武归汉，李陵相送事。　②丘：《词林纪事》引《词品》作"邱"。　③"醉眠"二句：唐沈既济小说《枕中记》，落魄书生卢某在邯郸道上遇吕翁，吕翁用一枕头使卢生在旅店中一梦经历了一生的荣华富贵和苦难挫折，醒来店家所炊黄粱饭尚未熟。　黄茅店：荒郊野店。　④钿筝：嵌镶着金银饰件的筝。温庭筠《和友人悼亡》："宝镜尘昏鸾影在，钿筝弦断雁行稀。"　⑤灞桥杨柳：灞桥为古代长安人迎来送往之地。古有折柳赠别之俗，以柳、留音谐，取惜别意。参见《三辅黄图》卷六。⑥鸳浦：即今浙江嘉兴之南湖。中多鸳鸯，故名。见《舆地纪胜》卷三《嘉兴府》、《嘉庆一统志·嘉兴府》。或泛指多鸳鸯的水域或两个相对独立的水域。

[集评]

沈雄云："……'醉眠小坞黄茅店，梦倚高城赤叶楼。'便有黄冠气象。"（《古今词话·词品》卷上）

杨慎云："如'醉眠小坞黄茅店，梦倚高城赤叶楼'，《鹧鸪天》之佳句也。"（《词品》卷三）

鹧鸪天

过湖阴席上赠妓[1]

梅妒晨妆雪妒轻[2]，远山依约学眉青[3]。樽前无复歌金缕[4]，梦觉空馀月满林。　鱼与雁[5]，两浮沉，浅颦微笑总关心。相思恰似江南柳，一夜春风一夜深。[6]

[注释]

①《唐宋诸贤绝妙词选》题作“和康伯可韵”。 ②梅妒晨妆雪妒轻:形容妓女化妆与体态的美。可能与傅粉、施朱的面饰以及轻薄的服装有关。此为唐宋时代乐伎的一些服饰特征。 ③远山依约学眉青:《西京杂记》卷二载,卓文君美貌,眉色如望远山。古代妇女以黛等颜料画眉,眉作青黑色,参见《隋遗录》。这里形容妓女眉妆的美好。 ④金缕:即《金缕衣》,唐代流行歌曲。杜牧《杜秋娘》:“‘秋持白玉斗,与唱金缕衣。’注:‘劝君莫惜金缕衣,劝君惜取少年时。’李锜常唱此曲。”或为词牌《贺新凉(郎)》之别名。 ⑤鱼与雁:俱代指信使。鱼,古乐府《饮马长城窟行》:“客从远方来,遗我双鲤鱼。呼童烹鲤鱼,中有尺素书。长跪读素书,书中意何如?上言加餐饭,下言长相忆。”雁,《汉书·苏武传》载,苏武被匈奴扣押多年,汉匈和亲后,匈奴犹不愿放还苏武,诈称其死。汉朝使者假称天子于苑射猎得雁,雁足上有苏武书信,才使单于惭而释放苏武。 ⑥唐氏按:此首别误作朱敦儒词,见杨金本《草堂诗馀前集》卷上。别又误作朱秋娘词,见《古今女史》卷十二。

[集评]

潘游龙云:“‘恰似’二句,比拟妙绝。”(《古今诗馀醉》卷九)

吴世昌云:“此词前用庚青韵,后用侵韵。闽粤人读之,必大不为然。然由此可见平水韵在北宋时已不通行,口语谐韵,与今江浙吴语无别。”(《词林新话》卷三)

鹧鸪天

秋入蒹葭小雁行,参差飞堕水云乡。直须银甲供春笋[1],且滴糟床覆羽觞[2]。 风压幕,月侵廊,江南江北夜茫茫[3]。悬知上马啼鹃梦[4],一夜惊飞宝鸭香[5]。

[注释]

①直须:就须,就是要。宋元人用语。 银甲:银制的假指甲,套于指上,用于弹筝、琵琶等乐器。杜甫《游何将军山林》诗:“银甲弹筝用。”

春笋:春天生的竹笋,以其纤瘦,常用喻女手。 ②糟床:压糟榨酒的器具。 羽觞:鸟形头尾羽翼俱全的酒杯。或插以鸟羽,促人速饮的酒杯。诗词中多用为酒杯的泛称。李白《春夜宴从弟桃李园序》:"开琼筵以坐花,飞羽觞而醉月。" ③江南江北:作者绍兴间隐居于长江之滨的庐山。 ④悬知:料想、预知。 啼鹃:杜鹃鸟,名子规。 ⑤宝鸭:鸭形炉,用来熏香、暖手。

诉衷情

渔父家风,醉中赠韦道士

杖头挑得布囊行,活计有谁争。不肯侯家五鼎[①],碧涧一杯羹[②]。 溪上月,岭头云,不劳耕。瓮中春色[③],枕上华胥[④],便是长生[⑤]。

[注释]

①侯:古爵位名,为五等爵的第二等。 鼎:既是盛放肉食的食器,又是礼器,使用时大小相次排列,称列鼎。侯用五鼎,参见《礼记》。 ②一杯羹:原指一杯肉汁。《史记·项羽本纪》:"当此时,彭越数反梁地,绝楚粮食,项王患之。为高俎,置太公其上,告汉王曰:'今不急下,吾烹太公。'汉王曰:'吾与项羽俱北面受命怀王,曰"约为兄弟",吾翁即若翁,必欲烹而翁,则幸分我一杯羹。'"泛指一分利益。 ③春色:指酒,酒使人感到和畅如春,故谓。 ④华胥:黄帝梦中游历华胥氏之国,事见《列子·黄帝》,后多用为做梦的代称。白居易《卯时酒》:"一杯置掌上,三咽入腹内。煦若春贯肠……似游华胥国。" ⑤长生:道教神仙的主要特征。《太平经》、《周易参同契》、《抱朴子》等所论修道成仙,都是指成功于身,长生久视。

诉衷情

倦投林樾当诛茅[①],鸿雁响寒郊。溪上晚来杨柳,月露洗烟梢。 霜后渚,水分槽[②],尚平桥。客床归梦[③],何必江南,门接云涛。

[注释]

①樾(yuè):树荫。 诛茅:锄掉茅草。 ②分(fēn):分流。 ③归梦:还乡的梦。

阮郎归[①]

西园风暖落花时[②],绿阴莺乱啼。倚阑无语惜芳菲,絮飞蝴蝶飞。 缘底事,减腰围[③],遣愁愁著眉[④]。波连春渚暮天垂,燕归人未归[⑤]。

[注释]

①《唐宋诸贤绝妙词选》题作"春恨"。 ②西园:原指汉武帝的御园,即上林苑。由于地在京都之西,故名。这里泛指园囿。 ③减腰围:沈约多病,自言革带常须移孔,见《梁书·沈约传》。指身体消瘦下去。 ④遣愁愁著眉:愁绪难以排遣。范仲淹《御街行》:"都来此事,眉间心上,无计相回避。" ⑤燕归人未归:燕为候鸟,来去有期。人却不同,去了未必再归。晏殊《浣溪沙》:"似曾相识燕归来。……小园香径独徘徊。"

[集评]

黄苏云:"沈际飞曰,'似从前二首〔按指欧阳修《阮郎归》(南园春半踏青时)、秦观《阮郎归》(春风吹雨绕残枝)〕脱胎。前句好在"絮飞",后句好在"人未归"。愁不可讳,亦不可遣,各领一奇。因思愁来无着处,又非确论。按:此乃闺怨词耳。"絮飞"句言花飞,而蝶亦无可采也。言之黯然自伤。次阕是心系归人也。此首意在句中,比前两首意在句外者,自是不同。'"(《蓼园词选》)

点绛唇

冰勒轻飔[①]，绿痕初涨回塘水。柳洲烟际，白鹭翘沙嘴[②]。　箬笠青蓑[③]，未减貂蝉贵[④]。云涛里、醉眠篷底，不属人间世。

[注释]

①冰勒：犹寒勒。形容风中带有寒意。　轻飔（sī）：轻风。　②沙嘴：突出于水中的尖长沙带。　③箬笠青蓑：本张志和《渔歌子》“西塞山前白鹭飞，桃花流水鳜鱼肥。青箬笠，绿蓑衣，斜风细雨不须归”。　④貂蝉：汉代侍从贵臣所着冠上之饰，其制为冠上加黄金铛，附蝉为饰，插以貂尾。参见《南齐书·周盘龙传》。亦泛指达官贵人的服饰。

菩萨蛮

宜兴作[①]

北风振野云平屋，寒溪淅淅流冰谷。落日送归鸿，夕岚千万重。　荒坡垂斗柄[②]，直北乡山近[③]。何必苦言归，石亭春满枝[④]。

[注释]

①宜兴：在今江苏。　②斗柄：北斗七星中的玉衡、开阳、摇光三星。古人常根据北斗判断季节、时辰与方位。　③直北：径直往北。根据北斗很易找到北极星，确定北方。　④何必苦言归，石亭春满枝：南禅认为，悟要求诸内心，又往往在某种偶然机遇下触发。《鹤林玉露》卷六载某尼悟道诗：“尽日寻春不见春，芒鞋踏遍陇头云。归来笑捻梅花嗅，春在枝头已十分。”　石亭：石料建造之亭。

菩萨蛮

自宜兴还西冈作[①]

园林寂寂春归去，濛濛柳下飞香絮[②]。野水接云横，绿烟啼晓莺。　　江南鹍鸠梦[③]，山色朝来重。小艇小湾头，蘋花蘋叶洲。

[注释]

①西冈：当在丹阳附近。　②飞：《唐宋诸贤绝妙词选》、《词综》作“飘”。二句用韩愈《晚春》“草木知春不久归，百般红紫鬥芳菲。杨花榆荚无才思，惟解漫天作雪飞”。　③鹍鸠：即子规，杜鹃鸟名。春末啼鸣，声凄苦，古人视为怀归之声。　鹍鸠梦：怀归之梦。唐崔涂《旅怀》诗：“蝴蝶梦中家万里，杜鹃枝上月三更。”

菩萨蛮

再在西冈兼怀后湖作

短船谁泊蒹葭渚[①]，夜深远火明渔浦。却忆槿花篱[②]，春声穿竹溪。　　云山如昨好，人自垂垂老[③]。心事有谁知，月明霜满枝[④]。

[注释]

①蒹葭：芦苇。　②槿花：木槿之花。夏秋开放，朝开夕凋。　③垂垂：渐渐。　④月明霜满枝：本杜甫《月夜忆舍弟》诗“露从今夜白，月是故乡明。有弟皆分散，无家问死生。寄书常不达，况乃未休兵”。

菩萨蛮

周彦达舟中作

眼中叠叠烟中树①，晚云点点翻荷雨。鸥泛渚边烟，绿蒲秋满川。　　未成江海去②，聊作林塘主③。客恨阔无津④，风斜白氎巾⑤。

[注释]

①眼中叠叠烟中树：水汽中的树。谢朓《之宣城郡出新林浦向板桥》诗："天际识归舟，云中辨江树。"　②江海：指成就大业。杜甫《洗兵马》诗："张公一生江海客，身长九尺鬚眉苍。"按《旧唐书》，张镐有伟志大略，由布衣官至宰相。　③林塘：相当于林泉、山林，山野幽僻之地，指退隐之处。徐铉《奉和子龙大监》："怀思未遂林泉约。"未成江海去，聊作林塘主，谓弃世归隐。《后汉书·逸民传赞》："江海冥灭，山林长往。"　④津：渡口。　⑤白氎（dié）：又称榻布，布名，木棉所制，白而软。参见《史记·货殖列传》。

菩萨蛮

年时忆著花前醉①，而今花落人憔悴。麦浪卷晴川，杜鹃声可怜。　　有书无雁寄，初夏槐风细。家在落霞边，愁逢江月圆。

[注释]

①年时：去年，或往年。

菩萨蛮

澧阳庄

照溪梅雪和烟堕①，寒林漠漠愁烟锁②。客恨渺无涯[3],雁来人忆家。　远山疑带雨,一线云间语。霜月又婵娟[4],江南若个边[5]。

[注释]

①照溪梅雪和烟堕:本林逋《山园小梅》"疏影横斜水清浅,暗香浮动月黄昏"。　②寒林漠漠愁烟锁:本李白《忆秦娥》"平林漠漠烟如织,寒山一带伤心碧"。　③客恨渺无涯:近乎作者《菩萨蛮·周彦达舟中作》的"客恨阔无津"。　④婵娟:体态美好的样子。唐宋诗句中常用以形容月亮。李珣《酒泉子》:"秋月婵娟,皎洁碧纱窗外照。"　⑤若个边:何处,何方。

菩萨蛮

春波滟滟浮春渚,绿阴一径风兼雨[1]。又作去年时,绿深垂蔓篱。　故山归兴动,江北江南梦[2]。白髪故相欺[3],星星如有期[4]。

[注释]

①径:一直,一味。宋元人用语。　②作者绍兴年间隐庐山。庐山在长江之滨。　③故:特地。　④星星:指鬓髮的花白。

木兰花

江云叠叠遮鸳浦[1],江水无情流薄暮[2]。归帆初张苇边风,客梦不禁篷背雨[3]。　渚花不解留人住,只作深愁无尽处。白沙烟树有无中,雁落沧洲何处所[4][5]。

[注释]

①鸳浦:特指多鸳鸯的嘉兴南湖,或泛指多鸳鸯的水域、两相连属的水域。　②江水无情流薄暮:本杜甫《秦州杂诗二十首》之二"清渭无情

极，日暮独向东”。 ③不禁：受不住。 禁：承受。 ④沧洲：水边之地。 ⑤此词似与上词一样，写长江边生涯。

清平乐

咏岩桂①

断崖流水，香度青林底。元配骚人兰与芷②，不数春风桃李。 淮南丛桂小山③，诗翁合得攀翻④。身到十洲三岛⑤，心游万壑千岩⑥。 （以上见《乐府雅词》卷下）

[注释]

①《碧鸡漫志》卷二：向伯恭、陈去非、朱希真、苏养直、韩叔夏五人，各以《清平乐》调赋木犀（桂），以为唱和。又刘原父前也有《清平乐》赋木犀词。共得六人六首。 岩桂：桂之一种。 ②骚人：屈原作《离骚》，因而被称为骚人。此亦泛指其他楚辞作家。 兰与芷：俱为香草。 ③淮南丛桂小山：汉淮南王刘安的门客称淮南小山曾吟咏岩桂。《楚辞·淮南小山〈招隐士〉》：“桂树丛生兮山之幽……”汉王逸序：“《招隐士》者，淮南小山之所作也。昔刘安博雅好古，招怀天下俊伟之士……著作篇章，分造辞赋，以类相从，故或称大山，或称小山。” 丛：《全芳备祖》作“岩”。 ④攀翻：《碧鸡漫志》作“跻攀”，《全芳备祖》作“扳翻”。 ⑤十洲三岛：传说中的海上仙岛。《海内十洲记》：“汉武帝既闻西王母说八方巨海之中有祖洲、瀛洲、玄洲、炎洲、长洲、元洲、流洲、生洲、凤麟洲、聚窟洲。有此十洲，乃人迹所稀绝处。”《汉书·郊祀志》上：“自威、燕昭使人入海求蓬莱、方丈、瀛洲，此三神山者，其传在渤海中。”传十洲仙岛上生神芝仙草，甘液玉英，食之长生不死。亦泛指海上的洲、岛。 ⑥万壑千岩：形容会稽一带山水争奇竞秀，亦泛指美好的山川。典出《世说新语·言语》，“顾长康从会稽还，人问山川之美。顾云：‘千岩竞秀，万壑争流。草木蒙笼其上，若云兴霞蔚。’”

清江曲①

属玉双飞水满塘②，菰蒲深处浴鸳鸯③。白蘋满棹归来晚，秋著芦花一岸霜。　　扁舟系岸依林樾，萧萧两鬓吹华髮。万事不理醉复醒，长占烟波弄明月。④

[注释]

①《京口耆旧传》词牌作《清江引》。　②属玉：水鸟名，即白鹭。③浴鸳鸯：嘉兴南湖多鸳鸯，号为鸳鸯湖，词可能作于嘉兴。　④全词有表里澄澈、冰心玉壶的佛光道影。参见《庄子》、《五灯会元》。

[集评]

"庠……尝作《清江引》云：（词如上略）。苏轼见而奇之。手书此书云：'使载在太白集中，谁复疑其非是者，乃吾家养直所作。'"（《京口耆旧传》）

"养直'属玉双飞水满塘'之句，亦见赏于坡，称为'吾家养直作此诗时，年甚少，而格律已老苍如此。'"（《鹤林玉露》甲编卷五）

"此宋苏庠泛舟清江作也。体近古诗，因《花草粹编》采入。今仍之。双调五十六字，前段四句，三平韵，后段四句，三仄韵。"（《词谱》卷十二）

"苏养直……其《清江曲》有'属玉双飞水满塘'句，当时盛传。"（《词话丛编》本《词苑萃编》卷四引《词品》）

"（宗）橚按：此调前段近《瑞鹧鸪》，后段近《玉楼春》，全似七言体诗句。宋人集中亦罕见题此体者。今从《花草粹编》采入。"（《词林纪事》）

后清江曲

层波渺渺山苍苍，轻霜陨木莲叶黄。呼儿极浦下笭箵①，社瓮欲熟浮蛆香②。　　轻蓑淅沥鸣秋雨，日暮乘流自相语。一笛清风万事休，白鸟翩翩落烟渚。

[注释]

①笭箵（líng xǐng）：打鱼用的盛器，篓类。皮日休《奉和鲁望渔具十五咏·笭箵》："朝去笭箵空，暮实笭箵归。"亦泛指渔具。　②社：土地神。见《礼记·祭法》。此指祀社，《礼记·月令》"命民社"之义。词中为

秋社。　浮蛆：酒熟后未滤前酒面上的泡沫，此用以指代酒。欧阳修《招许主客》："楼头破鉴看将酒，瓮面浮蛆泼已香。"

存目词

调名	首句	出处	附注
断句	钓鱼船上谢三郎，双鬓已苍苍	《瀛奎律髓》卷二十三	俞紫芝词，见《乐府雅词拾遗》卷上
倦寻芳	兽环半掩	《类编草堂诗馀》卷三	潘汾词，见《唐宋诸贤绝妙词选》卷七
清江曲	属玉双飞水满塘	《花草粹编》卷六	乃古体诗，非词，附录于后
后清江曲	层波渺渺山苍苍	刘毓盘辑《后湖词》	同上

祖　可

祖可,生卒不详,字正平,澧州(今湖南澧县)人,后徙居丹阳(今属江苏)。原名苏序。坚子,庠弟。少以病癞为僧,江西人目为"癞可"。居庐山下。为北宋著名诗僧,与陈师道、徐俯、谢逸等结江西诗社。其诗雄爽。工诗之外,词尤佳。著有《东溪集》、《瀑泉集》、《祖可诗》等。

小重山[①]

谁向江头遣恨浓。碧波流不断、楚山重[②]。柳烟和雨隔疏钟[③],黄昏后、罗幕更朦胧[④]。　桃李小园空,阿谁犹笑语[⑤]、拾残红。珠帘卷尽落花风[⑥],人不见、春在绿芜中。

(《乐府雅词拾遗》卷上)

[注释]

①《唐宋诸贤绝妙词选》题作"春晚"。　②楚山:长江中下游一带的山。为故楚地,因名。作者为僧居庐山,庐山在长江之滨,亦属古楚地。　③柳烟和雨隔疏钟:实景。或以钟声表示宗教之感召,醒世之醍醐等意义,这在佛教典籍与诗词作品中多有。《五灯会元》卷十:"僧问:'如何是祖师西来意?'师(存福院归则禅师)曰:'耳畔打钟声。'"杜甫《宿奉先龙门寺》:"欲觉闻晨钟,令人发深省。"　④罗幕:丝罗的帘子。与下文"珠帘"一样,乃富贵人家所用。　⑤阿谁:何人。　阿:发语辞。　⑥落花:《词综》、《词林纪事》引《东溪诗话》作"夜来"。

[集评]

《东溪诗话》:"其《小重山》词最工。"(《词林纪事》)

《左庵词话》卷上:"僧祖可词:'珠帘卷尽夜来风。人不见,春在绿芜中。'……佳。"(《词话丛编》本)

菩萨蛮

西风萩萩低红叶，梧桐影里银河匝。梦破画帘垂①，月明乌鹊飞②。　新愁知几许，欲似丝千缕③。雁已不堪闻④，砧声何处村⑤。

[注释]

①梦破画帘垂：本晏几道《鹧鸪天》“梦后楼台高锁，酒醒帘幕低垂”。　②月明乌鹊飞：明月惊起了栖树的乌鹊。曹操《短歌行》：“月明星稀，乌鹊南飞。绕树三匝，何枝可依。”　③新愁知几许，欲似丝千缕：愁绪多端。晏殊《少年游》：“无情不似多情苦，一寸还成万千缕。”　几许：多少，含“不少”义。　许：语助。“几许”《能改斋漫录》、《词综》作“致许”。　④雁已不堪闻：古人认为秋雁背井离乡，含辛茹苦南迁，是可哀怜的。如欧阳修《江行赠雁》：“云间征雁水间栖，矰缴方多羽翼微。岁晚江湖同是客，莫辞伴我更南飞。”孤雁声哀，如梅尧臣《秋雁》：“秋雁多夜飞，前群后孤来。俦合鸣自得，只去音已哀。哀音能感人，肠酸非食梅。”　已，《能改斋漫录》作“亦”。　⑤砧声何处村：古时洗衣或制衣前后修治衣料常用砧杵，砧为垫石，杵为棒槌。秋天夜长，妇女每于夜间操作。李白《子夜吴歌》：“长安一片月，万户捣衣声。秋风吹不尽，总是玉关情。何日平胡虏，良人罢远征。”

菩萨蛮

谁能画取沙边雨①，和烟淡扫蒹葭渚②。别岸却斜晖，采莲人未归③。　鸳鸯如解语，对浴红衣去④。去了更回头，教侬特地愁。　（以上二首《能改斋漫录》卷十七）

[注释]

①画取：画。　取：语助无意义。　②蒹葭：芦苇。　③采莲：本南朝乐府《西洲曲》“低头弄莲子，莲子清如水”。“莲”与“怜”谐，有“爱”之

义。南朝乐府有《采莲曲》,采用此题的作品一般写男女情爱。 ④红衣:红色的羽毛。

[集评]

吴曾云:“释可正平,工诗之外,其长短句尤佳,世徒称其诗也。尝见其有《菩萨蛮》两阕云:(词如上略)。”(《能改斋漫录》卷十七)

存目词

《三百词谱》卷一,有《诉衷情》“涌金门外小瀛洲”一首,仲殊作。见《唐宋以来绝妙词选》卷九。

蔡 薿

蔡薿(1067—1123)，字文饶，开封(今河南开封)人。崇宁五年(1106)以谀蔡京中进士第一。即除秘书省正字，旋进起居舍人、中书舍人、给事中。后出知和州，以显谟阁待制知杭州，迁翰林学士，罢，提举洞霄宫，起知建宁府。一意附蔡京，务党锢，穷治陈瓘事。徽宗朝以阴附权幸等事贬团练副使、房州安置。宣和中，复龙图阁直学士。再知杭州，夺职归。以徽猷阁待制卒。

失调名

扇开仙掌[①]。　　（《演繁露》卷五）

［注释］

①扇开：扇即宫扇，古代朝廷仪仗的一种，皇帝所用，用以障面。皇帝上朝前，以大扇遮不使人见，待坐定后，才将羽扇移开，所谓扇开。杜甫《秋兴》八首之五："云移雉尾开宫扇，日绕龙鳞识圣颜。"

张阁

张阁(1068—1113),字台卿,河阳(今河南孟州)人。第进士。崇宁中,由卫尉主簿迁祠部员外郎,历中书舍人、给事中、翰林学士等职。大观间以龙图阁学士知杭州,有治声。政和间,任兵部尚书,翰林学士。为取宠,乞领花石纲事,为人所轻。有《张阁文集》。

声声慢

长天霞散,远浦潮平,危阑注目江皋。长记年年荣遇,同是今朝。金銮两回命相①,对清光、频许挥毫②。雍容久③,正茶杯初赐④,香袖时飘。　归去玉堂深夜⑤,泥封罢,金莲一寸才烧⑥。帝语叮咛,曾被华衮亲褒⑦。如今谩劳梦想⑧,叹尘踪、杳隔仙鳌⑨。无聊意,强当歌对酒怎消⑩。

(《夷坚丁志》卷十)

[注释]

①金銮:唐代宫殿名。《佩文韵府》引《两京记》:"大明宫紫宸殿北曰蓬莱殿,其西还周殿,还周西北曰金銮殿。"此用指朝廷。　两回命相:张阁为学士,曾为何清源、张无尽拜相草制词。依例可补执政。竟无恩命。后受蔡京所挤,出知杭州。思及此事,乃赋词以记慨。见《夷坚丁志》。　②清光:美好的风采。此用以指代皇帝(宋徽宗)。　③雍容:形容态度大方,从容不迫。《史记·司马相如列传》:"从车骑,雍容闲雅甚都。"　④茶杯:《听秋声馆词话》作"杯茶",更确。　⑤玉堂:宫殿名。参扬雄《解嘲》(见《文选》)"玉堂"一词李善注。唐宋以后,玉堂亦指代翰林院。　⑥金莲:即金莲花烛,宫廷用花烛,以烛台似莲花瓣。故名。唐裴廷裕《东观奏记》上载,令狐绹作相,夜半含春亭召对,尽蜡烛一炬方许归学士院,遂得赐金莲花烛送归,院吏惊而以为天子到来。　⑦华衮:古代王公贵族的礼服。借指名爵。义指一语之褒,宠逾华衮。语出范宁《春秋谷梁传

序》。　⑧谩:《听秋声馆词话》、《词律》作"漫"。　⑨叹尘踪、杳隔仙鳌:踪,《词律》作"迹"。　仙鳌:古代渤海东面有五座大山,常随波潮上下往还,上帝命北极神禺彊,"使巨鳌十五举首而戴之"。见《列子·汤问》。⑩当歌对酒:指娱乐。曹操《短歌行》:"对酒当歌,人生几何。譬如朝露,去日苦多。"

刘　焘

刘焘，生卒不详，字无言，长兴(今属浙江)人。未冠入太学。元祐三年(1088)进士。徽宗朝历任秘书省正字、提点淮南东路刑狱、秘阁修撰等。文章受苏轼赏识，能诗词，亦善书法。有《南山集》，不传。

花心动

偏忆江南，有尘表丰神[①]，世外标格[②]。低傍小桥，斜出疏篱，似向陇头曾识。暗香孤韵冰雪里，初不怕、春寒要勒[③]。问桃杏贤瞒[④]，怎生向前争得。　省共萧娘笑摘[⑤]。玉纤映琼枝，照人一色。澹粉晕酥，多少工夫，到得寿阳宫额[⑥]。再三留待东君看[⑦]，管都将、别花不惜[⑧]。但只恐，南楼又三弄笛[⑨]。

[注释]

①尘表：世外。　②标格：风范。　③要勒：欺凌、束缚。　④贤瞒：你们。　⑤省：记。　萧娘：泛指美貌女子。　⑥寿阳宫额：南朝宋武帝女寿阳公主卧含章殿檐下，梅花飞落公主额上，成五出花。事见《太平御览·时序部》引《杂五行书》。　⑦东君：春神。　⑧管：定，保证。　⑨南楼：楼名，在湖北鄂城南。《世说新语·容止》载庾亮与诸吏登南楼吟咏。此泛指楼。　三弄笛：《世说新语·任诞》载桓伊善吹笛，曾为王徽之作三调，弄毕即去。又相传桓伊作笛曲《梅花三弄》。此合而用之。　弄：吹奏。

八宝妆[①]

门掩黄昏，画堂人寂，暮雨乍收残暑。帘卷疏星门户悄，隐隐严城钟鼓[②]。空街烟暝半开，斜日朦胧，银河澄淡风凄楚。还是凤楼人远[3]，桃源无路[4]。　惆怅夜久星繁，碧空望断，玉箫声在何处。念谁伴、茜裙翠袖，共携手、瑶台归去。对修竹、森森院宇。曲屏香暖凝沉炷。问对酒当歌[5]，情怀记得刘郎否[6]。

［注释］

①唐氏按：此首误入李吕《澹轩集》卷四。别又误作李甲词，见《词综》卷十。　②严城：险峻之城。　③凤楼：即凤台。　④桃源：指刘晨、阮肇遇仙女之地。刘、阮二人入天台山，遥望山上有一桃树，攀援得桃数枚。后至大溪，遇见二仙女。见《幽明录》。　⑤对酒当歌：语出曹操《短歌行》。　⑥ 刘郎：此自指。

转调满庭芳

风急霜浓，天低云淡，过来孤雁声切。雁儿且住，略听自家说。你是离群到此，我共那人才相别。松江岸[1]，黄芦影里，天更待飞雪。　声声肠欲断，和我也、泪珠点点成血。一江流水，流也呜咽。告你高飞远举，前程事、永没磨折。须知道、飘零聚散，终有见时节。

（以上三首见《乐府雅词拾遗》卷上）

［注释］

①松江：江名，太湖支流三江之一。

菩萨蛮

四时四首回文[1]

春

小红桃脸花中笑，笑中花脸桃红小。垂柳拂帘低，低帘拂柳垂。　　枭花风鬓绕，绕鬓风花枭。归路月沉西，西沉月路归。

[注释]

①回文：字句回旋顺逆均可成文的诗词样式。

夏

簟纹双映冰肌艳，艳肌冰映双纹簟。窗外竹生风，风生竹外窗。　　点红潮醉脸，脸醉潮红点。廊上月昏黄，黄昏月上廊。

秋

露盘金冷初阑暑[1]，暑阑初冷金盘露。风细引鸣蛩，蛩鸣引细风。　　雨零愁远路，路远愁零雨。空醉一尊同，同尊一醉空。

[注释]

①阑暑：残暑。

冬

屑琼霏玉堆檐雪，雪檐堆玉霏琼屑。山远对眉攒，攒眉对远山。　　折梅寒映月[1]，月映寒梅折。阑倚暂愁宽，宽愁暂倚阑。

[注释]

①折梅：绽开之梅。

菩萨蛮

四首

春

湿花春雨如珠泣，泣珠如雨春花湿。花枕并攲斜，斜攲并枕花。　　织文回字密[1]，密字回文织。嗟更数年华，华年数更嗟。

[注释]

①织文回字：窦滔仕前秦苻坚为秦州刺史，被徙流沙。其妻苏蕙织锦为回文旋图诗，以赠滔，词甚凄惋。见《晋书·列女列传·窦滔妻苏氏》。

夏

润肌饶汗香红沁，沁红香汗饶肌润。低槛小山围，围山小槛低。　　枕横钗坠鬓，鬓坠钗横枕。归梦与郎期，期郎与梦归。

秋

绿窗斜动摇风竹，竹风摇动斜窗绿。虚幌夕凉初，初凉夕幌虚。　　曲眉愁翠蹙，蹙翠愁眉曲。无雁寄书来，来书寄雁无。

冬

雪窗寒听孤灯灭，灭灯孤听寒窗雪。残漏惜衾闲[1]，闲衾惜漏残。　　说时常恨别，别恨常时说。还不奈宵寒，寒宵奈不还。　　（以上八首见《回文类聚》卷四）

［注释］

①残漏：古以漏壶滴水计时，漏滴将残，谓天将明。

玉交枝

念谁伴、茜裙翠袖。　　（《真率记事》）

宇文元质

宇文元质，生平不详，西蜀文人。

于飞乐

休休得也，只消更、一朵荼蘼[1]。

（《诗人玉屑》卷二十一引《树萱录》）

［注释］

唐氏按：此本旧词，元质改“戴”字为“更”字。旧词不另出。

范致虚

范致虚(？—1137),字谦叔,建阳(今属福建)人。元祐三年(1088)进士。徽宗时官尚书左丞。靖康初除陕西宣抚使。金人犯京师,曾率兵入援,不战而溃。高宗立,知邓州,因事落职,后召知鼎州,未就而卒,年六十馀。

满庭芳慢

紫禁寒轻[①],瑶津冰泮,丽月光射千门。万年枝上,甘露惹祥氛。北阙华灯预赏,嬉游盛、丝管纷纷。东风峭,雪残梅瘦,烟锁凤城春[②]。　风光何处好,彩山万仞,宝炬凌云[③]。尽欢陪舜乐,喜赞尧仁。天子千秋万岁,征招宴、宰府师臣。君恩重,年年此夜,长祝本嘉辰。

(《岁时广记》卷十)

[注释]

①紫禁:禁中。　②凤城:谓京都。　③"风光"三句:状元夕灯火之盛。　彩山:即灯山。

郑少微

郑少微,生卒不详,字明举,自号木雁居士,成都人。元祐三年(1088)进士。宣和间上书论时政,落职。政和中,知德阳,官至朝请郎。以文知名。

鹧鸪天

谁折南枝傍小丛,佳人丰色与梅同。有花无叶真潇洒,不问胭脂借淡红。　应未许,嫁春风[①],天教雪月伴玲珑。池塘疏影伤幽独,何似横斜酒盏中。

（景宋本《梅苑》卷六）

[注释]

①“应未”二句:用韩偓《寄恨》诗“莲花不肯嫁春风”语意。

思越人

集　句

欲把长绳系日难[①],纷纷从此见花残。休将世事兼身事,须看人间比梦间[②]。　红烛继,艳歌阑。等闲留客却成欢。劝君更尽一杯酒[③],赢得浮生半日闲[④]。

（《花草粹编》卷五）

[注释]

①“欲把”句:本李白《拟古十二首》其三“长绳难系日”。　②“休将”二句:本韩愈《遣兴》“莫忧世事兼身事,须著人间比梦间”。　③“劝君”句:见王维《送元二使安西》诗。　④“赢得”句:本李涉《登山》诗“又得浮生半日闲”。

李　新

李新，生卒不详，字元应，仙井(今四川仁寿)人。元祐三年(1088)进士。受知于苏轼。元符年间，为南郑县丞。崇宁初，坐元符上书夺官，谪居遂州。后复任普州司法、资州司录。有《跨鳌集》，辑自《永乐大典》。

临江仙

杨柳梢头春色重，紫骝嘶入残花[①]。香风满面日西斜。只知闲信马，不觉误随车[②]。　　已许洞天归路晚[③]，空劳眼惜眉怜。几回偷为掷花钿[④]。今生应已过，重结后来缘。[⑤]

[注释]

①紫骝：马名。李白《采莲曲》："紫骝嘶入落花去。"　②"只知"二句：语出韩愈《嘲少年》诗。　③洞天：道家称仙人所居之处。　④花钿：妇女首饰。　⑤注者按：此词上、下阕，各自为韵，于律不合。

浣溪沙

秋　怀

千古人生乐事稀，露浓烟重薄寒时。菊花须插两三枝。　　未老功名辜两鬓，悲秋情绪入双眉。茂陵多病有谁知[①]。

[注释]

①茂陵：地名，在今陕西兴平县东北。此指司马相如。相如因病免官，家居茂陵。见《史记·司马相如列传》。

浣溪沙

书所见

雨霁笼山碧破赊[1]，小园围屋粉墙斜。朱门闲掩那人家。　　素腕拨香临宝砌，层波窥客擘轻纱。隔窗隐隐见簪花。

[注释]

①碧破赊：破碧赊之倒文。言云破远碧山色。　赊：远。

摊破浣溪沙

几度珠帘卷上钩，折花走马向扬州[1]。老去不堪寻往事，上心头。　　陶令无聊惟喜醉[2]，茂陵多病不胜愁。脉脉春情长不断，水东流。　　（以上《跨鳌集》卷十一）

[注释]

①“几度”二句：用杜牧《赠别》“春风十里扬州路，卷上珠帘总不如”语意。　②陶令：陶渊明，曾任彭泽令，故称。

存目词

《跨鳌集》卷十一有《洞仙歌》“雪云散尽”一首，据《乐府雅词》卷上，乃李元膺词。

欧阳闢

欧阳闢,生卒不详,字晦夫,临川(今属江西)人。学诗于梅尧臣门下。元祐六年(1091)进士。任雷州石康令。时与苏轼交游。

临江仙

九日登碧莲峰①

涧碧山红纷烂漫,烟萝远映霜枫。倚阑人在暮云东。遥天垂众壑,平地起孤峰。　　大好家山重九日,尊前切莫匆匆。黄花消息雁声中。寻芳须未晚,与客且携筇②。

(《历代词人考略》引《桂林岩洞记》)

[注释]

①碧莲峰:在广西阳朔县城旁,为游览名胜。　②筇(qióng):竹杖。

司马槱

司马槱，生卒不详，字才仲，陕州夏台（今山西夏县）人。司马光之侄。元祐六年（1091）任河中府司理参军。以苏轼荐，应贤良方正能直言极谏科，入第五等，赐同进士出身，授初等职官。终知杭州。

黄金缕[①]

家在钱塘江上住，花落花开，不管年华度。燕子又将春色去，纱窗一阵黄昏雨。　　斜插犀梳云半吐，檀板清歌，唱彻黄金缕。望断云行无去处，梦回明月生春浦。

（《张右史文集》卷四十七）

［注释］

①《全宋词》注：《张右史文集》及《云斋广录》卷七，并以上半首为司马槱梦中见一女子所歌，下半首槱续。《春渚纪闻》卷七则以下半首为秦觏所续。今从《乐府雅词》。元杨朝英《阳春白雪》卷一以全首为苏小小作，非。

［集评］

王世贞云："吾爱司马才仲'燕子啣将春色去，纱窗几阵黄梅雨。'有天然之美，令鬥字者退舍。"（《艺苑卮言》）

河　传

银河漾漾，正桐飞露井，寒生斗帐。芳草梦惊，人忆高唐惆怅[①]。感离愁，甚情况。　　春风二月桃花浪。扁舟征棹，又过吴江上。人去雁回，千里风云相望。倚江

楼，倍凄怆。 （《云斋广录》卷七）

［注释］

①高唐：宋玉有《高唐赋序》，叙楚襄王梦中与高唐神女幽会事。

王　重

王重，生平不详，字与善，元祐间人。

蝶恋花

去岁花前曾记有，坐醉嬉游，花下携纤手。粉面与花相间鬥，星眸一转晴波溜。　　一见新花还感旧，泪眼逢春，忍更看花柳。春恨厌厌如永昼。□□寂寞黄昏后。

烛影摇红

烟雨江城，望中绿暗花枝少。惜春长待醉东风，却恨春归早。　　纵有幽情欢会，奈如今、风情渐老。凤楼何处①，画阑愁倚，天涯芳草。

（以上二首见《能改斋漫录》卷十七）

[注释]

①凤楼：即凤台。秦穆公时，萧史与穆公女弄玉结为夫妻，穆公为作凤台，萧史夫妇居其上。见刘向《列仙传》。

某两地

某两地，姓名不详。宣政间人。

失调名

题金陵赏心亭

为爱金陵佳丽，乃分符来此[1]。拥麾忽又向淮东[2]，便咫尺、人千里。　画鼓一声催起[3]，邦内人齐跪。江山有兴我重来，斟别酒、休辞泪。　（《挥麈馀话》卷二）

［注释］

①分符：古帝王分封诸侯功臣，以符节一半予之，作为信物。此谓受命任官。　②淮东：宋行政区域名，即淮南东路，治所在扬州。　③画鼓：报时的更鼓声。

王　寀

王寀(1078—1118)，字辅道，一字道辅，江州(今江西九江)人。王韶之子。第进士。官校书郎、翰林学士、兵部侍郎。喜谈丹砂神仙事。大言某日内殿降天神。不验，下狱，为林灵素陷，弃市。

浣溪沙

雪里东风未过江，陇头先折一枝芳[①]。如今疏影照溪塘。　北客乍惊无绿叶，东君应笑不红妆。玉真爱著淡衣裳[②]。

（《梅苑》卷六）

[注释]

①"陇头"句：化用陆凯《赠范晔诗》"折梅逢驿使，寄与陇头人。江南无所有，聊赠一枝春"诗意。　②玉真：谓仙人，此喻梅。

渔家傲

日月无根天不老，浮生总被消磨了。陌上红尘常扰扰。昏复晓，一场大梦谁先觉。　雒水东流山四绕[①]，路傍几个新华表[②]。见说在时官职好[③]。争信道，冷烟寒雨埋荒草。

[注释]

①雒水：水名，今河南洛河。　②华表：指树于墓前之石柱。此暗用《搜神后记》丁令威化鹤归辽，栖于华表，劝世人学仙故事。　③见说：听说。

[集评]

吴曾云:"'日月无根天不老'王寀辅道侍郎《渔家傲》词也。歌之使人有遗世之意。王在徽宗朝,尝奏天神降其家。徽宗欲出幸,左右奏恐不测,宜有以审其真伪。既中使至其家,无有也。因坐诬以死。"(《能改斋漫录》卷十七)

浣溪沙

扇影轻摇一线香,斜红匀过晚来妆。娇多无事做凄凉。　　借问谁教春易老,几时能勾夜何长[①]。旧欢新恨总思量。

[注释]

①勾:同"够"。

浣溪沙

珠箔随檐一桁垂[①],绣屏遮枕四边移。春归人懒日迟迟。　　旧事只将云入梦,新欢重借月为期。晚来花动隔墙枝。

[注释]

①桁(hàng):门窗框上横木。又:衣架。

玉楼春

秋闺思入江南远,帘幕低垂闲不卷。玉珂声断晓屏空[①],好梦惊回还起懒。　　风轻只觉香烟短,阴重不知天色晚。隔窗人语趁朝归,旋整宿妆匀睡脸。[②]

［注释］

①玉珂：马络头上玉制饰物，马行则有声。　②唐氏按：此首误入曹勋《松隐文集》卷三十九。

玉楼春

绣屏晓梦鸳鸯侣，可惜夜来欢聚取。几声低语记曾闻，一段新愁看乍觑[①]。　繁红洗尽胭脂雨，春被杨花勾引去。多情只有旧时香，衣上经年留得住。

（以上五首见《能改斋漫录》卷十七）

［注释］

①乍：正。

蝶恋花

燕子来时春未老，红蜡团枝，费尽东君巧。烟雨弄晴芳意恼，雨馀特地残妆好。　斜倚青楼临远道[①]，不管傍人，密共东君笑。都见娇多情不少，丹青传得倾城貌。

（《全芳备祖》前集卷二“牡丹门”）

［注释］

①青楼：此指显贵家华美精致之闺阁。

蝶恋花

濯锦江头春欲暮[①]，枝上繁红，着意留春住。只恐东君嫌面素，新妆剩把胭脂傅。　晓梦惊寒初过雨，寂寞珠帘，问有馀花否[②]。怅望草堂无一语[③]，丹青传得凝情处。　　　　　　　　（《全芳备祖》前集卷七“海棠门”）

[注释]

①濯锦江：即岷江，过成都一段为锦江。　②“晓梦”三句：化用韩偓《懒起》“昨夜三更雨，临明一阵寒。海棠花在否，侧卧卷帘看”诗意。③“怅望”句：海棠盛于蜀地，然杜甫居蜀累年，无咏海棠诗。郑谷《蜀中赏海棠》诗：“浣花溪上空惆怅，子美无情为发扬。”　草堂：杜甫在成都浣花溪居所。

蝶恋花

秾艳娇春春婉娩[①]，雨惜风饶，学得宫妆浅。爱把绿眉都不展，无言脉脉情何限。　　花下当时红粉面。准拟新年，都向花前见。争奈武陵人易散[②]，丹青传得闺中怨。

（《全芳备祖》前集卷八“桃花门”）

[注释]

①婉娩：天气温和。　②武陵人易散：此以武陵指桃源，化用刘晨入天台山遇仙女，居半载而辞女求归事。见《幽明录》。

蝶恋花

镂雪成花檀作蕊[①]，爱伴秋千，摇曳东风里。翠袖年年寒食泪，为伊牵惹愁无际。　　幽艳偏宜春雨细，红粉阑干，有个人相似。钿合金钗谁与寄[②]，丹青传得凄凉意。

（《全芳备祖》前集卷九“梨花门”）

[注释]

①檀：浅红色。　②“幽艳”四句：化用白居易《长恨歌》“玉容寂寞泪阑干，梨花一枝春带雨”，“惟将旧物表深情，钿合金钗寄将去”语意。

[集评]

许昂霄云:“后半阕暗用长恨歌语意。”(《词综偶评》)

蝶恋花

晕绿抽芽新叶鬥,掩映娇红,脉脉群芳后。京兆画眉樊素口①,风姿别是闺房秀。　新篆题诗霜实就,换得琼琚②,心事偏长久。应是春来初觉有,丹青传得厌厌瘦。

(《全芳备祖》后集卷八“木瓜门”)

[注释]

①“京兆”句:汉张敞为京兆尹,曾替妻子画眉。事见《汉书·张敞传》。樊素为白居易家伎名,善歌,故有诗曰“樱桃樊素口”。见《本事诗·事感》。此借以形容木瓜花叶。　②“换得”句:本《诗经·卫风·木瓜》“投我以木瓜,报之以琼琚”。琼琚为华美玉佩。

蝶恋花①

花为年年春易改,待放柔条,系取长春在。宫样妆成还可爱,鬓边斜作拖枝戴。　每到无情风雨大,检点群芳,却是深丛耐②。摇曳绿萝金缕带③,丹青传得妖娆态。

(《广群芳谱》卷四十三)

(以上王寀词十二首用周泳先辑《王侍郎词》)

[注释]

①唐氏按:此首无名氏作,见《全芳备祖》前集卷七“棣棠门”。周泳先《唐宋金元词钩沉》云:据末句可断为辅道作。姑收于此。　②深丛:幽深丛聚,指棣棠,棣棠春暮开花。　③金缕带:喻棣棠花,其花金黄色。

[集评]

王灼云:“王辅道、履道善作一种俊语。其失在轻浮。辅道夸敏捷,故或有不缜密。”(《碧鸡漫志》卷二)

周　纯

周纯,生卒不详,字忘机,成都人。久居荆楚,亦自称楚人。少出家为僧。弱冠游京师,以诗画知名,士大夫多与之游,王寀最与相亲。寀败,纯坐累编管惠州。

蓦山溪

墨梅,荆楚间鸳鸯梅,赋此

江南春信,望断人千里。魂梦入花枝,染相思、同心并蒂[①]。鸳鸯名字,赢得一双双,无限意。凝烟水,念远教谁寄。　　毫端写兴,莫把丹青拟。墨客要卿卿,想临池、等闲梳洗。香衣黯淡,元不涴缁尘[②],怜缟袂。东风里,只恐于飞起[③]。

（《梅苑》卷二）

[注释]

①同心并蒂:谓鸳鸯梅。范成大《梅谱》云:"惟此一蒂而结双梅,亦尤物。"　②涴:污染。　缁尘:黑色灰尘。　③于飞:比翼双飞。

满庭霜

墨　梅

脂泽休施,铅华不御,自然林下真风[①]。欲窥馀韵,何处问仙踪。路压横桥夜雪,看暗淡、残月朦胧。无言处,丹青莫拟,谁寄染毫工。　　遥通。尘外信,寒生墨晕,依约形容。似疏疏斜影,蘸水摇空。收入云窗雾箔,春不老、芳意无穷。梨花雨,飘零尽也,难入梦魂中。

（《梅苑》卷三）

[注释]

①林下真风:谓女子闲雅超逸的风致。《世说新语·贤媛》谓王凝之妻谢道蕴“神情散朗,故有林下风气”。

菩萨蛮

题梅扇

梅花韵似才人面,为伊写在春风扇。人面似花妍,花应不解言。　在手微风动,勾引相思梦。莫用插酴醾[①],酴醾羞见伊。[②]

（《梅苑》卷七）

[注释]

①酴醾:花名。春末开花,亦作荼蘼。　②唐氏按:《楝亭十二种》本《梅苑》原题周志机作,盖周忘机之误。《永乐大典》卷二千八百十三“梅”字韵作周忘机。

瑞鹧鸪

一痕月色挂帘栊,梅影斜斜小院中。狂醉有心窥粉面,梦魂无处避香风。　愁来梦楚三千里,人在巫山十二重[①]。咫尺蓝桥无处问[②],玉箫声断楚山空。

（《梅苑》卷八）

[注释]

①“愁来”二句:宋玉《高唐赋序》云楚襄王于梦中与巫山神女欢会,神女辞别时说:“妾在巫山之阳,高丘之阻。”此用其事。　十二重:巫山上有十二峰最著,故云。　②蓝桥:桥名,在陕西蓝田县。裴铏《传奇·裴航》叙裴航于蓝桥遇见仙女云英,与之结为夫妇。

存目词

调名	首句	出处	附注
满庭芳	园林萧索	《永乐大典》卷二千八百十一“梅”字韵	无名氏词，见《梅苑》卷三
瑞鹧鸪	汉宫铅粉净无痕	同上	无名氏词，见《梅苑》卷八
瑞鹧鸪	柳未回青兰未芽	同上	同上
蓦山溪	孤村冬杪	同上卷二千八百十三“梅”字韵	无名氏词，见《梅苑》卷一

曹希蕴

曹希蕴,生卒不详,又名道冲,字冲之,曹利用族孙。宁晋(今属河北)人。道姑,称曹仙姑。工诗,尝售诗京都。苏轼曾叹赏其诗。《宋史·艺文志》有《曹希蕴歌诗》后集二卷,不传。

西江月[①]

灯　花

零落不因春雨,吹嘘何假东风。纱窗一点自然红,费尽工夫怎种。　　有艳难寻腻粉,无香不惹游蜂。更阑人静画堂中,相伴玉人春梦。　　(《花草粹编》卷四)

[注释]

①唐氏按:此首原题曹仙姑作。

踏莎行

灯　花

解遣愁人,能添喜气。些儿好事先施力。画堂深处伴妖娆,绛纱笼里丹砂赤。　　有艳难留,无根怎觅。几回不忍轻轻别。玉人曾向耳边言,花有信、人无的[①]。

(《花草粹编》卷六)

[注释]

①的:定准。

廖　刚

廖刚(1070—1143),字用中,号高峰,顺昌(今属福建)人。崇宁五年(1106)进士。宣和初任监察御史,时蔡京当国,刚论奏无所避,出知兴化军。绍兴年间,历官吏部员外郎、御史中丞。有《高峰文集》。

望江南

送黄冕仲知福唐[1]

无诸好[2],方面镇全闽。千骑泛云归洞府,三山明玉外风尘。依约是蓬瀛。　贤刺史,龙虎擅香名[3]。金花已传当日梦[4],锦衣聊慰故乡情。和气万家春。

[注释]

①黄冕仲:黄裳,字冕仲,政和间知福州。　福唐:县名,今福建福清县东南。　②无诸:汉时闽越王名,其国都东冶,即今福州市。此代指闽东之地。　③龙虎擅香名:谓才华出众,名列进士榜。《新唐书·欧阳詹传》载唐贞元八年,欧阳詹、韩愈等诸贤皆中第同榜,时称龙虎榜。　④金花:即金花帖子,科举考试登第榜帖。

望江南

无诸好,金地遍重城。乌石亭危千嶂合[1],荔枝楼暖百花明。十里暮潮平。　贤刺史,来暮相欢迎[2]。终向凤池朝紫极[3],暂依猿洞驻朱轮。风月锦堂春。

[注释]

①乌石亭:指乌石山,其上亭榭交错,为福建游览胜地。　②“来暮”

句:《后汉书·廉范传》载东汉廉范(字叔度)任蜀郡太守,取消夜间点火之禁,命储水防火,百姓颂曰:"廉叔度,来何暮。"此用以称颂黄冕仲。　③"终向"句:意终将入朝任官。　凤池:指中书省,此谓禁苑要地。　紫极:即帝王宫殿。

满路花

和敏叔中秋词　癸巳,周守约敏叔来作中秋[1]

雨霁烟波阔,雁度陇云愁。西风庭院不胜秋。桂华光满,偏照最高楼。东山携妓约[2],故人千里,夜来为舣仙舟[3]。　　明眸皓齿,歌舞总名流。恼人情态物中尤。阳春一曲,谁把万金酬。便好拚沉醉[4],此夕姮娥,共须著意攀留。

[注释]

①敏叔:张景修,字敏叔。治平年间进士,工诗文词。　癸巳:政和三年(1113)。　②东山:指谢安。《晋书·谢安传》载安每游赏,必携妓女相从。　③舣:拢舟靠岸。　④拚:不顾惜。

望江南

贺毛检讨生辰[1]

柯山瑞[2],云路玉桥横。六月天香琼蕊秀[3],千年人瑞昴星明[4]。风露湿麒麟。　　廊庙器[5],冰雪照精神。妙世文章凌贾马[6],致君事业富姬衡[7],松桧倚青青。

[注释]

①检讨:官名,掌修国史。　②柯山:即石室山,在今浙江衢洲。传说晋时王质伐木至石室,仙人予之食,遂得长生。事见郦道元《水经注·浙

江水》。此用为贺寿。 ③天香:指牡丹花。 ④人瑞昴星明:《史记·萧相国世家》司马贞《索隐》引《春秋纬》云,萧何感昴星之精而生,后成辅国之臣。此喻指毛检讨。 ⑤廊庙器:指能担负国家重任之人才。 ⑥贾马:汉代贾谊与司马相如,皆以文章著名。 ⑦姬衡:周公姬旦与伊尹。周公佐武王,相成王,功业卓著。伊尹佐商汤伐夏桀,官阿衡(即宰相),故称。

望江南

蓬山晓,龟鹤倚芝庭[①]。云覆宝熏迷舞凤,玉扶琼液荐文星[②]。棠荫署风清[③]。 人尽道,天遣瑞升平。九万鹏程才振翼[④],八千椿寿恰逢春[⑤]。貂衮瞩公荣[⑥]。

[注释]

①龟鹤:两者皆长寿,故用作祝寿词。 芝庭:庭中产芝为祥瑞,用作贺辞。 ②文星:文曲星,传说为主持文运的星宿。 ③棠荫:以召公比毛检讨。 ④九万鹏程:《庄子·逍遥游》写鹏徙于南冥,"抟扶摇而上者九万里"。 ⑤八千椿寿:本《庄子·逍遥游》"上古有大椿者,以八千岁为春,八千岁为秋"。 ⑥貂衮:上公礼服。

阮郎归

草堂王生以妄想天降玉牌为实事,使有司求之,既又托以梦。因戏作云。乙未云间舟中[①]

月桥风槛水边居,画楼三鼓初。草堂收拾读闲书,起看清夜徂[②]。 闲想像,尽踌躇。玉牌金字铺。梦魂纵有也成虚,那堪和梦无。

[注释]

①云间:江苏松江县之古称。 乙未:政和五年(1115)。 ②徂:

逝去。

蓦山溪

次韵知点

论长校短，总是非闲誉[①]。光景百年中，似难留、长江东去。随缘游戏，触□寄高情[②]，西楼月，北窗风，鸜鹆尊前舞[③]。　故人襟韵[④]，千里心相许。飞骑趁花时，正名园、揉风洗雨。玻璃潋滟，聊共醉红裙，阳春曲，碧云词[⑤]，慷慨怀千古。（以上七首见《高峰文集》卷十）

[注释]

①闲誉：诽谤和称誉。　②触□：唐氏按，原缺一字，依律补一空格。　③鸜鹆：即八哥。此为一种舞名。　④襟韵：襟怀情韵。　⑤碧云词：本江淹《休上人怨别》诗“日暮碧云合，佳人殊未来”。此指抒别情之辞。

赵鼎臣

赵鼎臣(1070—?)，字承之，号苇溪翁，卫城(今四川盐源)人。一云韦城(今河南滑县)人。元祐六年(1091)进士。绍圣中登博学宏词科。宣和中，以右文殿修撰知邓州，召为太府卿。与苏轼、王安石等交好，诗深得刘克庄称赏。有《竹隐畸士集》。

念奴娇

旧游何处，记金汤形胜，蓬瀛佳丽。渌水芙蓉，元帅与宾僚，风流济济。万柳庭边，雅歌堂上，醉倒春风里。十年一梦，觉来烟水千里。　惆怅送子重游，南楼依旧不，朱阑谁倚。要识当时，惟是有明月，曾陪珠履[①]。量减杯中，雪添头上，甚矣吾衰矣。酒徒相问，为言憔悴如此。

（《乐府雅词拾遗》卷上）

[注释]

①珠履：缀珠之履 。《史记·春申君列传》载春申君客三千馀人，其上客皆蹑珠履以见赵使。此谓旧游贵客。

[集评]

黄苏云："此词或系出为邓州后作。送王长卿，因有伤今追昔之感，尚属聚散常情。结处'甚矣吾衰矣'，似为有激之言。或目击靖康之难而有所激乎。"(《蓼园词评》)

【补　辑】

念奴娇

嫦娥伴侣，降人世，天与长生仙箓。五色云开浮瑞霭，中有西真眉目[①]。贤德家风，艳容天赋，占尽人间福。长庚明月[②]，誓同千古相逐。　　开宴香蔼华堂，金杯休诉[③]，好醉蟠桃熟。子子孙孙同上寿，有个人人同祝。雨鬟春风[④]，一钗香雾，长与瑶池绿。更祈眉寿，愿如南山松竹。[⑤]

(见《诗渊》第二十五册，引自孔凡礼《全宋词补辑》)

[注释]

①西真：即西王母。　②长庚：金星的别名，黄昏见于西方，在诸星中最亮。　③诉：辞酒不饮。　④孔凡礼按："雨"当为"两"之误。　⑤孔凡礼按：此词作者，《诗渊》作"宋赵承之"。

韩嘉彦

韩嘉彦（？—1129），相州安阳（今属河南）人。韩琦子。元祐间，尚神宗女齐国长公主，拜左卫将军、驸马都尉。官终瀛海军承宣使。

玉漏迟

杏香消散尽，须知自昔，都门春早。燕子来时，绣陌乱铺芳草。蕙圃妖桃过雨，弄笑脸、红筛碧沼[①]。深院悄。绿杨巷陌，莺声争巧。　早是赋得多情，更遇酒临花，镇辜欢笑[②]。数曲阑干，故国谩劳凝眺。汉外微云尽处[③]，乱峰锁、一竿修竹，间琅玕[④]，东风泪零多少。[⑤]

（《花草粹编》卷九）

[注释]

①筛：洒落。　②镇：常。　辜：辜负，无有。　③汉：天河。　④琅玕：指竹。　⑤唐氏按：《草堂诗馀前集》卷上此首作无名氏。《类编草堂诗馀》卷三误作宋祁词。别又误入吴文英《梦窗词集》。

谢 薖

谢薖(1074—1116),字幼槃,号竹友,临川(今属江西)人。谢逸从弟。与逸并有诗名,时称二谢。屡试进士不第,终身布衣。有《竹友词》。

鹊桥仙

月胧星淡,南飞乌鹊,暗数秋期天上[①]。锦楼不到野人家[②],但门外、清流叠嶂。 一杯相属,佳人何在,不见绕梁清唱。人间平地亦崎岖,叹银汉、何曾风浪。

[注释]

①秋期:指七月七日乌鹊造桥渡牛郎织女日。 ②锦楼:宋时习俗,贵家于七夕多结彩楼,谓乞巧楼。

菩萨蛮

陈虚中席上别李商老[①]

雪消新洗寒林碧,华堂向晚开瑶席。一曲杜韦娘,有人空断肠[②]。 谪仙同夜宴,晓即归程远。莫放酒尊空,主人陈孟公[③]。

[注释]

①陈虚中:名瑊。沙县人,陈瓘之弟。曾知临川。 李商老:名彭,建昌人。善书法,工诗文,有《日涉园集》。 ②"一曲"二句:《本事诗·情感》载李绅宴刘禹锡,命妙妓歌以送之,刘于席上赋诗,诗中有"春风一曲杜韦娘","断尽江南刺史肠"语。 杜韦娘:曲名。 ③陈孟公:汉陈遵,字孟公。《汉书·陈遵传》载其喜宴请宾客。此以同姓借指陈虚中。

菩萨蛮

梅

相思一夜庭花发，窗前忽认生尘袜[①]。晓起艳寒妆，雪肌生暗香。　　佳人纤手摘，手与花同色。插鬓有谁宜，惟应潘玉儿[②]。

[注释]

①生尘袜：曹植《洛神赋》描写洛神有"凌波微步，罗袜生尘"句。此喻梅花。　②潘玉儿：南朝齐废帝东昏侯贵妃，美貌出众。见《南史·齐纪·废帝东昏侯》。

生查子

和李商老

情亲难语离，且尽玻璃盏。双鲤有来时[①]，莫使音书缓。　　征骖去若飞，不道家山远。相见小冯君[②]，笑语迎归雁。

[注释]

①双鲤：指书信。古乐府《饮马长城窟行》："客从远方来，遗我双鲤鱼。呼童烹鲤鱼，中有尺素书。"　②小冯君：《汉书·冯奉世传》载冯立与兄冯野王相继为太守，皆廉洁有德，人称大冯君、小冯君。此指兄弟。

如梦令

陈虚中席上作，赠李商老

人似已圆孤月，心似丁香百结[①]。不见谪仙人，孤负梅花时节[②]。愁绝，愁绝。江上落英如雪。

[注释]

①丁香百结:丁香结即丁香之花蕾,用以喻固结不解之愁思。　②孤负:即辜负。

浣溪沙

陈虚中席上和李商老雪词

柳絮随风散漫飞,檐冰成柱粟生肌[①]。力排寒气赖金卮。　赋丽谁为梁苑客[②],调高难和郢中词[③]。且烦呵笔写乌丝[④]。

[注释]

①粟生肌:指皮肤因寒冷而起粟粒。伶玄《飞燕外传》云赵飞燕夜立雪地,体肤温舒平滑,不生粟。此反用其事。　②梁苑客:梁孝王筑东苑,集宾客于此。其客枚乘、司马相如等皆善属辞赋。见《西京杂记》。　③郢中词:谓高妙精雅之词。宋玉《对楚王问》云客有歌于郢中者,其为《阳春》《白雪》,和者不过数十人,曲益高,和益寡。　郢:楚国都邑名。　④乌丝:即乌丝栏,有黑线格子的绢素或纸,用作书写。

偷声木兰花

梅

景阳楼上钟声晓[①],半面啼妆匀未了[②]。斜月纷纷,斜影幽香暗断魂。　玉颜应在昭阳殿[③],却向前村深夜见[④]。冰雪肌肤,还有斑斑雪点无。

[注释]

①景阳楼:南朝齐宫楼,在今南京。楼上置钟,宫人闻钟声,早起妆饰。　②啼妆:以粉作啼痕的妆名。　③昭阳殿:汉成帝后赵飞燕所居之宫。　④"却向"句:语出齐已《早梅》诗"前村深雪里,昨夜一枝开"。

醉蓬莱

中秋有怀无逸兄并示何之忱诸友①

望晴峰染黛，暮霭澄空，碧天银汉。圆镜高飞，又一年秋半。皓色谁同，归心暗折，听唳云孤雁。问月停杯②，锦袍何处③，一尊无伴。　好在南邻④，诗盟酒社，刻烛争成⑤，引觞愁缓。今夕楼中，继阿连清玩⑥。饮剧狂歌，歌终起舞，醉冷光凌乱。乐事难穷，疏星易晓，又成浩叹。

［注释］

①无逸：即谢逸，字无逸。薖从兄。　②问月停杯：本李白《把酒问月》诗"青天有月来几时，我今停杯一问之"。　③锦袍：指李白。《新唐书·李白传》载李白被帝赐金放还，"浮游四方，尝乘月……著宫锦袍，坐舟中，旁若无人"。故称。　④南邻：指南边近邻。　⑤刻烛：于烛上刻痕，限时完成诗作，以见才思敏捷。　⑥阿连清玩：阿连即谢惠连，谢灵运之弟。南朝宋文士，有《泛湖归出楼中玩月》一诗，故云。

减字木兰花

和人梅词

江边一树，愁绝黄昏谁与度。琪树琼枝①，不受雄蜂取次欺②。　风前望处，直恐乘风吹得去。能动诗情，故与诗人独目成③。

［注释］

①琪树：神话中玉树。　②取次：随便。　③目成：以目互通情意。

减字木兰花

中　秋

寻常三五[①]，坐待丹山飞玉兔。试问常娥，底事清光此夜多。　　尊空客满，纵有鹔鹴无处换[②]。不倒金荷[③]，可奈金波潋滟何。

[注释]

①三五：指农历十五。　②鹔鹴：指鹔鹴羽所制之裘。司马相如初还成都，居贫，以鹔鹴裘换酒与卓文君共饮。见《西京杂记》。　③金荷：酒杯。

减字木兰花

赠棋妓

风篁度曲[①]，倦倚银屏初睡足。清簟疏帘，金鸭香销懒更添[②]。　　纤纤露玉，风雹纵横飞钿局[③]。颦敛双蛾，凝伫无言密意多。

[注释]

①篁：竹。　②金鸭：指鸭形香炉。　③钿局：嵌以金花螺贝的棋盘。

[集评]

王弈清云："无逸弟薖，字幼槃……其《减字木兰花》赠弈妓宋瑶。"（《历代词话》卷六引《古今词话》）

虞美人

九日和董彦远

金钗尽醉何须伴，萸糁浮杯乱[①]。黄花香返岭梅魂[②]，好把一枝斜插、向乌云[③]。　坡词欲唱无人会[④]，桃叶知何在[⑤]。与君同咏一联诗，但道老来能趁、菊花时。

[注释]

①萸糁：茱萸碎粒。旧俗于重阳节佩戴茱萸。　②"黄花"句：本苏轼《六年正月二十日复出东门仍用前韵》诗"暗香先返玉梅魂"。　岭梅：指大庾岭上梅花。大庾岭多植梅，故云。　③乌云：喻女子黑髮。　④坡词：指苏轼诗。　⑤桃叶：晋王献之爱妾名，代指意中人。

虞美人

人间离合常相半，璧月宁长满。九秋风露又方阑[①]，何日小窗相对、话悲欢。　月华临夜宜人醉，老去嗟颜悴。君如玉树照清空[②]，况有凝之道蕴、一尊同[③]。

[注释]

①九秋：即秋，秋季有九十天，故称。　②玉树：喻品貌俊美出众。《世说新语·容止》："魏明帝使后弟毛曾与夏侯玄共坐，时人谓蒹葭倚玉树。"　③凝之道蕴：晋王凝之及妻谢道蕴。指夫妇。

蝶恋花

留董之南过七夕

一水盈盈牛与女[①]，目送经年，脉脉无由语。后夜鹊桥知暗度，持杯乞与开愁绪。　君似庾郎愁几许[②]，万斛愁生，更作征人去。留定征鞍君且住，人间岂有无愁处。

[注释]

①“一水”句：本《古诗十九首·迢迢牵牛星》“盈盈一水间，脉脉不得语”。 ②庾郎：北周诗人庾信，初仕南朝梁，出使西魏，被留不放，后仕北周。晚年作品多感怀故国，抒发愁思，有《愁赋》等。

[集评]

况周颐云：“竹友词，留董之南过七夕《蝶恋花》后段云……循环无端，含义无尽，小谢可谓善言愁。”（《蕙风词话》卷二）

定风波

七夕莫莫堂席上呈陈虚中

牛女心期与目成[①]，弥弥脉脉得盈盈。今夕银河凭鹊度，相遇，玉钩新吐照云屏。 行旆雍容留宴语[②]，将暮，方携珠袖到山亭[③]。寂寞江天正云雾，回顾，不应中有少微星[④]。

[注释]

①心期：两心相通。 ②宴语：相聚闲谈。 ③珠袖：谓歌女。 ④少微星：星名，一名处士星，喻处士。杜甫《严中丞枉驾见过》诗：“寂寞江天云雾里，何人道有少微星。”

江神子

破瓜年纪柳腰身[①]。懒精神，带羞瞋。手把江梅，冰雪鬥清新。不向鸦儿飞处著[②]，留乞与，眼中人。 水精船里酒粼粼。皱香茵，驻行云[③]。舞罢歌馀，花困不胜春。问著些儿心底事，才靥笑，又眉颦。

（以上十六首见《彊村丛书》本《竹友词》）

[注释]

①破瓜年纪：谓女子十六岁。“瓜”字可分破为二“八”字，故云。 ②鸦儿飞处：谓妓女居处。梁简文帝《乌栖曲》：“倡家高树乌欲栖。” ③驻行云：形容歌声嘹亮动听，令行云停驻。《列子·汤问》叙薛谭学艺于秦青，青抚节悲歌，响遏行云。

[集评]

潘游龙云：“前‘懒’、‘羞瞋’字，后‘问著些’下，曲尽其态。”（《古今诗馀醉》卷十二）

念奴娇

海　棠

绿云影里[①]，把明霞、织就千重文绣。紫腻红娇扶不起，好是未开时候。半怯新寒，半宜晴色，养得胭脂透。小亭人静，嫩莺啼破清昼。　犹记携手芳阴，一枝斜带艳，娇波双秀。小语轻怜花总见，争得似花长久。醉浅休归，夜深同睡，明月还相守。免教春去，断肠空叹诗瘦。[②]

（《全芳备祖》前集卷七“海棠门”）

[注释]

①绿云：绿叶。 ②唐氏按：此首别又见张镃《南湖集》卷十。

沈　蔚

沈蔚，生卒不详，字会宗，吴兴（今浙江湖州）人。工词，有《沈文伯词》。

满庭芳

柳与堤回，桥随波转，望中如在蓬莱。水禽高下，烟雾敛还开。认是仙翁住处，都不见、一点尘埃。壶天晚[①]，清寒带雪，光景自徘徊。　　高才。廊庙手[②]，当年平步，直到尧阶[③]。况今朝调鼎，尤待盐梅[④]。只恐身闲不久，难留恋、花月楼台。看新岁，春风且送，五马过江来[⑤]。

[注释]

①壶天：传说东汉费长房见一老翁卖药，悬壶于市，长房与老翁同入壶中，内玉堂华丽，酒肴丰盈。见《后汉书·方术传下·费长房》。后以壶天称仙境。　②廊庙手：朝中有才干之大臣。　③尧阶：尧的庭阶，指近帝王之地。　④盐梅：典出《尚书·说命下》"若作和羹，尔惟盐梅"。意治国如调和鼎中之味，须有盐、梅等诸调味品，使之协调。此喻辅国之才。　⑤五马：指太守。汉时太守御五马，故称。

满庭芳

雪底寻梅，冰痕观水，晚来天气尤寒。渐闻歌笑，轻暖发春妍。赏尽十洲新景[①]，依稀见、三岛风烟。判深夜，一年月色，只是这般圆。　　熙然。千里地，何妨载酒，频上湖船。况坐中高客，不日朝天[②]。须信人间好处，没个事、胜得尊前。东风近，侵寻桃李[③]，别做醉薰缘[④]。

[注释]

①十洲：传说中海上仙境。 ②朝天：谒见皇帝。 ③侵寻：渐染。 ④夤（yín）缘：攀附。

满庭芳

疏木藏钟，轻烟笼角，几家帘幕灯光。暮砧声断，空壁锁寒螀[①]。入袂西风阵阵，彻醉骨、都不胜凉。栏干外，依稀嫩竹，月色冷如霜。 仙乡。何处是，云深路杳，不念刘郎[②]。但画桥流水，依旧垂杨。要见时时便是，一向价、只作寻常[③]。争知道，愁肠泪眼，独自个重阳。

[注释]

①寒螀：寒蝉。 ②刘郎：刘晨。晨入天台山得遇仙女，并留居半载。见《幽明录》。 ③一向价：一阵子。 价：语助。

临江仙

过尽清明三月雨，东风才到溪滨。画工传得已非真。青君著意处[①]，桃李未为伦。 倚槛盈盈如欲语，就中拈足花神。自然亭馆一番新。从今观绝品[②]，不独洛阳人。

[注释]

①青君：即春神。 ②绝品：指牡丹之绝品。宋时洛阳牡丹最盛。

梦玉人引

旧追游处，思前事、俨如昔。过尽莺花，横雨暴风初息。杏子枝头，又自然、别是般天色。好傍垂杨，系画船桥侧。　小欢幽会，一霎时、光景也堪惜。对酒当歌[1]，故人情分难觅。水远山长，不成空相忆[2]。这归去重来，又却是、几时来得。

[注释]

①对酒当歌：本曹操《短歌行》"对酒当歌，人生几何"。　②不成：难道。

蓦山溪

想伊不住，船在蓝桥路[1]。别语未甘听，更拟问、而今是去。门前杨柳，几日转西风。将行色，欲留心，忽忽城头鼓。　一番幽会，只觉添愁绪。邂逅却相逢[2]，又还有、此时欢否。临歧把酒，莫惜十分斟，尊前月，月中人，明夜知何处。

[注释]

①蓝桥：在陕西蓝田县。传说裴航在此遇仙女云英，并终于得成婚姻。见裴铏《传奇·裴航》。　②邂逅：偶然相遇。

[集评]

陈廷焯云："曲折传出离情，只是善用托笔。"（《词则·闲情集》卷二）

汉宫春

别酒初醒。似一番梦觉，屈指堪惊。犹疑送消寄息，遇著人听。当初唤作[1]，据眼前、略略看承。及去了，从头想伊，心下始觉宁宁[2]。　黄昏画角重城。更伤高念远，怀抱何胜。良时好景，算来半为愁生。幽期暂阻，便就中、月白风清。千万计，年年断除不得，是这些情。

［注释］

①唤作：以为。 ②宁宁：不平静。

寻　梅[1]

今年早觉花信蹉[2]。想芳心、未应误我。一月小径几回过。始朝来寻见，雪痕微破。　　眼前大抵情无那[3]。好景色、只消些个[4]。春风烂熳却且可。是而今、枝上一朵两朵。

［注释］

①寻梅：此为作者创调。因有“朝来寻见”语，即以为名。 ②蹉：“差”误。 ③无那：无奈。 ④些个：一些。

不　见[1]

日过重帘未卷，袅袅欲残香线。午醉却醒来，柳外一声莺啭。不见，不见。门掩落花深院。

［注释］

①注者按：即《如梦令》，下同。

不　见

回首芜城旧苑[1]，还是绿深红浅。春意已无多，斜日满帘飞燕。不见，不见。花上雨来风转。

[注释]

①芜城:即广陵城,今江苏扬州。

诉衷情

深深院宇小池塘,一径碧梧长。青春又归何处,新笋绿成行。　　多少事,恼人肠,懒思量。香消一炷,睡起霎时,日过东窗。

菩萨鬘

相逢无处无尊酒,尊前未必皆朋旧。酒到任教倾,莫思今夜醒。　　明朝相别后,江上空回首。欲去不胜情,为君歌数声。

菩萨鬘

春城迤逦层阴绕,青梅竞弄枝头小。江色雨和烟,行人江那边。　　好花都过了,满地空芳草。落日醉醒间,一春无此寒。

小重山

花过园林清荫浓,琅玕新脱笋[①],绿丛丛。雨声只在小池东。闲敧枕,直面芰荷风。　　长日敞帘栊。轻尘飞不到,画堂空。一尊今夜与谁同。人如玉,相对月明中。[②]

[注释]

①琅玕:竹。 ②唐氏按:此首别又误作蒋元龙词,见《类编草堂诗馀》卷一。

[集评]

潘游龙云:"以竹初落箨,荷已翻风,描出初夏景象,何等精当。'敌面'字妙。一本作"直面",无味。"(《古今诗馀醉》卷七)

黄苏云:"雨声可闻不可近,有味呼言之。写闲适之致,超然尘外。"(《蓼园词选》)

转调蝶恋花

溪上清明初过雨。春色无多,叶底花如许。轻暖时闻燕双语,等闲飞入谁家去。　短墙东畔新朱户。前日花前,把酒人何处。仿佛桥边船上路,绿杨风里黄昏鼓。

转调蝶恋花

渐近朱门香夹道,一片笙歌,依约楼台杪[①]。野色和烟满芳草,溪光曲曲山回抱。　物华不逐人间老[②],日日春风,在处花枝好[③]。莫恨云深路难到,刘郎可惜归来早[④]。

（以上十六首见《乐府雅词》卷下）

[注释]

①杪:树梢。 ②物华:自然景物。 ③在处:处处。 ④刘郎:刘晨。晨于天台山遇仙女,居半年求归。见《幽明录》。

天仙子

景物因人成胜概[1]，满目更无尘可碍。等闲帘幕小栏干，衣未解，心先快，明月清风如有待。　　谁信门前车马隘，别是人间闲世界。坐中无物不清凉。山一带，水一派，流水白云长自在。　（《苕溪渔隐丛话》前集卷五十九）

[注释]

①胜概：佳境。《苕溪渔隐丛话》前集卷五十九："贾耘老旧有水阁，在苕溪之上，景物清旷，东坡作守，时屡过之，题诗画竹于壁间。沈会宗又为赋小词。"

[集评]

潘游龙云："'景物因人'句，大有受用，无错看过。"（《古今诗馀醉》卷十五）

倾　杯

梅英弄粉。尚浅寒、腊雪消未尽。布彩箔[1]，层楼高下，灯火万点，金莲相照映[2]。香径纵横，听画鼓、声声随步紧。渐霄汉无云，月华如水，夜久露清风迅。　　轻车趁马，微尘杂雾，带晓色、绮罗生润。花阴下、瞥见仍回，但时闻、笑音中香阵阵。奈酒阑人困。残漏里、年年馀恨。归来沉醉何处，一片笙歌又近。（《阳春白雪》卷一）

[注释]

①彩箔：彩帘。　②金莲：指灯烛，烛台为莲花形。

清商怨

城上鸦啼斗转，渐渐玉壶冰满[①]。月淡寒梅，清香来小院。　谁遣鸾笺写怨[②]。翻锦字、叠叠如愁卷[③]。梦破胡笳[④]，江南烟树远。（《花草粹编》卷二引《天机馀锦》）

[注释]

①玉壶：月亮。　②鸾笺：彩笺。　③锦字：织于锦上之字，指妻寄夫之书信。　④胡笳：北方民族的管乐器，音悲凉。

醉花阴

和江宣德醉红妆词

微含清露真珠滴，怯晓寒脉脉。秉烛倚雕栏，今日尊前，尽是多情客。　从来应与春相得，有动人标格[①]。半笑倚春风，醉脸生红，不是胭脂色。（《花草粹编》卷五）

[注释]

①标格：风姿。

柳摇金

相将初下蕊珠殿[①]，似醉粉、生香未遍。爱惜娇心春不管。被东风、赚开一半。　中黄宫里赐仙衣[②]，鬥浅深、妆成笑面。放出妖娆难系管，笑东君、自家肠断。

（《花草粹编》卷六）

[注释]

①相将：相共。　蕊珠殿：道教中仙界宫阙名。　②中黄宫：传说黄

帝所居宫殿。

柳初新

楚天来驾春相送。半醉侧、花冠重。瑶台清宴，群仙戏手，剪出彩衣犹动。谁拂瑶琴巧弄。舞丹山[①]、三千雏凤。　　艳冶轻盈放纵。倚东风、从来遍宠。桃花溪上，相思未断[②]，愁掩五云真洞[③]。算曾揖、飞鸾双控。等闲入、襄王春梦[④]。（《花草粹编》卷八）

（以上沈蔚词二十二首用赵万里辑《沈文伯词》，有删略）

[注释]

①丹山：神话中丹穴山，其上有凤凰，身呈五彩花纹。见《山海经·南山经》。　②“桃花溪”二句：化用刘晨、阮肇入天台山事。刘阮二人入山，遥望山上有一桃树，后于溪边遇二仙女，留居半年而归。见《幽明录》。　③五云真洞：谓神仙居处。　④襄王春梦：宋玉《神女赋》云楚襄王使宋玉赋高唐事，夜果梦与神女遇，其状甚丽。

存目词

调名	首句	出处	附注
寻梅	幽香浅浅湿未透	《花草粹编》卷七	无名氏词，见《梅苑》卷七
小重山	椽烛垂珠清漏长	《历代诗馀》卷三十五	王安中词，见《初寮词》
小重山	碧藕花风入袖香	同上	同上

唐　庚

唐庚（1071—1121），字子西，眉州丹棱（今属四川）人。绍圣年间进士，官博士。由张商英推荐，授提举京畿常平。商英罢相，庚贬居惠州。后赦归，复官承议郎，提举上清太平宫。诗文皆工，时有“小东坡”之称。有《眉山唐先生文集》。

诉衷情

旅　愁

平生不会敛眉头，诸事等闲休。元来却到愁处，须著与他愁。　　残照外，大江流。去悠悠。风悲兰杜[1]，烟淡沧浪，何处扁舟。　　（《唐宋诸贤绝妙词选》卷八）

［注释］

①兰杜：兰与杜若，均为香草。

惠 洪

惠洪(1071—1128),一名德洪,字觉范,俗姓彭,筠州(今江西宜丰)人。少时父母双亡,依三峰靘禅师为童子,徽宗大观中,得祠部牒为僧。游丞相张商英门,并往来郭天信门。政和元年(1111),张、郭得罪,惠洪刺配崖州。著有《石门文字禅》、《冷斋夜话》、《天厨禁脔》等。

浣溪沙

送因觉先[①]

南涧茶香笑语新,西州春涨小舟横。困顿人归烂熳晴。　天迥游丝长百尺,日高飞絮满重城。一番花信近清明。

[注释]

①因觉先:即僧澄照,曾主持宝林寺。

浣溪沙

妙高墨梅

日暮江空船自流,谁家院落近沧洲[①]。一枝闲暇出墙头。　数朵幽香和月暗,十分归意为春留。风撩片片是闲愁。[②]

(以上二首《石门文字禅》卷八)

[注释]

①沧洲:水滨。　②唐氏按:此二首原不著调名,盖收作诗。

述古德遗事作渔父词八首

万　回[①]

玉带云袍童顶露[②]，一生笑傲知何故[③]。万里归来方旦暮[④]。休疑虑，大千捏在毫端聚[⑤]。　不解犁田分亩步，却能对客鸣花鼓。忽共老安相耳语[⑥]。还推去，莫来拦我球门路。

[注释]

①万回：万回法云公，唐代禅师，虢州阌乡（今河南灵宝）人。俗姓张。　②玉带云袍：武则天曾赐万回以锦袍玉带。　童顶：秃顶。　③一生笑傲：《景德传灯录》卷二十七载万回"始在弱龄，啸傲如狂"。　④"万里"句：万回有兄久戍边，母思甚苦。万回朝往暮返万馀里，持兄书信归以慰母。事见《景德传灯录》卷二十七。　⑤大千：佛教语，大千世界之省称。　⑥老安：慧安国师，隋开皇二年生，卒于唐景龙三年，年一百二十八，时称老安国师。《五灯会元》卷二载万回曾至嵩岳谒见老安，"握手言论，傍侍倾耳，都不体会"。

丹　霞[①]

不怕石头行路滑[②]，归来那爱驹儿踏。言下百骸俱拨撒[③]。无剩法[④]，灵然昼夜光通达[⑤]。　古寺天寒还恶发，夜将木佛齐烧杀[⑥]。炙背横眠真快活。憨抹挞[⑦]，从教院主无鬒髮[⑧]。

[注释]

①丹霞：唐代天然禅师，居邓州（今河南邓县）丹霞山。　②"不怕"句：丹霞师从石头迁禅师，道一禅师问他："石头路滑，还踺倒汝吗？"丹霞答："若踺倒即不来。"事见《景德传灯录》卷十四。　③"言下"句：丹霞有《玩珠吟》诗云"百骸虽溃散，一物镇长灵"。　拨撒：即溃散意。　④无剩法：佛教名词，即认识空相，断除烦恼之法。　⑤"灵然"句：丹霞初欲入

长安应举,于逆旅中梦白光满室,占者以为悟空相之祥兆。见《景德传灯录》卷十四。 ⑥“夜将”句:丹霞于慧林寺遇天大寒,遂取木佛烧火取暖。事见《五灯会元》卷五。 ⑦抹挞:怠慢。 ⑧“从教”句:寺院主诃责丹霞烧佛,丹霞以佛理辩解,仍烧不止,至使院主眉鬚烧落。见《五灯会元》卷五。

宝 公[1]

来往独龙冈畔路[2],杖头落索闲家具[3]。后事前观如目睹。非谶语[4],须知一念无今古。 长笑老萧多病苦[5],笑中与药皆狼虎[6]。蜡炬一枝非嘱付[7]。聊戏汝,热来脱却娘生袴[8]。

[注释]

①宝公:南朝宝志禅师,金城(今甘肃兰州)人,俗姓朱。 ②独龙冈:在金陵钟山上。宝志七岁出家于钟山,死后葬于独龙冈。 ③“杖头”句:《景德传灯录》卷二十七载宝志常持锡杖,上挂刀尺铜镜等。 落索:萧索。 ④非谶语:《景德传灯录》卷二十七载宝志“时或歌吟,词如谶记”。⑤老萧:指梁武帝萧衍。武帝曾问宝志:“弟子烦惑,何以治之?” ⑥“笑中”句:宝志有偈诗云“自疾不能治疗,却教他人药方。外看将为是善,心内犹若豺狼”。见《景德传灯录》卷二十九。 ⑦“蜡炬”句:宝志临终,燃一烛,武帝叹曰:“烛者,将以后事嘱我乎。”见《景德传灯录》卷二十七。 ⑧娘生袴:娘所缝之裤。 袴:通“裤”。

香 严[1]

画饼充饥人笑汝[2],一庵归扫南阳坞。击竹作声方省悟。徐回顾,本来面目无藏处。 却望沩山敷坐具,老师头角浑呈露[3]。珍重此恩逾父母。须荐取[4],堂堂密密声前句[5]。

[注释]

①香严：唐代香严智闲禅师，青州（今山东潍坊）人。 ②"画饼"句：香严曾久参禅而不得，其师沩山灵祐问他未出胞胎时本来面目，他遍翻书籍，竟无一语可应对，自叹曰："画饼不能充饥。"于是尽焚藏书，泣辞沩山，憩止南阳。一日，香严芟除草木，偶抛瓦砾击竹作声，忽悟得师父所问之禅意。他沐浴焚香，遥礼沩山，曰："和尚大悲，恩逾父母。"本词所述即此事。见《景德传灯录》卷十一。 ③头角：端绪。 ④荐取：领会。 ⑤"堂堂"句：香严开悟后曰"道由悟达，不在语言。况见密密堂堂，曾无间隔，不劳心意，暂借回光"。见《景德传灯录》卷十一。

药　山[①]

野鹤精神云格调[②]，逼人气韵霜天晓。松下残经看未了。当斜照，苍烟风撼流泉绕。　闺阁珍奇徒照耀，光无渗漏方灵妙[③]。活计现成谁管绍。孤峰表，一声月下闻清啸[④]。

[注释]

①药山：唐代惟俨禅师，俗姓韩，绛州（今山西新绛）人，住持于澧州（今湖南澧县）药山。 ②"野鹤"句：李翱曾入山向药山问道，适逢药山看经，后李翱作一偈云："练得身形似鹤形，千株松下两函经。我来问道无馀说，云在青天水在瓶。"事见《景德传灯录》卷十四。下同。 ③"闺阁"二句：李翱问药山何为戒定慧，药山答曰："直须向高高山顶坐，深深海底行。闺阁中物舍不得，便为渗漏。" ④"孤峰"二句：一夜，药山登山经行，忽云开见月，大笑一声，回音传澧阳东九十里许。李翱有诗云："有时直上孤峰顶，月下披云笑一声。"

亮　公[①]

讲虎天华随玉麈[②]，波心月在那能取[③]。旁舍老僧偷指注。回头觑，虚空特地能言语[④]。　归对学徒重自诉[⑤]，从前见解都欺汝。隔岸有山横暮雨。翻然去，千岩万壑无寻处。

[注释]

①亮公:唐代禅师亮座主,蜀人,居洪州(今江西南昌)西山。 ②虎:四部丛刊本《石门文字禅》作“处”。 天华:佛教谓佛祖说法,感动天神,天上坠落香花。此言亮座主善讲经。 玉麈:玉柄麈尾,古人在玄谈时所执。 ③波心月:佛经中常用以比喻一切存在皆虚妄空幻之理。 ④“旁舍”三句:亮座主善讲经论,并专讲“心”,马祖道一指出心不能以讲解而得,却是虚空可讲得。亮不解而出,将下阶,道一召曰:“座主!”亮回首,道一曰:“是甚么?”亮豁然大悟。事见《景德传灯录》卷八。下同。 ⑤“归对”句:亮座主开悟后,归寺告听众曰:“今日被马大师一问,平生功夫冰释而已。”乃隐西山,更无消息。

灵 云[1]

急雨颠风花信早,枝枝叶叶春俱到。何待小桃方悟道[2],休迷倒,出门无限青青草。 根不覆藏尘亦扫,见精明树唯心造。试借疑情看白皂[3],回头讨,灵云笑杀玄沙老[4]。

[注释]

①灵云:唐代志勤禅师,居福州灵云山。 ②“何待”句:《景德传灯录》卷十一载志勤因桃花悟道,有偈曰:“三十年来寻剑客,几逢落叶几抽枝。自从一见桃华后,直至如今更不疑。” ③白皂:白黑。 ④玄沙:唐师备禅师,居福州玄沙山。《景德传灯录》卷十一载有玄沙讥嘲灵云语。

船 子[1]

万叠空青春杳杳,一蓑烟雨吴江晓。醉眼忽醒惊白鸟。拍手笑,清波不犯鱼吞钓[2]。 津渡有僧求法要,一桡为汝除玄妙[3]。已去回头知不峭[4]。犹迷照,渔舟性懆都翻了。 (以上八首见《石门文字禅》卷十七)

[注释]

①船子：唐代德诚禅师，师从药山惟俨，后至秀州华亭（今上海松江），泛舟接四方往来者，随缘度日，因号船子和尚。 ②清波不犯：船子传法于善会禅师，有"不犯清波意自殊"语。见《五灯会元》卷五。下同。 ③"津渡"二句：夹山善会禅师至华亭参访船子，对答数语，被德诚一桡打入水中。善会上船欲语，德诚又打，善会豁然大悟。 ④不峭：不晓，不明白。

凤栖梧

碧瓦笼晴烟雾绕，水殿西偏[①]，小立闻啼鸟。风度女墙吹语笑[②]，南枝破腊应开了[③]。 道骨不凡江瘴晓[④]，春色通灵，医得花重少。爆暖酿寒空杳杳，江城画角催残照。

[注释]

①水殿：建于水上的殿宇。据《苕溪渔隐丛话》前集卷五十六引《冷斋夜话》，此词咏墨梅。 ②女墙：城墙上呈缺口的小墙。 ③破腊：过了腊月。 ④江瘴：江面瘴雾。

[集评]

潘游龙云："'春色通灵'二语特灵妙。"（《古今诗馀醉》卷十三）

千秋岁[①]

半身屏外，睡觉唇红退。春思乱，芳心碎。空馀簪髻玉，不见流苏带。试与问，今人秀整谁宜对。 湘浦曾同会[②]，手搴轻罗盖[③]。疑是梦，今犹在。十分春易尽，一点情难改。多少事，却随恨远连云海。

（以上二首见《乐府雅词拾遗》卷上）

[注释]

①千秋岁:此为咏唐妓崔徽之作,乃和秦少游韵者。见《苕溪渔隐丛话》前集卷五十。　唐氏按:《花草粹编》卷七此首误作洪思禹词。　②湘浦:湘水滨。　③罗盖:绫罗车盖。

青玉案[1]

绿槐烟柳长亭路。恨取次、分离去[2]。日永如年愁难度,高城回首,暮云遮尽,目断人何处。　解鞍旅舍天将暮,暗忆丁宁千万句。一寸柔肠情几许。薄衾孤枕,梦回人静,彻晓潇潇雨。　(《能改斋漫录》卷十六)

[注释]

①此为和山谷贬宜州道中词之作,乃用贺方回《青玉案》韵者。见《能改斋漫录》卷十六。　②取次:草草,仓促。

西江月[1]

十指嫩抽春笋,纤纤玉软红柔。人前欲展强娇羞,微露云衣霓袖。　最好洞天春晚,黄庭卷罢清幽[2]。凡心无计奈闲愁,试捻花枝频嗅。

[注释]

①此为赠魏坛女道士之作。见《苕溪渔隐丛话》后集卷三十七。　②黄庭:《黄庭经》,道家经书。

[集评]

叶申芗云:“此僧亦大通脱矣。”(《本事词》卷上)

西江月

大厦吞风吐月，小舟坐水眠空[①]。雾窗春晓翠如葱，睡起云涛正涌。　　往事回头笑处，此生弹指声中[②]。玉笺佳句敏惊鸿，闻道衡阳价重[③]。

（以上二首《苕溪渔隐丛话》前集卷四十八引《冷斋夜话》）

［注释］

①“大厦”二句：“山谷南迁，与余会于长沙。……因携十六口买小舟，余以舟迫窄为言，山谷笑曰：‘烟波万顷，水宿小舟，与大厦千楹，醉眠一榻何所异，道人缪矣。’即解缂去。闻留衡阳作诗写字，因作长短句寄之。”见《苕溪渔隐丛话》前集卷四十八引《冷斋夜话》。　②弹指：佛教用语，谓极短的瞬间。　③“玉笺”二句：《晋书·左思传》载左思作《三都赋》，世人争相传抄，洛阳为之纸贵。唐郭受《杜员外垂示诗因作此寄上》诗转用其事赞杜甫云：“春兴不知凡几首，衡阳纸价顿能高。”此用以称美黄庭坚衡阳之作。　惊鸿：形容文思捷速。

鹧鸪天

蜜烛花光清夜阑[①]，粉衣香翅绕团团[②]。人犹认假为真实[③]，蛾岂将灯作火看。　　方叹息，为遮拦。也知爱处实难拚[④]。忽然性命随烟焰，始觉从前被眼瞒。

［注释］

①蜜烛：蜡烛。　②粉衣香翅：谓飞蛾。　③“人犹”句：佛教认为万物皆空，仅有假名，世人则妄以万物为真。　④“也知”句：佛教认为世人为假象所惑，有贪爱之心，故不能获得解脱。这里借飞蛾喻此理。　拚：舍弃。

清商怨

一段文章种性[①]，更谪仙风韵。画戟丛中，清香凝宴寝[2]。　落日清寒勒花信[3]，愁似海、洗光词锦[4]。后夜归舟，云涛喧醉枕。

[注释]

①"一段"句："（刘蒙叟）既北渡，夜发海津。又赠行，为之词：'一段文章种性……'"见《苕溪渔隐丛话》前集卷五十六引《冷斋夜话》。　②"画戟"二句：本韦应物《郡斋雨中与诸文士燕集》诗"兵卫森画戟，燕寝凝清香"。　画戟：饰彩兵器，常于官署中作仪仗用。　宴寝：即燕寝，指官署中休息安寝之室。　③勒：抑制。　④词锦：华美之词。

青玉案

凝祥宴罢闻歌吹[1]。画毂走[2]，香尘起。冠压花枝驰万骑。马行灯闹，凤楼帘卷，陆海鳌山对[3]。　当年曾看天颜醉。御杯举，欢声沸。时节虽同悲乐异。海风吹梦，岭猿啼月，一枕思归泪。[4]

[注释]

①凝祥：池名，宋大中祥符年间建，在汴京城南会灵观。　②画毂：绘饰华美的车。　③陆海：高旷富饶之地。　鳌山：宋时元宵夜，彩灯堆叠成山形，称鳌山。　④唐氏按：此首又见《乐府雅词拾遗》卷上，无撰人姓名。

西江月

入骨风流国色，透尘种性真香。为谁风鬟涴新妆[1]，半树入村春暗[2]。　雪压枝低篱落，月高影动池塘。高情数笔寄微茫，小寝初开雾帐。

（以上四首见《苕溪渔隐丛话》前集卷五十六引《冷斋夜话》）

[注释]

①风鬓：髮鬓散乱。　涴（wò）：弄脏。　②“入村”：据《苕溪渔隐丛话》徐钞本，明钞本作“水村”。

浪淘沙

城里久偷闲，尘涴云衫[①]。此身已是再眠蚕[②]，隔岸有山归去好，万壑千岩。　霜晓更凭阑，减尽晴岚[③]。微云生处是茅庵[④]。试问此生谁作伴，弥勒同龛[⑤]。

（《苕溪渔隐丛话》后集卷三十七引《冷斋夜话》）

[注释]

①云衫：轻而薄之衣衫。　②再眠蚕：蚕蜕皮时，初不食一日一夜，谓之初眠，七日后再眠如初，至三眠则化成茧。苏轼《王晋卿作烟江叠嶂图……》诗：“此身将老蚕三眠。”此以再眠蚕喻年岁渐老。　③晴岚：晴日山中雾气。　④“微云”句：本杜牧《山行》诗“白云生处有人家”。　⑤弥勒同龛：“久弃尘滓，与弥勒同龛，一食清斋，六时禅诵。”见《法帖·褚遂良书》。　龛：小屋。

浪淘沙

自南游，多崇冈，陵峻岭，略见西湖秀色，用和靖语作长短句云

山径晚樵还[①]，深壑孱颜[②]。孙山背后泊船看[③]。手把遗编披白帔[④]，剩却清闲[⑤]。　篱落竹丛寒[⑥]，渔业凋残[⑦]。水痕无底照秋宽[⑧]。好在夕阳凝睇处，数笔秋山[⑨]。

（《永乐大典》卷二千二百六十四“湖”字韵引惠洪《冷斋集》）

（以上释惠洪词二十一首，用周泳先辑《石门长短句》，有增删）

[注释]

①“山径”句：本林逋《深居杂兴》三“水边林影晚樵还”。　②深壑孱

颜:本林逋《山谷寺》“众峰深壑共孱颜”。　孱颜:同“巉岩”。　③“孙山”句:本林逋《西湖孤山寺后舟中写望》“孤山背后泊船看”。　孙山背后:转用名落孙山意,谓无意于仕宦。　④“手把”句:本林逋《深居杂兴》一“中有病夫披白帔,瘦行清坐咏遗篇”。　遗编:先贤留世之作。　白帔:白色披肩。　⑤剩却清闲:本林逋《深居杂兴》三“光景浑疑剩却闲”。⑥“篱落”句:本林逋《梅花二首》“一枝深映竹丛寒”。　⑦渔业凋残:本林逋《耿济口舟行》“旧乡渔业久凋残”。　⑧“水痕”句:语见林逋《耿济口舟行》。　⑨“好在”二句:本林逋《湖山小隐》“数笔湖山又夕阳”。

存目词

调名	首句	出处	附注
点绛唇	沙水泠泠	《梅苑》卷十	朱翌词,见《容斋四笔》卷十三
西江月	黄蜡谁将点缀	《永乐大典》卷二千八百十一“梅”字韵	无名氏词,见《梅苑》卷八
西江月	万木经霜冻折	同上	同上

吕颐浩

吕颐浩（1071—1139），字元直，其先乐陵（今属山东）人，徙齐州（今山东济南）。绍圣元年（1094）进士。徽宗时历官至河北都转运使。高宗南渡，起知扬州，官至同中书门下平章事，以少傅、醴泉观使致仕。卒赠太师、秦国公，谥忠穆。有《忠穆集》。

水调歌头

紫微观石牛

一片苍崖璞，孕秀自天钟。浑如暖烟堆里[①]、作放力犹慵。疑是犀眠海畔，贪玩烂银光彩[②]，精魄入蟾宫[③]。泼墨阴云妒，蟾影淡朦胧。　　沩山颂[④]，戴生笔[⑤]，写难穷。些儿造化，凭谁细与问元工[⑥]。那用牧童鞭索，不入千群万队，扣角起雷同[⑦]。莫怪作诗手，偷入锦囊中[⑧]。

（《忠穆集》卷七）

[注释]

①暖烟：指春天烟霭。　②唐氏按：原无“银”字，据《词综补遗》卷三补。　③蟾宫：月宫。　④沩山：指唐代灵祐禅师，居于沩山（在今湖南宁乡西），曾以自己去世后将于山下作一头水牯牛为喻，向门徒说法，并作偈颂曰：“不是沩山不是牛，一身两号实难酬。离却两头应须道，如何道得出常流。”意谓超越外相才能有脱俗之见。事见《五灯会元》卷九。　⑤戴生：唐代画家戴嵩，以善画牛著称。　⑥元工：大匠。　⑦扣角：击牛角。春秋卫人宁戚击牛角而歌。齐桓公闻而知其善，举用为上卿。见《楚辞·离骚》王逸注。　起雷：振起声响如雷。　⑧锦囊：谓藏诗稿之锦袋。唐诗人李贺每出游，得佳句，即记下投锦囊中。见李商隐《李贺小传》。

苏　过

苏过(1072—1123),字叔党,自号斜川居士,眉州眉山(今属四川)人。苏轼子,时称小坡。年五十馀,初任右承务郎,历通判中山府。苏轼累迁贬地,过皆随往侍候。善书画,能诗词。有《斜川集》。

点绛唇

新月娟娟,夜寒江静山衔斗。起来搔首,梅影横窗瘦。　好个霜天,闲却传杯手①。君知否,乱鸦啼后。归兴浓如酒。②

(《唐宋诸贤绝妙词选》卷三)

[注释]

①传杯:谓传递杯盏饮酒。　②唐氏按:此首《能改斋漫录》卷十六、《玉照新志》卷四并作汪藻词。黄公度《知稼翁词》有和词。惟黄昇以为苏过作,且云:"此词作时,方禁坡文,故隐其名以传于世。今或以为汪彦章所作,非也。"黄昇当另有所本,兹两收之。

[集评]

王士禛云:"'乱鸦啼后,归兴浓于酒',苏叔党词也。'拟倩东风浣此情,情更浓于酒',秦处度词也。二公可谓有子。"(《花草蒙拾》)

潘游龙云:"此乃'月落乌啼霜满天'景。"(《古今诗馀醉》)

存目词

《词品》卷三载苏过《点绛唇》"高柳蝉嘶"一首,乃汪藻作。见《浮溪文粹》卷十五。

陆　蕴

陆蕴(？—1120),字敦信,侯官(今福建福州)人。绍圣四年(1097)进士。崇宁中,累迁太常少卿,因事黜知瑞金县。政和年间,历任中书舍人、御史中丞,论事皆中时病。后以龙图阁待制知建州。

感皇恩

旅　思

残角两三声,催登古道。远水长山又重到。水声山色,看尽轮蹄昏晓。风头日脚下,人空老。　　匹马旧时,西征谈笑。绿鬓朱颜正年少。旗亭斗酒[①],任是十千倾倒[②]。而今酒兴减,诗情少。

(《唐宋诸贤绝妙词选》卷八)

[注释]

①旗亭:酒楼。　②十千:本曹植《名都篇》"美酒斗十千"。一斗酒,价值万钱,言其名贵。

谢克家

谢克家(？—1134),字任伯,上蔡(今属河南)人。绍圣四年(1097)进士。建炎四年(1130)官参知政事。

忆君王

依依宫柳拂宫墙,楼殿无人春昼长。燕子归来依旧忙。忆君王,月破黄昏人断肠。　(《避戎夜话》)

[集评]

杨慎云:"徽宗被虏北行,谢克家作忆君王词云……忠愤之气,寓于声律,宜表出之,其调即《忆王孙》也。"(《词品》卷五)

戴埴云:"语意悲凄,读之令人泪堕,真爱君忧国之语也。"(《鼠璞》)

葛胜仲

葛胜仲（1072—1144），字鲁卿，常州江阴人。晚寓丹阳。绍圣四年（1097）进士，调杭州司理参军。荐试学官及词科，俱第一。历官国子司业、国子祭酒、文华阁待制，两知湖州，有政绩。谥文康。有《丹阳集》，辑自《永乐大典》。

江神子

初至休宁冬夜作①

昏昏雪意惨云容。猎霜风②，岁将穷。流落天涯，憔悴一衰翁。清夜小窗围兽火③，倾酒绿，借颜红。　官梅疏艳小壶中。暗香浓，玉玲珑。对景忽惊，身在大江东。上国故人谁念我④，晴嶂远，暮云重。

［注释］

①休宁：县名，在今安徽南部。古属丹阳郡。　②猎：象风声。　③兽火：即炭火，古将炭制成兽形，称兽炭。　④上国：京都。

蝶恋花

二月十三日同安人生日作二首①

雨后春光浓似醉，著柳催花，节物侵龙忌②。绣䄀香闺当日珮③，紫兰宫堕人间世④。　歌管停云香吐穗。碧酒红裳，共祝鱼轩贵⑤。天上阿环金篆秘⑥，龟龄鹤寿三千岁。

[注释]

①同:即和作。 安人:朝廷赠官员母、妻的封号。 ②节物:应时景物。 龙忌:鬼神忌日。 ③绣褓:绣花襁褓。 ④紫兰宫:西王母宫殿名。此以紫兰宫仙女下凡喻安人降生。 ⑤鱼轩:以鱼皮所饰之车,为贵妇人乘用,此代指贵妇人。 ⑥阿环:神话中仙女名。 金篆:道教谓天帝诏书。

蝶恋花

共乐堂深帘不卷。恻恻寒轻,二月春犹浅。续寿竞来歌舞院[①],龙涎香衬鲛绡段[②]。 画栋朝飞双语燕[③]。端似知人,著意窥金盏。柳外花前同祝愿,朱颜长在年龄远。

[注释]

①续寿:延寿。 ②龙涎:香料名。 鲛绡:名贵绢纱,相传为鲛人所织。 ③"画栋"句:本王勃《滕王阁》诗"画栋朝飞南浦云"。

临江仙

尉姜补之托疾卧家作[①]

郊外黄垓端可厌[②],归来移病香闺。象床珍簟共委蛇[③]。耆婆寻草尽[④],天女散花迟。 小雨作寒秋意晚,檐声与梦相宜。冷侵罗幌酒烟微。试评书五朵[⑤],何似画双眉[⑥]。

[注释]

①姜补之:名师仲,睦州建德人,时为休宁县尉。 ②黄垓:黄土堆,亦指坟头。 ③委蛇:从容自得貌。 ④耆婆:人名,古印度名医。此谓寻医问药。 ⑤五朵:指书信。《新唐书·韦陟传》载韦陟于书信署名时,

所书“陟”字若五朵云，号为五云体。后多用作书信之美称。 ⑥画双眉：《汉书·张敞传》载敞为京兆，曾为妻画眉。此指居家与妻欢聚。

渔家傲

初创真意亭于南溪，游陟晚归作

岩壑萦回云水窟[①]，林深路断迷烟客[②]。茅屋数椽携杖舄。人寂寂，侵檐万个琅玕碧[③]。 倦客羁怀清似涤，更无一点飞埃迹。溪涨慢流过几席。寒湜湜[④]，凫鹥点破琉璃色[⑤]。

[注释]

①云水窟：云水聚集处。 ②烟客：对仙人之称。 ③琅玕：指竹。 ④湜湜：水清澈貌。 ⑤凫鹥：野鸭与鸥鸟，泛指水鸟。

渔家傲

叠叠云山供四顾，簿书忙里偷闲去。心远地偏陶令趣[①]。登览处，清幽疑是斜川路[②]。 野蔌溪毛供饮具[③]，此身甘被烟霞痼[④]。兴尽碧云催日暮。招晚渡，遥遥一叶随鸥鹭[⑤]。

[注释]

①心远地偏：本陶渊明《饮酒》“心远地自偏”。 ②斜川：地名，在今江西星子县，陶渊明至此游赏，并作有《游斜川》诗。 ③野蔌溪毛：野菜及溪中水藻。 ④烟霞痼：谓爱山水烟霞，如得痼疾。《新唐书·田游岩传》载游岩隐居山中数十年，高宗问其佳否，游岩曰：“臣所谓泉石膏肓，烟霞痼疾者。” ⑤随鸥鹭：谓隐居闲适，不存机心。《列子·黄帝》云有人爱鸥鸟，每日从鸥鸟游，鸥鸟至者以百数。其父令子取鸥玩赏，次日至海上，鸥鸟舞而不下。

鹧鸪天

九月十三日携家游夏氏林亭燕集作，并送汤词

小榭幽园翠箔垂，云轻日薄淡秋晖。菊英露浥渊明径[1]，藕叶风吹叔宝池[2]。　酬素景[3]，泥芳卮[4]。老人痴钝强伸眉。欢华莫遣笙歌散，归路从教灯影稀。

[注释]

①渊明径：本陶渊明《归去来兮辞》“三径就荒，松菊犹存”。此谓有菊花之径。　②叔宝池：《晋书·卫瓘传》载晋名士卫玠，字叔宝，气质超俗，人称“叔宝神清”。此借喻池清。　③素景：秋景。　④泥：沉迷。卮：酒杯。

鹧鸪天

婆律香浓气味佳[1]，玻璃仙碗进流霞[2]。凝膏清涤高阳醉[3]，灵液甘和正焙芽[4]。　香染指，浪浮花。加笾礼尽客还家[5]。贯珠声断红裳散[6]，踏影人归素月斜。

[注释]

①婆律：香名，又名龙脑香、冰片。　②流霞：美酒。　③凝膏清涤：谓佳肴美酒。古代祭祀以水当酒，称清涤，此谓酒。　高阳：原为古邑名，《史记·郦生陆贾列传》载汉郦食其谒见刘邦时自谓高阳酒徒，后用为好酒者之称。　④焙芽：烘烤芽茶。　⑤加笾（biān）：祭祀时礼节，即第二次献上有关供物。　⑥贯珠：串珠，喻清亮圆润的歌声。

点绛唇[1]

县斋愁坐作

秋晚寒斋,藜床香篆横轻雾。闲愁几许,梦逐芭蕉雨。　云外哀鸿,似替幽人语。归不去,乱山无数。斜日荒城鼓。

[注释]

①唐氏按:此首《历代诗馀》卷五误作王安礼词。

行香子

愁况无聊作

风物飕飕[1],木落沧洲[2]。渐老人、不奈悲秋。羁怀都在,鬓上眉头。似休文瘦[3],文通恨[4],子山愁[5]。　庭梧影薄,篱菊香浮。强招寻、聊命朋俦。穷通皆梦,今古如流。且渊明径,子猷舫[6],仲宣楼[7]。

[注释]

①飕飕:清寒貌。　②沧洲:滨水的地方,常称隐居处。　③休文:沈约字。沈约晚年多病,日见消瘦。见《梁书·沈约传》。　④文通:江淹字,作有《恨赋》。　⑤子山:庾信字,本仕南朝梁,出使北朝而被羁留,忧郁愁闷,作有《愁赋》等诗文。　⑥子猷舫:王徽之字子猷,曾于雪夜乘船访戴安道,造门不前而返,谓:"吾本乘兴而行,兴尽而返,何必见戴。"此谓文士雅兴。事见《世说新语·任诞》。　⑦仲宣楼:王粲字仲宣,至荆州依刘表,不得志,作《登楼赋》抒客居之愁。

诉衷情

友人生日[①]

清明寒食景暄妍，花映碧罗天。参差捍拨齐奏[②]，丰颊拥芳筵。　　逢诞日，揖真仙，托炉烟。朱颜长似，头上花枝，岁岁年年。

[注释]

①《全宋词》注：题据《丹阳集》补。　②拨：弹拨乐器弦索的器具。　捍：疑为“桿”字之讹。

水调歌头

程良器嘉量别赋一阕纪泛舟之会，往返次韵

夜泛南溪月，光影冷涵空。棹飞穿碎金电，翻动水精宫。横管何妨三弄[①]，重酺仍须一斗[②]，知费几青铜[③]。坐久桂花落，襟袖觉香浓。　　庾公阁[④]，子猷舫，兴应同。从来好景良夜，我辈敢情钟。但恐仙娥川后[⑤]，嫌我尘容俗状，清境不相容。击汰同情赏[⑥]，赖有紫溪翁[⑦]。

[注释]

①三弄：谓吹奏笛曲。古笛曲有《梅花三弄》。　②重酺：美酒。　③青铜：指铜钱。　④庾公阁：指晋庾亮所登临的武昌南楼。《晋书·庾亮传》载亮曾于秋夜同佐吏共聚南楼，谈咏兴高。此谓友人相会赏月事。　⑤仙娥：指嫦娥。　川后：水神名。　⑥汰：水波。　情赏：情，疑当作“清”。　⑦紫溪翁：本胡宿《芙蓉湖泛舟》“正是沧浪濯缨日，一竿多谢紫溪翁”。

水调歌头

下濑惊船驶[①]，挥麈恐尊空[②]。谁吹尺八寥亮[③]，嚼徵更含宫[④]。坐爱金波潋滟，影落蒲萄涨绿，夜漏尽移铜。回棹携红袖，一水带香浓。　　坐中客，驰隽辨，语无同。青鞋黄帽[⑤]，此乐谁肯换千钟。岩壑从来无主，风月故应长在，赏不待先容[⑥]。羽化寻烟客[⑦]，家有左仙翁[⑧]。

［注释］

①濑：湍流。　②挥麈：魏晋名士清谈时常持麈尾，并挥动以为谈助，后人因称相聚谈论为挥麈。　③尺八：箫之别名。　④徵、宫：古五音中两种。五音为宫、商、角、徵、羽。　⑤青鞋：古为隐居者所服。　黄帽：船夫之代称。古以土胜水，土色黄，故船夫著黄帽。此言泛舟游。　⑥先容：事先介绍荐举。　⑦羽化：飞升成仙。　烟客：仙人。　⑧左仙翁：指左慈，东汉末方士，传说有神道。见《后汉书·方术传》。

水调歌头

胜友欣倾盖[①]，羁宦懒书空[②]。爱君笔力清壮，名已在蟾宫[③]。萧散英姿直上[④]，自有练裙葛帔[⑤]，岂待半通铜[⑥]。长短作新语，墨纸似鸦浓。　　山吐月，溪泛艇，率君同。吾侪轰饮文字[⑦]，乐不在歌钟。今夜长风万里，且倩泓澄浩荡[⑧]，一为洗尘容。世上闲荣辱，都付塞边翁[⑨]。

［注释］

①倾盖：谓两车道逢而停，车盖相倾对语。指朋友相遇。　②书空：晋殷浩被黜放，终日以手于空中书“咄咄怪事”四字。见《晋书·殷浩传》。　③蟾宫：喻科举中试。　④萧散：闲散。　⑤练裙葛帔：粗麻衣与葛制披肩，为清贫者所服。《南史·任昉传》载昉子西华“冬月著葛帔練

裙”。“綀”后误作“练”。 ⑥半通铜:即半印,小官吏所用的印章,其印为大官方印之半,故名。 ⑦轰饮:痛饮。 ⑧倩:借。 泓澄:水清澈貌。 ⑨塞边翁:即塞翁,用“塞翁失马,焉知非福”意。

木兰花

与诸人泛溪作

木阑干外池光阔[①],午夜乔林迷岸樾[②]。掠船凉吹起青蘋[③],萦水歌声欺白雪[④]。 檀郎响趁红牙节[⑤],胡语嘈嘈仍切切[⑥]。人生何乐似同襟[⑦],莫待骊驹声惨咽[⑧]。

[注释]

①唐氏按:“阑”原作“兰”。 毛校:“兰”疑“阑”。 ②樾:树荫。③青蘋:水萍。宋玉《风赋》:“夫风生于地,起于青蘋之末。” ④欺:胜过。 白雪:指《阳春》《白雪》一类精妙歌曲。 ⑤檀郎:晋潘岳小字檀奴,姿仪秀美,工诗赋,后人常以檀郎为美男子代称。 红牙:檀木拍板。 ⑥嘈嘈仍切切:本白居易《琵琶行》“嘈嘈切切错杂弹,大珠小珠落玉盘”。 ⑦同襟:谓意趣相同之挚友。 ⑧骊驹:古代告别之诗,其辞云:“骊驹在门,仆夫具存;骊驹在路,仆夫整驾。”见《汉书·王式传》文颖注。

满庭霜

任昉尝为西安太守[①],风流名迹,图经史牒具载,感今怀古作

百不为多,一不为少,阿谁昔仕吾邦[②]。共推任笔[③],洪鼎力能扛。不为桃花禄米[④],鞴书倦、一苇横江[⑤]。招寻处,徒行曳杖,曾不拥麾幢[⑥]。 山川,真大好,鱼矾无恙,密岭难双[⑦]。听讼诉多就,樵坞僧窗。岁月音容远矣,风流在、遐想心降。云烟路,搜奇吊古,时为酹空缸[⑧]。

［注释］

①任昉：南朝梁人，字彦升，曾任义兴、新安太守，此谓西安太守，疑为新安之误。　②阿谁：谁，阿为语助词。　③任笔：任昉擅长文章，时有"任笔"之称。　④"不为"句：《南史·任昉传》载昉"卒于官，惟有桃花米二十石"。桃花米为一种次等米。　⑤雠（chóu）书：校勘书籍。《南史·任昉传》载齐永元以来，秘阁四部篇卷纷杂，经昉雠校，篇目始定。　⑥"徒行"二句：《南史·任昉传》载昉在新安不事边幅，率然曳杖，徒行邑郭。有诉讼事，就路决焉。　麾幢：指太守出行仪仗。　⑦密岭：当为蜜岭，在新安，出杨梅。　⑧酹：以酒洒地，表示祭奠。

醉蓬莱

天宁节作①

望葱葱佳气，虹渚祥开，斗枢光绕②。析木天津，正灵晖腾照③。鹭缀分班④，象胥交贡⑤，奉御觞清晓。玉殿寒轻，金徒漏永⑥，瑞炉烟袅。　万寓均欢，示慈颁燕⑦。寿祝南山，庆均凫藻⑧。缥缈红云⑨，望九重天表。舞兽锵洋⑩，抃鳌欣戴⑪，度管弦声杳。历草长新⑫，蟠桃永秀，与天难老。

［注释］

①天宁节：十月十日，宋徽宗生日。　②"虹渚"二句：《文选·刘孝标〈辩命论〉》"星虹枢电，昭圣德之符"李善注称，大星如虹，下流华渚；电光绕天枢星，临照郊野，皆为圣德帝王降生之兆。　③"析木"二句：析木为古天文学中十二星次之一，其标志星为天津星。《国语·周语》："昔武王伐殷，……日在析木之津。"此颂徽宗盛德。　④鹭缀分班：谓官员依班序而列，如鹭之缀行。　⑤象胥：主联络外族的通译官。　⑥金徒：浑天仪计时器上的金制徒吏像，以左手抱箭，右手指刻，以别时辰。　⑦燕：宴饮。　⑧凫藻：如凫戏藻，喻欢悦。　⑨红云：古谓玉帝所居常有红云拥之，故用为颂辞。　⑩锵洋：盛美貌。　⑪抃鳌：即鳌抃，欢欣踊跃。　欣戴：欢悦拥戴。　⑫历草：传说中的瑞草。即蓂草，可以计时日。

西江月

正月十七日，与文中自邑境遍游歙黟祁门山水[1]。十九日，在黟邑同灵观夜燕作二首

羁宦新来作恶[2]，穷途谁肯相从。追攀十日水云中，情谊知君独重。　　寂寂回廊小院，冥冥细雨尖风。凤山香雪定应空[3]，昨夜疏枝入梦。

[注释]

①文中：姓曹。时为休宁县丞。　歙、黟、祁门：均为县名，在今安徽省。　②新来：近来。　作恶：忧郁。　③香雪：指梅花。

西江月

山镇红桃阡陌[1]，烟迷绿水人家。尘容误到只惊嗟，骨冷玉堂今夜。　　莫对佳人锦瑟，休辞洞府流霞。峰回路转乱云遮，归去空传图画。

[注释]

①镇：正。言桃花正开遍山坡阡陌。

南乡子

三月望日与文中诸贤泛舟南溪作[1]

柳岸正飞绵，选胜斋轻漾碧涟[2]。笑语忘怀机事尽，鸥边[3]。万顷溪光上下天。　　菰苇久延缘[4]，不觉遥峰霭暮烟。对酒莫嫌红粉陋，婵娟。自有孤高月妇仙[5]。

[注释]

①望日:每月十五日。 ②选胜:寻游胜境。 斋:宋时称游船。 ③“笑语”二句:《列子·黄帝》云,海上有一好鸥鸟者,鸥鸟日与之游,一日他存捕鸟之机心,鸥鸟即不近其身。此化用其意。 ④延缘:沿行。 ⑤月妇:即嫦娥。

浣溪沙

木芍药词[1]

可惜随风面旋飘[2],直须烧烛看娇娆。人间花月更无妖[3]。 浓丽独将春色殿[4],繁华端合众芳朝。南床应为醉陶陶。

[注释]

①木芍药:即牡丹。 ②面旋:盘旋飞舞貌。 ③妖:艳丽。 ④独将春色殿:谓独占春色于最后。牡丹花开于春尽之时,故云。

浣溪沙

通白轻红溢万枝,浓香百和透丰肌。丹山威凤势将飞[1]。

玉镜台前呈国艳,沉香亭北映朝曦[2]。如花惟有上皇妃。

[注释]

①丹山威凤:神话中丹穴山上有凤凰,身呈五彩花纹。见《山海经·南山经》。 ②沉香亭北:唐玄宗时植牡丹于沉香亭前,曾与杨贵妃共赏,李白进《清平调》曰“解释春风无限恨,沉香亭北倚栏杆”。

浣溪沙

鬥鸭栏边晓露沾,华堂醉赏轴珠帘[1]。插花人好手纤纤。　　遮护轻寒施翠幄,标题仙品露牙签[2]。词人遗恨独江淹[3]。

[注释]

①轴:卷。　②牙签:象牙制的标签。　③“词人”句:江淹作有《恨赋》,此谓凡见花即恨消愁解,独剩江淹遗恨。

西江月

次韵林茂南博士杞泛溪

山外半规残日,云边一缕馀霞。满城飞雪散茗花,万顷溪连罨画[1]。　　柳恽风流旧国[2],鹤龄潇洒人家。肯嗟流落在天涯,云水从今起价[3]。

[注释]

①罨(yǎn)画:杂色彩画。　②柳恽:南朝梁诗人,工诗善琴,两任吴兴太守。　旧国:即指吴兴。　③起价:涨价。

西江月

三月初六日席上代监酒和[1]

晚路交游绿酒,平生志趣青霞[2]。霜风时节近黄花,泛宅舟将鹢画[3]。　　不分两溪明月[4],夜深只属渔家。今朝清赏寄情涯,肯向萦涂索价[5]。

[注释]

①三月初六日席上:《全宋词》注,以上七字据《丹阳集》补。　监酒:监督造酒之吏。　②青霞:喻隐居。　③泛宅:谓以舟为宅。　鹢:水鸟名,古于船头画鹢首。　④两溪:指吴兴苕溪、霅溪。　⑤涂:通“途”。

索价：喻谋求名位。

蝶恋花

和王廉访[①]

风过涟漪纹縠细。十指香檀[②]，惊破交禽睡。野蔌溪毛真易致，风流未减兰亭会[③]。　　击汰千艘供洛禊[④]。映水垂杨，万缕拖浓翠。小海一声波上戏[⑤]，殷勤留客千金意[⑥]。

［注释］

①廉访：官名，即廉访使者。　②香檀：琵琶、琴等乐器上架弦之格，多由檀木制成。此谓拨弦奏乐。　③兰亭会：晋王羲之与谢安等名士曾于三月三日聚于会稽山阴之兰亭，修祓禊之礼，流觞于曲水，王羲之作序记之。见《晋书·王羲之传》。　④洛禊：即上巳修禊。据《续齐谐记》，周公建成洛邑，因流水泛酒以示庆贺，后遂有三月三日修禊及曲水流觞之俗。故称。　⑤小海：歌名，即小海唱，春秋时吴国人悼念伍子胥而作。　⑥千金意：司马相如《长门赋序》云，汉武帝时陈皇后以黄金百斤，向司马相如索文解愁。此用其事为索求辞赋意。

临江仙

燕诸部使者

自古吴兴称冷僻，菰城水浸粼粼[①]。回星难望使车尘[②]。如何三日饮，并有五行人[③]。　　文似枚皋加敏速[④]，记书易若张巡[⑤]。幕中无用郄嘉宾[⑥]。他年浮枣会[⑦]，莫忘两溪春。

[注释]

①菰城:城邑名,在湖州府南,秦置乌程县。 ②回星:指使者回京。 ③行人:使者之通称。 ④枚皋:汉枚乘子,善辞赋,文思敏捷,所赋甚多。 ⑤张巡:唐人,善强记,读书不过三复,终身不忘。《新唐书》有传。 ⑥无用郄(qiè)嘉宾:郄嘉宾指晋郄超,桓温辟为幕僚,倾意礼待。《晋书》有传。此称使者才全,不用幕宾代劳。 ⑦浮枣:古代习俗,于三月上巳日祓禊时所为。

临江仙

千古乌程新酿美[1],玉觞风过粼粼。歌声未办起梁尘[2]。九天持斧客[3],来作绣衣人[4]。 夙有辞华惊乙览[5],传闻献颂东巡[6]。未应握节久宾宾[7]。一封驰诏旨,却醉上林春[8]。

[注释]

①乌程:县名,在今浙江吴兴。相传有善酿酒之乌、程二姓居此故名。 ②起梁尘:形容声音响亮。刘向《别录》:"善歌者鲁人虞公发声清哀,歌动梁尘。" ③九天持斧客:谓皇帝的执法大吏。《汉书·王䜣传》载武帝末,郡国盗贼群起,帝授绣衣御史暴胜之生杀之权,使持斧逐捕盗贼。故称。 ④绣衣人:谓皇帝派遣的使者。《汉书·百官公卿表》云汉武帝派遣使者,使着绣衣,以示尊宠。 ⑤乙览:犹御览,即皇帝过目。 ⑥献颂东巡:班固曾作《东巡颂》呈献皇帝。此喻指使者文章。 ⑦节:指表示使臣身份的符节。 宾宾:恭谨貌。 ⑧上林:古宫苑名,在今陕西西安市西,秦置,汉武帝扩建,造离宫数十所。此泛指京城宫苑。

临江仙

与叶少蕴梦得上巳游法华山九曲池流杯[1]

小样洪河分九曲,飞泉环绕粼粼。青莲往事已成尘[②]。羽觞浮玉甃[③]，宝剑捧金人[④]。　绿绮且依流水调[⑤]，蓬蓬醮鼓催巡[⑥]。玉堂词客是佳宾[⑦]。茂林修竹地[⑧]，大胜永和春[⑨]。

[注释]

①叶少蕴：名梦得，字少蕴，累官中书舍人、翰林学士等官。　按：此词作于宣和五年（1123），叶梦得有和作。　法华山：在浙江吴兴。　②青莲往事：传说昔有樵夫入法华山，得青莲一支，掘地视之，见一石匣中藏一童子，花自其舌出，是人持诵《法华经》致此胜果，故以名山。事具《法华寺碑》。　③玉甃：玉砌池壁，此谓池。　④宝剑捧金人：战国时，秦昭王三月上巳置酒河曲，见金人捧剑自河出。事见《续齐谐记》。　⑤绿绮：指琴。　⑥醮（jiào）鼓：助酒之鼓。　⑦玉堂：指翰林院。　⑧茂林修竹地：本王羲之《兰亭集序》"此地有崇山峻岭，茂林修竹"。　⑨大胜：谓胜景。

定风波

与叶少蕴、陈经仲、彦文燕骆驼桥，少蕴作，次韵二首

千叠云山万里流，坐中碧落与鳌头[①]。真意见嬉吾已领，烟景。不辞捧诏久汀洲[②]。　老去一官真是漫[③]，溪岸。独馀此兴未能收。留与吴儿传胜事，长记。赤阑桥上揽清秋[④]。

[注释]

①碧落：道教称天界，此谓修道之人。　鳌头：指翰林学士。唐宋称入翰林院为上鳌头。　②"不辞"句：谓甘愿久官吴兴水乡之地。杜牧《出守吴兴》诗："捧诏汀洲去，全家羽翼飞。"　③漫：放纵。　④赤阑桥：泛称红栏干的桥。

定风波

共喜新凉大火流[①]，一声水调听歌头。况有修蛾兼粉

领[②],佳景。谢公无不碍沧洲[③]。　　平昔短檠真大漫[④],气岸[⑤]。老来都向酒杯收。云水光中修禊事,犹记。转头不觉已三秋。

[注释]

①大火:星名,即心宿。夏历七月,星的位置始由中天西降,秋将至。　②修蛾、粉领:即蛾眉与颈项,代指美女。　③“谢公”句:见谢朓《之宣城出新林浦向板桥》诗“既欢怀禄情,复协沧洲趣”。　沧洲:称隐士居所。　④短檠:矮灯架,指小灯。　⑤气岸:意气轩昂。

浣溪沙

少蕴内翰同年宠速,且出后堂,并制歌词侑觞,即席和韵二首[①]

今夜风光恋渚蘋,欲教四角出车轮[②]。金钗离立座生春[③]。　　神女恍惊巫峡梦[④],飞琼原是阆风人[⑤]。诏封后院宠儒臣。

[注释]

①同年:科举同榜者。　宠速:厚意召请。　速:召。　后堂:即后院,指妻妾、侍女。　②四角出车轮:车轮生出四角,即不能行驶,表示挽留意。　③金钗:此指美女。　④神女:宋玉《高唐赋序》云楚襄王梦见巫山神女。此指席上歌女。　⑤飞琼:神话中西王母侍女。此指歌女。　阆风:神山名。

浣溪沙

溪岸沉深属泛蘋[①],倾城容貌此推轮。可怜虚度二年春[②]。　　暮暮来时骚客赋,朝朝新处后庭人。天留花月伴羁臣。

[注释]

①“溪岸”句：叶梦得原词有“千古风流咏白蘋”句。　②“倾城”二句：叶梦得原词有“二年歌笑拥朱轮”句。

浣溪沙

少蕴内翰同年宠速，遣妓隐帘吹笙，因成一阕

东道殷勤玉斝飞[1]，华灯倾国拥珠玑。玉奴嫌瘦玉环肥[2]。　缥缈幸闻缑岭曲[3]，参差犹隔夏侯衣[4]。放开云月出清辉。

[注释]

①玉斝（jiǎ）：酒器。　②玉奴：南朝齐东昏侯之潘妃，小字玉儿，玉奴即指玉儿。　玉环：唐玄宗杨贵妃小名。　③缑（gōu）岭曲：缑岭即缑氏山，在今河南偃师。传说仙人王子乔好吹笙，缑岭为其停留处。见《后汉书·王乔传》、李贤注引刘向《列仙传》。此谓歌女吹笙犹如仙曲。　④夏侯衣：《南史·夏侯亶传》载夏侯亶好音乐，每有客，令妓妾隔帘奏乐，时称帘为夏侯妓衣。

瑞鹧鸪

和通判送别

两年人住岂无情，别乘辞华四水清[1]。何事千钟勤饮饯，故知一别未能轻。　解龟虽幸樊笼出[2]，挂席还愁海汐平[3]。江草江花都是泪，骊驹休作断肠声。

[注释]

①别乘：别驾之别称，此谓通判。　②解龟：即解印辞官。古代印纽多作龟形，故以龟称代印章。　樊笼：用陶渊明《归园田居》诗“久在樊笼里，复得返自然”句意。　③挂席：舟行扬帆。　海汐平：谓无风。

浪淘沙

将去南阳作[①]

步屧对东风[②],细探春工。百花堂下牡丹丛。莫恨使君来便去,不见鞓红[③]。　雾眼一衰翁,无意芳秾。年来结习已成空。寄语国香雕槛里[④],好为人容。

[注释]

①南阳:地名,在今河南省。　②步屧:散步。　③鞓红:牡丹品种名。　④国香:指牡丹。

蓦山溪

天穿节和朱刑掾二首[①]

望云门外,油壁如流水[②]。空巷逐朱幡,步春风、香河七里。冶容炫服,摸石道宜男[③],穿翠霭,度飞桥,影在清漪里。　秦头楚尾[④],千古风流地。试问汉江边,有解珮、行云旧事[⑤]。主人是客,一笑强颁春,烧灯后,赏花前,遥忆年年醉。

[注释]

①天穿节:正月二十三日,相传女娲于是日补天穿。　②油壁:油壁车,妇女所乘。　③摸石:古人于水中摸物预测生男生女,摸得石者生男,得瓦者生女。见《月令广义》。　④秦头楚尾:秦楚交界之地,指陕西与湖北及河南相邻地区。此词作于知邓州(南阳)任上,故有秦头楚尾之语。　⑤解珮:传说郑交甫于江汉之湄逢江妃二女,见而悦之,女解佩赠交甫。事见刘向《列仙传》。　行云:谓楚襄王遇巫山神女事。

蓦山溪

春风野外，卵色天如水①。鱼戏舞绡纹，似出听、新声北里②。追风骏足，千骑卷高冈③。一箭过，万人呼，雁落寒空里。　　天穿过了，此日名穿地④。横石俯清波，竞追随、新年乐事。谁怜老子，使得暂遨游，争捧手⑤，乍凭肩⑥，夹道游人醉。

[注释]

①卵色：蛋青色。　②北里：指妓院。　③“千骑”句：本苏轼《江城子》“千骑卷平冈”。　④唐氏按：“名穿地”原作“穿名地”。毛校：疑“名穿地”。与杨慎《词品》卷五所引合。　⑤捧手：拱手。　⑥凭肩：手搭于人肩上。

[集评]

杨慎云：“葛鲁卿有《蓦山溪》一曲，咏天穿节郊射也……词不甚工而事奇，故拈出之。‘卵色天’用唐诗‘残霞蹙水鱼鳞浪，薄日烘云卵色天’之句。”（《词品》卷五）

蓦山溪

送李彦时①

出门西笑，千里长安道。不用引离声，便登荣、十洲三岛②。画船珠箔，蘋末水风凉。随柳岸，楚台人③，景与人俱好。　　应嗟见晚，玉殿生清晓。正是妙年时，步承明、谋身须早④。轺车肤使⑤，新逐凯歌回。恩綍重⑥，彩衣轻⑦，嘉庆知多少。

[注释]

①《全宋词》注：题从《丹阳集》补。　②十洲三岛：传说中海上仙境，

此喻科举登第。 ③楚台人:谓细腰者,此指窈窕女子。楚台即楚宫,楚灵王好细腰,国中多细腰之人。见《墨子·兼爱中》。 ④承明:汉侍臣值宿居于承明庐,此指入朝。 ⑤轺车:使者所乘之车。 肤使:圆满完成使命的使者。 ⑥恩绰:谓诏书。 ⑦彩衣:华美的官服。

西江月

连水东楼燕集[1]

艳曲醉歌金缕,朱门高耸铜环。中天楼观共跻攀,飞絮落花春晚。 低映绿阴朱户,斜拖素练沧湾。银钩华榜五云间,奕奕蛟龙字绾[2]。

[注释]

①连水:即涟水。据王兆鹏《葛胜仲年谱》,时罢大司成,奉祠居涟水作。 ②奕奕:神采飞扬。 绾:盘结有力。指字体矫健。

西江月

泛 舟

靺鞨斜红带柳[1],琉璃涨绿平桥[2]。人在花月见新妖[3],不数江南苏小[4]。 恨寄飞花薮薮,情随流水迢迢。鲤鱼风送木兰桡[5],回棹荒鸡报晓[6]。

[注释]

①靺鞨(mò hé):宝石名,产于靺鞨,故名。此喻红日。 ②琉璃:天然宝石,喻水。 ③《全宋词》注:原校"在"疑"才"。 ④不数:不逊于。 苏小:即苏小小,南齐钱塘名妓。 ⑤鲤鱼风:"鲤鱼风,春夏之交。"见《石溪漫志》。 ⑥荒鸡:夜半啼鸣之鸡。

西江月

与王庭锡登燕集作

清樾已生昼寂，孤花尚表春馀。象床[illegible]燕堂虚[①]，初过晚凉微雨。　　珪璧新来北苑[②]，鲈鱼未减东吴[③]。捧觞红袖透香肤，不浥翔龙烟缕[④]。

［注释］

①筠簟：竹席。　②珪璧：喻团茶。　北苑：地名，在福建，以产茶著名。　③东吴：指江浙一带，产鲈鱼。　④"不浥"句：香气浓郁貌。

西江月

叔父庆八十会作

瑞兽香云轻袅[①]，华堂绣幕低垂。人生七十尚为稀。况是钓璜新岁[②]。　　登俎青梅的皪[③]，明阑红药芳菲[④]。天教眉寿过期颐[⑤]，常对风光沉醉。

［注释］

①瑞兽：指兽形香炉。　②钓璜：吕尚八十遇文王，谓文王曰，尝钓得玉璜，其上有文，预言周将主天下。见《宋书·符瑞志上》。此用为贺八十寿辰。　璜：玉器名。　③登俎：宴席上的礼器。　的皪（dì lì）：鲜亮貌。　④红药：即芍药。　⑤期颐：称百岁之人。

浣溪沙

赏芍药

楼子包金照眼新[①]，香根犹带广陵尘[②]。翻阶不羡掖垣春[③]。　　不分与花为近侍[④]，难甘溱洧赠闲人[⑤]。如羞如怨独含颦。

[注释]

①楼子:指花冠重叠。 ②"香根"句:王观《扬州芍药谱》称扬之芍药甲天下,故云。 广陵:即扬州。 ③"翻阶"句:本谢朓《直中书省》"红药当阶翻"。 掖垣:宫殿围墙。 ④不分:不服气。刘行简诗:"姚黄花中王,芍药为近侍。" ⑤"溱洧"句:用《诗经·郑风·溱洧》"维士与女,伊其相谑,赠之以勺药"句意。

虞美人

酬卫卿弟兄赠[①]

三年曾不窥园树[②],辛苦萤窗暮[③]。怪来文誉满清时[④],柿叶书残犹自、日临池[⑤]。 春秋新学卑繁露[⑥],黄卷聊堪语[⑦]。家人不用寄龟诗,行看升平楼外、化龙归。

[注释]

①《全宋词》注:毛校"兄"疑"见"。 ②"三年"句:《汉书·董仲舒传》载董仲舒治学,曾三年不窥园。 ③萤窗:《晋书·车武子传》载车胤勤学,家贫不常得油,夏夜以萤火照书苦读。 ④怪来:难怪。 清时:太平盛世。 ⑤柿叶书:《新唐书·郑虔传》载郑虔好书,家贫无纸,取慈恩寺所贮柿叶以书。 临池:指临池习书。 ⑥"春秋"句:董仲舒著有《春秋繁露》,此称卫卿才学高于董。 ⑦"黄卷"句:《新唐书·狄仁杰传》载狄仁杰幼年曾答吏曰,"黄卷中方与圣贤对,何暇偶俗吏语耶!" 黄卷:指书籍。

虞美人

一轮丹桂窅窊树[①],光景疑非暮。天公著意在兹时,扫尽微云点缀、展清池。 樽前金奏无晨露[②],只有君房语[③]。骊驹客莫赋归诗[④],东道留连应赋、不庸归[⑤]。

[注释]

①窅窊(yǎo wā)：状桂花凹突起伏貌。 ②金奏：谓奏乐。 晨露：传说伊尹所作之曲，泛指歌曲。 ③君房语：《汉书·贾捐之传》载，捐之字君房，善文辞，下笔言语妙天下。此谓席上赋辞精妙。 ④"骊驹"句：《汉书·儒林传·王式》云，客歌《骊驹》以示告别，主人则歌《客毋庸归》。 ⑤《全宋词》注：一作"共踏青槐碎影、夜阑归"。

瑞鹧鸪[①]

工部七月一日生辰

火云欲避金风至[②]，秀气充闾初降瑞。去家丁令却归来[③]，还燕悬弧当日地[④]。 金章紫绶身荣贵，寿福天储昌又炽。怪来一岁四迁官，还过当生元太岁[⑤]。

[注释]

①《全宋词》注：毛校疑作《木兰花》。 ②火云：夏季赤云。 ③丁令：即丁令威。传说他学道成仙，化鹤归乡，曰："有鸟有鸟丁令威，去家千年今始归。"见《搜神后记》。 ④悬弧：古时生男悬弧于门左。弧即木弓。 ⑤太岁：值岁之神名。

鹊桥仙

七 夕

鹊桥仙偶，天津轻渡，却笑嫦娥孤皎。平时五夜似经年[①]，问何事、今宵便晓。 云车将驾，神夫留恋，更吐心期多少。支机休浪与闲人[②]，莫倚赖、芳心素巧。

[注释]

①五夜：即五更。 ②支机：即支机石，为织女垫机之石。据传有人寻河源而至天河，一浣纱妇与之一石，归乃知为支机石。见《太平御览》卷

八引刘义庆《集林》。

江城子

呈刘无言焘[1]

浮家重过水晶宫。五年中,事何穷。无恙山溪,鬓影落青铜。欲向旧游寻旧事,云散彩,水流东。　　苕花向我似情钟。舞霜风,雪濛濛。应怪史君[2],颜鬓便衰翁。赖是寻芳无素约,端不恨,绿阴重[3]。

[注释]

①刘焘:字无言。作者友人,曾官秘书阁修撰。　②史君:即使君,对州郡长官之尊称。　③"赖是"三句:杜牧于湖州与一女约定十年后来此成亲。牧误期,女嫁他人。牧作《怅别》诗云:"自恨寻芳到已迟,往年曾见未开时。如今风摆花狼藉,绿叶成阴子满枝。"此化用其意。事见《丽情集》。

江城子

和无言雪词

飞身疑到广寒宫。玉花中,兴何穷。酒贵旗亭,谁是惜青铜[1]。飘瞥三吴真妙绝[2],银万里,失西东。　　草堂红蜡暖歌钟。卷帘风,赏空濛。丰颊修眉,鹤氅拥仙翁。欲作氍毹花底客[3],清漏永,禁城重。

[注释]

①青铜:青铜钱。　②飘瞥:雪飞貌。　三吴:指吴兴、吴郡、会稽一带。　③氍毹(qú shū):毛麻织的地毯。

蝶恋花

章道祖倧生日①

安石榴花浓绿映。解愠风轻②，乍改朱明令③。衮绣元臣门户盛，童孙此日悬弧庆。　夜宴华堂添酒兴。□□除书④，远带天香剩⑤。欲浥苕波供续命⑥，不须龙护江心镜⑦。

［注释］

①章道祖：名倧。章惇孙，葛胜仲妹夫，曾任湖州通判。　②解愠风：谓南风。《孔子家语·辩乐解》云舜歌南风之诗，曰："南风之薰兮，可以解吾民之愠兮。"　③朱明：夏季。　④除书：授官诏令。　《全宋词》注："□□"《丹阳集》作"黄纸"。　⑤剩：多的意思。　⑥苕波：指苕溪，流经吴兴，亦作吴兴别称。　续命：旧俗于端午用彩丝系臂，以驱灾延寿，称续命。　⑦江心镜：唐时，扬州于端午在江心铸镜以进。后用为端午故事。见《国史补》卷下。

南乡子

九日用玉局翁韵作呈坐上诸公①

晴日乱云收，人在蘋香柳恽洲②。溪上清风楼上醉，飕飕。共折黄花插满头③。　佳客献还酬，不负山城九日秋。苕碧下青供酩酊，休休。楚客当年浪自愁④。

［注释］

①玉局翁：指苏轼，轼晚年提举玉局观，故称。　②柳恽洲：谓吴兴汀洲。南朝梁柳恽两任吴兴太守，其《江南曲》云："汀洲采白蘋，日落江南春。"　③黄花插满头：本杜牧《九日齐山登高》诗"菊花须插满头归"。　④楚客：指屈原。《楚辞·渔父》云屈原忧愁国势，称"众人皆醉我独醒"。

南乡子

九　日[1]

拂槛晓云鲜，销暑楼危竦半天。曾是携宾当荐九，开筵。度水萦山奏管弦。　　黄菊映华颠[2]，千骑重来已六年[3]。楼下东流当日水，依然。更对周旋旧七贤[4]。

[注释]

①《全宋词》注：题从《丹阳集》补。　②华颠：白头。　③“千骑”句：胜仲初知湖州在宣和间（1123—1125），至绍兴元年（1131），已是六年之后。　④周旋：交往。　七贤：《晋书·嵇康传》载康与阮籍、山涛等七人交游，时称“竹林七贤”。此指挚友。

减字木兰花

薛肇明同二侍姬至葛山观梅[1]，薛公会作

葛山仙隐，尚有馀膏留旧鼎。十里梅花，夹道争看衮绣华。　　人间妙丽，并侍黄扉开国贵[2]。僻壤孤芳，羞涩尊前不敢香。

[注释]

①葛山：在杭州，相传道教徒葛洪于此结庐炼丹。　②黄扉：门下省。开国贵：有封爵的显贵。

临江仙

上巳日游海昌王氏园，吴宰效及中散兄[1]

倦客身同舟不系，轻帆来访儒仙。春风元巳艳阳天[2]。夭桃方散锦，高柳欲飞绵。　　千古海昌佳绝地，

双凫暂此留连[③]。通宵娱客破芳尊。兰亭修禊事，梓泽醉名园[④]。

[注释]

①上巳：农历三月上旬的巳日。　海昌：地名，在今浙江海宁。　吴宰：吴县令。　②元巳：即上巳。　③双凫：《后汉书·方术传·王乔》载王乔为县令，每月进京朝见皇帝，皆乘双凫而至。此喻指吴宰。　④梓泽：晋石崇别馆，又名金谷园。

临江仙

席上和呈中散兄及吴令

宝观岧峣飞雉堞[①]，登临恍欲升仙。野桃官柳衬吴天。春风寒食夜，遗恨在封绵[②]。　　闻道东溟才二里[③]，银涛直与天连。凭谁都卷入芳尊。赋归欢靖节[④]，消渴解文园[⑤]。

[注释]

①岧峣：高耸貌。　雉堞：谓城墙。　②封绵：《左传·僖公二十四年》载介之推佐晋文公回国即位后，即隐于绵上山中而死，晋文公求之不获，以绵上为之封田。后人又传说晋文公为悼念介之推，禁止在之推死日生火，只吃寒食，寒食节约在清明前一二日。　③东溟：东海。　④《全宋词》注：以上十二字原只存“尊”字，据《丹阳集》补。　靖节：陶渊明，私谥靖节。作有《归去来兮辞》。　⑤文园：指司马相如，他曾为孝文帝陵园令，患有消渴疾。

减字木兰花

公弼侄初授官，以此劝酒[①]

辛勤场屋[②]，未遇知音甘陆陆[③]。诏录遗忠，一札天书下九重。　　鹅城初命[4],此去青云应渐近。解褐恩新[5],今岁吾家第四人。

[注释]

①《全宋词》注:末四字据《丹阳集》补。　②场屋:科场。　③陆陆:即碌碌,凡庸貌。　④鹅城:称惠州,在今广东。　⑤解褐:不再是平民身份,用作中科举的美称。　褐:粗劣短衣,贫贱者服。

减字木兰花

病起不见杏花作

杏花零乱,拟把百觚来判断[1]。病卧漳滨[2],不见枝头闹小春[3]。　　吾衰老矣,一醉花前犹不遂。情绪厌厌,虚度韶光又一年。

[注释]

①觚:酒器。　判断:欣赏。　②"病卧"句:本李商隐《梓州罢吟寄同舍》诗"漳滨卧病竟无憀"。　③枝头闹小春:本宋祁《玉楼春》"红杏枝头春意闹"。

虞美人

自兰陵归,冬夜饮严州酒作[1]

严陵滩畔香醪好[2],遮莫东方晓[3]。春风盎盎入寒肌,人道霜浓腊月、我还疑。　　红炉火热香围坐,梅蕊迎春破。一声清唱解人颐,人道牢愁千斛、我谁知[4]。

[注释]

①兰陵:地名,在今山东。　严州:州名,治所在今浙江桐庐。　②严陵

滩:即严陵濑,在浙江桐庐县南,东汉严子陵曾钓于此。　③遮莫:任凭。④牢愁:悒郁忧愁。

鹧鸪天

新　春①

玉琯还飞换岁灰②,定山新棹酒船回③。年时梁燕双双在,肯为人愁便不来。　　衰意绪,病情怀。玉山今夜为谁颓④。年时梅蕊垂垂破,肯为人愁便不开。

[注释]

①《全宋词》注:题从《丹阳集》补。　②"玉琯"句:玉琯指管乐器,古以苇膜灰置于十二律管内,以占气候,某节候至,对应律管中苇膜灰即飞出。见《后汉书·律历志上》。　③定山:山名,位杭州南钱塘江边。　④"玉山"句:谓酒醉人倒。《世说新语·容止》称嵇康酒醉,"傀俄若玉山之将崩"。

[集评]

陈廷焯云:"自是词中变格,而风致绝胜,并能使无情处都有情。"(《词则·别调集》卷一)

西江月

送卫卿弟赴定远簿①

万卷旧推鸿博,一官且慰蹉跎。升平楼下赐危科②,曾对颙昂黼坐③。　　燕颔从来骨贵④,鸾栖尚屈才多⑤。今宵且共入无何⑥,定远功名么麽⑦。

[注释]

①定远:县名,在今安徽。　簿:主簿。　②危科:谓科举成绩优秀,

中得高第。 ③颙(yóng)昂:高大貌。 黼(fǔ)坐:帝座。 ④燕颔:谓王侯贵相。《后汉书·班超传》:"虎头燕颔,飞而食肉,此万里侯相也。" ⑤鸾栖:即鸾栖梧桐之意。《庄子·秋水》云鹓鸰从南海飞往北海,非梧桐不栖。鹓鸰为传说中与鸾凤同类的鸟。后以此喻身居清要之职。 ⑥无何:即无何有之乡。《庄子·逍遥游》:"何不树之于无何有之乡,广莫之野,彷徨乎无为其侧,逍遥乎寝卧其下。" ⑦么麽:微不足道。

浪淘沙

十月十九夜赏菊

我爱菊花枝,浥露偏宜[①]。旋移佳种一年期。照眼黄金三径烂[②],可但东篱[③]。 秋老摘花吹,敢恨开迟。只愁一夜便香衰。待插满头年大也,且泛芳卮。

[注释]

①浥露:沾露。陶渊明《饮酒》诗之七:"秋菊有佳色,裛露掇其英。"裛通"浥"。 ②三径:指庭园。 ③可但:岂只。

鹧鸪天

赏菊二首

黄菊鲜鲜带露浓,小园开遍度香风。自篘玉酝酬秋色[①],旋洗霜须对晚丛。 香在手,莫匆匆。寻芳今夜有人同。黄金委地新收得,莫道山翁到底穷[②]。

[注释]

①篘(chōu):滤酒。 ②山翁:晋山涛,初布衣家贫。此自喻。

鹧鸪天

采采黄花鹄彩浓[①],吹开一夜为霜风。已邀骚客陶元亮[2]，不用歌姬盛小丛[3]。　秋易老，莫匆匆。齐山高兴古今同[4]。欲知此地花多少，一眼金英望不穷。

[注释]

①采采：盛貌。　鹄：谓白色。　②陶元亮：即陶渊明，一字元亮。　③盛小丛：唐歌伎名。　④“齐山”句：齐山在今安徽贵池东南。杜牧有《九日齐山登高》诗，中有“尘世难逢开口笑，菊花须插满头归”、“古往今来只如此”语。

木兰花

十二月二十日卢姊生辰

谈围曾蔽青绫帐[1]，林下中年敦素尚[2]。烟波偶趁一帆风，却锁云扃来就养[3]。　自从悟得空无相[4]，身把虚空来作样。大千沙界抹为尘[5]，未比无生真寿量[6]。

[注释]

①“谈围”句：《晋书·王凝之妻谢氏传》载献之与客谈议理屈，谢道蕴为之解围，设青绫步障自蔽，申献之前议，客不能屈。此喻卢姊善辩。　②林下：形容风度清雅脱俗。《世说新语·贤媛》称谢道蕴“神情散朗，故有林下风气”。　③云扃：僧道居室。　就养：侍奉父母。　④空无相：佛教对万物的认识，即谓一切现象皆空幻不实。　⑤“大千”句：佛教称宇宙无量无边，有无数三千大千世界，如恒河沙数，如微尘。　⑥无生：佛教以为人经过修持无有生死轮回，即为最高境界。

醉花阴

次韵印师

东皇已有来归耗[1]，十里青山道。冻枿万株梅[2]，一夜妆成，似趁鸣鸡早。　年时清赏曾同到，先仗游蜂报。

抖擞旧心情,一笑酬春,不羡和羹诏[3]。

[注释]

①东皇:司春之神。 耗:消息。 ②冻枿(niè):冻枝。 ③和羹:各式味料和成之羹,以喻大臣辅助君王治理国政。此谓拜官。

浣溪沙

赏梅

东阁郎官巧写真[1],西湖处士妙传神[2]。嫣然一笑腊前春。 鬥好虽无冰骨女[3],相宜幸是雪髯人。且烦疏影入清尊。

[注释]

①东阁郎官:指梁何逊。逊在扬州,法曹廨舍有梅一枝,逊尝吟咏其下。杜甫《和裴迪登蜀州东亭送客逢早梅相忆见寄》诗:"东阁官梅动诗兴,还如何逊在扬州。"东阁即指法曹廨舍。 ②西湖处士:指林逋。逋隐于西湖葛岭一带,其《山园小梅》诗"疏影横斜水清浅,暗香浮动月黄昏"为写梅名句。 ③冰骨女:指肌肤洁白的美女。

浣溪沙

小饮

槃里明珠芡实香[1],尊前堆雪脍丝长[2]。何妨羌管奏伊凉[3]。 翠葆重生无复日[4],白波不釂有如江[5]。壁间醉墨任淋浪。

[注释]

①芡实:一种水生植物的种子。 ②脍丝:切细的鱼丝或肉丝。 ③伊凉:曲名。 ④翠葆:翠草丛生,喻黑髮。 ⑤白波:谓酒。 釂:饮酒尽。

临江仙

章圃赏瑞香二首[①]

二月风光浓似酒，小楼新湿青红。碧琉璃色映群峰。更携金凿落[②]，来赏锦薰笼[③]。　调客旧留□月旦，此花清软纤秾。未饶兰蕙转光风[④]。赤阑呈雅艳，翠幕护芳丛。

[注释]

①瑞香：花名。　②凿落：一种酒器，以雕镂金银为饰。　③锦薰笼：瑞香花大者之称。　④未饶：未让。　兰蕙转光风：本《楚辞·招魂》“光风转蕙，泛崇兰些”。　光风：雨后日出，风和日丽之景象。

临江仙

雪壁歌词题尚湿[①]，春风又见轻红。一枝斜插映头峰。不辞连夜赏，银烛透纱笼。　白髮欺人今老矣，尊前羞见繁秾。清香尤嫪虎溪风[②]。海棠须避席，佳种谩蚕丛[③]。

[注释]

①雪壁：白壁。　②“清香”句：据《庐山记》，一比丘昼寝盘石上，梦中闻花香浓郁，觉求得之，世人以为祥瑞，名之瑞香花。此用其事。　嫪（lào）：留恋。　虎溪：庐山东林寺前水名。　③“海棠”二句：瑞香、海棠皆盛产于蜀，然海棠花无香，故云须避席。　谩：通“漫”，徒然。　蚕丛：相传为古蜀国国王名，指蜀地。

浣溪沙

赏酴醾

一夜狂风尽海棠，此花天遣殿群芳[①]。芝兰百濯见真香。劝客淋浪灯底韵[②]，恼人魂梦枕边囊[③]。一枝插不□□□。

[注释]

①"此花"句：酴醾初夏开花，殿于群芳之后，故云。②淋浪：状醉饮狂态。③枕边囊：以花缝入囊内为枕。

鹊桥仙

七夕

凉飙破暑，清歌萦坐，缺月稀星庭户。瓜华草草具杯盘，喜共浥、初筵零露[①]。天孙东处[②]，牵牛西望，劝汝一杯清醑。精灵何必待秋通，为一洗、朦胧今古。[③]

[注释]

①初筵：秋初的宴饮。②天孙：即织女星，传说织女为天帝之孙。③唐氏按：《花草粹编》卷六，此首误作滕鲁卿词。

临江仙

二月二十二日锦熏阁赏花

槛外奇葩江外种[①]，娇春未减鞓红[②]。画楼晴日敛云峰。佛香来海岸[③]，蜀锦荐灯笼[④]。今夜那忧杀风景，酒花来斗妖浓。江梅冷淡避春风。明朝来纵赏，应醉绮罗丛。

[注释]

①江外：江南。 ②鞓红：牡丹花品种名。 ③佛香：指佛桑，又名朱槿，花深红。 ④蜀锦：指蜀葵、锦葵，花如灯笼状。

蝶恋花

次韵张千里驹照花①

二月春游须烂漫，秉烛看花，只为晨曦短。高举蜡薪通夕看②，红光万丈腾天半。 寄语平时游冶伴。不负分阴③，胜事输今段④。灯火休催归小院，殷勤更照桃花面。

[注释]

①张千里：名驹，作者友人。 照花，秉烛赏花。 ②蜡薪：蜡烛。通夕：通宵。 ③分阴：极短暂的时间，此谓春光。 ④输：付与。

蝶恋花

只恐夜深花睡去①，火照红妆，满意留宾住。凤烛千枝花四顾，消愁更待寻何处。 汉苑红光非浪语，栖静亭前，都是珊瑚树。便请催尊鸣鼉鼓，明朝风恶飘红雨。

（汲古阁本《丹阳词》夺此首，毛扆校补）

[注释]

①“只恐”句：本苏轼《海棠》诗“只恐夜深花睡去，故烧高烛照红妆”。

蝶恋花

再次韵千里照花

百紫千红今烂熳，举烛辉花，莫厌烧令短。酒里逢花须细看。人生谁似英雄半[①]。　安得红颜为老伴，妙舞花前，杨柳夸身段。已倒玉山迴竹院，清香不断风吹面。

[注释]

①英雄半：指庞统，有名德，与诸葛亮并为军师中郎将，三十六岁中流矢卒。《三国志·魏书·刘表传》裴松之注引《傅子》："巽在荆州，目庞统为半英雄。"故称。

蝶恋花

已过春分春欲去，千炬花间，作意留春住。一曲清歌无误顾，绕梁馀韵归何处。　尽日劝春春不语，红气蒸霞，且看桃千树。才子霏谈更五鼓[①]，剩看走笔挥风雨[②]。

[注释]

①霏谈：谓谈吐精妙，滔滔不绝。　②走笔挥风雨：本杜甫《寄李十二白二十韵》"笔落惊风雨"。

浪淘沙

九月十八日与千里赏菊三首

又见菊花新，色浅香匀。老人衰病卧漳滨。虽是无聊仍止酒，幸有嘉宾。　不用怨萧辰[①]，不似芳春。请看金蕊照金尊。今夜花前须醉倒，直到黎明。

[注释]

①萧辰：秋意萧瑟之时。

浪淘沙

歌阕鬥清新，檀板初匀。画堂新筑太湖滨，好是黄花开应候，聊宴亲宾。　　上客即逢辰，况是青春。上林开宴锡尧尊[1]。今夜素娥真解事，偏向人明。

[注释]

①唐氏按："开"原作"关"。　毛校："关"疑"开"。

浪淘沙

娱老小亭新，丹垩初匀[1]。万枝金菊绕溪滨。折向华堂遮醉眼，聊用娱宾。　　红烛夜香辰，广坐生春[2]。月波新酿入芳尊。好向花前拚烂醉，不负承明。

（以上校汲古阁本《丹阳词》八十首）

[注释]

①丹垩(è)：红色涂饰物。　②广坐：聚会之场所。

南乡子

九日黄刚定再索席间作

秋水莹精神，靖节先生太逼真。谈麈生风霏玉屑[1]，津津。爽气泠然欲侵人。　　一座尽生春，满引琼觞已半醺。更把黄花寿彭祖[2]，盈盈。数阕新声又遏云。

[注释]

①谈麈:清谈时所执麈尾。 玉屑:喻言辞精妙美好。 ②《全宋词》注:事出魏文帝。魏文帝曾以菊一束赐钟繇。 彭祖:传说中上古高寿者。

虞美人

题灵山广禅院

灵山法会何曾散[1],此地神光满。丁公潭下百雷霆,疑是银河挽下、一齐倾。 高桥飞观连云起,槛外惊湍水。大矾才过小矾来,应有天孙灵驭、月中回。

(以上二首《四库全书》本《丹阳集》卷二十三)

[注释]

①“灵山”句:佛教传说释迦牟尼曾于灵鹫山法会讲法。《释氏稽古略》云天台大师智𫖮初谒慧思,悟法华三昧,见灵山一会,俨然未散。

米友仁

米友仁（1069—1151），一名尹仁，字玄晖，自号懒拙老人。太原人，迁居襄阳（今湖北襄樊）。米芾子，人称“小米”。宣和四年（1122），应选入掌书学。南渡后官至兵部侍郎、敷文阁直学士。力学嗜古，善书画，亦能诗词。有《阳春集》。

临江仙

昨夜扁舟沙外舣，淮山微雨初晴。断云飞过月还明。一天风露重，人在玉壶清[1]。　水际不知何许是，遥林□辨微青。醉迷归梦强□淩。谁言东去雁，解寄此时情。

［注释］

①玉壶：高洁清旷之境。

小重山

醉倚朱阑一解衣。碧云迷望眼，断虹低。近来休说带宽围[1]。人千里，还是燕双飞。　深院日初迟。绮窗帘幕静，恨生眉。不堪虚度是花时。鸿来速，争解寄相思。

［注释］

①带宽围：谓人瘦腰细而衣带宽松。《古诗十九首·行行重行行》：“相去日已远，衣带日已缓。”此化用其语。

减字木兰花

柳塘微雨，两两飞鸥来复去。倚遍重阑，人在碧云山外山。　　一春离怨，日照绮窗长几线。酒病情魔，两事春来无奈何。

点绛唇

浩渺湖天，酒浮黄菊携佳侣。澹烟疏雨，去鲁方怀土[①]。　　倾盖相逢[②]，引满哦奇语[③]。山围处，兕觥频举[④]。不醉君无去。

［注释］

①去鲁："（孔子）去鲁，曰：'迟迟吾行也，去父母国之道也。'"见《孟子·万章下》。此指离别故乡。　②倾盖相逢：谓两车相逢，停车交谈，车盖两相倾斜。形容朋友间一见如故的情状。　③引满：斟酒满杯。　④兕觥：兕牛角所制酒器。

渔家傲

从古荆溪名胜地[①]，溪光万顷琉璃翠。极望荷花三十里。香喷鼻，我舟日在花间舣。　　向晚馀霞收散绮[②]，遥山抹黛天如水。满引一尊明月里。微风起，萧然真在华胥氏[③]。

［注释］

①荆溪：水名，在江苏宜兴南，游览胜地。　②"向晚"句：化用谢朓《晚登三山还望京邑》"馀霞散成绮"。　③华胥氏：《列子·黄帝》云，黄帝梦中游于华胥氏之国，后用为梦境之代称。

阮郎归

小舟载酒向平湖，新凉生晓初。乱山烟外有还无[①]，王维真画图。　　风遽起，动襟裾。雨来荷溅珠。一尊相对喜君俱，醉归红袖扶。

［注释］

①“乱山”句：化用王维《汉江临眺》诗“山色有无中”。

临江仙

一曲阳关肠断处[1]，临风惨对离尊。红妆揭调十分斟[2]。古来多聚散，正似岭头云。　　昨夜晴霄千里月，向人无限多情。娟娟今夜满虚庭。一帆随浪去，却照画船轻。

［注释］

①阳关：指王维《渭城曲》，一作《阳关曲》，咏别离之情。　②揭调：高调。

宴桃源

蝶梦初回栩栩[1]，柳岸几声莺语。蘋末起微风[2]，山外一川烟雨。凝顾，凝顾。人在玉壶深处。

［注释］

①蝶梦：即梦。《庄子·齐物论》：“昔者庄周梦为蝴蝶，栩栩然蝴蝶也。”　②“蘋末”句：本宋玉《风赋》“夫风生于地，起于青蘋之末”。蘋，为水中植物。

南歌子

遇酒词先举，逢山眼暂明。一川风雨纵留人，不道此郎归兴、欲兼程。　　客久情深□，寻欢恨不能。绳床顿睡梦纵横[1]，赖□□□□□、□□□。

[注释]

①绳床：可折叠的轻便坐具。

渔家傲

和晏元献韵[1]

郊外春和宜散步，百花枝上初凝露。福地神仙多外府[2]。藏奇趣，幽寻历遍溪边路。　　薄宦浮家无定处，萍飘梗泛前人语[3]。与子未须乡国去。来同住，且看群岫烟中雨。

[注释]

①晏元献：晏殊，字同叔，谥元献。北宋词人。　②福地：谓神仙所居之地。　外府：指京城外的地方官署。　③萍飘梗泛：喻漂泊流离。

念奴娇

村居九日

九秋气爽，正溪山雨过，茅檐清暇。篱菊妍英，知是为，佳节重阳开也。色妙香殊，匀浮瓯面，俗状卑金斝[1]。歌狂饮俊，满簪还更盈把。　　村外草草杯盘，边尘不动[2]，欲买应无价。端使晴霄风露冷，云卷烟收平野。向晚婵娟，半轮斜照，想见成清夜。玉山颓处[3]，要看敧帽如画。

[注释]

①金斝：指精美之酒器。　②边尘不动：谓边境平安无战事。　③玉

山颓：喻酒醉人倒。《世说新语·容止》谓嵇康酒醉，“傀俄若玉山之将崩”。语出此。

临江仙

宝晋轩窗临望处[①]，山围水绕林萦。不堪回首到江城。墙趺围瓦砾[②]，鸥鹭见人惊。　　日愿太平归旧里，更无馀事关情。小营茅舍倚云汀。四时风月里，还我醉腾腾。

[注释]

①宝晋：米芾书斋名，以多得晋代名人墨迹，故名之。　②墙趺：墙脚。

阮郎归

碧溪风动满文漪，雨馀山更奇。淡烟横处柳行低，鸳鸯来去飞。　　人似玉，醉如泥。一枝随鬓攲。夷犹双桨月平西[①]，幽寻归路迷。

[注释]

①夷犹：从容自在貌。

临江仙

野外不堪无胜侣，笑谈安得君同。四时景物一壶中。醉馀临望处，远岫数重重。　　溪上新荷初出水，花房半弄微红。晓风萧爽韵疏松[①]。娟娟明月上，人在广寒宫。

[注释]

①“晓风”句:晓风吹过,松涛流韵。

念奴娇

裁成渊明归去来辞①

阑干倚处,戏裁成、彭泽当年奇语②。三径荒凉怀旧里,我欲扁舟归去。鸟倦知还,寓形宇内,今已年如许。小窗容膝③,要寻情话亲侣。　　郭外粗有西畴,故园松菊,日涉方成趣。流水涓涓千涧上,云绕奇峰无数。窈窕经丘④,风清月皎,时看烟中雨。萧然巾岸⑤,引觞寄傲衡宇⑥。

[注释]

①裁成:剪裁原作文以成新作。　②彭泽:即陶渊明,渊明曾为彭泽令,故称。本词以下诸语均化自《归去来兮辞》。　③容膝:形容居室狭小,仅能容膝。　④窈窕:幽深貌。　⑤巾岸:同“岸巾”,推起头巾,露出前额,为衣冠随意不拘貌。　⑥衡宇:横木为门的简陋居室。

醉春风①

一阳来复群阴往②,吾道从今长。万事莫关情③,月夕风前,依旧须豪放。　　卿云舒卷浮青嶂④,从古书珍赏⑤。满引唱新词,春意看看,又到梅梢上。

[注释]

①《全宋词》注:按词律调名当作《醉花阴》。　②一阳来复:谓冬至,古人以此日阴气尽,阳气复生。　③“万事”句:本王维《酬张少府》“晚年惟好静,万事不关心”。　④卿云:古人以为祥瑞的一种彩云。　⑤书珍

赏:被当作奇观(珍赏)而记载下来。

小重山

雨过风来午暑清。榴花红照眼,向人明。一枝低映宝钗横。菖蒲酒[①],玉碗十分斟。　　引满听新声。小轩帘半卷,远山青。几人闲处见闲情。醒还醉,为趣妙难名。

[注释]

①菖蒲酒:以菖蒲叶浸制之酒。

诉衷情

渊明诗[①]

结庐人境羡陶潜,车马不来喧。胜处自多真趣,飞鸟日相还。　　心既远,地仍偏,见南山。手持菊颖,山气常佳,欲辨忘言。（以上《宝真斋法书赞》卷二十四）

[注释]

①渊明诗:此词化用陶渊明《饮酒》诗。诗云:"结庐在人境,而无车马喧。问君何能尔,心远地自偏。采菊东篱下,悠然见南山。山气日夕佳,飞鸟相与还。此中有真意,欲辨已忘言。"

白　雪

夜雨欲霁,晓烟既泮[①],则其状类此。余盖戏为潇湘写[②],千变万化不可名,神奇之趣,非古今画家者流也。惟是京口翟伯寿[③],余生平至交,昨豪夺余自秘著色袖卷[④],盟于天而后不复力取归。往岁挂冠神武门[⑤],居京城旧庐,以白雪词寄之,世

所谓《念奴娇》也

洞天昼永，正中和时候[6]，凉飙初起。羽扇纶巾[7]，云流处，水绕山重云委。好雨新晴，绮霞明丽，全是丹青戏。豪攘横卷[8]，楚天应解深秘[9]。　留滞。字学书林，折腰缘为米[10]，无机涉世。投组归来欣自肆[11]，目仰云霄醒醉。论少卑之，家声接武[12]，月旦评吾子[13]。凭高临望，桂轮徒共千里。[14]

（《铁网珊瑚画品》卷一）

[注释]

①泮：消散。　②写：绘画。　③京口：古城名，在今江苏镇江。④袖卷：小而可袖藏之画卷。　⑤挂冠神武门：神武门为建康宫门名。《南史·陶弘景传》载陶弘景曾脱朝服挂神武门，上表辞禄，诏许之。后以之指辞官。　⑥中和：和美。　⑦羽扇纶巾：魏晋名士之装束，状风雅闲逸貌。纶巾为青丝带所做之头巾。苏轼《念奴娇·赤壁怀古》："遥想公瑾当年……羽扇纶巾，谈笑间、强虏灰飞烟灭。"　⑧豪攘：即豪夺。　⑨楚天：泛指南方天空。　⑩折腰：谓下层官员弯腰迎谒上级官吏。《宋书·陶潜传》载陶渊明曾叹曰："我不能为五斗米折腰向乡里小儿。"　⑪投组：即辞官。组，指官印。　⑫家声接武：谓家世名声得到继承发扬。　武：足迹。　⑬月旦评：《后汉书·许劭传》载劭与其从兄有高名，好共评乡党人物，每月辄更其品题，称月旦评。此谓得到品评称美。　⑭作者自注："昨与吴傅朋蜀冷金笺（冷金笺，一种洒金之纸）上戏作一幅。比与达功相遇，知亦为此郎夺，因追省此词，跋于小卷后。旧曾写寄蔡天任，以《白雪》易其名，旧名可谓恶甚。懒拙道人元晖。"　又，唐氏按：本书（今按：指《全宋词》）初版卷四十九此首误作米芾词。

曾　纡

曾纡（1073—1135），字公衮，晚号空青老人。南丰（今属江西）人。曾布子。以荫补官。绍圣中，中弘词科。崇宁二年（1103），坐党籍编管永州。绍兴初，除直显谟阁，历知抚、信、衢三州。官终直宝文阁。自幼学诗于母。诗词皆工。有《空青集》，不传。

念奴娇

片帆暮落，正前村梅蕊，愁人如雪。东陌西溪长记得，疏影横斜时节[①]。六出冰姿[②]，玉人微步，笑里轻轻折。兰房沉醉[③]，暗香曾共私窃。　回头万水千山，一枝重见处，离肠千结。料想临鸾消瘦损[④]，时把啼红偷浥[⑤]。怎得伊来，许多幽恨，共捻青梢说。如今千里，断魂空对明月。

（《梅苑》卷一）

[注释]

①疏影横斜：本林逋《山园小梅》"疏影横斜水清浅，暗香浮动月黄昏"。　②六出：雪花六角形结晶状。　③兰房：指妇女居室。　④鸾：鸾镜。　⑤唐氏按："偷"字原无，据《乐府雅词》卷下补。　啼红：沾上胭脂之泪。

上林春

东苑梅繁，豪健放乐[①]，醉倒花前狂客。靓妆微步[②]，攀条弄粉，凌波遍寻青陌[③]。暗香堕靥。更飘近、雾鬓蝉额[④]。倒金荷、念流光易失，幽姿堪惜。　惜花心、未甘鬓白。南枝上、又见寻芳消息。旧游回首，前欢如梦，谁

知等闲抛掷。稠红乱蕊，漫开遍、楚江南北。独销魂，念谁寄、故园春色。（《梅苑》卷四）

［注释］

①唐氏按："豪"原误作"毫"，改从《乐府雅词》卷下。　②靓妆：美丽的妆饰。　③凌波：形容女子轻盈的步履。曹植《洛神赋》："凌波微步，罗袜生尘。"　④雾鬟蝉额：形容女子鬓额头发。

秋　霁

木落山明，暮江碧，楼倚太虚寥廓[①]。素手飞觞，钗头笑取，金英满浮桑落[②]。鬓云慢约[③]。酒红拂破香腮薄。细细酌。帘外任教、月转画阑角。　当年快意登临，异乡节物[④]，难禁离索[⑤]。故人远、凌波何在，惟有残英共寂寞。愁到断肠无处著。寄寒香与，凭渠问讯佳时[⑥]，弄粉吹花，为谁梳掠。

［注释］

①太虚：天空。　②桑落：酒名。　③约：束拢。　④节物：应时之景物。　⑤离索：离亲朋而孤居。　⑥渠：它。

念奴娇[①]

江城春晚，正海棠临水，嫣然幽独。秀色天姿真富贵，何必金盘华屋。月下无人，雨中有泪，绝艳仍清淑。丰肌得酒，嫩红微透轻縠。　晓日雾霭林深，佳人春睡思，朦胧初足。笑出疏篱，端可厌，桃李漫山粗俗。衔子飞来，鸿鹄何在，千里移西蜀。明朝酒醒，乱红那忍轻触。

［注释］

①本篇化用苏轼《寓居定惠院之东，杂花满山，有海棠一株，土人不知贵也》诗，苏诗云："江城地瘴蕃草木，只有名花苦幽独。嫣然一笑竹篱间，桃李漫山总粗俗。……自然富贵出天姿，不待金盘荐华屋。朱唇得酒晕生脸，翠袖卷纱红映肉。林深雾暗晓光迟，日暖风轻春睡足。雨中有泪亦凄怆，月下无人更清淑。……忽逢绝艳照衰朽，叹息无言揩病目。陋邦何处得此花，无乃好事移西蜀。寸根千里不易致，衔子飞来定鸿鹄。……明朝酒醒还独来，雪落纷纷那忍触。"

洞仙歌

相如当日，曾奏凌云赋①。落笔纵横妙风雨②。记扬鞭辇路③，同醉金明④，穷胜赏，不管重城已暮。　旧游如梦觉，零落朋侪，遗墨淋漓尚如故。况神州北望⑤，今已丘墟，伤白璧、久埋黄土。但空似、灵光岿然存⑥，怅朗月清风，更无玄度⑦。

［注释］

①凌云赋：《史记·司马相如列传》载相如奏《大人赋》，汉武帝大悦，飘飘有凌云之气，似游天地之间意。故称。　②"落笔"句：本杜甫《寄李十二白二十韵》"笔落惊风雨"。　③辇路：皇帝车驾常行之路。　④金明：池名，在开封西北，宋徽宗时周围盛列宫殿。　⑤神州：指北宋京都。州：《全宋词》作"洲"。　⑥灵光：即鲁之灵光殿，历劫犹存。借指硕果仅存。　⑦玄度：东晋许询，字玄度，善咏情言理，士人仰爱之。刘尹尝云："清风朗月，辄思玄度。"见《世说新语·言语》。此指友人。

临江仙

后院短墙临绿水，春风急管繁弦。问谁亲按小婵娟①。玉堂真学士②，琳馆地行仙③。　安得此身来此处，依稀一梦梨园[4]。江南刺史谩垂涎[5]。据鞍肠已断[6]，何况到尊前。

[注释]

①按：弹奏乐器。　婵娟：指美貌女子。　②玉堂真学士：即翰林学士，唐宋时称翰林院为玉堂。　③琳馆：道观。　地行仙：一种仙人，喻闲散之人。　④梨园：唐玄宗时伶人习艺处。此谓歌舞地。　⑤"江南"句：刘禹锡曾受李绅邀饮，酒酣，有妙妓歌以侑饮，刘作《李司空席上赠妓》诗，曰："司空见惯浑闲事，断尽江南刺史肠。"见《本事诗·情感》。　⑥据鞍：跨着马鞍。

菩萨蛮

山光冷浸清溪底，溪光直到柴门里。卧对白蘋洲，攲眠数钓舟[1]。　溪山无限好，恨不相逢早。老病独醒多，如此良夜何。

[注释]

①攲眠：斜卧。

谒金门

风淅沥，窗外雪花初积。梦破小窗人寂寂，寒威无处敌。　强起饮君涓滴[1]，清泪醉来沾臆。歧路即今多拥隔，弟兄无信息。

[注释]

①涓滴：谓点滴之酒。

品　令[①]

纹漪涨绿，疏霭连孤鹜。一年春事，柳飞轻絮，笋添新竹。寂寞幽花，独殿小园嫩绿。　登临未足。怅游子、归期促。他年清梦千里，犹到城阴溪曲。应有凌波，时为故人凝目。（以上《乐府雅词》卷下）

[注释]

①唐氏按：《京本通俗小说·西山一窟鬼》此首误作李清照词。

存目词

《永乐大典》卷二千八百零九“梅”字韵有曾纡《早梅芳》“冰唯清”一首，乃无名氏词，见《梅苑》卷四。

秦　湛

秦湛，生卒不详，字处度，高邮（今属江苏）人。秦观子。官奉议郎。绍兴二年（1132），添差通判常州。善著色山水画。

失调名

藕叶清香胜花气。　（《苕溪渔隐丛话》前集卷五十九）

卜算子[①]

春　情

春透水波明，寒峭花枝瘦。极目烟中百尺楼，人在楼中否。　四和袅金凫[②]，双陆思纤手[③]。拟倩东风浣此情，情更浓于酒。　（《唐宋诸贤绝妙词选》卷四）

［注释］

①唐氏按：此首别误作秦观词，见《填词图谱》卷一。　②四和：香名。金凫：指香炉。　③双陆：博弈类游戏。

［集评］

黄苏云："沈际飞曰：'春未透'，'花枝瘦'，山谷句也。极为学者称赏，秦盖法此。'人在否'，从'宛在水中央'悟出。'四和'，香也。按：怀人之作，自饶清微澹远之致。自是俊才，可药纤浓恶俗之病。"（《蓼园词评》）

存目词

调名	首句	出处	附注
谒金门	鸳鸯浦	《类编草堂诗馀》卷一	乃张元幹作，见《芦川词》卷上
谒金门	空相忆	《词学筌蹄》卷五	蜀韦庄作，见《花间集》卷三

范　周

范周,生卒不详,字无外,苏州吴县(今属江苏)人。范仲淹从孙。负才不羁,安贫自乐。工诗词。

木兰花慢

美兰堂昼永[①],晏清暑、晚迎凉。控水槛风帘,千花竞拥,一朵偏双。银塘。尽倾醉眼,讶湘娥、倦倚两霓裳[②]。依约凝情鉴里,并头宫面高妆[③]。　莲房。露脸盈盈,无语处、恨何长。有翡翠怜红,鸳鸯妒影,俱断柔肠。凄凉。芰荷暮雨,褪娇红、换紫结秋房。堪把丹青对写,凤池归去携将[④]。　(《中吴纪闻》卷四)

[注释]

①美兰堂:即苏州双莲堂,北宋至和初,以双莲花开得名。《中吴纪闻》云:"政和中,盛密学季文作守,亦产双莲,范无外赋《木兰花》词。"　②湘娥:指舜妃娥皇、女英,此喻双莲。　③宫面高妆:宫女艳丽之妆。　④"堪把"二句:用柳永《望海潮》"异日图将好景,归去凤池夸"意。　凤池:即凤凰池,中书省之代称,此泛指朝廷。

宝鼎现[①]

夕阳西下,暮霭红隘,香风罗绮。乘丽景、华灯争放,浓焰烧空连锦砌。睹皓月、浸严城如画,花影寒笼绛蕊。渐掩映、芙蓉万顷,迤逦齐开秋水。　太守无限行歌意。拥麾幢、光动珠翠[②]。倾万井、歌台舞榭[③],瞻望朱轮骈鼓吹。控宝马、耀貔貅千骑[④]。银烛交光数里。似乱簇、寒星万点,拥入蓬壶影里[⑤]。　宴阁多才,环艳粉、瑶簪珠履[6]。恐看看、丹诏催奉[7]，宸游燕侍[8]。便趁早、占通宵醉。缓引笙歌伎。任画角、吹老寒梅，月落西楼十二[9]。

［注释］

①唐氏按：此首原见《乐府雅词拾遗》卷下，题康伯可（康与之）作。据《中吴纪闻》卷五，此首乃范周作。　②麾幢：仪仗中旗帜。　③万井：千家万户。　④貔貅：指威武之军队。　⑤蓬壶：即蓬莱仙境。　⑥瑶簪珠履：指上宾贵客。《史记·春申君列传》："赵使欲夸楚，为瑇瑁簪。……春申君客三千馀人，其上客皆蹑珠履。"　⑦看看：即将之意。⑧宸游：皇帝巡游。　⑨西楼十二：传说西王母所居宫阙有玉楼十二。此指华美楼阁。

吴则礼

吴则礼(？—1121),字子副,自号北湖居士。兴国州(今湖北阳新)人,一作富川(今广西桂林)人。曾布婿、吴中复子。以荫入仕。元符元年(1098)为卫尉寺主簿。官至直秘阁,知虢州。晚居豫章。有《北湖集》,自《永乐大典》辑出。

秦楼月

送　别

怅离阕,淮南三度梅花发。梅花发,片帆西去,落英如雪。　　新秦古塞人华髮[①],一樽别酒君听说。君听说,胡笳征雁,陇云沙月。

[注释]

①新秦:地名,新秦中之省称,在今内蒙古自治区河套平原一带。

江楼令

晚　眺

凭栏试觅红楼句[①],听考考、城头暮鼓[②]。数骑翩翩度孤戍,尽雕弓白羽。　　平生正被儒冠误[③],待闲看、将军射虎[④]。朱槛潇潇过微雨,送斜阳西去。

[注释]

①红楼:指华美之楼,多为富家妇女所居。　②考考:击鼓声。③"平生"句:本杜甫《奉赠韦左丞丈二十二韵》"纨袴不饿死,儒冠多误身"。　④将军射虎:《史记·李将军列传》载汉名将李广多有射虎之事。此泛指豪勇之举。

虞美人

对　菊

真香秀色盈盈女，一笑重阳雨。不应解怯晚丛寒，眼底轻罗小扇、且团团。　　吴云楚雁浑依旧，更把金英嗅。鲜鲜未恨出闺迟，自许平生孤韵、与秋期[①]。

[注释]

①孤韵：孤高独立之风韵。

虞美人

送晁适道

夜寒闲倚西楼月，消尽江南雪。东风明日木兰船，想见阳关声彻、雁连天[①]。　　斜斜洲渚溶溶水，端负青春醉。平安小字几时回[②]。空有暗香疏影、陇头梅[③]。

[注释]

①阳关：即王维《渭城曲》，一作《阳关曲》，咏别情，后用作别离之典实。　②平安小字：报平安之书信。　③陇头梅：用南朝宋陆凯《赠范晔》诗“折梅逢驿使，寄与陇头人。江南无所有，聊赠一枝春”。

虞美人

泛舟东下

从来强作游秦计，只有貂裘敝[①]。休论范叔十年寒[②]，看取星星种种、坐儒冠[③]。　　江湖旧日渔竿手，初把黄花酒。且凭洛水送归船，想见淮南秋尽、水如天。

[注释]

①貂裘敝:《战国策》载苏秦入秦,以连横策说秦而不行,黑貂裘敝,资用乏绝,去秦而归。此叹不遇。 ②范叔:范雎,字叔,战国魏国人。以人进谗几死于魏。历尽贫寒磨难,终为秦相。事见《史记·范雎蔡泽列传》。 ③星星种种:形容头髮白而短。

虞美人

寄济川

乌皮白氎西窗暖[①],种种霜毛短。小春何处有梅花,想见水边篱落、数枝斜。 殊方他日登楼句[②],好在孤吟处。五年拚落醉魂中,试觅酒垆陈迹、问黄公[③]。

[注释]

①乌皮白氎(dié):乌皮几与白布头巾。 ②殊方:他乡。 登楼句:指王粲《登楼赋》,抒失意、思乡之情。 ③酒垆陈迹:指黄公酒垆,为嵇康、阮籍等人酣饮之地。见《世说新语·伤逝》。

减字木兰花

寄田不伐[①]

星星素髮,只有鸣笳楼上发。看舞胡姬,带得平安探骑归。 故人渐老,只与虎头论墨妙[②]。怀抱难开,快遣披云一笑来[③]。

[注释]

①田不伐:田为,字不伐。大晟府乐令。 ②虎头:晋顾恺之小字,工诗赋、书法,尤精丹青。 墨妙:指精妙的文章、书画。 ③披云:《世说新语·赏誉》载东晋乐广善谈,尚书令卫瓘称之曰:“见之,若披云雾睹青天。”此喻善谈者。

减字木兰花

梅花未彻[1]，付与团团沙塞月。端欲捐书[2]，去乞君王丈二殳[3]。　　貂裘锦帽，盘马不甘青鬓老[4]。底事偏奇[5]，细草平沙看打围[6]。

［注释］

①彻：尽。此指演奏梅花乐曲未终。　②捐书：弃书。　③丈二殳（shū）：殳为兵器名，其长一丈二，故称。此言投笔从戎。　④盘马：骑马盘旋。　⑤底事：为何。　奇：命运不顺。　⑥打围：打猎。

减字木兰花

河西春晚，独有柳条来入眼。塞外斜斜，不道欺寒红杏花[1]。　　边笳初发，与唤团团沙塞月。雁响连天，谁倚城头百尺栏。

［注释］

①不道：不料。　欺寒：胜寒。

减字木兰花

寄真宁[1]

团团璧月，今夜广寒真秀发。何处吹笙，催得清霜满凤城。　　淮南好梦，镜里星星还种种。犹记银床[2]。曾为凉州唤玉觞。

［注释］

①真宁：乐伎名。　②银床：井栏。

减字木兰花

淮天不断,点缀南云秋几雁。白露沾衣,始是银屏梦觉时。　　别离怀抱,消得镜中青鬓老[①]。小字能无,烦寄平安一纸书。

[注释]

①消得:落得,剩下。

减字木兰花

斑斑小雨,初入高梧黄叶暮。又是重阳,昨夜西风作许凉。　　鲜鲜丛菊,只解凋人双鬓绿。试傍清尊,分付幽香与断魂。

减字木兰花

简天牖[①]

九年离别,梦里相逢端怕说。携手河梁[②],雁嗷淮天如许长[③]。　　鲈鱼正美,白髮季鹰聊启齿[④]。后夜江干[⑤],与把梅花子细看[⑥]。

[注释]

①简:寄送书简。　②携手河梁:指离别。《文选·李陵〈与苏武〉》:"携手上河梁,游子暮何之。"　③嗷(jiào):同"叫"。　④季鹰:晋张翰,字季鹰。《世说新语·识鉴》载季鹰在洛,因思吴中菰菜莼羹、鲈鱼脍,曰:"人生贵得适意尔,何能羁宦数千里以要名爵!"辞官而归。此以季鹰自喻。　⑤干:岸。　⑥子细:同"仔细"。

减字木兰花

赠亢之

淮山清夜，镜面平铺纤月挂。端是生还，同倚西风十二栏。　　休论往事，投老相逢真梦寐。两鬓疏疏，好在松江一尺鲈[①]。

[注释]

①好在：问候语，意为好吗。

满庭芳

立　春

声促铜壶[①]，灰飞玉琯[②]，梦惊偷换年华[③]。江南芳信，疏影月横斜。又喜椒觞到手，宝胜里、仍剪金花[④]。钗头燕，妆台弄粉，梅额故相夸[⑤]。　　隼旟[⑥]，人未老。东风袅袅，已傍高牙[⑦]。渐园林月永，叠鼓凝笳[⑧]。小字新传秀句，歌扇底、深把流霞[⑨]。聊行乐，他时画省[⑩]，归近紫皇家[⑪]。

[注释]

①铜壶：计时之漏壶。　②灰飞玉琯：玉琯即玉管。古以苇膜灰置于十二律管内以占气候，某一节候至，对应律管中灰即飞出。见《晋书·律历志上》。　③“梦惊”句：本苏轼《洞仙歌》“又不道流年暗中偷换”。　④唐氏按：《岁时广记》卷五引“又喜椒觞到手”二句作李邴词。椒觞：盛椒酒之杯。　宝胜：妇女首饰名，以金玉饰于剪彩中。　⑤梅额：于额上抹染梅花之妆饰。　⑥隼旟：绘隼之旌旗。用以代指地方长官。隼：一种凶猛善飞的鸟。　⑦高牙：牙旗，用于高官仪仗。　⑧叠鼓：连声击鼓。　⑨流霞：指美酒。　⑩画省：尚书省之别称。　⑪紫皇：道教中

神仙位最高者,此喻皇帝。

满庭芳

九 日

玉垒尊罍[①],清秋关塞[②],正宜催唤香醪。凉风吹帽,横槊试登高。想见征西旧事,龙山会、宾主俱豪[③]。来群雁,凉生画角,红叶聚亭皋[④]。 南州、应好在[⑤],长关梦眼,天际云涛。有一篸黄菊,两鬓霜毛。快把金荷共倒,凝望久、只遣魂消。君须听,新翻燕乐[⑥],馀韵响檀槽[⑦]。

[注释]

①玉垒:山名,在四川灌县西北。 尊罍:酒器。 ②《全宋词》注:“秋”原作“夜”,从《彊村丛书》本《北湖诗馀》。 ③唐氏按:《岁时广记》卷三十五引“凉风吹帽”四句作李邴词。 凉风吹帽:《晋书·孟嘉传》载孟嘉为征西桓温参军,深受器重。九月九日,温宴龙山,僚佐毕集。风吹孟嘉帽落地而不觉,温使人作诗嘲嘉,嘉即答之,其文甚美。此用其事。 横槊:此状豪迈气概。《旧唐书·杜甫传》:“曹氏父子鞍马间为文,往往横槊为诗。” ④亭皋:水边平地。 ⑤南州:指南方地区。 好在:依旧的意思。 ⑥翻:依旧曲谱作新词。 燕乐:隋唐后流行的俗乐,为宴饮、娱乐时用。 ⑦檀槽:檀木制成的乐器上架弦的格子。此指弦乐器。

木兰花慢

雷峡道中作

尽晴春自老[①],乍翠巘、出清流。望杳杳飞旌,翩翩戍骑,初过边头[②]。幽花尚敧短岸,渐鸣禽、唤友绕行辀[③]。端有雕戈锦领,竞驰騕褭骅骝[④]。 凝眸。雁入长天,羌管罢、陇云愁[⑤]。共解鞍临水,雷惊电散,雪溅霜浮。玉觞正风味好，对幽香、堕蕊且消忧。莫以纶巾羽扇[⑥]，便忘绿浦沧洲[⑦]。

［注释］

①尽：任。 ②边头：边塞。 ③辀（zhōu）：指车。 ④骙衰、骅骝：均为良马名。 ⑤陇云愁：《全宋词》注：原脱“愁”字。 ⑥纶巾羽扇：青丝头巾，羽毛扇子，状儒将风度。 ⑦绿浦沧洲：指隐者居所。

醉落魄

又赏残梅

梅花褪雪，赏心莫使慵欢悦[①]。大家且恁同攀折。馀蕊残英，偏称淡笼月[②]。 当初相见花初发，如今花谢人离缺。一年又比一年别。惟有花枝，只似旧时节。

［注释］

①慵欢悦：懒去欣赏。 ②偏称：恰好相配。

踏莎行

晚 春

一片花飞，青春已减。可堪南陌红千点。生憎杨柳要藏鸦[①]，东风只遣横笳怨。 看定新巢，初怜语燕。游丝正把残英罥[②]。酒尊也会不相违，风光本自同流转。

［注释］

①生：甚。 藏鸦：形容枝叶厚密。 ②罥（juàn）：缠绕，挂。

鹧鸪天

曹丞相诞日①

永遇英雄际会时，垂天鹏翼逐云飞②。退朝日上青花道，催直霜零赤雁池③。　鸣汉履④，侍唐眉⑤。渭川莘野晚追随⑥。归来仍对金銮老⑦，三峡词源气未衰⑧。

[注释]

①唐氏按：宋无曹丞相，此题误，疑是曾丞相。　②垂天鹏翼：《庄子·逍遥游》云北冥有鹏，"其翼若垂天之云"。此喻志向宏伟，前程远大。　垂天：天边。　垂：同"陲"，边。　③直：指宫中值夜。　④鸣汉履：《史记·萧相国世家》载高祖以萧何功第一，赐上殿不脱履，仍佩剑。宋之问《自洪府舟行直书其事》诗："济济同时人，台庭鸣剑履。"　⑤唐眉：代指尧。唐即唐尧，传说尧眉有八彩，故称。　⑥渭川：相传吕尚年八十，尝垂钓渭水之阳，周文王出猎相遇，举以为相。此代指吕尚。事见《史记·齐太公世家》。　莘野：即有莘国之野，《孟子·万章》云，殷相伊尹曾耕于此。以上二事均喻对方为相事。　⑦金銮：指皇宫正殿。　⑧三峡词源：以三峡水喻文辞源源不尽。杜甫《醉歌行》："词源倒流三峡水，笔阵独扫千人军。"

鹧鸪天

作赋丁年厌兔园①，紫微深锁九重关②。花墩屡赐清闲燕③，文石难忘咫尺颜④。　烟外屐，水边山，纶巾羽扇五湖间⑤。自怜季子貂裘敝⑥，来与机云相对闲⑦。

[注释]

①"作赋"句：谓丁壮之年厌于作文学侍臣。　兔园：汉梁孝王所筑，在今河南开封东。司马相如、枚乘等人曾于此侍梁孝王吟诗作赋。　②紫微：即紫微省，中书省之别称。　③花墩：《墨庄漫录》载王珪为翰苑，尝召对

蕊珠殿，赐紫花墩令坐。此谓得皇帝召见，受到恩遇。　燕：通“宴”。　④文石：有纹理之石，喻指朝廷之上。《汉书·梅福传》：“愿一登文石之陛，涉赤墀之涂。”　⑤五湖：泛指归隐之地。　⑥季子：苏秦，字季子。《战国策》载苏秦说秦王，书十上而说不行，黑貂裘弊，黄金百斤尽。　⑦机云：晋陆机、陆云兄弟合称，两人以文才名重一时。

鹧鸪天

衮绣三朝社稷臣[①]，旧调元鼎斡洪钧[②]。垂绅屡转龙墀日[③]，接膝潜回黼座春[④]。　金凿落[⑤]，玉麒麟[⑥]。凤鸣良月庆佳辰。巨鳌行听扃华禁[⑦]，又起商周梦卜人[⑧]。

[注释]

①衮绣：上公绣龙的礼服。　社稷臣：身系国家安危之大臣。　②调元鼎：调和鼎中羹味，喻宰相治理国家之职。元鼎即大鼎。　斡洪钧：斡即转动，洪钧称天，喻治理天下。　③垂绅：臣对君恭敬肃立貌。　绅：束于腰间，一端下垂之大带。　龙墀：宫殿台阶，此指朝廷。　④接膝：相对而坐膝与膝挨近，表示距离很近。　黼座：帝座。　⑤凿落：镂饰金银的酒杯。　⑥玉麒麟：指玉制佩饰。　⑦鳌：指宫禁。　扃：关闭。　华禁：宫殿门户。　⑧商周梦卜人：殷高宗武丁梦得傅说，后求以为相；周文王卜得吕尚，拜为相。此以傅说、吕尚喻指对方。

红楼慢

赠太守杨太尉

声慑燕然[①]，势压横山[②]，镇西名重榆塞[③]。干霄百雉朱阑下[④]，极目长河如带。玉垒凉生过雨，帘卷晴岚凝黛[⑤]。有城头、钟鼓连云，殷春雷天外[⑥]。　长啸，畴昔驰边骑[⑦]。听陇底鸣笳，风搴双旆。霜髯飞将曾百战，欲掳名王朝帝[⑧]。锦带吴钩未解[⑨]，谁识凭栏深意。空沙场，牧马萧萧晚无际。

[注释]

①燕然:山名,在今蒙古人民共和国境内。《后汉书·窦宪传》载,东汉名将窦宪大破匈奴,登燕然山刻石勒功。此泛指塞外。 慑:慑伏。 ②横山:山名,在今辽宁省。《新唐书·薛仁贵传》载薛仁贵曾于此力胜高丽大将。此泛指边塞。 ③榆塞:边塞之通称。 ④百雉:雉为城墙面积的计量单位,此指高大的城墙。 ⑤晴岚:晴日山中雾气。 ⑥殷:震动声。 ⑦畴昔:往昔。 ⑧名王:谓异族王中著名者。 ⑨吴钩:一种弯形的刀。

声声慢

凤林园词

林塘朱夏[1],雨过斑斑,绿苔绕地初遍。叶底雏莺,犹记日斜春晚。芙蕖靓妆红粉,傍高荷、闲倚歌扇。轻风起,縠纹滟滟,翠生波面。 可是追凉月下[2],清坐久,微云屡遮星汉。露湿纶巾,遥望玉清台殿[3]。白头共论胜事,须偿五湖深愿[4]。南枝好,有南飞乌鹊,绕枝低转[5]。

[注释]

①朱夏:即夏季。 ②可是:恰好。 ③玉清台殿:道教中仙境,此指楼观美景。 ④五湖:谓隐居。《国语·越语下》载范蠡助勾践灭吴国后,即乘轻舟隐于五湖,故云。 ⑤"有南飞乌鹊"二句:本曹操《短歌行》"月明星稀,乌鹊南飞。绕树三匝,何枝可依"。

水龙吟

秋 兴

秋生泽国[1],无边落木,又作萧萧下[2]。澄江过雨,凉飙吹面,黄花初把。苍鬓羁孤[3],粗营鸡黍,浊醪催贳[4]。

对斜斜露脚[⑤]，寒香正好，幽人去、空惊咤。　头上纶巾醉堕，要敧眠、水云萦舍[⑥]。牵衣儿女，归来欢笑，仍邀同社[⑦]。月底蓬门，一株江树，悲虫鸣夜。把茱萸细看[⑧]，牛山底事，强成沾洒[⑨]。

（以上《涵芬楼秘笈》第四集影印旧抄本《北湖集》卷四）

［注释］

①泽国：水乡。　②“无边”二句：本杜甫《登高》诗“无边落木萧萧下”。　③羁孤：孤身客居异乡。　④贳（shì）：赊欠。　⑤露脚：露滴。李贺《李凭箜篌引》：“露脚斜飞湿寒兔。”　⑥舍：唐氏按：原误作“合”。　⑦同社：同里，同乡。　⑧把茱萸细看：本杜甫《九日蓝田崔氏庄》“明年此会知谁健，醉把茱萸仔细看”。　⑨“牛山”二句：《晏子春秋》载齐景公游牛山哭亡故之君，晏子以为生死乃人之必然，毋需悲伤流涕。牛山在山东淄博市东。

【补　辑】

东风第一枝

经国谋猷[①]，补天气力，岳祇来佐兴运[②]。王当华阙春融[③]，共仰相门地峻。清台占象，见壁月、珠星明润。对一百五日风光[④]，二十四番花信。　勋共德[⑤]，继增篆鼎[⑥]。今共古、问谁比并。广乐初出[⑦]，层霄寿斝[⑧]，旋颁紫叶，湘桃浓杏。映彩服、朱颜青鬓。看千岁，桀阁飞楼[⑨]，燕赏太平光景。

［注释］

①谋猷：谋略。　②岳祇：五岳神灵。　③王当：疑为“玉堂”之讹。玉堂：华美的殿堂。　④一百五日：指寒食节。从冬至到寒食恰一百零五

日。 ⑤勋共德:功勋与大德。 ⑥篆鼎:用篆形文字铸鼎铭功。 ⑦广乐:天乐,即钧天广乐。 ⑧层霄:云霄。 寿斝:祝寿的酒器。 ⑨桀阁:高耸的楼阁。

绛都春

韶华渐好。报锦里又是[1],春风来早。昴宿降萧[2],崧岳生申符英表[3]。三朝幸望人倾祷。寿与长城俱老。碧油红旆[4],高牙大纛[5],一时荣耀。 矫矫[6]。甘泉旧德[7],少年日,翰苑玉堂曾到。润饰帝谟[8],粉泽皇猷文章妙。主盟经济尊吾道。早晚促归岩庙[9],愿同海内苍生,伫看凤诏[10]。

[注释]

①锦里:成都地名。后泛指繁华之地。 ②昴宿:二十八宿之一。旧传萧何为昴星下凡。 ③崧岳:嵩山。旧传申伯为嵩岳之神投胎。 ④碧油:车名。 红旆:红旗。 ⑤大纛:大旗,即牙旗。 ⑥矫矫:英武出众貌。 ⑦甘泉:秦汉宫名。 旧德:出入甘泉宫的耆宿老臣。 ⑧帝谟:帝王的谋略。 ⑨岩庙:指朝堂。 ⑩凤诏:皇帝的诏书。

多 丽

听新蝉,舜琴初弄清弦。伴薰风、匆匆佳气[1],钟希世英贤[2]。正芳蓂、更馀九荚[3],况强仕,犹待三年[4]。笔下烟云,胸中岩壑,玉峰凛凛映人寒。公不见、清潭宝剑,九彩动星躔[5]。浑疑是,风雷变化,落在人间。 驻东阳、清谭终日,种成桃李森然。向庭闱、彩衣有庆,更华萼、棠棣相鲜[6]。骥足难留,牛刀暂屈,匪朝伊夕步花砖[7]。自今往、掀天扶地,声迹寄凌烟。它时事,赤松共约,携手骖鸾。

[注释]

①孔凡礼按："匆匆"当作"葱葱"。　②钟希世英贤：（佳气）汇聚到世间少有的英才贤人之上。　③蓂：蓂荚。传说初一至十五，日增一荚。十六至月终，日减一荚。古时用以计日。　更馀九荚：即廿一日。　④"强仕"二句：四十岁之称。　犹待三年：为三十七岁。　⑤星躔：星辰运行的黄道。　⑥华萼：花萼。　棠棣：此指兄弟。　⑦匪朝伊夕：即匪伊朝夕。意谓不过朝夕之间。　步花砖：铺有花砖的道路，指入阁拜相之路。

清平乐

晨晖初转，拜舞金銮殿。想见对扬符睿眷[①]，天语丁宁见晚。　　雍容玉笋班聊[②]，功名早上凌烟。金鼎刀圭莫惜[③]，愿随鸡犬升仙。

[注释]

①对扬：对答天子的美命。　睿眷：天子的厚爱。　②玉笋班：英才济济的官班。　孔凡礼按："聊"字应作"联"。　③刀圭：中药量器名，此指仙药。

清平乐

庆钟华胄[①]，人物朝端秀。朝罢章华骄马骤[②]，十万人家举手。后房桃李娟娟，有谁云雨恩偏。看取晚春时候，兰芽玉茁争妍。

[注释]

①华胄：贵家子弟。　庆钟：吉庆所聚。　②章华：楚国宫名。

小重山[1]

鹤舞青青雪里松。冰门龟在藻，绿蒙茸。一成不见蕊珠宫。蟠桃熟，犹待几东风。　　玉酒紫金钟。非烟罗幕暖，宝□浓[2]。赠君春色腊寒中。君留取，长伴脸边红。

[注释]

①自此词以下共九首，《全宋词》则置于毛滂词中，字句微有出入。兹两存之，不另出注。　②孔凡礼按："□"原缺，据律补。

绛都春

馀寒尚峭。早凤沼冻开，芝田春到。茂对诞期，天与公春向廊庙。元功开物争春妙。传与秾华多少。召还和气，拂开霁色，未妨谈笑。　　缥缈。五云乱处，种彫胡自熟，蟠桃犹小。雨露在门，光彩充闾乌亦好。宝熏郁雾城西道。天自锡公难老。看公身任安危，二十四考。

点绛唇

柏叶春醅，为君亲酌玻璃盏。玉箫牙管，人意如春暖。　　绿鬓长留，不使韶华晚。春无限。碧桃花畔，笑看蓬莱浅。

点绛唇

何处君家，蟠桃花下瑶池畔。日迟风暖。占得春长远。　　几见花开，一任年光换。今年见。明年重见，春色如人面。

玉楼春

今朝何以为公寿，极贵长年公素有。庭阶不乏长芝兰，少翁又是庭臣右。　三能粲粲依魁秀。八柱巍巍蟠地厚。皇家卜册万斯年，年光长转洪钧手。

玉楼春

我公两器兼文武。谈笑岩廊无治古。红颜绿鬓已官高[①]，赤儿绣裳今仲父。　我欲形容无妙识，颂穆清风须吉甫。望公聊比太山云，岁岁年年天下雨。

［注释］

①红颜："红"，原误作"经"。

清平乐

娟娟月满，冉冉梅花暖。春意初长寒力浅，渐拟芳菲满眼。　当时吉梦重重，间生天子三公。付与人间桃李，年年管领春风。

清平乐

瀛洲春酒，满酌公眉寿。月照沙堤春榜柳[①]，恩暖朝天衮绣。　东君着意丁宁。芳酸先许梅英。要就升平滋味，待公来后和羹。

[注释]

①榜柳:疑为"傍柳"之讹。

清平乐

雪馀寒退,惟有青松在。春不加荣寒不悴,用舍如公都耐。　流肪磊落龟蛇,会留红日西斜。欲助我公寿骨,蟠桃等见桃花。

(以上十四首见《诗渊》第二十五册,引自孔凡礼《全宋词补辑》)

存目词

调名	首句	出处	附注
醉落魄	梅花似雪	《北湖集》卷四	无名氏词,见《梅苑》卷十
雨中花	梦破淮南	同上	无名氏词,见《梅苑》卷四

李德载

李德载，生平不详。

眼儿媚

雪儿魂在水云乡[1]，犹忆学梅妆[2]。玻璃枝上，体薰山麝[3]，色带飞霜。　水边竹外愁多少，不断俗人肠。如何伴我，黄昏携手，步月斜廊。（《梅苑》卷五）

[注释]

①雪儿：唐李密之爱姬，善歌舞。　②梅妆：宋武帝女寿阳公主人日卧于含章殿檐下，梅花落额上，成五出花，后人效之，于额上抹梅花形，称梅花妆。事见《太平御览·时序部》引《杂五行书》。　③薰：香。

早梅芳近

深院静，小阑傍，标致不寻常。尽他桃杏占风光，谁敢鬥新妆。　玉堂中[1]，梁苑里[2]，休把雪来轻比。莫吹长笛巧摧残[3]，留取月中看。

[注释]

①玉堂：宫殿名。　②梁苑：即梁园，汉梁孝王筑，内有奇果佳树。　③"莫吹"句：笛曲中有《梅花落》调，故云。

早梅芳近

残腊里，早梅芳，春信报新阳。晓来枝上鬥寒光，轻点寿阳妆[1]。　雪难欺，霜莫妒，别是一般风措[2]。望林人意正夭饶[3]，又看长新条。

（以上二首见《永乐大典》卷二千八百零八“梅”字韵）

[注释]

①寿阳妆：即梅妆。　②风措：风韵。　③望林：羡慕林和靖之为人。　夭饶：娇艳美好。

赵子发

赵子发，生卒不详，字君举。燕王德昭五世孙。官保义郎。与黄庭坚交谊甚笃，诗风亦近。

鹧鸪天

约略应飞白玉盘[①]，明楼渐放满轮寒。天垂万丈清光外，人在三秋爽气间。　闻叶吹，想风鬟[②]，浮空仿佛女乘鸾[③]。此时不合人间有[④]，尽入嵩山静夜看。

［注释］

①约略：仿佛。　白玉盘：喻月。　②风鬟：形容妇女松散的髮髻。　③女乘鸾：传说秦穆公女弄玉与夫萧史吹箫似凤声，凤凰来，乘之飞去。见刘向《列仙传》。　④合：应。

洞仙歌

荒山明月，下有云来去。深夜纤毫静可数。问古今底事，留此空光，修月户[①]、犹是当年玉斧。　思君持羽扇，来伴微吟，水珮风环饮松露。待勾漏丹成[②]，约与轻飞，人间世、不知归处。更长啸、馀声振林溪，见乱红惊飞，半岩花雨[③]。

［注释］

①修月户：传说月乃七宝合成，常有八万二千户以斤、斧等器具共修理之。见《酉阳杂俎》。　②勾漏：山名，在今广西北流县，道教谓葛洪曾于此山炼丹。　③半岩花雨：本苏轼《过岭二首》其二“半岩花雨落毵毵”。

桃源忆故人

芳菲已有东风露，寒著轻罗未去。午夜鸾车鹤驭[1]，散入千莲步[2]。　　粉香度曲嬉游女，草草相逢无据。肠断泪零无数，洒作花梢雨。

[注释]

①鸾车鹤驭：神仙所乘之车驾。　②莲步：谓女子脚步。

浣溪沙

疏荫摇摇趁岸移，惊鸥点点过帆飞。船分水打嫩沙回[1]。　　断梦不知人去处，卷帘还有燕来时。日斜风紧转湾西。

[注释]

①嫩沙：细软之沙。

南歌子

天末疑无路，波翻欲御风[1]。此身忽在玉壶中[2]。醉倒不知、南北与西东。　　猎猎遥鸣草、飕飕静打篷。与君回棹碧云浓。不是思归、只为酒船空。

[注释]

①御风：乘风而行。　②玉壶中：葛洪《神仙传》卷五载一谪仙人于市卖药，常悬一壶，人入壶中，即见仙宫世界。此喻指仙境。

南歌子

人有纫兰佩[①]，云无出岫心[②]。扁舟来入碧涛深。坐见楚咻、儿女变齐音[③]。　但醉双瓶玉[④]，从渠六印金[⑤]。此时何处可幽寻。风定津头、白日照平林。

[注释]

①纫兰佩：连缀兰草作为佩饰，以示高洁。屈原《离骚》："纫秋兰以为佩。"　②"云无"句：化用陶渊明《归去来兮辞》"云无心以出岫，鸟倦飞而知还"，示己无出仕意。　③"坐见"句：《孟子·滕文公下》云有楚大夫欲其子学齐语，然一齐人傅之，众楚人咻之，终不能学得齐语。此反用其意，谓乡音受扰而有所改变。　咻（xiū）：喧扰。　④双瓶玉：谓双瓶酒。⑤"从渠"句：意谓听任他人谋名得利。《史记·苏秦列传》载苏秦游说六国，并受六国相印。

点绛唇

野岸孤舟，断桥明月穿流水。雁声嘹呖，双落行人泪。　去岁吾家，曾插黄花醉。今那是，杖藜西指，看即成千里。

虞美人

飞云流水来无信，花发年年恨。小桃如脸柳如眉。记得那人模样、旧家时。　楼高映步拖金缕，香湿黄昏雨。如今不见欲凭书，门外水平波暖、一双鱼[①]。

[注释]

①一双鱼：指书信。语出古乐府《饮马长城窟行》"客从远方来，遗我

双鲤鱼。呼童烹鲤鱼,中有尺素书”。

惜分飞

数点雨声惊残暑,帘外秋光容与[1]。重换熏炉炷,渐低罗幕香成雾。　　今夜夜凉情几许,莫向屏山取取[2]。却笑阳台女[3],楚人空□高唐赋。

[注释]

①容与:从容悠然貌。　②取取:《全宋词》注引《词学丛书》本《乐府雅词》注,上“取”字疑误。　③阳台女:指巫山神女。宋玉《高唐赋序》云楚襄王梦游高唐遇神女,女曰:“妾在巫山之阳,高丘之阻,旦为朝云,暮为行雨,朝朝暮暮,阳台之下。”故称。

阮郎归

马蹄踏月响空山,梅生烟壑寒。水妃去后泪痕干[1],天风吹珮兰。　　纫香久,怕花残,与君聊据鞍。一枝欲寄北人看[2],如今行路难。　（以上十首《乐府雅词》卷下）

[注释]

①水妃:洛水之神宓妃。　②“一枝”句:语出陆凯《赠范晔》诗“折梅逢驿使,寄与陇头人。江南无所有,聊赠一枝春”。

忆王孙

日长高柳一蝉声,翡翠帘深宝簟清[1]。梦远春云不散情,晓风轻,玉楝花飞宿雨晴[2]。

[注释]

①簟:竹席。　②玉楝:指楝树,三四月开花。

杨柳枝

淅淅西风生暮寒,绣衣单。碧梧叶落藕花残,恨前欢。　月镂虚棂烟逗竹[1],梦千山。玉箫清夜忆孤鸾[2],镇长闲。

[注释]

①棂:门窗上雕花木格。　②"玉箫"句:刘向《列仙传》载萧史善吹箫,与秦穆公女弄玉结为夫妻,后弄玉乘凤,萧史乘龙,双双升天而去。此用其事。

望江南

新梦断,久立暗伤春。柳下月如花下月,今年人忆去年人。往事梦中身。

菩萨蛮

闲庭草色侵阶绿,琐窗午梦人如玉。抛枕出罗帏,风吹金缕衣。　怨春风雨恶,二月桃花落。雨后纵多晴,花休春不成。　（以上四首《阳春白雪》卷六）

少年游

晓山日薄半春阴,烟暖柳拖金[1]。满眼新晴,歌声妆影,悠荡碧云心[2]。　闲庭客散人归去,疏雨湿罗襟。

楼阁濛濛，断虹明处，十里暮云深。

[注释]

①拖：《全宋词》注《阳春白雪》误作“昏”，从《翰墨大全》后甲集卷十改。　②碧云心：化用江淹《休上人怨别》诗“日暮碧云合，佳人殊未来”，谓思佳人之心。

采桑子

春蚕昨夜眠方起。闲了罗机，共采柔枝，桑柘阴阴三月时。　背人佯笑移金钏。惆怅花期，故故留迟[1]，独自归来雨满衣。　（以上二首《阳春白雪》卷七）

[注释]

①故故：故意。

浪淘沙

约素小腰身[1]，不奈伤春。疏梅影下晚妆新。袅袅娉娉何样似，一缕轻云。　歌巧动朱唇，字字娇嗔。桃花深处一通津。怅望瑶台清夜月，还送归轮。[2]

（《花草粹编》卷五引《词话》）

（以上赵子发词十七首，用赵万里辑《赵子发词》）

[注释]

①约素：喻腰细如束紧之帛。　②唐氏按：《草堂诗馀续集》卷上此首误作李清照词。

[集评]

杨湜云：“约字清妙，远胜束字。”（《古今词话》）

存目词

调名	首句	出处	附注
踏莎行	江阔天低	《花草粹编》卷六	陈璧词，见《阳春白雪》卷五
定风波	不是无心惜落花	《历代诗馀》卷四十一	魏夫人词，见《乐府雅词》卷下

徐　俯

徐俯(1075—1141),字师川,洪州分宁(今江西修水)人。黄庭坚从妹之子。以父禧死于国事,授通直郎,累官奉议郎、司门员外郎。靖康二年(1127),张邦昌立伪政权,遂致仕。绍兴二年(1132),赐进士出身,兼侍读,历官翰林学士签书枢密院事,权参知政事,与赵鼎政见不合而罢。十岁能诗,属江西派诗人,晚岁自成一家。有《东湖居士集》,不存。

念奴娇[1]

素光练静,照青山隐隐,修眉横绿。鳷鹊楼高天似水[2],碧瓦寒生银粟。万丈辉光,奔云涌雾,飞过卢鸿屋[3]。更无尘翳,皓然冷浸梧竹。　因念鹤发仙翁,当时曾共赏,紫岩飞瀑。对影三人聊痛饮[4],一洗闲愁千斛。斗转参移[5],翻然归去,万里骑黄鹄。一川霜晓,叫云吹断横玉[6]。

（《乐府雅词》卷中）

[注释]

①唐氏按:此首别又作李邴词,见《苕溪渔隐丛话》前集卷五十九。别又误入李吕《澹轩集》卷四。　②鳷(zhī)鹊:神鸟名,见则天下太平。鳷鹊楼:汉武帝曾建于长安。南朝时金陵亦建之。　③卢鸿屋:《新唐书·卢鸿传》载卢鸿居嵩山,唐玄宗备礼征召,不至。此谓隐士居所。　④对影三人:本李白《月下独酌》诗“举杯邀明月,对影成三人”。　⑤斗转参移:北斗星转向,参星移动,谓天色将明。　⑥横玉:横吹的玉笛。

浣溪沙[1]

章水何如颍水清[2],江山明秀发诗情。七言还我是长城[③]。　小小钿花开宝靥[④]，纤纤玉笋见云英[⑤]。十千名酒十分倾[⑥]。

[注释]

①唐氏按：此首误入李吕《澹轩集》卷四。　②章水：江西赣江之西源。　颍水：源出河南登封县西境。　③“七言”句：《新唐书·秦系传》载秦系与刘长卿善，以诗相赠答，权德舆曰：“长卿自以为五言长城，系用偏师攻之，虽老益壮。”此喻诗词雄健峻伟。　④钿花开宝靥：谓妇女的靥饰，即在颊边微涡点涂饰物。　⑤玉笋：喻女子手指。　云英：裴铏《传奇·裴航》载裴航于蓝桥遇仙女云英。此喻指美女。　⑥十千名酒：谓名酒价贵。曹植《名都篇》：“美酒斗十千。”　十分：谓极意。

虞美人

梅花元自江南得，还醉江南客。雪中雨里为谁香，闻道数枝清笑、出东墙。　多情宋玉还知否[①]，梁苑无寻处。胭脂为萼玉为肌，却恨恼人桃杏、不同时。

[注释]

①“多情”句：宋玉《登徒子好色赋》云东邻有绝色佳人，“登墙窥臣三年”。此以其事喻指东墙之梅。

卜算子

心空道亦空，风静林还静。卷尽浮云月自明，中有山河影[①]。　供养及修行，旧话成重省[②]。豆爆生莲火里时[③]，痛拨寒灰冷。[④]

[注释]

①“卷尽”二句：佛教禅宗以此喻破除妄念，悟得真谛。《坛经》：“如

天常清，日月常明，为浮云盖覆，上明下暗，忽遇风吹云散，上下俱明，万象皆现。” ②“旧话”句：禅宗参话头之意。 ③“豆爆”句：《景德传灯录》卷二十载佛日和尚参夹山和尚，对答曰：“冷灰里有一粒豆子爆。” ④唐氏按：此首误入李吕《澹轩集》卷四。道家又附会作吕岩词，见《纯阳吕真人文集》卷八。

卜算子

天生百种愁，挂在斜阳树[1]。绿叶阴阴占得春，草满莺啼处。 不见生尘步[2]，空忆如簧语[3]。柳外重重叠叠山，遮不断、愁来路。

［注释］

①挂在斜阳树：化用李白《金乡送韦八之西京》“狂风吹我心，西挂咸阳树”。 ②生尘步：曹植《洛神赋》描叙洛神曰“凌波微步，罗袜生尘”。此代指美女。 ③如簧语：本《诗经·小雅·巧言》“巧言如簧”。喻取悦于人的言辞。

［集评］

沈谦云：“徐师川‘门外重重叠叠山，遮不断、愁来路’；欧阳永叔‘强将离恨倚江楼，江水不能流恨去’，古人语不相袭，又能各见所长。”（《填词杂说》）

黄苏云：“不言所愁何事，曰‘千种’（黄苏《蓼园词选》录此词首句作“胸中千种愁”），曰‘遮不断’，意象壮阔，大约为忧时所作。‘绿叶’两句，似喻小人之得意。‘凌波’（黄苏《蓼园词选》换头作“不见凌波步”）两句，似叹君门之远，离骚美人之旨也。意致自是高迴。”（《蓼园词选》）

卜算子

清池过雨凉，暗有清香度。缥缈娉婷绝代歌，翠袖风中举。 忽敛双眉去，总是关情处。一段江山一片云，又下阳台雨[①]。

［注释］

①阳台雨：宋玉《高唐赋序》云楚襄王梦遇神女，女自称“旦为朝云，暮为行雨，朝朝暮暮，阳台之下”。

鹧鸪天

绿水名园不是村，淡妆浓笑两生春。笛中已自多愁怨，雨里因谁有泪痕。　香旖旎[①]，酒氤氲[②]。多情生怕落纷纷。旧来好事浑如梦，年少风流付与君。

［注释］

①旖旎（yǐ nǐ）：轻柔飘动貌。　②氤氲（yīn yūn）：酒香弥漫貌。

鹧鸪天

满眼纷纷恰似花，飘飘泊泊自天涯。雨中添得无穷湿，风里吹成一道斜。　银作屋，玉为车。姮娥青女过人家[①]。应嫌素面微微露，故着轻云薄薄遮。

［注释］

①姮娥：此指月光。　青女：神话中霜雪之神，此代指霜。

踏莎行

素景将阑[①]，黄花初笑，登高一望秋天杳。邀宾携妓数能来[②]，醉中赢得闲多少。　佳气氤氲，飞云缥缈，竹林更着清江绕。高歌屡舞莫催人，华筵直待华灯照。

[注释]

①素景:谓秋景。 阑:残。 ②能:有才能之人。

踏莎行

画栋风生,绣筵花绕[1],层台胜日频高眺。清辉爽气自娱人,何妨称意开颜笑。 水碧无穷,山青未了,斜阳浦口归帆少。云鬟烟鬓只供愁,琵琶更作相思调。

[注释]

①绣筵:绣花座席,即绣墩。

踏莎行

玉露团花,金风破雾,高台与上晴空去。举杯相属看前山[1],烟中乱叠青无数。 皓齿明眸,肌香体素,恼人正在秋波注。因何欲雨又还晴,歌声遏得行云住[2]。

[注释]

①属:指劝酒。 ②"歌声"句:形容歌声嘹亮。《列子·汤问》云薛谭学讴于秦青,未尽学而辞归,秦青饯于郊衢,"抚节悲歌,声震林木,响遏行云"。

南歌子

山 樊[1]

细蕊黄金嫩,繁花白雪香。共谁连壁向河阳[2]。自是不须汤饼、试何郎[3]。 婀娜髭松髻[4],轻盈淡薄妆。莫令韩寿在伊傍[5]。便逐游蜂惊蝶、过东墙。[6]

[注释]

①山樊:花名。一名郑花,开小白花。极香,又名七里香。　②“共谁”句:谓山樊花风姿优美,无与伦比。　连璧:双璧并连,指两物并美。河阳:《晋书·潘岳传》载岳为河阳令,满县皆栽桃花。此指赏花者。　③汤饼试何郎:《世说新语·容止》载何晏面白,魏明帝疑其傅粉,夏日使啖热汤饼,晏大汗出,以衣自拭,脸色仍白。此喻山樊花之洁白。　④髮(chōng)松:鬓乱。　⑤韩寿:《晋书·贾充传》载韩寿为贾充僚属,充女见而悦之,盗西域奇香赠寿,人与寿处,闻其芳馥。此用其事谓山樊香气诱人。　⑥唐氏按:《古今合璧事类备要》别集卷三十二此首误作章耐斋词。

鹧鸪天

宜笑宜颦掌上身[①],能歌能舞恶精神[②]。脸边红入桃花嫩,眉上青归柳叶新。　娇不语,易生嗔,尊前还是一番春。深杯百罚重拚却[③],只为妖饶醉得人。[④]

[注释]

①掌上身:《飞燕外传》云赵飞燕身轻,能舞于手掌上。此指歌女。　掌:《全宋词》注:原作“堂”,从《花草粹编》改。　②恶:甚,极。　③重拚却:毫不顾惜。　④唐氏按:此首别误作陈瓘词,见《花草粹编》卷五。

浣溪沙

西塞山前白鹭飞,桃花流水鳜鱼肥[①]。一波才动万波随。　黄帽岂如青蒻笠[②],羊裘何似绿蓑衣[③]。斜风细雨不须归[④]。

[注释]

①“西塞山”二句:语出张志和《渔歌子》。西塞山,在今浙江吴兴西南。　②黄帽:指皇帝近臣。《汉书·佞幸传》载邓通曾为摇船郎,头戴黄帽,

后得汉文帝宠幸，官至上大夫。　③“羊裘”句：《后汉书·隐逸传》载严子陵变名隐身，身披羊裘钓泽中。光武帝召授谏议大夫，不受，隐富春山。此谓有意隐居终不如自然居于江湖。　④“斜风”句：语出张志和《渔歌子》。

浣溪沙

新妇矶边秋月明[1]，女儿浦口晚潮平[2]。沙头鹭宿戏鱼惊。[3]　青蒻笠前明此事，绿蓑衣底度平生。斜风细雨小舟轻。

[注释]

①新妇矶：地名，在浙江天目山西。　②女儿浦：在江西九江县东南。此非实指其地。黄庭坚《浣溪沙》：“新妇矶边眉黛愁，女儿浦口眼波秋。”　③唐氏按：《艇斋诗话》误引此词上半首作黄庭坚词。

鹧鸪天

西塞山前白鹭飞，桃花流水鳜鱼肥。朝廷若觅元真子[1]，晴在长江理钓丝。　青蒻笠，绿蓑衣。斜风细雨不须归。浮云万里烟波客，惟有沧浪孺子知[2]。

[注释]

①元真子：即玄真子，张志和号，此避宋皇帝之祖赵玄朗讳，改玄为元。　②沧浪孺子：本《孟子·离娄上》“有孺子歌曰：‘沧浪之水清兮，可以濯我缨；沧浪之水浊兮，可以濯我足。’”其歌表避世隐居之意。

鹧鸪天

七泽三湘碧草连[1]，洞庭江汉水如天。朝廷若觅元真子，不在云边则酒边。　明月棹，夕阳船。鲈鱼恰似镜中悬。丝纶钓饵都收却，八字山前听雨眠[2]。

张志和《渔父词》云："西塞山前白鹭飞。桃花流水鳜鱼肥。青蒻笠、绿蓑衣。斜风细雨不须归。"顾况《渔父词》云："新妇矶边月明。女儿浦口潮平。沙头鹭宿鱼惊。"东坡云："元真语极丽，恨其曲度不传，加数语以《浣溪沙》歌之云："西塞山前白鹭飞，散花洲外片帆微。桃花流水鳜鱼肥。　自庇一身青蒻笠，相随到处绿蓑衣。斜风细雨不须归。"山谷见之，击节称赏，且云："惜乎散花与桃花字重叠，又渔舟少有使帆者。"乃取张顾二词，合为《浣溪沙》云："新妇矶边眉黛愁，女儿浦口眼波秋。惊鱼错认月沉钩。　青蒻笠前无限事，绿蓑衣底一时休。斜风细雨转船头。"东坡跋云："鲁直此词，清新婉丽，问其最得意处，以山光水色，替却玉肌花貌，真得渔父家风也。然才出新妇矶，便入女儿浦，此渔父无乃太澜浪乎。"山谷晚年亦悔前作之未工，因表弟李如篪言："《渔父词》以《鹧鸪天》歌之，甚协律，恨语少声多耳。"因以宪宗画像求元真子文章及元真之兄松龄劝归之意，足前后数句云："西塞山前白鹭飞，桃花流水鳜鱼肥。朝廷尚觅元真子，何处如今更有诗。　青蒻笠，绿蓑衣，斜风细雨不须归。人间欲避风波险，一日风波十二时。"东坡笑曰："鲁直乃欲平地起风波也。"东湖老人因坡、谷互有异同之论，故作《浣溪沙》、《鹧鸪天》各二阕云。

（以上《乐府雅词》卷中）

［注释］

①七泽三湘：指云梦泽及湘水一带地域。　②八字山：王逢《竹枝歌词》自注曰"晋戴洋云武昌山作"八字。

存目词

《类编草堂诗馀》卷一载徐俯《画堂春》"落红铺径水平池"一首，乃秦观作，见《淮海居士长短句》卷中。

王安中

王安中(1076—1134),字履道,室名初寮,中山阳曲(今属山西)人。年十四荐于乡,学于苏轼、晁说之。宋元符三年(1100)进士。政和中擢至御史中丞,复以劾蔡京迁翰林学士承旨。金人来归燕,授燕山府路宣抚使,辽降将郭药师同知府事。药师跋扈专权,安中唯奉迎之。药师将叛,安中求召还。靖康初言者论其附王黼、童贯及不察药师之事,累贬至象州安置。绍兴初复左中大夫。善属文,尤工四六、制诏,为文丰润敏拔,亦能诗词。有《初寮集》。其《初寮词》一卷,多应景之作,细致而味薄。

虞美人

雁门作①

千山青比妆眉浅,却奈眉峰远②。玉人元自不禁秋,更算恼伊深处、月当楼。　分携不见凭阑际③,只料无红泪④。万千应在锦回纹⑤,嘱付断鸿西去、问行云⑥。

[注释]

①雁门:关名,唐置,在今山西雁门关西雁门山上,宋为防御契丹重地。雁门在代州,属河东路,则此词很可能是作者任河北、河东、燕山府路宣抚使(1123—1125)时作。　②千山青比妆眉浅,却奈眉峰远:眉山,宋时妇女眉式之一,形如山状;又古代妇女染眉常用青黑色颜料名黛。此二句由雁门多山,念及所眷女子的眉,慨叹与其远隔。　③分携:分离,离别。　④红泪:妇女离别、感伤的眼泪。典出晋王嘉《拾遗记》,言魏文帝美人薛灵芸离别父母入宫时,泪凝如血。　⑤锦回纹:《晋书·列女列传》载,窦滔为秦州刺史,滔徙流沙,妻苏蕙织回文诗于锦上寄之,以表思念。所作回文诗系以八百四十一字,回环反复可成诗三千七百五十二首。　⑥断鸿:离群的大雁,孤雁。又古有鸿雁传书之说,常以指信使,参见《汉书·

苏武传》。 行云：指男女情事。典出宋玉《高唐赋序》。

浣溪沙

看雪作

慵整金钗缩指尖，晓霙犹自入疏帘[①]。绿窗清冷脸红添[②]。 妒粉尽饶花六六[③]，回风从鬥玉纤纤[④]。不成香暖也相兼[⑤]。

［注释］

①霙(yīng)：雪珠，或雪花。 ②绿窗：绿纱窗之省称。唐宋贵族妇女流行贴糊绿纱于窗，故常以之为闺中代称。 ③六六：指三十六，泛指虚数，极言其多，又雪花六瓣。 ④玉纤纤：指女子洁白细长的手指。 ⑤“不成”句：言雪可媲美人之暖与花之香。

玉楼春[①]

秋鸿只向秦筝住[②]，终寄青楼书不去[③]。手因春梦有携时[④]，眼到花开无著处。 泥金小字蛮笺句[⑤]，泪湿残妆今在否[⑥]。欲寻巫峡旧时云[⑦]，问取阳关西去路[⑧]。

［注释］

①《花庵词选》题“春情”。 ②“秋鸿”句：秋，《花庵词选》作“飞”。只向，《花庵词选》作“解留”。古筝有十三柱，斜列如雁行，称雁柱。《初学记》卷十六载筝为秦国蒙恬造，故名秦筝。此亦指在秦地弹筝。 ③青楼：青漆楼宇。本指女子的华丽居处。曹植《美女篇》：“青楼连大路，高门结重关。”梁代刘邈《万山见采桑人》诗：“倡妾不胜愁，结束下青楼。”后多以青楼喻妓院。 ④春梦：美妙而虚幻的梦境。宋赵令畤《侯鲭录》卷七：“东坡老人在昌化，尝负大瓢，行歌于田间。有老妇年七十，谓坡云：‘内翰昔日富贵，一场春梦。’坡然之。里中呼此媪为春梦婆。” ⑤蛮笺：

指蜀笺、高丽笺。宋时名贵的彩色纸张。参见《蜀笺谱》。　蛮笺:《花庵词选》、《词综》作“回文”。　泥金:金屑,书写时可代墨。　⑥泪湿残妆今在否:《花庵词选》作“翠湿红裙知在否”;《历代诗馀》作“翠袖红裙今在否”。　⑦欲寻巫峡旧时云:楚襄王游高唐,梦中与巫山神女相会,神女临去自言为云为雨,阳台之下。事见宋玉《高唐赋序》。此指怀念旧日情事。峡:《花庵词选》作“馆”,如此则明指妓院。　⑧“问取”句:唐王维《渭城曲》“西出阳关无故人”。诗词多用指分别。此词约作于作者任河北、河东、燕山府安抚使时。此句《花庵词选》作“看取高唐台畔路”,《词综》作“问取高唐台畔路”。

[集评]

潘游龙云:“‘手因春梦’句,真才人绣口锦心。”(《古今诗馀醉》卷四)

绿头鸭[①]

大名岳宫作[②]

魏都雄[③],凤皇飞观云间[④]。佩麟符[⑤],荀池元老[⑥],暂辞西省仙班[⑦]。憩甘棠、地澄远籁[⑧],咏华黍、河卷惊澜[⑨]。碧草萋迷[⑩],丹毫冷落[⑪],圜扉铃索镇长闲[⑫]。绣筵展、三台星近[⑬],锵玉韵珊珊。金尊滟、新醅方荐,薄暑初残。

政成时、欢馀客散,后园朱户休关。度秋风、画阑枕水,挂夜月、雕槛骑山。锦帐笼香,鸾钗按曲[⑭],琵琶双转语绵蛮[⑮]。劝行□、傍眉黄气[⑯],先报衮衣还[⑰]。登庸际[⑱],应褒旧德,喜动天颜[⑲]。

[注释]

①《历代诗馀·词人索引》作《多丽》。　②大名:宋大名府治。今河北大名东。　③魏都:指大名。大名府古属魏地。　④飞观:高耸的宫阙。　皇:《历代诗馀》作“凰”。　⑤麟符:州郡长官所持的符信。《隋书》:樊子盖检校河南内史,有治绩,乃为别造玉麟符以代铜虎。此指作者

所任职。 ⑥荀池：晋荀勖称中书省为凤皇池，见《晋书·荀勖传》。后亦称荀池。作者曾任职中书省。 ⑦西省：中书省的代称，见《晋书·徐邈传》。 ⑧憩甘棠、地澄远籁：召伯在棠树下听政，有治绩，参见《史记·燕召公世家》。此处是自夸在大名的政绩。 ⑨华黍：表示五谷丰登的景象。晋束皙《补亡诗序》："华黍，时和岁丰，宜黍稷也。" 河：指黄河。 ⑩萋：《宋六十名家词》、《历代诗馀》作"凄"。 ⑪丹毫：指皇帝的诏书。 ⑫圜扉：监狱。 铃索：报警之器械。 镇长闲：无囚犯。 ⑬三台星：古星座名，指天上三台星座，下应人间三公。参见《晋书·天文志》。 ⑭鸾钗：钗的一种，钗头作鸾状，妇女用以挽髻。此以指代妇女。 ⑮绵蛮：《诗经·小雅》篇名，《诗序》谓："微臣所作，刺大臣不用仁心，遗忘微贱，不肯饮、食、教、载之。"《诗集传》则说是"此微贱劳苦而思有所托者"，抒发感慨之词。⑯□：《全宋词》注，毛扆校汲古阁本《初寮词》云"脱一字，据补一空格"。傍眉黄气：《历代诗馀》作"榜眉间黄气"。古言望气，以眉间有黄气之相为回朝征兆。韩愈《赠马侍郎、冯李二员外》："城上赤云呈胜气，眉间黄色见归期。" ⑰衮衣：古代皇帝及上公的礼服。 衮：卷龙纹，衮衣即绣绘有此纹之服装，大致始于西周，历代有兴废，形制亦不尽同。 ⑱登庸：指提拔、重用。《尚书·尧典》："畴咨若时登庸。" ⑲天颜：皇帝的容颜。

《北山移文》哨遍[①]

孔德彰作《北山移文》以讥周彦伦。后之托隐求达，指终南、嵩少为仕宦捷径者，读而羞之，是足为勇退者之鼓吹。阳翟蔡侯原道，恬于仕进。其内吕夫人有林下风。相与营归欤之计而未果，则嘱予以此文度曲，且朝夕使家童歌之，亦可想见泉石之胜。其词曰：

世有达人，潇洒出尘，招隐青霄际[②]，终始追游览[③]，老山栖，藐千金、轻脱如屣[④]。彼假容江皋[⑤]，滥巾云岳[⑥]，缨情好爵欺松桂[⑦]。观向释谈空，寻真讲道，巢由何足相拟[⑧]。待诏书来起便驺驰，席次早焚裂芰荷衣。敲扑喧喧，牒诉匆匆，抗颜自喜[⑨]。 嗟明月高霞，石径幽绝谁回睇。空怅猿惊处，凄凉孤鹤嘹唳[⑩]。任列壑争讥，众峰竦诮，林惭涧愧移星岁。方浪栧神京，腾装魏阙，徘徊经过留憩。致草堂灵怒蒋侯麾。扃岫幌、驱烟勒新移。忍丹崖碧岭重滓。鸣湍声断深谷，逋客归何计。信知一逐浮荣，便丧素守，身成俗士[⑪]。伯鸾家有孟光妻，岂逡巡、眷恋名利[⑫]。

[注释]

①全词基本上全在隐括南朝孔稚圭（字德彰）《北山移文》。此文传为孔讥刺周颙（字彦伦）而作。北山，即钟山，因在建康城（南朝宋京城）之北故名。移文是古代文体的一种，旨在宣述自身旨意，晓谕对方。五臣注《文选》吕向云：周颙曾隐此山，后应诏为海盐令，却欲访此山。孔稚圭乃借山灵（山神）之口为文，使不得至。然吕向之说不合史实。此当为一篇游戏文字，所言周隐而复出之事，不合史实。此词康熙御制《词谱》、《历代诗馀》皆无小序。 ②招隐：淮南小山《招隐士》。"王孙游兮不归，芳草生兮萋萋"。 青霄际：指人品的高洁。 ③终始追：慎终追始，善始善终。 ④"藐千金"句：本《北山移文》"芥千金而不眄，屣万乘其如脱"。视千金如草芥，视万乘如脱屣。万乘，周制，王畿能出车马万乘（一车四马为一乘），后因以万乘称天子。此言真隐士。 ⑤假容：假隐士之作态。 江皋：江岸，指隐居者所居之地。北山在长江之滨，则江皋指北山。 ⑥滥：失实。 巾：隐士所戴的头巾。 ⑦缨情：系情。 好爵：高官厚禄。 ⑧"观向释"三句：言伪隐士表现得有如真隐，然一旦有机会就出仕。 巢：尧时隐士，名巢父。 由：许由，亦尧时隐士。《高士传》："尧让天下于许由，不受而逃去。尧又召为九州长，由不欲闻之，洗耳于颍水滨。时其友巢父牵犊欲饮之，见由洗耳，问其故。对曰：'尧欲召我为九州长，恶闻其声，是故洗耳。'巢父曰：'污吾犊口。'牵犊上流饮之。"《北山移文》："将欲排巢父，拉许由。""谈空空于释部，核玄玄于道流。" ⑨"待诏书"以下五句：假隐士出山。 芰荷衣：芰荷做成的衣服，隐士所服。 芰：菱。 敲扑：指打罪犯。 牒诉：文书及诉讼。 抗：高举。 抗颜自喜：张扬地、得意洋洋地表现出尘俗的状貌。 裂：《全宋词》作"烈"。 扑：《全宋词》作"朴"。 ⑩"嗟明月"以下四句：言隐士去后北山的寂寞之状。 ⑪"方

浪枻”以下十一句：言假隐士欲重访其旧隐之处北山，遭到山神拒绝。浪枻：即鼓枻、驾舟。　蒋侯：钟山之神。　勒新移：写刻此移文于石。重滓：重蒙污秽。　⑫“伯鸾”二句：孟光贤，与夫伯鸾（名梁鸿）同隐。见《艺文类聚》卷六十七引《东观汉记》。此以伯鸾、孟光喻小序中的蔡原道及其妻吕夫人。

菩萨蛮

六军阅罢，犒饮兵将官①

中军玉帐旌旗绕，吴钩锦带明霜晓②。铁马去追风③，弓声惊塞鸿④。　　分兵闲细柳⑤，金字回飞奏⑥。犒饮上恩浓⑦，燕然思勒功⑧。

[注释]

①观此词内容，似作于作者出镇燕山府之际。　②吴钩：形容非凡的刀剑。《吴越春秋·阖闾内传》载，吴地有人杀其二子，以血衅金作二钩，献于吴王阖闾，其钩神灵，阖闾不离身。　③铁马：著铁甲的战马。　追风：用以形容马跑得快，参见《文选·曹植〈七启〉》注。秦始皇有马名此，见马缟《中华古今注》下。　④弓声惊塞鸿：伤于弓之鸟畏惧弓声，参见《晋书·载记第十二》。此指弓声响亮。　⑤细柳：形容整肃的军营。用周亚夫事，见《史记·绛侯周勃世家》。　⑥金字：御书。　⑦上：皇帝。　⑧燕然思勒功：后汉窦宪大破匈奴，登燕然山刻石纪功，参见《北堂书钞》卷六十四引晋张璠《汉纪》。

御街行

赐衣袄子

清霜飞入蓬莱殿①，别进云裘软②。却回宸虑念多寒③，诏语日边亲遣④。冰蚕绵厚⑤，金雕锦好，永夜缝宫线。　　红旌绛旆迎星传⑥，喜气欢声远。庙堂勋旧使台贤[⑦],领袖坐中争绚。天香馥郁,君恩岁岁,一醉春生面。[⑧]

[注释]

①蓬莱殿:唐高宗所建中殿名,见《新唐书·高宗纪》。后泛指帝王宫殿。 ②云裘:云一般轻软的裘服。 ③宸:北极星之所在称宸。借指帝王的宫殿。 回宸虑:即打动帝心。 ④日边:常指帝王身边或京城,此指前者。 ⑤冰蚕:古代传说中蚕的一种,见《拾遗记》卷十。言其蚕长一尺,色五彩,织物入水不濡,入火经宿不燎。此谓丝绵之好。 ⑥星:此指朝廷使臣。《艺文类聚》卷一引《李郃传》谓郃通天文,从天上“使星”所向察知君王使者行踪。 ⑦庙堂:太庙的明堂。古代帝王祭祀、议事的地方。 ⑧据词意,词当作于作者在燕山府任上时。

鹧鸪天

百官传宣

茜雾红云捧建章[①],鸣珂星使渡银潢[②]。亲将圣主如丝语[③],传与陪都振鹭行[④]。 香袅袅,珮锵锵,升平歌管趁飞觞[⑤]。明时玉帐恩相续[⑥],清夜钧天梦更长[⑦]。

[注释]

①茜:草名,可作红色染料。 建章:汉宫名,参见《史记·封禅书》、《三辅黄图·汉宫》。此泛指宫殿。 ②珂:马铃,或泛指马络上的玉饰、贝饰,行走则鸣。 星使:朝廷使臣,上应天上使星,参见《艺文类聚》卷一引《李郃传》。 银潢:银河。 ③圣主如丝语:本《礼记·缁衣》“王言如丝,其出如纶”。喻帝王细小的一句话,也会产生极大影响。丝:细缕。 纶:粗絛。 ④陪都:首都之外另立的都城。宋庆历二年,大名建为北京,亦为汴之陪都之一。此词当作于作者于郭药师作乱前夕,乞求从燕山府任上召还之后,任职北京时。 鹭行:《禽经》“寀寮雝雝,鸿仪鹭序”。晋张华注:“鸿,雁属。大曰鸿,小曰雁,飞行有行列也。鹭,白鹭也,小不逾大,飞有次序,百官缙绅之象。”后以此典指朝官的班行序列。 ⑤飞觞:杯行如飞,写宴饮之畅快。《文选·左思〈吴都

赋〉》："飞觞举白。" ⑥明时：清平时也，多以颂当代。 玉帐：军帐，征战时主将所居的帐幕。见颜之推《观我生赋》。 ⑦"清夜"句：《史记·赵世家》载，赵简子"五日不知人"，不省人事，醒时谓："我之帝所甚乐，与百神游于钧天，广乐九奏万舞，不类三代之乐，其声动人心。"此指梦境较白天之境遇更美。

蝶恋花 六花冬词①

长春花口号②

露桃烟杏逐年新，回首东风迹已陈③。顷刻开花公莫爱④，四时俱好是长春

词

曲径深丛枝袅袅，晕粉揉绵，破蕊烘清晓。十二番开寒最好，此花不惜春归早。 青女飞来红翠少⑤，特地芳菲，绝艳惊衰草。只殢东风终甚了⑥，久长欲伴姮娥老。

[注释]

①《宋六十名家词》不题"六花冬词"，而于各词后题"右……花"，如："右长春花"。《历代诗馀》亦不题"六花冬词"，六词收四，各于词前题"长春花"、"山茶花"、"红梅花"等。《花庵词选》于所选词前题"迎春花"。 ②长春花：又称雁来红，日日草。我国长江以南有栽培。 ③东风：借指春天。 ④顷刻开花：道教言仙人有顷刻开花的神通。此指春天的短暂。 ⑤青女飞来红翠少：青女，《淮南子·天文训》载，"至秋三月，地气不藏，乃收其杀，静居闭户，青女乃出，以降霜雪。"汉高诱注："青女，天神，青霄玉女，主霜雪也。"此谓霜雪后花木凋零。 ⑥殢：沉溺。此字《历代诗馀》作"滞"。

山茶口号

无穷芳草度年华，尚有寒来几种花。好在朱朱兼白白，一天飞雪映山茶。

词

巧剪明霞成片片，欲笑还颦，金蕊依稀见。拾翠人寒妆易浅，浓香别注唇膏点[1]。　竹雀喧喧烟岫远，晚色溟濛[2]，六出花飞遍[3]。此际一枝红绿眩，画工谁写银屏面。

[注释]

①"拾翠"二句：拾翠，古人常以翠色羽毛为装饰，女子常去水边拾取鸟羽，故诗词中常以拾翠描绘女子春游，参见曹植《洛神赋》。　注唇膏点：此以拾翠女子妆饰浅淡、惟特别点注唇膏，状山茶红绿分明之色与芳香。　《全宋词》注："唇"原作"蜃"，改从毛扆校本《初寮词》。　②溟濛：迷蒙不清。　③六出花：雪花。

蜡梅口号

雪里园林玉作台，侵寒错认暗香回。化工清气先谁得[1]，
品格高奇是腊梅。

词

剪蜡成梅天著意，黄色浓浓，对萼匀装缀。百和薰肌香旖旎[2]，仙裳应渍蔷薇水[3]。　雪径相逢人半醉，手折低枝，拥髻云争翠。嗅蕊捻枝无限思，玉真未洒梨花泪[4]。

[注释]

①化工：天工，自然的力量。　②百和：香名。合诸种香料而成，又名合香、调香、杂馥、练香，参见《通雅》。　③蔷薇：观赏植物，花果根可制香料。　④"玉真"句：白居易《长恨歌》"梨花一枝春带雨"，形容唐明皇杨妃落泪之状。玉真疑是太真之误。杨妃道号太真。

红梅口号

千林蜡雪缀瑶瑰，晴日南枝暖独回。知有和羹寻鼎实①，未春先发看红梅。

词

青玉一枝红类吐②，粉颊愁寒，浓与胭脂傅。辨杏猜桃君莫误，天姿不到风尘处③。　云破月来花下住，要伴佳人，弄影参差舞④。只有暗香穿绣户，昭华一曲惊吹去⑤。

[注释]

①"知有"句：古以梅为主要调味品之一。又以和羹、盐梅、调鼎等喻辅佐国政，或执政大臣。参见《尚书·说命》："高宗梦得（傅）说，使百工营求诸野……爰立作相……命之曰：若作和羹，尔惟盐梅。"　②类：当作"纇"，花苞。　③天姿：自然的姿态。　风尘：指娼妓或其他社会地位卑下者，此喻桃、杏。　④"云破"三句：本唐李白《月下独酌》诗"花间一壶酒，独坐无相亲……月既不解饮，影徒随我身……我歌月徘徊，我舞影零乱"。张先《天仙子》词"云破月来花弄影"。　⑤昭华：笛子。参见晋葛洪《西京杂记》、《晋书·天文志》。唐代笛曲、角曲均有《梅花落》曲，亦名《梅花》。参见《乐府诗集》卷二十四《横吹曲辞》。

[集评]

李调元云："王安中《初寮词》，人甚称其……六花冬词六阕。……六花词有'云破月来花下住'，袭张三影句，而以'下住'字代之，真仙凡别矣。……无一足采。宜乎初为东坡门下士，其后附蔡叛苏也。周益公称其诗文似坡公暮年，殆无目者。"（《雨村词话》）

迎春口号

年年节物欲争新①，玉颊朱颜一笑频。勾引东风到池馆，春前花发自迎春。

词

雪霁花梢春欲到，饯腊迎春[2]，一夜花开早。青帝回舆云缥缈[3]，鲜鲜金雀来飞绕。　绣阁纱窗人窈窕，翠缕红丝，鬥剪幡儿小[4]。戴在花枝争笑道，愿人常共春难老。

［注释］

①节物：一定时节的风物。　②饯腊：腊日，是古代举行腊祭的日子。　③青帝回舆：春归。　青帝：司春之神。《尚书纬》："春为东帝，又为青帝。"　④幡儿：唐宋时，立春日习俗用有色绢、纸或金银箔剪成的小旗或燕、蝶、金钱等形状的金饰物，戴在头上或系在花枝上，表示迎春。

小桃口号

鸳瓦铺霜朔吹高[1]，画堂歌管醉香醪。小春特地风光好[2]，艳粉娇红看小桃[3]。

词

秾艳夭桃春信漏[4]，弄粉飘香，枫叶飞丹后。酒入冰肌红欲透，无言不许群芳鬥。　楼外何人揎翠袖，剪落金刀，插处浓云覆[5]。肯与刘郎仙去否，武陵回路相思瘦[6]。

［注释］

①朔吹：北风，寒风。　②小春：小阳春。农历十月温暖如春，故名。　③艳粉娇红：女子饰面的铅粉与胭脂。常省作红粉。　④夭桃：茂盛艳丽的桃花。《诗经·周南·桃夭》："桃之夭夭，灼灼其华。"　春信：春天的消息，桃开早，故言。　⑤浓云：女子丰厚的头髮。　⑥"肯与"二句：传说汉时刘晨、阮肇入天台山，迷路，循桃溪行，遇仙女，款留半年。思家求归，已见七世孙；乃重入山，不知所终。参见《太平御览》卷四十一引南朝刘

义庆《幽明录》。常用指男女恋情事。　回:《全宋词》注,原作"曲",从毛校本。

蝶恋花

梁才甫席上次韵

翠袖盘花金捻线,晓炙银簧[①],劝饮随深浅。复幕重帘谁得见,馀醺微觉红浮面。　别唤清商开绮宴[②],玉管双横[③],抹起梁州遍[④]。白苎歌前寒莫怨[⑤],湘梅萼里春那远[⑥]。

［注释］

①炙:加热笙之簧片,此谓演奏。　②清商:中国古代清商乐的宫调体系名称。指汉代相和歌和魏晋、隋唐时代清商乐的主要三种调式,即清调、平调、侧调,又称"相和三调"。然实际还包括楚调结构,见《魏书·乐志》。此以清商指代音乐。　③玉管双横:即两人吹奏笛子。　④"抹起"句:弹曲。　梁州遍:曲名。　抹(mò):右手手指向左拨弦。弹琵琶的一种指法。　⑤白苎:源于汉代的一种舞蹈。　⑥"湘梅"句:梅花开早,报道春讯,故言。　湘:今湖南。此词似作贬谪道州时。

蝶恋花

千古铜台今莫问[①],流水浮云,歌舞西陵近[②]。烟柳有情开不尽[③],东风约定年年信。　天与麟符行乐分,带缓球纹[④],雅宴催云鬓。翠雾萦纡销篆印[⑤],筝声恰度秋鸿阵[⑥]。

［注释］

①铜台:铜雀台,曹操建于魏国邺都。遗址在今河北临漳西南。　②歌舞西陵:曹操死后葬邺之西冈曰西陵。《遗命》曰:"吾婢妾与伎人皆勤苦。使著铜雀台,善待之。于台堂上安六尺床,施穗帐……月旦十五自朝

至午，辄向帐中作伎乐。” ③开：《花庵词选》作“看”。 ④带缓球纹：袍带宽松的轻暖裘服，形容仪态闲雅。《花庵词选》作“缓带轻裘”。 ⑤翠雾：指起舞女子的髪鬟或翠袖。 篆印：燃香时，香雾曲折似篆。或指盘香的烟缕。篆谓盘香状。 ⑥度：过。

[集评]

杨慎云：“王初寮……其词有‘天与麟符行乐分，缓带轻裘，雅宴催云鬟。翠雾萦纡销篆印，筝声恰度秋鸿阵’，为时所称。”（《词品》）

沈雄云：“花庵词客曰：王履道词有……‘翠雾萦纡销篆印，筝声恰度秋鸿阵’，知名当世。”（《古今词选·词评上卷》）

蝶恋花

未帖宜春双彩胜[①]，手点酥山，玉箸人争莹[②]。节过日长心自准[③]，迟留碧瓦看红影[④]。 楼外尖风吹鬓冷，一望平林，霿雺花相映[⑤]。落粉筛云晴未定，朝酲只凭阑干醒[⑥]。

[注释]

①宜春双彩胜：古代妇女有以色绢、纸贴缚于针上制成小幡，插在花树上或戴在头上以示迎春之俗，此幡叫春幡、春胜，其上常有“宜春”等吉祥文字。 ②玉箸：眼泪。 ③节过日长：冬至节以后，日渐长而夜渐短。 ④迟留：逗留。 ⑤霿雺：迷蒙貌。 ⑥酲：酒病，因酒不适。

一落索

梦破池塘杳杳，情随春草[①]。尊前风味不胜清，赋白雪、幽兰调[②]。 秀句银钩争妙[③]，殷勤东道。蛮笺传与翠鬟歌[④]，便买断、千金笑[⑤]。

[注释]

①“梦破”二句:用谢灵运《登池上楼》诗句“池塘生春草”。　②赋白雪:指高雅的音乐作品。参见《文选·宋玉〈对楚王问〉》。　③银钩:比喻书法刚劲有力。《晋书·索靖传》:“盖草书之为状也,婉若银钩,飘若惊鸾。”又参见白居易《鸡距笔赋》。　④翠鬟:以浓黑的鬓鬟借代年轻女子。鬟:《宋代六十名家词》、《历代诗馀》皆作“娥”。　⑤买断:买尽。

一落索

欲访瑶台蓬岛[1],烟云缥缈。清游却到凤皇池[2],听檀板、新声妙。　天上除书催早[3],人瞻元老。东风烟柳罩河堤[4],更何处、深春好。

[注释]

①瑶台蓬岛:此泛指仙境。　瑶台:美玉筑成的台。参见《楚辞·离骚》王逸注。　蓬岛:传说中海上仙山,参见《拾遗记·高辛》。　②“清游”句:凤皇池,也常说成凤池、凤阁,皇家池沼。以中书省所在,也用作中书省的代称。参见《文选·任昉〈王文宪集序〉》引注《晋中兴书》。则此词当为作者擢升中书舍人之时,时在政和间。　③除书:免旧职委新职的通知。④堤:《全宋词》作“提”。

木兰花

送耿太尉赴阙[1]

尧天雨露承新诏[2],珂马风生趋急召[3]。玉符曾将虎牙军[4],金殿还升龙尾道[5]。　征西镇北功成早,仗钺登坛今未老[6]。樽前休更说燕然[7],且听阳关三叠了。

[注释]

①赴阙:进京、入朝廷。　②尧:古代传说中的圣明君主,故以尧天喻

太平盛世。 雨露:恩惠。 ③珂:此指马勒。参见《西京杂记》二。 ④玉符:玉制的兵符。 符:古代的一种信物,一剖为二,有关双方各执其一,以符合与否验证真伪。 ⑤龙尾道:本指唐宫含元殿前的左右通道,以曲折得名。后转指宫殿中通道。参见《新唐书·安禄山传》。 ⑥钺:古代兵器,斧类,后用为礼器。 登坛:指拜帅领兵。 ⑦樽前:犹言对酒,指饮宴。

玉蝴蝶

和梁才甫游园作

御水縠纹风皱①,画桥横处,沙路晴时。曲坞藏春②,朱户翠竹参差。过墙花、娇无限思,笼槛柳、低不胜垂。海棠枝、为东君爱③,未敢离披。 迟迟,④日华融丽,悠扬丝管,掩冉旌旗。喜入繁红,坐来开尽不须吹。听莺迁、还思上苑。约凤浴、应展新池⑤。促归期、燕飞蝶舞,特地熙熙⑥。

[注释]

①御水:指今河南、河北境内的卫河,即隋所开永济渠的一部分。 縠(hú):一种带皱纹的丝织品,绉纱之类。 ②曲坞藏春:坞,指四面包围的堡状形势,故云"藏春"。 ③东君:司春之神。 ④迟迟:舒缓的样子。春季日长,故云。《诗经·豳风·七月》:"春日迟迟。" ⑤莺迁:此谓升官。《诗经·小雅·斯干》:"伐木丁丁,鸟鸣嘤嘤。出自幽谷,迁于乔木。" 上苑:皇家园林。 凤浴、新池:古称中书省为凤凰池。由此四句看,此词似作于升迁中书舍人时。 ⑥特地:格外。

水龙吟

游御河并过压沙寺作

魏台长乐坊西,画桥倒影烟堤远。东风与染,揉蓝春水[①]，湾环清浅。浴鹭翘莎，戏鱼吹絮，落红漂卷。为游人盛踪，兰舟彩舫[②]，飞轻棹、凌波面。　乐事年来乍见，趁旌旗、谷莺娇啭[③]。追随况有，疏帘珠袖，浓香绀幰。萧寺高亭[④]，茂林斜照，且留芳宴。看韶华烂向[⑤]，尊前放手，作梨花晚。

［注释］

①揉蓝：亦作柔蓝、挼蓝，本指揉蓝草取颜色。此指青碧色。　唐氏按："水"字原缺，据汲古阁本补。　②兰舟：木兰舟省称。　③谷莺：典出《诗经·小雅·斯干》。指迁官。此词或作于政和间作者升迁中书舍人时。　④萧寺：佛寺。《杜阳杂编》："梁武帝好佛，造浮屠，命萧子云飞白大书曰'萧寺'。"　⑤韶华：春光。

临江仙

和梁才甫茶词

六六云从龙戏月[①]，天颜带笑尝新。年年回首建溪春[②]。香甘先玉食[③]，珍宠在枫宸[④]。　赐品暂醒歌里醉，延和行对台臣[⑤]。宫瓯浮雪乳花匀[⑥]。九重清昼永[⑦]，宣坐议东巡[⑧]。

［注释］

①六六：三十六，泛指数多。　云从龙戏月：茶饼成圆形，上有云、龙图案。　②建溪：闽江北源。在今福建省北部。此指茶的产地。　③玉食：美食。　④枫宸：汉宫中多植枫树，参见三国魏何晏《景福宫赋》。宸：北极所居。此以指帝王居处，亦指帝王。　⑤延和：殿名。　台：三台，星名。　台臣：道教认为三台星下应人间三公。　⑥浮雪乳花：指漂浮的白色茶沫。　⑦九重：帝王所居。《楚辞·九辩》："君之门以九重。"　⑧东巡：指封禅事，天子登名山，告天地以成功。参见班固《东巡颂》。

小重山

汤

重举金猊多炷香[①]。仙方调绛雪[②],坐初尝。醉鬟娇捧不成行,颜如玉、玉碗共争光。　飞盖莫催忙[③]。歌檀临阕处[④],缓何妨。远山横翠为谁长,人归去,馀梦绕高唐。

[注释]

①金猊:指狻猊形状的铜香炉。　炷:点燃。　②仙方:形容烹调的高明,有如采取了仙药的配方。　③盖:指车盖。古车篷,如伞状。　飞盖:指乘车速行。　④檀:檀木制的拍板,用以节乐。

小重山[①]

椽烛乘珠清漏长[②]。醉痕衫袖湿[③],有馀香。红牙双捧旋排行[④],将歌处、相向更催妆[⑤]。　明月映东墙。海棠花径密、迸流光。迟留春笋缓催汤[⑥],兰堂静,人已候虚廊。[⑦]

[注释]

①《花庵词选》题作"夜宴"。此词疑与上词为一组。　②乘:《花庵词选》、《宋六十名家词》作"垂",是。　③醉痕:《花庵词选》、《宋六十名家词》作"酒粘"。　④红牙:节乐的拍板,红色檀板。　⑤催:《花庵词选》、《宋六十名家词》作"匀"。　⑥春笋:春天的笋,以其纤细嫩白,形容女子手指。　汤:《花庵词选》、《宋六十名家词》作"觞"。　唐氏按:"汤"原作"觞",从紫芝漫抄本《初寮词》。　⑦唐氏按:此首别误作沈蔚词,见《历代诗馀》卷三十五。

[集评]

杨慎云："王初寮，字安中，名履道，初为东坡门下士，诗文颇得膏腴……其词有'椽烛垂珠清漏长'、'迟留春笋缓催觞'之句……为时所称。其后附蔡京，遂叛东坡，其人不足道也。"（《词品》卷三）

江神子

韦城道中寄李祖武、翟淳老[①]

荷花遮水水漫溪，柳低垂，乱蝉嘶。舍辔何妨，临水照征衣。一扇香风摇不尽，人念远，意凄迷。　　骑鲸仙子已相知[②]，数归期，赋新诗。更想翟公，门外雀罗稀[③]。陶令此襟尘几许，聊欲向、北窗披[④]。

[注释]

①《历代诗馀》无题。　韦城：宋京西北军治。　②骑鲸仙子：用李白事。杜甫《送孔巢父谢病归游江东兼呈李白》："若逢李白骑鲸鱼，道甫问讯今何如。"　③门外雀罗稀：门庭冷落。《史记·汲郑列传》："始翟公为廷尉，宾客阗门；及废，门外可设雀罗。"　④"陶令"二句：晋陶潜《与子俨等疏》载，"常言五六月中，北窗下卧，遇凉风暂至，自谓是羲皇上人。"此指人生活闲适，心情安恬。

徵招调中腔

天宁节[①]

红云茜雾笼金阙[②]。圣运叶、星虹佳节[③]。紫禁晓风馥天香，奏九韶、帝心悦[④]。　　瑶阶万岁蟠桃结[⑤]，睿算永、壶天风月[⑥]。日观几时六龙来[⑦]，金缕玉牒告功业[⑧]。

[注释]

①此词约作于在汴京任职时。据《宋史》,徽宗以十月初十为天宁节,定上寿仪。 ②红云茜雾:红色云气。 茜:草名,可为红色颜料,此以指云。红色云气示吉祥,即所谓兆王者出之昌光。 金阙:传言天上有天帝所居之黄金阙、白玉京。 ③圣运叶、星虹佳节:皇帝过生日。 叶:符协。《初学记》卷一引《河图》言,女节感华渚流虹而孕生白帝朱宣。 星、虹:喻指非凡人物的诞生。 ④《全宋词》注:毛扆校语云“奏”上疑脱一字。 万树《词律》、《宋六十名家词》“奏”上皆无脱字。 九韶:又叫“九招”。《史记·五帝本纪》:“四海之内咸戴帝舜之功。于是禹乃兴九招之乐,致异物,凤皇来翔。”司马贞《索隐》:“招音韶,即舜乐箫韶。” ⑤“瑶阶”句:旧题汉班固《汉武内传》载,西王母告诉汉武帝,其处之桃三千年结实一次。 瑶阶:美玉所筑之台,传为仙人所居,参见《离骚》。 ⑥算:寿命。 壶天:道教典籍载为仙境之一,壶中别有天地,参见《云笈七签·二十八治》。 ⑦六龙:古代传说为日驾车的有六条龙。 ⑧“金缕”句:《汉书·武帝纪》“元封元年,登封泰山”颜师古注引孟康语,“王者功成治定,告成功于天,刻石纪号。有金策、石函、金泥、玉检之封焉。” 金缕玉牒:指帝王封禅祭天时所用书函,后世多用为颂扬太平。

清平乐

和晁倅①

花时微雨,未减春分数②。占取帘疏花密处,把酒听歌金缕③。 斜风轻度浓香,闲情正与春长。向晚红灯入坐④,尝新青杏催觞⑤。

[注释]

①倅:副职。 ②春分数:宋初叶清臣《贺圣朝》词云“三分春色二分愁,更一分风雨”。宋苏轼《水龙吟》词“春色三分,二分尘土,一分流水”。 ③金缕:词牌名,即《贺新郎》。 ④向晚:近晚,傍晚。 ⑤催:《花庵词选》、《词综》、《宋六十名家词》、《历代诗馀》皆作“随”。 唐氏按:“催”原作“随”,从《乐府雅词》。

清平乐

花枝敧晚，过雨红珠转。欲共东君论缱绻[1]，繁艳休将风卷。　归来凝思闲窗，寒花莫□微觞。解慢不成幽梦[2]，燕泥惊落雕梁。

[注释]

①东君：司春之神，见《尚书纬》。　缱绻（qiǎn quǎn）：情深意厚，犹言缠绵。　②解慢：疑当作“解幔”。放下帐子入睡。　幔：帐也。

安阳好[1]　九首并口号破子

口　号

赋尽三都左太冲，当年偏说邺都雄[2]。如今别唱安阳好，胜日佳时一醉同。

[注释]

①安阳好：《历代诗馀·词人索引》词牌作《望江南》。安阳在今河南，宋为相州治。相州属河北西路。北周后为魏郡及相州、彰德府、路治所在地。则词可能作于河北路安抚使任上。　②赋尽三都左太冲，当年偏说邺都雄：西晋左思《三都赋》分赋魏、蜀、吴三都，尤崇魏都。魏都即邺都，在今河北，曹操都此。曹丕都于洛阳，仍以邺都为五都之一。北宋时，邺属安阳治区。

一

安阳好，形胜魏西州。曼衍山河环故国[1]，升平歌鼓沸高楼。和气镇飞浮[2]。　笼画陌，乔木几春秋[3]。花外轩窗排远岫，竹间门巷带长流[4]。风物更清幽。

[注释]

①曼:长。　衍:展开。　故国:故都。三国时邺曾为魏都,十六国时后赵、前燕;北朝时东魏、北齐亦以邺为都。又指故乡。作者为中山阳曲人,中山阳曲与安阳同属河北路,故云。　②和气镇飞浮:言此地一派祥和之气。　镇:镇日,终日。　③乔木:大树。曹操营邺,多植槐于路侧。东魏后安阳并邺,安阳为相州治,故言安阳即今邺。《孟子·梁惠王下》:"所谓故国者,非谓有乔木之谓也,有世臣之谓也。"　④"竹间"句:邺都(曹操建)引水入城为渠,水渠夹路。

二

安阳好,戟户府居雄[①]。白昼锦衣清宴处,铁梁丹榭画图中。壁记旧三公[②]。　棠讼悄[③],池馆北园通。夏夜泉声来枕簟,春风花影透帘栊。行乐兴何穷。[④]

[注释]

①戟户:指贵官之家。《旧唐书·张俭传》:"唐制三品已上,门列棨戟。俭兄弟三院门皆立戟,时人荣之,号为'三戟张家'。"联系下文,当指韩琦家。　②三公:周代三公有两说,一说指司马、司徒、司公;一说指太师、太傅、太保。西汉以丞相(大司徒)、太尉(大司马)、御史大夫(大司空)合称三公。东汉以太尉、司徒、司空为三公。又称三司。为共同负责军政的最高长官。唐宋仍沿此称,然已无实际职务。北宋时,韩琦与其子韩忠彦都曾入相、封公。　③棠讼悄:《史记·燕召公世家》载,召公曾在棠树下理政,使官民各得其所。此以称颂韩氏在安阳的德政。韩琦曾两判相州(安阳为相州治),人爱之如父母。琦死,皇帝令其子孙一人官于相州,以护琦墓。　④唐氏按:以上二首别作韩琦词,见《能改斋漫录》卷十七。

三

安阳好,物外占天平。叠叠挼蓝烟岫色[①],淙淙鸣玉晚溪声。仙路驭风行[②]。　松路转,丹碧照飞甍[③]。金界花开常烂熳[④]，云根石秀小峥嵘[⑤]。幽事不胜清。

［注释］

①挼蓝：烟青色。 ②驭风：亦作御风。 ③飞甍（méng）：高大的屋脊，也指代高厦。 ④金界：仙界。亦谓宗教宫观。 ⑤云根：山石。古人以为云气生于山石。

四

安阳好，泮水盛儒宫[①]。金字照碑光射斗[②]，芸香书阁势凌空[③]。肃肃采芹风[④]。　　来劝学，乡兖首文翁[⑤]。岁岁青衿多振鹭[⑥]，人人彩笔竞腾虹[⑦]。九万奋飞同[⑧]。

［注释］

①泮水盛儒宫：周代诸侯的学校前有半圆形的池，名泮水，学校即称泮宫，见《诗经·鲁颂·泮水》。后代沿其形制。此句谓学校兴盛。 ②“金字”句：安阳有韩琦祠，祠中有韩之《昼锦堂记》碑刻。韩为北宋名相，他于天圣间以进士第二名及第。 ③芸香书阁：“芸香辟纸鱼蠹，故藏书台称‘芸台’。”见《香谱》。 ④采芹：指入学。见《诗经·鲁颂·泮水》毛传、郑注。 ⑤乡兖：地方名绅，此指学校教育。 文翁：汉蜀郡守，于成都大兴教育、广育人才。 ⑥青衿：为周代学子的服装，见《诗经·郑风·子衿》毛传。 鹭：此指朝官，参见《禽经》晋张华注。 ⑦彩笔：江淹有郭璞五色笔一支，还郭璞后，诗歌绝无美句，人谓才尽。见《太平御览》卷六百零五引《齐书》。 ⑧九万奋飞同：“北冥有鱼，其名为鲲。化而为鸟，其名为鹏。鹏之徙于南冥也，水击三千里，抟扶摇而上九万里，去以六月息者也。”见《庄子·逍遥游》。此指科举得中，仕途顺利。

五

安阳好，耆旧迹依然[①]。醉白垂杨低掠水[②]，延松高桧老参天[3]。曾映两貂蝉[4]。　王谢族，兰玉秀当年[5]。画隼朱轮人继踵[6]，丹台碧落世多贤[7]。簪绂看家传[8]。

[注释]

①耆旧：指年高而有声望的人。　②醉白：韩琦堂名，参见苏轼《醉白堂记》。　③延：长，高。　④两貂蝉：汉代侍从官员帽上的装饰品，见《汉书·舆服志下》。旧用作达官贵人的代称。此指韩琦与子韩忠彦。　⑤"王谢族"二句：《景定建康志》十六引《旧志》云，乌衣巷在秦淮南。晋南渡，王、谢诸名族居此，时谓其子弟为乌衣诸郎。　⑥朱轮：犹言朱车、赤车、朱轩，漆以朱漆的马车，贵人所乘。　⑦丹台碧落：神仙居处。参见《列仙传》。此喻皇宫、京都。　⑧簪：用以把冠固定在髮上。　绂(fú)：系印玺的丝绳。均是古代达官贵人的服饰。

六

安阳好，负郭相君园[1]。绿野移春花自老，平泉醒酒石空存[2]。月馆对风轩。　人选胜[3]，幽径破苔痕。拥砌翠筠侵坐冷[4]，穿亭玉溜落池喧[5]。归意黯重门[6]。

[注释]

①相君：指韩琦与子忠彦。　②"绿野"二句：言名园已不复旧日盛况。洛阳绿野堂，唐裴度所建。平泉，唐李德裕的别墅。　③选胜：寻求胜景。　④砌：台阶。　⑤溜：水瀑。　⑥归意：韩琦为政，被人攻讦以专权，多次请归，故两判相州。　重门：谓显贵府第的门。

七

安阳好，曲水似山阴[1]。咽咽清泉岩溜细，弯弯碧甃篆痕深[2]。永昼坐披襟[3]。　红袖小，歌扇画泥金。鸭绿波随双叶转[4]，鹅黄酒到十分斟[5]。重听绕梁音[6]。

[注释]

①山阴：古县名，秦置，因在会稽山之阴（北）得名，治所在今浙江绍兴。山水秀丽。 ②甃（zhòu）：井、池边壁所砌砖石。 ③披襟：分开衣襟。洒脱、闲适之状。 披：分开，拨开。 ④双叶：指桨。 ⑤鹅黄：酒名。 ⑥绕梁音：此指优美隽永的歌声。《列子·汤问》："昔韩娥东之齐，匮粮，过雍门，鬻歌假食。既去而馀音绕梁欐，三日不绝，左右以其人弗去。"

八

安阳好，□□又翚飞[①]。拨垅旋栽花密密，著行重接柳依依[②]。鸳瓦荡晴辉[③]。 池面渺，相望是荣归[④]。两世风流今可见，一门恩数古来稀。谁与赋缁衣[⑤]。

[注释]

①□□：《乐府雅词》原注，御讳。 注者按：当有一"构"字在也。翚（huī）飞：《诗经·小雅·斯干》："如翚斯飞。"据朱熹《集传》，为宫室壮丽之意。《宋史》载，韩琦第一次判相州时，宋神宗赐其兴道坊宅一区。 ②柳依依：本《诗经·小雅·采薇》"昔我往矣，杨柳依依，今我来思，雨雪霏霏"。 ③鸳瓦：即鸳鸯瓦，相互成对的瓦。《邺中记》："邺中铜雀台，皆鸳鸯瓦。" ④"池面"二句：指安阳有池名"荣归"。韩琦有《昼锦堂记》，碑刻今存安阳，亦取衣锦还乡之意。 ⑤缁衣：《诗经》篇名，在《郑风》。毛诗小序称其为赞美桓公、武公父子相继为周司徒，善守其职之作。

九

安阳好，千古邺台都[①]。穗帐歌人春不见，金楼梦凤夜相呼[②]。辇路旧萦纡。 闲引望，漳水绕城隅。暗有渔樵收故物[③]，谁将宫殿点新图？平野漫烟芜[④]。[⑤]

[注释]

①邺:古都邑名。建安十八年(1113)曹操为魏王,定都于此。 ②金楼:金谷楼之省。晋石崇有别业曰金谷园,极豪奢。参见《晋书·石崇传》。 梦凤夜相呼:后赵石虎沿用曹操旧城,而性奢华,故又对旧城部分予以重建。所建凤阳门尤为壮丽,离地二十五丈(一说三十、三十五丈),屋脊安大铜凤一对,制作精美,为防其被风刮倒,用铁索扎紧。当地民谣:"凤阳门南天一半,上有金凤相飞唤"云云。此写对邺都繁盛时代的回忆。梦:《宋六十名家词》作"鸣"。 ③暗:《宋六十名家词》作"时"。 ④平野漫烟芜:邺北城自后赵石遵始,兵火连绵,宫室台观多为残毁。后世虽有重修,但终难复旧观。⑤唐氏按:以上九首,《全宋词》原版误考为韩琦作,自王安中名下删去。

[集评]

李调元云:"王安中《初寮词》,人甚称其《安阳好》九阕……然《安阳》只述人物风土,而鸳瓦飞甍,层见叠出,了无意味……无一足采。宜乎初为东坡门下士,其后附蔡叛苏也。周益公称其诗文似坡公暮年,殆无目者。"(《雨村词话》卷三)

破子清平乐①

烟云千里,一抹西山翠。碧瓦红楼山对起,楼下飞花流水②。 锦堂风月依然③,后池莲叶田田④。缥缈贯珠歌里⑤,从容倒玉尊前⑥。

[注释]

①破子清平乐:词牌,《宋六十名家词》、《历代诗馀》作《清平乐》。 ②飞花:《宋六十名家词》、《历代诗馀》"花"作"光"。 唐氏按:"花"原作"光"。从《乐府雅词》卷中改。 ③锦堂:即韩琦之昼锦堂。 ④莲叶田田:本南朝乐府《江南曲》"江南可采莲,莲叶何田田"。 ⑤贯珠:成串的珠子,形容歌喉的圆润。《礼记·乐记》:"教歌者上如抗,下如队(坠)……累累乎端如贯珠。" ⑥倒玉:典出《世说新语·容止》,嵇康醉时,如同"玉山之将崩"。形容人的醉态。

小重山

相州荣归池上作[①]

碧藕花风入袖香，涓涓清露浥、玉肌凉。折花无语傍横塘[②]，随折处、一寸万丝长。　还更擘莲房。莲心真个苦，似离肠。凌波新恨尽难忘[③]。分携也，触事著思量。[④]

[注释]

①从题目可知词作于任职相州时。　②横塘：塘名，三国时吴筑于建业（今江苏南京）城南淮水（今秦淮河）之南，故亦名南塘。此泛指池塘。③凌波新恨：新近不能实现的爱情。　凌波：出《洛神赋》"凌波微步，罗袜生尘"，形容洛神美妙的姿态。贺铸《青玉案》："凌波不过横塘路。但目送，芳尘去。"　④唐氏按：此首别误作沈蔚词，见《历代诗馀》卷三十五。

虞美人

星郎才思生雕管[①]，四海声名满。尊前新唱更新妍，况有玉人相劝、拚酡颜。　芙蓉幕下同时客[②]，年少那重得。且寻幽梦赋高唐，莫为浮名容易、却相妨[③]。

[注释]

①星郎：指上应天上文昌星、文曲星的男子。恭维人有才华。　雕管：指笔。　②芙蓉幕下：美称幕府。典出《南齐书·庾杲之传》，庾任王俭幕僚，而时人称俭府为"芙蓉池"。作者曾任职幕府。　③浮名：虚浮的名声。指士人之仕名。　容易：轻易。

虞美人

赠李士美[①]

清商初入昭华琯，宫叶秋声满。草麻初罢月婵娟[②]，想见明朝喜色、动天颜。　　持杯满劝龙头客[③]，荣遇时方得。词源三峡泻瞿塘，便是醉中宣去、也无妨[④]。

［注释］

①李士美:名邦彦，宋怀州人，宣和间历尚书右丞、左丞、少宰。　②草麻:犹草诏，唐代用黄麻纸写诏，故名，参见《旧唐书·韦弘景传》。　婵娟:美好。　③龙头客:科举时代称状元为龙头。李邦彦大观间以上舍第一人及第。　④"词源"二句:本杜甫《醉歌行》"词源倒流三峡水，笔阵独扫千人军"。又，李白才如江海。性好酒，虽醉不碍文字。某次醉中见召，旋成《清平调》三阕。此以李白喻其本家李邦彦。

虞美人

和赵承之送权朝美接伴[①]

文昌郎自文无比，风露行千里。试寻天上使星看，却见锦衣白昼、过乡关[②]。　　边城落照孤鸿外，联璧人相对[③]。应吟红叶送清秋，向我旧题诗处、更重游。[④]

［注释］

①接伴:指接待辽国使臣。　②锦衣白昼、过乡关:形容富贵还乡。③联璧:美玉联在一起，喻有关人事都出色非常。典出《汉书·律历志上》。　④此词与前二词皆为与旧日幕中同僚酬唱，似作于在汴京任职时。

卜算子

往道山道中作①

客舍两三花，并脸开清晓。一朵涓涓韵已高，一朵纤纤袅。　　谁与插斜红，拥髻争春好。此意遥知梦已传②，月落前村悄。

[注释]

①由此题目，推知此词约作于居道州时。时在高宗即位后。　②梦：即高唐梦，指男女欢爱事。典出宋玉《高唐赋序》。

一落索

送王伯绍帅庆①

塞柳未传春信②，霜花侵鬓。送君西去指秦关③，看日近、长安近④。　　玉帐同时英俊⑤，合离无定⑥。路逢新雁北来归，寄一字、燕山问⑦。

[注释]

①《花庵词选》、《宋六十名家词》作"送王伯绍帅庆阳"，疑是。庆阳，府名，宋宣和七年（1125）置，治在安化（今甘肃庆阳）。《词综》、《历代诗馀》此词无题。　②塞柳未传春信：边塞的杨柳未传达春天的消息，言北地寒凉，春来较迟。　③秦关：函谷关，在今河南灵宝县西南，战国时为秦东境险关，开闭甚严，秦统一天下后，关禁才松。　④看日近、长安近：《世说新语·夙惠》有年幼的晋明帝关于日与长安哪一者离其处更近的讨论。此指远离京城、皇帝，"长安"对王伯绍显得比太阳更遥远。　⑤玉帐：军帐，征战时主帅所居帐幕。　⑥定：《历代诗馀》作"准"。　⑦"路逢"二句：古有雁足缚书信之说，典出《汉书·苏武传》。　新雁：春来北飞之雁。燕山：作者所在地。王安中镇燕山府在宣和五年至七年。　来归：《花庵词选》、《词综》、《宋六十名家词》、《历代诗馀》并作"飞来"。

临江仙

贺州刘帅忠家隔帘听琵琶①

凤拨鹍弦鸣夜永②，直疑人在浔阳③。轻云薄雾隔新妆。但闻儿女语，倏忽变轩昂④。　　且看金泥花那面，指痕微印红桑。几多馀暖与真香。移船犹自可，卷箔又何妨⑤。

[注释]

①贺州：今广西地名，词作于其贬象州之时，靖康元年（1126）左右。　②鹍弦：用鹍（kūn）鸡筋做的琵琶弦，声哀。参见段安节《乐府杂录·琵琶》。　③人在浔阳：唐白居易《琵琶行序》曰“元和十年，予左迁九江郡司马。明年秋，送客湓浦口，闻舟中夜弹琵琶者”。《琵琶行》有“浔阳江头夜送客，枫叶荻花秋瑟瑟”，“移船相近邀相见，添酒回灯重开宴”等句。④“但闻”二句：韩愈《听颖师弹琴》有“昵昵儿女语，恩怨相尔汝。划然变轩昂，勇士赴敌场”句，此句化用之。　⑤箔：本指苇子或秫秸编成的帘子，也指一般的帘子。

浣溪沙

柳州作①

宫缬悭裁翡翠轻②，文犀松串水晶明③。飐风新样称娉婷④。　　带笑缓摇春笋细⑤，障羞斜映远山横⑥。玉肌无汗暗香清⑦。

[注释]

①由题目可知词作于靖康初作者南贬时。　②缬：薄型有花的丝织品。见《玉篇·系部》。　悭：此指窄小。　翡翠：绿色硬玉，此指绿色。　③串：将带孔各类饰物，以绳带穿之，挂于颈间、腰间、腕间为饰。　④飐风：摇曳风中。　⑤春笋：春天生笋纤细，喻女性手指。　⑥远

山：女子美丽的眉毛。典出《西京杂记》卷二。　⑦玉肌无汗暗香清：用苏轼《洞仙歌》“冰肌玉骨，自清凉无汗。水殿风来暗香满”。

卜算子

柳州作

燕尾道冠儿，蝉翼生衫子①。攲枕看书卧北窗，簟展潇湘水②。　　团扇弄薰风③，皓质添凉意。谁与文君作粉真④，只此莲花是⑤。（以上景（影）汲古阁抄本《初寮词》）

［注释］

①蝉翼生衫子：蝉翼，又名蝉纱，质地细致，薄如蝉翼，故名。见宋曾慥《类说·海物异名记》。　衫子：短上衣。　生：先织而后染的衣料。　②簟：竹席，或泛指凉席。　潇湘水：形容席上所编织的花纹光洁、流畅。欧阳修《蝶恋花》词：“凉波不动簟纹平。”　③团扇：圆形扇，常以丝织品制。　④文君：即卓文君。《西京杂记》卷二：“文君姣好，眉色如望远山，脸若芙蓉，肌肤柔滑如脂。”　粉：粉本，古代中国画施粉上样的稿本。又，古代一种用彩笔在粉壁上所作的画，叫粉画。　真：写真，中国肖像画的传统名称。　⑤莲花：喻女子。

洞仙歌①

深庭夜寂，但凉蟾如昼，鹊起高槐露华透②。听曲楼玉管，吹彻伊州③。金钏响，轧轧朱扉暗扣。　　迎人巧笑道，好个今宵，怎不相寻暂携手。见淡净晚妆残，对月偏宜④，多情更、越饶纤瘦。早促分飞霎时休⑤，便恰似阳台，梦云归后。

（《乐府雅词》卷中）

[注释]

①《花庵词选》题作“情景”。 ②“深庭”三句:谓明月惊起栖鹊。凉蟾:清冷的月亮。 蟾:传说月中有蟾,此用蟾为月亮代称。 ③“听曲”二句:《词综》作“听曲楼,玉管吹彻伊州”。曲,《花庵词选》作“西”。 ④“见淡净”二句:《词综》、《历代诗馀》无“残”字。《词综》作“见淡净,晚妆对月偏宜”。 ⑤《历代诗馀》“早”前有一“怨”字。

失调名[①]

笑时眼迷青意贴[②],行时鞋露绣旁相。[③]

(张氏《可书》)

[注释]

①《可书》:王安中从梁子美辟置大名幕中,时有妓籍一小鬟,名冠河朔。子美因令安中作小词以赠,末句有云:“笑时眼迷青意贴,行时鞋露绣旁相。”安中曰:此乃“杯深不觉琉璃滑,贪看六幺花十八”无异也。则此词作于大名。 ②青意:词不全,难以确认。约指投契、重视,犹言青眼。阮籍能为青白眼,以示好恶。参见《晋书·阮籍传》。 ③唐氏按:《能改斋漫录》卷十四“王履道诗文警策”条引“凤鞋微露绣帮相”句,疑即上第二句而稍有不同。 注者按:据《可书》,此词当作于大名主簿任上。

点绛唇

岘首亭空,劝君休堕羊碑泪[①]。宦游如寄[②],且伴山翁醉[③]。 说与鲛人[④],莫解江皋珮[⑤]。将归思、晕红萦翠,细织回文字。 (《苕溪渔隐丛话》后集卷四十)

[注释]

①“岘(xiàn)首”二句:“羊叔子与邹润甫尝登岘山,泣曰:‘自有宇宙,便有此山,由来贤达登此望,如我与卿者多矣,皆湮灭无闻,念此使人悲伤。’润甫曰:‘公德冠四海,道嗣前哲,令问公望,当与此山俱传。若润

甫辈，乃当如公语耳。’后参佐为立碑著故望处。百姓每行，望碑莫不悲感，杜预名为‘堕泪碑’。”见《太平御览》卷五百八十九引《荆州图记》。此以慨叹人生短暂，功业亦终将不存，主张及时行乐。岘山在今湖北襄阳南。　②寄：借住，暂居，不是最终归宿。　③山翁：指晋代山简，曾任征南将军，镇守襄阳，常携酒出游，饮得大醉而归。　④鲛人：传说水中居鲛人，寄寓人家，织绡而卖，临去落泪成珠。参见《文选·左思〈吴都赋〉》晋刘逵注。　⑤莫解江皋珮：《文选·郭璞〈江赋〉》：“感交甫之丧珮。”注引《韩诗内传》：“郑交甫遵彼汉皋台下，遇二女，与言曰：‘愿请子之珮。’二女与交甫，交甫受而怀之，超然而去。十步循探之，即亡矣。回顾二女，亦即亡矣。”后以汉皋解佩事表示男女情爱。

［集评］

胡仔云：“王初寮有《点绛唇》一词（送韩济之归襄阳）云：‘岘首亭空……’初寮用前事（按指岘亭事），以其汉上故事。然于送人之词，似难用也。”（《苕溪渔隐丛话》后集卷四十）

菩萨蛮

寄赵伯山四首①

一

雨零花昼春杯举，举杯春昼花零雨。诗令酒行迟，迟行酒令诗②。　满斟犹换盏，盏换犹斟满。天转月光圆，圆光月转天。

［注释］

①四首为回文诗。赵伯山，名子崧，字伯山，宋宗室，崇宁进士。宣和间官至宗正少卿，除徽猷阁直学士，知淮宁府。卒于建炎间。　②酒令：饮酒时助兴取乐的民间游戏活动，古代盛行。推一人办酒司令，其馀人听令行事。轮流赋诵诗词或进行其他游戏，以决胜负奖惩。这里大约是行诗词酒令。

二

绿笺长写新成曲,曲成新写长笺绿。豪句逞才高,高才逞句豪。 美容歌皓齿,齿皓歌容美。香篆小花团[1],团花小篆香[2]。

[注释]

①香篆:焚香时所起的烟缕,曲折似篆。 ②团花:古代装饰纹样。指以各种植物、动物或吉祥文字组合而成的圆形图案。

三

玉纤传酒浮香菊,菊香浮酒传纤玉[1]。弦管沸欢筵,筵欢沸管弦。 出帘珠袖蔌,蔌袖珠帘出。眉晕浅山低,低山浅晕眉。

[注释]

①"玉纤"二句:玉纤、纤玉,指女子洁白细长的手指。酒浮香菊、菊香浮酒,重阳节古来有饮菊花酒之习俗。参见《风土记》、《荆楚岁时记》、《东京梦华录》。

四

浦烟迷处回莲步,步莲回处迷烟浦。罗绮媚横波[1],波横媚绮罗。 细眉双拂翠,翠拂双眉细。歌意任情多,多情任意歌。 (《回文类聚》卷四)

[注释]

①横波:喻目光如水波般闪动,代眼睛。李白有诗《长相思》:"昔日横波目,今作流泪泉。"

存目词

唐氏按:《初寮词》中有《生查子》(春纱蜂赶梅)一首,据《容斋四笔》卷十四,乃朱翌作。

张继先

张继先,生年不详,卒于宣和末年。字嘉闻,号翛然子,天师道第三十代天师,宋江西信州龙虎山(今江西贵溪县西南)人。宋徽宗崇宁四年(1105)赐号"虚靖先生",元顺帝号之"虚靖弘悟妙道真君"。著有《明真破妄章颂》等。明天师张宇初辑有《虚靖真君语录》。有《虚靖词》,皆讲论修道。

点绛唇

祐陵问:所带葫芦如何不开口,对御作[①]

小小葫芦,生来不大身材矮。子儿在内,无口如何怪。 藏得乾坤[②],此理谁人会。腰间带,臣今偏爱,胜挂金鱼袋[③]。[④]

[注释]

①对御:回答皇帝。 祐陵:徽宗陵墓名。 ②藏得乾坤:道教仙境之一名"壶天",于一壶中别有天地。参见《云笈七签·二十八治》。道教讲"玄寂",默默地遵循"大道",故言"藏",前言"无口"。参见嵇康《嵇中散集·知慧用》。 ③金鱼袋:《宋史·舆服志》载,"鱼袋,其制自唐始。……宋因之,其制以金银铸为鱼形,公服则系于带而垂于后,以明贵贱,非复如唐之符契也。……凡服紫者,饰以金;服绯者,饰以银。"佩金鱼袋,是宋三品以上高官的标志。 ④唐氏按:此首又见《鸣鹤馀音》卷四,作桓真人词,文字稍有不同。

忆桃源[①]

蔡师元款予及神翁侍宸。师元发问予如何是修炼之术[②],予走笔成小词以答之长生之话口相传[3]，求丹金液全。混成一物作神仙，丁宁说与贤。　休咽气[4]，莫胡言[5]，岂知造化玄。用铅投汞汞投铅，分明颠倒颠[6]。

[注释]

①唐氏按：词律调名疑当作《醉桃源》，亦即《阮郎归》也。　②如何是：《全宋词》注，原缺"是"字，据紫芝漫钞本《虚靖词》补。　③长生：道教的基本信仰是神仙。神仙为道的人格化，追求长生不老。　④咽气：指呼吸吐纳，去浊气，入清气，道教修炼术之一。参见《太上老君养生诀》。　⑤莫胡言：道教戒律，所谓口断妄杂诸非正言。参见《陆（修静）先生道门科略》。　⑥颠倒颠：意指内丹道之铅汞互投，或指外丹道为错误。隋唐以后内丹道兴起，超逾了外丹道，《参同契》言内丹者甚众，此词亦因而鄙薄外丹，同时将吐纳视为小道。

忆桃源

白云堆里采芙蓉，枝枝香艳浓。灵龟畔岸起祥风，楼高十二重。[1]　黄金殿，碧云笼，丹砂透顶红。神机运处鬼神通，清真达上宫。[2]

[注释]

①上阕云行气炼制内丹。　"白云"二句：谓道教修炼的守静功夫，收心正虑，使内心"静"。参见《太上老君内观经》。　"灵龟"句：谓由下丹田始行气。灵龟畔岸，即下丹田，亦名丹田，即今之下关元穴，在脐下三寸，方圆一寸，为男子藏精之所。参见《黄庭经》。　"楼高"句：指行气至中丹田，即绛宫。《黄庭外景经》："绛宫重楼十二环"，在人心中。亦可解为上丹田，《太清中黄真经》："玄宫十二楼。"　②下阕言内丹成功。黄金殿、顶、上宫，皆谓人脑。见梁丘子《黄庭内景经注》。所谓上丹田、黄阙、天庭、玄关、玄门、玄宫、明堂、洞房、紫房、玉房、琼室，皆在于此。内丹学认为，要用意念引导精气神，沿着经脉，反复运行于体内，以炼内丹。　神通：道教认为人体亦一小天地，且体内体外之神相通，故专心修炼，便可与

神交接。内丹修炼的高境界,就是元神自由出入于顶,所以说“透顶红”、“鬼神通”。参见《黄庭内景经》。此词所言,属内丹的命功修炼,重视脑神的炼养。

临江仙

邓恒甫画六鹤于浑沦庵,请予题,遂作

莫怪精神都素淡,全谙千载松头。羽人幽意苦相投[①]。殷勤争点写,辗转动吟酬。　况有咸阳兄弟事[②],教人闻见忘忧。我生曾是眷仙标[③]。一从挥洒后,相继未能休。

[注释]

①“莫怪”三句:谓所画鹤洁净安详,亦长寿,因为道士把心意投注于此。　精神:神情。　谙:熟悉。　羽人:原指神话中的飞仙,参见《楚辞·远游》。道士修炼求仙,着羽衣,则亦以羽人美称道士。　②咸阳兄弟:即道教中的“三茅真君”茅盈、茅固、茅衷,汉咸阳南关人,俱修道成仙,参见《云笈七签》卷一百零四。传三茅朝上帝时,茅盈披鹤氅,乘猛虎车。令二弟乘黄鹤后随,白日升天,霞光万道。　③标:风度。唐氏按:“标”原作“瓢”,据紫芝漫抄本《虚靖词》改。

临江仙

和元规览杨羲传[①]

自古清真灵妙降,安妃来就杨君[②]。因缘冥会异常伦。仙风聊设相[③],真道本无亲[④]。　惟有元规能访问,深将此意相闻[⑤]。大家宜赏缀新文。免教尘世士,诮笑上天人[⑥]。

[注释]

①杨羲:八千卷楼旧藏明抄《九家词》本张继先《虚靖真君词》作“杨

义”,从《全宋词》改。据《玄品录·道品》、《真诰》、《仙鉴》之《杨羲传》,杨字义和,约为晋时吴人,徙家句容。曾为会稽王司马昱公府舍人。曾大量造作道书。 ②安妃:九华安妃,九仙。 ③设相:借助一定形相传道。 ④真道本无亲:《尚书》“天命无亲,惟德是辅”义近。“道之在我”即“德”。见唐玄宗《道德经御注序》。 ⑤相闻:相告,告诉我。 ⑥上天人:天上神仙,亦代道士。

临江仙

和元规

蠢动含灵天赋与[①],逍遥性分原均[②]。莫生异见乱吾真。只今中有主,浑与化为人。 那更徽词清彻底,清埃欲染无因。惟应得此便凝神[③]。百魔咸息战[④],六道永停轮[⑤]。[⑥]

[注释]

①蠢动:蠕动,指虫类从冬眠中开始苏醒。傅玄《阳春赋》:“幽蛰蠢动,万物乐生。” ②“逍遥”句:《庄子》有篇名“逍遥游”,意谓自由地活动。 逍遥性分:指人之心神,乃是“天赋与”,人人“原均”。在形神关系上,主张神生形,故云灵等“与化为人”。此为道教基本哲学观点,是唯心论。 ③“那更”三句:言修炼。道教引进佛教观点,认为眼耳鼻舌身意对世界的认识,可以像尘埃一样污染人,故称六尘。故须“凝神”,即守静、内观,方可摒除这一污染。“徽”,指琴;“徽词”,琴声。《黄庭内景经》务成子注:“琴,和也。诵之可以和六府,宁心神,使得神仙。” ④百魔:指人身中种种恶神,戕害人之生命者。 ⑤“六道”:道教借用之佛教术语,指天道、神道、人道、地道、饿鬼道、畜生道,生命结束即形亡后,灵魂转生再得形体的六种途径。“六道永停轮”,意谓肉体不灭。 ⑥此词以心的主宰作用统摄了内丹学的性功和命功,强调心性修炼对长生的意义。以上参见《悟真篇》、《青华秘文》。

沁园春

降魔立治[①]

劫运将新，天书降恩，圣师命魔[②]。正阴阳错忤，鬼神淆混，依凭城市，绵亘山河。杀气闭空，阴容夺昼，万姓罹殃日已多。青城上，见琉璃高座，忽起巍峨[③]。　群妖忿怒扬戈，竞奔走、攻山若舞梭。感神光一瞬，龙摧虎陷。威音一动，电掣霆呵。立活化民[④]，摄邪归正，生息熙熙享太和。风云静，见天连碧汉，月浸澄波[⑤]。

[注释]

①降魔立治：传说张陵在东汉顺帝壬午年元宵受太上老君命，入蜀降伏横行的妖魔，设立仙曹。此当是张陵主蜀传教历史的神话化。所谓妖魔，可能指当地的巫教，以及疫病。张陵在四川用符水为人治病。治，或称庐、靖、静室，致祷之所。为各个教区之中心，置职治头、祭酒、主、将军、校尉、主簿、领神、监神、督察、功曹、书吏、从事、仙官等以治之。东汉、三国时，一度为政教合一的组织。后乃为宗教机构。参见《云笈七签》之《二十四治》、《二十八治》，《三国志·张鲁传》。　②命：命令。　③“青城”三句：传说张陵于建安二年七月一日，登上妖魔的大本营青城山（在今四川灌县），同他们展开了决斗。　④活：疑为“治”之误。　⑤“见天连”二句：道教以光明澄澈物我合一、广大无际的景象喻道。《道藏》之《洞真部》有《玉清元始元黄九真经》，云：“以神为体，以空为宅，神我遍空，如波涵月。”早期道教不仅重视个人修炼，也重视社会治平。甚至有利用宗教来发动起义，希望把整个社会变成仙境者，如太平道。五斗米道也有对抗官府的倾向，一度被称为“米贼”。其治世理想，于此可见一二。参见《太平经》。

沁园春

真一长存，太虚同体，妙门自开[①]。既混元初判，两仪布景，复还根本，全借灵台[②]。浩气冲开，谷神滋化，渐觉神光空际来。幽绝处，听龙吟虎啸，蓦地风雷[③]。　奇哉，妙道难猜。鲜点化、愚迷成大材。试与君说破，分明状似，蚌含渊月，秋兔怀胎[④]。壮志男儿，当年高士，莫把身心惹世埃。功成后，任身居紫府，名列仙阶。

［**注释**］

①“真一”三句：言人与世界一样，皆由道化生，人体亦一小宇宙。因而有道教向人们展示的奇妙门径。　②“既混元”四句：言宇宙与人一样。由“混沌之前，元气之始也”的“混元”（《云笈七签》卷二《混元混洞开辟劫运部》），发展到阴阳两仪分判，又继续发展走向衰落；道教要反其道而行之，回归“根本”；张三丰《无根树》：“顺为凡，逆为仙，只有中间颠倒颠。”而归根只有凭借“灵台”。灵台，指人的心。　③“浩气”六句：言道教修炼。指炼气化神，产生奇异的视觉、听觉。　龙吟虎啸：道教内丹术语。龙，喻心中真汞。虎，喻肾中真铅。吟、啸，喻真汞、真铅发动。　风雷：道教内丹术语。风喻巽风，又喻武火，内丹道认为内丹是以人体为炉、鼎，自炼其精、气、神而成。吟、啸、风、雷皆指内功修炼时产生的某些强烈听觉。吕岩《谷神歌》：“修炼还须夜半子，河车搬载上昆仑。龙又吟，虎又啸，风云际会黄婆叫。”以上并参见《太上老君开天经》、《无极图》、《悟真篇》。　④“分明”三句：写内丹修炼有成时人的感受：身中怀着明月。秋兔：秋月，传说月中有兔，故以兔代月。丹书常把这种现象描绘成日、月、圆光、流星、闪电、红莲、火鸦等。参见陈撄宁《道教与养生》。

沁园春

急急修行，细算人生，能有几时。任万般千种风流好，奈一朝身死，不免抛离。蓦地思量，死生事大，使我心如刀剑挥。难留住，那金乌箭疾，玉兔梭飞[①]。　早觉悟、莫教迟，我清净、谁能婚少妻。便假饶月里，姮娥见在，从他越国，有貌西施[②]。此个风流，更无心恋，且放宽怀免是非。蓬莱路[3],仗三千行满[4],独跨鸾归[5]。

[注释]

①“那金乌”二句:形容时光飞速流逝。传说日中有三足乌,故以乌代日。 ②“便假饶”四句:即使是姮娥、西施一般的仙子、美女。 ③蓬莱:传说中的神仙居处,在海上。参见《云笈七签》。 ④三千行满:谓积善、积功德。《真诰》:“积功满千,虽过得仙。” ⑤跨鸾:谓成仙。

沁园春

用伍先生韵呈元规

况有夷途[1],正透元关[2],众所共传。愿万魔披散,诸尘荡尽[3],琴心和雅[4],天性清圆。未信凡流,可回高步,留恋形声情更延。真消息[5],定如何唤醒,聊证言诠[6]。虽由宿命因缘,达士何曾无慨然。算尽专为妙,闲多乐少[7],一成潇洒,永绝忧煎。影照澄潭,声流虚谷,业火消亡睹瑞莲[8]。安平泰,看坚完如地,长久如天[9]。

[注释]

①夷:指平坦。 ②元:同“玄”。 ③诸尘:道教借用佛教观点,认为眼耳鼻舌身意这六根对世界的感受,即色声香味触法六境,皆如尘埃一般污染人的道心,须清净之。 ④琴心和雅:“琴,和也。诵之可以和六府,宁心神,使得神仙。”见《上清黄庭内景经》务成子注。 ⑤消息:犹言机关,关键。 ⑥言诠:即“言筌”。《庄子·外物》:“筌者所以在鱼,得鱼而忘筌。”“言者所以在意,得意而忘言。” ⑦闲多乐少:道教认为要内观、守静,守住身内的神使不因人耽嗜乐而外游,才可无忧患。参见《太上老君内观经》。 ⑧“影照”三句:主张由心统摄性功命。“影照澄潭,声流虚谷”,形容心神湛然。“业”,佛教术语,意指造作,即一切身心活动。“业火消亡”,犹言无欲。 瑞莲:莲生水中,喻坎中阳爻,即人肾水中的真阳之气。“人与物类,皆禀一元之气而成;生成长养,最尊最贵者,莫过于

人之气也。”见《云笈七签》卷五十六《元气论》。 ⑨“安平泰”三句：即长生。《抱朴子·地真》：“天地相毕。”

满庭芳

闲里功夫，无中妙用，切休拟议参详。龙降虎伏，真土自中黄①。行动起居寝食，随缘度、莫动真阳②。归根处，神凝脉住，玉界发天光③。 风高，鹏翼远，水深舟运④，物理昭彰。但明心是道⑤，专役天罡⑥。信口呼神召鬼，和暘谷、不是颠狂⑦。痴迷者，风霆在手，应用反乖张。

[注释]

①“龙降”二句：道教内丹术语。龙，喻心中真汞；虎，喻肾中真铅。心属阳火，称正阳之精；肾属阴水，藏元阳之气。真土喻脑神。水、火赖土调合，使铅汞结出丹头，土色黄，方位属中，故云中黄。“龙降虎伏”，谓炼精化气已结束，铅汞已结合。参见《黄庭经》。 ②“行动”二句：谓生活随缘自适，不要轻耗阳精。“道以精为宝，施之则生人，留之则生身。生身则汞度在仙位，在人则功遂而身退。”见《养性延命录·御女损益章第六》。 ③“归根”三句：道教内丹术的原理在逆，逆道化生人与万物的程序而行，回归于与道为一，是谓归根、复命。《周易参同契》：“乐道者，寻其根。”《真诰》：“道有大归，是为素真。”具体的做法是宝爱各种生命的能量，避免损耗：“道者气也，保气则得道，得道则长存；神者精气，保精则神明，神明则长生。”见《养性延命录》引张湛语。甚至具体琐屑到“少思、少念、少语、少笑、少愁、少乐、少怒、少好、少恶。”云：且是“养生之都契也”（《枕中记》），故云“神凝脉住”。“玉界”，道教内丹术语，在脑部前额印堂处。“天光”，道教内丹修炼有功者内视有光亮；若冲开天目于两眉间，更有光外射，能够“隔墙见明，予知前世”。见王重阳《五篇灵文》注。 ④“风高”三句：典出《庄子·逍遥游》，言：鹏凭着扶摇风直上九万重，水深方可负起大船。 ⑤明心是道：明心见性，佛教语。道教练丹借用指性功修炼。隋唐以来兴起的内丹学，讲究性、命双修，惟于性、命二者的相对地位，有不同看法。参看《悟真篇》、《大丹直指》。作者所属之南派主张先命后

性。 ⑥天罡:指北斗斗柄三星玉衡、开阳、摇光的星神。 ⑦“信口”二句:道教认为,掌握了神鬼之名,即能与之交接。醮仪如此,修炼亦是如此。内丹修炼成功者,被认为具有元神出入头上天门的能力,则与神能达到充分交通。 暘谷:“日出于暘谷,浴于咸池,拂于扶桑,是谓晨明。”见《淮南子·天文训》。

满庭芳

用于真人韵和元真

心境双清[①],古今同乐,胜缘休道无媒。天门高妙[②],应仗至人开[③]。岂比寻常意绪,方寸地、不贮纤埃[④]。仍须信,金坚石确,一志断无回[⑤]。 真元[⑥],真可爱,真师真友,且喜无猜。就中更脱洒,不顾形骸。可是正容而悟[⑦],凭真趣、改易凡胎[⑧]。神明会,尘缨世网,莫共话由来[⑨]。

[注释]

①心境双清:心,指道心。境,指眼耳鼻舌身意六根对世界的认识,即色声香味触法六境。皆心之变现。六境有如尘埃一样污染道心,故须清净六根,方见本来清净的道心。 ②天门:道教谓内丹修炼成功时体内元神出入人体之窗口。参见《钟吕传道集》、《大丹直指》。 ③至人:出《庄子》:“至人无己。”这里指道教的导师。 ④方寸地:方寸即心。 ⑤“金坚”二句:指修真慕道之心须坚。 ⑥真元:指化生人与万物之道与元气。 ⑦正容:严肃地,庄严地。 ⑧凡胎:指人的先天肉体条件,注定走向灭亡者。与圣胎相对而言。圣胎,内丹名词,指内丹修炼有成就,好比身孕日月,是为成仙之胎基。 ⑨“尘缨”二句:代指清醒者与沉迷者之间没有共同语言。《楚辞·渔父》:“屈原既放,游于江潭。……渔父见而问之曰:‘子非三闾大夫与?何故至于斯?’屈原曰:‘举世皆浊我独清,众人皆醉我独醒,是以见放。’渔夫曰:‘圣人不凝滞于物,而能与世推移。世人皆浊,何不淈其泥而扬其波?众人皆醉,何不餔其糟而啜其醨?何故深思高举,自令放为?’……渔夫莞尔而笑,鼓枻而去,歌曰:‘沧浪之水清兮,可以濯我缨;沧浪之水浊兮,可以濯我足。’遂去,不复与言。”是谓尘缨。

世网：尘世如网网人。

满庭芳

又上前人

调理三关[1]，安和四体[2]，静无忧挠相煎[3]。太微冥契[4]，元始语诸仙[5]。玉宇重修妙典[6]，西台□、南岳题篇[7]。崇□好，身田在世，心向太清天[8]。　云边，曾降圣，金坛夜拜[9]，高驾留连。论琼华灵液[10]，形与神全[11]。形体须凭妙气，神来舍、黄阙丹田[12]。真精旨，明光辅相，天地保长年。

［注释］

①三关：道教内丹术语，指丹道关键之处，有不同说法。《玄微心印》："上关泥丸，心源性海之窍。中关黄庭，黄中正位之窍，下关水晶宫，丹田气海之窍。"又见《大洞玉经》十四。《金丹大成集》："脑后曰玉枕关，夹脊曰辘轳关（一作夹脊关），水火之际曰尾闾关。"《脉望》："精藏于肾，肾居下，曰初关。气原于心，心居中，曰中关。神栖于泥丸，泥丸在上，曰上关。"等等。　②四体：四肢。"安和四体"，谓安处。　③静无忧挠相煎：谓守静之澄思遣欲。　④太微：即太微天帝，上应太微星，《真灵位业图》称为道教第二级神仙，辅上清高上玉晨玄皇大道君。　⑤元始：即元始天尊，道教经教祖师之一，洞真部尊神，《云笈七签》又作天宝君。此泛指道教尊神。　⑥玉宇：宇，屋宇。上清天有玉京，参见《云笈七签·四梵三界三十二天》。此以玉宇为天上仙境的代称。　⑦"西台"句：南岳，指道教三十六小洞天之一南岳衡山洞，名朱陵洞天，其主者真人石长生。相应地，西台疑指道教三十六小洞天之一西岳华山洞，名惣物洞天，其主者真人惠车子。参见《云笈七签》。　⑧太清天：天上仙境。属三清天，为圣境四天之一。全名太清境大赤天。见《云笈七签·四梵三界三十二天》。《庄子·天运》、《抱朴子·杂应》、《楚辞·远游》中已有"太清"一说，谓天道、天空。此以太清天泛指仙境、神仙、道。　⑨金坛：道教醮坛。　⑩琼

华:谓莲华,指肾水中所藏元阳真气。 灵液:指肾,属阴水。道教认为元气化生人与万物,尤堪宝爱,用之为炼制内丹的大药之一。参见《养性延命灵》。 ⑪形与神全:道教与其他宗教一样认为精神不灭,然而同时要追求肉体长存。《太上老君内观经》:"老君曰:道无生死,而形有生死。所以言生死者,属形不属道也。形所以生者,由得其道也。形所以死者,由失其道也。人能存在守道,则长存不亡者。"内丹学则以命功炼形,以性功炼神,把肉体长存与精神解脱结合起来。 ⑫"形体"二句:道教认为人身亦一宇宙,身中亦有神仙,与身外神仙相类相通。人耽嗜欲,心不能禁制神,神乃出外游。神不守身,人必受害。存想思神,可使外游的神回归体内,使人病苦俱除,为修炼一法亦为修炼内丹的不可少的一步。 舍:住。 黄阙:即上丹田。 丹田:即下丹田。皆为行气的要道。参见《太上老君内观经》、《黄庭经》。

洞仙歌

孤峰绝顶,更无人能到,万里虚空没边徼。正秋高景静,雾扫云收,风露里、惟有月华高照[①]。 浮生纷过客,好天良夜,醉舞狂歌错昏晓。有谁知、一性圆满恒河,亘万古、光明不老[②]。竞对月、论利与谈名,全不想驹阴[③],暗催年少。

[注释]

①高照:道书中把得道描状为光明澄澈、广远无际,物我合一的境界。《道藏·洞真部》之《玉清元始元黄九真经》云:"以神为体,以空为宅,神我遍空,如波涵月。" ②"有谁知"二句:一性圆,指人天赋的道心得以实现。恒河,即恒伽河,在今印度与孟加拉国境内,因是佛出生、传教的地方,佛教视为福德吉河。此以道心喻月,光满恒河,永世长存,仍是写得道之境界。道教于该境界的描状与佛教描状真如佛性非常相似。 ③驹阴:"人生天地之间,若白驹之过隙,忽然则已。"见《庄子·知北游》。阴:光阴。

渔家傲

对酒呈介甫①

草草开尊资一笑②，微生病苦随缘了。友义交情如地厚，心相照，今人莫遣前人诮。　灯火荧荧山悄悄，芝兰佳气松筠茂③。得便盘桓尘世表，香初透，邻鸡且莫催清晓。

［注释］

①对酒：面对着酒，指宴饮。下“开尊”义同。　②草草：随意地。　③“芝兰”句：实景，或兼寓称美对方之义。芝兰佳气，言介甫子弟之佳异。

更漏子

和元规天和堂

固元精①，收听视②，物外身无此地。接子谬③，季真非④，无为翻有为。　但心虚，教腹实⑤，密与寥天为一⑥。华阳洞⑦，广寒宫⑧，人人方寸中。

［注释］

①元精：元气之精华，见《参同契》。　②收听视：即收视返听，内观自身，澄其心以求其神。道教修炼术。参见《太上老君内观经》。　③接子：即接舆，春秋时隐士，楚人。躬耕以食，佯狂不仕，故亦称楚狂。《论语·微子》载他以《凤兮歌》讽刺孔子，谓“往者不可谏，来者犹可追”，并描绘与孔子交谈。　④季真：即唐人贺知章，越州永兴人，字季真，自号四明狂客，证圣进士，官至秘书监，后还乡为道士。善诗，多祭礼乐章。　⑤但心虚，教腹实：本《老子》“圣人之治也，虚其心，实其腹，弱其志，强其骨”。谓心虚则恬淡无为，精神饱满，腹实则气海充盈，元精不泄。　⑥密与寥天为一：老庄即有谓，人要合天、要自然。道教内丹理论摹仿自然，把天地化生与内丹修炼视作同一过程、两个方向。参见《无极图说》。　⑦华阳洞：

道教仙境名。传三茅真君掌此山,故又名茅山。陶弘景言此下是“金坛华阳之天”。参见《梁书·陶弘景传》。此泛指仙境。 ⑧广寒宫:传说唐玄宗于八月望日游月中,见一大宫府,榜曰“广寒清虚之境”。后因称月为广寒宫。参见《龙城录·唐明皇梦游广寒宫》。此亦泛指仙境。

更漏子

用于真人韵

是和非,双打过,免共相魔生火①。谈有相②,损顽空,斋居看望中。 圣贤风,行处在,巧智争如休卖③。诗与酒,且乘闲,随缘发笑颜。

[注释]

①“是和非”三句:道教为了长生的目的,主张不造作,即减少身心活动,回避价值判断,以避免生命的消耗。故要平其心、弱其志、寡其欲、薄其情……直到如庄子所言大小、美丑、寿夭、贵贱、物我无差别的“齐物”(《庄子》)。参见《枕中书》、《养性延命录》。 火:业火,业即造作,身心活动。佛教术语。谓恶业于人,如火焚身。 ②有相:佛教名词。相,指事物的形状与性质,也指认识事物过程中的感性、理性认识。 ③巧智:犹言智巧,心机,设计。

更漏子

再次韵于真人

诵真经,期万过①,未灭无明心火②。宜回首,探真空,融怡淡漠中③。 自古人,何处在,谩记声名沽卖。抛尘累,养清闲,琼浆自驻颜④。⑤

[注释]

①过:遍。 ②无明心火:无明,佛教用语,一名“痴”,义为“无有智

境”，即于诸法事理愚暗无知。佛教谈十二因缘道理时，以无明为开头的活动，由于无明不了解正理，于是引起了一系列烦恼行为，以至于生死苦痛无涯。心火，指动心，心属火。　③“宜回首”三句：谓修道的关键在“融怡淡漠”的心性，宜反躬自省。　④“抛尘累”三句：鼓吹闲适的生活态度。与前文之“诗与酒、且乘闲，随缘发笑颜”（《更漏子·用于真人韵》）、“华阳洞、广寒宫，人人方寸中”（《更漏子·和元规天和堂》）义近，皆推重性功。道教所追求之长生与享乐密不可分，长生的追求原本包含对现世生活的肯定。张三丰《无根树》：“无根树，花正清，花酒神仙古到今。……打开门，说与君，无花无酒道不成。”　琼浆：本指道教服食之玉屑等物，此殆指美酒。　驻颜：容颜不老。　⑤此词与上二词为一组，主要宣扬道教所谓守雌、清净、无欲的人生观。

瑶台月

元宵庆赏

天开景运[①]，记建武中兴，炎刘重盛[②]。明良际会[③]，八表风调雨顺[④]。任一时、岳降生申[⑤]，正千载、河清诞圣[⑥]。祥云拥，流霞映，飞仙拱[⑦]，魁星炯[⑧]。佳应是、师真毓瑞[⑨]，人天交庆。　　蘅薇香满元宵景，耀天目、神光如镜[⑩]。见龙章凤质，降伏群魔归正[⑪]。禀玄元、立教开先[⑫]，悟至道、心空神领。昌元嗣，明真镜[⑬]，同无有，怡清净。绵永度，三途六道[⑭]，神仙同证。

［注释］

①景：大。　②“记建武”二句：建武，汉光武帝年号。光武建立东汉，重兴汉室。　③明良：君明臣良。借指君臣。　④八表：八方以外极远的地方。　⑤任一时、岳降生申：“嵩高维岳，峻极于天。维岳降神，生甫及申”。见《诗经·大雅·崧高》。甫为甫侯，申为申伯，皆周代之贤人，谓二人为岳神降生。后以喻贤者的诞生。　⑥“正千载”句：黄河水浊，偶有清时。古人以为是升平的征兆。后即以河清为升平的代称。又古有黄河

千年一清之说，故以喻称极为难得之事。 诞圣：圣人诞生。 ⑦拱：环拥、卫护。 ⑧魁星炯：魁星，指北斗斗勺四星：天枢、天璇、天玑、天权。古人称北斗为魁，故名。一说专指天权。参见《史记·天官书》。 炯：闪亮。 ⑨佳应：道教与传统观念一样，认为天人交感，自然有佳兆，人间即有佳应。 毓：孕育。 ⑩“耀天目”句：天目，道教谓经修炼后额上张开的第三目。其能发光，能够“隔墙见明”。参见王重阳《五篇灵文》注。 ⑪“见龙章”二句：道教传说张陵于东汉壬午元宵，受太上老君之命往蜀中降服妖魔、分命仙曹主掌。太上老君授陵见《符箓丹经》七十二卷（一说七十卷）。符，本为帝王下达旨令的凭证。以后方术之士，亦谓天神有符，或为图，或为篆文，在天空以云彩显现出来，方士录之，遂成神符。五斗米道大量运用神符，以召劾鬼神，为人治病。因符为天神信物，故有权威，箓即宝箓，指神仙名册，道教认为掌握了神仙姓名，即可与之交往。质，疑是“箓”之误。参见《太平经》、《神仙传》。此为张陵蜀中传教史的神化。 ⑫“禀玄元”句：张陵自称承太上老君之命，号称天师，开创道派。 禀：承受。 ⑬元，同“玄”。 元嗣：天师道天师之位代代相传。 真镜：指天师道的教义乃是至理。 ⑭三途六道：道教所袭用佛教名词。 三途：指一火途，地狱是猛火燃烧之途；二血途，畜生是相互啖食之途；三刀途，饿鬼是被刀剑棍杖逼迫之途。道教另有风途、火途、汤途的解释。 六道：佛教指地狱道、饿鬼道、畜生道、阿修罗道、人道、天道；道教指天道、神道、人道、地狱道、饿鬼道、畜生道；又有五道之说。三途六道指每一种生命肉体死亡后，其不灭的灵魂转生的各种途径。

喜迁莺

题郭南仲庵壁

深源密坞[①]，问牧竖樵童，俱迷方所[②]。蓬藋纵横，龙蛇出没，玉峡搀空无路。不恋雁塔荣名[③]，解守鱼渊寒素[④]。这勤苦[⑤]，但坚心自有，神灵呵护。 猛悟，无回顾，一点虚明，万劫无今古。胎息根深，灵泉穴秘，静里运调阳火[⑥]。莫问地久天长，管取收因结果[⑦]。休轻负，把天谷真机[⑧]，与君说破。

[注释]

①坞：中间低周边高的形势。 ②方所：位置处所。 ③雁塔荣名：科举考试得中。参见王定保《唐摭言》。 ④鱼渊寒素：清贫的隐逸生活。 鱼渊："少无适俗韵，性本爱丘山。误落尘网中，一去三十年。羁鸟恋旧林，池鱼思故渊。开荒南野际，守拙归园田。"见陶渊明《归园田居》诗。 ⑤勤苦：道教在各种宗教中富有体行性，信奉者亲身去实践长生这一终极目的，故言宿命之外也强调笃信力行。《太平经》："太上中古以来，人多效言，及不效行，故致灾疾病畜积，而不可除去，以是自穷也。是故吾敬受此道于天，乃效信实，不效虚言也。……故但得而力行之者，即其人也，无有甲与乙也。" ⑥"胎息"三句：谓内丹修炼。 根：道教以元气为化生长养人身之根本。灵泉指肾水，人之元阳真气藏于此中，故谓"穴"。"静"指守静，使神守身中。"运调阳火"，指意念引导体内精气神的运行、结合。因炼精化气、炼气化神，俱是以阳炼阴，阳于五行为火，故曰进火，又曰进阳火。道教内丹术以人身为鼎，炉、药，炼制内丹。参见《黄庭经》、《悟真篇》。 ⑦收因结果：好结局，好下场。又写作"收圆结果"。 ⑧天谷：即脑部泥丸宫，亦作"谷神"，体内炼丹要所。参见《紫清指玄集》。

喜迁莺

情缠识缚，叹时人不悟，酒中真乐。纵欲招愆，迷心失行[①]，却道为他狂药。须信醉舞狂歌，也有良知真觉。无倚泊，任暖气同流，三关三络[②]。 落魄，清闲客，醉乡深处[③]，风月长酬酢。空花消亡[④]，光明显露，人我自皆忘却。不问市酤春醪，尽可浅斟低酌。从鄙薄，竞口口谈醒，言言成错。

[注释]

①纵欲招愆：谓迷失了清净道心，纵欲使气招致灾祸。道教重生，认为生道合一，故主张节欲养生。道教各种戒律中大都有戒淫内容。参见《养性延命录》、《正一法文》。 ②三关三络：人体的某些重要器官与经

络穴位。说法多种。 ③醉乡:王绩作《醉乡记》以状醉酒之乐,把醉酒描绘为一个美妙的自然社会环境。参见《新唐书·隐逸传·王绩》。 ④空花:指虚幻不实的认识。

雪夜渔舟

晚风歇,谩自棹扁舟[①],顺流观雪。山耸瑶峰[②],林森玉树,高下尽无分别。性情澄彻[③],更没个、故人堪说。恍然身世[④],如居天上,水晶宫阙。 万尘声影绝,透尘空无外[⑤],水天相接。浩气冲盈,真宫深厚,永夜不愁寒冽[⑥]。愧怜鄙劣,只解道、赴炎趋热[⑦]。停桡失笑,知心都付,野梅江月。[⑧]

[注释]

①谩:同"漫",随意地。 扁:康熙御制《词谱》作"孤"。 ②峰:康熙《词谱》作"岑"。 ③性情:康熙《词谱》作"襟怀"。 ④身:康熙《词谱》作"尘"。 ⑤透:康熙《词谱》作"莹"。 ⑥"浩气"三句:谓内丹修炼有成时,体不畏寒。 宫:指上、中、下三宫。上宫在脑部,中宫在心部,下宫在脾,或在下丹田。为体内炼药之所。内丹修炼有成,会觉得遍体融融。参见《黄庭内景经》。 冲:疑当作"充"。"浩气冲盈,真宫深厚",康熙《词谱》作"一叶身轻,三花顶聚"。 ⑦只解道:康熙《词谱》作"但只解"。 赴炎趋热:犹言"趋炎附势"。 ⑧道教以澄澈的世界喻合道,参见《南华真经》(《庄子》)。

春从天上来

鹤鸣奉旨

王土平平,正海息波澜,岳敛云烟。三景虚明[①],八表澄清,一月普照诸天[②]。有流霞洞焕,映黍珠、徐下空玄[③]。绝形言,见千真拱极,万气朝元[④]。 当时鹤鸣夜半,感真符宝篆，特地清传。碧湛龙文，红凝龟篆，绛衣舞鬣蹁跹[⑤]。计功成果就，无真教、郭景飞仙[⑥]。已千年。亘灯灯续焰，光朗无边。

[注释]

①三景：即“三光”：日、月、星。　②诸天：道教谓太上老君所创天地。具体说法不一。《云笈七签·四梵三界三十二天》谓由下及上为：欲界六天，色界十八天，无色界四天，四梵天，圣境四天。　③黍珠：指内丹。道教认为其大小、形状如平常食用之黍米粒。参见《三极至命筌蹄》、《三丰全集》。　④千真拱极，万气朝元：指神仙大规模朝拜尊神，也指内丹修炼达到归根复命的境地。因为上阕是把身内、身外两个宇宙合二为一进行描写的。　⑤“当时”六句：传说东汉顺帝壬午年元宵，张陵在四川鹤鸣山睡觉时，忽闻天乐，太上老君下降，授陵神符宝箓，又授都功玉印、鱼鬣衣等。参见《神仙全传》。　鬣：鱼颔边鳍。　⑥飞仙：道教修炼的成果。传张陵修道成功，于阆中天台山峰白日飞升，跪送者万数。

风入松

用王介甫韵[①]

深耕易耨寸田中，看真个英雄。夜来犹上星台望，全不厌、水绿云红[②]。便是清交素友，频相视、笑晴空。

玉阶瑶甃翠重重[③]，带萱草葱葱[④]。流霞尽饮何辞醉[⑤]，更休数、尘里千钟。晓夜朝元去也，怎忍舍、大夫松[⑥]。

[注释]

①王介甫：王安石字介甫。介甫此词，今已佚。　②水绿云红：游脚僧、游方道士因行踪不定，有如行云流水，被称为水云。参见《宋史·莎衣道人传》。　③甃（zhòu）：井壁或池壁，砖石所砌。　④萱草：即“忘忧草”。　⑤流霞：指美酒。汉王充《论衡·道虚》载，汉曼都学仙，居月之旁，腹饥，则仙人与饮流霞一杯。　⑥大夫松：《史记·秦始皇本纪》载，秦

始皇封禅泰山之后,下山途中遇疾风暴雨,在五株松树下躲避,因封其树为五大夫。

摸鱼儿

甚山灵、鬥奇夸巧[1],悬峰遥献形似。仓船炉灶无封闭,零落车罗机履。山临水,任瓮杵、辘轳厩架俱闲毁[2],床棺尘委。更乐隐棋休,料闲真隐,三教忘宾主。[3] 人都语。二十四岩佳致,来往溯流观指。目前景相纷虚幻,神仙家在何许[4],君莫取。这身世、山林朝市随缘遇。休论诡异。但总绝情缘,一空妍丑,觌面先寻你[5]。

[注释]

①山灵:山神。 ②厩:马棚。 ③上阕:龙虎山鲁壁洞传说是张陵得到"制命五岳、檄召万灵及神虎秘文"的地方(明张正常《汉天师世家》),洞中的石灶、石床、石几之类,传说是他当年应用之物。 三教忘宾主:此言陵泊然之度。三教合一的思想,在道教中是唐以后逐渐发展起来的。宋代,道教南宗之首张伯端《悟真篇·序》里,这一思想比较明确。 ④何许:何所,何处。 ⑤觌面先寻你:劝人反躬自求,发现自己天赋的道心。

惜时芳[1]

对竹赋

虚心劲节争萧散,无冬夏、钩阑侧畔[2]。霜风雪色沈沈晚,残不了、细枝纤幹。 情中意里尘沙恨[3],试与聆、弦歌急慢。无嫌青翠开青眼[4],相看似、太原家惯[5]。

[注释]

①唐氏按:词律调名疑当作《惜芳时》。 ②钩阑:亦作勾栏,栏杆。 ③尘沙:犹言红尘、风尘。 ④青眼:阮籍能为青白眼,常以青眼对

所器重、投契的人。青即黑，青眼是对人正视的状态。 ⑤“相看似”句：《后汉书 · 郭泰传》载，郭泰字林宗，太原介休人。家贫，早孤，博通坟典。游学洛阳，名震京师。后归乡里，士夫送至河上，车数千辆。郭泰惟与李膺同舟，众人望之，有如神仙。

清平乐①

天先天后②，真土藏灵秀③。妙用自然循火候，节节薰烝教透④。 不分龙麝檀沉，都能入鼻通心。待得烟消息住⑤，浑身变见真金。

［注释］

①此词言内丹修炼。 ②天先天后：犹言“先天后天”。道教认为精、气、神等形神要素有先天、后天之别。 ③真土：指脾，脾属土。又称意土。真土媒合心中真汞、肾中真铅成鼎器，烧炼自身精气神，逐一打通三关，炼精化气后炼气化神，炼气化神后炼神还虚，各步骤火候须到。炼丹时，会嗅到有如焚烧名香龙涎、麝、檀、沉水那样的香气。 ④薰烝：即熏蒸，热气上升。“薰”，当作“熏”，“烝”，当作“蒸”。 ⑤烟消息住：谓烧炼结果。“浑身变见黄金”，谓内丹成功。内丹术多借用外丹术语，此亦然。《抱朴子 · 金丹》言，服食外丹之一的金液，“则其身皆金色”，获得金属之性质，不老不死。《神仙全传》多有言神仙身发光辉者。以上又见《悟真篇》、《钟吕传道集》。

苏幕遮

用伍先生韵和元规

先天生，后天久①，道有真诠，谛听当时受。恰是迷天迷望斗②，只恐微躯，薄幸随枯朽③。（下缺）

[注释]

①先天生,后天久:词不全,意义难以断言。约指人的生命是天赋,然而长生需要后天的努力。道教非常重视后天修炼。参见《云笈七签·说戒》。此词与上词疑是一组,俱讨论先天、后天问题。 ②斗:北斗,古人常借以确定方位。 ③薄幸:不幸。

苏幕遮

抱孤琴,弹小操[①],独坐幽轩,尽日无人到。惟乐烟霞长啸傲,明月清风,今古长为道。 识乾坤,知牝牡[②],懒共尘劳[③],汩汩争奔走。爱杀高眠消白昼[④],一任他家,玉兔金乌走[⑤]。

[注释]

①操:《琴操》,琴曲。 ②识乾坤,知牝牡:谓懂得道教的义理与道术。道教不论基本信仰还是具体操作都与阴阳学说密切相关。参见《悟真篇》。 ③尘劳:尘世间的劳烦。 ④“爱杀”句:联系前文,知此当为宣扬闲适的生活态度,是修性,也是修命。处闲是内丹修炼的起手功夫之一,参见司马承祯《天隐子》。又,睡亦可能为修炼方法,陈抟就以此闻名,晚年作有《睡功图》。 《全宋词》注:“消”原误“清”,据紫芝漫钞本《虚靖词》改。 ⑤玉兔金乌走:明光流逝。传日中有三足乌,月中有兔,又日色金,月色银,故云。

西江月

又和前人

蓬户横开岑寂,寒窗侧映清晖。竹风偷入五香帏[①],还有好音相惠。 须信毫芒可入[②],明珠胎里忘机[③]。宵征夜宴是和非,月府仙人无愧。

[注释]

①竹风：风吹动竹之声，有衣物发出的声音，指有人到来。出沈约《丽人赋》“池翻荷而纳影，风吹竹而动衣”。 ②“须信”句：言道无所不在。 ③“明珠”句：言内丹修炼有成时，身心澄澈，无所向而非道。 明珠胎：内炼有功时，自感有如身孕明珠。

南乡子

和元规

无奈这群迷，味色声中若系羁[1]。尽任改头兼换面，何悲。不染伊时不管伊[2]。 春去又秋兮，莫遣空逾十二时[3]。好把自然真妙旨，修为。尘事萦仍道甚希[4]。

[注释]

①系羁：羁绊。 ②染：接触。 ③十二时：一日十二时辰，此代每日。 ④“尘事”句：本《老子》“视之不见名曰夷，听之不闻名曰希”。尘事萦仍，即上文之“染”，尘间杂事的纠缠如尘灰污染清净道心。希，指难以用感官把握之玄旨。

南乡子

久不上春台[1]，直待将身跨九垓[2]。懒向人间深有谓，氛埃。难趁邪风伤圣胎[3]。 水槛映山斋，赏遍从容首自回。长谢故人书曲意，徽哉[4]。赢得腰琴拂袂来。

[注释]

①春台：指美好的游观之处。《老子》：“众人熙熙，如享太牢，如登春台。”杜甫《王十五前阁会》诗：“楚岸收新雨，春台引细风。” ②九垓：亦作“九阂”、“九陔”，谓九重天。参见《淮南子·应道训》、《汉书·礼乐志》。此代指天上仙宫。 ③圣胎：道教内丹术语，指内炼有功时，自感如

同身孕光华，此为仙圣之胎基。参见《大丹直指》。古代已有传说，圣贤之母受孕时梦日、月、星入怀，道教圣胎之说殆亦缘此。④徽：谓美好。

望江南

观棋作

楸枰静，黑白两奁均。山水最宜情共乐①，琴书赢得道相亲②。一局一番新。　松影里，经度几回春。随分也曾施手段，争先还恐费精神。长是暗饶人③。

[注释]

①"山水"句：借山水悟道。暗用俞伯牙、钟子期知音典故。伯牙弹琴子期听，能知琴中山水之意。②"琴书"句：本陶潜《归去来辞》"乐琴书以消忧"。③"随分"三句：随分，犹言随缘。谓要随缘处世，然最终不忘减少生命要素的损耗。"养生大要，一曰啬神，二曰爱气。"见《养性延命录》。

望江南

次元规《西源好》韵并序①

某喜西源壁立峻峙，无一俗状。疏松密竹，四通九达，青玉交辉。天作高山，地灵若此②。常相谓曰：身处真人之墟，而不知也。登戏珠峰，以见虎蹲龙躅③，远壁遥岑，皆在其下。考室在靖④，建名榜之⑤，水中花、圃中蔬，山光竹翠，白屋逾静⑥，得其居矣。昔之思归，见十二篇之曲。同声相应，故和之

西源好，仙构占仙峰⑦。一鹤性灵清我宇⑧，万龙风雨乱霜空⑨。高静太疏慵。　天地乐，山水静流通⑩。行坐卧怜尘外景⑪，虚空寂是道家风。非细乐相从⑫。

［注释］

①西源：指龙虎山一带之山水，在今江西贵溪县境。　②地灵：本王勃《滕王阁序》“物华天宝，龙光射牛斗之墟；人杰地灵，徐孺下陈蕃之榻”。指杰出人物出生或到过的地方，就会成为名胜之区。　③虎蹲龙蹑：张陵曾在今江西贵溪县西南的龙虎山炼大丹，青龙白虎绕其山，故得此名。一说得名于其山由龙、虎二山组成。龙虎山为道教天师道创始人张陵子孙世居之地。　④考：称过世了的父亲。　靖：或称治、庐、静室，乃道教致祷之所，天师道（早期称五斗米道）所置。为各个教区的中心，设有治头、祭酒等职，以管理教民。参见《云笈七签》。　⑤榜：谓挂匾。⑥白屋：用茅草覆盖的屋。《汉书·吾丘寿王传》：“三公有司，或由穷巷，起白屋，裂地而封。”颜师古注：“白屋，以白茅覆屋也。”旧亦指没有做官的读书人的住处。　⑦仙构：构，指建筑物。为求仙的道士所居，故美称仙构。　仙峰：龙虎山被列为道教仙境之一，在“七十二福地”中居第三十二位。参见《云笈七签》。　⑧一鹤性灵：如仙鹤般清净的道心。　性灵：犹言性情。　宇：房屋，居室。　⑨万龙风雨：古代传说中龙这一神异动物能够兴云作雨。　⑩“天地乐”二句：本《庄子·天下》“与天地精神相往来”。　⑪怜：爱。　⑫细：小，小事。

望江南

西源好，龙首虎头高。风雨每掀清宇宙，林峦长似涌波涛。吟咏有诗豪。　　成大乐，美称适相遭。醮斗清筵投羽札①，启元喜会执金刀②。身净隔纷骚。

［注释］

①醮（jiào）：祭祀鬼神，祛灾致祥的礼仪。　斗：北斗。醮斗即礼拜北斗。　羽札：羽人的书札。羽人本指天上飞仙，道士以求仙为务，故亦以羽人称之。　②启元：春、夏之首。《荀子·天论》：“繁启蕃长于春夏，蓄积收藏于秋冬。”古称立春、立夏为启，立秋、立冬为闭。　元：首。　金刀：犹言金错刀，写字、绘画的一种笔法。《宣和画谱·花鸟三》：“李氏（南唐后主李煜）能文善书画。书作颤笔樛曲之状，遒劲如寒松霜竹，谓之

金错刀。……唐希雅初学李氏之错刀笔,后画竹,乃知书法,有颤掣之状。”

望江南

西源好,岩馆凿松崖。五斗洞前斟玉斝[①],半酣窗外抚金杯。无累自悠哉。　　青翠色,玉竹自新栽。风到莫来摇老木,雨霖时复洗圆苔。如此恼诗才[②]。

[注释]

①五斗洞:洞名。张陵于东汉永和六年(141)作道书二十四篇,又以符咒等术为人治病,创立道派。因规定入教者须各出米五斗,故称五斗米道。洞名当来自此。　玉斝(jiǎ):玉杯。斝,即爵。夏称盏,商称斝,周称爵,同物异代异名。见《礼记·明堂位》。　②恼:招惹,挑逗。

望江南

西源好,春日日初长。不看人间三月景,常思天上万花香[①]。幽赏一时狂。　　歌笑也,空洞大歌章[②]。千景净来风谷秀,三云归后月林光。沉麝似兰香[③]。

[注释]

①“不看”二句:以四季如春的仙境称美西源之春,以表思念。　②空洞:谓道。《太平经》卷六十八:“夫道乃洞,无上无下,无表无里,守其和气,名为神。”又虚心容物亦为道。　③“千景”三句:写实,亦谓自然景物有如修炼的境界,体现着道。

望江南

西源好,迎夏洒炎风。红锦石边怜一派[①],老张岩上恋群峰。时得化龙筇[2]。　琴振玉[3]，晓色倚梧桐。黼黻文章朝内盛[4]，山川林木野亭空。朱火焕明中[5]。

［注释］

①派：江河的支流。　②化龙筇（qióng）：竹手杖。《后汉书·方术传·费长房》载：费长房学仙后还家，其师给他一竹枝，骑上即可至其家。既至，投杖于坡，视之为龙。　③振玉：言琴声优美，是所谓“金声”与“玉振”。典出《孟子·万章下》。金指钟，玉则指磬，奏乐以钟发声，以磬收乐，二者兼具，集乐大成。　④黼黻（fǔ fú）文章：富有文彩的文章。参见《尚书·益稷》、《荀子·正名》。　⑤朱火：指太阳。

望江南

西源好，秋景道人怜[1]。时至自然天气肃，夜凉犹喜月华圆。长啸碧崖颠[2]。　须信酒，难别咏歌边[3]。是处伐薪为炭后[4]，此时尝稻庆丰年。童子舞胎仙[5]。

［注释］

①道人：修道之人，可以指和尚、道士。此指后者。　②长啸：《晋书·阮籍传》载阮籍曾于苏门山遇孙登，与商略栖神导气等术，孙不应。阮籍长啸而退，旋闻孙登以鸾凤般的啸声相和。唐李翱有“有时直上孤峰顶，月下披云啸一声”之句。　“时至”三句：状隐居修道的生活。　③“须信”二句：谓酒、歌不分离，指行乐。古人多以“对酒当歌”（曹操《短歌行》）之类话头为行乐代称。　④伐薪为炭：砍伐树木烧成炭，用于冬天御寒等。　⑤胎仙：指仙鹤。即丹顶鹤。

望江南

西源好，冬日雪中松。携手石坛承爱景[1]，静观天地入清宫[2]。恰似大茅峰[3]。　襟袂冷，琴里意浓浓。吹月洞箫含碧玉，动人佳趣转黄钟[④]。情绪发于中[⑤]。

[注释]

①石坛：石醮坛。 ②清宫：宫观，当地有上清宫等。 ③大茅峰：属三茅山（又称茅山）。《云笈七签》卷一千零一十四载，汉初人茅盈、茅固、茅衷兄弟学道，俱成仙。世传三茅仙人即大茅君、中茅君、小茅君留治句曲山，故号此山曰三茅山。 ④黄钟：十二律第一宫。 ⑤情绪发于中：中即身体，别称灵根。

望江南

西源好，幽径不成斜。山谷隐连无改色，池塘空静默无暇。人钓水之涯。 仙舫小，人欲盼君家。归棹日回如览镜，放船星落似乘槎[①]。风雨乱寒沙。

[注释]

①放：放出，驾船外出。 星落：指行于星河倒影的水中，如在星河行走。 槎：传说中航行于海上和天河间的筏子。参见王嘉《拾遗记·唐尧》。

望江南

西源好，神洞自相求[①]。傍水垦田流涧急，砍山开径小花浮。踪迹旧人留。 忘万物，爽气白云收。司命暂曾寻寝静，紫阳真是步条幽[②]。思继此公游。

[注释]

①神洞：神山仙洞。 ②“司命”二句：言张伯端曾于此修道。张伯端，字平叔，号紫阳，五代末宋初人，道教尊奉他为“南宗”的“五祖”之首。司命，本为星座名，司命星是紫微垣六星之一，此以尊称张伯端。 寝：安

息。　条：悠长。

望江南

西源好，人在水晶宫。长愿玉津名濯鼎[①]，恰如龙井到天峰[②]。的的好遗风[③]。　清彻底，岂忤李唐隆。自浸岩前崖石洁，不笼天外岭云浓。澄彻莹怀中。

[注释]

①濯鼎：水名。名亦取自张陵事迹，传说是他炼丹的地方。　②龙井：道教认为水中有神，其神以龙的家族为主，还有一些水仙。　③的的：确是。

望江南

西源好，雨霁敛红纱。碧水静摇招钓叟，绿苔寒迫起渔家。携驾会春茶。　风浩浩，锦荫石屏华。濯鼎上方敲翠竹，辘轳西去碎丹砂[①]。休问乐津涯[②]。

[注释]

①丹砂：又名辰砂、朱砂。多种丹书载为炼制不死金液还丹的主要原料之一。　②涯：水边，泛指边际。

望江南

西源好，还向观庭西[①]。折晚菊明方丈外[②]，傍寒梅放六花飞[③]。三鹤会同时。　清净宇[④]，处一贵无为[⑤]。戴月夜中仍是别，衔香原上不须迷。于此振衣归[⑥]。

[注释]

①观:龙虎山祀神之处甚多,最重要处为上清宫,又有建于南唐保大间的正一观等。 ②拚晚:向晚。菊开岁晚,故言。 方丈:此指道观住持的居室。佛教称维摩诘居士之室甚小,仅一丈见方,但极有包容力。见《维摩经·文殊师利问疾品》。 ③六花:雪花。有六瓣,故名。 ④宇:谓道观的建筑。 ⑤一:即道,与道合生的要素精、气、神等。《太上九要心印妙经》:"真一者,纯而无杂谓之真,浩劫长存谓之一。天得一,以日月星辰长清。地得一,以珠玉珍长宁。人得一,以神气精长存。一者本也,本乃道之体。真体者,真一是也。真乃人之神,一者人之气,长以神抱气,气抱于神,神气相抱,……乃人命也。" 无为:谓身心无所造作,以保精、气、神不损,以求长生与精神空寂,即合道。参见《青华秘文》。 ⑥振衣:抖去衣裳上的灰尘,指隐逸。 归:指还乡,亦指归隐,以及皈依道教教旨,回归本来道心。道教称不正确的认识为尘,主张去发现原本清净的道心。

[集评]

饶宗颐云:"其《西源好》题序百馀字,风致幽秀,颇与后来白石、玉田相仿佛。馀皆玄谈,不以词论。"(《词集考》卷二)

减字木兰花

呈鉴义王介甫

严寒冬月,前日阳生几降雪①。松柏凌霄,森耸庭中叹后凋②。 昔人犹豫③,身入山林深静处。今古同符④,好趁笙歌且自娱。

[注释]

①阳生:《周易·复》"七日来复"孔颖达注,"五月一阴生,十一月一阳生。"《周易》以坤卦为阴,阴历十月为坤卦,纯阴无阳。至十一月冬至为复卦,则阴尽阳来,阳气初动,一阳生于众阴下,曰一阳生,又曰一阳来复。 ②"松柏"二句:本《论语·子罕》"岁寒,然后知松柏之后凋也"。

③犹豫：犹言犹夷，夷犹，坦然、安心貌。 ④同符：符合。 符：符节，古代发兵遣使所用的凭证。用竹、木、金、玉、铜等制成，上有某种文字或图形，一剖为二，各执一半，合之以辨真假。

江神子

彩云楼阁瑞烟平。雨初晴，月胧明。夜静天风，吹下步虚声[①]。何处朝元归去晚，双凤小，五云轻[②]。 落花流水两关情。恨无凭，梦难成。倚遍阑干，依旧楚风清[③]。露滴松梢人静也，开宝篆[④]，诵黄庭[⑤]。

[注释]

①“夜静”二句：道士又称步虚人。步虚声即道士的诵经声。唐孟棨《本事诗》：“许浑尝梦登山，有宫室凌云，人云此昆仑。见数人方饮酒，招之，至暮而罢。赋诗云：‘晓入瑶台露气清，坐中惟有许飞琼。尘飞尘断尘缘在，十里下山空月明。’他日复梦至其处。飞琼曰：‘子何故显人姓名于人间？’座上即改为：‘天风吹下步虚声。’”此殆兼指艳情事。 ②“何处”三句：朝元，道教谓神仙朝拜尊神的活动。 双凤：指仙人的坐骑。 五云：五色祥云。各种神仙传记中载，仙人朝元时，往往身骑鸾凤、龙虎类，身边围绕瑞霭祥云，奇光异彩。这里约以仙人暗指所钟情女子。 ③楚：江西龙虎山在古楚地。亦可泛指南方。 ④宝篆：指神符。多表现为篆文或图案。 ⑤黄庭：道教经典著作。可能为王褒、魏华存所造。是《上清黄庭内景经》、《上清黄庭外景经》的总称。二书皆以七言歌谣的形式阐述养生修炼的原理、方法。外、内丹派皆重视之。又有《黄庭中景经》，疑为后人所作，一般不列入《黄庭经》。

鹊桥仙

寄朋权

神清心妙，山长水远，有分何年瞻望。晴空一月彩云飞，又起我、无穷想像。　　一阳门径[①]，九华恩露[②]，惟愿分明指向。竹风频起紫微烟[③]，似有意、许归吾党[④]。

[注释]

①一阳：道教内丹术语，指肾水卦象坎中的一个阳爻，象肾水所藏元阳真气。道教认为元气化生万物，而人之气被视为炼造内丹的大药。参见《悟真篇》。　门径：犹言门道。一阳门径，指作者所信奉的道教。　②九华恩露：指帝王的恩泽。　九：多数。　华：色彩。九华，旧为宫殿名。　③紫微：古人以紫微星垣代指皇帝居处，称皇宫为紫禁宫，称皇城为紫禁城，等等。　④党：亲族、朋辈等。

水调歌头[①]

高真留妙诀，达士济群迷。心清行洁，天人凡圣尽皈依。不在搬精运气，不在飞罡蹑斗，心乱转狐疑。但要除邪妄，心地合神祇。　　悟真空、离世网、绝关机。养吾浩气，驱雷役电震天威。混合百神归一，一念通天彻地，方始了无为。叱咤生风雨，玩世挟明时。[②]

[注释]

①此词推重心性意念的修养。所谓“心清行洁，天人凡圣尽皈依”，“心乱转狐疑”，“但要除邪妄，心地合神祇”，“养吾浩气……一念通天彻地，方始了无为”等，均是此意。这属于内丹道性命双修中的性功。“驱雷役电震天威，混合百神归一”，“叱咤生风雨”。这是所谓内丹修炼到天门开，元神能够自由出入时的神通境界。参见《悟真篇》。“搬精运气”，谓内炼精、气，为内丹修炼中的命功。“飞罡蹑斗”，谓道士醮前往往要礼拜北斗，列队成斗形，走禹步，故云。醮仪是为祭祷鬼神、乞福禳灾而设。玩世：豪逸不羁的生活方式。明时：圣明时世，多以颂当代。　②八千卷楼旧藏明抄《九家词》本张继先《虚靖真君词》原注：“师于泗州尸解，化身青城，作此付萨守坚真人。”按“师”指作者。“尸解”，道教谓成仙的一种方

式。死后成仙，称尸解仙。萨守坚，汉代泗州人，天师派道士，传成仙。传有天山派、萨真君西河派、萨祖派等道派。

度清霄[①]

一更一点一更初[②]，城门半掩行人疏。茅庵潇洒一事无[③]，孤灯相对光清虚。　蒲团安稳身不拘，跏趺大坐心如如[④]。月轮微出天东隅[⑤]，空中露出无名珠[⑥]。

[注释]

①《度清霄》五首连章，写一夜之间的内丹修炼过程。这第一首，大致是写守静功夫："静身存神，即病不加也，年寿长矣，神明佑之。故天地立身以靖，守以神，兴以道。……其真神在内，使人常喜。欣佚不贪财宝、辨讼争、竞功名，久久自能见神。"见《太平经》卷一百五十四至一百七十。因为守静功夫到了，体内产生了炼制内丹的药物"无名珠"。属于内丹的"筑基"工作。　②"一更"句：古代以铜壶滴漏计时，把一夜分为五更，一更分为五点。一更至二更，相当于今二十四小时计时法的二十时至二十二时。　③潇洒：潇，八千卷楼旧藏明抄本《九家词》本张继先《虚靖真君词》作"满"，据唐氏《全宋词》本改。潇洒，即萧条冷落。　④跏趺（jiā fū）：两足交叠而坐。　如如：言适意、愉快。　⑤月轮：喻道人的清净道心。　⑥无名珠：犹言玄。

度清霄

二更二点二更深[①]，宫钟声绝夜沉沉。明月满天如写金[②]，同光共影无昏沉。　起来闲操无弦琴，声高调古惊人心。琴罢独歌还独吟，松风涧水俱知音。

[注释]

①"二更"句：二更至三更间，相当今之二十二时至零时。　②写金：

金光(月光)流泻。

度清霄

三更三点三更中[①],烟开雾敛静无风。月华迸入水晶宫[②],四方上下同一空。　　光明遍转华胥同[③],千古万古无初终[④]。铁蛇飞舞如流虹[⑤],倒骑白凤游崆峒[⑥]。

[注释]

①"三更"句:三更到四更间,相当今零时到二时。　②"月华"句:即月映水中。　华:光华。　水晶宫:水下仙宫。　③华胥:黄帝梦中游历之国,其国极大。见《列子·黄帝》。　④"烟开"以下五句:谓把握了清净道心的境界。道之在人,如波涵月;人道合一,人便自感物我不分,光明澄澈,体验到时间和空间的无限。　⑤"铁蛇"句:内丹修炼有功时出现的奇异视觉现象,或内视光明,或于某些部位发射出光亮。另有天光、神光之称。参见《性命圭旨》、《大丹直指》。　⑥崆峒:山名,《庄子·在宥》言黄帝见仙人广成子于此。后用崆峒代仙人所居之处。山在今河南临汝县西南。

度清霄

四更四点四更长[①],迎午迸鼠心不忙[②]。丹炉伏火生新香[③],群阴剥尽回真阳[④]。　　金娥木父欢相当[⑤],醍醐次进无停觞[⑥]。主宾倒置情不伤[⑦],更阑别去还相忘[⑧]。

[注释]

①"四更"句:四更至五更之间,相当今二时至四时。　②迎午迸鼠:午,五行属火,脏腑属心,指心之正阳真精。鼠,五行属水,脏腑属肾,指肾藏之元阳真气。精、气皆属内丹大药,迎午迸鼠谓大药发动、运行。　③"丹炉"句:谓以自身为炉,炼精化气。　伏:火性本来炎上,使心火下炼肾水,故曰伏。道教认为炼丹时会发出浓香。　④"群阴"句:肾水于八卦为坎,

心火与八卦为离,取坎填离,得到乾,乃纯阳之卦。道教认为,无极生太极,太极动而生阳,动极而静,静则生阴。阳变阴合,生五行。五行顺布,生四时。总之阴阳交感生万物。参见《无极图说》。道教内丹修炼要把精气神回复到阴阳,然后太极,然后无极,故要“回真阳”。内丹修炼的原理就是向着生命和宇宙的本源回归。 ⑤金娥:金能生水,而水属阴性,为女子,则金娥指肾水。 木父:木为男子,木能生火,则木为火父。木父指火,心火。 欢相当:指肾水、心火在内丹修炼中阴阳调和,水火既济。 ⑥醍醐:乳制品,由乳中炼取,极美味,宋人喜食。 ⑦“主宾”句:谓内丹修炼中逆阴阳、水火的性质而行。 ⑧阑:残。

度清霄

五更五点五更残[①],青冥风露逼人寒[②]。扶桑推出红银盘[③],城门依旧声尘喧 。 明暗二景交相转,生来死去纷易换。道人室中天宇宽,日出三竿方启关[④]。

[注释]

①“五更”句:始于今之四时,长度两小时。 ②青冥:天空。 ③“扶桑”句:谓日出。《淮南子》:“日出于旸谷,浴于咸池,拂于扶桑,是为晨明。”扶桑为神话中大树,太阳栖息于此。 ④启关:开门。 关:门闩。亦指僧道结束静修。

结 语

独自行兮独自坐,独自歌兮独自和。日日街头走一过,我不识吾谁识我[①]。 人间旦暮自四时,玄中消息不推移[②]。觌面相呈知不知[③],知时自唱啰啰哩。

(以上八千卷楼旧藏明抄《九家词》本张继先《虚靖真君词》)

[注释]

①"我不"句:谓道在自身,亦要自己去发现。 ②玄:奥妙之意,《老子》:"玄之又玄,众妙之门。"借指道教义旨。 ③觌(dí)面:相见。

望江南

寄朋权

秋夜事,月里竹亭亭。清籁与谁喧池水[1],微风遣我下檐楹。圆缺若为情[2]。 终南道[3],累寄笑歌声。丹阙夜凉通马去[4],黄河天晓照舟横。联辔去还成[5]。

(紫芝漫钞本《虚靖词》)

[注释]

①籁:本义为箫声,后泛指声音。 ②若为情:犹言不胜情。 ③终南:在今陕西西安市南,一称南山,是狭义的秦岭。传说中道教神仙吕洞宾、刘海蟾在此隐修。 ④丹阙:神仙居处。参见《列仙传》、《神仙全传》。此指道士居处。 通马:犹乘马前往。 ⑤联辔:乘马相随。 联:同"连"。 辔:马络。